O CAVALEIRO DE SAINTE-HERMINE

‡

Alexandre Dumas
O CAVALEIRO DE SAINTE-HERMINE

☦

Estabelecimento do texto, prefácio e notas
Claude Schopp

Tradução
Dorothée de Bruchard

© 2005, Éditions Phébus, Paris, France
© 2008 Martins Editora Livraria Ltda., São Paulo, para a presente edição.
Cet ouvrage, publié dans le cadre du Programme d'Aide à la Publication, bénéficie du soutien du Ministère français des Affaires Etrangères.
Este livro, publicado no âmbito do Programa de Participação à Publicação, contou com o apoio do Ministério francês das Relações Exteriores.

Capa
Beatriz Freindorfer Azevedo

Projeto gráfico
Renata Miyabe Ueda

Preparação
Márcio Salerno
Mariana Echalar

Revisão
Huendel Viana
Simone Zaccarias
Dinarte Zorzanelli da Silva
Denise R. Camargo
Carolina Hidalgo Castelani

Produção gráfica
Sidnei Simonelli

Produção editorial
Eliane de Abreu Santoro
Patrícia Rosseto

Dados Internacionais de Catalogação na Publicação (CIP)
(Câmara Brasileira do Livro, SP, Brasil)

Dumas, Alexandre, 1802-1870.
  O cavalheiro de Sainte-Hermine / Alexandre Dumas ; estabelecimento do texto, prefácio e notas Claude Schopp ; tradução Dorothée de Bruchard. – São Paulo : Martins, 2008.

Título original: Le chevalier de Sainte-Hermine.
ISBN 978-85-99102-64-0

1. Romance francês I. Schopp, Claude. II. Título.

08-08815   CDD-843

Índices para catálogo sistemático:
1. Romances : Literatura francesa   843

Todos os direitos desta edição no Brasil reservados à
Martins Editora Livraria Ltda.
R. Prof. Laerte Ramos de Carvalho, 163
01325-030 São Paulo SP Brasil
Tel.: (11) 3116 0000 Fax: (11) 3115 1072
info@martinseditora.com.br
www.martinseditora.com.br

SUMÁRIO

Nota do editor francês 11
O testamento perdido, prefácio de Claude Schopp 15

     I. As dívidas de Josefina 73
    II. De como foi a cidade livre de Hamburgo que pagou as dívidas
        de Josefina 82
    III. Os companheiros de Jeú 91
    IV. O filho do moleiro de Guerche 100
     V. A ratoeira 109
    VI. O combate dos cem 117
   VII. Brancos e Azuis 126
  VIII. A entrevista 134
    IX. Dois companheiros de armas 145
     X. Duas cabeças de moça 154
    XI. O baile da sra. de Permon 161
   XII. O minueto da rainha 168
  XIII. Os três Sainte-Hermine 177
  XIV. Léon de Sainte-Hermine 187
   XV. Charles de Sainte-Hermine (1) 199
  XVI. A srta. de Fargas 210
 XVII. As grutas de Ceyzériat 218
XVIII. Charles de Sainte-Hermine (2) 231
  XIX. O final do relato de Hector 240

XX.	Fouché	250
XXI.	Em que Fouché se esforça para voltar ao Ministério da Polícia, do qual ainda não saiu	259
XXII.	Em que a srta. de Beauharnais se torna esposa de um rei sem trono e a srta. de Sourdis, viúva de um marido vivo	267
XXIII.	Os fogueiros	277
XXIV.	Contra-ordem	287
XXV.	O duque de Enghien (1)	297
XXVI.	A floresta de Vernon	306
XXVII.	A máquina infernal	312
XXVIII.	Os verdadeiros culpados	325
XXIX.	O rei Luís de Parma	333
XXX.	Júpiter olímpico	340
XXXI.	A guerra	349
XXXII.	A polícia do cidadão Régnier e a polícia do cidadão Fouché	358
XXXIII.	Burros n'água	375
XXXIV.	Revelações de um enforcado	384
XXXV.	As detenções	393
XXXVI.	Georges	401
XXXVII.	O duque de Enghien (2)	409
XXXVIII.	Chateaubriand	421
XXXIX.	A Embaixada de Roma	434
XL.	A resolução	442
XLI.	A via dolorosa	453
XLII.	Suicídio	470
XLIII.	O processo	476
XLIV.	O Templo	481
XLV.	O tribunal	487
XLVI.	A condenação	495
XLVII.	A execução	503
XLVIII.	Após três anos de prisão	508
XLIX.	Saint-Malo	515
L.	A estalagem da sra. Leroux	524
LI.	Os falsos ingleses	532
LII.	Surcouf	540

LIII.	O estado-maior do *Revenant*	548
LIV.	A aparelhagem	561
LV.	Tenerife	568
LVI.	A passagem da linha	575
LVII.	O negreiro	587
LVIII.	De como o capitão americano ficou com quarenta e cinco mil francos, em vez dos cinco mil que pedia	593
LIX.	Ilha de França	597
LX.	Em terra	606
LXI.	O regresso (1)	613
LXII.	*Le Coureur de New York*	619
LXIII.	O tutor	625
LXIV.	Os piratas malaios	631
LXV.	A chegada	639
LXVI.	Pegu	648
LXVII.	A viagem	655
LXVIII.	A serpente imperatriz	662
LXIX.	Os bandidos	670
LXX.	A família do intendente	677
LXXI.	O paraíso terrestre	683
LXXII.	A colônia	690
LXXIII.	Os funerais do visconde de Sainte-Hermine	698
LXXIV.	Tigres e elefantes	705
LXXV.	A enfermidade de Jane	712
LXXVI.	A data marcada	716
LXXVII.	Noites indianas	721
LXXVIII.	Os preparativos do casamento	726
LXXIX.	O casamento	732
LXXX.	Eurídice	737
LXXXI.	O regresso (2)	754
LXXXII.	Dupla presa	758
LXXXIII.	Regresso ao Cão de Chumbo	763
LXXXIV.	Visita ao governador	767
LXXXV.	Coleta para os pobres	773
LXXXVI.	Partida	782

LXXXVII.	O que vinha acontecendo na Europa	787
LXXXVIII.	Emma Lyonna	794
LXXXIX.	Em que Napoleão percebe que às vezes é mais difícil ser obedecido pelos homens que pela fortuna	803
XC.	Porto de Cádiz	810
XCI.	O passarinho	818
XCII.	Trafalgar	825
XCIII.	O desastre	836
XCIV.	A tempestade	842
XCV.	Fuga	864
XCVI.	No mar	873
XCVII.	Os conselhos do sr. Fouché	880
XCVIII.	A posta de cavalos de Roma	892
XCIX.	A via Ápia	898
C.	O que se passava na via Ápia cinqüenta anos antes de Cristo	904
CI.	Conversa arqueológica entre um tenente da Marinha e um capitão dos hussardos	909
CII.	Em que o leitor vai adivinhar o nome de um dos viajantes e descobrir o do outro	915
CIII.	Os pântanos pontinos	922
CIV.	Fra Diavolo	928
CV.	A caçada	933
CVI.	O major Hugo	938
CVII.	Agonia	942
CVIII.	A forca	949
CIX.	Cristoforo Saliceti, ministro da Polícia e da Guerra	955
CX.	O rei José	963
CXI.	Il Bizzarro	968
CXII.	Em que os dois rapazes se separam, um para retomar seu serviço junto a Murat, o outro para pedir serviço a Reynier	973
CXIII.	O general Reynier	979
CXIV.	Em que René percebe que Saliceti não lhe faltou com a palavra	988
CXV.	A aldeia *degli Parenti*	993
CXVI.	A gaiola de ferro	1001

CXVII. Em que René encontra, quando menos esperava, a pista do Bizzarro 1007
CXVIII. A caça aos bandidos 1012
CXIX. A mão da duquesa (capítulo redigido por Claude Schopp) 1020

Capítulos do "manuscrito de Praga":
    I. Sua Alteza Imperial o vice-rei Eugênio Napoleão 1026
    II. O almoço 1032
    III. Preparativos 1039

Nota sobre o estabelecimento do texto 1047

Nota do editor francês

☦

Trombetear: "Acabam de descobrir um inédito de Dumas!" decerto não significa dar um tiro de canhão. O Grande Alexandre, que foi o homem mais esbanjador de seu tempo – esbanjador tanto de sua energia criadora como de seu dinheiro –, tinha demasiadas necessidades terrenas a suprir para não fornecer a torto e a direito os textos de circunstância que nunca deixavam de solicitar à sua lendária generosidade: impressões de viagem, recordações literárias, conferências ou bilhetes casuais sobre os mais diversos assuntos, receitas culinárias... Esses escritos, muitas vezes menores, espalhados pelas colunas de umas cem gazetas, não foram todos retomados em volume; muito pelo contrário: vários deles (ainda hoje acontece de se descobrirem alguns) não foram encontrados até o momento.

Mas proclamar: "Acabam de descobrir um grande romance inédito de Dumas, um romance de cuja existência nem sequer se suspeitava" já não significa acender o rastilho de pólvora e, sim, arriscar-se a desencadear uma espécie de terremoto!

Tivesse alguém, há alguns anos, soprado a novidade no ouvido de um amador minimamente informado, este haveria de sorrir: "Impossível!". E não se furtaria, este amador bem informado, a manifestar sua dúvida: se ainda não encontraram a versão original de todos os romances ou narrativas que o escritor publicou primeiro em folhetim na imprensa de seu tempo, pelo menos dá para ter certeza (enfim, quase certeza) de que cada um desses romances, cada uma dessas narrativas, desde que tivesse alguma importância, foi posteriormente reeditado em livro, escapando assim para todo o sempre do esquecimento – Dumas tinha demasiada necessidade de dinheiro para dispensar essa precaução, a qual não só perenizava a sua obra pelos séculos afora como lhe permitia duplicar, triplicar, ou mais, seus lucros a curto prazo (seus contratos de folhetinista nos lembram, por sinal, que ele sabia muito bem como insistir para que lhe deixassem reeditar o quanto antes as suas histórias em forma de livro).

É de imaginar, portanto, a surpresa, ou mesmo a sensação maravilhosa experimentada por Claude Schopp, pesquisador mundialmente respeitado, especialista entre os especialistas da vida e da obra de Dumas, ao descobrir poucos anos atrás, ao sabor de um amável acaso (e existe o acaso?), um texto totalmente ignorado que se revelou, após leitura e pesquisa... como o último dos grandes romances de Dumas. "Eu me imagino então", escreve ele hoje, "tão feliz como se tivesse descoberto o Eldorado." Acreditamos de bom grado. Pois o romance em questão, mesmo inacabado (uma sinfonia inacabada que ainda assim cobre mais de mil páginas!), não se contenta em ser a última conquista do nosso Alexandre – ele surge de fato como a "peça que faltava" a esse gigantesco quebra-cabeças romanesco que, por sua vontade demiúrgica, iria abarcar toda a história da França desde o Renascimento até a sua época: da rainha Margot ao conde de Monte-Cristo. Nada menos que o grande romance do Consulado e do Império, ou seja, o exato período que viu nascer o nosso escritor... e morrer o seu pai, o general Dumas, brilhante oficial promovido pela Revolução e posteriormente "degradado" por seu rival Bonaparte.

Dessa "peça que faltava", todos os que se debruçaram sobre a obra de Dumas perceberam a ausência, julgando que o escritor só se esquivara na hora de tratar dessa época da história justamente por ela lhe tocar muito de perto. Alguns chegaram a afirmar que, se Dumas dedicou o melhor de seu talento a submeter a história à prova reveladora do romance, foi para vingar o pai – perfeito exemplo de vítima da história. Não é de surpreender, portanto, que Claude Schopp considere mais adiante *O cavaleiro de Sainte-Hermine* um romance-testamento.

Permanece a pergunta: caso esse texto maior tivesse se perdido (o que afinal não é sem precedentes na história da literatura), como é possível que nem sequer tivéssemos desconfiado de sua existência? Essa pergunta, o editor signatário deste breve prólogo não conseguiu deixar de fazer a Claude Schopp no dia em que este lhe revelou a existência do *Cavaleiro de Sainte-Hermine*, cuja edição ele vinha preparando há quinze anos, sob o maior sigilo – principalmente porque

Schopp tinha a reputação de saber tudo sobre Dumas (comenta-se que ele teria reunido, ao longo de sua carreira de pesquisador, um número suficiente de documentos dedicados ao seu herói para dispor, nos seus arquivos, de mais de 10 mil fichas biográficas, cada uma correspondendo a um dia da vida do escritor desde os vinte anos até a morte).

A essa pergunta, Claude Schopp responde maltratando um pouco a lenda: não, ele não dispõe de uma ficha para cada dia da vida de Dumas (embora esse ou aquele dia vivido pelo escritor lhe tenha permitido alimentar muito mais que uma ficha); mas, principalmente, mesmo seguindo o rastro do impetuoso Alexandre, raramente é possível saber no que de fato ele está trabalhando quando se fecha no seu gabinete. Assim, para o período que corresponde à redação do *Cavaleiro de Sainte-Hermine*, os especialistas sabem que ele estava escrevendo muito – e isso, apesar da doença: ora cobrindo o papel com sua letra bonita e ampla, ora ditando, quando sua mão tremia demais... dessa vez, porém, sem o auxílio de "escravos" generosamente remunerados, pois o estado de suas finanças não mais o permitia. Quanto aos frutos dessa estação tardia, só se podiam assinalar aqueles que tinham tido tempo de ser gloriosamente comentados (quer porque tivessem sido encenados, quer porque tivessem sido reeditados em livro): o *Grand dictionnaire de cuisine* [Grande dicionário de culinária], gigantesca obra que só seria publicada após sua morte; um drama em cinco atos tirado do seu último romance, *Les Blancs et les Bleus* [Os Brancos e os Azuis], com que obteria, ainda em vida, considerável sucesso; um romance interrompido dezesseis anos antes, *Création et rédemption* [Criação e redenção], concluído em colaboração com seu amigo Esquiros e que também só teria uma edição póstuma; sem contar suas contribuições para o *Dartagnan* (seu último empreendimento jornalístico) e os bilhetes e "conversas" que não paravam de lhe pedir daqui e dali. Para um moribundo, é bastante. Como imaginar que ele ainda tivera tempo de lançar-se – sem nenhuma ajuda, insista-se – num romance que teria ultrapassado em extensão *O conde de Monte-Cristo*... quando não lhe restavam mais de vinte meses de vida!

Claude Schopp explica aqui de que maneira esse último romance colossal conseguiu vir à luz, tendo de ser interrompido antes do fim; e, principalmente, por que ele representa, aos nossos olhos de hoje, uma chave de acesso indispensável à compreensão do "mistério Dumas" – pois esse homem solar soube proteger como ninguém a porção de sombra que escondia dentro de si. Claude Schopp precisou de quinze anos para reconstituir os arcanos e as peripécias desse mistério enquanto, uma estação após a outra, ele ia estabelecendo, conforme a versão do folhetim graças a ele milagrosamente encontrado, o texto do romance que o escritor não tivera tempo de preparar para a edição.

Pois Dumas, como se sabe, no momento de retomar seus folhetins para publicação em livro, tinha o maior cuidado ao corrigir o texto, caçando impiedosamente as inúmeras besteiras, incoerências, confusões que lhe haviam escapado quando do primeiro esboço. Ninguém melhor que Claude Schopp, temos certeza, poderia cumprir essa beneditina tarefa. Ninguém tampouco saberia, como ele aqui, mostrar as íntimas implicações que esse derradeiro empreendimento obviamente envolvia.

Foi quase se desculpando que ele nos entregou o prefácio que se lerá em seguida, e que ele achava demasiado extenso, pedindo que não hesitássemos em reduzi-lo severamente, se fosse necessário. Não foi preciso: o que Claude Schopp nos relata sobre a sua descoberta e a subseqüente pesquisa aproxima-o de uma espécie de Sherlock Holmes – um Sherlock Holmes modesto. Quanto às longas citações de Dumas que tão apropriadamente sustentam seus argumentos, não raro tiradas de fontes pouco acessíveis, ou mesmo inéditas, são, sejamos sinceros, sensacionais (quando Alexandre repreende o chamado Henry d'Escamps, lambe-botas do poder em exercício, que ousa fazer-lhe um sermão em nome da "História"), às vezes até tremendamente tocantes (tal como o encontro do escritor – então com treze anos! – com o vencido de Waterloo).

Vamos parar por aqui. Que Claude Schopp seja extenso, está muito bem: ele tem tanto a nos dizer! Que Dumas seja ainda mais – muito mais extenso – é mais que uma dádiva: é uma alegria!

Uma alegria que há de entristecer muita gente. Pois, passada a milésima página, ao percebermos de súbito que a hora do adeus se aproxima, imediatamente sentimos um estranho aperto na garganta.

Jean-Pierre Sicre

Prefácio
O testamento perdido

☦

A última obra de um artista, inacabada ou não, por vezes mal esboçada, seja uma sinfonia, um quadro, um romance, assume de fato um valor testamentário: *ultima verba*.

Em 5 de dezembro de 1870, falecia Alexandre Dumas na casa de seu filho, em Puys, próximo a Dieppe; quatro dias depois, "na sexta-feira, 9 de dezembro, uma coluna prussiana entrou na cidade [...], músicos à frente", informa-nos *La Vigie de Dieppe*.

O seu legatário universal, Louis Charpillon, antigo notário em Saint-Bris (Yonne), juiz de paz em Gisors (Eure), homem acima de tudo precavido, acreditou durante muito tempo que a Normandia estivesse "protegida das incursões dos prussianos", mas, mesmo assim, por medo de que assim não fosse, enterrara os seus bens mais preciosos. Escreve ele a Marie Dumas:

> Lamento muitíssimo não poder lhe enviar a contra-escritura que me pede; há uma semana, cavei um buraco na minha adega – e escondi numa caixa-forte os meus documentos mais importantes, entre os quais a contra-escritura, junto com a minha prataria etc.
>
> Estou lhe enviando uma planta da minha adega a fim de que, caso Jeanne, minha mulher, e eu, os únicos que conhecem o esconderijo, venhamos a ser mortos, você, cara amiga, possa encontrar para os meus filhos o que coloquei ali, junto com a contra-escritura do seu pai.[1]

---

1. Autógrafo, BnF, n.a.fr. 24 637, f. 96-97. L.a.s., Gisors, 15 de setembro de 1870.

A contra-escritura do pai é o testamento de Dumas: foi enterrada – conforme indica a planta – na segunda adega, junto à parede transversal (está indicado *hic*, ao lado de um círculo).

Com a guerra terminando em debandada, Charpillon desenterra-o e confia-o, alguns meses mais tarde, em 21 de janeiro de 1871, a um notário de Rouen, o dr. d'Été.

O romance testamentário do escritor, *Hector de Sainte-Hermine*[2], enterrado entre maços de jornais amarelados, experimentou uma vida subterrânea infinitamente mais longa que a do testamento hológrafo: cento e cinco anos, antes de hoje ressurgir à luz. É mais que um livro, é a completude de uma obra.

O romance reencontrado

Se às vezes encontramos sem procurar, é porque por muito tempo procuramos sem encontrar. Eu vinha realizando pesquisas nos Arquivos do Sena, no final dos anos 1980; não saberia ser mais específico: embora minucioso com as datas relativas à vida e obra de Alexandre Dumas, sou bem mais desenvolto quanto às datas que balizam a minha própria vida. Os arquivos estavam relegados ao palacete Le Maignan, antigo navio de pedra com água entrando por todos os lados e que parecia então fadado a logo ser demolido. A sala de leitura era sinistra, sombria até nos mais lindos dias de verão; nela eram febrilmente examinadas as fichinhas acartonadas, sujas e amassadas, alfabeticamente ordenadas, que remetiam a certidões do antigo registro civil reconstituídas após o incêndio da Comuna. Era como flanar num imenso cemitério.

Já não recordo o que estava procurando. Não estava entrando, decerto, na floresta escura e infinita, de mil caminhos tortuosos, de Alexandre Dumas, mas

---

2. Retomando um costume que não desaprovaria Dumas, cujos títulos de romances muitas vezes se modificaram ao passar do folhetim para a edição dita de gabinete de leitura (*Une famille* [Uma família] tornou-se *Les frères corses* [Os irmãos corsos]; *La robe de noce* [O vestido de noiva] tornou-se *Cécile*, por exemplo), o presente editor e eu próprio escolhemos o título: *Le chevalier de Sainte-Hermine* [O cavaleiro de Sainte-Hermine], pondo assim a ênfase na posição de Hector na irmandade dos Sainte-Hermine – e conformando-nos ao cunho octossilábico de alguns títulos de Dumas (*Le comte de Monte-Cristo*, *Le vicomte de Bragelonne* [O conde de Monte-Cristo, O visconde de Bragelonne]...).

ainda não havia penetrado em todos os recantos da sua obra "radiante, incontável, múltipla, fulgurante, feliz onde brilha a luz do dia"[3]; a minha ambição devia limitar-se modestamente à descoberta da certidão de nascimento de algum bastardo, ou à identidade precisa de uma das suas amantes, de um dos seus editores, talvez Louis Paschal Setier... Eu decerto encomendara aquela certidão, e a estava esperando. Espera-se muito mais do que se procura nos Arquivos do Sena. Desocupado, provavelmente abri alguma gaveta, folheei outras fichas. Terá sido por um acaso se li, na letra D: "Alexandre Dumas (pai). As dívidas de Josefina, L.a.s., 2p.".

Pôr a mão num formulário de pedido, preenchê-lo com meu nome, sobrenome, endereço e código do documento – 8 AZ 282 – foi coisa de um instante; ter em mãos as duas folhas azul-celeste de quadrículas retangulares demandou mais paciência.

Transcrevo o documento tal como o tive então debaixo dos meus olhos (ortografia e pontuação não corrigidas):

> As dívidas de Josefina
> Não obstante a nova nota inserida no *Pays* em seu número de ontem, e reproduzido pelo *Moniteur Universel*, não só nosso colaborador e amigo Alexandre Dumas mantém suas asserções, como acrescenta para edificação dos curiosos novas provas às provas que já deu.
> Não é ele, é Bourrienne o único conferidor das contas do primeiro cônsul, e de Josefina que fala.
>
> "É de se imaginar a ira e o humor do primeiro cônsul, embora eu tivesse confessado metade da quantia, ele bem desconfiou que sua mulher estava dissimulando alguma coisa; mas ele me disse:
> "Muito bem! Pegue seiscentos mil francos; e liquide as dívidas dessa quantia e não quero mais ouvir falar nesse assunto. Autorizo-o a ameaçar os fornecedores a não lhes dar nada se eles não renunciarem aos seus lucros imensos; é preciso acostumá-los a não serem tão fáceis nos seus fornecimentos a crédito."
> Aqui eu poderia ter feito valer o alto poder do homem que, tendo-se colocado acima da Constituição do ano VIII, fazendo o 18 de brumário, não receava

---

3. Victor Hugo, *Les contemplations* [Contemplações], livro 5º, xv.

colocar-se acima do Tribunal do Comércio não pagando as dívidas de sua mulher, ou pelo menos consentindo em só pagar a metade. Mas é de crer que seiscentos mil francos, naquela época, eram insuficientes para pagar um milhão e duzentos, pois Bourrienne acrescenta:

"Por fim, depois das mais veementes contestações, tive a alegria de concluir tudo com os seiscentos mil francos."

É verdade que ele acrescenta:

"Mas a sra. Bonaparte logo caiu nos [sic] mesmo excesso. Essa mania inconcebível de gastar foi para ela quase que a única causa de todos os seus dissabores; sua profusão irrefletida tornava permanente a desordem em sua casa, até a época do segundo casamento com Bonaparte, quando ela se tornou, segundo me disseram, mais comportada."

Que não se acuse Bourrienne de má vontade para com Josefina, pelo contrário, foi ele seu melhor amigo até o último instante. Nenhuma oportunidade de elogiar Josefina se apresentava sem que ele depressa a aproveitasse, nem uma vez falou nela sem expressar sua gratidão por todos os favores com que o cumulara.

Deixemos falar agora o homem que devia estar mais bem informado sobre as dívidas de Josefina, já que era ele quem as pagava.

"Josefina", diz o imperador, "possuía em excesso o gosto pelo luxo, a desordem, a incúria nos gastos, natural das crioulas. Era impossível organizar suas contas; estava sempre devendo: de modo que havia geralmente grandes discussões quando chegava a hora de pagar suas dívidas. Ela foi vista muitas vezes mandando dizer aos seus comerciantes que só declarassem metade delas. Até mesmo na ilha de Elba vieram cair sobre mim lembranças de Josefina vindas de todas as partes da Itália" (página 400), *Mémorial de Sainte-Hélène* [Memorial de Santa Helena], 3 vols.

Encerremos com o paralelo traçado por Napoleão entre suas duas esposas:

"Em momento algum da vida tinha a primeira posicionamentos ou atitudes que não fossem agradáveis ou atraentes; seria impossível surpreender nela ou sentir em relação a ela algum inconveniente; tudo o que a arte pode imaginar em termos de atrativos foi utilizado por ela, com tal mistério que nunca se percebia nada. A outra, pelo contrário, nem sequer suspeitava de que pudesse haver algo a ganhar em inocentes artifícios.

"Uma estava sempre distante da verdade, seu primeiro movimento era a negação; a segunda ignorava a dissimulação, todo desvio lhe era estranho. A primeira nunca pedia nada ao marido, mas tinha dívidas em toda parte; a segunda não hesitava em pedir quando não tinha mais, o que era bastante raro; jamais teria pensado em pegar nada sem devolver em seguida. De resto, as duas eram boas, doces, muito afeiçoadas ao marido. Mas já adivinharam, decerto, e quem quer as tenha conhecido já reconheceu as duas imperatrizes" (1).

[1]. Página 407. Memorial de Santa Helena, vol. 3s.

Eis, meu caro diretor, o que eu poderia ter respondido ao sr. Henry d'Escamps, mas pensei que seria inútil dar de graça ao *Pays* uma cópia a que o senhor talvez atribuísse algum valor.

Contentei-me em escrever-lhe a seguinte carta:

"Ao senhor redator do jornal *Le Pays*.

"Senhor,

"Sua resposta não é uma resposta. Falei sobre o um milhão e duzentos mil francos de dívidas contraídas por Josefina entre 1800 e 1801, ou seja, no período de um ano. Não falei sobre as dívidas de 1804 a 1809. Entrego a conta desses cinco anos ao sr. Ballouhey, ao sr. de Lavalette e ao senhor mesmo, não tendo a menor dúvida de que irão conseguir, entre os três, prestar-me contas tão corretas como fez o sr. Magne com os quatro milhões perdidos que serviram durante sete ou oito anos a equilibrar o orçamento.

"Queira aceitar, senhor, a expressão de meus mais distintos sentimentos.

"*Alexandre Dumas*."

A letra, a assinatura, eram mesmo de Alexandre Dumas pai, não do filho, não do general Matthieu Dumas, nem de outro Dumas, pois são muitos os Dumas.

Eu tinha encontrado, só restava procurar.

Dumas trouxera à cena, portanto, Josefina às voltas com seus credores, num texto publicado por *Le Moniteur Universel*, provocando assim a ira do sr. Henry d'Escamps do *Pays*. Dumas respondia ao seu contraditor numa carta destinada à publicação, citando as fontes que utilizara, e isso era só o que eu podia afirmar. Esse texto de Dumas era para mim desconhecido: não estava recenseado, isso eu verifiquei, em nenhuma das bibliografias de Alexandre Dumas (nem no *Reed* nem em *Alexandre Dumas père: a bibliography of works published in French, 1825-1900*, de Douglas Munro). É claro que o documento, como em geral ocorre com Dumas, não estava datado.

Sou incapaz, hoje, de lembrar em detalhe todos os caminhos que trilhei posteriormente até alcançar o objetivo. Devo ter procurado em vão por alguma nota biográfica de Henry d'Escamps; provavelmente registrei que Pierre Magne fora ministro das Finanças entre 1867 e 1870; exumei sem resultado a brochura *Carta enviada em 16 de maio de 1827 ao sr. conde de Lavalette, pelo sr. Ballouhey, antigo secretário das despesas de S. M. a Imperatriz Josefina*, in-8º, 1943, publicada no segundo tomo das *Mémoires du comte Lavalette* [Memórias do conde Lavalette] (p. 376); devo ter deduzido que, para imprimir um texto que maculava a reputação de Josefina, *Le Moniteur Universel* só podia ter deixado de ser o jornal oficial do governo do Segundo Império – ora, era de 1º de janeiro de 1869, ou seja, da criação do *Journal Officiel*, que datava essa transformação.

Qualquer que tenha sido o caminho que trilhei, imagino-me um dia, sob o domo da sala dos periódicos da Bibliothèque Nationale, rua de Richelieu, alojado numa dessas cabines que lembravam confessionários, desenrolando o rolo de microfilme do jornal referente ao primeiro trimestre de 1869 e descobrindo... não a carta que eu acabava de trazer à luz (e que nunca fora publicada, nem no *Moniteur Universel*, nem no *Pays*), não um artigo de Dumas sobre as dívidas de Josefina, mas um romance de folhetim, um romance muito longo, infelizmente inacabado: cento e dezoito capítulos cobrindo, com alguma irregularidade, de 1º de janeiro a 30 de outubro de 1869. Quase um ano de folhetim! Imagino que, na ocasião, me senti tão feliz como se tivesse descoberto o Eldorado. Era o derradeiro romance de Alexandre Dumas, aquele que a doença e a morte interromperam, aquele em que sua incansável pena estacara afinal!

Esvaziando o meu cofrinho, consegui, alguns meses mais tarde, uma fotocópia desses folhetins, maço espesso sobre o qual me atirei para devorá-lo. Não se falava ainda em trazer Dumas para o Panteão*; no entanto, Guy Schoeller, diretor da coleção "Bouquins", que gostava de Dumas porque, na sétima série, lia *O conde de Monte-Cristo* escondido em sua carteira durante as aulas de latim, aceitou incluir *Hector de Sainte-Hermine* na série "Os grandes romances

---

* Os restos mortais de Alexandre Dumas foram transferidos em 30 de novembro de 2002 para o Panteão, em Paris, onde estão enterrados nomes célebres da história e das artes francesas. Essa suprema homenagem ocorreu durante a comemoração de seu bicentenário. (N. T.)

de Alexandre Dumas" que ele entregara aos meus cuidados. Em decorrência de mudanças na política editorial da casa, obrigado a desistir de levar seu projeto a cabo, ele me devolveu a contragosto os manuscritos de *La San Felice* e *Hector de Sainte-Hermine*.

"Mas quando é que você vai editar o *Hector*?", perguntava, toda vez que nos encontrávamos, meu impaciente amigo Christophe Mercier, a quem eu revelara a existência desse filho secreto.

Hoje, isso está feito graças a Jean-Pierre Sicre, que nada lhe deve em bravura e naturalmente assume a continuidade de Guy Schoeller.

Habent sua fata libelli*, Dumas gostava de dizer, citando Terenciano Mauro.

O romance recomposto

Uns cento e vinte e cinco anos antes de o texto que se vai ler ser redescoberto, estava Alexandre Dumas, no bulevar Malherbes, sentado à sua mesa de trabalho, ou deitado em sua cama baixa, traçando em seu papel azul-celeste, formato 21 x 27, a primeira frase do seu romance: "Chegamos às Tulherias", disse o primeiro cônsul Bonaparte a seu secretário Bourrienne, ao entrar no palácio em que Luís XVI fizera a sua penúltima estação, entre Versalhes e o cadafalso, "e aqui vamos tratar de ficar".

No ano anterior, em 25 de outubro de 1867, *La Petite Presse* publicara em folhetim *Les Blancs et les Bleus*, que, em quatro seqüências autônomas, "Les Prussiens sur le Rhin" [Os prussianos sobre o Reno], "Le Treize Vendémiaire" [O treze de vendemiário], "Le Dix-Huit Fructidor" [O dezoito de frutidor], "La Huitième Croisade" [A oitava cruzada], traçara um vasto panorama da história francesa entre dezembro de 1793 a agosto de 1799, ou seja, entre o Terror e a volta de Bonaparte do Egito: "O livro que escrevemos está longe de ser um romance, talvez não seja romance suficiente para certos leitores; já dissemos que foi escrito para andar lado a lado com a história", notara ele[4]. Ou então:

---

* "Os livros têm seu destino", verso do poeta e gramático latino (*Carmen Heroicum*, 250). (N. T.)

4. "Le Dix-Huit Fructidor", cap. XXVIII.

É de observar, na obra que ora entregamos aos olhos dos leitores, que somos antes historiador romanesco que romancista histórico. Acreditamos ter dado prova suficiente de imaginação para que nos permitam dar prova igualmente de precisão, mantendo todavia em nosso relato o lado de fantasia poética que torna sua leitura mais fácil e mais atraente que a leitura da história destituída de todo ornamento.[5]

Assim, em novembro de 1866, para cumprir a função de historiador, o romancista escrevera de modo um tanto insolente a Napoleão III, o medíocre sobrinho de César:

Ilustre colega,

Quando o senhor iniciou a empreitada de escrever a vida do vencedor das Gálias[6], todas as bibliotecas depressa puseram à sua disposição os documentos que a contêm.

Resultou uma obra superior às outras, no sentido de reunir a maior quantidade de documentos históricos.

Ocupado em escrever nesse momento a história de um outro César, chamado Napoleão Bonaparte, estou precisando de documentos relacionados ao seu surgimento no palco do mundo.

Em suma, queria ter todas as brochuras que o 13 de vendemiário fez florescer[7].

Solicitei-as à Biblioteca, foram-me recusadas.

Não me resta outro jeito senão dirigir-me ao senhor, ilustre colega, a quem nada é negado, solicitando-lhe que peça em seu nome essas brochuras à Biblioteca, tendo em seguida a gentileza de colocá-las à minha disposição.

Caso aceite acolher o meu pedido, terá me prestado um favor que jamais esquecerei.

Tenho a honra de ser, com respeito,

---

5. Ibid., cap. XVI.
6. Fora publicado, sob o nome de Napoleão III, *Histoire de Jules César* (Imprensa Imperial, 1865-66, 3 vols. in-folio; H. Plon, 1865-66, 2 gr. in-8º).
7. "Le Treize Vendémiaire", segunda parte de *Les Blancs et les Bleus*, foi editado em *La Petite Presse* (de 18 de julho a 21 de agosto de 1867) após cessar a publicação do *Mousquetaire*.

Ilustre colega da *Vie de César*,
Seu humilde e grato colega,

Alex. Dumas.[8]

A crermos no *Journal du Havre* de 27 de agosto de 1867, a carta teria dado resultados: por intervenção de Victor Duruy, ministro da Instrução Pública, Dumas teria tido acesso às fontes desejadas; e o escritor pôde narrar o surgimento no palco do mundo de Napoleão Bonaparte, "o homem que iluminou a primeira parte do século XIX com a tocha da sua glória"[9].

Ao lermos atentamente *Les Blancs et les Bleus*, veremos que Hector de Sainte-Hermine, herói do romance reencontrado, faz nele uma furtiva aparição, quando seu irmão Charles declara a Cadoudal que, se for guilhotinado, "assim como meu irmão mais velho herdou a vingança do meu pai [guilhotinado], assim como herdei a vingança do meu irmão mais velho [fuzilado], meu irmão mais novo herdará a minha vingança"[10].

Ainda sem nome, sem sinais particulares além do seu lugar na irmandade, o caçula fica na reserva: a missão precede a personagem.

Seria preciso mais de um ano para que ele vestisse a roupagem do herói romanesco.

Entretanto, Alexandre Dumas tentou sua derradeira aventura jornalística com *Le Dartagnan*, que abandonou, moribundo, a fim de passar o verão em Havre, entusiasmado com uma grande exposição marítima; lá, mostrou-se por toda parte, no Hotel Frascati, nas touradas espanholas, nas corridas de Harfleur, no teatro, onde patroneou apresentações em prol de artistas na miséria, encontrando tempo ainda assim para dar seguimento a *Création et rédemption*, romance iniciado dezesseis anos antes em Bruxelas, em colaboração com Alphonse Esquiros[11]: "Obrigado

---

8. Publicada em *Le Journal du Havre*, 27 de agosto de 1867, e *La Petite Presse*, 31 de agosto de 1867. A carta parece ser contemporânea da transformação de *Nouvelles* em *Mousquetaire*, cuja direção Dumas assumiria (18 de novembro de 1866); o novo jornal só anunciaria *Les Blancs et les Bleus*, continuação de *Les compagnons de Jéhu*, em 20 de dezembro, publicando o prefácio no dia seguinte. O folhetim começaria a ser publicado a 13 de janeiro de 1867.

9. "La Huitième Croisade", cap. XVII.

10. "Le Treize Vendémiaire", cap. VII.

11. Publicado em *Le Siècle*, de 29 de dezembro de 1869 a 22 de maio de 1870, e editado por Michel Lévy, em dois volumes: *Le docteur mystérieux* e *La fille du marquis*.

a trabalhar até as quatro horas da tarde, não podemos lhe querer mal por manter sua porta fechada até esta hora", escreve seu secretário Georges d'Orgeval.

Quanto à continuação – ou seja, à concepção e redação de *Hector* –, só posso resumir aqui em poucas pinceladas o que minhas pesquisas, ao longo de cerca de dez anos, permitiram-me reconstituir...

Foi provavelmente em Havre, no final do verão, que ele ditou a um secretário ocasional, esse mesmo Orgeval, quem sabe, uma carta endereçada a Paul Dalloz, diretor do *Moniteur Universel*, o qual estava publicando naquela época uma série de "Causeries sur la mer" [Conversas sobre o mar][12], seguida de outras conversas (sobre o vinagre-dos-quatro-ladrões*, sobre os inseticidas, sobre os vulcões, sobre a mostarda etc.).

Essa carta[13], cuja ortografia respeitamos, convidamos o leitor tímido a saltá-la por ora, e deixar para lê-la após a leitura do livro, porque ela conclui o inconcluso e encerra o projeto (bastante lacunar, é verdade) do romance. O primeiro movimento de Alexandre Dumas sempre o direciona para o impossível. A tela aqui proposta é imensa: nada menos que a continuação da história deste outro César, Napoleão I, da sua ascensão ao zênite até a queda por detrás do horizonte.

Eis, caro amigo, o que lhe proponho.

Um romance em quatro ou seis volumes, intitulado *Hector de Sainte-Hermine*.

Hector de Sainte-Hermine é o último de uma nobre família do Jura (Besançon). Seu pai, o conde de Sainte-Hermine, foi guilhotinado, fazendo jurar o filho mais velho, Léon de Sainte-Hermine, que morreria como ele pela causa monarquista; Léon de S[ain]te-Hermine morreu fuzilado na fortaleza de Harnem[14]; fez jurar o seu irmão mais novo, Charles de S[ain]te-Hermine, que morreria como ele pela causa dos Bourbon; e Charles de S[ain]te-Hermine, chefe dos compa-

---

12. *Causeries sur la mer* (prefácio e notas de Claude Schopp, Marly-le-Roi, Champflour, 1995), 144 pp.

* *Vinaigre des quatre voleurs*: preparo caseiro tradicional composto de vinagre de maçã, plantas medicinais e especiarias. Reza a lenda que, durante uma epidemia de peste em Toulouse, que dizimou a população em 1631, quatro ladrões que saqueavam os cadáveres foram poupados, segundo eles, por ingerirem esse preparado. (N. T.)

13. Pudemos adquiri-la em 1991.

14. Auenheim, "a duas léguas e meia de Bischwiller. [...] era em Auenheim que ficava o quartel general"; cf. *Les Blancs et les Bleus*, caps. XV-XVI.

nheiros de Jeú, foi guilhotinado em Bourg-en-Bresse[15], fazendo prometer o seu terceiro irmão, Hector de Sainte-Hermine, que seguiria o exemplo dado pelo pai e pelos dois irmãos mais velhos.

Conseqüentemente, Hector filiou-se aos companheiros de Jeú, prestou juramento de fidelidade aos Bourbon e de obediência a Cadoudal e por mais apaixonado que estivesse por uma jovem crioula protegida por Josefina, e embora amado por essa jovem crioula, nunca ousou declarar-se; escravo que é do laço que o prende aos Bourbon e da obediência que deve a Cadoudal.

Uma vez pacificada a Vendéia, porém, Cadoudal vai a Paris, encontra-se com Bonaparte, que lhe oferece a patente de coronel ou uma renda de cem mil francos para que fique quieto.

Cadoudal recusa, declara a Bonaparte que, não podendo permanecer na França, segue para o retiro na Inglaterra e na hora de embarcar manda o seu amigo Coster de S[ain]t-Victor devolver a liberdade a todos os que prestaram juramento de fidelidade em suas mãos.

Só então Hector de S[ain]te-Hermine, livre da sua palavra, pode confessar à srta. de la Clémencière que a ama e pedi-la em casamento.

Ela só esperava o seu pedido para aceitar; tudo está acertado para o casamento, a data marcada, assina-se o contrato, mas, na hora de assinar, quando Hector já está com a pena na mão, um homem mascarado se apresenta, vai até ele e lhe entrega um bilhete.

Hector se detém, lê o bilhete, solta a pena, fica muito pálido, dá um grito e sai como um louco.

O bilhete é uma ordem para ir, naquele mesmo instante, juntar-se aos companheiros de Jeú na floresta de Andelys.

Eis o que aconteceu.

Cadoudal manteve fielmente a sua promessa, mas Fouché, querendo inspirar temores em Bonaparte, criou as companhias de fogueiros, que, em nome de Cadoudal, estão devastando as granjas da Normandia e da Bretanha.

Cadoudal, com seu nome comprometido, deixa a Inglaterra, volta para a França pela falésia de Biéville e vai pedir hospitalidade numa granja.

O acaso quis que um bando de fogueiros, conduzidos por um falso Cadoudal, planejasse pilhar a granja naquela mesma noite.

---

15. Cf. *Les compagnons de Jéhu*.

Os foguistas prendem o granjeiro, sua mulher e seus filhos; queimam os pés deles, cujos gritos chamam a atenção de Cadoudal, que entra segurando uma pistola em cada mão.

– Qual de vocês se chama Cadoudal? – pergunta.

– Sou eu – responde um homem mascarado.

– Está mentindo! – diz Cadoudal, estourando-lhe os miolos. – Cadoudal sou eu.

E já que faltaram ao juramento que lhe foi feito, ele declara por sua vez a todos os seus agentes que está de volta à guerra e que todos lhe devem obediência como no passado.

Foi essa ordem que Hector recebeu na hora de assinar o contrato de casamento, e que o obrigou a sair da sala e ir de mala posta para Andelys.

Ocorre o ataque da diligência, Hector é ferido, feito prisioneiro, conduzido para as prisões de Rouen, onde conhece o Prefeito, chama-o em sua prisão, diz que precisa ver o ministro da polícia Fouché de qualquer maneira; o Prefeito assume a responsabilidade de levá-lo, declara-se seu garantidor e leva-o de mala posta para Paris; vão até Fouché.

O rapaz o acusa e pede como único favor que o fuzilem sem que seu nome seja pronunciado. Estava a ponto de aliar-se a uma família tão nobre quanto a sua, de casar-se com uma mulher que ele adorava, queria desaparecer sem respingar sangue ou vergonha naquela que iria ser sua esposa.

Fouché sobe num carro, vai até as Tulherias, conta tudo a Bonaparte, que se contenta em dizer: "Conceda o favor que ele pede, que seja fuzilado".

Fouché insiste em manter vivo o prisioneiro. Bonaparte dá-lhe as costas e sai.

Fouché contenta-se em manter o prisioneiro em segredo, deixando para conversar mais tarde sobre isso com Bonaparte.

A noiva está desesperada, ninguém sabe dizer-lhe o que é feito do seu amante. A conspiração de Pichegru, Cadoudal e Moreau segue seu curso. Cadoudal é detido. Pichegru é detido. Moreau é detido. Processo. Estado de Paris durante o processo. Nos aposentos do primeiro cônsul. Execução de Cadoudal. Pichegru se estrangula. Moreau se exila.

Napoleão é coroado.

Na noite da coroação, Fouché vai até ele.

– Majestade – diz ele –, venho perguntar-lhe o que devemos fazer com o conde de S[aint]e-Hermine.

– Quem é esse? – pergunta Bonaparte.
– É o rapaz que pediu para ser fuzilado sem que seu nome fosse conhecido.
– Pois então, não foi fuzilado? – inquiriu o imperador.
– Majestade, pensei que o Imperador, no dia de sua coroação, não me negaria o primeiro favor que lhe pedisse. Peço o indulto deste rapaz, com cujo pai fui criado.
[–] Que o mandem para o Exército como simples soldado, que seja morto.

Hector de S[aint]e-Hermine parte como simples soldado e, durante a longa luta do Império contra o mundo inteiro, tenta ser morto como ordenara o imperador. Mas a cada perigo que corre realiza um feito brilhante, de modo que é sucessivamente promovido a todas as patentes sobre as quais não incide a sanção do imperador, ou seja, até a patente de capitão.

A partir desse momento, Napoleão, que reconheceu o nome, recusa duas vezes sua promoção, quando sugerida. No entanto, em Friedland, testemunha de um feito brilhante realizado pelo pobre degradado, e não o conhecendo de vista, vai até ele e diz:

– Capitão, o senhor é agora chefe de batalhão.
– Não posso aceitar – responde Hector.
– Por quê?
– Porque Vossa Majestade não sabe quem sou.
– Quem é o senhor?
– Sou o conde Hector de Sainte-Hermine.

Napoleão dá meia-volta ao cavalo e afasta-se a galope.

Duas vezes Hector de Sainte-Hermine é indicado como chefe de batalhão ao imperador, mas somente na batalha de Eylau é que este consente em apor sua assinatura na nomeação.

Retornando da Rússia, é ele quem se oferece para conduzir o trenó que trará Napoleão de volta à França.

Napoleão desprende a sua cruz para lhe dar quando o mujique recua e diz: "Perdão, Majestade, sou o conde de S[aint]e-Hermine["].

Napoleão prende de volta a sua cruz.

Chega a campanha de 1814. Um chefe de batalhão vai até Bonaparte levando uma carta do marechal Victor no momento em que Napoleão voltou a ser artilheiro na montanha de Surville; cai uma bomba aos pés de Napoleão, o chefe de batalhão afasta Napoleão com o braço e joga-se entre ele e a bomba.

A bomba explode. Napoleão, são e salvo, e embora reconhecendo Hector de S[aint]e-Hermine, arranca e dá a ele a sua cruz, dizendo:

[–] Você fez por merecê-la!

Napoleão abdica; está cercado por toda a família Sainte-Hermine; Hector tem trinta e cinco anos apenas, sua carreira mostra-se magnífica se quiser continuar servindo os Bourbon, como serviram seus antepassados, seu pai e seus dois irmãos. Trazem-lhe a patente de capitão dos Mosqueteiros, que equivale ao de general – ele aceita.

Contudo, em sua primeira entrevista com Luís XVIII, fere a suscetibilidade deste último, chamando-o de Majestade. O rei lhe faz saber que, tendo sido a palavra Majestade profanada pelo usurpador, já não se diz mais Majestade e, sim, o Rei e na terceira pessoa.

Ao sair da audiência, Hector encontra um mendigo que lhe pede esmola.

Ele lhe dá uma moeda.

– Ah! – diz o mendigo. – Não é suficiente para um antigo camarada.

[–] Você, meu camarada?

[–] Ou companheiro, se quiser. Companheiro de Jeú. Estava com o senhor naquela famosa noite em que foi preso; isso para dizer que não vou me contentar com uma esmola.

– Você tem razão, merece mais que isso. Venha até a rua de Tournon, nº 11, é lá onde moro.

– Quando?

– Imediatamente, espero você lá.

Hector põe o cavalo a galope, precede[ndo] o mendigo em dez minutos.

Coloca um par de pistolas no bolso, manda o criado sair por um motivo qualquer e espera.

O mendigo toca a campainha. Hector vai abrir. Leva-o até o seu gabinete, abre uma escrivaninha repleta de ouro e diz: "Pegue o que quiser".

Enquanto o mendigo estica o braço e pega um punhado de ouro, Hector tira uma pistola e estoura-lhe os miolos – depois fecha a porta, volta às Tulherias, pede para falar com o rei e conta-lhe o que acaba de suceder.

Explica-lhe que, se foi ladrão de diligência, foi para dar dinheiro a Cadoudal e servir a Realeza.

Luís XVIII, que ainda não engolira a palavra Majestade, aceita indultá-lo desde que ele peça demissão e deixe a França.

– Obrigado, senhor, responde Hector.

Ele vai para a Itália, embarca em Livorno e aporta na ilha de Elba. Lá, encontra Napoleão.

Veio juntar-se a ele e dedicar-se à sua sorte.

Volta com Napoleão da ilha de Elba, é nomeado general no combate de Ligny, assiste à [batalha] de Waterloo, volta para Paris com Ney. Labédoyère é, como eles, condenado à morte.

Então, a srta. de la Clémencière, que permaneceu doze anos num convento, fiel ao seu antigo amor, vai atirar-se aos pés do rei Luís XVIII e pede-lhe o indulto de Hector.

Luís XVIII recusa, dizendo: "Se eu lhe der o indulto do seu amante, terei de indultar Ney, Labédoyère, e isso é impossível".

– Muito bem, Senhor – respondeu a srta. de la Clémencière. – Conceda-me então um favor supremo. Assim que morrer o conde Hector, permita que eu leve o seu corpo a fim de sepultá-lo no túmulo da nossa família. Não tendo podido viver com ele neste mundo, pelo menos dormirei com ele na eternidade.

O rei Luís XVIII escreve numa folha de papel:

["] Assim que morrer o conde de Sainte-Hermine, autorizo a entrega do cadáver à srta. de la Clémencière. ["]

A srta. de la Clémencière é prima de Cabanis*; vai perguntar-lhe se não existe algum narcótico que simule a morte a ponto de o médico das prisões que constata o óbito poder ser enganado.

O próprio Cabanis prepara o narcótico, fazem-no cheg[ar a Hector] e na mesma noite [em que ele deve ser] fuzil[ado] [sua morte] é constatada [pelo médico] da Conciergerie.

Às três e meia da manhã, a srta. d[e la Clémencière] apresenta-se com uma muda de cavalos à [porta] da prisão e exibe a ordem de Luís XVIII para que lhe entreguem o cadáver.

A ordem está conforme, o cadáver é entregue, partem para a Bretanha, porém no caminho a srta. de la Clémencière faz com que Hector tome um antídoto,

---

* Pierre Jean Georges Cabanis (1757-1808), célebre médico e filósofo, deputado, professor da Faculdade de Medicina, autor de *Traité du physique et du moral de l'homme* (1802). Amigo de Mirabeau e Condorcet, foi simpatizante dos girondinos, a alguns dos quais forneceu veneno como escapatória à guilhotina. (N. T.)

e este se vê nos braços da mulher que ele amou, há doze anos, que ainda ama, mas que jamais ousara rever!

A. Dumas.[16]

É, muito provavelmente, numa das curtas estadas do escritor em Paris – por volta de 20 de setembro, por exemplo, ele vai assistir aos ensaios do seu drama *La conscience*, encenado no Odéon – que Paul Dalloz se desloca até o bulevar Malesherbes, nº 79, último domicílio de Dumas na capital. As condições da publicação são acertadas entre o diretor do jornal e o seu folhetinista, sendo os termos confirmados, no dia seguinte, por uma carta-contrato de Dumas, não datada como a maioria de suas cartas: ele entregaria o primeiro dos seis volumes do romance que está escrevendo especialmente para *Le Grand Moniteur Universel* (intitulado, até aquele momento, *Hector de Sainte-Hermine*), de modo que a publicação possa ter início e prosseguir sem interrupção a partir de 1º de janeiro de 1869; Dalloz poderá interromper a publicação, conforme o costume, mas, em sua opinião pessoal, seria preferível mantê-la sem descontinuar; o preço da inserção é fixado em quarenta centavos por linha; a obra voltaria a ser de inteira propriedade do escritor após sua publicação no *Moniteur recto e folio*; mas seu editor [Michel Lévy frères] só poderia colocar à venda cada um dos volumes dois meses após sua publicação no *Moniteur*.

"Peço a Deus que o conserve em sua santa guarda", ele conclui[17].

No início de novembro de 1868, o escritor estava de volta a Paris, no gabinete de trabalho descrito por Mathilde Shaw:

Em seu gabinete de trabalho, ele instalara seu quarto de dormir, reunira suas lembranças de família e dos amigos: o retrato do pai, rosto de mulato, cheio de energia e lealdade; umas aquarelas, presente de seu amigo Guilherme III da Holanda, quando era príncipe herdeiro; finalmente, um arsenal de armas antigas, muito bonitas.

---

16. O autógrafo, rasgado, apresenta no final algumas lacunas que tentamos preencher. A assinatura é mesmo da lavra de Dumas.

17. Catálogo Roy David, 2001.

Ali, a velhice finalmente o alcança; ele cai doente com freqüência e fica deitado em sua cama ampla e baixa, de frente para o belo retrato de seu filho, feito por Louis Boulanger[18].

No entanto, ele ainda tem forças para se projetar no futuro quando, de pena na mão, ou ditando se a mão treme demais, mergulha no passado – passado próximo para ele, cuja infância foi atravessada pelos acontecimentos que ele põe em cena – para se lançar em *Hector de Sainte-Hermine*, sem saber que este há de ser o seu último romance.

Continua amanhã, ou em breve (ou nunca)

Quando se considera o ritmo da publicação do folhetim, constata-se que, para o primeiro volume, com vinte e dois capítulos publicados entre 1º de janeiro e 9 de fevereiro, a edição nas colunas do *Moniteur* é regular: é cotidiana, sendo interrompida apenas na segunda-feira para dar lugar ao folhetim dramático. O folhetim fica, como quer a tradição, no rodapé da primeira e da segunda páginas do jornal (salvo dias 9 e 17 de janeiro), da primeira somente a partir de 21 de janeiro (salvo o último folhetim, que se estende novamente para a primeira e segunda páginas).

O segundo volume (ou segunda parte do primeiro volume, como está indicado no final do fascículo), que conta com vinte e seis capítulos, enfrenta turbulências maiores. Começando em 16 de fevereiro, após alguns dias de interrupção, conforme o costume, e regular até 23 de fevereiro, sofre a seguir uma série de interrupções, que vão de alguns dias (de 24 de fevereiro a 1º de março, 30 de março, 4 e 6 de abril, 4, 5, 18, 22, 23, 26 e 28 de maio) a três semanas (de 8 a 28 de abril); termina em 5 de junho.

Que conclusões tirar dessas observações minuciosas? Que Dumas entregou a integralidade do primeiro volume (ou a primeira parte do primeiro volume) a Paul Dalloz antes de 1º de janeiro de 1869, data em que começa o folhetim; e que posteriormente penou para manter o ritmo imposto pelo caráter cotidiano da publicação.

---

18. Cf. *Alexandre Dumas en bras de chemise* (organização e apresentação Claude Schopp, Paris, Maisonneuve & Larose, 2002), 256 pp.

Acontecimentos de sua vida pessoal poderiam explicar essas dificuldades? Durante todo o mês de fevereiro, ele se ocupou ativamente dos ensaios de *Les Blancs et les Bleus*, drama em cinco atos e onze quadros, adaptado da primeira parte ("Les Prussiens sur le Rhin") do romance epônimo; a peça, a sua última, é representada em 10 de março e alcança um belo sucesso: é verdade que, nesse fim de Império, a última palavra é de Saint-Just, "bela figura. Não mais bela que a de Bonaparte, porém mais bela que a de Napoleão"[19], que exclama: "Viva a República!", enquanto ressoam os primeiros acordes da *Marselhesa*. Em 4 de março, ele vai a Saint-Point, próximo a Mâcon, ao enterro do seu velho amigo Lamartine; no domingo 7 de março, assiste ao jantar dançante que se realiza, à meia-noite e meia, em homenagem à centésima representação da reencenação de *La dame de Monsoreau*, no Grand Hôtel do Louvre, onde, "para as senhoras, os vestidos de gala estão proibidos" e, "para os senhores, o traje de baile não é obrigatório"; mas a sua saúde se deteriora e, no dia seguinte ao baile, sua filha Marie escreve a uma amiga dizendo que está cuidando do pai, cansado e doente. "Não tenho um só minuto que seja meu, com o papai querido que você sabe que tenho. Meu trabalho, o dele, obrigações de todo tipo fazem da minha pobre existência uma perpétua pilhagem em que cada um pega o que lhe pertence ou o que não lhe pertence", ela acrescenta. No fim de março, decerto a fim de se restabelecer, ele aceita a hospitalidade de Olympe Audouard – "uma mulher encantadora", dizia ele, "só tem um defeito aos meus olhos: sempre passa mal na hora certa" –, numa pequena casa do parque de Maisons-Laffitte, onde fica de cinco a seis semanas, provavelmente enviando a Dalloz, por trem, os folhetins dia após dia – donde, decerto, os acidentes constatados na publicação. O ar puro da floresta de Saint-Germain não parece ter tido o efeito benéfico esperado, já que, por volta de 10 de maio, ele confessa ao filho:

> É verdade, minha mão está tremendo, mas não se preocupe com esse acidente, que é apenas momentâneo. Ao contrário, foi o repouso que a deixou trêmula. Ora, ela está tão acostumada a trabalhar que, quando me viu fazer a injustiça de ditar, em vez de escrever, para não ficar assim imóvel, pôs-se a tremer de raiva.

---

19. Numa carta (11 de janeiro de 1869) a Charles-Marie de Chilly, diretor do Odéon; autógrafo: Société Historique de Villers-Cotterêts, 91.

Assim que eu próprio recomeçar a escrever seriamente, ela vai recobrar seriamente o seu porte majestoso.[20]

Ou então, em junho, quando acaba de concluir o segundo volume: "Estou melhor, e se não escrevo eu próprio é porque fico muito cansado quando escrevo"[21].

A segunda parte (também designada como segundo volume) vem, no *Moniteur Universel*, logo após o fim da primeira, em 6 de junho. A publicação é regular, não obstante algumas interrupções pontuais (10 de junho, 6 e 13 de julho, 5, 15, 17 e 27 de agosto, 4, 8 e 26 de setembro) que poderiam antes indicar necessidades editoriais do que uma eventual ausência de texto. É concluída em 30 de setembro. Manifestamente, a totalidade do manuscrito, entregue em uma ou várias vezes, foi enviada a Paul Dalloz antes que Dumas partisse, decerto na terça-feira 20 de julho, para a Bretanha, "alquebrado por seu trabalho de condenado, que há quinze anos não leva a sua produção a menos de três volumes por mês, com a imaginação irritada, a cabeça dolorida, completamente arruinado, mas sem dívidas". Ele passou aquele verão em Roscoff, onde continuaria a redação do seu *Grand dictionnaire de cuisine*.

A Jules Janin, ele revela:

> Há um ano e meio, acometido de fraquezas físicas sustentadas tão-somente pelo vigor moral, sou obrigado a pedir a repousos momentâneos, a aspirações de ar marítimo, as forças que me faltam. [...] Estou chegando agora de Roscoff, onde contava terminar a obra que acreditava realizar com simples recordações, e que só consegui realizar à custa de pesquisas e trabalho cansativo.
>
> Por que fui escolher Roscoff, o ponto mais avançado no mar do Finistère?
>
> Porque esperava encontrar lá, ao mesmo tempo, solidão, custo de vida barato e tranqüilidade.[22]

Outra carta, não datada, a Pierre Margry se refere evidente e estritamente à redação dessa segunda parte, mas coloca questões difíceis de resolver. O destina-

---

20. Autógrafo: BnF, n.a.fr. 24 641, fol. 150; somente a assinatura é de Dumas – o texto da carta foi ditado.
21. Autógrafo: BnF, n.a.fr. 24 641, fol. 151; somente a assinatura é de Dumas.
22. Publicada no *Grand dictionnaire de cuisine* (Paris, Alphonse Lemerre, 1872), pp. 87-94; a carta-prefácio parece datar de setembro de 1869.

tário, que ingressou cedo no Ministério da Marinha, tornou-se ali conservador adjunto dos Arquivos, função que exerceria até aposentar-se; encarregado, em 1842, de pesquisas históricas relativas às expedições francesas nas duas Américas, registrou parte delas em diversas obras, estendendo-as a outras partes do mundo (*Relations et mémoires inédits pour servir à l'histoire de France dans les pays d'outre-mer* [Relatos e memórias inéditos úteis à história da França nos países de além-mar], 1867). Dumas escreve-lhe:

> Senhor,
> Ao chegar esta manhã a Saint-Malo, deparei com sua excelente carta: não preciso dizer-lhe que aceito a sua oferta, tenho esperança de que o senhor seja jovem e alerta, ao passo que sofro de uma doença do coração que me impede de caminhar, de outro modo não ousaria dizer-lhe que o aguardo à hora que lhe convir, já que estou sempre em casa; quanto mais cedo vier, maior será o prazer que terei em vê-lo; conheço a obra de Garnerey [sic] e ainda é o que encontrei de mais pitoresco sobre Surcouf. Se puder me fornecer detalhes sobre o litoral da Índia, eu lhe serei infinitamente grato[23].
> Ponho em suas mãos o meu tio-avô, o bailio Davy de la Pailleterie.
> Mil cumprimentos apressados.
> *Alex. Dumas.*[24]

Trata-se manifestamente de uma primeira carta, resposta a uma proposta (escrever uma nota biográfica do bailio da ordem de Malta Charles Martial Davy de la Pailleterie, 1649-1719?); ao que parece, Margry leu os primeiros folhetins da segunda parte de *Hector de Sainte-Hermine*, já que evocou Surcouf em sua carta desaparecida; por outro lado, pensando nos capítulos birmaneses, impressos a partir de 13 de julho, Dumas lhe pede "detalhes sobre o litoral da Índia" – convém supor, portanto, uma viagem, ignorada dos biógrafos, de Dumas a Saint-Malo, entre início de junho e início de julho; no entanto, os capítulos saint-maloenses que abrem essa parte parecem indicar que o autor tinha conhecimento daquela localidade antes de escrevê-los ou revisá-los, o que situaria a estada em maio.

---

23. Louis Garneray, *Voyages, aventures et combats*: vol. I, *Corsaire de la République*; vol. II, *Le Négrier de Zanzibar* (Paris, Phébus, 1984 e 1985).

24. Autógrafo: Société des Amis d'A. Dumas, fundo Glinel R 8/54; apenas a assinatura é do punho de Dumas. Menção: Alexandre Dumas antes de 1870.

A publicação da terceira parte tem início imediatamente, em 2 de outubro, e termina em 30 de outubro, sem interrupções significativas (22 e 26 apenas); o folhetim reconquista, então, o rodapé da segunda página.

Dumas só deixou Roscoff em meados de setembro: teria trabalhado no *Hector de Sainte-Hermine*? Nada garante. Seria preciso supor, portanto, que ele compôs essa parte quando de seu retorno a Paris.

Talvez seja a esse trabalho que Dumas faz alusão quando escreve ao seu antigo colaborador Cherville:

> Meu bom Cherville,
> Sou, ao mesmo tempo, o ser mais afetuoso e mais esquecido que existe. Mas só sou esquecido por causa do meu imenso trabalho e das minhas tediosas distrações. Continuo amando os meus amigos.
> Nunca vejo você, daí o problema.[25]

"Fim da terceira parte (continuação em breve)" é o que está anotado sob a assinatura (Alexandre Dumas) do derradeiro folhetim, em 30 de outubro, enquanto o último capítulo, "A caça aos bandidos", mal foi esboçado, e a solução da intriga em andamento fica em suspenso (como René-Léo conseguirá chegar a Il Bizzarro?).

Quanto ao redescobridor, cabe-lhe desenrolar ansiosamente as bobinas do *Moniteur Universel*; em novembro-dezembro de 1869: nada; janeiro-fevereiro: nada, e assim por diante. Um nada desesperador. Ele precisa se render às evidências: a continuação não foi publicada.

E, no entanto, foram conservados documentos que atestam não ter Dumas abandonado a pena em outubro de 1869, e que a retomou.

Primeiro, uma carta ao mesmo Pierre Margry, no início de 1870:

> *L'Indipendente* Redator-chefe: Alexandre Dumas.
> Ano x.
> Escritórios: Paris, bulevar Malesherbes, 107.
> Nápoles, Strada di Chiaia, 54.

---

25. Autógrafo: Société des Amis d'A. Dumas; somente a assinatura é do punho de Dumas – o restante foi ditado.

C. A. Goujon[26], diretor.

Paris, 15 de janeiro de 1870.
Prezado senhor,
Venha jantar conosco esta noite.
Se puder e se estiverem à sua disposição, poderia me emprestar:
1º O manuscrito do barão Fain – 1812.
2º Waren – *L'Inde* [A Índia].
"3º Ségur – *Campagne de Russie* [Campanha da Rússia].
"Dê-me a resposta comendo um peru branco e uma lagosta que me mandaram de Roscof [sic].
Seu,

Alex. Dumas.

[sobrescrito:] Senhor Margri [sic], arquivista do Ministério da Marinha.[27]

A que obra será que serviria a documentação solicitada? O *Manuscrit de 1812, contenant le précise des événements de cette année pour servir à l'histoire de l'empereur Napoléon* [Manuscrito de 1812, contendo o resumo dos acontecimentos deste ano para servir à história do imperador Napoleão], pelo barão Fain (Paris, Delaunay, 1827, 2 vols. in-8º); *L'Inde anglaise, avant et après l'insurrection de 1857* [A Índia inglesa, antes e depois da insurreição de 1857], pelo conde Edouard de Warren (Paris, Louis Hachette, 1857-58, 2 vols.), terceira edição "revista e consideravelmente ampliada" de uma obra publicada antes com o título *L'Inde anglaise en 1843* e *L'Inde anglaise en 1843-1844*, pelo conde Edouard de Warren, antigo oficial a serviço de S. M. Britânica na Índia (Presidência de Madras) (Comptoir des Imprimeurs, 1844, 2 vols., e 1845, 3 vols.); *Histoire de Napoléon et de la grande armée pendant l'année 1812* [História de Napoleão e do grande Exército no ano de 1812], pelo general conde Paul-Philippe de Ségur (Paris, Baudoin frères, 1824, 2 vols.), que teve diversas edições; as três obras

---

26. "Administratore" do *L'Indipendente*, fundado em 1860, em Nápoles, por Dumas – encarregado da redação dos *faits divers* e das resenhas do teatro San Carlo –, continuou dirigindo o jornal após a partida de Dumas (1864). Obrigado a deixar Nápoles em 1868, voltou a Paris para junto do velho escritor, acompanhando-o à Espanha (1870) e a Puys.

27. Autógrafo: Société des Amis d'A. Dumas, fundo Glinel R 8/56; somente a assinatura é do punho de Dumas. Menção: Alex. Dumas.

tratavam de assuntos que se referiam mais ou menos diretamente à intriga de *Hector de Sainte-Hermine*.

Assim, portanto, o escritor se preparava para contar os desastres da campanha da Rússia em 1812. O leitor deixara Hector-René-Léo na Calábria no fim do ano 1806; teria o autor, sem hesitar, passado por cima de seis anos? A ação do primeiro episódio ocorria entre 19 de fevereiro e início de abril de 1801; a do segundo, entre abril de 1801 e junho de 1804; a do terceiro, entre 9 de julho de 1804 e 7 de fevereiro de 1806; e a do quarto, entre junho e outubro de 1806; nenhuma solução de continuidade aparece entre essas partes. Por que teria Dumas, de repente, adotado outra estratégia narrativa? Ou então teríamos de acreditar que, depois de ser interrompida a publicação do seu romance nas colunas do *Moniteur Universel*, ele teria continuado a escrever outros capítulos... o que teria levado seu herói ao ano 1812!...

A dúvida tornou-se certeza para mim quando descobri, no início dos anos 1990, na obra *Sur les pas d'Alexandre Dumas père en Bohème* [Seguindo os passos de Alexandre Dumas pai na Boêmia] (em que Maria Ulrichova repertoria os manuscritos de Dumas com que sua filha Marie presenteara o príncipe de Metternich), a seguinte descrição (pp. 190-1):

> O manuscrito nº 25, que tem por título "O vice-rei Eugène-Napoléon, fragmento autógrafo", compõe-se de vinte e sete folhas de papel azul-claro, formato 21,5 x 26,5, numeradas de 1 a 27 e escritas de um lado só.
>
> A primeira folha traz o título do primeiro capítulo, que segue até a folha nove: Sua Alteza Imperial o Vice-Rei Eugéne-Napoleón", de "Sabia-se..." a "... o Vice-Rei".
>
> Na folha dez, pode-se ler a palavra: "O almoço", que designa um novo capítulo, de "Os dois que batem..." a "... senhor, disse ele" (f. 18).
>
> Na folha dezenove, inicia-se um capítulo intitulado "Preparativos", de "Um grande cardápio..." a "... inclinado diante dele".
>
> Resumo: a continuação do Tratado de Campo Formio diz respeito ao destino da República de Veneza. Eugène Beauharnais recebeu de Napoleão o título de príncipe de Veneza. Sua residência era em Údine, às margens do Roya. Em 8 de abril de 1809, apresenta-se a ele um jovem oficial de nome René, portando despachos de Napoleão, anunciando que, dali a dois ou três dias, ele seria atacado pelo duque Jean. Durante o almoço, René conta-lhe a história de sua vida,

bastante aventuresca. Fora prisioneiro, marinheiro, viajante, soldado, caçador e bandido. Lutara nas batalhas de Cadix e Trafalgar, para onde fora enviado, para junto de Joseph e Murat. Além de suas qualidades militares, era também um excelente músico e executou diante da princesa uma de suas composições, admirada por toda a sociedade.[28]

Na época dessa descoberta, eu era o único leitor vivo de *Hector de Sainte-Hermine*. Apesar do resumo desconexo, não havia como não reconhecer nele um fragmento de abertura de um novo episódio do romance inacabado que eu lera. Escrevi imediatamente ao Arquivo Úst ední, de Praga, do qual, meses mais tarde, recebi fotocópias das folhas manuscritas, que aguardava com impaciência.

Era, de fato, o mesmo herói, jogado dentro de uma nova seqüência perigosa, arrastado, quem sabe, para uma ação destinada ao fracasso na batalha de Wagram (1809). Essas folhas, entretanto, longe de solucionar um enigma, apontavam para outro, crucial. Tal fragmento de um manuscrito não seria uma pista para a presença de outros, destruídos ou em mãos de colecionadores invejosos ou ignorantes, que permitiriam preencher muitas lacunas – tanto de um lado (a caça aos bandidos, no fim de 1809, no reino napolitano, em companhia do terrível Manhès, a tomada de Capri) quanto de outro (a batalha de Eylau) – de

---

28. Os fundos estão depositados em Praga, Stádni Úst ední Archiv. Entre os numerosos manuscritos ali conservados, encontram-se: "O Manuscrito nº 1, assinado por Alex. Dumas e intitulado 'Hector de S. Hermine, fragmentos autográficos', composto de 25 folhas de papel azul-claro, formato 21,5 x 27, e escritas de um lado só. As folhas são numeradas como segue: folha 1, depois folha 6 a 21 e, por fim, folhas 224, 224 bis a 230. A primeira folha, que traz o título do manuscrito, revela-nos que se trata do primeiro volume e do primeiro capítulo de uma obra de Dumas, cujo autógrafo tradicional consta em todas as folhas. Somente na página 21 é que são acrescentadas 14 linhas de outra lavra. No primeiro capítulo, cujo título é: 'As dívidas de Josefina', folhas 1 a 9, faltam quatro folhas. Capítulo 10 a 19, 'De como foi a Holanda [sic, para cidade de Hamburgo] que pagou as dívidas de Josefina'. O capítulo III, que não é designado, folhas 20 a 21, traz o título 'Georges Cadoudal'. O texto vai de: 'Cá estamos nós no Tulherias...' até '... nesta cidade'. [Resumo desses capítulos: trata-se provavelmente das duas primeiras folhas do cap. I, de "Cá estamos nós no Tulherias" até "nesta ilha".] As folhas 224 a 230 constituem o capítulo 'O prisioneiro'. O texto vai de 'Uma hora mais tarde...' até '... e saiu'. Esse capítulo é designado como: 'Fim da primeira parte' e assinado 'Alex. Dumas'. [Resumo dessas folhas: trata-se do nosso cap. XLVIII, intitulado: "Após dois (sic) anos de prisão", e começando assim: "Nem uma hora havia transcorrido..."]. Uma folha 224, suplementar, não faz parte do conjunto das folhas supramencionadas. O texto vai de: 'Poucas pessoas...' até '... segue um amigo' [excerto do cap. XXII]".

maneira que, em 15 de janeiro de 1870, Alexandre Dumas tenha pedido a Margry a documentação do ano 1812, para prosseguir sua obra?

A publicação que hoje empreendemos é igualmente um apelo à busca dos manuscritos perdidos.

Polêmica

A carta encontrada, endereçada a Henry d'Escamps e que me permitiu reencontrar o romance, já era, portanto, eco de uma polêmica encetada no seu primeiro capítulo, intitulado "As dívidas de Josefina".

De fato, em 8 de janeiro, na primeira página do *Pays* – que era, desde o golpe de Estado de 2 de dezembro de 1851, o jornal oficioso do príncipe-presidente que se tornara o imperador Napoleão III –, Henry d'Escamps atacara violentamente Dumas, mesmo sem citar seu nome, que era, aos seus olhos e aos olhos dos bonapartistas, culpado de atentar contra a imagem da imperatriz Josefina:

> As dívidas de Josefina. Pedimos ao leitor que acredite que o título que ele acaba de ler não nos pertence. É o título de um folhetim que acaba de ser lançado nos primeiros números do *Moniteur Universel*. O autor põe em cena o primeiro cônsul e sua mulher, o sr. de Bourrienne, seu secretário, e empresta-lhes uma linguagem e sentimentos odiosos e ridículos, contra os quais a história protesta em alto e bom som. A fim de demonstrar a inconveniência de tal publicação, será suficiente destacar alguns aspectos.

Depois de refutar extensamente o que considera inconveniências, o autor conclui com um hino a Josefina:

> A memória da imperatriz, destacando-se cada vez mais das nuvens com que a má vontade ou a ignorância tentaram às vezes envolvê-la, permanecerá como uma auréola de glória e clemência sobre a fronte vitoriosa de Napoleão, e para o povo francês, que tanto a amou, permanecerá para todo o sempre, para a posteridade, "a boa Josefina".

Alexandre Dumas decerto não ficou descontente com todo aquele alarido envolvendo o início da publicação de seu romance.

Contudo, ao responder ao bonapartista, fundamentado em documentos, aproveitou a oportunidade para definir, em outra carta – esta bem elaborada –, sua concepção de história e, acessoriamente, para denegrir a imagem de Napoleão III, libertador da Itália. A carta em questão, de 9 ou 10 de janeiro, está impressa no *Moniteur Universel* de 11 de janeiro de 1869, precedida de "Enviamos a seguinte carta ao sr. diretor do jornal *Le Pays*, solicitando que a publique".

Ao Senhor diretor do *Pays*

Senhor,
Existem duas maneiras de escrever a história.
Uma *ad narrandum* – uma para contar – como o sr. Thiers.
A outra *ad probandum* – a outra para provar – como Michelet.
Este segundo modo nos parece ser o melhor, e eis por quê.

O primeiro consulta as peças oficiais, o *Moniteur*, os jornais, as cartas e as certidões depositadas nos arquivos, ou seja, os acontecimentos escritos por aqueles que os realizam, e, conseqüentemente, quase sempre desfigurados em seu benefício.

É Napoleão revendo a sua vida em Santa Helena, e arrumando-a para a posteridade.

Vi, nas mãos do sr. de Montholon, o original do bilhete que anunciava a Hudson Lowe a morte de Napoleão.

Estava, em três momentos, corrigido pela mão do próprio Napoleão.

Assim, Napoleão, ao morrer, ajeitava para si uma morte napoleônica.

Essa maneira, na nossa opinião, não é a verdade, mas a paráfrase desta máxima do sr. de Talleyrand: "A palavra nos foi dada para melhor disfarçar nosso pensamento".

A segunda maneira é bem distinta; estabelece a linha cronológica dos acontecimentos, ou seja, dos fatos incontestáveis; depois, procura a causa e os resultados desses acontecimentos nas memórias contemporâneas.

Por fim, ela tira uma dedução que não pode ser estabelecida por aqueles que escrevem apenas para relatar, mas de que se servem vitoriosamente os que escrevem para provar.

Assim, por exemplo, dirá a história *ad narrandum*:
A unificação da Itália efetuou-se sob a alta proteção de Napoleão III.

E a história *ad probandum* dirá:

A unificação da Itália efetuou-se apesar da oposição de Napoleão III, que adotou a conquista da Sicília como fato consumado, mas proibiu que Garibaldi transpusesse o estreito de Messina, e os grão-duques da Toscana e outros caíram apesar do apoio que lhes dava, por ordem do sr. Walewski, nosso cônsul em Livorno, o qual, por ter fracassado, foi despachado para a América.

Seguindo esse método, entrando nesses pequenos detalhes, é que escrevi quatrocentos volumes de romances históricos mais verdadeiros que a história.

E vou prová-lo, em relação ao romance de *Hector de Sainte-Hermine*, com que o senhor me dá a honra de preocupar-se.

Permita-me que cite, primeiramente, acerca da necessidade de estudar bem as personagens históricas, uma página da sra. de Abrantès, que era não apenas uma mulher de muito espírito, como uma pessoa de condição imperial, visto que descendia dos Comnènes.

Eis o que ela diz dessa excelente mulher que chamavam de Josefina, que denominavam Nossa Senhora das Vitórias e que levou com ela, ao que dizem, a fortuna de Napoleão:

"Há pessoas", diz a sra. de Abrantès, "que pertencem à história; Josefina é dessas pessoas. Assim, quer a considerem como srta. de la Pagerie, quer como mulher do sr. de Beauharnais, quer como sra. Bonaparte, sua pessoa digna das mais minuciosas observações. Com o auxílio, o cotejo, a comparação dessas observações é que mais tarde a posteridade poderá estabelecer um retrato um tanto fiel de Josefina. Os objetos mais ligeiros em aparência às vezes fornecem matéria para profundas reflexões. Josefina, como mulher do homem que governou o mundo, e sobre o qual ela própria exerceu uma espécie de dominação, é uma personagem que logo se torna interessante estudar, embora em si não apresente o menor interesse, em nenhum aspecto; e, no entanto, é preciso estudá-la escrupulosamente.

"Há uma verdade constante, que é a reputação singular que, desde aquela época, a sra. Bonaparte criou para si, por assim dizer, sozinha. Terei muitas oportunidades, posteriormente, de situá-la em sua verdadeira luz, que sempre teve uma claridade duvidosa quando não orientada pelo sr. de Bourrienne; pois ele se apoderou do seu espírito, ou melhor, da sua personalidade frágil, e, assim que chegou a Milão, ela se viu, sem perceber, sob sua direção imediata."[29]

Assim, como vê, senhor, são dois parágrafos que nos contam, o primeiro, que Josefina é uma personagem histórica, que deve ser estudada sob todas as suas facetas; o segundo, que o sr. de Bourrienne se havia apoderado por completo do seu espírito, ou melhor, da sua frágil personalidade.

Agora, deixaremos que o próprio Bourrienne lhe conte em que situação se achava com o primeiro cônsul e, ao mesmo tempo, com a sra. Bonaparte:

"Durante os primeiros meses em que residiu nas Tulherias, Bonaparte sempre dormiu com a sua mulher. Todas as noites, descia até os aposentos de Josefina por uma pequena escada que dava para um guarda-roupa contíguo a um gabinete que fora antigamente o oratório da rainha Maria de Medici. Sempre desci até o quarto de Bonaparte por essa escadinha.

"Quando, por sua vez, ele subia até o nosso gabinete, era sempre por aquele mesmo guarda-roupa."[30]

O senhor diz que é impossível Bourrienne ter se permitido entrar de manhã no quarto de Bonaparte, enquanto Josefina ainda estava deitada.

Verá que muito mais coisas lhe eram permitidas, e até ordenadas:

"Entre as instruções específicas que Bonaparte me dera, há uma bastante singular.

"À noite", dissera ele, "o senhor entrará o menos possível no meu quarto; nunca me desperte quando tiver uma boa notícia para me dar. Com uma boa notícia, nada é urgente; mas, quando se tratar de uma má notícia, acorde-me imediatamente, pois nesse caso não há um minuto a perder."

O senhor está vendo que Bourrienne tinha autorização para entrar à noite no quarto de Bonaparte. Tinha, portanto, uma chave do quarto e, caso fosse necessário, entrava a qualquer hora, ou melhor, com toda probabilidade, como a escada dava para o gabinete de Bonaparte, a chave devia ficar na porta.

---

29. *Mémoires de la duchesse d'Abrantès* [Paris, L. Mame, 1835], página 279, tomo 2.
30. *Mémoires de Bourrienne* [Paris, Ladvocat, 1829], página 228, volume 3.

Eis outro trecho que indica que ele tinha ordem de entrar no quarto todos os dias, às sete horas da manhã:

"Bonaparte dormia bem, tão bem que queria que eu o despertasse todo dia às sete da manhã. Eu era, portanto, o primeiro a entrar no seu quarto, mas não poucas vezes, quando o despertava, ele dizia, ainda sonolento:
"– Ah, Bourrienne, por favor, deixe-me dormir mais um pouco.
"Quando não havia nada de muito urgente, eu só voltava às oito horas."[31]

Como, depois de um ano nas Tulherias, Bourrienne é positivo ao dizer que Bonaparte relaxou no hábito conjugal de dormir toda noite com a mulher, e que, às vezes, em decorrência de seus passeios noturnos com Duroc, ou por qualquer outro motivo, dormia num quarto de solteiro que ajeitara para si no primeiro andar, nesses dias, Bourrienne, que não estava avisado da escapada noturna de Bonaparte, entrava, como de costume, no quarto do primeiro cônsul e deparava com Josefina sozinha.

Aliás, senhor, não lhe parece que há algo de mais indecente em ver numa mesma cama um homem e uma mulher, mesmo sendo marido e mulher, do que ver uma mulher sozinha, numa época ainda próxima daquela em que as mulheres recebiam visitas deitadas na cama e tinham *alcovas**?

Passemos agora, se me permitir, às dívidas de Josefina. Essas dívidas causaram tanto alarido que ninguém ousava encarregar-se de falar sobre elas com o primeiro cônsul.

"Foi certa noite, às onze e meia, que o sr. de Talleyrand abordou essa matéria delicada. Assim que saiu, voltei ao pequeno gabinete em que Bonaparte ficara sozinho; ele então me disse:
"– Bourrienne, Talleyrand acaba de me falar das dívidas da minha mulher. Estou com o dinheiro de Hamburgo; pergunte-lhe qual é o montante exato das

---

31. Idem, página 200, volume 3.
* No original, *ruelle*, espaço ao lado de uma cama. No século XVIII, manter *ruelle*, ou alcova, designava o costume que tinham algumas mulheres de alta estirpe de receber socialmente em seus quartos, transformados assim em legítimos salões literários. (N. T.)

dívidas. Que ela confesse tudo, quero acabar com isso, e não quero ter de recomeçar; mas não pague sem me mostrar as faturas de todos esses safados, são um bando de ladrões.

"Até então, o receio de uma cena desagradável, cuja mera idéia fazia estremecer Josefina, sempre me impedira de abordar esse assunto com o primeiro cônsul. Mas, muito satisfeito em ver que o sr. de Talleyrand tomara a iniciativa, resolvi fazer tudo o que estivesse ao meu alcance para pôr fim àquele caso deplorável.

"Já no dia seguinte, encontrei-me com Josefina. Ela ficou, primeiramente, encantada com as disposições do marido; mas isso não durou muito. Quando perguntei a quantia exata que devia, conjurou-me que não insistisse e me contentasse com o que ela confessasse. Disse eu: – Senhora, não posso lhe esconder o humor do primeiro cônsul; ele acha que a senhora está devendo uma soma considerável; está disposto a saldá-la. A senhora vai suportar graves censuras e uma cena violenta, disso não tenho dúvida, mas essa cena será igual tanto para a quantia que a senhora confessar como para uma ainda maior. Se dissimular grande parte de suas dívidas, passado algum tempo, os boatos vão recomeçar, os ouvidos do primeiro cônsul serão novamente tocados e o seu humor explodirá com mais força ainda. Acredite, confesse tudo, os resultados serão iguais, ouvirá uma vez apenas as coisas desagradáveis que ele tem para dizer; com suas reticências, estaria perpetuando incessantemente essas coisas.

"– Não vou conseguir dizer tudo a ele, isso é impossível, faça-me o favor de não mencionar o que vou lhe dizer. Estou devendo, acho, mais ou menos um milhão e duzentos mil francos; mas só quero confessar seiscentos mil; não vou contrair mais dívidas e pagarei o resto aos poucos, com as minhas economias.

"– Sobre esse ponto, senhora, repito as minhas primeiras observações. Como não acredito que ele avalie suas dívidas a tão grande quantia quanto seiscentos mil francos, garanto que para a senhora não irá ser mais difícil dizer um milhão e duzentos mil do que dizer seiscentos mil e, confessando o máximo, ficará quite para sempre.

"– Não farei isso nunca, Bourrienne; eu o conheço, jamais conseguiria suportar suas violências.

"Depois de mais quinze minutos de discussão sobre o mesmo assunto, fui obrigado a ceder às suas vívidas insistências e prometer que confessaria somente seiscentos mil francos ao primeiro cônsul.

"Pode-se avaliar a ira e o humor do primeiro cônsul; ele desconfiou, é claro, de que sua mulher estava escondendo alguma coisa; mas disse-me: – Muito bem, pegue seiscentos mil francos, mas liquide as dívidas com essa quantia, e não quero mais ouvir falar nesse assunto. Autorizo-o a ameaçar os fornecedores a não lhes dar nada se eles não renunciarem aos seus lucros imensos; é preciso acostumá-los a não serem tão fácil [sic] nos fornecimentos a crédito.

"A sra. Bonaparte me entregou todas as suas faturas. O exagero dos preços, resultado do medo de ser pago com muito atraso e com alguma redução, era inconcebível. Pareceu-me igualmente haver algum exagero nas coisas fornecidas. Vi, na fatura do modista, trinta e oito chapéus novos e de preço elevado num mês; havia *hérons* de 1.800 francos e *esprits* de 800. Perguntei a Josefina se ela usava dois chapéus por dia; ela protestou que se tratava apenas de um erro. Os exageros do seleiro nos preços e em produtos que não realizara eram ridículos. Não vou mencionar os outros fornecedores: era a mesma ladroagem.

"Aproveitei amplamente a autorização do primeiro cônsul, e não poupei censuras e ameaças. Tenho vergonha de dizer que a maioria dos fornecedores se contentou com metade do que haviam pedido; um deles recebeu trinta e cinco mil francos, ao invés de oitenta mil francos, e teve a impudência de dizer-me que ainda estava tendo lucro.

"Por fim, tive a alegria, depois dos mais veementes protestos, de encerrar tudo com os seiscentos mil francos. Mas a sra. Bonaparte logo tornou a cair nos mesmos excessos. Felizmente, o dinheiro se fez mais comum. Essa inconcebível mania de gastar foi para ela quase que a única causa de todos os seus sofrimentos; sua profusão irrefletida causava uma desordem permanente em sua casa, até a época do segundo casamento de Bonaparte, quando ela, disseram-me, ficou mais comportada. Não posso dizer o mesmo sobre ela como imperatriz, em 1804."[32]

Além disso, há algo que o senhor talvez ignore: ganhei, lá se vão quase dois anos, um processo da maior importância para nós, romancistas históricos.

No meu estudo da estrada de Varennes[33], contei que no topo da subida, de onde se descortina inteiramente a cidade, o rei encontraria uma escolta.

---

32. *Mémoires de Bourrienne*, página 30 e seg., volume 4.
33. "Conversa" publicada em *Le Monte Cristo* entre 28 de janeiro e 22 de abril de 1858, *La route de Varennes* [A estrada de Varennes] foi editado em volume no mesmo ano em Bruxelas, por Rozez, na coleção Hetzel, antes de ser reeditado em 1860 por Michel Lévy.

Não estando ali os dragões, um dos guarda-costas que serviam como escolta do rei desceu e foi bater à porta de uma casa, através de cujos contraventos se avistava luz.

A rainha e o sr. de Valory, por sua vez, foram em direção a essa casa, cuja porta se fechou quando se aproximaram. O guarda-costas adianta-se, empurra-a e vê-se frente a frente com um homem de uns cinqüenta anos, vestido com um chambre, pernas nuas e pés enfiados em pantufas.

Era um fidalgo cujo nome não quero tornar a repetir e que, na sua qualidade de major e cavaleiro de São Luís, prestara duas vezes juramento de fidelidade ao rei. Naquela circunstância, porém, faltou-lhe coragem; ao reconhecer a rainha, primeiro recusou-se a responder, depois respondeu balbuciando e, finalmente, tornou a fechar a porta, deixando os augustos viajantes nas mesmas dificuldades. Seu neto, piedoso guardião da honra dos seus antepassados, processou-me por difamação do seu avô. O tribunal declarou que, sendo possível apoiar-se, como eu fazia, em duas testemunhas contemporâneas, qualquer homem que tivesse desempenhado um papel em acontecimentos históricos era responsável pela história, e em decorrência disso indeferiu a solicitação do neto do fidalgo e condenou-o a pagar as custas do processo.

Eis, senhor, o que eu tinha a lhe dizer, agradecendo pela oportunidade que me oferece de provar ao público que só ando, nos meus livros, apoiado em provas históricas.

Alexandre Dumas.

Publicada no dia seguinte nas colunas do *Pays*, a carta vem acompanhada do seguinte comentário de Henry d'Escamps:

A direção do *Moniteur Universel* apela para os nossos sentimentos de boa confraternidade e nos pede para inserir a carta que precede; o que fazemos de muita boa vontade por vir confirmar todas as nossas asserções.

A propósito de *romance*, nosso contraditor invoca as duas maneiras de se escrever a história, a do sr. Thiers e a do sr. Michelet, e coloca-se modestamente entre esses dois nomes, acrescentando que em sua opinião a melhor maneira de escrever a história é procurar não em documentos públicos e sérios, mas nas *Memórias* do tempo.

Não temos o que discutir nessas teorias, mas hão de convir conosco que não podemos deixar de nos surpreender ao ver o autor, tratando-se de uma imperatriz que foi o ídolo do povo francês, consultar, para falar sobre ela, quando há profusão de tantos outros documentos, as memórias do sr. de Bourrienne, que foi obrigado a deixar de servir o primeiro cônsul por razões referentes à delicadeza. Tal colaborador só pode prejudicar quem quer que lhe empreste a pena e as citações.

De fato, nas citações aqui invocadas de maneira tão irrefletida, o autor do romance em questão escolhe justamente as que atestam o contrário do que quis provar.

Citando apenas um desses trechos, diz o sr. Bourrienne: "Perguntei a Josefina se ela usava dois chapéus por dia; ela protestou que se tratava apenas de um erro". E apesar dessa negativa, apesar do testemunho que o próprio sr. Bourrienne apresenta, o romancista aceita e sustenta o fato como verdadeiro. Deixamos às pessoas sensatas o cuidado de julgar entre nós e o autor.

São essas as provas históricas do autor: Ele tinha de escolher entre o sr. conde la Valette, que havíamos invocado, e o sr. Bourrienne. Escolheu este último.

Poderíamos refutar linha por linha a carta que precede, mas não gostaríamos de parecer defender uma memória respeitada até pelos estrangeiros.

O leitor há de compreender, como nós, que existem coisas que não se discutem. Quanto ao autor do romance, ele nos obriga a lembrar-lhe que existe uma faculdade para o romancista, como para o historiador, que a imaginação, o talento ou o espírito não poderiam substituir: trata-se do senso de moralidade.

Como se pode perceber, é a esse comentário que respondia a carta encontrada nos Arquivos do Sena. Infelizmente, o alarido em torno do primeiro folhetim logo cessou, e a continuação do romance parece ter sido recebida com indiferença. Pelo menos, é o que leva a pensar a breve nota de Pierre Margry, que evoca uma de suas visitas ao velho escritor acamado, e me trespassa cada vez que a leio:

Quando, já deitado, certa noite, voltei depois ao meu escritório, um eclesiástico, diretor de uma obra que Dumas apoiara com sua pena, estava ali. Ele o cumprimentou por seu *C[onde] de Ste-Hermine*, dizendo que era com g[rand]e prazer que acompanhava a história (pagavam-no dez soldos por linha):

— Abade, o senhor é o único a me falar sobre isso; ninguém fala. Percebo que estou mesmo acabado.

— Não, não fale assim... Vai encantar ainda por muito tempo. Há de [recobrar] a saúde.

— Não, não, sinto que a morte não está longe.

— Não vamos falar sobre isso — disse o abade.

— Não, não, pelo contrário, falemos, é preciso se preparar.[34]

E a cada vez, para além dos anos, tenho um impulso de simpatia fraterna pelo abade François Moret (Bar-sur-Seine, 1795 — Neuilly-sur-Seine, 11 de fevereiro de 1874), filho de Jean-Baptiste Moret e de Marguerite Villain, cônego titular de Saint-Denis, que fundou e dirigiu a Obra de Nossa Senhora das Sete Dores, em benefício das moças pobres enfermas e incuráveis, com sede em Neuilly, avenida du Roule, nº 30. Ele, pelo menos, compreendera que o romancista Alexandre Dumas, no final daqueles anos 1860, embora tivesse saído de moda para o público dos grandes jornais, conservara a maestria de sua arte.

A catedral inacabada

O romance histórico, como sabemos, surge muito tarde na obra de Dumas, fundada, de início, essencialmente no teatro. Antes do romance histórico, e como outros tantos ensaios de narrativa histórica, houve as crônicas ou cenas históricas, precedidas, por sua vez, de uma reflexão panorâmica sobre a história da França, em sua obra *Gaule et France* [Gália e França], que define a principal orientação do seu pensamento[35]. Nela, ele divide a história nacional em quatro eras, a partir da propriedade territorial: feudalismo, senhoria, aristocracia, propriedade individual. Essa visão materialista, dominada pela lei do progresso, que, segundo ele, era vigiada por Deus (no mais das vezes, e por comodidade), pela Natureza ou pela Providência, deveria ser o "fio vermelho" que ligaria as diferentes cenas históricas entre si, e que iria ligar, com efeito, os romances históricos que lhes sucederam.

---

34. Autógrafo: Société des Amis d'A. Dumas, fundo Glinel R 8/71.
35. *Gaule et France* (Canel et Guyot, 1833), in-8º, 375 pp.

Ler um romance histórico de Dumas pressupõe recolocar-se na perspectiva de *Gaule et France*. Assim, *La reine Margot* [A rainha Margot], *La dame de Monsoreau* [A dama de Monsoreau] e *Les quarante-cinq* [Os quarenta e cinco] são os romances da decadência da senhoria e do advento da monarquia absoluta; *Mémoires d'un médecin* [Memórias de um médico] assinalam a morte da aristocracia; *Les Blancs et les Bleus*, *Les compagnons de Jéhu* e *O cavaleiro de Sainte-Hermine* nos introduzem na idade moderna, cujo herói é o conde de Monte-Cristo. As admiráveis qualidades da narrativa, a essência teatral de certas cenas, não deveriam ocultar aos nossos olhos esse objetivo geral a que Dumas, damo-nos conta aqui, permanece fiel até o fim.

Desde o extraordinário sucesso dos seus primeiros romances históricos (*Os três mosqueteiros*, *Vinte anos depois*), o romancista revela a Bérenger seu grande projeto:

> Toda a minha vida por vir se compõe de compartimentos previamente preenchidos, de trabalhos futuros já esboçados. Se Deus me der mais cinco anos de vida, terei esgotado a História da França, desde São Luís até os nossos dias. Se Deus me der dez anos, terei juntado César a São Luís [...]. Perdão pela *espécie de vaidade* que você talvez *julgue* perceber nessas linhas; mas há alguns homens aos olhos dos quais faço questão de parecer como sou – e você é, certamente, um dos primeiros dentre esses homens.[36]

Dumas se propõe a traduzir a história da França em romances, mas estabelece o princípio de não escrever romances *dentro da* história, em que os empréstimos ao passado (cenários, figurinos, arcaísmos lingüísticos) constituiriam um mero fundo pitoresco, tal como no romance dito trovadoresco, e sim romances *da* história, em que os heróis, mais que as suas individualidades, seriam os representantes de uma dessas classes sociais cujos antagonismos formam a trama dos acontecimentos individuais e coletivos, conferem dinâmica à aventura humana e constituem a matéria mais sólida de toda a história nacional. O relato só tem, na verdade, uma única heroína, essa mesma França de que cada herói nomeado não é mais que a encarnação num lugar, num tempo, numa posição social.

---

36. Apud em Benjamin Pifteau, em *Alexandre Dumas en bras de chemise*, op. cit., pp. 64-9.

Em *Les compagnons de Jéhu*, de que *O cavaleiro de Sainte-Hermine* é a continuação, ele volta a esse objetivo a fim de defini-lo e nomeá-lo:

> Os que lêem isoladamente cada livro nosso talvez se surpreendam se insistimos às vezes em certos detalhes que parecem um pouco extensos para o livro no qual se encontram. É que não estamos fazendo um livro isolado; estamos [...] preenchendo, ou tentando preencher, um quadro imenso. Para nós, a presença dos nossos personagens não se limita à aparição que eles fazem no livro: aquele que é visto como ajudante-de-campo numa obra [Murat] será visto como rei na segunda, proscrito e fuzilado na terceira. Balzac fez uma grande e linda obra de cem facetas, intitulada *A comédia humana*. A nossa obra, iniciada ao mesmo tempo que a dele, mas que evidentemente não qualificamos, poderia intitular-se *O drama da França*.[37]

Em *O drama da França*, o jogo de forças, a fim de manter o interesse do leitor (e Dumas não tem nenhum credo estético, além do "instruir distraindo" aristotélico), deve assumir as formas da condição humana, partilhar todas as emoções dos protagonistas, "amores, ódios, vergonha, glória, alegrias, dores". O patético do ser humano jogado na história que ele constrói, no mais das vezes como instrumento cego, é um vínculo que une esse passado tantas vezes esquecido ao presente, o antigo ao contemporâneo, as personagens históricas aos leitores de romances. O escritor restitui a um corpo social amnésico uma memória que lança clarões sobre a escuridão presente. O ruído e a fúria dos tempos distantes respondem à fúria atual, mas já não é o louco shakespeariano quem narra, é um poeta, um vidente retrospectivo que sabe discernir a ordem dentro da desordem, a necessidade onde parece reinar o acaso. O livro é, primeiro, leitura de outro livro, cujo autor seria Deus. Sob sua legenda bonachona, Dumas reivindica nada menos que a sucessão dos profetas que lêem no passado os sinais do futuro. Seu empreendimento, fosse plenamente consciente ou não, refere-se essencialmente à difícil gestação do mundo moderno, desde o surgimento da monarquia absoluta até o advento da República. O romance de Dumas nunca é um romance voltado para o passado: embora o escritor lamente valores extintos, jamais se entrega à nostalgia do mundo antigo. Para o presente e para o futuro

---

37. *Les compagnons de Jéhu*, cap. XLIV.

é que é orientada a narrativa histórica, ou seja, para a regeneração da espécie humana. Cada era é como um círculo em que o escritor introduz o leitor num movimento ascendente rumo a uma perfeição social que ele clama com seu desejo. Só é válido restituir o passado como explicação do presente e prefiguração do futuro. Assim, não é de surpreender que a maioria dos romances de Dumas tenha como cenário os séculos XVII e XVIII, enquanto pré-história do presente.

Quando, ao entardecer de sua vida – não cinco, mas vinte e cinco anos depois –, o velho escritor considerava cumprida a sua obra, embora pudesse justificadamente parabenizar-se pelos monumentos erigidos, não podia, no entanto, deixar de constatar seus vazios: não, ele não "esgotara a História da França desde São Luís" até a época contemporânea. Restava, mais particularmente, uma lacuna entre 1799 (*Les compagnons de Jéhu*) e 1815 (*Le comte de Monte-Cristo*); sem dúvida, Napoleão Bonaparte aparecera em *Les Blancs et les Bleus*, no 13 de vendemiário e durante a campanha do Egito; e, em *Les compagnons de Jéhu*, na volta do Egito e no 18 de brumário; mas era apenas Bonaparte, não era ainda Napoleão.

A grande catedral de Dumas, como tantas outras, estaria fadada a permanecer inacabada? Porthos morre esmagado pela abóbada da gruta de Locmaria; Dumas morre esforçando-se por construir uma abóbada que ligasse os dois corpos de sua obra. Seu último esforço de construtor é justamente este *Cavaleiro de Sainte-Hermine*, no qual ele projeta a figura problemática de Napoleão, sol ou ogro, dando-lhe como contrapeso romanesco o último rebento da família de Sainte-Hermine, Hector, cujo irmão mais velho, Léon, foi fuzilado em *Les Blancs et les Bleus*, e o segundo irmão, Charles, guilhotinado em *Les compagnons de Jéhu*. Encarregado sob o Consulado de prosseguir a vingança familiar confiada ao conde e depois ao visconde de Sainte-Hermine, seus irmãos, o "cavaleiro", tornado conde por sua vez, escaparia ao carrasco, mas seria condenado por Fouché a viver como um espectro... e seria, desse modo, testemunha de todos os altos feitos e de todas as baixas ações do imperador, do qual é vítima admirativa. Cruzará com Josefina, Fouché, Talleyrand, Cadoudal, Chateaubriand, o duque de Enghien, corsários, espiões da polícia, mulheres da sociedade, bandidos como Fra Diavolo e Il Bizzarro, e outros mil e um brilhantes figurantes que têm seu lugar neste afresco situado sob o signo fascinante do excesso.

Não era decerto a primeira vez que Dumas tentava fazer reviver o Império pelo viés do romance: desde 1852, ele já não previa uma intriga em que apareceriam, em meio a personagens fictícios, Napoleão, Talleyrand, os doze marechais, todos os reis contemporâneos, Maria Luísa, Hudson Lowe? A redação desse gigantesco relato que era *Isaac Laquedem*, interrompida pela censura da época, não foi além do prólogo.

Napoleão em "O drama da França"

Embora em 1868, no crepúsculo da vida do escritor, Napoleão já pertença à História, ele está intimamente ligado à aurora dessa vida.

O jovem Dumas (então com treze anos) avistou duas vezes o César moderno; ele evoca esse encontro na conferência proferida no Círculo Nacional de Belas-Artes, em Paris, em 1865:

> Napoleão deixou a ilha de Elba em 26 de fevereiro [de 1815]. Em 1º de março, desembarcou no golfo Juan. Em 20 de março, entrou em Paris.
>
> Villers-Cotterêts ficava na estrada por onde o exército deveria marchar até o inimigo.
>
> Depois de um ano de reinado dos Bourbon, ou seja, depois de um ano de negação de um quarto de século da nossa história, devo confessar que era uma grande alegria, para a viúva e para o filho de um general da Revolução, rever os antigos uniformes, as velhas insígnias reencontradas na estrada da ilha de Elba a Paris nas caixas dos tambores e as gloriosas bandeiras tricolores perfuradas pelas balas de Austerlitz, Wagram e Moskowa.
>
> Foi, portanto, um espetáculo maravilhoso que nos ofereceu aquela velha guarda, um tipo militar totalmente extinto nos dias de hoje, e que era a vívida personificação da era imperial que acabávamos de atravessar, a lenda viva e gloriosa da França.
>
> Em três dias, trinta mil homens, trinta mil gigantes, passaram assim, firmes, calmos, quase sombrios. Não havia um que não compreendesse que parte do grande edifício napoleônico, cimentado com seu sangue, pesava sobre ele, e todos, tal como as belas cariátides do Puget que assustaram o cavaleiro de Bernin quando desembarcou em Toulon, todos pareciam orgulhosos daquele peso, embora sentíssemos que se dobravam sob ele.
>
> Oh! Não nos esqueçamos disso, não nos esqueçamos nunca! Aqueles homens que andavam com passo firme para Waterloo, ou seja, para o túmulo, represen-

tavam a fidelidade, a coragem, a honra; eram o mais puro sangue da França, eram vinte anos de luta contra a Europa inteira, eram a Revolução, nossa mãe, eram a glória do passado, eram a liberdade por vir, eram não a nobreza francesa, mas a nobreza do povo francês.

Eu os vi passar todos assim, todos, até o último fragmento do Egito. Duzentos mamelucos, com suas calças vermelhas, seus turbantes brancos, seus sabres curvos. Havia algo não só sublime, como também religioso, santo, sagrado, naqueles homens que, condenados tão fatalmente e tão irrevogavelmente quanto os antigos gladiadores, como eles podiam dizer:

– *Caesar, morituri te salutant* (César, os que vão morrer te saúdam).

A diferença é que esses iam morrer não por diversão, mas pela independência de um povo, não obrigados, mas por seu livre-arbítrio, por sua própria vontade. [...]

Eles passavam!

Certa manhã, o ruído de seus passos se apagou; o último acorde de sua música se extinguiu.

A música tocava: "Cuidemos da salvação do Império".

Então, os jornais anunciaram que Napoleão deixaria Paris em 12 de junho para juntar-se ao exército.

Napoleão seguia pela mesma estrada por onde andara a sua guarda. Napoleão, portanto, passaria por Villers-Cotterêts.

Confesso que tinha um desejo imenso de ver aquele homem que, pesando sobre a França com toda a carga do seu gênio, pesara particularmente, e de modo tão carregado, sobre mim, pobre átomo perdido entre trinta e dois milhões de homens, sobre mim, que ele continuava a esmagar, embora ignorasse a minha existência.

No dia 11, recebemos a notícia oficial da sua passagem; os cavalos estavam reservados na posta.

Ele iria sair de Paris às três horas da madrugada; por volta das sete, oito horas da manhã, portanto, ele atravessaria Villers-Cotterêts.

A partir das seis horas da manhã, depois de uma noite de insônia, esperei no extremo da cidade com a parte mais válida da população, ou seja, a que tinha condições de correr tão rápido quanto os carros imperiais.

E, com efeito, não era na sua passagem que se podia ver bem Napoleão, mas na troca de cavalos.

Compreendendo isso, assim que avistei, a mais ou menos um quarto de légua dali, a poeira dos primeiros cavalos, comecei a correr em direção à posta.

À medida que me aproximava, não me dando nem sequer o tempo de me virar, ouvia rugir atrás de mim, aproximando-se também, o estrondo das rodas.

Cheguei ao local da troca: virei-me e vi os três carros que chegavam em disparada, queimando o pavimento, puxados por cavalos espumantes e postilhões em traje de gala, empoados e enfitados.

Todo mundo se precipitou para o carro do imperador.

Naturalmente, fui um dos primeiros.

Eu o vi!

Estava sentado ao fundo, à direita, vestindo o uniforme verde com reverso branco e usando a placa da Legião de Honra.

Seu rosto pálido e doentio, porém belo como uma medalha antiga, parecia generosamente talhado num bloco de marfim, do qual possuía o tom amarelado, e caía ligeiramente inclinado sobre o seu peito. À sua esquerda estava sentado Jerônimo, ex-rei da Vestefália, o mais moço e mais fiel dos seus irmãos; em face de Jerônimo, à frente, estava o ajudante-de-campo Le Tort.

O imperador, como que despertando de um cochilo ou emergindo de seus pensamentos, ergueu a cabeça, olhou ao seu redor sem ver e perguntou:

– Onde estamos?

– Em Villers-Cotterêts, senhor – disse uma voz.

– A seis léguas de Soissons, então? – ele retrucou.

– Sim, senhor, a seis léguas de Soissons.

– Seja rápido.

E tornou a cair na sonolência da qual o arrancara o tempo de parada do carro.

Já haviam trocado os cavalos, os novos postilhões estavam em sela, os que haviam acabado de desatrelar abanavam os chapéus, gritando:

– Viva o imperador!

Estalaram os chicotes; Napoleão fez um leve movimento de cabeça que equivalia a uma saudação; os carros partiram a galope e desapareceram na esquina da rua de Soissons.

A visão gigantesca esvaecera-se.

Passaram-se seis dias e, durante esses seis dias, soubemos da travessia do Sambre, da tomada de Charleroi, da batalha de Ligny, do combate de Quatre-Bras.

Assim, o primeiro eco foi um eco de vitória.

Foi no dia 18, dia da batalha de Waterloo, que soubemos do resultado dos dias 15 e 16.

Esperávamos avidamente por mais notícias. O dia 19 passou sem trazer nenhuma.

O imperador, diziam os jornais, visitara o campo de batalha de Ligny e mandara socorrer os feridos.

O general Le Tort, que eu vira em frente ao imperador, no carro, fora morto na tomada de Charleroi.

Seu irmão Jerônimo, que estava ao seu lado, tivera o punho de sua espada rompido por uma bala em Quatre-Bras.

O dia 20 transcorreu lento e triste, o céu estava sombrio e tormentoso. Haviam caído cântaros de chuva, e dizia-se que com um tempo assim, que já durava três dias, decerto não tinham podido combater.

De súbito, espalha-se o rumor de que homens trazendo sinistras notícias haviam sido detidos e levados para o pátio da prefeitura.

Todo mundo se precipita nessa direção, sendo eu, evidentemente, um dos primeiros.

Com efeito, sete ou oito homens, uns ainda a cavalo, outros apeados e junto dos seus cavalos, estão cercados pela população, que os vigia.

Estão ensangüentados, cobertos de lama, em farrapos!

Dizem-se poloneses, e é com dificuldade que pronunciam umas poucas palavras em francês.

Chega um velho oficial, que fala alemão, e interroga-os em alemão.

Mais à vontade nessa língua, eles contam.

Que Napoleão chegou às vias de fato no dia 18, com os ingleses. A batalha, dizem, começou ao meio-dia. Às cinco horas, os ingleses estavam derrotados. Mas às seis, Blücher, que marchara como um foguete, chegou com quarenta mil homens e decidiu a batalha a favor do inimigo. "Batalha decisiva. O exército francês não está em retirada, mas em debandada."

Estes são a vanguarda dos fugitivos.

São cerca de três horas da tarde. Em quarenta e oito horas, esses homens vieram desde Planchenois.

Eles andaram mais de uma légua e meia por hora. Os mensageiros da desgraça têm asas.

Volto para casa. Conto para a minha mãe o que vi. Ela me manda ir até a posta: é onde sempre se obtém as notícias mais frescas.

Instalo-me por lá.

Às sete horas, chega um mensageiro: ele usa a libré verde e dourada, a libré do imperador.

Está coberto de lama, seu cavalo treme dos pés à cabeça, contrai-se sobre as quatro patas para não cair de exaustão.

O mensageiro pede quatro cavalos para um carro que vem logo atrás; trazem-lhe um cavalo já selado; ajudam-no a montar; ele lhe enfia as esporas no ventre e desaparece.

Interrogam-no em vão, ele não sabe ou não quer dizer nada.

Tiram os quatro cavalos solicitados da estrebaria; põem os arreios, esperam pelo carro.

Um rugido surdo que se aproxima rapidamente anuncia a chegada.

Vemos quando ele aparece na curva da rua; pára diante da porta.

O mestre de posta se adianta, estupefato!

Ao mesmo tempo, puxo a aba do seu traje:

– É ele, é o imperador, digo.

– Sim!

Era o imperador, no mesmo lugar em que o vira uma semana atrás, num carro igual, com um ajudante-de-campo ao seu lado e outro à sua frente.

Mas aqueles já não são Jerônimo e Le Tort [...].

É de fato o imperador, é de fato o mesmo homem, é de fato o mesmo rosto pálido, doentio, impassível.

Só a cabeça está um pouco mais inclinada sobre o peito.

Será simples cansaço?

Será a dor de ter jogado o mundo e tê-lo perdido?

Como da primeira vez, ao sentir que o carro parava, ergueu a cabeça, lançou ao seu redor o mesmo olhar vago, que se faz tão penetrante ao fixar-se num homem ou num horizonte, essas duas coisas misteriosas por trás das quais sempre pode se esconder um perigo.

– Onde estamos? – perguntou.

– Em Villers-Cotterêts, senhor – respondeu o mestre de posta.

– A dezoito léguas de Paris, então?

– Sim, senhor.

– Vamos!

Assim, como da primeira vez, depois de fazer uma pergunta igual, mais ou menos nos mesmos termos, ele dá a mesma ordem e parte com a mesma rapidez.

Fazia exatamente três meses que, retornando da ilha de Elba, ele voltara para as Tulherias.

Só que, entre 20 de março e 20 de junho, Deus cavara um abismo onde a sua fortuna se afundara.

Esse abismo era Waterloo.[38]

"Aquele homem que, pesando sobre a França com toda a carga do seu gênio, pesara particularmente, e de modo tão carregado, sobre mim." Com efeito, o menino que vê passar Napoleão é um herdeiro, não de bens materiais, já que a morte do pai deixara a mãe praticamente sem nada, mas de uma herança bem mais essencial, uma herança de glória, uma herança desviada por aquele homem, o imperador, que acaba de passar.

Dumas voltaria constantemente a esse passado próximo e doloroso, ligado para ele à infância, mas que iria colorir toda a sua vida.

Foi o general Dumas – pai do escritor – que foi chamado pela Convenção para armar-se em defesa quando, em 12 de vendemiário do ano IV (4 de outubro de 1795), a revolta contra-revolucionária tomou conta das seções de Paris.

Ela endereçou ao general Alexandre Dumas, comandante-chefe do exército dos Alpes, então de licença, a seguinte carta, cuja própria brevidade demonstrava a urgência:

"O general Alexandre Dumas se dirigirá imediatamente a Paris, a fim de assumir o comando das forças armadas."

A ordem da Convenção foi levada ao Hotel Mirabeau, mas o general Dumas partira três dias antes para Villers-Cotterêts, onde recebeu a carta no dia 13 pela manhã.

Enquanto isso, o perigo crescia de hora em hora; não havia condições de esperar a chegada daquele que fora chamado; conseqüentemente, durante a noite,

---

38. O manuscrito dessa conferência está conservado em Praga, Stádni Úst edni Archiv, Hore c. 2750 (fundo Metternich, Ms. 44).

o representante do povo Barras foi nomeado comandante-chefe do exército do interior; precisava de um ajudante: olhou para Bonaparte.

Assim, essa hora, que, segundo dizem, soa uma vez na vida de um homem, abrindo-lhe o futuro, soara infrutiferamente para o meu pai. Ele se pôs a caminho no mesmo instante, mas só chegou no dia 14.

Encontrou as seções derrotadas e Bonaparte como general-chefe do exército do interior.[39]

A partir dali, o papel principal já estava definido; o general Dumas ficaria com o papel secundário, ainda que às vezes se alçasse ao nível do épico (a conquista do Monte Cenis, ou a defesa da ponte Klausen, que lhe valeria o apelido de Horácio Coclès do Tirol – 24 de março de 1797).

Embarcando na aventura egípcia como comandante da cavalaria, o general Dumas, saudoso do ideal revolucionário, não escondia a sua desconfiança em relação ao sortudo rival; tudo o levava a suspeitar da ambição pessoal do general-chefe. Nas suas *Memórias*, o filho encena a famosa entrevista do pai com Bonaparte, que teve "tanta influência no futuro do meu pai e no meu", quando Bonaparte lhe pede explicações sobre uma reunião de generais descontentes:

– Sim, a reunião de Damanhour é verdadeira; sim, os generais, desanimados depois da primeira marcha, se perguntaram qual era o objetivo dessa expedição; sim, julgaram ver nela um motivo não de interesse geral, mas de ambição pessoal; sim, eu disse que, pela honra e pela glória da pátria, daria a volta ao mundo, mas que, se se tratasse apenas de sua ambição, senhor, me deteria já no primeiro passo. Ora, o que disse naquela noite repito e, se o miserável que lhe repetiu minhas palavras disse outra coisa que não aquilo que eu disse, é porque ele não é apenas um espião, é muito pior, é um caluniador.

Bonaparte olhou um instante para o meu pai; depois, com certa afeição:

– Assim, Dumas – disse ele –, você separa duas partes no seu espírito: põe a França de um lado e eu do outro. Acha que separo os meus interesses dos dela, a minha sorte da dela.

– Acho que os interesses da França devem passar antes dos interesses de um homem, por maior que ele seja... Acho que a sorte de uma nação não deve estar sujeita à sorte de um indivíduo.

---

39. Alexandre Dumas, *Mes mémoires*, caps. v e xii.

– Então, está pronto a separar-se de mim?

– Sim, tão logo me parecer que esteja se separando da França.

– Está enganado, Dumas... – disse Bonaparte, friamente.

– É possível – respondeu meu pai –, mas não admito as ditaduras, nem de Sylla nem de César.

– E está pedindo?...

– Para voltar para a França na primeira oportunidade.

– Muito bem! Prometo não colocar nenhum obstáculo à sua partida.

– Obrigado, general; é o único favor que lhe peço.

E, inclinando-se, meu pai foi até a porta, puxou o ferrolho e saiu.

Ao retirar-se, ouviu Bonaparte murmurando umas palavras, entre as quais julgou distinguir:

– Cego, que não acredita na minha sorte![40]

Ao afastar-se da costa do Egito, após a revolta do Cairo, o "negro Dumas", como Bonaparte o chamava, afastava-se ao mesmo tempo de um grande destino.

Uma tempestade obrigou seu navio a acostar no reino de Nápoles, onde foi mantido prisioneiro até março de 1801. Ao voltar para casa doente, sem um tostão furado, reclamou:

> Mas, general primeiro cônsul, o senhor conhece os infortúnios que acabo de sofrer. Espero que não permita que o homem que partilhou do seu trabalho e dos seus perigos venha a definhar sob o peso da mendicância. Tenho outro dissabor: estou listado entre os generais não-ativos. Ora, com a idade e o nome que tenho, fui posto numa espécie de reserva! Sou o mais antigo general da minha patente; tenho a meu favor feitos de armas que influenciaram fortemente os acontecimentos; sempre conduzi à vitória os defensores da pátria. Apelo para o seu coração. (Julho de 1802.)

Como única resposta, com permissão de receber sua paga de reservista (26 de frutidor do ano x, ou 13 de setembro de 1802), deixou de ser listado no quadro dos generais de divisão da República. Bonaparte lhe dera uma morte militar.

---

40. Ibid., caps. v e xii.

Perdi a saúde e estou fadado ao infortúnio e à desgraça; a miséria e a dor devoram minha vida. O único motivo que me afasta do desespero é pensar que servi sob suas ordens e que o senhor muitas vezes me deu prova de estima e benevolência; cedo ou tarde, espero que se digne suavizar a minha sorte... Suplico-lhe que me mande pagar os soldos atrasados do meu cativeiro na Sicília, ou seja, 28.500 francos. (Setembro de 1803.)

Nem antes nem depois, ele não foi pago. Morreu em 1806, deixando mulher e filhos sem meios de subsistência. Algumas horas antes do seu fim, expressou o desejo de ser enterrado nos campos de Austerlitz.

Assim, Dumas, fiel à memória do pai durante toda a sua vida, nutre pelo imperador sentimentos divididos entre a atração e a repulsa. De um lado, ele é o gênio solar que, vinte anos a fio, embriagou a França de glória; de outro, é "o ogro corso" que sangra o país, ano após ano, tirando-lhe os filhos – e que, em seu "romance" pessoal, é o verdadeiro assassino de seu pai.

A figura do imperador, no entanto, sob a Restauração – durante seu cativeiro em Santa Helena e após a sua morte –, assume rapidamente uma dimensão mítica aos olhos daqueles mesmos que por um tempo a vilipendiaram, à medida que os Bourbon se impopularizam: "Ao ponto de, sem saber por quê, apesar de todos os motivos que tínhamos para amaldiçoar Napoleão, minha mãe e eu havíamos chegado a odiar mais ainda os Bourbon, que não nos tinham feito nada, e que nos fizeram até mais bem do que mal".

Por isso, não surpreende encontrar, em Paris, o jovem Dumas, que se tornara escriturário do duque de Orléans (o futuro Luís Felipe), em salões bonapartistas, como o de Antoine Vincent Arnault: republicanos, liberais, bonapartistas unem-se então contra os Bourbon, apoiando-se na companhia do Santo Sacramento. Também não surpreende encontrar, quando ele publica seus primeiros versos, poemas que cantam a epopéia imperial, como "Leipsick" (sic) ou "Águia ferida", dedicado ao mesmo Antoine Vincent Arnault – observando-se, no entanto, que ele canta antes as derrotas que as vitórias.

As Três Gloriosas, ao expulsar o velho rei Carlos x, último Bourbon a reinar sobre a França, reavivam a celebração do mito imperial. Nada menos que sete Napoleões enfrentam ou enfrentariam as luzes da ribalta, longe das luzes das batalhas e dos bivaques: *Napoleão em Schoenbrünn*, no teatro da Porte-Saint-Martin, obtém uma receita fabulosa, e outras no Nouveautés, no Vaudeville, no Variétés, no Ambigu-Comique, no Gaîté, no Cirque-Olympique. Alexandre Dumas, jovem autor de sucesso desde *Henrique III e sua corte*, é insistentemente procurado pelo diretor do Odéon, Harel, o qual, prometendo-lhe um filão de ouro, também quer o seu *Napoleão*. O jovem autor acaba cedendo; com o auxílio de um cúmplice (Cordellier Delanoue), esboça uma trama: um espião, salvo por ele do pelotão de execução em Toulon, segue o imperador, em sua prodigiosa carreira, até Santa Helena. Vinte e três quadros, recortados da história e da hagiografia imperiais e inspirados em fontes que puderam ser identificadas: *Mémoires*, de Bourrienne; *Histoire de Napoléon*, do barão Norvins; *Victoires, conquêtes, désastres, revers et guerres civiles des Français de 1792 à 1815*; *Mémorial de Sainte-Hélène*, de Las Cases.

É um Napoleão de acordo com a sua lenda, um gênio cujo pensamento vai demasiado longe para ser compreendido por seus medíocres contemporâneos, traído, ainda por cima, pelos cata-ventos políticos cuja fortuna ele construiu – aqueles que, no momento da composição do drama, se unem em massa a Luís Felipe. Somente o povo, representado pelo analfabeto soldado Lorrain, permanece fiel a ele. Esse povo é que acaba de combater nas barricadas de 1830, expulsando os Bourbon.

A noite de estréia, 10 de janeiro de 1831, constitui um estranho espetáculo de tumulto, ou de partida para o combate; os guardas nacionais lotam a platéia. O levantar da cortina é acolhido com exclamações: os cenários – uma fortificação diante de Toulon e, pelos vãos, a cidade sitiada e a cadeia de rochedos sobre a qual se escalonam os fortes – são soberbos. Vêm, em seguida, a feira de Saint-Cloud e suas barracas, o apartamento, o jardim das Tulherias, o interior do palácio do rei da Saxônia, em Dresden, as elevações de Borodino, uma sala do Kremlin, um casebre perto de Beresina (antes de Beresina), as elevações de Montereau, um salão do *faubourg* Saint-Germain, uma rua de Paris, uma sala do palácio de Fontainebleau, o pátio do Cavalo Branco, no mesmo palácio, o porto de Portoferraio, o vale de Jamestown em Santa Helena... Essa enumeração mostra bastante bem que o drama, após uma rápida encenação da ascensão de Napoleão Bonaparte, detém-se na queda do imperador. É o vencido, sobretudo, que é representado.

Nos entreatos, tambores e trombetas da Guarda Nacional tocavam melodias marciais. Frédérick Lemaître, que interpreta Napoleão, não se parece em nada com o imperador. Mas usa o trajezinho cinzento; agoniza em Santa Helena. É o que basta: as pessoas primeiro choram, depois aplaudem a não mais poder. Na saída, vaiam o pobre Delaître, ator que tem o azar de interpretar Hudson Lowe.

Alexandre Dumas não nutre nenhuma ilusão quanto ao valor literário da obra; se nutrisse, seu amigo, o monarquista Alfred de Vigny, o desiludiria. Ele escreve:

> Obra ruim, trama ruim! Por raiva do rei é que Dumas pôs na boca de Napoleão palavras duras sobre os Bourbon. "Foram ingratos comigo", diz ele. Critiquei-o por oprimir os derrotados.

É a essas críticas, sem dúvida, que responde o jovem autor no prefácio do drama, que ele dedica à "Nação francesa". Refuta qualquer acusação de ingratidão:

> Sou filho do general republicano Alexandre Dumas, falecido em 1806 em decorrência de onze tentativas de envenenamento realizadas contra ele nas prisões de Nápoles.
>
> Morreu em desgraça ante o imperador, por não ter adotado seu sistema de colonização do Egito – e estava errado –, por não ter consentido em assinar, quando de seu advento ao trono, os registros das comunas – e estava certo.
>
> Meu pai era um desses homens de ferro que acreditam que a alma é a consciência, que fazem tudo o que ela prescreve, e morrem pobres.
>
> Ora, o meu pai morreu pobre; deviam-lhe vinte e oito mil francos de salário atrasado, que não pagaram à viúva; deviam à viúva uma pensão, que não lhe deram. O sangue do meu pai, vertido sob a República, não foi pago nem pelo Império, nem pela Restauração: à Restauração e ao Império, obrigado! Pois fizeram-me livre.

Mais especulação do que obra, a peça, intitulada *Napoléon Bonaparte, ou Trente ans de l'histoire de la France*, poderia, no entanto, ter induzido Dumas a questionar-se sobre o papel de Napoleão na história da França. "Por que o mesmo homem é tão forte no início da sua carreira e tão frágil no final – por que, em determinado momento, na força da idade, aos quarenta e seis anos, seu gênio o abandona, sua fortuna o trai?", pergunta-se. Dois anos mais tarde, na obra *Gaule et France* (1833), ele chega a uma resposta: Napoleão é apenas um instrumento nas mãos de Deus; quando não precisa mais dele, quebra-o:

Três homens, segundo nós, foram escolhidos de toda a eternidade no pensamento de Deus para cumprir a obra de regeneração: César, Carlos Magno e Napoleão.

César prepara o cristianismo.

Carlos Magno, a Civilização.

Napoleão, a Liberdade.

[...] Quando Napoleão tomou a França em 18 de brumário, ela ainda se achava febril pela guerra civil; e, num de seus excessos, jogou-se tão à frente dos povos que as outras nações já não a acompanhavam; o equilíbrio do progresso geral estava perturbado pelo excesso de progresso individual; havia uma liberdade louca que era preciso, segundo os reis, acorrentar para curar.

Napoleão surgiu com seu duplo instinto de despotismo e de guerra; sua dupla natureza popular e aristocrática, atrasada para as idéias da França, mas adiantada para as idéias da Europa; homem de resistência para o interior, mas homem de progresso para o exterior.

Os reis insensatos fizeram-lhe a guerra!

Então, Napoleão pegou o que havia de mais puro, de mais inteligente, de mais progressivo dentro da França; assim formou exércitos e espalhou esses exércitos pela Europa; por toda parte, eles levaram a morte aos reis e o sopro de vida aos povos; por onde passa o espírito da França, a Liberdade dá logo em seguida um passo gigantesco, lançando ao vento as revoluções, feito um semeador de trigo.

[Chega a desastrosa campanha da Rússia.] A missão de Napoleão está cumprida então, e é chegada a hora de sua queda; pois sua queda agora será tão útil à liberdade como outrora fora a sua elevação. O czar, tão prudente ante o inimigo vencedor, seria imprudente, talvez, ante o inimigo vencido [...].

Deus tira então a sua mão de Napoleão, e para que dessa vez a intervenção divina fosse mais visível nas coisas humanas, não são mais homens combatendo homens, a ordem das estações inverteu-se, chegam a neve e o frio a marchas forçadas: são os elementos que matam um exército. [...]

Vêm assim, com novecentos anos de intervalo, e como provas vivas daquilo que dissemos, que quanto maior é o gênio, mais cego ele é:

César, pagão, prepara o cristianismo.

Carlos Magno, bárbaro, a Civilização.

Napoleão, déspota, a Liberdade.

Não tenderíamos a pensar que é o mesmo homem que ressurge, em épocas determinadas, sob nomes diferentes, para cumprir um pensamento único?

Essa visão providencialista do destino de Napoleão pouco variaria sob a pena do escritor: ela é a base, em particular, do seu *Napoleão*, caso editorial concluído em 1839, que suscita pouco entusiasmo no leitor: "Esperava vê-lo ostentar, nesse episódio [a batalha de Waterloo], todo o poder do seu talento, toda a energia das suas idéias e do seu estilo... que nada. A mim pareceram ser apenas dez páginas de *Vitórias e conquistas* bem escritas e bem avaliadas", escreve Marco de Saint-Hilaire, que seria uma das fontes do segundo volume do *Cavaleiro de Sainte-Hermine*.

Nada mudaria, nem mesmo seu relacionamento com os Bonaparte: Dumas, que durante sua viagem à Suíça visitou, em 13 de setembro de 1832, a rainha Hortênsia, isolada em seu castelo de Arenenberg, faz amizade em Florença, a partir de junho de 1840, com a família Bonaparte, tanto e tão intimamente que, quando de seu retorno à França, em 1844, ele se diz "encarregado pela família Napoleão de revisar quatro manuscritos do general Montholon [então encarcerado na companhia de Luís Napoleão Bonaparte, o futuro Napoleão III] dedicados ao cativeiro do imperador" e roga ao ministro Tanneguy Duchatel que lhe "conceda, para visitar cinco ou seis vezes os prisioneiros de Ham, a mais ampla autorização que esteja em seu poder"[41]. A permissão é concedida:

> A caminho da Bélgica, nós [Dujarier, gerente de *La Presse*, e Dumas] paramos durante um dia em Ham. Eu havia sido acolhido, doze anos antes, pela rainha Hortênsia em Arenenberg, e não achei que pudesse passar pela cidade onde seu filho era prisioneiro sem agradecer-lhe a hospitalidade materna. Aliás, daquele tempo para cá, eu tivera a honra de conhecer, em Florença, o rei Luís, o rei Jerônimo e o rei José. Peço perdão por isso ao congresso de Viena, chamo de rei principalmente aqueles que já não o são, e as maiores majestades são para mim as majestades decaídas ou as majestades mortas. O príncipe Luís, por mais prisioneiro que fosse, ainda era para mim um príncipe francês e, como tal, merecedor de minhas homenagens.

---

41. Aut., Archives nationales, AB XIX 3325 dr I.

Essa primeira visita transcorreu, para mim, em conversa sobre a família imperial com S. A. o príncipe Luís, enquanto em outro apartamento o senhor acertava com o sr. conde Montholon as condições de sua publicação. Quando, no dia seguinte, voltei para despedir-me do príncipe, o conde Montholon e ele pediram que eu revisasse as provas da obra que o senhor ia editar e que, prisioneiro a trinta, quarenta léguas de Paris, o conde não podia revisar. Aceitei, primeiro pelo príncipe, depois por toda essa nobre família exilada que me falava pela voz dele, e à qual, aceitando, eu prestava o único favor que poderia lhe prestar.[42]

Os *Récits de la captivité de l'empereur Napoléon à Sainte-Hélène* [Relatos do cativeiro do imperador Napoleão em Santa Helena], do general Montholon, reescritos por Dumas – amplos fragmentos do manuscrito estão conservados em Praga –, seriam publicados em dois volumes por Paulin, em 1847.

Essa visão de Napoleão como instrumento da Providência é reiterada na conferência que citamos e em que, num belo movimento de dialogismo, Dumas se dirige ao próprio imperador:

> Não, senhor, sua glória não foi prejudicada, pois o senhor lutava contra o destino. Esses vencedores, que foram chamados de Wellington, Bulow, Blücher, esses vencedores tinham apenas máscaras de homens e eram gênios enviados pelo Altíssimo para combatê-lo, o senhor, que se revoltara contra Ele assumindo a causa dos reis, quando Ele o encarregara da causa dos povos.
>
> A Providência, senhor, a Providência!
>
> Uma noite inteira Jacó lutou contra um anjo que ele confundira com um homem; três vezes foi derrubado, ele, o primeiro lutador de Israel! E quando veio o dia, lembrando sua tripla derrota, julgou enlouquecer.
>
> Três vezes também, o senhor foi derrubado; três vezes sentiu sobre o peito trêmulo o joelho do divino vencedor!
>
> Em Moscou, em Leipsick, em Waterloo.

Ainda é essa a sua visão quando, num derradeiro e patético esforço, tenta preencher a lacuna que altera *Le drame de la France*. Ele pôs em cena Bonaparte

---

42. Carta publicada em *La Presse*, 24 de dezembro de 1844.

em *Les Blancs et les Bleus*, e acompanharia o curso do astro Napoleão em *O cavaleiro de Sainte-Hermine*.

O romance tem início um ano antes do nascimento do autor, neste 1802 que fora cantado por seu contemporâneo e amigo essencial, Victor Hugo:

> Este século tinha dois anos! Roma substituía Esparta,
> E já Napoleão brotava sob Bonaparte,
> Do primeiro cônsul, já, em muitos pontos,
> A fronte do imperador rompia a máscara estreita.*

O filho de Monte-Cristo

Ao Golias histórico, Dumas iria opor aqui um Davi romanesco: Hector, último rebento ("cavaleiro") da família dos condes de Sainte-Hermine. Com o pai guilhotinado em decorrência da conspiração dos Cravos; o irmão mais velho (Léon), emigrado do exército de Condé, fuzilado; o outro irmão, Charles, companheiro de Jeú, guilhotinado; o jovem cavaleiro, junto com o título de conde, herda a vingança familiar.

Um vingador, portanto, como antes dele fora o conde de Monte-Cristo; que Dumas-Hamlet encarregaria, por intermédio do herói do romance, de vingá-lo de Napoleão, o assassino de seu pai, é lícito pensar...

Quando faz sua entrada na sociedade e no romance, Hector, mesmo belo como Antínoo**, não passa de um jovem aristocrata comum em seu traje de veludo grená, suas calças colantes cor-de-camurça, seus sapatos com pequenas fivelas de diamantes – e, supremo toque de elegância, a fivela de diamantes, maior que a dos sapatos, mas do mesmo formato, que prende seu chapéu.

Mas Edmond Dantès, a bem da verdade, mal se distinguia dos marujos que o cercavam.

---

* "Ce siècle avait deux ans! Rome remplaçait Sparte,/ Déjà Napoléon perçait sous Bonaparte,/ Et du premier consul, déjà, par maint endroit,/ Le front de l'empereur brisait le masque étroit." (Tradução literal)

** Antínoo (c. 112-130), morto misteriosamente, foi amante do imperador romano Adriano. Sua beleza, assim como seu relacionamento com Adriano, foi diversas vezes tratada na literatura. (N. T.)

Hector é, acima de tudo, como Dantès, um jovem apaixonado que se sente aliviado quando a nova situação histórica, ao fim da *chouannerie**, o desincumbe do peso de sua vingança. Depois de receber de Georges Cadoudal a dispensa de suas tropas, "[eu] voltei a ser dono da minha própria pessoa, empenhada por meu pai e por meus dois irmãos numa lealdade que eu só conhecia pela dedicação da minha família e pelo infortúnio que essa dedicação trouxera para a nossa casa", diz ele à sua noiva, Claire de Sourdis. "Eu tinha vinte e três anos: tinha uma renda de cem mil libras; estava apaixonado! E, supondo que fosse amado, a porta do paraíso guardada pelo anjo exterminador estava aberta para mim."

Mas, tal como Dantès, ele experimenta na prisão uma iniciação pelo abismo; é outro homem, ou melhor, um super-homem, que sai dali. A marca evidente da metamorfose é a mudança de nome: tal como o plebeu Edmond Dantès, que atribui a si mesmo o título de conde de Monte-Cristo, o aristocrático Hector de Sainte-Hermine adota o sobrenome plebeu de René. No entanto, encarcerado três anos na prisão do Templo, enquanto Dantès amargou quatorze anos no castelo de If, Hector não se beneficia da presença de um iniciador sublime como o abade Faria: é sozinho que ele tem de efetuar sua transmutação de homem em super-homem. Na verdade, ele *some* na prisão, enquanto a história continua, enquanto a "máscara estreita" de Bonaparte termina de romper-se: Alexandre Dumas o abandona quando ele é encarcerado, retomando-o apenas na sua saída, de modo que o leitor, embora possa constatar os efeitos da transformação, ignora suas causas, mesmo que posteriormente o narrador, ou o próprio Hector, revelem algumas delas.

Durante esses "três anos de tristeza e de inverno", em que "todas as alegrias de [su]a juventude, todas as flores de [su]a adolescência foram desfeitas", ele mudou fisicamente, mas não a ponto, como Dantès, de não reconhecer a si mesmo quando se percebe no espelho do barbeiro de Livorno:

> Durante aquela longa reclusão, seu rosto perdera a coloração juvenil, e a flor rosada de suas faces dera lugar a um tom fosco, com leves camadas de bistre; seus olhos estavam maiores, de tanto tentar ver na escuridão; sua barba havia

---

* *Chouannerie*, ou *guerre des chouans*, foi uma forte revolta a favor da realeza ocorrida em três fases, na região da Vendéia, entre 1794 e 1800. A denominação teria vindo de um dos chefes insurretos, Jean Chouan. (N. T.)

crescido e emoldurava seu rosto de um modo másculo; toda a sua fisionomia se dividia em três nuances, quase indistintas, de tal modo se fundiam umas nas outras: o pensamento, o devaneio, a melancolia.

Somente a força de vontade parece estar na origem da sua transformação. Hector aguerriu seu corpo:

A necessidade que têm os jovens de gastar sua força física, ele a aplacara com exercícios de ginástica; pedira várias balas de canhão de diferentes pesos e acabara erguendo-as e fazendo malabarismos, qualquer que fosse o seu peso[43].

Ele se exercitara, com uma corda pendurada no teto, a subir por ela usando apenas as mãos. Enfim, inventara todos esses exercícios de ginástica moderna que completam hoje em dia a educação de um rapaz não para completar sua educação, mas simplesmente para distrair-se.

Ele ampliou seu espírito com o estudo:

Por fim, durante aqueles três anos de prisão, Sainte-Hermine estudara profundamente tudo o que é possível estudar sozinho – geografia, matemática, história. Apaixonado pelas viagens quando jovem, e falando alemão, inglês, espanhol, como se fossem sua língua materna, fizera amplo uso da permissão que lhe deram de pedir livros e viajara pelos mapas, já que não podia viajar na realidade.

A Índia, principalmente, [...] atraíra toda a sua atenção e fora objeto de seus estudos específicos, sem que ele jamais imaginasse que esses estudos específicos poderiam lhe servir, julgando-se destinado à prisão perpétua.

Mas, principalmente, meditou com vagar sobre a história e o fim último do homem, busca que só o levou à dúvida de Hamlet ou de Fausto:

"Passei três anos sondando esses mistérios todos; desci nessas trevas insondáveis de um lado da vida, saí pelo outro, ignorando como e por que vivemos,

---

43. Não podemos deixar de mencionar, ao ler esse trecho, a famosa força física do general Dumas: o gigante mulato tinha reputação de conseguir, com ambas as mãos agarradas a uma viga de estrebaria, erguer do chão, entre suas coxas, o cavalo sobre o qual estava montado! Também não podemos deixar de pensar que o seu jovem companheiro de armas, Bonaparte, de pequena estatura e frágil como era então, possa às vezes ter sentido inveja do herculeo "negro", tão orgulhoso da própria força.

como e por que morremos, pensando que Deus é um nome que me serve para nomear aquele que estou buscando; essa palavra, a morte me dirá qual é, se é que a morte não é ainda mais silente que a vida. [...] É que, em vez de fazer um Deus dos mundos, estabelecendo a harmonia universal pela ponderação dos corpos celestes, fizemos um Deus à nossa imagem, um Deus pessoal, a quem cada qual pede contas não dos grandes cataclismos atmosféricos, mas de nossas pequenas misérias individuais. Rezamos a Deus, esse Deus que nosso gênio humano não pode compreender, que as linhas humanas não podem medir, que não se vê em lugar algum e que, no entanto, se existe, está em toda parte; rezamos como os antigos rezavam ao Deus do seu lar, estatueta de um côvado de altura que mantinham constantemente ao alcance dos olhos e da mão, assim como o índio reza para o seu fetiche, como o negro para o seu amuleto. Perguntamos, conforme a coisa nos é agradável ou dolorosa: "Por que fizeste isso? Por que não fizeste aquilo?". Nosso Deus não nos responde, está distante demais de nós e, aliás, não se ocupa de nossas pequenas paixões. Então somos injustos com ele, nós o culpamos pelos males que nos acontecem como se fossem enviados por ele e, de infelizes apenas que éramos, viramos sacrílegos e ímpios.

"[...] Somos pobres átomos arrastados nos cataclismos de uma nação, esmigalhados entre um mundo que se acaba e um mundo que começa, arrastados por uma realeza que soçobra e pela ascensão de um império que se ergue. Perguntem a Deus por que Luís XIV empobreceu a França de homens com suas guerras, por que arruinou o tesouro com seus faustuosos caprichos de mármore e bronze. Perguntem-lhe por que ele sustentou uma política desastrosa para conseguir dizer uma frase, que já não era verdadeira no momento em que a disse: "Os Pireneus já não existem". Perguntem-lhe por que, suportando um capricho de mulher, e curvado sob o jugo de um padre, ao revogar o edito de Nantes, ele enriqueceu a Holanda e a Alemanha, e arruinou a França. Perguntem-lhe por que Luís XV continuou a obra fatal do seu avô [...]. Perguntem-lhe por que, contra a opinião da história, ele seguiu os conselhos de um ministro vendido e por que, sem lembrar que a aliança da Áustria sempre trouxe azar às flores-de-lis, alçou uma princesa austríaca ao trono francês. Perguntem-lhe por que ele deu a Luís XVI, em vez de régias virtudes, instintos burgueses entre os quais não havia nem o respeito pela palavra dada nem a firmeza do chefe de família; perguntem-lhe por que permitiu que um rei fizesse um juramento que não queria cumprir, por que permitiu que ele fosse buscar socorro no estrangeiro contra os seus súditos e por que baixou assim uma augusta cabeça ao nível do cadafalso que abate os criminosos vulgares.

"[...] Então, verá por que meu pai morreu no mesmo cadafalso, vermelho do sangue do rei; por que meu irmão mais velho foi fuzilado, por que meu segundo irmão foi guilhotinado, por que eu, por minha vez, para cumprir uma promessa, segui sem entusiasmo e sem convicção um caminho que, no momento em que eu alcançava a felicidade, me arrancou todas as esperanças para me jogar por três anos na prisão do Templo, e depois me entregar à falsa clemência de um homem que, ao agraciar-me com a vida, condenou minha vida à desgraça.

"[...] Creio num Deus que criou os mundos, que traçou seus caminhos no éter, mas que, por isso mesmo, não tem tempo de se ocupar do infortúnio ou da fortuna de dois pobres átomos rastejando na superfície do globo."

Pela boca do rapaz desencantado, é o velho escritor próximo da morte que escutamos – e é nesse sentido que *O cavaleiro de Sainte-Hermine* soa de fato como um testamento, uma última palavra.

É a partir desse momento que Hector se afasta do modelo do seu "irmão mais velho", o conde de Monte-Cristo. Enquanto Dantès é movido por um desejo de vingança pessoal, Hector, "sem entusiasmo e sem convicção", só obedece a uma promessa de vingança que lhe foi imposta pela honra... e pela História.

"Condenado à infelicidade": Hector é uma força que vai ao acaso, parece-lhe de início. Contudo, o jovem vingador realista descobriu um valor superior aos ódios de classe ou de partido, pelo qual combateria:

> Precisara ler muito, e refletir muito, para chegar a reconhecer que as lealdades fora das leis podem às vezes se tornar crimes, e que a única lealdade agradável a Deus é a lealdade à pátria.

O filho do general republicano, o neto do aristocrata Davy de la Pailleterie e da escrava negra, neto igualmente (por parte de mãe) de Claude Labouret, criado do duque de Orléans, depois pequeno-burguês de Villers-Cotterêts, funde a disparidade de suas origens no cadinho da nação. De modo que Hector não combate nem a favor nem contra Napoleão, que não passa de um avatar na História dos homens; ele oferece, em sacrifício à França, uma vida que ficou sem objetivo a partir do momento em que foi proibida ao amor. Testemunha da história de Napoleão, ele só se torna ator em prol da glória da pátria.

Morrer pela pátria,
É o mais belo destino, o mais digno de inveja,

como já cantava o coro dos Girondinos na derradeira cena do *Chevalier de Maison-Rouge* [Cavaleiro de Maison-Rouge], no Teatro Histórico, em 1847.

A morte foi propícia a Alexandre Dumas: ele não teve de ouvir, em Dieppe, as fanfarras prussianas.

Claude Schopp

I
AS DÍVIDAS DE JOSEFINA

"Chegamos às Tulherias", disse o primeiro cônsul Bonaparte a seu secretário Bourrienne, ao entrar no palácio em que Luís XVI fizera a sua penúltima estação, entre Versalhes e o cadafalso, "e aqui vamos tratar de ficar."

Eram cerca de quatro horas da tarde, no dia 30 de pluvioso do ano VIII (19 de fevereiro de 1800), quando essas fatídicas palavras foram pronunciadas.

Exatamente um ano após a instalação do primeiro cônsul, inicia-se essa narrativa, continuação do nosso livro *Les Blancs et les Bleus*[1], o qual se encerra, como todos lembram, com a fuga de Pichegru de Sinnamary, e do nosso romance *Les compagnons de Jéhu*[2], que termina com a execução de Ribier, Jahias, Valensolles e Sainte-Hermine.

Quanto ao general Bonaparte, que nessa época ainda era apenas general, nós o deixamos no momento em que, voltando do Egito, punha os pés em solo francês. De 24 de vendemiário do ano VII (16 de outubro de 1799) até hoje, ele fez um bocado de coisas.

Para começar, fez o 18 de brumário, grande processo que ele ganhou em primeira instância, mas que ainda hoje se acha em apelação ante a posteridade.

Depois, atravessou os Alpes, qual Aníbal e Carlos Magno.

Depois, com a ajuda de Desaix e Kellermann, tornou a ganhar a batalha de Marengo, que ele havia perdido.

---

1. *Les Blancs et les Bleus*, 1867-68, em folhetim e posteriormente editado por Michel Lévy frères, 3 vols.

2. *Les compagnons de Jéhu*, em folhetim e posteriormente editado por Alexandre Cadot, 1857, 7 vols.

Depois, concluiu a paz em Lunéville[3].

Por fim, no mesmo dia em que mandou instalar, por David, o busto de Brutus nas Tulherias, restabeleceu a apelação de "senhora".

Os teimosos ficavam livres para ainda dizer *cidadão*, mas só os brutos e grosseirões é que ainda dizem *cidadã*.

Evidentemente, só freqüentam as Tulherias pessoas como convém.

Estamos, portanto, em 30 de pluvioso do ano ix (19 de fevereiro de 1801), no palácio do primeiro cônsul Bonaparte, nas Tulherias.

Vamos dar à geração atual, que já está dois terços de século distante dessa época, uma idéia do que era aquele gabinete, onde tantos acontecimentos se prepararam, e esboçar a pena, até onde formos capazes, o retrato do homem lendário que cogita não apenas a mudança da França, como também a transformação do mundo.

Era uma grande sala pintada de branco, com molduras douradas, na qual havia duas mesas.

Uma, muito bonita, destinava-se ao primeiro cônsul; sentado a esta mesa, ele dava as costas à lareira e tinha a janela à sua direita. Também à direita, numa sala em L, ficava Duroc, seu ajudante-de-campo de confiança havia quatro anos. Através do gabinete que ele ocupava, era possível comunicar-se com o escritório de Landoire, honesto empregado que gozava de total confiança do primeiro cônsul, e com os amplos apartamentos que davam para o pátio.

Quando o primeiro cônsul está sentado a esta mesa, em sua poltrona de cabeça de leão, e cujo braço direito ele tantas vezes mutilou com seu canivete, ele tem diante de si uma imensa biblioteca repleta de pastas de alto a baixo.

Um pouco à direita, ao lado da biblioteca, fica a segunda grande porta do gabinete. Essa porta dá diretamente num quarto de dormir de fachada. Desse quarto se passa para o grande salão de recepções, em cujo teto Le Brun pintou Luís xiv em traje de gala. Outro pintor, que certamente não tinha a força do primeiro, cometeu a heresia de ornar a peruca do grande rei com uma insígnia

---

3. Dumas, no cap. vii, detalha e data essa segunda campanha da Itália. Assinado em 9 de fevereiro de 1801, o Tratado de Lunéville reconhece à França a posse da Bélgica e da margem esquerda do Reno, além de garantir a independência das repúblicas Batávia, Helvética, Cisalpina e Liguriana.

tricolor, que Bonaparte mantém, complacente, a fim de poder dizer, mostrando essa anomalia aos visitantes: "Que estúpidos, esses homens da Convenção!".

Defronte à única janela que ilumina o grande cômodo, com vista para o jardim, abre-se um guarda-roupa contíguo ao gabinete consular, guarda-roupa que não é mais que o oratório de Maria de Medici. Ele conduz a uma escada pequena, que dá nos aposentos da sra. Bonaparte, situados no entressolho.

Tal como Maria Antonieta, com quem se parecia em mais de um aspecto, Josefina detestava os grandes apartamentos. Por conseguinte, arrumara para si, nas Tulherias, um pequeno retiro quase igual ao que Maria Antonieta arrumara para si em Versalhes.

Por esse guarda-roupa é que quase sempre aparecia (naquela época, pelo menos) o primeiro cônsul, ao entrar de manhã em seu gabinete. Dizemos quase sempre porque foi somente nas Tulherias que o primeiro cônsul passou a ter, em separado de Josefina, um quarto para o qual se retirava quando chegava muito tarde à noite; ou quando algum motivo de querela – e esses motivos, sem serem ainda freqüentes, começavam a surgir vez ou outra – trazia durante a noite alguma discussão e esta, uma birra conjugal.

A segunda mesa, bastante modesta, ficava próxima à janela. O secretário que nela trabalhava tinha o panorama da ramagem frondosa dos castanheiros; mas o trabalhador precisava levantar-se para avistar quem passeava no jardim. Ele ficava de costas para o perfil do primeiro cônsul, de modo que com apenas um pequeno movimento podia olhá-lo de frente. Como Duroc raramente estivesse em seu gabinete, nesse gabinete é que o secretário dava suas audiências.

Esse secretário era Bourrienne[4].

Os mais hábeis pintores e escultores rivalizaram em talento para fixar numa tela, ou tirar do mármore, as feições de Bonaparte e, mais tarde, as de Napoleão. Mas os homens que viveram na sua intimidade, embora reconhecessem nas es-

---

4. Autor de *Mémoires de M. de Bourrienne, ministre d'État, sur Napoléon, le Directoire, le Consulat, l'Empire et la Restauration* [Memórias do sr. Bourrienne, ministro de Estado, sob Napoleão, o Diretório, o Consulado, o Império e a Restauração], (Paris, Ladvocat, 1829). A descrição das Tulherias e dos hábitos do primeiro cônsul foi tirada do tomo III, cap. XIX, pp. 327 ss.; a carta de Kléber está reproduzida no tomo IV, pp. 401-6; o episódio do choro de Josefina está no tomo IV, cap. II, pp. 29-34; a carta de Durosel Beaumanoir, mais adiante, está reproduzida no tomo IV, pp. 183-7.

tátuas ou nos retratos a fisionomia daquele homem extraordinário, dizem que não existe, nem do primeiro cônsul nem do imperador, uma imagem de absoluta semelhança.

Enquanto primeiro cônsul, podem ter pintado ou esculpido seu crânio proeminente, sua testa magnífica, seus cabelos colados às têmporas que caíam sobre os ombros, seu rosto moreno, magro e comprido e o hábito meditativo de seu semblante.

Enquanto imperador, podem ter reproduzido aquela cabeça que parecia uma medalha antiga, espalhado em suas faces a palidez doentia que indicava uma morte prematura, desenhado seus cabelos com um preto de ébano, valorizando o tom fosco das faces, mas nem o cinzel nem a paleta conseguiram retratar a chama movente dos seus olhos ou a sombria expressão do seu olhar quando se torna fixo.

Aquele olhar obedecia à sua vontade com a rapidez do relâmpago. Ninguém, quando furioso, tinha o olhar mais terrível; ninguém, quando bondoso, tinha o olhar mais afável.

Ele parecia ter uma fisionomia específica para cada um dos pensamentos que se sucediam em sua alma. Sua estatura era baixa, mal chegava aos cinco pés e três polegadas, e, no entanto, Kléber, que era uma cabeça mais alto que ele, dizia, pondo-lhe a mão no ombro: "General, o senhor tem a altura do mundo!".

E, de fato, ele então parecia ser uma cabeça mais alto que Kléber.

Ele tinha mãos muito bonitas: orgulhava-se delas, cuidava delas como uma mulher cuidaria. Ao conversar, tinha o costume de olhar para elas com complacência; sempre usava apenas a luva da mão esquerda, deixando a direita despida, a pretexto de poder estendê-la àqueles que honrava com tal favor, mas, na verdade, para contemplá-la e polir as unhas com um lenço de batista.

O sr. de Turenne, cujas atribuições incluíam cuidar da toalete do imperador, chegou ao ponto de só mandar fazer para ele luvas da mão esquerda, economizando assim seis mil francos por ano.

O descanso era-lhe insuportável; gostava de passear, mesmo dentro do seu apartamento. Inclinava-se então um pouco para frente, como se o peso dos seus pensamentos o obrigasse a curvar a cabeça, e mantinha, sem afetação, as mãos cruzadas atrás das costas.

Em meio aos pensamentos a que se entregava nessas espécies de passeios, deixava escapar freqüentemente um movimento do ombro direito, ao mesmo tempo que sua boca se contraía.

Foram decerto esses tiques, os quais não passavam de simples hábito, que algumas pessoas confundiram com movimentos convulsivos, e que as levaram a dizer que Bonaparte era sujeito a ataques de epilepsia.

Ele nutria pelo banho uma verdadeira paixão: nele ficava duas, três horas, pedia que lhe lessem os jornais ou algum panfleto que a polícia lhe assinalara. Uma vez no banho, abria constantemente a torneira de água quente, sem se preocupar com o fato de a banheira transbordar. Bourrienne, então, depois de ficar encharcado com o vapor, já não agüentando mais, pedia permissão para abrir a janela, ou então retirar-se. Em geral, seu pedido era atendido.

Apesar de tudo o que se disse, Bonaparte gostava de dormir; não raro, ao seu secretário que o despertava às sete horas, dizia em tom queixoso:

— Ah! Deixe-me dormir mais um pouco! Entre o menos possível no meu quarto à noite — recomendava. — Nunca me desperte por uma boa notícia; com uma boa notícia, nada é urgente; mas se se tratar de uma má notícia, acorde-me imediatamente, pois nesse caso não há um minuto a perder.

Assim que Bonaparte se levantava, Constante, seu criado de quarto, fazia-lhe a barba e alisava-lhe o cabelo. Enquanto o barbeavam, Bourrienne lia para ele os jornais, sempre começando pelo *Moniteur*; ele, aliás, só dava atenção aos jornais ingleses ou alemães. Quando Bourrienne lia o título de algum dos dez ou doze jornais franceses que se publicavam por essa época, ele dizia: "Passe adiante, passe, eles só dizem o que deixo que digam".

Uma vez concluída a toalete, Bonaparte subia com Bourrienne para o seu gabinete. Lá, encontrava já separadas as cartas do dia para ler e os relatórios da véspera para assinar. Lia e indicava as respostas a serem dadas, depois assinava os relatórios.

Às dez horas em ponto, a porta se abria e o copeiro anunciava: "O general está servido!".

O café da manhã, muito simples, compunha-se de três pratos e uma sobremesa. Um desses pratos era quase sempre um frango ao óleo e cebola, igual ao que lhe serviram pela primeira vez na manhã da batalha de Marengo, e que desde então manteve o nome de frango à Marengo.

Bonaparte bebia pouco vinho, e só vinho de Bordeaux e da Borgonha, e, depois do almoço ou do jantar, tomava uma xícara de café.

Quando trabalhava à noite mais tarde que de costume, traziam-lhe à meia-noite uma xícara de chocolate.

Desde muito jovem, habituou-se ao tabaco; mas apenas três ou quatro vezes ao dia, pouco de cada vez, e sempre em elegantíssimas caixas de ouro ou esmalte.

Naquele dia, como de costume, Bourrienne descera às seis e meia ao seu gabinete, deslacrara as cartas e as pusera sobre a mesa grande, as mais importantes embaixo, para que Bonaparte as lesse por último e as guardasse na memória.

Em seguida, o relógio bateu sete horas, e ele julgou que era tempo de ir acordar o general.

Para sua imensa surpresa, porém, deparara com a sra. Bonaparte deitada sozinha e chorando.

Desnecessário dizer que Bourrienne tinha uma chave do quarto de Bonaparte e entrava, se preciso fosse, a qualquer hora do dia ou da noite.

Ao ver Josefina sozinha, e aos prantos, quis se retirar.

Ela, porém, que gostava muito de Bourrienne e sabia que podia contar com ele, deteve-o e pediu que se sentasse junto à cama.

Bourrienne aproximou-se, muito preocupado.

– Oh, senhora – ele perguntou, – será que aconteceu alguma coisa com o primeiro cônsul?

– Não, Bourrienne, não – respondeu Josefina. – Está acontecendo comigo...

– O quê, senhora?

– Ah, meu caro Bourrienne! Como sou infeliz!

Bourrienne pôs-se a rir.

– Aposto que sei do que se trata – disse ele.

– Os meus fornecedores... – balbuciou Josefina.

– Estão se negando a fornecer para a senhora?

– Ora, se fosse só isso!

– Estariam tendo a impertinência de pedir para serem pagos? – disse Bourrienne, rindo.

– Estão me ameaçando com ação judicial! Imagine o meu embaraço, meu caro Bourrienne, se um papel timbrado fosse parar nas mãos de Bonaparte!

– A senhora acha que eles ousariam!

– Tenho a mais absoluta certeza.

– É impossível!

– Olhe...

E Josefina tirou de debaixo do travesseiro uma folha de papel com a imagem da República.

Era uma intimação ao primeiro cônsul para que pagasse, por conta da sra. Bonaparte, sua esposa, uma quantia de quarenta mil francos em luvas.

A sorte fizera com que a intimação desviada viesse parar nas mãos da esposa, em vez de cair nas mãos do marido. A ação era em nome de uma certa sra. Giraud.

– Diacho! – exclamou Bourrienne. – A coisa é séria! A senhora autorizou toda a sua gente a comprar com essa senhora?

– Não, meu caro Bourrienne; esses quarenta mil francos de luvas são só para mim.

– Só para a senhora?

– Sim.

– Mas então faz dez anos que a senhora não paga as contas?

– Acertei com meus fornecedores e paguei todos eles em 1º de janeiro do ano passado: foram trezentos mil francos. É exatamente porque me lembro da fúria de Bonaparte naquela época que hoje estou assustada.

– E a senhora gastou quarenta mil francos em luvas desde 1º de janeiro do ano passado?...

– É o que parece, Bourrienne, já que estão me reclamando essa quantia.

– Ora, vejam! E, diga-me, o que quer que eu faça?

– Eu gostaria, se Bonaparte estiver de bom humor esta manhã, que o senhor arriscasse umas palavras sobre essa situação.

– Mas, primeiro, por que ele não está aqui com a senhora? Houve uma briga de casal? – perguntou Bourrienne.

– Não, de maneira alguma. Ele saiu de excelente humor ontem à noite, com Duroc, para *sentir*, como ele diz, o espírito dos parisienses. Voltou tarde, talvez, e, para não me incomodar, foi dormir no seu quarto de solteiro.

– E se ele estiver de bom humor, se eu mencionar suas dívidas, e se ele perguntar de quanto são, o que respondo?

– Ah, Bourrienne!

Josefina escondeu a cabeça sob o lençol.

– Quer dizer que é uma soma assustadora?

– Enorme.

– Ora, quanto?

– Não tenho coragem de dizer.
– Trezentos mil francos?
Josefina suspirou.
– Seiscentos mil?...
Outro suspiro de Josefina, mais acentuado que o primeiro.
– Confesso que está me assuntando – disse Bourrienne.
– Passei a noite fazendo essas contas com a minha boa amiga, a sra. Hulot, que entende muito bem dessas coisas, porque eu, Bourrienne, como pode imaginar, não entendo absolutamente nada.
– E a senhora está devendo?...
– Mais de um milhão e duzentos mil francos.
Bourrienne deu um salto para trás.
– Tem razão – disse ele, dessa vez sem rir –, o primeiro cônsul vai ficar furioso.
– Vamos confessar só a metade – disse Josefina.
– Não é uma boa solução – disse Bourrienne, meneando a cabeça. –Aproveite e confesse tudo, é o que lhe aconselho.
– Não, Bourrienne, nunca, jamais!
– Mas como a senhora vai fazer para pagar os outros seiscentos mil?
– Ah! Primeiro, vou deixar de me endividar, isso deixa a gente muito infeliz.
– Mas e os outros seiscentos mil francos? – insistiu Bourrienne.
– Vou pagando aos poucos, com as minhas economias.
– Está enganada; como o primeiro cônsul não espera esse total imenso de seiscentos mil francos, não há de reclamar mais por um milhão e duzentos do que por seiscentos mil. Pelo contrário, como o golpe será mais violento, ficará mais atordoado. Dará um milhão e duzentos mil francos e a senhora ficará quite para sempre.
– Não, não! – exclamou Josefina. – Não insista, Bourrienne. Eu o conheço, ele vai ter um daqueles ataques de fúria, e eu jamais vou conseguir suportar essa violência.
Nisso, escutaram a campainha de Bonaparte chamando o garoto do escritório, decerto para inquirir onde andava Bourrienne.
– É ele – disse Josefina –, já está no gabinete. Suba depressa até lá e, se ele estiver de bom humor, sabe...

– Um milhão e duzentos mil francos, não é? – perguntou Bourrienne.
– Não, pelo amor de Deus, seiscentos mil e nem mais um centavo!...
– É o que a senhora quer?
– Por favor.
– Pois que seja.

E Bourrienne dirigiu-se à escada que conduzia ao gabinete do primeiro cônsul.

II
DE COMO FOI A CIDADE LIVRE DE HAMBURGO QUE PAGOU AS DÍVIDAS DE JOSEFINA

Quando Bourrienne entrou no grande gabinete, deparou com o primeiro cônsul perto de sua mesa, lendo a correspondência da manhã, já deslacrada e lida, como dissemos, por Bourrienne.

Usava o uniforme simples de general-de-divisão da república, ou seja, a sobrecasaca azul sem dragonas, com um ramo de loureiro dourado comum, a calça de pele de camurça, o colete de borda larga e as botas de canhão.

Bonaparte virou-se ao ouvir o som dos passos do seu secretário.

– Ah! É você, Bourrienne – disse ele. – Estava chamando Landoire para que fosse buscá-lo.

– Tinha ido ao quarto da sra. Bonaparte, pensando encontrá-lo lá, general.

– Não, eu dormi no quarto grande.

– Ah! Ah! – disse Bourrienne. – Na cama dos Bourbon!

– Pois é.

– E como dormiu?

– Mal. Prova disso é que aqui estou, sem que você tenha precisado me acordar. Aquilo tudo é macio demais para mim.

– O senhor leu as três cartas que pus de lado para o senhor, general?

– Sim, a viúva de um sargento-mor da guarda consular, morto em Marengo, pede que eu seja o padrinho do seu filho.

– E o que devemos responder?

– Que aceito. Duroc poderá me substituir; a criança se chamará Napoleão: a mãe ganhará uma renda vitalícia de quinhentos francos, reversíveis ao filho. Responda-lhe neste sentido.

– E essa mulher que, acreditando na sua sorte, pede-lhe três números da loteria?

– Essa é uma louca; mas já que tem fé na minha estrela e, nunca tendo ganhado, tem certeza de que vai ganhar, diz ela, se eu lhe mandar os três números que está pedindo, responda que só se ganha na loteria nos dias em que não se joga, e prova disso é que, não tendo nunca ganhado nos dias em que jogou, ganhou trezentos francos no dia em que se esqueceu de jogar.

– Então, devo mandar-lhe trezentos francos?

– Sim.

– E a última carta, general?

– Eu estava começando a lê-la quando você chegou.

– Continue, vai achá-la interessante.

– Leia para mim; a letra é tremida e me cansa.

Bourrienne pegou a carta, sorrindo.

– Já sei por que está rindo – disse Bonaparte.

– Ah! Não, acho que não, general – retrucou Bourrienne.

– O senhor está pensando que quem consegue ler a minha letra consegue ler qualquer letra, mesmo a dos gatos e a dos procuradores.

– Ora, o senhor acertou.

Bourrienne começou:

Jersey, 26 de fevereiro de 1801.

Creio, general, que, de volta de suas grandes viagens, posso sem indiscrição interromper suas ocupações cotidianas a fim de fazer-me presente em sua memória. Só que talvez fique surpreso com o tão ínfimo objeto que é assunto da carta que tenho a honra de escrever-lhe; o senhor há de lembrar, general, que, quando o senhor seu pai foi obrigado a tirar os senhores seus irmãos do colégio de Autun, indo de lá até Brienne para vê-lo, viu-se sem dinheiro em espécie. Pediu-me vinte e cinco luíses, que lhe emprestei com prazer; desde que voltou, ele ainda não teve a oportunidade de devolvê-los e, quando saí de Ajácio, a senhora sua mãe ofereceu-se para se desfazer de alguma prataria para poder reembolsar-me. Rejeitei a oferta e disse-lhe que, quando ela tivesse condições de fazê-lo, eu deixaria o recibo do senhor seu pai com o sr. Souires, e ela poderia honrá-lo como melhor lhe conviesse. Suponho que ela ainda não achara um momento favorável quando veio a Revolução.

O senhor talvez ache um tanto estranho, general, que, para tão módica quantia, eu venha perturbar as suas ocupações; mas a minha situação é difícil, e essa pequena quantia se tornou para mim uma grande quantia. Exilado da minha pátria, forçado a refugiar-me nesta ilha onde abomino estar, onde tudo é tão caro que é preciso ser rico para morar aqui, seria uma grande bondade de sua parte fazer com que eu recebesse essa pequena quantia, que outrora me seria indiferente.

Bonaparte aprovou com a cabeça. Bourrienne percebeu o gesto.
– O senhor se lembra desse bravo homem, general? – perguntou.
– Perfeitamente – disse Bonaparte –, como se fosse ontem: a quantia foi contada na minha frente, em Brienne; ele deve se chamar Durosel.
Bourrienne buscou a assinatura.
– É isso mesmo – disse ele. – Mas há um segundo nome, mais ilustre que o primeiro.
– Como ele se chama, então?
– Durosel Beaumanoir.
– Temos de nos informar se ele é um dos Beaumanoir da Bretanha; é um nome para se ter.
– Continuo?
– Sem dúvida.
Bourrienne continuou:

O senhor há de compreender, general, que com a idade de oitenta e seis anos, depois de ter servido à pátria por quase sessenta anos sem a menor interrupção, é duro ser expulso de todo lugar, ser obrigado a refugiar-se em Jersey e aqui subsistir com o parco auxílio do governo aos emigrantes franceses.

Digo emigrantes franceses porque foi o que me obrigaram a ser: eu não tinha a menor idéia disso, e não cometi outro crime além de ser o mais antigo general do cantão, condecorado com a Grande Cruz de São Luís.

Certa noite, vieram me assassinar; arrombaram a minha porta; alertado pelos gritos dos vizinhos, mal tive tempo de fugir, sem levar nada além da roupa do corpo. Vendo que corria perigo de vida na França, abandonei tudo o que tinha, propriedades e móveis, e, sem ter onde pôr os pés na minha pátria, vim me juntar aqui a um irmão deportado, mais velho que eu, já senil e que eu não abandonaria por nada. Tenho uma madrasta de oitenta anos, à qual negaram a porção de arras que eu lhe dava da minha fortuna, a pretexto de que minha fortuna está confiscada, o que vai fazer com que eu morra bancarroteiro caso as coisas não mudem, o que me deixa desolado.

Confesso, general, que estou pouco afeito ao novo estilo; mas, segundo o antigo,

Sou seu humilde criado,

Durosel Beaumanoir.

— E então, general, o que diz?

— Digo — retrucou o primeiro cônsul, com uma leve alteração na voz — que fico profundamente emocionado quando escuto esse tipo de coisa. Essa dívida é sagrada, Bourrienne; escreva ao general Durosel; eu assino a carta. Envie-lhe dez mil francos, por enquanto, pois posso fazer mais por esse homem que prestou um favor ao meu pai: vou cuidar bem dele... Mas, a propósito de dívidas, Bourrienne, preciso falar-lhe de assuntos sérios.

Bonaparte sentou-se; seu cenho se franziu.

Bourrienne ficou de pé ao seu lado.

— Quero lhe falar sobre as dívidas de Josefina.

Bourrienne estremeceu.

— Bem! — disse ele. — E de onde vem essa idéia?

— Da opinião pública.

Bourrienne inclinou-se, como quem não compreende, mas não ousa questionar.

— Saiba, Bourrienne — às vezes acontecia de Bonaparte, quando distraído, chamar por você seu antigo colega —, saiba você que eu saí com Duroc para me pôr pessoalmente a par do que se diz por aí.

— E falaram-lhe muito mal do primeiro cônsul?

— Quer dizer — respondeu Bonaparte, rindo — que quase fui espancado por ter falado mal dele e que, sem Duroc, que manejou o porrete, acho que teríamos sido detidos e levados para o posto policial da Caixa-d'água.

— Isso não explica como, em meio aos elogios ao primeiro cônsul, chegaram às dívidas da sra. Bonaparte.

— Em meio aos elogios ao primeiro cônsul, diziam muitas coisas ruins sobre a mulher dele. Diziam que a sra. Bonaparte arruinava o marido com seu guarda-roupa, que contraía dívidas em toda parte, que um mero vestido seu custava cem luíses, que o mais modesto dos seus chapéus custava duzentos francos. Não acredito nisso, Bourrienne, compreenda; mas não há fumaça sem fogo. No ano passado, paguei trezentos mil francos de dívidas. Argumentaram que eu não tinha enviado dinheiro do Egito. Muito bem. Mas agora é diferente. Dou a Josefina seis mil francos por mês para o seu guarda-roupa. Quero crer que deve bastar. Foi com esse tipo de conversa que impopularizaram Maria Antonieta. Você terá de se informar com Josefina, Bourrienne, e pôr alguma ordem nisso.

– O senhor não imagina – respondeu Bourrienne – como fico satisfeito por abordar essa questão. Esta manhã, enquanto o senhor se impacientava à minha espera, a sra. Bonaparte me pedia, justamente, que conversasse com o senhor sobre a situação desagradável em que se encontra.

– Situação desagradável, Bourrienne! O que o senhor quer dizer com isso? – perguntou Bonaparte, deixando de tratar o secretário por você.

– Quero dizer que ela está sendo muito incomodada.

– Por quem?

– Por seus credores.

– Credores! Pensei que já a tivesse livrado desses credores!

– Sim, um ano atrás.

– E daí?

– Daí que, de um ano para cá, a situação mudou da água para o vinho. Um ano atrás, ela era a mulher do general Bonaparte; hoje, é a mulher do primeiro cônsul.

– Bourrienne, é preciso acabar com isso, não quero mais ouvir esse tipo de conversa zumbindo no meu ouvido.

– É essa a minha opinião, general.

– O senhor é quem tem de se encarregar de pagar tudo.

– Com o maior prazer. Dê-me a quantia necessária e tudo será acertado rapidamente, eu lhe garanto.

– De quanto o senhor precisa?

– De quanto preciso?... Pois, então... olhe...

– E então?

– E então! É isso que a sra. Bonaparte não tem coragem de lhe dizer.

– Como! Não tem coragem de dizer? E você?

– Nem eu, general.

– Nem você! Mas então é um buraco sem fundo!

Bourrienne deu um suspiro.

– Ora – prosseguiu Bonaparte –, calculando este ano pelo ano passado e dando-lhe trezentos mil francos...

Bourrienne permanecia calado; Bonaparte olhou para ele, preocupado.

– Mas fale logo, imbecil!

– Muito bem, se me der trezentos mil francos, general, estaria pagando apenas metade da dívida.

– Metade! – exclamou Bonaparte, levantando-se. – Seiscentos mil francos!... Ela está devendo... seiscentos mil francos?...

Bourrienne fez um sinal afirmativo com a cabeça.

– Ela lhe confessou essa quantia?

– Sim, general.

– E com o que é que ela quer que eu pague esses seiscentos mil francos? Com os quinhentos mil francos que ganho como primeiro cônsul?

– Ora, ela imagina que o senhor deva ter algumas notas de mil francos de reserva.

– Seiscentos mil francos!... – repetiu Bonaparte. – E, no mesmo período em que a minha mulher gasta seiscentos mil francos para se vestir, eu dou cem francos de pensão à viúva e aos filhos de bravos soldados mortos nas Pirâmides e em Marengo! E nem consigo dar a todos! E eles têm de viver o ano inteiro com esses cem francos, enquanto a sra. Bonaparte usa vestidos de cem luíses e chapéus de vinte e cinco luíses. Bourrienne, o senhor entendeu mal, não são seiscentos mil francos.

– Entendi perfeitamente, general, e foi somente ontem que a sra. Bonaparte se deu conta da sua situação, ao ver uma fatura de quarenta mil francos de luvas.

– Você disse?... – gritou Bonaparte.

– Eu disse quarenta mil francos de luvas, general. O que fazer? É isso mesmo. Ontem à noite, ela fez as contas com a sra. Hulot; passou a noite chorando, e hoje de manhã a encontrei aos prantos.

– Pois que chore! Que chore de vergonha, eu diria quase de remorso! Quarenta mil francos de luvas!... Em quanto tempo?

– Em um ano – respondeu Bourrienne.

– Um ano! O alimento de quarenta famílias!... Bourrienne, quero ver todas essas faturas.

– Quando?

– Imediatamente. São oito horas, marquei audiência para Cadoudal às nove, tenho tempo. Imediatamente, Bourrienne, imediatamente!

– Tem razão, general, já que estamos nisso, melhor resolver logo.

– Vá buscar todas as faturas. Todas, está me ouvindo; vamos revê-las juntos.

– Vou correndo, general.

E Bourrienne, com efeito, desceu correndo a escada que levava ao quarto da sra. Bonaparte.

Ficando sozinho, o primeiro cônsul pôs-se a andar a passos largos, com as mãos atrás das costas, entregando-se ao seu tique do ombro e da boca, murmurando:

– Eu tinha de ter me lembrado do que disse Junot nas fontes de Messoudia, eu tinha de ter escutado meu irmão José e meu irmão Luciano, que diziam para eu não tornar a vê-la quando voltasse. Mas como resistir a Hortência e Eugênio? Queridas crianças! Foram elas que me trouxeram para junto dela!

"Oh, o divórcio! Farei com que seja mantido na França, nem que seja para me separar dessa mulher que não me dá filhos e está me arruinando!"

– Bem – disse Bourrienne, ao voltar –, o senhor não vai se arruinar por seiscentos mil francos, e a sra. Bonaparte ainda está em idade de lhe dar um menino para sucedê-lo, daqui a quarenta anos, no consulado vitalício!

– Você sempre foi a favor dela, Bourrienne! – disse Bonaparte, beliscando-lhe a orelha a ponto de fazê-lo gritar.

– O que fazer, general, sou a favor do que é belo, bom e frágil.

Bonaparte apanhou com uma espécie de fúria a pilha de papéis que Bourrienne trazia e começou a amassá-los convulsivamente entre as mãos. Então, segurando uma fatura ao acaso e lendo:

– Trinta e oito chapéus... em um mês! Mas então ela usa dois por dia?... *Hérons* de mil e oitocentos francos! E *esprits* de oitocentos!

Então, jogando raivosamente a fatura e pegando outra:

– Loja de perfumaria da srta. Martin; três mil trezentos e seis francos de ruge: mil setecentos e quarenta e nove francos só no mês de junho. Ruge a cem francos por pote! Guarde esse nome, Bourrienne, mais uma safada para mandar para Saint-Lazare[1], srta. Martin, está ouvindo?

– Sim, general.

---

1. Prisão feminina criada em 1793, no mesmo local do antigo hospital de leprosos.

— Ah!... Aqui estão os vestidos. Sr. Leroy... Antigamente, havia costureiras, agora há alfaiates para mulheres, é mais decente. Cento e cinqüenta vestidos no ano; quatrocentos mil francos de vestidos! Mas se continuar assim, não vão ser seiscentos mil francos, vai ser um milhão, um milhão e duzentos francos que estaremos devendo daqui a pouco.

— Oh, general! — disse vivamente Bourrienne. — Foram pagos uns adiantamentos.

— Três vestidos de cinco mil francos!

— Sim — disse Bourrienne —, mas há seis de quinhentos francos.

— Está rindo, senhor? — disse Bonaparte, franzindo o cenho.

— Não, general, não estou rindo, mas digo que não é digno de um homem como o senhor se exaltar por uma bagatela dessas.

— Ora, Luís XVI, que era rei, exaltava-se, e ele tinha vinte e cinco milhões de lista civil!

— O senhor é, e principalmente será, quando quiser, mais rei do que era Luís XVI, general; além disso, Luís XVI era um pobre homem, convenhamos.

— Um bom homem, senhor.

— Eu gostaria de saber, se dissessem que o primeiro cônsul é um bom homem, o que o primeiro cônsul acharia.

— Se pelos vestidos de cinco mil francos, pelo menos me dessem aqueles belos vestidos do tempo de Luís XVI, com folhos, crinolinas, armações, que precisavam de cinqüenta metros de tecido, eu compreenderia, mas com esses vestidos de uma só peça elas parecem um guarda-chuvas dentro do estojo.

— Mas é preciso acompanhar a moda, general.

— Exatamente, e é isso que me deixa louco. Não é pelo tecido que estamos pagando. Se fosse pelo tecido, pelo menos as manufaturas seriam incentivadas; não, é pelo sábio corte do sr. Leroy: quinhentos francos de tecido e quatro mil e quinhentos francos de confecção. *A moda!...* Agora, o problema é achar seiscentos mil francos para pagar a moda.

— Não temos aqui quatro milhões?

— Quatro milhões! Que quatro milhões?

— Os que o senado de Hamburgo acaba de lhe pagar por ter permitido a extradição dos dois irlandeses a quem salvou a vida.

— Ah, sim! Napper-Tandy e Blackwall.

– Acho até que são quatro milhões e meio, e não quatro milhões, que o senado mandou lhe pagar diretamente por intermédio do sr. Chapeau-Rouge.

– Ora – disse Bonaparte, rindo, e recobrando o bom humor ao lembrar do estratagema que usara para com a cidade livre de Hamburgo –, não sei se eu tinha totalmente o direito de agir como agi; mas estava chegando do Egito, e era uma dessas pequenas *avanias* com que eu tinha familiarizado os paxás.

Nisso, o relógio bateu nove horas.

A porta se abriu e Rapp, que estava de serviço, informou que Cadoudal e seus dois ajudantes-de-campo estavam esperando na sala de audiências.

– Muito bem! Que seja – disse Bonaparte a Bourrienne –, pegue seiscentos mil francos daí, e não quero mais ouvir falar nisso.

E Bonaparte saiu a fim de dar audiência ao general bretão.

Assim que a porta se fechou, Bourrienne tocou a campainha. Landoire acorreu.

– Vá comunicar à sra. Bonaparte que tenho uma boa notícia para lhe dar, mas que como não ouso sair do meu gabinete, onde estou sozinho, *onde estou sozinho*, está ouvindo, Landoire, peço que ela venha me ver.

Com a garantia de que se tratava de uma boa notícia, Landoire precipitou-se para a escada.

Todo mundo, a começar por Bonaparte, adorava Josefina.

III
OS COMPANHEIROS DE JEÚ

Não era a primeira vez que Bonaparte tentava trazer para o partido da República, e ligar a si mesmo, aquele temível partidário.

Um fato ocorrido quando da sua volta do Egito, e com as conseqüências que se verá, deixara em seu espírito uma lembrança profunda.

Em 17 de vendemiário do ano VIII (9 de outubro de 1799), Bonaparte, como se sabe, desembarcara em Fréjus sem fazer quarentena, embora viesse de Alexandria.

Embarcara imediatamente numa cadeira de posta com seu ajudante-de-campo de confiança, Roland de Montrevel, e rumara para Paris[1].

No mesmo dia, por volta das quatro e meia da tarde, chegou em Avignon, parou a cinqüenta passos da porta de Oulle, em frente ao Hotel do Palais-Egalité, que começava a reassumir seu nome de Hotel do Palais-Royal, que fora seu desde o início do século XVIII e ainda é até hoje, desceu da cadeira de posta, pressionado por essa necessidade, comum a todos os mortais, de fazer entre quatro e seis horas da tarde uma refeição, boa ou ruim.

O *maître-d'hôtel* perguntou a Bonaparte, que só tinha como sinal distintivo de preeminência sobre o seu companheiro a postura mais decidida e a voz mais incisiva, se ele queria ser servido à parte, ou se comeria na mesa comum.

Bonaparte refletiu um instante, mas como a notícia de sua chegada ainda não tivera tempo de se espalhar pela França, como todo mundo o julgava no Egito,

---

1. Dumas resume, neste capítulo, os capítulos I e II de *Les compagnons de Jéhu*.

como ele e seu companheiro usavam, mais ou menos, o traje da época, o desejo, tão forte nele, de ver com os próprios olhos e ficar sabendo com os próprios ouvidos levou a melhor sobre o receio de ser reconhecido e, como a mesa comum em que já estavam servindo permitia-lhe comer sem mais delongas, respondeu que comeria na mesa comum.

Então, virando-se para o postilhão que o trouxera:

– Que dentro de uma hora os cavalos estejam atrelados ao carro – disse.

O *maître-d'hôtel* mostrou aos recém-chegados onde ficava a mesa comum. Bonaparte entrou primeiro na sala de jantar, Roland seguiu-o.

Os dois rapazes – Bonaparte tinha então vinte e nove para trinta anos e Roland, vinte e seis – foram sentar-se na ponta da mesa, isolando-se dos outros comensais por um espaço de três ou quatro lugares.

Quem quer tenha viajado sabe a impressão causada por recém-chegados numa mesa comum: todos os olhares se voltam para eles, tornam-se imediatamente objeto da atenção geral.

Os comensais conheciam-se por serem freqüentadores habituais do hotel, além de certo número de viajantes, indo de Marselha a Lyon pela diligência, e um mercador de vinhos de Bordeaux, que passava um período em Avignon pelos motivos que vamos explicar.

Aquela afetação dos recém-chegados, sentando-se à parte, redobrou a curiosidade de que eram objeto.

Embora vestidos do mesmo modo, ou seja, com botas de canhão sobre as calças curtas, casaco de abas compridas, sobretudo de viagem e chapéu de aba larga, embora se apresentando em pé de igualdade, o que entrara em segundo parecia demonstrar por seu companheiro uma deferência notável que, não podendo ser devida à idade, explicava-se decerto por uma inferioridade de condição social. Além disso, tratava-o por *cidadão*, enquanto seu companheiro o tratava simplesmente por Roland.

Ocorreu, porém, o que ocorre geralmente em casos desse tipo; depois de um minuto de atenção dirigida aos recém-chegados, os olhares se desviaram e a conversa, interrompida por uns instantes, retomou o seu curso.

Ela versava sobre um assunto dos mais interessantes para os viajantes: a reação termidoriana, as esperanças da opinião monarquista fortemente despertada; falavam livremente sobre uma próxima restauração da casa de Bourbon, que não deveria, estando Bonaparte trancado no Egito como estava, demorar mais que seis meses. Lyon, uma das cidades que mais haviam sofrido durante a Revolução, calhava ser justamente o quartel-general da conspiração.

Estabelecera-se na cidade um legítimo governo provisório, com seu comitê régio, sua administração régia, seu estado-maior régio e seus exércitos régios.

Contudo, para pagar esses exércitos, para manter a guerra permanente da Vendéia e do Morbihan, era preciso dinheiro, e muito dinheiro. A Inglaterra dava algum, mas não era pródiga; somente a República, portanto, poderia remunerar seus inimigos. Ora, em vez de encetar com ela uma escabrosa negociação, a que decerto teria se negado, o comitê régio organizara bandos encarregados do levantamento de receita e do ataque aos carros em que eram transportados os fundos públicos. A moral das guerras civis, bastante tênue nesse sentido, não via como roubo, e sim como uma operação, como um feito de armas, a espoliação da diligência do Tesouro.

Um desses bandos se estabelecera na estrada de Lyon para Marselha, e o assunto era justamente, quando os viajantes tomaram lugar à mesa comum, a detenção de uma diligência carregada com uma quantia de sessenta mil francos pertencente ao governo. A detenção ocorrera na véspera na estrada de Marselha para Avignon, entre Lambesc e Pont-Royal.

Os ladrões, se é que se pode chamar assim os nobres salteadores de diligência, não haviam ocultado do condutor, ao qual deram um recibo do total, que esse total iria atravessar a França por meios mais seguros que o seu veículo, e destinava-se a abastecer, na Bretanha, o exército de Cadoudal.

Aquilo tudo era novidade, extraordinária, impossível quase para Bonaparte e Roland, que haviam saído da França dois anos antes e não faziam idéia da profunda imoralidade que se infiltrara em todas as classes da sociedade durante o indulgente governo do Diretório.

O incidente ocorrera na própria estrada por onde acabavam de chegar, e quem o relatava era um dos principais atores daquela cena de estrada.

Era o mercador de vinhos de Bordeaux.

Os que pareciam mais curiosos por detalhes, afora Bonaparte e seu companheiro, que se contentavam em escutar, eram os viajantes da diligência que acabara de chegar e já iam tornar a partir. Quanto aos demais comensais, ou seja, os que pertenciam à localidade, pareciam tão a par dessas catástrofes que poderiam dar detalhes em vez de recebê-los.

O mercador de vinhos era objeto da atenção geral e, há de se reconhecer, mostrava-se digno dela pelo modo cortês com que respondia a todas as perguntas que lhe faziam.

– Cidadão – perguntava um senhor gordo no qual se apoiava, pálida e trêmula de pavor, uma mulher alta, seca e magra, cujos ossos ele parecia ouvir tilintar –, então está dizendo que na mesma estrada que acabamos de percorrer é que ocorreu o assalto!

– Sim, cidadão. Entre Lambesc e Pont-Royal, o senhor não reparou num lugar em que a estrada sobe e se estreita no meio de duas colinas, um lugar onde há um monte de rochas?

– Ah, sim, meu caro! – disse a mulher, apertando o braço do marido. – Eu reparei, e até lhe mostrei, você deve lembrar: "Esse é um lugar ruim; prefiro passar por aqui de dia que de noite".

– Ah, senhora – disse um rapaz, cuja voz exagerava o rotacismo da época, e que parecia exercer sobre a mesa comum a realeza da conversação –, precisa saber que para os senhores *companheiros de Jeú*[2] não existe dia ou noite.

– De fato – disse o mercador de vinhos –, foi em plena luz do dia, às dez horas da manhã, que fomos detidos.

– E quantos eram eles? – perguntou o senhor gordo.

– Quatro, cidadão.

– Que embarcaram na estrada?

– Não, chegaram a cavalo, armados até os dentes e usando máscaras.

– É assim mesmo, é assim mesmo que eles costumam fazer – disse o rapaz do rotacismo –, e depois disseram, não é: "Não se defendam, não lhes será feito nenhum mal; queremos apenas o dinheiro do governo".

– Foi, palavra por palavra, cidadão.

– Sim – prosseguiu aquele que parecia tão bem informado. – Dois deles apearam, jogaram as rédeas dos cavalos para os companheiros e ordenaram ao condutor que lhes entregasse o dinheiro.

---

2. Companheiros de Jeú, ou de Jesus (ambas as denominações aparecem nos documentos da época), era o nome adotado pelos bandos que pagavam os agentes monarquistas para criar tumulto na França revolucionária. Causaram estragos após o 9 de termidor, principalmente nos departamentos do Ródano, do Ain e do Jura, e estiveram ligados, ao que tudo indica, aos vendeanos. O comparecimento de cento e quatorze companheiros, em 1796, perante os jurados do Haute-Loire terminou, depois de muitos adiamentos, com a execução apenas dos chefes.

– Cidadão – disse o homem gordo, maravilhado –, na verdade o senhor está contando a história como se a tivesse presenciado!

– Talvez tenha presenciado mesmo – disse Roland.

O rapaz voltou-se vivamente na direção do oficial.

– Não sei, cidadão – disse ele –, se está com a intenção de me dizer alguma incivilidade, falaremos sobre isso depois do jantar; em todo caso, é com satisfação que lhe digo que minhas opiniões políticas são tais que, salvo tenha a intenção de me insultar, eu não veria a sua suspeita como uma ofensa. Mas ontem de manhã, às dez horas, quando estavam detendo a diligência a quatro léguas daqui, esses senhores podem atestar que eu estava almoçando neste mesmo lugar, entre os dois cidadãos que neste momento me dão a honra de estar sentados à minha direita e à minha esquerda.

– E – prosseguiu Roland, desta feita se dirigindo ao mercador de vinhos – quantos homens vocês eram a bordo dessa diligência?

– Éramos sete homens e três mulheres.

– Sete homens, sem contar o condutor? – repetiu Roland.

– Evidentemente – respondeu o bordelês.

– E, em oito homens, vocês se deixaram assaltar por quatro bandidos! Dou-lhe meus parabéns, senhor.

– Sabíamos com quem estávamos lidando – respondeu o mercador de vinhos – e tivemos o cuidado de não nos defender.

– Como! – retrucou Roland. – Vocês estavam lidando com uns malfeitores, uns bandidos, uns salteadores de estradas!

– De jeito nenhum, pois se apresentaram.

– Eles se apresentaram?

– Disseram: "Não somos malfeitores, somos companheiros de Jeú. É inútil se defenderem, senhores; senhoras, não tenham medo".

– De fato – disse o rapaz da mesa comum –, eles têm o costume de avisar, de modo a não haver confusão.

– Mas vejam só! – disse Roland, enquanto Bonaparte se mantinha calado. – E quem é esse cidadão Jeú, que tem companheiros tão bem-educados? É o capitão?

– Senhor – disse um homem cujo traje tinha um quê de padre secularizado, e que também parecia ser habitante da cidade e freqüentador da mesa comum –, se o senhor fosse mais versado do que parece ser na leitura da Sagrada

Escritura, saberia que já lá se vão cerca de dois mil e seiscentos anos que esse cidadão Jeú morreu e que, por conseguinte, não pode deter, a essa altura, as diligências nas estradas.

– Senhor abade – retomou Roland –, visto que, apesar do seu tom um tanto azedo, o senhor me dá impressão de ser muito instruído, permita a um pobre ignorante que lhe peça alguns detalhes sobre esse Jeú, morto há dois mil e seiscentos anos e que, no entanto, tem a honra de ter companheiros usando o seu nome.

– Senhor – retrucou o homem de Igreja, com o mesmo tom acidulado –, Jeú foi um rei de Israel[3], consagrado por Eliseu com a condição de punir os crimes da casa de Acab e Jezabel e de condenar à morte todos os sacerdotes de Baal.

– Senhor abade – respondeu, rindo, o jovem oficial –, eu lhe agradeço a explicação; não duvido que seja real e, principalmente, muito erudita, mas confesso que não está me esclarecendo muita coisa.

– Como, cidadão! – disse o freqüentador da mesa comum. – O senhor não compreende que Jeú é Sua Majestade Luís XVIII, que Deus o conserve, sagrado com a condição de punir os crimes da República e condenar à morte os sacerdotes de Baal, ou seja, os girondinos, os franciscanos, os jacobinos, os termidorianos, enfim, todos os que de algum modo participaram deste abominável estado de coisas que há sete anos chamam de revolução!

– Sim, claro! – disse Roland. – Estou começando a entender; mas, entre esses que os companheiros de Jeú se encarregam de combater, estão incluídos os bravos soldados que rechaçaram os estrangeiros para fora das fronteiras da França e os ilustres generais que comandaram o exército do Tirol, de Sambre-et-Meuse e da Itália?

– Esses, principalmente e acima de tudo.

Os olhos de Roland soltaram faíscas, sua narina se dilatou, seus lábios se apertaram, ele se soergueu na cadeira, mas seu companheiro puxou-o pela roupa e forçou-o a sentar-se, de modo que a palavra "safado!", que ele estava para jogar na cara do seu interlocutor, ficou presa entre seus dentes.

Então, com voz calma, este que acabara de dar essa prova de força sobre o seu companheiro, tomando a palavra pela primeira vez:

---

3. Rei de Israel, o décimo, militar por profissão. Em 2 Reis, 9-10, é representado como um justiceiro.

— Cidadão — disse ele —, perdoe dois viajantes que estão chegando do outro lado do mundo, como quem diria da América ou da Índia, que saíram da França há dois anos, ignoram tudo o que se passa aqui e têm vontade de se informar.

— Diga o que deseja saber — pediu o rapaz, que parecia ter dado apenas uma atenção secundária à injúria que Roland estivera a ponto de lhe dizer.

— Eu pensava — retomou Bonaparte — que os Bourbon estivessem totalmente resignados com o exílio; pensava que a polícia estivesse constituída de modo que não houvesse nem bandidos nem ladrões pelas estradas; enfim, pensava que a Vendéia havia sido totalmente pacificada pelo general Hoche.

— Mas de onde é que o senhor está chegando? — exclamou o rapaz, caindo na gargalhada.

— Já disse, cidadão, do outro lado do mundo.

— Muito bem! O senhor vai entender. Os Bourbon não são ricos; os emigrados, cujos bens foram vendidos, estão arruinados. É impossível pagar dois exércitos no Oeste e organizar outro nas montanhas da Auvergne sem dinheiro. Pois bem! Os companheiros de Jeú, parando diligências e pilhando os cofres dos cobradores, fizeram-se recebedores dos generais monarquistas. Pergunte a Charette, Cadoudal e Teyssonnet.

— Mas — arriscou timidamente o mercador de vinhos de Bordeaux — se os senhores companheiros de Jeú querem somente o dinheiro do governo...

— O dinheiro do governo e nenhum outro; não há exemplo de que tenham roubado um particular.

— Como é então que ontem — continuou o bordelês —, junto com o dinheiro do governo, eles levaram um *group*[4] de duzentos luíses que me pertenciam?

— Caro senhor — respondeu o rapaz —, já lhe disse que deve haver algum engano e, tão certo como me chamo Alfred de Barjols, esse dinheiro lhe será devolvido mais dia menos dia.

O bordelês deu um suspiro e meneou a cabeça como quem, apesar do que lhe garantem, ainda tem suas dúvidas.

Naquele instante, porém, como se o compromisso assumido pelo nobre rapaz, que acabava de revelar simultaneamente seu nome e sua posição social, tivesse despertado a delicadeza daqueles que ele defendia, um cavalo que vinha

---

4. Do italiano *gruppo* ou *groppo*, sacola selada com dinheiro em espécie que se despachava de um lugar para outro.

a galope parou à porta da rua, ouviram-se passos no corredor, a porta da sala de jantar abriu-se e um mascarado, armado até os dentes, surgiu na soleira.

Todos os olhares se voltaram para ele.

– Senhores – disse ele, em meio ao mais profundo silêncio causado por aquela aparição inesperada –, está aqui um viajante chamado Jean Picot, que se encontrava na diligência detida entre Lambesc e Pont-Royal pelos companheiros de Jeú?

– Sim – disse o mercador de vinhos, surpreso.

– Seria o senhor? – perguntou o mascarado.

– Sou eu.

– Não lhe foi tirado nada?

– Sim, foi-me tirado um *group* de duzentos luíses que eu confiara ao condutor.

– E devo dizer até – acrescentou o sr. Alfred de Barjols – que agora mesmo esse senhor estava falando sobre isso e dava o seu dinheiro por perdido.

– Este senhor está errado – disse o desconhecido mascarado. – Estamos em guerra com o governo, não com os particulares. Somos partidários, não ladrões. Aqui estão seus *duzentos* luíses, senhor, e se um erro semelhante vier a ocorrer no futuro, reclame e valha-se do nome Morgan.

E, a essas palavras, o mascarado depositou uma sacola cheia de ouro à direita do mercador de vinhos, saudou educadamente os comensais da mesa comum e saiu, deixando alguns aterrorizados, outros estupefatos com tamanha ousadia.

Nisso, vieram dizer a Bonaparte que o carro estava atrelado.

Ele se levantou, pedindo a Roland que pagasse.

Roland aproximou-se do *maître-d'hôtel*, enquanto Bonaparte entrava no carro. Mas quando ia se juntar ao companheiro, Roland deparou no caminho com Alfred de Barjols.

– Desculpe-me – disse ele –, mas o senhor ia dirigir-me uma palavra que não lhe saiu da boca; posso saber o motivo por que se conteve?

– Ah, senhor – disse Roland –, contive-me pelo simples motivo de que meu companheiro me puxou pelo bolso do casaco, de modo que, para não desagradá-lo, não quis chamá-lo de safado, como era a minha intenção.

– Se o senhor tinha a intenção de dizer-me esse insulto, posso então considerá-lo já dito?

– Se preferir, senhor...

– Prefiro, porque me dá oportunidade de lhe pedir satisfação.

– Senhor – disse Roland –, meu companheiro e eu estamos com muita pressa, como pode ver; mas posso de bom grado me atrasar uma hora, se o senhor achar que uma hora é suficiente para resolver essa diferença.

– Uma hora é suficiente, senhor.

Roland saudou-o e correu à cadeira de posta.

– E então – disse Bonaparte –, você vai duelar?

– Não pude evitar, general – respondeu Roland. – Mas o meu adversário me parece bem fácil; será assunto para uma hora. Pegarei um cavalo assim que estiver resolvido, e muito certamente o alcançarei antes de Lyon.

Bonaparte deu de ombros.

– Seu teimoso – disse ele. E depois, estendendo a mão: – Trate pelo menos de não se deixar matar, preciso de você em Paris.

– Ah, fique tranqüilo, general: entre Valence e Viena, eu lhe darei notícias minhas.

Bonaparte partiu.

A uma légua além de Valence, ouviu o galope de um cavalo e mandou parar o carro.

– Ah! É você, Roland – disse ele. – Parece que tudo correu bem?

– Maravilhosamente bem – disse Roland, pagando por seu cavalo.

– Vocês duelaram?

– Sim, meu general.

– Com o quê?

– Com pistolas.

– E?...

– E eu o matei, meu general.

Roland retomou seu lugar ao lado de Bonaparte, e a cadeira de posta seguiu seu caminho a galope.

IV
O FILHO DO MOLEIRO DE GUERCHE

Bonaparte precisava de Roland em Paris para que este o ajudasse a realizar o 18 de brumário. Uma vez realizado o 18 de brumário, aquilo que ele ouvira dizer e vira com seus próprios olhos na mesa comum de Avignon voltou-lhe à lembrança. Resolveu perseguir exaustivamente os companheiros de Jeú. Na primeira oportunidade, lançou Roland ao seu encalço, com plenos poderes.

Veremos adiante neste livro qual foi essa oportunidade oferecida por uma mulher que tinha uma vingança por cumprir, e depois de que terrível combate os quatro chefes da associação caíram em suas mãos, e de que maneira eles acabaram dignos da reputação que haviam construído para si.

Roland voltou triunfante para Paris. Tratava-se agora não de agarrar Cadoudal, que isso era coisa impossível, mas de tentar trazê-lo para a causa da República.

Foi Roland, mais uma vez, que Bonaparte encarregou da missão.

Roland partiu, informou-se em Nantes, tomou a estrada de La Roche-Bernard e, em La Roche-Bernard, informando-se novamente, partiu para a aldeia de Muzillac[1].

De fato, era lá que se encontrava Cadoudal.

Vamos entrar com ele na aldeia, aproximar-nos da quarta choupana à direita de quem entra, grudar nossos olhos na fresta de um dos postigos e olhar.

Estamos diante de um homem vestido com o traje dos ricos camponeses do Morbihan. Um galão de ouro apenas, da largura de um dedo, orla o colete, as

---

1. Sede administrativa do cantão de Morbihan, a vinte e dois quilômetros a leste de Vannes.

casas do casaco e as extremidades do chapéu. O traje é de pano cinzento, com colete verde. A vestimenta se completa com bragas bretãs e polainas de couro que sobem acima do joelho.

Numa cadeira, está jogado o seu sabre: sobre a mesa, um par de pistolas está ao alcance da mão. Na lareira, os canos de duas ou três carabinas refletem um fogo vivo.

Está sentado à mesa, sobre a qual estão suas pistolas: um lampião ilumina o seu rosto e uns documentos que ele está lendo com a maior atenção. Seu rosto é de um homem de trinta anos; a expressão é franca e alegre; cabelos loiros e crespos o emolduram, grandes olhos azuis o animam e, quando sorri, revela uma dupla fileira de dentes brancos nunca tocados pelo ferro ou pela escova do dentista.

Esse homem, assim como Du Guesclin, do qual é conterrâneo, tem uma cabeça grande e redonda, de modo que é conhecido tanto pelo nome de general *Cabeça Redonda* como pelo de Georges Cadoudal.

Georges era filho de um agricultor da paróquia de Kerléano; acabara de receber uma excelente educação no colégio de Vannes quando os primeiros chamados da insurreição monarquista estouraram na Vendéia. Cadoudal ouviu-os, reuniu seus companheiros de caçada e diversão, atravessou o Loire à frente deles e foi oferecer seus serviços a Stofflet.

Mas o antigo guarda-caça do sr. de Maulevrier tinha lá seus preconceitos, não gostava da nobreza, e menos ainda da burguesia; antes de aceitar Cadoudal, quis vê-lo em serviço: era só o que Cadoudal queria.

Já no dia seguinte, houve um combate. Ao vê-lo atacar os Azuis sem se preocupar nem com as baionetas nem com as fuziladas, Stofflet não conseguiu deixar de dizer ao sr. de Bonchamps, que estava junto dele:

– Se uma bala de canhão não levar essa *cabeça redonda*, ela vai longe.

E desde essa época permanecera o nome *cabeça redonda*.

Georges combateu na Vendéia até a debandada de Savenay[2], quando metade do exército vendeano ficou no campo de batalha, e a outra metade se esvaneceu feito fumaça.

Após três anos de proezas de força, habilidade e coragem, tornou a atravessar o Loire e retornou ao Morbihan.

---

2. Em 23 de dezembro de 1793.

De volta à terra natal, Cadoudal guerreou por conta própria. General-chefe adorado por seus soldados, obedecido ao menor gesto, justifica a profecia de Stofflet, sucede aos La Roche-Jacquelein, aos Elbée, aos Bonchamps, a Lescure, a Charette, ao próprio Stofflet, e torna-se seu rival em glória e superior em poder, pois é praticamente o único a lutar contra o governo de Bonaparte, cônsul há dois meses e prestes a partir para Marengo.

Há três dias, soube que o general Brune, vencedor de Alkmaar e Castricum, o salvador da Holanda, foi nomeado general-chefe dos exércitos republicanos do Oeste, chegou a Nantes e precisa, a qualquer preço, esmagá-lo com os seus *chouans*.

Muito bem! Ele, por sua vez, precisa provar a qualquer preço ao general-chefe que não tem medo, e que a intimidação é a última arma que deveriam usar contra ele.

Nesse momento, está sonhando com algum feito brilhante para ofuscar os republicanos, mas logo levanta a cabeça: ouviu o galope de um cavalo. O cavaleiro é um dos seus, pois passou sem problemas pelos *chouans* espalhados na estrada de La Roche-Bernard e entrou sem problemas em Muzillac.

O cavaleiro pára defronte à porta da choupana em que se encontra Georges, entra na alameda e vê-se diante dele.

– Ah! É você, Branche-d'Or – diz Cadoudal. – De onde está vindo?

– De Nantes, general.

– Quais são as novidades?

– Um ajudante-de-campo do general Bonaparte acompanhou o general Brune com uma missão particular para o senhor.

– Para mim?

– Sim.

– Você sabe o nome dele?

– Roland de Montrevel.

– Você o viu?

– Assim como estou vendo o senhor.

– Que tipo de homem é?

– Um belo rapaz de uns vinte e seis, vinte e sete anos.

– E quando é que ele chega?

– Uma ou duas horas depois de mim, provavelmente.

– Você o recomendou ao longo da estrada?

– Sim, ele vai passar livremente.
– Onde está a vanguarda dos republicanos?
– Em La Roche-Bernard.
– Quantos homens?
– Uns mil, mais ou menos.

Nisso, ouviram o galope de um segundo cavalo.

– Oh! – diz Branche-d'Or. – Será que já é ele? Não é possível!
– Não, pois esse cavaleiro está vindo dos lados de Vannes.

O segundo cavaleiro parou defronte à porta e entrou tal como o primeiro. Embora estivesse todo envolto num amplo casacão, Cadoudal reconheceu-o.

– É você, Coeur-de-Roi? – perguntou.
– Sim, meu general.
– De onde está vindo?
– De Vannes, onde o senhor me mandou vigiar os Azuis.
– Muito bem! O que eles estão fazendo?
– Estão morrendo de fome e, para obter víveres, o general Harty está planejando roubar esta noite as lojas de Grand-Champ. O próprio general vai comandar a expedição e, para que seja ligeira, a coluna não terá mais do que cem homens.
– Está cansado, Coeur-de-Roi?
– Nunca, general.
– E o seu cavalo?
– Veio depressa, mas pode fazer mais umas três ou quatro léguas sem rebentar. Duas horas de repouso...
– Duas horas de repouso e ração dupla de aveia, e que ele faça mais seis!
– Vai fazer, general.
– Daqui a duas horas, você vai partir e dar ordem em meu nome de evacuar a aldeia de Grand-Champ ao raiar do dia.

Cadoudal deteve-se e fez um movimento para escutar.

– Ah! – disse. – Desta vez deve ser ele. Estou ouvindo o galope de um cavalo vindo do lado de La Roche-Bernard.
– É ele – disse Branche-d'Or.
– Ele quem? – perguntou Coeur-de-Roi.
– Alguém que o general está esperando.

– Vamos, meus amigos, deixem-me sozinho – disse Cadoudal. – Você, Coeur-de-Roi, para Grand-Champ o quanto antes; você, Branche-d'Or, trinta homens no pátio com você, prontos para servirem de mensageiros para todos os pontos do país. Dê um jeito para que me tragam o que houver de melhor para duas pessoas jantarem.

– O senhor vai sair, general?

– Não, vou ao encontro deste que está chegando. Depressa, para o pátio, que não vejam você.

Cadoudal apareceu na soleira da porta no momento em que um cavaleiro, detendo o cavalo, olhava para todos os lados, parecendo hesitar.

– Ele está aqui, senhor – disse Georges.

– Mas quem está aqui? – perguntou o cavaleiro.

– Quem o senhor está procurando.

– Como é que o senhor sabe que estou procurando alguém?

– Não é difícil perceber.

– E este que estou procurando?...

– É Georges Cadoudal: não é difícil adivinhar.

– Ora! – exclamou o rapaz, espantado.

Saltou do cavalo e quis amarrá-lo a um contravento.

– Ah! Jogue-lhe a rédea ao pescoço – disse Cadoudal –, e não se preocupe com ele, há de encontrá-lo quando precisar; nada se perde na Bretanha: o senhor está na terra da lealdade. – Depois, indicando a porta: – Dê-me a honra de entrar nesta pobre choupana, senhor Roland de Montrevel – disse ele –, é o único palácio que tenho para lhe oferecer esta noite.

Por mais senhor de si que fosse, Roland não conseguiu disfarçar o seu espanto e, à luz do fogo que uma mão invisível acabara de reacender, mais do que à luz do lampião, Georges percebeu que ele tentava inutilmente entender como este que ele viera buscar fora previamente informado; mas Roland, não julgando oportuno manifestar sua curiosidade, aceitou a cadeira que lhe oferecia Cadoudal e aproximou a sola das botas da chama da lareira:

– É aqui o seu quartel-general? – perguntou.

– Sim, coronel.

– É particularmente seguro, parece-me – disse Roland, olhando à sua volta.

– O senhor diz isso – perguntou Georges – porque desde La Roche-Bernard até aqui não encontrou ninguém na estrada?

– Nem um gato, devo dizer.

– Isso não prova de modo algum que a estrada não estivesse sendo vigiada – disse Georges, rindo.

– Ora, a não ser pelas corujas, que pareciam voar de árvore em árvore para me acompanhar; nesse caso, general, retiro a minha afirmação.

– Muito bem! Aí é que está – retrucou Cadoudal –, as corujas é que são as minhas sentinelas, sentinelas com bons olhos, já que têm essa vantagem, em relação aos homens, de enxergar à noite.

– Ainda assim, o fato é que, se eu não tivesse tomado o cuidado de me informar em La Roche-Bernard, não teria encontrado vivalma para me indicar o caminho.

– Em qualquer ponto da estrada, se o senhor tivesse perguntado em voz alta: "Onde posso encontrar Georges Cadoudal?", uma voz teria lhe respondido: "No burgo de Muzillac, quarta casa à direita". O senhor não viu ninguém, coronel. Pois bem! A essa altura, uns mil e quinhentos homens, mais ou menos, sabem que o senhor Roland de Montrevel, ajudante-de-campo do primeiro cônsul, está palestrando com o moleiro de Kerléano.

– Mas se eles sabem que sou ajudante-de-campo do primeiro cônsul, como é que os seus mil e quinhentos homens me deixaram passar?

– Porque tinham ordens não só de lhe deixar a estrada livre, como também de o socorrer caso o senhor precisasse.

– Então, o senhor sabia que eu vinha?

– Sabia não só que o senhor vinha, como sabia por que vinha.

– Então, nem preciso lhe dizer.

– Precisa, sim, pois será para mim um prazer ouvir o que o senhor tem para dizer.

– O primeiro cônsul deseja a paz, mas uma paz geral, não parcial. Ele assinou essa paz com o abade Bernier, d'Autichamp, Châtillon e Suzannet; fica triste de ver o senhor, que ele estima como a um bravo e leal adversário, sozinho e teimando em enfrentá-lo. Ele, então, enviou-me diretamente. Quais são as suas condições para a paz?

– Oh, são muito simples! – disse Cadoudal, rindo. – Que o primeiro cônsul devolva o trono a Sua Majestade Luís XVIII, que se torne seu condestável, seu tenente-general, o chefe de seus exércitos em terra e mar; e converto nesse exato momento a trégua em tratado de paz e me torno seu primeiro soldado.

Roland deu de ombros.

— Mas o senhor sabe que é impossível — disse ele — e que o primeiro cônsul respondeu com uma recusa positiva a esse pedido.

— Muito bem! É por isso que eu estou disposto a retomar as hostilidades.

— Quando?

— Esta noite. Veja só, o senhor chegou a propósito para assistir ao espetáculo.

— Mas o senhor sabe que os generais d'Autichamp, Châtillon, Suzannet e o abade Bernier depuseram as armas?

— Eles são vendeanos, e em nome dos vendeanos podem fazer o que bem entenderem. Mas eu sou bretão e *chouan*, e em nome dos bretões e dos *chouans* posso fazer o que bem entender.

— Mas, então, é a uma guerra de extermínio que o senhor está condenando esse pobre país, general?

— É um martírio para o qual convoco os cristãos e os monarquistas.

— O general Brune está em Nantes, com oito mil prisioneiros franceses que os ingleses acabam de nos devolver.

— É uma oportunidade que não terão conosco, coronel; os Azuis nos ensinaram a não fazer prisioneiros. Quanto ao número de inimigos, não costumamos nos preocupar com isso, é um mero detalhe.

— Mas o senhor sabe que se o general Brune e seus oito mil prisioneiros, juntamente com os vinte mil soldados que está retomando das mãos do general Hédouville, não forem suficientes, o primeiro cônsul está decidido a marchar em pessoa contra o senhor, com cem mil homens, se preciso for.

— Ficaremos gratos pela honra que estará nos concedendo — disse Cadoudal — e tentaremos provar que somos dignos de combatê-lo.

— Ele há de incendiar suas cidades.

— Nós nos retiraremos para as nossas choupanas.

— Ele há de queimar as suas choupanas.

— Viveremos nas florestas.

— Reflita, general.

— Dê-me a honra de ficar comigo vinte e quatro horas e verá que as minhas reflexões já foram feitas.

— E se eu aceitar?

– Me deixaria muito satisfeito, coronel. Só não me peça mais do que posso oferecer: descanso sob um telhado de colmos, um dos meus cavalos para me acompanhar, um salvo-conduto para me deixar.

– Aceito.

– A sua palavra, senhor, de não se opor em nada às ordens que vou dar, de não atrapalhar em nada as surpresas que vou tentar efetuar.

– Estou curioso demais para vê-lo, não faria uma coisa dessas; tem minha palavra, general.

– Algo que se passe debaixo dos seus olhos? – disse Cadoudal, insistindo.

– Algo que se passe debaixo dos meus olhos, e eu renuncio ao papel de ator para encerrar-me no de espectador; quero poder dizer ao primeiro cônsul: "Eu vi".

Cadoudal sorriu.

– Muito bem! O senhor verá – disse.

Nisso, a porta se abriu e dois camponeses entraram com uma mesa servida, sobre a qual fumegavam uma sopa de repolho e um pedaço de toicinho; um imenso jarro de cidra, que ele acabara de tirar, transbordava e espumava entre os dois copos. A mesa ostentava dois talheres, o que era um visível convite ao coronel.

– Está vendo, senhor de Montrevel – disse Cadoudal –, os meus homens esperam que me dê a honra de jantar comigo.

– E estão certos, seus homens – respondeu Roland –, pois estou morrendo de fome e, se o senhor não me convidasse, tentaria à força arrancar-lhe a minha parte.

O jovem coronel sentou-se alegremente diante do general *chouan*.

– Perdoe-me a refeição que ofereço – disse Cadoudal –, não tenho indenização de campanha como os seus generais, e me cortaram os víveres ao mandar os meus pobres banqueiros para o cadafalso. Eu poderia criar um caso por causa disso, mas sei que vocês não usaram nem artimanha nem mentira, e que tudo se passou lealmente entre soldados; não tenho, portanto, nada a dizer. Além disso, preciso lhes agradecer a quantia que mandaram me passar.

– Uma das condições da srta. de Fargas, quando nos entregou os assassinos do irmão, foi que a quantia que ela vinha buscar em seu nome lhe fosse enviada. O primeiro cônsul e eu cumprimos o combinado, só isso.

Cadoudal inclinou-se; em sua lealdade, achava aquilo muito natural.

Depois, a um dos dois bretões que haviam trazido a mesa:

– O que você tem a oferecer além disso, Brise-Bleu?
– Um fricassê de frango, general.
– É este o menu do seu jantar, senhor de Montrevel.
– É um banquete; só tenho um receio.
– Qual é?
– Enquanto estivermos comendo, estará tudo bem, mas quando se tratar de beber...
– Ah, o senhor não gosta de cidra! – disse Cadoudal. – Diacho! Agora fiquei sem jeito. Cidra e água; confesso que é essa a minha adega.
– Não é isso. À saúde de quem vamos beber?
– Isso o deixa sem jeito, senhor de Montrevel – disse Cadoudal com suprema dignidade. – Vamos beber à saúde da nossa mãe comum, a França! Nós a servimos com espíritos diferentes, mas, espero, com um amor igual.
– À França, senhor! – disse Cadoudal, enchendo o seu copo.
– À França, general! – respondeu Roland, tocando o seu copo no de Georges.
E os dois se sentaram alegremente, com a consciência em paz, e puseram-se a comer a sopa de repolho com apetite, sendo que o mais velho em idade não chegava aos trinta anos.

V
A RATOEIRA

É de supor que não nos estenderíamos com tanta complacência a respeito de Georges Cadoudal se não estivesse ele destinado a se tornar uma das principais personagens da nossa narrativa, e não nos arriscaríamos a nos repetir se não tivéssemos de explicar, por um retrato minimamente detalhado desse homem extraordinário, a grande estima que Bonaparte nutria por ele.

É, portanto, vendo-o em ação, mostrando os recursos de que dispunha, que explicaremos as propostas feitas a um inimigo por um homem que costumava tão pouco fazê-las, mesmo aos amigos.

À vibração de um sino que espalhava no ar uma *Ave-Maria*, Cadoudal puxou o relógio.

– Onze horas – disse.

– Sabe que estou às suas ordens – respondeu Roland.

– Nós temos de fazer uma expedição a seis léguas daqui. O senhor precisa descansar?

– Eu?

– Sim, e nesse caso, pode dormir uma hora.

– Obrigado, não é preciso.

– Então – disse Cadoudal –, vamos partir quando o senhor quiser.

– E os seus homens?

– Ah, meus homens! Meus homens estão prontos.

– Onde? – inquiriu Roland.

– Em todo lugar.

– Ah, caramba! Gostaria de vê-los.

– Vai vê-los.

– Mas quando?

– Quando lhe convier. Meus homens são homens muito discretos, só se mostram quando faço sinal para se mostrarem.

– De modo que quando eu quiser vê-los?...

– É só dizer, eu faço sinal e eles aparecem.

Roland se pôs a rir.

– Está duvidando? – disse Cadoudal.

– Nem um pouco... só que... Partamos, general.

– Partamos.

Os dois rapazes se cobriram com seus casacos e saíram.

– A cavalo! – disse Cadoudal.

– Qual dos dois devo pegar? – inquiriu Roland.

– Pensei que ficaria satisfeito de encontrar o seu refeito e descansado; peguei, então, dois cavalos meus para essa expedição. Escolha um ao acaso, são todos igualmente bons, e cada qual traz nos coldres um par de excelentes pistolas de fabricação inglesa.

– Todas elas carregadas? – perguntou Roland.

– E bem carregadas, coronel, é uma tarefa para a qual não confio em ninguém.

– Então, a cavalo – disse Roland.

Cadoudal e o seu companheiro puseram-se em sela e tomaram a estrada que levava a Vannes. Cadoudal andava ao lado de Roland, e Branche-d'Or, o major-general do exército, como o chamara Georges, andava a uns vinte passos atrás.

Quanto ao exército, estava invisível. A estrada, que parecia traçada a régua, de tão reta que era, parecia completamente solitária.

Os dois cavaleiros percorreram assim cerca de meia légua.

Ao fim dessa meia légua:

– Mas, diacho, onde estão os seus homens? – perguntou Roland, impaciente.

– Meus homens? À nossa direita, à nossa esquerda, na nossa frente, atrás de nós, por toda parte.

– Ah, essa é boa! – disse Roland.

– Não é brincadeira, coronel. Acha que sou assim tão imprudente a ponto de me arriscar por aí sem batedor, no meio de homens tão experientes e vigilantes como os seus republicanos?

Roland olhou mais um momento em silêncio e, finalmente, com um gesto de dúvida:

– O senhor disse, parece-me, general, que se eu quisesse ver os seus homens era só dizer. Pois bem! Eu quero vê-los.

– Na totalidade ou em parte?

– Quantos disse que estariam com o senhor?

– Trezentos.

– Muito bem! Quero ver cento e cinqüenta.

– Parem! – disse Cadoudal.

E, aproximando as duas mãos da boca, emitiu o ulular do mocho-real, seguido do pio da coruja; mas lançou o ulular do mocho-real à direita e o pio da coruja à esquerda.

As últimas notas do lamentoso chamado mal acabaram de se ouvir quando se viu instantaneamente, dos dois lados da estrada, agitarem-se formas humanas que, transpondo o fosso que separava a estrada do barranco, vieram postar-se dos dois lados dos cavalos.

– Quem comanda à direita? – perguntou Cadoudal.

– Eu, general – respondeu um camponês, aproximando-se.

– Você quem?

– Moustache.

– Quem comanda à esquerda? – repetiu o general.

– Eu, Chante-en-Hiver – respondeu outro camponês, aproximando-se por sua vez.

– Quantos homens com você, Moustache?

– Cem, meu general.

– Quantos homens com você, Chante-en-Hiver?

– Cinqüenta.

– Cento e cinqüenta ao todo, então? – perguntou Cadoudal.

– Sim – responderam os dois chefes bretões.

– Está certa a conta, coronel? – perguntou Georges, rindo.

– General, o senhor é um mágico.

– Que nada! Sou um pobre *chouan*, um infeliz bretão como qualquer outro. Comando uma tropa em que cada cérebro tem consciência do que faz, em que cada coração luta pelos dois grandes príncipes deste mundo: a religião e a realeza. – Depois, voltando-se para os seus homens: – Quem comanda a vanguarda? – perguntou Cadoudal.

— Fend-l'Air — responderam os dois *chouans*.
— E a retaguarda?
— La Giberne.
— Quer dizer que podemos prosseguir tranqüilamente o nosso caminho? — perguntou Cadoudal para os dois *chouans*.
— Como se estivesse indo à igreja da sua aldeia — respondeu Fend-l'Air.
— Vamos prosseguir o nosso caminho, então — disse Cadoudal para Roland e, em seguida, voltando-se para os seus homens: — Rapazes, dispersar — disse ele.
No mesmo instante, cada homem saltou por sobre o fosso e sumiu.
Durante alguns segundos ainda, ouviu-se o roçar dos ramos pelo mato, o som dos passos nas folhagens, e depois mais nada.
— Muito bem! — disse Cadoudal. — O senhor acha que com homens assim tenho alguma coisa a temer dos seus Azuis, por mais bravos e hábeis que sejam?
Roland deu um suspiro. Estava perfeitamente de acordo com Cadoudal.
Continuaram a marcha.
A uma légua de La Trinité, viram surgir na estrada um ponto preto, que vinha crescendo.
De repente, estancou:
— O que será isso? — perguntou Roland.
— É um homem — disse Cadoudal.
— Estou vendo — retrucou Roland —, mas esse homem, quem é ele?
— Pela rapidez do seu passo, poderia adivinhar que se tratava de um mensageiro.
— Por que parou?
— Ora, porque viu três homens a cavalo, e não sabe se deve avançar ou recuar.
— O que ele vai fazer?
— Está esperando para decidir.
— Esperando o quê?
— Um sinal, caramba.
— E ele vai responder a esse sinal?
— Não só responder, como obedecer. O senhor quer que ele avance, quer que ele recue? Que se jogue para o lado?
— Quero que avance — disse Roland. — É o jeito de sabermos que notícias traz.

O chefe bretão reproduziu o canto do cuco com tal perfeição que Roland olhou ao redor.

– Sou eu – disse Cadoudal –, não precisa procurar.

– E então o mensageiro vai vir? – perguntou Roland.

– Não vai vir; está vindo.

Com efeito, o mensageiro retomara a sua corrida e avançava rapidamente; em poucos segundos, estava junto do seu general.

– Ah! – disse este último. – É você, Monte-à-l'Assaut?

O general inclinou-se, Monte-à-l'Assaut disse-lhe algumas palavras ao ouvido.

– Eu já tinha sido avisado por Bénédicité – disse Georges.

Depois de trocar algumas palavras com Monte-à-l'Assaut, Cadoudal imitou duas vezes o ulular do mocho e uma vez o pio da coruja; num instante, viu-se cercado por seus trezentos homens.

– Estamos nos aproximando – disse ele a Roland. – Precisamos sair da estrada principal.

Mais acima da aldeia de Trédion, enveredaram pelos campos, como acabava de dizer Cadoudal; depois, deixando Vannes à esquerda, chegaram a Treffléan. Mas, contornando a estrada pela esquerda, em vez de atravessar a aldeia, o chefe bretão alcançou a orla de um pequeno bosque que se estende de Grand-Champ a Larré.

Depois que saíram da estrada, seus homens haviam se reunido ao seu redor. Antes de arriscar-se mais adiante, Cadoudal pareceu esperar por notícias.

Um clarão acinzentado aparecia para o lado de Treffléan e Saint-Nolff. Eram os primeiros clarões do dia, mas um espesso vapor vindo do chão impedia que se enxergasse cinqüenta passos adiante.

De repente, ouviu-se a uns quinhentos passos, mais ou menos, ressoar o canto do galo.

Georges apurou o ouvido; os *chouans* entreolhavam-se, rindo. O canto ecoou uma segunda vez, mais próximo.

– É ele – disse Cadoudal. – Respondam.

O uivo de um cão fez-se ouvir a três passos de Roland, imitado com tal perfeição que o rapaz, mesmo prevenido, procurou com os olhos o animal que soltava o sinistro lamento. No mesmo instante, viu mover-se, em meio ao vapor, um homem que avançava rapidamente e vinha na direção dos dois cavaleiros.

Cadoudal deu três passos para a frente com um dedo nos lábios, convidando o homem a falar baixo.

– E então, Fleur-d'Épine? – perguntou Georges. – Pegamos?

– Feito um rato na ratoeira. General, se o senhor quiser, nenhum deles volta para Vannes.

– Ah, por mim, está ótimo. Quantos são?

– Cem homens, comandados pelo general Harty em pessoa.

– Quantas carroças?

– Dezessete.

– Estão longe daqui?

– A três quartos de légua, mais ou menos.

– Por que estrada estão indo?

– Pela de Grand-Champ para Vannes.

– É o necessário.

Cadoudal chamou para junto de si seus quatro tenentes: Branche-d'Or, Monte-à-l'Assaut, Fend-l'Air e La Giberne.

Então, quando chegaram junto dele, deu ordens a cada um deles. E cada um, por sua vez, emitiu o pio da coruja e desapareceu com cinqüenta homens.

A névoa adensava-se cada vez mais; os cinqüenta homens, ao se afastarem cem passos, sumiram feito sombras.

Cadoudal ficou com uma centena de homens e Fleur-d'Épine.

– E então, general – perguntou Roland, ao vê-lo retornando em sua direção –, está tudo conforme queria?

– Mais ou menos – respondeu Cadoudal –, e daqui a meia hora o senhor mesmo poderá julgar.

– Não se essa névoa persistir.

Cadoudal lançou um olhar à sua volta.

– Daqui a meia hora estará totalmente dissipada. Quer empregar esta meia hora comendo alguma coisa e bebendo o mesmo desta manhã?

– Ora, meu general – disse Roland –, confesso que essas cinco, seis horas de marcha me abriram um buraco no estômago.

– E eu – disse Georges – confesso que, antes de lutar, tenho o hábito de almoçar tão bem quanto possível. Quando se parte para a eternidade, tem de ser, se possível, de barriga cheia.

– Ah, ah! – disse Roland. – Quer dizer que vai lutar?

– Vim aqui para isso e, como estamos lidando com os seus amigos republicanos e com o general Harty em pessoa, duvido que se rendam sem oferecer resistência.

– E os republicanos sabem que vão lutar contra o senhor?

– Nem desconfiam.

– Trata-se, então, de uma surpresa que está organizando para eles?

– Não exatamente; considerando-se, como lhe disse, que daqui a vinte minutos a névoa vai se desfazer, eles vão nos ver, como nós vamos vê-los. Brise-Bleu – prosseguiu Cadoudal –, tem o que nos oferecer para o café da manhã?

O *chouan* que, aparentemente, era encarregado do departamento de víveres fez um sinal afirmativo, entrou no bosque e tornou a sair, seguido por um burro carregado de dois cestos.

Num instante, um manto foi estendido sobre um montículo de terra e, sobre o manto, Brise-Bleu serviu um frango assado, um pedaço de carne de porco salgada e fria, pão e bolos de trigo-sarraceno; depois, como estavam em campanha, ele julgara urgente dar-se ao luxo de uma garrafa de vinho e um copo.

– Veja – disse Cadoudal a Roland.

Roland não precisava de outro convite; desceu do cavalo, cuja rédea entregou a um *chouan*. Cadoudal fez o mesmo que ele.

– E agora – disse este último, virando-se para os seus homens – vocês têm vinte minutos para fazer o mesmo; os que não terminarem em vinte minutos ficam avisados que vão lutar de barriga vazia.

Parecia que cada um só estava esperando aquele convite para tirar do bolso um pedaço de pão e um bolo de trigo-sarraceno e, fora o frango e o porco salgado, imitar o exemplo do general e de seu convidado.

Como só houvesse um copo, ambos bebiam do mesmo.

O dia que raiava, enquanto eles faziam sua refeição lado a lado, iluminou-os como a dois amigos fazendo um intervalo durante a caçada.

De instante a instante, como previra Cadoudal, a névoa ia ficando cada vez menos intensa.

Na estrada de Grand-Champ para Plescop, logo se distinguiu uma linha de carroças que ia perder-se no bosque; estava imóvel, e era fácil perceber que um obstáculo imprevisto a detivera repentinamente.

Com efeito, a meio quarto de légua à frente da primeira carroça, podia-se avistar os duzentos *chouans* de Monte-à-l'Assaut, Chante-en-Hiver, La Giberne e Fend-l'Air barrando o caminho.

Inferiores em número, já dissemos que não chegavam a cem, os republicanos pararam, e esperavam que a névoa se dissipasse totalmente para apreciar o número de inimigos e ver com quem estavam lidando.

À vista daquele pequeno número de homens cercados pelo quádruplo de forças, do aspecto daquele uniforme cuja cor fizera com que se desse o nome de Azuis aos republicanos, Roland ergueu-se vivamente.

Quanto a Cadoudal, ficou indolentemente deitado na relva, terminando de comer.

Roland só precisou olhar de relance para os republicanos para ver que estavam perdidos. Cadoudal acompanhava, no rosto do rapaz, os diversos sentimentos que nele se sucediam.

– Muito bem – perguntou-lhe, após um momento de silêncio que lhe permitia apreciar a situação –, o senhor acha que tomei as disposições adequadas, coronel?

– O senhor poderia até dizer precauções, general – disse Roland com um sorriso zombeteiro.

– Não é hábito do primeiro cônsul – perguntou Cadoudal – levar vantagem sempre que tem oportunidade?

Roland mordeu os lábios.

– General – disse –, preciso lhe pedir um favor, e espero que não recuse.

– Qual?

– A permissão de morrer com meus companheiros.

Cadoudal levantou-se.

– Eu esperava por esse pedido – disse ele.

– Então, concede? – perguntou Roland, cujos olhos cintilaram de alegria.

– Sim, mas tenho primeiro um favor a lhe pedir – disse o chefe monarquista com suprema dignidade.

– Diga, senhor.

E Roland esperou, não menos sério e não menos altivo que o chefe monarquista.

A velha França e a nova França estavam resumidas naqueles dois homens.

VI
O COMBATE DOS CEM

Roland estava escutando.

– O favor que tenho a lhe pedir, senhor, é que seja meu parlamentar junto ao general Harty.

– Com que objetivo?

– Tenho várias propostas a fazer antes de começar o combate.

– Presumo – disse Roland – que entre essas propostas que me dá a honra de me confiar não está a de pedir que ele deponha as armas?

– Pelo contrário, coronel. Compreenda que essa é a proposta que vem antes de qualquer outra.

– O general Harty vai recusar – disse Roland, cerrando os punhos.

– É provável – respondeu tranqüilamente Cadoudal.

– Mas então?

– Então deixarei que ele escolha entre as outras duas propostas, que ele estará absolutamente livre para aceitar, sem faltar à honra e sem manchar a sua reputação.

– Posso saber quais são? – perguntou Roland.

– Saberá a tempo e a hora, por enquanto tenha a bondade de começar pela primeira.

– Formule-a.

– O general Harty e os seus cem homens estão cercados pelo quádruplo de forças, o senhor sabe disso e poderá dizer-lhe. Eu lhes ofereço a vida salva, mas terão de depor as armas e jurar que durante cinco anos não servirão contra a Vendéia ou a Bretanha.

– Mensagem inútil – disse Roland.

– No entanto, seria melhor isso do que se deixar esmagar, ele e seus homens.

– Que seja, mas ele vai preferir deixar que sejam esmagados, e deixar-se esmagar com eles.

– Seria bom, no entanto, e antes de tudo, fazer-lhe essa proposta.

– Quanto a isso, o senhor tem razão – disse Roland. – Meu cavalo?

Trouxeram-lhe o cavalo, ele montou e transpôs rapidamente o espaço que o separava do comboio detido.

O espanto do general Harty foi imenso quando viu em sua direção vir um oficial trajando uniforme de coronel republicano. Adiantou-se três passos do mensageiro, o qual se deu a reconhecer, contou de que maneira se achava entre os *Brancos* e transmitiu a proposta de Cadoudal ao general Harty.

Como o jovem oficial previra, o general recusou.

Roland tornou a pôr o cavalo a galope e voltou para Cadoudal.

– Ele recusou! – gritou de longe, assim que sua voz pôde ser ouvida.

– Nesse caso – disse Cadoudal –, leve-lhe a minha segunda proposta; não quero ter nada que censurar a mim mesmo, tendo de responder a um juiz honrado como o senhor.

Roland saudou.

– Passemos à segunda proposta – disse ele.

– É a seguinte – respondeu Cadoudal. – O general Harty está a cavalo como eu; ele sairá das fileiras e virá ao meu encontro, no espaço livre entre as duas tropas; terá, como eu, seu sabre e suas pistolas. Então, a questão será decidida entre nós dois... Se eu o matar, seus homens se submeterão às condições que ditei, de não servir durante cinco anos contra nós; pois, prisioneiros, o senhor entende que não posso fazer. Se ele me matar, seus homens passarão livremente e voltarão para Vannes com seus víveres, sem serem incomodados por minhas tropas. Ah! Espero que essa seja uma proposta que o senhor aceite, coronel?

– Sem ir além, eu aceito – disse Roland.

– Sim, mas o senhor não é o general Harty. Portanto, contente-se pelo momento com o papel de parlamentar, e se essa proposta, que no lugar dele eu não deixaria escapar, ainda não o satisfizer, pois bem, volte aqui e, como sou um bom príncipe, farei uma terceira.

Roland pôs o cavalo a galope. Era impacientemente esperado pelos republicanos e pelo general Harty, ao qual transmitiu a mensagem.

– Coronel – respondeu o general –, devo prestar contas da minha conduta ao primeiro cônsul. O senhor é seu ajudante-de-campo e vou incumbi-lo, quando retornar a Paris, de testemunhar por mim diante dele... O que faria no meu lugar? O que o senhor faria, eu farei.

Roland estremeceu. Uma expressão de profunda gravidade surgiu no seu rosto; estava refletindo.

Então, passado um momento:

– General – disse ele –, eu recusaria.

– Diga-me quais são as suas razões – respondeu Harty – para eu ver se estão de acordo com as minhas.

– As chances de um duelo são aleatórias; o senhor não pode submeter o destino de cem bravos a essas chances; num caso como este, em que cada um se empenha por conta própria, cabe a cada um defender a própria pele o melhor possível.

– É sua opinião, coronel?

– Sim, por minha honra.

– É também a minha. Leve minha resposta ao general monarquista.

Roland, com a mesma rapidez com que viera até Harty, voltou para Cadoudal.

Este sorriu ao escutar a resposta do general republicano.

– Eu já desconfiava – disse ele.

– Como é que o senhor podia desconfiar, se esse conselho fui eu quem dei a ele?

– Mas há pouco o senhor era de opinião contrária.

– Sim, mas com muita propriedade o senhor me fez observar que eu não era o general Harty. Vejamos, então, qual é a sua terceira proposta – prosseguiu Roland com certa impaciência, pois começava a perceber que, desde o início das negociações, o general Cadoudal é quem estava com o melhor papel.

– A terceira proposta – disse Cadoudal – é uma ordem, a ordem que dou a trezentos dos meus homens de se retirarem. O general Harty tem cem homens, eu fico com cem. Senhores, desde o combate dos Trinta[1], os bretões se habitua-

---

1. O mais famoso episódio da guerra de sucessão da Bretanha, que resultou na vitória dos franceses (27 de março de 1351). O nome se deve a que, enfrentando-se em combate singular, os dois lados, o francês e o ocupante inglês, delegaram trinta combatentes.

ram a combater pé contra pé, peito contra peito, homem contra homem, e antes quatro contra um do que um contra quatro. Se o general Harty for vencedor, ele passará sobre os nossos corpos e voltará para Vannes sem ser incomodado pelos trezentos homens que não tomarão parte no combate; se for vencido, não poderá dizer que sucumbiu ao número. Vá, senhor de Montrevel, vá e fique com os seus amigos, dou-lhe por minha vez a vantagem do número, o senhor sozinho vale por dez homens.

Ele ergueu o chapéu.

– O que está dizendo, senhor? – perguntou Cadoudal.

– Costumo saudar tudo o que me parece grande, e eu o saúdo.

– Coronel – disse Cadoudal –, um último copo de vinho. Cada um de nós vai beber àquilo que ama, ao que lamenta deixar nesta terra e ao que espera rever no céu.

Pegou o único copo, encheu-o pela metade e ofereceu-o a Roland.

– Só temos um copo, senhor de Montrevel, beba primeiro.

– Por que primeiro?

– Porque, para começar, o senhor é meu convidado, depois porque há um provérbio que diz que quem bebe depois do outro conhece os seus pensamentos. Quero conhecer os seus pensamentos, senhor de Montrevel.

Roland esvaziou o copo numa talagada e devolveu-o a Cadoudal.

Este, como fizera para Roland, encheu-o pela metade e esvaziou-o por sua vez.

– Pois bem! E agora – perguntou Roland – sabe qual é meu pensamento?

– Ajude-me! – disse Cadoudal, rindo.

– Pois bem! Meu pensamento é o seguinte – retrucou Roland com sua franqueza habitual –, meu pensamento é que o senhor é um bravo general, e seria uma honra para mim se, na hora de combatermos um contra o outro, o senhor aceitasse apertar a minha mão.

Com efeito, os dois rapazes apertaram-se as mãos antes como dois amigos que se separam do que como dois inimigos prestes a combater.

Havia, nisso que acabava de se passar, uma grandeza simples, porém cheia de majestade. Cada um deles fez a saudação militar.

– Boa sorte! – disse Roland a Cadoudal. – Mas permita-me duvidar que o meu desejo se realize. É verdade que o faço com os lábios, e não com o coração.

– Que Deus o guarde, senhor de Montrevel! – disse Cadoudal. – E espero que o meu desejo se realize, pois é a inteira expressão do meu pensamento.

– Qual é o sinal para sabermos que estão prontos? – perguntou Roland.
– Um tiro de fuzil para o alto.
– Está certo, general.

E pondo o cavalo a galope, Roland transpôs pela terceira vez o espaço que havia entre o general monarquista e o general republicano.

Enquanto ele se afastava, Cadoudal apontou a mão para ele.

– Estão vendo aquele rapaz? – ele disse aos seus *chouans*.

Todos os olhares se dirigiram para Roland.

– Sim, general – responderam os *chouans*.

– Pois, pela alma dos seus pais, que a vida dele seja sagrada! Podem pegá-lo, mas vivo, e sem que caia um só cabelo da sua cabeça.

– Está bem, general – responderam simplesmente os bretões.

– E agora, meus amigos – ele prosseguiu, elevando a voz –, lembrem-se de que são filhos daqueles trinta heróis que combateram trinta ingleses, entre Ploërmel e Josselin, a dez léguas daqui, e saíram vencedores! Nossos antepassados se tornaram imortais pelo combate dos *trinta*, sejam tão ilustres quanto eles pelo combate dos *cem*.

– Infelizmente – acrescentou em voz baixa –, desta vez não estamos lidando com ingleses, mas com irmãos.

A névoa sumira, os primeiros raios de um sol de primavera jaspeavam a planície de Plescop de um tom amarelado; podia-se enxergar, portanto, todos os movimentos que iam se dar entre as duas tropas.

Enquanto Roland voltava para os republicanos, Branche-d'Or partia a galope e deixava à frente do general Harty e de seus Azuis apenas Cadoudal e seus cem homens.

A tropa, agora inútil, dividiu-se em duas: uma marchou para Plumergat, a outra para Saint-Avé; a estrada ficou livre.

Branche-d'Or voltou para Cadoudal.

– Suas ordens, general! – disse ele.

– Uma só – respondeu o general dos *chouans*. – Pegue oito homens e siga-me. Quando vir o jovem republicano com o qual tomei o café da manhã cair sob o seu cavalo, jogue-se em cima dele, com seus oito homens, e faça-o prisioneiro antes que ele tenha tempo de se soltar.

– Sim, general.

– Você sabe que quero reencontrá-lo são e salvo.

– Está combinado, general.

– Escolha os seus homens e, uma vez que ele der a sua palavra, você pode agir à vontade.

– E se ele não quiser dar a sua palavra?

– Amarre-o de modo que não possa fugir, e fique com ele até o final do combate.

Branche-d'Or deu um suspiro.

– Vai ser um pouco triste – disse ele – ficar de braços cruzados enquanto os outros vão estar se divertindo.

– Deus é bom – disse Cadoudal. – Vá, haverá trabalho para todo mundo – e vendo os republicanos agrupados para a batalha: – Um fuzil! – pediu.

Alcançaram-lhe um.

Ele deu um tiro para o alto.

No mesmo instante, ouviram-se nas fileiras republicanas dois tambores dando sinal de ataque.

Cadoudal ergueu-se sobre os estribos:

– Meninos – disse com voz sonora –, todo mundo já fez a oração da manhã?

Quase todas as vozes responderam: "Sim, sim!".

– Se alguém não teve tempo de rezar, ou esqueceu – repetiu Cadoudal –, que o faça agora!

Cinco ou seis camponeses puseram-se de joelhos e rezaram.

Ouvia-se o tambor aproximar-se rapidamente.

– General! General! – disseram várias vozes, impacientes. – Estão se aproximando.

O general estendeu o braço e apontou para os *chouans* ajoelhados.

– Está quase! – disseram os impacientes.

Os que estavam rezando se levantaram um a um, conforme sua oração era mais ou menos comprida.

Os republicanos já haviam transposto cerca de um terço da distância quando o último se pôs de pé. Marchavam de baioneta à frente em três fileiras – trinta homens em cada fileira; os oficiais marchavam em cerra-fila; Roland marchava à frente da primeira fileira; o general Harty, entre a primeira e a segunda; eram os únicos a cavalo. Entre os *chouans*, havia apenas um cavaleiro: Cadoudal. Branche-d'Or havia amarrado o cavalo a uma árvore a fim de lutar a pé com os oito homens encarregados de fazer Roland prisioneiro.

– General – disse Branche-d'Or –, a oração já foi feita, todo mundo está de pé.

Cadoudal certificou-se de que era isso mesmo, e com voz forte:

– Vamos, rapazes, dispersem-se!

Mal foi dada a permissão, os *chouans* se espalharam pela planície aos gritos de "Viva o rei!", agitando os chapéus com uma mão e brandindo os fuzis com a outra.

Contudo, em vez de se manterem cerrados como os republicanos, espalharam-se como atiradores, assumindo a forma de uma imensa meia-lua cujo centro era Georges e o seu cavalo.

Num instante, os republicanos foram ultrapassados e a fuzilada começou a pipocar. Quase todos os homens de Cadoudal eram caçadores, ou seja, excelentes atiradores. Além disso, estavam armados com carabinas inglesas que alcançavam duas vezes mais longe que os fuzis de munição.

Embora os *chouans*, que haviam dado os primeiros tiros, parecessem fora de alcance, alguns mensageiros da morte penetraram ainda assim nas fileiras dos republicanos.

– Avante! – gritou o general Harty.

Seus soldados continuaram marchando com a baioneta, mas em poucos segundos já não tinham ninguém à frente.

Os cem homens de Cadoudal haviam desaparecido enquanto tropa e fizeram-se atiradores, com cinqüenta homens espalhados em cada ala. O general Harty ordenou frente à esquerda e frente à direita, e então se ouviu ecoar o comando:

– Fogo!

Foi quase sem resultado. Os republicanos atiravam em homens isolados. Os *chouans*, ao contrário, atiravam nas massas; de sua parte, os tiros surtiam efeito.

Roland percebeu a desvantagem da sua posição: olhou ao seu redor e, em meio à fumaça, identificou Cadoudal, em pé e imóvel feito uma estátua eqüestre.

O chefe monarquista o esperava.

Deu um grito e foi para cima dele.

Por sua vez, e para poupar-lhe uma parte do caminho, Cadoudal pôs o cavalo a galope, mas, a cinqüenta passos de Roland, deteve-se.

– Cuidado! – disse ele a Branche-d'Or e seus homens.

– Fique tranqüilo, general, estamos aqui – disse Branche-d'Or.

Cadoudal tirou uma pistola do coldre e carregou-a. Roland vinha de sabre em punho e avançava, deitado no pescoço do cavalo. Quando estava apenas a uns vinte metros, Cadoudal ergueu lentamente a mão na direção de Roland.

A dez passos, fez fogo.

O cavalo montado por Roland tinha uma estrela branca no meio da testa. A bala atingiu o centro da estrela. O cavalo, mortalmente ferido, veio rolando com seu cavaleiro até os pés de Cadoudal.

Cadoudal meteu as esporas no flanco da sua própria montaria e saltou por cima do cavalo e do cavaleiro. Branche-d'Or e seus homens estavam a postos. Saltaram como uma tropa de jaguares sobre Roland, preso sob o corpo do cavalo.

O rapaz largou o sabre e tentou apanhar as pistolas, mas, antes que sua mão alcançasse o coldre, dois homens se apoderaram dos seus dois braços, enquanto os outros puxavam o cavalo de entre as suas pernas.

A coisa fizera-se com tal sincronia que ficava fácil perceber que se tratava de uma manobra previamente combinada.

Roland rugia de raiva. Branche-d'Or aproximou-se e pegou o chapéu com a mão.

– Não vou me render – gritou Roland.

– Não precisa se render, senhor de Montrevel – retrucou Branche-d'Or, com a maior educação.

– E por que isso? – perguntou Roland, esgotando suas forças numa luta tão desesperada quanto inútil.

– Porque o senhor está preso.

Era tão verdadeiro que não havia o que responder.

– Então, me mate – exclamou Roland.

– Não queremos matá-lo, senhor.

– Então, o que querem?

– Que o senhor nos dê a sua palavra de que não vai mais participar do combate: com essa condição, nós o soltamos e o senhor fica livre.

– Nunca! – exclamou Roland.

– Desculpe, senhor de Montrevel – disse Branche-d'Or –, mas o que está fazendo não é leal.

– Não é leal! Ah, miserável! Está me insultando porque sabe que não posso me defender nem castigá-lo!

– Não sou miserável e não o estou insultando, senhor de Montrevel; só estou dizendo que, não dando a sua palavra, forçando-nos a prendê-lo, o senhor está privando o general de nove homens que poderiam lhe ser úteis. Não foi assim que o *Cabeça Redonda* se comportou com o senhor. Tinha trezentos homens mais que o senhor, mandou que fossem embora. E agora somos apenas noventa e um contra cem.

Um clarão passou pelo rosto de Roland, e quase em seguida ficou pálido como a morte:

– Tem razão, Branche-d'Or – respondeu. – Socorrido ou não, eu me rendo; pode ir lutar com os seus companheiros.

Os *chouans* deram um grito de alegria, soltaram Roland e meteram-se na confusão agitando os chapéus e os fuzis e gritando: "Viva o rei!".

VII
BRANCOS E AZUIS

Roland ficou um momento de pé, livre do cerco dos homens, mas ainda desarmado, materialmente por sua queda, moralmente por sua palavra. Foi sentar-se na pequena elevação, ainda coberta do manto que servira de toalha para o café da manhã. Dali, dominava todo o combate e, não fossem seus olhos toldados por lágrimas de vergonha, não teria perdido o menor detalhe.

Cadoudal estava em pé sobre o cavalo, em meio ao fogo e à fumaça, igual ao demônio da guerra, invulnerável e obstinado como ele.

Pouco a pouco, o olhar de Roland clareou: o fogo da ira secava as lágrimas da vergonha. No meio do trigo verde que começava a brotar do solo, viam-se os cadáveres de uma dúzia de *chouans* espalhados aqui e ali, pelo chão.

Mas os republicanos, agrupados em massa na estrada, já haviam perdido mais do que o dobro; os feridos se arrastavam no espaço vazio, endireitavam-se feito cobras quebradas e continuavam lutando, os republicanos com suas baionetas, os *chouans* com suas facas.

Os feridos que estavam distantes demais para lutar corpo-a-corpo com feridos iguais a eles recarregavam seus fuzis, erguiam-se apoiados num joelho, faziam fogo e tornavam a cair.

Dos dois lados, a luta era impiedosa, incessante, renhida. Sentia-se que a guerra civil, ou seja, sem dó, sem piedade, sem misericórdia, sacudia o seu ódio sobre o campo de batalha.

Cadoudal rodopiava o seu cavalo em volta do recinto vivo, fazia fogo a vinte passos, ora com as pistolas, ora com um fuzil de dois tiros que ele jogava nas mãos de um *chouan* depois de o descarregar, e tornava a pegar, carregado, ao passar de volta. A cada um desses tiros, um homem tombava. Na terceira vez em que repetia a manobra, o general Harty deu-lhe, sozinho, as honras de um fogo de pelotão.

Ele sumiu em meio à chama e à fumaça, viram quando desabaram, ele e seu cavalo, como se tivessem sido ambos fulminados.

Então, dez, doze republicanos precipitaram-se para fora das fileiras, mas o mesmo número de *chouans* veio ao encontro deles.

Foi uma luta terrível, corpo-a-corpo, na qual os *chouans* com suas facas deveriam estar em vantagem.

De súbito, Cadoudal ergueu-se, com uma pistola em cada mão. Foi a morte de dois homens: dois homens caíram.

Uns trinta *chouans* haviam se juntado a ele e formavam uma espécie de quina, da qual ele era o ângulo agudo. Ele havia arranjado um fuzil de munição e servia-se dele como de uma clava.

A cada golpe, o gigante abatia um homem; abriu um buraco no batalhão, e Roland o viu surgir de um lado. Então, qual um javali que volta para o caçador derrubado e fuça-lhe as entranhas, ele voltou para a ferida aberta, ampliando-a.

O general Harty chamou para si cerca de vinte homens e, baioneta à frente, precipitou-se contra um círculo de *chouans* que o envolvia; marchava a pé à frente desses vinte soldados, com as roupas crivadas de balas, o sangue escorrendo de duas feridas. Seu cavalo havia sido estripado.

Dez daqueles homens caíram antes de ter rompido o círculo; mas ele se viu do outro lado.

Os *chouans* quiseram persegui-lo, mas, com uma voz de trovão, gritou Cadoudal:

– Não era para deixá-lo passar; mas agora que passou, deixem que se vá livremente!

Os *chouans* obedeceram ao seu chefe com a devoção que nutriam por suas palavras.

– E agora – gritou Cadoudal – que cesse o fogo! Chega de mortos! Prisioneiros!

Então, tudo acabou. Os *chouans* se reuniram, cercando o monte de mortos e os poucos vivos mais ou menos feridos que se agitavam no meio dos cadáveres.

Render-se ainda era combater naquela guerra terrível em que, de parte e outra, se fuzilavam os prisioneiros: os Azuis, porque viam *chouans* e vendeanos como bandidos; os Brancos, porque não sabiam o que fazer com os republicanos que prendiam.

Os republicanos jogaram seus fuzis para longe, para não ter de entregá-los. Quando se aproximaram deles, mostraram as cartucheiras abertas: todos tinham queimado até o último cartucho.

Cadoudal caminhou até Roland.

Durante toda aquela luta suprema, o rapaz permanecera sentado e, com os olhos fixos no combate, cabelos molhados de suor, peito ofegante, esperara. Depois, quando viu aproximar-se a sorte contrária, deixou a cabeça tombar entre as mãos e a fronte pender para o chão.

Cadoudal chegou perto dele sem que ele parecesse ouvir o ruído dos seus passos. O jovem oficial ergueu lentamente a cabeça. Duas lágrimas rolavam em suas faces.

– General – disse Roland –, disponha de mim; sou seu prisioneiro.

– Bem! – disse Cadoudal, rindo. – Não se faz prisioneiro um embaixador do primeiro cônsul, mas pede-se um favor a ele.

– Qual? Ordene!

– Faltam ambulâncias para os feridos; faltam prisões para os prisioneiros; encarregue-se de levar para Vannes os soldados republicanos, prisioneiros ou feridos.

– Como, general? – exclamou Roland.

– Eu os estou entregando ao senhor. Lamento que o seu cavalo esteja morto; lamento que o meu tenha sido morto, mas resta o de Branche-d'Or: aceite-o.

O rapaz fez um gesto.

– Mas eu não fiquei, em troca, com o cavalo que o senhor deixou em Muzillac? – perguntou Georges.

Roland compreendeu que era preciso estar, pelo menos quanto à simplicidade, à altura daquele com quem estava lidando.

– Vou tornar a vê-lo, general? – perguntou ao levantar-se.

– Duvido muito, senhor; as minhas operações me chamam à costa de Port-Louis, e o seu dever o chama ao Luxemburgo.

Bonaparte ainda se achava no palácio do Luxemburgo naquela época.

– O que vou dizer ao primeiro cônsul, general?

– O senhor vai contar o que viu e dizer, principalmente, que me sinto muito honrado com a visita que ele está me prometendo.

— E, pelo que vi, duvido que o senhor um dia venha a precisar de mim – disse Roland. – Mas, em todo caso, lembre-se de que tem um amigo ao lado do general Bonaparte.

E estendeu a mão a Cadoudal.

O chefe monarquista segurou-a com a mesma franqueza e a mesma confiança que o fizera antes do combate.

— Adeus, senhor de Montrevel – disse ele. – Não preciso lhe recomendar, não é, que faça justiça ao general Harty? Uma derrota assim é tão gloriosa quanto uma vitória.

Enquanto isso, haviam trazido para o coronel de Montrevel o cavalo de Branche-d'Or. Ele pulou para a sela.

Roland deixou vagar o olhar pelo campo de batalha, deu um suspiro e, dando um último adeus a Cadoudal, partiu a galope pelos campos para ir esperar, na estrada de Vannes, a carroça de feridos e prisioneiros que estava encarregado de reconduzir ao general Harty.

Cadoudal mandara entregar um escudo de dez libras a cada homem. Roland não pôde se impedir de pensar que era com o dinheiro do Diretório, levado para o oeste por Morgan e seus infelizes companheiros, dinheiro que haviam acabado de pagar com suas cabeças, que o chefe monarquista realizava suas prodigalidades.

No dia seguinte, Roland estava em Vannes; em Nantes, pegou a posta; dois dias depois, estava em Paris.

Mal soube Bonaparte da sua chegada, mandou chamá-lo em seu gabinete:

— Muito bem! – perguntou, ao avistá-lo. – Quem é esse Cadoudal? Valeu a pena ter se deslocado por causa dele?

— General – respondeu Roland –, se Cadoudal quiser juntar-se a nós por um milhão, dê-lhe dois, e não o venda nem por quatro.

Essa resposta, por mais metafórica que fosse, não podia bastar a Bonaparte. De modo que Roland precisou lhe contar em minúcias o encontro com Cadoudal na aldeia de Muzillac, a marcha noturna tão singularmente iluminada pelos *chouans* e, por fim, o combate em que, após prodígios de coragem, o general Harty sucumbira.

Bonaparte estava com inveja daqueles homens. Muitas vezes, voltou a falar com Roland sobre Cadoudal, sempre esperando que uma derrota do chefe bretão o determinasse a abandonar o partido monarquista. Mas logo chegou a época de atravessar os Alpes, e ele esqueceu, ou pareceu esquecer, a guerra civil em função da guerra estrangeira. Transpôs o monte São Bernardo em 20 e 21 de maio. Atravessou o Ticino em Turbigo no dia 31 do mesmo mês; entrou em Milão no dia 2; passou a noite de 11 de junho conferenciando em Montebello com o general Desaix, recém-chegado do Egito; no dia 12, o exército posicionou-se à margem do Scrivia; e, finalmente, no dia 14, travou a batalha de Marengo onde, cansado da vida, Roland morreu ao pôr fogo num cunhete.

Mesmo não tendo mais com quem falar de Cadoudal, Bonaparte continuava a pensar nele. No dia 28 de junho, estava de volta a Lyon. Passou o restante do ano inteiramente preocupado com a paz de Lunéville.

Finalmente, chegaram os primeiros dias de fevereiro de 1801, quando o primeiro cônsul recebeu uma carta de Brune com a seguinte carta de Cadoudal:

> General,
> Se eu tivesse de combater somente os trinta e cinco mil homens que o senhor tem no Morbihan, não hesitaria em continuar a campanha como venho fazendo há mais de um ano e, numa guerra de chicanas, destruiria todos eles, do primeiro ao último. Mas logo outros viriam substituí-los, e os maiores desastres seriam a conseqüência inevitável de uma prolongação desta guerra.
> Marque um dia para uma entrevista sob a sua palavra de honra; irei até o senhor sem medo, só ou acompanhado. Tratarei em meu nome e no de meus homens, e só serei difícil por eles.
>
> *Georges Cadoudal.*

Bonaparte escreveu embaixo da assinatura de Georges:

> Marcar prontamente um encontro, aceitar todas as condições, desde que Georges e seus homens deponham as armas.
> Exigir que venha me encontrar em Paris com um salvo-conduto seu. Quero ver esse homem de perto e avaliá-lo.

Ele mesmo respondera e escrevera com a própria letra, inclusive este endereço:

> Para o general Brune, comandante-chefe do exército do Oeste.

O general Brune estava acampado naquela mesma estrada entre Vannes e Muzillac, onde se dera o combate dos *cem* que o general Harty perdera e a que Roland assistira.

Georges apresentou-se diante dele, acompanhado apenas de seus dois ajudantes-de-campo, que para essa entrevista solene haviam renunciado aos seus nomes de guerra e retomado os nomes Sol de Grisolles e Pierre Guillemot.

Brune estendeu-lhe a mão e conduziu-o até a beira de um fosso, onde se sentaram os quatro.

Quando a discussão ia começar, Branche-d'Or chegou com uma carta de tal importância, disseram-lhe, que julgara necessário trazê-la ao seu general onde quer que ele estivesse. Os Azuis tinham-no deixado entrar e ir até o seu chefe, o qual, com autorização de Brune, pegou a carta e leu.

Então, depois de a ler, sem que nem uma linha sequer do seu rosto se alterasse, dobrou-a, jogou-a no seu chapéu e, virando-se para Brune:

– Estou escutando, general – disse ele.

Ao fim de dez minutos, estava tudo combinado. Os *chouans* voltariam para casa, tanto oficiais como soldados, sem serem perturbados agora ou no futuro, sob o juramento prestado pelo seu chefe de que não retomariam as armas sem a sua ordem.

Quanto a este, pedia para vender as poucas terras, o moinho e a casa que possuía e, sem aceitar indenização de nenhum tipo, comprometia-se a viver na Inglaterra com o dinheiro do seu patrimônio.

Quanto a uma entrevista com o primeiro cônsul, declarou que a consideraria uma grande honra para ele e estava pronto a ir até Paris, assim que tivesse acertado a venda dos seus bens com um notário de Vannes e a expedição de um salvo-conduto com Brune.

Quanto aos seus dois ajudantes-de-campo, que ele pedia permissão para levar até Paris e tornar testemunhas de sua entrevista com Bonaparte, só tinha a pedir para eles as condições que obtivera para os outros: olvido do passado, segurança no futuro.

Brune pediu uma pena e tinta.

Redigiram o tratado em cima de um tambor. Deram ciência dele a Georges, que o assinou e mandou assinar por seus ajudantes-de-campo.

Brune foi o último a assinar, prometendo sob sua garantia pessoal que seria fielmente executado.

Enquanto faziam uma segunda cópia, Cadoudal tirou do chapéu a carta que recebera, apresentando-a a Brune:

– Leia, general – disse ele. – Verá que não é a necessidade de dinheiro que me leva a assinar a paz.

E, com efeito, a carta vinda da Inglaterra informava que uma quantia de trezentos mil francos fora depositada num banco de Nantes, com ordem ao banqueiro para que a pusesse à disposição de Georges Cadoudal.

Então, pegando da pena, no avesso da segunda folha, escreveu:

Senhor,
Mande o dinheiro de volta a Londres; acabo de assinar a paz com o general Brune e, por conseguinte, não posso receber fundos destinados à guerra.
Georges Cadoudal.

Três dias após a assinatura do tratado, Bonaparte estava com uma cópia, em cuja margem Brune acrescentara os detalhes que acabamos de apresentar ao leitor.

Quinze dias depois, Georges vendeu os seus bens e obteve a quantia de sessenta mil francos. No dia 13 de fevereiro, avisou Brune da sua partida para Paris e, no dia 18, o *Moniteur*, na seção oficial, comunicava:

Georges vai a Paris encontrar-se com o governo. É um homem de trinta anos; filho de moleiro, amante da guerra, tendo recebido uma boa educação, disse ao general Brune que guilhotinaram toda a sua família, que gostaria de ficar do lado do governo, e que fossem esquecidas as suas ligações com a Inglaterra, à qual ele só recorreu para se opor ao regime de 93 e à anarquia que parecia prestes a devorar a França.[1]

Bonaparte estava certo ao dizer a Bourrienne, quando este lhe lia os jornais franceses:

---

1. A *Gazette Nationale ou Le Moniteur Universel* de 18 de fevereiro de 1801 (seção oficial) não menciona nada disso. Cadoudal, que chegou a Paris no dia 4 de março de 1800, é recebido pelo primeiro cônsul no fim do mês; *Le Moniteur Universel*, n. 163, de 13 de ventoso do ano VIII (4 de março de 1800), p. 650, informa simplesmente: "Chatillon, Bourmont, d'Autichamp, Bernier estão em Paris; Georges ainda se encontra a caminho".

– Não adianta, Bourrienne; eles só dizem o que deixo que digam.

Era fácil perceber que essa nota não só saíra do seu gabinete, como fora redigida com sua habilidade costumeira. Era uma mistura de previdência e ódio. Com a sua previdência, o primeiro cônsul improvisava uma reabilitação para Cadoudal, impunha-lhe o desejo antecipado de servir ao governo e, com o seu ódio, encarregava-o de uma acusação contra 93.

No dia combinado, Cadoudal partiu; em 16 de fevereiro, chegou a Paris; no dia 17, leu o *Moniteur* e a nota a seu respeito. Por um momento, teve a intenção de ir embora sem falar com Bonaparte, magoado que ficou com a forma da nota; mas refletiu que era melhor aceitar a audiência oferecida, fazer sua profissão de fé ao primeiro cônsul em pessoa e ir até às Tulherias como que para um duelo, ou seja, acompanhado de duas testemunhas, seus oficiais Sol de Grisolles e Pierre Guillemot[2].

Portanto, comunicou às Tulherias, por intermédio do ministério da Guerra[3], a sua chegada a Paris e recebeu imediatamente, para o dia seguinte, ou seja, para 19 de fevereiro, às nove horas da manhã, sua carta de audiência.

Para essa audiência é que se dirigia, com tanta pressa e curiosidade, o primeiro cônsul Bonaparte.

---

2. Embora Dumas nos deixe na ignorância dos nomes de guerra de Sol de Grisolles e Pierre Guillemot, um deles é certamente Branche-d'Or, designado como major-general do exército *chouan*.

3. O ministro era então o general Berthier, nomeado em 8 de outubro de 1800.

VIII
A ENTREVISTA

Os três chefes monarquistas aguardavam na sala grande, que continuava a ser oficialmente chamada de sala de Luís XIV e, familiarmente, de sala da Insígnia.

Os três usavam o uniforme dos chefes monarquistas, condição previamente estipulada por Cadoudal.

Esse uniforme se compunha do chapéu de feltro mole com a insígnia branca, o traje cinzento e o colete verde, com um galão dourado no caso de Cadoudal e um galão de prata para os oficiais inferiores. Eles usavam, além disso, bragas bretãs, amplas polainas cinzentas e colete pespontado de branco.

Os três oficiais estavam com o sabre de lado.

Duroc, ao vê-los chegar, pôs a mão no braço de Bonaparte, que parou para olhar seu ajudante-de-campo.

– O que foi? – perguntou Bonaparte.

– Estão com os sabres – disse Duroc.

– Ora! – retrucou Bonaparte. – Eles não são prisioneiros. O que mais?

– Não importa – disse Duroc –, vou deixar a porta aberta.

– Ah, não faça isso! São inimigos, mas inimigos leais. Não se lembra do que disse o nosso pobre camarada Roland?

E entrou rapidamente e sem hesitar na sala em que estavam os três *chouans*, fazendo um sinal a Rapp e mais dois oficiais que estavam ali, decerto por alguma ordem particular, para que ficassem do lado de fora.

– Ah! É o senhor, finalmente! – disse Bonaparte, reconhecendo Cadoudal entre os dois companheiros por um retrato que lhe haviam feito. – Um dos nossos amigos em comum, que tivemos a infelicidade de perder na batalha de Marengo, o coronel Roland de Montrevel, falou-me muito bem do senhor.

– Não me surpreende – respondeu Cadoudal. – Durante o pouco tempo em que tive a honra de estar com o sr. de Montrevel, julguei reconhecer nele os mais cavalheirescos sentimentos. Mas se sabe quem eu sou, general, resta-me apresentar-lhe e dar-lhe a conhecer os dois homens que, acompanhando-me, têm a honra de estar em sua presença.

Bonaparte inclinou-se ligeiramente, como a indicar que estava escutando.

Cadoudal levou a mão ao mais velho dos dois oficiais:

– Transportado ainda jovem para as colônias, o sr. Sol de Grisolles atravessou os mares para voltar à França; nessa travessia, naufragou; foi encontrado sozinho sobre uma tábua no meio do Oceano, desmaiado, quando ia sendo engolido pelas águas. Prisioneiro da Revolução, perfurou as paredes do cárcere e fugiu. No dia seguinte, estava combatendo em nossas fileiras. Seus soldados juraram apanhá-lo a todo custo. Durante as conferências de paz, atacam a casa que lhe serve de asilo. Sozinho, defende-se de cinqüenta soldados; logo não lhe sobram mais cartuchos, e sua única alternativa é render-se ou jogar-se por uma janela a vinte pés de altura. Não hesita, pula pela janela, cai no meio dos republicanos, rola por cima deles, levanta-se, mata dois, fere três, sai correndo e foge em meio às balas que, em vão, assobiam ao seu redor. Já este aqui – e Georges apontava para Pierre Guillemot – também foi surpreendido há alguns dias numa granja em que gozava de algumas horas de descanso. Seus homens penetraram no quarto antes que ele tivesse tempo de apanhar o sabre ou a carabina. Apanha um machado e rebenta a cabeça do primeiro soldado, que avança para cima dele. Os republicanos recuam; Guillemot, ainda brandindo o machado, alcança a porta, apara um golpe de baioneta que lhe roça a pele e se lança campo afora; há uma barreira à sua frente, guardada por uma sentinela, ele mata a sentinela e atravessa a barreira. Um Azul mais ligeiro que ele vai em seu encalço e está para alcançá-lo, Guillemot vira-se, abre-lhe o peito com uma machadada e, livre, vem juntar-se aos *chouans* e a mim.

– Quanto a mim... – prosseguiu Cadoudal, inclinando-se modestamente.

– Quanto ao senhor – disse Bonaparte, interrompendo-o –, sei mais do que o senhor mesmo saberia dizer. O senhor renovou as proezas dos seus antepassados; em vez do combate dos *trinta*, venceu no combate dos *cem*, e um dia a guerra que o senhor travou ainda será chamada de guerra dos gigantes. – Depois, dando um passo à frente: – Venha, Georges – disse –, preciso lhe falar.

Georges seguiu-o com certa hesitação, mas seguiu-o. Teria preferido, evidentemente, que os dois oficiais que o acompanhavam pudessem escutar as palavras que iam ser trocadas entre ele e o chefe da República francesa.

Bonaparte, ao contrário, permaneceu longo tempo em silêncio, até estar fora do alcance da voz.

– Escute, Georges – disse ele –, preciso de homens enérgicos para concluir a obra que empreendi. Eu tinha junto de mim um coração de bronze com o qual podia contar como comigo mesmo. O senhor o conheceu. Era Roland de Montrevel. Uma mágoa que nunca consegui compreender levou-o ao suicídio, pois a sua morte é um legítimo suicídio. Quer ser um dos meus? Mandei oferecer-lhe a patente de coronel, o senhor vale mais do que isso: ofereço-lhe a patente de general-de-divisão.

– Agradeço-lhe do fundo do coração, general – respondeu Georges –, mas o senhor me desprezaria se eu aceitasse.

– E por quê? – perguntou vivamente Bonaparte.

– Porque prestei juramento aos Bourbon, e me manterei fiel, apesar de tudo.

– Ora – disse o primeiro cônsul –, será que não há nenhum jeito de trazê-lo para mim?

Cadoudal meneou a cabeça.

– Andaram me caluniando para o senhor – disse Bonaparte.

– General – prosseguiu o oficial monarquista –, tenho a sua permissão para lhe contar tudo o que me disseram?

– Por que não? O senhor acha que não sou forte o suficiente para escutar com indiferença o bem e o mal que falam de mim?

– Repare – disse Cadoudal – que não afirmo nada, apenas repito o que dizem por aí.

– Diga – disse o primeiro cônsul, com um sorriso ligeiramente preocupado.

– Dizem que, se retornou de maneira tão bem-sucedida do Egito como retornou, e sem ter cruzado em seu caminho com o esquadrão inglês, é porque existe um tratado entre o senhor e o comodoro Sidney Smith, e que esse tratado tinha como objetivo deixá-lo livre para voltar à França com a condição, aceita pelo senhor, de restabelecer o trono de nossos antigos reis.

– Georges – disse Bonaparte –, o senhor é um desses homens cuja estima me interessa e, conseqüentemente, pelos quais não quero ser caluniado. Desde que voltei do Egito, recebi duas cartas do sr. conde de Provence. O senhor acha que, se existisse mesmo o tal tratado com o sr. Smith, Sua Alteza Real não teria feito alusão a ele numa das duas cartas que me deu a honra de me escrever? Muito bem! O senhor vai ler essas cartas e julgar pessoalmente se a acusação que fazem contra mim é provável.

Então, como em suas idas e vindas os dois haviam se aproximado da porta, Bonaparte abriu-a.

– Duroc – disse ele –, vá de minha parte pedir a Bourrienne as duas cartas do sr. conde de Provence e a minha resposta; estão na gaveta do meio da minha escrivaninha, pasta vermelha. – Depois, enquanto Duroc se desincumbia da tarefa que acabava de lhe dar, prosseguiu: – Como vocês, plebeus, são surpreendentes com essa sua religião pelos antigos reis! Supondo que eu restabeleça o trono, o que não tenho a menor vontade de fazer, isso eu lhe afirmo, o que caberia a vocês, que derramaram o seu sangue pelo restabelecimento do trono? Nem sequer a confirmação da patente que obtiveram. Um filho de moleiro, coronel! Ora vejam! E onde é que o senhor viu, nos exércitos reais, um coronel que não fosse nobre? O senhor já teve exemplo de algum homem ter subido por mérito próprio com aqueles ingratos, ou até por serviços prestados? Enquanto comigo, Georges, o senhor pode alcançar tudo, pois quanto mais eu subir, mais erguerei comigo os que estiverem ao meu redor. Ah! Aqui estão as cartas. Dê aqui, Duroc.

Duroc trouxe três documentos. O primeiro que Bonaparte abriu trazia a data de 20 de fevereiro de 1800, e copiamos aqui dos arquivos o texto original, a carta do conde de Provence[1], sem alterar uma única palavra:

> Qualquer que seja seu comportamento aparente, homens como o senhor nunca inspiram nenhum cuidado. O senhor aceitou um cargo eminente, e sou-lhe grato por isso. Melhor do que ninguém, sabe que é preciso força e poder para fazer a felicidade de uma grande nação. Salve a França de seus próprios furores, e terá realizado o desejo primeiro do meu coração; devolva-lhe o seu rei, e as gerações futuras louvarão a sua memória. O senhor será sempre demasiado necessário ao Estado para que eu consiga pagar, com cargos importantes, a dívida do meu avô e a minha.
>
> *Luís.*

---

1. Essa primeira carta do futuro Luís XVIII, de 20 de fevereiro de 1800 (1º de ventoso do ano VIII) é reproduzida em Bourrienne, op. cit., t. IV, pp. 74-5, assim como a segunda carta, não datada, e a resposta de Bonaparte, de 7 de setembro de 1800 (20 de frutidor do ano VIII), pp. 77-8. Cf. também Thiers, *Histoire du Consulat et de l'Empire*, t. VI, pp. 200, 201 e 203.

– Está vendo aqui algum sinal de tratado? – perguntou Bonaparte.

– Meu general, reconheço – respondeu Georges. – E o senhor não respondeu a esta carta?

– Devo dizer que eu não considerava que fosse muito urgente e esperei uma segunda carta antes de tomar uma resolução.

"Não foi preciso esperar muito. Alguns meses depois chegou esta carta, sem data:"

> Deve saber há tempos, general, que conta com toda a minha estima. Se tiver alguma dúvida sobre a minha gratidão, indique seu lugar, dite a sorte de seus amigos. Quanto aos meus princípios, sou francês: clemente por caráter, eu o serei ainda mais pela razão.
>
> Não, o vencedor de Lodi, Castiglione, Arcole, o conquistador da Itália e do Egito, não pode preferir, à glória, uma celebridade vã. No entanto, está perdendo um tempo precioso: nós podemos assegurar a glória da França; digo *nós*, porque preciso de Bonaparte para tanto, e porque ele não conseguiria sem mim.
>
> General, a Europa o observa, a glória o espera, e estou impaciente por devolver a paz ao meu povo.
>
> *Luís.*

– Está vendo, senhor – prosseguiu Bonaparte –, não há mais tratado na segunda carta do que na primeira.

– Posso ousar perguntar-lhe, general, se respondeu a esta segunda carta?

– "Ia mandar Bourrienne responder, para depois assinar, quando este me fez observar que, sendo as cartas do sr. conde de Provence autógrafas, seria mais correto que eu respondesse com minha caligrafia, por pior que ela seja.

"Como era assunto sério, esforcei-me o quanto pude e escrevi, bem legivelmente, a carta de que tem aqui uma cópia."

E, de fato, ele mostrou a Georges uma cópia da sua carta ao conde de Provence, escrita pela mão de Bourrienne. Ela continha a seguinte recusa:

> Recebi, senhor, sua carta; agradeço-lhe as gentilezas que me diz.
>
> O senhor não deve desejar seu retorno à França; para isso teria de passar sobre cem mil cadáveres.

Sacrifique seu interesse pelo repouso e pela felicidade da França, a história há de agradecê-lo por isso.

Não sou insensível aos infortúnios de sua família, e terei prazer em saber que o senhor está cercado de tudo o que pode contribuir para a tranqüilidade do seu retiro.

Bonaparte.

– Então – perguntou Georges –, esta é a sua última palavra, não é?
– É a minha última palavra.
– Há, porém, um precedente na história...
– Na história da Inglaterra, não na nossa, senhor – disse Bonaparte, interrompendo-o. – Eu, fazer o papel de Monck, nunca! Se tivesse de escolher, e se quisesse imitar alguém, preferiria o papel de Washington. Monck viveu num século em que os preconceitos que combatemos e derrubamos em 89 estavam em pleno vigor; quisesse Monck tornar-se rei, não poderia; ditador, tampouco. Seria preciso a genialidade de um Cromwell para isso. Richard, seu filho, não agüentou; é verdade que era um legítimo filho de grande homem, um idiota. E depois, que belo resultado foi a restauração de Carlos II! A substituição de uma corte devota por uma corte libertina! Imitando o exemplo do pai, dissolveu, tal como ele, três ou quatro parlamentos, quis governar sozinho, criou um ministério de lacaios que ele empregou antes nas pândegas do que nos negócios. Ávido por prazeres, tudo era bom para conseguir dinheiro: vendeu Dunquerque a Luís XIV, que era uma das chaves da França para a Inglaterra; mandou executar, a pretexto de uma conspiração que não existia, Algernon Sidney, que, embora fosse membro da comissão encarregada de julgar Carlos I, não quis assistir à sessão em que foi proferida a sentença e recusou-se obstinadamente a apor sua assinatura no ato que ordenava a execução do rei. Cromwell morreu em 1658, ou seja, com a idade de cinqüenta e nove anos. Em dez anos de poder, teve tempo de empreender muitas coisas, mas pouco tempo para concluí-las. Aliás, estava empreendendo uma reforma completa: reforma política para a substituição do governo monárquico por um governo republicano; reforma religiosa para a abolição da religião católica em proveito da religião protestante. Muito bem! Conceda-me viver o número de anos que Cromwell viveu, cinqüenta e nove anos; não é muito, é? Ainda me restam trinta anos de vida, o triplo do que Cromwell dispunha; e repare que não estou mudando nada, contento-me em continuar; não derrubo, ergo.

– Está bem – disse Cadoudal, rindo. – E o Diretório?
– O Diretório não era um governo – disse Bonaparte. – Será que existe um poder possível sobre uma base podre como era a do Diretório? Se eu não tivesse voltado do Egito, ele teria ruído sozinho. Só precisei dar um empurrão. A França não o queria mais; e prova disso é a maneira como a França acolheu a minha volta. O que fizeram com a França que deixei tão radiante? Um pobre país ameaçado por todos os lados por um inimigo que já estava com o pé em três de suas fronteiras. Deixei a paz, encontrei a guerra; deixei vitórias, encontrei derrotas; deixei os milhões da Itália, encontrei por toda parte leis espoliadoras e miséria. O que foi feito dos cem mil soldados, meus companheiros de glória, que eu conhecia um a um pelo nome? Estão mortos. Enquanto eu tomava Malta, Alexandria, Cairo, enquanto eu gravava com a ponta de nossas baionetas o nome da França nos pilonos de Tebas e nos obeliscos de Carnac; enquanto eu ia vingar, no sopé do monte Tabor, a derrota do último rei de Jerusalém[2], o que fizeram meus melhores generais? Mandaram prender Humbert na Irlanda; detiveram e tentaram desonrar Championnet em Nápoles. Schérer, recuando, apagou o sulco vitorioso que eu havia traçado na Itália; permitiram que os ingleses desembarcassem na costa da Holanda; mandaram matar Raimbault[3] em Turim, David em Alkmaar, Joubert em Novi. E quando eu pedia reforços para poder manter o Egito, munições para poder defendê-lo, trigo para poder semeá-lo, eles me enviavam cartas de congratulações e decretavam que o exército do Oriente era digno da pátria.

– Pensavam que o senhor encontraria tudo isso em São João d'Acre, general.

– Foi meu único fracasso, Georges – disse Bonaparte –, e se eu tivesse tido êxito, eu lhe juro, teria surpreendido a Europa! Se tivesse tido êxito! Vou lhe dizer o que teria feito: encontraria na cidade os tesouros do paxá e as armas para armar trezentos mil homens; sublevaria e armaria a Síria inteira, indignada com a ferocidade de Djazzar, marcharia sobre Damasco e Alepo, engrossaria meu exército avançando pelo país de todos os descontentes, anunciaria aos povos a abolição da escravatura e dos governos tirânicos dos paxás, chegaria a Constantinopla com massas armadas, derrubaria o Império turco, fundaria no Ocidente

---

2. Guy de Lusignan (1129-94), mas, após a queda da cidade, diversos príncipes do Ocidente mantiveram o título de rei de Jerusalém.
3. Não encontramos nem sinal desse general: erro de leitura dos impressores?

um novo e grande império, que fixaria o meu lugar na posteridade, e voltaria para Paris por Andrinópolis ou Viena, depois de aniquilar a casa de Áustria!

— Era esse o projeto de César ao decretar a guerra contra os partos — retrucou friamente Cadoudal.

— Ah! Eu sabia — disse Bonaparte, rindo, com os dentes cerrados — que voltaríamos a César. Ora! Está vendo, aceito a discussão para onde quer que o senhor a conduza. Suponha que aos vinte e nove anos, ou seja, com a minha idade, César, em vez de ser o maior pândego de Roma e o patrício mais endividado de seu tempo, suponha que César fosse seu primeiro cidadão; suponha que uma vez encerrada sua campanha na Gália, sua campanha no Egito concluída, sua campanha na Espanha levada a bom termo, suponha, repito, que ele tivesse vinte e nove anos e não cinqüenta, idade em que a Vitória, que gosta apenas das frontes jovens, abandona as frontes calvas, o senhor acha que ele não teria sido, a um só tempo, César e Augusto?

— Sim — replicou vivamente Cadoudal —, mas isso se ele não tivesse encontrado em seu caminho os punhais de Brutus, Cassius e Casca.

— Assim — disse Bonaparte com melancolia —, é com um assassinato que contam meus inimigos! Nesse caso, será muito fácil para eles, a começar pelo senhor, já que é meu inimigo. Quem o impede neste momento, se tem a convicção de Brutus, de me golpear como ele golpeou César? Estou sozinho com o senhor, as portas estão fechadas, certamente teria tempo de me atingir antes que o atingissem.

— Não — disse Georges. — Não, não contamos com um assassinato, e creio que seriam necessárias circunstâncias muito graves para que um de nós resolvesse se tornar um assassino. Mas os acasos da guerra existem. Um toque de corneta pode tirar-lhe todo o prestígio, uma bala de canhão pode arrancar-lhe a cabeça como arrancou a do marechal de Berwick, uma bala pode atingi-lo como atingiu Joubert e Desaix. E, então, o que será feito da França? O senhor não tem filhos, e seus irmãos...

Bonaparte olhou fixamente para Cadoudal, que concluiu seu pensamento com um movimento de ombros.

Bonaparte cerrou fortemente os punhos.

Georges descobrira a falha na couraça.

— Confesso — disse Bonaparte — que desse ponto de vista o senhor tem razão; arrisco a minha vida todos os dias, e todos os dias a vida me pode ser tirada; mas se o senhor não acredita na Providência, eu acredito. Acho que ela não faz nada por acaso. Acho que quando permitiu, em 13 de agosto de 1769, exatamente um ano depois de Luís xv promulgar o edito que unia a Córsega à França, que nascesse em Ajaccio um menino que faria o 13 de vendemiário e o 18 de brumário, ela tinha para esse menino grandes idéias e supremos projetos. Esse menino sou eu, que essa mesma Providência até o momento protegeu em meio a todos os perigos. Se eu tiver uma missão, nada temo, a minha missão me serve de armadura; se não tiver, se estiver enganado, se, em vez de viver os vinte e cinco ou trinta anos que julgo necessários para realizar a minha obra, for ferido com vinte e duas facadas como César, se tiver a cabeça arrancada como Berwick, se tiver o peito perfurado por uma bala como Joubert ou Desaix, é porque a Providência terá tido motivos para agir assim, e é ela que deverá fornecer o que convém à França. A Providência, Georges, acredite, a Providência nunca falha às grandes nações. Falávamos há pouco sobre César, o senhor mostrava-o rolando aos pés da estátua de Pompeu, abatido por Brutus, Cassius e Casca. Enquanto Roma acompanhava, enlutada, os funerais do ditador, enquanto o povo queimava a casa de seus assassinos, enquanto a cidade eterna, estremecendo à vista do bêbado Antônio ou do hipócrita Lépido, buscava nos quatro cantos cardinais do mundo de onde viria o gênio que poria fim às guerras civis, ela estava longe de pensar no escolar de Apolônia, no sobrinho de César, no jovem Otávio. Quem pensaria naquele filho do banqueiro de Veletri, todo esbranquiçado da farinha de seus ancestrais? Quem se preocupava com aquele menino frágil, com medo de tudo, medo do calor, do frio, do trovão? Quem vislumbrou nele o futuro senhor do mundo quando o viram chegar manco, pálido e piscando os olhos, feito um pássaro noturno, para passar em revista as velhas tropas de César? Nem mesmo o previdente Cícero. *Ornandum et tollendum*[4], dizia ele. Pois bem, o menino que era para ser aclamado à primeira vista e eliminado na primeira oportunidade, o menino enganou todas as barbas grisalhas do Senado e reinou quase tanto tempo sobre Roma, que assassinou César porque não queria um rei, quanto Luís xiv sobre a França. Georges, Georges, não lute contra a Providência que me suscita, pois a Providência pode quebrá-lo.

---

4. *Ornandum et tollendum*, mais exatamente *ornandum tollendumque* ("Cobri-lo de flores e erguê-lo até o céu"). Cf. Suetônio, *Vida dos doze Césares, Augusto*, xii.

– Muito bem! – respondeu Georges, inclinando-se. – Pelo menos serei quebrado trilhando o caminho e a religião dos meus pais, e Deus talvez me perdoe pelo meu erro, que será o erro de um cristão fervoroso e de um filho piedoso.

Bonaparte pôs a mão no ombro do jovem chefe.

– Que seja! – disse ele. – Mas pelo menos mantenha-se neutro. Deixe os acontecimentos se realizarem, deixe os tronos se abalarem, deixe as coroas caírem; em geral, são os espectadores que pagam, eu vou pagá-lo para que me assista.

– E quanto me dará por isso, cidadão primeiro cônsul? – perguntou Cadoudal.

– Cem mil francos por ano, senhor – respondeu Bonaparte.

– Se o senhor dá cem mil francos por ano a um simples chefe de partidários, quanto há de oferecer ao príncipe pelo qual ele combateu?

– Nada, senhor – retrucou Bonaparte com desdém. – O que pago pelo senhor é a sua coragem, e não o princípio que o leva a agir; quero lhe provar que para mim, homem das minhas obras, os homens só existem por suas obras. Aceite, Georges, por favor.

– E se eu recusar? – perguntou Georges.

– Estará errado.

– E ainda serei livre de me retirar para onde me convier?

Bonaparte foi até a porta do gabinete e abriu-a:

– Duroc! – chamou.

Duroc apresentou-se.

– Cuide – disse ele – para que o sr. Cadoudal e seus dois amigos possam circular por Paris sem que os importunem mais do que em seu acampamento de Muzillac; e se quiserem passaportes para qualquer país do mundo, Fouché tem ordem de os fornecer.

– A sua palavra me basta, cidadão primeiro cônsul – disse Cadoudal, inclinando-se. – Parto esta noite.

– E posso perguntar para onde vai?

– Para Londres, general.

– Melhor assim.

– Melhor assim, por quê?

– Porque lá o senhor vai ver de perto os homens por quem lutou...

– E então?

– E depois de vê-los...

– E então?

– Então, vai compará-los aos homens contra quem lutou. Só que, uma vez saindo da França, coronel...

Bonaparte calou-se.

– Estou ouvindo – disse Cadoudal.

– Pois bem! Só volte se me avisar, caso contrário, não se surpreenda ao ser tratado como inimigo.

– Será uma honra para mim, general, pois, tratando-me assim, o senhor vai me provar que sou um homem temível.

Georges saudou o primeiro cônsul e retirou-se.

No dia seguinte, lia-se em todos os jornais:

> Após a audiência que obteve com o primeiro cônsul, Georges Cadoudal pediu permissão para retirar-se livremente para a Inglaterra.
>
> Essa permissão lhe foi concedida, com a condição de que só retornaria à França com a autorização do governo.
>
> Georges Cadoudal deu sua palavra de que desobrigaria de seu juramento todos os chefes rebeldes que se acreditavam comprometidos com sua luta e que ele descompromete com sua submissão.[5]

E, com efeito, na mesma noite da sua entrevista com o primeiro cônsul, Georges escreveu para todos os lugares da França onde tinha acólitos:

> Uma guerra mais extensa parecendo-me uma infelicidade para a França e uma ruína para o meu país, desobrigo-os do juramento que me prestaram e que farei valer apenas no caso de o governo francês faltar à palavra que me deu e que aceitei por vocês, assim como por mim.
>
> Se alguma traição estiver oculta por trás de uma paz hipócrita, apelarei novamente para sua fidelidade, e sua fidelidade, estou certo disso, haverá de responder.
>
> *Georges Cadoudal.*

O nome de cada um dos chefes filiados estava escrito, como o restante dessa circular, pela própria mão de Cadoudal.

---

5. Essa notícia nos jornais parece ser invenção de Dumas.

IX
DOIS COMPANHEIROS DE ARMAS

Enquanto essa notável entrevista se dava na sala de Luís XIV, Josefina, certa de que Bourrienne estava sozinho, vestia o chambre, enxugava os olhos vermelhos, passava uma camada de pó de arroz no rosto, enfiava os pés de crioula nas babuchas turcas de veludo azul-celeste bordadas a ouro e subia rapidamente pela pequena escada de comunicação que ia do seu quarto de dormir até o oratório de Maria de Medici.

Chegando à porta do gabinete, deteve-se, apertando o coração com as mãos; esticou seu olhar tão gracioso, espiou por todos os lados e, vendo que Bourrienne estava de fato sozinho, escrevendo de costas viradas para ela, atravessou todo o gabinete a passos curtos, sem ser ouvida, e pôs a mão no ombro dele.

Bourrienne voltou-se, sorrindo, pois pela leveza da mão reconhecera quem se apoiava nele.

– E então – perguntou Josefina –, ele ficou muito furioso?

– Ora – disse Bourrienne –, devo confessar que a tempestade foi completa, com exceção da chuva. Houve raios e trovões.

– Em suma – acrescentou Josefina, pois era o que mais a interessava –, ele vai pagar?

– Sim.

– O senhor está com os seiscentos mil francos?

– Estou, sim – disse Bourrienne.

Josefina bateu palmas, feito uma criança a quem se tirasse da penitência.

– Mas – acrescentou Bourrienne –, pelo amor de Deus, não faça mais dívidas, ou então faça dívidas razoáveis.

— O que chama de dívidas razoáveis, Bourrienne? — perguntou Josefina.
— Ora, o que quer que eu lhe diga? Melhor seria não ter dívida nenhuma.
— O senhor sabe que isso é impossível — retrucou Josefina com ar convencido.
— Faça dívidas de cinqüenta mil, cem mil francos.
— Mas, Bourrienne, quando estas estiverem pagas, e o senhor conseguirá pagá-las todas com seiscentos mil francos...
— E daí?
— E daí que os fornecedores não vão mais me recusar crédito.
— Mas e ele?
— Ele?
— O primeiro cônsul; ele jurou que essas seriam as últimas dívidas que pagaria.
— Ele disse a mesma coisa no ano passado, Bourrienne — disse Josefina com seu sorriso encantador.
Bourrienne olhou para ela, estupefato.
— Olhe — disse ele —, a senhora me apavora. Dois ou três anos de paz e os poucos pobres milhões que trouxemos da Itália vão parar nesse sumidouro. Enquanto isso, se eu tivesse de lhe dar um conselho, pediria que, se possível, dê tempo para que o mau humor dele se aquiete antes de procurá-lo.
— Ah, meu Deus! O pior é que ainda marquei encontro, esta manhã, com uma compatriota das colônias, uma amiga da nossa família, a condessa de Sourdis e sua filha, e não queria, por nada neste mundo, que na frente dessas senhoras, que já encontrei na sociedade, mas que estão vindo às Tulherias pela primeira vez, ele tivesse algum acesso de raiva.
— O que a senhora me daria se eu o retivesse aqui, se o fizesse almoçar, se só o deixasse descer na hora do jantar?
— O que quiser, Bourrienne.
— Muito bem! Pegue uma pena e uma folha de papel e escreva com a sua linda letra miudinha...
— O quê?
— Escreva!
Josefina encostou a pena no papel.
— Autorizo Bourrienne a acertar todas as faturas do ano de 1800 e mandar reduzir essas faturas à metade, ou mesmo a três quartos, quando julgar conveniente.

– Pronto!
– Ponha uma data.
– 19 de fevereiro de 1801.
– E assine.
– Josefina Bonaparte... Está correto?
– Perfeitamente. E agora desça, vista-se e receba a sua amiga; não será incomodada pelo primeiro cônsul.
– O senhor é decididamente um homem encantador, Bourrienne.

E deu-lhe a pontinha das unhas para beijar.

Bourrienne beijou respeitosamente a espécie de garra que lhe ofereciam e chamou o garoto do escritório.

Este apareceu à porta do gabinete.

– Landoire – disse Bourrienne –, vá dizer ao copeiro que o primeiro cônsul vai almoçar no seu gabinete. Que mande trazer a mesinha com dois talheres; será avisado na hora de servir.

– E quem vai almoçar com o primeiro cônsul, Bourrienne?
– Não importa, desde que seja alguém que o deixe de bom humor.
– Mas, enfim?
– Prefere que ele almoce com a senhora?
– Não, não, Bourrienne! – exclamou Josefina. – Ele que almoce com quem quiser e só desça para o jantar.

E desapareceu. Viram passar uma nuvem de gaze, e Bourrienne encontrou-se sozinho.

Dez minutos depois, abriu-se a porta do quarto de fachada e o primeiro cônsul entrou em seu gabinete.

Veio direto para Bourrienne e apoiou os dois punhos na mesa do secretário.

– Pois bem, Bourrienne – disse ele –, acabo de estar com esse famoso Georges.

– Que impressão ele lhe causou?
– É um desses velhos bretões da Bretanha bretaníssima – disse ele –, talhado no mesmo granito que os menires e os dólmenes de lá; e, ou muito me engano, ou estou longe de ter terminado a história com esse homem. É um homem que não teme nada e nem quer nada. Esses homens, Bourrienne, são terríveis.

– Ainda bem que são raros – disse Bourrienne, rindo –, sabe disso melhor do que ninguém, o senhor que já viu tantos juncos imitando o ferro.

– A propósito de juncos, e de junco balançando a todos os ventos, você viu Josefina?

– Ela acabou de sair daqui.

– Está satisfeita?

– Tirou o peso de uma Montmartre inteira de cima do peito.

– Por que não esperou por mim?

– Estava com medo de ser repreendida.

– Bem! Ela sabe que não vai escapar.

– Sim, mas com o senhor, ganhar tempo equivale a ganhar bom tempo. Além disso, estava para receber, às onze horas, uma senhora amiga dela.

– Quem era?

– Uma crioula da Martinica.

– Que se chama?

– Condessa de Sourdis.

– Que Sourdis são esses? São conhecidos?

– O senhor pergunta isso para mim?

– Evidentemente. Você não sabe a nobiliarquia francesa na ponta da língua?

– Muito bem! Trata-se de uma família da Igreja, e ao mesmo tempo da espada, que remonta ao século xiv. Se bem me lembro, há na expedição dos franceses a Nápoles um conde de Sourdis que efetuou maravilhas na batalha de Garigliano.

– Tão bem perdida pelo cavaleiro Bayard.

– Qual é a sua opinião sobre o cavaleiro sem medo e sem defeito?

– Acho que mereceu o seu nome, e morreu como todo soldado deve querer morrer; mas dou pouca importância a todos esses grandes lutadores de espada: eram generais medíocres. Francisco i foi tolo em Pávia e indeciso em Marignan. Mas voltemos aos Sourdis.

– Pois então! Há uma abadessa de Sourdis sob Henrique iv, em cujos braços morreu Gabrielle; era aliada dos Estrées. Há, além disso, um conde de Sourdis, mestre-de-campo sob Luís xv que lutou bravamente, com a cavalaria ligeira, em Fontenoy. A partir daí, perco-os de vista na França; provavelmente foram para a América. Deixaram em Paris o antigo palacete Sourdis, que vai da rua de Orléans até a rua de Anjou, no bairro do Marais, e a travessa Sourdis, na rua Fossés-Saint-Germain-l'Auxerrois. Se não me engano, essa condessa de Sourdis, que, diga-se entre parênteses, é muito rica, acaba de comprar e está ocupando aquele lindo palacete no cais Voltaire, cuja entrada fica na rua de Bourbon[1] e que se pode avistar das janelas do pavilhão de Marsan.

– Que maravilha! Assim é que eu gosto que me respondam. Parece que esses Sourdis cheiram um pouco a *faubourg* Saint-Germain.

– Mas não muito. São parentes muito próximos do dr. Cabanis, que é, como o senhor sabe, da nossa religião política. Ele é até padrinho da moça.

– Ah! Assim fica um pouco melhor. Todas essas velhotas da alta sociedade do *faubourg* Saint-Germain são má companhia para Josefina.

Nisso, ele se virou e viu a mesa.

– Eu disse que ia almoçar aqui? – perguntou.

– Não – respondeu Bourrienne –, mas achei que, hoje, era melhor o senhor almoçar no seu gabinete.

– E quem vai me dar a honra de almoçar comigo?

– Uma pessoa que convidei.

– No estado de ânimo em que eu estava, o senhor devia estar muito seguro de que essa pessoa me seria agradável.

– Eu estava muito seguro.

– E quem é ela?

– Uma pessoa que vem de muito longe, e que chegou enquanto o senhor estava na sala, recebendo Georges.

– Eu não tinha outra audiência além dessa de Georges.

– Essa pessoa veio sem audiência marcada.

– O senhor sabe que não recebo ninguém sem uma carta.

– Essa pessoa o senhor há de receber.

Bourrienne levantou-se, foi até o escritório dos oficiais e disse apenas:

– O primeiro cônsul chegou.

---

1. A rua de Bourbon é o antigo nome da atual rua de Lille (1792), paralela ao cais Voltaire. O palacete da sra. de Permon corresponderia, portanto, ao nº 1 do cais Voltaire, ou seja, ao antigo palacete Tessé, enquanto a casa onde morava a mãe da futura sra. de Abrantès era situada na rua de Sainte-Croix.

A essas palavras, um rapaz precipitou-se num só salto para o gabinete do primeiro cônsul; embora tivesse apenas entre vinte e cinco e vinte e seis anos, vestia o uniforme de general em traje simples.

– Junot! – exclamou Bonaparte alegremente. – Ah, caramba! Bem que você disse que esse não precisava de carta de audiência! Venha, Junot, venha!

E enquanto o jovem general queria tomar-lhe a mão para beijá-la, o primeiro cônsul abriu os braços para ele e estreitou-o junto ao peito.

Junot era, entre os jovens oficiais que lhe deviam a carreira, um dos que Bonaparte mais gostava. A relação entre eles datava do cerco de Toulon.

Bonaparte comandava a bateria dos *sans-culottes*. Pediu um homem que tivesse boa caligrafia, Junot saiu das fileiras e apresentou-se.

– Fique aí – disse Bonaparte, indicando o resguardo da bateria – e escreva o que vou ditar.

Junot obedeceu. No que estava concluindo a carta, uma bomba, lançada pelos ingleses, explodiu a dez passos e cobriu-o de terra.

– Bom! – disse Junot, rindo. – Veio a calhar: estávamos sem areia para secar a tinta.

Aquelas palavras definiram o seu destino.

– Quer ficar ao meu lado? – inquiriu Bonaparte. – Fico com você.

– Será um prazer – respondeu Junot.

Os dois homens haviam se entendido.

Quando Bonaparte foi nomeado general, Junot tornou-se seu ajudante-de-campo.

Quando Bonaparte foi posto em disponibilidade, os dois jovens juntaram as suas misérias e viveram com os duzentos, trezentos francos que Junot recebia mensalmente da família.

Depois do 13 de vendemiário, Bonaparte teve mais dois ajudantes-de-campo, Muiron e Marmont; mas Junot foi sempre o privilegiado.

Junot participou da expedição ao Egito, onde comandou como general. Para seu grande pesar, precisou separar-se de Bonaparte; realizou prodígios de coragem no combate de Fouli, no qual matou o chefe do exército inimigo com um tiro de pistola. Finalmente, ao deixar o Egito, Bonaparte escreveu-lhe:

> Estou deixando o Egito, meu caro Junot; você está longe demais do local do embarque para que eu possa levá-lo comigo. Mas deixo a Kléber a ordem de

mandá-lo de volta no mês de outubro. Enfim, qualquer que seja o lugar, qualquer que seja a posição em que eu me encontre, fique certo de que lhe darei provas positivas da afetuosa amizade que nutri por você.

Saudações amigas,

Bonaparte.[2]

Regressando a bordo de uma embarcação de transporte ruim, Junot caíra nas mãos dos ingleses, e desde então Bonaparte não tivera mais notícias suas.

Não é de surpreender, portanto, o prazer que lhe trazia aquela presença inesperada.

– Ah! Aí está você, finalmente! – exclamou o primeiro cônsul ao avistá-lo. – Você então cometeu a tolice de se deixar apanhar pelos ingleses?... Mas também, como é que você me leva cinco meses para partir se escrevi pedindo que partisse imediatamente?

– Caramba! Porque Kléber me segurou. O senhor não tem idéia das mesquinharias que ele me aprontou.

– Ele aparentemente tinha medo que eu tivesse amigos demais à minha volta. Eu sabia que ele não gostava de mim, mas achava que seria incapaz de demonstrar a sua inimizade com baixarias deste tipo. E a carta dele ao Diretório, já soube dela[3]? Além do mais – acrescentou Bonaparte, erguendo os olhos –, o seu fim trágico saldou todas as nossas contas; e com isso tivemos, a França e eu, uma grande perda. Mas perda irreparável, meu amigo, foi a de Desaix. Ah, Desaix! Está aí uma dessas desgraças que se abatem sobre uma nação.

Bonaparte ficou andando por um momento sem dizer nada, completamente absorto em sua dor; e, de repente, parando diante de Junot:

– Ora essa, e o que você quer fazer agora? Eu sempre disse que lhe daria provas da minha amizade quando estivesse em condições de fazê-lo. Quais são os seus projetos? Você quer servir?

E, olhando para ele de soslaio e com um ar bem-humorado:

---

2. Carta reproduzida em Duquesa de Abrantès, *Mémoires de Mme. la duchesse d'Abrantès, ou Souvenirs historiques sur Napoléon, la Révolution, le Directoire, le Consulat, l'Empire et la Restauration* [Memórias da sra. duquesa de Abrantès, ou Recordações históricas sobre Napoleão, a Revolução, o Diretório, o Consulado, o Império e a Restauração] (Paris, L. Mame, 1835), t. II, cap. I, p. 9.

3. Reproduzida em Bourrienne, op. cit, t. IV, pp. 401-6.

– Você quer – prosseguiu – que eu o mande para o Exército do Reno?

O rosto de Junot ficou vermelho.

– O senhor já está querendo se livrar de mim? – disse ele. E então, depois de uma pausa: – Mas se assim ordena – prosseguiu –, mostrarei ao general Moreau que os oficiais do Exército da Itália não esqueceram o seu ofício no Egito.

– Bem – disse, rindo, o primeiro cônsul –, lá se vão os meus anéis! Não, senhor Junot, não, o senhor não vai me deixar: gosto muito do general Moreau, mas não a ponto de presenteá-lo com os meus melhores amigos.

E, num tom sério, a sobrancelha ligeiramente franzida:

– Junot – prosseguiu –, vou nomeá-lo para o comando de Paris. É um lugar de confiança, principalmente neste momento, e eu não poderia fazer melhor escolha. Mas – e olhou em volta como temendo ser ouvido –, mas você precisa refletir antes de aceitar; você precisa envelhecer uns dez anos, pois é necessário que o comandante de Paris seja um homem ligado à minha pessoa e, ao mesmo tempo, que seja extremamente prudente e muitíssimo atento a tudo que se refere à minha segurança.

– Ah, meu general – exclamou Junot –, quanto a isso...

– Fique quieto, ou fale baixo – disse Bonaparte. – Sim, é necessário zelar pela minha segurança. Estou rodeado de perigos. Se eu ainda fosse o general Bonaparte que vegetava em Paris, antes e mesmo após o 13 de vendemiário, não esboçaria nem um gesto sequer para evitá-los; naquele tempo minha vida me pertencia, e eu a avaliava pelo que ela valia, ou seja, pouca coisa. Agora, já não me pertenço. Só a um amigo posso dizer isto, Junot: meus destinos me foram revelados, estão ligados aos de uma grande nação, e é por isso que a minha vida está ameaçada. As potências que esperam invadir e dividir a França não me querem em seu caminho.

Ele ficou pensativo por um momento e passou a mão na testa como que afastando uma idéia inoportuna.

Então, de repente, com aquela rapidez de encadeamento de idéias que fazia com que em poucos instantes abordasse ao mesmo tempo vinte assuntos diferentes:

– Eu vou então, dizia eu, nomeá-lo comandante de Paris; mas convém que você se case, não só pela dignidade do cargo que vai ocupar, como também por seu próprio interesse. A propósito, tome cuidado para só se casar com uma mulher rica.

– Certo, mas quero também que ela me agrade. Como faço? Todas as herdeiras são feias como lagartas.

– Ora! Ponha mãos à obra hoje mesmo, pois a partir de hoje você está nomeado comandante de Paris. Procure uma casa adequada, não muito distante das Tulherias, a fim de que eu possa mandar chamá-lo sempre que precisar, e olhe e escolha entre as que cercam Josefina e Hortênsia. Eu bem que lhe proporia Hortênsia, mas acho que ela ama Duroc e não gostaria de forçar o coração dela.

– O primeiro cônsul está servido! – disse o copeiro, trazendo a bandeja.

– Vamos à mesa – disse Bonaparte. – E que, dentro de uma semana, a casa esteja alugada e a mulher, escolhida!

– General – disse Junot –, aceito o prazo de uma semana para a casa, mas, para a mulher, peço duas semanas.

– Concedido – disse Bonaparte.

X
DUAS CABEÇAS DE MOÇA

No mesmo instante em que os dois companheiros de armas se sentavam à mesa, a sra. condessa e a srta. Claire de Sourdis eram anunciadas à sra. Bonaparte.

As senhoras se abraçaram, formaram por um momento um grupo gracioso em que, segundo os usos da sociedade, fizeram os mil comentários costumeiros nos círculos aristocráticos sobre saúde, tempo e temperatura. Depois, a sra. Bonaparte pediu que sentasse ao seu lado, numa cadeira preguiçosa, a sra. de Sourdis, enquanto Hortênsia, chamando Claire, que tinha mais ou menos a sua idade, encarregava-se de fazer-lhe as honras do palácio, que esta visitava pela primeira vez.

As duas moças formavam um gracioso contraste: Hortênsia era loira, viçosa como uma flor, aveludada como um pêssego, tinha lindos cabelos dourados que, quando soltos, lhe chegavam aos joelhos, braços e mãos um pouco magros, como acontece com as moças que esperam, para se tornar mulheres, um derradeiro olhar da natureza; ela reunia, no seu porte encantador, toda a vivacidade francesa e a *morbidezza*[1] da crioula. Tinha, por fim, para completar o gracioso conjunto, olhos azuis de infinita doçura.

Sua companheira não tinha nada que lhe invejar no quesito da graça e da beleza; era uma graça igual, já que era crioula como Hortênsia, mas de uma beleza diferente. Claire era mais alta que a amiga, tinha esse tom de pele moreno que a natureza reserva às belezas meridionais quando as favorece; olhos de um azul

---

1. "Doçura", em italiano.

de safira, cabelos de um negro de ébano, uma cintura de se segurar entre os dez dedos, pés e mãos de criança.

Ambas tinham recebido uma excelente educação. A de Hortênsia, interrompida por seu aprendizado forçado, fora, depois que a mãe[2] saíra da prisão, continuada com uma inteligência e uma assiduidade tais que era impossível perceber a interrupção. Desenhava de maneira agradável, era excelente musicista, compunha melodia e versos de romanças, das quais algumas chegaram até nós, sucesso que não se devia à elevada condição da autora, e sim ao seu real valor.

Ambas eram pintoras, ambas eram musicistas, ambas falavam duas ou três línguas estrangeiras.

Hortência mostrou a Claire seu ateliê, seus moldes, seu gabinete de música, seu aviário.

Depois, sentaram-se as duas, ao lado do aviário, numa saleta pintada por Redouté.

A conversa girou em torno das festas, que estavam voltando mais resplandecentes do que nunca; dos bailes, que recomeçavam com furor; dos belos dançarinos, do sr. de Trénis, do sr. Laffitte, do sr. de Alvimar, dos dois srs. de Caulaincourt. Cada uma se queixou da necessidade em que se achava, num baile, de dançar pelo menos uma vez a gavota e uma vez o minueto. Por fim, estas duas perguntas foram trocadas da maneira mais natural do mundo.

Hortênsia perguntou:

– Você conhece o cidadão Duroc, ajudante-de-campo do meu padrasto?

Claire perguntou:

– Acaso já esteve com o cidadão Hector de Sainte-Hermine?

Claire não conhecia Duroc.

Hortênsia não conhecia Hector.

---

2. Josefina esteve encarcerada na prisão dos Carmelitas entre 21 de abril de 1794 a 6 de agosto de 1794 (cf. *Les Blancs et les Bleus*, "Le Treize Vendémiaire", cap. XXIV: "Estou errado, de fato – disse Eugênio –, pois, enquanto nossa mãe estava presa, eu estava em casa de um marceneiro onde ganhava alimentação, e minha irmã estava com uma lavadeira que, por pena, concedia-lhe o mesmo"). No entanto, embora em suas *Mémoires*, cap. I, a rainha observe que foi ordenado a todos os filhos de nobres que "aprendessem um ofício", e que o seu irmão "escolheu o de marceneiro", indo "toda manhã assistir a uma aula com o marceneiro da seção, ardente jacobino que se gabava de ter pego, em 10 de agosto, o martelo de Luís XVI e mostrava-o como troféu", ela não menciona seu suposto aprendizado.

Hortênsia quase se atrevia a confessar que amava Duroc, pois o seu padrasto, que por sua vez gostava muito de Duroc, autorizava aquele amor.

E, com efeito, Duroc era um desses encantadores generais dos quais as Tulherias era, nessa época, um legítimo viveiro. Ainda não completara vinte e oito anos, tinha modos muito distintos, olhos grandes e esbugalhados; tinha altura acima da média, era esbelto e elegante.

Uma sombra, porém, obscurecia aquele amor. Bonaparte o protegia, mas Josefina protegia outro.

Josefina queria casar Hortênsia com um dos irmãos caçulas de Napoleão, Luís.

Ela tinha na família dois inimigos declarados, José e Luciano. As investigações de ambos sobre o seu comportamento iam além da indiscrição. Foram eles que quase haviam conseguido que, regressando do Egito, Bonaparte não revisse mais Josefina. Eram eles que o incitavam constantemente ao divórcio, a pretexto de que um filho varão era necessário para os ambiciosos projetos de Bonaparte, e nessas circunstâncias jogavam muito limpo, pois aparentemente combatiam os próprios interesses.

José e Luciano eram casados: José, perfeitamente, de acordo com as conveniências. Casara-se com a filha do sr. Clary, rico negociante de Marselha, tornando-se com isso cunhado de Bernadotte. Restava uma terceira moça, talvez ainda mais encantadora que as irmãs: Bonaparte a pedira em casamento.

– Não, ora essa – respondeu o pai –, já me basta um Bonaparte na família.

Se tivesse consentido, teria chegado o dia em que o honorável negociante de Marselha se tornaria sogro de um imperador e de dois reis.

Quanto a Luciano, efetuara o que em sociedade se chama de casamento desproporcional.

Em 1794 ou 1795, quando Bonaparte ainda era conhecido apenas pela tomada de Toulon, Luciano obteve o posto de almoxarife da pequena aldeia de Saint-Maximin.

Luciano era um republicano que, tendo batizado a si próprio de Brutus, não podia tolerar que houvesse um santo qualquer no lugar onde morava; desbatizou, portanto, Saint-Maximin, assim como desbatizou a si mesmo, e chamou a aldeia de Maratona.

O cidadão Brutus de Maratona, era coisa que ficava bem.

Milcíades teria feito melhor[3], mas Luciano, quando adotou o nome de Brutus, não podia prever Saint-Maximin.

Luciano-Brutus morava no único hotel existente em *Saint-Maximin-Maratona*. O hotel era mantido por um homem que não pensara em mudar de nome e continuava a se chamar Constant Boyer.

O estalajadeiro tinha uma filha, uma adorável criatura, chamada Christine; flores assim às vezes brotam no esterco, e pérolas assim, no lodo.

Não havia em Saint-Maximin nenhuma distração, nenhuma sociedade; mas logo Luciano-Brutus não precisou mais disso, Christine Boyer lhe fazia as vezes de tudo.

Mas Christine Boyer era tão comportada quanto linda; não havia jeito de fazer dela uma amante; num momento de amor e tédio, Luciano fez dela a sua mulher, e Christine Boyer tornou-se não Christine Brutus, mas Christine Bonaparte.

O general do 13 de vendemiário, que estava começando a ver claro em sua sorte, ficou furioso; jurou nunca perdoar o marido, nunca receber a mulher, e despachou ambos para um pequeno posto na Alemanha.

Mais tarde, abrandou, recebeu a mulher e não desgostou de encontrar o irmão *Luciano Brutus*, tornado *Luciano António* em 18 de brumário.

Luciano e José eram, então, o terror da sra. Bonaparte, e ela queria, casando Luís com sua filha, interessá-lo em sua sorte e estabelecer um apoio contra eles.

Hortênsia lutava contra isso com todas as suas forças, não que Luís não fosse, naquela época, um belo rapaz de olhar doce e sorriso benevolente; era parecido com sua irmã Caroline, que acabara de se casar com Murat; era ainda quase um menino, mal completara vinte anos. Não amava, não detestava Hortênsia, deixava-se levar.

Quanto a Hortênsia, ela não detestava Luís, mas amava Duroc.

Suas confidências deram confiança a Claire de Sourdis. Também ela acabou confessando.

Amava, se é que se pode chamar a isso de amar, havia reparado seria um termo mais adequado, havia reparado num belo rapaz de uns vinte e três, vinte e quatro anos.

Ele era loiro, tinha lindos olhos pretos, feições demasiado regulares para um homem, mãos e pés de mulher e, com tudo isso, com formas tão precisas, e tão

---

3. Ele aconselhou aos atenienses que atacassem os persas em Marathon (490 a.C.).

em harmonia consigo mesmo em todos os aspectos, que se percebia que aquele invólucro aparentemente frágil continha uma força hercúlea: anterior à época em que a literatura chateaubrianesca e byroniana criou os tipos de *René* e *Manfred*, ele tinha a testa marcada em sua palidez por uma estranha fatalidade; é que pesavam sobre a sua família, e em sua família, lendas terríveis, que ninguém conhecia exatamente, mas que surgiam por trás dele feito manchas de sangue, embora nunca tivesse sido visto usando o luto exagerado desses parentes vitimados pela República, e nunca ostentara a sua dor nesses bailes e reuniões destinados a apaziguar a ira das sombras. De resto, quando se mostrava em sociedade, não precisava atrair sobre si os olhares por meio de excentricidades. Todos o miravam naturalmente. Seus companheiros, não vamos dizer de prazeres, mas de caça e de viagem, nunca conseguiram levá-lo a um desses divertimentos de rapazes a que cedem até os mais rígidos, pelo menos uma vez ao acaso, e ninguém se lembrava de tê-lo visto, não vamos dizer rindo com o riso franco e alegre da juventude, mas simplesmente sorrindo.

Existira outrora uma aliança entre os Sainte-Hermine e os Sourdis e, como é hábito nas grandes casas, a lembrança dessa aliança ainda era preciosa para ambas as famílias. Resultava que, quando por acaso o jovem Sainte-Hermine vinha a Paris, nunca deixava, desde que a sra. de Sourdis retornara das colônias, de fazer-lhe uma visita de cortesia que nunca degenerara em familiaridade.

Há alguns meses, os dois jovens vinham se encontrando socialmente. Mas, afora a saudação convencional que trocavam entre si, poucas palavras haviam sido ditas e, principalmente por parte do jovem, haviam sido ditas com notável sobriedade. Mas, se as bocas permaneciam silentes, os olhos falavam. Hector não tinha, decerto, o mesmo controle sobre seus olhos que tinha sobre suas palavras e, a cada vez que cruzava com Claire, seus olhares lhe diziam quanto a achava bonita e conforme a todos os desejos de seu coração.

Nos primeiros encontros, Claire se emocionara com aqueles olhares tão expressivos e, como Sainte-Hermine lhe parecera sob todos os aspectos um cavalheiro irrepreensível, deixara-se olhar por ele, também, com certo abandono; depois, tivera esperanças de que no primeiro baile ele dançasse com ela, e que uma palavra ou um aperto de mão viessem auxiliar aqueles olhares tão expressivos. Mas, por uma singularidade estranha à época, Sainte-Hermine, o cavalheiro tão elegante que se exercitava nas armas com Saint-Georges, que atirava com pistolas como Junot e Fournier, não dançava.

Era uma singularidade nova, a acrescentar às outras, e, nos bailes a que assistia, Sainte-Hermine mantinha-se de pé, frio e impassível em algum vão de janela, ou em algum canto da sala, e era objeto do espanto de todas as jovens dançarinas, que se perguntavam que tipo de promessa as estaria privando de tão elegante dançarino, sempre vestido na última moda e de gosto tão perfeito.

E Claire tanto mais se admirava da reserva obstinada do conde de Sainte-Hermine para com ela quanto sua mãe parecia nutrir pelo rapaz uma simpatia especial, falava muito bem de sua família, dizimada pela revolução, e, quando falava nele, falava bem. E que o obstáculo a uma união entre eles não podia ser uma questão de dinheiro. Eram ambos filho e filha únicos, e as duas fortunas, ambas consideráveis, eram mais ou menos equivalentes.

Compreende-se que impressão devia causar no coração de uma moça, e de uma moça crioula, uma conjunção de qualidades físicas e morais tais como as reunia o misterioso e belo rapaz, cuja recordação ocupava o seu espírito enquanto esperava que ele tomasse o seu coração.

Hortênsia revelou rapidamente seus desejos e esperanças: casar-se com Duroc, que ela amava, e não casar-se com Luís Bonaparte, que ela não amava, era esse o segredo que tinha a confiar à amiga, e confiou-lhe em poucas palavras. Mas o mesmo não se deu com a romanesca paixão de Claire. Ela detalhou para a amiga, traço por traço, toda a pessoa de Hector, penetrou quanto pôde na noite que o envolvia; por fim, depois de sua mãe chamá-la duas vezes, depois de levantar-se, depois de beijar Hortênsia, tal como, no dizer da sra. de Sévigné, a parte mais importante de uma carta encontra-se no pós-escrito, assim, à maneira de um pós-escrito e como se aquilo acabasse de lhe ocorrer:

– A propósito, cara Hortênsia – disse ela –, estava esquecendo de lhe pedir uma coisa.

– O que é?

– Dizem que a sra. de Permon está para dar um grande baile.

– Sim, Loulou veio me visitar com a mãe, e elas próprias nos convidaram.

– Você vai?

– Sim, claro.

– Minha Hortenciazinha querida – disse Claire, com sua voz mais doce –, tenho um favor a lhe pedir.

– Um favor?

– É. Peça para que nos convidem, a minha mãe e a mim. Seria possível?

– Mas é claro, espero que sim.

Claire pulou de alegria.

– Oh, obrigada! – disse ela. – Como você vai fazer?

– Primeiro, poderia pedir uma carta convite a Loulou, mas prefiro tratar por intermédio de Eugênio: Eugênio é muito amigo do filho da sra. de Permon, e pode lhe pedir o que você quer.

– Então, eu vou ao baile da sra. de Permon? – indagou Claire alegremente.

– Vai, sim – respondeu Hortênsia. E então, olhando a sua jovem amiga frente a frente: – E ele, vai? – perguntou.

Claire ficou vermelha como uma cereja e, baixando os olhos:

– Acho que sim.

– Você vai me mostrar quem ele é, não vai?

– Oh! Vai reconhecê-lo sem que eu precise mostrá-lo, cara Hortênsia. Eu não lhe disse que ele era reconhecível entre mil outros?

– Como lamento que ele não dance! – disse Hortênsia.

– E eu, então! – suspirou Claire.

E as duas moças se despediram com um beijo, Claire recomendando a Hortênsia que não se esquecesse da carta convite.

Três dias depois, Claire de Sourdis estava com a sua carta.

XI
O BAILE DA SRA. DE PERMON

O baile para o qual a jovem amiga da srta. Hortênsia de Beauharnais pedira uma entrada era a novidade da Paris elegante da época[1]. A sra. de Permon, que precisaria ter uma casa quatro vezes maior para conseguir receber todas as pessoas que aspiravam comparecer a essa festa, recusara mais de cem pedidos de convites para homens, e mais de cinqüenta para mulheres; porém, nascida na Córsega e ligada desde a infância a toda a família de Bonaparte, rendeu-se ao primeiro pedido que lhe fez Eugênio de Beauharnais e, como dissemos, a srta. de Sourdis e sua mãe obtiveram suas cartas de ingresso.

A sra. de Permon, cujos convites eram tão disputados, apesar de seu nome um tanto plebeu, era uma das maiores damas da sociedade, descendia dos Comneno, que deram seis imperadores a Constantinopla, um a Heracléia e dez a Trebizonda.

Seu antepassado, Constantino Comneno, ao fugir dos muçulmanos, refugiara-se primeiramente nas montanhas de Taigeto, e de lá nas da Córsega, com três mil compatriotas que o seguiam como a um chefe, e lá se estabeleceu depois de comprar do Senado de Gênova as terras de Paomia, Salogna e Revinda.

Apesar dessa origem imperial, a srta. de Comneno casou-se, por amor, com um belo plebeu chamado sr. de Permon.

O sr. de Permon falecera havia dois anos, deixando a viúva com um filho de vinte e oito anos, uma filha de quatorze e uma renda de vinte ou vinte e cinco mil libras.

---

1. Dumas reúne aqui dois bailes e dois capítulos de Duquesa de Abrantès, op. cit., t. II, caps. II e XXVII.

O berço ilustre da sra. de Permon, somado à sua aliança plebéia, abria seu salão à velha aristocracia e a toda aquela democracia incipiente que se iniciava nas carreiras da guerra, da arte, da ciência e construía nomes que viriam a rivalizar com os mais ilustres nomes da antiga monarquia.

Assim, no seu salão, deparava-se com os senhores de Mouchy, de Montcalm, com o príncipe de Chalais, os dois irmãos de Laigle, Charles e Just de Noailles, os Montaigu, os três Rastignac, o conde de Caulaincourt e seus dois filhos, Armand e Auguste, os Albert de Orsay, os Montbreton. Os Sainte-Aulaire e os Talleyrand conviviam aí com os Hoche, os Rapp, os Duroc, os Trénis, os Laffitte, os Dupaty, os Junot, os Anisson, os Laborde.

Com suas vinte e cinco mil libras de renda, a sra. de Permon possuía uma das casas mais elegantes e mais bem mantidas de Paris. Verdade é que vinte e cinco mil francos naquela época valiam cinqüenta mil de hoje. Ela tinha, sobretudo, muitas flores e plantas, luxo que era então muito menos desenvolvido que hoje.

A sua casa transformara-se numa estufa: o vestíbulo estava tão enfeitado com árvores e flores que já não se viam as paredes e, ao mesmo tempo, tão habilmente iluminado com vidros coloridos que se tinha a impressão de penetrar num palácio de fadas.

Naquela época, quando as pessoas se juntavam realmente para dançar, e dançavam de fato, os bailes começavam cedo. Às nove horas, os salões da sra. de Permon estavam iluminados e abertos, e ela, sua filha Laure e seu filho Albert estavam na sala aguardando os convidados.

A sra. de Permon, ainda muito bonita, usava um vestido de crepe branco, ornado com maços de junquilhos. O modelo do vestido era grego; drapeava-se no peito e prendia-se nos ombros com duas presilhas de diamante; mandara fazer por Leroy, da rua des Petits-Champs, que estava em voga para os vestidos e os penteados, uma touca de folhos de crepe branco com largos maços de junquilhos iguais aos do vestido, fixados nos cabelos negros como azeviche e espalhando-se pelas dobras de crepe da touca. Tinha diante de si um imenso buquê de junquilhos e violetas e, como único enfeite, um botão de diamante de quinze mil francos em cada orelha. O gorro criado por Leroy, como dissemos, fora colocado por Charbonnier. As flores vinham da primeira florista de Paris, a sra. Roux.

A roupa da srta. Laure de Permon era das mais simples, pois sua mãe julgara que, com dezesseis anos, e em sua própria casa, ela devia brilhar apenas por sua própria beleza, e não tentar deslustrar ninguém com suas vestimentas; usava um vestido de tafetá cor-de-rosa, igual ao da mãe, uma coroa de narcisos brancos na cabeça, um enfeite de narcisos iguais aos da coroa na parte inferior do vestido, presilhas e brincos de pérola.

Mas quem devia reinar por sua beleza nessa festa oferecida, em parte, à intenção da família Bonaparte, e à qual o primeiro cônsul prometera comparecer, era a sra. Leclerc, a favorita da sra. Laetitia e, diziam, do seu irmão Bonaparte: para que nada faltasse ao seu triunfo, pedira à sra. de Permon licença para vestir-se na sua casa. Mandara fazer seu vestido pela sra. Germon, mandara chamar o célebre cabeleireiro Charbonnier, que ao mesmo tempo penteara a sra. de Permon, e achava-se pronta para entrar no instante preciso em que os salões começam a se encher, mas ainda não estão repletos. Instante favorável para causar efeito e ser visto por todo mundo.

Algumas das mulheres mais bonitas, a sra. Méchin, a sra. de Périgord, a sra. Récamier, já haviam chegado quando, às nove e meia, anunciaram a sra. Bonaparte, sua filha e seu filho.

A sra. de Permon levantou-se e andou até a metade da sala de jantar, algo que não fizera até então para mais ninguém.

Josefina usava uma coroa de papoulas e espigas de ouro, seu vestido de crepe branco estava enfeitado igual. Hortênsia, como ela, estava de branco e tinha como único enfeite violetas naturais.

Quase no mesmo momento, a condessa de Sourdis entrou com sua filha: a mãe usava uma túnica botão de ouro enfeitada com amores-perfeitos; a filha, penteada à grega, usava uma túnica de tafetá branco bordado de dourado e púrpura.

É preciso dizer que Claire estava deslumbrante com aquela roupa, e as fitas dourado e púrpura ficavam maravilhosas nos seus cabelos negros.

Um cordão dourado e púrpura cingia uma cintura que caberia entre as duas mãos.

Ao avistar Claire, a um gesto da irmã, Eugênio Beauharnais correu para as recém-chegadas e, tomando a condessa de Sourdis pela mão, conduziu-a até a sra. de Permon.

A sra. de Permon levantou-se, convidou-a a sentar à sua esquerda, tinha Josefina à sua direita, e Hortênsia, de braços com Claire, foi sentar-se a distância de umas poucas pessoas da sra. de Sourdis e de sua mãe.

– E então? – perguntou Hortênsia, curiosa.
– Ele está aqui – disse Claire, toda trêmula.
– Onde? – Hortênsia perguntou, curiosa.
– Veja – disse Claire –, siga a direção dos meus olhos, naquele grupo, aquele com um traje de veludo carmesim, calças colantes cor-de-camurça, sapatos com pequenas fivelas de diamantes; uma fivela de diamantes muito maior que a dos sapatos, mas do mesmo formato, prende o seu chapéu.

O olhar de Hortênsia acompanha o de Claire.

– Ah! Você tem razão – diz ela –, ele é lindo como Antínoo. Mas, olhe, ele não me parece ser tão melancólico como você diz, e está sorrindo muito simpaticamente para nós, esse seu belo tenebroso.

E, de fato, o conde de Sainte-Hermine, que não perdera a srta. de Sourdis de vista desde que ela chegara, trazia na sua expressão uma grande alegria interior e, ao ver que os olhares de Claire e de sua amiga vinham na sua direção, adiantou-se timidamente, mas sem embaraço e, cumprimentando as duas moças:

– A srta. teria a gentileza – disse ele, dirigindo-se a Claire – de me conceder a primeira *real*[2], ou a primeira inglesa que dançar?

– A primeira real, senhor, está certo – balbuciou Claire, que ficara mortalmente pálida ao ver o conde vir em sua direção, e agora sentia o rubor invadir violentamente suas faces.

– Quanto à srta. de Beauharnais – prosseguiu Hector, inclinando-se diante de Hortênsia –, espero uma ordem de sua boca que indique o meu lugar entre os seus inúmeros admiradores.

– A primeira gavota, senhor, se for do seu agrado – respondeu Hortênsia.

Ela sabia que Duroc, bom dançarino, por sinal, não dançava a gavota.

O conde Hector afastou-se, agradecendo com um cumprimento, e foi indolentemente engrossar a corte da sra. de Contades, que acabava de chegar e cuja beleza e traje atraíam todos os olhares.

Nisso, um murmúrio de admiração assinalou que alguma nova pretendente a rainha da beleza vinha fazer-lhe concorrência; a liça estava aberta, pois a dança só começaria após a chegada do primeiro cônsul.

Essa terrível rival que se aproximava era Pauline Bonaparte, que seus familiares chamavam de Paulette e que se casara com o general Leclerc, o qual, no 18 de brumário, dera um providencial apoio a Bonaparte.

---

2. Ou *contradanças*, como veremos no capítulo seguinte.

A sra. Leclerc estava saindo do cômodo onde acabara de vestir-se e, ao entrar, com um coquetismo maravilhosamente ensaiado, mal começava a puxar as luvas que revelavam seus lindos braços tão brancos e roliços enfeitados com pulseiras de ouro e camafeus.

Estava, naquele dia, penteada com fitas de uma fina pele tigrada, como a da pantera; essas fitas prendiam cachos de uva dourados: tratava-se da cópia fiel de um camafeu que representava uma bacante, e a pureza das suas feições dava-lhe o direito de lutar com o antigo – um vestido de musselina indiana de excessiva fineza, *de ar tecido*, como diz Juvenal[3], tinha na barra um bordado de lâminas douradas de uns cinco ou seis dedos de altura que representava uma guirlanda de púrpura. Uma túnica do mais puro modelo grego na sua formosa cintura. A túnica era fixada nos ombros por camafeus de grande valor: as mangas muito curtas e ligeiramente plissadas tinham punhos e eram igualmente fixadas por camafeus. O cinto posto logo abaixo do seio, como nas estátuas antigas, era uma tira de ouro envelhecido com uma magnífica pedra gravada como cadeado.

Havia tal harmonia em todo aquele delicioso conjunto que, como dissemos, um burburinho elogioso a acolheu assim que surgiu, e prolongou-se pelas salas, sem cuidado para com as outras mulheres.

– *Incessu patuit dea* – disse Dupaty, ao vê-la passar.

– Que ofensa está me dizendo numa língua que não compreendo, cidadão? – disse a sra. Leclerc, com um sorriso.

– Como assim – respondeu Dupaty –, a senhora é romana e não compreende latim?

– Esqueci.

– É um hemistíquio de Virgílio, senhora, quando Vênus aparece para Enéias. O abade Delille traduziu-o assim: "Ela anda, e o seu passo revela uma deusa".

– Dê-me o braço, seu adulador, e dance a primeira real comigo, será a sua punição.

Dupaty não esperou que ela repetisse. Apresentou-lhe o braço, estendeu a perna e deixou-se conduzir pela sra. Leclerc até uma saleta onde se deteve, a pretexto de que ali fazia menos calor que nas salas; mas, na verdade, porque nessa saleta havia um imenso sofá que permitia à divina coquete espalhar o seu vestido e posar à vontade.

---

3. Quiçá uma alusão aos *multicia* ("tecidos diáfanos") de um lírio-do-vale das *Sátiras* (2, 66).

Ela lançara, ao passar, um olhar desafiador à sra. de Contades, a mais linda, ou melhor, a mais encantadora antes de ela aparecer, e tivera a satisfação de ver que todos os que rodeavam a sua poltrona no momento em que ela entrara haviam abandonado a sua rival e agora assediavam o seu sofá.

A sra. de Contades mordeu os lábios a ponto de sangrarem. Mas decerto encontrou, na aljava de vinganças que toda mulher traz consigo, um desses dardos envenenados que causam feridas mortais, pois chamou o sr. de Noailles.

– Charles – disse ela –, dê-me o braço para que eu vá ver de perto essa maravilha de vestido e de beleza que acaba de arrastar nossas borboletas todas atrás dela.

– Ah! – disse o rapaz. – E vai fazê-la sentir que em meio às borboletas existe uma abelha. Pique, condessa, pique! – acrescentou o sr. de Noailles. – Todos os Bonaparte são de uma nobreza demasiado recente para que não lhes façamos sentir, vez ou outra, que não deveriam se misturar à nobreza antiga. Encare essa nova-rica de alto a baixo, e aposto como há de encontrar o estigma da sua origem plebéia.

E o rapaz, rindo, deixou-se conduzir pela sra. de Contades, que, com as narinas dilatadas, parecia farejar uma pista.

Ela chegou ao grupo adulador que rodeava a bela sra. Leclerc, e tanto manejou cotovelos e ombros que chegou à primeira fileira.

A sra. Leclerc sorriu ao avistar a sra. de Contades, pensou que sua própria rival se via forçada a vir prestar-lhe homenagem.

E esta, de fato, de início a fez pensar assim e juntou a sua voz cheia de elogios ao concerto admirativo que se erguia em volta da divindade.

Então, de repente, como se acabasse de fazer uma incrível descoberta, deu um grito:

– Oh, meu Deus! Que desgraça! – disse ela. – Por que uma deformidade dessas tinha de estragar uma obra-prima da natureza? Será que não há mesmo nada perfeito neste mundo! Meu Deus, que tristeza!

A esse singular lamento, todos os olhos se voltaram para a sra. de Contades, para em seguida se fixarem na sra. Leclerc e então retornarem para a sra. de Contades; esperavam, evidentemente, uma explicação para aquela elegia; e, como a sra. de Contades continuasse a desdobrar a imperfeição da nossa espécie sem nada generalizar:

– Mas, afinal – perguntou-lhe seu cavalheiro –, o que a senhora está vendo?

– Como assim, o que estou vendo? E o senhor por acaso não está vendo as duas orelhas enormes plantadas de cada lado dessa graciosa cabeça? Se eu tivesse orelhas assim, mandaria roer pelo menos três ou quatro linhas[4]: seria até muito fácil, pois não têm bainha.

A sra. de Contades ainda não concluíra e os olhares já se voltavam todos para a cabeça da sra. Leclerc, já não para admirá-la, mas para observar suas orelhas, às quais até então ninguém prestara atenção.

E, com efeito, eram orelhas bem singulares as da pobre Paulette, como suas amigas a chamavam: constituíam-se de uma cartilagem branca bastante parecida com a concha de uma ostra – cartilagem à qual, como observara a sra. de Contades, a natureza esquecera de fazer uma bainha.

A sra. Leclerc nem sequer tentou lutar contra a impertinente denúncia: deu um grito e sentiu-se mal.

É esse o grande recurso das mulheres que não estão com a razão*.

Nisso, ouviram-se o som das rodas de um carro, o galope dos cavalos de escolta; e o grito "O primeiro cônsul!" desviou a atenção da estranha cena que acabava de ocorrer.

No entanto, enquanto a sra. Leclerc, em lágrimas, refugiava-se no cômodo em que se vestira e o primeiro cônsul entrava por uma porta da sala, a sra. de Contades, sentindo o que aquele triunfo tinha de brutal, não ousava colher-lhe os frutos e saía por outra.

---

4. Um duodécimo de polegada, ou seja, 0,225 cm.

* Essa cena de gosto duvidoso seria inacreditável, não fosse ela relatada ao longo das *Memórias* da sra. de Abrantès, que a ela assistiu, já que se passou na casa da sua mãe. [N.A.]

XII
O MINUETO DA RAINHA

A sra. de Permon adiantou-se ao primeiro cônsul, fazendo-lhe as suas mais preciosas reverências.

Mas Bonaparte tomou-lhe a mão e beijou-a da maneira mais galante do mundo.

– Querida amiga – disse ele –, estão dizendo que você não quis abrir o baile antes de eu chegar? Mas e se eu não conseguisse vir antes da uma da manhã, essas lindas crianças teriam ficado à minha espera?

Ele abarcou o salão com o olhar e viu que algumas mulheres do *faubourg* Saint-Germain não haviam se levantado à sua chegada.

Franziu o cenho, mas de outro modo não deu a perceber sua insatisfação.

– Ora, ora, senhora de Permon – disse ele –, mande iniciar o baile: a juventude precisa se divertir, e a dança é o seu passatempo predileto. Dizem que Loulou dança como a srta. Chameroi. Quem me disse isso? Foi ele, Eugênio, não foi?

Eugênio enrubesceu até as orelhas: era amante da bela *ballerina*.

Bonaparte prosseguiu.

– Preciso ver isso. Se quiser, sra. de Permon, podemos dançar o *monaco*[1], é a única dança que sei.

– Está brincando? – retrucou a sra. de Permon. – Há trinta anos que não danço mais.

---

1. Dança popular, espécie de ciranda de ritmo animado, cuja moda remonta à Revolução.

— Ora, não faça troça — disse Bonaparte —, a senhora esta noite parece ser irmã da sua filha. — E, avistando o sr. de Talleyrand: — Ah, é o senhor! — disse. — Talleyrand, preciso lhe falar.

E foi para a saleta em que a sra. Leclerc acabava de transpirar sua paixão com o ministro das Relações Estrangeiras.

Em seguida, os músicos começaram, os dançarinos correram para as suas dançarinas e o baile teve início.

A srta. de Beauharnais dançava com Duroc; levou-o até diante de Claire e do conde de Sainte-Hermine.

Tudo o que sua amiga lhe dissera sobre o rapaz fazia com que nutrisse por ele um intenso interesse.

As reais, que eram nossas atuais contradanças, tinham como hoje quatro figuras; só que a última, o belo dançarino da época, o sr. de Trénis, acabara de substituir por outra de sua criação.

Essa figura leva ainda hoje o nome de *trénis*.

O sr. de Sainte-Hermine, no que tange à coreografia, não ficava aquém de seus outros talentos. Era aluno de Vestris Segundo, ou seja, do filho do deus da Dança, e honrava o seu mestre.

Só quem teve a desvantagem de ver, no começo deste século, os remanescentes dos belos dançarinos do Consulado pode ter uma idéia da importância que um rapaz que estivesse na moda dava à perfeição dessa arte. Lembro-me de ter visto quando criança, em 1812 e 1813, esses mesmos srs. de Montbreton que dançaram nos salões da sra. de Permon durante esse baile do qual tentamos dar uma idéia: tinham então quarenta anos[2]. Pois bem! Na festa de Villers-Cotterêts, havia um grande baile que reunia toda a aristocracia da beleza, aristocracia recente, mais numerosa em nossas florestas do que a aristocracia de berço, e não menos apreciada pelos homens cujas proezas estou contando. Pois bem! Os srs. de Montbreton vinham do seu castelo de Corcy, os srs. de Laigle vinham de Compiègne, os primeiros de três léguas de distância, os outros de sete. Adivinhe como? — Com seu cabriolé. — Sim, claro! O criado é quem vinha no cabriolé; eles, suspensos nas presilhas traseiras, os pés calçados com finos escarpins de dança,

---

2. Se Dumas viu em Villers-Cotterêts, em 1812 ou 1813, Jean François *Jules* Marquet, visconde de Montbreton, Louis Marquet, conde de Montbreton, e seu irmão *Eugène* Claude, eles tinham então não quarenta anos, mas em torno de vinte. A idade deles por ocasião do baile da sra. de Permon, dez anos antes, torna sua presença duvidosa.

no degrau do lacaio, passavam todo o tempo de estrada ensaiando seus passos mais complicados e sabidos; chegavam à porta do baile só para constar, deixavam que lhes dessem uma escovada e lançavam-se na contradança.

Pois bem! A srta. de Beauharnais vira com satisfação, e a srta. de Sourdis com orgulho, que o conde de Sainte-Hermine, que nunca fora visto dançando, podia competir em conhecimento e graça com os primeiros dançarinos presentes no baile.

Tranqüila quanto a esse aspecto, havia outro, porém, que preocupava a curiosa moça!

Teria o rapaz falado com Claire, teria lhe contado o motivo da sua extensa tristeza, do seu silêncio passado e da sua alegria presente?

Correu até a sua amiga e, puxando-a para o vão de uma janela:

– E então – perguntou-lhe –, o que foi que ele lhe disse?

– Algo muito importante do ponto de vista do que eu lhe contei.

– Pode me dizer o que é?

– Certamente.

A curiosidade levava a srta. de Beauharnais a tratar a amiga com intimidade, o que não costumava fazer.

Claire baixou a voz.

– Ele me disse que tinha um segredo de família para me contar.

– A você?

– Só a mim; conseqüentemente, pediu que eu obtivesse permissão da minha mãe para, na qualidade de meu parente, conversar comigo durante uma hora, mesmo que sob o olhar da minha mãe, mas de modo que ela não escute o que vai me dizer. Disso depende, diz ele, a felicidade da vida dele.

– E a sua mãe vai permitir?

– Espero que sim, ela gosta tanto de mim. Prometi pedir essa permissão à minha mãe hoje à noite e dar-lhe uma resposta no final do baile.

– E agora – disse a srta. de Beauharnais –, sabia que esse seu conde de Sainte-Hermine é muito bem apessoado e que dança feito Gardel?

A música, dando o sinal para uma segunda contradança, chamou as moças de volta aos seus lugares, e o baile recomeçou com mais calor do que nunca.

As duas amigas, como vimos, haviam ficado muito satisfeitas com o sr. de Sainte-Hermine como dançarino. Mas a real que ele dançara não passava de uma contradança comum.

Havia naquela época duas provas a que eram submetidos os dançarinos duvidosos.

Eram a gavota e o minueto.

A srta. de Beauharnais e Claire aguardavam o jovem conde para a gavota que marcara com a srta. de Beauharnais.

A gavota, que hoje conhecemos apenas por tradição, e que nos parece uma dança absolutamente ridícula, tinha uma importância suprema sob o Diretório, sob o Consulado e até sob o Império. Assim como as postas de serpente que ainda se mexem tempos depois de terem sido cortadas, a gavota não conseguia se resolver a morrer: aliás, era antes uma dança de teatro que de salão, continha figuras muito complicadas e de difícil execução. Era preciso muito espaço para que um par pudesse dançá-la, e era impossível, mesmo num grande salão, executar mais do que quatro gavotas ao mesmo tempo.

Entre os quatro pares que dançavam a gavota no grande salão da sra. de Permon, os dois dançarinos que obtiveram aplausos unânimes foram o conde de Sainte-Hermine e a srta. de Beauharnais.

Os aplausos foram tão ruidosos que tiraram Bonaparte tanto da conversa com o sr. de Talleyrand como da saleta onde esta ocorria. Apareceu à porta durante as últimas figuras e assistiu ao triunfo da srta. de Beauharnais e do seu par.

Terminada a gavota, Bonaparte fez sinal à moça, que veio até ele e lhe ofereceu a testa para beijar.

– Meus cumprimentos, senhorita – disse ele –, nota-se que teve um professor de encantos e que aproveitou bem as suas lições; mas quem é o garboso senhor com quem estava dançando?

– Não o conheço, general – disse Hortênsia –, e foi esta a primeira vez que o vi. Ele me convidou para dançar ao convidar a srta. de Sourdis, com quem eu estava conversando. Ou melhor, não me convidou, perguntou-me qual era a minha ordem. Fui eu quem disse que queria dançar gavota e quando queria dançá-la.

– Mas sabe o nome dele, pelo menos?

– Chama-se conde de Sainte-Hermine.

– Bem – disse Bonaparte com expressão de mau humor –, mais um do *faubourg* Saint-Germain. Essa cara sra. de Permon está louca para encher a casa com os meus inimigos. Provoquei a fuga, ao entrar, de uma certa sra. de Contades, uma espécie de doida que não me dá mais mérito do que daria ao último tenente do meu exército e diz, quando lhe falam das minhas vitórias na Itália e no Egito: "Eu poderia fazer tanto com os meus olhos quanto ele com a sua espada". É uma pena – prosseguiu Bonaparte, olhando para o par de Hortênsia –, daria um belo oficial dos hussardos.

E, mandando a moça, com um gesto da mão, de volta à sua mãe:

– Sr. de Talleyrand – disse ele –, o senhor, que sabe tantas coisas, sabe quem é a família de Sainte-Hermine?

– Espere um pouco – disse o sr. de Talleyrand, calçando o queixo entre o polegar e o indicador e derrubando a cabeça para trás, como era o seu jeito de matutar. – Na região do Jura, para os lados de Besançon, temos uns Sainte-Hermine. Sim, conheci o pai: um homem muito distinto que foi guilhotinado em 1793. Deixou três filhos. O que é feito deles? Não sei. Este deve ser um dos três filhos, ou um sobrinho, embora não me conste que ele tivesse irmãos. Quer que eu me informe?

– Oh, não se dê o trabalho!

– Seria muito fácil; vi que ele conversava, e olhe, ainda está conversando, com a srta. de Sourdis; nada mais fácil, por intermédio da mãe dela...

– Não é preciso, obrigado! E esses Sourdis, quem são?

– Excelente nobreza.

– Não é o que estou perguntando. Em termos de opinião?

– Acho que restam apenas duas mulheres, que aderiram ou gostariam de aderir. Dois ou três dias atrás, Cabanis, que é alguma coisa delas, falava-me sobre elas. A moça é casadoura e tem, parece-me, um dote de um milhão. Seria um bom arranjo para um dos seus ajudantes-de-campo.

– Então, na sua opinião, a sra. Bonaparte pode freqüentá-las?

– Perfeitamente.

– É o que já me disse Bourrienne, obrigado. Mas o que há com Loulou? Parece prestes a chorar. Cara sra. de Permon, que mágoa está causando à sua filha, num dia como este?

– Quero que ela dance o minueto da rainha, e ela não quer.

A essa palavra, "minueto da rainha", Bonaparte sorriu.

– E por que ela não quer?

– Que sei eu? Algum capricho. Na verdade, Loulou, você não está sendo sensata, minha filha. De que adianta ter Gardel e Saint-Amand como professores de dança, se não lhe servem para nada.

– Mas, minha mãe – respondeu a srta. de Permon –, dançaria de bom grado esse seu minueto, embora o deteste, mas não me atrevo a dançá-lo sem o sr. de Trénis; comprometi-me com ele.

– Então – perguntou a sra. de Permon –, como é que ele não está aqui? É meia-noite e meia.

– Ele nos avisou que tinha dois bailes antes do nosso, e que só chegaria muito tarde.

– Ah! – disse Bonaparte. – Folgo em saber que existe na França um homem mais ocupado que eu. Mas isso não é motivo, senhorita Loulou, só porque o sr. de Trénis faltou à sua palavra, para que sejamos privados do prazer de vê-la dançar o minueto da rainha. Ele não está, a culpa não é sua, escolha outro par.

– Fique com Gardel – disse a sra. de Permon.

– Oh, meu professor de dança! – disse Loulou.

– Muito bem! Fique com Laffitte; depois de Trénis, é o melhor dançarino de Paris.

O sr. Laffitte passava pelo salão.

– Senhor Laffitte! Senhor Laffitte! Aproxime-se – gritou a sra. de Permon.

O sr. Laffitte aproximou-se da maneira mais galante que há. Era muito elegante e muito bonito de rosto.

– Senhor Laffitte – disse a sra. de Permon –, dê-me a alegria de dançar o minueto da rainha com a minha filha.

– Como não, senhora! – exclamou o sr. Laffitte. – Está me enchendo de alegria, palavra de honra. Significa um duelo com o sr. de Trénis – ele acrescentou, rindo –, mas corro esse risco de coração: só que, ignorando que me caberia esta honra, não me muni de um chapéu.

Para compreender essa última parte da frase do sr. Laffitte, o leitor precisa saber que a saudação do minueto, o ponto culminante, a pedra angular desse monumento coreográfico, tinha de ser efetuada com um chapéu à Luís xv e, com qualquer outro chapéu, ficava esta destituída de valor.

Puseram-se à procura de um chapéu adequado e, ao fim de alguns instantes, o chapéu foi encontrado.

Dançaram o balé com imenso sucesso, e o sr. Laffitte vinha reconduzindo a srta. de Permon ao seu lugar quando deparou com o sr. de Trénis, que, vendo-se atrasado, chegava todo esbaforido a fim de cumprir seu compromisso para com a srta. Laure.

O sr. de Trénis parou diante dos dois dançarinos, com expressão mais surpresa que furibunda. O minueto que iria dançar, e todo mundo sabia que iria dançar aquele minueto, não só fora dançado sem ele, como ainda se percebia, pelos bravos que iam esvanecendo, que fora dançado com sucesso.

– Ah, senhor – disse-lhe a srta. de Permon, muito embaraçada –, esperei-o até meia-noite passada, veja o relógio, e o minueto estava anunciado para as onze horas. Finalmente, à meia-noite, minha mãe exigiu que eu dançasse com o sr. Laffitte e – acrescentou, rindo – o primeiro cônsul me ordenou que o fizesse.

– Senhorita – disse Trénis gravemente –, se a sra. de Permon exigiu esse seu sacrifício, ela é a dona da casa, devia o minueto aos seus convidados. Eu, infelizmente, estava atrasado, ela estava no seu direito. Mas que o primeiro cônsul – e o sr. de Trénis, que era cinco polegares mais alto que o primeiro cônsul, fitou-o de alto a baixo – dê ordens para começar uma dança que, na verdade, não se dança sem mim, ele está extrapolando seus poderes e está errado. Não vou perturbá-lo em seus campos de batalha, ele que me deixe em meus salões. Não desfolho seus louros, ele que deixe os meus intactos.

E indo orgulhosamente sentar-se junto da sra. de Permon:

– Decerto – ele prosseguiu –, possuo filosofia suficiente para me consolar por não ter dançado esse passo com a senhorita, tanto mais que tenho alguma culpa nisso, e atrasado como estou não posso me aborrecer com a não-observância da sua palavra; e, no entanto, havia uma coroa a conquistar nesse minueto da rainha. Eu o teria dançado gravemente, seriamente, mas não triste como o sr. Laffitte. Enfim, realmente me agradou. Oh! Ter visto o que vi, nunca esquecerei esse espetáculo.

Fizera-se ao redor do sr. de Trénis um grande círculo, que o escutava exalar sua mágoa. Entre os ouvintes estava o primeiro cônsul, para quem aquela linguagem era tão nova que estava tentado a acreditar que lidava com um doido.

– Mas – disse a srta. de Permon ao sr. de Trénis – o senhor está me preocupando. O que é que eu fiz?

– O que a senhorita fez? Como é que a senhorita, que dança de maneira tal que fico feliz em comprometer-me com a senhorita, que ensaiou seu minueto com Gardel, oh!, isso não tem nome, foi dançar esse minueto com um homem, bom dançarino sem dúvida, mas dançarino de contradança, dançarino de contradança, repito? Não, senhorita, não, nunca na vida ele soube executar a reverência do chapéu. Não, digo isso em voz alta, ele nunca soube.

E, como percebesse um sorriso em alguns rostos:

– Sim – ele prosseguiu –, parece surpreendente para vocês! Muito bem! Vou dizer por que ele nunca soube executar a grande reverência, pela qual se avalia um dançarino de minueto; é porque ele não sabe colocar o chapéu; saber colocar o chapéu, senhores, é tudo, perguntem a essas senhoras que fazem seus chapéus com Leroy, mas o colocam com Charbonnier. Ah! Perguntem ao sr. Gardel qual é a teoria da colocação do chapéu, ele poderá explicar-lhes. Todo mundo pode pôr o chapéu na cabeça; eu até diria que, bem ou mal, todo mundo o põe. Mas essa dignidade, essa atitude que rege o movimento do braço e do antebraço... Com sua licença?

E, pegando o imenso chapéu de três pontas das mãos de quem o segurava, o sr. de Trénis foi postar-se diante de um espelho e, cantando a melodia da reverência do minueto, sempre seguido pela metade dos convidados, que ele parecia arrastar atrás de si, pôs-se a saudar com perfeita graça e suprema gravidade; depois, recolocou o chapéu com todo o aparato que tal função exige.

Bonaparte o seguira, apoiado no sr. de Talleyrand.

– Pergunte-lhe – disse ele ao diplomata – como ele se dá com o sr. Laffitte. Depois da tirada que fez contra mim – ele acrescentou, rindo –, não ouso mais dirigir-lhe a palavra.

O sr. de Talleyrand formulou a pergunta segundo o desejo do primeiro cônsul, com a mesma gravidade com que teria perguntado como se dava a Inglaterra com a América desde a última guerra.

– Ora – respondeu o sr. de Trénis –, tão bem quanto dois homens de talento como nós podemos nos dar com uma paridade tão sensível. No entanto, devo confessar, é um rival generoso, boa praça, não inveja em nada o meu sucesso. Verdade é que o seu próprio deve torná-lo generoso. A dança dele é viva e forte. Ele leva vantagem, em relação a mim, nos primeiros oito compassos da gavota de *Panurge*[3], quanto a isso não há discussão. Agora, nos saltos, oh!, é aí que eu o fulmino. Em geral, ele me aniquila no jarrete; mas eu o sufoco na moela!

Bonaparte olhava e escutava, estupefato de surpresa.

---

3. Quiçá aquela tirada de *Panurge dans l'isle des lanternes*, comédia lírica em três atos (Paris, Académie Royale de Musique, 25 de janeiro de 1785), letra de Morel de Chédeville e do conde de Provence, conforme Rabelais, música de Grétry.

– Muito bem – disse-lhe o sr. de Talleyrand –, já pode ficar tranqüilo, cidadão primeiro cônsul: não haverá guerra entre o sr. de Trénis e o sr. Laffitte. Gostaria de poder dizer o mesmo sobre a França e a Inglaterra.

Enquanto o baile suspenso dava ao sr. de Trénis a oportunidade de expor as suas teorias sobre a colocação do chapéu, Claire prosseguia com a sua mãe uma negociação que ela considerava muito mais importante do que a que preocupava o sr. de Talleyrand e o primeiro cônsul, ou seja, a de manter a paz entre os dois primeiros dançarinos de Paris e, por conseguinte, do mundo.

O jovem conde, que não a perdia de vista nem um instante sequer, percebeu pelo seu rosto sorridente que, muito provavelmente, ganhara ali o seu processo.

Não estava enganado.

A pretexto de tomar ar numa sala onde houvesse menos gente, a srta. de Sourdis passou o braço pelo da srta. de Beauharnais e, cruzando com o sr. de Sainte-Hermine, deixou escapar essas palavras:

– A minha mãe o autorizou a se apresentar em nosso palacete amanhã, às três da tarde.

XIII
OS TRÊS SAINTE-HERMINE

O pai.

No dia seguinte, como soavam três horas no pavilhão do Relógio, Hector de Sainte-Hermine bateu à porta do palacete da sra. de Sourdis, cujo magnífico terraço coberto de laranjeiras e louros-rosa dava para o cais Voltaire.

Essa porta se abria para a rua de Beaune[1].

Era a porta principal, a porta de honra.

Outra porta pequena, quase invisível, pintada da cor da parede, abria-se para o cais.

A porta abriu-se, o porteiro inquiriu o nome do visitante e deixou-o passar; um lacaio, decerto avisado pela sra. de Sourdis, aguardava na antecâmara.

– A senhora – disse ele – não pode recebê-lo; mas a senhorita está no jardim e apresenta ao sr. conde as desculpas da senhora sua mãe.

E foi na frente a fim de indicar o caminho ao jovem conde, que o seguiu até a porta do jardim.

– Siga essa alameda – disse o lacaio; – a senhorita está no final dele, debaixo do caramanchão de jasmim.

E, com efeito, sob os raios de um lindo sol de março, Claire, envolta numa pele de arminho, parecia desabrochar feito uma dessas primeiras flores da primavera, a cuja pressa se deve o nome de fura-neve.

---

1. A rua de Beaune vai do cais Voltaire até a rua Bourbon.

Um espesso tapete de Esmirna estendia-se sob os seus pés, impedindo o frescor da terra de penetrar em suas pantufas de veludo azul-celeste.

Ao avistar Sainte-Hermine, embora o estivesse aguardando e provavelmente tivesse ouvido soarem as horas, uma nuvem rosada passou por suas faces trigueiras e tirou-lhes, por um momento, a maravilhosa brancura de lis.

Ela se levantou, sorrindo.

Ele acelerou o passo e, quando chegou perto dela, apontou-lhe a mãe, sentada junto da janela da sala que dava para o jardim.

Dali ela não podia perder os dois jovens de vista, embora não pudesse ouvir nenhuma palavra da conversa.

Sainte-Hermine saudou profundamente.

Sua saudação expressava, a um só tempo, seus agradecimentos e seu respeito.

Claire indicou uma cadeira a Hector e tornou a sentar-se.

– Senhorita – disse ele –, não vou tentar fazer com que compreenda a felicidade que é para mim poder conversar um momento a sós com a senhorita: este momento, que a bondade dos céus me concede, e do qual irá depender a felicidade ou infelicidade de toda a minha vida, há um ano que o aguardo, mas há três dias apenas que o espero. A senhorita teve a bondade de me dizer, no baile, que havia percebido a minha ansiedade quando eu tinha, a um só tempo, a alegria e a dor de me encontrar na sua presença, a minha ansiedade ao vê-la, a dor e a alegria que dividiam meu coração. Vou dizer-lhe a razão, talvez com alguma demora, mas só posso ser compreendido dando, ao relato que vou lhe fazer, toda a extensão que ele exige.

– Pode falar – disse Claire. – Tudo que vem do senhor há de parecer-me, esteja certo, digno de todo interesse.

Somos, ou melhor, sou, pois sou o único remanescente da família, sou de uma grande casa da região do Jura. Meu pai, oficial superior sob Luís XVI, foi um desses defensores do 10 de agosto; mas, em vez de fugir como os príncipes ou os cortesãos, ficou. Morto o rei, esperando que nem tudo estivesse perdido e que, de alguma maneira, conseguiriam tirar a rainha do Templo, ele reuniu uma quantia considerável, descobriu entre os guardas municipais um jovem meridional chamado Toulan, apaixonado pela rainha e que se dera a ela de coração. Resolveu associar-se a esse homem, ou melhor, aproveitar a sua posição no Templo para salvar a prisioneira[2].

Depois, como meu irmão mais velho, Léon de Sainte-Hermine, estivesse cansado de ser inútil à causa na religião em que fora criado, pediu ao meu pai para deixar a França e servir no exército de Condé.

Obtendo essa permissão, foi imediatamente juntar-se ao príncipe.

Eis o que ficou combinado:

Ainda havia muitos curiosos, entre os quais alguns empregados dedicados, que pediam aos guardas municipais de serviço, de quem dependia esse favor, para ver a rainha.

Ora, como a rainha descesse duas vezes ao dia ao jardim para tomar ar, os guardas punham seus amigos no caminho que a augusta prisioneira tinha de percorrer e, a rigor, se o guarda virasse a cabeça para o outro lado, era possível trocar algumas palavras com ela ou entregar-lhe um bilhete.

Verdade é que se arriscava a cabeça; mas há momentos em que a cabeça conta muito pouco.

Toulan devia alguns favores ao meu pai; estando sua gratidão de acordo com o seu amor, combinaram o seguinte:

A pretexto de ver a rainha, meu pai e minha mãe, vestidos como ricos camponeses do Jura, e imitando o sotaque de Besançon, viriam até o Templo e perguntariam pelo sr. Toulan.

Toulan os poria na passagem da rainha.

Havia, entre os prisioneiros do Templo e os monarquistas, um livro inteiro de sinais com o auxílio do qual era possível se entender como navios no mar.

No dia da visita do meu pai e da minha mãe, a rainha, ao sair do quarto, deu com uma palhinha encostada na parede, o que queria dizer: "Preste atenção, estão cuidando da senhora".

A rainha não viu a palha, mas dona Elisabeth, menos preocupada, viu e mostrou-a à cunhada.

Primeiro, ao sair, as duas prisioneiras perceberam que era Toulan que estava de serviço.

---

2. Dumas retoma um dos episódios de *Le chevalier de Maison-Rouge*, cap. XXI, quando Geneviève e Morand (o herói epônimo) faziam os papéis aqui emprestados ao sr. e à sra. de Sainte-Hermine.

Toulan era louco por ela.

A rainha, que contava com o amor do pobre rapaz, sentindo que o período da sua guarda estava por chegar, escrevera num pedaço de papel que ela sempre trazia junto do peito: *Ama poco che teme la morte*! (Ama pouco quem teme a morte!).

Ao avistá-lo, ela passou-lhe esse bilhete.

Sem nem sequer saber o que havia no bilhete, Toulan pulou de alegria. Já naquele mesmo dia, provaria à rainha que não temia a morte.

Ele posicionou meu pai e minha mãe na escadaria da torre, a fim de que a rainha não pudesse passar por ali sem quase os tocar.

Minha mãe levava nas mãos um magnífico buquê de cravos[3].

Ao vê-los, a rainha exclamou:

– Oh, que lindas flores, e como cheiram bem!.

Minha mãe tirou do buquê o mais lindo dos cravos e ofereceu-o à rainha.

Esta olhou para Toulan para saber se podia pegá-lo.

Toulan fez com a cabeça um imperceptível sinal afirmativo.

A rainha pegou o cravo.

Em circunstâncias normais, tudo o que se passava ali era muito simples, mas naqueles dias, os corações tentavam bater, os peitos já não respiravam.

A rainha sentiu imediatamente que havia um bilhete encerrado no cálice do cravo, e escondeu-o no colo.

Meu pai nos contou mais de uma vez que a condessa de Sainte-Hermine suportara bem aquela prova, mas que sua tez estava mais lívida e mais terrosa que as pedras do torreão.

A rainha teve a coragem de não diminuir em nada o tempo que habitualmente dedicava ao seu passeio. Retornou à mesma hora de sempre, mas,

---

3. "Lá por meados de setembro, ocorreu uma grande desgraça [...]. Um oficial disfarçado, chamado sr. de Rougeville, foi introduzido no calabouço da princesa por um oficial municipal chamado Michonis. O oficial (que era conhecido da rainha) deixou cair um cravo próximo à barra do seu vestido, e ouvi dizer que essa flor continha um papel de conspiração. A sra. Harel reparou em tudo; fez um relatório a Fouquier-Tinville", relato de Rosalie Lamorlière, em Lafon d'Aussonne, *Mémoires secrets et universels des malheurs et de la mort de la reine de France* [Memórias secretas e universais das desgraças e da morte da rainha da França]. Essa conspiração teve por cenário a Conciergerie e não o Templo; as cenas seguintes são tiradas dos caps. xxv e xxvi de *Le chevalier de Maison-Rouge*.

quando se viu sozinha com a irmã e com a filha, buscou a flor nas profundezas do corpete.

O cálice, de fato, encerrava um bilhete escrito em papel de seda, numa letra fina, mas admiravelmente legível, e continha essa consoladora recomendação:

> Depois de amanhã, quarta-feira, peça para descer ao jardim, o que lhe concederão sem dificuldades, já que foi dada a ordem de lhe concederem esse favor sempre que o pedir. Depois de dar duas ou três voltas, finja estar cansada, aproxime-se da cantina que se ergue no meio do jardim e peça à sra. Plumeau permissão para sentar-se junto dela.
>
> É importante que peça essa permissão às onze em ponto da manhã, a fim de que seus libertadores possam combinar seus movimentos com os deles.
>
> Ali, depois de um instante, finja passar mais mal ainda e desmaiar. Então, fecharão as portas para poder lhe prestar socorro, e a senhora ficará com dona Elisabeth e a sra. Royale. Em seguida, o alçapão da adega se abrirá. Salte com sua irmã e sua filha nessa abertura, e estarão salvas, as três.

Três coisas se somavam para dar confiança às prisioneiras: a presença de Toulan, a palhinha colocada no corredor e a precisão do bilhete.

Aliás, que risco havia, para elas, em tentar? Não poderiam ser mais martirizadas do que já eram.

Ficou combinado, portanto, que fariam exatamente o que o bilhete recomendava.

Dois dias depois, na quarta-feira, às nove horas da manhã, a rainha, depois de reler, encerrada entre as cortinas de sua cama, o bilhete que minha mãe lhe passara escondido dentro de um cravo, a fim de não se desviar das instruções que ele trazia, depois de reduzi-lo a fragmentos impalpáveis, passou para o quarto da sra. Royale.

Mas saiu quase em seguida e chamou os guardas municipais de serviço.

Estavam tomando café-da-manhã, de modo que foi preciso chamá-los duas vezes antes que atendessem; um deles, finalmente, apareceu à porta.

– O que deseja, cidadã? – perguntou.

Maria Antonieta explicou que a sra. Royale estava enferma por falta de exercícios, que só a deixavam sair ao meio-dia, quando o sol em todo o seu ardor não permitia que ela passeasse, e pedia permissão para trocar o horário do seu passeio, que fosse das dez ao meio-dia, em vez de meio-dia às duas; a rainha pedia por favor ao guarda que levasse o seu pedido ao general Santerre, de quem dependia essa permissão.

Ela acrescentou que lhe seria eternamente grata.

A rainha pronunciou essas últimas palavras com tanta graça e encanto que o guarda municipal ficou surpreso e, erguendo o boné acima da cabeça:

– Senhora – disse –, o general vai estar aqui dentro de meia hora, e assim que ele chegar vamos lhe pedir o que a senhora deseja. – Então, retirando-se e como que para convencer a si mesmo de que era certo ceder aos desejos da prisioneira, de que estava assim cedendo à eqüidade e não à fraqueza: – É justo – ele repetiu –, afinal de contas, é justo!

– O que é justo? – perguntou o outro guarda.

– Que essa mulher leve a passear a filha, que está doente.

– Bem – disse o outro –, ela que a leve a pé do Templo até a praça da Revolução, e passeie por lá.

A rainha ouviu a resposta do guarda e estremeceu, mas resolveu seguir o mais pontualmente possível as instruções que tinha recebido.

Às nove e meia, Santerre chegou.

Santerre era um homem excelente, um pouco brusco, um pouco brutal, que fora injustamente acusado de ter provocado o terrível rufo de tambor que cortou a palavra ao rei no cadafalso, e nunca se conformou com isso. O problema é que cometera o erro de indispor-se tanto com a assembléia quanto com a Comuna, de modo que por pouco não ficou sem a cabeça.

Concedeu a permissão solicitada.

Um dos guardas municipais subiu até a rainha e comunicou-lhe que o general atendera o seu pedido.

– Obrigada, senhor – disse ela com o sorriso encantador que perdeu Barnave e Mirabeau. E depois, voltando-se para o seu cãozinho, que saltava atrás dela, andando nas patas traseiras: – Vamos, Black – disse ela –, pode ficar contente também, vamos passear. – E, voltando-se para o guarda: – Quer dizer que vamos sair, a que horas?

– Às dez horas, não é a hora que a senhora mesma estabeleceu?

A rainha inclinou-se, o guarda retirou-se.

As três mulheres ficaram a sós, olhando-se com uma ansiedade mesclada de esperança e alegria.

A senhora Royale atirou-se nos braços da rainha, dona Elisabeth aproximou-se da irmã e estendeu-lhe a mão.

– Vamos rezar – disse a rainha –, mas de modo que ninguém suspeite que estamos rezando.

E as três puseram-se a rezar mentalmente.

Dez horas soaram. Um ruído de armas subiu até a rainha.

– As sentinelas estão sendo trocadas – disse dona Elisabeth.

– Então, estão vindo nos buscar – disse a sra. Royale.

E como a irmã e a filha empalidecessem:

– Coragem – disse a rainha, empalidecendo ela também.

– São dez horas – gritaram lá embaixo –, mandem descer as prisioneiras.

– Aqui estamos, cidadãos – respondeu a rainha.

Abriu-se o primeiro postigo. Dava para um corredor sombrio. Graças àquela semi-escuridão, as cativas podiam dissimular a emoção.

O cãozinho corria alegremente à frente.

No entanto, chegando à porta do cômodo que fora habitado por seu dono, parou de súbito, grudou o focinho na ranhura inferior, aspirando ruidosamente o ar, e depois de dois ou três gritinhos queixosos soltou esse gemido doloroso e profundo que chamamos de latido da morte.

A rainha passou depressa, mas alguns passos adiante teve de se apoiar à parede. As duas mulheres se acercaram dela e ficaram imóveis.

O pequeno Black veio juntar-se a elas.

– Então? – gritou uma voz. – Ela desce ou não desce?

– Estamos aqui – disse o guarda que as acompanhava.

– Vamos – disse a rainha, fazendo um esforço.

E ela terminou de descer.

Quando chegou embaixo da escada em caracol, o tambor chamou a guarda, não para homenageá-la, mas para provar-lhe que, cercada de tais precauções, seria impossível fugir.

A pesada porta então se abriu lentamente, girando sobre as dobradiças estridentes.

As três prisioneiras viram-se no pátio.

Foram rapidamente para o jardim. Os muros do pátio estavam cobertos de inscrições insultantes e desenhos obscenos que os soldados se divertiam em desenhar.

O dia estava magnífico, o calor do sol ainda não era tal que não se pudesse suportá-lo.

A rainha passeou por cerca de quarenta e cinco minutos; então, como já fossem dez para as onze, aproximou-se da cantina, onde uma mulher chamada senhora Plumeau vendia fiambres, vinho e aguardente aos soldados.

A rainha já estava na soleira da porta, prestes a entrar e pedir permissão para sentar-se, quando percebeu que o sapateiro Simon estava sentado a uma mesa, terminando de comer.

Quis sair; Simon era um dos seus mais grosseiros inimigos.

Deu um passo para trás e chamou seu cachorrinho, que tinha entrado na frente.

Mas Black tinha ido direto até um alçapão que dava para a adega, onde a viúva Plumeau guardava víveres e bebidas.

Estava com o focinho grudado nas frestas do alçapão.

A rainha, trêmula, adivinhando o que o atraía, chamou-o com autoridade, mas Black parecia não ouvir ou, se ouvia, recusava-se a obedecer.

De repente, ele se pôs a rosnar, e depois a latir furiosamente.

Um clarão pareceu passar pelo cérebro do sapateiro ao perceber a obstinação do cãozinho em não obedecer a sua dona.

Correu para a soleira da porta gritando:

– Às armas! Traição! Às armas!

– Black! Black! – chamou a rainha com voz desesperada, dando alguns passos em direção à cantina.

Mas o cãozinho não respondia e continuava latindo com uma fúria crescente.

– Às armas! – continuava a gritar Simon. – Às armas! Há aristocratas na adega da cidadã Plumeau; vieram salvar a rainha. Traição! Traição!

– Às armas! – gritaram os guardas municipais.

Alguns guardas nacionais apanharam seus fuzis e correram até onde estavam a rainha, sua filha e sua irmã, que cercaram e levaram para a torre.

Apesar do afastamento da sua dona, Black ficou: dessa vez, o instinto do pobre animal o enganara, ele estava confundindo socorro com perigo.

Uma dúzia de guardas municipais entrou na cantina.

Simon, com o olhar em fogo, mostrava o alçapão para o qual Black continuava a latir.

– É aí, aí debaixo do alçapão! – gritava Simon. – Eu vi o alçapão se mexer, tenho certeza.

– Preparem as armas! – gritaram os guardas municipais.

Ouviu-se o ruído dos fuzis armados pelos soldados.

– Ali, ali – Simon continuava a gritar.

O oficial segurou a argola do alçapão; dois dos homens mais vigorosos quiseram ajudá-lo: o alçapão não se moveu.

– Estão segurando o alçapão por dentro – gritou Simon. – Fogo, façam fogo!

– As minhas garrafas! – gritou a cidadã Plumeau. – Vocês vão quebrar as minhas garrafas!

Simon continuava a gritar: – Fogo!

– Ora, cale essa boca, seu berrador – disse o oficial. – E vocês, tragam machados e partam essas tábuas.

Obedeceram.

– E agora – disse o oficial –, fiquem prontos, e fogo no alçapão assim que for aberto.

O machado rachou as tábuas, vinte canos de espingarda baixaram na direção da abertura que se alargava segundo a segundo.

Mas, pela abertura, não se avistou ninguém.

O oficial acendeu uma tocha e jogou-a dentro da adega.

A adega estava vazia.

– Sigam-me – disse o oficial.

E precipitou-se pela escada.

– Em frente – gritaram os guardas nacionais, seguindo os passos do chefe.

Ah, dona Plumeau! – gritou Simon, mostrando-lhe o punho. – Emprestando a adega a aristocratas que vêm raptar a rainha!

No entanto, Simon acusava injustamente a boa mulher. A parede da adega estava arrombada e um túnel de três pés de largura e cinco pés de altura, cujo chão havia sido pisado por inúmeros pés, afundava-se na direção da rua de la Corderie.

O oficial atirou-se por aquela abertura que lembrava uma galeria de trincheira, mas, dez passos adiante, foi detido por uma grade de ferro.

– Parem! – disse o oficial aos soldados que o empurravam. – Não dá para continuar: que fiquem quatro homens aqui e matem tudo o que aparecer. Vou fazer o relatório. Os aristocratas tentaram levar a rainha.

Foi essa conspiração, conhecida pelo nome de conspiração do cravo e cujos três agentes principais foram meu pai, o cavaleiro de Maison-Rouge e Toulan, que conduziu meu pai e Toulan ao cadafalso.

O cavaleiro de Maison-Rouge, escondido num curtume do *faubourg* Saint-Victor, escapou a todas as buscas[4].

Mas, antes de morrer, meu pai pediu ao meu irmão mais velho que seguisse seu exemplo e, como ele, morresse por seus soberanos.

– E o seu irmão – murmurou Claire, visivelmente emocionada com aquela narrativa – obedeceu à recomendação paterna?

– A senhorita vai saber – respondeu Hector –, se permitir que eu prossiga.

– Oh, fale, fale! – exclamou Claire. – Estou escutando com os ouvidos e com o coração!

---

4. Em *Le chevalier de Maison-Rouge*, o herói, escondido na casa de Dixmer, cujo curtume abriga os complôs para a fuga da rainha, suicida-se sob o cadafalso em que se acaba de guilhotinar essa rainha, que ele amava sem nunca tê-la visto.

XIV
LÉON DE SAINTE-HERMINE

Algum tempo depois da execução do meu pai, a minha mãe, que ficara doente ao receber a notícia da sua morte, faleceu por sua vez.

Não pude transmitir a notícia desse novo infortúnio ao meu irmão Léon. Desde o combate de Berchem, não sabíamos o que era feito dele; mas escrevi ao meu irmão Charles, que estava em Avignon e correu imediatamente para Besançon.

Eis o que sabíamos sobre a batalha de Berchem e sobre a sorte do meu irmão, e o sabíamos pelo próprio príncipe de Condé, a quem, em sua preocupação, minha mãe moribunda enviara um mensageiro, mensageiro este, aliás, que só retornou após a morte da minha mãe e no mesmo dia da volta do meu irmão.

Em 4 de dezembro de 1793, o príncipe de Condé tinha o seu quartel-general em Berchem. Duas vezes Pichegru atacou-o sem conseguir desalojá-lo de Berchem, ou melhor, sem conseguir manter-se lá depois de tê-lo desalojado.

Quando a aldeia foi retomada pelos emigrados, Léon realizou valorosas proezas, foi o primeiro a entrar na aldeia e nela desapareceu.

Embora seguido de perto por seus companheiros, estes não souberam dar notícias dele.

Procuraram entre os mortos, não o encontraram. A convicção generalizada era que, tendo avançado demais na perseguição aos republicanos, fora feito prisioneiro.

Ser feito prisioneiro equivalia à morte, já que todo prisioneiro pego com armas na mão passava *pro forma* perante um conselho de guerra e era fuzilado.

A falta de notícias vinha confirmar essa dolorosa crença quando nos anunciaram a visita de um rapaz de Besançon recém-chegado do exército do Reno.

O rapaz era praticamente um menino, de apenas quatorze anos de idade, e filho de um antigo amigo do meu pai. Era um ano mais moço que eu, fomos criados juntos e chamava-se Charles N.¹

Fui o primeiro a avistá-lo. Eu sabia que ele estava há três meses com o general Pichegru. Corri até ele, gritando:

– Charles, é você! Traz notícias do nosso irmão?

– Trago, infelizmente – disse ele. – Seu irmão Charles está?

– Está – respondi.

– Então, mande chamá-lo – ele disse –, o que tenho a dizer requer a presença dele.

Chamei o meu irmão. Ele desceu.

– Olha, está aqui o Charles – disse-lhe. – Ele traz notícias de Léon.

– São ruins, não é?

– Receio que sim, senão já teria contado.

Meu jovem amigo, sem responder, mas já sorrindo com tristeza, tirou um barrete de dentro do colete e entregou-o ao meu irmão.

– O senhor é agora o chefe da família – disse. – Essa relíquia agora lhe pertence.

– O que é isso? – perguntou o meu irmão.

– É o barrete que ele estava usando quando foi fuzilado – respondeu Charles.

– Então, acabou? – perguntou meu irmão mais velho, com os olhos secos, enquanto, à minha revelia, lágrimas escorriam dos meus olhos.

– Sim.

– E ele morreu bem?

– Como um herói!

– Deus seja louvado! A honra está salva. Deve haver alguma coisa neste barrete?

– Uma carta.

Meu irmão apalpou o barrete, identificou onde estava o papel, abriu a costura com um canivete e tirou uma carta.

---

1. Trata-se, na verdade, de Charles Nodier, autor de *Souvenirs de la Révolution et de l'Empire* [Recordações da Revolução e do Império]. Um trecho dessa obra (III. Pichegru, pp. 42-87) inspirou a Dumas um episódio de *Les Blancs et les Bleus*, retomado aqui nos capítulos xv e xvi: o herói é Bobilier, originário de Vesoul, e, apaixonado por uma aristocrata, acompanha-a em sua emigração.

Abriu-a.

> Ao meu irmão Charles.
> Primeiro, e acima de tudo, esconda tanto quanto possível a minha morte da nossa mãe.

– Então, ele morreu sem saber que a nossa pobre mãe o tinha antecedido no túmulo? – perguntou meu irmão.
– Não – disse Charles –, eu disse a ele.
Meu irmão retomou a carta e prosseguiu:

> Pegaram-me em Berchem. Meu cavalo caiu e arrastou-me com ele ao cair. Era impossível defender-me. Joguei longe meu sabre, e quatro republicanos me resgataram.
> Encaminharam-me para a fortaleza de Auenheim a fim de me fuzilar. Salvo um milagre, nada pode me salvar.
> Meu pai dera a sua palavra ao rei de que morreria pela causa real, e morreu. Dei a minha palavra ao meu pai pela mesma causa, e vou morrer.
> Você deu a sua palavra. Chegou a sua vez. Se você morrer, Hector nos vingará.
> Uma oração sobre o túmulo da minha mãe.
> Um beijo paternal a Hector.
> Adeus.
>
> *Léon de Sainte-Hermine.*
>
> P.S. – Não sei como vou enviar esta carta, Deus cuidará disto.

Meu irmão beijou a carta, deu-me para que eu a beijasse e colocou-a sobre o coração.
Então, para Charles:
– Você assistiu à sua morte, não é?
– Sim! – respondeu Charles.
– Muito bem! Conte-me o acontecido, sem omitir nenhum detalhe.
– Ora! É muito simples – disse Charles. – Eu estava indo de Estrasburgo para o quartel-general do cidadão Pichegru, em Auenheim, quando, um pouco depois de Sessenheim, fui alcançado por um grupo de uns vinte soldados da infantaria, comandados por um capitão a cavalo.

"Aqueles vinte homens marchavam em duas fileiras.

"No meio da estrada, como eu, caminhava sobre o calçamento um cavaleiro desmontado, o que era fácil de observar por suas botas guarnecidas de esporas; um amplo casaco branco cobria-o dos pés aos ombros e só deixava perceber uma cabeça jovem, inteligente, que não me parecia ser totalmente desconhecida; usava um barrete cujo modelo era inusitado no exército francês.

"O capitão me viu andando a pé, próximo do rapaz de casacão branco, e como pareço ser ainda mais moço do que sou, perguntou-me com benevolência:

"– Para onde vai, jovem cidadão?

"– Vou para o quartel-general do cidadão Pichegru; ainda está longe?

"– A uns duzentos passos, mais ou menos – respondeu o rapaz de casacão branco. – Veja, no fim desta alameda em que acabamos de entrar estão as primeiras casas de Auenheim.

"Fiquei surpreso por ele fazer, para apontar a aldeia, um sinal com a cabeça, e não com a mão.

"– Obrigado – eu disse, preparando-me para apressar o passo a fim de livrá-lo da minha presença, que não parecia lhe agradar.

"Mas ele me chamou.

"– Palavra de honra, meu jovem amigo – disse ele –, se não estiver com muita pressa, deveria reduzir a marcha e fazer o caminho conosco. Eu teria tempo de lhe pedir notícias da terra.

"– Que terra? – perguntei.

"– Ora essa! – disse ele. – O senhor não é de Besançon ou, pelo menos, franco-condês?

"Olhei surpreso para ele; seu sotaque, seu rosto, seu aspecto, tudo despertava em mim alguma lembrança de infância. Eu, evidentemente, conhecera aquele belo rapaz no passado.

"– Depois disso – ele continuou, rindo, – o senhor talvez faça questão de se manter incógnito.

"– Não, cidadão – respondi. – Eu só estava me lembrando que Teofrasto, que na origem se chamava Tirtame e foi apelidado pelos atenienses de Bem-Falante, foi reconhecido, depois de uma estada de cinqüenta anos em Atenas, como lésbio por uma vendedora de frutas.

"– O senhor é muito letrado – respondeu meu companheiro de viagem –, isso é um luxo, nos tempos que correm.

"– Não – respondi. – Vou ao encontro do general Pichegru, que é, ele próprio, muito letrado, e espero, graças a uma recomendação que tenho para ele, entrar para o seu serviço como secretário. E você, cidadão – acrescentei, movido pela curiosidade –, faz parte do exército?

"Ele se pôs a rir.

"– Não exatamente – disse ele.

"– Então – continuei –, está *preso* à administração.

"– *Preso* – ele repetiu, rindo. – Sim, caramba, essa é a palavra certa, caro senhor. Só que não estou preso à administração, estou preso a mim mesmo.

"– Mas – disse eu, baixando a voz –, está me tratando por *senhor* em voz alta; não teme que isso lhe faça perder o seu cargo?

"– Veja só, capitão! – gritou o rapaz de casaco branco, rindo. – O jovem cidadão aqui receia que eu perca o meu cargo por tratá-lo por *senhor*. Sabe de alguém que queira esse meu cargo? Dou-o de presente!

"– Pobre-diabo! – murmurou o capitão, dando de ombros.

"– Diga, meu rapaz – inquiriu meu companheiro de viagem –, já que é de Besançon, pois é de lá, não é?

"Fiz sinal que sim.

"– Deve conhecer a família Sainte-Hermine.

"– Sim – respondi –, uma viúva e três filhos.

"– Três filhos, é isso mesmo. Sim – acrescentou com um suspiro –, ainda são três. Obrigado. Há quanto tempo saiu de Besançon?

"– Apenas sete, oito dias.

"– Então, pode me dar notícias frescas?

"– Sim, mas são tristes.

"– Diga assim mesmo.

"– Na véspera da minha partida, fomos, meu pai e eu, ao enterro da condessa.

"– Ah! – disse o rapaz, erguendo os olhos para o céu. – A condessa morreu!

"– Morreu.

"– Melhor assim!

"– Como assim, melhor! – exclamei. – Mas se era uma santa criatura!

"– Mais uma razão – acrescentou o rapaz. – Não é melhor ter morrido de doença do que da dor de saber que seu filho foi fuzilado?

"– Como! – exclamei. – O conde de Sainte-Hermine foi fuzilado?

"– Não, mas vai ser.
"– Quando?
"– Quando chegarmos à fortaleza de Auenheim.
"– Então, o conde de Sainte-Hermine está na fortaleza?
"– Não, mas está sendo levado para lá.
"– E vai ser fuzilado?
"– Assim que eu chegar.
"– O senhor é o encarregado da execução?
"– Não, mas sou eu quem vai comandar o fogo. Não se recusa esse favor a um bravo soldado preso com as armas na mão, mesmo que seja emigrado.
"– Oh, meu Deus! – exclamei, apavorado. – Será que...?
"O rapaz caiu na gargalhada.
"– É justamente por isso que ri quando o senhor me recomendou prudência. Por isso, eu estava oferecendo o meu cargo a quem quisesse pegá-lo, pois não tinha medo de perdê-lo; como o senhor dizia, estou *preso*!
"E só então, sacudindo o casaco e afastando-o com um movimento dos ombros, mostrou-me que estava com as duas mãos atadas à frente, e os dois braços amarrados atrás.
"– Mas então – exclamei, aterrorizado – o senhor é...
"– O conde de Sainte-Hermine, meu rapaz. Está vendo que eu tinha razão ao dizer que minha pobre mãe fez bem em morrer.
"– Oh, meu Deus! – exclamei.
"– Felizmente – prosseguiu o conde, com os dentes cerrados – meus irmãos estão vivos..."

– Sim – exclamamos a uma só voz – e havemos de vingá-lo.

– Então – perguntou a srta. de Sourdis – era o seu irmão quem ia ser fuzilado?

– Era – respondeu Hector. – Basta-lhe saber o fato, ou prefere conhecer os detalhes do seu fim? Esses detalhes, de que cada palavra redobrava a pulsação dos nossos corações, têm pouco interesse para a senhorita, que não conheceu o pobre Léon.

– Oh, fale! Pelo contrário, fale! – exclamou a srta. de Sourdis. – Não me poupe de nenhuma palavra; o sr. Léon de Sainte-Hermine não era meu parente, mas não tenho o direito de acompanhá-lo até o túmulo?

– Foi o que dissemos a Charles, que continuou:

"– Podem imaginar como foi perturbador para mim saber que aquele belo rapaz tão cheio de vida, que andava a um passo e falava em um tom tão ligeiro, ia morrer.

"E era um conterrâneo, o chefe de uma de nossas primeiras famílias, enfim, o conde de Sainte-Hermine.

"Aproximei-me.

"– Não haveria uma maneira de salvá-lo? – perguntei baixinho.

"– Vou confessar francamente que não sei de nenhuma – ele respondeu –, e, se soubesse, faria uso dela sem perder um só segundo.

"– Não tendo a felicidade de lhe prestar tão grande favor, queria afinal poder dizer a mim mesmo, ao deixá-lo, que lhe fui útil de algum modo e, não podendo salvá-lo da morte, contribuí para tornar essa morte mais branda, que o ajudei a morrer, enfim.

"– Desde que o vi, venho ruminando uma idéia.

"– Diga.

"– Talvez haja algum perigo e receio que possa assustá-lo.

"– Estou pronto a tudo para lhe ser útil.

"– Gostaria de mandar notícias minhas ao meu irmão.

"– Eu me encarrego disso.

"– Mas é uma carta.

"– Eu entrego essa carta.

"– Eu poderia dá-la ao capitão, que é um bom homem e provavelmente a encaminharia.

"– Com o capitão – respondi – é apenas provável, comigo é seguro.

"– Então, escute bem.

"Aproximei-me ainda mais.

"– A carta está escrita – disse ele – e costurada no meu barrete.

"– Certo.

"– O senhor vai pedir permissão ao capitão para assistir à minha execução.

"– Eu! – respondi, sentindo um suor frio brotar nos meus cabelos.

"– Não faça pouco: uma execução sempre é algo curioso. Muitas pessoas assistem às execuções por puro prazer.

"– Jamais terei a coragem.

"– Ora! É muito rápido.

"– Oh! Nunca, jamais!

"– Não se fala mais nisso – disse o conde. – O senhor vai se limitar a dizer aos meus irmãos, se os encontrar por acaso, que calhou de cruzar comigo no momento em que iam me fuzilar.

"E ele se pôs a assobiar a melodia de *Vive Henry IV*.

"Aproximei-me rapidamente.

"– Desculpe-me – disse –, farei tudo o que o senhor quiser.

"– Ora! Você é um rapaz simpático, obrigado!

"– Mas...

"– O quê?

"– O senhor é que vai pedir ao capitão para eu assistir... Nunca me conformaria com a idéia de que alguém pudesse imaginar que é por prazer que assisto...

"– Está bem, pedirei a ele, como conterrâneo; vai ser fácil. Vou pedir para deixar ao meu irmão um objeto que me pertenceu, meu barrete, por exemplo; isso acontece todo dia; aliás, o senhor entende, um barrete não é nada suspeito.

"– Não.

"– Na hora em que eu comandar fogo, jogo-o para o lado; não demonstre muita pressa para apanhá-lo, só quando eu estiver morto...

"– Oh! – disse eu, empalidecendo e estremecendo pelo corpo inteiro.

"– Quem tem um pouco de aguardente para oferecer ao meu jovem conterrâneo? – perguntou o seu irmão. – Ele está com frio.

"– Venha cá, meu rapaz – disse-me o capitão.

"E ofereceu-me o seu cantil.

"Tomei um gole.

"– Obrigado, capitão – disse.

"– Ao seu dispor. Quer um gole, cidadão Sainte-Hermine? – ele gritou para o prisioneiro.

"– Agradecido, capitão – ele respondeu –, nunca bebo.

"Voltei para junto dele.

"– Só que – ele prosseguiu –, quando eu estiver morto, pegue o barrete sem parecer lhe dar mais importância do que um objeto desses merece. Mas, no fundo, saberá, não é?, que meu último desejo, o desejo de um moribundo, é sagrado, e que a carta deve ser entregue ao meu irmão. Se o barrete o atrapalhar, tire a carta de dentro dele e jogue-o no primeiro barranco que aparecer. Mas a carta, não vai deixar que a carta se perca?

"– Não – disse eu, procurando sufocar minhas lágrimas.

"– Não vai perdê-la?

"– Não, não! Fique tranqüilo.

"– E vai entregá-la pessoalmente ao meu irmão?

"– Pessoalmente.

"– Ao meu irmão Charles, o mais velho; tem o nome igual ao seu, é fácil lembrar.

"– A ele, e a mais ninguém.

"– Faça isso! Ele vai lhe perguntar, e o senhor vai lhe contar como foi que morri, e ele vai dizer: 'Bem, eu tinha um irmão corajoso' e, quando chegar a vez dele, ele vai morrer como eu.

"Chegamos à bifurcação das duas estradas: uma levava ao quartel-general de Pichegru; a outra, à fortaleza para onde nos dirigíamos.

"Tentei falar, mas as palavras não saíam da minha boca.

"Olhei para o seu irmão com ar de súplica.

"Ele sorriu.

"– Capitão – disse ele –, um favor.

"– Pois não? Se estiver em meu poder...

"– Talvez seja uma fraqueza minha, mas há de ficar entre nós, não é? Na hora de morrer, eu gostaria de abraçar um conterrâneo. Somos ambos, esse rapaz e eu, filhos do Jura. Nossas famílias residem em Besançon e são amigas. Um dia, ele vai voltar para a nossa terra e contar como nos encontramos por acaso, como me acompanhou até o último momento, enfim, como morri.

"O capitão olhou para mim, eu chorava.

"– Cáspite! – disse ele. – Se for do agrado de ambos.

"– Não acho – disse o seu irmão, rindo – que seja do agrado dele, mas seria um grande prazer para mim.

"– Já que é o senhor que está pedindo.

"– Então, está concedido? – inquiriu o prisioneiro.

"– Concedido – respondeu o capitão.

"Aproximei-me do prisioneiro.

"– Está vendo? – disse ele. – Até agora está tudo dando certo.

"Subimos a colina, identificamo-nos e passamos por debaixo da ponte levadiça.

"Esperamos uns instantes no pátio pelo capitão mensageiro, que fora anunciar nossa chegada ao coronel e comunicar-lhe a ordem de execução.

"Ao cabo de alguns minutos, ele reapareceu na soleira da porta.

"– Está pronto? – perguntou ao prisioneiro.

"– Quando quiser, capitão – respondeu.

"– Tem alguma observação a fazer?

"– Não, mas tenho alguns favores a pedir.

"– Tudo o que depender de mim lhe será concedido.

"– Obrigado, capitão.

"O capitão aproximou-se do seu irmão.

"– Podemos até servir sob bandeiras opostas – disse ele –, mas ainda somos franceses, e os bravos se reconhecem por um único olhar. O que deseja?

"– Primeiro, que me tirem essas cordas que me dão um ar de ladrão.

"– É muito justo. Desatem o prisioneiro.

"Lancei-me às mãos do conde, e já o tinha desatado antes que qualquer outra pessoa tivesse tempo de se aproximar.

"– Oh! – fez o conde, estendendo os braços e sacudindo-se debaixo do casaco. – É bom estar solto.

"– E agora – perguntou o capitão – o que mais deseja?

"– Queria comandar o fogo.

"– Vai comandar. E o que mais?

"– Gostaria de mandar uma lembrança minha à minha família.

"– Você sabe que é proibido receber cartas de condenados políticos. Qualquer outra coisa, sim.

"– Oh, não quero causar nenhum problema! Aqui está Charles, o meu jovem conterrâneo que vai, como o senhor permitiu, acompanhar-me ao local de execução e encarregar-se de entregar à minha família não uma carta, mas um objeto qualquer que me tenha pertencido. Meu barrete, por exemplo.

"– É só? – perguntou o capitão.

"– Sim, é só – respondeu o conde. – Está na hora. Estou começando a sentir frio nos pés, e frio nos pés é o que mais detesto neste mundo. Vamos embora, então, capitão; o senhor vem conosco, presumo.

"– É meu dever.

"O conde saudou e, rindo, apertou a minha mão, como um homem satisfeito por ter tido êxito.

"– Por onde? – perguntou.

"– Por aqui – disse o capitão, assumindo a frente da coluna.

"Fomos atrás dele.

"Passamos debaixo de uma poterna e penetramos num segundo pátio, em cujos parapeitos se viam passear as sentinelas.

"Ao fundo, erguia-se um grande muro crivado de balas à altura de um homem.

"– Ah, aqui está! – disse o prisioneiro.

"E dirigiu-se, por conta própria, para o muro.

"Ao pé do puro, deteve-se.

"O escrivão leu o julgamento.

"O seu irmão assentiu com a cabeça, como que para reconhecê-lo como justo. Então:

"– Com licença, capitão, tenho umas palavras a dizer a mim mesmo.

"Ficou imóvel por um instante, braços cruzados, cabeça inclinada sobre o peito e lábios movendo-se sem que se ouvisse sair nenhum som de sua boca.

"Então, ergueu a testa: o rosto estava sorridente. Abraçou-me e, ao abraçar-me, disse baixinho, como fez Carlos I:

"– Lembre-se[2].

"Inclinei a cabeça, chorando.

"Então, com voz firme:

"– Atenção! – disse o condenado.

"Os soldados se aprontaram.

"E como se não quisesse comandar o fogo de cabeça coberta, o conde pegou o barrete, jogou-o para cima, e ele veio cair aos meus pés.

"– Estão prontos? – perguntou o conde.

"– Sim – responderam os soldados.

"– Preparar armas, apontar, fogo! Viva o R...

"Não teve tempo de concluir, ouviu-se uma detonação e sete balas atravessaram-lhe o peito.

"Caiu com a face contra o chão.

"Quanto a mim, caíra de joelhos, chorando como estou chorando agora."

---

2. *Remember*, palavra dita no cadafalso por Carlos I ao bispo Juxon, ao entregar-lhe a sua ordem de São Jorge. Dumas faz dessa palavra o título do capítulo LXXI de *Vingt ans après*, quando conta a morte do rei.

E, de fato, o pobre menino, ao contar-nos a morte do nosso irmão, desabara em soluços.

– Ah! Também nós, senhorita, juro – disse Hector –, choramos amargamente.

"Meu irmão mais velho, que por sua vez se tornava o chefe da família, releu a carta, abraçou Charles, estendeu o braço e, sobre a santa relíquia que ficara com ele, prometeu vingá-lo."

– Oh, que história sombria a sua, senhor! – disse Claire, enxugando as lágrimas.

– Devo continuar? – perguntou Hector.

– Oh, é claro que sim! – disse a moça. – Nunca ouvi um relato tão interessante e, ao mesmo tempo, tão doloroso.

XV
CHARLES DE SAINTE-HERMINE
(1)

Hector de Sainte-Hermine deixou passar um momento para a srta. de Sourdis se recompor.

Depois, continuou.

– A senhorita disse: história sombria. Vai ficar ainda mais sombria. Escute.

Oito dias depois da chegada do meu jovem amigo a Besançon e da leitura da carta do meu irmão Léon, meu irmão Charles desapareceu.

Deixou-me uma carta nos seguintes termos:

> Não preciso lhe dizer, caro menino, onde estou e o que estou fazendo.
>
> Estou, como pode imaginar, obrando pela vingança e tratando de cumprir meu juramento.
>
> Agora você está sozinho.
>
> Mas tem dezesseis anos, e o infortúnio como mestre. Nessas condições, tornamo-nos rapidamente homens.
>
> Você entende o que quero dizer por homem: é o carvalho robusto que tem suas raízes na antigüidade e a cabeça no futuro; que resiste a tudo, ao calor, ao frio, ao vento, à chuva, à tempestade, ao ferro e ao ouro.
>
> Trabalhe, ao mesmo tempo, seu corpo e seu espírito.
>
> Torne-se ágil em todos os exercícios do corpo; os mestres e o dinheiro não lhe faltarão.
>
> Gaste na província, com seus cavalos, fuzis, armas, professores de equitação e esgrima, doze mil francos ao ano.

Se for para Paris, gaste o dobro, mas sempre dentro do mesmo objetivo de se tornar um homem.

Organize-se de modo que sempre tenha dez mil francos em ouro para entregar ao primeiro mensageiro que lhe trouxer, em nome e com a assinatura de Morgan, uma carta selada com este sinete: um punhal.

Sempre que se tratar de Morgan, só você saberá que é de mim que se trata.

Siga à risca as instruções que lhe dou, antes como conselhos do que como ordens.

Releia pelo menos uma vez por mês esta carta que lhe deixo.

Esteja sempre pronto a me suceder, a me vingar e a morrer.

Seu irmão,

Charles.

Agora, senhorita – prosseguiu Hector –, agora que sabe que Morgan e Charles de Sainte-Hermine são uma só pessoa, já não preciso acompanhar meu irmão passo a passo e contar-lhe o que foi feito dele.

A fama do chefe dos companheiros de Jeú espalhou-se por toda a França e transbordou até para o estrangeiro.

Durante mais de dois anos, de Marselha a Nantua, a França foi o seu reino.

Recebi mais duas cartas dele, com o selo e a assinatura que me indicara.

Toda vez me pedia a quantia combinada, e toda vez eu a enviava.

O nome de Morgan tornou-se tanto o terror como o amor do Sul.

O partido monarquista considerava os companheiros de Jeú os cavaleiros da legitimidade; e palavras como bandidos, malfeitores, assaltantes de diligência, com que se tentava maculá-los, não diminuíam em nada o seu prestígio.

Em duas ou três circunstâncias, o chefe Morgan realizara proezas de força, coragem, generosidade.

Passamos ao estado de guerra contra o governo, e em todo o Sul era possível confessar-se abertamente companheiro de Jeú sem nada temer das autoridades locais.

Tudo correu bem durante o Diretório; o governo estava demasiado frágil para uma guerra externa, o que dirá para uma guerra interna.

Mas Bonaparte retornou do Egito.

O acaso o fez testemunha, em Avignon, de uma dessas arrojadas expedições que constituíam a força dos companheiros de Jeú e constatavam a sua moralidade.

Em meio às quantias pertencentes ao governo, haviam levado por engano um *group* com duzentos luíses de um mercador de vinhos de Bordeaux.

Este se queixava, na mesa comum, do prejuízo que lhe haviam causado quando, em plena luz do dia, armado até os dentes e de máscara, meu irmão entrou no hotel, foi até a mesa comum e depositou diante do reclamante, dando-lhe todas as explicações necessárias, os duzentos luíses levados por engano.

Ora, quis o acaso que o general Bonaparte e seu ajudante-de-campo, Roland de Montrevel, estivessem almoçando a essa mesa e assistissem a essa cena.

Roland teve uma querela com o sr. de Barjols, ficou para trás, matou o seu adversário e voltou para Paris.

Bonaparte, então, compreendendo com que homens estava lidando, e que eram eles, e não os ingleses, que estavam sustentando a *chouannerie*, resolveu exterminá-los.

Despachou Roland para o Sul com plenos poderes.

Mas este não encontrou um só traidor que lhe entregasse quem ele prometera exterminar. Os homens, as grutas, as florestas, as montanhas, tudo era fiel àqueles que eram fiéis ao seu rei.

Uma circunstância imprevista perdeu, pela mão de uma mulher, aqueles que o ferro de regimentos inteiros não conseguira atingir.

A senhorita conhece os terríveis abalos políticos que, à semelhança de terremotos, têm abalado a cidade de Avignon.

Num desses tumultos em que os homens se degolam sem dó, sem piedade, sem misericórdia; batem no inimigo enquanto ele estiver vivo, arquejando, respirando; batem ainda quando já não respira, não arqueja, não vive; um certo sr. de Fargas[1] foi morto, queimado, comido por esses canibais que superaram todas as tradições antropofágicas das ilhas do Pacífico. Seus assassinos eram liberais.

Ele tinha dois filhos, um menino e uma menina: ambos escaparam à carnificina e fugiram.

A natureza se equivocara ao dar forma àquelas duas crianças. Dera ao rapaz o coração da moça e à moça, o coração do irmão.

---

1. Os Fargas não aparecem em *Les compagnons de Jéhu*, e sim em *Les Blancs et les Bleus*, "Le Dix-Huit Fructidor (4 de setembro de 1797)", em que são relatados os trágicos destinos do pai (caps. IX e X) e do irmão (cap. XI), assim como a vingança da Nêmesis Diana de Fargas (caps. VI, VII, XI, XVII a XXVII).

Ambos, Lucien e Diana, Diana apoiando Lucien, juraram vingar o pai. Lucien juntou-se à companhia de Jeú dita do Sul.

Lucien foi pego, não conseguiu suportar a tortura da privação de sono e entregou seus cúmplices.

Desde então, para furtá-lo à vingança dos companheiros de Jeú, transportaram-no das prisões de Avignon para as de Nantua.

Uma semana depois, a prisão de Nantua foi atacada à noite a mão armada, e o prisioneiro levado e transportado para a cartuxa de Seillon.

Dois dias depois, o cadáver de Lucien de Fargas foi depositado, à noite, na praça da Prefeitura, em frente ao Hotel das Grutas de Ceyzériat, onde estava hospedada a sua irmã Diana.

O cadáver estava nu, com o punhal bem conhecido dos companheiros de Jeú enfiado no peito. Um papel pendia do punhal. Nesse papel, estavam escritas as seguintes palavras da mão de Lucien:

> Morro por ter faltado a um juramento sagrado, por conseguinte reconheço ter merecido a morte. O punhal que vão achar enfiado em meu peito indicará que não morro vítima de um assassinato covarde, e sim de uma vingança justa.

Ao raiar do dia, Diana foi despertada por um forte alarido sob a sua janela.

Algo lhe dizia que aquele alarido não lhe era alheio, e que mais um infortúnio a aguardava.

Enfiou um chambre, sem atar os cabelos que o sono desatara, abriu a janela e debruçou-se à sacada.

Mal olhou para a rua, lançou um grito imenso, jogou-se para trás e, louca, descabelada, pálida até a lividez, veio atirar-se sobre o cadáver que era o centro do ajuntamento, gritando:

– Meu irmão! Meu irmão!

Ora, um estrangeiro assistira ao suplício de Lucien.

Era um enviado de Cadoudal, detentor das diferentes palavras de ordem, por meio das quais todas as portas se abriam.

Essa carta, de que tenho cópia porque se tratava de mim, servia-lhe de passaporte:

> Meu caro Morgan...

– Lembre-se – disse Hector, interrompendo-se –, esse é o nome do meu irmão. – E, continuando a ler:

Meu caro Morgan – retomou – não terá esquecido que, na reunião da rua des Postes, o senhor foi o primeiro a se oferecer, caso eu prosseguisse a guerra sozinho e sem recursos internos ou do estrangeiro, para ser meu tesoureiro. Todos os nossos defensores morreram de armas na mão ou foram fuzilados. D'Autichamp sujeitou-se à República; só eu permaneço de pé, inabalável em minha crença, inatacável no meu Morbihan.

Um exército de dois ou três mil homens me basta para manter a campanha; mas para esse exército, que nada pede como soldo, é necessário fornecer víveres, armas, munição; desde Quiberon[2], os ingleses não enviaram mais nada.

Forneça o dinheiro, nós forneceremos o sangue – não que eu queira dizer, Deus me livre!, que, quando chegada a hora, o senhor vá poupar o seu! Não, a sua dedicação é a maior e faz empalidecer a nossa dedicação: se formos pegos, seremos apenas fuzilados, se o senhor for pego, morrerá no cadafalso. O senhor me escreve que possui quantias consideráveis: a certeza de receber todo mês entre trinta e cinco mil e quarenta mil francos há de me bastar.

Envio-lhe nosso amigo comum, Coster de Saint-Victor; o nome em si já diz que pode ter toda confiança nele. Dei-lhe, para que o estudasse, o pequeno catecismo pelo qual poderá chegar ao senhor. Entregue-lhe os primeiros quarenta mil francos, se os tiver, e guarde para mim o restante do dinheiro, que é muito menos nas suas mãos do que nas minhas. Se estiver sendo muito perseguido aí, e não puder ficar, atravesse a França e venha juntar-se a mim.

De longe ou de perto, tenho-lhe estima e agradeço-lhe.

Georges Cadoudal,
general-chefe do exército da Bretanha.

P.S. – O senhor tem, assim me garantem, meu caro Morgan, um jovem irmão de dezenove ou vinte anos: se não me julgar indigno de ensinar-lhe as primeiras armas, envie-o a mim, ele será meu ajudante-de-campo.

---

2. Desembarque na costa do Oeste (27 de junho de 1795) fomentado pelos emigrados de Londres, com o apoio de Pitt. Foram derrotados por Humbert e Hoche e forçados a reembarcar, com exceção daqueles setecentos e cinqüenta que se renderam, mas estes, a despeito das promessas, foram fuzilados.

Depois de ter consultado todos os companheiros, meu irmão respondeu:

Meu caro general,

Recebemos sua boa e brava carta por intermédio do seu bom e bravo mensageiro. Temos cerca de cento e cinqüenta mil francos em caixa e estamos, portanto, em condições de fazer o que deseja. Nosso novo sócio, ao qual, com minha autoridade privada, imponho a alcunha de Alcibíades, partirá esta noite levando os quarenta primeiros mil francos. Todo mês, o senhor poderá mandar sacar, na mesma agência bancária, os quarenta mil francos de que necessita. Em caso de morte ou dispersão, o dinheiro será enterrado em tantos lugares diferentes quanto tantas vezes tivermos quarenta mil francos.

Segue anexada a lista dos que saberão onde estão depositadas essas quantias. O irmão Alcibíades chegou bem a tempo de assistir a uma execução. Viu de que maneira punimos os traidores.

Agradeço-lhe, general, a graciosa proposta que me faz para o meu irmão menor. Mas minha intenção é salvaguardá-lo de todo perigo até que seja chamado a me substituir. Meu pai morreu guilhotinado legando sua vingança ao meu irmão mais velho. Meu irmão mais velho morreu fuzilado legando-me a sua vingança. Provavelmente hei de morrer, como disse, no cadafalso. Morrerei legando a minha vingança ao meu irmão; e ele, por sua vez, ingressará no caminho que escolhemos e contribuirá, como nós contribuímos, para o triunfo da boa causa, ou morrerá como nós teremos morrido.

Somente um motivo forte como esse permite que eu decida, ao mesmo tempo que peço sua amizade por ele, privá-lo do seu patronato.

Mande-nos de volta, se possível, nosso benquisto irmão Alcibíades. Nossa alegria será redobrada por enviar-lhe a mensagem por esse mensageiro.

Morgan.

Como dissera meu irmão, Coster de Saint-Victor assistiu à punição. Lucien de Fargas foi julgado e executado na sua frente. E, à meia-noite, dois cavaleiros saíam pela mesma porta da cartuxa de Seillon:

Um deles, Coster de Saint-Victor, seguia para a Bretanha, ao encontro de Cadoudal, com os quarenta mil francos de Morgan.

O outro, o conde de Ribier, levava atravessado em seu cavalo o corpo de Lucien de Fargas, que ia depositar na praça da Prefeitura.

Hector interrompeu-se um momento.

– Desculpe-me – disse ele – se o meu relato, de início tão simples, começa a se complicar e assume, sem eu querer, as formas de um romance. Sou obrigado a acompanhar a marcha dos acontecimentos; mas, receando cansá-la com tantas catástrofes, vou resumir, tanto quanto possível, o que já teria feito se não temesse tornar-me obscuro.

– Não abrevie nada, pelo contrário, peço-lhe – disse a srta. de Sourdis. – Qualquer abreviação se faria à custa do interesse. E é grande o meu interesse por todos os seus personagens, principalmente pela srta. de Fargas.

– Pois então! Ia justamente voltar a ela.

Três dias depois de o cadáver deixado na praça de Bourg-en-Bresse ter sido reconhecido como o de Lucien de Fargas, e piedosamente sepultado pelos cuidados de sua irmã, uma jovem senhora se apresentou no Luxemburgo, pedindo o favor de falar com o cidadão diretor Barras.

O cidadão Barras estava em reunião; o lacaio, assegurando-se de que ela era jovem e bonita, introduziu-a na saleta rosada, saleta bem conhecida como local das voluptuosas audiências do cidadão diretor.

Passado um quarto de hora, o mesmo lacaio anunciava o cidadão diretor Barras.

Barras entrou com seu passo conquistador, pôs o chapéu sobre uma mesa e aproximou-se da visitante, dizendo:

– A senhora queria falar comigo; cá estou!

A jovem senhora ergueu o seu véu e esperou por Barras, revelando um rosto de notável beleza e levantando-se enquanto ele se aproximava.

Barras deteve-se, como que ofuscado.

Fez então um gesto para tomar-lhe a mão e ajudá-la a sentar-se.

Mas ela, mantendo as mãos enfiadas nas dobras do comprido véu:

– Perdoe-me – disse –, mas vou ficar de pé, como convém a uma suplicante.

– Suplicante! – disse Barras. – Oh! Uma mulher como a senhora não suplica, ordena, ou pelo menos reclama.

– Muito bem! Pois é isso mesmo: em nome da terra que a ambos nos viu nascer, em nome do meu pai, amigo do seu, em nome da humanidade ultrajada, em nome da justiça ignorada, venho reclamar vingança.

– Vingança?

— Vingança — repetiu Diana.

— Que palavra dura — disse Barras —, vindo de uma boca tão jovem e tão bonita.

— Senhor, sou a filha do conde de Fargas, assassinado em Avignon pelos republicanos, e irmã do visconde de Fargas, que acaba de ser assassinado em Bourg-en-Bresse pelos companheiros de Jeú.

— Tem certeza, senhorita?

A moça estendeu a Barras um punhal e um papel.

— Tem aqui um punhal de formato bem conhecido — disse ela — e um papel que acabaria com todas as dúvidas quanto ao assassinato e suas causas, caso o punhal se calasse.

Barras começou por examinar cuidadosamente a arma.

— E este punhal?... — perguntou.

— Estava plantado no peito do meu irmão.

— Este punhal sozinho não passaria de presunção — disse Barras —, poderia ter sido roubado ou forjado a fim de embaralhar as buscas da justiça.

— Sim, mas leia este papel, escrito pelo punho do meu irmão, assinado pelo punho do meu irmão.

Barras leu:

Morro por ter faltado a um juramento sagrado, por conseguinte reconheço ter merecido a morte. O punhal que vão achar enfiado em meu peito indicará que não morro vítima de um assassinato covarde, e sim de uma vingança justa.

Lucien de Fargas.

— E este bilhete tem mesmo a letra do seu irmão? — acrescentou Barras.

— Sim, a letra dele.

— O que significam as palavras: "Não morro vítima de um assassinato covarde, e sim de uma vingança justa"?

— Isso quer dizer que, tendo caído nas mãos dos seus agentes, e submetido à tortura, meu irmão faltou ao seu juramento e disse o nome de seus cúmplices. Era eu — acrescentou Diana, rindo um riso estranho —, quem deveria ter entrado na associação no lugar do meu irmão.

— Como pode — disse Barras — que um assassinato desses tenha sido cometido nessas circunstâncias sem que eu ainda nada saiba?

– Isso não diz muito em favor da sua polícia – disse Diana, sorrindo.

– Muito bem – disse Barras –, já que a senhorita está tão bem informada, diga-me os nomes daqueles que assassinaram o seu irmão e, uma vez apanhados, o suplício deles não demorará.

– Se soubesse o nome deles – respondeu Diana –, eu não teria vindo até o senhor, já os teria apunhalado.

– Muito bem! – disse Barras. – Procure por seu lado, nós procuraremos pelo nosso.

– Procurar, eu? – retrucou Diana. – E o que tenho a ver com isso, acaso sou do governo, acaso sou da polícia, acaso estou encarregada de proteger os cidadãos? Prendem o meu irmão e jogam-no na prisão; a prisão, que é a casa do governo, deve-me uma resposta pelo meu irmão; a prisão abre-se e trai o seu prisioneiro: o governo é que me deve explicações. Portanto, já que o senhor é o chefe do governo, venho até o senhor e lhe digo: Devolva-me o meu irmão.

– A senhorita amava o seu irmão?

– Adorava.

– Tem o desejo de vingá-lo?

– Daria a minha vida em troca da vida dos assassinos.

– E se eu lhe oferecesse uma maneira de descobrir quem é esse assassino, quem quer que seja ele, a senhorita a aceitaria?

Diana hesitou por um momento e, então, veemente:

– Quem quer que seja ele – disse ela –, hei de aceitá-la.

– Muito bem – disse Barras –, ajude-nos e nós a ajudaremos.

– O que devo fazer?

– A senhorita é muito bonita, realmente muito bonita.

– Não é da minha beleza que se trata – disse Diana, sem baixar os olhos.

– Ao contrário – disse Barras –, é principalmente dela que se trata. Nesse grande combate a que chamamos vida, a beleza foi dada à mulher, não como simples presente do céu destinado a alegrar os olhos de um amante ou esposo, mas como meio de ataque e defesa.

– Então fale – retrucou Diana.

– Os companheiros de Jeú não têm segredos para Cadoudal. Ele é o verdadeiro chefe deles, já que é para ele que trabalham; ele sabe os nomes deles todos, do primeiro ao último.

– E daí? – perguntou Diana.

– E daí? Nada mais simples. Vá para a Bretanha, junte-se a Cadoudal, apresente-se como uma vítima de sua devoção à causa real, obtenha a confiança dele, isso será fácil. Cadoudal, ao vê-la, não deixará de se apaixonar, e mais dia menos dia a senhorita estará com os nomes verdadeiros desses homens que em vão procuramos. Consiga esses nomes para nós, é tudo o que lhe pedimos, e a sua vingança será satisfeita. Agora, se a sua influência chegasse ao ponto de convencer esse sectário teimoso a submeter-se como os outros, nem preciso dizer que o governo não teria limites em...

Diana estendeu-lhe a mão:

– Cuidado, cidadão diretor, mais uma palavra e estará me insultando.

Então, depois de um instante em silêncio:

– Peço-lhe vinte e quatro horas para pensar – disse ela.

– Tome o tempo que precisar, senhorita – disse Barras. – Estarei sempre às suas ordens.

– Amanhã, aqui, às nove horas da noite – disse Diana.

E a srta. de Fargas, recuperando o punhal das mãos de Barras e a carta do irmão que pusera sobre a mesa, tornou a guardar punhal e carta dentro da blusa, saudou Barras e retirou-se.

No dia seguinte, no mesmo horário, anunciaram ao diretor a srta. Diana de Fargas.

Ele correu à saleta rosada.

– E então, minha linda Nêmesis? – ele perguntou.

– Já decidi; só que, o senhor compreende, preciso de um salvo-conduto que me dê a conhecer pelas autoridades republicanas. Na vida que vou levar, é possível que eu seja apanhada de armas na mão, lutando contra a República; vocês fuzilam mulheres e crianças, é uma guerra de extermínio: isso diz respeito a Deus e a vocês. Eu posso ser apanhada, mas não gostaria de ser fuzilada antes de ter me vingado.

– Eu tinha previsto esse seu pedido e, para não atrasar a sua partida, já mandei preparar todos os documentos que lhe serão necessários; ordens positivas do general Hédouville transformam aqueles que a senhorita teme em defensores; munida desse salvo-conduto, pode percorrer a Bretanha e a Vendéia de ponta a ponta.

– Muito bem, senhor! – disse Diana. – Eu lhe agradeço.

– Posso, sem ser indiscreto, perguntar quando pretende partir?

– Hoje à noite, meus cavalos e minha caleça estarão me esperando no portão do Luxemburgo.
– Permita-me fazer uma pergunta delicada, mas que é meu dever fazer.
– Pergunte, senhor.
– A senhorita tem dinheiro?
– Tenho seis mil francos em ouro nesse cofrinho que valem mais do que sessenta mil francos em *assignats**. Repare que posso fazer uma guerra por conta própria.

Barras estendeu a mão à bela viajante, que pareceu não notar a cortesia.

Fez uma reverência irretocável e saiu.

– Eis aí uma víbora encantadora – disse Barras. – Não gostaria de ser aquele que vai criá-la.

---

* Papel-moeda emitido durante a Revolução Francesa que tinha a garantia do Tesouro Nacional. (N. T.)

XVI
A SRTA. DE FARGAS

O acaso quis que a srta. de Fargas e Coster de Saint-Victor se encontrassem pouco abaixo da aldeia de La Guerche, ou seja, a três léguas acima do local onde Cadoudal estava acampado.

Coster de Saint-Victor, um dos homens mais elegantes da época, que rivalizou com Bonaparte primeiro cônsul por uma das mais belas atrizes do momento[1], tão logo avistou um linda pessoa seguindo apressada numa caleça descoberta, aproveitando uma subida em que esta ia a passo, aproximou-se.

Era-lhe tanto mais fácil por seguir a cavalo.

Diana quis de início fechar-se numa fria dignidade ante aquele estrangeiro, mas ele a abordou com tal cortesia, seu cumprimento e seus elogios tinham um tal ar de cavalheirismo que ela, afinal, só manteve a frieza durante o período exigido pelo decoro entre viajantes.

Além disso, encontrava-se numa região completamente nova para ela, na qual podia surgir um perigo a cada passo. O viajante que tentara uma aproximação parecia conhecer perfeitamente a região; poderia ser-lhe útil, informar-lhe, por exemplo, onde estava Cadoudal.

Ambos se fizeram mutuamente falsas confidências.

Coster de Saint-Victor disse que se chamava d'Argentan e que era recebedor do governo em Dinan.

Diana respondeu-lhe que se chamava srta. de Rotrou e era diretora dos correios de Vitré.

---

1. Alusão aos amores do primeiro cônsul com a atriz srta. George.

Então, de falsa confidência em falsa confidência, cada qual acabou fazendo uma verdadeira.

É que tanto um como outro procuravam Cadoudal.

– A senhorita o conhece? – perguntara d'Argentan.

– Nunca o vi – respondeu Diana.

– Então, senhorita, será um prazer oferecer-lhe os meus préstimos – disse o falso d'Argentan. – Cadoudal é meu amigo íntimo, e estamos tão próximos do local em que devemos encontrá-lo que posso, creio que sem inconveniente, confessar que não sou recebedor do governo, e, sim, dele. Se precisar de alguma recomendação, senhorita, ficarei duplamente satisfeito de o acaso – ou, neste caso, a Providência – tê-la colocado no meu caminho.

– Confissão por confissão – disse Diana –, sou tão diretora dos correios em Vitré quanto o senhor é recebedor em Dinan. Sou a última remanescente de uma grande família monarquista que tem uma vingança a cumprir e venho pedir-lhe um favor.

– A que título? – inquiriu d'Argentan.

– A título de voluntária – respondeu Diana.

Coster olhou surpreso para ela e:

– Afinal, por que não? Dumouriez não tinha, como ajudantes-de-campo, as duas senhoritas de Fernig? Vivemos numa época tão esquisita que é preciso se acostumar com tudo, mesmo com coisas impossíveis de se acreditar.

E não se tratou de mais nada.

Em La Guerche, encontraram e passaram por um destacamento de soldados republicanos que se dirigia para Vitré.

No fim da descida de La Guerche, um conjunto de árvores abatidas bloqueava o caminho.

– Ah, cáspite! – disse Coster. – Não me espantaria se Cadoudal estivesse por trás desta barricada.

Ele parou, fez sinal ao carro de Diana para que parasse e emitiu uma vez o pio do mocho e uma vez o pio da coruja.

Responderam-lhe com o pio do corvo.

– Fomos reconhecidos como amigos; no mais, fique aqui, voltarei para buscá-la.

Dois homens apareceram e abriram uma passagem na barricada, e Diana viu seu companheiro de estrada jogar-se nos braços de um homem que, como compreendeu, devia ser Cadoudal!

Em seguida, Cadoudal atravessou a barreira e veio pessoalmente ao encontro de Diana.

Quando chegou perto do carro, tirou o chapéu.

– Senhorita – disse ele –, quer siga o seu caminho, quer me dê a honra de pedir-me hospitalidade, só me resta rogar-lhe que se apresse; em menos de uma hora os republicanos estarão aqui e, veja, estamos dispostos a recebê-los.

Mostrava as barricadas a Diana.

– Sem contar – prosseguiu – que tenho cerca de mil e quinhentos homens espalhados nessas giestas que vão dar início a uma música como poucas vezes terá ouvido igual.

– Senhor – disse Diana –, venho pedir-lhe hospitalidade e agradeço ao acaso, que me permite finalmente assistir a um espetáculo a que sempre desejei assistir: uma batalha.

Cadoudal saudou-a e fez sinal aos seus homens para que fizessem uma abertura suficientemente ampla para que o carro pudesse passar, e Diana viu-se do outro lado da barricada.

Lançou um olhar à sua volta e, além dos mil e quinhentos homens espalhados nas giestas dos quais falara Cadoudal, viu mais mil deitados de bruços com as suas carabinas ao seu lado.

Cerca de cinqüenta cavalheiros, segurando os seus cavalos pela rédea, estavam escondidos no mato.

– Senhorita – disse Cadoudal a Diana –, não leve a mal se, no momento, cuido apenas dos meus deveres de chefe; tão logo me desincumba deles, tornarei a cuidar dos outros.

– Podem ir, senhores – disse Diana –, e não se preocupem comigo. Se tivessem um cavalo...

– Tenho dois – disse d'Argentan. – Ponho o menor à sua disposição. Mas está arreado para o combate, para um homem.

– É exatamente do que preciso – disse Diana, e vendo que o rapaz tirava a sua bolsa da garupa do cavalo: – Obrigada – ela gritou, rindo –, senhor recebedor da república em Dinan!

E mandou fechar o carro depois de entrar.

Dez minutos depois, os primeiros tiros de fuzil pipocavam no alto da montanha, a um quarto de légua da barricada, e tinha início a batalha.

A esses primeiros tiros, a porta da caleça abriu-se e dela saiu um rapaz vestindo um elegante uniforme de *chouan*. O paletó era de veludo. Do seu cinto branco emergiam as coronhas de duas pistolas de dois tiros. Usava um chapéu de feltro sobre o qual flutuava uma pena branca e um sabre leve de lado.

Lançou-se, com um desembaraço que denotava um excelente cavaleiro, no cavalo que lhe oferecia o empregado de Coster de Saint-Victor e foi ocupar seu lugar entre os quarenta ou cinqüenta homens de cavalaria sob as ordens do chefe bretão.

– Não vou lhe contar o combate – prosseguiu Hector. – Direi apenas que os Azuis foram inteiramente derrotados e que, após prodígios de coragem, atenderam ao chamado do seu chefe, o coronel Hulot, na aldeia de La Guerche.

O dia não trouxera a Cadoudal e aos seus um resultado material de grande importância, mas o resultado moral era imenso.

Cadoudal, com dois mil homens, não só enfrentara quatro ou cinco mil antigos soldados aguerridos por cinco anos de batalhas, como também os rechaçara cidade adentro, donde quiseram sair, matando quatrocentos ou quinhentos homens.

A nova insurreição, a insurreição bretã, que sucedia à insurreição vendeana, começava com uma vitória.

Diana combatera na primeira fileira, atirara diversas vezes com a sua carabina e, duas ou três vezes, perseguida de perto, tivera a oportunidade de atirar com as suas pistolas.

Coster de Saint-Victor, por sua vez, voltava com o casaco de *chouan* jogado sobre o ombro, o braço atravessado por um golpe de baioneta.

– Senhor – disse a moça a Cadoudal, constantemente perdido em meio à fumaça e combatendo na primeira fileira enquanto durou a batalha –, o senhor deixou para saber depois do combate por que vim ao seu encontro e o que quero do senhor: o combate acabou, quero fazer parte da sua tropa.

– A que título, senhora? – perguntou Cadoudal.

– A título de simples voluntária, ora. Acabo de lhe provar que o barulho e a fumaça não me assustam.

A testa de Cadoudal ensombreceu e seu rosto assumiu uma expressão severa.

– Senhora – disse ele –, sua proposta é mais grave do que parece à primeira vista. Vou dizer-lhe uma coisa estranha: fui destinado ao clero, de início, e fiz de coração todos os votos que se faz ao ingressar nas ordens, nunca tendo falhado a nenhum. Eu teria na senhora, tenho certeza, um ajudante-de-campo encantador, de uma bravura a toda prova. Acredito que as mulheres sejam tão capazes quanto os homens. E desde Epicaris, que cortou a própria língua com os dentes para não trair seus cúmplices sob a tortura que Nero mandou lhe infligir, até Charlotte Corday, que livrou a terra de um monstro ante o qual tremiam os homens, temos tido a cada século que passa provas constantes de sua coragem. Mas existem nas nossas regiões profundamente religiosas, sobretudo na nossa velha Bretanha, preconceitos diante dos quais até a reputação militar de Charette empalideceria; esses preconceitos muitas vezes obrigam um chefe a lutar contra certas lealdades. Vários dos meus colegas tiveram em seus campos irmãs e filhas de monarquistas assassinados; a estas eram devidos o auxílio e a proteção que vinham requerer.

— E quem lhe disse, senhor — exclamou Diana —, que não sou filha ou irmã de monarquistas assassinados, as duas coisas quem sabe, e que não tenho, para ser recebida, esses direitos de que falava?

— Nesse caso — retrucou d'Argentan com um sorriso —, como é possível que tenha um passaporte assinado por Barras e seja titular de uma agência postal em Vitré?

— O senhor teria a bondade de me mostrar o seu passaporte? — perguntou Diana ao falso d'Argentan.

— Ora, palavra de honra, boa resposta! — disse Cadoudal, a quem o sangue-frio e a insistência de Diana interessavam muitíssimo.

— E depois vai me explicar como, sendo amigo, quase braço direito do general Cadoudal, o senhor tem o direito, na qualidade de recebedor de impostos em Dinan, de circular pelo território da República.

— Com efeito — disse Cadoudal —, explique à senhorita como você vem a ser recebedor de impostos em Dinan, e ela, por sua vez, vai lhe explicar como vem a ser diretora dos correios em Vitré.

— Ah! Esse é um segredo que não me atreveria a revelar ao nosso pudico amigo Cadoudal. No entanto, se me pressionar bastante, direi, arriscando-me a vê-lo enrubescer, que ele esconde, na rua des Colonnes, em Paris, perto do teatro Feydeau[2], uma certa senhorita Aurélie de Saint-Amour, a quem o cidadão Barras não recusa nada, e que a mim não me recusa nada.

---

2. A Opéra Cômica, especializada em peças entremeadas de canto, tinha duas trupes sob a Revolução: uma delas, sediada à rua Feydeau desde 1791, acolheu em 1800, mediante fusão, a trupe da sala Favart.

— Além disso — disse Cadoudal —, o nome d'Argentan inscrito no passaporte do meu amigo esconde um nome que lhe serve de salvo-conduto entre todos os bandos de *chouans*, vendeanos e monarquistas que usam a insígnia branca na França e no estrangeiro. Seu companheiro de viagem, senhorita, que não tem mais nada a esconder agora, como não tem mais nada a temer, não é recebedor de impostos do governo da República em Dinan, mas sim intermediário entre o general Cabeça Redonda e os companheiros de Jeú.

Diana, a essas palavras, estremeceu imperceptivelmente.

— E posso dizer até — retomou o falso d'Argentan — que assisti a uma terrível execução: o visconde de Fargas, que traiu a associação, foi apunhalado na minha frente.

Diana sentiu o sangue fugir das suas faces. Se tivesse se identificado, se se identificasse, o objetivo da sua viagem fracassaria. À irmã do visconde de Fargas, justiçado pelos companheiros de Jeú, jamais seriam revelados os nomes ou o esconderijo dos companheiros de Jeú.

Calou-se, portanto, e pareceu esperar o fim da frase interrompida por d'Argentan.

Cadoudal compreendeu o seu silêncio e prosseguiu:

— Ele não se chama d'Argentan, mas Coster de Saint-Victor; e ainda que só tivesse dado como penhor, até aqui, o ferimento que acaba de ganhar por nossa santa causa...

— Se basta um ferimento como prova de dedicação — disse Diana, friamente —, é muito fácil.

— Como assim? — perguntou Cadoudal.

— Veja!

Diana puxou do cinto o aguçado punhal que causara a morte do seu irmão e golpeou o próprio braço no mesmo lugar em que Coster fora ferido e, com tanta força, que a lâmina entrou por um lado do braço e saiu pelo outro.

Então, estendendo o braço atravessado pelo punhal na direção de Cadoudal:

— Quer saber se sou nobre de nascença? Veja! Meu sangue não é menos azul, espero, que o sangue do sr. Coster de Saint-Victor. Deseja conhecer meus direitos à sua confiança? Esse punhal atesta que sou filiada aos companheiros de Jeú. Quer saber como me chamo? Sou afilhada daquela romana que, para tranqüilizar o marido quanto à sua fraqueza, furou o próprio braço com uma facada. Eu me chamo Pórcia[3]!

Coster de Saint-Victor estremeceu, e enquanto Cadoudal mirava com admiração a heroína da vingança:

– Atesto – disse ele – que o ferro com o qual essa moça acaba de se ferir é mesmo o punhal dos companheiros de Jeú, e a prova é que tenho aqui um igual, que me foi entregue pelo chefe da companhia no dia da minha iniciação.

E puxou um punhal em tudo parecido com aquele que atravessava o braço da srta. de Fargas.

Cadoudal estendeu a mão a Diana.

– A partir deste momento, senhorita – disse ele –, se já não tem pai, sou o seu pai; se já não tem irmão, é minha irmã. Já que vivemos numa época em que somos todos obrigados a esconder nosso nome por trás de outro nome, a senhorita, como digna romana que é, se chamará Pórcia. A partir desta hora, faz parte dos nossos, senhorita, e como obteve de saída seu posto de chefe, depois que o nosso cirurgião cuidar do seu ferimento, venha assistir à reunião de conselho que vou convocar.

– Obrigada, general – disse Diana. – Quanto ao cirurgião, não é mais necessário para mim do que foi para o sr. Coster de Saint-Victor; meu ferimento não é mais grave que o dele.

E, puxando o punhal da ferida onde ficara até então, rasgou a manga em todo o comprimento de modo a deixar seu formoso braço descoberto.

E, dirigindo-se a Coster de Saint-Victor:

– Camarada – disse ela –, tenha a bondade de me emprestar a sua gravata.

Diana de Fargas permaneceu dois anos no exército da Bretanha ao lado de Cadoudal, sem que ninguém a conhecesse por seu nome verdadeiro, somente pelo de Pórcia.

Durante dois anos, assistiu a todos os combates travados, compartilhou todos os perigos e todas as fadigas do chefe ao qual parecia ser devotada.

Durante dois anos, sufocou seu ódio pelos companheiros de Jeú, gabou as suas proezas, glorificou os nomes de Morgan, Assas, Adler e Montbar.

---

3. A mulher de Brutus adivinhou os planos do marido e, para ser iniciada neles, apareceu diante dele com um ferimento na coxa a fim de mostrar com que coragem enfrentaria a morte caso o complô contra César viesse a fracassar e causasse sua perda (Plutarco, *Brutus*, xv, 5-11).

Durante dois anos, o belo Coster de Saint-Victor, que nunca encontrara mulher insensível ao seu amor, assediou-a em vão com seu amor.

Finalmente, depois de dois anos, essa longa perseverança alcançou seu objetivo.

O 18 de brumário explodiu subitamente sobre a França.

Os primeiros olhares do novo ditador voltaram-se para a Vendéia e a Bretanha. Cadoudal compreendeu que a guerra de verdade estava para começar, e que para sustentá-la precisaria de dinheiro.

Esse dinheiro, somente os companheiros de Jeú poderiam fornecê-lo.

Coster de Saint-Victor acabara de ter a coxa transpassada por uma bala; impossível pensar nele, dessa vez, para cumprir o papel de recebedor.

Voltou seu olhar para Diana, que até então continuava a conhecer apenas pelo nome de Pórcia.

Ela lhe dera tantas provas de dedicação e coragem que, na falta de Coster de Saint-Victor, viu-a como a única indicada para levar a bom termo aquela missão de confiança.

Com seus trajes femininos, podia viajar pela França sem ser incomodada.

Viajando de carro, podia transportar quantias consideráveis.

Ele consultou o ferido, que era, nesse ponto, inteiramente da sua opinião.

Diana foi chamada junto do leito do enfermo. Ali, Cadoudal explicou-lhe o que esperava dela.

Ou seja:

Que entrasse em contato, por intermédio de uma carta de Cadoudal e de Coster de Saint-Victor, com os companheiros de Jeú, e lhe trouxesse o dinheiro que era mais do que nunca necessário nesse momento em que as hostilidades ameaçavam recomeçar de forma mais acirrada.

O coração de Diana saltara de alegria diante dessa proposta, embora nem um só movimento de seu rosto revelasse o que se passava em seu coração.

– Embora a tarefa seja difícil – disse ela –, vou cumpri-la de boa vontade; mas, além das cartas do general e do sr. Coster de Saint-Victor, vou precisar de todas as coordenadas topográficas, todas as palavras de ordem, todas as senhas com as quais se pode penetrar no centro do seu grupo.

Coster de Saint-Victor repassou-as. Ela partiu com um sorriso nos lábios e a vingança no coração.

XVII
AS GRUTAS DE CEYZÉRIAT

Ao chegar em Paris, Diana solicitou uma audiência ao primeiro cônsul Bonaparte.

Isso foi dois ou três dias depois que Roland retornara da sua missão junto a Cadoudal. Sabe-se da pouca atenção que Roland dava às mulheres. Ele viu Pórcia, mas passou por ela sem se preocupar com quem era. Talvez, aliás, não a tivesse identificado como mulher e julgasse tratar-se de um *chouan*. Barras não possuía mais poder algum, de modo que ela nem sequer pensou nele.

Dizia, em seu pedido de audiência, que conhecia um meio de apanhar os companheiros de Jeú e mediante certas condições, que desejava definir pessoalmente com o primeiro cônsul, colocaria esse meio à sua disposição.

Bonaparte tinha horror a mulheres envolvidas com política.

Com o receio de se tratar de alguma aventureira, mandou a carta a Fouché, encarregando-o de verificar quem era a srta. Diana de Fargas.

– Conhece Fouché, senhorita? – perguntou Hector, interrompendo-se.

– Não, senhor – respondeu Claire.

– É a apoteose do feio. Dois olhos de faiança de raios divergentes, cabelos amarelos e escassos, tez cor de cinza, nariz achatado, boca torta ornada de dentes ruins, queixo retraído, barba num tom arruivado que deixa o rosto sujo, assim é Fouché.

O belo, naturalmente, tem horror ao feio.

Ao vê-lo apresentar-se em sua casa, com ares meio baixos, meio insolentes, sob os quais transparecia a falsa humildade do antigo seminarista Fouché, todos os sentidos físicos e morais da formosa Diana se revoltaram.

Tinham-lhe anunciado o ministro da Polícia, e aquele título, que abre todas as portas, abrira-lhe a de Diana; mas, avistando a hedionda criatura, ela recuou instintivamente para o sofá e esqueceu-se de oferecer uma cadeira a Fouché.

Este pegou uma poltrona e sentou-se; então, como Diana o mirasse com uma expressão cujo nojo ela não tentava dissimular:

– Com que então, senhorinha – disse Fouché –, temos revelações a fazer à polícia e um acordo a propor?

Diana olhou em volta com tamanha surpresa que o hábil magistrado percebeu que não era fingida.

– O que está procurando? – perguntou ele.

– Estou procurando com quem o senhor está falando.

– Ora, com a senhorita – disse Fouché, insolente.

– Então, está enganado, senhor – disse ela. – Não sou uma senhorinha, sou uma grande dama, filha do conde de Fargas, assassinado em Avignon, irmã do visconde de Fargas, assassinado em Bourg. Não venho fazer nenhuma revelação à polícia nem tratar de qualquer acordo com ela. Deixo isso para os que têm a infelicidade de serem seus chefes ou seus empregados. Venho pedir justiça, e como duvido – ela acrescentou, levantando-se – que o senhor tenha algo a ver com essa casta deusa, agradeceria se percebesse que errou de endereço ao vir à minha casa.

E vendo que Fouché, quer por espanto, quer por insolência, não se mexia da poltrona, deixou a sala e entrou no quarto, cujos ferrolhos puxou.

Duas horas depois, Roland de Montrevel vinha buscá-la da parte do primeiro cônsul.

Roland levou-a até a sala de audiências com toda a deferência que sua distinta educação, conduzida por sua mãe, ensinara-lhe a ter pelas mulheres, e foi avisar Bonaparte.

Alguns minutos depois, ele entrou.

– Ah, isso! – disse ele, enquanto Diana fazia uma reverência à qual ele respondia com um amável aceno. – Ao que parece, esse grosseirão do Fouché, julgando estar diante de uma das suas doidivanas, foi da mais alta inconveniência para com a senhorita. Perdoe-o: o que se poderia esperar de um antigo bedel dos oratorianos?

– Não poderia esperar nada melhor, cidadão primeiro cônsul; mas deveria esperar do senhor um mensageiro melhor.

– Tem toda razão – disse Bonaparte. – E a senhorita nos deu, reconheço, duas lições numa cajadada só. Mas aqui estou: vejamos, parece que a senhorita tem coisas interessantes a me dizer; fale.

– O senhor não sabe escutar parado num lugar; como preciso que me escute, quer que caminhemos?

– Caminhemos, pois – disse Bonaparte. – É algo que me desagrada, quando dou audiência às mulheres, o fato de elas não caminharem.

– Que seja. Mas quem foi, por dois anos, oficial de ordenança de Cadoudal caminha.

– A senhorita foi, por dois anos, oficial de ordenança de Cadoudal?

– Sim.

– Como é possível que meu ajudante-de-campo, Roland, não a conheça de vista ou de nome?

– Pelo simples motivo que na Bretanha eu só era conhecida pelo nome de Pórcia e que, durante o tempo em que ele permaneceu com Cadoudal, tive o cuidado de me manter afastada.

– Ah! Foi a senhorita que, para decidir seu ingresso nas fileiras dos *chouans*, deu uma facada no próprio braço?

– Aqui está a cicatriz – disse Diana, dobrando a manga do vestido.

Bonaparte lançou um olhar àquele magnífico braço e pareceu ver apenas a cicatriz.

– Que curioso ferimento – disse.

– O punhal que o causou é ainda mais curioso – disse Diana. – Aqui está.

E mostrou ao primeiro cônsul o punhal todo de ferro dos companheiros de Jeú.

Bonaparte pegou-o e examinou atentamente a forma rígida que continha, em si, algo terrível.

– E de onde vem este punhal? – perguntou Bonaparte.

– Do peito do meu irmão, em cujo coração foi plantado.

– Fale-me sobre isso, mas rapidamente, meu tempo é precioso.

– Não mais que o tempo da mulher que há dois anos espera por vingança.

– A senhorita é corsa?

– Não, mas estou falando com um corso, ele há de compreender.

– O que deseja?

– Quero a vida daqueles que tiraram a vida do meu irmão.

– Quem são eles?

– Já lhe disse em minha carta, são os companheiros de Jeú.

— A senhorita acrescentou até que tinha uma maneira de apanhá-los.

— Tenho suas senhas e duas cartas, uma de Cadoudal e outra de Coster de Saint-Victor, para seu chefe, Morgan.

— Tem certeza de que pode fazer com que sejam apanhados?

— Tenho certeza, desde que me acompanhe um homem bravo e inteligente, como, por exemplo, o sr. Roland de Montrevel, com um número suficiente de soldados.

— E a senhorita disse que estabeleceria condições: quais são elas?

— Primeiro, que não serão perdoados.

— Não perdôo ladrões e assassinos.

— Depois, deixarão que eu cumpra integralmente a missão que tenho para com eles.

— Que missão?

— Vou receber o dinheiro cuja necessidade obrigou Cadoudal a revelar-me seus segredos.

— Está pedindo liberdade para dispor desse dinheiro?

— Ah, cidadão primeiro cônsul! – disse a srta. de Fargas. – Essas são palavras que estragarão para sempre a boa recordação que, sem elas, eu teria guardado desta entrevista.

— Mas, então, que diabos a senhorita quer fazer com esse dinheiro?

— Quero ter certeza de que será entregue a quem se destina.

— Que eu lhe permita enviar o dinheiro àqueles que me fazem guerra? Nunca!

— Então, general, permita que eu me despeça, não temos mais nada a tratar.

— Oh, que cabeça! – disse Bonaparte.

— O senhor deveria dizer "que coração!", general.

— Que significa?...

— Que não é a cabeça que recusa propostas indecorosas, mas o coração.

— No entanto, não posso fornecer armas aos meus inimigos.

— O senhor tem toda confiança no sr. Roland de Montrevel?

— Sim.

— O senhor sabe que ele não fará nada contrário à sua honra e aos interesses da França?

— Tenho certeza disso.

— Muito bem! Encarregue-o desse assunto. Eu me entenderei com ele sobre os meios para que tudo dê certo e sobre as condições da minha participação.

— Está certo – disse Bonaparte.

Então, com a rapidez de decisão que demonstrava em tudo, chamou Roland, que ficara na porta:

— Roland, venha cá – disse ele.

Roland entrou.

— Você tem meus plenos poderes, aja em consonância com a senhora e, custe o que custar, livre-me desses cavalheiros salteadores que, enquanto assaltam e pilham diligências, se dão ares de grandes fidalgos.

E, fazendo um ligeiro cumprimento a Diana de Fargas:

— Não esqueça – disse ele – que, se for bem-sucedida, terei o maior prazer em revê-la.

— E se eu fracassar?

— Não conheço os vencidos.

E entrou na sala, deixando a moça sozinha com Roland.

Apesar de toda a sua repugnância por qualquer operação que envolvesse uma mulher, Diana de Fargas era tão distinta do seu sexo que Roland a tratou de saída como a um bom e bravo companheiro, familiaridade que lhe agradou tanto quanto desagradara a insolência de Fouché. Em uma hora, ficou tudo acertado entre eles, e combinaram que naquela mesma noite, por dois caminhos distintos, ambos partiriam para Bourg-en-Bresse, o quartel-general dos companheiros.

Compreende-se perfeitamente que, munida de todas as informações, tendo a palavra de ordem e as senhas e sendo portadora das cartas de Cadoudal e Coster de Saint-Victor, Diana de Fargas, que tornara a vestir seu uniforme de *chouan* e seu nome de Pórcia, penetrou facilmente na cartuxa de Seillon, onde os quatro chefes se achavam reunidos.

Nenhum deles nem sequer desconfiou, não de que o mensageiro fosse uma mulher – era fácil perceber o sexo de Diana, mesmo em trajes de homem –, mas de que a mulher fosse a srta. de Fargas, ou seja, a irmã daquele que fora assassinado para puni-lo de sua traição.

Como a quantia pedida por Cadoudal, cem mil francos, não estivesse toda na abadia de Seillon, marcaram encontro com Diana para o dia seguinte, nas grutas de Ceyzériat, a fim de entregar-lhe os quarenta mil que faltavam.

O primeiro cuidado de Roland, quando Diana lhe repassou essa informação, foi chamar para junto dele o capitão da gendarmaria e o coronel dos dragões em guarnição na cidade.

Quando estavam todos reunidos, exibiu-lhes os seus poderes.

Encontrou na pessoa do coronel dos dragões um instrumento passivo, pronto a colocar-se pessoalmente, e com quantos homens ele pedisse, à sua disposição; mas no capitão da gendarmaria, ao contrário, encontrou um velho escaldado, cheio de rancor contra os companheiros de Jeú, que havia três anos, como ele mesmo dizia, "não se cansavam de aprontar-lhe boas."

Dez vezes já os avistara, vislumbrara, perseguira e sempre, quer pela excelência de suas montarias, quer pela esperteza, habilidade, superioridade de estratégia, o velho soldado tinha de admitir, sempre lhe tinham escapado.

Certa vez, quando menos esperava, deparara com eles no bosque de Seillon: aceitaram bravamente o combate, mataram-lhe três homens e se retiraram, levando com eles dois feridos.

Ele perdera a esperança de algum dia derrotá-los, e só pedia uma coisa, que era não ser mais obrigado a envolver-se com eles por alguma ordem do governo, quando Roland veio tirá-lo do descanso que ele criara para si e perturbá-lo na tranqüilidade, ou melhor, na atonia do desespero em que mergulhara.

Mas assim que Roland disse o nome do local de encontro combinado com sua companheira, as grutas de Ceyzériat, o velho oficial ficou um momento pensativo, tirou da cabeça o chapéu de três pontas que parecia entravar o fluxo dos seus pensamentos, colocou-o sobre a mesa e disse, piscando os olhos:

– Espere aí, espere aí! Grutas de Ceyzériat, grutas de Ceyzériat... Nós os pegamos!

E pôs o chapéu de volta na cabeça.

Abriu-se um sorriso na boca do coronel dos dragões.

– Ele os pegou! – disse ele.

Roland e Diana trocaram um olhar de dúvida. Não tinham no velho capitão a mesma confiança que tinham no coronel.

– Veremos – disse Roland.

– Quando os demagogos quiseram demolir a igreja de Brou – disse o velho capitão –, eu tive uma idéia...

– Isso não me surpreende – disse Roland.

– Que era salvar não só a nossa igreja, como também os túmulos magníficos que ela contém[1].

– Fazendo o quê? – perguntou Roland.

– Fazendo da igreja um depósito de forragem para a cavalaria.

– Compreendo – disse Roland –, o feno salvou o mármore. Tem razão, meu amigo, é uma idéia.

– Pois bem! Foi para mim que entregaram a igreja; tive vontade então de visitá-la inteira.

– Estamos religiosamente escutando, capitão.

– Pois bem! Na extremidade da cripta, deparei com uma portinha que dava para um subterrâneo; depois de um percurso de quase um quarto de légua, o subterrâneo, fechado com uma grade, saía nas grutas de Ceyzériat.

– Ah, diacho! – disse Roland. – Estou começando a entender.

– Pois eu não estou entendendo nada – disse o coronel dos dragões.

– Mas é muito simples – disse a srta. de Fargas.

– Explique ao coronel, Diana – disse Roland –, e prove a ele que não é à toa que, durante dois anos, você foi ajudante-de-campo de Cadoudal.

– Sim, explique – disse o coronel, afastando as pernas, apoiando-se no sabre e arregalando os olhos, que piscavam ao olhar para o céu.

– Pois bem! – disse a srta. de Fargas. – O capitão, com dez ou quinze homens, passa pela igreja de Brou e vigia o fundo do subterrâneo. Nós atacamos pela entrada a céu aberto, com cerca de vinte homens. Os companheiros de Jeú tentam fugir pela outra entrada que conhecem; dão com o capitão e os seus homens e ficam presos entre dois fogos.

– Sim, é isso – disse o capitão da gendarmaria, maravilhado por uma mulher ter descoberto o seu plano.

– Que tolo eu sou! – disse o coronel dos dragões, batendo na testa.

Roland fez um ligeiro sinal de assentimento.

E, voltando-se para o capitão:

– Mas, capitão, é importante que o senhor chegue bem adiantado, e pela entrada da igreja. Os companheiros só irão para as grotas à noite e, evidentemente,

---

1. Na igreja Notre-Dame de Brou estão os admiráveis mausoléus de Filiberto, o Belo, duque da Savóia, de sua mãe, Margarida de Bourbon, e de sua esposa, Marguarida da Áustria, nos quais trabalharam Michel Colombe, Conrad Meyt e Van Beughem.

entrarão pela outra extremidade. Vou entrar com a srta. de Fargas, vamos nos fantasiar de *chouans*. Vou pegar os quarenta mil francos; ao sair, graças à palavra de ordem que vai permitir que eu me aproxime, apunhalo as duas sentinelas. Escondemos os quarenta mil francos num canto, entregues à guarda de um gendarme. Em seguida, voltamos, penetramos na gruta e atacamos os companheiros. Vendo-se surpreendidos, vão querer fugir, mas toparão adiante com a grade do capitão e seus gendarmes barrando a passagem; ficarão entre dois fogos e, das duas uma, ou se rendem ou são mortos, do primeiro ao último homem.

– Estarei a postos esta manhã, antes do raiar do dia – disse o capitão. – Vou levar provisões para o dia inteiro e, à noite, batalha!

Puxou o sabre, esgrimiu contra a parede e recolocou-o na bainha.

Roland deu tempo para que aquele heróico movimento se acalmasse e bateu no ombro do velho soldado.

– Não há o que mudar no seu plano, corroborado pelo meu. À meia-noite, a srta. de Fargas e eu vamos entrar nas grutas para receber nosso dinheiro, e um quarto de hora depois, ao primeiro tiro de fuzil que ouvir: batalha, como o senhor diz, meu caro capitão.

– Batalha! – repetiu o coronel dos dragões, como um eco.

Roland repetiu mais uma vez o que acabara de ser acertado, a fim de que cada um assimilasse bem o que tinha de fazer, e despediu-se dos dois oficiais: do capitão da gendarmaria, para só tornar a vê-lo na gruta; e do coronel dos dragões, para só tornar a vê-lo às duas e meia da madrugada.

Tudo transcorreu como combinado.

Diana de Fargas e Roland, com o nome e o traje, ela de Bruyère, ele de Branche-d'Or, entraram na gruta de Ceyzériat depois de ter trocado a palavra de ordem com as duas sentinelas situadas uma no sopé da montanha e a outra na entrada da gruta.

Ele, porém, teve uma primeira decepção.

Morgan fora forçado a ausentar-se. Montbar e os outros dois chefes, Assas e Adler, estavam no comando durante a sua ausência.

Não tiveram nenhuma suspeita e entregaram os quarenta mil francos a Diana e Roland.

Era evidente que os companheiros, pelo modo como acantonavam, iam passar a noite na gruta.

Mas o chefe principal não estava.

Mesmo que Roland e Diana tivessem êxito, este ficaria incompleto enquanto não apanhassem Morgan com os outros.

Morgan provavelmente voltaria durante a noite, mas a que horas?

Todas as disposições estavam tomadas, era melhor apanhar três chefes do que deixar escapar os quatro.

Aliás, a menos que ele se expatriasse, conseguiriam apanhar mais facilmente um homem sozinho do que quatro chefes à frente do seu bando.

Quando se visse isolado, talvez obtivessem sua submissão.

Dois olhares trocados entre Roland e Diana bastaram para que compreendessem que nada havia mudado em seu projeto.

Roland aproximou-se da sentinela graças à palavra de ordem. À terceira palavra que trocaram, a sentinela vacilou e caiu de rosto no chão.

Roland a apunhalara.

A segunda caiu como a primeira, sem nem um grito sequer.

Então, a um sinal convencionado, surgiram o coronel e seus vinte dragões.

O coronel não era um homem de espírito, mas era um velho soldado, valente como o seu sabre.

Tirou-o da bainha e marchou à frente dos seus homens. Roland ia à sua direita, Diana, à esquerda.

Não tinham dado dez passos na carreira na mina quando soaram dois tiros de fuzil: era um dos salteadores de diligência que, enviado por Montbar à aldeia de Ceyzériat, acabara de chocar-se com os dragões de Roland.

Uma das balas se perdeu, a outra quebrou o braço de um homem.

Então, o grito "Às armas!" ecoou.

Quase em seguida, no raio de luz projetado pelas tochas que ardiam numa das vinte ou trinta salas abertas à direita e à esquerda da artéria principal da gruta, um homem surgiu numa carreira desabalada, o fuzil ainda fumegando nas mãos:

– Às armas! – gritou – Às armas! São os dragões!

– Meu comando! – gritou Montbar. – Apaguem tudo, e retirada para a igreja.

Obedeceram com aquela prontidão que prova que se percebe o perigo.

Montbar, para quem os desvios do subterrâneo eram conhecidos, enfiou-se nas profundezas da gruta seguido pelos companheiros.

De repente, pareceu-lhe ouvir, quarenta passos à frente, um comando pronunciado em voz baixa, depois o estalo de alguns fuzis sendo engatilhados.

– Alto! – exclamou, estendendo os braços.

– Fogo! – disse uma voz.

– Para o chão! – gritou Montbar.

Antes que fosse concluído o comando, o subterrâneo iluminou-se em meio a uma terrível detonação.

Todos os que tiveram tempo de obedecer ao comando de Montbar sentiram o vento das balas passando sobre as suas cabeças. Dos que não tiveram tempo de obedecer, ou que não ouviram, dois ou três caíram.

À luz desse clarão, por mais ligeira que fosse, Montbar e seus companheiros reconheceram o uniforme dos gendarmes.

– Fogo! – gritou Montbar por sua vez.

Doze ou quinze tiros de fuzil ressoaram a esse comando.

A abóbada, que escurecera, iluminou-se novamente.

Três companheiros de Jeú jaziam no chão.

– A saída está impedida – disse Montbar. – Meia-volta; nossa chance, se houver, é pelo lado da floresta.

Montbar partiu a passos apressados, seguido dos seus companheiros.

Uma segunda descarga dos gendarmes fez-se ouvir, um ou dois suspiros e o som de um corpo caindo ao chão indicaram que a resposta não ficara sem efeito.

– Avante, meus amigos – gritou Montbar. – Vamos vender nossa vida pelo que ela vale, ou seja, o mais caro possível.

– Avante! – repetiram seus companheiros.

Mas à medida que avançava, Montbar ia sentindo um cheiro de fumaça que o preocupava.

– Acho que esses cretinos estão nos enfumaçando – disse ele.

– Receio que sim – disse Adler.

– Devem achar que estão lidando com raposas.

– Verão pelas nossas garras que nós somos leões.

A fumaça, à medida que avançava, tornava-se mais espessa e o clarão, mais intenso. Chegaram à última curva.

A cinqüenta passos da abertura, quando muito, fora acesa uma fogueira, não para enfumaçar, mas para iluminar.

À luz da chama dessa fogueira, avistava-se, reluzindo à entrada da gruta, as carabinas e os sabres dos dragões.

– Agora! – gritou Montbar – Vamos morrer, mas vamos matar.

E arremessou-se o primeiro para dentro do círculo de luz, e descarregou os dois canos do seu fuzil de caça nos dragões.

Então, jogando o fuzil que se tornara inútil, tirou as pistolas do cinturão e investiu às cegas contra os gendarmes.

Não vou nem tentar – prosseguiu o jovem conde – contar-lhe o que se passou então. Foi uma confusão terrível em meio a uma tempestade de blasfêmias, gritos e palavrões, cujos raios eram os tiros de pistola riscando a fumaça; quando descarregadas as pistolas, foi a vez dos punhais.

Então, a gendarmaria acorreu e misturou-se aos grupos confusos, lutando no meio daquela atmosfera vermelha e fumegante, abaixando-se, levantando-se, abaixando-se ainda. Escutava-se um urro de raiva ou um grito de agonia. Era o último suspiro de um homem.

A degola durou um quarto de hora, vinte minutos talvez; então, ao cabo desses vinte minutos, pôde-se contar vinte e dois cadáveres estirados na gruta de Ceyzériat.

Treze pertenciam aos dragões e aos gendarmes, nove aos companheiros de Jeú.

Cinco dos companheiros sobreviveram: esmagados pelo número, crivados de ferimentos, foram apanhados vivos. A srta. de Fargas olhava para eles com o mesmo olhar da antiga Nêmesis.

O que restava dos gendarmes e dragões cercava-os de sabre na mão.

O velho capitão tinha um braço quebrado, o coronel tinha a coxa atravessada por uma bala.

Roland, coberto do sangue de seus adversários, não recebera nem um arranhão sequer.

Dois prisioneiros foram transportados em macas, pois foi impossível fazê-los andar.

Acenderam tochas preparadas para esse fim, e puseram-se a caminho da cidade.

Quando estavam chegando à estrada principal, ouviram o galope de um cavalo.

Roland parou, bloqueando a estrada.

– Continue o seu caminho – disse ele –, vou ficar para ver o que é.

– Quem vem lá? – gritou Roland quando o cavaleiro chegou a uns vinte passos de distância...

– Mais um prisioneiro, senhor – respondeu o cavaleiro. – Não pude estar no combate, quero estar no cadafalso! Onde estão os meus amigos?

– Ali, senhor – disse Roland.

– Com licença, senhores – disse Morgan aos gendarmes. – Peço um lugar entre os meus três amigos, o visconde de Jahiat, o conde de Valensolles e o marquês de Ribier.

"Sou o conde Charles de Sainte-Hermine."

Os três prisioneiros deram um grito de admiração, ao qual respondeu o grito de alegria de Diana.

Ela apanhara a sua presa por inteiro, nenhum dos quatro chefes lhe escapara.

Na mesma noite, conforme a promessa feita a Cadoudal por obra de Roland, os cem mil francos dos companheiros de Jeú seguiram para a Bretanha.

Com os companheiros de Jeú nas mãos da justiça, a missão de Roland estava cumprida.

Ele voltou para junto do primeiro cônsul, partiu para a Bretanha, onde se encontrou inutilmente com Cadoudal a fim de trazê-lo para a causa da República, retornou a Paris, acompanhou o primeiro cônsul em sua campanha na Itália e foi morto em Marengo.

Quanto a Diana de Fargas, era uma alma demasiado afundada em seu ódio e demasiado ávida de vingança para não saboreá-la até o fim. O processo ia começar a ser rapidamente conduzido e a terminar com uma quádrupla execução à qual ela não tinha a menor intenção de faltar.

Avisado em Besançon da prisão do meu irmão, corri a Bourg-en-Bresse, onde seriam realizadas as sessões do júri.

Teve início o processo.

Os prisioneiros eram seis ao todo, cinco que haviam sido presos na gruta e um que se juntara voluntariamente a eles.

Dois estavam tão gravemente feridos que morreram na semana seguinte à sua detenção.

Eles deveriam ter sido julgados antes pelos tribunais militares e condenados ao fuzilamento.

Mas a lei interveio, declarando que doravante os tribunais civis tratariam dos crimes políticos.

O julgamento dos tribunais civis era o cadafalso.

A guilhotina é infamante, o fuzilamento não o é.

Diante dos tribunais militares, os prisioneiros teriam declarado tudo; diante dos tribunais civis, negaram tudo.

Detidos sob os nomes de Assas, Adler, Montbar e Morgan, declararam não conhecer aqueles nomes e se chamarem:

Louis-Andé de Jahiat, nascido em Bâgé-le-Châtel, departamento do Ain, vinte e sete anos de idade;

Raoul-Frédéric-Auguste de Valensolles, nascido em Sainte-Colombe, departamento do Ródano, vinte e nove anos de idade;

Pierre-Auguste de Ribier, nascido em Bollène, departamento do Vaucluse, vinte e seis anos de idade;

E Charles de Sainte-Hermine, nascido em Besançon, departamento do Doubs, vinte e quatro anos de idade.

XVIII
CHARLES DE SAINTE-HERMINE
(2)

Os prisioneiros confessaram ter participado de um agrupamento que estava se formando para juntar-se aos bandos do sr. de Teyssonnet, o qual vinha reunindo um exército nas montanhas de Auvergne; mas negaram firmemente terem tido algum dia a menor relação com os saqueadores de diligências chamados Assas, Adler, Montbar e Morgan. Podiam afirmar audaciosamente esse fato, já que os ataques a diligências sempre foram efetuados por homens mascarados; numa ocasião apenas, vira-se o rosto de um dos chefes, o rosto do meu irmão.

Durante o ataque a uma diligência entre Lyon e Viena, um garoto de uns dez ou doze anos, que se achava no assento do condutor, pegara a pistola deste último e atirara nos companheiros de Jeú.

Mas o condutor, prevendo a situação, tomara o cuidado de não carregar a pistola; a mãe do menino ignorava essa circunstância e, temendo por ele e por ela, passara mal.

Meu irmão imediatamente correra para junto dela, dera-lhe sais para cheirar e procurara acalmar os seus movimentos nervosos. Num desses movimentos, ela arrancara a máscara de Morgan e avistara o rosto de Sainte-Hermine.

Mas tamanha era a simpatia que os acusados inspiravam que o álibi invocado por cada um foi corroborado por cartas e testemunhos, e a senhora que vira o rosto do bandido Morgan declarou não reconhecê-lo entre os quatro acusados.

É que ninguém, de fato, sofrera com seus atentados, com exceção do Tesouro, que não interessava a quem quer que fosse, já que ninguém sabia dizer a quem ele pertencia.

Estavam para ser absolvidos quando o presidente, dirigindo-se repentinamente e de surpresa à mulher que desmaiara, perguntou-lhe:

– A senhora teria a bondade de me dizer qual desses senhores foi suficientemente cavalheiro para dispensar-lhe os cuidados que seu estado pedia?

A senhora, surpresa pela forma inesperada, acreditando que durante a sua ausência haviam sido feitas confissões e julgando que confessar agora já seria apenas um meio maior de atrair o interesse para o acusado, mostrou o meu irmão e respondeu:

– Senhor presidente, foi o conde de Sainte-Hermine.

Os quatro acusados, incluídos no mesmo álibi, álibi indivisível, caíam ao mesmo tempo, todos os quatro pela mão do carrasco.

– Caramba, *capitão* – disse Jahiat, destacando o título de capitão, – isso é para aprender a não ser cavalheiro.

Um grito de alegria ergueu-se do pretório: era Diana de Fargas, triunfante.

– Senhora – disse meu irmão, dirigindo-se à senhora que o reconhecera e fazendo uma saudação –, acaba de derrubar, de uma vez só, quatro cabeças.

Ao perceber o erro que cometera, a senhora caiu de joelhos e pediu perdão. Tarde demais!

Eu estava no pretório, prestes a desmaiar. Meu carinho por meu irmão tinha algo de filial.

No mesmo dia, os condenados, que haviam recuperado toda a sua alegria e cessado de negar, foram condenados à pena de morte.

Três dos acusados negaram-se a recorrer. O quarto, Jahiat, fazia questão de recorrer, dizendo que tinha um plano.

Mas, como os seus companheiros podiam atribuir o adiamento que ele invocava ao medo de morrer, disse-lhes que, sendo amado pela filha do carcereiro da prisão, esperava, nas seis semanas ou dois meses que duraria o recurso, encontrar por meio dela um meio de fuga.

Os outros três deixaram de criar dificuldades e assinaram o recurso.

À idéia de uma possível fuga, cada uma daquelas almas jovens se apegava à vida. Não temiam a morte, mas a morte no cadafalso não podia seduzi-los por nenhum tipo de prestígio.

Deixaram, portanto, que Jahiat prosseguisse em nome da sociedade a sua obra de sedução e tentaram até ir levando a vida da maneira mais alegre possível.

O recurso, que se atinha à Corte de Cassação, não deixava nenhuma esperança: o primeiro cônsul se pronunciara; queria, a qualquer preço, esmagar aqueles bandos todos e dar-lhes um fim.

Para grande desespero da cidade, que nutria por eles a maior simpatia, nossos heróis tinham de morrer.

Esgotei todas as iniciativas, todas as orações, a fim de chegar até o meu irmão; foi impossível.

Os acusados tinham tudo, verdade seja dita, para merecer aquelas simpatias: jovens, perfeitamente belos, vestidos à última moda da época, seguros e sem arrogância, sorridentes para com o auditório, corteses para com os juízes, embora não raro brincalhões. Sua melhor defesa era sua própria aparência.

Sem contar que pertenciam às primeiras famílias da província.

Os quatro acusados, dos quais o mais velho não tinha trinta anos, que se defendiam da guilhotina, mas não do fuzilamento, que pediam a morte, que confessavam tê-la merecido, mas reclamavam uma morte de soldados, constituíam um grupo admirável de juventude, coragem e generosidade.

Como era de se supor, o recurso foi negado.

Jahiat fizera-se amar por Charlotte, a filha do carcereiro, mas a influência da linda menina sobre o pai não chegava ao ponto de arranjar um meio de fuga para os prisioneiros.

Não que o carcereiro-chefe não lamentasse sinceramente por eles – era um bom homem, de nome Comtois, monarquista de coração, mas homem honesto acima de tudo. Teria dado um braço para que nada acontecesse àqueles quatro rapazes, mas recusou sessenta mil francos para ajudá-los a fugir.

Três tiros de fuzil nos arredores da prisão informaram aos condenados que a sua condenação se mantinha.

Na mesma noite, Charlotte, foi só o que conseguiu fazer, pobre moça, levou a cada um dos prisioneiros, em sua cela, um par de pistolas carregadas e um punhal.

Os três tiros de fuzil com que os condenados compreenderam que seu recurso fora rejeitado, assustaram o comissário, que solicitou toda a força armada de que dispunha.

Às seis horas da manhã, enquanto era erguido o cadafalso na praça do Bastion, sessenta cavaleiros se achavam alinhados em frente ao portão do pátio.

Mais de mil pessoas, postadas atrás dos cavaleiros, tomavam conta da praça.

A execução estava marcada para as sete horas.

Às seis horas, os carcereiros entraram no calabouço dos condenados, que haviam deixado na véspera sem arma nenhuma e presos a ferros.

Estavam livres e armados até os dentes.

Além disso, estavam, como atletas, preparados para o combate.

Tinham o torso nu e os suspensórios cruzados sobre o peito, e os amplos cinturões eriçados de armas cingiam-lhes a cintura.

Quando menos se esperava, ouviu-se o som de uma luta. Depois, viram lançarem-se para fora do cárcere os quatro condenados.

Na multidão houve um só clamor, pois todos perceberam que algo terrível estava para ocorrer, e porque o aspecto dos quatro era o de gladiadores entrando no circo.

Consegui me colocar na primeira fileira.

Chegando ao pátio, viram o imenso portão fechado e, do outro lado da grade, na rua, a gendarmaria imóvel, de carabina nos joelhos, formando uma linha impossível de romper.

Pararam, agruparam-se e, por um momento, pareceram deliberar.

Então, Valensolles, que era o mais velho, avançou até a grade e, com um sorriso cheio de graça e um gesto cheio de nobreza, saudando os cavaleiros:

– Muito bem, senhores da gendarmaria.

Então, virando-se para os três companheiros:

– Adeus, meus amigos – disse ele.

E estourou os miolos.

Seu corpo deu três voltas sobre si mesmo e caiu com a face no chão.

Então, Jahiat destacou-se do grupo, avançou até a grade, armou suas duas pistolas e apontou-as para a gendarmaria.

Não atirou, mas cinco ou seis gendarmes, sentindo-se ameaçados, baixaram suas carabinas e fizeram fogo!

Jahiat teve o corpo perfurado por duas balas.

– Obrigado, senhores – disse ele. – Graças a vocês, morro a morte do soldado.

E caiu sobre o corpo de Valensolles.

Enquanto isso, Ribier parecia pensar de que maneira, por sua vez, morreria.

Por fim, pareceu decidir.

Sustentando a abóbada, erguia-se uma coluna; Ribier caminhou direto para a coluna, puxou o punhal do cinto, apoiou a ponta no lado esquerdo do peito, o punho na coluna, tomou a coluna entre os braços, saudou os espectadores uma última vez, depois seus amigos, e apertou a coluna até que a lâmina inteira do punhal desaparecesse em seu peito.

Ficou mais um instante em pé, mas logo uma palidez mortal se espalhou por seu rosto, seus braços se soltaram; seus joelhos se dobraram e ele caiu morto ao pé da coluna.

A multidão ficou quieta e gelada de horror.

Uma espécie de admiração estava tomando conta dos presentes; compreendiam que aqueles heróicos bandidos aceitavam morrer, mas morrer como bem entendiam e, principalmente, qual os antigos gladiadores, morrer com graça.

Meu irmão ficara por último, em pé nos degraus do pátio; foi só então que ele me avistou no meio da multidão. Pôs um dedo sobre a boca, olhando para mim. Compreendi que ele me pedia silêncio. Inclinei-me, mas sem querer escorriam lágrimas dos meus olhos. Ele então fez sinal de que queria falar. Todo mundo se calou.

Deus sabe com que angústia eu escutava.

Quando se assiste a um espetáculo desses, fica-se tão ávido por palavras como por atos, principalmente quando umas explicam os outros. Aliás, do que aquela multidão poderia reclamar? Haviam-lhe prometido quatro cabeças, caindo uniformemente e da mesma maneira; era monótono.

E eis que, ao contrário, lhe ofereciam quatro mortes distintas, quatro agonias tornadas pitorescas, dramáticas, inesperadas; pois não havia dúvida de que o chefe desejaria morrer de um modo ao menos tão original como acabavam de fazer os seus companheiros.

Charles não tinha nas mãos nem pistola nem punhal. Punhal e pistola haviam ficado em seu cinto.

Contornou o cadáver de Valensolles e veio postar-se entre os de Jahiat e de Ribier.

Ali, como um artista faz com seu público, saudou os espectadores, sorrindo.

A multidão irrompeu em aplausos.

Estava ávida de ver e, contudo, não havia uma só pessoa, ouso afirmar, entre todos os que a compunham, que não teria dado uma porção de sua própria vida para salvar a vida do último companheiro de Jeú.

– Senhores – disse Charles –, vieram para nos ver morrer e já viram morrer três de nós. Chegou minha vez. Não peço mais do que satisfazer sua curiosidade, mas gostaria de propor uma transação.

– Diga! Diga! – gritavam de todos os lados. – O que o senhor pedir lhe será concedido.

– Com exceção da vida! – gritou uma mulher, reconhecida como a mesma que dera um grito de alegria quando da condenação.

– Com exceção da vida, é claro – repetiu o meu irmão. – Vocês viram meu amigo Valensolles, que estourou os miolos, viram meu amigo Jahiat, que foi fuzilado, viram meu amigo Ribier, que se apunhalou, vocês bem que gostariam de me ver guilhotinado. Compreendo bem isso!

Ante aquele sangue frio, aquela voz que proferia aquelas palavras sardônicas, sem a menor alteração, passou algo como um estremecimento pela multidão.

– Muito bem! – prosseguiu Charles. – Sou complacente e prefiro morrer satisfazendo antes a vocês que a mim. Estou pronto a me deixar cortar o pescoço, mas desejo ir até o cadafalso por minha livre e espontânea vontade, como iria a um jantar ou a um baile, e, condição absoluta, sem que ninguém me toque. Se alguém se aproximar – mostrou a coronha das duas pistolas –, eu passo fogo. Afora este senhor – continuou Charles, designando o executor. – É um assunto entre mim e ele, que só requer procedimentos de parte a parte.

Aquela condição pareceu agradar a multidão, pois de todos os lados houve o grito: "Sim, sim, sim!".

– Está ouvindo – disse Charles ao oficial da gendarmaria –, mostre-se flexível, capitão, e tudo ficará bem.

O oficial da gendarmaria estava mais do que disposto a fazer concessões.

– Se eu lhe deixar pés e mãos livres – disse ele –, promete não tentar escapar?

– Dou minha palavra de honra – disse Charles.

– Pois bem! – disse o oficial da gendarmaria. – Afaste-se e deixe que retiremos os cadáveres dos seus companheiros.

– Ah! Nada mais justo – disse Charles e, virando-se para a multidão: – Estão vendo? – disse. – Não tenho culpa, e o atraso não vem de mim, mas desses senhores.

E apontou para o carrasco e seus dois ajudantes, que transportavam os mortos para a carroça.

Ribier não estava inteiramente morto: tornou a abrir os olhos. Parecia procurar alguém com o olhar. Charles pensou que fosse ele. Pegou na sua mão.

Ribier fechou os olhos, seus lábios se moveram, mas nenhum som saiu de sua boca. Somente uma espuma avermelhada veio-lhe aos lábios, do ferimento.

– Senhor de Sainte-Hermine – disse o brigadeiro, quando os três corpos haviam sido levados –, está pronto?

– Estou esperando, senhor – respondeu Charles, saudando com perfeita polidez.

– Neste caso, venha.

Charles ocupou seu lugar entre os gendarmes.

– O senhor preferiria – disse o oficial da gendarmaria – fazer o trajeto de carro?

– A pé, senhor, a pé; faço questão que se saiba que é um capricho meu deixar-me guilhotinar. Se eu fosse de carro, iriam pensar que o medo me impede de caminhar.

A guilhotina havia sido erguida na praça do Bastion, como acho que já mencionei; atravessaram a praça das Liças, cujo nome vem de um antigo carrossel que havia ali, e contornaram os muros do jardim do palacete Monbazon.

A carroça ia na frente. Em seguida, vinha um destacamento de doze dragões. Em seguida, o condenado, que de tempos em tempos lançava um olhar para mim. Em seguida, deixando livre um espaço de uns dez passos, os gendarmes precedidos por seu capitão.

No final do muro do jardim, o cortejo virou à esquerda.

De repente, pela abertura que se achava entre o jardim e o grande mercado, meu irmão vislumbrou o cadafalso.

A essa visão, senti meus joelhos fraquejarem.

– Ora! – disse ele. – Eu nunca tinha visto uma guilhotina, não sabia que era tão feia assim.

E, num gesto rápido feito um pensamento, puxando o punhal do cinto, mergulhou-o até o punho no próprio peito.

O capitão da gendarmaria fez avançar o cavalo e estendeu o braço para detê-lo.

Mas o conde, tirando uma das pistolas de tiro duplo do cinto, e armando-a:

– Alto lá! – disse ele. – Foi combinado que ninguém encostaria em mim. Morrerei sozinho ou morreremos os três, a escolha é sua.

O capitão deteve o cavalo e o fez dar um passo para trás.

– Vamos andando – disse o meu irmão.

E, de fato, pôs-se novamente a andar.

Olhos fixos, ouvidos espichados para a bem-amada vítima, eu não perdia uma só palavra sua, um só gesto, lembrando o que Charles escrevera para Cadoudal quando se negara a permitir que eu fizesse as primeiras armas com ele, dizendo que me reservava para perpetuá-lo e vingá-lo.

E eu fazia, baixinho, o juramento de cumprir o que ele esperava de mim.

De tempos em tempos, um olhar seu parecia fortalecer minha resolução.

Entrementes, ele seguia andando, o sangue escorrendo do seu ferimento.

Chegando ao pé do cadafalso, Charles puxou o punhal da ferida e golpeou-se uma segunda vez.

Mas permaneceu de pé.

– Na verdade – ele exclamou, com fúria –, a minha alma deve estar muito bem presa ao meu corpo.

Então, os ajudantes que aguardavam no cadafalso desceram da carroça os três corpos de Valensolles, Jahiat e Ribier.

Os dois primeiros não passavam de cadáveres, suas cabeças caíram sem que escorresse uma gota de sangue.

Ribier deixou escapar um gemido: ainda vivia.

Quando a cabeça foi cortada, o sangue jorrou, e um tremor imenso percorreu a multidão.

Era a vez do meu pobre irmão, ele olhara para mim quase constantemente durante aquela pausa.

Os ajudantes quiseram ajudá-lo a subir no cadafalso.

– Oh! – disse ele. – Não me toquem. Foi o combinado.

E subiu os seis degraus sem vacilar.

Chegando à plataforma, puxou o punhal do peito e infligiu-se um terceiro golpe.

Então um riso pavoroso, que fazia jorrar em três pontos o sangue do seu peito, escapou de sua boca.

– Cáspite – ele disse ao carrasco –, cansei, arranje-se como puder. – E, dirigindo-se a mim: – Hector, está lembrado? – gritou.

– Sim, meu irmão – respondi.

E, por conta própria, deitou-se na tábua fatal.

– Pronto! – ele disse ao carrasco. – Estou bem assim?

Só o cutelo respondeu e, com a implacável vitalidade que não lhe permitira morrer por sua própria mão, sua cabeça, em vez de cair no cesto como as outras, pulou por cima, rolou toda a extensão da plataforma, vindo cair no chão.

Abri, numa sacudidela brutal, a fileira de soldados que continha a multidão e deixava um espaço vazio entre essa multidão e o cadafalso e, jogando-me, antes que conseguissem me deter, sobre aquela cabeça querida, tomei-a nas mãos e beijei-a.

Seus olhos tornaram a abrir-se, seus lábios estremeceram sob os meus.

Oh, juro por Deus, ela me reconheceu!

– Sim, sim, sim! – disse eu. – Fique tranqüilo, vou lhe obedecer.

Os soldados haviam feito um movimento para me deter, mas duas ou três vozes gritaram:

– É o irmão dele!

E então, depois disso, ninguém mais se mexeu.

XIX
O FINAL DO RELATO DE HECTOR

O relato durava havia duas horas. Claire chorava tão copiosamente que Hector parou, sem saber se devia continuar. Parou: seus olhos, em que rolava uma lágrima, interrogavam-na.

– Oh! Continue, continue – disse ela.

– Peço-lhe por favor – disse ele –, pois ainda não lhe falei de mim.

Claire estendeu-lhe a mão.

– Como o senhor sofreu – murmurou.

– Espere – disse ele – e vai ver que só depende da senhorita fazer-me esquecer tudo isso.

Eu não conhecia intimamente, só de vista, Valensolles, Jahiat e Ribier; mas, pelo meu irmão, seu cúmplice, pelo meu irmão, seu companheiro de morte, eu era amigo deles. Reclamei os corpos e mandei dar-lhes sepultura. Depois, voltei a Besançon, pus em ordem todos os meus assuntos de família e esperei. Esperei o quê? Não sei; alguma coisa desconhecida de que dependeria o meu destino.

Não me sentia obrigado a ir em sua direção, mas a suportá-lo, apenas, quando se apresentasse.

Fiquei preparado para tudo.

Certa manhã, anunciaram-me o cavaleiro de Mahalin.

Eu não conhecia esse nome e, no entanto, ele fez vibrar em meu peito alguma nota dolorosa, como se o conhecesse.

Era um homem de vinte e cinco a vinte e seis anos, de maneiras perfeitas e irretocável cortesia.

– Senhor conde – disse-me ele –, sabe que a companhia de Jeú, tão dolorosamente ferida em seus quatro chefes, e principalmente em seu irmão, está se recompondo; tem como chefe o famoso Laurent[1], que sob este nome popular esconde um dos mais aristocráticos nomes do Sul. Venho chamá-lo, em nome do nosso capitão, que lhe reserva em suas tropas um lugar de destaque, caso queira, tornando-se um dos nossos, cumprir a palavra dada por seu irmão.

– Senhor cavaleiro – disse eu –, estaria mentindo se dissesse que sinto um grande entusiasmo por essa vida de cavaleiro errante, mas me comprometi com meu irmão, meu irmão se comprometeu por mim; estou pronto.

– Devo indicar-lhe o local da reunião – perguntou o cavaleiro de Mahalin – ou o senhor vem comigo?

– Vou com o senhor.

Eu tinha comigo um criado de confiança, chamado Saint-Bris, que servira a meu irmão. Instalei-o na minha casa e deixei-o responsável por tudo, tornando-o antes meu intendente que meu criado. Peguei minhas armas, montei a cavalo e parti.

Nosso encontro era entre Vizille e Grenoble.

Em dois dias, estávamos lá.

Nosso chefe, Laurent, era realmente digno de sua reputação.

Era um desses homens para cujo batizado as fadas são convidadas, e cada uma faz-lhe o dom de uma qualidade, à qual uma única fada esquecida opõe um desses defeitos que fazem contrapeso a todas as outras: sua beleza bem meridional e, por conseguinte, bem masculina – já que beleza meridional significa beleza de olhos, cabelos e barba negros –, sua beleza bem meridional mesclava-se a uma encantadora expressão de benevolência e amenidade. Entregue a si mesmo, mal saído de uma juventude tempestuosa, carecia de instrução sólida, mas tinha traquejo social, desembaraço, a cortesia do grande senhor que nada pode substituir e o insinuante atrativo do homem a cuja atração se cede sem poder explicá-la. Violento e arrebatado para além de qualquer expressão, sua educação de fidalgo mantinha-o por certo tempo dentro dos limites das conveniências; mas, de repente, explodia, e Laurent furioso já não pertencia à espécie humana.

Então, espalhava-se o boato na cidade em que ele se achava: "Laurent está furioso, vai haver mortos".

---

1. A respeito de Laurent, cf. Charles Nodier, op. cit, vi. "Compagnies de Jéhu".

A justiça se preocupara com o bando de Laurent, assim como se preocupara com o bando de Sainte-Hermine. Forças imensas foram acionadas; Laurent e setenta e um de seus homens foram apanhados e levados para Yssingeaux a fim de responder por seus atos diante de um tribunal extraordinário, convocado especialmente para julgá-los no departamento de Haute-Loire.

Mas, então, Bonaparte ainda se achava no Egito; o poder estava em mãos trêmulas. Era uma guarnição, e não prisioneiros, que a cidadezinha de Yssingeaux estava recebendo. A acusação foi tímida; o testemunho, inquieto; e a defesa, temerária.

Laurent é que estava encarregado da defesa; ele assumiu tudo. Seus setenta e um companheiros foram absolvidos: só ele foi condenado à morte.

Ele entrou em sua prisão com a mesma despreocupação com que saíra. Contudo, aquela beleza suprema com que a natureza o dotara, a *recomendação corporal*, como Montaigne[2] a chama, surtira efeito. Todas as mulheres se compadeciam, e em algumas a compaixão se alçara a um mais terno sentimento.

A filha do carcereiro, sem que ele nem sequer desconfiasse, estava entre elas; duas horas depois da meia-noite, o cárcere de Laurent abriu-se, tal como o de Pedro de Medici, e a jovem filha de Yssingeaux, tal como a de Ferrara, lançou-lhe estas doces palavras: *Non temo nulla, bentivoglio*! ("Nada tema, eu te amo!").

Ele até então só avistara o anjo salvador através das grades; mas agira, tanto sobre o seu coração como sobre os seus sentidos, por meio dessa sedução que lhe era natural.

Algumas palavras foram pronunciadas, foi feita uma troca de anéis; Laurent saiu.

Um cavalo o esperava na aldeia vizinha, onde sua noiva viria juntar-se a ele. O dia nasceu.

Ao fugir, Laurent pudera enxergar em meio às trevas o carrasco e seus auxiliares erguendo a máquina funesta.

Era para ele ser executado às dez horas da manhã; tinham-se apressado, porque no dia seguinte à condenação era dia de feira, e não queriam que a execução ocorresse diante de todos os camponeses das aldeias vizinhas.

---

2. "Nosso grande Rei e celeste [...] não recusou a recomendação corporal, *speciosus forma prae filiis hominum* ['era o mais bonito entre os filhos dos homens', Salmos, 45,3]" (*Ensaios*, II, 17).

E, de fato, quando aos primeiros clarões do dia a guilhotina apareceu montada na praça, e que se soube quem era o ilustre padecente que nela subiria, ninguém mais pensou na feira, e sim na execução.

Preocupado, não com a sua própria sorte, mas com a da mulher que o salvara, Laurent esperava na aldeia vizinha; porém, retida por alguma circunstância fortuita, aquela que ele esperava não vinha. Laurent, impaciente, fazia a cavalo, para o lado de Yssingeaux, reconhecimentos inúteis e cada vez mais freqüentes; por fim, tomado pelo ardor febril que não sabia conter, sua cabeça se perdeu: imaginou que aquela que ele esperava em vão havia sido pega em sua fuga e que ela, talvez, como cúmplice, acabaria sofrendo a pena que ele merecera. Entra na cidade, lança o cavalo a galope, atravessa os grupos em meio aos gritos de surpresa dos que viam, livre e a cavalo, o prisioneiro que vieram ver guilhotinado, cruza com os gendarmes que estão indo buscá-lo na prisão, chega à praça onde o cadafalso o espera, reconhece aquela que está procurando, abre caminho até ela, ergue-a nos braços, joga-a na garupa atrás de si e desaparece a galope em meio aos aplausos da cidade inteira, que, vindo para assistir à queda de sua cabeça, aplaude sua fuga e sua salvação.

Tal era o nosso chefe, tal era aquele que sucedia ao meu irmão, tal era aquele sob o qual eu passava as minhas primeiras armas.

Durante três meses, vivi essa vida de emoção, deitando-me de casaco, fuzil à mão, pistolas no cinto. Então, espalhou-se o boato de uma trégua. Vim para Paris, comprometendo-me a juntar-me aos meus companheiros ao primeiro chamado. Eu tinha visto a senhorita uma vez e, perdoe a franqueza da minha confissão, precisava revê-la.

E revi; mas, caso os seus olhos tenham se detido em mim, deve lembrar-se da minha tristeza profunda, meu desinteresse, diria quase minha aversão por qualquer prazer.

De fato, como eu poderia, na posição precária em que me achava, não obedecendo à minha própria consciência, e sim a um poder fatal, absoluto, indiscutível, podendo ser morto ou ferido num ataque de diligência, ou pior ainda, podendo ser preso, como poderia dizer a uma moça calma e doce, flor deste mundo em que ela desabrocha e cujas leis aceito integralmente, como ousar dizer a esta moça: "Eu a amo, aceita um marido que se pôs voluntariamente fora da lei e para quem a maior alegria possível é ser morto friamente com um tiro de fuzil"?

Não, contentava-me em olhar para a senhorita, embriagar-me com a sua visão, achar-me onde quer que a senhorita estivesse, rogando a Deus, sem ousar esperá-lo, que ele realizasse o milagre de permitir que a trégua se convertesse em paz!

Finalmente, quatro ou cinco dias atrás, os jornais noticiam a chegada de Cadoudal em Paris, sua entrevista com o primeiro cônsul; na mesma tarde, os mesmos jornais dizem que o general bretão empenhou sua palavra em não tentar mais nada contra a França, desde que o primeiro cônsul, por seu lado, não tente nada contra a Bretanha e contra ele.

Finalmente, no dia seguinte (Hector tirou um papel do bolso), no dia seguinte recebi esta circular escrita do próprio punho de Cadoudal:

> Uma guerra mais extensa parecendo-me uma infelicidade para a França e uma ruína para o meu país, desobrigo-os do juramento que me prestaram e que farei valer apenas no caso de o governo francês faltar à palavra que me deu e que aceitei por vocês, assim como por mim.
>
> Se alguma traição estiver oculta por trás de uma paz hipócrita, apelarei novamente para sua fidelidade, e sua fidelidade, estou certo disso, haverá de responder.
>
> *Georges Cadoudal.*

Avalie só a minha alegria ao receber esta bendita demissão. Voltei a ser dono da minha própria pessoa, empenhada por meu pai e por meus dois irmãos numa lealdade que eu só conhecia pela dedicação da minha família e pelo infortúnio que essa dedicação trouxera para a nossa casa. Eu tinha vinte e três anos: tinha uma renda de cem mil libras; estava apaixonado! E, supondo que fosse amado, a porta do paraíso guardada pelo anjo exterminador estava aberta para mim. Ó, Claire, Claire, por isso me viu tão feliz no baile da sra. de Permon. Eu podia enfim pedir-lhe esta entrevista; eu podia dizer-lhe que a amava.

Claire baixou os olhos e não respondia.

O que era quase uma resposta.

– Agora – prosseguiu Hector –, tudo o que acabo de lhe contar, limitado ao círculo das nossas províncias, é ignorado em Paris. Eu poderia esconder-lhe isso; mas não quis. Quis contar-lhe a minha vida inteira, dizer por que fatalidade fui levado finalmente a lhe fazer a minha confissão e, supondo que o que eu fiz seja um erro, ou mesmo um crime, receber a absolvição da sua boca.

– Ó, caro Hector! – exclamou Claire, levada por aquela paixão calada que a dominava há quase um ano. – Oh, sim! Eu o perdôo, eu o absolvo... – E, esquecendo-se de que estava sob as vistas da mãe: – Eu o amo!

E pôs-lhe o braço em volta do pescoço.

– Claire! – exclamou a sra. de Sourdis, com voz mais espantada do que irritada.

– Minha mãe! – respondeu Claire, enrubescendo e prestes a desfalecer.

– Claire! – disse Hector, tomando-lhe a mão. – Não se esqueça de que o que lhe contei, contei somente para a senhorita; é um segredo nosso, não preciso, amando apenas a senhorita, que mais ninguém me perdoe. Não se esqueça, e lembre-se principalmente que só viverei verdadeiramente quando tiver a resposta de sua mãe à pergunta que lhe fiz. Claire, disse que me amava, e eu ponho a nossa felicidade sob a salvaguarda do seu amor.

E saiu sem encontrar ninguém, livre e feliz como um prisioneiro a quem se concedeu a graça da vida.

A sra. de Sourdis esperava impacientemente pela filha. A espontaneidade de Claire, jogando-se nos braços do jovem conde de Sainte-Hermine, parecera-lhe no mínimo estranha.

Ela queria uma explicação.

A explicação foi clara e rápida. A moça, ao chegar diante da mãe, dobrou os joelhos e pronunciou três palavras apenas:

– Eu o amo!

Os caracteres são moldados pela natureza em função das épocas que deverão atravessar.

A época que se acabava de atravessar dera um exemplo marcante disso que estamos dizendo; em virtude dessa força nativa é que Charlotte Corday e a sra. Roland diziam, uma para Marat e outra para Robespierre: "Eu o odeio", e Claire dizia a Hector: "Eu o amo".

Sua mãe a fez levantar-se, sentar-se junto dela, e interrogou-a, mas só obteve estas poucas palavras:

– Minha mãe querida, Hector me contou um segredo de família, que em sua opinião ele deve esconder de todo mundo, com exceção da moça que ele deseja tornar sua esposa; essa moça sou eu. Ele solicita o favor de se apresentar à senhora para fazer esse pedido que virá ao encontro do nosso desejo; ele é livre, possui cem mil libras de renda, nós nos amamos; reflita, minha mãe; mas uma recusa de sua parte seria uma infelicidade para nós dois!

Então, uma vez ditas essas palavras num tom firme e respeitoso, Claire saudou a mãe e deu um passo para se retirar.

– Mas e se eu disser sim? – perguntou a sra. de Sourdis.

– Oh, minha mãe! – exclamou Claire, jogando-se em seus braços. – Como é boa, e como eu a amo!

– E agora que tranqüilizei seu coração – disse a sra. de Sourdis –, sente-se aí e conversemos razoavelmente.

A sra. de Sourdis sentou-se num sofá, Claire sentou-se à sua frente, numa almofada, e deu-lhe as mãos.

– Estou escutando, minha mãe – disse Claire, sorrindo.

– Numa época como a nossa – disse a sra. de Sourdis –, é uma necessidade absoluta pertencer a algum partido. Creio que Hector de Sainte-Hermine pertence ao partido monarquista. Ora, ontem mesmo, eu conversava com o seu padrinho, o dr. Cabanis, que não é só um médico de grande ciência, mas um homem de grande sensatez. Ele me parabenizou pela amizade que me tem a sra. Bonaparte, e aconselhava você a aproximar-se o máximo da filha dela.

"Na opinião dele, o futuro está nisso.

"Cabanis é médico do primeiro cônsul, considera-o um homem de gênio, que não irá parar por aqui. Ninguém arrisca um 18 de brumário por uma simples poltrona de primeiro cônsul, mas sim por um trono.

"Aqueles que, antes que se desfaça totalmente a nuvem do futuro, unirem-se a ele, serão arrastados com ele no turbilhão do seu destino e crescerão com ele. Ele gosta de agregar as famílias nobres, as famílias ricas; Sainte-Hermine, sob esse aspecto, não deixa nada a desejar, tem uma renda de cem mil libras e sua ascendência remonta às cruzadas, toda a sua família morreu pela causa monarquista. Na verdade, ele está quite com ela. Está justamente numa idade em que pôde ficar de fora dos acontecimentos políticos. Não se comprometeu com nenhum partido, seu pai e seus dois irmãos morreram pela velha França. Cabe a ele, aceitando uma posição junto do primeiro cônsul, viver pela nova França. Observe que não faço, desse passo rumo a novos sentimentos, uma condição para o seu casamento. Veria com prazer o fato de Hector agregar-se; se recusar, é porque sua consciência pedirá que recuse, e só Deus pode julgar as consciências humanas; nem por isso deixará de ser o marido da minha menina, nem por isso deixará de ser o meu genro querido."

– Quando posso escrever para ele, mãe? – perguntou a moça.

– Quando quiser, minha filha – respondeu a sra. de Sourdis.

Claire escreveu naquela mesma noite e no dia seguinte, antes do meio-dia, ou seja, à hora em que podia apropriadamente apresentar-se, Hector batia à porta do palacete.

Dessa vez, foi introduzido diretamente à presença da sra. de Sourdis, que lhe abriu os braços como uma mãe.

Ele a apertava junto ao peito quando Claire abriu a porta e, vendo-os abraçados, exclamou:

– Ah, minha mãe, como sou feliz!

Os braços da sra. de Sourdis se abriram, e ela estreitou os seus dois filhos.

O casamento já estava resolvido, na verdade; faltava discutir com o jovem conde a questão da aproximação com o governo do primeiro cônsul.

Hector, com a sra. de Sourdis à sua esquerda e Claire à sua direita, sentou-se no sofá. Segurava, de um lado e de outro, a mão da sogra e a da noiva.

Claire, então, encarregou-se de expor a Hector a opinião de Cabanis acerca de Bonaparte e a proposta da sra. de Sourdis.

Hector olhava fixamente para a moça enquanto ela lhe repetia, tão textualmente quanto possível, as palavras que a sra. de Sourdis lhe dissera na véspera.

Quando ela concluiu, Hector inclinou-se diante da sra. de Sourdis e, olhando para Claire ainda mais fixamente do que enquanto ela falava:

– Claire – disse ele –, conforme o que lhe contei ontem, e já não me arrependo de ter sido tão prolixo, ponha-se inteiramente em meu lugar e responda à sua mãe por mim. Sua resposta será a minha.

A moça refletiu por um instante e, jogando-se nos braços da mãe:

– Ah, minha mãe – disse ela, meneando a cabeça –, ele não pode. O sangue de seu irmão corre entre eles.

A sra. de Sourdis baixou a cabeça; era evidente que experimentava uma grande decepção.

Ela sonhara, para o seu genro, uma alta patente no Exército e, para a sua filha, uma elevada posição na corte.

– Senhora – disse-lhe Hector –, não pense que sou desses que teimam em elogiar o antigo regime em detrimento do novo, nem que sou cego para as grandes qualidades do primeiro cônsul. Eu o vi, outro dia, pela primeira vez, na casa da sra. de Permon e, em vez de sentir repulsa ao vê-lo, senti-me atraído. Admiro sua campanha de 96 e 97 como obra-prima da estratégia moderna e do talento do homem de guerra. Entusiasma-me menos, confesso, a campanha do Egito, que não podia conduzir a nenhum resultado favorável, e não passava da máscara com que se cobria uma imensa ambição de glória. Bonaparte combateu e venceu ali onde antes combateram e venceram Mário e Pompeu; ele quis despertar ecos que não tinham repetido nome nenhum desde os nomes de Alexandre e César. Era tentador; mas essa é uma fantasia cara, que custa cem milhões e trinta mil homens ao país! Quanto à última campanha, a campanha de Marengo, é uma campanha de ambição pessoal, feita para consagrar o 18 de brumário e forçar os governos estrangeiros a reconhecer o governo francês. Ora, todo mundo sabe que, em Marengo, Bonaparte não foi um general de talento, foi um jogador de sorte, em cujas mãos, quando ele estava para perder a partida, vêm parar dois trunfos, e que trunfos, Kellermann e Desaix!... Quanto ao 18 de brumário, trata-se de um atentado cujo sucesso só materialmente justifica o seu autor. Imagine um fracasso, em vez de um sucesso, e essa tentativa de derrubar um governo estabelecido se tornaria uma rebelião, um crime de lesa-pátria, e pelo menos três cabeças cairiam na família Bonaparte. O acaso esteve a seu favor no regresso de Alexandria, a fortuna esteve com ele em Marengo, a audácia o salvou em Saint-Cloud; mas o homem calmo e desapaixonado não confunde três relâmpagos, por mais fulgurantes que sejam, com a aurora de um grande dia. Se eu fosse completamente livre de antecedentes, se minha família não tivesse os pés enterrados na terra monarquista, eu não teria nenhum problema em prender minha sorte à sorte desse homem, embora só enxergue nele um ilustre aventureiro, que só uma vez travou guerra pela França, nas outras duas a travou por si próprio. Agora, para lhe provar que não tenho nenhuma prevenção, prometo que, à primeira coisa realmente grande pela França, hei de juntar-me a ele sinceramente, mesmo que para a minha grande surpresa, e, embora lhe deva meu último luto, admiro-o apesar de suas falhas e gosto dele à minha revelia; é a influência que exercem no que as cerca as naturezas superiores, e eu me submeto a ela.

– Compreendo – disse a sra. de Sourdis. – Mas permite pelo menos uma coisa?

– Primeiro – disse Hector –, não sou eu que permito, é a senhora que ordena.

– Permita que eu peça ao primeiro cônsul e à sra. Bonaparte o seu consentimento para o casamento de Claire? Ligada como sou à sra. Bonaparte, não posso agir de outro modo. Trata-se de uma mera questão de polidez.

– Sim, mas com a condição de que, se eles recusarem, não faremos caso.

– Se eles recusarem, o senhor poderá raptar Claire, e eu irei onde estiverem para lhe perdoar o rapto; mas fique tranqüilo, eles não vão recusar.

E, com essa garantia, foi dada à sra. de Sourdis toda a permissão para pedir ao primeiro cônsul e à sra. Bonaparte seu consentimento para o casamento da srta. Claire de Sourdis com o sr. conde Hector de Sainte-Hermine.

XX
FOUCHÉ

Havia um homem que Bonaparte, a uma só vez, detestava, temia e suportava. Aquele que vimos aparecer por um momento na casa da srta. de Fargas quando ela estipulava condições para libertar os companheiros de Jeú.

Bonaparte, experimentando esse distanciamento, obedecia ao admirável instinto que têm os animais, mais ainda que os homens, acerca das coisas que devem ser nocivas a eles.

Joseph Fouché, ministro da Polícia, era de fato algo feio e nocivo ao mesmo tempo. É raro que o feio seja bom e, em Fouché, a moralidade, ou melhor, a imoralidade, igualava à feiúra.

Bonaparte não enxergava nos homens mais do que meios ou obstáculos. Para Bonaparte general, Fouché, no 18 de brumário, tinha sido um meio. Para Bonaparte primeiro cônsul, Fouché podia se tornar um obstáculo. Quem havia conspirado contra o Diretório em favor do Consulado podia conspirar contra o Consulado em favor de qualquer outro governo. Fouché era, portanto, um homem que era preciso derrubar, depois de o ter erguido, o que, no ponto em que chegara, era difícil. Fouché era um desses homens que, para subir, prendem-se a todas as asperezas, agarram-se a todos os ângulos e, não abandonando jamais o ponto que lhes serviu de apoio, uma vez que chegam lá, têm um suporte em cada um dos degraus que galgaram.

E, com efeito, Fouché estava ligado à República pela morte do rei, a favor da qual votara; ao Terror por suas sangrentas missões em Lyon e Nevers; aos termidorianos por sua participação na queda de Robespierre; a Bonaparte pelo 18 de brumário; a Josefina pelo terror que lhe inspiravam José e Luciano, inimigos declarados de Fouché; aos realistas, pelos favores que prestava aos indivíduos como ministro da Polícia, depois de ter golpeado as classes como procônsul. Diretor da opinião, desviara uma das correntes para o seu lado, e a sua polícia, em vez de ser a polícia do governo, em vez de ser a polícia do primeiro cônsul, em vez de ser a polícia geral, o que deveria ter sido, tornara-se simplesmente a polícia de Fouché. Em toda a Paris, em toda a França, ele enaltecera a sua habilidade por meio de todos os seus agentes; comentavam-se, a respeito dele, os aspectos mais extraordinários de habilidade, e o aspecto mais extraordinário dessa habilidade era sobretudo fazer com que fosse universalmente acreditada.

Fouché era ministro da Polícia desde o 18 de brumário; ninguém compreendia o ascendente que Bonaparte lhe permitira adquirir, mais do que ninguém, sobre ele próprio; esse ascendente o irritava. Assim que Fouché se ausentava, assim que o estranho magnetismo já não estivesse atuando, tudo nele se revoltava contra aquela dominação de Fouché; suas palavras, ao falar sobre ele, tornavam-se exaltadas, acerbas, malévolas. Bastava Fouché aparecer e o leão se deitava, se não domado, pelo menos sossegado.

Uma coisa principalmente lhe desagradava em Fouché, que era ele não adotar os seus planos de grandeza futura, como José e Luciano, que não só os adotavam, como também os estimulavam. Certo dia, explicara-se francamente com ele a esse respeito.

– Tome cuidado – dissera o seu ministro da Polícia –, se o senhor restabelecer a realeza, estará trabalhando para os Bourbon, que um dia voltarão a subir no trono que o senhor tiver restaurado. Ninguém ousaria profetizar por que seqüência de acasos, eventos e cataclismos será preciso passar para chegar a esse resultado; mas basta ter inteligência para avaliar que esses acasos serão por muito tempo temíveis para o senhor e para o seu sucessor. O antigo regime, e o senhor vai rápido na sua direção, se não pelo fundamento, ao menos pela forma, a ocupação do trono será apenas uma questão de família, e não mais de governo. Se é necessário que a França renuncie à liberdade conquistada para voltar aos prazeres da monarquia, por que não iria preferir ela a antiga raça de reis que lhe deu Henrique IV e Luís XIV, enquanto o senhor só lhe deu o despotismo do sabre?

Bonaparte escutara mordendo os lábios, mas afinal escutara. Só que, a partir daquele momento, se decidira pela supressão do Ministério da Polícia e, como no mesmo dia fora até Mortefontaine passar a segunda-feira com seu irmão José, insistentemente pressionado, assinou o decreto de supressão, colocou-o no bolso e no dia seguinte voltou para Paris satisfeito com a resolução, embora compreendesse o golpe que seria para Josefina. Fora encantador com ela na volta. Isso encorajou a pobre mulher, que no fim da alegria como da tristeza, do mau humor como da jovialidade do marido, só via o divórcio; e como ele se achava sentado na saleta da esposa, dando algumas ordens a Bourrienne, ela foi de mansinho para junto dele, sentou-se em seu colo, passou-lhe devagar os dedos pelos cabelos, detendo a mão em sua boca para que a beijasse ao passar e, sentindo sob sua mão ardente o beijo que ela solicitava:

– Por que – perguntou ela – você não me levou junto, ontem?

– Aonde? – perguntou Bonaparte.

– Aonde você foi.

– Fui a Mortefontaine e, como sei que existe certa hostilidade entre você e José...

– Oh! Você poderia acrescentar entre mim e Luciano. Digo entre mim e Luciano porque eles é que me são hostis. Eu não sou hostil a ninguém. Eu não teria nenhum problema em gostar dos seus irmãos, mas eles me detestam. Pois então! Você deve entender a minha preocupação quando sei que está com eles.

– Fique tranqüila, nós ontem só tratamos de política.

– Sim, de política, como César com Antônio: experimentaram os louros reais em você.

– Como assim? Então você é entendida em história romana?

– Meu amigo, de toda a história romana, só leio a de César, e tremo cada vez que a leio.

Houve um instante de silêncio durante o qual Bonaparte franziu o cenho; mas ela, como estava embalada, não quis parar.

– Eu lhe peço, Bonaparte – prosseguiu –, eu lhe rogo, não se torne rei. Esse malvado do Luciano é que o está incentivando, não lhe dê ouvidos; seria a perda de todos nós.

Bourrienne, que seguidamente dera os mesmos conselhos ao seu colega de colégio, temia que Bonaparte se zangasse.

Mas este, muito pelo contrário, começou a rir:

– Você está louca, minha pobre Josefina – disse ele. – São as velhas senhoras do *faubourg* Saint-Honoré, é essa sua La Rochefoucault que lhe conta essas historietas. Você está me aborrecendo, deixe-me em paz!

Nisso, anunciaram o ministro da Polícia.

– Tem alguma coisa a dizer a ele? – inquiriu Bonaparte.

– Não – respondeu Josefina. – Ele decerto ia visitá-lo e resolveu me cumprimentar, ao passar.

– Quando concluírem, mande-o ao meu gabinete – disse Bonaparte, levantando-se. – Venha, Bourrienne.

– Se não tiver nada secreto para conversar com ele, receba-o aqui, assim terei você mais tempo comigo.

– De fato, eu ia me esquecendo – disse Bonaparte – que Fouché é um dos seus amigos.

– Um dos meus amigos? – repetiu Josefina. – Eu não me permito ter amigos entre os seus ministros.

– Oh! – disse Bonaparte. – Ele não será ministro por muito tempo mais. Não, não tenho nada secreto para conversar com ele. – E, voltando-se para Constant, que o anunciara: – Mande entrar o sr. ministro da Polícia – disse, afetadamente.

Fouché entrou e pareceu bastante surpreso ao ver Bonaparte na saleta da esposa.

– Senhora – disse Fouché –, hoje não é com o primeiro cônsul, e sim com a senhora que tenho um assunto a tratar.

– Comigo? – disse Josefina, surpresa e quase preocupada.

– Ah! Ah! – disse Bonaparte. – Vejamos do que se trata.

E, rindo, beliscou a orelha da mulher, o que indicava que voltava ao bom humor.

Brotaram lágrimas nos olhos de Josefina, pois, não se sabe por quê, Bonaparte quase sempre, e talvez involuntariamente, fazia desse sinal de afeto uma dor.

Mas ela continuou a sorrir.

– Recebi ontem – disse Fouché – a visita do dr. Cabanis.

– Caramba! – disse Bonaparte. – E o que esse filósofo foi fazer no seu antro?

– Veio me perguntar se eu acreditava, antes de ser feita a visita oficial, que um casamento que está para se realizar na família teria o seu consentimento e, se tivesse, que a senhora se incumbiria de obter o consentimento do primeiro cônsul.

– Muito bem! Está vendo, Josefina – disse Bonaparte, rindo –, já estão tratando-a como uma rainha.

— Mas — disse Josefina, tentando rir —, os trinta milhões de franceses que tem a França podem se casar sem que eu veja nisso o menor inconveniente; e quem está levando tão longe a polidez que me deve?

— A sra. condessa de Sourdis, a quem a senhora por vezes dá a honra de receber. Está casando a filha Claire.

— Com quem?

— Com o jovem conde de Sainte-Hermine.

— Diga a Cabanis — respondeu Josefina — que de minha parte festejo de coração essa união e, a menos que Bonaparte tenha algum motivo particular para não aprová-lo...

Bonaparte ficou um instante pensativo.

Então, dirigindo-se a Fouché:

— Vá até o meu gabinete — disse ele — quando sair do apartamento da senhora. Venha, Bourrienne.

E subiu pela pequena escada que conhecemos.

Mal Bonaparte e Bourrienne desapareceram, Josefina, pondo a mão no braço de Fouché:

— Ele esteve ontem em Mortefontaine — disse ela.

— Eu sei — disse Fouché.

— Sabe qual era o assunto dele com os irmãos?

— Sei.

— Tratava-se de mim? Tratava-se do divórcio?

— Não, fique tranqüila, tratou-se de algo muito diferente.

— Falaram da realeza?

— Não.

Josefina respirou.

— Ah! — disse ela. — Então pouco importa sobre o que falaram!

Fouché sorriu com o sorriso maliciosamente sombrio que lhe era familiar.

— No entanto, como vai perder um dos seus amigos... — disse ele.

— Eu?

— Sim.

— ...

— Sem dúvida, pois os interesses dele eram os seus.

— De quem está falando?

— Não posso dizer o nome: sua queda ainda é segredo. Vim avisá-la para que arranje outro amigo.

– E onde quer que o arranje?

– Na própria família do primeiro cônsul: tem dois dos irmãos contra a senhora, tenha o terceiro a seu favor.

– Luís?

– Justamente.

– Ele quer porque quer casar minha filha com Duroc.

– Sim, mas Duroc não põe nesse casamento todo o ardor que deveria, e essa indiferença magoa o primeiro cônsul.

– Hortênsia chora toda vez que falamos nisso, e não quero que pareça que estou sacrificando a minha filha; ela diz que o seu coração já não lhe pertence.

– Bem! – disse Fouché. – E quem é que tem coração?

– Ora, eu! – disse Josefina. – E me vanglorio disso.

– A senhora? – disse Fouché, rindo com seu riso ruim. – A senhora não tem um, a senhora tem...

– Cuidado! – disse Josefina. – O senhor está para me dizer uma impertinência.

– Eu me calo, eu me calo como ministro da Polícia; parece que estou revelando um segredo de confissão. E agora que não tenho mais nada a lhe dizer, deixe que eu vá anunciar ao primeiro cônsul uma notícia que ele não espera ouvir de minha boca.

– Que notícia?

– A de que ele, ontem, assinou a minha demissão.

– Então, é a mim que perco?... – perguntou Josefina.

– É a mim! – disse Fouché.

Josefina, que sentia de fato a perda que estava sofrendo, soltou um suspiro e passou a mão sobre os olhos.

– Oh! Fique tranqüila – disse Fouché, aproximando-se dela –, não vai ser por muito tempo.

Para não ostentar demasiada familiaridade, Fouché saiu pela porta de Josefina e tornou a entrar pelo pavilhão do Relógio, subindo então ao gabinete de Bonaparte.

O primeiro cônsul estava trabalhando com Bourrienne.

– Ah! – disse ele a Fouché, ao avistá-lo. – O senhor vai me dizer.

– Dizer o quê, senhor?

– Quem é esse Sainte-Hermine que manda pedir meu consentimento para se casar com a srta. de Sourdis.

– Vamos esclarecer, cidadão primeiro cônsul: não foi o conde de Sainte-Hermine quem mandou pedir o seu consentimento para se casar com a srta. de Sourdis, foi a srta. de Sourdis quem mandou pedir o seu consentimento para se casar com o sr. de Sainte-Hermine.

– Não é a mesma coisa?

– Não exatamente: os Sourdis são uma grande família agregada; os Sainte-Hermine são uma grande família ainda por se agregar.

– Então, eles me esnobavam.

– Mais do que isso, faziam-lhe guerra.

– Republicanos ou monarquistas?

– Monarquistas. O pai foi guilhotinado em 93; o filho mais velho foi fuzilado; o segundo filho, que o senhor conheceu, foi guilhotinado em Bourg-en-Bresse.

– Que conheci?

– Lembra-se de um homem mascarado que, enquanto o senhor almoçava numa mesa comum em Avignon, veio devolver um *group* de duzentos luíses tomados por engano, na diligência, de um comerciante de vinhos de Bordeaux?

– Sim, lembro-me muito bem. Ah, senhor Fouché, de homens assim é que eu precisava!

– Não se tem lealdade num primeiro reinado, cidadão primeiro cônsul, apenas interesses.

– Tem razão, Fouché. Ah, se eu pudesse já ser o meu neto! Muito bem, e o terceiro?

– O terceiro será seu amigo se o senhor quiser.

– Como assim?

– É com autorização dele, evidentemente, que a sra. de Sourdis, hábil lisonjeadora, pede-lhe, como a um soberano, consentimento para o casamento da filha. Dê-lhe o seu consentimento, senhor, e, de inimigo que é, o sr. Hector de Sainte-Hermine não poderá evitar de tornar-se o seu amigo.

– Está certo – disse Bonaparte. – Vou refletir. – E esfregando as mãos e pensando que acabavam de efetuar diante dele uma formalidade tradicionalmente efetuada diante do rei da antiga corte: – Muito bem, Fouché – disse ele –, qual é a novidade?

– É uma só, mas tem alguma importância, sobretudo para mim.

– Qual é?

— Ontem, no Salão Verde, em Mortefontaine, estando o ministro do Interior Luciano com a pena na mão, o senhor ditou e assinou a minha destituição e a minha admissão no Senado.

Bonaparte fez um gesto familiar entre os corsos, gesto que resume, em dois movimentos do polegar sobre o peito, o sinal da cruz, e disse:

— Quem lhe contou essa linda história, Fouché?

— Um dos meus agentes, ora essa!

— Ele o enganou.

— Tanto não me enganou que a minha destituição está aí, nessa cadeira, no bolso lateral da sua sobrecasaca cinza.

— Fouché — disse Bonaparte —, se o senhor mancasse, como Talleyrand, eu diria que é o demônio.

— Não está mais negando, não é?

— Cáspite, não! Aliás, sua demissão é estabelecida em termos tão honrosos...

— Compreendo: consta no meu certificado que, durante todo o tempo em que estive ao seu serviço, o senhor não deu falta de nenhuma prataria.

— Consta que, tendo a pacificação da França tornado inútil o Ministério da Polícia, ponho o ministro no Senado para saber onde buscá-lo caso o Ministério seja restabelecido; sei muito bem que no Senado, meu caro Fouché, o senhor perde a administração dos jogos, sua galinha dos ovos de ouro; mas o senhor já possui uma fortuna imensa, da qual não sabe desfrutar, e as suas terras em Pontcarré, cujos limites está sempre querendo ampliar, já são suficientemente amplas para o senhor.

— Tenho a sua palavra — disse Fouché — de que, se o Ministério da Polícia for restabelecido, não será em benefício de nenhum outro além de mim?

— Tem minha palavra — disse Bonaparte.

— Obrigado. Agora, posso comunicar a Cabanis que sua sobrinha, a srta. de Sourdis, tem o seu consentimento para se casar com o conde de Sainte-Hermine?

— Pode.

Bonaparte fez uma ligeira inclinação com a cabeça, Fouché respondeu-lhe com uma profunda saudação e saiu.

O primeiro cônsul ficou andando alguns instantes, calado e com as mãos atrás das costas, e depois, parando atrás da poltrona de seu secretário:

— Ouviu, Bourrienne? — disse ele.

— O quê, general?

— O que o demônio do Fouché me disse.

— Não ouço nada, a menos que o senhor me ordene que ouça.

— Ele sabia que eu o tinha destituído, que isso aconteceu em Mortefontaine e que sua destituição estava no bolso da minha sobrecasaca cinza.

— Ah! – disse Bourrienne. – Isso não é uma grande proeza, basta pagar uma pensão ao lacaio do seu irmão.

Bonaparte meneou a cabeça.

— Mesmo assim – disse ele. – Esse seu Fouché é um homem perigoso.

— É, sim – disse Bourrienne –, mas confesse que um homem que o surpreende por sua sagacidade é, nestes tempos em que vivemos, um homem útil.

O primeiro cônsul permaneceu um instante pensativo, e então:

— Prometi-lhe, aliás – disse ele –, que ao primeiro problema eu o chamaria de volta, e é provável que eu cumpra a minha palavra.

Ele tocou a campainha.

O bedel do escritório apareceu.

— Landoire – disse Bonaparte –, olhe pela janela, veja se há um carro atrelado.

Landoire saiu, debruçou-se para fora da janela.

— Sim, general – disse ele.

O primeiro cônsul enfiou a sobrecasaca, pegou o chapéu.

— Vou até o Conselho de Estado – disse ele.

Deu alguns passos até a porta e, detendo-se:

— A propósito, desça até os aposentos de Josefina e diga-lhe que não só a união da srta. de Sourdis tem o meu consentimento, como a sra. Bonaparte e eu vamos assinar o contrato de casamento.

XXI
EM QUE FOUCHÉ SE ESFORÇA PARA VOLTAR AO MINISTÉRIO DA POLÍCIA, DO QUAL AINDA NÃO SAIU

Fouché voltou para casa furioso. Era uma capacidade, mas uma capacidade circunscrita. Fora da polícia, não restava a Fouché mais que um valor secundário.

De compleição nervosa, irritável, inquieta, a natureza parecia ter-lhe dado um olhar vesgo e orelhas grandes para que pudesse ver dos dois lados ao mesmo tempo e escutar de todos os lados.

Além disso, Bonaparte tocara num ponto sensível; ao perder a polícia, ele perdia a administração dos jogos, mais de duzentos mil francos por ano. Já imensamente rico, Fouché só pensava em aumentar a sua fortuna, da qual não sabia usufruir, e a sua ambição de estender os limites de sua terra de Pontcarré era igual à de Bonaparte de expandir as fronteiras da França.

Ele voltou para casa, subiu ao seu gabinete e jogou-se na sua poltrona sem dizer uma só palavra a ninguém. Os músculos do seu rosto estremeciam como a superfície do mar na tempestade. Por fim, ao cabo de alguns minutos, acalmaram-se: Fouché encontrara o que buscava, e o pálido sorriso que iluminou o seu rosto indicava, se não o retorno do bom tempo, pelo menos uma calma relativa.

Pegou o cordão da campainha que pendia acima da sua escrivaninha e puxou com uma mão ainda agitada.

O bedel acorreu.

– Senhor Dubois! – gritou Fouché.

O bedel deu uma volta sobre si mesmo e sumiu.

Um momento depois, a porta abriu-se e o sr. Dubois entrou.

Era um homem de rosto suave e calmo, sorriso benévolo, vestido sem rebuscamento, mas com escrupuloso asseio; usava gravata branca e camisa de punho.

Aproximou-se rebolando ligeiramente e escorregando, qual um professor de dança, a sola dos escarpins no tapete.

– Senhor Dubois – disse Fouché, recostando-se na poltrona –, preciso hoje de toda a sua inteligência e de toda a sua discrição.

– Só posso responder por minha discrição, sr. ministro – disse ele. – Quanto a minha inteligência, só tem valor se conduzida pela sua.

– Muito bem, muito bem, senhor Dubois – disse Fouché com certa impaciência. – Sem elogios. O senhor tem no seu escritório algum homem em quem se possa confiar?

– Primeiro, preciso saber no que devo empregá-lo.

– É mais do que justo. Ele vai para a Bretanha, e lá vai organizar três bandos de fogueiros: um, o mais importante, na estrada de Vannes para Muzillac; os outros, onde ele quiser.

– Estou ouvindo – disse Dubois, ao ver que Fouché se calava.

– Um desses três bandos vai se chamar bando de Cadoudal e terá como chefe, supostamente, o próprio Cadoudal.

– Pelo que Vossa Excelência está me dizendo...

– Vou deixar passar desta vez – disse Fouché, rindo –, mesmo porque não vai poder usar essa expressão por muito mais tempo.

Dubois inclinou-se e, incentivado pelo próprio Fouché:

– Pelo que Vossa Excelência está me dizendo – prosseguiu –, tem de ser um homem que, se necessário, possa fazer fogo.

– Que, se necessário, possa fazer tudo.

O sr. Dubois refletiu e, meneando a cabeça:

– Não vejo ninguém com esse perfil no meu pessoal – disse ele.

E, como Fouché fizesse um gesto de impaciência:

– Espere, espere. Apresentou-se ontem no meu escritório um certo cavaleiro de Mahalin, um sujeito oriundo dos companheiros de Jeú, que só pede um coisa, diz ele, *perigos* bem pagos. É um jogador em toda a força do termo, disposto a arriscar a sua vida, assim como o seu dinheiro, num lance de dados. É o nosso homem.

– Tem o endereço dele?

– Não; mas ele deve vir ao meu escritório hoje, entre uma e duas horas, e é uma hora. Já deve estar lá, ou a caminho.

– Então, vá até lá e traga-o aqui.

Depois que o sr. Dubois saiu, Fouché levantou-se e foi ele mesmo buscar uma pasta; da pasta, ele tirou um dossiê e trouxe-o até a escrivaninha.

Era o dossiê de Pichegru.

Consultou-o com a maior atenção até que o sr. Dubois voltou, trazendo consigo o homem do qual havia falado.

Era o mesmo homem que fora lembrar a Hector de Sainte-Hermine as promessas feitas ao seu irmão, e que o filiara ao bando de Laurent. Ao ver que não tinha mais nada para fazer por aqueles lados, o bravo fidalgo fora procurar emprego em outro lugar.

Devia ter entre vinte e cinco e trinta anos, era bem apessoado, mais bonito que feio, tinha um sorriso agradável, e poder-se-ia dizer que era simpático em todos os aspectos, não houvesse em seus olhos algo de túrbido e inquieto, que despertava em quem lidava com ele turbidez e inquietação. De resto, vestia-se à moda da época, mais elegante do que simples.

Fouché envolveu-o com o olhar penetrante com que tirava a medida moral de um homem. Adivinhou, nele, o amor pelo dinheiro, uma coragem maior para se defender do que para atacar, uma vontade absoluta de ser bem-sucedido em seus empreendimentos.

Era o que procurava.

– Disseram-me – disse Fouché – que o senhor queria entrar para o serviço do governo: é verdade?

– É o meu maior desejo.

– A que título?

– A qualquer título em que encontre golpes a receber e dinheiro a ganhar.

– O senhor conhece a Bretanha e a Vendéia?

– Perfeitamente. Fui enviado três vezes para junto do general Cadoudal.

– O senhor teve algum contato com os chefes secundários?

– Com alguns, especialmente com um dos tenentes de Cadoudal, que era chamado de Georges II por ser muito parecido com o general.

– Ah, diacho! – exclamou Fouché. – Aí está algo que poderia nos ser útil. O senhor acha que consegue formar três bandos de uns vinte homens cada?

– Sempre se consegue, numa região ainda ardendo com a guerra civil, formar três bandos de vinte homens cada. Se for por um objetivo probo, pessoas honestas fornecerão sessenta homens, e nesse caso só serão necessários grandes palavras e belos discursos. Se for por um objetivo obscuro, encontrará consciências duvidosas e braços à venda, só que sairá mais caro.

Fouché olhou para Dubois com um ar que significava:

— Meu caro, você tem aí um achado. – E, para o cavaleiro: – Senhor, precisamos para daqui a dez dias três bandos de fogueiros, dois no Morbihan, um na Vendéia, todos três agindo em nome de Cadoudal. Num deles, um homem mascarado usará o nome do antigo chefe bretão e fará tudo para que acreditem em sua identidade.

— Fácil, mas caro, como já disse.

— Cinqüenta mil francos são suficientes?

— Oh, sim! Amplamente.

— Então, estamos combinados nesse ponto; uma vez organizados os três bandos, o senhor poderá passar para a Inglaterra?

— Nada mais fácil, já que sou de origem inglesa e falo inglês como língua materna.

— O senhor conhece Pichegru?

— De nome.

— Tem como obter uma recomendação para apresentar-se a ele?

— Sim.

— Se eu lhe perguntasse quais são os meios...

— Eu não diria; também preciso ter os meus segredos, ou perderia todo o meu valor.

— Tem razão. O senhor irá à Inglaterra, sondará Pichegru, descobrirá com ele se, em certas circunstâncias, ele voltaria a Paris; se aceitar voltar e precisar de dinheiro, o senhor o oferecerá em nome de Fauche-Borel, guarde bem esse nome.

— O livreiro suíço que já lhe fez propostas em nome do príncipe de Condé, eu o conheço. E se não tiver dinheiro e quiser vir para Paris, a quem devo dirigir-me?

— Ao sr. Fouché, na sua propriedade de Pontcarré, escute bem; não ao ministro da Polícia, essa recomendação é importante.

— E depois?

— Depois, o senhor volta a Paris para receber novas ordens. Senhor Dubois, o senhor vai separar cinqüenta mil francos para o cavalheiro. A propósito, cavalheiro?

O cavalheiro se virou.

— Se encontrar com Coster de Saint-Victor, incentive-o a vir para Paris.

— Ele não está ameaçado de prisão?

— Não, tudo lhe será devolvido, posso lhe afirmar.

– O que digo a ele, para encorajá-lo?

– Que todas as mulheres de Paris sentem a sua falta, especialmente a srta. Aurélie de Saint-Amour; acrescente que depois de ter sido rival de Barras, seria uma falha na sua vida galante não ser rival do primeiro cônsul; isso bastará para encorajá-lo a vir, a menos que ele tenha vínculos muito sagrados em Londres.

Uma vez fechada a porta, mais do que depressa Fouché mandou entregar, por um ordenança, a seguinte carta ao dr. Cabanis:

Caro doutor,

O primeiro cônsul, que encontrei nos aposentos da sra. Bonaparte, recebeu da maneira mais graciosa a consulta da sra. de Sourdis no que concerne ao casamento de sua filha, casamento que ele vê com satisfação.

Nossa cara irmã pode, portanto, fazer à sra. Bonaparte a visita em questão, quanto mais cedo melhor.

Tem em mim, acredite, um amigo sincero,

J. Fouché.

No dia seguinte, a sra. condessa de Sourdis apresentava-se nas Tulherias com o intuito que já dissemos.

Encontrou Josefina toda sorrisos e Hortênsia toda prantos.

O casamento de Hortênsia estava mais ou menos decidido com Luís Bonaparte.

Era justamente o que deixava Hortênsia triste e Josefina alegre.

Eis o que havia acontecido:

Josefina, compreendendo pela resposta de Bonaparte que ele tinha algum motivo misterioso para estar de bom humor, mandou pedir que ele descesse aos seus aposentos ao retornar do Conselho de Estado.

Ao retornar do Conselho de Estado, porém, o primeiro cônsul encontrou à sua espera Cambacérès, que vinha trazer-lhe explicações sobre dois ou três artigos do código que não tinham lhe parecido suficientemente claros.

Ficara trabalhando com ele até bem tarde; depois, Junot chegara para comunicar-lhe o seu casamento com a srta. de Permon.

Aquele casamento estava longe de trazer ao primeiro cônsul a mesma satisfação que o da srta. de Sourdis. Primeiro, Bonaparte fora apaixonado pela sra. de Permon e, antes de se casar com Josefina, quisera se casar com ela; a sra. de Permon recusara e ele guardava certo rancor; além disso, ele recomendara a Junot que fizesse um rico casamento, e eis que Junot, muito pelo contrário, escolhia a esposa numa família arruinada. Sua mulher, pela linhagem materna, descendia dos antigos imperadores do Oriente. A moça, que ele familiarmente chamava de Loulou, era uma Comneno; mas tinha, ao todo, vinte e cinco mil francos de dote.

Bonaparte prometeu a Junot contribuir com cem mil francos.

Aliás, como governador de Paris, ele receberia quinhentos mil francos de honorários.

Ele que se virasse com isso.

Josefina esperara impacientemente pelo marido até a noite; mas ele jantara com Junot e saíra com ele. À meia-noite, ela o viu aparecer de chambre e um madras na cabeça, o que significava que não voltaria para os próprios aposentos até o dia seguinte; então, pela alegria que manifestou, viu-se que se sentia recompensada pela longa espera.

Durante aquelas visitas noturnas é que Josefina reassumia todo o seu poder sobre Bonaparte.

Josefina nunca pedira com tanta insistência o casamento de Hortênsia com Luís.

Ao retornar aos seus aposentos, o primeiro cônsul praticamente fizera essa promessa.

Ela reteve a sra. de Sourdis junto dela para lhe contar todas as suas alegrias e mandou Claire consolar Hortênsia.

Mas Claire nem sequer tentou, sabia muito bem o que lhe teria custado renunciar a Hector.

Ela chorou com Hortênsia e incentivou-a veementemente a apelar para o primeiro cônsul, que a amava demais para consentir na sua infelicidade.

De súbito, uma idéia estranha passou pelo espírito de Hortênsia, que a compartilhou com a amiga.

Tratava-se, com a permissão de ambas as mães, de ir consultar a srta. Lenormand.

Josefina a consultara e todos se lembram do que ela lhe predissera.

Pois bem! Ela estava no caminho desse sonho impossível que, a cada dia, ia se tornando realidade.

A srta. de Sourdis é que foi despachada como embaixadora para comunicar o duplo pedido e solicitar autorização para executá-lo.

A negociação foi longa. Hortênsia escutava atrás da porta, contendo os soluços.

Claire retornou, alegre: a permissão fora concedida, com a condição de que a srta. Louise não se afastaria nem um instante sequer das duas moças.

A srta. Louise, creio que já o dissemos, era a primeira camareira da sra. Bonaparte, e tinha toda a sua confiança[1].

Mandaram chamar a srta. Louise, fizeram-lhe as mais severas recomendações. Ela fez as mais sagradas promessas e, cobertas com véus espessos, as duas moças entraram no carro da sra. de Sourdis, que era um carro para a manhã, sem brasões.

O cocheiro recebeu ordem de parar na rua de Tournon, número 6, sem saber em casa de quem estava indo.

A srta. Louise foi a primeira a sair do carro: recebera suas instruções; sabia que a srta. Lenormand residia no fundo do pátio à esquerda, que tinham de subir três degraus e bater à direita.

Ela tocou, vieram abrir e, a pedido da srta. Louise, fizeram-na entrar com as duas moças num gabinete à parte, que normalmente não era aberto ao público.

Elas deveriam entrar separadamente, já que a srta. Lenormand nunca atuava diante de duas pessoas ao mesmo tempo, e entrar segundo a primeira letra do sobrenome de cada uma.

Assim, Hortênsia Bonaparte é que devia entrar primeiro.

Ela esperou meia-hora e entrou.

A srta. Louise ficou atrapalhada; sua determinação era para não perder de vista nenhuma das moças.

Se ficasse com Claire, perdia Hortênsia de vista.

Se acompanhasse Hortênsia, perdia Claire de vista.

A questão era tão importante que foi submetida à srta. Lenormand, que encontrou um jeito de conciliar tudo.

A srta. Louise ficaria com Claire, mas, a porta do gabinete ficando aberta, ela não perderia Hortênsia de vista e ficaria, ao mesmo tempo, suficientemente distante da srta. Lenormand para não ouvir o que a profetisa lhe diria a meia-voz.

Tinham, evidentemente, pedido o jogo maior.

O que a srta. Lenormand enxergava em suas cartas parecia impressioná-la vivamente; seus gestos e a expressão de sua fisionomia retratavam uma surpresa sempre crescente.

---

1. Não houve até aqui nenhuma referência à srta. Louise.

Finalmente, depois de embaralhar bem as cartas e observar bem a mão da moça, levantou-se e, num tom inspirado, disse-lhe uma só frase que a moça acolheu com uma expressão de incredulidade fácil de perceber.

Depois, quaisquer que fossem as perguntas de Hortênsia, permaneceu calada, e não quis acrescentar nem uma palavra sequer ao que já dissera, a não ser esta frase:

– O oráculo pronunciou, acredite no oráculo!

Então, com um gesto, indicou à moça que era só e que agora era a vez da sua amiga.

Embora a srta. de Beauharnais é que tivesse sugerido a consulta à srta. Lenormand, Claire, depois do que acabara de assistir, estava tão impaciente quanto a sua amiga.

Precipitou-se, portanto, no gabinete da profetisa.

Contudo, ela estava bem distante de prever que sua sorte causaria na srta. Lenormand uma surpresa tão grande quanto a que a da srta. de Beauharnais lhe inspirara.

Mas a srta. Lenormand, com a confiança de uma mulher que acreditava em si mesma e hesitava em dizer coisas improváveis, refez três vezes o jogo, olhou a mão direita, depois a esquerda, encontrou em ambas a linha do coração rompida, a linha da sorte que subia até a linha do coração e bifurcava em Saturno e, com a mesma solenidade com que pronunciara o oráculo da srta. de Beauharnais, pronunciou a predição da srta. de Sourdis, a qual foi reunir-se à srta. Louise e a Hortênsia, pálida como um cadáver e com os olhos cheios de lágrimas.

As moças não trocaram uma só palavra, não fizeram uma à outra nenhuma pergunta enquanto estiveram sob o teto da srta. Lenormand.

Pareciam temer que uma palavra ou um pedido de sua parte fizesse desabar a casa sobre suas cabeças.

Mas assim que entraram no carro e o cocheiro lançou os cavalos a trote, as duas interrogações se cruzaram.

– O que ela lhe disse?

Hortênsia, a primeira examinada, respondeu primeiro.

– Ela me disse: "Mulher de rei e mãe de imperador, você morrerá no exílio".

– E a você, o que ela disse? – perguntou, curiosa, a srta. de Beauharnais.

– Ela me disse: "Você será, por quatorze anos, viúva de um marido vivo e, pelo resto da vida, esposa de um marido morto!".

XXII
EM QUE A SRTA. DE BEAUHARNAIS SE TORNA ESPOSA DE UM REI SEM TRONO E A SRTA. DE SOURDIS, VIÚVA DE UM MARIDO VIVO

Seis semanas haviam transcorrido desde a visita das duas moças à sibila da rua de Tournon. A srta. de Beauharnais, apesar de suas lágrimas, havia se casado com Luís Bonaparte[1] e a srta. de Sourdis estava para assinar, naquela mesma tarde, seu contrato de casamento com o conde de Sainte-Hermine.

Aquela aversão da srta. de Beauharnais poderia levar a crer que ela via no irmão do primeiro cônsul algum motivo de insuperável repugnância. Não era nada disso. Ela simplesmente amava Duroc[2]. Coração que ama, coração que é cego.

Luís Bonaparte estava por essa época com vinte e três ou vinte e quatro anos. Era um belo rapaz, de fisionomia um tanto fria, por sinal muito parecido com sua irmã Caroline, muito culto, com pendores literários; muito direito, muito bom, sobretudo muito honesto, nunca acreditou que o título de rei pudesse mudar as regras e os deveres da consciência humana; foi talvez o único príncipe que, tendo reinado sobre um povo estrangeiro, deixou neste povo um vestígio de gratidão e de amor, tal como Desaix deixou no Alto Egito: era o sultão justo.

Antes de nos separarmos desse homem de coração leal e da encantadora criatura com quem se casou, vamos dizer de que maneira o casamento se deu, bruscamente, sem outro motivo além dos aborrecimentos causados pela sempre repetida insistência de Josefina.

Já dissemos quais eram os motivos de Josefina para se opor ao casamento de sua filha com Duroc.

---

1. Em 14 de nivoso do ano x (4 de janeiro de 1802), nas Tulherias.
2. Sobre os amores de Duroc e Hortênsia, cf. Bourrienne, op, cit., vol. IV, pp. 219-321.

— Com Duroc — ela dizia a Bourrienne a todo momento —, não vou ter nenhum apoio; Duroc, que só é alguém por causa da sua amizade com Bonaparte, não ousará lutar contra os irmãos do seu protetor, ao passo que Bonaparte, ao contrário, gosta muito de Luís, que não tem e nunca terá a menor ambição. Luís será, para mim, um contrapeso a José e Luciano.

Dizia Bonaparte, por sua vez:

— Duroc e Hortênsia se amam. Por mais que faça a minha mulher, eles convêm um ao outro e hão de se casar; por meu lado, gosto de Duroc, ele é bem nascido. Entreguei Caroline a Murat e Pauline, a Leclerc. Posso entregar Hortênsia a Duroc, que é um bom rapaz e vale tanto quanto os outros. Ele agora é general-de-divisão; não existe nenhum bom motivo contra esse casamento; aliás, tenho outros planos para Luís.

Ora, no mesmo dia em que as duas moças foram consultar a srta. Lenormand, Hortênsia, pressionada pela amiga, resolveu fazer nova tentativa com o padrasto e, encontrando-se sozinha com ele após o jantar, com o encanto que lhe era próprio, fora ajoelhar-se aos pés de Bonaparte e, com todos esses afagos de moça que a tornavam tão poderosa em relação ao primeiro cônsul, disse-lhe que aquela união seria sua eterna infelicidade e, sendo absolutamente justa para com Luís, repetiu que amava Duroc e que somente Duroc poderia fazê-la feliz.

Então, Bonaparte tomou sua resolução.

— Muito bem — disse ele. — Já que você quer a todo custo casar-se com ele, há de casar-se, mas já lhe aviso que vou impor algumas condições. Se Duroc aceitar, tudo correrá bem; mas se recusar, essa é a última vez que me oponho a Josefina sobre esse assunto, e você será a mulher de Luís.

E, de fato, ele subiu até seu gabinete com essa animação que indica uma resolução tomada, apesar dos dissabores que ela possa vir a trazer.

Ao entrar, procurou Duroc em seu gabinete.

Como já dissemos, Duroc, eterno passeador, raramente estava em seu posto.

— Onde está Duroc? — ele perguntou, com ar visivelmente contrariado.

— Saiu — respondeu Bourrienne.

— Onde acha que ele está?

— Na Ópera.

— Diga-lhe, assim que voltar, que eu lhe prometi Hortênsia, que ele se casará com ela, mas quero que seja dentro de dois dias, no mais tardar. Dou-lhe quinhentos mil francos. Nomeio-o comandante da oitava divisão militar. Ele partirá para Toulon no dia seguinte ao casamento, com a mulher, e viveremos separados. Não quero nenhum genro na minha casa. Como quero acabar logo com isso, diga-me hoje ainda se a proposta lhe convém.

– Não acredito – respondeu Bourrienne.

– Muito bem! Ela se casará com Luís.

– E ela há de querer?

– Para o seu próprio bem, é bom que queira.

Às dez horas, Duroc voltou; Bourrienne comunicou-lhe as intenções do primeiro cônsul.

Ele, porém, meneando a cabeça:

– O primeiro cônsul muito me honra – disse ele –, mas nunca me casarei com mulher alguma nessas condições; prefiro dar um passeio no Palais-Royal.

Com isso, pegou o chapéu e saiu com uma indiferença que Bourrienne não soube explicar, e que só vinha provar que Hortênsia estava equivocada quanto à intensidade dos sentimentos que o ajudante-de-campo do primeiro cônsul nutria, ou fingia nutrir, por ela.

Foi na casinha da rua Chantereine que se realizou o casamento da srta. de Beauharnais com Luís Bonaparte. Um padre foi até lá e celebrou a cerimônia. Bonaparte aproveitou para mandar abençoar o casamento da sra. Murat.

Longe de se realizar entre tristezas e lágrimas, como acabara de acontecer com o casamento da pobre Hortênsia, o da srta. de Sourdis prometia cumprir-se na luz e na alegria: os dois amantes, que só se separavam entre onze horas da noite e duas horas da tarde, passavam o resto do tempo juntos. Os comerciantes mais elegantes e os joalheiros mais na moda de Paris foram assediados para fornecer a Hector uma corbelha digna de sua noiva; comentava-se, nas altas rodas parisienses, a maravilha que era essa corbelha, e a sra. de Sourdis até recebera algumas cartas de pessoas que queriam visitá-la.

A sra. de Sourdis, que esperava um simples consentimento por parte do primeiro cônsul e da sra. Bonaparte, ficara atordoada com o favor que ele lhe concedera ao convidar-se para assinar o contrato de casamento; era um favor que só concedia aos mais íntimos, pois era obrigatoriamente seguido de uma doação de dinheiro ou de um presente e, mesmo sem ser avarento, o primeiro cônsul, antes econômico que pródigo, não desperdiçava seu dinheiro à toa.

O único a não receber esse favor com orgulho e alegria no olhar foi Hector de Sainte-Hermine. Aquela afetação de Bonaparte em honrar a família de sua noiva o preocupava. Embora houvesse se envolvido menos que os irmãos na causa monarquista, por ser mais jovem que eles, Hector, mesmo nutrindo certa admiração pela genialidade do primeiro cônsul, ainda não chegara à simpatia. Não podia esquecer a morte dolorosa que o irmão sofrera diante de seus olhos e os detalhes sangrentos que a acompanharam. Aquela morte, no final das contas, fora comandada pelo primeiro cônsul, o qual, em que pesem os mais veementes pedidos, não concedera indulto ou suspensão. Assim, toda vez que se encontrava com ele, sentia um suor frio subindo-lhe ao rosto, os joelhos tremendo, e, mesmo sem querer, desviava os olhos. Ele só temia uma coisa, era ser um dia forçado, por sua elevada posição, ou até por sua grande fortuna, a servir no Exército ou exilar-se. Assim, avisara Claire de que antes deixaria a França do que aceitaria alguma patente militar ou cargo civil. Claire deixara-o imediatamente livre para, se fosse o caso, fazer a escolha que lhe conviesse; ela tão-somente exigira do seu noivo a promessa de que o acompanharia aonde quer que ele fosse. Era só o que aquele coração cheio de afeto e amor precisava.

Claude-Antoine Régnier, que depois foi duque de Massa, fora nomeado, com a saída de Fouché, juiz supremo e encarregado da polícia geral. Ele trabalhava duas vezes por semana com Napoleão, que gostava desse tipo de trabalho: tinha a polícia de Junot como governador de Paris, de Duroc como seu ajudante-de-campo e de Régnier como chefe geral da polícia.

No mesmo dia em que assinaria o contrato de casamento da srta. Claire de Sourdis, passara uma hora com Régnier. As notícias eram um bocado preocupantes. A Vendéia e a Bretanha agitavam-se novamente não mais sob o efeito da guerra civil em plena luz do dia, mas, sim, ao contrário, sob a tenebrosa atuação de bandos de fogueiros que iam de granja em granja e de castelo em castelo, forçando os granjeiros e os castelões a entregar o seu dinheiro por meio das mais atrozes torturas. Os jornais começavam a falar de pobres infelizes cujos pés haviam sido queimados até os ossos.

Bonaparte mandara escrever a Régnier que viesse encontrá-lo com todos os dossiês existentes sobre esses casos de fogueiros.

Chegavam a cinco os casos constatados na última semana.

O primeiro, em Berric, na nascente do pequeno rio Sulé; o segundo, em Plescop; o terceiro, em Muzillac; o quarto, em Saint-Nolff; o quinto, em Saint-Jean-de-Brévelay.

Três chefes pareciam estar à frente desses bandos, mas um comando superior parecia dirigir todos eles.

E esse comando superior, a crer nos agentes da polícia, viria de Cadoudal, que não teria cumprido a promessa feita a Bonaparte e, em vez de se retirar para a Inglaterra, como prometera, teria voltado para a Bretanha, onde estaria tentando uma nova rebelião.

Bonaparte, que tinha a justa pretensão de conhecer bem os homens, meneou a cabeça quando o juiz supremo tentou atribuir a Cadoudal crimes tão abjetos como esses que estavam sendo perpetrados. Como! Aquela elevada inteligência que discutira com ele, sem recuar nem um passo sequer, os interesses dos povos e dos reis, aquela consciência pura que se contentava em viver em Londres com sua fortuna paterna, aquele coração sem ambição que rechaçava a patente de ajudante-de-campo do primeiro general da Europa, aquela alma desinteressada que recusara cem mil francos por ano para apenas observar os outros se estraçalharem, teria se rebaixado à vil indústria de fogueiro, o mais covarde de todos os banditismos?

Era impossível!

E Bonaparte lançara essa negação ao seu novo prefeito de polícia com a mais veemente energia.

Depois, ordenara que os mais hábeis agentes, com os mais extensos poderes, partissem de Paris e perseguissem sem trégua nem descanso aqueles bandos de miseráveis.

Régnier prometera despachar naquele mesmo dia para a Bretanha o que ele tinha de melhor em seu departamento.

Então, como já eram quase dez horas da noite, mandou avisar Josefina que estivesse pronta para acompanhá-lo, junto com os recém-casados, à casa da sra. de Sourdis.

O magnífico palacete onde residia a condessa estava resplandecente de luzes, o dia fora doce e ensolarado, as primeiras flores e as primeiras folhas começavam a sair da sua prisão lanosa. As mornas brisas primaveris brincavam nos lilases em flor que desciam das janelas do castelo até o terraço do cais; sob essas abóbadas misteriosas e perfumadas ardiam lâmpadas coloridas, e sopros de harmonias e aromas escapavam das janelas abertas, enquanto por trás das cortinas puxadas via-se passar a sombra dos convidados.

Os convidados eram o que havia de mais elegante em Paris; os funcionários do governo, todo o maravilhoso estado-maior de generais cujo mais velho contava com trinta e cinco anos: Murat, Marmont, Junot, Duroc, Lannes, Moncey, Davout, heróis na idade em que se é apenas capitão; poetas: Lemercier, ainda todo envaidecido com o sucesso de *Agamenon*; Legouvé, que acabava de levar *Etéocles* aos palcos e publicar o *Mérito das mulheres*; Chénier, que depois de *Timoléon* renunciara ao teatro e lançara-se na política; Chateaubriand, que acabava de encontrar a Deus nas cataratas do Niágara e sob as abóbadas das matas virgens da América; os dançarinos da moda, sem os quais não existiam os grandes bailes: os Trénis, os Laffitte, os Dupaty, os Garat, os Vestris; essas estrelas esplêndidas que surgiram a oriente do século: sra. Récamier, sra. Méchin, sra. de Contades, sra. Regnault de Saint-Jean-d'Angély; enfim, toda a juventude da época: os Caulaincourt, os Narbonne, os Longchamp, os Matthieu de Montmorency, Eugênio de Beauharnais, Philippe de Ségur, e que sei mais?

Pois tão logo se soubera que o primeiro cônsul e a sra. Bonaparte não só iriam à recepção da assinatura, como também assinariam o contrato, todo mundo quis ser convidado. O imenso palacete da sra. de Sourdis, cujo andar térreo e o primeiro andar foram abertos, estava repleto de convidados que se viam obrigados a se espalhar pelo terraço e buscar um frescor que a fornalha das salas tornava ainda mais apreciável.

Faltando quinze minutos para as onze, viu-se sair dos portões das Tulherias a escolta a cavalo, com cada homem trazendo uma tocha; só tinham a ponte para atravessar. E o carro, a triplo galope, cercado por suas tochas, passou num turbilhão de barulho e relâmpagos, indo engolfar-se no pátio do palacete.

No mesmo instante, no meio daquela multidão tão compacta que parecia impossível introduzir ali mais uma pessoa, abriu-se uma passagem que na sala se ampliou num círculo e permitiu à sra. de Sourdis e a Claire se adiantarem para receber o primeiro cônsul e Josefina.

Hector de Sainte-Hermine vinha atrás. À vista de Bonaparte, empalidecera visivelmente, mas nem por isso deixara de ir recebê-lo.

A sra. Bonaparte, ao abraçar a srta. de Sourdis, passou-lhe no braço um colar de pérolas que valia cinqüenta mil francos.

Bonaparte cumprimentou as duas senhoras e foi direto até Hector.

Hector, não imaginando que era com ele que Bonaparte vinha tratar, afastou-se do caminho do primeiro cônsul, mas este parou à sua frente.

– Senhor – disse ele –, se eu não temesse ser recusado, também teria lhe trazido um presente, uma patente na guarda consular; mas compreendo que a certas feridas é preciso dar tempo para que cicatrizem.

— Ninguém melhor que o senhor tem uma mão hábil para essa espécie de cura, general... No entanto...

Hector deu um suspiro e levou o lenço aos olhos.

— Desculpe-me, general — disse o rapaz, depois de uns segundos de pausa. — Gostaria de ser mais digno da sua bondade.

— É o problema de se ter um coração muito grande, meu rapaz — disse Bonaparte —, é que é sempre no coração que somos atingidos.

Então, voltou à sra. de Sourdis, trocou com ela algumas palavras, fez um elogio a Claire.

Avistando então o jovem Vestris:

— Ali está o sr. Vestris filho — disse —, que recentemente me fez uma gentileza pela qual lhe sou infinitamente grato: ele acabava de retornar à Ópera após uma enfermidade, seu retorno coincidia com uma noite de recepção nas Tulherias, ele trocou o dia para não prejudicar a minha recepção. Vamos, senhor Vestris, leve ao cúmulo a sua cortesia pedindo a essas duas senhoras que nos dancem uma gavota.

— Cidadão primeiro cônsul — respondeu o filho do *deos* da dança, com aquele sotaque italiano que nunca se conseguira perder na família —, temos *giustamente* a gavota que compus para a srta. de Coigny, que a sra. Récamier e a srta. de Sourdis dançam feito anjos. Só precisamos de uma harpa e de uma corneta, com a condição de que a srta. de Sourdis, ao dançar, toque tamborim; quanto à sra. Récamier, sabe que ela é inigualável na dança do xale.

— Vamos, senhoras — disse o primeiro cônsul —, não vão recusar um pedido feito pelo sr. Vestris, e que eu reitero com todo o meu poder.

A srta. de Sourdis bem que gostaria de escapar da ovação que lhe faziam, mas, denunciada por seu mestre Vestris, instada pelo primeiro cônsul, nem lhe ocorreu fazer-se de rogada.

Estava justamente trajada da maneira requerida para essa dança. A moça morena estava com um vestido branco, penteada com pâmpanos, dois cachos de uva pendendo nos ombros e uma folhagem nos tons avermelhados do outono espalhando-se por toda a sua túnica.

A sra. Récamier usava sua roupa branca costumeira e sua caxemira indiana vermelha. Fora ela quem inventara, para os salões, aquela dança do xale que se levou, com tanto sucesso, dos salões para o teatro.

Chegou até nós o sucesso da sra. Récamier nessa dança, ou melhor, nessa pantomima; sabemos por tradição que nunca nenhuma bailadeira de teatro, nenhuma mulher habituada aos palcos, já teve aquela mescla de abandono e pudor com que ela sabia, sob as ondulações do tecido flexível, deixar entrever graças reveladas com a intenção de ocultá-las.

A dança transcorreu durante quase um quarto de hora com um *crescendo* de sucesso com o qual o primeiro cônsul contribuiu somando seus aplausos. Ao sinal dado por Bonaparte, todo o salão explodiu em palmas, entre as quais, erguido do chão pelo gênio da coreografia, Vestris, a quem se atribuía toda aquela poesia de formas e movimentos, expressões e atitudes, parecia flutuar.

Terminada a gavota, um lacaio em uniforme de gala veio sussurrar algumas palavras à condessa de Sourdis, que respondeu:

– Abram a sala.

Duas portas deslizaram então em suas ranhuras e viu-se, numa sala de prodigiosa elegância, ardentemente iluminada, dois homens da lei sentados a uma mesa aclarada por dois candelabros, entre os quais o contrato de casamento aguardava as assinaturas que logo o honrariam.

Cerca de vinte pessoas apenas tinham o direito de entrar naquela sala. Eram as que iriam assinar o contrato, cuja leitura seria ouvida por todos que desejassem.

No meio da leitura do contrato, um segundo lacaio de uniforme entrou na pequena saleta, dissimulando-se tanto quanto possível e, indo até o conde de Sainte-Hermine, disse-lhe baixinho:

– O sr. cavaleiro de Mahalin pede para falar com o senhor agora mesmo.

– Peça-lhe para esperar – disse Sainte-Hermine – no gabinete da sala maior.

– Senhor conde, ele diz que precisa falar-lhe agora mesmo; e, estivesse o senhor com a pena na mão, ele pediria que a largasse na mesa e viesse falar com ele antes de assinar... Olhe, ali está ele na porta.

O conde fez um gesto de dor, que parecia um gesto de desespero, e saiu com o criado e o cavaleiro.

Poucas pessoas perceberam o incidente que acabara de ocorrer, e as que perceberam não lhe atribuíram a importância que merecia.

Terminada a leitura, Bonaparte, sempre com pressa de terminar o que havia começado, com pressa de sair do Tulherias quando lá estava, com pressa de voltar quando havia saído, pegou a pena sobre a mesa e, sem se perguntar se era mesmo ele o primeiro a assinar, assinou e, assim como quatro anos depois poria na cabeça de Josefina a coroa tirada das mãos do papa, pôs-lhe a pena na mão.

Josefina assinou.

A pena passou de suas mãos para as da srta. de Sourdis, que procurou em vão à sua volta, com alguma preocupação instintiva, pelo conde de Sainte-Hermine e, não o vendo e sentindo-se invadir por estranha angústia, assinou por sua vez a fim de ocultar sua agitação àqueles que a rodeavam.

Depois dela, porém, era a vez de o conde assinar, e em vão o procuraram com os olhos.

Tiveram então de chamá-lo.

Ele não respondeu.

Houve um instante de silêncio e espanto entre os convidados que se entreolhavam, perguntando-se o que significava aquele sumiço no momento em que a presença era indispensável e a ausência, um desrespeito a todas as conveniências sociais.

Finalmente, alguém se arriscou a dizer que, durante a leitura do contrato, um rapaz desconhecido, vestido com a maior elegância, penetrara na sala do contrato, dissera-lhe algumas palavras em voz baixa e levara-o, antes como um padecente seguindo o executor do que como um amigo seguindo outro amigo.

Mas o conde poderia ter saído do gabinete onde ocorria a leitura do contrato sem ter saído da casa.

A sra. de Sourdis tocou a campainha para chamar um criado e deu ordem que se pusesse, com os colegas, em busca do conde.

O criado obedeceu. Durante alguns minutos, em meio ao ruído de cem peitos ofegantes de espanto, ouviram-se os gritos dos lacaios consultando-se de andar em andar.

Por fim, um deles teve a idéia de se dirigir aos cocheiros que estavam estacionados no pátio.

Vários haviam visto os dois rapazes, um dos quais sem chapéu, apesar da chuva, precipitarem-se pela escadaria e entrarem num carro, gritando:

– Para a posta de cavalos!

O carro fora embora a galope.

Um dos cocheiros reconhecera, no jovem sem chapéu, o conde de Sainte-Hermine.

Os convidados entreolharam-se estupefatos e, em meio ao silêncio, ouviu-se uma voz que dizia:

– O carro e a escolta do primeiro cônsul!

Deixaram respeitosamente passar o sr. e a sra. Bonaparte e a sra. Luís Bonaparte; porém, mal deixaram a sala, houve uma legítima debandada.

Todos se precipitaram para fora dos apartamentos como se houvesse acabado de começar um incêndio.

De resto, nem a sra. de Sourdis nem Claire encontravam coragem para reter quem quer que fosse; passados quinze minutos, encontravam-se a sós.

A sra. de Sourdis, num grito de dor, correu para Claire, que tremia, prestes a desfalecer.

– Oh, minha mãe, minha mãe! – exclamou a jovem, irrompendo em prantos e abandonando-se, em agonia, nos braços da condessa. – É a predição da sibila que se cumpre *e a minha viuvez que tem início*!

XXIII
OS FOGUEIROS

Expliquemos aos leitores esse incompreensível sumiço do noivo da srta. de Sourdis no momento da assinatura do contrato, sumiço que foi motivo de espanto para os convidados, de suposições das mais inverossímeis para a condessa e de lágrimas incessantes para a sua filha.

Vimos como Fouché fez vir ao seu gabinete, às vésperas do dia em que sua destituição se tornaria pública, o cavaleiro de Mahalin e como, no intuito de ser novamente chamado para o Ministério, entendeu-se com ele a fim de organizar bandos de fogueiros no Oeste.

Não só esses bandos não tardaram a fazer sua aparição, como se puseram rapidamente em campanha, e apenas quinze dias depois de o cavaleiro sair de Paris, soube-se que dois proprietários de terras, um de Buré e outro de Saulnaye, haviam sido fogueados.

O terror se espalhou por todo o Morbihan.

Durante cinco anos, a guerra civil transtornara a pobre região, mas, em meio aos seus mais terríveis ultrajes contra a humanidade, o fogueio permanecera desconhecido.

Para encontrar o rastro desse roubo sob tortura, era necessário remontar aos dias ruins de Luís xv e às prescrições religiosas de Luís xiv.

Bandos de dez, quinze, vinte homens pareciam surgir do nada, andavam feito sombras, acompanhando as ravinas, escalando as cancelas, fazendo com que se escondesse atrás das árvores e que se deitasse de terror ao pé das sebes o camponês retardatário que os visse passar na noite; então, de súbito, por uma janela entreaberta, por uma porta mal fechada, eles irrompiam numa granja ou num castelo, surpreendiam e garroteavam os criados, acendiam uma grande fogueira no meio da cozinha, arrastavam diante desse fogo o dono ou a dona da casa; deitavam a vítima sobre o piso, aproximavam-lhe as plantas dos pés do fogo e mantinham-nas ao alcance da chama até que a dor forçasse o padecente a revelar o esconderijo onde guardava o dinheiro; nessas ocasiões, vez ou outra demonstravam clemência; noutras, quando feita a declaração, caso temessem ser reconhecidos, apunhalavam, enforcavam e nocauteavam aqueles a quem tinham roubado.

Na terceira ou quarta expedição desse gênero, constatada pelas autoridades com incêndios e assassinatos, espalhou-se o rumor, de início surdo e depois mais claro, de que Cadoudal em pessoa é que estava à frente desses bandos. Chefe e bandidos andavam mascarados, mas os que haviam visto passar a mais consistente dessas colunas afirmavam ter reconhecido, pela altura, pelo porte e, sobretudo, pelo cabeção redondo que a comandava, Georges Cadoudal.

Foi difícil, num primeiro momento, acreditar naquela asserção; o caráter cavalheiresco de Georges era conhecido, e as pessoas recusavam-se a pensar que ele repentinamente se transformara num mísero chefe de fogueiros sem vergonha nem piedade.

Contudo, o rumor ia crescendo: havia pessoas que afirmavam ter reconhecido Georges, e logo o *Journal de Paris* anunciou oficialmente que, apesar de ter dado a palavra de que não seria o primeiro a retomar as hostilidades, Cadoudal, abandonado por todos os seus homens, reunira com dificuldade uns cinqüenta bandidos com os quais varria os campos, roubando e saqueando pelas estradas e pelas granjas.

O *Journal de Paris* era despachado para Londres; talvez não houvesse alcançado Cadoudal, mas um amigo mandou entregar-lhe um exemplar. Ele leu a acusação feita contra ele e, nessa acusação, uma afronta suprema à sua honra e à sua lealdade.

– Muito bem – disse ele.– Ao me acusarem, eles romperam o pacto jurado entre nós: não conseguindo me matar com o fuzil e a espada, quiseram me matar com a calúnia. Querem a guerra, vão tê-la.

E, naquela mesma noite, Georges embarcou num navio pesqueiro que, cinco dias depois, deixava-o na costa francesa, entre Port-Louis e a península de Quiberon.

Ao mesmo tempo, partiam de Londres para Paris, mas, pela falésia de Biville e pela estrada da Normandia, dois homens denominados Saint-Régeant e Limoëlan.

Haviam estado com Georges durante uma hora no mesmo dia de sua partida e recebido suas instruções.

Limoëlan tinha tarimba em todas as intrigas da guerra civil, Saint-Régeant era um antigo oficial da marinha, eficiente em tudo, que se tornara pirata de terra depois de ter sido pirata de mar.

Naqueles homens perdidos, e não mais nos Guillemot e nos Sol de Grisolles, é que Cadoudal era obrigado a apoiar-se para os seus novos projetos.

Eles decerto ajustariam seu comportamento e tinham meios seguros de se corresponderem, mas era evidente que partiam para um único e mesmo objetivo. Eis o que aconteceu.

Pelo final do mês de abril de 1804, por volta das cinco horas da tarde, um homem envolto num amplo casaco entrou a galope no pátio da granja de Plescop, mantida pelo rico granjeiro Jacques Doley.

Jacques Doley tinha a sua sogra, de sessenta anos, sua mulher, de trinta; seus dois filhos eram um menino de dez anos e uma menina de sete.

Uns dez empregados, homens e mulheres, ajudavam-nos a explorar a meação.

O homem pediu para falar com o dono da casa, trancou-se meia hora com ele, e não tornou a aparecer. Jacques Doley voltou sozinho.

Observou-se, durante o jantar, o seu silêncio e a sua preocupação. Sua mulher, várias vezes, dirigiu-lhe a palavra sem que ele respondesse. Depois da refeição, as crianças quiseram brincar com ele como de costume, mas ele as afastou suavemente.

Na Bretanha, como se sabe, os empregados comem à mesma mesa com o patrão: naquele dia, como sempre, a refeição foi feita em conjunto, mas todos observaram aquela tristeza, que os surpreendia tanto mais por Jacques Doley possuir uma índole muito alegre.

Como poucos dias antes o castelo de Buré havia sido fogueado, durante todo o jantar os diaristas falaram em voz baixa sobre o fato.

Doley escutara, várias vezes levantara a cabeça como para perguntar sem interromper, mas não dissera nada e deixara o narrador prosseguir.

Só a velha mãe fazia de tempos em tempos o sinal da cruz e, no fim do relato, a sra. Doley, não conseguindo vencer seus temores, viera sentar-se junto do marido.

Eram oito horas, a noite já caíra totalmente: era a hora em que os empregados tinham o costume de se retirar, uns para os seus celeiros, outros para as estrebarias. Doley parecia disposto a retê-los, pois dava sucessivas ordens que os impediam de se afastar; e, a cada certo tempo, olhava os dois ou três fuzis de dois tiros suspensos sobre a lareira, com jeito de quem preferiria utilizá-los, se necessário, a deixá-los pendurados no prego.

No entanto, foram se afastando um a um.

Então, a velha mãe foi pôr os dois filhos em seus berços, entre a cama dos pais e a parede, beijou o genro e a filha e foi, por sua vez, deitar-se num gabinete contíguo à cozinha.

Doley e a esposa deixaram então a cozinha e retiraram-se para o seu quarto, que se comunicava com a cozinha por uma porta de vidro e dava para o jardim por duas janelas cerradas de contraventos de carvalho firmemente fechados, tendo apenas duas aberturas em forma de losango de tamanho a deixar penetrar, quando fechados, um raio de luz suficiente para orientar.

Era a hora em que a sra. Doley se despia e se punha na cama. Nas granjas em que se levanta cedo, deita-se cedo; mas naquela noite, atormentada por uma vaga inquietação, ela não conseguia resolver-se a despir-se; por fim, consentiu, mas quis antes conferir todas as portas com o marido e assegurar-se de que estavam bem fechadas.

O granjeiro consentiu, dando de ombros como quem acha a precaução inútil, e começou pelas portas e janelas que davam para a cozinha; a primeira porta que se apresentou era a que dava para a queijaria, mas como não tinha saída externa, somente olhos-de-boi, ela não insistiu quando o marido lhe disse:

– Teriam de entrar pela cozinha, e não saímos dali a tarde toda.

A porta do pátio foi conferida, estava firmemente fechada com uma trave de ferro e dois ferrolhos.

A janela idem.

A porta do forno tinha uma fechadura apenas, mas era uma porta de carvalho com uma fechadura de cadeia.

Restava a porta do jardim; mas, para chegar à porta do jardim, era preciso pular por cima de muros de dez pés de altura, ou derrubar outra porta, que era à prova de um primeiro assalto.

A sra. Doley voltou, portanto, um pouco mais tranqüila, mas, por um sentimento nervoso que não controlava, continuou toda trêmula.

Doley estava sentado à escrivaninha e fingia verificar seus documentos: mas por maior que fosse seu autodomínio, não conseguia disfarçar a preocupação, traída por frêmitos involuntários e por sua atenção ao menor ruído.

Se a preocupação fora causada durante o dia pelo aviso do perigo que o ameaçava, tal preocupação tinha sua razão de ser.

A uma hora mais ou menos da aldeia de Plescop, emergia do bosque de Meucon e avançava terras adentro uma tropa de uns vinte homens.

Quatro caminhavam à frente como uma vanguarda a cavalo e vestiam o uniforme da gendarmaria nacional; os quinze ou dezesseis restantes iam sem uniforme, porém armados com fuzis e forquilhas.

A tropa tomava as maiores precauções para não ser vista, andava rente às sebes, descia ao fundo das ravinas, rastejava ao longo das colinas e aproximava-se sem cessar de Plescop, de onde logo já se achava a uns cem passos apenas.

Ali, parou para o conselho deliberar.

Em seguida, um dos homens se apartou e, fazendo um desvio, aproximou-se da granja.

Os demais ficaram no mesmo lugar e esperaram.

O batedor retornou, acabava de dar a volta na granja, mas não encontrara a menor abertura para entrar: o conselho deliberou novamente e decidiu que, já que não podiam entrar por astúcia, entrariam pela força.

O bando se pôs em marcha e só parou ao pé da muralha.

Havia algum tempo vinham ouvindo os latidos de um cão, mas não dava para ver se os latidos vinham da granja ou de alguma casa vizinha.

Ao pé da muralha, os malfeitores compreenderam; o cão só estava separado deles pela espessura do muro e achava-se no jardim.

Deram alguns passos até a porta; o cão seguiu-os, latindo furiosamente.

Já não havia esperança de entrar de surpresa: haviam sido denunciados.

Os quatro cavaleiros vestidos de gendarmes foram então até a porta, enquanto os bandidos que estavam a pé se colavam à muralha.

O cão chegou junto com eles e, tentando passar o focinho por debaixo da porta, soltou uns urros mais desesperados que nunca.

Fez-se ouvir uma voz, a voz de um homem:

– O que foi, Texugo? O que foi, meu cachorro? – perguntava a voz.

O cachorro virou-se na direção da voz e deu um urro queixoso.

Outra voz, mais distante, uma voz de mulher, gritou:

– Você não vai abrir a porta, espero!

– E por que não? – perguntou a voz de homem.

– Porque podem ser bandidos, seu idiota!

Ambos se calaram.

– Em nome da lei – gritaram do outro lado da porta –, abram.

– Quem é você, que fala em nome da lei? – perguntou a voz de homem.

– A gendarmaria de Vannes, que vem visitar a granja do sr. Doley, acusado de dar asilo a *chouans*.

– Não lhes dê ouvidos, Jean – disse a mulher. – É um engodo; estão dizendo isso para você abrir a porta, entenda.

Jean era da mesma opinião que a mulher, pois carregou uma escada, sem fazer ruído, de um lado para o outro do muro e, subindo devagarzinho, chegou ao topo do muro e, olhando por cima, chegou a ver os quatro homens a cavalo, e também os doze ou quinze homens a pé apoiados na muralha.

Entrementes, os homens vestidos de gendarmes continuavam a gritar: "Abram, em nome da lei!", enquanto três ou quatro homens batiam com as coronhas dos fuzis na porta, ameaçando derrubá-la caso não abrissem.

Entretanto, o ressoar das coronhadas foi ouvido até no dormitório do granjeiro, levando ao cúmulo o terror da sra. Doley.

Abalado pelo terror da mulher, Doley hesitava em abrir, quando o desconhecido saiu da queijaria, agarrou o granjeiro pelo braço e disse-lhe:

– Por que hesita? Eu não lhe disse que me responsabilizo por tudo?

– Com quem está falando? – perguntou a sra. Doley.

– Com ninguém – respondeu Doley, precipitando-se para o jardim.

Mal abriu a porta, escutou claramente o diálogo do jardineiro e de sua mulher com os bandidos e, embora não se deixasse enganar pela astúcia:

– E então, Jean? – ele gritou. – De onde vem essa teimosia em não abrir a porta para a Justiça? Você sabe que nos tornamos culpados se tentamos lutar contra ela. Desculpem esse homem, senhores – prosseguiu o granjeiro, caminhando para a porta –, ele não está agindo conforme as minhas ordens.

Jean reconhecera o sr. Doley; correu para junto dele.

– Oh, patrão! – disse ele. – Não estou enganado, quem está enganado é o senhor; não é a gendarmaria, são uns bandidos fantasiados de gendarmes. Pelo amor de Deus, não abra.

– Eu sei o que é e sei o que devo fazer – disse Jacques Doley. – Volte para casa e tranque-se ou, se estiver com medo, esconda-se no salgueiral com a sua mulher; não vão procurá-lo por lá.

– Mas e o senhor? E o senhor? E o senhor?

– Estou com alguém na minha casa que prometeu me defender.

– Afinal, vão abrir – gritou o chefe com uma voz de trovão – ou vou ter de derrubar a porta?

E três ou quatro coronhadas que se seguiram à ameaça por pouco não arrancaram a porta das dobradiças.

– Mas eu disse que já ia abrir – gritou Jacques Doley.

E, de fato, ele abriu.

Os bandidos investiram contra Jacques Doley e agarraram-no pelo colarinho.

– Ah, senhores – disse este –, não se esqueçam de que abri as portas por vontade própria, não se esqueçam de que tenho dez ou onze homens na granja, que eu poderia tê-los armado e, protegido pelos muros, me defendido, causando muitos danos a vocês antes de ceder.

– Achava que estava lidando com a gendarmaria, não conosco.

Jacques mostrou a escada apoiada no muro.

– Acharia, se do alto desta escada Jean não tivesse visto vocês.

– O que esperava, quando abriu as portas?

– Que seriam menos exigentes comigo: se eu não tivesse aberto, vocês poderiam, num impulso de raiva, incendiar a minha granja.

– E quem disse que não vamos incendiar a sua granja num impulso de alegria?

– Seria uma crueldade inútil. Vocês querem o meu dinheiro, que seja; mas não querem a minha ruína.

– Vamos com isso – disse o chefe. – Esse, pelo menos, é sensato; e você tem muito dinheiro?

– Não, porque efetuei meus pagamentos na semana passada.

– Ah, diacho! Que palavras ruins são essas na sua boca.

– Podem ser ruins, mas são verdadeiras.

– Então, estamos mal informados, pois nos disseram que encontraríamos aqui uma bela quantia.

– Mentiram para vocês.

– Ninguém mente para Georges Cadoudal.

Enquanto falavam assim, iam se aproximando da granja e empurrando Jacques Doley para dentro da cozinha. Os fogueiros, que não estavam acostumados com tamanho sangue frio, olhavam para o granjeiro com espanto.

— Ora, senhores, senhores — disse a sra. Doley, que tivera tempo de se levantar e se vestir —, nós lhes daremos tudo o que temos, não é, mas vocês não vão nos machucar?

— Puxa! — disse um deles. — Você é igual às enguias de Auray: grita antes de ser esfolada[1].

— Chega de conversa — disse o chefe. — O dinheiro.

— Mulher — disse Doley —, dê-me as chaves... Esses senhores vão procurar eles próprios; não poderão nos acusar de tê-los enganado.

A granjeira olhou para o marido, espantada, mas não tinha pressa de obedecer.

— Dê — disse ele. — Quando digo que é para dar, dê.

A pobre mulher não estava entendendo aquela resignação do marido.

Deu as chaves e observou, apavorada, o chefe aproximar-se de um dos grandes armários de nogueira onde os granjeiros geralmente guardam tudo o que possuem de mais precioso, a começar pela roupa.

Numa gaveta, estava a prataria.

O chefe pegou-a com vontade e jogou-a no meio da cozinha. Mas, para grande espanto da granjeira, em vez dos oito talheres de prata que havia na gaveta, viu caírem apenas seis.

Em outra gaveta havia um saco de dinheiro e um saco de ouro, somando ao todo uns quinze mil francos; mas por mais que o chefe vasculhasse essa gaveta, só tirou de dentro dela — o espanto da mulher aumentava cada vez mais — o saco de dinheiro.

A granjeira trocou um olhar com o marido, ou melhor, buscou o olhar do marido e não o encontrou; ele estava olhando para o outro lado.

Um dos fogueiros surpreendeu esse olhar.

— Dona — disse ele —, o seu digno esposo está nos passando a perna, não é?

— Não, senhores! — ela exclamou. — Eu juro...

— Ou então você sabe mais do que ele. Muito bem, vamos começar com você.

Os fogueiros esvaziaram o armário, mas não acharam mais nada.

---

1. Adaptação bretã da expressão: "Il ressemble à l'anguille de Melun: il crie avant qu'on l'écorche" [ele parece a enguia de Melun: grita antes de ser esfolada]. Um certo *Languille* de Melun, que deveria ser esfolado vivo no papel de São Bartolomeu, durante a encenação de um mistério, teria se assustado à vista do carrasco e fugido aos gritos.

Passaram para outro, que esvaziaram igualmente. Mas, nesse, só encontraram quatro luíses, cinco ou seis escudos de seis libras e algumas moedas escondidas numa gamela.

– Estou achando que você pode ter razão – disse o chefe para o malfeitor que havia acusado a granjeira de os estar enganando.

– Ele foi avisado da nossa chegada – disse um dos bandidos – e enterrou o dinheiro.

– Raios e trovões! – disse o chefe. – Temos todos os meios de tirar os mortos de debaixo da terra, e mais ainda o dinheiro. Vamos lá, um feixe de lenha e um maço de palha.

– Para quê? – exclamou a granjeira, apavorada.

– Você já viu torrarem um porco? – perguntou o chefe.

– Jacques! Jacques! – exclamou a granjeira. – Você está ouvindo?

– Estou, claro que estou – disse o granjeiro –, mas o que posso fazer, eles é que mandam, a gente tem de obedecer.

– Ai, Jesus! – exclamou a mulher, desesperada, ao ver os dois bandidos saindo de dentro do forno, um deles carregando um maço de palha e o outro, um feixe de junco. – Que conformado você está!

– Espero que Deus não permita que se cumpra um crime tão abominável quanto a destruição de duas criaturas, não digo inocentes de todo pecado, mas de todo crime.

– Pois então – disse o chefe –, ele vai mandar um anjo para defendê-lo de nós!

– Não seria a primeira vez – disse Jacques – que ele se manifestaria por um milagre.

– Bem, é o que nós vamos ver – disse o chefe. – E para que ele possa matar dois coelhos com uma cajadada, vamos queimar a porca junto com o porco.

A brincadeira foi acolhida com gargalhadas, sobretudo porque era bastante grosseira.

Os bandidos jogaram-se sobre Jacques Doley, arrancaram-lhe os sapatos, as calças e as meias, despiram a mulher de suas saias, amarraram os dois separados, mas do mesmo modo, com as mãos atrás das costas; e, como o fogo ardesse com sua violência inicial, empurraram os dois pelos ombros até que seus pés estivessem apenas a algumas linhas da chama.

Ambos soltaram, ao mesmo tempo, um grito de dor.

– Esperem! – urrou um dos bandidos. – Acabei de achar os leitões, eles têm de cozinhar com o pai e com a mãe.

E entrou, trazendo uma criança em cada mão; tinha-as encontrado tremendo e chorando ao lado da cama da mãe.

Foi o quanto Jacques Doley conseguiu suportar.

– Se o senhor é um homem – ele gritou –, está na hora de honrar a palavra que me deu!

Essas palavras mal foram pronunciadas, a porta da queijaria abriu-se com violência; um homem saiu de lá, com braços ao longo do corpo, mas segurando, em cada mão, uma pistola de dois tiros.

– Quem de vocês é Georges Cadoudal? – perguntou o recém-chegado.

– Eu – disse, endireitando-se, o mais alto e mais gordo dos homens mascarados.

– Está mentindo – disse o recém-chegado.

E, atirando à queima-roupa, em pleno peito:

– Cadoudal sou eu – disse ele.

O homem caiu pesadamente.

Os bandidos recuaram dois passos, de fato acabavam de reconhecer o verdadeiro Cadoudal, que julgavam estar na Inglaterra.

XXIV
CONTRA-ORDEM

Uma vez reconhecido Cadoudal, não havia nem um homem sequer em todo o Morbihan que se atrevesse a levantar a mão para ele, ou que hesitasse em obedecer a uma ordem dada por ele.

Assim, o segundo no comando, que ainda segurava as duas crianças, colocou-as no chão e, aproximando-se de Cadoudal:

– General – disse –, o que ordena que eu faça?

– Primeiro, desamarre esses coitados.

Os bandidos precipitaram-se para o granjeiro e a granjeira e desamarram-nos imediatamente. A mulher desabou numa poltrona, segurando os filhos nos braços e apertando-os junto ao peito. O homem levantou-se, foi até Cadoudal e apertou-lhe a mão.

– E agora? – perguntou o segundo.

– Agora – disse Cadoudal –, disseram-me que vocês eram três bandos.

– Sim, general.

– Quem lhes deu a audácia para se reunirem e executarem essa horrível tarefa?

– Veio alguém de Paris, e ele nos garantiu que no máximo em um mês o senhor viria se juntar a nós, e mandou que nos reuníssemos em seu nome.

– Para *chouanar*, eu até entenderia, mas para foguear, não! Por acaso sou algum fogueiro?

– Até mandaram a gente escolher o mais parecido com o senhor, que a gente chamava de Georges II, para acreditarem mais ainda que o senhor era um dos nossos. E agora, o que temos de fazer para expiar o nosso erro?

– O erro de vocês foi acreditar que eu seria capaz de me tornar chefe de um bando de malfeitores como vocês, e isso é inexpiável. Levem imediatamente para as outras tropas, da minha parte, a ordem de dispersar e cessar todo e qualquer trabalho infame que estejam fazendo. E avisem também todos os antigos chefes, especialmente Sol de Grisolles e Guillemot, para que retomem as armas e estejam prontos, a uma ordem minha, para entrarem novamente em campanha.

"Mas que não dêem um passo, que não se desdobre um só pano branco sem que eu ordene."

Os bandidos se retiraram sem dizer uma só palavra, sem fazer uma só observação.

O granjeiro e sua mulher repuseram ordem nos armários: a roupa retomou seu lugar nas prateleiras e a prataria, nas gavetas. Meia hora depois, já não havia mais vestígio de nada.

A sra. Doley não se equivocara: seu marido tomara algumas precauções durante o dia. Escondera a maior parte da prataria e o saco de ouro, que continha em torno de doze mil francos.

O camponês bretão é, entre todos os camponeses, o mais desconfiado, talvez o mais precavido. Apesar da palavra dada por Cadoudal, Doley imaginara que as coisas poderiam desandar e queria pelo menos, nesse caso, salvaguardar a maior parte de sua fortuna. Foi o que fez.

Encontraram Jean e sua mulher; fecharam as portas, depois de ter levado para fora o cadáver de Georges II. Cadoudal, que não comera nada desde a manhã, jantou tranqüilamente, como se nada houvesse acontecido; depois, recusando a cama do granjeiro, que este lhe oferecia, foi deitar-se no celeiro, sobre a palha fresca.

No dia seguinte, assim que acordou, recebeu a visita de Sol de Grisolles, seu antigo ajudante-de-campo.

Este residia em Auray, ou seja, a duas léguas e meia da granja de Plescop. Um dos bandidos, julgando agradar Cadoudal, viera a toda pressa avisá-lo de sua proximidade.

E, com efeito, Sol de Grisolles acorreu.

Sua surpresa foi imensa: acreditava, como todo mundo, que Cadoudal estivesse em Londres.

Cadoudal contou-lhe tudo: os vestígios de fogo e sangue ainda estavam sobre o piso.

Era, evidentemente, um complô da polícia para anular o tratado estabelecido com Bonaparte. Queriam acusar Cadoudal de tê-lo rompido.

Nesse caso, era devolvida a Cadoudal toda a liberdade de agir como bem entendesse; e era sobre isso que queria conversar com Sol de Grisolles.

Primeiro, sua intenção era escrever diretamente a Bonaparte e comunicar-lhe que, em virtude do que acabara de se passar, ele retirava a palavra dada e, depois de provar de modo irrecusável que não tinha nada a ver com aqueles novos assaltos do Oeste, fazendo-os cessar ao risco de sua própria vida, declarava-lhe não uma guerra de soberano contra soberano, já que esta era-lhe impossível sustentar, mas uma vingança corsa.

Sol de Grisolles é que ficaria encarregado de notificá-lo da vendeta.

Sol de Grisolles aceitou sem hesitar; era um desses homens que nunca recuam enquanto acreditarem estar na trilha do dever.

Depois, ele se juntaria a Laurent, onde quer que ele estivesse, e lhe pediria para pôr os companheiros de Jeú imediatamente em ação, já que ele próprio, sem perder nem um instante sequer, iria a Londres e voltaria a Paris a fim de executar seus projetos.

E, com efeito, uma vez passadas suas instruções a Sol de Grisolles, Cadoudal despediu-se de seus anfitriões, pediu desculpas por ter usado a casa deles como palco da terrível cena que acabara de se passar, montou a cavalo e, enquanto Sol de Grisolles partia para Vannes, partiu por sua vez para as praias de Erdeven e de Carnac, onde seu barco, disfarçado de barco de pescador, continuava a circular.

O embarque foi tão bem-sucedido como fora o desembarque.

Três dias depois, Sol de Grisolles estava em Paris e pedia ao primeiro cônsul um salvo-conduto e uma entrevista para um assunto da maior importância.

O primeiro cônsul mandou Duroc até o seu hotel.

Mas Sol de Grisolles, desculpando-se com a cortesia de um fidalgo, declarou que somente ao general Bonaparte ele poderia transmitir o que lhe dissera o general Cadoudal.

Duroc retornou, e voltou para buscar Sol de Grisolles.

Encontrou Bonaparte exasperado com Cadoudal.

Não deu chance a Sol de Grisolles de falar.

– Então é assim – disse ele – que o seu general cumpre com a sua palavra. Ele se compromete a ir para Londres e fica no Morbihan, onde reúne bandos e exerce com eles o ofício de fogueiro, assaltando aqui e acolá, feito um Mandrin ou um Poulailler. Mas eu dei ordens, todas as autoridades foram alertadas, e, se ele for pego, será fuzilado sem julgamento, como um bandido. Não vá me dizer que não é verdade: está no *Journal de Paris*, e confere com os relatórios da polícia; aliás, ele foi reconhecido.

– O primeiro cônsul permite que eu lhe responda – disse Sol de Grisolles – e lhe prove, em duas palavras, a inocência do meu amigo?

Bonaparte fez um movimento de ombros.

– E se afinal, em cinco minutos, o senhor reconhecer que seus jornais e seus relatórios de polícia estão errados, e que eu tenho razão, o que vai dizer?

– Vou dizer... que Régnier é um idiota, só isso.

– Pois bem, general, o número do *Journal de Paris* que noticiava que Cadoudal não deixara a França e formara bandos no Morbihan foi parar nas mãos dele em Londres; ele imediatamente embarcou num navio pesqueiro e voltou à França, pela península de Quiberon. Escondido numa granja que ia ser foqueada naquela noite, saiu do seu esconderijo justo quando o chefe do bando, que usurpara o seu nome, se preparava para torturar o granjeiro. O granjeiro se chama Jacques Doley. A granja se chama Plescop. Ele foi direto àquele que usurpara o seu nome e estourou-lhe os miolos, dizendo: "Você está mentindo, eu sou Cadoudal".

"Em seguida, ele me encarregou de lhe dizer, general, que foi o senhor, ou pelo menos a sua polícia, quem quis desonrar o seu nome pondo à frente dos bandos de fogueiros um homem do seu tamanho, do seu aspecto, que podia ser confundido com ele. Ele se vingou desse homem vindo matá-lo no meio dos seus e expulsando-os da granja que haviam invadido, embora fossem vinte e ele fosse um só."

– O que o senhor está dizendo é impossível.

– Eu vi o cadáver, e aqui está a atestação dos dois granjeiros.

Sol de Grisolles apresentou ao primeiro cônsul o depoimento policial de tudo o que se passara.

Estava assinado pelo sr. e pela sra. Doley.

– E – prosseguiu –, a partir deste momento, ele lhe devolve a sua palavra, recobra a dele própria e, não podendo lhe declarar guerra, já que o senhor lhe tirou todos os meios de defesa, ele lhe declara a vendeta corsa, que é a guerra do seu país. *Proteja-se! Ele se protegerá!*

– Cidadão – exclamou Duroc –, o senhor sabe com quem está falando?

– Falo com um homem que empenhou a sua palavra, assim como nós empenhamos a nossa, que estava comprometido como nós, e que não tinha mais direito do que nós de se desobrigar.

– Ele tem razão, Duroc – disse Bonaparte. – Resta saber se ele está dizendo a verdade.

– General, quando um bretão dá sua palavra!... – exclamou Sol de Grisolles.

– Um bretão pode se enganar ou ser enganado. Duroc, vá me buscar Fouché.

Dez minutos depois, Fouché estava no gabinete do primeiro cônsul.

Bonaparte, assim que avistou de longe o antigo ministro da polícia:

– Senhor Fouché – disse ele –, onde está Cadoudal?

Fouché pôs-se a rir.

– Eu poderia responder que não faço idéia.

– E por quê?

– Porque não sou mais o ministro da Polícia.

– Ora, o senhor sabe que ainda é o ministro.

– *In partibus*, então.

– Sem brincadeiras. Está bem, então: ministro *in partibus*. Continuo a pagar o seu salário; o senhor tem os mesmos agentes e me responde por tudo, tal como se ainda fosse o ministro nominal. Eu lhe perguntei onde estava Cadoudal.

– A esta hora, deve estar de volta a Londres.

– Então, ele tinha deixado a Inglaterra?

– Sim.

– Para quê?

– Para ir estourar os miolos de um chefe de bando que roubara o nome dele.

– E o matou?

– No meio dos seus vinte homens, na granja de Plescop; mas este senhor – ele acrescentou, indicando Sol de Grisolles – pode lhe dizer mais do que eu a esse respeito, já que esteve quase presente no ocorrido. Plescop, parece-me, fica a apenas duas léguas e meia de Auray.

– Como! O senhor sabia de tudo isso e não nos avisou!

– O sr. Régnier é o chefe de polícia, era ele quem deveria tê-lo avisado; sou um simples indivíduo, um senador.

– Quer dizer então – exclamou Bonaparte – que pessoas honestas nunca vão entender nada dessa profissão!

– Obrigado, general – disse Fouché.
– Pois sim! Só faltava agora o senhor ter o desplante de se fazer passar por um homem honesto. No seu lugar, eu juro que encaminharia as minhas pretensões em outra direção. O senhor está liberado, senhor de Grisolles. Aceito, como homem e como corso, a vendeta que Cadoudal me declarou. Que ele se proteja, eu me protegerei; mas se ele for pego, não haverá perdão.
– É assim que ele a entende – disse o bretão, inclinando-se.
E saiu do gabinete do primeiro cônsul, deixando-o com Fouché.
– O senhor ouviu, senhor Fouché: a vendeta foi declarada, cabe ao senhor me proteger.
– Faça-me novamente ministro da Polícia, e eu o protegerei.
– O senhor é um grande tolo, Fouché, por mais que se julgue um homem de espírito; quanto menos ministro da Polícia for, ao menos visivelmente, mais facilidade terá para me proteger, já que ninguém vai desconfiar do senhor. Aliás, depois de ter suprimido o ministério da Polícia há apenas dois meses, não posso restabelecê-lo sem um motivo para isso. Tire-me de um grande perigo e eu o restabeleço. Enquanto isso, abro-lhe um crédito de quinhentos mil francos sobre os fundos secretos. Pode abocanhar à vontade e, quando esgotar, avise-me. Antes de tudo, eu gostaria que não acontecesse nenhum mau a Cadoudal e que o apanhassem vivo!
– Vamos tentar, mas para isso é preciso que ele volte à França.
– Ora, fique tranqüilo, ele vai voltar! Aguardo notícias suas.
Fouché saudou o primeiro cônsul, voltou para o seu carro tão rapidamente quanto possível, pulou dentro dele mais do que entrou, e gritou:
– Depressa, para o palacete.
Ao descer do carro:
– Que mandem chamar o sr. Dubois – disse ele – e, se possível, que me traga Victor, um dos seus mais hábeis agentes.
Meia hora depois, as duas pessoas chamadas estavam no gabinete de Fouché.
Embora o sr. Dubois fosse agora subordinado ao novo chefe de polícia, permanecera fiel a Fouché, não por princípio, mas por interesse: ele compreendia que a desgraça de Fouché seria apenas momentânea, e que não era um homem, mas uma fortuna, que não se devia trair.
Ele permanecera, portanto, com mais três ou quatro dos seus agentes mais hábeis, inteiramente a serviço de Fouché.

A qualquer chamado seu, ele acorria.

Duas pilhas de ouro estavam dispostas sobre a lareira quando Dubois e o agente Victor entraram no gabinete do verdadeiro ministro da Polícia.

O agente Victor, a quem Dubois não tivera tempo de mandar trocar de roupa, era um homem do povo.

– Não quisemos perder nem um segundo sequer – disse Dubois –, e eu lhe trago um dos meus homens mais confiáveis com a roupa que estava vestindo quando recebi a sua mensagem.

Fouché, sem responder, adiantou-se para o agente e, olhando-o com um olhar estrábico:

– Diacho, diacho, Dubois! – disse ele. – Talvez não seja exatamente do que precisamos.

– Do que o senhor precisa, cidadão Fouché?

– Tenho um chefe bretão que devo mandar seguir, talvez até a Alemanha, certamente até a Inglaterra; preciso de um homem bem apessoado que possa segui-lo nos cafés, nos clubes e até nos salões. Preciso de um *gentleman* e o senhor me traz um pedreiro do Limousin!

– Ah, isso é verdade! – disse o agente. – Não tenho nada a ver com cafés, clubes, salões, mas me solte numa taberna, num baile público, num cabaré, que eu não me atrapalho!

Dubois olhou surpreso para o agente; este lhe fez um sinal.

Dubois compreendeu.

– Então, o senhor vai me enviar – disse Fouché –, sem perder nem um minuto sequer, um homem que possa ir a um baile do regente[1]. Darei a ele as minhas instruções. – E pegando dois luíses de uma terceira pilha de ouro: – Tome, meu amigo – disse ele ao agente Victor –, isso é por eu ter tomado o seu tempo; se eu precisar do senhor para observações populares, mandarei chamá-lo. Mas silêncio absoluto sobre a visita que me fez.

– Silêncio – disse com prazer o agente, ainda com seu sotaque do Limousin. – O senhor manda me chamar, não me diz nada e me dá dois luíses para eu ficar calado. Nada mais fácil.

– Está bem, está bem, meu rapaz! – disse Fouché. – Pode ir!

---

1. Trata-se, sem dúvida, de Augusto Frederico, príncipe de Gales, futuro Jorge IV, nomeado regente em 1811 em virtude da doença mental de seu pai, Jorge III.

Os dois voltaram para o carro; Fouché mostrou alguma impaciência por aquele atraso, mas, como não havia especificado o tipo de inteligência de que precisava, compreendeu que era culpa sua e esperou.

De resto, não esperou muito tempo. Passado um quarto de hora, anunciaram-lhe a pessoa que ele esperava.

– Disse para mandar entrar – ele gritou, impaciente. – Mande entrar!

– Aqui estou, aqui estou, cidadão – disse, apresentando-se impulsivamente, mas como um legítimo fidalgo, um rapaz de uns vinte e cinco para vinte e seis anos, cabelos pretos, olhos brilhantes e espirituosos, de aspecto irretocável. – Não perdi nem um minuto sequer, aqui estou!

Fouché fitou-o com seu *pince-nez*.

– Ainda bem! – disse ele. – Esse é o meu homem.

Então, depois de um momento de silêncio, durante o qual prosseguiu seu exame:

– O senhor sabe do que se trata? – perguntou Fouché.

– Sei! Trata-se de seguir um cidadão suspeito, passar com ele para a Alemanha, talvez para a Inglaterra, nada mais fácil; e eu falo alemão como um alemão, e inglês como um inglês; vamos segui-lo sem perdê-lo um só instante de vista. Basta que me mostrem quem é, ou que eu o veja uma vez, ou que me digam onde está e quem é.

– Ele se chama Sol de Grisolles, é ajudante-de-campo de Cadoudal; está hospedado na rua de la Loi[2], Hotel L'Unité. Talvez já tenha ido embora; nesse caso, precisaria saber por que estrada ele foi, alcançá-lo e não o perder mais de vista. Preciso saber de tudo o que ele fizer.

– Isto – acrescentou Fouché, pegando as duas pilhas de ouro sobre a lareira – é para ajudá-lo a procurar informações.

O rapaz estendeu a mão, perfeitamente enluvada, e pôs o dinheiro no bolso, sem contá-lo.

– E agora – disse o jovem elegante – preciso lhe devolver os dois luíses do pedreiro?

– Como assim, os dois luíses do pedreiro? – perguntou Fouché.

– Os que o senhor me deu ainda há pouco.

– Foi ao senhor que dei os dois luíses?

---

2. Nome da rua de Richelieu durante a Revolução.

– Sim, e a prova é que aqui estão.

– Sendo assim – disse Fouché –, essa terceira pilha também é sua, mas a título de gratificação. Vamos, não perca mais tempo; quero notícias até à noite.

– O senhor as terá.

O agente saiu, tão satisfeito com Fouché como Fouché com ele.

À noitinha, Fouché recebeu o primeiro boletim:

> Peguei, na rua de la Loi, no Hotel L'Unité, um quarto contíguo ao do cidadão Sol de Grisolles. Por uma sacada que abarca nossas quatro janelas, pude observar como estava disposto seu quarto: um sofá, confortável para uma conversa, está apoiado contra a minha parede; fiz nela um buraco que, mesmo invisível, permite que eu veja e escute tudo. O cidadão Sol de Grisolles, que não achou quem procurava no Hotel Mont-Blanc, vai esperar até às duas da manhã e já avisou no Hotel L'Unité que receberia, já bastante tarde, a visita de um amigo.
>
> Participarei da visita sem que desconfiem.
>
> *O Pedreiro.*
>
> P.S. – Amanhã, à primeira hora, haverá um segundo boletim.

No dia seguinte, ao raiar do dia, Fouché foi acordado por um segundo boletim, cujo teor era:

> O amigo que o cidadão Sol de Grisolles esperava era o famoso Laurent, dito o belo Laurent, chefe dos companheiros de Jeú. A ordem que o ajudante-de-campo de Cadoudal tinha a missão de lhe transmitir era lembrar do juramento que fizeram todos os filiados da famosa companhia. No próximo sábado, eles devem recomeçar os ataques, parando a diligência de Rouen a Paris na floresta de Vernon. Quem não estiver a postos será punido com a morte.
>
> O cidadão Sol de Grisolles está partindo amanhã, às dez da manhã, para a Alemanha; vou com ele, vamos passar por Estrasburgo e, até onde consigo prever, por Ettenheim, residência do sr. duque de Enghien.
>
> *O Pedreiro.*

O duplo boletim foi um duplo raio de sol sobre o tabuleiro de xadrez de Fouché, à luz do qual o ministro da Polícia "in partibus" pôde ver claro sobre o tabuleiro de Cadoudal. Este último não fizera a Bonaparte uma ameaça vã ao declarar-lhe vendeta. Ao mesmo tempo, ao passar por Paris, reativava os companheiros de Jeú, aos quais só concedera uma dispensa condicional, e enviava o seu ajudante-de-campo à residência do duque de Enghien. Cansado, decerto, das hesitações dos filhos do conde de Artois e do próprio conde de Artois, únicos príncipes com que mantivera relações, que sempre lhe prometeram não só homens e dinheiro, como também a alta proteção de suas pessoas reais, e que nunca cumpriram nada, dirigia-se ao último herdeiro dessa raça belicosa dos Condé para saber se este lhe concederia um apoio mais eficaz do que meros encorajamentos e bons votos.

Uma vez armada a rede, Fouché permaneceu imóvel, à espera, qual a aranha, a um canto de sua teia.

A gendarmaria de Andelys e de Vernon, porém, recebeu ordens para manter os cavalos arreados dia e noite.

XXV
O DUQUE DE ENGHIEN
(1)

O senhor duque de Enghien residia, como dissemos, no pequeno castelo de Ettenheim, no grão-ducado de Bade, na margem direita do Reno, a vinte quilômetros de Estrasburgo. Ele era neto do príncipe de Condé, que era, por sua vez, filho desse príncipe de Condé, dito o Caolho, que tão caro custou à França sob a regência do sr. duque de Orléans. Um só Condé, que morreu jovem, separa este último daquele Condé que, por sua vitória em Rocroi, que ilumina a morte de Luís XIII, por sua tomada de Thionville, por sua batalha de Nördlingen, foi chamado de o Grande, e que, sob certos aspectos de avareza, costumes depravados e frias crueldades, era mesmo filho de seu pai, Henrique II de Bourbon. O desejo que tinha do trono fez com que fosse o primeiro a revelar que os dois filhos de Ana da Áustria, Luís XIV e o duque de Orléans, não eram filhos de Luís XIII, o que, ao fim e ao cabo, até poderia ser verdade.

Quanto a Henrique II de Bourbon, cujo nome acabamos de pronunciar, é nele que essa grande família Condé muda seu caráter e torna-se, de pródiga, avara e, de alegre, melancólica.

É que, embora a história faça dele o filho de Henrique I[1] de Bourbon, príncipe de Condé, a crônica da época protesta contra essa filiação e atribui-lhe outro pai. Sua mulher, Charlotte de la Trémouille, vivia em adultério com um pajem gascão quando, após quatro meses de ausência, o marido regressou de repente e sem avisar. A decisão da duquesa foi rapidamente tomada. A mulher adúltera está a meio caminho do assassinato: ela ofereceu ao marido uma régia recepção.

---

1. E neto de Luís I.

Embora estivessem no inverno, conseguiu frutas magníficas e dividiu com ele a mais linda pêra da cesta. Partiu-a, porém, com uma faca de lâmina dourada envenenada de um lado só, e ofereceu a ele, evidentemente, o lado envenenado.

O príncipe morreu durante a noite.

Charles de Bourbon, que julgava comunicar a notícia a Henrique IV, disse-lhe:

– É resultado da excomunhão do papa Sisto V.

– Bem – respondeu Henrique IV, que não podia deixar de ser espirituoso –, a excomunhão não atrapalhou, *mas outra coisa contribuiu.*

Foi aberto um processo, as acusações mais pesadas erguiam-se contra Charlotte de la Trémouille, quando Henrique IV mandou pedir o processo e jogou todas as peças no fogo e, quando lhe perguntaram o motivo daquele estranho gesto, respondeu:

– Mais vale um bastardo herdar o nome de Condé do que ver um nome tão grande cair no vazio.

E um bastardo herdou o nome de Condé, introduzindo nesse ramo parasita da família alguns vícios que não existiam no primeiro, não sendo a revolta um dos menores.

É difícil essa nossa posição de romancista: se omitimos esse tipo de detalhe, acusam-nos de não conhecer melhor a história do que certos historiadores, e se os revelamos, acusam-nos de querer impopularizar as classes monárquicas.

Apressemo-nos em dizer, porém, que o jovem príncipe Luís Antônio Henrique de Bourbon não tinha nenhum dos defeitos de Henrique II de Bourbon, que só um encarceramento de três anos fez com que se aproximasse da mulher que era, no entanto, a mais linda criatura de seu tempo; do grande Condé, cujos amores com sua irmã, a sra. de Longueville, distraíram Paris durante a Fronda; nem de Luís de Condé, que, como regente da França, simplesmente esvaziou os cofres do Estado para encher os seus e os da sra. de Prie.

Não, era um belo rapaz de trinta e três anos, que emigrara com o pai e o conde de Artois, que se alistara em 92 no corpo de emigrados reunidos nas margens do Reno, que durante oito anos, é verdade, guerreara contra a França, mas para combater princípios que sua educação principesca e os preconceitos reais não lhe permitiam aprovar. Quando da dissolução do exército de Condé, ou seja, quando da paz de Lunéville, o duque de Enghien poderia ter se retirado para a Inglaterra como seu pai, seu avô, os outros príncipes e o conjunto dos emigrados;

mas preferiu, por um motivo sentimental então ignorado, mas posteriormente conhecido[2], fixar-se, como dissemos, em Ettenheim.

Vivia ali como um simples indivíduo, pois aquela imensa fortuna, constituída pelos presentes de Henrique IV, os bens do duque de Montmorency, o Decapitado, e as rapinagens de Luís, o Caolho, fora confiscada durante a Revolução. Os emigrados reunidos em torno de Offenburgo vinham prestar-lhe suas homenagens. Ora os rapazes organizavam grandes caçadas na Floresta Negra, ora o príncipe sumia por seis, oito dias e ressurgia de repente, sem que ninguém descobrisse por onde estivera, ausências essas que davam margem a toda sorte de conjeturas; conjeturas às quais o príncipe deixava cada qual se entregar à vontade, mas sem jamais oferecer, por mais esquisitas e comprometedoras que fossem, nenhum esclarecimento.

Certa manhã, chegou em Ettenheim um homem que se apresentou na casa do príncipe e pediu para lhe falar. Havia atravessado o Reno em Kehl e vinha pela estrada de Offenburgo.

O príncipe estava ausente havia três dias.

O homem esperou.

No quinto dia, o príncipe chegou.

O homem disse como se chamava e da parte de quem vinha; o príncipe, embora o estrangeiro não insistisse para entrar, rogando ao duque, ao contrário, que só o recebesse caso lhe fosse conveniente, quis recebê-lo imediatamente.

Aquele homem, aquele estrangeiro, era Sol de Grisolles.

– O senhor vem da parte do bravo Cadoudal? – perguntou o príncipe. – Acabo de ler num jornal inglês que ele deixou Londres para vir à França vingar uma injúria causada à sua honra e que, uma vez vingada a injúria, regressara a Londres.

O ajudante-de-campo de Cadoudal relatou a aventura tal como ela se passara, sem acrescentar nem omitir nenhum detalhe, depois contou ao príncipe a missão que cumprira junto ao primeiro cônsul, declarando-lhe vendeta, e, junto a Laurent, ordenando-lhe, em nome de Cadoudal, que repusesse em atividade os companheiros de Jeú, como eles eram antes de serem dispersados por Cadoudal.

– O senhor não tem mais nada a me dizer? – perguntou o jovem príncipe.

---

2. O amor secreto do duque de Enghien era Charlotte de Rohan-Rochefort; cf. cap. XXXIII.

– Tenho, sim, meu príncipe – disse o mensageiro. – Devo dizer que, apesar da paz de Lunéville, está para começar uma guerra mais encarniçada do que nunca contra o primeiro cônsul; Pichegru, que finalmente se entendeu com seu augusto pai, está comparecendo com todo o ódio que o exílio em Sinnamary lhe inspirou contra o governo francês. Moreau, furioso com a pouca repercussão que teve a vitória de Hohenlinden e cansado de ver o exército e os generais do Reno constantemente sacrificados em prol dos da Itália, está bem próximo de apoiar um movimento com sua imensa popularidade. E mais ainda: existe uma coisa praticamente ignorada de todo o mundo e que estou encarregado de lhe revelar, meu príncipe.

– Qual?

– É que está se formando no exército uma sociedade secreta.

– A sociedade dos Filadelfos[3].

– O senhor a conhece?

– Ouvi falar dela.

– Vossa Alteza sabe quem é o chefe?

– O coronel Oudet.

– Já esteve com ele?

– Uma vez, em Estrasburgo, mas sem que ele soubesse quem eu era.

– Que impressão ele causou em Vossa Alteza?

– A impressão de ser muito jovem e muito frívolo para o enorme empreendimento com que sonha.

– Sim, Vossa Alteza não está errado – disse Sol de Grisolles. – Oudet nasceu nas montanhas do Jura, e possui todas as forças físicas e morais do montanhês.

– Ele tem apenas vinte e cinco anos.

– Bonaparte tinha apenas vinte e seis quando fez a campanha da Itália.

– Começou sendo um dos nossos.

– Sim, e foi na Vendéia que nós o conhecemos.

– Ele passou para o lado dos republicanos.

– Ou seja, cansou-se de lutar contra os franceses.

O príncipe deu um suspiro.

---

3. Fundada por republicanos e monarquistas unidos em seu ódio por Bonaparte, essa sociedade fomentou até sob o Império conspirações que em nada resultaram (cf. Charles Nodier, op. cit. v, pp. 142-258).

— Ah! Eu também – disse ele – estou bastante cansado!

— Jamais, e que Vossa Alteza acredite na apreciação de um homem que não é pródigo em elogios, jamais se reuniram qualidades tão contrastadas e, no entanto, tão naturais. Ele possui a ingenuidade de uma criança e a coragem de um leão, a confiança de uma moça e a firmeza de um velho romano. É ativo e despreocupado, preguiçoso e incansável, cambiante em seus humores e imutável em suas resoluções, suave e severo, terno e terrível. Só posso acrescentar uma coisa em seu favor, meu príncipe: homens como Moreau e Malet aceitaram-no como chefe e comprometeram-se em obedecer-lhe.

— De modo que os três chefes da sociedade são atualmente?...

— Oudet, Malet e Moreau – Filopêmen, Mário e Fábio. Um quarto vai juntar-se a eles, Pichegru, sob o nome de Temístocles.

— Percebo nessa associação elementos bastante diversos – disse o príncipe.

— Mas bastante poderosos. Vamos, primeiro, livrar-nos de Bonaparte e, quando o lugar estiver vago, trataremos do homem ou do princípio que colocaremos nele.

— E como conta livrar-se de Bonaparte? Espero que não seja por assassinato?

— Não, mas por um combate.

— Acredita que Bonaparte aceite um combate dos Trinta? – perguntou o príncipe, sorrindo.

— Não, meu príncipe, mas nós o forçaremos a aceitar. Ele vai, pelo menos três vezes por semana, à sua casa de campo, em Malmaison, com uma escolta de quarenta a cinqüenta homens. Cadoudal vai atacá-lo com igual número de homens, e Deus há de decidir pelo justo direito.

— Já não é mais um assassinato, com efeito – disse o príncipe, pensativo –, é um combate.

— Mas para o êxito absoluto do projeto, Alteza, precisamos do auxílio de um príncipe francês, valente e popular como é o senhor. Os duques de Berry, Angoulême e o pai deles, o conde de Artois, tantas vezes nos prometeram e tantas vezes faltaram à palavra dada que já não podemos contar com eles. Vim, portanto, dizer-lhe, Alteza, em nome de todos, que só pedimos a sua presença em Paris, a fim de que, morto Bonaparte, o povo seja levado de volta à realeza por um príncipe da casa de Bourbon que possa se apoderar imediatamente do trono em nome do direito adquirido.

O príncipe tomou a mão de Sol de Grisolles.

– Senhor – disse ele –, agradeço-lhe profundamente pela estima que me tem e que seus amigos têm por mim e vou dar-lhe, pessoalmente, uma prova dessa estima, contando-lhe um segredo que ninguém conhece, nem mesmo o meu pai. Ao bravo Cadoudal, a Oudet, a Moreau, a Pichegru, a Malet, eu respondo: "Há nove anos que estou em campanha, há nove anos que, além da minha vida que arrisco todos os dias, o que não é nada, estou desgostoso com as potências que se dizem nossas aliadas e enxergam em nós meros instrumentos. Essas potências fizeram a paz e se esqueceram de nós em seu tratado. Melhor assim. Não hei de perpetuar sozinho uma guerra parricida igual àquela em que meu antepassado Condé afogou parte de sua glória. O senhor vai retrucar que o grande Condé guerreava contra o seu rei, enquanto eu guerreio contra a França. Do ponto de vista dos novos princípios que eu combato e sobre os quais, portanto, não posso me pronunciar pessoalmente, a justificativa do meu antepassado talvez seja, exatamente, que ele guerreava apenas contra o seu rei. Eu travei essa guerra contra a França, mas como personagem secundária; não a declarei nem a terminei, deixei que agissem as potências acima de mim. Eu disse à fatalidade: '"Estás me chamando, aqui estou', mas agora que foi feita a paz, não mudarei nada do que foi feito".

"Isso é para os nossos amigos.

"E, agora – acrescentou –, isso é para o senhor, mas só para o senhor. E garanta-me que o segredo que vou lhe contar não sairá de dentro do seu peito."

– Eu juro, Alteza.

– Muito bem, e perdoe-me por minha fraqueza, senhor, estou amando.

O mensageiro fez um movimento.

– Fraqueza, sim – repetiu o duque –, mas, ao mesmo tempo, felicidade, fraqueza pela qual arrisco a minha cabeça três ou quatro vezes ao mês, quando atravesso o Reno para me encontrar com uma mulher adorável, e que eu adoro. Acham que uma ruptura com meus primos, e até com meu pai, tem me prendido à Alemanha. Não, senhor; o que me prende à Alemanha é um amor ardente, superior, invencível, que me leva a preferir o meu amor ao meu dever. Estão preocupados em saber aonde vou, perguntam-se onde estou, acham que estou conspirando. Mas, ai, estou amando, só isso.

– Oh! Grande e santa coisa é o amor, já que faz um Bourbon se esquecer de tudo, até do seu dever – murmurou, sorrindo, Sol de Grisolles. – Ame, príncipe, ame, e seja feliz! É esse, acredite, o verdadeiro destino do homem.

Sol de Grisolles levantou-se para despedir-se do príncipe.

– Oh! – disse o duque. – Não vá embora assim.

– O que mais tenho a fazer aqui com o senhor?

– Ainda tem de me escutar. Nunca falei com ninguém sobre o meu amor: pois bem, esse amor me sufoca. Fiz-lhe a confidência, mas não basta, preciso falar e refalar ainda mais; o senhor penetrou o lado feliz e risonho da minha vida; preciso lhe contar o quanto ela é linda, inteligente, dedicada. Jante comigo, senhor, e após o jantar, aí sim, o senhor irá embora, mas pelo menos durante duas horas terei lhe falado sobre ela. Há três anos que a amo, imagine, e ainda não pude falar sobre ela com ninguém.

Grisolles ficou para jantar.

Durante duas horas, falou apenas sobre ela. Contou o seu amor inteiro nos mínimos detalhes: riu, chorou, apertou as mãos do seu novo amigo e, ao despedir-se dele, abraçou-o.

Estranho efeito esse, da simpatia! Em um dia, um estrangeiro penetrou mais além no coração do jovem príncipe do que aquele seu amigo que nunca se afastou dele.

Na mesma noite, o mensageiro de Cadoudal seguiu para a Inglaterra, e o agente de polícia encarregado por Fouché de relatar todos os seus passos escrevia-lhe:

> Parti uma hora depois do cidadão S. de G.
>
> Segui posto por posto; cruzei a ponte de Kehl atrás dele; jantei com ele em Offenburgo, na mesma sala, sem que ele tivesse a menor suspeita.
>
> Dormi em Offenburgo.
>
> Saí às oito da manhã, pela posta, a meia hora de distância.
>
> Hospedei-me no Hotel La Croix e o cidadão S. de G., no Hotel Rhin et Moselle.
>
> Como pudessem se preocupar com a minha presença, disse que vinha chamado por uma carta do último príncipe-bispo de Estrasburgo, sr. de Rohan-Guéménée, tão famoso pelo papel que desempenhou no caso do colar. Para ele, apresentei-me como um emigrante que não queria passar por Ettenheim sem prestar-lhe homenagem. Como é muito vaidoso, elogiei-o bastante, e tanto angariei sua confiança que me convidou para jantar com ele. Aproveitei essa providencial intimidade para perguntar-lhe sobre o duque de Enghien. O príncipe

e ele vêem-se muito pouco; mas numa cidadezinha de três mil e quinhentos habitantes como é Ettenheim, todo mundo sabe o que o outro faz.

O príncipe é um belo rapaz entre trinta e dois e trinta e três anos, cabelos loiros e raros; esbelto, bem-apessoado, cheio de coragem e cortesia. Sua vida é um tanto misteriosa no sentido de que, de vez em quando, desaparece sem que ninguém saiba o que é feito dele. Mas Sua Excelência não tem dúvidas de que ele não passa na França, ou pelo menos não em Estrasburgo, o período de suas ausências, pois já cruzou duas vezes com ele na estrada de Estrasburgo, uma vez voltando por Offenburgo, outra vez por Benfeld.

O cidadão S. de G. foi perfeitamente acolhido pelo duque de Enghien, que o reteve para jantar, e decerto aceitou todas as suas propostas, pois o acompanhou até seu carro de viagem e apertou-lhe afetuosamente a mão ao despedir-se.

O cidadão S. de G. parte para Londres.

Partiu às onze horas da noite; à meia-noite partirei eu.

Queira abrir para mim, caso eu seja obrigado a permanecer por lá, um crédito de uma centena de luíses com o chanceler da embaixada da França, de modo que esse crédito permaneça ignorado por todos.

O Pedreiro.

P.S. – Não se esqueça, Excelência, de que depois de amanhã os companheiros de Jeú devem retomar a campanha e vão, para começar, deter a diligência de Rouen na floresta de Vernon.

Esperamos que, com os esclarecimentos que acabam de desfilar sob seus olhos, nossos leitores tenham compreendido o súbito desaparecimento do conde de Sainte-Hermine.

Devolvido à liberdade, e ele acreditava nisto na medida do seu desejo, pela dispensa de Cadoudal, finalmente resolvera pedir a mão da srta. de Sourdis.

Ela a concedera.

Vimos com que pompa estava para ser assinado o contrato de casamento, e como Hector já estava quase com a pena na mão quando o cavaleiro de Mahalin precipitara-se para dentro do palacete, detivera o conde no exato momento em que ia entrar na sala da assinatura e, atraindo-o sob um lustre, dera-lhe para ler a ordem de Cadoudal a Laurent referente à retomada das armas, e a ordem de Laurent a todos os companheiros de Jeú para que estivessem prontos de uma hora para outra.

Hector soltara um grito de dor. Toda a estrutura de sua felicidade vinha abaixo; seus sonhos mais caros, alimentados de dois meses para cá, esvaeciam-se. Não podia, assinando o contrato, arriscar-se a, mais dia menos dia, deixar a srta. de Sourdis viúva de um homem cuja cabeça rolaria no cadafalso feito a de um ladrão pego de arma na mão. Todo o lado cavalheiresco do empreendimento desapareceu aos seus próprios olhos. Já não via a sua situação pelo prisma do grotesco, mas sim, ao contrário, pela lente de aumento da realidade. Restava-lhe apenas a fuga; não hesitou nem um segundo sequer e, estilhaçando feito vidro todo o seu destino, só achou estas palavras para dizer:

– Vamos fugir – disse ele.

E lançou-se para fora do palacete com o cavaleiro de Mahalin.

XXVI
A FLORESTA DE VERNON

No sábado seguinte, por volta das onze horas da manhã, dois homens a cavalo saíam da aldeia de Port-Mort, seguindo a estrada de Andelys a Vernon, por Isle e Pressagny, para chegar a Vernonnet, cruzavam a velha ponte de madeira sobre a qual há cinco moinhos e ganharam a estrada que vai de Paris a Rouen.

Na extremidade da ponte, dobrando à esquerda, a floresta de Bizy compõe uma arcada escura, sob a qual os dois cavaleiros se embrenharam, mas a uma distância tal que não deixavam de enxergar o que se passava na estrada.

Ao mesmo tempo que atravessavam Pressagny, dois outros cavalheiros, descendo a margem esquerda do Sena, saíam de Rolleboise, deixavam Port-Villez e Vernon à sua direita e, chegando no mesmo ponto da floresta onde já tinham desaparecido dois homens a cavalo, pareceram deliberar e, após um momento de dúvida, entraram, resolutos, na floresta.

Deram apenas dez passos, porém, e ouviu-se ressoar o grito: "Quem vem lá?".

– Vernon! – responderam os recém-chegados.

– Versalhes! – disseram os primeiros.

Nisso, pela estrada transversal da floresta que vai de Thilliers-en-Vexin a Bizy, chegaram mais dois cavalheiros que, trocando as mesmas palavras de ordem, se juntaram aos quatros primeiros.

Os seis homens trocaram entre si algumas palavras, pelas quais reconheceram uns aos outros, e depois esperaram em silêncio.

Soou meia-noite.

Cada um dos que esperavam contou, uma após a outra, as doze badaladas. Foram seguidas por um barulho longínquo de rodas.

Cada cavalheiro pôs a mão no braço do companheiro do lado e disse:

– Escute!

– Sim – responderam todos, a uma só voz.

Todos haviam entendido, e repercutia, no coração de todos eles, aquele barulho de rodas de carro.

Ouviu-se armar as pistolas.

De súbito, na curva da estrada, viram aparecer as duas lanternas que acompanhavam a diligência.

Não se ouvia nem um sopro sequer, mas sim batidas de coração, que pareciam gotas de água caindo sobre um rochedo.

A diligência continuava a avançar.

Quando estava apenas a dez passos, dois cavaleiros lançaram-se à frente dos cavalos e quatro às porteiras, gritando:

– Companheiros de Jeú, não resistam!

A diligência deteve-se um instante e depois, pelas porteiras, ouviu-se uma pavorosa descarga de mosquetes, uma voz gritou: "A galope!", e a diligência partiu novamente ao galope de quatro vigorosos percherões.

Dois companheiros de Jeú ficaram estendidos no chão.

Um deles tinha a cabeça atravessada, de uma têmpora a outra, por uma bala: não havia mais que cuidar dele.

O outro, preso sob o seu cavalo, tentava em vão alcançar a pistola que, na queda, lhe escapara da mão.

Os outros tinham se lançado na floresta ou no rio, gritando:

– Traição! Salve-se quem puder!

Quatro gendarmes acorriam, rastejando. Saltaram dos cavalos e agarraram o homem que acabava, finalmente, de alcançar sua pistola e estava para estourar os miolos.

O outro estava morto, perdera os estribos ao cair, e o seu cavalo seguira livremente os demais.

Com a esperança de estourar os miolos, todas as forças do sobrevivente pareciam ter lhe fugido. Ele soltou um suspiro e desfaleceu; sua cabeça batera no pavimento e seu sangue escorria por um amplo rasgo da pele do crânio.

Transportaram-no para a prisão de Vernon.

Ele voltou a si e julgou sair de um sonho.

Uma lâmpada acesa, antes para que pudessem enxergá-lo em sua prisão, através de um postigo, do que para que ele próprio pudesse enxergar, mostrou-lhe o interior de um calabouço.

Então, lembrou-se de tudo, inclinou a cabeça entre as mãos e deixou escapar um longo soluço.

Ao som daquele soluço, a porta abriu-se, e o diretor da prisão entrou, perguntando se ele desejava alguma coisa.

Mas ele se ergueu e, livrando-se com um soberbo movimento da cabeça das lágrimas que tremiam em suas pálpebras:

– Senhor – disse –, poderia me entregar a minha pistola para que eu possa estourar os miolos?

– Cidadão – respondeu o diretor –, está me pedindo a única coisa, além da liberdade, que estou proibido de lhe conceder.

– Nesse caso – disse o prisioneiro, tornando a sentar-se –, não preciso de nada.

E nada fez com que resolvesse pronunciar nem mais uma palavra sequer.

No dia seguinte, às nove horas da manhã, entraram em seu calabouço.

Encontrava-se no mesmo banquinho em que se deixara ficar na véspera.

O sangue do ferimento, porém, coagulara-se e sua cabeça estava presa na parede, prova que não fizera o mínimo gesto durante a noite toda.

Era o procurador da República que vinha interrogá-lo, junto com o juiz de instrução.

Ele se recusou a responder, dizendo:

– Só responderei ao sr. Fouché.

– Tem revelações a lhe fazer?

– Sim.

– Dá sua palavra de honra?

– Minha palavra de honra.

Já se espalhara por toda parte o boato da detenção da diligência, e sabia-se da importância do prisioneiro que se fizera.

O procurador da República não hesitou nem um instante sequer.

Mandou buscar um carro com quatro lugares, e nele fez entrar o prisioneiro, firmemente amarrado. Sentou-se ao seu lado, fez sentarem-se dois gendarmes à sua frente e um terceiro gendarme junto do cocheiro, na boléia.

O carro partiu; seis horas depois, parava em frente ao palacete do cidadão Fouché.

Levaram o prisioneiro à antecâmara do primeiro andar. O cidadão Fouché achava-se em seu gabinete.

Lá, o procurador da República deixou o prisioneiro na antecâmara com seus quatro gendarmes e entrou na sala do cidadão Fouché.

Cinco minutos depois, vieram buscar o prisioneiro.

Ele foi introduzido no gabinete do cidadão senador Fouché de Nantes.

Ignorava-se que ele fosse o verdadeiro ministro da Polícia, e ele já começava a fazer essa adjunção ao seu sobrenome, adjunção que, por sua vez, ele tanto vinculou que ela até já parecia um título aristocrático.

O prisioneiro sofrera bastante no caminho, e ainda sofria bastante, com as cordas que o garroteavam.

Fouché apercebeu-se.

– Cidadão – disse ele –, se quiser me dar a sua palavra de que não tentará fugir enquanto estiver na minha casa, mandarei soltar essas cordas que tanto parecem incomodá-lo.

– Incomodam terrivelmente – disse o prisioneiro.

Fouché tocou a campainha para chamar o bedel de escritório.

– Toutain – ele lhe disse –, corte, ou tire, as cordas deste senhor.

– O que está fazendo? – perguntou o procurador da República.

– O senhor está vendo – disse Fouché –, mandei tirar as cordas do prisioneiro.

– Mas e se ele abusar dessa liberdade?

– Eu tenho a palavra dele.

– E se ele faltar à palavra dada?

– Não vai faltar.

O prisioneiro deu um suspiro de satisfação e sacudiu as mãos ensangüentadas. A corda tinha penetrado a carne.

– E agora – disse Fouché – vai responder?

– Eu disse que responderia apenas ao senhor. Quando estivermos a sós, eu responderei.

– Cidadão, sente-se, antes de mais nada. O senhor, procurador da República, já ouviu: é só um momento de atraso, e como o processo vai passar de novo pelas suas mãos, sua curiosidade será satisfeita.

Ele cumprimentou o procurador da República, que, por mais vontade que tivesse de ficar, saiu imediatamente.

– E agora, senhor Fouché...

Mas este interrompeu o prisioneiro.

– Não precisa se dar ao trabalho de dizer nada, senhor – disse Fouché. – Eu sei de tudo.

– Sabe?

– O senhor se chama Hector de Sainte-Hermine; pertence a uma grande família do Jura; seu pai morreu no cadafalso; seu irmão mais velho foi fuzilado na fortaleza de Auenheim. Seu segundo irmão foi guilhotinado em Bourg-en-Bresse. Após a sua morte, o senhor se filiou, por sua vez, aos companheiros de Jeú. Cadoudal, após sua entrevista com o primeiro cônsul, devolveu-lhe a liberdade; o senhor aproveitou para pedir a mão da srta. de Sourdis, pela qual está apaixonado. No momento de assinar o contrato que o primeiro cônsul e a sra. Bonaparte já tinham assinado, chegou um de seus companheiros e comunicou-lhe a ordem de Cadoudal; o senhor desapareceu; em vão o procuraram por toda parte, e ontem, após a passagem da diligência de Rouen para Paris, que o senhor acabava de atacar com cinco de seus companheiros, encontraram-no na estrada semidesfalecido, deitado sob o seu cavalo morto. O senhor pediu para falar comigo a fim de solicitar que eu lhe permita morrer incógnito queimando seus próprios miolos. Isso eu não posso permitir, infelizmente; se pudesse, eu lhe faria esse favor, palavra de honra.

Hector olhou para Fouché com uma surpresa que beirava a estupidez.

Então, dando uma olhada ao seu redor, avistou sobre a mesa do ministro um furador pontiagudo como uma agulha. Atirou-se sobre ele, mas Fouché o deteve.

– Senhor, tome cuidado – disse ele –, vai faltar com a sua palavra, o que é indigno de um cavalheiro.

– Como assim, pode me dizer? – exclamou o jovem conde, tentando soltar sua mão das mãos de Fouché.

– Matar-se é fugir.

Sainte-Hermine soltou o furador e estatelou-se no tapete, sobre o qual rolou convulsivamente.

Fouché olhou para ele um instante e, vendo que a dor chegava ao seu paroxismo:

– Escute – disse ele –, há um homem que pode lhe conceder o que está pedindo.

Sainte-Hermine ergueu-se rapidamente sobre um joelho.

– Quem é ele? – perguntou.

– O primeiro cônsul.

– Oh! – exclamou o rapaz. – Peça-lhe essa graça por mim, que me mande fuzilar atrás de um muro, sem que meu processo seja encaminhado, sem que meu nome seja pronunciado, sem que os que vão me fuzilar venham algum dia a saber quem sou.

– O senhor me dá a sua palavra de que vai me esperar aqui, e não vai tentar fugir?

– Tem a minha palavra! Tem a minha palavra, senhor! Mas, pelo amor de Deus, traga-me a minha morte.

– Farei o possível – disse Fouché, rindo. – A sua palavra...

– Pela minha honra! – exclamou Sainte-Hermine, estendendo a mão.

O procurador da República continuava a esperar na sala ao lado.

– E então? – inquiriu, quando Fouché reapareceu.

– Pode retornar a Vernon – disse Fouché. – Não precisamos mais do senhor.

– Mas e o meu prisioneiro?

– Fico com ele.

E, sem mais explicações ao magistrado, Fouché desceu rapidamente a escada e entrou no carro, gritando:

– Gabinete do primeiro cônsul!

XXVII
A MÁQUINA INFERNAL

Os cavalos, que pateavam à espera dessa ordem, partiram a galope.

Nas Tulherias, pararam por conta própria: era uma de suas estações habituais.

Bonaparte estava nos aposentos de Josefina; Fouché não quis descer, temendo envolver uma mulher na grande questão política que se agitava; mandou Bourrienne avisar que ele estava lá.

O primeiro cônsul subiu imediatamente.

– Então, cidadão Fouché, o que houve?

– Houve, cidadão primeiro cônsul, que, como tenho muito que lhe contar, não tive receio de perturbá-lo.

– Fez muito bem. Vejamos, então; conte.

– Na frente do sr. de Bourrienne? – perguntou Fouché, baixinho.

– O sr. de Bourrienne é surdo, o sr. de Bourrienne é mudo, o sr. de Bourrienne é cego – respondeu o primeiro cônsul. – Fale.

– Mandei seguir, por um dos meus agentes, os homens mais capazes de Cadoudal – disse Fouché. – Na mesma noite, ele teve uma entrevista com o belo Laurent, o chefe dos companheiros de Jeú, que instantaneamente tornou a pôr os seus homens em atividade.

– E depois?

– Ele foi para Estrasburgo, atravessou a ponte de Kehl, e foi fazer uma visita ao duque de Enghien, em Ettenheim.

– Fouché, o senhor não está prestando atenção suficiente a esse rapaz; é o único da família que teve a energia de lutar, e lutar muito bravamente; até me asseguraram que ele esteve duas ou três vezes em Estrasburgo. É preciso vigiá-lo.

– Fique tranqüilo, cidadão primeiro cônsul, não vamos perdê-lo de vista.

– E o que eles fizeram juntos, o que disseram?

– O que fizeram? Jantaram. O que disseram é mais difícil de descobrir, já que jantaram a sós.

– E quando se despediram?

– À noite, às onze horas, o cidadão Sol de Grisolles partiu para Londres. À meia-noite, meu agente partiu por sua vez.

– É só isso?

– Não. Resta contar-lhe o mais importante.

– Estou ouvindo.

– Os companheiros de Jeú voltaram a fazer campanha.

– Quando?

– Ontem. Detiveram uma diligência na noite passada.

– E assaltaram?

– Não. Eu estava avisado e tinha enchido a diligência de gendarmes, de modo que à primeira ordem para parar, em vez de obedecer, eles fizeram fogo. Um companheiro de Jeú caiu morto, outro foi feito prisioneiro.

– Algum miserável?

– Não – disse Fouché, meneando a cabeça. – Pelo contrário.

– Um homem da nobreza?

– E da melhor.

– Ele fez revelações?

– Não.

– Vai fazer?

– Não creio.

– É preciso saber o nome dele?

– Eu sei.

– E ele se chama?

– Hector de Sainte-Hermine.

– Como! O rapaz cujo contrato de casamento assinei, e que não foi encontrado na hora em que ele próprio tinha de assinar?

Fouché fez um sinal afirmativo com a cabeça.

– Conduza o processo dele – gritou Bonaparte.

— Os primeiros nomes da França ficariam comprometidos.
— Então, mande-o fuzilar atrás de uma parede, num canto de sebe, dentro de um fosso.
— É isso mesmo que vim lhe pedir, da parte dele.
— Pois bem! O pedido foi aceito.
— Permita que eu leve a ele esta boa notícia.
— Onde ele está?
— Na minha casa.
— Como assim, na sua casa?
— Sim, ele me deu sua palavra que não fugiria.
— Quer dizer que é um homem intrépido?
— Sim.
— E se eu fosse vê-lo?
— Como queira, cidadão primeiro cônsul.
— É melhor não, eu me deixaria comover e lhe daria um indulto.
— O que, neste momento, seria um péssimo exemplo.
— Tem razão. Vá, e que amanhã esse assunto esteja encerrado.
— É a sua última palavra?
— Sim. Adeus.
Fouché fez uma saudação e saiu.
Cinco minutos depois, estava em seu palacete.
— E então? – perguntou Hector, com as mãos juntas.
— Foi concedido – respondeu Fouché.
— Sem processo, sem alarde?
— Seu nome não será pronunciado; a partir deste momento, o senhor não existe mais para ninguém.
— E quando vão me fuzilar, pois espero que me fuzilem?
— Sim.
— Quando vão me fuzilar?
— Amanhã.
Sainte-Hermine pegou as mãos de Fouché e apertou-as com gratidão.
— Ah! Obrigado, obrigado!
— Agora, venha.
Sainte-Hermine seguiu-o qual uma criança. O carro continuava a esperar na porta. Fouché o fez entrar e entrou depois dele.
— Para Vincennes – disse.

Se o rapaz ainda tinha alguma dúvida, essa palavra, Vincennes, tranqüilizou-o: em Vincennes é que se efetuavam as execuções militares.

Desceram ambos do carro e foram introduzidos na fortaleza.

O governador, sr. Harel, veio ao encontro de Fouché.

Fouché disse-lhe algumas palavras em voz baixa. O governador inclinou-se, em sinal de obediência.

– Adeus, senhor Fouché – disse Sainte-Hermine –, e mil vezes obrigado.

– Até logo – respondeu Fouché.

– Até logo? – exclamou Sainte-Hermine. – O que quer dizer com isso?

– Quem sabe, meu Deus?

Enquanto isso, Saint-Régeant e Limoëlan haviam chegado a Paris e, desde o primeiro dia, puseram mãos à obra.

O Pedreiro, como Fouché o batizara, estava de volta a Paris, e confirmara a Fouché a partida de Saint-Régeant e Limoëlan de Londres, e a vinda para Paris.

Eram, de certa forma, dois brulotes que Georges enviara para abrir caminho; mas ele mesmo não deveria vir por enquanto, ou só viria no caso de Saint-Régeant e Limoëlan serem bem-sucedidos.

De que maneira iriam atacar o primeiro cônsul, todo mundo ignorava; por todo mundo, entendemos aqueles que estavam a par da presença deles em Paris, e talvez eles próprios ainda ignorassem.

O primeiro cônsul não se perdia: saía a pé, à noite, para a rua Duroc; não raro de carro, durante o dia, ia a Malmaison três ou quatro vezes por semana, com uma escolta de uns poucos homens, e à Comédie-Française ou à Ópera.

Bonaparte não era letrado: julgava o conjunto de uma obra pelos seus detalhes; gostava de Corneille não pelos seus versos, mas pelos pensamentos que encerravam. Quando por acaso citava versos franceses, esses versos raramente se apoiavam nos próprios pés e, contudo, gostava de literatura.

Quanto à música, era para ele um repouso. Era para ele, como para todo italiano, um prazer pleno de sensualidade. Tinha uma voz desafinada de não cantar nem dois compassos e, no entanto, estimava todos os grandes mestres, Gluck, Beethoven, Mozart, Spontini.

A obra da moda naquela época era o oratório de Haydn[1], *A criação*, composta três anos antes.

---

1. *Die Schöpfung* (1798), apresentada na Ópera de Paris em 3 de nivoso do ano IX (24 de dezembro de 1800) com o título: *A criação do mundo*, foi posta em versos em francês pelo cidadão Ségur filho.

Era uma legítima lenda a história do maestro húngaro, filho de um pobre segeiro, que somava à sua profissão, aos domingos, o ofício de músico ambulante, tocando harpa enquanto a esposa cantava e o pequeno Joseph, com a idade de cinco para seis anos, arranhava numa tábua um pretenso acompanhamento; ia de aldeia em aldeia. O professor da escola de Hainburgo julgou perceber no menino uma extraordinária disposição para a música, acolheu-o em sua casa, ensinou-lhe os primeiros elementos da composição e conseguiu-lhe um lugar de coroinha em Santo Estêvão, a catedral de Viena. Durante sete ou oito anos, a multidão veio admirar seu magnífico contralto, que ele perdeu quando mudou de voz. O rapaz, sem recurso algum, já que sua voz é que o sustentara até então, estava para retornar à sua aldeia quando foi recebido por um pobre peruqueiro, igualmente músico, feliz por ter em casa um cantor decaído do qual, durante sete ou oito anos, havia admirado a bela voz na catedral. Haydn, seguro de que não morreria de fome, trabalhava dezesseis horas por dia e debutou com a ópera *O diabo coxo*, levada no teatro da porta de Caríntia.

A partir desse momento, estava salvo.

O príncipe Esterhazy levou-o para a sua casa e manteve-o por trinta anos.

Mas ele já era famoso quando o príncipe veio em seu auxílio; os príncipes chegam às vezes nas existências dos grandes artistas, mas chegam tarde demais.

O que seria dos pobres sem os pobres?

As honrarias agora choviam sobre Haydn, que por gratidão se casou com a filha do peruqueiro, a qual, diga-se de passagem, também por gratidão o fez desfrutar da cota de felicidade com que Xantipa gratificava Sócrates.

A Ópera francesa encenara, por sua vez, o oratório de Haydn, e o primeiro cônsul anunciara previamente que assistiria à primeira apresentação.

Às três horas, Bonaparte, trabalhando com Bourrienne, virou-se para o lado:

– A propósito, Bourrienne – disse ele –, não vá jantar comigo esta noite. Vou à Ópera, e não posso levá-lo comigo. Estou levando Lannes, Berthier e Lauriston; mas o senhor pode ir, tem a noite livre.

No entanto, na hora de sair, Bonaparte, exausto pelo trabalho do dia, hesitava.

Sua hesitação durou das oito horas às oito e quinze.

Durante aqueles quinze minutos de hesitação, eis o que se passava nos arredores das Tulherias:

Dois homens conduziam pela rua Saint-Nicaise, rua estreita que já não existe mais e por onde iria passar o primeiro cônsul, um cavalo e uma carroça carregada com um barril de pólvora; uma vez chegados à metade da rua, um deles, tirando uma moeda de vinte e quatro soldos do bolso, pediu a uma moça que tomasse conta do cavalo. Um dos homens então correu a postar-se à vista das Tulherias a fim de dar o sinal, enquanto o outro ficou de prontidão para atear fogo na mecha da terrível máquina.

No instante em que soava um quarto de hora depois das oito, o homem das Tulherias gritou: "Aí vem ele!". O homem da máquina ateou-lhe fogo e fugiu em seguida. Feito um turbilhão, surgiu do postigo do Louvre o carro do primeiro cônsul, conduzido por quatro cavalos e seguido de um piquete de granadeiros a cavalo. Entrando na rua, o cocheiro, que se chamava Germain e que o primeiro cônsul apelidara de César, avistou um cavalo e uma carroça barrando o caminho e gritou, sem se deter e sem reter os cavalos:

– À direita, a carroça!

E inclinou para a esquerda; a menina, temendo ser atropelada com o carro que lhe fora confiado, pôs-se rapidamente à direita. O carro passou, a escolta passou, mas mal tinham dobrado a primeira esquina da rua quando se fez ouvir um estrondo tremendo, igual ao de dez peças de artilharia fazendo fogo ao mesmo tempo.

Disse o primeiro cônsul:

– Descarregaram a metralha em cima de nós. César, pare!

O carro parou.

Bonaparte saltou.

– Onde está o carro da minha mulher? – ele perguntou.

O carro, por milagre, em vez de segui-lo imediatamente, ficara para trás em conseqüência de uma discussão, entre Rapp e a sra. Bonaparte, a respeito da cor de um xale de caxemira.

O primeiro cônsul lançou um olhar ao seu redor. Tudo era ruínas, duas ou três casas haviam sido estripadas, outra, totalmente derrubada; ouviam-se por todos os lados os lamentos dos feridos e avistavam-se dois ou três cadáveres imóveis.

Todas as vidraças das Tulherias haviam sido quebradas, todas as dos carros do primeiro cônsul e da sra. Bonaparte haviam ido pelos ares, estilhaçadas. A sra. Murat sentiu tanto medo que não quis prosseguir e levaram-na de volta para o castelo.

Bonaparte assegurou-se de que ninguém à sua volta estava ferido. Não vendo aparecer o carro de Josefina, não ficou preocupado. Mandou dois granadeiros avisar que estava são e salvo e que ela fosse encontrá-lo na Ópera.

Então, subindo novamente no carro:

– Para a Ópera, a toda a brida! – gritou Bonaparte. – Não quero que pensem que estou morto.

O boato da catástrofe já chegara à Ópera; diziam que os assassinos haviam mandado pelos ares um bairro de Paris, que o primeiro cônsul estava gravemente ferido; outros diziam que estava morto. De súbito, seu camarote se abriu e viram-no sentar-se na frente, calmo e impassível como sempre.

À sua vista, um clamor unânime ergueu-se, vindo de todos os corações. Para todos, com exceção de seus inimigos pessoais, Bonaparte era o pilar de bronze da França. Tudo se baseava nele, glórias militares, felicidade nacional, fortuna pública, tranqüilidade da França, paz do mundo.

As aclamações redobraram quando viram, por sua vez, aparecer Josefina, pálida e trêmula, não tentando ocultar sua emoção e envolvendo o primeiro cônsul com um olhar cheio de amor e preocupação.

Bonaparte ficou apenas um quarto de hora no espetáculo e ordenou a volta para as Tulherias; tinha pressa de livrar o coração da raiva que o inflava; pois, quer por convicção real, quer por fúria fingida, todo o seu ódio pelos jacobinos despertara, e ele precisava desabafar contra eles.

O que há de estranho nesses ensaios de dinastia que fizeram na França, um após o outro, os Napoleões, os Bourbon do ramo mais velho, os Bourbon do ramo mais jovem e até o governo sob o qual vivemos atualmente é esse instinto fatal e destrutivo que os leva a se prender a esse trono nefasto de Luís XVI e a essa realeza antinacional de Maria Antonieta. Parece até que os inimigos desses dois pobres expiadores das faltas de Luís XIV e Luís XV precisam ser inimigos de todos os novos tronos, qualquer que seja o ramo isolado ou direto a que pertençam. Se essa não foi uma das falhas de Bonaparte, foi pelo menos um de seus erros.

Como a explosão da terrível máquina fora ouvida em toda Paris, o amplo salão do andar térreo que dá para o grande terraço ficou, num instante, repleto de gente.

Vinham ler, nos olhos do mestre, pois ele já era o mestre, a quem se devia atribuir esse novo crime e a quem se devia acusar.

A opinião do primeiro cônsul não se fez esperar.

Embora tivesse tido naquele dia uma longa conferência com Fouché, em que este lhe falara sobre as maquinações monarquistas, ele parecia ter se esquecido dela.

Entrou tão emocionado e animado quanto parecera calmo e frio na Ópera. Durante a sua volta, a prevenção contra os jacobinos fora lhe subindo à garganta e o sufocava.

– Desta vez, senhores – ele disse ao entrar –, não há nisso nem nobres, nem padres, nem *chouans*, nem vendeanos; é obra dos jacobinos, somente os jacobinos quiseram me assassinar. Desta vez, sei com quem estou lidando, não vou tomar gato por lebre. São esses setembrizadores*, celerados cobertos de lama, que estão em permanente conspiração, em revolta aberta, em batalhão quadrado contra a sociedade e contra todos os governos que se sucederam. Não faz um mês que se viu Ceracchi, Aréna, Topino-Lebrun, Dermerville tentar me assassinar[2]. Pois então! É a mesma laia, são os bebedores de sangue de setembro, os assassinos de Versalhes, os bandidos de 31 de maio, os conspiradores de prairial, os autores de todos os crimes cometidos contra todos os governos[3]. Se não podemos prendê-los, temos de esmagá-los, temos de purgar a França dessa escória nojenta: nenhuma compaixão com esses celerados. Onde está Fouché?

Batendo o pé, impaciente:

– Onde está Fouché? – repetiu pela segunda vez.

Fouché apareceu. Sua roupa estava coberta de poeira e gesso.

– De onde está saindo? – perguntou Bonaparte.

– De onde é meu dever estar saindo – respondeu Fouché. – Das ruínas.

– Muito bem! Ainda vai dizer que se trata de monarquistas?

– Eu só vou dizer, cidadão primeiro cônsul – respondeu Fouché –, quando tiver certeza do que estiver dizendo, e quando eu acusar, fique tranqüilo, estarei acusando os verdadeiros culpados.

– Então, os verdadeiros culpados, segundo o senhor, não são os jacobinos?

– Os verdadeiros culpados são os que cometeram o crime, e são esses que eu estou procurando.

---

* Referência aos massacres de setembro, ou setembrizadas, ocorridas entre 2 e 6 de setembro de 1792, quando fanáticos revolucionários promoveram o massacre de prisioneiros políticos nas prisões parisienses. (N. T.)

2. Implicados na conspiração dita dos punhais, queriam atentar contra a vida do primeiro cônsul durante uma representação dos *Horácios* na Ópera (10 de outubro de 1800).

3. Os assassinos de Versalhes são os líderes da multidão que, em 6 de outubro de 1789, levou a família real de volta para Paris; os bandidos de 31 de maio de 1793 são os insurretos da Comuna contra a Convenção, que se negou a ceder; os conspiradores de prairial (1º de prairial do ano III, ou 20 de maio de 1795) invadiram a Convenção com a cabeça do representante Féraud espetada numa lança.

– Oh, cáspite! Esses não são difíceis de achar.

– Muito difíceis, pelo contrário.

– Pois muito bem, eu sei quem são, eu não me baseio na sua polícia, faço minha própria polícia, sei quem são os autores do crime e vou saber atingi-los e infligir-lhes um castigo exemplar. Até amanhã, senhor Fouché, vou esperar pelas suas descobertas. Até amanhã, senhores.

Bonaparte subiu para os seus apartamentos.

Chegando ao seu gabinete, deparou com Bourrienne.

– Ah, é o senhor! – disse ele. – Sabe o que aconteceu?

– Sem dúvida – respondeu Bourrienne –, e a esta hora Paris inteira está sabendo.

– Pois então! É preciso que Paris inteira saiba também quem são os culpados.

– Cuidado: aqueles que o senhor designar, Paris acusará.

– Aqueles que vou designar, cáspite! Vou designar os jacobinos.

– Essa não é a opinião de Fouché: ele afirma que é uma conspiração de duas pessoas, três no máximo. Toda conspiração de cinco pessoas, diz ele, pertence à polícia.

– Fouché tem seus motivos para não ser da minha opinião, Fouché está poupando os seus; ele já não foi um dos seus chefes? E eu não sei o que ele fez em Lyon e no Loire? Pois bem! Loire e Lyon é que me explicam Fouché. Boa noite, Bourrienne.

E ele entrou em seus aposentos mais calmo, havia exalado a sua raiva.

Enquanto isso, Fouché voltara, tal como dissera, às ruínas; ele dispusera, em volta de toda a rua Saint-Nicaise, uma fileira de soldados destinados a manter, tanto quanto possível, o campo de batalha intacto.

Ele soltara no campo de batalha o Pedreiro, ou Victor Quatro-Faces, como era chamado na polícia, em razão de sua facilidade para interpretar os mais diferentes e opostos papéis: homem do povo, homem decente, inglês, alemão.

Dessa vez, não se tratava de incorporar nenhuma figura nem endossar nenhum disfarce, mas apenas exercitar as preciosas faculdades que a natureza lhe concedera, perceber as tramas mais misteriosas e mais ocultas.

Fouché encontrou-o sentado sobre um resto de muralha, refletindo.

– E então, Pedreiro? – perguntou Fouché, que continuava a chamá-lo pelo nome que lhe dera quando o confundira com um pedreiro.

– Pois então, cidadão! Pensei que a pessoa a ser interrogada seria o cocheiro, já que só ele, do alto da sua boléia, poderia ter visto o que havia na rua quando entrou por ela. Eis o que me disse César, e deve ser verdade.

– Você não tem medo de que ele estivesse cego de medo, ou até bêbado?

O Pedreiro meneou a cabeça.

– César é um bravo – disse ele –, que se chama Germain, e foi apelidado de César pelo próprio primeiro cônsul, no dia em que o viu, no Egito, atacar três árabes, matar um e fazer do outro um prisioneiro. Talvez o primeiro cônsul, que não gosta de ficar devendo nada a ninguém, diga que ele estava bêbado, mas ele não estava.

– Pois bem, e o que ele viu? – perguntou Fouché.

– Viu um homem fugindo para os lados da rua Saint-Honoré, jogando atrás de si uma mecha acesa, e uma moça segurando pela rédea um cavalo atrelado a uma carroça sobre a qual havia um barril. A moça decerto não sabia o que havia na carroça. O que havia na carroça era um barril de pólvora, o homem que fugiu lançando uma mecha tinha acabado de atear fogo nele.

– Temos de encontrar e interrogar a moça – disse Fouché.

– A moça! – respondeu o Pedreiro. – Veja, aqui está a perna dela.

E mostrou-lhe um pé, apartado do corpo, com um sapato e uma meia de algodão azul.

– E do cavalo, sobrou algum pedaço?

– Sobrou uma coxa e a cabeça. A cabeça tem uma estrela branca no meio da testa. Estou, além disso, com uns pedaços da pele, o suficiente para compor uma descrição.

– E da carroça?

– Vamos ter de esperar; pedi que separassem todos os ferros que fossem encontrados. Amanhã de manhã vou examinar tudo.

– Pedreiro, meu amigo, eu lhe entrego este caso.

– Está bem, mas só para mim.

– Não posso responder pelas polícias do primeiro cônsul.

– Não importa, desde que a sua não me confronte.

– A minha há de se manter tão tranqüila como se nada tivesse acontecido.

– Então, tudo vai dar certo.

– O senhor me garante?

– Quando estou com a ponta de um caso na mão, tenho de chegar à outra.

– Muito bem, vamos chegar lá; são mil escudos para o senhor no dia em que chegarmos.

E Fouché voltou para casa, mais convencido do que nunca de que não eram os jacobinos que haviam dado aquele golpe.

No dia seguinte, foram detidas duzentas pessoas, conhecidas por seus princípios revolucionários, e Bonaparte, depois de vagar de uma idéia a outra, decidiu deportá-las em virtude de um ato dos cônsules deferido com a aprovação do Senado.

Na véspera do dia em que foi pronunciado o decreto, os detidos passaram um a um diante de quatro homens que pareciam ser operários ou mestres de ofício.

Um desses homens era vendedor de cavalos; outro, negociante de cereais; o terceiro, alquilador de carros; e o quarto, toneleiro.

Nenhum deles reconheceu, entre os detidos, os dois homens com os quais haviam tratado, pois até ali as descobertas só acusavam dois homens, três no máximo; ainda assim, dos três, um desempenhava um papel secundário. Eis como fora constituída essa espécie de júri.

O Pedreiro, com admirável inteligência, recompusera o animal graças aos seus despojos.

Assim, já no dia seguinte ao acontecimento, podia-se ler em todos os jornais e nos cartazes expostos nas esquinas:

> O chefe de polícia avisa a seus cidadãos que a pequena carroça em que estava colocado o barril de pólvora com arcos de ferro que explodiu ontem às oito e quinze da noite, na rua Saint-Nicaise, defronte à rua de Malte, no momento em que passava o primeiro cônsul, estava atrelada a uma égua de tiro, de pêlo baio, crina gasta, cauda em forma de vassoura, focinho de raposa, flancos e nádegas claras, marca na cabeça, manchas brancas dos dois lados das costas, bastante avermelhada sob a crina do lado direito, passada em idade e com um metro e cinqüenta de altura, aproximadamente quatro pés e seis polegares, gorda e em bom estado, sem nenhuma marca nas coxas ou no pescoço que possam indicar pertencer a algum depósito.
>
> Quem tiver conhecimento do proprietário dessa égua, ou que a tenha visto atrelada à carroça, está convidado a fornecer todas as informações possíveis ao chefe de polícia, quer verbalmente, quer por escrito. O chefe de polícia concede-

rá uma recompensa a quem der a conhecer o proprietário. Está convidado, por motivo da putrefação, a vir reconhecer o quanto antes os despojos da égua.

A esse chamado, acorreram todos os negociantes de cavalo de Paris.
Já no primeiro dia, a égua foi reconhecida pelo mercador que a vendera.
Ele pediu para falar com o chefe de polícia.
Foi encaminhado ao Pedreiro.
Ao Pedreiro, o mercador deu o nome e o endereço do negociante de cereais a quem a vendera.

O Pedreiro manteve ao seu lado o vendedor de cavalos e mandou buscar o negociante de cereais.

O negociante de cereais reconheceu os despojos da égua e declarou que a vendera a dois indivíduos que se faziam passar por feirantes.

Lembrava-se perfeitamente dos dois, já que havia negociado com eles duas ou três vezes; ofereceu sobre eles informações das mais precisas.

Um tinha cabelos escuros, outro, castanhos claros; o mais alto podia ter cinco pés e seis a sete polegares; o outro, três polegares a menos; um tinha jeito de ex-militar, o outro, de burguês.

No dia seguinte, um alquilador de carros apresentou-se e, por sua vez, reconheceu a égua por tê-la abrigado em seu galpão durante alguns dias. Deu a descrição dos dois homens; a descrição era idêntica.

O último a chegar, enfim, foi o toneleiro que vendera o barril e nele pusera os arcos.

O que facilitara, e muito, a tarefa do Pedreiro é que o entusiasmo popular pelo primeiro cônsul era tal, naquela época, que as testemunhas não esperavam para ser intimadas a comparecer. Quem quer que julgasse poder lançar alguma luz sobre esse caso tenebroso corria por conta própria a depor e estava mais disposto a acrescentar do que a ocultar.

Mas tudo isso só conduzira a um medíocre resultado: dar a Fouché a certeza de que nenhum dos jacobinos detidos era o culpado, já que nenhum deles fora reconhecido pelas quatro testemunhas postas em contato com os acusados, e aquela certeza ele já a tinha antes da acareação.

A acareação, contudo, trouxe um resultado: foram tirados duzentos e vinte e três indivíduos da prisão. O que só deixou Bonaparte ainda mais encarniçado contra os cento e trinta restantes.

Passaram-se então coisas estranhas no Conselho de Estado.

Numa dessas cenas, o conselheiro de Estado Réal, antigo procurador no Châtelet, antigo acusador público destituído por Robespierre por moderantismo, fundador do *Journal de l'Opposition* e do *Journal des Patriotes* de 1789 e, finalmente, historiógrafo da República, chamou à parte Regnault de Saint-Jean-d'Angély e Bonaparte. Ele, Réal, afirmava que Bonaparte estava perseguindo inimigos pessoais, e não os verdadeiros autores do crime.

– Mas – exclamou Bonaparte – são os setembrizadores que eu quero atingir.

– Setembrizadores! – retrucou Réal. – Se ainda houver, que morra até o último. Mas, neste caso, o que é um setembrizador? É o sr. Roederer, que amanhã será o setembrizador do *faubourg* Saint-Germain; é o sr. de Saint-Jean-d'Angély, que amanhã será o setembrizador dos emigrados que se tornaram mestres do poder.

– Não existem listas com esses homens?

– Existem, claro – respondeu o sr. Réal. – Existem listas, e na primeira vejo até o nome de Baudrais, que há cinco anos é juiz em Guadalupe. Vejo também o de Pâris, escrivão de tribunal revolucionário, morto há seis meses.

Bonaparte voltou-se para o sr. Roederer.

– Mas quem fez essas listas? – perguntou. – No entanto, há em Paris um bocado de restos incorrigíveis das anarquias de Babeuf.

– Cáspite! Eu também estaria na lista – disse Réal – se não fosse conselheiro de Estado: eu, que defendi Babeuf e seus co-acusados em Vendôme.

Bonaparte tinha um grande domínio sobre si mesmo.

– Vejo que algumas paixões se infiltraram numa questão de Estado – disse ele. – Precisamos retomar essa questão com eqüidade e boa-fé.

Outro não teria perdoado Réal por ter lhe provado, em pleno Conselho de Estado, que estava errado. Embora continuasse a perseguir os homens que havia jurado derrubar, ele tomava nota do homem honesto que cruzava o seu caminho, barrando-lhe a via do ódio e da vingança.

Seis meses depois, Réal tornava-se adjunto do ministro da Polícia Geral.

– Mas Turenne incendiou o Palatinado – dizia-se na frente de Bonaparte.

– Não importa – retrucava Bonaparte –, pois se era necessário aos seus objetivos!

Era necessário aos objetivos de Bonaparte que cento e trinta jacobinos fossem deportados.

Que lhe importava que fossem culpados ou não?

XXVIII
OS VERDADEIROS CULPADOS

Assim, a partir do momento em que Bonaparte tirou do complô dos seus assassinos, ainda desconhecidos, toda vantagem que queria tirar, a partir do momento em que mandou deportar os cento e trinta jacobinos, os escolhidos do seu ódio injustamente acusados pelo atentado, foi necessário trazer-lhe à memória uma conspiração anterior, a de Aréna, Topino-Lebrun, Ceracchi e Demerville, que levou esses quatro acusados às prisões de Paris. Ainda não haviam sido julgados quando a máquina infernal explodiu.

Foi então que, qual um homem que quer pôr seus negócios em dia, a liquidação dos crimes foi ordenada, o processo atrasado foi instruído e os culpados da véspera foram executados durante a algazarra causada pela conspiração do dia seguinte[1].

Quanto a ele, tão logo Fouché – já seguro, pelos relatórios de seu agente, de que em breve poria as mãos nos verdadeiros autores da máquina infernal – veio lhe perguntar, na expectativa da prisão dos criminosos, se não teria ordens a lhe dar, disposições a serem tomadas, como tinha a sua lei de deportação, como os últimos representantes da Revolução haviam acabado de atravessar a França entre cegas maldições da população, ele mal prestou atenção à pergunta, obteve a seguinte resposta:

– Mande desalojar todas essas cortesãs de baixo escalão, todas essas mulheres da vida que vêm infestando os arredores das Tulherias.

---

1. Foram executados em 31 de janeiro de 1801.

Ele reparara, com efeito, que as prostitutas e seus imundos redutos participavam não só de quase todas as conspirações, como também de quase todos os crimes. No entanto, algumas palavras que ele acrescentou em seguida demonstraram a Fouché que o primeiro cônsul tinha mais em vista o embelezamento de Paris do que a sua segurança pessoal.

– Mas, pelo amor de Deus – exclamou Fouché, empregando a expressão em voga para as súplicas –, pense um pouco mais na sua segurança!

– Cidadão Fouché – disse Bonaparte, rindo –, será que, por acaso, o senhor acredita em Deus? Isso me surpreenderia um bocado.

– Se não acredito em Deus – respondeu Fouché, impaciente –, o senhor há de admitir que acredito no diabo, não é? Muito bem! Em nome do diabo, para o qual vamos despachar daqui a poucos dias, assim espero, as almas dos seus conspiradores, pense na sua segurança!

– Ora! – disse o primeiro cônsul com sua despreocupação habitual. – O senhor acha que é assim tão fácil acabar com a minha vida? Não tenho hábitos fixos nem horários regulares, todos os meus exercícios são interrompidos, as minhas saídas são tão imprevisíveis como os meus retornos. Quanto à mesa, a mesma coisa: nenhuma preferência por nenhum prato; como ora uma coisa, ora outra, tanto do prato mais afastado como do que está mais perto de mim. E essa maneira de ser não constitui um sistema, acredite; é a maneira que me convém, por isso a adotei. E agora, meu caro, já que é tão hábil, já que mais uma vez vai descobrir os culpados, é verdade que quinze dias depois de eles quase me matarem, tome suas providências e zele por mim, esse é um problema seu.

Como Fouché não conseguia acreditar que não houvesse naquilo tudo algum cálculo para impressionar a multidão, Bonaparte prosseguiu:

– Não creia – disse ele – que a minha tranqüilidade esteja baseada num fanatismo cego, e muito menos na minha fé na diligência da sua polícia. Um projeto de assassinato vai ser posto em execução; a ignorância dos detalhes, a possibilidade duvidosa de êxito, o meio sempre incerto de enfrentá-lo, tudo isso é demasiado vago para um espírito tão positivo e um caráter tão absoluto como o meu. Nos obstáculos reais é que sinto crescer a minha inteligência e os meus recursos se proporcionam ao perigo; mas prever o que contra uma emboscada pessoal, contra uma facada desfechada num corredor da Ópera, contra um tiro de fuzil vindo de uma janela, contra uma máquina infernal explodindo numa esquina? Eu teria de temer tudo a todo instante. Vã fraqueza! Proteger-se de tudo em toda parte: impossível! Não basta atordoar-me com o perigo que corro no momento. Esse perigo, eu o conheço, mas o esqueço e, ao esquecê-lo, liberto-me para sempre da necessidade de pensar nele.

"Eu tenho – acrescentou – o poder de criar as minhas idéias ou, pelo menos, de fixá-las a ponto de a elas submeter meu sentimento e meus atos: o que uma vez considerei estar além das minhas possibilidades e da minha conveniência já não obtém de mim a menor atenção; tudo o que lhe peço é que não me tire a minha calma: a minha calma é a minha força."

E como Fouché ainda insistisse para que o primeiro cônsul, por sua vez, adotasse algumas precauções:

– Vamos, volte para casa – disse-lhe Bonaparte. – Mande prender os seus homens, se acha que os pegou; mande abrir um processo, mande os enforcar, fuzilar, guilhotinar, não porque quiseram me matar, mas porque são uns desastrados que, sem me acertar, mataram doze cidadãos e feriram sessenta.

Fouché bem viu que, na disposição de ânimo em que se achava Bonaparte, não havia mais nada a fazer. Fouché voltou para casa e deu com o Pedreiro à sua espera.

Aquele homem que, com sua habilidade, se apoderara totalmente de sua confiança, quando percebeu que haviam sumido, desde o dia da máquina infernal, os três homens que a polícia vinha vigiando como *chouans* que estavam em Paris para assassinar o primeiro cônsul, muito acertadamente assumiu que se os três homens não voltaram a aparecer era porque eram os autores do crime; se não, por medo de se tornarem suspeitos, mais do que depressa já teriam se mostrado. Sabia o nome desses três homens: eram Limoëlan, um antigo vendeano, Saint-Régeant e Carbon.

De Limoëlan e Saint-Régeant, não encontrou nenhuma pista; mas descobriu, no *faubourg* Saint-Marcel, uma irmã do tal Carbon, que ali morava com as duas filhas. Alugou um quarto no mesmo andar que o dela, trancou-se ali por dois ou três dias com a maior afetação e, no terceiro dia, ou melhor, na terceira noite, depois de soltar fortes gemidos que, pela pouca espessura das paredes, deveriam ser ouvidos pelas vizinhas, arrastou-se até a porta do quarto delas, tocou a campainha e deixou-se cair de joelhos, apoiado à parede.

Uma das moças veio abrir; encontrou-o sem forças, quase sem voz.

– Ah, mamãe! – ela gritou. – É o coitado do nosso vizinho, esse que esteve gemendo o dia inteiro.

A mãe o acudiu, ergueu-o pelo braço, fez com que entrasse e se sentasse, perguntando-lhe em que, apesar de sua pobreza, ela e suas filhas poderiam ajudá-lo.

– Estou morrendo de fome – respondeu o Pedreiro. – Faz três dias que não como; não tenho coragem de descer até a rua, que está cheia de policiais; estão atrás de mim, tenho certeza.

A irmã de Carbon começou fazendo-o tomar um copo de vinho, depois lhe deu um pedaço de pão, que ele de fato devorou como se não tivesse comido há três dias. E como elas, por sua vez, temiam que os policiais estivessem por ali por sua causa, como irmã e sobrinhas de Carbon, perguntaram ao homem o que ele tinha feito.

Então, parecendo ceder às suas insistências, ele confessou, ou fingiu confessar, que viera a Paris a mando de Cadoudal a fim de juntar-se a Saint-Régeant e Limoëlan. Contudo, como chegara a Paris no dia seguinte ao atentado da rua Saint-Nicaise, não conseguira obter nenhuma informação sobre um ou outro. O mais desagradável é que ele tinha um meio seguro de fazê-los passar para a Inglaterra. A velha senhora e suas duas filhas não se abriram com ele já naquele primeiro dia; mas deram-lhe pão, uma garrafa de vinho e prometeram fornecer-lhe provisões enquanto ele permanecesse no mesmo andar que elas, com a condição de que pagaria o preço devido, considerando-se o estado, se não de miséria, pelo menos de pobreza em que viviam.

No segundo dia, já sabia que Carbon era o irmão da velha senhora, que ficara em casa da irmã até 7 de nivoso.

Então, uma senhorita, srta. de Cicé, veio da parte do confessor de Limoëlan para buscar Carbon e levou-o até uma pequena congregação de freiras do Sagrado Coração na qualidade de padre não juramentado que ainda não obtivera autorização de retornar à França; como não quisesse esperar mais por essa autorização no estrangeiro, ele retornara a Paris, onde esperava, mais dia menos dia, sua retirada da lista dos emigrados. Encontrava-se, aliás, muito seguro entre as freiras, que, agradecidas ao primeiro cônsul pelo que estava fazendo em favor do culto, rezavam todo dia uma missa pública pela conservação de sua preciosa existência, missa à qual Carbon não deixava de assistir.

De resto, a velha senhora estava perfeitamente a par de toda a conspiração da máquina infernal que se passara debaixo de seus olhos; mostrou ao Pedreiro a última das doze pipas da pólvora que servira para encher o barril.

Essa última pipa ainda continha quatorze libras de pólvora; o Pedreiro identificou-a como pólvora inglesa e de excelente qualidade; as outras pipas haviam sido espedaçadas para servir de lenha para a lareira, e Limoëlan um dia lhes dissera:

— Poupem essa lenha, senhoras, ela custa caro!

Ela lhe mostrou igualmente as blusas de dois dos conjurados; a de Limoëlan e a de Carbon. Não se sabia o que era feito da blusa de Saint-Régeant.

Restava saber em qual casa de freiras encontrava-se Carbon. As três senhoras não sabiam, mas tanto o falso *chouan* insistiu sobre a necessidade em que estava de combinar sua fuga com Carbon que a irmã prometeu que traria o endereço no dia seguinte.

E, de fato, como ela conhecia o endereço da srta. de Cicé, correu à sua casa e obteve todas as informações que desejava.

Como as missas rezadas pela salvação do primeiro cônsul eram públicas, o Pedreiro entrou na igreja com dois policiais. A um canto do coro, avistou um homem que rezava com tamanho fervor que só podia ser Carbon.

Deixou que a igreja se esvaziasse, depois foi até Carbon e deteve-o sem que este opusesse a menor resistência, pois estava muito longe de imaginar que seria reconhecido.

Carbon, detido, confessou tudo. Era a única esperança que lhe restava.

Denunciou o retiro de Saint-Régeant.

Este se achava numa casa da rua du Bac.

Detido por sua vez, e ciente de que seu cúmplice confessara tudo, não tentou se defender e fez, por seu lado, a seguinte confissão, que copiamos do interrogatório assinado de seu próprio punho:

> Tudo o que o agente Victor afirmou sobre a compra do cavalo, sobre o abrigo da carroça na casa de um mercador de grãos, a compra de um barril, os arcos de ferro, é verdade.
>
> Faltava marcar o dia; escolhemos a noite em que o primeiro cônsul iria à Ópera assistir ao oratório da *Criação*.
>
> Sabíamos que ele passava pela rua Saint-Nicaise, uma das mais estreitas dos arredores das Tulherias, e foi onde resolvemos instalar a nossa máquina. O carro deveria passar às oito e quinze. Às oito em ponto, eu estava lá com a carroça, enquanto Limoëlan e Carbon se postavam cada um num postigo do Louvre para me dar o aviso. Limoëlan e Carbon, vestidos de carroceiros como eu, levaram comigo a carroça até a rua de Malte e, como eu disse, foram cada um para o seu posto. Passaram-se cinco minutos. Ao ver que não me faziam nenhum sinal, deixei a carroça, tendo o cuidado de pôr as rédeas do cavalo nas mãos de uma

camponesinha, a quem dei uma moeda de vinte e quatro soldos para que tomasse conta dele, e subi a rua Saint-Nicaise para o lado das Tulherias.

De súbito, ouvi a voz de Limoëlan gritando: "Aí vem ele!" e, ao mesmo tempo, chegaram um carro e o som de uma tropa de homens a cavalo. Corri para a carroça, pensando comigo mesmo do fundo do coração: "Meu Deus, se Bonaparte for necessário para a tranqüilidade da França, desvie o golpe da cabeça dele e traga-o para a minha". Então, enquanto gritava para a menina: "Fuja, fuja, vá embora!", ateei fogo à isca da carroça que devia comunicar com a pólvora.

O carro e a escolta já estavam em cima de mim. O cavalo de um granadeiro me jogou para cima de uma casa: caí, levantei-me e corri para os lados do Louvre; mas dei apenas uns poucos passos. A última coisa de que me lembro é que, ao olhar para trás, vi o clarão da isca brilhando feito chispa e a silhueta da menina em pé ao lado da carroça; depois não vi mais nada, não ouvi mais nada, não senti mais nada!

Me vi transportado, sem saber como, para debaixo do postigo do Louvre. Quanto tempo fiquei desacordado? Não saberia dizer. A corrente de ar fresco reanimou meus sentidos; então me reconheci, lembrei-me de tudo; mas me espantei por dois motivos: primeiro, por ainda estar vivo; segundo, estando vivo, por não ter sido detido. O sangue me saía pelo nariz e pela boca. Decerto me confundiram com um dos inúmeros feridos que a terrível máquina deixara entre os transeuntes inofensivos. Tratei de chegar à ponte: fiz um pacote com a minha blusa e joguei-o no rio. Não sabia para onde ir, pois pensava ser estraçalhado pela explosão da máquina, e não me preocupara em procurar um refúgio para o caso de sobreviver. Encontrei Limoëlan em minha casa: morávamos juntos. Ao me ver machucado como estava, ele correu para buscar um confessor e um médico. O confessor era o seu tio, o sr. Picot de Closrivière, e o médico, um jovem médico amigo dele. Foi então que soubemos que o golpe havia falhado.

– Eu não queria aquela isca – disse Limoëlan. – Se você tivesse me cedido o seu lugar, como eu pedi, teria ateado fogo com um tição. Eu teria me estraçalhado, eu sei, mas teria matado Bonaparte.

Foi o que se soube de Saint-Régeant, e de fato era tudo o que se precisava saber.

Envergonhado por ter fracassado em seu intento, convencido de que a condição imposta a um assassino político é vencer ou morrer, Limoëlan não só não voltou para junto de Georges, como também não tornou a pôr os pés na Inglaterra. Tão devoto quanto orgulhoso, vendo em sua ação tão-somente a vontade de Deus, não querendo submeter-se ao julgamento dos homens, embarcou como simples marujo em Saint-Malo.

Foi anunciado, simplesmente, que fora para o estrangeiro e se retirara do mundo; seu próprio partido ignorava o que fora feito dele. Mas Fouché não o perdeu de vista e manteve durante muito tempo um olho fixo no convento distante em que ele recebera o sacerdócio. Correspondia-se apenas com a irmã e, no cabeçalho de uma de suas cartas, cuja interceptação pelos cruzeiros ingleses ele decerto temia, Desmarets, o chefe da alta polícia, leu essa notável invocação: "Ó, ingleses! Deixem passar esta carta... Vem de um homem que muito fez e muito sofreu por vossa causa"*².

Mais dois monarquistas estavam ligados ao complô, embora mal aparecessem nas penumbras do último plano. Chamavam-se Joyaut e Lahaye Saint-Hilaire.

Salvaram-se, tal como Limoëlan, graças ao tumulto criado contra os jacobinos, e foram comunicar a Georges Cadoudal e à Inglaterra que o novo complô acabara de falhar novamente.

Saint-Régeant e Carbon foram condenados à morte. Não obstante as revelações que fizera e a ajuda prestada na prisão de seu cúmplice, Carbon não obteve nenhuma comutação de pena.

Quando tornaram a falar sobre o processo com Bonaparte, este aparentava tê-lo totalmente esquecido e respondeu simplesmente:

– Já que foi pronunciada a sentença, que seja executada, isso não me diz respeito.

Em 21 de abril, Carbon e Saint-Régeant morreram no cadafalso ainda vermelho do sangue de Aréna e de seus três cúmplices.

Procuramos inutilmente alguns detalhes sobre a morte dos dois condenados. A intenção do governo era decerto que só se desse uma importância

---

* *Témoignages historiques*, 1º volume, p. 51. (N.A.)

2. Trata-se da obra de Pierre-Marie Desmarets, chefe do setor de polícia durante todo o Consulado e o Império, *Témoignages historiques, ou Quinze ans de haute police sous Napoléon* [Testemunhos históricos, ou Quinze anos de alta polícia sob Napoleão] (Paris, Alphonse Levavasseur/Bousquet, 1833), "Le Trois Nivôse", p. 51. A obra compõe-se de apenas um volume.

secundária à morte dos dois infelizes. O relato dessas mortes cabe numa linha do *Moniteur*:

"Tal dia e tal hora – diz ele –, Carbon e Saint-Régeant foram executados"[3].

No dia seguinte à execução, o Pedreiro voltou a Londres, levando consigo instruções sigilosas.

---

3. "Interior, Paris, 1º de floreal: 'O tribunal de cassação confirmou o julgamento conduzido pelo tribunal criminal do Sena contra os acusados do atentado à pessoa do primeiro cônsul, na noite de 3 de nivoso último. Carbon e Saint-Régeant sofreram hoje o seu suplício'" (*Gazette Nationale ou Le Moniteur Universel*, 2 de floreal ano ıx/22 de abril de 1801, p. 890).

XXIX
O REI LUÍS DE PARMA

Quando a existência de um homem representa um peso supremo nos interesses, na honra e no destino de uma grande nação, quando os espíritos tendem a prever o êxito ou a queda de uma fortuna elevada e ocupam-se com as suposições que o êxito – ou com os cálculos que a queda – dessa elevada fortuna arrastaria consigo, em sua ascensão ou em sua queda, amigos e inimigos se vêem assim frente a frente, considerando as chances que lhes traz o seu ódio ou a sua fidelidade ao homem que se eleva, mas que pode ruir de um momento para o outro. É a hora dos augúrios, dos pressentimentos, dos prognósticos. Os próprios sonhos têm a sua secreta influência, e todo mundo está pronto a se deixar conduzir às terras desconhecidas do futuro por um desses guias leves e vaporosos que escapam do reino da noite pela porta de chifre ou pela porta de marfim*. Então, quer por timidez natural, quer pela mania de ver tudo pelo lado ruim, uns alarmam-se por um sim e por um não e atordoam-nos com avisos absurdos sobre perigos imaginários. Outros, ao contrário, vêem tudo por seu próprio ponto de vista, ou seja, as coisas fáceis e os resultados benéficos, e conduzem a cegueira de César ou de Bonaparte ao objetivo que eles desejam, sem se preocuparem com o perigo que não prevêem; enquanto um terceiro partido, o partido caído sobre o qual se apóia, esmagando-o, o homem da genialidade, do acaso e da Providência, exala uma raiva impotente por votos sinistros, por pasquins ameaçadores, repletos de promessas sanguinárias.

---

* Segundo Virgílio (*Eneida*, vi), os sonhos nos vêm por duas portas: pela porta de marfim, os sonhos falsos, as vãs ilusões; pela porta de chifre, os sonhos verdadeiros e proféticos. (N. T.)

Então, em meio às preocupações desses tempos malditos, e do próprio cerne dessas preocupações, surgem às vezes idéias criminosas: imaginações fracas ou sombrias saciam-se com elas; situação fatal, de onde parece que só se consegue sair pela morte daquele que a criou.

Tal é a situação de César querendo ser nomeado rei; de Henrique IV decidido a processar Maria de Medici e Concino Concini; de Bonaparte após o 18 de brumário, flutuando entre Augusto e Washington.

Parece então que essa cabeça fatídica é posta a prêmio, que é consagrada à tranqüilidade pública e se trata agora de ver quem empunhará o punhal de Brutus ou a faca de Ravaillac a fim de derrubar esse obstáculo que se ergue ante suas ambições, seus princípios ou suas expectativas.

E, de fato, todo o primeiro ano do Consulado não passara de uma série de maquinações contra o primeiro cônsul. Inimigos do 13 de vendemiário, inimigos do 18 de frutidor, inimigos do 18 de brumário, monarquistas, republicanos, companheiros de Jeú, vendeanos e *chouans* conspiravam à noite, nas florestas, conspiravam nas estradas, conspiravam nos cafés, conspiravam nas salas de teatro.

Irritados com o dia de Saint-Cloud, o derradeiro dia político de Bonaparte, alarmados com suas conseqüências, alarmados com seu silêncio em resposta às cartas de Luís XVIII, os monarquistas e os republicanos, os dois únicos partidos de fato existentes na França, os Brancos e os Azuis, enfim, animavam-se com gritos de vingança e de morte.

"Como querem que eu não conspire?", dizia Aréna perante os seus juízes. "Todo mundo conspira atualmente. Conspira-se nas ruas, conspira-se nos salões, conspira-se nas encruzilhadas, conspira-se nas praças públicas."

"O ar está cheio de punhais!", diria o próprio Fouché[1], traduzindo o pensamento de todos esses conspiradores e para tentar arrancar Bonaparte de sua apatia.

Conhecemos todos os detalhes dessa guerra terrível da Vendéia e da Bretanha, conspiração das florestas contra a cidade, à qual os La Rochejacquelein, os Bonchamps, os d'Elbée, os Charette e os Lescure vieram juntar seus nomes.

Conhecemos todos os detalhes da conspiração de Jeú, conspiração das grandes estradas na qual sucumbiram sob os nossos olhos Valensolles, Jahiat,

---

1. Essas palavras são relatadas por Bourrienne, op. cit.

Ribier e Sainte-Hermine; não falamos da conspiração das ruas, de Metge, Veycer e Chevalier, julgados e fuzilados por comissões militares.

Relatamos em poucas linhas a conspiração dos teatros de Topino-Lebrun, Demerville, Ceracchi e Aréna.

Depois vimos surgir, e a acompanhamos da rua Saint-Nicaise até a praça de Grève*, a conspiração de encruzilhada de Limoëlan, Carbon e Saint-Régeant.

Veremos surgir, por sua vez, a conspiração de Pichegru, Cadoudal e Moreau.

Mas foi principalmente quando se viu consolidar-se os fatos; à paz de Lunéville com a Áustria suceder-se a paz de Amiens com a Inglaterra; quando se viu Francisco I, representante da reação política na Europa[2], permitir que se estabelecessem debaixo de seus olhos as repúblicas italianas; quando se viu Jorge III da Inglaterra consentir em raspar do brasão de Henrique IV as três flores-de-lis da França; quando se viu Ferdinando de Nápoles fechar seus portos aos ingleses; quando se viu Bonaparte, seriamente instalado nas Tulherias, cercar sua esposa de uma etiqueta que, sem ser ainda a etiqueta imperial, ainda assim superava a etiqueta principesca; quando se viu Josefina com quatro damas para acompanhá-la e quatro oficiais do palácio; quando se a viu oferecer recepções em seus apartamentos e quando se a viu receber em seus apartamentos ao rés do jardim os ministros, o corpo diplomático e os estrangeiros de distinção; quando se a viu, precedida pelo ministro das Relações Exteriores[3], mandar que lhe apresentassem os embaixadores de todas as potências da Europa, atraídos a Paris pela paz universal; quando se viu a porta dos apartamentos do primeiro cônsul abrir-se de repente e este saudar, de chapéu na cabeça, os embaixadores de todas as potências inclinados diante dele; quando se viu o segundo aniversário do 18 de brumário celebrar a festa da Paz; quando se viu aquele que duas Câmaras haviam, por um momento, posto fora da lei, tratar com o papa, embaixador de Deus, como o haviam visto tratar com os embaixadores dos reis da terra; quando se o viu reabrir as igrejas, mandar cantar um *Te Deum* na Notre-Dame pelo cardeal Caprara; quando se viu Chateaubriand, que reencontrara Deus proscrito

---

* Atual praça do Hotel de Ville. Nessa praça, realizavam-se as execuções, e foi ali que, pela primeira vez, se ergueu a guilhotina. (N. T.)

2. Imperador da Alemanha, em 1792, com o nome de Francisco II, renunciou à coroa imperial depois de Austerlitz (1804), adotando então o título de imperador da Áustria e o nome de Francisco I.

3. Talleyrand.

da França à sombra das florestas virgens da América e nas cataratas do Niágara, publicar *O gênio do cristianismo* naquela capital que, cinco anos antes, reconhecia e festejava com Robespierre o Ser Supremo e decretava o culto à deusa Razão, outorgando-lhe por templo a velha basílica de Felipe Augusto; quando se viu Roma reconciliar-se com a Revolução, e o papa dando a mão ao signatário do tratado que o despojara de suas províncias; quando se viu, enfim, o vencedor de Montebello, de Rivoli, das Pirâmides, de Marengo, trazendo às duas Assembléias Legislativas a paz com a terra através do Tratado de Lunéville, a paz com os mares através do Tratado de Amiens, a paz com o céu através da Concordata, a anistia para todos os proscritos, um magnífico código de leis; quando se o viu, como paga por seus serviços, receber o consulado vitalício, quase a coroa!; quando se viu, enfim, que nada do que esperava a Inglaterra, essa inimiga encarniçada, tinha se cumprido; quando, por um momento, se pôde esperar que esse ditador, tão sábio no futuro como fora grande no passado, detentor desses contrários que Deus nunca antes reunira num só homem, o vigor da genialidade dos grandes capitães com a paciência que faz a fortuna e a glória dos fundadores de impérios; quando se pôde esperar que esse homem, depois de tornar a França tão grande, depois de tê-la cumulado de glórias, depois de tê-la posto à frente das grandes nações, iria prepará-la para a liberdade, a Inglaterra se apavorou e, por maior que fosse o crime, persuadiu-se de que lhe incumbia deter em sua carreira aquele novo Washington, que, tão poderoso quanto o primeiro como legislador, era muitíssimo mais ilustre como capitão.

 Logo, porém, se apresentou uma oportunidade inesperada de o primeiro cônsul alçar mais ainda o espanto e as dúvidas da Europa. Ajudado pelo rei da Espanha em sua guerra contra Portugal, ele lhe prometera, para o infante de Parma, recentemente casado com a sua filha, o reino da Etrúria.

 A paz de Lunéville ratificara essa promessa. Os infantes de Parma, destinados a reinar sobre a Toscana, acabavam de chegar à fronteira dos Pireneus e solicitavam ordens do primeiro cônsul. Bonaparte fazia questão de mostrá-los à França e fazê-los atravessar Paris antes de mandá-los para a Toscana, onde tomariam posse do trono florentino. Todos os contrastes agradavam à imaginação do primeiro cônsul, que começava a sentir que podia fazer tudo o que queria. Gostava daquela cena, realmente antiga e digna dos grandes dias de Roma, de um rei constituído por uma República; gostava, principalmente, de mostrar que não temia, na França, a presença de um Bourbon, convencido de que sua glória o colocava acima de qualquer comparação com aquela antiga raça, cujo lugar, se não o trono, ele ocupava. Era igualmente para ele uma primeira e grande oportunidade de mostrar Paris curada de todas as suas feridas revolucionárias e, simples cônsul, dar mostras de um luxo que poucos reis naquela época podiam ostentar, arruinados que estavam pela guerra que enriquecera a França.

Bonaparte reuniu seus dois colegas[4]. Os três deliberaram longamente sobre o cerimonial a ser seguido com respeito ao rei e à rainha da Etrúria. Ficou combinado, antes de tudo, que eles manteriam o anonimato e seriam recebidos sob o nome de conde e condessa de Livorno. Sob esse nome, seriam tratados com a mesma etiqueta com que haviam sido tratados, sob Luís XVI, o tsarévitch Paulo da Rússia e José II.

Conseqüentemente, as ordens foram passadas ao longo de toda a estrada às autoridades civis e militares dos departamentos.

Enquanto a França, orgulhosa por fazer reis, e feliz ainda por não tê-los, via passar os jovens príncipes, aplaudindo-os, a Europa espantada olhava para a França.

Os monarquistas, no teatro de Bordeaux, quiseram aproveitar a presença dos jovens esposos para tentar o espírito público e gritaram: "Viva o rei!", mas um grito formidável, vindo de todos os cantos da sala, respondeu: "Abaixo os reis!".

Os jovens príncipes chegaram a Paris no mês de junho: passariam ali seis semanas. Observou-se que Bonaparte, embora primeiro cônsul, ou seja, simples magistrado temporário de uma República, representava a França. Diante dessa dignidade, esmaeciam todos os privilégios do sangue real; de modo que as duas jovens Majestades lhe fizeram a primeira visita.

Ele a retribuiu no dia seguinte.

Então, para estabelecer bem a diferença que ainda existia entre ele e seus colegas, seus colegas, por sua vez, fizeram a primeira visita aos jovens príncipes.

Era na Ópera que o primeiro cônsul devia apresentar seus hóspedes ao público de Paris. Mas no dia combinado, com o espetáculo escolhido por decreto, Bonaparte, quer por uma manobra, quer por um mal-estar real, achava-se indisposto.

Cambacérès substituiu-o e acompanhou os infantes ao espetáculo. Ao entrar no camarote dos cônsules, tomou o conde de Livorno pela mão e apresen-

---

4. Ou seja, Cambacérès e Lebrun, segundo e terceiro cônsules.

tou-o ao público, que respondeu com aplausos unânimes, talvez não isentos de alguma maliciosa intenção.

Essa indisposição do primeiro cônsul deu margem a uma série de suposições, e atribuíram-lhe na ocasião intenções que ele nunca tivera. Seus partidários disseram que ele não quisera apresentar os Bourbon à França; os monarquistas afirmaram que era uma maneira de preparar os espíritos para a volta da monarquia deposta, e os poucos republicanos que restavam desde a última sangria feita na França afirmaram que ele queria, com aquelas pompas reais ostentadas em sua ausência, acostumar a França ao restabelecimento da monarquia.

Os ministros seguiram o exemplo do primeiro cônsul, principalmente o sr. de Talleyrand, cujos pendores aristocráticos tendiam constantemente para a restauração completa do antigo regime, do qual, no quesito do belo palavreado e da elegância, ele era um espécime perfeito; o sr. de Talleyrand ofereceu ao príncipe viajante, em seu castelo de Neuilly, uma magnífica recepção a que compareceu toda a alta sociedade de Paris. Com efeito, muitos dos que iam à casa do ministro das Relações Exteriores não teriam ido às Tulherias.

Uma surpresa esperava os jovens príncipes, que não conheciam sua futura capital. Em meio a uma brilhante iluminação, a cidade de Florença surgiu de repente por seu lado mais florentino, por seu Palazzo Vecchio. Todo um povo, com trajes italianos, dançava e cantava nessa praça, e todo um cortejo de moças veio oferecer flores aos futuros soberanos e coroas triunfais ao primeiro cônsul.

A festa, dizia-se, custara um milhão ao sr. de Talleyrand; mas ele também fez uma coisa que mais ninguém podia fazer e trouxe para o governo, numa só noite, mais partidários do antigo regime do que aquele havia conquistado nos dois últimos anos; pois muitos dos que sentiam falta desse antigo regime pelo que tinham perdido começavam a acreditar que poderiam recuperá-lo com um novo regime.

Por fim, o conde e a condessa de Livorno foram conduzidos a Malmaison pelo embaixador da Espanha, o conde de Azara.

O primeiro cônsul recebeu o rei diante de sua casa militar; mas este, que nunca vira festa igual nem tamanha ostentação de bordados e galões, perdeu totalmente a cabeça e jogou-se nos braços do primeiro cônsul.

É que, é forçoso dizê-lo, o coitado do jovem príncipe era um idiota, ou quase isso; embora tivesse lhe dado um excelente coração, a natureza recusara-lhe todas as qualidades do espírito.

É bem verdade que a educação monacal que recebera só servira para destruir mais ainda os poucos clarões que, brotando-lhe do coração, iluminavam-lhe a inteligência.

Luís de Parma passou em Malmaison quase todo o período em que permaneceu na França. A sra. Bonaparte levava a jovem rainha para os seus apartamentos e, como o primeiro cônsul só saísse de seu gabinete à hora do jantar, os ajudantes-de-campo viam-se obrigados a fazer companhia ao rei e distraí-lo, já que ele era incapaz não só de se ocupar, como de se divertir sozinho.

"Na verdade – disse o duque de Rovigo, que se incluía nessa época entre os ajudantes-de-campo do primeiro cônsul –, era preciso ter paciência para escutar as infantilidades que lhe enchiam a cabeça. Mas como conhecíamos a sua medida, mandamos trazer jogos que em geral se colocam nas mãos das crianças.

"A partir daí, ele não se entediou mais.

"Sofríamos com a sua nulidade; víamos com pesar um alto e belo rapaz destinado a comandar homens que, tremendo à vista de um cavalo no qual não ousava montar, passava o tempo brincando de esconde-esconde, saltando sobre os nossos ombros, e cuja instrução se limitava a rezar, recitar os *benedictus* antes da sopa e as graças depois do café.

"E, no entanto, eram em mãos assim que seriam entregues os destinos de uma nação.

"Quando ele partiu para os seus Estados, o primeiro cônsul nos disse após a audiência da partida:

"– Roma pode ficar tranqüila, esse não vai atravessar o Rubicão*."[5]

Deus concedeu ao seu povo a mercê de chamá-lo para si após um ano de reinado.

Mas a Europa não vira a nulidade do jovem príncipe, vira apenas o fato da fundação de um novo reino, e perguntava-se que povo estranho era aquele povo francês, que cortava a cabeça dos reis e dava reis aos outros povos.

---

* Essa expressão se refere à travessia do rio Rubicão, na fronteira entre Itália e Gália, por Júlio César em 49 a.C. e que suscitou uma guerra entre César e Pompeu. César teria então proferido a famosa frase *Alea iacta est* ("A sorte está lançada"). A expressão "atravessar o Rubicão" passou a significar uma decisão arriscada e irrevogável. (N. T.)

5. Rovigo, *Mémoires du duc de Rovigo pour servir à l'histoire de l'empereur Napoléon* (Paris, P. A. Bossange, 1828), t. I, p. 364. O texto, conforme o hábito de Dumas, está retocado em certos detalhes.

XXX
JÚPITER OLÍMPICO

Os leitores devem ter percebido com que profundo escrúpulo apresentamos as personagens históricas que desempenham algum papel nesta narrativa, sem qualquer posicionamento *a priori*, e tal como elas próprias se apresentam à imparcial história. Não nos deixamos impressionar nem pelas recordações pessoais de nossas desgraças familiares, cuja fonte remonta às divisões no Egito entre Bonaparte e Kléber, pelo qual meu pai tomara partido, nem pelo hosana de seus eternos adoradores, cujo princípio é tudo admirar, nem por essa moda, vinda com um retorno de oposição a Napoleão III, de denegrir todo o passado a fim de solapar as bases em que se apóia a sua vacilante dinastia. Não; fui, não diria justo, ninguém pode garantir que o é, mas sincero, e essa sinceridade, tenho certeza, a essa altura já foi reconhecida. Pois bem! Nossa convicção é que, na época a que chegamos, o primeiro cônsul, convencido de que, para concluir seu elevado destino, tinha tanto a esperar da paz como da guerra, desejava seriamente a paz. Não vamos afirmar que, para esse afortunado jogador do jogo sangrento das batalhas que ele tão bem conhecia, e no qual tinha fé, o sono não fosse vez por outra assombrado pelos espectros de Arcole e Rivoli; não vamos afirmar que vez por outra sua vigília não fosse perturbada pela visão das flexíveis palmeiras do Nilo ou das rígidas pirâmides de Gizé, não vamos afirmar que ele não era arrancado desses devaneios crepusculares pelas neves ofuscantes do Saint-Bernard ou pela fulgurante fumaça de Marengo. Afirmaremos, porém, que ele via brilhar, por exemplo, os frutos dourados e as coroas de carvalho que a paz proporciona a esses privilegiados do destino que fecham as portas do templo de Jano.

Ora, sob esse aspecto, Bonaparte acabara de realizar, aos trinta e um anos, o que não conseguiram realizar, numa vida inteira, Mário, Sila ou César.

Mas ele seria capaz de conservar aquela paz que tão caro custara? E a Inglaterra, a cujos três leopardos ele acabara de roer as unhas e arrancar os dentes, deixaria a César o tempo de se tornar Augusto?

No entanto, a paz era necessária a Bonaparte para conquistar o trono francês, como a guerra era necessária a Napoleão para ampliar suas bases à custa dos outros tronos da Europa. Bonaparte, aliás, não nutria nenhuma ilusão acerca das intenções de sua eterna inimiga: bem sabia que ela só concluíra a paz porque, apartada de seus aliados, não pudera continuar a guerra, e não daria tempo à França de reorganizar sua Marinha, reorganização que lhe demandaria de quatro a cinco anos. Bonaparte estava tão seguro das intenções do gabinete de Saint-James com relação a ele que, a quem lhe falasse da necessidade dos povos, das vantagens da paz, de seu poder sobre a ordem interna, sobre as artes, o comércio, a indústria, enfim, sobre todos os ramos que constituem o feixe da prosperidade pública, ele não negava nada disso, mas dizia que todas essas coisas só eram possíveis com a ajuda da Inglaterra; o problema é que ele não dava dois anos para que a Inglaterra fizesse novamente pesar na balança do mundo o peso de sua Marinha e exercer a influência de seu ouro em todos os gabinetes da Europa. Então, seu pensamento se evadia, transbordando feito um rio que rompesse seus diques; e, como se estivesse assistindo às sessões do gabinete inglês, sentia a paz escapar-lhe pelas mãos.

– A paz deve ser rompida, isso é certo – ele exclamava. – É certo que a Inglaterra vai rompê-la. Então, não seria mais prudente antecipá-la? Não seria melhor não deixá-la assumir a dianteira e dar um grande e terrível golpe, inopinado, que surpreendesse o mundo?

E, nisso, ele mergulhava numa dessas profundas reflexões durante as quais a França ficava atenta e a Europa observava.

E, de fato, a atitude da Inglaterra só fazia justificar as suspeitas de Bonaparte ou, melhor dizendo, na suposição de que Bonaparte desejasse a guerra, a Inglaterra vinha ao encontro de seus desejos e, se havia algo que lhe censurar, era que ia mais depressa rumo a esse objetivo do que o próprio Bonaparte teria desejado.

O rei da Inglaterra endereçara ao seu Parlamento uma mensagem na qual se queixava de armamentos que vinham sendo feitos, dizia, nos portos franceses, e pedia-lhe que tomasse as precauções necessárias para se opor às hostilidades que se preparavam. Aquela má-fé muitíssimo irritou o primeiro cônsul, o qual sentia que sua popularidade dependia daquela paz tão desejada que ele mal acabara de oferecer à França e que já via prestes a romper-se.

E, de fato, pelo Tratado de Amiens, a Inglaterra deveria devolver a ilha de Malta e não a estava devolvendo. Deveria devolver o Egito, e continuava lá. Deveria devolver o cabo da Boa Esperança, e o mantinha.

Finalmente, julgando que era preciso sair de uma situação penosa, intolerável e pior do que a guerra, o primeiro cônsul resolveu falar com o embaixador inglês com uma franqueza sem peias, a fim de convencê-lo de que sua decisão estava tomada sobre dois pontos: a evacuação de Malta e a evacuação do Egito. Era uma nova tentativa essa que ele queria fazer: explicar-se claramente com seus inimigos e dizer-lhes o que nunca se diz, a verdade sobre sua própria posição.

Na noite de 18 de fevereiro de 1803, convidou lorde Whitworth às Tulherias, recebeu-o em seu gabinete, fez com que se sentasse na extremidade de uma mesa grande, ele próprio ocupando a outra. Estava a sós com ele, como convinha numa conferência desse tipo.

– Milorde – disse ele –, quis encontrá-lo a sós, e conversar diretamente com o senhor sobre as minhas verdadeiras intenções, o que nenhum ministro poderia fazer tão bem como eu.

Então, passou em revista todas as suas relações com a Inglaterra desde a sua ascensão ao consulado, o cuidado que tivera de anunciar no mesmo dia a sua nomeação ao governo inglês, as recusas insolentes que suportara por parte do sr. Pitt, a solicitude com que retomara as negociações assim que fora honrosamente possível e, por fim, as sucessivas concessões até chegar à conclusão da paz em Amiens. Expressou, com mais tristeza que ira, o pesar que sentia ao ver quão absolutamente infrutíferos eram os seus esforços para conviver bem com a Grã-Bretanha. Lembrou ao embaixador que os maus procedimentos, que deveriam ter cessado com as hostilidades, pareciam, ao contrário, ter redobrado depois da assinatura da paz; queixou-se da fúria das gazetas inglesas contra a sua pessoa, das injúrias que permitiam que as gazetas dos emigrados lhe fizessem, da acolhida feita aos príncipes franceses recebidos por toda a Inglaterra com insígnias de realeza deposta; finalmente, mostrou a mão da Grã-Bretanha em cada nova conspiração que irrompia contra ele.

– Cada lufada de vento que se ergue na Inglaterra – acrescentou ele, com a expressão do antigo ódio – me traz um novo ultraje. E agora, veja, milorde, chegamos a uma situação da qual precisamos necessariamente sair; os senhores querem ou não querem executar o Tratado de Amiens?

"De minha parte, executei-o com escrupulosa fidelidade. O tratado me obrigava a evacuar Nápoles, Tarente, os Estados romanos em três meses; e em dois meses as tropas francesas tinham deixado essas regiões todas.

"Há dez meses que se procederam às ratificações, e as tropas inglesas ainda se encontram em Malta e em Alexandria.

"Os senhores querem a paz? Querem a guerra? Meu Deus! Se querem a guerra, basta dizer. Se quiserem, faremos encarniçadamente a guerra até a extinção dos dois povos.

"Querem a paz? Precisam evacuar Alexandria e Malta, pois se aquele rochedo de Malta, no qual se amontoaram tantas fortificações, tem grande importância do ponto de vista marítimo, tem uma importância ainda maior aos meus olhos por interessar altamente à honra francesa. O que diria o mundo se deixássemos que violassem um tratado solene assinado conosco? Duvidaria da nossa energia. Quanto a mim, minha resolução está tomada, prefiro vê-los donos das colinas de Montmartre e de Chaumont a donos de Malta."*[1]

Lorde Whitworth, que de modo algum esperava por aquele ataque, permanecera calado e imóvel e, não tendo instruções por parte de seu governo no que tangia àquelas incriminações, respondia com algumas poucas palavras à prolixidade do primeiro cônsul.

– Como é que o senhor queria – perguntou ele ao primeiro cônsul – que se acalmassem em alguns meses os ódios que uma guerra de duzentos e quinze a duzentos e dezoito anos suscitara entre as duas nações? O senhor conhece a impotência da lei inglesa diante da imprensa, essa lei não nos oferece meios de reprimir os escritores que, a cada dia, insultam o próprio governo. Quanto às pensões concedidas aos *chouans*, trata-se da remuneração por serviços passados,

---

* Thiers, *Histoire du Consulat et de l'Empire*; ruptura da paz de Amiens, p. 182. (N.A.)
1. A paginação não corresponde às diferentes edições da obra que consultamos (Paris, Paulin, 1845 e 1852; Bruxelas, H. Bourlard, 1865; Paris, T. Lheureux, 1865).

e não do pagamento por serviços futuros. Quanto à acolhida concedida aos príncipes emigrados, é o nobre costume da hospitalidade na nação britânica.

– Mas tudo isso – interrompeu Bonaparte – não pode justificar a tolerância concedida aos panfletários franceses, nem as pensões alocadas a assassinos, nem as insígnias da antiga realeza permitidas aos príncipes de Bourbon.

E Bonaparte pôs-se a rir.

– Não é a um homem do seu valor – disse ele – que vou tentar demonstrar a fragilidade dos seus argumentos. Voltemos a Malta.

– Pois então – interrompeu lorde Whitworth –, posso lhe prometer que a essa hora nossos soldados já devem ter evacuado Alexandria e, quanto a Malta, já teria sido evacuada não fossem as mudanças que a sua política trouxe para a Europa.

– De que mudanças o senhor está falando? – exclamou Bonaparte.

– O senhor não se fez nomear presidente da República italiana?

– Tem tamanho esquecimento das datas, milorde – disse Bonaparte, rindo –, que já se esqueceu de que essa presidência me foi dada antes do Tratado de Amiens?

– Mas e esse reino da Etrúria que o senhor criou – retrucou o embaixador – sem nem sequer consultar a Inglaterra?

– Está enganado, milorde. Tanto a Inglaterra foi consultada, embora não passasse de vã formalidade, que deu esperanças para breve do reconhecimento desse reino.

– A Inglaterra – disse lorde Whitworth – tinha lhe pedido que consentisse no restabelecimento do rei da Sardenha em seus Estados.

– E eu respondi à Áustria, à Rússia e aos senhores que não só não o restabeleceria, como não lhe daria nenhuma indenização. Os senhores sabiam o tempo todo, e não é novidade nenhuma, que sempre tive o projeto de juntar o Piemonte à França; essa junção é necessária para o complemento do meu poder sobre a Itália, poder que é absoluto, que eu desejo assim e permanecerá assim. Agora, veja aqui, entre nós, o mapa da Europa; olhe, procure. Existe em algum canto, por menor que seja, algum regimento do meu exército que não devesse estar ali? Existe em algum lugar um Estado que eu esteja ameaçando, ou que eu queira invadir? Nenhum, o senhor sabe, pelo menos enquanto for mantida a paz.

– Se o senhor fosse sincero, cidadão primeiro cônsul, reconheceria que continua pensando no Egito.

— É evidente que eu pensei no Egito, é evidente que ainda penso, é evidente que vou pensar sempre e vou pensar muito mais se os senhores me obrigarem a entrar em guerra. Mas que Deus me guarde de comprometer a paz, que desfrutamos há tão pouco tempo, por uma questão de cronologia. O Império turco está rebentando por todos os lados, está quase arruinado; o lugar dele não é na Europa, é na Ásia; vou contribuir para que ele dure o máximo de tempo possível; mas se ele desabar, quero que a França tenha a sua parte. O senhor há de convir que se eu tivesse querido, com tantos armamentos que tenho enviado a São Domingos, nada teria sido mais fácil do que enviar alguns para Alexandria. Os senhores têm lá quatro mil homens, que já deveriam ter deixado o Egito há seis meses; longe de ser um obstáculo para mim, teriam sido um pretexto. Eu teria invadido o Egito em vinte e quatro horas e, desta vez, os senhores não o teriam retomado. Os senhores acham que o meu poder me cega a respeito da influência que hoje exerço sobre a opinião francesa e européia. Pois bem, sou eu que lhes digo, esse poder não é suficientemente grande para me permitir uma agressão não justificada. Se eu cometesse a loucura de atacar a Inglaterra sem um motivo grave, a minha ascendência política, que é uma ascendência antes moral do que material, estaria imediatamente perdida aos olhos da Europa. Quanto à França, preciso provar que me declararam guerra sem que eu a tenha provocado para suscitar o entusiasmo que quero contra os senhores, se me obrigarem a combater; os senhores têm de estar totalmente errados e eu, totalmente certo! Agora, se o senhor duvida do meu desejo de manter a paz, escute e julgue até que ponto estou sendo sincero.

"Tenho trinta e dois anos, alcancei um poder e um renome que dificilmente poderiam ser maiores. Esse poder, esse renome, o senhor acha que estou interessado em arriscá-los, alegremente, numa luta desesperada? Não, e só me decidirei por ela em último caso. Mas então, escute bem, veja só o que vou fazer. Não vai mais ser uma guerra de escaramuças e bloqueios, não vai ser só um navio fumegando aqui e ali, por acaso, no Oceano, cujo incêndio o próprio Oceano há de apagar; não, eu vou reunir duzentos mil homens; não, vou transpor o estreito com uma frota imensa. Quem sabe, como Xerxes, eu deixe no fundo dos mares a minha glória e a minha fortuna! E, mais que Xerxes, a minha vida! Porque desse tipo de expedição não se volta, ou se ganha ou se morre! – e como lorde Whitworth olhasse para ele com espanto: – Seria uma estranha temeridade, não é, milorde – disse ele –, uma incursão na Inglaterra! Mas fazer o quê! Onde

César venceu, eu venci, por que não venceria também onde venceu Guilherme, o Conquistador? Muito bem! Essa tão grande temeridade, se me forçarem a ela, estou decidido a tentá-la. Vou expor o meu exército, a minha pessoa; atravessei os Alpes no inverno e sei como tornar possível o que parecia impossível para o comum dos mortais. Só que, onde eu vencer, seus últimos sobrinhos vão chorar lágrimas de sangue pela resolução que terão me forçado a tomar. Não posso dar mais provas de que estou sendo sincero quando digo: 'Quero a paz'. E é melhor para os senhores e para mim que fiquemos dentro dos limites dos tratados, evacuem Malta, evacuem o Egito, mandem calar as suas gazetas, expulsem os meus assassinos do seu território, ajam cordialmente comigo; eu prometo, da minha parte, inteira cordialidade. Vamos aproximar as nossas duas nações, soldá-las uma à outra, e assim exerceremos sobre o mundo uma soberania que nem a França nem a Inglaterra podem exercer separadamente. Os senhores têm uma Marinha que, em dez anos de esforços continuados e investindo todos os meus recursos, eu jamais conseguiria igualar; eu tenho quinhentos mil homens prontos para marchar sob as minhas ordens aonde quer que eu os conduza. Se os senhores são os mestres dos mares, eu sou o mestre da terra; vamos pensar em nos unir, mais do que em nos combater, e decidiremos à vontade os destinos do resto do mundo!"

Lorde Whitworth comunicou ao governo inglês a sua conversa com o primeiro cônsul. Infelizmente, era um homem honesto, um homem de sociedade, mas um espírito medíocre, e não acompanhara o discurso do primeiro cônsul em todo o seu alcance.

A essa longa e eloqüente improvisação de Bonaparte, o rei Jorge respondeu com a seguinte mensagem, endereçada ao Parlamento:

Jorge, rei...
Sua Majestade julga necessário informar à Câmara dos Comuns que, estando em curso consideráveis preparativos militares nos portos da França e da Holanda, acha conveniente adotar novas medidas de precaução para a segurança de seus Estados. Embora os preparativos em questão tenham por objetivo aparente algumas expedições coloniais, já que existem atualmente entre Sua Majestade e o governo francês discussões de grande importância, cujo resultado permanece incerto, Sua Majestade resolveu comunicar às suas fiéis comunas, convencida de que, embora elas compartilhem sua

insistente e incansável solicitude para a continuação da paz, Sua Majestade pode perfeitamente confiar em seu espírito público e sua liberalidade, e confiar que elas lhe darão condições de empregar todas as medidas que as circunstâncias parecerem exigir para a honra de sua coroa e os interesses essenciais do seu povo.[2]

O primeiro cônsul foi informado dessa mensagem pelo sr. de Talleyrand. Entrou numa dessas fúrias que também tinha Alexandre; no entanto, à força de seduções, o sr. de Talleyrand conseguiu fazê-lo prometer que se conteria e deixaria que os ingleses cometessem o erro da provocação. Infelizmente, dois dias depois era domingo, dia de recepção diplomática nas Tulherias. Todos os embaixadores compareceram, atraídos pela curiosidade. Queriam saber como Bonaparte suportaria o insulto e com que palavras saudaria o embaixador da Inglaterra.

O primeiro cônsul esperava ao lado da sra. Bonaparte, brincando com o primeiro filho do rei Luís e da rainha Hortênsia[3], que lhe anunciassem que a reunião dos embaixadores estava completa.

O sr. de Rémusat, prefeito do palácio, entrou em seguida e anunciou que o círculo estava fechado.

– Lorde Whitworth chegou? – perguntou vivamente Bonaparte.

– Sim, cidadão primeiro cônsul – respondeu o sr. de Rémusat.

Bonaparte, que estava deitado no tapete, afastou o menino que segurava nos braços, levantou-se num salto, pegou na mão da sra. Bonaparte, transpôs a porta que se abria para a sala de recepção, passou diante dos ministros estrangeiros sem responder às suas saudações e, sem nem sequer olhar para eles, foi direto para o representante da Grã-Bretanha:

– Milorde – disse-lhe –, o senhor tem notícias da Inglaterra?

Então, sem deixar-lhe o tempo de responder, acrescentou:

– Mas, então, os senhores querem a guerra?

– Não, general – respondeu o embaixador, inclinando-se. – Sentimos perfeitamente todas as vantagens da paz.

---

2. Essa carta está reproduzida em Louis-Adolphe Thiers, op. cit.

3. Napoleão Carlos, nascido nas Tulherias em 10 de outubro de 1802, tornou-se Alteza Real da Holanda e viria a falecer em Haia em 5 de maio de 1807.

– Os senhores, então, querem a guerra – prosseguiu o primeiro cônsul em voz muito alta, como se não tivesse escutado, mas querendo, ele sim, ser escutado por todo mundo. – Lutamos durante dez anos, os senhores ainda querem lutar por mais dez anos? Como ousaram dizer que a França estava se armando? Mentiram para a Europa, impressionaram o mundo todo! Não há uma só embarcação nos nossos portos; todas as embarcações aptas a servir foram despachadas para São Domingos. O único armamento existente se encontra em águas holandesas, e ninguém desconhece que é destinado à Louisiana. Disseram haver uma desavença entre a França e a Inglaterra. Não conheço nenhuma; só sei que a ilha de Malta não foi evacuada no prazo estipulado, mas não imagino que os seus ministros queiram faltar à lealdade inglesa recusando-se a executar um tratado solene. Tampouco suponho que, com os seus armamentos, os senhores tenham querido intimidar o povo francês. Podem matar este povo, milorde; intimidá-lo, jamais.

– General – retomou o embaixador, atordoado com aquela tirada –, nós só queremos uma coisa, viver em bom entendimento com a França.

– Então – exclamou o primeiro cônsul –, antes de tudo é preciso respeitar os tratados! Maldito aquele que não respeita os tratados! Maldito o povo cujos tratados têm de ser cobertos com um véu preto!

Em seguida, mudando subitamente de aspecto e de tom, para que lorde Whitworth visse bem que não era a ele, e sim ao seu governo, que fora feito o insulto:

– Milorde – disse ele –, permita que lhe peça notícias da sra. duquesa Dorset, sua esposa; depois de passar a estação ruim na França, espero que possa passar também a boa. Aliás, isso não dependerá de mim, mas da Inglaterra; e, se formos forçados a retomar as armas, toda a responsabilidade será, aos olhos de Deus e dos homens, dos perjuros que se negam a cumprir seus compromissos.

E saudando, enquanto se retirava, lorde Whitworth e os demais embaixadores, e sem dirigir a palavra a mais ninguém, deixou todo o respeitável corpo diplomático na estupefação mais profunda que experimentara em muito tempo.

XXXI
A GUERRA

O gelo estava quebrado. A tirada de Bonaparte a lorde Whitworth equivalia a uma declaração de guerra.

E, com efeito, a partir daquele momento, a Inglaterra, não obstante o seu compromisso de devolver Malta, pôs-se como ponto de honra conservá-la.

O país tinha, infelizmente, naquela época, um desses Ministérios de transição que se deixam impor os seus atos mais importantes, não pelo interesse do governo que representam, mas pela opinião popular.

Era aquele Ministério, tão conhecido depois das desgraças que suas fragilidades suscitaram, o Ministério Addington e Hawkesbury.

O rei Jorge III da Inglaterra encontrava-se numa curiosa situação, entre o ministério *tory* do sr. Pitt e o ministério *whig* do sr. Fox. Tinha opiniões em comum com o sr. Pitt, mas um invencível distanciamento para com o homem. Tinha, pelo caráter do sr. Fox, a maior admiração, mas as opiniões políticas do sr. Fox eram-lhe insuportáveis. De modo que, para não retomar nenhum dos dois ilustres rivais, mantinha o ministério Addington, que se tornara definitivo como tudo o que é criado para ser provisório.

Em 11 de maio, o embaixador inglês solicitou seus passaportes.

Jamais a partida de um embaixador produzira impressão igual à partida de lorde Whitworth. No dia em que se soube que ele solicitara seus passaportes, de duzentas a trezentas pessoas permaneceram plantadas desde cedo até a noite diante do palacete do embaixador.

Por fim, viu-se sair seus carros e, como era sabido que ele fizera todo o possível para a manutenção da paz, sua partida foi acompanhada pelas mais vívidas manifestações de simpatia.

Quanto a Bonaparte, como todas as pessoas de gênio, uma vez decidida a paz, ele apreciara todos os seus benefícios e levara ao nível do sonho a esperança das vantagens que com ela poderia obter para a França. Jogado inopinada e repentinamente na direção contrária, pensou que, se não podia ser o benfeitor da França e do mundo, teria de ser o seu assombro. A pesada antipatia que sempre nutrira pela Inglaterra transformou-se em ira transbordante e cheia de gigantescos projetos. Mediu a distância que havia entre Calais e Dover. Era equivalente à que ele perfizera ao atravessar o Saint-Bernard e calculou que, depois de transpor em pleno inverno, entre precipícios e quase sem caminhos transitáveis, uma montanha coberta de neve e com fama de intransponível, era tudo uma questão de transporte e que, se tinha navios suficientes para jogar do outro lado do estreito um exército de cinqüenta mil homens, a conquista da Inglaterra não seria mais difícil do que tinha sido a conquista da Itália. Deu uma olhada à sua volta para ver quem eram aqueles com quem poderia contar e aqueles que deveria temer. A associação dos Filadelfos permanecera secreta, mas a Concordata reavivara os ódios dos generais republicanos e criara outros novos. Todos aqueles apóstolos da razão chamados Dupuis, Monge e Berthollet não estavam dispostos, mal-e-mal reconhecendo a divindade de Deus, a reconhecer a semidivindade do papa. Na sua qualidade de italiano, Bonaparte sempre fora, se não religioso, pelo menos supersticioso. Acreditava em pressentimentos, prognósticos, augúrios; e, quando se permitia falar sobre religião no círculo de Josefina, deixava às vezes preocupados os que escutavam suas teorias exageradas.

Certa noite, disse-lhe Monge:

– Esperemos, contudo, cidadão primeiro cônsul, que não voltemos aos bilhetes de confissão.

– Não dá para garantir nada – respondeu Bonaparte secamente.

E, com efeito, se a Concordata havia reconciliado Bonaparte com a Igreja, deixara-o mal com uma parte do Exército. Ele deu aos Filadelfos um momento de esperança, quando se acreditou que chegara o momento de agir. Organizou-se uma conspiração contra o primeiro cônsul.

Tratava-se de, num dia de revista, e quando ele tivesse atrás de si cerca de sessenta generais e oficiais de ordenança, derrubá-lo de sua montaria e fazer com que fosse pisoteado pelos cavalos. Os dois chefes mais eminentes em todos esses projetos eram sempre Bernadotte, comandante do exército do oeste que se achava naquele momento em Paris, e Moreau, que, mal recompensado por sua brilhante batalha de Hohenlinden, que pusera fim à guerra com a Áustria, quedava-se amuado em sua propriedade de Grosbois.

Foi quando chegaram a Paris três libelos sob a forma de um comunicado aos Exércitos franceses. Vinham do quartel-general de Rennes, ou seja, de Bernadotte[1]. Nesses libelos, a injúria endereçava-se ao *tirano corso*, ao *usurpador*, ao *desertor assassino de Kléber*, pois a notícia da morte de Kléber havia alcançado Paris e, apesar não só da verdade, como da verossimilhança, atribuíram esse assassinato àquele a quem uma parte da França atribuía todo o bem que se fazia e a outra, todo o mal que se cometia. Dessas sangrentas ocupações, passava-se aos sarcasmos contra as *capucinadas* de Bonaparte; vinha em seguida um apelo à insurreição e ao extermínio daquela raça toda vinda da Córsega.

A remessa dos panfletos foi efetuada pela posta a todos os generais, a todos os chefes de corpo, a todos os comandantes de praça, a todos os comissários de guerra. Essas remessas, porém, foram apreendidas pela polícia de Fouché, com exceção da primeira, expedida dentro de um cesto de manteiga pela diligência de Rennes ao cidadão Rapatel, ajudante-de-campo do general Moreau, em Paris.

No mesmo dia em que Bonaparte mandava buscar Fouché, a fim de com ele fazer a revista de seus amigos e de seus inimigos, este se preparava para apresentar-se nas Tulherias com as provas da conspiração militar.

Às primeiras palavras que disse Bonaparte a Fouché, este compreendeu que chegava na hora certa; trazia consigo um exemplar de cada um dos três libelos.

Fouché estava ciente da remessa de um maço desses panfletos para Rapatel; não havia dúvidas, portanto, de que, se Moreau não estava envolvido no complô, estava pelo menos a par dessa perigosa circulação que lançava a discórdia em todas as fileiras do Exército. Era a época em que, com seus sabres e fuzis de honra, Bonaparte preludiava a criação de sua ordem da Legião de Honra[2].

Moreau, incentivado, aliás, por sua mulher e por sua sogra, que brigaram com Josefina e se tomaram de ódio por ela, caçoara das duas instituições; Fouché relatou que, após um grande e excelente jantar oferecido em casa de Moreau, fora conferida uma panela de honra ao cozinheiro e que, após uma caçada ao javali,

---

1. Sobre esses panfletos, cf. Pierre-Marie Desmarets, op. cit., "Crise militaire", pp. 78-9.
2. Foi criada através da lei consular de 29 de floreal do ano x (19 de maio de 1802) como recompensa por serviços militares e civis prestados.

um dos cães, o que melhor perseguira o animal e cuja coragem fora comprovada por três ferimentos, fora condecorado com uma coleira de honra.

Bonaparte era extremamente sensível a esse tipo de ataque, cuja multiplicidade, de resto, duplicava o seu valor. Exigiu que Fouché fosse imediatamente até a casa de Moreau e lhe pedisse uma explicação. Mas Moreau apenas riu do recado, tratou muito levianamente a tal conspiração de *mantegueira* e respondeu que, já que Bonaparte, chefe do governo, distribuía em seus exércitos sabres e fuzis de honra, ele próprio podia, em sua casa, onde era senhor, distribuir panelas e coleiras de honra.

Fouché retornou indignado, se bem que se indignasse com facilidade.

Ao ouvir o relatório de seu ministro – era ministro da Polícia apenas para ele –, Bonaparte entregou-se a todos os borbotões de sua ira.

– Moreau é o único homem, depois de mim, que tem algum valor, não é justo que a França sofra, dividida entre nós dois. Estivesse eu no lugar dele, e ele no meu, eu talvez me oferecesse para ser seu primeiro ajudante-de-campo. Se ele se julga em condições de governar!... Pobre França!... Pois bem, que seja! Que amanhã, às quatro horas da manhã, ele esteja no Bois de Boulogne, seu sabre e o meu é que vão decidir; vou esperar por ele. Não deixe de executar a minha ordem, Fouché; não acrescente nada, mas não omita nada.

Bonaparte esperou até meia-noite. À meia-noite, Fouché voltou. Desta feita, encontrara um Moreau mais tratável. Moreau comprometia-se a vir no dia seguinte ao despertar das Tulherias, onde há muito não comparecia.

Bonaparte, avisado por Fouché, acolheu-o perfeitamente, convidou-o para o café-da-manhã e presenteou-o, ao despedir-se, com um magnífico par de pistolas ornadas de diamantes, dizendo:

– Gostaria de ter mandado gravar as suas vitórias nessas armas, general, mas não havia espaço suficiente.

Apertaram-se as mãos ao se despedirem, mas os corações permaneciam apartados.

Estando esse lado, se não pacificado, pelo menos suavizado, Bonaparte lançou-se em seguida nos seus grandes projetos; mandou visitar os portos de Flandres e da Holanda a fim de examinar a forma, a extensão, a população e o material. O coronel Lacuée, encarregado dessa tarefa, teve de apresentar o estado aproximado de todas as embarcações destinadas à cabotagem e à pesca, desde Le Havre até Texel. Oficiais foram enviados a Saint-Malo, Granville, Brest a fim de avaliar o seu número. Os engenheiros da Marinha tiveram de lhe apresentar os modelos de barcos planos mais aptos a carregar canhões pesados. Todas as florestas à beira do canal da Mancha foram inspecionadas para se verificar a quantidade de madeira que poderiam fornecer e se examinar se aquela madeira servia para a construção de uma frota de guerra, e, sabendo que os ingleses estavam negociando bosques nos Estados romanos, enviou agentes e fundos necessários para comprar esses bosques, que nos eram indispensáveis.

A retomada das hostilidades seria assinalada pela ocupação instantânea de Portugal e do golfo de Tarento.

A má-fé da Inglaterra era tão patente que nenhum homem, nem sequer o seu mais encarniçado inimigo, acusou Bonaparte por esse rompimento. Uma vívida comoção marcou a França, que tinha o sentimento da inferioridade da nossa Marinha, mas tinha também a convicção de que, se houvesse tempo e dinheiro necessários para a construção de certa quantidade de barcos planos, conseguiríamos combatê-los como se fosse em terra, e os ingleses estariam então vencidos.

Assim que se soube o preço desses barcos planos, foi um tal de oferecê-los ao primeiro cônsul. O departamento de Loiret, o primeiro, impôs-se por uma quantia de trezentos mil francos. Com uma quantia de trezentos mil francos, era possível construir e armar uma fragata de trinta canhões. Então, foi um tal de seguir aquele exemplo. Pequenas cidades como Coutances, Bernay, Louviers, Valognes, Foix, Verdun e Moissac ofereceram barcos planos que custavam entre oito mil e vinte mil francos.

Paris, que tem por arma um navio, votou por um navio de cento e vinte canhões; Lyon, de cem; Bordeaux, de oitenta; Marselha, de setenta e quatro. O departamento da Gironde aderiu com um milhão e seiscentos mil francos. Por fim, a República italiana ofereceu quatro milhões ao primeiro cônsul para construir duas fragatas, que se chamariam, uma, *Presidente* e, a outra, *República italiana*.

Entrementes, e como Bonaparte estivesse inteiramente voltado para os seus preparativos, trocando o interior pelo exterior, Savary recebeu uma carta de um antigo chefe vendeano a quem prestara alguns favores e que, depois de um dia ter pegado em armas contra a Revolução, agora só queria viver tranqüilamente em suas terras. Ele avisava Savary que acabara de receber a visita de uma tropa de homens armados que lhe haviam falado de *loucuras* às quais ele francamente renunciara após o 18 de brumário. Acrescentava que, para cumprir a palavra que dera por essa época ao governo, para se prevenir das conseqüências dessa visita, mais do que depressa informava sobre o acontecido e se comprometia a ir a Paris conversar mais demoradamente sobre o assunto, tão logo concluísse as vindimas.

Savary sabia quanto o primeiro cônsul fazia questão de estar a par de tudo. Seu espírito tão fino e penetrante enxergava, nos menores acontecimentos, as mais ocultas intenções. Essa carta o preocupou durante alguns instantes, mas mal se passara um quarto de hora, ele disse a Savary:

– O senhor vai viajar, vai ficar alguns dias com o seu chefe vendeano, vai estudar a Vendéia e tentar adivinhar os acontecimentos para os quais estão se preparando.

Savary partiu no mesmo dia, incógnito.

Chegando à casa de seu amigo, julgou que era tão grave a situação que, fantasiando-se de camponês e obrigando o seu anfitrião a fazer o mesmo, saíram em perseguição ao bando mencionado pelo amigo vendeano em sua carta.

No terceiro dia, alcançaram alguns homens que haviam se separado do tal bando na véspera. Obtiveram deles todos os detalhes que poderiam querer.

Savary voltou para Paris convencido de que bastava uma faísca para pôr fogo na Vendéia e no Morbihan.

Bonaparte escutou-o com imensa surpresa. Julgava que tudo estivesse terminado por aqueles lados; sabia da nova declaração de guerra lançada por Georges, mas julgava que Georges estivesse em Londres, a polícia de Régnier lhe assegurara que estava de olho nele, e ele não se preocupara.

Havia muitos prisioneiros nas diferentes Bastilhas de Paris. Eram acusados de espionagem e de maquinações políticas que não se quis julgar porque o próprio Bonaparte dissera que o tempo traria uma época em que seria possível não se dar mais importância àquelas intrigas todas e, então, de uma só feita, poriam para fora todos aqueles coitados.

Dessa vez, sem consultar Fouché, o primeiro cônsul mandou que Savary trouxesse a lista dos indivíduos detidos, com a data de sua prisão e as anotações sobre seus diversos antecedentes.

Entre eles estavam um certo Picot e um certo Lebourgeois; tinham sido detidos havia mais de um ano, na época da máquina infernal, em Pont-Audemer na Normandia, quando chegavam da Inglaterra. Seu depoimento no momento da prisão trazia na margem: "Vindos para atentar contra a vida do primeiro cônsul".

Não se sabe por que fatalidade foram aqueles homens, e não outros, que detiveram o olhar de Bonaparte. O fato é que o cônsul designou-os, com mais outros três, para serem levados a julgamento e entregues a uma comissão.

Picot e Lebourgeois, apesar das provas que se imputavam a eles, sustentaram a acusação com admirável sangue-frio. Mas sua cumplicidade com Saint-Régeant e Carbon era tão evidente que foram condenados à morte. Foram fuzilados sem deixar escapar nem uma confissão sequer. Pareciam até querer desafiar a autoridade e morreram anunciando que o governo não esperaria muito pela guerra e que era melhor Bonaparte mergulhar nela.

Dos outros três acusados, dois foram inocentados e apenas um condenado. O que foi condenado se chamava Querelle: era um baixo-bretão que servira na Vendéia sob as ordens de Georges Cadoudal.

Fora detido por denúncia de um credor a quem cometera o erro de fazer um pagamento parcial; como não pudesse quitar inteiramente a dívida, este o mandara prender como conspirador.

Houve várias horas de intervalo entre o julgamento de Picot e Lebourgeois e o julgamento de Querelle; resultou que não puderam ser executados ao mesmo tempo. Os dois condenados, ao se despedirem de seu companheiro no momento de morrer, disseram-lhe:

– Siga o nosso exemplo: somos corações piedosos e mentes honestas que combatem pelo trono e pelo altar; vamos morrer por uma causa que há de nos abrir as portas do céu; morra como nós, sem dizer nada, se for condenado; Deus o colocará entre os seus mártires, e você há de desfrutar de todas as beatitudes celestes!

Querelle, com efeito, como haviam previsto seus companheiros, foi condenado. Por volta das nove horas da noite, o juiz relator enviou o julgamento ao chefe do estado-maior a fim de que este o mandasse executar bem cedo no dia seguinte, como era de praxe.

O chefe do estado-maior tinha ido ao baile; voltou por volta das três da manhã, abriu a missiva, enfiou-a debaixo do travesseiro e dormiu sobre ela.

Se a ordem houvesse sido dada em tempo oportuno, se Querelle tivesse marchado para o suplício com seus companheiros, decerto que, sustentado pela coragem deles, sustentado por seu amor-próprio, teria morrido como eles e teria, como eles, levado consigo o seu segredo. Mas aquele atraso no suplício, aquele dia passado no isolamento, sozinho diante da morte, a lenta aproximação do momento fatal, lançaram o pavor em seu espírito. Por volta das sete horas da noite, caiu em convulsões tão violentas que pensaram que havia surrupiado veneno dos carcereiros. O médico da prisão foi chamado. Interrogou o condenado sobre a causa de seu ataque nervoso; insistiu para que este confessasse que havia sido causado por veneno, e perguntou-lhe que veneno tomara.

Mas Querelle pôs o braço em volta do pescoço do médico, aproximou a boca do seu ouvido e disse-lhe baixinho:

– Não estou envenenado. Estou com medo!

Então, o médico aproveitou a oportunidade de fazer falar o infeliz.

– O senhor é portador – disse ele – de um segredo que a polícia tem muito interesse em saber; diga quais são as suas condições, quem sabe não obtém um indulto?

– Ah, nunca, jamais! – disse o condenado. – Tarde demais.

Por fim, instado pelo médico, Querelle pediu uma pena e um papel e escreveu ao governador de Paris, dizendo que tinha revelações a fazer.

O governador de Paris já não era Junot; era Murat. Junot possuía, segundo Bonaparte, um coração muito brando; nomeara Murat em seu lugar.

Por volta das onze da noite, o primeiro cônsul, inquieto e preocupado, conversava com Réal em seu gabinete. De súbito, a porta se abriu, Savary anunciou o governador de Paris e Murat se apresentou.

– Ah! É você, Murat – disse Bonaparte, dando uns passos na direção do seu cunhado. – Imagino que tenha novidades para estar aqui a uma hora dessa.

– Sim, general; acabo de receber uma carta de um pobre-diabo condenado à morte, que deve ser executado amanhã pela manhã. Ele pede para fazer revelações.

– Muito bem! – disse Bonaparte, despreocupado. – Mande essa carta para o relator da comissão que o julgou, ele saberá o que deve fazer.

– Eu estava pensando – disse Murat – em fazer isso; mas há nesta carta um tom de franqueza e convicção que me interessou muitíssimo. Tome, leia o senhor.

Bonaparte leu a carta que Murat lhe apresentava aberta.

– Pobre-diabo! Ele quer ganhar uma hora de vida, é só. Faça como lhe disse.

E devolveu-lhe a carta.

– Mas, general – insistiu Murat –, então não viu que esse homem diz positivamente que tem importantes revelações a fazer?

– Vi, sim, li perfeitamente, mas estou acostumado a esse estilo, e é por isso que lhe repito que o que esse condenado tem a dizer não vale o nosso incômodo.

– Quem sabe? – disse Murat. – Deixe comigo, e com o sr. Réal, a condução desse caso.

– Já que insiste – disse Bonaparte –, não vou mais me opor. Na qualidade de juiz, Réal, vá interrogá-lo. Murat, acompanhe o juiz supremo, se for do seu interesse, mais sem indulto, estão me ouvindo, não quero nenhum indulto.

Réal e Murat se retiraram. Bonaparte voltou para o seu quarto de dormir.

.

XXXII
A POLÍCIA DO CIDADÃO RÉGNIER E A POLÍCIA DO CIDADÃO FOUCHÉ

Era mais de meia-noite quando Réal e Murat saíram do gabinete do primeiro cônsul.

O condenado só seria fuzilado às sete horas da manhã. Murat, para ir ter com ele, fora obrigado a sair de uma grande festa de pompa que, por acaso, estava oferecendo naquela noite, e à qual era importante retornar. Deixou então para Réal o cuidado de visitar o prisioneiro; a sua própria tarefa estava cumprida, ele avisara o primeiro cônsul, e o primeiro cônsul delegara o assunto a quem era de direito, ou seja, ao juiz supremo.

Réal julgou apropriado ir ter com o prisioneiro duas horas antes da execução; se as revelações valessem a pena, ainda teria tempo de suspendê-la; se fossem sem importância, a execução ocorreria.

Aliás, como homem acostumado a lidar com sensações humanas, acreditava que a visão do aparato militar que se estenderia pelos arredores da prisão aos primeiros clarões do dia, desferindo o último golpe na coragem do condenado, induziria este à mais completa confissão.

Depois de ver as condições em que se encontrava o pobre conspirador quando pediu para o médico avisar Murat de que tinha revelações a fazer, devemos compreender que, não recebendo resposta alguma nem tendo ouvido falar do governador de Paris, suas condições só tinham piorado.

Uma vez alcançado o ponto de desânimo em que estava o infeliz, já não passava de uma criatura inerte e sem forças, esperando a morte, feito uma criança, em meio às angústias e aos sobressaltos da agonia. De olhos fitos na janela que dava para a rua, temia ver surgirem os primeiros clarões do dia.

Por volta das cinco horas da manhã, estremeceu ao ouvir as rodas de um carro parando à porta da prisão. Nenhum ruído lhe escapou, nem o do grande portão que se abria e fechava pesadamente, nem o dos passos no corredor; aqueles passos, que eram de duas ou três pessoas, detiveram-se em frente à sua porta; a chave rangeu na fechadura. A porta se abriu. Uma última esperança levou-o a voltar os olhos para aquele que entrava; esperava ver o esplêndido traje de Murat, cintilante de plumas e bordados através das dobras do seu casaco-bandeira; viu um homem vestido de preto que, apesar do rosto doce e leal, lhe pareceu de aspecto sinistro.

Acenderam as velas dos candelabros soldados à parede. Réal lançou um olhar à sua volta, sentindo que não estava num calabouço.

E, com efeito, o prisioneiro estava tão próximo da morte que o haviam transferido para a sala dos arquivos.

Réal viu uma cama, sobre a qual o condenado decerto se jogara todo vestido, depois levou o olhar para o infeliz que lhe estendia as mãos.

Réal fez um sinal. Deixaram-no a sós com aquele que ele vinha interrogar.

– Sou – disse ele – o juiz supremo Réal; o senhor comunicou a intenção de fazer revelações, eu vim escutá-las.

Aquele a quem ele se dirigia estava acometido de tamanho tremor nervoso que em vão tentou responder, batia os dentes e seu rosto estava transtornado por convulsões horríveis.

– Recomponha-se – disse-lhe o conselheiro de Estado, que, embora acostumado a ver pessoas que iam morrer, nunca vira nenhuma aguardar a morte com tamanho horror. – Venho com a intenção de ser, para com o senhor, tão benevolente quanto permitirem minhas terríveis funções. O senhor acredita que pode, agora, me responder?

– Vou tentar – disse o infeliz. – Mas para quê? Daqui a duas horas não vai estar tudo acabado para mim?

– Não tenho o poder de prometer nada – respondeu Réal –, porém, se o que o senhor tem a me dizer tiver mesmo a importância que diz...

– Ah! Isso o senhor mesmo poderá avaliar – exclamou o prisioneiro. – Vejamos, o que quer saber? O que gostaria que eu dissesse? Oriente-me, estou perdido.

– Acalme-se e responda. Primeiro, qual é o seu nome?

– Querelle.

– O que o senhor fazia?
– Era oficial de saúde.
– Onde residia?
– Em Biville.
– Muito bem, agora me conte o que tem a dizer.
– Em nome do Deus, diante do qual quero comparecer, vou lhe dizer a verdade, mas o senhor não vai acreditar.
– Estou entendendo desde já – disse Réal. – O senhor é inocente, não é?
– Sou, juro que sou.
Réal fez um movimento.
– Pelo menos do fato de que me acusam – prosseguiu o prisioneiro –, e eu poderia ter provado a minha inocência.
– E por que não provou?
– Porque eu precisaria apresentar um álibi que, se por um lado me salvava, por outro me perdia.
– Mas o senhor conspirou?
– Conspirei, mas não com Picot e Lebourgeois. Não participei do caso da máquina infernal, juro. Naquela época, eu estava na Inglaterra com Georges Cadoudal.
– E há quanto tempo está na França?
– Há dois meses.
– Então, faz dois meses que deixou Georges.
– Não o deixei.
– Como não o deixou? Pois se o senhor está em Paris e ele, na Inglaterra, parece-me que o deixou!
– Georges não está na Inglaterra.
– Então, onde está?
– Em Paris.
Réal saltou na sua cadeira.
– Em Paris! – exclamou. – Impossível!
– Mas é onde ele está, pois se viemos juntos para cá e ainda falei com ele às vésperas do dia em que fui preso.
Com que então Georges estava em Paris havia dois meses! Com que então aquela revelação, por mais importante que acreditavam que fosse, era ainda mais importante do que se tinha imaginado.

— E como é que o senhor entrou na França? — perguntou Réal.

— Pela falésia de Biville. Era domingo, fomos trazidos à costa por um pequeno *sloop* inglês; por pouco não nos afogamos, de tão ruim que estava o mar.

— Vejam só — disse Réal. — Isso tudo é muito mais importante do que eu pensava, meu amigo; não prometo nada, mas, contudo... Continue. Quantos eram?

— Éramos nove no primeiro desembarque.

— Quantos desembarques houve depois disso?

— Três.

— Quem os recebeu na costa?

— O filho de um homem que exerce a profissão de relojoeiro; ele nos levou até uma granja, cujo nome desconheço. Ficamos ali três dias, e depois, de granja em granja, fomos vindo para Paris; aqui, uns amigos de Georges vieram ao nosso encontro.

— Sabe o nome deles? — perguntou Réal.

— Só conheço dois: o antigo ajudante-de-campo, Sol de Grisolles, e um tal de Charles d'Hozier.

— Já os tinha visto antes?

— Sim, em Londres, um ano antes.

— O que aconteceu, então?

— Esses dois senhores levaram Georges num cabriolé, enquanto nós viemos a pé para Paris, onde entramos por barreiras diferentes. Nesses dois meses, só vi Georges três vezes, e só quando ele mandou me chamar. Aliás, nunca o vi duas vezes seguidas no mesmo local.

— E onde o viu pela última vez?

— Na loja de um vendedor de vinhos, na esquina da rua du Bac com a rua de Varenne. Mal dei trinta passos na rua, fui detido.

— Tem tido notícias dele desde então?

— Sim, ele me mandou cem francos por Fauconnier, o zelador do Templo.

— Acha que ele ainda se encontra em Paris?

— Tenho certeza disso. Ele estava aguardando novos desembarques; mas, em todo caso, nada vai acontecer em Paris sem a presença de um príncipe da casa de França.

— Um príncipe da casa de França! — exclamou Réal. — Ouviu pronunciar o nome dele?

– Não, senhor.
– Muito bem – disse Réal, levantando-se.
– Senhor! – exclamou o prisioneiro, agarrando a mão de Réal. – Eu lhe disse tudo o que sabia, com o risco de passar por traidor, covarde, miserável, aos olhos dos meus companheiros.
– Fique tranqüilo – disse o juiz supremo –, o senhor não vai morrer, não hoje, pelo menos. Vou tentar interessar o primeiro cônsul em seu favor, mas é necessário que não mencione uma só palavra do que acaba de me dizer a quem quer que seja, ou não poderei fazer mais nada pelo senhor. Pegue este dinheiro e mande pedir tudo o que precisar para recobrar as forças. Amanhã, provavelmente, voltarei aqui.
– Oh, senhor! – disse Querelle, jogando-se aos pés de Réal. – Tem certeza de que eu não vou morrer?
– Não posso prometer, mas seja discreto e espere.
Entretanto, a ordem do primeiro cônsul, "Sem indulto!", fora tão positiva que Réal só se atreveu a dizer ao governador da Abadia:
– Combine com o ajudante de plantão para que nada seja feito antes das dez da manhã.
Eram seis horas, Réal conhecia a instrução de Bonaparte: "Só me acorde para as más notícias, nunca para as boas".
Pensando na notícia de que era portador, achou que era mais ruim do que boa e decidiu mandar acordar Bonaparte. Foi direto às Tulherias e mandou acordar Constant. Constant acordou o mameluco que dormia à porta de Bonaparte desde que este passou a dormir num quarto separado de Josefina.
Rustan acordou o primeiro cônsul. Bourrienne vinha caindo em desfavor junto do seu antigo colega de colégio e já não tinha os mesmos privilégios de antigamente. Bonaparte mandou o mameluco repetir duas vezes que o juiz supremo o esperava e, evidentemente, que Rustan não se enganara.
– Acenda a luz – disse ele – e mande entrar.
Acenderam um candelabro que ficava no canto da lareira e iluminava a cama do primeiro cônsul.
– Como! É o senhor, Réal – disse Bonaparte, vendo entrar o juiz supremo. – Mas então é mais sério do que tínhamos pensado?
– O que há de mais sério, general.
– Como, o que quer dizer?

– Acabo de descobrir coisas bem estranhas.

– Conte-me – disse Bonaparte, apoiando a cabeça na mão e preparando-se para escutar.

– Cidadão general – disse o juiz supremo –, Georges está em Paris com todo o seu bando.

– O quê? – fez o primeiro cônsul, pensando ter ouvido mal.

Réal repetiu.

– Ora, vamos! – exclamou Bonaparte, com um gesto de ombros que lhe era próprio nesses momentos de dúvida. – Isso é impossível.

– Nada mais verdadeiro, general.

– Mas então era sobre isso – exclamou o outro – que o safado do Fouché me escreveu ontem à noite: "Tome cuidado, o ar está repleto de punhais". Tome, aqui está a carta. Eu a coloquei em cima do criado-mudo, e não lhe dei mais atenção.

Tocou a campainha.

Constant entrou.

– Chame Bourrienne – disse ele.

Foram acordar Bourrienne, que desceu e se pôs às ordens do primeiro cônsul.

– Escreva – disse este último – pedindo a Fouché e Régnier que venham imediatamente às Tulherias para tratar do caso Cadoudal; que tragam tudo o que tiverem sobre o caso; mande levar as duas mensagens por ordenanças. Enquanto isso, Réal vai me explicando o caso.

Réal, com efeito, ficou com Bonaparte e repetiu, palavra por palavra, o que lhe dissera Querelle: como tinham vindo da Inglaterra pela falésia de Biville num *sloop* inglês; como tinham sido recebidos por um relojoeiro cujo nome Querelle desconhecia, levados para uma granja e, de granja em granja, tinham vindo para Paris; como, em Paris, tinha visto Cadoudal pela última vez na casa da esquina da rua du Bac com a rua de Varenne. Depois de repassar todas essas indicações ao primeiro cônsul, pediu-lhe permissão para voltar para junto do pobre infeliz que deixara agonizando na Abadia, e que fosse, até nova ordem, suspensa a execução, dada a importância das revelações.

Dessa vez, Bonaparte concordou com Réal e autorizou-o a prometer, se não o indulto completo, pelo menos a vida.

Réal partiu, deixando o primeiro cônsul nas mãos de seu criado enquanto esperava Fouché e Régnier.

Fouché morava na rua du Bac, sendo dos dois o que ficava mais distante. Foi Régnier, portanto, que chegou primeiro.

Bonaparte terminava de se vestir. Régnier deu com ele caminhando, cabeça inclinada sobre o peito, mãos atrás das costas, testa franzida.

– Ah! É o senhor, Régnier – disse o primeiro cônsul. – O que me disse ontem, a respeito de Cadoudal?

– Eu disse, cidadão primeiro cônsul, que tinha recebido uma carta que me informava que ele ainda estava em Londres e tinha jantado, três dias antes, em Kingston, com o secretário do sr. Addington.

Nisso, anunciaram Fouché.

– Mande entrar – disse Bonaparte, que não achava ruim pôr face a face seus dois ministros da Polícia: Régnier ocupando ostensivamente o cargo e Fouché, secretamente.

– Fouché – disse o primeiro cônsul –, pedi que viesse para fazer com que Régnier e eu nos puséssemos de acordo. Aqui está Régnier que afirma que Cadoudal está em Londres, enquanto eu afirmo que ele está em Paris; qual de nós está com a razão?

– Aquele a quem respondi ontem: "Tome cuidado, o ar está repleto de punhais!".

– Está ouvindo, Régnier, fui eu quem recebeu a carta do sr. Fouché, eu é que estou com a razão.

Régnier deu de ombros.

– Queira comunicar ao sr. Fouché a carta que recebi ontem de Londres.

Bonaparte, que ainda tinha na mão a carta que Régnier acabara de lhe entregar, passou-a para Fouché.

Fouché leu a carta.

– O primeiro cônsul permite que eu traga à sua presença um homem que voltou de Londres com Cadoudal e entrou em Paris com ele?

– Ah, é claro que sim! – disse Bonaparte. – Será um prazer.

Fouché foi abrir a porta da antecâmara e fez entrar o agente Victor. Este estava vestido com elegância e parecia realmente um desses jovens monarquistas que, por opinião mesmo ou simplesmente por moda, conspiravam naquela época contra o primeiro cônsul.

Fez uma respeitosa saudação e permaneceu perto da porta.

– O que é isso? – perguntou Bonaparte. – Se esse homem veio mesmo com Cadoudal, como é que está vivo?

– É que ele era – respondeu Fouché – o agente que encarreguei de vigiar Cadoudal em Londres e não perdê-lo de vista. Para não perdê-lo de vista, ele o seguiu até a França e retornou a Paris.

– Há quanto tempo foi isso? – perguntou Bonaparte.

– Dois meses – respondeu Fouché. – Se o sr. Régnier quiser interrogar pessoalmente o meu agente, será uma honra para ele.

Régnier fez um sinal para que o agente se aproximasse; enquanto isso, Bonaparte lançou sobre o rapaz um olhar curioso. O agente, sem ir além nem ficar aquém, estava vestido na última moda; parecia sair de uma visita matinal à loja da sra. Récamier ou da sra. Tallien. Sentia-se até que ele fazia um esforço para extinguir de sua boca o sorriso fino e radiante que lhe era habitual.

– O que estava fazendo em Londres, meu senhor?

– Ora, cidadão ministro – respondeu o agente –, estava fazendo o que todo mundo faz, estava conspirando contra o cidadão primeiro cônsul.

– Com que objetivo?

– Pois com o objetivo de fazer com que Suas Altezas os príncipes me recomendassem ao sr. Cadoudal.

– De que príncipes o senhor está falando?

– Ora, dos príncipes da casa de Bourbon.

– E o senhor conseguiu que o recomendassem a Georges?

– Sim, o excelentíssimo duque de Berry me recomendou, senhor ministro, eu tive essa honra. De modo que o general Georges me julgou digno de fazer parte da primeira expedição que estava para ser enviada à França, ou seja, das nove primeiras pessoas que viriam com ele.

– E essas nove pessoas eram?

– O sr. Coster de Saint-Victor, o sr. Burban, o sr. de Rivière, o general Lajolais, um certo Picot, que não deve ser confundido com esse que acaba de ser fuzilado, o sr. Bouvet de Lozier, o sr. Damonville[1], um tal de Querelle, o mesmo que foi condenado à morte, este seu criado e, finalmente, Georges Cadoudal.

---

1. O desembarque de Cadoudal em Biville ocorreu no domingo 21 de agosto de 1803; seus companheiros não eram, com raras exceções, os monarquistas enumerados por Dumas; eram Hermely, Lahaye Saint-Hilaire e Brèche, sob o nome de Kirch, Joyaut, sob os nomes de Dassas e Ville-Neuve, Querelle, oficial do Morbihan, como os anteriores, Troche filho e Louis Picot, que Georges agregara na qualidade de criados. Cf. Georges Cadoudal, *Georges Cadoudal et la chouannerie* (Paris, Plon, Nourrit, 1887), p. 296.

— E como é que acostaram na França?

— Numa espécie de *cutter* comandado pelo capitão Wright.

— Ah! — exclamou Bonaparte. — Eu o conheço; é o antigo secretário de Sidney Smith.

— Justamente, general — respondeu Fouché.

— O tempo estava muito ruim — continuou o agente —, desembarcamos com muita dificuldade, durante a maré alta, ao pé da falésia de Biville.

— Por onde alcançaram Biville? — inquiriu Bonaparte.

— Por Dieppe, general — respondeu Fouché.

Bonaparte observou que, por um sentido de reserva um tanto extraordinário num homem daquele tipo, o agente não respondia diretamente, contentando-se em inclinar-se enquanto Fouché respondia em seu lugar.

Aquela humildade o tocou.

— Quando o interrogo, o senhor pode — disse ele — responder diretamente a mim.

O agente inclinou-se novamente.

— Fomos deixados — ele retomou — ao pé da falésia de Biville, que nesse ponto tem cerca de duzentos e trinta pés de altura.

— E como se faz para transpor essa altura? — perguntou Bonaparte.

— Com a ajuda de uma corda da grossura de um cabo de navio! Sobe-se com a força dos punhos e apoiando os pés na falésia, que forma nesse lugar uma espécie de tubo de chaminé. Para facilitar a subida, há na corda, a intervalos regulares, uns nós, ou mesmo travessas de madeira, em que é possível descansar um momentinho, feito um papagaio no poleiro. Fui o primeiro a se aventurar, depois de mim vieram o sr. marquês de Rivière, o general Lajolais, Picot, Burban, Querelle, Bouvet, Damonville, Coster de Saint-Victor e, finalmente, Georges Cadoudal.

"Chegando na metade da subida, vários de nós se queixaram do cansaço.

"— Preciso avisar — disse Georges — que acabo de cortar o cabo atrás de mim.

"E, com efeito, ouvimos o ruído do cabo caindo sobre os calhaus esparsos ao pé da falésia.

"Estávamos suspensos entre o céu e a terra — prosseguiu o agente. — Não havia como descer; tínhamos de subir sempre, até encontrar o topo da falésia.

"Chegamos finalmente, sem nenhum acidente.

"Confesso que, ao tocar o solo, eu estava tão apavorado com a subida que tínhamos acabado de fazer que me deitei de bruços, por medo de, se ficasse em pé, ser puxado para trás pela vertigem.

"O sr. de Rivière, o mais frágil de nós, estava quase desfalecido; Coster de Saint-Victor chegou assobiando uma música de caça; quanto a Cadoudal, respirou ruidosamente, dizendo:

"– Para um homem que pesa duzentas e sessenta libras, o caminho é árduo.

"Depois, soltou o cabo da estaca em que estava preso e despachou a segunda parte ao encontro da primeira. Perguntamos o que estava fazendo e por que o estava fazendo: ele respondeu que aquela corda em geral servia aos contrabandistas e que um pobre-diabo poderia se aventurar por ela sem saber que ficara sem metade do seu comprimento e, chegando na ponta, ver-se precipitado de cem pés de altura.

"Cumprido esse cuidado, imitou o grito do corvo, responderam-lhe com o da coruja e dois homens apareceram.

"Eram os nossos guias."

– O sr. Fouché disse que Georges viera de Biville para Paris, detendo-se em paradas previamente arranjadas. O senhor observou quais eram essas paradas?

– Perfeitamente, general. Entreguei a lista ao sr. Fouché; porém, tenho memória suficiente para, se alguém quiser anotar o que eu ditar, designá-las sem recorrer a anotações.

Bonaparte tocou a campainha.

– Mande chamar Savary – disse ele. – É quem está me servindo.

Savary desceu.

– Ponha-se ali – disse-lhe Bonaparte, designando uma mesa – e escreva o que este senhor vai lhe ditar.

Savary sentou-se, pegou uma pena e escreveu conforme ditado pelo agente.

– Primeiro, a cerca de cem passos da falésia, há uma casa de marujos que está ali só para abrigar das intempéries da estação os que desejam embarcar ou estão esperando um desembarque. Dali é que saímos para a primeira parada, em Guilmécourt, em casa de um rapaz chamado Pageot de Pauly; a segunda é na granja da Potterie, comuna de Saint-Rémy, em casa do casal Détrimont; a terceira, em Preuseville, em casa de um tal Loizel. Permita-se, senhor coronel – prosseguiu o agente com sua polidez costumeira –, observar que aqui o caminho se divide em três estradas bem distintas, sendo que as três vêm dar em Paris. Na estrada traçada na extrema esquerda, a quarta parada é Aumale, em casa de um tal Monnier; a quinta é em Feuquières, com um tal Colliaux; a sexta é em Monceau, com Leclerc; a sétima é em Auteuil, com Rigaud; a oitava é em Saint-Lubin, com Massignon, e a nona é em Saint-Leu-Taverny, com Lamotte.

"Agora, se retomarmos a linha do meio no ponto de entroncamento, a quarta parada é em Gaillefontaine, na casa da viúva Le Seur; a quinta é em Saint-Clair, com Sachez; a sexta é em Gournay, com a viúva Cacqueray. Depois, voltando ao mesmo entroncamento, a quarta parada da estrada da direita é em Roncherolles, em casa dos Gambu; a quinta é em Saint-Crespin, com Bertengles; a sexta é em Etrépagny, com Damonville; a sétima é em Vauréal, com Bouvet de Lozier, e a oitava é em Eaubonne, com um tal Hyvonnet[2]. É só."

– Savary, guarde essa lista com cuidado – disse o primeiro cônsul –, ela nos será muito útil. Muito bem! O que tem a dizer sobre isso, Régnier? – perguntou Bonaparte.

– Cáspite, ou os meus agentes são uns imbecis, ou este senhor é danado de esperto.

– Da sua parte, senhor ministro – disse o agente, inclinando-se –, o que acaba de dizer já seria um elogio; mas não sou danado, sou simplesmente um homem honesto dotado de uma perspicácia um pouco maior que a dos outros, e de uma excessiva capacidade de me transformar.

– Agora – disse Bonaparte –, o que o senhor fez de Georges desde que ele chegou a Paris?

– Eu o segui nas três ou quatro casas que ocupou. Primeiro, hospedou-se na rua de la Ferme; depois, foi para a rua du Bac, onde recebeu Querelle, que foi pego quando estava saindo dali; por fim, hoje, sob o nome de Larive, ele está na rua de Chaillot.

– Mas, se o senhor sabia disso tudo há muito tempo... – disse Régnier para Fouché.

– Há dois meses – interrompeu este último.

– ... por que não o mandou prender?

Fouché pôs-se a rir.

---

2. Esse itinerário é tirado de Marco de Saint-Hilaire, *Deux conspirations sous l'Empire* (Paris, Hippolyte Souverain, 1845), I, p. 132, nota 1, que remete a "Acte d'accusation de Georges, Moreau, Pichegru et autres, pièces du procès".

— Ah! Desculpe-me, senhor ministro da Justiça – disse ele –, mas enquanto eu não for acusado, por minha vez, não vou lhe contar os meus segredos. Aliás, este eu reservo para o general Bonaparte.

— Meu caro Régnier – disse, rindo, o primeiro cônsul –, segundo o que acabamos de ouvir, creio que pode, sem inconveniente, chamar de volta seu agente de Londres. Agora, como ministro da Justiça, meu caro Régnier, cuide para que o pobre diabo que foi condenado ontem e que nos contou toda a verdade – bem devo reconhecer, já que a declaração dele está em harmonia com a deste senhor (Bonaparte indicou o agente que oferecera todas as informações que acabamos de ler) – não seja executado. Não lhe dou o indulto completo porque quero ver como ele vai se portar na prisão. Fique de olho nele e, dentro de seis meses, faça-me um relatório sobre o seu comportamento. Só me resta, meu caro Régnier, expressar-lhe minhas desculpas por tê-lo feito levantar tão cedo de manhã, quando poderia perfeitamente ter passado sem o senhor. Fique, Fouché.

O agente retirou-se para o fundo da sala e deixou, por assim dizer, sozinhos, tão afastado estava, o primeiro cônsul e o legítimo chefe de polícia.

Bonaparte aproximou-se então de Fouché:

— O senhor disse que me contaria por que me escondeu, até o momento, a presença de Cadoudal em Paris.

— Escondi, cidadão primeiro cônsul, primeiro para que o senhor não o soubesse.

— Sem brincadeira – disse Bonaparte, franzindo o cenho.

— Não estou brincando nem um pouco, cidadão general, e lamento que hoje o senhor tenha me obrigado a lhe contar. Ao conceder-me a honra de acolher-me em sua intimidade, permitiu que o observasse. Não franza o cenho, que diabos! É o meu papel. Pois bem! O senhor é o homem que mais depressa deixa escapar um segredo, pelas brechas da sua ira. Enquanto mantém o sangue frio, está tudo certo, e o senhor é tão selado como uma garrafa de vinho de Champagne, mas que venha a ira, e a garrafa de Champagne estoura, tudo se esvai feito espuma.

— Senhor Fouché – disse Bonaparte –, dispenso suas comparações.

— E eu, general, dispenso as confidências; permita, portanto, que me retire.

— Ora, não vamos brigar – disse Bonaparte. – Quero saber por que o senhor não mandou prender o Georges.

— Quer saber?

— Absolutamente.

– E se, por sua culpa, a minha batalha de Rivoli falhar, o senhor não vai ficar chateado comigo?

– Não.

– Pois bem! Quero mandar prender todos esses homens numa mesma rede. Quero que o senhor mesmo seja o primeiro a se extasiar diante da pesca milagrosa. Não mandei prender Cadoudal porque só desde ontem é que Pichegru está em Paris.

– Como! Pichegru está em Paris desde ontem?

– Na rua de l'Arcade[3], ao seu dispor, porque ainda não teve tempo de se entender com Moreau.

– Com Moreau! – exclamou Bonaparte. – O senhor enlouqueceu! Então esquece que eles estão brigados de morte!

– Ah! Porque Moreau denunciou Pichegru, de quem tinha inveja! Pois o senhor sabe melhor que ninguém, cidadão primeiro cônsul, que Pichegru, cujo irmão, esse que é abade, para pagar uma dívida de seiscentos francos que ele deixou ao partir, muito a contragosto, para Caiena, foi obrigado a vender a espada e as dragonas, com a inscrição: *Espada e dragonas do vencedor da Holanda*; o senhor sabe muito bem que Pichegru não recebeu um milhão do sr. príncipe de Condé. Sabe mais ainda que Pichegru, que nunca se casou, e por conseguinte não tem mulher nem filhos, não pode, em seu trato com o príncipe de Condé, ter estipulado uma renda de duzentos mil francos para a sua viúva e de cem mil francos para os seus filhos. Trata-se dessas pequenas calúnias que os governos utilizam contra um homem do qual querem se livrar e que já prestou tantos e bons serviços que não há como pagá-lo senão com ingratidão. Pois bem! Moreau reconheceu seus erros, e Pichegru chegou ontem para perdoá-lo.

À notícia da reunião, contra ele, daqueles dois homens que ele via como seus maiores inimigos, Bonaparte não pôde evitar fazer sobre o peito o rápido sinal da cruz corso que lhe era familiar, como a todos os seus compatriotas.

– Mas – disse ele – depois que se encontrarem, depois que se entenderem, depois que esses punhais de que o ar está repleto se virarem contra mim, o senhor vai me livrar deles? Vai mandar prendê-los?

– Ainda não.

– Mas o que está esperando, caramba?

---

3. Nome do caminho aberto através do castelo de Ternes e que se tornou a rua Bayen.

– Vou esperar que o príncipe que eles próprios estão esperando chegue a Paris.

– Eles estão esperando um príncipe?

– Da própria casa de Bourbon.

– Eles precisam de um príncipe para me assassinar?

– Primeiro, quem lhe disse que eles querem assassiná-lo? Cadoudal declarou por conta própria que nunca o assassinaria.

– O que ele contava fazer com a máquina infernal?

– Ele jura por todos os deuses que não tem nada a ver com essa obra do diabo.

– Mas o que ele quer, afinal?

– Combatê-lo.

– Combater-me?

– E por que não? O senhor bem que queria, outro dia, lutar com Moreau.

– Mas Moreau é Moreau, ou seja, um grande general, um vencedor; chamei-o de *general das retiradas*, é verdade, mas isso foi antes de Hohenlinden. E como querem me combater?

– Uma noite, quando o senhor estiver indo para Malmaison, ou Saint-Cloud, e tiver vinte e cinco ou trinta homens de escolta, vinte e cinco ou trinta *chouans*, Cadoudal à frente, armados como seus homens, em número igual ao deles, vão barrar-lhe a passagem, atacá-lo e matá-lo.

– E comigo morto, o que farão?

– O príncipe que terá assistido ao combate, sem tomar parte, evidentemente, proclamará a monarquia; o conde de Provence, que nesse caso todo não terá mexido nem um dedo sequer, adotará o nome de Luís XVIII, virá sentar-se no trono de seus antepassados, e tudo estará dito. O senhor ficará sendo um ponto luminoso na história, como uma espécie de sol, e terá, como Saturno, seus satélites dourados, que vão se chamar Toulon, Montebello, Arcole, Rivoli, Lodi, as Pirâmides e Marengo.

– Sem brincadeira, senhor Fouché. Quem é esse príncipe que deve vir para a França recolher a sua herança?

– Oh! Sobre isso, devo dizer que estou na mais profunda ignorância. Há algo como dez anos que estão esperando esse príncipe, e ele não vem.

"Esperaram por ele na Vendéia, ele não veio. Esperaram por ele em Quiberon, ele não veio. Estão esperando por ele em Paris, e é provável que não venha, como não veio à Vendéia nem a Quiberon.

- Pois bem, que seja! - disse Bonaparte. - Vamos esperar por ele. O senhor responde por tudo, Fouché?

- Respondo por tudo em Paris, desde que a sua polícia não se oponha à minha.

- Está combinado. O senhor sabe que não tomo nenhuma precaução, cuidar de mim é assunto seu. A propósito, não se esqueça de mandar entregar seis mil francos de gratificação ao seu agente e, se possível, que ele não perca Cadoudal de vista.

- Fique tranqüilo; se ele o perder de vista, temos dois pontos de referência através dos quais podemos encontrá-lo.

- Quais?

- Moreau e Pichegru.

Assim que Fouché saiu, Bonaparte chamou Savary.

- Savary - disse Bonaparte ao seu ajudante-de-campo -, traga-me o quadro dos indivíduos que, no departamento do Sena Inferior, foram assinalados por roubo de diligência ou outros casos semelhantes.

E, com efeito, desde o restabelecimento da tranqüilidade interna, a polícia arrolara todos os indivíduos que haviam participado dos distúrbios civis ou tinham chamado a atenção nas regiões em que haviam ocorrido os roubos a diligências.

Esses casos eram divididos em várias classes:

1) os excitadores;

2) os atores;

3) os cúmplices;

4) os que tinham favorecido a evasão de algum desses indivíduos.

Tratava-se de encontrar o relojoeiro de que haviam falado Querelle e o agente de Fouché. Pelo agente de Fouché, Bonaparte poderia ter sabido seu nome; mas não quis demonstrar que atribuía demasiada importância àquele nome, de medo de revelar seu projeto a Fouché.

E, com efeito, Bonaparte ficara quase tão magoado com a clarividência de Fouché quanto com a cegueira de Régnier. Achar-se em meio a um perigo do qual não fazia a menor idéia, ser protegido desse perigo, sem saber, pelo escudo da polícia, era, para um homem do temperamento e do caráter de Bonaparte, uma espécie de humilhação. Ele também queria ver, com seus próprios olhos, mesmo que visse mal! Por isso mandava Savary trazer a situação dos suspeitos do departamento do Sena Inferior.

Na primeira olhada no quadro de Eu e de Tréport, deram com o nome de um relojoeiro chamado Troche. O pai tinha sido preso e, como estava bastante comprometido no caso, não se podia contar com grandes revelações de sua parte. Mas restava o filho, um rapaz de dezenove anos, que devia saber o mesmo que qualquer um sobre os desembarques que já haviam ocorrido e os que ainda iriam ocorrer.

Bonaparte mandou transmitir pelo telégrafo a ordem de detê-lo e trazê-lo diretamente a Paris; se o trouxessem pela posta, poderia chegar n'a manhã seguinte.

Enquanto isso, o sr. Réal voltara para a prisão. Encontrara o condenado num estado de dar dó.

Ao raiar do dia, com efeito, ou seja, entre seis e sete horas, a força armada que deveria conduzi-lo à praça de Grenelle para fuzilá-lo chegara e se postara na praça. O fiacre, no qual o condenado deveria entrar, estava diante do postigo, porteira aberta, estribo baixado.

O infeliz, como dissemos, estava na sala de arquivos, cujas janelas gradeadas davam para a rua. Da janela, podia avistar, portanto, os terríveis preparativos que precedem a fuzilada, menos terríveis, sem dúvida, que os da guilhotina, mas que também têm o seu pavor.

Ele vira despacharem para o governador de Paris o ordenança que ia buscar a ordem de execução, e via o ajudante-de-praça já a cavalo, só esperando, para presidir à execução, o regresso do ordenança. Os dragões que iam lhe servir de escolta estavam a cavalo e enfileirados, e o oficial viera amarrar a rédea do cavalo nas próprias grades da sua janela. Ele ficou nessa espera terrível entre seis e meia e nove horas.

Às nove horas, enfim, depois de ter contado as badaladas do relógio, as horas, as meias horas, os quartos de hora, ouviu o mesmo barulho de carro que já ouvira às cinco horas da manhã.

Então, seu olhar ansioso fixou-se na porta; seu ouvido esticou-se para os ruídos do corredor e suas emoções da manhã novamente fizeram bater seu coração.

Réal entrou com um sorriso nos lábios.

– Oh, o senhor não estaria sorrindo – exclamou o infeliz prisioneiro jogando-se a seus pés e apertando seus joelhos contra o peito –, se eu estivesse condenado à morte!

– Eu não lhe prometi um indulto – disse Réal –, eu prometi um adiamento, é o que trago, mas prometendo também que farei tudo o que for possível para salvá-lo.

– Muito bem, então! – exclamou o prisioneiro. – Se não quer que eu morra de angústia, mande afastar esses dragões, esse fiacre, esses soldados. É por mim que eles estão aí e, enquanto estiverem aí, não vou acreditar no que o senhor me disser.

Réal chamou o diretor:

– A execução foi postergada – disse ele – por ordem do primeiro cônsul. O senhor vai pôr este senhor no confinamento e esta noite vai transportá-lo para o Templo.

Querelle respirou. O Templo era a prisão das longas detenções, mas pouco perigosas. Era, enfim, a confirmação do que Réal acabara de dizer. E logo, por aquela janela de que não conseguia desviar os olhos, viu levantar-se o estribo, fechar-se a porteira, partir o fiacre, depois viu o oficial desamarrar o cavalo, montar, assumir a frente dos seus homens, e depois não viu mais nada.

Num excesso de alegria, acabava de desmaiar.

O médico foi chamado e praticou uma sangria. O pobre Querelle voltou a si, foi trancafiado no confinamento e, de acordo com a ordem dada, levado na noite seguinte para o Templo.

O sr. Réal permanecera ao seu lado durante o seu desmaio e, quando voltara a si, renovara-lhe sua promessa de interceder por ele junto ao primeiro cônsul.

XXXIII
BURROS N'ÁGUA

Uma singular circunstância pusera a polícia na pista de Troche. Dois ou três anos antes da época em que estamos, um encontro em torno de um desembarque ocorrera entre homens da aduana e contrabandistas; alguns tiros de fuzil haviam sido trocados e, numa dessas buchas semiqueimadas que ficaram no campo de batalha, podia-se ler o seguinte endereço: *Para o cidadão Troche, relojoeiro em...*

Ora, todos em Dieppe conheciam o cidadão Troche e, por conseguinte, ninguém teve dúvidas de que o cidadão Troche havia carregado seu fuzil com uma carta endereçada a si mesmo, e que essa carta é que o designou à solicitude do governo.

Tinham trazido de Dieppe, cinco ou seis dias antes, o cidadão Troche, astuto normando de uns quarenta e cinco a cinqüenta anos que foi confrontado com Querelle e que, vendo que Querelle não queria reconhecê-lo, por sua vez tampouco o reconheceu; ainda assim, apesar das denegações, mantiveram o cidadão Troche sob ferrolhos.

Mas restava Troche filho, um rapagão ingênuo de dezenove ou vinte anos que, apesar de seu jeito ingênuo, era muito mais competente no contrabando do que em relojoaria. Levado a Paris, conduzido perante Savary, que estava de guarda junto do primeiro cônsul, Nicolas Troche, assim que lhe disseram que seu pai confessara tudo, fez de conta que acreditava e confessou tudo.

Aquela confissão não o comprometia muito. Ele era avisado de que contrabandistas estavam pedindo para desembarcar; dava-lhes o sinal combinado. Se o mar estivesse bom, ele ajudava; se o mar estivesse ruim, esperava uma *melho-*

ra; dava-lhes a mão assim que iam chegando ao cume da falésia e, de lá, dizia, entregava-os a um de seus amigos e só tornava a ouvir falar neles para receber os três francos por pessoa que ajudasse a chegar à costa.

Isso se praticava na família Troche desde um tempo imemorial: o filho mais velho herdava o benefício, agregado ao seu morgadio, e a família Troche, que ganhava uma nota de mil francos nesse comércio, declarava só ter conhecido esses homens como contrabandistas.

Por uma porta aberta, o general Bonaparte escutara todo o interrogatório, que transcorria tal como se imaginara. Savary perguntou se um novo desembarque estava sendo esperado.

O filho Troche respondeu que, quando Savary lhe dera a honra de mandar chamá-lo para aquela conversa, um *cutter* inglês vinha bordejando diante da falésia, em Biville, à espera de uma melhora no tempo para efetuar o desembarque.

Savary já tinha um plano traçado pelo primeiro cônsul. Caso o jovem Nicolas confessasse – o que acabava de fazer –, Savary subiria com ele no carro que o trouxera e partiria imediatamente a fim de apreender o novo desembarque.

O jovem Troche foi mantido para averiguações o dia inteiro.

Por mais que se apressasse, o ajudante-de-campo não conseguiu partir antes das sete horas da noite, seguido por um carroção enorme onde se encontravam doze guardas de elite.

Por um instante, tiveram a idéia de mandar Nicolas Troche ir ter na prisão com o pai, Jérôme Troche, mas o rapaz, que preferia o ar puro das falésias ao ar da prisão, observou que se não estivesse presente na costa para fazer os sinais costumeiros, o desembarque não ocorreria.

Troche era um legítimo caçador clandestino: desde que caçasse, pouco importava para quem fosse. Além disso, estimulado pela idéia de que a estrada que estava seguindo poderia levá-lo ao cadafalso, com o mesmo zelo armava uma armadilha para os que estavam chegando e servia aos que já haviam passado. Savary chegou a Dieppe vinte e quatro horas depois de ter saído de Paris, já noite fechada, e com poderes do ministério da Guerra extensíveis a todos os casos que pudessem se apresentar.

Troche imediatamente se informou sobre os sinais costeiros.

O mar continuava ruim, o *brick* seguia volteando ao alcance da vista. O mau tempo impossibilitava o desembarque. Savary levou Troche para a beira do mar ao raiar do dia. O *brick* continuava à vista. Do lugar onde estava, supondo-se um bom vento, poderia numa só bordada alcançar a base da falésia. Mas Savary não quis parar em Dieppe. Disfarçou-se, pôs um traje burguês, ordenou o mesmo aos seus doze gendarmes e rumou para Biville.

Aqueles doze homens haviam sido escolhidos entre os mais corajosos do regimento.

Savary despachou seus cavalos na frente e, guiado por Troche, entrou numa casa onde normalmente entravam os emissários que os paquetes ingleses jogavam na costa.

Essa casa, completamente isolada, ficava fora do círculo de vigilância das autoridades. Situada na extremidade da aldeia, de frente para o mar, oferecia aos que vinham lhe pedir proteção a vantagem de poder entrar e sair sem serem vistos.

Savary deixou seus homens do lado de fora do jardim, saltou sobre a sebe e foi até a casinha. Por um contravento entreaberto, viu uma mesa carregada de vinho, fatias de pão já cortadas e pães de manteiga.

Savary voltou até a sebe, chamou Troche e mostrou-lhe aqueles preparativos para uma refeição.

– É a merenda – disse este último – que sempre deixamos pronta para quem chegar da costa; significa que o desembarque deve se dar esta noite, ou no mais tardar amanhã. A maré está baixando, eles estarão aqui em quinze minutos ou não chegarão antes de amanhã.

Savary esperou em vão, não houve desembarque naquele dia, nem nos seguintes.

No entanto, aquele desembarque era esperado com grande impaciência. O boato era de que o príncipe, sem o qual nada poderia acontecer ou, pelo menos, sem o qual Georges nada faria, achava-se a bordo do *cutter*.

Ao raiar do dia, Savary encontrava-se na falésia. A terra estava coberta de neve e, ainda a caminho, ele julgara por um momento ter chegado ao resultado esperado. O vento soprava violentamente do lado do mar, e o ar estava carregado de flocos brancos, de modo que não se enxergava nada a dez passos; mas escutava-se muito bem.

De uma trilha que ia dar na falésia, vinham algumas vozes; Troche apoiou a mão no braço de Savary e disse:

– Aqui estão nossos homens; estou ouvindo a voz de Pageot de Pauly.

Pageot de Pauly era um rapaz da mesma idade que ele, encarregado, durante sua ausência, de servir de guia.

Savary mandou seus gendarmes bloquearem a extremidade da trilha, e ele próprio, com Troche e dois homens, foi até o local onde escutara as vozes.

A súbita aparição de quatro homens no alto da ravina, o grito de "Alto lá!" proferido com voz forte, assustaram os viajantes noturnos. Mas Pageot reconheceu Troche e exclamou:

– Não se assustem, Troche está com eles!

As duas tropas se encontraram; os homens de Pageot eram simples aldeões vindos da falésia à espera de um desembarque.

Dessa vez, o desembarque havia sido tentado, mas o bote não conseguira acostar porque as ondas estavam muito fortes. No entanto, uma voz forte gritara lá do barco:

– Até amanhã!

E aquelas duas palavras tinham se alçado até os aldeões pelas asas do vento.

Era a terceira vez que o *cutter* lançava o bote ao mar sem que o bote acostasse.

Durante o dia, o *cutter* ganhava o largo; ficava o dia inteiro bordejando. À noite, aproximava-se da terra e tentava o desembarque.

Savary passou a noite toda à espreita; não só não aconteceu nada, como no dia seguinte mal se enxergava o *cutter*, que se afastava a todo pano rumo à Inglaterra.

Savary ainda ficou mais um dia para ver se o *cutter* voltava. Durante aquele dia, examinou atentamente o cabo com o qual os desembarcados realizavam sua ascensão e, embora Savary fosse um homem cujo coração não fraquejasse facilmente, declarou que preferiria assistir a dez batalhas a escalar a falésia suspendido naquele frágil apoio, com a tempestade à sua volta, a escuridão sobre a sua cabeça, o mar sob os seus pés.

Correspondia-se diariamente com Bonaparte por um mensageiro.

No vigésimo oitavo dia, recebeu por telégrafo a ordem de voltar a Paris.

Savary recebera ordem de voltar a Paris porque se fizera luz sobre determinados pontos e trevas sobre outros.

Bonaparte adquirira a convicção de que o *cutter*, cuja presença durante dez ou doze dias lhe fora assinalada por Savary, não transportava aquele famoso príncipe francês sem o qual Georges declarara que não agiria. Agindo só, Georges não passava de um vulgar conspirador; agindo com o duque de Berry ou o conde de Artois, era o aliado de um príncipe.

Bonaparte certo dia mandara chamar Carnot e Fouché.

Vejamos o que diz o próprio Bonaparte sobre essa conversa, no manuscrito trazido de Santa Helena pelo navio *Le Héron*[1]:

> No entanto, quanto mais eu avançava, mais os jacobinos, que não me perdoavam o suplício de seus amigos, tornavam-se perigosos. Nesse extremo, mandei chamar Carnot e Fouché.
>
> – Senhores – disse-lhes eu –, após longas tempestades, agrada-me pensar que está provado para os senhores, como está para mim, que os interesses da França não estiveram nunca em harmonia com os diversos governos que ela deu a si no decorrer da Revolução; nenhum deles nunca esteve sensatamente calcado sobre a sua posição geográfica, sobre o número e o talento dos seus habitantes. Por mais tranqüilo que o Estado hoje lhes pareça, ele ainda se encontra sobre um vulcão: a lava está fervendo; é preciso evitar a todo custo a sua erupção. Acredito, assim como muita gente honesta, que existe apenas uma maneira de salvar a França e assegurar-lhe para todo o sempre todas as vantagens da liberdade conquistada, que é pô-la sob a salvaguarda de uma monarquia constitucional cujo trono seja hereditário.
>
> Carnot e Fouché não ficaram surpresos com a minha proposta: esperavam por ela. Carnot disse-me, sem rodeios, que percebia perfeitamente que eu almejava o trono.
>
> – E se assim fosse de fato – respondi –, o que o senhor teria a retrucar, se o resultado fosse a glória e o descanso da França?
>
> – Que o senhor estaria destruindo num só dia o trabalho de um povo inteiro, que poderia fazer com que o senhor se arrependesse.
>
> Percebi que não havia nada a fazer com Carnot; de modo que encerrei a conversa, cogitando retomá-la com Fouché, que de fato mandei chamar poucos dias depois.
>
> Carnot havia divulgado o meu segredo, que, na verdade, começava a não ser mais segredo. Como eu não lhe pedira sigilo, não podia censurá-lo por sua indiscrição. Meus projetos, afinal, precisavam ser conhecidos para que eu pudesse saber que efeito teriam nos espíritos.

---

1. Não encontramos essas *Memórias de Napoleão* trazidas por *Le Héron*.

Os atos emanados de mim desde que me pus à frente dos negócios teriam preparado os franceses para ver-me um dia empunhar o cetro, acreditariam que esse gesto, da minha parte, seria capaz de devolver-lhes a tranqüilidade e a alegria? Isso eu ignoro; o fato é que o caso teria se passado amigavelmente se um espírito infernal não tivesse se envolvido: Fouché. Caso tenha sinceramente acreditado no boato que mandou espalhar, torna-se menos culpado; caso o tenha mandado espalhar apenas para criar-me embaraços, é um monstro.

Mal tomou conhecimento das minhas pretensões ao trono, Fouché, com o auxílio de seus agentes e sem dar a perceber que estava na origem de tudo, mandou circular entre os principais jacobinos que eu queria restaurar a realeza com o único intuito de restituir a coroa ao seu legítimo herdeiro. Acrescentava que, por um acordo secreto, eu seria apoiado nessa restituição por todas as potências estrangeiras.

A invenção era diabólica, de modo que jogou contra mim todas as pessoas a quem o retorno dos Bourbon pudesse comprometer a fortuna ou a existência.

Além de não conhecer bem Fouché naquela época, eu naturalmente não podia suspeitar daquela perfídia. O que digo é tão verdade que o encarreguei de sondar as opiniões. Não foi difícil para ele reportar-me os boatos que circulavam, já que eram todos de sua própria invenção.

– Os jacobinos – ele acrescentou – derramarão até a sua última gota de sangue antes de deixá-lo subir ao trono. Não é um soberano que temem, acho até que não estão longe de estarem convencidos de que é essa a melhor solução; são os Bourbon que eles rejeitam, pois acreditam ter tudo a temer da parte deles.

Tal discurso, embora me apresentasse obstáculos, não era de natureza a me desencorajar, eu que de modo algum pensava nos Bourbon. Fiz essa observação a Fouché, perguntando-lhe como poderíamos fazer para desmentir aqueles falsos boatos e convencer os jacobinos de que eu agia apenas por minha própria conta.

Pediu-me dois dias para dar uma resposta.

Dois dias depois, como dissera, Fouché voltou.

– O *cutter* de que falava o coronel Savary na sua correspondência desapareceu – disse ele – no décimo primeiro dia. É que o tal *cutter* só transportava agentes secundários, que ele levou para as costas da Bretanha e que voltarão por algum outro caminho. O senhor conhece suficientemente bem os príncipes da casa de Bourbon, o conde de Artois e o duque de Berry, para acreditar que eles não se arriscariam a vir combatê-lo em Paris, eles que nunca se arriscaram, apesar de todos os apelos que lhes fizeram, a combater os republicanos na Vendéia. O sr. conde de Artois, um fátuo com cabeça de vento, está demasiado ocupado em oferecer seu amor desnaturado às belas *misses* e às belas *ladies* inglesas. Quanto ao duque de Berry, como sabe muito bem, nunca aproveitou essa oportunidade que príncipe algum deve deixar escapar que é a de provar, quer num duelo, quer num combate, a sua bravura pessoal. Mas existe neste mundo, existe às margens do Reno, existe a seis ou oito léguas da França, um homem cheio de coragem e que por vinte vezes já deu provas dessa bravura, combatendo as tropas revolucionárias: o filho do príncipe de Condé, o duque de Enghien.

Bonaparte estremeceu.

– Tome tento, Fouché – disse Bonaparte. – Embora eu não tenha me aberto francamente sobre os meus planos futuros com relação ao senhor, creio que vez ou outra passa pela sua mente certo temor: que eu um dia faça as pazes com os Bourbon, e que nesse dia, senhor regicida, o senhor se encontre em má situação. Se um Bourbon conspirar contra mim, se isso me for claramente provado, não haverá sangue real ou consideração social que me detenha. Quero cumprir o meu destino, tal como ele está, pelo menos segundo creio, escrito no livro do destino. Hei de derrubar todo obstáculo que encontrar pelo caminho, mas para isso preciso estar com a lei e a minha consciência a meu favor.

– Cidadão – disse Fouché –, não é por acaso, nem por interesse pessoal, que menciono o duque de Enghien. Depois da entrevista que o senhor deu a Cadoudal a honra de conceder-lhe, quando Sol de Grisolles, em vez de seguir com seu general para Londres, partiu para a Alemanha, tive a satisfação de descobrir o que ele ia fazer do outro lado do Reno. Pus no seu encalço o agente que teve a honra de comparecer à sua presença outro dia. É um rapaz bastante hábil, como o senhor pôde perceber. Ele o seguiu até Estrasburgo, atravessou o Reno com ele, travou amizade com ele no caminho e chegou com ele a Ettenheim. A primeira coisa que o ajudante-de-campo de Cadoudal fez foi ir prestar suas homenagens ao excelentíssimo duque de Enghien, que o convidou para jantar e o reteve até as dez horas da noite.

– Muito bem – disse subitamente Bonaparte, que percebia onde Fouché o queria levar. – Seu agente não jantou com ele, jantou? Não pôde saber o que disseram nem que planos traçaram.

– O que disseram não é difícil de adivinhar. Os planos que traçaram, é fácil retraçá-los. Mas, sem nos lançar em conjeturas, vamos nos ater ao positivo.

"Meu homem, como pode imaginar, não foi oito horas dono do seu tempo sem usá-lo de alguma maneira. Pois bem! Usou-o buscando informações. Essas informações lhe mostraram que o duque de Enghien costumava ausentar-se de Ettenheim por períodos de sete a oito dias; descobriu, além disso, que de tempos em tempos ele passa uma noite, às vezes até duas, em Estrasburgo."

– Não há nada de surpreendente nisso – disse Bonaparte. – Eu também me informei sobre o que ele faz lá.

– E o que ele faz lá? – inquiriu Fouché.

– Vai visitar a amante, a princesa Charlotte de Rohan.

– Agora – disse Fouché – resta saber se a estada da sra. Charlotte de Rohan, que não é a amante do duque de Enghien, mas sim sua esposa, já que eles se casaram secretamente e ela poderia ficar com ele em Ettenheim, agora resta saber se a estada da sra. Charlotte de Rohan em Estrasburgo não é um pretexto para o príncipe, que indo a Estrasburgo para se encontrar com sua mulher poderia, ao mesmo tempo, se encontrar com os seus cúmplices e, uma vez em Estrasburgo, estar em Paris em vinte e quatro horas.

Bonaparte franziu o cenho.

– Então é por isso – disse ele – que me disseram tê-lo avistado aqui, no teatro! Dei de ombros e respondi que não era verdade.

– Quer tenha vindo ao teatro, quer não – disse Fouché –, aconselho o primeiro cônsul a não perder de vista o duque de Enghien.

– Farei ainda melhor – disse Bonaparte. – Mandarei amanhã um homem de confiança ao outro lado do Reno; ele me fará seu relatório diretamente e, assim que voltar, tornaremos a conversar sobre esse caso.

Então, dando as costas a Fouché, deu-lhe a entender que desejava ficar só.

Fouché saiu.

Uma hora mais tarde, o primeiro cônsul mandava chamar o inspetor da gendarmaria ao seu gabinete e perguntava-lhe se não tinha, no seu departamento, algum homem inteligente que pudesse ir à Alemanha encarregado de uma missão secreta, de toda confiança, capaz de conferir as informações fornecidas pelo agente de Fouché.

Este lhe respondeu que tinha à disposição o homem de que o primeiro cônsul precisava e perguntou se o primeiro cônsul queria passar as instruções pessoalmente ou se preferia transmiti-las por ele ao agente.

Bonaparte retrucou que, num caso tão importante, as instruções nunca seriam demasiado claras. Portanto, ele as redigiria à noite e as mandaria entregar ao inspetor, que as repassaria ao oficial. O oficial partiria assim que as recebesse.

As instruções eram:

– informar-se se o duque de Enghien de fato se ausenta misteriosamente de Ettenheim;

– informar-se sobre quais pessoas da emigração o cercam mais especialmente ou têm mais amiúde a honra de serem convidadas a encontrar-se com ele;

– informar-se, por fim, se ele não mantém relações políticas com os agentes ingleses das pequenas cortes da Alemanha.

Às oito horas da manhã, o oficial partiu para Estrasburgo.

XXXIV
REVELAÇÕES DE UM ENFORCADO

Enquanto o primeiro cônsul redigia as instruções que devia levar o oficial da gendarmaria, uma cena trágica ocorria no Templo, para onde haviam sido levados os prisioneiros já apanhados.

Esses prisioneiros eram o criado de Georges, chamado Picot, e mais dois conjurados que haviam sido presos com ele na loja de um vendedor de vinho na rua du Bac, no mesmo dia em que o Pedreiro avistara Georges saindo do mesmo estabelecimento. Um cartão encontrado no quarto de Picot trazia um endereço na rua Saintonge: correram até lá, flagraram Roger e Damonville e perderam por pouco Coster de Saint-Victor.

Na mesma noite de sua chegada ao Templo, Damonville se enforcou[1].

Resultou daí que foram dadas ordens para os guardas visitarem o quarto dos prisioneiros duas vezes por noite; normalmente, depois de trancá-lo à noite, só retornavam na manhã seguinte.

Outro prisioneiro, chamado Bouvet de Lozier, havia sido detido na casa de uma certa senhora de Saint-Léger, na rua Saint-Sauveur, em 12 de fevereiro.

Encaminhado ao Templo, puseram-no confinado ao lado do aquecedor comum, onde foi bem maltratado, e o interrogaram com severidade.

Era um homem de uns trinta e seis anos, oficial monarquista, ajudante geral de Georges, um de seus íntimos confidentes que, sob um nome fictício, mandara preparar todas as paradas identificadas por Savary em seu relatório.

---

1. Em 24 de março de 1804.

Era um dos agentes mais ativos, e mandara alugar por aquela mesma sra. de Saint-Léger, em cuja casa residia, uma morada em Chaillot, na rua principal, número 6, onde Georges se hospedara ao chegar a Paris, sob o nome de Larive.

Vendo que falara demais em seu primeiro interrogatório, e temendo falar mais ainda num segundo, resolveu se matar, como acabava de fazer Damonville.

E, com efeito, no dia 14 de fevereiro, por volta da meia-noite, com uma gravata de seda preta presa ao gonzo mais alto da porta, ele se enforcou.

Mas no exato instante em que desfalecia, Savard, um de seus carcereiros, entrou em seu quarto para a ronda noturna. Sentindo uma resistência na porta, empurrou-a com violência, escutou um gemido, virou-se, viu o prisioneiro pendurado pela gravata e chamou por socorro.

O segundo carcereiro, julgando tratar-se de uma luta, correu, segurando uma faca bem aberta.

– Corte, Élie, corte! – gritou Savard, mostrando a gravata que sustinha o prisioneiro.

Este não perdeu nem um minuto sequer, rompeu o nó, e Bouvet caiu no chão sem outro movimento. Julgaram-no morto, mas como o carcereiro-chefe Fauconnier queria ter certeza, pediu aos seus homens que o levassem à sala dos arquivos e fossem buscar o médico do Templo, o sr. Souppé.

O médico percebeu que o prisioneiro ainda respirava, efetuou uma sangria; o sangue veio e, alguns minutos depois, Bouvet de Lozier tornava a abrir os olhos. Levaram-no, tão logo esteve em condições de suportar o carro, à casa do cidadão Desmarets, chefe da alta polícia.

Lá, encontrou o sr. Réal. Lá, não só ele confessou tudo, como fez uma declaração por escrito. No dia seguinte, às sete horas da manhã, no exato momento em que o gendarme partia para a Alemanha, Réal entrou nos aposentos do primeiro cônsul e o encontrou nas mãos de Constant, o criado, que cuidava de penteá-lo[2].

– Ah, senhor conselheiro de Estado! Estará trazendo alguma novidade para que eu o veja assim tão cedo de manhã?

– Sim, general, tenho novidades da mais alta importância para lhe comunicar, mas gostaria de lhe falar em particular.

– Oh! Não se preocupe com Constant, ele não é ninguém.

---

2. Sobre esse trecho (declaração de Réal diante de Constant), cf. Pierre-Marie Desmarets, op. cit., pp. 95-6.

— Já que assim o deseja, general, saiba que Pichegru está em Paris.
— Eu sei — respondeu Bonaparte. — Fouché já me disse.
— Sim! Mas o que ele não disse, o que Fouché não sabe, é que Pichegru e Moreau estão em contato e conspirando juntos.
— Nenhuma palavra mais! — disse Bonaparte.

E, pondo um dedo sobre a boca, fez sinal a Réal para que se calasse.

Bonaparte mandou apressar a sua toalete e, enquanto conduzia o conselheiro de Estado até o seu gabinete:

— Vejamos — disse —, o senhor tem razão e, se o que acabou de me dizer é verdade, a novidade é de fato de imensa importância.

E Bonaparte fez rapidamente sobre o peito aquele gesto do polegar que já descrevemos uma vez ou duas.

Réal contou o que se passara.

— E o que está me dizendo — perguntou Bonaparte — é que ele, além disso, fez uma declaração por escrito que está aí com o senhor?

— Aqui está — disse Réal.

Bonaparte, na sua ansiedade, quase lhe arrancou a declaração das mãos.

E, de fato, era uma grande novidade para ele aquela colaboração de Moreau num complô qualquer contra a sua vida. Moreau e Pichegru eram os dois únicos homens que se lhe poderiam opor como tática militar. Pichegru, justa ou injustamente acusado de traição à França, mandado em 18 de frutidor para Sinnamary, apesar da maneira milagrosa como fugira de lá e que parecia ter a mão de Deus, não representava mais um perigo para Bonaparte.

Moreau, ao contrário, ainda sob o brilho de sua batalha de Hohenlinden, mal recompensado por Bonaparte por essa bonita e inteligente vitória, vivendo como simples cidadão em Paris, tinha um partido enorme. No 18 de frutidor e no 13 de vendemiário, Bonaparte prescrevera e afastara dos negócios apenas os jacobinos, ou seja, o partido republicano extremista. Mas todo o partido republicano moderado, que via o primeiro cônsul apoderar-se aos poucos do poder e dirigir-se passo a passo para a realeza, todo este partido se agrupara, se não materialmente, pelo menos mentalmente, em torno de Moreau, que, com o apoio de três ou quatro generais ainda fiéis aos princípios de 89, e mesmo de 93, com sua conspiração permanente dentro do Exército, conspiração representada visivelmente por Augereau e Bernadotte, invisivelmente por Malet, Oudet e os filadelfos, era um adversário a temer seriamente. Ora, eis que de repente Moreau, republicano irrepreensível, assim como Fabius, cujo nome haviam lhe dado, esse temporizador que dizia ter como máxima que é preciso dar tempo aos homens e às coisas para que se desgastem, eis que Moreau, sem esperar pela hora certa, jogava-se de cabeça baixa num complô monarquista, tendo, de um lado, o *condeano* Pichegru e, de outro, o *chouan* Georges. Ele sorriu, ergueu os olhos para o céu e deixou escapar estas palavras:

– Realmente, eu tenho estrela!

Então, dirigindo-se a Réal:

– Esta carta foi escrita de próprio punho?

– Sim, general.

– E assinada?

– E assinada.

– Vejamos.

E leu avidamente:

É um homem que volta das portas do túmulo e, ainda coberto pelas sombras da morte, pede vingança contra aqueles que com sua perfídia jogaram, a ele e ao seu partido, no abismo em que se encontra. Enviado à França para apoiar a causa dos Bourbon, vê-se obrigado a combater por Moreau ou renunciar ao empreendimento que era o único objeto de sua missão...

Bonaparte interrompeu-se.

– Como assim, combater por Moreau? – perguntou.

– Continue – disse Réal.

Um príncipe da casa de Bourbon estava para vir para a França a fim de pôr-se à frente do partido monarquista. Moreau prometera unir-se à causa dos Bourbon. Chegando os monarquistas à França, Moreau se desdiz. Propõe que trabalhem para ele e o nomeiem ditador. Estes são os fatos, cabe ao senhor apreciá-los.

Um general que serviu sob as ordens de Moreau, Lajolais, é enviado por ele para junto do príncipe, em Londres. Pichegru era o intermediário. Lajolais adere, em nome e da parte de Moreau, aos principais pontos do plano proposto. O príncipe se prepara para partir, mas, nas conversações que se dão em Paris entre

Moreau, Pichegru e Georges, o primeiro manifesta suas intenções e declara só conseguir agir por um ditador, e não por um rei. Donde a dissensão e perda quase total do partido monarquista.

Vi o mesmo Lajolais no dia 25 de janeiro em Paris, quando veio buscar Georges e Pichegru no carro onde eu estava com eles, no bulevar de la Madeleine, para levá-los até Moreau, que os esperava a poucos passos dali; houve entre eles uma conversa nos Champs-Elysées na qual Moreau afirmou não ser possível restabelecer o rei, e propôs colocar-se ele próprio à frente do governo sob o título de ditador, deixando aos monarquistas apenas a chance de serem seus colaboradores ou soldados.

O príncipe só viria para França depois de saber o resultado das conversações entre os três generais e, depois de uma união completa, um acordo perfeito entre eles no que toca à execução.

Georges rejeitou toda e qualquer idéia de assassinato e de máquina infernal; explicara-se formalmente em Londres; só queria um ataque a viva força em que ele e seus oficiais pudessem se empenhar. O objetivo do ataque seria apoderar-se do primeiro cônsul e, conseqüentemente, do governo.

Não sei que peso terá para o senhor a asserção de um homem arrancado uma hora atrás da morte que ele próprio se dera, e que vê diante de si a morte que um governo ofendido lhe reserva, mas não posso conter o grito do meu desespero nem me impedir de atacar o homem que me aniquilou. Além disso, poderão ser encontrados fatos conforme a tudo que estou afirmando, na seqüência desse grande processo em que estou envolvido.

Bouvet de Lozier.[3]

Bonaparte permaneceu um instante calado depois de ler. Era evidente que, por uma violenta tensão mental, tentava resolver um problema.

Depois, falando consigo mesmo:

– O único homem que pode me preocupar – disse ele –, o único que pode ter alguma chance contra mim, perder-se assim tão canhestramente! Não é possível!

– O senhor quer que eu mande prender Moreau imediatamente? – perguntou Réal.

---

3. A carta de Bouvet é reproduzida em Marco de Saint-Hilaire, op. cit., I, pp. 145-8.

O primeiro cônsul meneou a cabeça.

– Moreau é um homem importante demais – disse ele – e opõe-se a mim diretamente demais; tenho muito interesse em me livrar dele para me expor desse modo às conjeturas da opinião.

– Mas se Moreau está conspirando com Pichegru?... – objetou Réal.

– Além disso, será preciso lhe dizer – prosseguiu Bonaparte – que só soube da presença de Pichegru em Paris por Fouché e por esse seu enforcado da noite passada. Pois bem, todos os jornais ingleses falam dele como se ainda hoje estivesse em Londres ou em seus arredores. Sei muito bem que todos esses jornais são contra mim e conspiram contra o governo francês.

– Em todo caso – disse Réal –, mandei fechar as fronteiras e examinar com rigor todos aqueles que se apresentarem para entrar.

– E, principalmente, para sair – disse Bonaparte.

– O senhor não deverá efetuar uma grande revista depois de amanhã, cidadão primeiro cônsul?

– Sim.

– Pois seria preciso revogá-la.

– Por quê?

– Porque talvez ainda tenhamos uns sessenta conjurados vagando pelas ruas de Paris; ao ver que todos os meios de sair da capital lhes foram tirados, vão arriscar algum golpe desesperado.

– Muito bem – disse Bonaparte – e o que eu tenho a ver com isso? Não é papel dos senhores cuidar de mim?

– General – retrucou Réal –, só podemos responder por sua segurança com a condição de que revogue a revista.

– Senhor conselheiro, eu repito – disse Bonaparte, começando a se impacientar –, cada um tem o seu papel; o seu é velar por mim de modo que não me assassinem enquanto efetuo as revistas; o meu é efetuar as revistas com o risco de ser assassinado.

– General, é uma imprudência.

– Senhor Réal – replicou Bonaparte –, o senhor fala como um conselheiro de Estado. O que há de mais prudente na França é a coragem!

E deu as costas ao conselheiro para dizer a Savary:

– Mande um ordenança a cavalo avisar Fouché que quero falar com ele neste instante.

A rua du Bac, onde residia Fouché, não era longe das Tulherias. De modo que, dez minutos depois, o carro do legítimo ministro da Polícia parava diante das Tulherias.

Ele encontrou Bonaparte andando a passos largos e extremamente irritado.

– Venha depressa! – disse ele a Fouché. – Sabe que Bouvet de Lozier acaba de tentar se enforcar na prisão?

– Sei também – respondeu Fouché friamente – que chegaram a tempo de salvá-lo, que foi levado à casa do sr. Desmarets, onde encontrou o sr. Réal, que foi interrogado e que assinou uma declaração.

– Ele diz, nessa declaração, que Pichegru está em Paris.

– Eu lhe disse isso muito antes dele.

– Sim, mas o senhor não sabia que ele veio para conspirar com Moreau.

– Eu ainda não sabia disso, ou só o sabia de maneira incerta, tinha apenas suspeitas, comuniquei-lhe as minhas suspeitas.

– O senhor, hoje, tem certezas? – perguntou Bonaparte.

– O senhor é um homem terrível – disse Fouché –, é preciso lhe dizer tudo, e antes da hora, de modo que nunca temos o mérito de lhe contar algo de novo. O senhor quer saber em que ponto estou, com a condição de me deixar conduzir a coisa a termo do jeito que eu achar melhor?

– Não lhe concedo nenhuma condição e quero saber em que ponto está.

– Pois bem. Cada um de nós tem o seu papel: Réal tem Bouvet de Lozier, que se enforcou ontem; eu tenho Lajolais, que talvez se enforque amanhã. Mandei prender Lajolais, interroguei-o, quer saber do interrogatório? Eu o trouxe comigo, certo de que o senhor pediria para vê-lo. Aqui está ele, em substância, e já sem as perguntas.

Eu sabia há algum tempo já, e por intermédio de um amigo comum, o abade David, que Pichegru e Moreau, antes divididos, tinham finalmente se reconciliado. Vi Moreau várias vezes no verão passado; ele manifestou o desejo de ter uma entrevista com Pichegru. Para chegar a esse resultado, fui a Londres; lá encontrei-me com Pichegru, mencionei-lhe o desejo de Moreau. Pichegru afirmou que tinha a mesma aspiração e que de bom grado aproveitaria uma oportunidade de aproximação para deixar a Inglaterra.

Mal transcorreram quinze dias, a oportunidade se apresentou e a aproveitamos. Pichegru residia então na rua de l'Arcade; o encontro foi marcado no bulevar de la Madeleine, na altura da rua Basse-du-Rempart. Moreau veio de casa, ou seja, da rua de Anjou-Saint-Honoré, de fiacre.

Ele desceu na Madeleine, e eu fiquei no carro, que continuou andando a passo. Os dois generais se encontraram no local combinado. Ficaram andando por cerca de um quarto de hora. Não sei o que disseram naquela primeira entrevista. As outras duas ocorreram na própria casa de Moreau, na rua de Anjou-Saint-Honoré. Dessa vez, esperei por Pichegru na rua de Chaillot, tendo feito com que mudasse de moradia. E quando lhe perguntei qual era a causa do seu descontentamento:

– Sabe o que nos ofereceu Moreau – disse ele –, o homem desinteressado, o coração espartano? Pediu que fizéssemos dele um ditador. Ele se dignará a aceitar uma ditadura! Dá a impressão de que esse... tem ambição, e que também ele gostaria de reinar. Pois bem, desejo a ele muito sucesso; mas, na minha opinião, ele não se encontra em condições de governar a França nem por três meses.

– Sua opinião é que devemos prender Moreau? – perguntou Bonaparte.

– Não vejo nenhum inconveniente nisso – disse Fouché, com o caráter que conhecemos –, ele não terá avançado um só passo em três meses. Nesse caso, seria necessário prender Pichegru ao mesmo tempo, para que os dois fossem acusados juntos e exibidos lado a lado nos muros de Paris.

– O senhor sabe onde mora Pichegru atualmente?

– Fui eu quem conseguiu alojamento para ele, na casa de um antigo criado dele, chamado Leblanc. Está me custando caro, mas sei tudo o que ele faz.

– Então, o senhor se encarrega de prender Pichegru?

– Perfeitamente. Pode encarregar Réal de prender Moreau, não vai ser difícil, e o bom conselheiro vai adorar esse sinal de confiança. Que ele mande me avisar quando Moreau estiver no Templo, Pichegru estará lá meia hora depois.

– E agora – retomou Bonaparte – o senhor sabe que tenho uma revista para domingo. Réal me aconselhou a revogá-la.

– Ao contrário, faça a sua revista – disse Fouché –, causará um excelente efeito.

– Que estranho – disse Bonaparte, olhando para Fouché –, eu não o julgava muito valente, mas o senhor sempre me dá conselhos dos mais corajosos.

– É que ao dar esses conselhos – disse Fouché com seu cinismo habitual – não sou forçado a segui-los.

A ordem para prender os dois generais foi assinada ao mesmo tempo, na mesma mesa, com a mesma pena. Savary levou a Réal a ordem de prender Moreau, Fouché levou consigo a ordem de prender Pichegru.

Foi Moncey, um dos melhores amigos de Moreau, que na qualidade de comandante geral da artilharia recebeu a ordem de prendê-lo.

Essa ordem, quando entregue ao juiz supremo, foi acompanhada da seguinte recomendação de Bonaparte:

Senhor Régnier,
Antes de encaminhar o general Moreau ao Templo, veja se ele deseja me falar. Nesse caso, leve-o no seu carro e traga-o aqui. Tudo pode acabar entre nós.

Nenhuma recomendação desse tipo foi feita a Fouché referente a Pichegru. E, no entanto, Pichegru era para Bonaparte um antigo conhecido, já que havia sido supervisor de sua escola em Brienne.

Bonaparte não gostava de suas lembranças de escola: vezes demais fora humilhado por causa da pequena nobreza de sua família e do pouco dinheiro que ela lhe enviava.

XXXV
AS DETENÇÕES

Fora fixado o dia seguinte para a prisão de Moreau e Pichegru.

Bonaparte não deixava de se preocupar com o efeito que a detenção de Moreau produziria em Paris.

Sua própria injustiça para com Moreau era a medida do lugar que lhe reservava em sua estima.

Assim, Bonaparte preferia, se possível, que Moreau fosse detido em sua propriedade de Grosbois.

Assim, por volta das dez horas da manhã, estando sem notícias e querendo obtê-las de qualquer maneira, chamou Constant e ordenou-lhe que fosse dar uma volta no *faubourg* Saint-Honoré. Rondando a casa de Moreau, que se situava, como dissemos, na rua de Anjou, provavelmente saberia o que se passara, se é que se passara alguma coisa.

Constant obedeceu; mas, tanto no *faubourg* Saint-Honoré como na rua de Anjou, só avistou alguns policiais, que ninguém identificava a não ser ele, pelo hábito que tinha de vê-los rondando as Tulherias. Interrogou um que conhecia mais que aos outros. Este lhe respondeu que Moreau estava provavelmente em sua propriedade no campo. Não fora encontrado em sua casa de Paris.

Constant já retornava quando o policial, que por seu lado reconhecera o criado do primeiro cônsul, correu atrás dele e comunicou-lhe que Moreau acabara de ser detido na ponte de Charenton e levado para o Templo. Ele não opusera nenhuma resistência, passara do seu carro para o cabriolé do policial; e quando, ao chegar ao Templo, o juiz supremo Régnier lhe perguntara se desejava ver Bonaparte, ele respondera que não tinha nenhum motivo para desejar uma entrevista com o primeiro cônsul.

Havia, no ódio de Bonaparte por Moreau, uma grande injustiça; mas, por outro lado, havia no ódio de Moreau por Bonaparte uma certa pequenez.

Porque esse ódio não vinha dele mesmo, vinha-lhe de duas mulheres; era-lhe inspirado por sua mulher e por sua sogra. A sra. Bonaparte casara Moreau com a srta. Hulot, sua amiga, crioula como ela da ilha da Martinica. Era uma moça doce, gentil, dotada de todas as qualidades que fazem uma boa esposa e uma boa mãe, que amava apaixonadamente o marido e tinha orgulho do sobrenome que usava. Infelizmente, entre as suas virtudes, havia uma deferência absoluta às opiniões, desejos e paixões de sua mãe. A sra. Hulot era ambiciosa e, pondo o renome de seu genro no nível do de Bonaparte, queria para a filha uma posição igual à de Josefina. Seu amor materno se traduzia numa eterna lamentação e em recriminações sem fim, transmitidas pela mulher ao marido. A serenidade do velho romano não agüentou, seu caráter foi se azedando, sua casa tornou-se um centro de oposição, todos os descontentes nela marcavam encontro; todo gesto do primeiro cônsul era objeto de uma zombaria mordaz, de uma censura amarga. De sonhador e melancólico, Moreau tornou-se sombrio; de injusto, rancoroso; de descontente, conspirador.

Assim, Bonaparte esperava que, vendo-se detido, Moreau, deixado uns momentos a sós, longe da influência da mulher e da sogra, voltaria a si.

– E então – ele perguntou a Régnier, quando tornou a vê-lo após a detenção –, trouxe Moreau?

– Não, general; ele disse que não tinha nenhum motivo para desejar uma entrevista com o senhor.

Bonaparte lançou um olhar arrevesado ao juiz supremo e, dando de ombros:

– É no que dá – disse ele – tratar com um imbecil.

Mas quem seria o imbecil?

O juiz supremo pensou que Bonaparte se referia a Moreau.

Quanto a nós, acreditamos que Bonaparte se referia a Régnier.

Pichegru, por sua vez, também havia sido detido[1]: mas as coisas com ele não tinham se passado tão mansamente como com Moreau.

Lembremos que Fouché dissera ao primeiro cônsul que conhecia o esconderijo de Pichegru.

---

1. Em 28 de fevereiro de 1804.

E de fato, graças à vigilância do Pedreiro, ele não o perdera de vista desde a sua chegada a Paris.

Da rua de l'Arcade, seguira-o até a rua de Chaillot; forçada a sair da rua de Chaillot, Coster de Saint-Victor o escondera na casa de sua antiga amiga, a bela Aurélie de Saint-Amour, onde ele estaria relativamente mais seguro do que em qualquer outro lugar; mas este último abrigo de Alcibíades não convinha à austeridade moral de Pichegru. Aceitou a hospitalidade que lhe oferecia um antigo criado, segundo outros, um antigo ajudante-de-campo – esperemos que tenha sido um criado –, e ele deixou a rua des Colonnes, onde ainda residia a bela cortesã, pela rua Chabanais.

Lá ficara apenas dois dias.

Fora o único eclipse durante o qual Fouché o perdera de vista.

Permaneceu quinze dias nesse novo asilo sem ser perturbado. É bem verdade que Fouché o descobriu há doze dias e o mantém sob vigilância.

Às vésperas do dia em que Moreau deve ser detido, um homem chamado Leblanc insiste para falar com o general Murat em pessoa.

Murat, cunhado de Bonaparte, que tão bela ajuda lhe dera no 18 de brumário, lembremos, fora nomeado governador de Paris no lugar de Junot.

Murat, assoberbado, nega de início a audiência que lhe pedem; mas quando mencionam o nome de Pichegru, todas as portas se abrem.

– Senhor governador – diz um homem de cerca de cinqüenta anos –, venho propor entregar-lhe Pichegru.

– Entregar-me ou vender-me?

O homem ficou um momento de cabeça baixa e em silêncio.

– Vender-lhe – murmurou.

– Quanto?

– Cem mil francos.

– Maldição, amigo, é caro!

– General – disse o homem, erguendo a cabeça –, quando se comete uma infâmia dessas, tem ao menos de ser pelo dinheiro.

– Vou saber seu endereço esta noite mesmo e poderei detê-lo quando quiser?

– Uma vez paga a quantia, o senhor estará livre para fazer o que quiser, até vender a minha alma ao diabo, se for essa a sua vontade.

– Vão lhe entregar a quantia – disse Murat. – Onde está Pichegru?

– Na minha casa, na rua Chabanais, número 5.

– Dê-me por escrito a descrição do quarto.

– No quarto andar, um quarto e um gabinete, duas janelas que dão para a rua, uma porta para o patamar e uma porta que leva à cozinha. Vou lhe dar a chave da porta que dá na cozinha, mandei fazer uma cópia, e a minha empregada poderá guiar os seus homens. Só aviso que Pichegru dorme sempre com um par de pistolas duplas e um punhal debaixo do travesseiro.

Murat leu a declaração e, pondo-a diante do traidor:

– Agora – disse ele – falta assinar.

O homem pegou a pena e assinou: "Leblanc".

– Eu poderia lhe criar problemas por seus cem mil francos – disse Murat. – O senhor conhece a lei contra os receptadores; por que o senhor esperou quinze dias desde que Pichegru chegou a sua casa para vir denunciá-lo?

– Eu não sabia que ele era procurado. Ele se apresentou como um emigrado vindo para tentar anular o exílio, só ontem me convenci de que ele estava em Paris com outro objetivo e pensei estar prestando um favor ao governo ajudando a prendê-lo; aliás – repetiu o traidor pela segunda vez, baixando os olhos –, eu já lhe disse que não sou rico.

– Pois agora vai ser – disse Murat, apresentando as notas e as pilhas de ouro. – Que este dinheiro lhe traga felicidade; da minha parte, duvido.

Não fazia uma hora que Leblanc saíra da sala de Murat quando anunciaram Fouché.

Murat estava a par do segredo de Bonaparte e sabia que Fouché era o verdadeiro chefe de Polícia.

– Meu general – disse-lhe Fouché –, o senhor acaba de jogar inutilmente cem mil francos pela janela.

– Como assim? – perguntou Murat.

– Dando essa quantia a um canalha chamado Leblanc, que lhe comunicou que Pichegru estava na casa dele.

– Ora, não me pareceu demasiado caro em troca de um segredo desses.

– Era demasiado caro, pois eu já sabia e o teria detido à primeira ordem.

– Mas o senhor conhecia o interior do quarto de modo a não cometer nenhum engano?

Fouché deu de ombros.

— Quarto andar, duas janelas para a rua, duas portas, uma para a cozinha, outra para o patamar, duas pistolas e um punhal debaixo do travesseiro. Pichegru estará no Templo quando o senhor quiser.

— Terá de ser amanhã. Amanhã, Moreau será preso.

— Está certo – disse Fouché –, amanhã às quatro horas da manhã, ele estará preso; mas encarreguei-me do caso diante do primeiro cônsul e gostaria de concluí-lo.

— Pois não – disse Murat.

No dia seguinte, entre três e quatro horas da manhã, guiado pelas informações fornecidas, o comissário de polícia Comminges, dois inspetores e quatro gendarmes foram à rua Chabanais, número 5. Foram escolhidos homens valentes e vigorosos, pois sabia-se que Pichegru tinha uma força prodigiosa e não se deixaria prender sem grande resistência.

Acordaram o porteiro fazendo o mínimo de barulho possível, informaram-lhe o objetivo da visita e pediram para falar com a cozinheira de Leblanc.

Esta última, alertada na véspera, já estava vestida; desceu, abriu a porta da cozinha com chave falsa, que seu patrão mandara fazer, introduziu os seis policiais e o comissário no quarto de Pichegru.

Pichegru dormia.

Os seis gendarmes jogaram-se em cima da cama. Ele, levantando-se, derrubou dois, procurou pelas pistolas e pelo punhal, mas estes já haviam sido retirados.

Os quatro gendarmes atacaram ao mesmo tempo. Pichegru, de camisola, quase nu, defendia-se contra três, enquanto o quarto lhe feria as pernas a golpes de sabre. Ele caiu pesadamente. Um gendarme apoiou a bota sobre o seu rosto, mas quase em seguida deu um grito: Pichegru, com uma dentada, arrancara o salto da bota e um pedaço do calcanhar. Os outros três o amarravam com cordas fortes, apertadas com um torniquete.

— Fui vencido! – disse Pichegru. – Me deixem!

Foi enrolado num cobertor e jogado dentro de um fiacre.

Na barreira dos Sargentos[2], o comissário de polícia e os dois policiais, que estavam no carro com ele, perceberam que ele não estava mais respirando. O comissário mandou desapertar as cordas. Bem a tempo, ele estava quase morrendo.

---

2. A barreira dos Sargentos propriamente dita, corpo da guarda para vinte e cinco policiais, erguida em 1551 no meio da rua Saint-Honoré, na saída da rua do Coq-Saint-Honoré (atual Marengo), foi destruída em 1747, mas o topônimo subsistia.

Enquanto isso, um gendarme levava ao primeiro cônsul os documentos apreendidos na casa de Pichegru.

Quanto a Pichegru, foi levado assim e depositado no gabinete do sr. Réal.

Este tentou interrogá-lo. Marco Saint-Hilaire conservou para nós esse primeiro interrogatório[3]. Dá uma perfeita indicação do estado em que se achava Pichegru.

– Como o senhor se chama? – perguntou o conselheiro de Estado.

– Se o senhor não sabe o meu nome – respondeu Pichegru –, há de convir que não cabe a mim informá-lo.

– O senhor conhece Georges?

– Não.

– De onde o senhor está vindo?

– Da Inglaterra.

– Onde desembarcou?

– Onde consegui.

– Como veio até Paris?

– De carro.

– Com quem?

– Comigo.

– Conhece Moreau?

– Sim, foi ele que me denunciou ao Diretório.

– Tornaram a se ver em Paris?

– Se tornássemos a nos ver, seria de espada na mão.

– E a mim, o senhor conhece?

– Certamente.

– Ouvi muito falar do senhor e reconheço os seus talentos militares.

– É muito elogioso para mim – disse Pichegru.

– Vamos cuidar dos seus ferimentos.

– Não é necessário, mande-me fuzilar rapidamente.

– O senhor tem um primeiro nome?

– Há tanto tempo fui batizado que já não lembro.

– O senhor antigamente não era chamado Charles?

---

3. Cf. Marco de Saint-Hilaire, op. cit., I, pp. 210-2.

– Esse é o nome que os senhores me deram na falsa correspondência que me atribuíram; de resto, já é suficiente, não vou mais responder às suas perguntas impertinentes.

E, com efeito, Pichegru manteve-se em silêncio. Trouxeram-lhe, no gabinete do sr. Réal, roupas que haviam apanhado em sua casa.

Um dos meirinhos lhe fez as vezes de criado de quarto.

Quando entrou no Templo, vestia um fraque marrom, uma gravata de seda preta, botas de canhão; uma calça colante segurava tiras de pano em suas pernas e coxas laceradas. Um lenço branco, ensangüentado, envolvia-lhe uma das mãos.

O sr. Réal, uma vez terminado o interrogatório, correu para as Tulherias. Dissemos que haviam levado os documentos de Pichegru para Bonaparte. Réal encontrou este último ocupado em ler, não os documentos de Pichegru, mas um relatório que este fizera sobre o saneamento da Guiana Francesa. Durante o período em que estivera em Sinnamary, ele fizera anotações sobre o clima, e durante o período que passara na Inglaterra, redigira esse documento como um engenheiro experimentado. Concluía dizendo que não eram precisos, segundo ele, mais que doze a quatorze milhões para se alcançar um resultado satisfatório.

O relatório impressionara muitíssimo Bonaparte; ele ouviu vagamente tudo o que Réal lhe disse sobre o interrogatório e a detenção de Pichegru. Quando este terminou, estendeu-lhe o relatório que acabara de ler.

– Leia isso o senhor também – disse Bonaparte.

– O que é isso?

– É o trabalho de um homem inocente que se viu envolvido com culpados, o que às vezes acontece, e que, longe da França, em vez de armar planos contra ela, ainda procurava aumentar sua glória e suas riquezas.

– Ah! – disse Réal, dando uma olhada no trabalho que lhe apresentava o primeiro cônsul. – É um relatório sobre a Guiana e sobre as maneiras de sanear nossas possessões em terra firme.

– Sabe de quem é? – perguntou Bonaparte.

– Não estou vendo nenhum nome – disse Réal.

– Pois bem, é de Pichegru. Seja gentil com ele, fale-lhe como se fala a um homem de seu mérito, trate de conquistar sua confiança, dirija a conversa para Caiena ou Sinnamary; eu não estaria longe de mandá-lo para lá como governador, com um crédito de dez a doze milhões para pôr seus projetos em execução.

E, voltando ao seu gabinete, Bonaparte deixou Réal completamente atônito diante dessas conclusões sobre um homem que incorrera em pena de morte.

Mas, de seus dois rivais, embora Pichegru fosse o que talvez tivesse mais valor, era o que Bonaparte menos detestava, considerando-se que já perdera muito de sua popularidade, enquanto Moreau ainda desfrutava da sua inteira. Sua ambição seria, para impressionar o espírito popular, indultar Moreau e recompensar Pichegru. Mediante esses dois gestos de magnanimidade, podia mandar cortar a cabeça do resto da tropa, sem receio de que se erguesse um só murmúrio.

XXXVI
GEORGES

Restava Georges.

Haviam-no deixado por último, de modo a deixar aos outros o tempo de se comprometer, ou, mais hábil, mais esperto, mais bem informado, mais rico que os demais, disporia de meios de que os demais não dispunham? Em todo caso, uma vez presos Moreau e Pichegru, não havia mais motivo para contemporizar. Assim, Fouché pôs-se de fato à caça de Georges. Um arquiteto habilidoso arranjara com antecedência, numa dúzia de casas, esconderijos praticamente impossíveis de descobrir, a menos que se tivesse, previamente, uma planta. Mais de uma vez, Fouché julgou estar na pista e, por mais hábil que fosse, Georges lhe escorregava pelos dedos. Sempre armado, dormindo vestido, abarrotado de ouro, armado até os dentes, sumia pela primeira porta da primeira casa que aparecesse e, à força de persuasão, ouro ou ameaça, encontrava um asilo. Dois ou três desses hábeis sumiços entraram para a história.

Certa noite do final de fevereiro, expulso da casa que lhe dera refúgio, perseguido por uma matilha de policiais, acossado feito um cervo à vista de um lago, Georges se joga no bulevar do *faubourg* Saint-Denis. À luz de um anúncio, lê: *Guilbart, cirurgião-dentista*, bate energicamente à porta, que se abre, fecha a porta atrás de si, responde ao zelador que lhe pergunta aonde vai: "Sr. Guilbart", encontra a meio caminho da escada a empregada do cirurgião, que vem descendo e, ao ver um homem envolto num casacão tentando forçar a passagem, está prestes a gritar "pega ladrão!".

Georges tira um lenço do bolso e coloca-o sobre a face.

– O cirurgião se encontra, senhora? – pergunta Georges, soltando um gemido.

– Não, senhor! – responde a faxineira.
– Onde ele está, então? – pergunta Georges.
– Está deitado, ora essa! É meia-noite, está mais do que na hora.
– Ele se levantará para mim, se for um amigo da humanidade.
– Os amigos da humanidade dormem igualzinho aos outros homens.
– Sim, mas se levantam quando apelamos para o seu coração.
– O senhor está com dor de dente?
– Digamos que estou com uma dor de dente infernal.
– Conta mandar arrancar muitos dentes?
– O maxilar inteiro, se preciso for.
– Assim é diferente. Mas o senhor sabe que o patrão não arranca por menos de um luís por dente.
– Dois luíses, se preciso for.

A faxineira sobe de volta, manda Georges entrar no gabinete, acende as duas velas da poltrona e entra no quarto; cinco minutos depois, sai de lá dizendo:
– O patrão vem vindo.

O doutor, com efeito, entrou um instante depois.
– Ora, meu caro doutor – exclamou Georges –, eu o esperava com impaciência.
– Estou aqui, estou aqui – disse o doutor. – Sente-se nessa poltrona... Bem, aí está. Agora, mostre-me o dente que lhe dói.
– O dente que me dói, diacho!
– Sim.
– Veja.

E Georges, abrindo a boca, exibiu aos olhos do cirurgião um legítimo escrínio com trinta e duas pérolas.
– Oh! Oh! – disse o doutor. – Aí está uma dentadura como poucas vezes vi igual; mas onde está esse dente que lhe dói?
– É uma espécie de nevralgia, doutor, procure qual é.
– De que lado?
– Do lado direito.
– Mas o senhor está brincando, por mais que eu olhe, não vejo um só dente tomado.
– Então, o senhor acha que é por diversão, doutor, que estou lhe pedindo para me arrancar um dente? Bela diversão!

– Mas, afinal, qual é o dente que tenho de arrancar?
– Este aqui – disse Georges, indicando o primeiro molar. – Olhe, este aqui!
– O senhor tem certeza?
– Absoluta, seja rápido.
– Senhor, eu lhe asseguro, porém...
– Mas afinal – disse Georges, franzindo o cenho – parece-me que tenho o direito de mandar arrancar um dente que está me incomodando!

E, no movimento que fez para se levantar, Georges revelou, intencionalmente talvez, a coronha de duas pistolas e o cabo de um rico punhal.

O cirurgião compreendeu que não podia recusar nada a um homem tão bem armado; encaixou o dente na chave, fez pressão e tirou o dente.

Georges não soltou o menor grito. Pegou um copo, encheu-o de água e, na água, pôs algumas gotas de elixir e, com os modos mais educados:

– Senhor – disse ele –, é impossível ter mão mais leve e pulso mais firme que o senhor. Mas permita-me dizer que prefiro o método inglês ao método francês.

E enxaguou a boca, cuspindo na bacia.

– E por que essa preferência, senhor?
– Porque os ingleses arrancam os dentes com uma pinça e simplesmente puxam de baixo para cima, o que mantém alinhado o dente que se extrai; enquanto vocês, franceses, fazem uma pressão, o que obriga a raiz do dente a dar uma meia-volta sobre si mesma; aí é que está a dor.
– O senhor não demonstrou que essa dor fosse muito grande.
– É que tenho um grande controle sobre mim mesmo.
– O senhor é francês?
– Não, sou bretão.

E pôs um luís duplo sobre a lareira.

Georges ainda não ouvira o sinal avisando-lhe que o caminho estava livre, conseqüentemente desejava ganhar tempo. Por sua vez, o sr. Guilbart não estava interessado em descontentar um cliente tão bem armado; mostrou achar grande graça até nas coisas mais indiferentes. Finalmente, o apito ressoou.

Era o sinal que Georges parecia esperar. Levantou-se de imediato, apertou afetuosamente a mão do doutor e desceu rapidamente a escada.

O doutor ficou sozinho, não tendo como se dar conta do que acabara de acontecer, e não sabendo se estava lidando com um louco ou com um ladrão. Só no dia seguinte é que, tendo aparecido um policial em sua casa, tendo-lhe dado a descrição de Georges, que se perdera nos arredores, é que o reconheceu.

Mas a este detalhe: "Boca fresca e com seus trinta e dois dentes", deteve-se dizendo:

– Está errado! Ele já não tem os trinta e dois dentes.

– Desde quando? – perguntou o policial.

– Desde que – disse o sr. Guilbart – eu lhe arranquei um, ontem à noite.

Dois dias depois desse episódio que, como eu já disse, se tornou uma lenda nas tradições da polícia, foram detidos dois conjurados da mais alta importância.

Eis como foi.

O relato que se lerá não constitui uma tradição da polícia nem uma anedota de arquivo.

No primeiro barco a vapor em que fiz a travessia de Gênova a Marselha, conheci o sr. marquês de Rivière. Sua conversa encantadora aproximou-me dele; mas, justamente quando começou a contar a história de sua detenção, comecei, por minha vez, a ser incomodado por um enjôo e, coisa curiosa, a voz vibrante que me perseguia em meio a dores insuportáveis parecia penetrar em minha mente e só teve fim quando ele percebeu o esforço incrível que eu estava fazendo para escutá-lo, e para lhe ocultar meu sofrimento. Resulta daí que o que ele me contou ficou-me tão presente no espírito quarenta anos depois como se o relato e o sofrimento datassem de ontem[1].

O sr. de Rivière e o sr. Jules de Polignac eram ligados por uma dessas antigas amizades que só se desfazem com a morte; conspiravam juntos; juntos tinham vindo a Paris; contavam morrer juntos.

Detidos Moreau e Pichegru, foram caçados por sua vez. Sem saber onde se refugiar, combinaram de pedir asilo ao conde Alexandre de Laborde, rapaz da idade deles que, pertencendo à nobreza bancária, facilmente se ligara ao governo do primeiro cônsul.

---

1. Viagem de Dumas de Gênova a Marselha: Dumas narra (*Une année à Florence*, "Gênes la Superbe") seu encontro com o marquês de R[ivière] a bordo do *Sully*, quando embarcou em Gênova rumo a Livorno (24 de junho de 1835?); acometido de enjôos, o jovem escritor é forçado a ouvir o relato das três emigrações do marquês, a ponto, diz ele, de "não [...] poder rever o marquês de R... pelo resto da minha vida", pp. 225-38, 24 de dezembro de 1840. No entanto, trata-se aqui de Charles François Riffardeau, duque de Rivière, morto em 21 de abril de 1828.

O palacete do sr. de Laborde situava-se na rua de Artois, na Chaussée d'Antin.

Chegando ao bulevar des Italiens, o marquês de Rivière deteve-se na frente de uma das pilastras do pavilhão de Hanovre[2] e leu o decreto do chefe de polícia que condenava os receptadores à morte.

Voltou para junto de Jules de Polignac, que o esperava no bulevar.

– Meu amigo – disse ele –, estamos a ponto de cometer uma má ação: ao pedir asilo ao conde de Laborde, estaremos comprometendo ele e toda a sua família. Podemos, pagando em dinheiro, conseguir um abrigo tão seguro como o dele: vamos procurar.

Jules de Polignac, que tinha um coração reto, percebeu como estava certo aquele raciocínio e no mesmo instante afastou-se do marquês de Rivière a fim de procurar por seu lado, enquanto o marquês procurava do dele.

Na mesma noite, o marquês de Rivière encontrou um antigo criado chamado Labruyère, em cuja casa já recusara asilo por receio de comprometê-lo. Dessa vez, tamanha foi a insistência do digno empregado que acabou aceitando.

Ficou dezoito dias sem ser perturbado, e provavelmente não seria descoberto não fosse uma imprudência de seu amigo Jules. Este, ao entrar no alojamento que ocupava por seu lado, soube que seu irmão acabara de ser preso. Correu, então, em desatino e sem tomar nenhuma precaução, a contar a desgraça ao seu amigo sr. de Rivière, o qual exigiu que a partir daquele momento ficasse escondido com ele.

– Ninguém o viu entrar? – perguntou o sr. de Rivière.

– Ninguém, nem sequer a porteira do prédio.

– Então está a salvo.

Fazia seis dias que moravam no mesmo quarto quando certa noite Jules, não obstante os rogos do amigo, saiu para um encontro que ele dizia ser indispensável.

Reconhecido, seguido por um policial que o viu entrar e passou a noite na frente do prédio, foi detido com o marquês de Rivière no alojamento de Labruyère.

---

2. O palacete do duque de Richelieu, situado na rua Neuve-Saint-Augustin, em frente à rua de Antin, devia seu nome ao dinheiro que Richelieu era suspeito de ter recebido para conceder uma trégua a Hanovre.

O comissário de polícia era esse mesmo Comminges que, seis dias antes, detivera Pichegru. Seu primeiro cuidado foi dizer ao coitado do Labruyère que a lei proibia os cidadãos de alojarem estranhos; ao que Labruyère respondeu que o sr. de Rivière não era, para ele, um estranho, mas um amigo, e que, mesmo que a guilhotina estivesse à sua porta, ainda abriria esta porta para lhe dar asilo.

Foram todos os três levados para interrogatório diante do conselheiro de Estado Réal.

– Senhor conselheiro de Estado – principiou dizendo o marquês de Rivière –, aviso que nem meu amigo nem eu vamos responder a nenhuma das suas perguntas se não nos der sua palavra de que não fará mal algum a este homem que me acolheu e nem sequer sabia o motivo de nossa presença em Paris.

O conselheiro deu sua palavra; o sr. de Rivière abraçou seu antigo criado, dizendo:

– Adeus, meu amigo; garanti a sua tranqüilidade, fico contente!

Na sexta-feira 9 de março, às seis horas da noite, um agente de segurança pública chamado Caniolle recebeu, na chefatura de polícia, onde aguardava, a ordem de ir até o pé do morro Sainte-Geneviève e seguir *no encalço* de um cabriolé de praça, de número 53, caso este viesse a passar.

Esse cabriolé fora buscar Georges, que estava mudando de alojamento e ia para um que seus amigos acabavam de alugar para ele pelo preço de oito mil francos por mês.

O cabriolé passa vazio, mas Caniolle o segue.

Caniolle adivinhara que ele estava indo buscar algum suspeito.

A estrada estava permeada de policiais que, por sua vez, haviam recebido instruções. Caniolle comunica-lhes a ordem que recebeu. Eles o seguem.

O cabriolé sobe lentamente até a praça Saint-Étienne-du-Mont, vira na rua Sainte-Geneviève e pára na frente de uma alameda contígua a uma pequena fruteira.

A alameda era aberta, a capota do cabriolé foi baixada. O condutor entra na fruteira e acende as lanternas. Quando está colocando a última lanterna, Georges e seus dois amigos, Le Ridant e Burban, e mais um quarto homem, saem rapidamente, e Georges é o primeiro a saltar no carro. Seus três amigos estão prestes a segui-lo quando Caniolle passa no meio deles, empurrando-os com o cotovelo.

– O que significa isso? – diz Burban, empurrando-o também. – Não há lugar suficiente na rua do outro lado do cabriolé?

— Parece-me — disse o policial, com o mesmo tom — que enquanto não se machucou ninguém é permitido seguir caminho.

Mas Georges, que desconfia estar sendo observado, puxa para si Le Ridant e, sem esperar pelos outros, põe o cavalo a galope. Não queriam prender Georges na rua, pois imaginavam que ele iria se defender e que haveria sangue no chão. De modo que haviam ordenado ao policial que simplesmente seguisse o cabriolé que Caniolle, num primeiro momento de surpresa, tinha deixado se afastar. Tratava-se agora de alcançá-lo e não o perder de vista.

— Venham comigo! — grita Caniolle.

E os dois policiais o seguem.

Um deles chama-se Buffet.

O cabriolé continua ganhando distância pela rua Saint-Hyacinthe, embora essa rua seja uma subida: ele atravessa a praça Saint-Michel, mantendo a distância. Entra na rua des Fossés-Monsieur-le-Prince, depois na rua de la Liberté, e, como Georges, tendo baixado a capota do cabriolé, enxerga através do postigo alguns homens ofegantes que parecem correr atrás dele, diz para Le Ridant, que vem segurando as rédeas:

— Chicoteie, estamos sendo seguidos; chicoteie ou seremos presos. A toda brida! A toda brida!

O cabriolé, que descera a rua como uma flecha, chegava ao cruzamento do Odéon quando Caniolle, que lograra alcançá-lo, faz um último esforço, joga-se em cima da rédea do cavalo e grita:

— Pare! Pare, em nome da lei!

O barulho provocado pelo carro em sua corrida desabalada trouxera todo mundo para as soleiras das portas. O cavalo, puxado o freio, ainda deu alguns passos, arrastando Caniolle pela rédea, e deteve-se.

Buffet então salta no estribo, passa a cabeça por baixo da capota para tentar reconhecer quem está dentro do cabriolé; mas dois tiros de pistola estouram no ato, e Buffet cai de costas atingido por uma bala no meio da testa. Caniolle sente cair o braço com que segurava a brida do cavalo. Estava com o braço quebrado!

Georges e Le Ridant saltam, um pela direita, outro pela esquerda.

Le Ridant, mal dera dez passos, é preso sem tentar se defender, enquanto Georges, ao contrário, com um punhal na mão, luta contra dois policiais.

Seu punhal, erguido sobre um dos adversários, está para golpear quando um aprendiz chapeleiro chamado Thomas precipita-se sobre ele, agarra-o pela cintura. Mais dois espectadores, um chamado Lamotte, empregado da casa lotérica da rua do Théâtre-Français, e outro, Vignal, arcabuzeiro, jogam-se sobre ele e conseguem arrancar-lhe o punhal.

Georges é amarrado, içado para dentro de um fiacre, conduzido à chefatura de polícia, onde o chefe de divisão Dubois o interroga na presença de Desmarets.

A visão de Georges causa um espanto profundo nos dois homens da polícia.

Eis o que diz Desmarets sobre a impressão que teve ao vê-lo: "Georges, que eu via pela primeira vez, sempre fora para mim como o Velho da Montanha[3], que enviava para longe seus assassinos contra os poderosos. Deparei, ao contrário, com um rosto cheio, olhos claros, tez viçosa, olhar seguro, mas doce, assim como a voz. Embora bastante robusto, todos os seus movimentos e sua aparência eram desembaraçados. Cabeça bem redonda, cabelos crespos muito curtos, sem suíças, nada do aspecto de um chefe de complôs mortais, por tanto tempo dominador das charnecas bretãs".

– Ah, infeliz! – exclamou o conde Dubois ao vê-lo. – Sabe o que acaba de fazer? Acaba de matar um pai de família e ferir outro.

Georges pôs-se a rir.

– A culpa é sua – disse ele.

– Como assim, a culpa é minha?

– Claro, devia ter me mandado prender por homens solteiros.

---

3. Alcunha de Rachid ed-Din el-Sinan (século XII), grão-mestre da ordem dos assassinos, que usava o haxixe para controlar seus sectários. Planejou assassinar Filipe Augusto durante a terceira cruzada (1189-91).

XXXVII
O DUQUE DE ENGHIEN
(2)

Já falamos do interesse que tinha Fouché na morte do duque de Enghien, o qual indispunha Bonaparte, para todo o sempre, com a casa de Bourbon e até com todos os tronos da Europa.

E eis que, em seus interrogatórios, Georges, Moreau e Pichegru confirmavam de certa forma as previsões de Fouché ao repetirem, um depois do outro, aquilo que de início fora dito vagamente, que um príncipe da casa de Bourbon estava para vir a Paris e assumir a frente da conspiração.

Lembramos que Bonaparte, temendo ser arrastado a um equívoco pelo ódio de Fouché, enviara um gendarme para verificar os fatos adiantados pelo ministro interino da Polícia que, sem sua pasta, tornara-se o ministro de fato. Régnier, o juiz supremo, Réal, o conselheiro de Estado, eram, sem perceber, seus agentes passivos e inconscientes.

O gendarme saiu.

Quando é decretado por essa força invisível e desconhecida que um acontecimento feliz ou fatal deve acontecer, tudo contribui para essa vontade que toma conta dos homens e os empurra aqui e ali, ao acaso, para um mesmo objetivo. O que caracteriza os grandes acontecimentos dos tempos modernos, sem nenhuma exceção, é a pouca influência que os indivíduos neles exercem. Aqueles homens considerados mais fortes e mais capazes não dominaram nada, não conduziram nada, foram arrastados pelos acontecimentos. Poderosos enquanto foram os apóstolos do movimento, nulos quando tentaram opor-se a ele; foi essa a verdadeira estrela de Bonaparte, que se manteve brilhante enquanto ele próprio representava os interesses populares e foi se perder naquele insensato cometa de 1811. Aliando-se aos Césares romanos, ele quis aliar, o que era impossível, a causa da Revolução à causa das velhas monarquias. O que o filósofo pode perceber com humilde surpresa é essa força que paira acima das sociedades e cuja ação está nela mesma; não é nas superioridades de gênio ou de casta que se deve buscar os meios de governar.

Pode-se desviar em benefício próprio os produtos, mas não apropriar-se do mérito.

Pois bem, quis o acaso que esse homem, esse gendarme que em qualquer outra circunstância teria sido um mero refletor, tivesse sua opinião própria. Saindo de Paris com a convicção de que o duque de Enghien era o príncipe esperado por Georges, julgou ser ele próprio o homem eleito para lançar luz sobre aquele grande complô e, a partir daquele momento, passou a só enxergar as coisas de seu próprio ponto de vista.

Primeiro, escreveu que nada era mais verdadeiro que a vida de intrigas que levava o duque de Enghien em Ettenheim, que nada era mais verdadeiro que suas ausências de sete ou oito dias, das quais a caça era o pretexto e a conspiração, a causa real.

Quanto a essas ausências, negadas posteriormente pelo próprio príncipe, era de supor que tivessem ampla repercussão já que, da Inglaterra, seu pai, o príncipe de Condé, escrevia-lhe:

> Asseguram-nos aqui, caro filho, que de seis meses para cá você fez uma viagem para Paris, outros dizem que você foi somente até Estrasburgo; convenhamos que era arriscar um tanto inutilmente sua vida e sua liberdade, já que seus princípios, e quanto a isso estou absolutamente tranqüilo, estão tão profundamente gravados em seu coração quanto nos nossos.

Ao que o príncipe respondia:

> Decerto, meu caro pai, teriam de me conhecer muito pouco para afirmar, ou tentar levar a crer, que eu pudesse pôr os pés em território republicano, a não ser com a posição social e o lugar em que o acaso me fez nascer. Sou demasiado orgulhoso para curvar a cabeça. O primeiro cônsul talvez consiga me destruir, mas não conseguirá me humilhar"[1].

---

1. Essas cartas, pertencentes ao *Pièces relatives à la catastrophe de monseigneur le duc d'Enghien*, são reproduzidas em *Le duc d'Enghien, épisode historique du temps du Consulat*, de Marco de Saint-Hilaire (Paris, Baudry, 1843), pp. 37-9; a carta do duque data de 18 de julho de 1803.

Mas o que era ainda mais grave, o que era mais um desses terríveis acaso do destino, é que, quando o gendarme se preocupou com o nome das pessoas que cercavam habitualmente o príncipe, responderam-lhe que as pessoas que ele encontrava mais familiarmente eram dois ministros ingleses, sir Francis Drake, em Munique, e sir Spencer Smith, em Stuttgart, os quais, apesar da distância, realizavam freqüentes viagens a Ettenheim; também um comissário inglês, o coronel Schmidt, e o general Thumery. Ora, Thumery, pronunciado por uma boca alemã, pronuncia-se *Thumeriez*; daí para *Dumouriez*, bastava trocar duas letras: ele as trocou. Em sua missiva, o nome do general Dumouriez, inteiramente escrito à francesa, tomou o lugar do general Thumery e acabou conferindo uma enorme importância à presença do duque de Enghien às margens do Reno. A partir daí, uma ampla conspiração passou a cercar a França: Moreau, em Paris, era o seu centro; Georges e Pichegru representavam-na no oeste, Dumouriez a leste, e à França só restava debater-se no meio desse círculo formado à sua volta pela guerra civil.

Ainda outra circunstância. Naquela época, não sei se ainda é assim atualmente, os oficiais da gendarmaria nunca executavam alguma missão, viesse ela de onde fosse, sem endereçar uma cópia do relatório ao seu inspetor-geral: assim, nunca eram empregados em missões que exigissem um sigilo absoluto.

Os dois relatórios vieram pela mesma posta: um endereçado ao general Moncey, o outro, ao sr. Réal. O sr. Réal tinha um horário para trabalhar com Bonaparte; o general Moncey vinha todas as manhãs receber suas ordens, e veio como de costume, mas veio com o relatório de seu gendarme no bolso e comunicou-o imediatamente a Bonaparte. O efeito do relatório em Bonaparte foi terrível: ele viu um Bourbon armado às portas de Estrasburgo, só esperando, para entrar na França, a notícia de seu assassinato; todo um estado-maior de emigrados em torno do único príncipe que tivera a coragem de puxar a espada para defender os interesses do trono, ministros ingleses, comissários ingleses, enfim, um Dumouriez, mais inglês que os próprios ingleses. Mandou que Moncey se retirasse, mas ficou com o relatório e ordenou que o deixassem a sós.

Moncey, ao sair, deveria despachar ordenanças às casas de Fouché, dos dois cônsules e do sr. Réal, com ordens para que estivessem às sete horas nas Tulherias.

Bonaparte concedera, para as sete horas, audiência a Chateaubriand. Mandou escrever imediatamente, por seu secretário sr. Méneval, uma carta ao autor de *O gênio do cristianismo* para lhe pedir que adiasse a entrevista para as nove horas.

Os destinos daqueles dois grandes gênios seguiam curiosamente paralelos. Nascidos ambos em 1769, haviam ambos chegado à idade de trinta e dois anos[2]. Os dois homens, nascidos a trezentas léguas de distância um do outro, que se encontrariam, se tornariam amigos, se separariam, e reatariam a amizade, cresceram sem se conhecerem: o primeiro, dado ao estudo, à sombra dos altos e tristes muros do colégio, submetido aos regulamentos severos que formam os generais e os homens de Estado; o outro, vagando à beira das praias, companheiro dos ventos e das águas, sem outro livro que o da natureza, sem outro professor que Deus, os dois grandes mestres que formam os sonhadores e os poetas.

Assim, um sempre teve um objetivo, objetivo que ele atingiu, por mais elevado que fosse; o outro teve apenas desejos, desejos que nunca realizou. Um queria medir o espaço, o outro queria conquistar o infinito.

Em 1791, Bonaparte volta para passar um semestre com sua família, enquanto aguarda os acontecimentos.

Em 1791, Chateaubriand embarca em Saint-Malo a fim de tentar descobrir a passagem para as Índias pelo noroeste da América: acompanhemos o poeta.

Chateaubriand sai de Saint-Malo no dia 6 de maio às seis horas da manhã. Chega às ilhas dos Açores, para onde mais tarde conduziria Chactas; o vento empurra-o para o banco de areia da Terra Nova, ele atravessa o estreito, arriba em São Pedro, fica lá quinze dias, perdido em meio à névoa que cobre eternamente a ilha, errando em meio às nuvens e rajadas de vento, escutando os rugidos de um mar invisível, extraviando-se numa charneca lanosa e morta, tendo por único guia uma espécie de torrente avermelhada que corria entre os rochedos.

Após quinze dias de escala, o viajante deixa São Pedro, alcança as latitudes das costas de Maryland; lá, é apanhado pelas calmarias; mas que importa ao poeta? As noites são admiráveis, as auroras são esplêndidas, os crepúsculos são sublimes; sentado no convés, acompanha o globo do sol prestes a mergulhar nas águas, que ele vislumbra através dos cordames do navio, em meio aos ilimitados espaços do Oceano.

Um dia, finalmente, avistaram por sobre as ondas umas copas de árvores que poderiam ser confundidas com águas de um verde um pouco mais escuro, caso não fossem imóveis. Era a América!

---

2. Dumas retoma aqui seu artigo necrológico "Chateaubriand", publicado em *La Patrie*, em 7-14 de julho de 1848, e compilado em *Les morts vont vite*.

Vasto tema de reflexão para o poeta de 22 anos, que este mundo destinou aos selvagens, aos anais desconhecidos, que Sêneca adivinhou[3], Colombo descobriu, Vespúcio batizou, mas do qual ninguém ainda foi capaz de tornar-se o historiador.

Era o momento certo de visitar a América! A América que, através do Oceano, acabava de mandar de volta à França a revolução que esta fizera, a liberdade que conquistara com a ajuda das espadas francesas.

Era coisa curiosa assistir à edificação de uma cidade próspera no lugar em que cem anos antes Guilherme Penn comprara um pedaço de terra a alguns índios errantes. Era um belo espetáculo, enfim, ver nascer uma nação sobre um campo de batalha, como se algum novo Cadmus houvesse semeado homens no sulco das balas de canhão.

Chateaubriand parou em Filadélfia, não para ver a cidade, mas para ver Washington. Washington lhe mostra uma chave da Bastilha, que os vencedores parisienses lhe enviaram. Chateaubriand ainda não tinha nada para mostrar; na volta, poderia ter lhe mostrado *O gênio do cristianismo*.

O poeta guardou a vida inteira a lembrança daquela visita ao legislador. Washington decerto o esqueceu na mesma noite em que o recebeu. Washington encontrava-se no apogeu de sua glória, presidente do povo de que fora, ao mesmo tempo, general e fundador. Chateaubriand achava-se em toda a obscuridade de sua juventude, e os esplendores de sua fama futura ainda não haviam lançado seus primeiros fulgores. Washington morreu sem nada ter adivinhado naquele que, mais tarde, disse sobre ele e Napoleão: "Aqueles que, como eu, viram o conquistador da Europa e o legislador da América, hoje desviam o olhar do palco do mundo: certos histriões, que fazem rir ou chorar, não valem a pena ser olhados"[4].

Washington era tudo o que Chateaubriand tinha de curioso para ver nas cidades americanas. Não era, aliás, para ver os homens, mais ou menos iguais em toda parte, que o viajante atravessara o Atlântico e chegara ao Novo Mundo.

---

3. "Mais tarde, com o decorrer dos anos, virá o tempo em que o Oceano afrouxará o seu domínio sobre o mundo, em que a terra se abrirá em sua imensidão, em que Tétis nos revelará novos mundos, e Tule já não será o limite do universo" (*Médée*, trad. C. Guitard, Paris, Flammarion, GF, 1997, vv. 375-9).

4. Chateaubriand, *Voyage en Amérique* (Paris, Gallimard, 1969), I, p. 682.

Era para procurar, no fundo de suas matas virgens, à beira de seus lagos vastos como oceanos, no meio de suas pradarias infinitas como desertos, essa voz que fala na solidão.

Ouçamos o viajante relatar suas próprias sensações. É preciso lembrar que nessa época o país inteiro, tão admiravelmente contado e poetizado por Cooper, era desconhecido. Gabriel Ferry, extraviado em seu rastro, ainda não escrevera *Os caçadores de ouro* nem *O índio Costal*; Gustave Aimard ainda não extraíra das profundezas de suas matas todo esse universo de lendas a que ele deu vida; não, tudo era virgem nas matas e na pradaria, assim como as próprias matas e a pradaria, e este que seria o primeiro a erguer-lhes o véu iria encontrá-las tão castas e puras como no dia da Criação.

> Quando, depois de atravessar o Mohawk, vi-me num bosque que nunca havia sido não só desmatado, como visitado, caí numa espécie de embriaguez, ia de árvore em árvore, tanto fazia se à direita ou à esquerda, pensando comigo: "Aqui, não há mais caminho a seguir, não há mais cidades, casas estreitas, não há mais presidentes, repúblicas, reis...". E para experimentar se eu de fato estava investido de meus direitos originais, entreguei-me a mil atos de vontade que enfureciam o alto holandês que me servia de guia, e que do fundo de sua alma me julga maluco.[5]

Pouco depois, o viajante deu seu último adeus à civilização: já não havia abrigo além do *ajoupa*[6], cama além da terra, travesseiro além da sela, cobertor além dos casacos, dossel além do céu.

Quanto aos cavalos, andavam livremente, com uma campainha ao pescoço e, por um admirável instinto de conservação, nunca perdiam de vista o fogo aceso por seus donos a fim de expulsar os insetos e afastar as cobras.

Começa então uma viagem ao modo de Sterne: só que, em vez de lavrar a civilização, o viajante ara a solidão. De tempos em tempos, surge de repente uma aldeia indígena diante de seus olhos, ou uma tribo errante se oferece inopinadamente a seu olhar. Então, o homem da civilização faz ao homem do deserto um

---

5. Ibid., p. 684.
6. "Espécie de cabana sobre estacas que se cobre rapidamente com folhas e ramagens." (Dicionário Littré)

desses sinais de fraternidade universal, compreendido em toda a superfície do globo; então, seus futuros anfitriões entoam o canto do estrangeiro:

Eis o estrangeiro, eis o enviado do Grande Espírito.

Depois desse canto, uma criança vinha pegá-lo pela mão e o conduzia até a cabana, dizendo:
– Eis o estrangeiro!
E o velho sábio respondia:
– Criança, faça entrar o homem na minha cabana.
O viajante entrava sob a proteção da criança e ia, como entre os gregos, sentar-se sobre as cinzas da fogueira. Apresentavam-lhe o cachimbo da paz. Ele fumava três vezes, e as mulheres cantavam o canto da consolação:

O estrangeiro reencontrou uma mãe e uma mulher; o sol vai se levantar e se pôr para ele, como antes.

Depois, enchiam com água uma taça de plátano, uma taça consagrada; o viajante bebia a metade da água e passava a taça para o anfitrião, que tratava de esvaziá-la.
Em vez desse espetáculo da vida selvagem, prefere-se, à noite, o silêncio, o recolhimento, a melancolia?
O viajante retrata. Vejam:

Excitado por minhas idéias, levantei-me e fui sentar-me, a certa distância, sobre uma raiz que pendia à beira de um riacho. Era uma dessas noites americanas que o pincel dos homens nunca saberá reproduzir, e que relembro com delícia.
A lua estava no ponto mais alto do céu: avistava-se, aqui e ali, a grandes intervalos depurados, cintilarem mil estrelas. A lua às vezes parecia repousar sobre um grupo de nuvens, que lembravam o cimo das altas montanhas coroadas de neve; aos poucos essas nuvens se estiravam e se desenrolavam em zonas diáfanas e onduladas de cetim branco, ou então transformavam-se em leves flocos de espuma, inúmeros rebanhos errando nas planícies azuis do firmamento. Outras vezes, a abóbada celeste parecia ter se transformado numa praia em que se

vislumbravam as camadas horizontais, as rugas paralelas traçadas como que pelo fluxo e refluxo regulares do mar; um sopro de vento ainda vinha rasgar o véu e, por toda parte, formavam-se no céu grandes bancos de um algodão reluzente de brancura, tão suave ao olhar que se tinha a impressão de sentir sua moleza e elasticidade. A cena, na terra, não era menos deslumbrante; a luminosidade cerúlea e aveludada da lua flutuava silenciosamente sobre o cimo das florestas e, penetrando nos intervalos entre as árvores, levava feixes de luz até a densidade das trevas mais profundas. O estreito riacho que corria aos meus pés, ora se embrenhando sob os matagais de carvalhos, salgueiros e árvores de açúcar, ora surgindo mais adiante, nas clareiras, brilhando com as constelações noturnas, lembrava uma fita ondulada de anil repleta de pingos de diamantes e cortada transversalmente por tiras negras. Do outro lado do rio, numa vasta pradaria natural, a claridade da lua dormia sem nenhum movimento sobre a relva em que se estendera feito um pano. Bétulas, espalhadas cá e lá pela savana, segundo o capricho das brisas, ora se confundiam com o solo, envolvendo-se em gazes pálidas, ora se destacavam do fundo de giz, cobrindo-se de escuridão, formando como que ilhas de sombras flutuantes sobre um mar imóvel de luz. Perto dali, tudo era silêncio e repouso, afora a queda de umas poucas folhas, a passagem brusca de um vento súbito, os gemidos raros e interrompidos da coruja; ao longe, porém, de quando em quando, ouviam-se os ribombares solenes das cataratas do Niágara, que na calma da noite se prolongavam de deserto em deserto, e expiravam através das florestas longínquas.

A grandeza e o espanto melancólico desse quadro não poderiam ser expressos nas linguagens humanas; as noites mais belas da Europa não conseguiriam dar idéia do que são. Em meio aos nossos campos cultivados, em vão a imaginação procura se estender, depara por todo lado com as habitações dos homens: mas nestas terras desertas, a alma gosta de se afundar, de se perder num oceano de florestas eternas; gosta de vagar, à luz das estrelas, à beira dos lagos imensos, de pairar sobre o abismo estrondoso das terríveis cataratas, de cair com a massa das ondas e, por assim dizer, mesclar-se, fundir-se a toda essa natureza selvagem e sublime.[7]

---

7. Chateubriand, *Essai historique, politique et moral sur les révolutions anciennes et modernes considérées dans leurs rapports avec la révolution française* (Paris, Gallimard, 1978), II, cap. LVII, pp. 445-7.

O viajante, por fim, chegou à queda do Niágara, cujo barulho se perdia toda manhã nos mil ruídos da natureza que despertava, mas que, em meio ao silêncio da noite, rugia cada vez mais próximo, como que para lhe servir de guia e atraí-lo.

Certo dia, alcançou-a. A esplêndida catarata, que Chateaubriand viera de tão longe buscar, por duas vezes, em breves instantes, por pouco não foi para ele a morte. Não vamos tentar contar; quando Chateaubriand conta, nós o deixamos falar:

> Ao chegar, fui até a queda, segurando a rédea do meu cavalo enrolada no braço. Enquanto me debruçava para olhar para baixo, uma cobra cascavel mexeu-se nas moitas vizinhas; o cavalo assustou-se, recuou, empinou e, aproximando-se do precipício, não consegui soltar meu braço das rédeas e o cavalo, cada vez mais assustado, arrastou-me com ele. Suas patas dianteiras já estavam sem chão e, acocorado à beira do abismo, ele só se segurava pela força do lombo. Eu já estava acabado quando o animal, ele próprio surpreso pelo novo perigo, fez mais um esforço, caiu para trás numa pirueta e jogou-se a dez pés da beirada.[8]

E não é só isso. Salvo desse perigo acidental, o viajante entrega-se ele próprio a um perigo procurado, um risco previsto. Mas há homens que sentem, em seu íntimo, que podem tentar a Deus impunemente.

Deixemos que prossiga o viajante.

> A escada que havia antigamente na catarata estava quebrada. Eu quis, apesar das admoestações do meu guia, chegar até a base da queda por um rochedo a pique de duzentos metros de altura. Aventurei-me na descida. Apesar dos rugidos da catarata e do abismo assustador que borbulhava debaixo de mim, conservei a cabeça fria e cheguei a uns quarenta pés do fundo. Mas, ali, o rochedo liso e vertical já não oferecia raízes ou fendas onde eu pudesse descansar os pés. Fiquei completamente pendurado pela mão, sem conseguir subir ou descer, sentindo meus dedos aos poucos se abrirem de cansaço sob o peso de meu corpo, e vendo a morte como inevitável. Poucos homens passaram na vida dois minutos

---

8. Todas as citações textuais ou menções indiretas destas páginas referem-se a Chateaubriand, *Voyage en Amérique*, op cit., pp. 696 ss.; a volta para a França está na p. 887.

como os que passei então, suspenso acima do abismo do Niágara. Então, minhas mãos se abriram e eu caí. Pela mais inacreditável sorte, caí vivo sobre a rocha em que deveria ter-me partido em cem pedaços e, contudo, não me sentia tão mal assim; estava a meia polegada do abismo, e não rolara para dentro dele; mas, quando o frio da água começou a penetrar-me, percebi que não me safaria tão facilmente como pensara a princípio. Senti uma dor insuportável no braço esquerdo; quebrara-o acima do cotovelo. Meu guia, que me olhava lá de cima e a quem fiz um sinal, correu a buscar alguns selvagens que, a muito custo, me puxaram para cima com cordas de bétulas e me levaram até onde viviam.

Isso acontecia no exato momento em que um jovem tenente chamado Napoleão Bonaparte por pouco não se afogava ao banhar-se no rio Saône.

O viajante prossegue seu caminho pelos lagos. O lago Erie foi o primeiro que ele ladeou. Da margem, podia avistar, coisa assustadora, os índios que se aventuram em suas canoas de casca de árvore naquele mar incerto de tão pavorosas tormentas. Primeiro, e antes de tudo, penduram suas provisões, como faziam antigamente os fenícios com seus deuses, à popa das canoas, e se lançam no meio dos turbilhões de neve, no meio das ondas erguidas. As ondas, que sobrepujam a borda das canoas, parecem constantemente prestes a engoli-las. Os cães dos caçadores, com as patas apoiadas nas bordas, soltam urros lamentáveis, enquanto seus donos, em silêncio e sem outro movimento além do requerido para a manobra, batem compassadamente na água com seus remos. As canoas avançam em fila; na proa da primeira, queda-se em pé um chefe que, à guisa de encorajamento ou invocação, repete a todo instante o monossílabo "Oha".

Na última canoa, à popa e fechando essa fileira de homens e barcos, outro chefe se queda igualmente em pé, governando um longo remo em forma de leme. Através do nevoeiro, da neve, das ondas, avistam-se somente as penas que ornam a cabeça dos índios, o pescoço esticado dos cães urrando, e o torso dos dois velhos sábios.

Piloto e augúrio.

Pareciam os deuses desconhecidos daquelas águas distantes e ignoradas.

Levemos agora os nossos olhos do lago para as suas bordas, das águas para as margens.

Por um espaço de mais de vinte milhas, estendem-se vastos nenúfares. No verão, as folhas dessas plantas ficam cobertas de serpentes enroladas umas nas outras. Quando os répteis tornam a se mover por causa dos raios do sol, vemos rolarem seus anéis de ouro, púrpura e ébano; então já não se vislumbram, nesses nós horríveis, duplamente, triplamente formados, mais que olhos cintilantes, línguas de dardo tríplice, bocarras de fogo, caudas armadas com aguilhões e chocalhos agitando-se no ar feito chicotes. Um assobio contínuo, um som parecido ao farfalhar de folhas mortas emerge desse impuro rio Cócito.

Durante um ano, o viajante vagueou assim, descendo as cataratas, atravessando os lagos, transpondo as florestas, só se detendo entre as ruínas do Ohio para lançar mais uma dúvida no abismo sombrio do passado, seguindo o curso dos rios, misturando de manhã e de noite sua voz à voz universal da natureza que proclama Deus, sonhando com seu poema dos *Natchez*, esquecendo-se da Europa, vivendo de liberdade, solidão e poesia.

De tanto vagar de floresta em floresta, de lago em lago, de pradaria em pradaria, aproximara-se sem saber dos desmatamentos americanos. Certa noite, avistou à beira de um riacho uma granja construída com troncos de árvores; pediu hospitalidade, que lhe foi concedida.

Veio a noite; a habitação era iluminada somente pela chama da lareira. Sentou-se a um canto dessa lareira e, enquanto sua anfitriã preparava o jantar, distraiu-se lendo à luz do fogo um jornal inglês caído no chão.

Mal olhou para o jornal, estas quatro palavras lhe chamaram a atenção: *Flight of the king* ("Fuga do rei").

Era o relato da fuga de Luís XVI e de sua detenção em Varenne[9].

O mesmo jornal contava a emigração da nobreza e a reunião dos fidalgos sob a bandeira dos príncipes.

Aquela voz que penetrava até o fundo das solidões para gritar-lhes: "Às armas!" pareceu-lhe um fatídico chamado.

Voltou para Filadélfia, atravessou o mar levado por uma tempestade que o levou em dezoito dias até a costa francesa e, em julho de 1792, aportava no Havre gritando: "O rei me chama, aqui estou!".

---

9. Na segunda-feira 29 de agosto de 1791, *The Boston Gazette and the Country Journal* anuncia na primeira página: "Flight of the King of the French and his family from Paris and their captures".

No exato momento em que Chateaubriand punha o pé na embarcação que o trazia de volta em socorro do rei, um jovem capitão de artilharia, encostado numa árvore no terraço à beira da água, olhava para Luís XVI, que se mostrava a uma janela das Tulherias, com o gorro vermelho na cabeça, e, com uma voz acentuada pelo desprezo, murmurava: "Este homem está perdido".

Assim – diz o poeta –, o que me pareceu ser um dever derrubou os primeiros planos que eu concebera, e acarretou a primeira das peripécias que marcaram minha carreira.

Os Bourbon decerto não precisavam que um cadete bretão voltasse lá do fundo da América para lhes oferecer sua anônima lealdade. Se, prosseguindo minha viagem, eu tivesse acendido o lampião da minha anfitriã com o jornal que mudou minha vida, ninguém teria percebido minha ausência, pois ninguém sabia que eu existia. Um simples entrevero entre mim e minha consciência trouxe-me de volta ao palco do mundo. Poderia ter feito o que bem entendesse, sendo eu a única testemunha do debate, mas, de todas as testemunhas, aquela era a única diante da qual eu mais receava envergonhar-me.

Chateaubriand trazia consigo *Atala* e *Os Natchez*.

XXXVIII
CHATEAUBRIAND

A França mudou muito desde que o viajante a deixara; são muitas coisas novas e, principalmente, muitos homens novos.

Esses homens novos se chamam Barnave, Danton, Robespierre. Há também Marat, mas este não é um homem, é um animal selvagem. Quanto a Mirabeau, está morto.

Pouco importa, nosso fidalgo toma contato; aproxima-se sucessivamente de todos esses homens fadados a partidos diversos, mas ao mesmo cadafalso.

Visita os jacobinos, o clube aristocrático, o clube da gente das letras, o clube dos artistas: as pessoas de bem são a maioria; há até grandes senhores: La Fayette e os dois Lameth, Laharpe, Chamfort, Andrieux, Sedaine e Chénier representam a poesia, a poesia da época, é verdade. Mas, afinal de contas, não se pode pedir à época mais do que ela pode dar. David, que fez uma revolução na pintura, Talma, que fez uma revolução no teatro, raramente faltam a uma sessão. Há dois censores à porta, encarregados de identificar os cartões de visita: um é Laïs, o cantor; o outro é o filho natural do duque de Orléans.

O homem do escritório, o homem de negro, de modos tão elegantes e ar tão sombrio, é o autor de *As ligações perigosas*, o cavalheiro de Laclos.

Por que foi morrer Crébillon filho? Seria presidente ou, pelo menos, vice-presidente.

Um homem está na tribuna, de voz fraca e aguda, de magra e triste figura, traje cor de oliva meio seco, meio gasto, mas de cabelos empoados, colete branco, camisa irretocável.

É Robespierre, essa expressão da sociedade que anda a passo ao lado dela e que, no dia em que terá a imprudência de passar-lhe à frente, escorregará no sangue de Danton.

Chateaubriand visita os franciscanos.

Estranho destino o dessa igreja que se tornou um clube!

São Luís, ele próprio franciscano, fundou-a em conseqüência de um golpe de Estado revolucionário. Um grande senhor, o senhor de Coucy, comete um crime: o justiceiro de Vincennes impõe-lhe uma multa, e essa multa constrói a escola e a igreja dos franciscanos.

Entre os franciscanos, ressoa em 1300 a disputa do Evangelho eterno. É feita esta pergunta que o ateísmo resolveria quatro séculos depois: "Cristo morreu?".

O rei João é feito prisioneiro em Poitiers. A nobreza dizimada, vencida, é feita prisioneira com ele. Um homem se apodera, em nome do povo, do poder real e estabelece seu quartel-general entre os franciscanos. Esse homem é Étienne Marcel, o preboste de Paris.

"Se os senhores lutam entre si – diz Étienne Marcel – a gente honesta os ataca."

De resto, os monges franciscanos são, por sua vez, os dignos predecessores daqueles que, mais tarde, tomariam sua igreja; *sans-culottes* da Idade Média, disseram muito antes de Babeuf: "A propriedade é um delito público", e muito antes de Proudhon: "A propriedade é um roubo".

Foram coerentes com seu aforismo, pois preferiram deixar-se queimar a mudar seus trajes de mendigos.

Se os jacobinos são a aristocracia, os franciscanos são o povo; o povo de Paris, agitado, ativo, violento; o povo representado por seus escritores favoritos, por Marat, que mantém sua gráfica no porão da capela; por Desmoulins, Fréron, Fabre d'Églantine, Anacharsis Cloots; pelos oradores, Danton e Legendre, esses dois açougueiros, um dos quais transformou as prisões de Paris em matadouros.

Os Franciscanos eram a colméia; as abelhas ficavam pelos arredores: Marat, quase em frente; Desmoulins e Fréron, na rua de la Vieille-Comédie; Danton, a cinqüenta passos, no beco do Commerce; Cloots, na rua Jacob; Legendre, na rua des Boucheries-Saint-Germain.

Chateaubriand viu e ouviu aqueles homens todos: Desmoulins com seu "r" gutural, Marat gaguejando, Danton tonitruante, Legendre xingando, Cloots blasfemando; eles o assustaram.

Resolveu ir juntar-se no estrangeiro aos fidalgos alistados sob a bandeira dos príncipes; um fato, infelizmente, expresso em duas palavras, opunha-se àquela decisão: faltava dinheiro.

A sra. de Chateaubriand só trouxera como dote alguns *assignats*, e os *assignats* já estavam começando a valer menos que papel em branco, sobre o qual ao menos se podia escrever um bilhete ou uma letra de câmbio.

Finalmente, encontrou um notário que ainda tinha dinheiro; o notário emprestou-lhe doze mil francos. O sr. de Chateaubriand colocou seu tesouro numa carteira e enfiou a carteira em seu bolso. Aqueles doze mil francos eram a sua vida e a vida do seu irmão.

Mas o homem põe e o diabo dispõe. O futuro emigrado encontra um amigo, confessa-lhe que tem doze mil francos. O amigo[1] é jogador, o jogo é epidêmico: o sr. de Chateaubriand entra numa casa de jogo do Palais-Royal, joga e, dos doze mil francos, perde dez mil e quinhentos.

Felizmente, o que teria tudo para lhe fazer perder a cabeça acaba repondo-a no lugar. O futuro autor de *O gênio do cristianismo* não é um verdadeiro jogador. Guarda de volta na carteira os últimos mil e quinhentos francos que estavam prestes a seguir os outros, sai correndo da maldita casa, sobe num fiacre, chega ao beco Férou, entra em casa e procura em vão pela carteira.

A carteira ficou no fiacre; desce desabalado; o fiacre já se fora. Corre atrás dele. Umas crianças viram o fiacre passar, novamente ocupado. Felizmente, há ali um comissário que conhece o cocheiro, sabe onde ele mora e lhe passa o endereço.

O sr. de Chateaubriand espera-o à porta de casa; o cocheiro volta às duas horas da manhã.

Vasculham o carro; a carteira sumiu.

O cocheiro transportou, ao todo, após ter deixado o sr. de Chateaubriand no beco Férou, três *sans-culottes* e um padre.

Não sabe onde residem os *sans-culottes*, mas sabe onde reside o padre.

São três horas da manhã, não se pode acordar um homem honesto a essa hora: o sr. de Chateaubriand volta para casa completamente exausto e vai dormir.

---

1. O conde Achard, "um dos meus antigos colegas do regimento de Navarra", em Chateaubriand, *Mémoires d'outre-tombe*, IX, cap. 6.

No mesmo dia, é acordado por um padre que lhe traz de volta a carteira com os mil e quinhentos francos.

No dia seguinte, o sr. de Chateaubriand parte para Bruxelas com seu irmão mais velho e um empregado, vestido como eles e que passa por seu amigo.

O coitado do empregado tinha três defeitos: primeiro, era demasiado respeitoso; segundo, era demasiado familiar; terceiro, sonhava em voz alta.

Infelizmente, seus sonhos eram dos mais comprometedores; estava sempre achando que queriam prendê-lo e querendo saltar da diligência. Na primeira noite, os dois irmãos o detiveram a muito custo; na segunda, abriram a porta bem aberta; o pobre-diabo saltou e, continuando a sonhar acordado, saiu em fuga, sem chapéu, campo afora.

Os dois viajantes julgavam ter se livrado dele; um ano depois, seu depoimento custaria a vida ao irmão mais velho do sr. de Chateaubriand.

Por fim, os dois irmãos chegaram a Bruxelas.

Bruxelas era o ponto de encontro dos monarquistas. De Bruxelas a Paris, eram quatro ou cinco dias de caminhada; estariam em Paris, portanto, dali a quatro ou cinco dias; os pessimistas calculavam oito dias.

Assim, causava surpresa que os dois irmãos tivessem vindo até ali em vez de esperar; de que adiantou sair de Paris se era para Paris que marchariam; de modo que não houve lugar para o recém-chegado, nem mesmo no regimento de Navarra em que outrora fora tenente.

Companhias bretãs, no estilo das antigas companhias francas, estavam para efetuar o cerco de Thionville. Eram menos orgulhosas que os senhores de Navarra, acolheram o compatriota e permitiram que tomasse um lugar em suas fileiras.

Como se vê, o sr. de Chateaubriand não estava destinado a fazer carreira no Exército. Promovido ao posto de capitão da Cavalaria para subir nas carruagens da corte, voltando a subtenente após essa promoção, marchava agora para o cerco de Thionville como simples soldado.

Ao sair de Bruxelas, o sr. de Chateaubriand encontrou o sr. de Montrond; os dois homens se reconheceram por serem da mesma raça.

– De onde vem o senhor? – disse o cidadão ao soldado.

– Do Niágara, senhor.

– Para onde vai, senhor?

– Para onde estiverem lutando.

Os dois interlocutores se cumprimentaram, e cada qual seguiu para o seu lado.

Dez léguas adiante, o sr. de Chateaubriand encontrou um homem a cavalo.

– Para onde vai? – pergunta o cavaleiro.

– Vou lutar – responde o pedestre.

– Como se chama?

– Sr. de Chateaubriand, e o senhor?

– Sr. Frederico Guilherme.

Aquele homem a cavalo era o rei da Prússia. Afastou-se, dizendo:

– Reconheço aí a nobreza francesa.

O sr. de Chateaubriand fora tomar Thionville tal como fora buscar a passagem do noroeste; não encontrara a passagem, não tomou Thionville. No primeiro empreendimento, porém, quebrara o braço; no segundo, foi ferido na perna por uma viga em chamas.

Ao mesmo tempo que o sr. de Chateaubriand era ferido na perna por essa viga em chamas, um jovem chefe de batalhão, chamado Napoleão Bonaparte, era ferido na coxa por um golpe de baioneta durante o cerco de Toulon.

Uma bala fez o possível igualmente para matar o voluntário monarquista, mas deparou, entre o seu traje e o seu peito, com o manuscrito de *Atala*, sendo assim amortecida.

A esse ferimento veio somar-se a varíola e, a esses dois flagelos, um flagelo muito mais grave para nós: a debandada.

Em Namur, o jovem emigrado passava pelas ruas tremendo de febre; uma pobre mulher jogou-lhe um cobertor furado sobre os ombros; aquele era o único cobertor que ela possuía. São Martinho, que foi canonizado, deu ao pobre somente a metade do seu manto.

Ao sair da cidade, o sr. de Chateaubriand caiu dentro de uma vala.

A companhia do príncipe de Ligne ia passando; o moribundo deitou-se, apoiando a cabeça num dos braços. Viram que o corpo trêmulo ainda vivia, tiveram pena dele, puseram-no num furgão e deixaram-no às portas de Bruxelas.

Os belgas, que tão bem exploraram o passado, mas ainda não receberam dos céus a faculdade de ler o futuro; os belgas, que não suspeitavam que um dia a contrafação das obras publicadas por aquele rapaz enriqueceria três ou quatro contrafatores; os belgas fecharam suas portas ao pobre ferido.

Já sem forças, deitou-se na soleira de uma estalagem e esperou. Afinal, a companhia do príncipe de Ligne passara; quem sabe apareceria outro apoio desconhecido enviado pela Providência.

É bom ter esperança, mesmo quando se está morrendo.

A Providência não faltou ao moribundo, enviou-lhe o seu irmão.

Os dois rapazes reconheceram-se de imediato, e estenderam os braços um para o outro. O sr. de Chateaubriand mais velho estava rico, tinha mil e duzentos francos com ele; deu seiscentos ao irmão.

Quis levá-lo consigo; felizmente, nosso poeta estava demasiado doente para segui-lo. Nosso poeta entrou em casa de um barbeiro, onde retornou à vida; seu irmão retomou o caminho da França, onde o esperava o cadafalso.

Curado após uma longa convalescença, o sr. de Chateaubriand partiu para Jersey. De Jersey, contava ir para a Bretanha. Cansado da emigração, queria se tornar vendeano.

Fretou uma pequena barca; cerca de vinte passageiros tinham-se juntado para cobrir os custos. No mar, veio o mau tempo; foi preciso descer aos porões, onde se sufocava. O convalescente não estava muito forte; rolavam em cima dele, amassavam-no. Em Guernesey, onde atracaram, deram com ele desfalecido, prestes a expirar.

Desceram-no à terra e apoiaram-no contra um muro, rosto voltado para o sol para assim, suavemente, dar seu último suspiro. Passou a mulher de um marinheiro, e chamou o marido. Ajudado por três ou quatro marujos, puseram o moribundo numa boa cama; no dia seguinte, embarcaram-no no *sloop* de Ostende.

Chegou a Jersey delirando.

Somente na primavera de 1793, o enfermo sentiu-se suficientemente forte para seguir caminho. Partiu para a Inglaterra, esperando alistar-se sob uma bandeira branca qualquer. Mas lá, em vez de continuar a melhorar, passou a sofrer do peito e os médicos, consultados, prescreveram repouso absoluto, declarando que mesmo tomando todas aquelas precauções o doente não teria mais de dois ou três anos de vida.

A mesma predição havia sido feita ao autor de *La pucelle*[2]. Deus nos devia essa reparação, fazendo mais uma vez mentirem os médicos em relação a *O gênio do cristianismo*.

---

2. Voltaire, que em 1755 publicou essa paródia em 21 cantos dos poemas heróicos inspirados em Ariosto.

A sentença dos médicos condenava o sr. de Chateaubriand a abandonar o fuzil; ele pegou da pena. Escreveu os *Ensaios* e esboçou o projeto de *O gênio do cristianismo*. Depois, como essas duas grandes obras, tão opostas em espírito, não teriam impedido seu autor de morrer de fome, ele fazia, em seus momentos vagos, traduções que eram pagas uma libra por folha.

Foi nessa luta que ele passou o ano de 1794 e 1795.

Outro homem lutava, ao mesmo tempo, contra a fome: o jovem chefe de batalhão que cercara Toulon. O diretor do Comitê da Guerra, Aubry, retirara-lhe o comando da artilharia; ele viera para Paris, onde haviam lhe oferecido o comando de uma brigada na Vendéia; recusara esse comando, de modo que, privado de todo emprego, enquanto Chateaubriand fazia traduções, ele, por sua vez, fazia apontamentos sobre os meios de aumentar o poderio da Turquia contra as invasões das monarquias européias.

Pelo início de setembro, esse chefe de batalhão, sentindo-se acuado, tomara a decisão de se jogar no Sena. Encaminhava-se para o rio quando, à entrada da ponte, cruzou com um amigo seu.

– Onde está indo? – este lhe perguntou.

– Estou indo me afogar.

– Por quê?

– Porque estou sem um tostão.

– Tenho vinte mil francos, vamos dividir.

E o amigo dá dez mil francos ao jovem oficial, que não se afoga; que no dia 4 de outubro vai ao teatro Feydeau, onde descobre que a Guarda Nacional da seção Lepelletier fez recuar as tropas da Convenção, comandadas pelo general Menou, e que estão à procura de um general para consertar o estrago.

No dia seguinte, às cinco da manhã, o general Alexandre Dumas recebia da Convenção a ordem de assumir o comando da força armada. O general não se encontrava em Paris e Barras, nomeado general em seu lugar, solicitava e obtinha autorização para tomar por ajudante o ex-chefe de batalhão Bonaparte.

Dia 5 de outubro é 13 de vendemiário.

Napoleão acabava de sair de sua obscuridade para uma vitória; Chateaubriand saía da sua para uma obra-prima.

O dia 13 de vendemiário atraiu decerto o olhar do escritor para o general, mas, por outro lado, o lançamento de *O gênio do cristianismo*[3] atraiu o olhar do general para o poeta.

Bonaparte, de início, tinha prevenções contra o sr. de Chateaubriand. Certo dia, Bourrienne espantou-se diante dele que um homem com aquele nome e aquele mérito não constasse em nenhuma das listas que lhe apresentavam de cargos a preencher.

– O senhor não é o primeiro a mencionar isso, Bourrienne – respondeu Bonaparte –, mas respondi de modo que não insistissem no assunto. Esse homem tem idéias de liberdade e de independência que jamais se encaixariam no meu sistema. Prefiro tê-lo como inimigo conhecido a tê-lo como amigo forçado. Além disso, mais tarde verei. Vou testá-lo primeiro num posto secundário e, se ele se sair bem, vou incentivá-lo.

Ficou claro, por aquelas palavras, que Bonaparte não tinha a menor idéia do valor real de Chateaubriand.

Mas em breve a publicação de *Atala* deu um grande impulso ao seu nome, que, a partir de então, atraiu o olhar preocupado do primeiro cônsul, ciumento de tudo o que desviava a atenção de si próprio.

A publicação de *O gênio do cristianismo* seguiu-se à de *Atala*. Bonaparte achou-se maravilhosamente apoiado por um livro que produzia enorme impacto, e cujo mérito superior trazia as mentalidades de volta ao cuidado com as idéias religiosas.

Certo dia, a sra. Baciocchi veio procurar o irmão, trazendo nas mãos um pequeno volume.

– Leia isto, Napoleão – disse ela –, tenho certeza de que vai ficar satisfeito.

Bonaparte pegou o volume, lançou-lhe um olhar distraído. Era *Atala*.

– Mais um romance com *a* – disse ele. – Até parece que tenho tempo de ficar lendo essas bobagens todas!

Pegou, no entanto, o volume das mãos da irmã e colocou-o sobre a sua mesa.

A sra. Baciocchi pediu então que o sr. de Chateaubriand fosse retirado das listas de emigrados.

---

3. *Génie du christianisme ou Beautés de la religion chrétienne* foi editado por Migneret em 14 de abril de 1802; a segunda edição, em dois volumes, seria impressa em abril de 1803, precedida de uma epístola-dedicatória ao primeiro cônsul.

– Ah! – disse ele. – Esse *Atala* é do sr. de Chateaubriand?

– Sim, meu irmão.

– Está bem, vou lê-lo em minhas horas vagas – e, voltando-se para o seu secretário: – Bourrienne, escreva para Fouché e peça-lhe que risque o nome do sr. de Chateaubriand da lista dos emigrados.

Eu disse que Bonaparte era pouco letrado e pouco afeito à literatura; percebe-se, pois ignorava que o sr. de Chateaubriand era o autor de *Atala*.

O primeiro cônsul leu *Atala* e ficou satisfeito, e quando, algum tempo depois, o sr. de Chateaubriand publicou *O gênio do cristianismo*, Bonaparte reviu inteiramente suas impressões a seu respeito.

A primeira vez que Bonaparte e o sr. de Chateaubriand se encontraram foi na noite da assinatura do contrato entre a srta. de Sourdis e Hector de Sainte-Hermine.

Bonaparte contava conversar com ele durante a recepção; mas a recepção terminou tão bruscamente e de um modo tão estranho que Bonaparte voltou às Tulherias sem se lembrar de Chateaubriand.

A segunda vez foi naquela magnífica recepção oferecida pelo sr. de Talleyrand quando da passagem do infante de Parma, a caminho de tomar posse do trono da Etrúria.

Deixemos que o próprio sr. de Chateaubriand relate esse primeiro contato elétrico e a impressão que lhe ficou[4].

> Eu estava na galeria quando Napoleão entrou: ele me impressionou positivamente; só o avistara uma vez, e nunca lhe falara. Seu sorriso era bonito e sedutor; seus olhos eram admiráveis, sobretudo pelo modo como eram posicionados sob a testa e emoldurados pelas sobrancelhas. Ainda não havia nenhuma charlatanice em seu olhar. *O gênio do cristianismo*, que naquele momento causava bastante alvoroço, tivera algum efeito sobre Napoleão. Uma imaginação prodigiosa animava aquele político tão frio; ele não seria o que era se ali não houvesse uma Musa; a razão realizava as idéias do poeta. Todos esses homens de grandes vidas são sempre constituídos por duas naturezas, pois devem ser capazes de inspiração e de ação: uma gera o projeto, a outra o realiza.

---

4. Chateaubriand, *Mémoires d'outre-tombe*, xiv, cap. 4.

Bonaparte avistou-me e reconheceu-me, ignoro como. Quando veio em minha direção, não se sabia a quem buscava; as fileiras iam se abrindo sucessivamente; cada qual esperava que o primeiro cônsul se detivesse nele: ele parecia sentir certa impaciência com esses equívocos. Eu me dissimulava atrás dos meus vizinhos; Bonaparte subitamente elevou a voz e me disse:

– Sr. de Chateaubriand!

Fiquei então sozinho à frente; a multidão refluiu, mas logo se formou um círculo em torno dos interlocutores. Bonaparte abordou-me com simplicidade: sem me fazer elogios, sem perguntas ociosas, sem preâmbulos, falou-me diretamente sobre o Egito e os árabes, como se eu lhe fosse íntimo e como se não fizesse mais que continuar uma conversa já começada entre nós.

– Sempre me impressionou – disse ele – quando via os xeques cair de joelhos no meio do deserto, virar para o Oriente e encostar a testa na areia. O que é essa coisa desconhecida que eles adoravam na direção do Oriente?

Bonaparte se interrompeu e, passando sem transição para outra idéia:

– O cristianismo! Os ideólogos não quiseram transformá-lo num sistema de astronomia? E mesmo que fosse, acham que me convenceriam de que o cristianismo é pequeno? Se o cristianismo é a alegoria do movimento das esferas, a geometria dos astros, por mais que façam os espíritos fortes, ainda terão deixado grandeza suficiente para o *infame*.

Bonaparte afastou-se incontinente. Como ocorreu com Jó, na minha noite "um espírito passou diante de mim; os pêlos da minha carne se eriçaram; ele se quedou ali: não conheço seu rosto e ouvi sua voz como um pequeno sopro"[5].

Meus dias não passavam de uma seqüência de visões; o inferno e o céu abriram-se continuamente sob os meus passos ou sobre a minha cabeça, sem que eu tivesse tempo de sondar as suas trevas ou as suas luzes. Encontrei uma só vez, na margem dos dois mundos, o homem do último século e o homem do novo, Washington e Napoleão. Conversei por um momento com um e com outro; ambos me mandaram de volta à minha solidão, o primeiro com votos complacentes, o outro com um crime.

Observei que, enquanto circulava pela multidão, Bonaparte me lançava olhares mais profundos que os que me dirigira enquanto conversávamos. Segui-o com os olhos e, tal como Dante, pensava cá comigo:

---

5. Jó, 4,15-16. A visão, na verdade, pertence a Elifaz.

Chi è quel grande, che non per che curi
L'incendio?[6]

Quem é tão grande assim, a ponto de não sentir os calores do incêndio?

Os olhares profundos que Bonaparte lançava a Chateaubriand não tinham nada de extraordinário; só havia dois homens naquele momento cujos nomes alcançavam aquele nível supremo. Chateaubriand como poeta; Bonaparte como estadista.

Haviam caminhado sobre tantas ruínas[7] que não viam a hora de descansar sobre um monumento; mas a coisa mais arruinada, mais esmagada, mais transformada em pó de todas as coisas destruídas era a religião. Haviam fundido os sinos, derrubado os altares, quebrado as estátuas dos santos, haviam degolado padres, inventado falsos deuses, efêmeros e vagabundos, que passaram feito furacões de heresias, secando a relva sob seus pés e devastando as cidades. Haviam transformado a igreja de Saint-Sulpice no templo da Vitória e a Notre-Dame, no templo da Razão. De verdadeiro altar, só restava o cadafalso, e de legítimo templo, só restava a praça de Grève. Até mesmo os grandes espíritos meneavam a cabeça em sinal de denegação; somente as grandes almas ainda esperavam.

Assim, aspiravam-se os primeiros fragmentos de *O gênio do cristianismo* como aos primeiros sopros de um ar puro após o contágio, como às emanações da vida após os miasmas da morte.

Não era de fato consolador, no momento em que um povo inteiro, berrando às portas das cadeias ensangüentadas, dançando na praça da Revolução em volta do cadafalso sempre ativo, gritava: "Não há mais religião, não existe mais Deus!", não era um consolo, dizíamos, que um homem perdido numa noite serena em meio às matas virgens da América, deitado sobre o musgo, costas apoiadas no tronco de uma árvore secular, braços cruzados sobre o peito, olhos fixos na lua, cujo clarão visitante parecia colocá-lo em contato com o céu, murmurasse estas palavras:

---

6. Dante, *A divina comédia*, Inferno, XIV, 46-7.
7. Notícia retomada por Dumas do seu artigo necrológico "Chateaubriand", cf. supra.

Existe um Deus! A relva do vale e os cedros do Líbano o abençoam; o inseto sussurra seus louvores, o elefante o saúda ao nascer do sol, os pássaros o enaltecem na ramagem, o vento o murmura na mata, o relâmpago troveja a sua presença, o Oceano ruge a sua imensidão!

Somente o homem diz: "Não existe Deus!".

Então ele nunca ergueu, em meio aos seus infortúnios, os olhos para o céu? Seus olhares nunca vaguearam nas regiões estreladas em que os mundos foram semeados feito areia? Quanto a mim, vi, e isso basta. Vi o sol suspenso nas portas do poente, nos drapeados de púrpura e dourado; a lua, no horizonte oposto, subindo feito lampião de prata no Oriente de anil.

Esses dois astros mesclavam no zênite seus tons de cerussita e carmim, o mar multiplicava a cena oriental em girândolas de diamantes e rodava a pompa do Ocidente em ondas de rosas. As águas, calmas, expiravam suavemente aos meus pés sobre a margem, e os primeiros silêncios da noite e os últimos murmúrios do dia lutavam sobre as encostas, à beira dos rios e nos vales.

Ó tu, que não conheço, tu, de que ignoro o nome e a morada, invisível, arquiteto deste universo, que me deu um instinto para tudo sentir e me negou uma razão para tudo compreender, serias apenas um ser imaginário, o sonho dourado do infortúnio? Minha alma se dissolverá com o restante do meu pó? O túmulo é um abismo sem saída ou o pórtico de outro mundo? Será apenas por cruel piedade que a natureza pôs no coração do homem a esperança de uma vida melhor ante as misérias humanas?

Perdoa a minha fraqueza, pai de misericórdia: não, não duvido da tua existência, e quer me tenhas destinado a uma carreira imortal, quer eu deva apenas passar e morrer, adoro em silêncio os teus decretos, e o teu inseto confessa a tua verdade![8]

Compreende-se que o efeito não produzia semelhante prosa, após as imprecações de Diderot, após os discursos teofilantrópicos de La Revellière-Lépaux e as páginas borradas e sangrentas de Marat.

Assim, Bonaparte, debruçado sobre o abismo da Revolução do qual não ousava desviar os olhos, deteve, ao vê-lo passar, aquele anjo salvador que traçava,

---

8. Chateaubriand, *Essai historique*, ..., op cit., II, cap. XXXI, p. 377.

naquela noite do nada, o primeiro sulco de luz. E, como estava enviando o cardeal Fesch a Roma, juntou a ele o grande poeta, águia que substituíra a pomba e a quem cabia, tal como a ela, levar ao Santo Padre o ramo de oliveira!

Mas não bastava nomear Chateaubriand secretário de embaixada, ainda era preciso que ele aceitasse.

XXXIX
A EMBAIXADA DE ROMA

Bonaparte ficara encantado com a conversa do sr. de Chateaubriand. O sr. de Chateaubriand, por seu lado, conta em suas *Memórias* que as perguntas de Bonaparte se sucederam tão rapidamente que ele nem sequer teve tempo de lhe responder.

Eram essas as conversas que Bonaparte apreciava, aquelas em que ele falava sozinho. Pouco importava a Bonaparte que o sr. de Chateaubriand fosse ou não afeito aos negócios, julgara num só olhar onde e como ele poderia lhe ser útil. Achava que uma mente assim *sabe* sempre e não necessita de aprendizado.

Era um grande descobridor de homens, Bonaparte, mas queria que o talento desses homens fosse só dele e que fosse ele o espírito que incessantemente agita a massa. Um mosquito que voasse, sem a sua permissão, rumo aos seus amores de um só segundo era um mosquito rebelde.

Atormentado pela idéia de ser alguém, e alguém grande, jamais a idéia de ser apenas algo ocorrera a Chateaubriand.

Recusou no ato.

O abade Émery soube de sua recusa. O abade Émery, superior do seminário de Saint-Sulpice, era estimado por Bonaparte. Veio conjurar Chateaubriand para que aceitasse, pelo bem da religião, o cargo de primeiro-secretário de embaixada que Bonaparte lhe oferecia.

O abade Émery de início fracassou; mas voltou à carga, e sua insistência finalmente[1] convenceu Chateaubriand a aceitar.

---

1. Chateaubriand, *Mémoires d'outre-tombe*, XIV, cap. 5.

Concluídos seus preparativos, Chateaubriand pôs-se a caminho; o secretário de embaixada deveria preceder o embaixador em Roma.

Os viajantes costumavam começar o trajeto pelas antigas cidades, ancestrais da nossa civilização. Chateaubriand começou pelas antigas florestas da América, palco das civilizações futuras.

Nada mais pitoresco que aquela viagem contada no estilo que só ao autor do *Cristianismo* pertence: estilo a um só tempo tão grandioso e tão estranho que fundou uma escola, cujo produto foi o sr. de Arlincourt e seus romances insensatos, que por um instante ocuparam a França sob os títulos de *Solitário* e *Ipsiboé*; mas o que constituía a grande força de Chateaubriand, e que não possuem seus imitadores, era a mistura, tão fácil para ele e tão impossível para os outros, da simplicidade com a grandeza.

Sua passagem pelas planícies da Lombardia oferece uma amostra desse estilo doce que não se encontra em lugar algum. É o retrato de nossos soldados no estrangeiro; é o que faz com que, onde quer que aportemos, sejamos amados e detestados.

O Exército francês estabelecia-se, como uma colônia militar, na Lombardia. Defendidos aqui e ali por seus colegas de sentinela, esses estrangeiros da Gália, usando um barrete, um sabre à guisa de foice por cima dos casacos redondos, pareciam ceifadores diligentes e alegres. Removiam pedras, rodavam canhões, conduziam carroças, erguiam hangares e cabanas de folhagem. Cavalos saltavam, empinavam, caracolavam na multidão como cachorros acariciando os donos. As italianas vendiam frutas em suas bancadas no mercado daquele doido exército: nossos soldados presenteavam-nas com seus cachimbos e isqueiros, dizendo, como os antigos bárbaros, seus ancestrais, às suas bem-amadas: "Eu, Fotrad, filho de Eupert, da raça dos francos, dou a ti, Helgine, minha amada esposa, em homenagem à tua beleza, a minha morada no bairro dos Pinheiros".[2]

---

2. "Esse império que as mulheres devem à natureza era reconhecido inclusive pelos bárbaros. Até o reinado de Filipe, o Ousado, os costumes não tinham cerceado a liberdade e o dote dependia do amor do marido. Numa constituição de dote, lê-se: 'Eu, Folrad, filho de Eupert, da raça dos francos, dou a ti, minha Helegine, minha esposa bem-amada, *in honore pulchritudinis tuae* [em homenagem à tua beleza], minhas moradas no bairro dos pinheiros'." (Chateaubriand, *Notes et pensées*, publicadas pela sra. de Durfort, *Bulletin de la Société Chateaubriand*, 1934, p. 61).

Somos inimigos singulares: de início, julgam-nos um tanto insolentes, um tanto alegres demais, agitados demais; mas giramos os calcanhares e já sentem a nossa falta. Vivo, espirituoso, inteligente, o soldado francês se envolve nas ocupações do morador onde está hospedado, tira água do poço, como Moisés para as filhas de Madiã, expulsa os pastores, conduz os cordeiros ao açude, corta lenha, acende o fogo, cuida da marmita, carrega a criança no colo ou a faz dormir em seu berço. Seu bom humor e atividade comunicam vida a tudo; todos se habituam a considerá-lo um recruta da família. O tambor toca? O soldado corre a pegar o mosquete, deixa as filhas de seu anfitrião chorando na soleira da porta e abandona a cabana, na qual só tornará a pensar depois de ter entrado nos Inválidos.

Em minha passagem por Milão, um grande povo desperto abria os olhos por um instante. A Itália saía de seu sono, e lembrava-se de seu gênio como de um sonho divino: útil para o nosso país renascente, trazia à mesquinharia de nossa penúria a grandeza da índole transalpina, alimentada que era, essa Ausonia, de obras-primas da arte e das elevadas reminiscências de uma pátria famosa. Veio a Áustria; tornou a pôr seu manto de chumbo sobre os italianos; forçou-os a retornar ao túmulo. Roma voltou para dentro de suas ruínas, Veneza para o seu mar. Veneza prostrou-se, embelezando o céu com seu derradeiro sorriso; deitou-se, encantadora, em suas águas, feito um astro que não mais se erguerá.[3]

Chegou a Roma no dia 27 de junho, à tardinha; era antevéspera do dia de São Pedro, uma das quatro grandes festas da Cidade Eterna.

No dia 28, viajou o dia inteiro e deu, como todo viajante que chega, uma primeira olhadela ao Coliseu, ao Panteão, à coluna de Trajano e ao castelo de Santo Ângelo. À noite, o sr. Artaud, que ele vinha substituir, levou o recém-chegado a uma casa nos arredores da praça de São Pedro. Avistava-se a girândola de fogo da cúpula de Miguel Ângelo, entre os turbilhões das valsas que rolavam diante das janelas abertas; os fogos de artifício da muralha de Adriano vinham desabrochar em Santo Onofre, sobre o túmulo de Tasso.

O silêncio, o abandono e a noite estavam no campo.

No dia seguinte, assistiu ao ofício da festa de São Pedro, o papa Pio VII rezava a missa. Dois dias depois, foi apresentado a Sua Santidade; Pio VII o fez

---

3. Chateaubriand, *Mémoires d'outre-tombe*, XIV, cap. 7.

sentar-se ao seu lado, rara honraria: os papas sempre recebem em pé. É bem verdade que um *Gênio do cristianismo* estava aberto sobre uma mesa.

Gostamos de encontrar, nesse grande espírito chamado sr. de Chateaubriand, entre essas frases esplêndidas que se dirigem à imaginação, esses detalhes mínimos e materiais de que todo mundo se lembra.

O cardeal Fesch havia alugado, junto ao Tibre, o palácio Lancelotti; cederam ao jovem secretário de embaixada o andar mais alto do palácio. Ao entrar, tamanha quantidade de pulgas saltou-lhe às pernas que suas calças brancas chegaram a ficar pretas. Mandou lavar o gabinete diplomático, instalou-se e começou a fornecer passaportes e a ocupar-se de funções dessa elevada importância.

Muito ao contrário de mim, que tinha em minha bela caligrafia um apoio inquebrantável, sua caligrafia era um obstáculo a seus talentos. O cardeal Fesch dava de ombros quando via sua assinatura, e como não lera nem *Atala* nem *O gênio do cristianismo*, perguntava-se o que poderia escrever de bom um homem cujo nome ocupava toda a largura da página.

Não tendo praticamente o que fazer naquela alta posição de secretário de embaixada cujo nível, segundo seus inimigos, sua inteligência seria incapaz de alcançar, ficava mirando do alto das mansardas, por cima dos telhados, numa casa vizinha, lavadeiras que lhe faziam sinais, uma futura cantatriz educando a voz e perseguindo-o com seu eterno solfejo. Feliz quando, chamado pela morte à eterna poesia do céu e da terra, passava algum cortejo fúnebre para desentediá-lo. Então, do alto de sua janela, avistava no abismo da rua o enterro de uma jovem mãe; era carregada, rosto descoberto, entre duas fileiras de penitentes brancos e, às vezes, seu recém-nascido, morto também e coroado de flores, vinha deitado aos seus pés.

Nos primeiros dias após a sua chegada, cometeu uma falta grave. O antigo rei da Sardenha, destronado por Bonaparte[4], encontrava-se em Roma; Chateaubriand foi lhe oferecer a homenagem de seus respeitos: os grandes corações vão naturalmente para as coisas decaídas[5].

Tal visita teve o efeito de uma tempestade diplomática que irrompesse sobre o palácio da Embaixada. Todos os diplomatas viravam as costas ao vê-lo, abotoando-se até o pescoço e murmurando:

– Está perdido!

---

4. Carlos Emanuel IV, que abdicou em 1802 em favor de seu irmão, Vítor Emanuel.
5. Chateaubriand, *Mémoires d'outre-tombe*, XIX, cap. 8.

Não houve um só pateta diplomata – disse Chateaubriand – que não se achasse superior a mim do alto da sua estupidez. Esperavam que eu fosse cair, embora eu não fosse nada e não contasse para nada: pouco importa, era alguém caindo, o que é sempre agradável. Em minha simplicidade, nem desconfiava do meu crime e, como tem sido desde então, não teria dado um vintém por cargo nenhum. Os reis, aos quais pensavam que eu atribuía a maior importância, só tinham aos meus olhos a importância do infortúnio. Escreveram de Roma para Paris sobre as minhas incríveis bobagens: felizmente, eu estava ligado a Bonaparte; o que era para me afogar, me salvou.[6]

Chateaubriand se entediava mortalmente. Aquele cargo que julgavam estar acima de seus méritos e de sua inteligência consistia em apontar penas e expedir cartas. Poderiam tê-lo ocupado dignamente nas discussões que se preparavam, mas não o iniciavam em nenhum mistério. Ele se dobrava perfeitamente ao contencioso da chancelaria; mas estavam empregando, num trabalho que o primeiro-auxiliar poderia efetuar, o maior gênio da época.

Uma das mais importantes missões de que o encarregaram foi a de entregar à princesa Borghese[7] uma caixa de sapatos que chegara de Paris. A princesa experimentou, com muita graça, cinco ou seis pares na sua frente, à guisa de agradecimento; mas aqueles elegantes calçados, em seus pés, não pisariam mais que um instante a antiga terra dos filhos da Loba.

Chateaubriand já resolvera abandonar aquela carreira dos negócios, em que a mediocridade do trabalho se mesclava a preocupações políticas privadas, quando uma desgraça pessoal veio somar, para ele, a tristeza do coração ao tédio do espírito. Ao voltar do exílio, fora acolhido pela sra. de Beaumont; era a filha do conde de Montmorin, embaixador da França em Madri, comandante na Bretanha, encarregado da pasta das Relações Estrangeiras sob Luís XVI, pelo qual era muito apreciado, e que morreu no cadafalso seguido por parte de sua família.

Há, nos retratos traçados por Chateaubriand, tal aspecto de poesia que sempre se fica tentado, ao citá-los, a mostrá-los ao leitor, na certeza de que este há de admirar o que admiramos.

---

6. Ibid.
7. Pauline Bonaparte, que acabava de se casar em segundas núpcias com o príncipe Borghese (28 de agosto de 1803).

Eis o retrato dessa amiga, que o leitor não conhece nem mesmo de nome e que lhe parecerá como se a varinha da pitonisa de Eudoro afastasse a mortalha cruzada sobre seu rosto.

> A sra. de Beaumont, antes feia que bonita de rosto – diz o autor de *O gênio do cristianismo* –, é parecidíssima com um retrato pintado pela sra. Lebrun[8]. Seu rosto era macilento e pálido; seus olhos, em forma de amêndoa, talvez cintilassem em excesso se uma suavidade extraordinária não lhe apagasse pela metade os olhares, fazendo-os brilhar languidamente, como um raio de luz se abranda ao atravessar o cristal da água. Seu caráter tinha uma espécie de rigidez e impaciência devidos à força de seus sentimentos e à dor interior que ela sentia. Alma educada, espírito grande, nascera para o mundo, do qual seu espírito se retirara por escolha e desgraça; mas, quando uma voz amiga chamava aquela inteligência solitária, ela vinha, e dizia algumas palavras do céu.[9]

Os médicos aconselharam à sra. de Beaumont os ares do Sul; a presença de Chateaubriand em Roma determinou-a a fixar-se por lá. Uma sensível melhora fez-se sentir nos primeiros dias após a sua chegada. Os sinais de uma destruição imediata sumiram; o sr. de Chateaubriand levou-a a visitar, de carro, toda a maravilhosa Roma; mas é preciso vida para ver, amar, admirar. A enferma já não tinha gosto por nada. Certo dia, ele a levou ao Coliseu. Era um desses dias de outubro como só se vê em Roma.

Ela foi sentar-se sobre uma pedra, diante de um dos altares situados no contorno do edifício; ergueu os olhos, passeou-os lentamente pelos pórticos, eles próprios mortos havia tantos anos e que tinham visto morrer tantos homens e tantas coisas. As ruínas eram enfeitadas com espinheiros e ancólias, açafroadas pelo outono e imersas na luz; a mulher expirante logo baixou, degrau por degrau, até a arena, o olhar que deixava o sol; deteve-o na cruz, e disse:

– Vamos, estou com frio!

O sr. de Chateaubriand levou-a para casa; ela foi deitar-se e não mais se levantou.

---

8. O retrato de Pauline de Beaumont, datado de 1788, figura entre os "quadros e retratos executados pela sra. Vigée-Lebrun antes de deixar a França em 1789".

9. Chateaubriand, *Mémoires d'outre-tombe*, XIII, cap. 7.

Eis como o autor de *O gênio do cristianismo* relata a morte dessa mulher:

Ela pediu que eu abrisse a janela, porque sentia-se oprimida. Um raio de sol veio iluminar sua cama e pareceu alegrá-la. Ela me lembrou então projetos de retiro no campo, sobre os quais conversáramos algumas vezes, e pôs-se a chorar.

Entre duas e três horas da tarde, a sra. de Beaumont pediu à sra. de Saint-Germain, velha camareira espanhola que a servia com uma devoção digna de tão boa patroa, para trocar de cama: o médico se opôs, temendo que a sra. de Beaumont falecesse durante o traslado. Ela então me disse que sentia a aproximação da agonia. De súbito, jogou a coberta para o lado, estendeu-me uma mão, apertou a minha com uma contração; seus olhos se perderam. Com a mão livre, fazia sinais para alguém que ela enxergava ao pé da cama; depois, levando a mão ao peito, dizia:

– Está aqui! Está aqui!

Consternado, perguntei-lhe se ela me reconhecia: o esboço de um sorriso surgiu em meio ao seu desatino; fez uma leve afirmação com a cabeça; suas palavras já não eram deste mundo. As convulsões duraram alguns minutos. Eu, o médico e a enfermeira a sustentávamos: uma das minhas mãos apoiava-se em seu coração, o qual encostava em sua leve ossatura; palpitava rapidamente, como um relógio desenrolando a corda quebrada.

De súbito, senti que ele parava; deitamos em seu travesseiro a mulher que alcançara o repouso; ela inclinou a cabeça. Alguns cachos de cabelos soltos caíram-lhe sobre a testa; seus olhos estavam fechados, a noite eterna descera sobre ela. O médico colocou um espelho e uma luz diante da boca da estrangeira. O espelho não se embaçou com o sopro da vida, e a luz permaneceu imóvel. Estava tudo acabado.[10]

Eu te amarei para sempre – diz um epitáfio grego –, mas tu, no meio dos mortos, não bebas dessa água do Letes que te faria esquecer teus antigos amores.

Algum tempo depois, o sr. de Chateaubriand recebeu a notícia de que o primeiro cônsul o nomeara ministro no cantão de Valais.

---

10. Ibid., xv, cap. 4.

Bonaparte compreendera que o autor de *O gênio do cristianismo* era dessa raça que só fica bem no primeiro plano, e que não se deve misturar com ninguém.

Chateaubriand voltou para Paris: foi então que, grato a Bonaparte pela apreciação de seu mérito, dedicou-lhe a segunda edição de *O gênio do cristianismo*.

Temos essa dedicatória diante dos olhos, aqui está; acreditamos que tenha se tornado bastante rara:

Ao primeiro cônsul, general Bonaparte.

General,

Aprouve-lhe tomar sob sua proteção esta segunda edição de *O gênio do cristianismo*. É mais um testemunho do favor que o senhor concede à augusta causa que triunfa abrigada por seu poder. É impossível não reconhecer no seu destino a mão desta Providência que de longe o assinalou para cumprir seus prodigiosos desígnios; os povos olham para o senhor, a França engrandecida por suas vitórias no senhor depositou suas esperanças, desde que o senhor fundamentou na religião as bases do Estado e suas prosperidades.

Continue estendendo a mão a trinta milhões de cristãos que rezam pelo senhor ao pé dos altares que o senhor lhes devolveu.

Sou, com profundo respeito, general,

Seu mui humilde e obediente servo,

Chateaubriand.[11]

Assim estavam as relações entre o primeiro cônsul e o autor de *O gênio do cristianismo* quando Bonaparte atrasou em duas horas, em virtude da reunião do Conselho sobre o duque de Enghien, a audiência de despedida que concedera ao sr. de Chateaubriand, por ele nomeado ministro no cantão de Valais.

---

11. A epístola-dedicatória, "Ao primeiro cônsul Bonaparte", ou "Ao primeiro cônsul general Bonaparte", conforme o exemplar da segunda edição de *O gênio do cristianismo*, não foi reimpressa nas *Obras completas* de Chateaubriand publicadas por Ladvocat.

XL
A RESOLUÇÃO

Antes de abrir este longo parêntese sobre o autor de *O gênio do cristianismo*, dissemos que Bonaparte ordenara que o deixassem a sós. A ordem significava que se permitisse à sua ira chegar ao ponto mais alto do termômetro da paixão. Ao contrário de outros homens, que a solidão acalma, que a reflexão apazigua, a sós sua imaginação se excitava, uma tempestade se formava dentro dele e, quando a tempestade rebentava, o raio precisava abater-se sobre alguém.

Ele jantou só e, quando o sr. Réal veio à noite a trabalho com um relatório igual ao que o primeiro cônsul recebera pela manhã, mas com observações diferentes, encontrou o primeiro cônsul debruçado sobre uma mesa em que estavam abertos grandes mapas geográficos.

Estava estudando a linha que vai do Reno até Ettenheim, medindo as distâncias, calculando as horas de marcha.

Em meio a esse trabalho é que entrou o sr. Réal.

Bonaparte parou e, apoiando um dos punhos sobre a mesa, dirigiu-se ao conselheiro de Estado:

– Pois bem, sr. Réal, o senhor é o encarregado da minha polícia, o senhor se encontra comigo todos os dias e se esquece de me dizer que o duque de Enghien está a quatro léguas da minha fronteira, organizando complôs militares!

– Vim justamente – disse Réal, com tranqüilidade – conversar com o senhor sobre isso. O duque de Enghien não está a quatro léguas da sua fronteira, mas em Ettenheim, de onde não saiu, ou seja, a doze léguas.

– O que são doze léguas? – fez Bonaparte. – Georges não está a sessenta? Pichegru a oitenta? Mas Moreau, onde estava? Este não estava a quatro léguas?

Estava na rua d'Anjou-Saint-Honoré, a quatrocentos passos das Tulherias; bastou fazer um sinal e seus dois cúmplices estavam com ele em Paris... Suponha que tivessem conseguido. Um Bourbon estaria na capital, herdando de mim. Ora essa! Então sou um cachorro que se pode espancar na rua, enquanto os meus assassinos são criaturas sagradas!

Nisso, entrou o sr. de Talleyrand acompanhado do segundo e do terceiro cônsul.

Bonaparte foi direto ao ministro das Relações Estrangeiras:

– O que está fazendo o seu ministro Massias em Carlsruhe, enquanto ajuntamentos armados dos meus inimigos estão se formando em Ettenheim?

– Não sei nada sobre isso – disse o sr. de Talleyrand – e Massias não me comunicou nada a esse respeito – acrescentou, com sua calma habitual.

Aquele jeito de responder e dar razão a si mesmo exasperou Bonaparte.

– Ainda bem – disse ele – que as informações que tenho me bastam; saberei punir esses complôs; a cabeça do culpado me fará justiça.

E ele andava a largas passadas pela sala, como era seu costume.

O segundo cônsul Cambacérès fazia o que podia para acompanhá-lo; mas a estas palavras: "A cabeça do culpado me fará justiça", Cambacérès se deteve:

– Atrevo-me a pensar – disse ele – que se uma figura dessas estivesse em seu poder, o rigor não chegaria a este ponto.

– O que está dizendo, senhor? – perguntou Bonaparte, fitando-o dos pés à cabeça. – Saiba que não quero poupar aqueles que me enviam assassinos; hei de agir nesse caso segundo as minhas inspirações e não vou ouvir nenhum conselho, principalmente do senhor, que me parece ter se tornado bastante parcimonioso com o sangue dos Bourbon desde o dia em que votou pela morte de Luís XVI. Se não tenho a meu favor, contra os erros do culpado, as leis do país, fico com os direitos da lei natural, os direitos da legítima defesa.

"Ele e os seus não têm outro objetivo diário que não o de me tirar a vida. Sou assaltado por todos os lados, ora com o punhal, ora com o fogo; inventam fuzis de vento, constroem máquinas infernais, envolvem-me em complôs, emboscadas de toda espécie. O quê! Diariamente, de perto ou de longe, hão de me dar golpes mortais! Nenhum poder, nenhum tribunal sobre a terra me faria justiça, e eu não posso usar do direito natural de retribuir guerra com guerra! Que homem de sangue-frio, com um mínimo de juízo e justiça, ousaria me condenar? De que lado não jogaria a censura, o odioso, o crime? O sangue chama o sangue; é a reação natural, infalível, inevitável; maldito seja quem a provoca!

"Quem se obstina a suscitar tumultos civis e comoções políticas expõe-se a ser também sua vítima! Só um bobo ou um louco poderia imaginar, afinal, que uma família pudesse ter o estranho privilégio de atacar continuamente a minha existência sem me dar o direito de revidar. Essa família não poderia razoavelmente pretender estar acima das leis para poder destruir o outro e com elas cobrir-se para a sua própria conservação; as chances devem ser iguais.

"Pessoalmente, nunca fiz nada a nenhum Bourbon. Uma grande nação colocou-me à sua frente; a quase totalidade da Europa acedeu a essa escolha; o meu sangue, afinal, não é nenhuma lama, está mais do que na hora de pô-lo em igualdade com o deles. Como teria sucedido se eu tivesse levado mais além as minhas represálias? Poderia ter feito isso! Mais de uma vez me foram oferecidos os seus destinos. Dez vezes vieram me propor suas cabeças; e dez vezes rejeitei a proposta com horror. Não que eu a julgasse injusta na posição a que me reduzem; mas não me julgava tão poderoso, e me achava tão pouco em perigo que teria considerado uma covardia reles e gratuita aceitá-la. Minha grande máxima sempre foi que na política, como na guerra, todo mal, mesmo dentro das regras, só é justificável quando absolutamente necessário; tudo o que vai além disso é crime."[1]

Fouché ainda não dissera nada. Bonaparte virou-se na sua direção, sentindo que tinha nele um apoio.

Fouché, como única resposta àquela muda interrogação do primeiro cônsul, dirigiu-se ao sr. Réal:

– O senhor conselheiro de Estado – disse ele – não poderia nos apresentar, à guisa de esclarecimento, o interrogatório do tal Le Ridant, que foi preso ao mesmo tempo que Georges; é verdade que esse interrogatório pode ainda não ser do conhecimento do senhor conselheiro de Estado, que só o recebeu às duas horas pelas mãos do sr. Dubois, e que nas últimas duas horas, sobrecarregado de trabalho, talvez não tenha tido tempo de lê-lo?

Réal sentiu que enrubescia até as orelhas. De fato, recebera um documento de que lhe haviam enfatizado a importância, mas ele o guardara, sem ler, no dossiê de Georges, planejando dar uma olhada no primeiro momento livre que tivesse.

Esse momento livre, ele não o tivera, e conhecia a existência do interrogatório sem saber o que o interrogatório continha.

---

1. A "invectiva" de Napoleão foi tirada do *Mémorial de Sainte-Hélène*, quarta-feira 20 [novembro de 1816].

Sem dizer uma palavra, abriu sua pasta e pôs-se a procurar entre os documentos ali contidos. Fouché olhou por cima de seu ombro e, apontando para um documento:

– É este aqui – disse.

Bonaparte olhou com certo espanto para aquele homem que sabia, melhor que eles próprios, o que havia na pasta de seus conselheiros de Estado.

Aquele interrogatório era dos mais graves. Le Ridant confessava um complô, declarava que um príncipe estava à frente desse complô, que o príncipe já viera até Paris e provavelmente voltaria. Acrescentava que vira, na casa de Georges, um rapaz de trinta e dois anos, bem-educado, vestido com elegância, objeto do respeito de todos e perante o qual todos, inclusive Pichegru, tiravam o chapéu.

Bonaparte deteve Réal em sua leitura.

– Basta, senhores – disse ele. – Basta! Está claro que esse rapaz, por quem os conjurados demonstram ter tanto respeito, não poderia ser um príncipe vindo de Londres, já que durante um mês inteiro a falésia de Biville foi cuidadosamente vigiada por Savary. Só pode ser o duque de Enghien, vindo em quarenta e oito horas de Ettenheim para Paris, e retornando de Paris para Ettenheim no mesmo espaço de tempo, depois de alguns momentos passados entre seus cúmplices. Assim, o plano se completa – prosseguiu ele – de maneira indiscutível: o conde de Artois devia chegar pela Normandia com Pichegru, e o duque de Enghien pela Alsácia, com Dumouriez. Os Bourbon, para voltar à França, faziam-se preceder pelos dois generais mais famosos da República. Que mandem chamar os coronéis Ordener e Caulaincourt.

Compreende-se que depois de ouvir o primeiro cônsul manifestar sua opinião de modo tão positivo ninguém mais ousasse se opor diretamente, ou mesmo indiretamente, aos seus projetos.

O cônsul Lebrun fez algumas observações vagas, assustado que estava com o efeito que um acontecimento desses produziria na Europa. Cambacérès, apesar das palavras cruéis que lhe calaram a boca, repetiu o apelo à clemência; mas Bonaparte contentou-se em responder:

– Muito bem, sei que motivo o faz falar assim: é a sua dedicação a mim, e eu lhe agradeço; mas não deixarei que me matem sem me defender; vou fazer tremer essa gente toda, e ensinar-lhe a ficar quieta.

O sentimento dominante, naquele momento, no espírito de Bonaparte, não era nem o medo nem a vingança, mas o desejo de mostrar a toda a França que o sangue dos Bourbon, sagrado para seus partidários, para ele não era mais sagrado que o de qualquer outro personagem da República.

– Mas afinal – perguntou Cambacérès – que resolução o senhor vai tomar?

– É muito simples – disse Bonaparte –, *raptar o duque de Enghien e acabar com isso*.

Procederam à votação. Somente Cambacérès ousou manter sua oposição até o fim.

Então, *com a resolução tomada pelo Conselho*, e não sendo mais Bonaparte o único responsável, ele mandou entrar os dois coronéis, Ordener e Caulaincourt, que estavam esperando.

O coronel Ordener seguiria para as margens do Reno, levando com ele trezentos dragões, várias brigadas da gendarmaria e alguns pontoneiros. Esses homens receberiam víveres para quatro dias; além disso, ele receberia uma quantia de trinta mil francos para que não ficasse, de nenhuma maneira, a cargo dos habitantes. Atravessariam o rio em Rheinau, marchariam diretamente para Ettenheim, circundariam a cidade, raptariam o duque de Enghien e todos os emigrados que o cercavam, especialmente Dumouriez.

Enquanto isso, outro destacamento, auxiliado por algumas peças de artilharia, se deslocaria de Kehl para Offemburgo e ficaria em alerta até que o duque estivesse em território francês.

Tão logo recebesse a notícia segura, o coronel Caulaincourt iria para junto do grão-duque de Bade[2] e lhe apresentaria uma nota com a explicação sobre a ação que acabava de ser realizada.

Eram oito horas. Bonaparte despediu-se do Conselho e, como se temesse arrepender-se, ordenou aos dois coronéis, a quem aquela missão conferia o título de general, que partissem naquela mesma noite.

Ficando a sós, uma expressão de triunfo espalhou-se na fisionomia de Bonaparte; o fato que, uma vez cumprido, seria para ele motivo de um eterno remorso, naquele momento em que acabava de ser decidido, inspirava-lhe apenas um sentimento de orgulho satisfeito; seu sangue estava assimilado ao dos príncipes e reis, já que ninguém, nem mesmo um príncipe coroado, tinha o direito de derramá-lo.

---

2. O margrave Carlos Frederico de Baden-Durlach (1738-1811) só recebeu o título de grão-duque em 1808.

Olhou para o relógio, este indicava oito horas e um quarto. O sr. de Méneval, seu novo secretário, que sucedera a Bourrienne e assistira àquela curiosa sessão, ficara para o caso de o primeiro cônsul ainda ter alguma ordem a dar.

Bonaparte foi até a mesa à qual ele estava sentado, pôs um dedo sobre essa mesa e pronunciou esta palavra:

– Escreva!

> Do primeiro cônsul ao ministro da Guerra,
> Paris, 19 de ventoso do ano XII (10 de março de 1804)

Cidadão general, queira dar ordem ao general Ordener, que para tanto ponho à sua disposição, para que vá esta noite, pela posta, até Estrasburgo; ele usará outro nome, e se apresentará ao general-de-divisão.

O objetivo da sua missão é dirigir-se para Ettenheim, cercar a cidade e raptar o duque de Enghien, Dumouriez, um coronel inglês e qualquer outro indivíduo que acaso esteja com eles. O general-de-divisão, o quartel-mestre da gendarmaria que foi fazer o reconhecimento em Ettenheim, assim como o comissário de polícia, hão de lhe fornecer todas as informações necessárias.

Ordene ao general Ordener que mande partir de Schelestadt trezentos homens do 26º Dragões, que se dirigirão para Rheinau, onde chegarão às oito horas da noite.

O comandante da divisão despachará onze pontoneiros para Rheinau, os quais chegarão igualmente às oito horas da noite, e que para tanto partirão pela posta, ou em cavalos de artilharia ligeira, independentemente da balsa. Ele terá previamente se assegurado que estejam ali quatro ou cinco barcos, de modo a que passem, numa só viagem, trezentos cavalos.

As tropas levarão pão para quatro dias, e estarão munidos de cartuchos. O general-de-divisão juntará a elas um capitão ou oficial, um tenente de gendarmaria e três ou quatro brigadas da gendarmaria. Assim que o general Ordener atravessar o Reno, ele se dirigirá para Ettenheim e marchará diretamente para as casas do duque e de Dumouriez. Uma vez concluída a expedição, voltará para Estrasburgo.

Ao passar por Lunéville, o general Ordener dará ordem para que o oficial dos carabineiros que comandou o depósito em Ettenheim dirija-se para Estrasburgo pela posta e lá aguarde suas ordens.

Chegando em Estrasburgo, o general Ordener despachará com muito sigilo dois agentes, civis ou militares, e combinará com eles para que venham ao seu encontro.

O senhor dará ordem para que, no mesmo dia, na mesma hora, duzentos homens do 26º Dragões, sob as ordens do general Caulaincourt, dirijam-se para Offemburgo a fim de cercar a cidade e deter a baronesa de Reich, caso não tenha sido presa em Estrasburgo, e outros agentes do governo inglês, sobre os quais o prefeito[3], o cidadão Méhée, atualmente em Estrasburgo, lhe dará informações.

De Offemburgo, o general Caulaincourt dirigirá suas patrulhas para Ettenheim, até saber que o general Ordener ali chegou. Eles se prestarão socorro mútuo. Ao mesmo tempo, o general-de-divisão fará passar trezentos homens da cavalaria por Kehl, com quatro peças de artilharia ligeira, e enviará um posto de cavalaria ligeira para Wilstadt, ponto intermediário entre as duas estradas.

Os dois generais cuidarão para que reine a maior disciplina, que as tropas não exijam nada dos habitantes; mandem entregar-lhes, com esse objetivo, doze mil francos.

Se acontecer de eles não conseguirem cumprir sua missão, e tiverem esperança de cumpri-la ficando três ou quatro dias, e fazendo patrulhas, estão autorizados a fazê-lo.

Farão com que os bailios de ambas as cidades compreendam que, caso continuem dando asilo aos inimigos da França, estarão atraindo para si grandes desgraças.

O senhor ordenará que o comandante de Neufbrissac faça passar cem homens para a margem direita com duas peças de canhão.

Os postos de Kehl, assim como os da margem direita, serão evacuados assim que os dois destacamentos tiverem retornado.

O general Caulaincourt levará consigo cerca de trinta gendarmes; de resto, o general Caulaincourt, o general Ordener e o general-de-divisão se reunirão em conselho e efetuarão as mudanças que julgarem convenientes nas presentes disposições.

Caso ocorra de não mais estarem em Ettenheim, nem Dumouriez nem o duque de Enghien prestarão contas da situação por correio.

---

3. O prefeito do Baixo-Reno era Shée.

O senhor ordenará que mandem deter o chefe da posta em Kehl, e outros indivíduos que possam fornecer informações a esse respeito.

Bonaparte.[4]

No instante em que acabava de assinar esse precioso documento, anunciaram o cidadão Chateaubriand.

O sr. de Chateaubriand tinha, como dissemos, a idade de Bonaparte, ou seja, tinham ambos por essa época trinta e cinco anos. Eram ambos baixinhos, mais ou menos da mesma estatura. Bonaparte mantinha a cabeça reta e alta; o sr. de Chateaubriand, que seria mais alto não fosse este defeito, tinha o pescoço enfiado entre os ombros, o que sempre se vê, segundo afirma em suas *Memórias*, nos descendentes das famílias guerreiras cujos antepassados usaram capacete por muito tempo[5].

Todos que tiveram a honra de conhecer o sr. de Chateaubriand hão de concordar comigo, tenho certeza, que nunca conheceram orgulho igual ao dele, com exceção do orgulho de Bonaparte.

Esse orgulho do autor de *O gênio do cristianismo* sobreviveu a tudo, à perda da fortuna, à perda dos cargos políticos e das honrarias literárias com que foi coberto. Esse orgulho, naquele momento de triunfo, devia ser imenso.

Bonaparte, por seu lado, estava a um passo apenas da mais elevada posição social a que um homem pode chegar, e seu orgulho não admitia comparação entre ele e outros homens, no passado e no presente. Leviatã e Beemot[6] achavam-se, portanto, um perante o outro.

---

4. *Correspondance de Napoléon Ier* publicada por ordem do imperador Napoleão III, t. IX, 1862, carta 7608, pp. 354-6; carta já reproduzida em Marco de Saint-Hilaire, *Deux conspirations sous l'Empire*, op. cit., pp. 235-9.

5. Scipion Marie, primeiro biógrafo de Chateaubriand (*Histoire de la vie et des ouvrages de M. de Chateaubriand*), relata o testemunho de "uma formosa senhora": "O sr. de Chateaubriand tem os ombros um tanto desiguais... Eu não havia prestado atenção nisso até que li esse curioso elogio aos corcundas que ele insere em *Vie du duc de Berry*, onde nos diz que os ombros do príncipe eram um tanto erguidos, como em *todas as grandes raças militares*". Em *Mémoires sur le duc de Berry*, 1820, cap. XI, Chateaubriand de fato escreve: "Seu pescoço era curto, seus ombros, um pouco erguidos, como em todas as raças militares". (Agradecemos ao sr. Jean-Claude Berchet por nos ter comunicado o conteúdo desta nota.)

6. Dois monstros bíblicos (cf. Jó, 3,8 e 40,15-24).

— Então, sr. de Chateaubriand — disse Bonaparte, aproximando-se —, está vendo que não o esqueci.

— Eu lhe agradeço, cidadão primeiro cônsul. O senhor compreendeu que existem homens que só têm valor em seu próprio lugar.

— Na verdade — disse Bonaparte —, lembrei-me das palavras de César: "Mais vale ser o primeiro numa aldeia que o segundo em Roma". Fato é — prosseguiu — que o senhor não devia estar se divertindo com o meu querido tio, entre as parcimoniosas preocupações do cardeal, as fanfarrices fidalgas do bispo de Châlons e as incessantes mentiras do futuro bispo de Marrocos.

— O abade Guillon — disse Chateaubriand.

— Conhece a história — prosseguiu Bonaparte. — Aproveitando-se de uma semelhança de nome, que ao ouvido soava igual ao seu, ele afirma, depois de ter escapado milagrosamente do massacre dos Carmos, ter dado a absolvição à sra. de Lamballe na prisão da Força. Nenhuma palavra disso tudo é verdade... O que o senhor fazia para se distrair?

— Vivia tanto quanto possível entre os mortos. Fiz tudo o que fazem os estrangeiros que vão a Roma para sonhar. Roma é, em si, um sonho, que se deve ver ao luar: do alto da Trindade do Monte, os edifícios ao longe parecem o esboço de um pintor, ou as costas enevoadas vista do mar, a bordo de um navio. O astro da noite, esse globo que supomos ser um mundo finito, passeava seus raios pálidos acima dos desertos de Roma. Aclarava suas ruas sem habitantes, seus recintos, suas praças, seus jardins onde não passa ninguém, seus monastérios, seus claustros, tão calados e despovoados como os pórticos do Coliseu. Eu me perguntava o que ocorrera dezoito séculos antes, à mesma hora e nos mesmos locais. Que homens atravessaram ali a sombra dos obeliscos, depois que essa sombra deixou de cair sobre as areias do Egito. Não só a antiga Itália está morta, como a Itália da Idade Média desapareceu. No entanto, vestígios dessas duas Itálias ainda estão inscritos na Cidade Eterna. Se a Roma moderna mostra o seu São Pedro e suas obras-primas, a Roma antiga lhe opõe o seu Panteão e seus despojos; se uma faz descer seus cônsules do Capitólio, a outra traz do Vaticano seus pontífices: o Tibre separa essas duas glórias sentadas no mesmo pó; a Roma pagã afunda mais e mais em seus túmulos, e a Roma cristã vai pouco a pouco descendo para as catacumbas.[7]

---

7. Nessa primeira parte do diálogo imaginário entre Napoleão e Chateaubriand, Dumas retoma textualmente as *Mémoires d'outre-tombe*, xiv, cap. 8 (o bispo de Châlons era o monsenhor de Clermont-Tonnerre), e xiv, cap. 7.

Bonaparte mantivera-se pensativo durante essa poética descrição de Roma, seus ouvidos escutavam o que dizia o poeta, mas seus olhos, evidentemente, miravam mais longe.

– Meu senhor – disse ele – se eu fosse a Roma, principalmente como adido da embaixada francesa, veria em Roma algo mais que a Roma de César, de Deoclécio, de Gregório VII; veria não apenas a herdeira de seis mil anos, a mãe do mundo romano, quer dizer, do maior império que já existiu, veria principalmente a rainha do Mediterrâneo, dessa maravilhosa bacia, única, providencial, cavada pela civilização de todos os tempos e a unidade de todos os países; espelho em que se refletiram alternadamente Marselha, Veneza, Corinto, Atenas, Constantinopla, Esmirna, Alexandria, Cirene, Cartago e Cádiz: em volta dele, as três partes do Velho Mundo, a Europa, a África e a Ásia, agrupadas a poucos dias de distância uma da outra.

"Graças a essa bacia do Mediterrâneo, o homem que fosse senhor de Roma e da Itália poderia ir a toda parte: pelo Ródano, para o coração da França; pelo Erídano, para o coração da Itália; pelo estreito de Gibraltar, para o Senegal, para o cabo da Boa Esperança, para as duas Américas; pelo estreito de Dardanelos, para o mar de Mármara, para o Bósforo, para o Ponto Euxino, ou seja, para a Tartária; pelo mar Vermelho, para a Índia, Tibete, África, oceano Pacífico, ou seja, para a imensidão; pelo Nilo, para o Egito, Tebas, Mênfis, Elefantina, Etiópia, o deserto, ou seja, o desconhecido. A fim de preparar alguma grandeza por vir, que talvez supere a de César e a de Carlos Magno, o mundo pagão cresceu em torno desse mar. A unidade cristã tomou-a por um instante nos braços. Alexandre, Aníbal e César nasceram naquelas margens. Talvez um dia ainda se diga: Bonaparte nasceu no seu seio! Milão possui um eco que diz 'Carlos Magno'; Túnis possui um eco que diz: 'São Luís'. As invasões árabes espalharam-se por uma das margens; as cruzadas subiram pela outra. Há três mil anos que a civilização a ilumina. Há dezoito séculos, o Calvário a domina!

"Pois então, se o acaso o fizesse retornar a Roma, eu me atreveria a dizer-lhe: 'Senhor de Chateaubriand, muitos poetas, muitos sonhadores, muitos filósofos já viram Roma pelo seu ponto de vista; está na hora de um homem prático, em vez de se afundar em devaneios sobre a cidade em si, mergulhar na profundeza do horizonte. Não há mais o que fazer com a cidade que foi duas vezes capital do mundo; há tudo o que fazer com a grande planície que se cultiva sozinha, e que chamamos de mar'. Se um dia eu fosse o senhor da Espanha como sou o senhor da Itália, fecharia o estreito de Gibraltar à Inglaterra, mesmo que para isso tivesse de alicerçar uma cidadela nas profundezas do oceano. Então, senhor de Chateaubriand, o Mediterrâneo já não seria um mar, seria um lago francês.

"Se um dia, o que é bem possível, um homem do seu talento voltasse para Roma, e se eu estivesse no poder, já não seria como secretário de embaixada, mas como embaixador que eu o enviaria. Eu diria: 'Não se sobrecarregue com uma biblioteca; deixe Ovídio, Tácito, Suetônio em Paris; leve apenas um mapa, o mapa do Mediterrâneo, e não o perca de vista nem um instante sequer. Em qualquer lugar do mundo que eu esteja, prometo que olharei para ele todos os dias'.

"Adeus, senhor de Chateaubriand."[8]

O sr. de Chateaubriand saiu cabisbaixo; acabara de sentir o peso em sua fronte de uma dessas mãos poderosas que quebram as vontades e curvam os orgulhos.

---

8. A tirada de Napoleão é inspirada em F. de Champagny, *Les Césars*, t. II, *Tableau du monde romain sous les premiers empereurs* (2. ed., Paris, L. Maison, 1853), pp. 4-5.

XLI
A VIA DOLOROSA

No momento em que Bonaparte e Chateaubriand se separavam, depois de se medirem antes como dois atletas combinando um próximo combate do que como um subordinado prestes a executar as ordens de seu superior, o general Ordener partia pela posta para Estrasburgo.

Mal chegando, foi até o comandante da divisão, o qual tinha ordens para atender a todos os pedidos que lhe fossem feitos, mesmo não sendo indicado o objetivo.

O comandante forneceu-lhe de imediato o general Fririon, os trezentos homens do 26º Dragões, os pontoneiros e todos os acessórios que o general Ordener desejava ter à disposição.

Ao mesmo tempo que rumava para Schelestadt, o general Ordener mandava um quartel-mestre disfarçado para Ettenheim, a fim de se assegurar que o príncipe e o general Dumouriez estavam lá.

O quartel-mestre voltou relatando que ambos se encontravam em Ettenheim.

O general Ordener partiu no mesmo instante para Rheinau, onde chegou às oito horas da noite; com a balsa, somada a mais cinco barcos grandes, atravessaram o Reno numa só viagem.

Por volta das cinco horas da manhã, o castelo do príncipe achava-se completamente cercado. Alertado pelo barulho dos cavalos e pela intimação para que abrissem os portões, o príncipe saltou da cama, precipitou-se para um fuzil de dois tiros, abriu a janela e apontou para o cidadão Charlot, chefe do 38º Esquadrão da Gendarmaria Nacional, que gritava para as pessoas e os empregados que ele avistava próximo às janelas do castelo:

– Em nome da República, abram as portas!

O príncipe estava para dar o tiro, dando com isso um fim ao cidadão Charlot, quando o coronel Grunstein, que dormia no quarto contíguo ao do príncipe, precipitando-se para a janela em que este se achava pronto a se defender, pôs a mão no seu fuzil dizendo:

– O senhor assumiu este compromisso?

– De maneira nenhuma, meu caro Grunstein – respondeu o príncipe.

– Então – disse Grunstein – é inútil qualquer resistência; estamos cercados, como vê, e eu vejo reluzirem muitas baionetas. Aquele para quem o senhor apontava, era o comandante; pense que, matando-o, o senhor perdia a si mesmo e nos perdia junto.

– Está bem – disse o príncipe, jogando o fuzil –, que entrem, mas derrubando as portas: não reconheço a República francesa e não abro as portas para ela.

Enquanto derrubavam as portas, o príncipe se vestiu a toda pressa. Ressoaram diversos gritos de "Fogo! Fogo!", mas foram logo abafados. Um homem, que corria para a igreja a fim de tocar o sino, foi detido, e o pretenso general Dumouriez foi preso sem resistência (sabe-se que não era Dumouriez, e sim Thumery); o príncipe foi trazido para fora do quarto e, enquanto se apoderavam de todos os seus papéis, foi levado para um moinho próximo à olaria. Aliás, nem fora necessário derrubar as portas, o quartel-mestre Pferdsdorff, que fora enviado na véspera para Ettenheim e que indicara ao comandante Charlot os apartamentos ocupados pelos diversos hóspedes do príncipe, o quartel-mestre Pferdsdorff, à frente de alguns gendarmes e de uma dúzia de dragões do vigésimo segundo regimento, entrara na residência pelas dependências dos empregados, pulando os muros do pátio.

Reunidos os prisioneiros, procuraram em vão por Dumouriez entre eles. O príncipe, interrogado, declarou que Dumouriez nunca estivera em Ettenheim e que não o conhecia nem de vista.

As pessoas detidas eram:
O príncipe,
O marquês de Thumery,
O barão de Grunstein,
O tenente Schmidt,
O abade Weinborn, antigo promotor do arcebispado de Estrasburgo,
O abade Michel, secretário do arcebispado de Estrasburgo,
Jacques, secretário de confiança do duque de Enghien,

Simon Ferrand, seu criado de quarto, e dois empregados chamados Pierre Poulain e Joseph Canone.

O duque de Enghien manifestou primeiramente um grande receio de ser conduzido a Paris.

– Agora que me apanhou – dizia –, o primeiro cônsul vai mandar me prender. Fico aborrecido – acrescentou – de não ter atirado no senhor, comandante; eu o teria matado; seus homens teriam atirado por sua vez, e tudo já estaria acabado para mim.

Uma carroça forrada de palha estava pronta; nela fizeram subir os prisioneiros e os conduziram entre duas fileiras de fuzileiros até o Reno. Lá, embarcaram o príncipe rumo a Rheinau, fizeram-no atravessar o Reno; ele andou a pé até Plobsheim e, como nesse meio tempo o dia já raiara havia um bocado de tempo, detiveram-se em Plobsheim para almoçar. Depois do almoço, o duque subiu no carro com o comandante Charlot e o quartel-mestre da gendarmaria. Um gendarme subiu na boléia com o coronel Grunstein.

Chegaram a Estrasburgo por volta das cinco horas da tarde; apearam na casa do coronel Charlot.

Meia hora depois, ele foi transferido num fiacre para a cidadela, onde encontrou seus companheiros, que tinham vindo quer de carroça, quer em cavalos de camponeses.

O comandante da fortaleza os reunira todos em sua sala.

Colchões haviam sido trazidos, e três sentinelas, duas no quarto e outra à porta, deveriam vigiá-los durante toda a noite.

O príncipe dormiu mal; não conseguia não se preocupar com a maneira como as coisas se encaminhariam. Os avisos que recebera voltavam-lhe agora à lembrança, e censurava-se por não lhes ter dado mais atenção.

Na sexta-feira 16 de março, fora alertado para mudar de residência; o general Leval, comandante da praça de Estrasburgo, e o general Fririon, que o raptara, vieram fazer-lhe uma visita. A atitude foi forçada e a conversa, mais do que fria. O duque foi transferido para o pavilhão da direita de quem entra na praça vindo da cidade e, através de corredores, conseguiu se comunicar, a partir de seu quarto, com os quartos dos srs. de Thumery, Schmidt e Jacques. Mas não podia sair, nem ele nem seus homens.

Deixaram-no acreditar que obteria permissão para passear num pequeno jardim que por acaso ficava atrás de seu pavilhão. Uma guarda de doze homens e um oficial vigiavam sua porta.

Foi separado do conde de Grunstein, ao qual foi dado um aposento do outro lado do pátio.

O príncipe suportou a separação com muita tristeza.

Pôs-se a escrever à princesa, sua esposa. Escrita a carta, entregou-a ao general Leval, pedindo-lhe o favor de encaminhá-la. Não recebeu nenhuma resposta, o que fez com que passasse da tristeza à prostração. As comunicações foram-lhe proibidas. Às quatro horas e meia vieram revistar seus papéis, que o coronel Charlot, acompanhado de um comissário da segurança, abriu em sua presença.

Leram-nos muito superficialmente. Juntaram-nos em maços separados que despacharam para Paris.

O príncipe foi deitar-se às onze horas da noite e, embora exausto, não conseguiu dormir. O major da praça, Sr. Machine, veio visitá-lo em sua cama e procurou consolá-lo com algumas palavras amáveis.

No sábado, dia 17, o duque de Enghien não recebeu nenhuma resposta à carta que escrevera à princesa de Rohan; estava num estado vizinho ao desespero. Vieram fazer-lhe assinar o auto da abertura de seus documentos; à noite, comunicaram-lhe que seria autorizado a passear no jardim com o oficial de guarda e seus companheiros de prisão.

Jantou e foi deitar-se muito tranqüilo.

No domingo, dia 18, vieram buscar o príncipe à uma e meia da manhã; mal lhe deram tempo de vestir-se e abraçar os amigos. Partiu sozinho, entre dois oficiais da gendarmaria e dois gendarmes. Na praça da igreja, deparou com um carro atrelado a seis cavalos de posta; foi empurrado para dentro dele; o tenente Petermann e um gendarme subiram ao seu lado, enquanto o quartel-mestre Blitersdorff e outro gendarme subiam na boléia.

O carro que trazia o príncipe chegou na barreira dia 20, às onze horas da manhã. Lá ficou cinco horas, durante as quais foram decerto acertados todos os detalhes da terrível tragédia que estava para acontecer. Às quatro horas da tarde, ele tomou, pelos bulevares externos, a estrada de Vincennes, onde o carro só chegou à noite.

Os cônsules da República precisavam de tempo para fornecer o seguinte decreto:

Paris, 29 de ventoso, ano XII
da República Una e Indivisível.

O governo da República decreta o que segue:

O *ci-devant** duque de Enghien, acusado de ter usado as armas contra a República, de ter estado e ainda estar a soldo da Inglaterra, de participar dos complôs tramados por essa potência contra a segurança interna e externa da República, será trazido ante uma comissão militar composta por sete membros nomeados pelo general governador de Paris, e que irá reunir-se em Vincennes.

O juiz supremo, o ministro da Guerra e o general governador de Paris estão encarregados do presente decreto.

Bonaparte.
Hugues Maret.
O general governador
de Paris,
Murat.

De acordo com as leis militares, o comandante da divisão tinha de compor a comissão, reuni-la e ordenar a execução da sentença.

Murat era, ao mesmo tempo, comandante de Paris e da divisão.

Quando o decreto dos cônsules que acabamos de ler, e que traz a assinatura de Murat, porque este foi forçado a também assiná-lo, foi deslacrado por ele, escapou-lhe das mãos, tão grande foi sua dor ao vê-lo. Era um homem valente, irrefletido, porém bom. Soubera da resolução, tomada pelos cônsules, de prender o duque de Enghien e, em sua impaciência por ver a vida do cunhado eternamente comprometida por novos complôs, aplaudira-a; mas quando, detido o duque de Enghien, viu-se encarregado de levar a cabo as terríveis conseqüências dessa prisão, doeu-lhe o coração.

– Ah! – disse ele com desespero, jogando o chapéu para longe. – Ah! Com que então o primeiro cônsul quer banhar meu uniforme de sangue!

Então correu para a janela, abriu-a e gritou:

– Atrelem o carro.

Mal se aprontou o carro, precipitou-se, dizendo:

– Para Saint-Cloud!

---

* Durante a Revolução, indicava os nobres. (N. T.)

Não queria ceder assim de primeira a uma ordem que considerava uma mácula para Bonaparte e para ele.

Foi até o cunhado e expressou-lhe, com a perturbação do terror, os sentimentos dolorosos que o atormentavam. Mas Bonaparte ocultou sob uma máscara de bronze a agitação que a ele próprio acometia e, entrincheirado nessa aparente impassibilidade, qualificou sua fraqueza de covardia e concluiu dizendo:

– Pois bem, já que o senhor está com medo, eu é que vou dar e assinar as ordens que serão executadas neste dia.

Lembremos que o primeiro cônsul ordenara a Savary que voltasse da falésia de Biville, para onde o enviara a fim de que esperasse e detivesse os príncipes quando desembarcassem. Savary era um desses raros homens que, quando se entregam, se entregam por inteiro, de corpo e alma; ele não tinha nenhuma opinião, gostava de Bonaparte; não tinha princípios políticos, adorava o primeiro cônsul.

De fato, Bonaparte mandou redigir todas as ordens, assinou-as ele mesmo, e depois ordenou a Savary que as levasse a Murat para que presidisse à sua execução.

Essas ordens eram completas e positivas. De modo que Murat, violentamente rejeitado pelo primeiro cônsul, maltratado por ele, e embora praguejando e arrancando com as mãos sua bela cabeleira, deu a ordem seguinte:

Ao governo de Paris,
a 29 de ventoso, ano XII da República.

O general-chefe, governador de Paris,

Em execução ao decreto do governo, datado deste dia, determinando que o *ci-devant* duque de Enghien será trazido ante uma comissão militar composta de sete membros nomeados pelo general governador de Paris, que nomeou e nomeia, a fim de compor a dita comissão, os sete militares cujos nomes são:

General Hulin, comandante dos granadeiros a pé da guarda dos cônsules, presidente;

Coronel Guiton, comandante do 1º Regimento de hussardos;

Coronel Bazancourt, comandante do 4º Regimento de infantaria ligeira;

Coronel Ravier, comandante do 18º Regimento de infantaria de linha;

Coronel Barrois, comandante do 96º Regimento de infantaria de linha;

Coronel Rabbe, comandante do 2º Regimento da Guarda Municipal de Paris;

Cidadão de Autancourt, major da Gendarmaria de Elite, que preencherá as funções de capitão relator.

Esta comissão se reunirá imediatamente no castelo de Vincennes para julgar sem interrupção o suspeito pelas acusações enunciadas no decreto do governo, cuja cópia será entregue ao presidente.

J. Murat.

Tínhamos deixado nosso prisioneiro em Vincennes.

O governador desse castelo fortaleza chamava-se Harel e obtivera seu comando como recompensa por sua cumplicidade no caso Ceracchi e Aréna.

Por uma estranha coincidência, sua esposa vinha a ser a irmã de leite do duque de Enghien.

Ele não recebera nenhuma ordem. Perguntaram-lhe se tinha condições de alojar um prisioneiro; respondeu que não, que tinha apenas o seu próprio alojamento e a sala do conselho.

Recebeu ordens então para mandar preparar imediatamente um cômodo onde o prisioneiro pudesse dormir e esperar por sua sentença.

A ordem foi seguida por um convite para mandar abrir, antecipadamente, uma cova no pátio.

Harel retrucou que era coisa difícil, posto que o pátio era pavimentado. Procuraram então um lugar onde a tal cova pudesse ser cavada. Detiveram-se no fosso do castelo onde, de fato, foi antecipadamente aberta uma cova. O príncipe entrou em Vincennes às sete horas da noite. Estava morrendo de fome e de frio; não parecia triste, apenas preocupado. Como o seu quarto ainda não se achasse aquecido, o governador recebeu-o em seu apartamento. Em seguida, mandaram trazer-lhe comida da aldeia. O príncipe pôs-se à mesa, e convidou o governador a jantar com ele.

Harel recusou e permaneceu à disposição do príncipe. Este fez então quantidade de perguntas acerca do torreão de Vincennes e dos fatos que nele haviam ocorrido. Contou que fora criado naquela região, conversou com muita desenvoltura e bondade.

E, voltando à sua própria situação:

– Meu caro governador – disse ele –, acaso sabe o que pretendem fazer comigo?

O governador ignorava e nada podia responder sobre esse assunto. Mas sua esposa, deitada numa alcova oculta por cortinas, estava ouvindo tudo o que se passava; e a ordem de abrir uma cova tão bem lhe revelava o que havia de vir que só a muito custo conseguiria conter as lágrimas.

Dissemos que ela era irmã de leite do príncipe.

Ele tinha pressa de ir deitar-se, exausto que estava da viagem. No entanto, antes que chegasse a adormecer, o tenente Noirot, o tenente Jacquin, o capitão de Autancourt e os gendarmes a pé, Nerva e Tharsis, entraram no quarto do príncipe e, auxiliados pelo cidadão Molin, capitão do décimo oitavo regimento, escrivão escolhido pelo relator, procederam ao interrogatório.

– Nome, idade e situação? – perguntou o capitão de Autancourt.

– Eu me chamo Louis-Antoine-Henri de Bourbon, duque de Enghien, nascido em 2 de agosto de 1772, em Chantilly – respondeu o príncipe.

– Em que época o senhor deixou a França?

– Não saberia dizer com exatidão, mas creio que foi em 16 de julho de 1789 que parti, com o príncipe de Condé, meu avô, meu pai, o duque de Bourbon, o conde de Artois e os filhos do conde de Artois.

– Onde residiu desde que deixou a França?

– Ao sair da França, fui com meus pais, que sempre acompanhei, de Mons para Bruxelas; de lá, fomos para Turim, para a casa do rei da Sardenha, onde ficamos cerca de dezesseis meses; de lá, ainda com meus pais, fui para Worms e região, às margens do Reno; depois, formou-se o corpo de Condé, lutei durante toda a guerra; antes disso, eu participara da campanha de 1792, em Brabant, com o corpo do duque de Bourbon, no exército do duque Alberto.

– Para onde o senhor se retirou depois da paz entre a República francesa e o imperador da Áustria?

– Terminamos a última campanha nos arredores de Gratz; foi lá que o corpo de Condé, que estava a soldo da Inglaterra, foi dispensado. Permaneci por conveniência pessoal em Gratz e região durante oito ou nove meses, à espera de notícias do meu avô, que fora para a Inglaterra e estava negociando os vencimentos que me seriam atribuídos. Nesse ínterim, pedi ao cardeal de Rohan permissão para me instalar na região, em Ettenheim-en-Brisgau. Lá permaneci nestes últimos dois anos. Com a morte do cardeal, solicitei oficialmente ao eleitor de Bade licença para a minha residência, o que ele me concedeu.

– O senhor não foi até a Inglaterra e essa potência não lhe atribui vencimentos?

– Nunca estive na Inglaterra, essa potência me atribui vencimentos e estes são tudo o que tenho para viver.

– O senhor mantém relação com os príncipes franceses exilados em Londres; e há quanto tempo não os vê?

– Mantenho, naturalmente, correspondência com meu pai e com meu avô, que até onde me lembro não vejo desde 1794 ou 1795.

– Que patente o senhor ocupava no exército de Condé?

– Comandante da vanguarda. Antes de 1796, eu servia como voluntário no quartel-general do meu avô.

– O senhor conhece o general Pichegru?

– Não creio já tê-lo visto; nunca tive nenhum contato com ele; sei que ele queria encontrar-se comigo, e gabo-me de não tê-lo conhecido, tendo em vista os meios que o acusam de ter planejado usar.

– O senhor conhece o general Dumouriez e teve algum relacionamento com ele?

– Também não, nunca o vi.

– O senhor não manteve correspondência, depois da paz, no interior da República?

– Escrevi para alguns amigos, mas cartas cujo teor não deveriam preocupar o governo.

O capitão de Autancourt concluiu nesse ponto o interrogatório, que foi assinado por ele, pelo chefe-de-esquadrão Jacquin, pelo tenente Noirot, pelos dois gendarmes e pelo duque de Enghien.

Antes de assinar, porém, o duque escreveu as seis linhas seguintes:

> Antes de assinar o presente auto, solicito com insistência uma audiência particular com o primeiro cônsul. Meu nome, minha posição, meu modo de pensar e o horror de minha situação deixam-me esperar que ele não recusará minha solicitação.
>
> *Louis-A. H. de Bourbon.*[1]

---

1. O testemunho de Harel e o interrogatório do príncipe constam de Bourrienne, op. cit., vol. VI, pp. 329-31 (nota 2) e 336; republicado em marco de Saint-Hilaire, *Le duc d'Enghien*, op. cit., pp. 247-53.

Entrementes, Bonaparte retirara-se para Malmaison, onde proibira que viessem perturbá-lo. Era lá que se refugiava quando queria ficar absolutamente sozinho com seus pensamentos.

A sra. Bonaparte, a jovem rainha Hortênsia e toda a corte feminina estavam desesperadas. As simpatias que essas senhoras expressavam eram todas monarquistas. Josefina, várias vezes, desafiando o seu mau humor, fora até ele e abordara francamente a questão.

Mas Bonaparte respondera com uma espécie de brusquidão ensaiada:

– Fique quieta, me deixe em paz, vocês são mulheres e não entendem nada de política.

Ele, por sua vez, na noite de 20 de março, estava bastante distraído, aparentando calma, andando com passadas largas como era seu costume, mãos atrás das costas e cabeça inclinada. Sentou-se afinal a uma mesa sobre a qual havia um tabuleiro de xadrez e pediu em voz alta:

– Vejamos, qual dessas senhoras jogaria xadrez comigo?

A sra. de Rémusat levantou-se, veio sentar-se diante dele, mas, passados alguns minutos, ele desmanchou o jogo sem pedir-lhe desculpas e saiu.

Para desincumbir-se completamente daquele caso, Bonaparte, como vimos, atribuíra-o inteiramente a Murat.

Entretanto, terminado o interrogatório, o príncipe estava tão cansado que adormeceu no mesmo instante. Mal transcorrera uma hora, porém, entraram em seu quarto.

Ele foi acordado, convidado a vestir-se e descer à sala do conselho.

O presidente do conselho, general Hulin, tivera uma singular carreira militar. Era suíço, nascido em Genebra em 1758; como todo genebrino, fizera-se relojoeiro. O marquês de Conflans, impressionado com sua alta estatura e seu belo porte, fizera dele seu mensageiro. Aos primeiros tiros de fuzil na Bastilha, acorrera vestido com seu magnífico libré bordado em todas as suas costuras e fora confundido com um general. Ele não desmentira o equívoco, pusera-se à frente de um dos mais bravos pelotões e fora um dos primeiros a entrar no pátio da prisão real. Desde então, usava o título de coronel, que ninguém lhe constestava e, havia cerca de seis semanas, acabava de ganhar a patente de general. A coragem que demonstrara era ainda mais notável pelo fato de que, mal terminado o combate, pusera-se na frente do governador de Launay e defendera-o o quanto pôde, só cedendo à força, já estando ele próprio exausto; não conseguiu evitar, porém, como sabemos, que o pobre oficial fosse destroçado.

Talvez em memória desse ato de humanidade é que fora nomeado presidente da comissão que julgaria o duque de Enghien.

O príncipe foi interrogado por ele uma segunda vez, com todos os cuidados possíveis; mas, num conselho de guerra, só havia uma coisa a fazer: sendo o príncipe considerado inocente, tirá-lo de Vincennes; sendo o príncipe considerado culpado, mandar executar o julgamento.

Eis o texto do julgamento:

1) A comissão declara, por unanimidade, o denominado Louis-Antoine-Henri de Bourbon, duque de Enghien, culpado de ter erguido as armas contra a República Francesa;

2) Por unanimidade, culpado de ter oferecido seus préstimos ao governo inglês, inimigo do povo francês;

3) Por unanimidade, culpado de ter recebido e credenciado junto de si os agentes do dito governo inglês; de ter-lhes proporcionado meios para praticar conchavos na França e de ter conspirado com eles contra a segurança interna e externa do Estado;

4) Por unanimidade, culpado de ter se colocado à frente de um ajuntamento de emigrados franceses e outros, a soldo da Inglaterra, formado nas fronteiras da França, nas regiões de Friburgo e Baden;

5) Por unanimidade, culpado de ter praticado conchavos na localidade de Estrasburgo, com a intenção de sublevar os departamentos circunvizinhos para neles operar uma manobra de diversão favorável à Inglaterra;

6) Por unanimidade, culpado de ser um dos promotores e cúmplices da conspiração tramada pelos ingleses contra a vida do primeiro cônsul, devendo, como bem-sucedida tal conspiração, retornar à França.

Postas e resolvidas essas questões, o presidente colocou a derradeira, relativa à aplicação da pena. Ela foi resolvida tal como as outras, e a comissão militar condenou por unanimidade à pena de morte o denominado Louis-Antoine-Henri de Bourbon, duque de Enghien, como reparação por crimes de espionagem, de correspondência com os inimigos da República, de atentado contra a segurança interna e externa do Estado.

Uma coisa estranha, que de início impedira os membros da comissão de se situar, era que nenhum deles fora avisado do motivo pelo qual havia sido convocado. Um dos membros da comissão ficara mais de uma hora no postigo sem conseguir fazer-se identificar. Outro, ao receber a ordem de se apresentar imediatamente em Vincennes, pensou que havia recebido ordem de prisão e perguntou aonde tinha de se dirigir para ser detido.

Quanto à solicitação feita pelo duque no sentido de obter uma audiência com Bonaparte, um membro da comissão propôs que esta fosse comunicada ao governo.

A comissão concordou; mas um general, sentado atrás da poltrona do presidente, e que parecia representar o primeiro cônsul, declarou que a solicitação era inoportuna; a comissão prosseguiu, deixando para atender depois dos debates os desejos do acusado.

Emitido o julgamento, o general Hulin tomou da pena para comunicar a Bonaparte o desejo do duque de Enghien.

– O que está fazendo? – perguntou aquele que julgara a solicitação inoportuna.

– Estou escrevendo ao primeiro cônsul – respondeu Hulin – para expressar-lhe o desejo do conselho e do condenado.

– A sua tarefa está concluída – disse o homem, pegando a pena. – Este agora é assunto meu.

Savary, depois de assistir ao julgamento, fora ter com os gendarmes de elite e quedava-se com eles na esplanada do castelo.

O oficial que comandava a infantaria de sua legião veio dizer-lhe, com lágrimas nos olhos, que lhe pedia um pelotão para executar a sentença da comissão militar.

– Forneça o pelotão – disse Savary.

– Mas onde devo colocá-lo?

– Onde não corra o risco de machucar ninguém.

E, de fato, os horticultores dos arredores de Paris já se achavam nas estradas, rumo aos diversos mercados.

Depois de examinar bem o lugar, o oficial escolheu o fosso como sendo o local mais seguro para não machucar ninguém.

Finda a sessão do conselho, o duque voltou para o seu quarto, deitou-se e dormiu.

Dormia profundamente quando vieram buscá-lo a fim de ler a sentença e executá-lo.

Como a sentença devesse ser lida no local da execução, mandaram que se levantasse e se vestisse.

Tão pouco suspeitava ele que o conduziam para a morte que, descendo a escada que leva ao fosso da fortaleza, perguntou:

– Para onde estamos indo?

Sentindo o frio que vinha lá de baixo, apertou a mão do governador que levava a lanterna e perguntou-lhe em voz baixa:

– Acaso vão me jogar num calabouço?

Ficou tudo logo explicado, sem que fosse necessário responder-lhe.

À luz da lanterna levada pelo governador Harel, leram-lhe a sentença.

Ele escutou impassível. Em seguida, tirou do bolso uma carta que decerto havia escrito prevendo essa ocorrência. A carta continha um cacho de seus cabelos e um anel de ouro. Entregou-a ao tenente Noirot, que era, dos oficiais da comissão, aquele com quem tivera mais contato desde a sua chegada a Vincennes, e o que lhe inspirara mais simpatia.

O comandante do pelotão que ia fuzilar o príncipe perguntou-lhe, então:

– O senhor deseja ajoelhar-se?

– Para quê? – perguntou o príncipe.

– Para receber a morte.

– Um Bourbon – respondeu o duque de Enghien – só se ajoelha diante de Deus.

Os soldados recuaram alguns passos e, ao recuar, expuseram a cova.

Nisso, um cachorrinho, que seguira o duque desde Ettenheim, escapou de seu quarto, veio ter com ele junto ao fosso e atirou-se entre as suas pernas, latindo de alegria.

O príncipe abaixou-se para acariciá-lo e, ao ver que os soldados preparavam suas armas:

– Cuidado com o meu pobre Fiel – disse –, é tudo o que lhes peço.

Então, reerguendo-se:

– Senhores, sou todo seu. Façam!

Os quatro comandos de praxe: "Levantar armas!", "Preparar!", "Apontar!" e "Fogo!" sucederam-se rapidamente, uma detonação fez-se ouvir, o príncipe caiu.

Deitaram-no, todo vestido e tal como estava, na cova previamente aberta e, em poucos instantes, o corpo foi coberto de terra, e os soldados, pisando nela, tentaram apagar os vestígios que ela deixara sobre a relva.

Mal o julgamento fora pronunciado, todos os membros da comissão quiseram deixar Vincennes. Pediram todos os seus carros, mas, tendo-se formado um engarrafamento à porta do castelo, nenhum dos que haviam participado da morte do pobre príncipe chegara a sair quando estourou a fuzilada que anunciava que estava tudo terminado.

Então, a porta, que talvez tivesse sido fechada por ordens superiores, abriu-se e cada qual tornou a entrar em seu carro, ordenando ao cocheiro que se afastasse o quanto antes do castelo maldito; até parecia que todos aqueles bravos soldados, que tantas vezes no campo de batalha, sem recuar um só passo, haviam enfrentado a morte, fugiam de algum fantasma.

Savary, talvez mais impressionado que os demais, tomou como estes a estrada para Paris; mas, na barreira, encontrou com o sr. Réal, que estava indo para Vincennes com seu traje de conselheiro de Estado. Deteve-o:

– Para onde vai? – perguntou.

– Para Vincennes – respondeu o sr. Réal.

– O que vai fazer lá? – perguntou Savary.

– Pois vou interrogar o duque de Enghien, conforme a ordem que recebi do primeiro cônsul.

– O duque de Enghien morreu uns quinze minutos atrás – disse Savary.

O sr. Réal soltou um grito de espanto, quase de pavor, e ficou muito pálido.

– Oh! E quem é que teve tanta pressa – disse ele – de levar à morte o pobre príncipe?

"Diante dessa resposta, comecei a desconfiar – diz Savary em suas *Memórias* – que a morte do duque de Enghien não era obra do primeiro cônsul."[2]

O sr. Réal voltou para Paris.

Savary foi até Malmaison para relatar a Bonaparte o que tinha visto. Chegou às onze horas.

O primeiro cônsul pareceu tão surpreso quanto o sr. Réal ao tomar conhecimento dessa morte. Como é que não tinham respeitado a súplica do príncipe que pedia para vê-lo?

---

2. Rovigo, op. cit., vol. II, p. 66.

– Pelo que sei sobre o seu temperamento – disse Bonaparte –, tudo teria se acertado entre nós. – Então, caminhando impetuosamente: – Existe aí uma coisa que não compreendo! – exclamou. – Que a comissão tenha se pronunciado quanto à confissão do duque de Enghien, é bastante natural; mas, afinal, essa confissão só foi obtida no início do julgamento, e o julgamento deveria ser executado somente depois que o sr. Réal o tivesse interrogado sobre um aspecto que era importante esclarecer.

E ele seguia repetindo:

– Existe alguma coisa aí que está além do meu entendimento! Está aí um crime que não leva a nada e que só serve para me tornar detestável!

Por volta das onze horas, o almirante Truguet, desconhecendo inteiramente o fatal acontecimento, chegou a Malmaison para entregar ao primeiro cônsul o trabalho que este lhe pedira sobre a organização da frota de Brest. O almirante, como não foi admitido no gabinete de Bonaparte, no qual este recebia Savary, entrou na sala, onde encontrou a sra. Bonaparte aos prantos e no mais profundo desespero. Ela acabara de ser informada da execução do príncipe e não conseguia dissimular os temores que as conseqüências dessa terrível catástrofe lhe inspiravam.

O próprio almirante, ao saber da notícia inesperada, foi acometido de uma tremedeira que só fez aumentar quando disseram-lhe que o primeiro cônsul mandava chamá-lo.

Para chegar à sala, atravessou a sala de jantar, onde os ajudantes-de-campo estavam almoçando; queriam que almoçasse com eles, mas ele não sentia fome; mostrou sua pasta, deu a entender que tinha pressa, mas sem conseguir proferir uma só palavra.

Chegando ao gabinete de Bonaparte:

– Cidadão primeiro cônsul – disse ele, com esforço –, vim para lhe apresentar o trabalho que me pediu sobre a frota de Brest.

– Obrigado – disse Bonaparte, ainda caminhando. E então, detendo-se de súbito: – Pois bem, Truguet – disse – é um Bourbon a menos.

– Ora – disse Truguet –, será que Luís XVIII morreu por acaso?

– Não. Ele está muito bem onde está agora! – disse Bonaparte, febrilmente. – Mandei prender o duque de Enghien em Ettenheim; mandei trazê-lo para Paris, e hoje, às seis da manhã, foi fuzilado em Vincennes.

– Mas qual pode ter sido o motivo de um ato tão rigoroso? – perguntou Truguet.

– Bem, já era tempo – disse Bonaparte – de acabar com os inúmeros assassinatos tramados contra mim; agora não vão mais poder dizer que quero imitar Monck.

Dois dias depois da catástrofe, Bourrienne, imaginando em que estado devia se achar a sra. Bonaparte, enviou um mensageiro para perguntar-lhe se poderia recebê-lo.

O mensageiro voltou com uma resposta afirmativa.

Bourrienne correu a Malmaison e, mal chegando lá, foi introduzido na saleta onde Josefina se achava a sós com a sra. Luís Bonaparte e a sra. de Rémusat.

Estavam todas as três arrasadas.

– Ah, Bourrienne! – exclamou a sra. Bonaparte ao vê-lo. – Que terrível desgraça! Se o senhor soubesse como ele anda de uns tempos para cá! Tem evitado, temido a presença de todo mundo. Quem poderia ter lhe inspirado um ato como esse?

Então Bourrienne, que soubera de todos os detalhes da execução por Harel, contou-lhe.

– Que crueldade! – exclamou Josefina. – Pelo menos não poderão dizer que é culpa minha, pois tentei de tudo para demovê-lo desse sinistro projeto; ele não tinha me contado, mas o senhor sabe como o conheço. Ele geralmente concorda com tudo, mas se o senhor soubesse com que dureza ele rejeitou as minhas súplicas! Agarrei-o, joguei-me aos seus pés. "Vá cuidar das suas coisas", exclamou furioso. "Esse não é um assunto de mulher, me deixe em paz!", e me rejeitou com uma violência de que não tinha dado mostras desde o seu retorno do Egito. Qual não será a opinião de Paris? Tenho certeza de que o estão amaldiçoando por toda parte, pois se aqui até os seus próprios aduladores parecem consternados na sua presença. Sabe como ele fica quando não está satisfeito consigo mesmo e se esforça para que todos ao seu redor pensem o contrário; ninguém ousa dirigir-lhe a palavra, e tudo fica sombrio à sua volta. Aqui estão os cabelos e um anel de ouro que o pobre príncipe pediu que eu enviasse a uma pessoa que lhe era cara. O tenente a quem ele os entregou confiou-os a Savary, e Savary confiou-os a mim. Savary estava com lágrimas nos olhos quando me contou os últimos momentos do duque, tanto que, envergonhado de si próprio: "Ah, azar, senhora!", disse ele enxugando as lágrimas, "mas não se pode ver morrer um homem como esse sem sentir uma profunda emoção".[3]

---

3. Cf. Bourrienne, op. cit., vol. II, p. 66.

O sr. de Chateaubriand, que ainda não partira para a sua embaixada em Valais, atravessava o jardim das Tulherias quando ouviu gritarem um homem e uma mulher anunciando uma notícia oficial. Os transeuntes detinham-se, subitamente, petrificados por estas palavras: "Julgamento da comissão militar especial, convocada em Vincennes, condenando à pena de morte o denominado Louis-Antoine-Henri de Bourbon, duque de Enghien, nascido em 2 de agosto de 1772, em Chantilly".

Esse anúncio desabou sobre ele feito um raio, ficou por um momento petrificado como os demais.

Voltou para casa, sentou-se a uma mesa, redigiu sua demissão e enviou-a naquele mesmo dia a Bonaparte.

Este, ao reconhecer a letra do sr. de Chateaubriand, deu voltas e voltas à carta que tinha nas mãos, sem abri-la.

Rompeu finalmente o lacre, leu-a e jogou-a, furioso, sobre a mesa:

– Melhor assim! – disse. – Nunca teríamos conseguido nos entender, esse homem e eu; ele é o passado, eu sou o futuro.

A sra. Bonaparte tinha razão ao preocupar-se com o efeito que causaria a notícia da morte do duque de Enghien.

Paris, à notícia anunciada pelos arautos, retrucou com um longo rumor de repúdio. Em lugar algum dizia-se: "O julgamento" do duque de Enghien, em todo lugar dizia-se: "O assassinato".

Ninguém acreditou na culpa do príncipe, e legítimas peregrinações se formaram para visitar sua cova.

Mas haviam tido o cuidado de cobri-la com uma relva igual à que a cercava, e ninguém teria sabido designar o lugar onde o infeliz rapaz estava enterrado, se um cachorro, deitado sempre no mesmo lugar, não o tivesse indicado.

Os peregrinos miravam fixamente a cova, até que as lágrimas os impedissem de distingui-la; chamavam então, à meia voz:

– Fiel! Fiel! Fiel!...

E o pobre animal respondia àqueles bondosos chamados com uivos longos e tristes.

Certa manhã, procuraram em vão por Fiel; o local ainda era visível aos que olhavam com os olhos do coração; mas Fiel preocupava a polícia, e desaparecera.

XLII
SUICÍDIO

Pichegru, retornemos a ele, de início negara tudo; porém, reconhecido pelo criado de quarto de Moreau como o homem que visitava secretamente seu patrão e era saudado com respeito, ou melhor, ante o qual se tirava o chapéu, parou de negar e associou seu destino ao de Georges.

Deram para Pichegru, quando chegou ao Templo, um quarto no andar térreo[1]. A cabeceira de sua cama ficava encostada na janela, de modo que a borda dessa janela lhe servia para suspender a lâmpada quando queria ler na cama; do lado de fora, defronte a janela, havia uma sentinela capaz de enxergar tudo o que se passava no quarto.

Uma pequena antecâmara apenas separava Georges de Pichegru. Um gendarme permanecia trancado, à noite, nessa antecâmara, cuja chave ficava guardada com o zelador, de modo que o próprio gendarme permanecia trancado. Ele só podia dar o alarme pedindo socorro pela janela.

A sentinela postada à porta do pátio tinha de transmitir o alarme avisando o carcereiro que, por sua vez, tinha de alertar o zelador.

Durante algum tempo, Pichegru tinha, além do mais, dois gendarmes em seu quarto, que não o perdiam de vista. Ademais, uma parede apenas separava seu quarto do quarto do sr. Bouvet de Lozier, o qual, lembremos, já havia tentado se enforcar. Por fim, a três ou quatro passos dali, no vestíbulo da direita, ficava o quarto de

---

1. Neste capítulo, Dumas se mantém bastante próximo de Marco de Saint-Hilaire, *Deux conspirations sous l'Empire*, op. cit., I, pp. 305-7.

Georges, aberto dia e noite. Dois gendarmes e um cabo de brigada não o perdiam de vista.

Após a conversa de Pichegru com o sr. Réal, Pichegru, que como Georges tinha dois gendarmes no quarto, pediu para que esses guardas, que o incomodavam muitíssimo, fossem retirados.

O pedido foi transmitido a Bonaparte. Este deu de ombros:

– Para que cansá-lo inutilmente – disse. – Esses gendarmes não estão lá para impedir que ele fuja, e sim para impedir que se mate, e um homem que deseja realmente se matar sempre dá um jeito.

Haviam deixado tinta e uma pena a Pichegru: ele trabalhava. O interesse que havia sido demonstrado pelo saneamento da Guiana agradava-lhe muitíssimo; e, sem dúvida, com sua dupla imaginação de estrategista e homem de números, com as recordações que ainda tinha de suas corridas e caçadas no interior da costa, ele já se via trabalhando e estava contente com isso.

A impressão de Bonaparte de que Pichegru estaria matutando algum plano fatal para si próprio não era destituída de razão.

O marquês de Rivière contou depois ao sr. Réal e ao sr. Desmarets que, vagando certa noite por Paris com Pichegru, receando tanto voltar para casa como ser apanhado na rua, o general detivera-se de repente e, apontando uma pistola para a cabeça, dissera:

– Ah! Sei que é inútil prosseguir, vamos parar por aqui.

O sr. de Rivière segurou o braço de Pichegru, afastou a pistola e conseguiu que, ao menos momentaneamente, ele desistisse da idéia de se matar.

Levou-o, em função disso, à casa de uma senhora onde ele próprio estava abrigado e que morava na rua des Noyers. Foi então que Pichegru, depositando o punhal sobre uma mesa:

– Mais uma noite como esta e tudo estará terminado – disse[2].

Charles Nodier, em suas memórias da Revolução, relata uma anedota curiosa que até parece um pressentimento do que, onze anos mais tarde, se passaria no Templo.

Ele usava, como todo o estado-maior de Pichegru, gravatas de seda preta, atadas bem próximo ao pescoço. Em oposição aos *maravilhosos* da época, que

---

2. Cf. Desmarets, op. cit., Mort du general Pichegru au Temple (16 de abril de 1804), p. 138.

usavam a volumosa gravata de São Justo, o rapaz fazia questão de atar a gravata com um único nó à direita.

De acordo com a ordem de São Justo, todos dormiam vestidos. Pichegru e seus secretários dormiam no mesmo quarto, cada qual num colchão jogado no piso.

Pichegru, que dormia pouco, deitava-se por último e só por volta das três ou quatro horas da manhã.

Nodier, que certa noite dormia com dificuldade, vítima de um pesadelo em que tugues indianos o estrangulavam, sentiu uma mão deslizar sob o seu pescoço e desatar o nó da gravata. Acordou, abriu os olhos e reconheceu o general, ajoelhado junto dele.

– Quê? É o senhor, general? – perguntou. – Precisa de mim?

– Não, pelo contrário – respondeu ele. – Você é que precisava de mim: estava sofrendo e se queixando; não foi difícil adivinhar o motivo. Quando se usa, como nós, uma gravata apertada, é preciso tomar o cuidado de afrouxá-la antes de dormir, já que o não cumprimento dessa precaução pode ser seguido de apoplexia e morte súbita. É uma forma de suicídio[3].

Durante a visita que o sr. Réal lhe fizera, quando abordaram o assunto da colonização da Guiana, o sr. Réal lhe perguntara se desejava alguma coisa.

– Sim, livros! – pedira Pichegru.

– De história? – inquiriu Réal.

– Não, nem pensar! Estou por aqui de história; mande me trazerem Sêneca; estou como o jogador.

– General – disse o sr. Réal, rindo –, o jogador só pede Sêneca depois de perder a última partida; o senhor não chegou a esse ponto[4].

Pichegru pediu na mesma ocasião que tivessem a bondade de devolver-lhe um retrato que haviam lhe tirado e que lhe era caro. Mandaram-lhe o Sêneca, e o sr. Desmarets estava para juntar-lhe o retrato quando alguém observou que este, estando inventariado, teria de ser, junto com as outras peças, apresentado à justiça.

Ao ver chegar apenas o livro, Pichegru pediu pelo retrato. Disseram-lhe o motivo da recusa, que ele achou ruim.

---

3. Charles Nodier, op. cit., t. I, III, Pichegru, p. 58.

4. Na última cena (v, XII) da comédia de mesmo nome (Regnard, 1696), Hector, criado de Valère, o jogador, diz ao seu patrão: "Vou até a biblioteca/ Pegar um livro, e vou ler para o senhor um tratado de Sêneca". O diálogo se encontra em Desmarets, op. cit., p. 146.

– Ora – disse ao zelador –, estou achando que o sr. Réal estava caçoando de mim quando falou de Caiena.

E esperava com impaciência uma segunda visita do sr. Réal.

Mas, nesse meio tempo, deu-se o caso do duque de Enghien e o sr. Réal, sobrecarregado de trabalho, não teve tempo de fazer uma segunda visita a Pichegru.

Foi então que ele pareceu tomar a decisão do suicídio. Primeiro, queixou-se do frio; mas como havia uma lareira em seu quarto, acenderam um fogo. Para atear o fogo, trouxeram um pequeno feixe de lenha seca para que fosse mais fácil reacendê-lo quando se apagasse.

Dois dias depois de ele ter pedido fogo, entraram de manhã em seu quarto e encontraram-no na cama, muito tranqüilo, imóvel.

Chamaram-no.

Estava morto!

Uma hora depois de terem percebido essa catástrofe, ou seja, por volta das oito da manhã, Savary, que estava de guarda nas Tulherias, recebeu um bilhete do oficial da Gendarmaria de Elite, que naquele dia comandava o posto da guarda do Templo. Avisava que, poucos minutos antes, o general Pichegru fora encontrado morto em sua cama e que estavam esperando por alguém da polícia para constatar o ocorrido. Savary imediatamente enviou o bilhete para o primeiro cônsul, que mandou chamá-lo, julgando que ele soubesse de mais detalhes. Ao ver que não sabia:

– Trate de ir logo se informar – disse. – Cáspite! Que bonita morte para o conquistador da Holanda!

Savary não perdeu nem um minuto sequer, correu até o Templo, chegou junto com o sr. Réal, que vinha a mando do juiz supremo a fim de descobrir os detalhes do caso.

Ninguém ainda havia entrado no quarto além do guarda que descobrira o acidente. O sr. Réal e Savary foram levados para junto da cama do suicida e o reconheceram perfeitamente, embora seu rosto tivesse ficado roxo por efeito da apoplexia que o acometera.

O general estava deitado sobre o lado direito, tinha em volta do pescoço a sua gravata, torcida com um pequeno cabo; ele parecia tê-la atado como se fosse uma corda em volta do pescoço e depois apertado tanto quanto lhe fora possível, pegando em seguida um pequeno cavaco de quinze centímetros de comprimento que tirara do feixe, cujos restos tinham ficado na lareira e pelo quarto; depois disso, enfiara-o por baixo da gravata, girando-o até que o estrangulamento lhe perturbasse a razão – deixara então cair a cabeça no travesseiro e, pelo peso de seu pescoço comprimido, o pedacinho de lenha impedira a gravata de se distorcer. Nessa situação, a apoplexia não se fizera esperar, sua mão ainda estava debaixo do pescoço tocando o pequeno torniquete[5].

Ao seu lado, sobre o criado-mudo, estava um livro aberto, como o livro de alguém que tivesse interrompido a leitura por um instante. Era o Sêneca que lhe enviara o sr. Réal; estava aberto no lugar em que Sêneca diz: "Aquele que quer conspirar deve, antes de tudo, não temer a morte".

Esse capítulo foi, muito provavelmente, a última leitura de Pichegru, o qual acreditava, principalmente depois que lhe chegaram os rumores da morte do duque de Enghien, que não havia outra alternativa senão recorrer à clemência do primeiro cônsul ou então morrer.

Interrogaram imediatamente todos aqueles que poderiam oferecer detalhes sobre aquela morte tão inesperada e estranha, pois a primeira idéia que ocorreu a Savary foi que Bonaparte seria acusado.

Ele interrogou primeiramente o gendarme que passara a noite na antecâmara que separava Georges de Pichegru; ele nada ouvira durante a noite, a não ser que o general Pichegru, por volta da uma da madrugada, fora acometido por uma tosse insistente e, não podendo entrar, já que estava ele próprio trancado, não quisera acordar a torre inteira por causa dessa tosse. Ele então interrogou o gendarme postado defronte a janela, que via tudo o que se passava no quarto de Pichegru; este não vira nada. O sr. Réal estava ficando desesperado.

– Embora não exista nada mais claramente provado que este suicídio – dizia –, por mais que se faça, sempre hão de dizer que, não tendo conseguido convencer o prisioneiro, resolveram estrangulá-lo.

E foi o que disseram, com efeito, mas sem razão. E era o que mais poderia prejudicar o processo contra Moreau.

Ao contrário, não havia motivo algum para se matar Pichegru, já que o primeiro cônsul tinha projetos para ele que, além de conservar-lhe a vida, serviam para a sua própria popularidade. Bonaparte, não só agraciando Pichegru, seu

---

5. Bourrienne, op. cit., vol. VI, cap. III, apresenta um excerto do relatório da visita ao cadáver de Pichegru (16 de abril de 1804).

antigo professor em Brienne, como enviando-o numa honrosa missão a Caiena, neutralizaria o efeito nefasto que poderia causar, qualquer que fosse ela, a condenação de Moreau. Ora, no que dizia respeito a Pichegru, ele estava longe de ter contra este as mesmas queixas, fossem elas justas ou injustas, que nutria contra Moreau.

Além disso, aquele momento, em que sentia todo o peso do julgamento do duque de Enghien recair sobre a sua cabeça, não era o mais apropriado para acrescentar aos sentimentos públicos negativos que despertara contra ele o horror que inspiraria um assassinato noturno tão odioso como o de Pichegru.

– Ah! – disse Bonaparte a Réal quando tornou a vê-lo, batendo com o punho na mesa. – E pensar que ele só pedia, para colonizar a Guiana, seis milhões de negros e seis milhões em dinheiro!

XLIII
O PROCESSO

Se eram tão boas as medidas que a polícia adotara em relação a Georges a ponto de o oficial de paz Caniolle receber ordens para esperar no pé do morro Sainte-Geneviève um cabriolé de praça de número 53 que passaria por ali entre sete e oito horas; se, às sete horas, ele conseguiu seguir o cabriolé que passava, e se o viu parar diante da entrada de uma alameda contígua a uma pequena fruteira; se, às sete e meia, saíram dessa alameda quatro indivíduos, entre os quais Georges e Le Ridant; se, por fim, Georges foi preso com base nas informações precisas que haviam sido fornecidas, é que, de Londres até Paris, e desde o dia de sua chegada até a sexta-feira 9 de março, ele não fora perdido de vista nem uma hora sequer pelo homem mais inteligente do cidadão Fouché, o Pedreiro.

De modo que Fouché, sabendo muito bem que Georges não era homem de se render sem usar a pistola ou a faca, não quisera expor o seu precioso Pedreiro à fúria do chefe bretão e, não contando com a resposta de Cadoudal, mandara prendê-lo por homens casados em vez de um solteiro.

Fouché esperava em casa a notícia da prisão de Georges, que lhe foi comunicada por volta das nove e meia da noite.

Chamou o Pedreiro, que estava no cômodo ao lado.

– O senhor ouviu – disse Fouché. – Só nos falta prender Villeneuve e Burban.

– Podemos prendê-los quando quiser. Sei onde estão hospedados.

– Temos tempo para isso. Só não os perca de vista.

– Acaso perdi Georges de vista?

– Não.

– Permite que lhe diga que há uma coisa que é o senhor quem está perdendo de vista?

– Eu?

– Sim.

– E o que é?

– O dinheiro de Georges. Quando saímos de Londres, ele trazia consigo mais de cem mil francos.

– O senhor se encarrega de encontrar esse dinheiro?

– Vou fazer o possível. Mas não há nada que desapareça tão depressa como dinheiro.

– Comece a busca ainda esta noite.

– Posso me ausentar até amanhã a esta hora?

– Tenho justamente, amanhã a esta hora, um encontro com o primeiro cônsul. Não seria nada mal se eu pudesse responder a todas as suas perguntas.

No dia seguinte, às nove e meia, Fouché se apresentava nas Tulherias.

Isso foi antes que se decidisse prender o duque de Enghien, não esqueçamos. Voltando à prisão de Georges, acabamos de dar um passo para trás.

Fouché encontrou o primeiro cônsul calmo e quase alegre.

– Por que não foi o senhor que veio me comunicar sobre a prisão de Georges? – ele perguntou.

– Porque – respondeu Fouché – é preciso deixar alguma coisa para os outros.

– O senhor conhece as circunstâncias da detenção?

– Ele matou um dos guardas, chamado Buffet, e feriu outro, chamado Caniolle.

– Parece que são ambos casados.

– Sim.

– Alguma coisa deve ser feita pelas mulheres dos pobres coitados.

– Pensei nisso: uma pensão para a viúva e uma gratificação para a mulher do ferido.

– Honestamente, a Inglaterra é que deveria lhes conceder esse favor.

– Ela também vai concedê-lo.

– Como assim?

– Ou então Cadoudal. Mas como o dinheiro de Cadoudal é o dinheiro da Inglaterra, no fim das contas, a Inglaterra é que acabará concedendo a pensão.

– Mas me disseram que ele só tinha mil ou mil e duzentos francos com ele e, feita uma busca em sua casa, nada foi encontrado.

– Ele saiu de Londres com cem mil francos, e gastou trinta mil desde que chegou a Paris. Sobram setenta, é mais do que o necessário para oferecer uma pensão à viúva e dar uma gratificação aos feridos.

– Mas onde estão esses setenta mil francos? – perguntou Bonaparte.

– Aqui estão – disse Fouché.

E depositou sobre a mesa um saquinho de ouro e notas bancárias.

Bonaparte esvaziou-o, curioso, sobre a mesa. Havia quarenta mil francos em soberanos holandeses e o restante em papéis.

– Vejam só! – disse Bonaparte. – Agora a Holanda é que paga os meus assassinos!

– Não, mas receavam que o ouro inglês levantasse suspeitas.

– E como é que o senhor pôs as mãos nessa quantia?

– O senhor conhece o velho ditado da polícia: "Procurem a mulher!"[1].

– Ora essa!

– Mandei procurar a mulher e encontrei-a.

– Conte em poucas palavras, estou no meu dia de curiosidade.

– Ora, eu sabia que uma certa Izaï, uma cortesã de baixo escalão, unira-se a eles e alugara, na casa da fruteira, um quarto no qual os conjurados por vezes se reuniam. Ela vinha atrás deles na alameda escura quando Georges subiu no cabriolé; ele pareceu desconfiar que estava sendo observado. Só teve tempo de jogar o saco que tinha na mão no avental da mulher, dizendo: "Para Caron, o perfumista!". Caniolle escutou essas palavras, e só teve tempo de dizer a um guarda: "Vá ao encalço daquela mulher".

– Isso quer dizer? – perguntou Bonaparte.

– Siga aquela mulher e não a perca de vista.

"Depois que Georges se foi, a mulher se aventurou pelas ruas; mas, chegando ao cruzamento do Odéon, no instante em que Georges acabava de ser preso, avistou uma multidão observando o ocorrido e não teve coragem de passar. Foi pior quando soube que Georges tinha sido preso; não teve coragem de voltar para casa e se refugiou na casa de uma amiga, a quem pediu que guardasse o pacote.

---

1. A autoria da expressão é atribuída quer a Talleyrand, quer ao presidente Dupaty.

"Mandei que dessem uma batida na casa da tal amiga e encontrei o pacote, só isso. Deus meu, não foi nada difícil."

– E o senhor não mandou prender essa Izaï?

– Mas é claro, não precisávamos mais dela. Oh! É uma santa mulher – prosseguiu Fouché – que merecia por parte dos céus uma proteção mais eficaz.

– Por que diz isso, senhor? – disse Bonaparte, franzindo o cenho. – Sabe que não gosto de impiedades.

– O senhor sabe o que essa doidivanas trazia pendurado no pescoço? – perguntou Fouché ao primeiro cônsul.

– Como é que o senhor espera que eu saiba? – perguntou Bonaparte que, mesmo não querendo, deixava-se arrastar pela curiosidade nos meandros da conversa de Fouché, privilégio esse que somente Fouché possuía, pois uma das qualidades de que Bonaparte carecia era saber escutar.

– Pois usava um medalhão com a seguinte inscrição:

Parcela da legítima cruz,
Adorada na Santa Capela de Paris
E na colegiada de São Pedro, em Lille.

– Está bem – disse Bonaparte. – Mande a mulher para Saint-Lazare. Os filhos do pobre Buffet e de Caniolle serão educados às expensas do Estado. Dê cinqüenta mil francos do dinheiro encontrado na casa da amiga dessa Izaï à viúva Buffet, e o resto para Caniolle. E eu acrescento uma pensão de mil francos, do meu tesouro pessoal, para a viúva Buffet.

– O senhor está querendo que ela morra de alegria?

– Por que diz isso?

– Porque ela já acharia a morte do marido uma recompensa suficiente.

– Não estou entendendo – disse Bonaparte, impaciente.

– Como assim, não está entendendo? Ora, o marido era um safado que se embebedava toda noite e batia na mulher toda manhã. O danado do Georges matou, sem saber, dois coelhos com uma só cajadada.

– E agora que esse caso da prisão de Georges está resolvido – disse Bonaparte –, quero que me encaminhe os interrogatórios dele à medida que os obtiver. Quero acompanhar esse caso passo a passo e com a maior atenção.

– Eu lhe trouxe o primeiro interrogatório – disse Fouché. – Este não é igual aos Virgílios e aos Horácios que entregamos nas mãos dos alunos dos Oratorianos de Paimboeuf, *ad usum Delphini*[2]. Não, este é puro e tal qual foi proferido por Georges e pelo sr. Réal.

– Acontece de alterarem, às vezes, os interrogatórios dos acusados?

– O senhor nunca reparou que os discursos dos oradores nunca são, no *Moniteur*, iguais aos da tribuna? Pois então! O mesmo se dá com os interrogatórios dos acusados; não são alterados, apenas enfeitados.

– Vejamos o interrogatório de Georges.

---

2. Fouché estudou no colégio dos Oratorianos de Nantes (1768), para onde retornou no final de 1790 como diretor.

XLIV
O TEMPLO

Fouché passou um documento para o primeiro cônsul, que o pegou imediatamente e, pulando as primeiras perguntas formuladas por lei ao acusado, passou logo para a quarta.

P. – Há quanto tempo o senhor se encontra em Paris?

R. – Há uns quatro ou cinco meses. Não saberia especificar a data.

P. – Onde tem residido?

R. – Em lugar nenhum.

P. – Qual era o seu objetivo quando veio para Paris?

R. – Atacar o primeiro cônsul.

P. – Com o punhal?

R. – Não, com armas iguais às da escolta dele.

P. – Explique-se.

R. – Eu e meus oficiais contamos, um por um, os guardas de Bonaparte; são trinta. Eu e vinte e nove dos meus homens teríamos nos envolvido num combate corpo-a-corpo com eles, depois de esticar duas cordas nos Champs-Elysées para deter a escolta e nos atracar com ela, de pistola na mão; depois, certos do nosso direito e com a força da nossa coragem, Deus faria o resto.

P. – Quem o encarregou de vir para a França?

R. – Os príncipes: um deles deveria vir ter conosco assim que eu escrevesse dizendo que tinha meios suficientes para alcançar o meu objetivo.

P. – Com que pessoas o senhor manteve relações em Paris?

R. – Permita-me não responder. Não quero aumentar o número de vítimas.

P. – Pichegru tinha alguma participação no projeto de ataque ao primeiro cônsul?

R. – Não. Ele nunca quis nem ouvir falar sobre isso.

P. – Mas, supondo que seu plano tivesse tido êxito, ele teria se aproveitado da morte do primeiro cônsul para agir?

R. – Esse é um segredo dele, não meu.

P. – Supondo que o seu ataque tivesse tido êxito, qual era então seu projeto e dos conjurados?

R. – Pôr um Bourbon no lugar do primeiro cônsul.

P. – E qual era o Bourbon indicado?

R. – Louis-Xavier-Stanislas, *ci-devant* Monsieur, por nós reconhecido como Luís XVIII.

P. – O plano, portanto, foi concebido e deveria, então, ser executado em acordo com os *ci-devant* príncipes franceses?

R. – Sim, cidadão juiz.

P. – O senhor, portanto, conversou com os *ci-devant* príncipes.

R. – Sim, cidadão juiz.

P. – Quem iria fornecer os fundos e as armas?

R. – Eu já tinha os fundos havia tempos, mas me faltavam as armas[1].

Bonaparte virou a página. Não havia nada no verso, o interrogatório acabava aí.

– É um absurdo – disse – esse projeto do Georges de me atacar com um número de homens igual ao da minha escolta.

– Não se queixe! – disse Fouché, com um risinho zombeteiro. – Eles não queriam assassiná-lo, queriam apenas matá-lo. Tratava-se de um novo combate dos Trinta, uma espécie de duelo medieval com ajudantes.

– Um duelo com Georges?

– Pois se o senhor até quis lutar sem testemunhas com Moreau.

– Moreau era Moreau, senhor Fouché, um grande general, um tomador de cidades, um vitorioso. Sua retirada, quando lá do interior da Alemanha ele voltou para as fronteiras francesas, o equipara a Xenofonte[2]. Sua batalha em Hohenlinden

---

1. O interrogatório de Georges está reproduzido em Marco de Saint-Hilaire, *Deux conspirations sous l'Empire*, op.cit., pp. 292-3. Retificamos a contribuição do *Moniteur Universel*, que dá ao senhor irmão do rei o nome de Charles-Stanislas-Xavier.

2. Em 1796, à frente do exército do Reno e Mosela, Moreau atravessou o Reno, apoderou-se das linhas de Mainz, do forte de Kehl, derrotou o arquiduque Carlos em Heydenheim, transpôs o Danúbio, mas, depois da derrota de Jourdan em Würzbourg, teve de retroceder e efetuou no Reno uma magnífica retirada pelo Vale do Inferno.

o equipara aos Hoche e aos Pichegru, ao passo que Georges não passa de um chefe de bandidos, uma espécie de Espártaco monarquista, um homem do qual a gente se defende... mas com o qual não se luta; não se esqueça disso, senhor Fouché.

E Bonaparte levantou-se para sinalizar a Fouché que seu trabalho estava concluído.

As duas terríveis notícias da execução do duque de Enghien e do suicídio de Pichegru abateram-se sobre Paris a poucos dias de intervalo e, é preciso dizer, a cruel execução de um impediu que se acreditasse no suicídio do outro.

Foi no Templo, onde estavam reunidos os prisioneiros, que a notícia provocou o efeito mais desastroso, e cumpriu-se a previsão de Réal a Savary, ao mostrar-lhe Pichegru morto: "Por mais que se prove com todas as evidências o suicídio do general, não se poderá impedir que digam que nós é que o estrangulamos".

Expressamos nossa opinião, opinião muito pessoal, sobre a morte do general; é justo expressar, agora, a opinião dos homens que, residindo na mesma prisão que o vencedor da Holanda, assistiram de certa forma ao desfecho dessa vida tão gloriosa e tão perseguida.

Vejamos então, um depois do outro, o que diziam os prisioneiros que se achavam mais próximos dele no cativeiro.

Um homem, que não mencionamos aqui da primeira vez, um homem que já tivera uma funesta influência sobre a sua vida, o livreiro suíço Fauche-Borel[3], que lhe trouxera as primeiras propostas do príncipe de Condé, fora detido e levado ao Templo no dia 1º de julho do ano anterior.

Para a mesma prisão, haviam sido sucessivamente trazidos Moreau, Pichegru, Georges e todos os cúmplices dessa grande conspiração: Joyaut, dito Villeneuve, Roger, dito o Pássaro, e, por fim, Coster de Saint-Victor, que, protegido por todas as lindas cortesãs, escapara às buscas da polícia mudando toda noite de residência. Consultado, dissera Fouché:

– Ponham um homem que o conheça à porta do Frascati[4], e em menos de três dias irá apanhá-lo, entrando ou saindo.

---

3. Fauche-Borel, sob o nome de Fenouillet e a aparência de um caixeiro-viajante, é apresentado em *Les Blancs et les Bleus* ("Les Prussiens sur le Rhin") como emissário do príncipe de Condé junto a Pichegru.

4. Esse local de diversão fundado sob o Diretório pelo sorveteiro napolitano Garchi, no lugar do Hotel Lecouteulx, na esquina da rua Richelieu com a do Bulevar, freqüentado pela boa sociedade até o Império, oferecia atrações e jogos, fogos de artifícios e bailes; os pavilhões e o jardim foram demolidos em 1837.

No segundo dia, ele foi apanhado enquanto saía.

Na época da detenção do duque de Enghien, havia cento e sete prisioneiros no Templo, e a prisão estava tão cheia que não conseguiram achar um quarto para o príncipe. Daí sua parada de cinco horas na barreira: procuravam um abrigo provisório onde deixá-lo, enquanto esperavam o quarto que, segundo o coveiro de *Hamlet*, dura até o juízo final.

Contamos aqui a morte e a execução do duque de Enghien.

Repito, portanto, que não havia um só prisioneiro do Templo que não estivesse moralmente convencido de que Pichegru havia sido assassinado. Fauche-Borel não apenas afirma que Pichegru foi estrangulado, como também identifica os estranguladores.

Eis o que ele escreve em 1807: "Estou convencido de que esse assassinato foi cometido pelo denominado Spon, cabo de brigada da companhia de elite, acompanhado de dois carcereiros, um dos quais, apesar de vigoroso, morreu dois meses depois do ocorrido, enquanto o outro, chamado Savard, foi reconhecido como um setembrista de 92"[5].

Os prisioneiros achavam-se ainda sob o peso dessa terrível convicção e imbuídos da idéia de que haviam estrangulado Pichegru quando viram chegar ao Templo o general Savary em uniforme a rigor, acompanhado de um numeroso estado-maior do qual constava Luís Bonaparte, atraído pelo desejo de ver Georges Cadoudal. Georges, naquele momento, acabava de ser barbeado; estava deitado sobre a cama, com as mãos algemadas sobre o ventre. Dois gendarmes estavam junto dele, preenchendo de certa forma o pequeno torreão onde o haviam colocado. Aquele estado-maior todo entrou, amontoando-se, no quarto de Georges. Pareciam todos desejosos de desfrutar da triste situação do general monarquista, que, por sua vez, estava bastante impaciente com aquela assistência. Por fim, depois de dez minutos de observação e cochichos, saíram todos tal como haviam entrado.

– O que eram todos aqueles trajes bordados? – perguntou Georges aos seus gendarmes.

– Era o irmão do primeiro cônsul – respondeu um deles –, acompanhado do general Savary e seu estado-maior.

---

5. Cf. Fauche-Borel, *Mémoires* (Paris, Moutardier, 1829), vol. III, p. 140. O autor remete ao seu *Précis historique* (1807) e à sua *Notice sur Pichegru et Moreau* (1815).

— Realmente – disse Georges –, fizeram muito bem me deixando algemado.

Entretanto, instruía-se o processo e, à medida que o inquérito chegava ao fim, o regulamento interno do Templo parecia afrouxar o rigor; deixavam os prisioneiros saírem do quarto e se reunirem no jardim; mas isso por pouco não ocasionou, diversas vezes, choques terríveis. Savary, que tinha alto poder na prisão, tendo o Templo se tornado uma casa militar, era naturalmente odiado pelos prisioneiros, o que não o impedia de aparecer por lá até mais amiúde do que deveria. Certo dia, Moreau, ao sair de seu quarto, deu de cara com ele; mas deu meia-volta, virou-lhe as costas e fechou a porta.

Quanto ao general Moreau, nada era mais curioso e mais tocante que as demonstrações de profundo respeito oferecidas por todos os militares de serviço dentro da prisão: levavam todos a mão ao chapéu e faziam a saudação militar. Quando ele se sentava, formavam todos imediatamente um círculo ao seu redor e esperavam que ele se dispusesse a falar com eles; então, pediam-lhe humildemente que contasse uma das proezas que tinham feito dele um rival de Bonaparte e colocado-o acima de todos os outros generais. Todo mundo estava convencido de que, tivesse ele lhes pedido ajuda, teriam-lhe aberto as portas do Templo, ao invés de fechá-las; de resto, sua sorte havia sido tão suavizada quanto a dos outros, tinham-lhe permitido ver sua mulher e seu filho, que a jovem mãe trazia todo dia. De vez em quando, traziam para Moreau um excelente vinho de Clos-Vougeot, que ele distribuía a todos os doentes e, às vezes, até aos que não estavam doentes. É desnecessário dizer que os jogadores de péla e de barra, quando ficavam muito animados, eram considerados doentes e ganhavam sua taça de Clos-Vougeot. O que diferenciava Georges e seus companheiros dos outros detentos era sua alegria e despreocupação; entregavam-se às suas brincadeiras com o mesmo alarde de escolares durante o recreio; entre eles, destacavam-se dois dos homens mais belos e elegantes de Paris: Coster de Saint-Victor e Roger, dito o Pássaro. Certo dia, tendo este último se animado a jogar barra, tirou a gravata.

— Sabia, meu caro – disse-lhe Saint-Victor –, que você tem um pescoço igual ao de Antínoo?

— Palavra de honra – disse Roger –, nem vale a pena fazer tal elogio, daqui a uma semana ele será cortado.

Logo tudo ficou pronto para o comparecimento dos acusados diante do tribunal criminal e para a abertura dos debates públicos. O número de detentos incluídos no processo chegava a cinquenta e sete; eles receberam a ordem de se preparar para serem transferidos para a Conciergerie.

A prisão assumiu um aspecto bem diferente. Encantados por chegar ao fim de um cativeiro que, para alguns, seria o fim de sua vida, cantavam todos com toda a força enquanto fechavam suas malas e atavam seus pacotes; uns cantavam, outros assobiavam; todos se atordoavam tanto quanto possível; as reflexões e tristezas estavam reservadas apenas para aqueles que permaneceriam no Templo.

XLV
O TRIBUNAL

Georges, que tinha sido não só o mais alegre, como também, diríamos, o mais doido de todos os prisioneiros; Cadoudal, que participara de todos os jogos, que inventara outros quando o repertório de jogos conhecidos se esgotara; que contara as mais fantásticas histórias, que debochara com mais verve e mordacidade do novo império que se erguia sobre os destroços do trono de Luís XVI, que saudara com tão alegres refrões a República que estava indo embora, parou de brincar, de rir e de cantar quando viu que chegara a hora em que de fato teria de pagar com a vida; sentou-se a um canto do jardim, chamou seus ajudantes-de-campo e seus oficiais para junto dele e, num tom firme e ao mesmo tempo afetuoso:

– Meus bravos amigos – disse ele –, meus caros meninos, até aqui eu dei a vocês o exemplo da despreocupação e da alegria; permitam que lhes recomende, diante do tribunal, toda a tranqüilidade, todo o sangue frio, toda a dignidade de que forem capazes; vocês vão comparecer diante de homens que se acham no direito de dispor da sua liberdade, da sua honra, da sua vida; recomendo-lhes, sobretudo, que nunca respondam com precipitação, mau-humor ou arrogância às perguntas que seus juízes lhes fizerem; respondam sem medo, sem perturbação, sem timidez; considerem a si mesmos os juízes dos seus juízes; e, quando não se sentirem suficientemente fortes em seu íntimo, lembrem-se de que estou com vocês e que não hei de ter destino diferente do de vocês; que, se vocês viverem, eu viverei; se vocês morrerem, eu morro.

"Sejam afáveis, indulgentes e fraternais uns para com os outros; redobrem o afeto e os cuidados; não se censurem por terem se exercitado ao perigo; que cada um de vocês responda por sua própria morte, e que morra bem!

"Antes de deixar esta prisão, vocês receberam tratamentos bem diferentes, alguns os trataram bem, outros os tratam mal, alguns os chamaram de amigos, outros de bandidos. Agradeçam igualmente àqueles que os trataram bem e àqueles que os trataram mal; saiam daqui com gratidão por uns, e sem ódio pelos outros; lembrem-se de que o nosso bom rei Luís XVI, que como nós esteve nessa torre, foi chamado de traidor e de tirano; até Nosso Senhor Jesus Cristo (e ao nome de Cristo todos ergueram o chapéu com uma mão e fizeram o sinal da cruz com a outra), até Nosso Senhor Jesus Cristo foi tratado de sedicioso e impostor, vaiado, esbofeteado, surrado com varas, pois é principalmente quando cometem más ações que os homens se equivocam quanto ao valor das palavras e insultam, para rebaixá-los, justamente aqueles que mereceriam ser engrandecidos."

Então, levantando-se, pronunciou bem alto a palavra "Amém", fez o sinal da cruz, que os outros imitaram e, indicando a torre, fez com que passassem, um a um, à sua frente e seguiu-os depois de os ter chamado, um a um, pelo nome.

Naquele mesmo dia, dos cinqüenta e sete prisioneiros implicados na conspiração de Moreau, Cadoudal e Pichegru, restavam apenas seus cúmplices secundários, ou seja, aqueles que os abrigaram na estrada e lhes serviram de guia em suas saídas noturnas. Uma vez que partiram os grandes culpados, os outros obtiveram não só permissão para passear nos pátios e jardins, como também para visitar os quartos e calabouços do Templo.

Assim, por alguns dias, a prisão tornou-se tumultuada e barulhenta. Finalmente, no domingo de Ramos, permitiram-lhes dar um baile no grande salão, do qual foram retiradas todas as camas: ali, aquela gente toda, constituída de camponeses, pôs-se a cantar e dançar.

O baile se realizou no mesmo dia em que os acusados compareceram diante do tribunal, circunstância que os dançarinos ignoravam por completo. Um desses homens que se divertia, chamado Leclère, soube então por um carcereiro que os debates, que deviam conduzir à morte doze dos acusados, haviam começado; ele então se precipitou para os seus companheiros que se divertiam e, para impor silêncio, bateu com força o pé no assoalho. Todos se calaram, todos se detiveram.

– Malditos grosseirões! – disse Leclère. – É essa festança toda que devem fazer neste lugar maldito, sabendo que aqueles que estiveram aqui conosco e que acabam de sair estão a ponto de perder a vida? É hora de rezar e cantar o *De profundis*, e não de dançar e cantar músicas profanas. Aqui está este senhor com um livro sacro nas mãos; ele vai ler algo que seja edificante e fale da morte.

Leclère designava o sobrinho de Fauche-Borel, um jovem chamado Vitel; o livro que ele tinha nas mãos era um Bourdaloue: não continha o *De profundis*, mas continha um sermão sobre a morte. Vitel subiu numa mesa e leu o sermão, que toda aquela boa gente escutou de joelhos até o fim.

Dissemos que os debates haviam começado.

Até então, talvez, nem mesmo no vendemiário, nem mesmo no 18 de brumário, Bonaparte estivera em situação tão grave: ele nada perdera de seu prestígio como homem de talento num campo de batalha, mas a morte do duque de Enghien fora um golpe terrível para a moralidade do homem de Estado; depois, sobreviera o problemático suicídio de Pichegru. Poucas pessoas haviam adotado sobre esse crime a opinião do general Savary. Quanto mais o governo acumulava provas do suicídio e se esforçava por demonstrá-las, mais penetrava nos espíritos a dúvida sobre um suicídio cuja impossibilidade quase todos os médicos legistas sustentavam; vinha em seguida, somando-se à execução assumida do duque de Enghien, ao assassinato negado de Pichegru, a tão impopular acusação de Moreau.

Nessa acusação, que a ninguém enganava, todos percebiam o ódio invejoso do primeiro cônsul por um rival, e Bonaparte estava tão convencido de que no banco dos réus Moreau manteria toda a sua força que se discutiu demoradamente o número de guardas que deveriam destacar, que, sendo suficiente para guardá-lo, seria insuficiente em caso de confronto.

A preocupação de Bonaparte chegou ao ponto de fazê-lo esquecer de suas desavenças com Bourrienne. Mandou que ele regressasse do exílio, encarregou-o de assistir aos debates e relatar-lhe toda noite o que havia acontecido durante as sessões do dia[1].

O que Bonaparte desejava acima de tudo, estando o duque de Enghien fuzilado e Pichegru estrangulado, é que Moreau fosse declarado culpado e condenado a uma pena qualquer da qual ele pudesse agraciá-lo; de modo que sondou alguns dos juízes, aos quais afirmou que só desejava a condenação de Moreau para assim poder agraciar o condenado; essas tentativas, porém, não foram além

---

1. A principal fonte para esse processo, como indica Dumas numa nota, é *Deux conspirations sous l'Empire*, de Marco de Saint-Hilaire. Mas ele utiliza igualmente Bourrienne, op. cit., vol. VI, cap. VIII e IX, pp. 113-70.

do juiz Clavier, que respondeu a essa garantia que lhe ofereciam de que, se condenasse Moreau, Napoleão o agraciaria:

– E a nós, quem vai nos agraciar?

Assim, é impossível imaginar a afluência que tomou conta das alamedas do Palácio da Justiça já desde o dia da abertura dos debates; a boa sociedade da capital tentou assistir a eles; a supressão do júri para esse caso indicava a importância que o chefe do governo atribuía ao caso. Às dez horas da manhã, a multidão se afastou para deixar passar os doze juízes do tribunal criminal, vestidos com suas amplas togas vermelhas. O salão do Palácio fora disposto de modo a recebê-los, eles ocuparam silenciosamente seus assentos.

Os doze juízes eram Hémard, presidente; Martineau, vice-presidente; Thuriot, que os monarquistas chamavam de Tueroi*; Lecourbe, irmão do general de mesmo nome; Clavier, que dera a bela resposta que já relatamos; Bourguignon, Dameu, Laguillaumie, Rigault, Selves e Grangeret-Desmaisons.

O acusador público e o escrivão chamavam-se respectivamente Gérard e Frémyn.

Oito oficiais de justiça haviam sido designados para a Corte, e o médico do Templo, Souppé, assim como o cirurgião da Conciergerie, não podiam abandonar a audiência.

O presidente deu ordem para que entrassem os acusados. Eles entraram um a um, entre dois gendarmes: Bouvet de Lozier entrou por sua vez, cabisbaixo; não ousava erguer os olhos para aqueles que seu suicídio fracassado havia traído.

A postura de todos os outros era séria e segura.

Moreau, sentado tal como os demais, e no banco dos criminosos, ostentava um ar calmo, ou melhor, sonhador; vestia uma comprida sobrecasaca azul de corte similar ao militar, mas não usava nenhuma das insígnias de sua patente. Perto dele estavam sentados, separados apenas pelos gendarmes, Lajolais, seu antigo ajudante-de-campo, o jovem e belo Charles d'Hozier, tão rebuscado em seu modo de vestir que parecia trajado para um baile da corte. Quanto a Georges, que todos apontavam uns aos outros como a personalidade mais curiosa entre os acusados, era fácil reconhecê-lo por sua cabeça imensa, seus ombros fortes, seu olhar fixo e distante que se detinha sucessivamente em cada um dos juízes como que para lhes lançar um desafio de morte; a seu lado achava-se Burban,

---

* "Tue roi", ou seja, mata rei. (N. T.)

que adotara alternadamente em suas expedições guerreiras os nomes Malabry e Barco e, por fim, Pierre Cadoudal, capaz de derrubar um boi com um soco e conhecido em todo o Morbihan apenas pelo nome de Braço-de-Ferro. Os dois Polignac e o marquês de Rivière, na segunda fileira, atraíam todos os olhares por sua juventude e elegância. Mas eram todos eclipsados pelo belo Coster de Saint-Victor, que por sua vez tinha ao seu lado Roger, dito o Pássaro, aquele que fazia tanto caso de seu pescoço à Antínoo.

Existia, em torno de Coster de Saint-Victor, uma lenda que não deixava de torná-lo interessante aos olhos das mulheres: dizia-se que o ódio que Bonaparte nutria por ele era igualmente um caso de rivalidade, não uma rivalidade de campo de batalha, como por Moreau, mas uma rivalidade de toucador; dizia-se que tinham ambos se encontrado no quarto de dormir de uma das mais lindas e famosas atrizes da época[2] e que, fingindo não reconhecer o primeiro cônsul, Coster de Saint-Victor negara-se a ceder o lugar e mantivera-se senhor não do campo de batalha, mas do campo do amor.

Nele, poderia matar o primeiro cônsul, mas empenhara a sua palavra a Georges Cadoudal de só lutar contra ele com armas iguais, e a mantivera.

Por fim, no terceiro banco estavam os bravos *chouans* envolvidos no caso por pura lealdade, que arriscavam a vida caso fracassassem e que, caso vencessem, voltariam a ser, como antes, homens simples da floresta e da charneca.

Entre os quarenta e seis acusados – pois dos cinqüenta e sete que eram de início foram reduzidos a quarenta e seis – havia cinco mulheres: eram as senhoras Denaud, Dubuisson, Gallois, Monier e, por fim, a moça Izaï, a quem Cadoudal confiara os setenta mil francos que Fouché reservara para oferecer pensões e gratificações à viúva Buffet e à senhora Caniolle.

O interrogatório teve início com as perguntas do presidente dirigidas às cinco testemunhas, agentes da força pública e civis, que haviam contribuído para a prisão de Georges. Cada um deles deu seu depoimento. Depois do interrogatório dos cinco civis, o presidente dirigiu a palavra a Georges.

– Georges – ele perguntou –, tem algo a retrucar?

– Não – respondeu Georges, sem levantar os olhos do papel que estava lendo.

---

2. Provável alusão a Marguerite Joséphine Weimer, ou Wemmer, dita srta. George (1787-1867).

– Confirma os fatos que lhe são imputados?

– Confirmo – respondeu Georges, com a mesma despreocupação.

– Solicita-se ao acusado Georges que não leia enquanto lhe é dirigida a palavra – disse o juiz de instrução Thuriot.

– O que estou lendo, no entanto, é bem interessante – respondeu Georges. – Trata-se da sessão de 17 de janeiro de 1793, quando os senhores decretaram a morte do rei.

Thuriot mordeu os lábios. Um burburinho percorreu a assistência. O presidente rapidamente tratou de interromper o burburinho, dando seqüência ao interrogatório.

– O senhor confirma – perguntou a Georges – ter sido detido no local indicado pelas testemunhas?

– Desconheço o nome do local.

– O senhor disparou dois tiros de pistola?

– Não me recordo.

– O senhor matou um homem?

– Ora, não sei.

– O senhor tinha consigo um punhal.

– É possível.

– E duas pistolas?

– Pode ser.

– Com quem estava dentro do cabriolé?

– Esqueci.

– Onde residiu em Paris?

– Em lugar nenhum.

– Quando de sua detenção, não estava residindo na rua de la Montagne-Sainte-Geneviève, na casa de uma fruteira?

– Quando fui detido, residia no meu cabriolé.

– Onde dormiu na véspera da sua detenção?

– Na véspera da minha detenção eu não dormi.

– O que estava fazendo em Paris?

– Estava passeando.

– Com quem se encontrava?

– Com uma multidão de dedos-duros que me seguiam.

– Estão vendo que o acusado não quer responder – disse o juiz de instrução. – Passem para outro.

– Obrigado, senhor Thuriot... Gendarmes, peçam que me tragam um copo de água; costumo lavar a boca depois de pronunciar esse nome.

Pode-se imaginar os movimentos de hilaridade cheia de ódio que esse interrogatório causava no público presente, que sentia que Georges fizera o sacrifício de sua vida e nutria antecipadamente por ele o tipo de respeito que se nutre pelos condenados à morte.

Esperava-se com impaciência a hora em que Moreau seria interrogado, por sua vez; mas foi somente no quarto dia, ou seja, na quinta-feira 31 de maio, que o juiz Thuriot interrogou Moreau.

Começou, tal como com Cadoudal, pelas testemunhas de acusação.

Mas, entre as testemunhas de acusação, nenhuma reconheceu Moreau. De modo que, sorrindo desdenhosamente:

– Senhores – disse ele –, não só nenhuma testemunha de acusação vai me reconhecer, como nenhum dos acusados nunca tinha me visto antes de eu ser encarcerado no Templo.

Leram-lhe o depoimento de um tal Roland, homem de Pichegru, que havia declarado em seu interrogatório que muito se afligira quando Pichegru o encarregara da missão que ele cumprira junto a Moreau, e ainda mais afligido ficara depois de a ter concluído.

Moreau levantou-se e, dirigindo-se ao presidente:

– Ou esse Roland – disse ele – é ligado à polícia, ou fez essa declaração porque estava com medo. Mas vou lhes contar o que se passou entre o juiz de instrução e esse homem.

"Ele não foi interrogado. Não, não teriam arrancado nada dele. Ao interrogá-lo, disseram: 'O senhor se encontra numa situação horrível, vai ser cúmplice de uma conspiração ou ser conivente com ela: se não disser nada, será cúmplice; se confessar, estará salvo'; e, para se salvar, esse homem criou a fábula que acabou de contar. Pergunto a qualquer homem de boa-fé e de bom senso com que objetivo eu teria conspirado?"

– Ora – disse Hémard –, para ser nomeado ditador.

– Ditador, eu? – exclamou Moreau. – Pois procurem os meus partidários; todos eles são soldados franceses, já que comandei nove décimos deles, e salvei mais de cinqüenta mil. São esses os meus partidários. Prenderam todos os meus ajudantes-de-campo, todos os oficiais que eu conhecia e, no entanto, não acharam, contra eles, nenhuma sombra de suspeita. Falaram na minha fortuna: comecei com nada, poderia ter cinqüenta milhões, e não possuo absolutamente nada além de uma casa em Paris e minhas terras em Gros-bois; quanto ao meu soldo de general-chefe, é de quarenta mil francos, mas espero que não ocorra a ninguém compará-lo aos meus serviços prestados.

Nisso, produziu-se um incidente curioso, que parecia ter sido combinado entre o general e seu ajudante-de-campo Lecourbe a fim de demonstrar o poder do vencedor de Hohenlinden: Lecourbe entrou na sala de audiências com uma criança nos braços.

Era o filho de Moreau[3], que ele trazia para que o pai o beijasse, mas a linha de soldados que cercava o pretório, e não sabia de quem era a criança, barrou-lhe a entrada; então, erguendo-o nos braços:

– Soldados! – exclamou. – Deixem passar o filho do seu general.

Mal essas palavras haviam sido proferidas, todos os militares da sala apresentaram espontaneamente as armas, a sala inteira deu uma salva de palmas. Várias vozes gritaram:

– Viva Moreau!

Tivesse Moreau pronunciado uma só palavra naquele instante, tamanho era o entusiasmo que o tribunal teria sido derrubado e os prisioneiros, carregados em triunfo.

Mas Moreau guardou silêncio e não tomou parte no movimento.

– General – disse-lhe Cadoudal ao ouvido –, mais uma sessão como esta e só dependerá do senhor ir dormir na mesma noite nas Tulherias.

---

3. O general Moreau tinha apenas uma filha: Eugénie Victoire Françoise Sidonia Xaviera Isabelle, nascida em 1803.

XLVI
A CONDENAÇÃO

Na sessão de 2 de junho, uma testemunha que suscitou grande curiosidade, quando menos se esperava, foi o capitão Wright, comandante do pequeno brigue que depositara os acusados ao pé da falésia de Biville.

Surpreendido por uma calmaria já à vista de Saint-Malo, fora atacado por cinco ou seis chalupas francesas e, após um combate em que uma bala lhe atravessou o braço, foi feito prisioneiro. Sua entrada causou agitação em toda a sala.

Todos se levantaram, ergueram-se na ponta dos pés e avistaram um homenzinho magro e mirrado de corpo; usava o uniforme da marinha real inglesa, conhecida pelo nome de esquadra azul, e trazia uma atadura no braço. Declarou ser capitão da corveta, ter trinta e cinco anos e residir em Londres em casa do comodoro Sidney Smith, seu amigo. Como a testemunha se mantinha em pé com dificuldade, mandaram trazer-lhe uma cadeira. O capitão agradeceu e sentou-se; estava tão pálido que pensaram até que fosse desmaiar.

Coster de Saint-Victor apressou-se em lhe passar um frasco de água-de-colônia.

O capitão, que estava sentado, levantou-se, saudou com uma fleuma repleta de cortesia e voltou-se para o tribunal. O presidente quis continuar a interrogá-lo.

O capitão, porém, meneou a cabeça:

– Fui preso após um combate – disse ele – e fui feito prisioneiro de guerra; reclamo aqui todos os direitos da minha condição.

Leram então, para a testemunha, seu interrogatório do dia 21 de maio anterior.

A testemunha escutou com a maior atenção e disse:

– Desculpe-me, senhor presidente, mas não vejo constar aí a ameaça que me fizeram de me levar diante de uma comissão militar e de me mandar fuzilar caso eu não traísse os segredos do meu país.

– Georges, conhece a testemunha? – inquiriu o presidente.

Georges olhou para ele e, dando de ombros:

– Nunca o vi antes – disse ele.

– E o senhor, Wright, vai finalmente responder às minhas perguntas?

– Não – respondeu o capitão –, sou prisioneiro de guerra, e reclamo os usos e direitos de guerra.

– Reclame o quanto quiser – respondeu o presidente. – A audiência prosseguirá amanhã.

Era apenas meio-dia. Saíram todos, criticando o temperamento impaciente do presidente Hémard.

De modo que, no dia seguinte, já desde as sete horas da manhã, a multidão tomava conta das cercanias do Palácio da Justiça: verdade é que se espalhara o boato de que Moreau iria proferir um discurso na abertura da sessão.

A expectativa foi frustrada; mas os espectadores assistiram, em troca, a uma cena das mais comoventes.

Os irmãos Armand e Jules de Polignac estavam sentados lado a lado, e tinham até conseguido ficar sem nenhum gendarme entre eles; apertavam-se as mãos com freqüência, como querendo desafiar o tribunal e, depois deste, a morte que iria separá-los.

Naquele dia, como acabavam de dirigir algumas perguntas a Jules, e como tais perguntas pareciam comprometê-lo, Armand se levantou.

– Senhores – disse ele –, peço-lhes que olhem para este menino: tem dezenove anos apenas; salvem-lhe a vida. Quando veio para a França comigo, estava me seguindo, só isso. Sou o único culpado, pois era o único a ter consciência dos meus atos. Sei que precisam de cabeças: peguem a minha, eu lhes ofereço; mas não toquem na deste garoto e, antes de arrancá-lo brutalmente da vida, deixem-lhe tempo para saber o que estará perdendo.

Mas Jules, levantando-se então e pondo um braço em volta do pescoço de Armand:

– Oh, senhores! – ele exclamou. – Não lhe dêem ouvidos; é justamente porque só tenho dezenove anos, porque estou sozinho no mundo, porque não tenho nem mulher nem filhos, que é a mim que se deve condenar. Armand, pelo contrário, é pai de família; criança ainda e quase que antes de conhecer o meu país, comi o pão do exílio; a minha vida fora da França é inútil à França e sou o único responsável por ela. Peguem a minha cabeça, que lhes dou, mas poupem a do meu irmão.

A partir desse momento, o interesse que até então se concentrara em Georges e Moreau estendeu-se a todos aqueles belos rapazes que se apresentavam ali, derradeiros representantes da fidelidade, da lealdade a um trono decaído. De fato, aquele grupo apresentava em aristocracia, juventude, elegância, o que não só o partido monarquista, como também Paris inteira podia oferecer de melhor. Os espectadores acolhiam com inequívoca boa vontade cada palavra que saía de sua boca; um incidente, sobretudo, arrancou lágrimas de todos os olhos: o presidente Hémard apresentou como prova ao sr. Rivière o retrato do conde de Artois, e perguntou-lhe:

– Acusado Rivière, reconhece esta miniatura?

– Não estou enxergando bem daqui, senhor presidente – respondeu o marquês. –Mas tenha a bondade de fazê-la passar.

O presidente entregou o retrato a um oficial, que o levou ao acusado.

Mas, assim que este pegou o retrato, levou-o aos lábios e, com a voz embargada pelas lágrimas, apertando-o ao peito:

– Então acreditam – exclamou – que não o reconheci? O que eu queria era beijá-lo mais uma vez antes de morrer; agora, senhores juízes, pronunciem minha sentença, e irei até o cadafalso abençoando-os.

Mais duas cenas de um tipo diferente causaram também profunda sensação.

Tendo o presidente perguntado a Coster de Saint-Victor se ele não tinha nada a acrescentar em sua defesa:

– Tenho, sim – disse ele. – Tenho a acrescentar que as testemunhas de defesa que eu tinha pedido que fossem citadas não apareceram; acrescento, além disso, que me surpreende o fato de brincarem com a opinião pública e derramarem injúria e vergonha não apenas sobre nós, mas também sobre os nossos defensores. Li esta manhã os jornais de hoje, e vi com tristeza que os meus relatórios estavam totalmente alterados.

– Acusado – disse-lhe o presidente –, tais fatos são alheios a esta causa.

— De jeito nenhum — prosseguiu Coster —, a reclamação que tenho a honra de fazer ao tribunal está intimamente ligada à minha causa e à causa dos meus pobres amigos; esses relatórios desfiguraram tristemente a defesa de vários dos nossos defensores; quanto a mim, teria a impressão de faltar à gratidão que devo ao meu defensor, interrompido pelo promotor público, se não reconhecesse, pela homenagem que lhe presto aqui, o zelo e o talento que demonstrou em minha defesa. Protesto, portanto, contra as injúrias e as inépcias que os caluniadores de aluguel e os jornalistas difamadores do governo puseram na boca desses corajosos cidadãos; peço ao sr. Gautier, meu advogado, que receba aqui a homenagem da gratidão que nutro por ele, e que prossiga em seus nobres e generosos préstimos até o meu derradeiro instante.

Essa tirada de Coster de Saint-Victor foi acolhida não só com uma imensa simpatia, mas com aplausos unânimes.

Atrás de Coster de Saint-Victor, no terceiro banco, estavam sete bretões das charnecas do Morbihan, de rosto rude, corpo atarracado e que, ao lado da inteligência que comanda, mostravam a força brutal que obedece. Entre eles, podia-se observar um empregado de Georges, chamado Picot, a quem as terríveis vinganças contra os nossos soldados, vinganças que infelizmente não passavam de represálias, deram o apelido de Carrasco dos Azuis; era um homenzinho de membros quadrados, ombros fortes, rosto crivado de bexiga; tinha cabelos pretos, curtos e cortados retos na altura da testa. O que dava um aspecto especial ao seu rosto eram os pequenos olhos cinzentos que brilhavam sob grossas sobrancelhas ruivas.

Mal Coster de Saint-Victor terminou, Picot levantou-se e, sem observar as aparências de cortesia que a condição de homem da sociedade impunha a Coster de Saint-Victor:

— Quanto a mim — disse ele —, não tenho do que me queixar, mas, melhor do que isso, tenho algo a denunciar.

— Denunciar? — perguntou o presidente.

— Sim — prosseguiu Picot —, devo denunciar que, ao chegar na delegacia de polícia, no dia da minha prisão, começaram me oferecendo duzentos luíses de ouro, que contaram e puseram na minha frente sobre a mesa, além da minha liberdade, se eu aceitasse revelar onde estava morando o meu patrão, o general Georges. Respondi que não sabia, o que era verdade, já que o general não parava muito tempo em lugar nenhum. O cidadão Bertrand pediu então ao oficial de plantão que trouxesse o gatilho de um fuzil de munição, junto com uma chave de fenda, para apertar meus polegares; depois me amarraram e me quebraram os dedos.

– Esse é um castigo que lhe deram – disse o presidente Hémard – e que o senhor nos cobra, em vez de contar a verdade.

– É a verdade de Deus, é a pura verdade – retrucou Picot. – É só perguntar para os soldados do posto, fui queimado no fogo e tive os dedos esmagados.

– Observem, senhores – disse Thuriot –, que é a primeira vez que o acusado menciona essa circunstância.

– Ora essa! – disse Picot. – O senhor conhece muito bem essa circunstância, pois se quando lhe falei sobre ela no Templo o senhor me disse: "Fique quieto, e daremos um jeito nisso".

– O senhor nunca mencionou em suas declarações esse assunto de que está se queixando hoje.

– Se desde então nunca mais falei sobre isso, é que tive medo que se metessem de novo a me estropiar e me queimar.

– Acusado – exclamou o procurador-geral –, pode mentir, mas minta com mais decência em presença da justiça.

– Muito boa, a justiça: quer que eu seja polido com ela, mas não quer ser justa comigo.

– Basta, cale-se! – disse Hémard. Dirigindo-se então a Georges: – Tem algo a acrescentar às palavras do seu defensor?

– Tenho algo a acrescentar – respondeu Georges. – O primeiro cônsul deu-me a honra de conceder-me uma audiência; entramos em acordo sobre alguns pontos que foram estritamente cumpridos de minha parte, e violados da parte do governo; foram organizados bandos de fogueiros na Vendéia e no Morbihan; usando meu nome, eles perpetraram horrores tamanhos que fui forçado a sair de Londres, voltar à Bretanha e estourar os miolos de um dos chefes desses bandos, e de me dar a conhecer como o verdadeiro Cadoudal; então, enviei o meu tenente Sol de Grisolles para declarar a Napoleão Bonaparte que a partir daquela data a vendeta seria entre nós dois; ele é corso, deve ter entendido o que isso queria dizer e tomou suas precauções. Foi então que resolvi voltar para a França. Não sei se o que fiz e o que fizeram meus amigos tem caráter de conspiração, mas os senhores conhecem a lei melhor do que eu, e apelo à sua consciência para nos julgar.

Entre os acusados estava o abade David, que já mencionamos uma ou duas vezes; era um amigo de Pichegru, e comprometido por essa amizade é que se viu arrastado ao banco dos réus; era um padre calmo, frio e que não temia a morte; levantou-se e disse com voz firme:

– Pélisson não abandonou o superintendente Fouquet em seu desterro, e a posteridade tornou-o ilustre por sua lealdade; espero que minha amizade por Pichegru durante seu exílio não me traga mais problemas do que a amizade de Pélisson por Fouquet durante sua detenção. O primeiro cônsul deve ter amigos, muitos amigos até, pois, tal como Sila, ninguém trouxe mais benefícios aos seus clientes. Suponho que no dia de brumário, se tivesse falhado seu golpe, ele teria sido condenado à morte talvez, proscrito, sem dúvida alguma.

– O que o senhor está dizendo não faz o menor sentido! – exclamou o presidente.

– Proscrito, sem dúvida alguma – repetiu David.

– Cale-se! – gritou Thuriot.

– Vou continuar – insistiu o padre. – E, pergunto, o senhor censuraria aqueles amigos que, apesar da sua proscrição, se correspondessem com ele e trabalhassem para trazê-lo de volta?

Thuriot não parava de se agitar em sua poltrona.

– Senhores – exclamou, furioso, olhando para os seus colegas e assessores –, as palavras que acabamos de ouvir são um despropósito...

Mas o abade David interrompeu-o:

– Senhores magistrados – disse ele com tranqüilidade –, minha vida está em suas mãos, eu não temo a morte, bem sei que, quando queremos continuar sendo homens honestos numa revolução, devemos esperar tudo e estar prontos a tudo.

Esses poucos discursos dos acusados que acabamos de citar foram parafraseados pelos demais acusados, e então a sessão se encerrou mais uma vez com uma cena de comoção entre os dois irmãos Polignac.

– Senhores – disse Jules, inclinando-se para os juízes e unindo as mãos –, eu estava emocionado demais após o discurso do meu irmão, e só dediquei uma importância medíocre à minha própria defesa; mais calmo, agora, ouso esperar, senhores, que o que lhes disse Armand não irá obrigá-los a levar em conta o pedido que ele lhes dirigiu a meu favor. Repito, pelo contrário, que se é necessária uma vítima expiatória, se é necessário que um de nós dois sucumba, é tempo ainda, salvem Armand, devolvam-no às lágrimas de sua esposa; não tenho esposa, posso enfrentar a morte, sou muito jovem para ter desfrutado da vida e sentir falta dela.

– Não! Não! – exclamou Armand, puxando o irmão para si e apertando-o junto ao peito. – Não, você não vai morrer! Serei eu, eu, suplico-lhe, caro Jules; o lugar é meu.

Aquela cena feria a consciência dos juízes.

– Está terminada a sessão – gritou o presidente.

E mandou evacuar a sala.

Onze horas da manhã soavam quando a Corte se retirou da sala do conselho; a afluência, em vez de diminuir, aumentava a cada dia: compreendia-se que havia dois processos em um, o de Moreau e o de Bonaparte; e, embora se pudesse prever que a sentença seria proferida bastante tarde, ninguém deixou a sala.

O que fazia com que a deliberação se estendesse além do normal era o fato de Réal ter vindo dizer que Moreau precisava ser condenado a uma pena qualquer, mesmo leve, já que, caso fosse inocentado, o governo estava decidido a dar um golpe de Estado.

Era necessária, de fato, uma extensa deliberação para se condenar um acusado reconhecidamente inocente.

Finalmente, no dia 10 de junho, às quatro horas da manhã, um toque de campainha fez estremecer a multidão que permanecera na sala do tribunal; aquele toque indicava que os juízes iam começar a sessão. Os primeiros clarões de um dia pálido caíam do céu e passavam através das janelas, mesclando-se aos últimos clarões das velas; é sabido que não há nada mais triste do que essa luta matinal entre o dia e a noite.

Em meio àquele sentimento de terror, entrou a força armada, invadindo a sala subitamente. Então, fez-se ouvir um segundo toque de campainha, mais forte que o primeiro, a porta se abriu e um oficial gritou:

– A alta Corte!

E o presidente Hémard, solenemente seguido por todos os juízes, veio tomar lugar em sua poltrona.

Segurava na mão uma comprida folha de papel: era a sentença do tribunal. Os acusados foram introduzidos por seu turno.

Então, o presidente, depois que a primeira categoria foi introduzida e estava em pé diante dele, apoiando a mão no peito, leu com voz sombria a sentença extensamente fundamentada, que condenava à morte Georges Cadoudal, Bouvet de Lozier, Rugulion, Rochelle, Armand de Polignac, Charles d'Hozier de Rivière,

Louis Ducorps, Picot, Lajolais, Roger, Coster de Saint-Victor, Deville, Armand Gaillard, Léhan, Pierre Cadoudal, Joyaut, Lemercier, Burban e Mérille.

Imagina-se em que estado de ansiedade se achava a sala durante aquele leitura lenta e solene, que exigia uma pausa depois de cada nome. Cada espectador, ouvidos bem abertos, fôlego em suspenso, coração paralisado, temia ouvir pronunciar, entre aqueles primeiros nomes fadados à morte, o nome de um parente ou amigo.

Embora fosse grande o número dos condenados à morte, pois que chegava a vinte e um, houve um imenso alívio no auditório quando acabou aquela primeira lista; o presidente então retomou a palavra e pronunciou o restante do julgamento:

– E considerando-se que Jean-Victor Moreau, Jules de Polignac, Le Ridant, Roland e a moça Izaï são culpados de terem participado da conspiração, mas que resultam, do processo e dos debates, circunstâncias que os justificam, a Corte reduz a sua pena a dois anos de prisão.

"E inocenta os demais acusados."

Os condenados escutaram sua sentença com semblante sereno, sem jactância e sem desdém; só Georges, que se encontrava ao lado do sr. Rivière, inclinou-se para ele e disse:

– Agora que terminamos com o rei da terra, temos de estar em ordem com o rei do céu*.

---

* Quem quiser mais informações sobre esse curioso julgamento poderá obtê-las no excelente livro do meu amigo Marco de Saint-Hilaire intitulado: *Deux conspirations*. (N. A.)

XLVII
A EXECUÇÃO

Mas a preocupação maior talvez não estivesse naquela sala na qual se decidia o destino dos acusados. Josefina, a sra. Murat, a sra. Louis, que tanto sofreram pela morte do duque de Enghien, não imaginavam sem pavor a execução de vinte e uma pessoas, ou seja, o número de condenados que lembrava o dos melhores dias do Terror.

Uma matança de vinte e uma pessoas na praça de Grève era realmente motivo para se apavorar.

A frase que Fouché escrevera um dia: "O ar está repleto de punhais!" ficara como ameaça permanente para Josefina; ela pensava nos ódios novos que vinte e uma execuções acenderiam, e via incessantemente o punhal das antigas e das novas vinganças suspenso sobre o peito do seu marido. A ela é que as pessoas se dirigiram. As lágrimas da sra. de Polignac foram as primeiras a se derramar em seu manto imperial; ela correu ao gabinete de Bonaparte para suplicar pelo nobre rapaz que, de certa forma, oferecera de bom grado a própria cabeça a fim de salvar a do irmão.

Bonaparte recusou; de nada serviram lágrimas e rogos.

– Mas a senhora, então, se interessa pelos meus inimigos! – disse ele duramente. – Sejam monarquistas, sejam republicanos, uns e outros são incorrigíveis: se eu os perdoar, eles vão recomeçar, e a senhora será obrigada a rogar por outras vítimas.

Infelizmente, envelhecendo e tirando de Bonaparte a cada dia a esperança de posteridade, Josefina perdera sua influência; mandou buscar a sra. de Polignac, e colocou-a no caminho de Napoleão; esta se jogou aos seus pés, identificando-se e pedindo indulto para o seu marido, Armand de Polignac.

— Armand de Polignac! — exclamou Bonaparte. — Meu companheiro na Escola Militar! Foi ele mesmo quem conspirou contra mim? Ah, senhora — ele acrescentou —, culpados são os príncipes que comprometem seus fiéis servidores sem compartilhar seus riscos.

A sra. de Polignac deixou as Tulherias no momento em que entravam Murat e sua esposa para pedir indulto para o sr. de Rivière. Murat, que era um excelente coração, estava desesperado com o papel involuntário que desempenhara, contra a vontade, no caso do duque de Enghien; queria, como tinha dito, apagar a nódoa que Bonaparte pusera em seu uniforme de soldado. O indulto do sr. de Rivière era conseqüência do indulto do sr. de Polignac; foi concedido quase sem resistência. O sr. Réal é que veio comunicar ao sr. de Rivière que fora agraciado, mas não sem tentar tirar partido do fato.

— O imperador, que aprecia a coragem e a lealdade — disse ele —, de bom grado o agraciaria; mais do que isso, ele o veria entrar com prazer para o seu serviço, convencido de que o senhor manteria sua palavra, caso a desse. O senhor quer um regimento?

— Ficaria feliz e orgulhoso de comandar soldados franceses — respondeu o sr. de Rivière. — Mas não posso aceitar, já que até agora lutei sob outra bandeira.

— O senhor seguiu de início a carreira diplomática; gostaria de ser ministro da França na Alemanha?

— Por puro acaso fui enviado, em nome de Monsieur e do rei, para algumas Cortes da Alemanha; eu era inimigo dos senhores quando cumpri essas missões. O que pensariam de mim os soberanos se me vissem negociar por interesses contrários àqueles que defendi até então? Eu perderia a sua estima e a minha própria, não posso aceitar.

— Pois então ingresse na administração! Deseja uma subprefeitura?

— Não passo de um soldado e daria um péssimo prefeito.

— Mas, então, o que quer?

— Algo muito simples. Fui condenado, quero cumprir a minha pena.

— O senhor é um homem leal — disse Réal, retirando-se. — Se eu puder lhe ser útil, estou ao seu dispor.

Depois, mandou chamar Georges.

— Georges — disse ele —, estou disposto a mandar pedir seu indulto ao imperador; ele muito certamente o concederá, e mediante uma simples promessa sua de não mais conspirar contra o governo. Aceite servir no Exército.

Mas Georges meneou a cabeça.

– Meus amigos e meus companheiros me seguiram até a França – disse ele –, vou segui-los, por minha vez, ao cadafalso.

Todos os grandes corações se interessavam por Georges; assim, depois de obter o agraciamento do sr. de Rivière, Murat insistiu para obter o de Georges.

– Se Vossa Majestade vai agraciar Polignac e os demais, por que – disse ele – não ser clemente para com Georges? Georges é um homem de caráter e, se Vossa Majestade quiser lhe conceder a vida, emprego-o como meu ajudante-de-campo.

– Cáspite – respondeu Napoleão –, imagino que sim, e eu também. Mas o danado do homem iria querer que eu indultasse todos os seus companheiros; é impossível: há entre eles alguns que cometeram assassinatos em plena rua. No mais, faça como quiser, e o que o senhor fizer estará bem feito.

Murat, de fato, entrou no calabouço em que Georges estava encerrado com seus companheiros. Na manhã seguinte seria realizada a execução. Encontrou-os a rezar; nenhum deles se virou quando entrou. Ele, por sua vez, esperou que a oração estivesse concluída; depois, dirigindo-se a Georges e chamando-o à parte:

– Senhor – disse –, venho em nome do imperador lhe oferecer um emprego no Exército.

– Senhor – respondeu Georges –, isso já me foi oferecido esta manhã, e recusei.

– Acrescento, ao que lhe disse esta manhã o sr. Réal, que o mesmo indulto seria oferecido àqueles, dos homens que o acompanham, que se dispuserem a servir o imperador com abnegação sem reservas de seus antigos princípios.

– Permita, então – disse Georges –, isso já não diz respeito apenas a mim e preciso transmitir sua proposta aos meus companheiros a fim de saber qual é a opinião deles.

Então, em voz alta, relatou-lhes a proposta que Murat acabava de lhe fazer em voz baixa, e esperou, calado e sem tentar influenciar ninguém contra ou a favor.

Burban foi o primeiro a levantar-se e, tirando o chapéu, exclamou:

– Viva o rei!

Mais dez vozes, no mesmo instante, cobriram a sua com a mesma aclamação.

Então, voltando-se para Murat:

– Está vendo, senhor – disse ele –, temos todos um só pensamento e um só grito: "Viva o rei!". Tenha a bondade de comunicá-lo àqueles que o enviaram.

No dia seguinte, 25 de junho de 1804, a carroça que conduzia os condenados deteve-se ao pé do cadafalso.

Por uma exceção quase única na sangrenta história das execuções judiciais, Georges, embora sendo o chefe daquela conjuração, foi executado em primeiro lugar; é verdade que foi a seu pedido. Como várias tentativas de indulto haviam sido feitas em seu favor, teve medo de que, caso sobrevivesse aos seus amigos moribundos, mesmo que apenas entre a penúltima e a última execução, seus amigos morressem com a idéia de que o deixaram por último para indultá-lo sem que ele tivesse de se envergonhar ante as cabeças cortadas de seus companheiros.

Um incidente inesperado prolongou o sangrento espetáculo oferecido ao povo. Louis Ducorps, que era o sexto, e Lemercier, que era o sétimo, deviam ambos preceder Coster de Saint-Victor no cadafalso. O indulto de Coster de Saint-Victor havia sido prometido, esperavam-no de um momento para o outro. Eles se sacrificaram e pediram para ser conduzidos ante o governador de Paris, dizendo que tinham revelações a fazer; durante uma hora e meia fizeram ambos revelações sem nenhuma importância, durante o mesmo tempo o cutelo da guilhotina permaneceu erguido. Coster de Saint-Victor, o elegante Coster, perguntou se não poderia aproveitar o atraso para mandar chamar um barbeiro:

– O senhor está vendo – ele disse ao carrasco – uma multidão de mulheres que evidentemente está aqui por minha causa; conheço quase todas elas; há quatro dias venho pedindo um barbeiro na prisão, há quatro dias que o negam: devo estar pavoroso de olhar.

Pela segunda vez, recusaram o barbeiro ao belo *gentleman*, que pareceu se desesperar; então, finalmente, Ducorps e Lemercier voltaram, o indulto não fora concedido, e o voraz cadafalso devorou-os todos até o último.

Duas horas soavam no relógio da Prefeitura; dessa hora é que datava a legítima onipotência de Napoleão. Em 1799, ele superara as resistências políticas quebrando o Diretório; em 1802, superara as resistências civis anulando o Tribunato; em 1804, vencera as resistências militares desbaratando a conspiração dos emigrados reunidos aos generais republicanos. Pichegru, seu único rival, estrangulara-se. Moreau, seu único êmulo, partia para o exílio. Após doze anos de lutas, de terrores, de levantes, de partidos sucedendo-se uns aos outros, terminava a revolução; lentamente, ela se encarnara nele; ela se fizera homem e, de fato, a moeda cunhada em 1804 trazia a seguinte inscrição:

"República francesa, Napoleão imperador."

Foi durante essa noite de 25 de junho de 1804 que Fouché, vindo fazer uma visita ao novo imperador, que como recompensa pelos bons serviços prestados naquele último caso acabou por restabelecer em seu benefício o ministério da Polícia; foi, dizíamos, durante essa noite de 25 de junho de 1804 que Fouché, achando-se frente a frente com Napoleão no vão de uma janela, julgando o momento favorável, disse-lhe:

– Então, Majestade, o que vamos fazer com o pobre rapaz que espera, há três anos, num calabouço da Abadia, por uma decisão sua[1]?

– Que pobre rapaz?

– O conde de Sainte-Hermine.

– O conde de Sainte-Hermine, quem é esse?

– Aquele que ia se casar com a srta. de Sourdis, mas sumiu na noite do contrato.

– O assaltante de diligências?

– Sim.

– Ele não foi fuzilado?

– Não.

– Mas foi a ordem que eu dei.

– Ao contrário do axioma do sr. de Talleyrand, seu primeiro impulso é sempre o errado[2].

– Por conseguinte...

– Esperei pelo segundo impulso. Na verdade, três anos de prisão pelo erro que ele cometeu me parecem uma punição bastante severa.

– Está bem, que ele seja enviado como simples soldado para o Exército.

– Com liberdade para escolher suas armas? – perguntou Fouché.

– Que escolha – respondeu Bonaparte –, mas que não espere tornar-se oficial.

– Está bem, senhor... Caberá a ele convencer Vossa Majestade.

---

1. O leitor deixara Hector de Sainte-Hermine encarcerado em Vincennes.
2. Expressão geralmente atribuída a Talleyrand ("Lembro-me das palavras do sr. de Talleyrand aos jovens secretários de embaixada: 'Desconfiem do primeiro impulso, ele é sempre generoso'", Stendhal, *Mémoires d'un touriste*), mas também, às vezes, ao seu amigo Montrond ("O sr. de Montrond diz que é preciso desconfiar dos nossos primeiros impulsos, porque quase sempre são honestos", Prosper Mérimée a Jenny Dacquin, 25 de setembro de 1832).

XLVIII
APÓS TRÊS ANOS DE PRISÃO

Uma hora não havia transcorrido após a conversa entre o ministro da Polícia e o imperador quando o porteiro que guardava a sala de Fouché anunciou:

– O prisioneiro.

Fouché virou a cabeça e, do outro lado da porta, de fato avistou o conde de Sainte-Hermine entre dois gendarmes.

A um sinal do ministro da Polícia, o conde de Sainte-Hermine entrou na sala.

Desde o dia de sua detenção, desde a esperança que Fouché lhe dera de ser fuzilado sem processo, o ministro e ele não haviam tornado a se ver.

Durante oito, quinze dias, um mês até, cada vez que a chave girava na fechadura da prisão, Sainte-Hermine corria para a porta, na expectativa de que o vinham buscar para a execução.

Depois compreendeu que, pelo menos por enquanto, precisava resignar-se a viver.

Foi tomado por um medo, o medo de que o segurassem para testemunhar nos processos que iam ocorrer.

Passou um ou dois meses com esse medo, que se esvaeceu, como se esvaecera a sua esperança.

Até então não sentira o tempo passar, agitado que estava pelos dois sentimentos distintos que se sucediam em sua alma.

Entediou-se e pediu alguns livros.

O que lhe foi concedido.

Pediu lápis, papel para desenhar, instrumentos de matemática.

O que lhe foi concedido.
Pediu tinta, papel para escrever, penas.
O que lhe foi concedido.

Então, como chegaram as longas noites de inverno, e às quatro horas da tarde já era noite na prisão, Hector pediu uma lâmpada, que, com um tantinho de dificuldade, lhe foi concedida. Estava autorizado a passear no jardim duas horas por dia, mas nunca aproveitou por medo de ser reconhecido. Foi assim durante três anos.

Existe uma idade, nas constituições privilegiadas, em que o infortúnio só vem acrescentar à beleza física e às qualidades morais.

Hector tinha pouco mais de vinte e cinco anos e uma natureza excepcional. Durante aquela longa reclusão, seu rosto perdera a tez juvenil, e a flor rosada de suas faces dera lugar a um tom trigueiro com leves camadas de bistre; seus olhos estavam maiores de tanto tentar enxergar na escuridão; sua barba crescera, e de modo másculo emoldurava seu rosto; sua fisionomia se dividia em três nuances, quase indistintas de tão fundidas estavam umas nas outras.

O pensamento, o devaneio, a melancolia.

A necessidade que têm os jovens de gastar sua energia física ele a aplacara com exercícios de ginástica; pedira balas de canhão de diferentes pesos, e acabara erguendo-os e fazendo malabarismos, com balas de todos os pesos.

Exercitara-se, por meio de uma corda pendurada no teto, em escalar essa corda apenas com as mãos. Enfim, todos esses exercícios de ginástica moderna que completam hoje em dia a educação de um rapaz, ele os inventara, não para completar sua educação, mas simplesmente para se distrair.

Por fim, durante seus três anos de prisão, Sainte-Hermine estudara profundamente, sozinho, tudo o que se pode estudar sozinho – geografia, matemática, história. Apaixonado pelas viagens quando criança, e falando alemão, inglês, espanhol como se fossem sua língua materna, fizera amplo uso da permissão que lhe deram de pedir livros e viajara pelos mapas, já que não viajara na realidade.

A Índia, principalmente, que Haider-Ali acaba de disputar com tanto empenho aos ingleses, junto com seu filho Tippoo Sahib, o magistrado de Suffren, Bussy e Dupleix, atraíra toda a sua atenção e fora objeto de estudos mais específicos, sem que ele jamais imaginasse que esses estudos específicos poderiam lhe servir, fadado à prisão perpétua como julgava estar.

Estava acostumado àquela vida, e a ordem de comparecer ante o ministro da Polícia foi um grande acontecimento para ele, e reconhecemos que, ao obedecê-la, uma sensação de vago temor penetrara em sua alma.

Hector imediatamente reconheceu Fouché; ele não mudara em nada, a não ser pelo fato de usar um traje bordado e ser tratado por monsenhor. Mas o mesmo não se dava com Sainte-Hermine: Fouché, para reconhecê-lo, foi obrigado a olhar duas vezes.

Ao ver-se diante do ministro da Polícia, todas as antigas recordações de Sainte-Hermine despertaram.

– Ah, senhor – disse ele, sendo o primeiro a interromper a silente e dupla interrogação –, então foi assim que cumpriu a palavra que me deu!

– O senhor me quer muito mal por tê-lo obrigado a viver? – disse Fouché.

Sainte-Hermine sorriu com tristeza.

– Será mesmo viver – perguntou – estar confinado num cômodo de doze pés quadrados com janelas gradeadas e dois ferrolhos em cada porta?

– É sempre mais confortável estar num quarto de doze pés quadrados do que num caixão de seis pés de comprimento por dois pés de largura.

– Por mais estreito que seja um caixão, sempre se está confortável na morte.

– O senhor teria hoje, para morrer – perguntou Fouché –, a mesma insistência que da última vez que o vi?

Sainte-Hermine deu de ombros.

– Não – disse ele. – Antigamente, eu detestava a vida, hoje ela se tornou indiferente para mim; mas, se me mandou chamar, não é porque chegou a minha vez?

– E por que teria chegado a sua vez? – perguntou Fouché.

– Porque já acabaram com o duque de Enghien, com Pichegru, com Moreau e Cadoudal, e depois de três anos já seria hora, me parece, de acabar comigo.

– Meu caro senhor – respondeu Fouché –, quando Tarqüínio quis que suas ordens fossem conhecidas por Sexto, não abateu todas as dormideiras do seu jardim, só aquelas com os caules mais altos[1].

– O que devo entender por essa resposta, senhor? – perguntou Hector, enrubescendo. – Que tenho a cabeça muito baixa para ser abatida?

---

1. Anedota relatada por Tito Lívio, *História de Roma*, I, LIV, 6, e Heródoto, *Histórias*, 5, 92, 6.

— Não quis ofendê-lo, senhor, mas há de convir que não é um príncipe de sangue como o duque de Enghien, nem um vencedor como Pichegru, nem um grande homem de guerra como Moreau, nem um famoso partidário como Georges.

— Tem razão — retrucou Hector, baixando a cabeça —, nada sou se comparado a esses todos que acaba de citar.

— Mas — prosseguiu Fouché —, com exceção de príncipe de sangue, pode se tornar tudo o que eles são.

— Eu?

— Sem dúvida. O senhor foi tratado, na prisão, como um homem que só sairia do cárcere para a morte? Tentaram, durante o seu cativeiro, rebaixar o seu espírito, partir a sua alma ou corromper o seu coração? O senhor chegou a desejar alguma coisa que lhe fosse negada? Isso não lhe provou que alguma autoridade solidária velava pelo senhor? Três anos como esses que acaba de passar, senhor, não são um castigo, são um complemento de educação e, supondo que a natureza o tenha destinado a ser um homem, esses três anos de infortúnio teriam lhe feito falta.

— Mas, afinal — exclamou Sainte-Hermine com certa impaciência —, fui condenado a alguma coisa, a uma pena qualquer; a que estou condenado?

— A entrar no Exército como simples soldado.

— Mas isso é uma degradação.

— Qual era a sua patente entre os seus assaltantes de diligência?

— Como assim?

— Perguntei qual era a sua patente entre os companheiros de Jeú.

Hector baixou a cabeça.

— Tem razão — disse ele —, serei um simples soldado.

— E tenha orgulho disso, senhor: Marceau, Hoche, Kléber começaram como simples soldados e se tornaram grandes generais. Jourdan, Masséna, Lannes, Berthier, Augereau, Brune, Murat, Bessières, Moncey, Mortier, Soult, Davout, Bernadotte, hoje marechais da França, começaram quase todos como simples soldados; comece como eles, acabe como eles.

— Será dada uma ordem para que me deixem nas últimas fileiras do Exército.

— O senhor forçará a mão de seus chefes a poder de grandes feitos.

— Vou ser forçado a servir um governo que não tinha a simpatia da minha família e não pode ter a minha.

– Reconheça, senhor, que na época em que atacava diligências na floresta de Vernon, o senhor ainda não tinha tido tempo de criar simpatias ou antipatias; obedecia a tradições familiares, e não a uma opinião refletida. Desde que foi preso, desde que leu sobre a história do passado e sobre as probabilidades do futuro, deve ter percebido que o velho mundo está desabando e que, sobre os seus despojos, um mundo novo está se erguendo. Tudo o que representava, tudo o que estava ligado a este velho mundo está morto, violenta, fatal, providencialmente. Desde o trono até a última fileira do Exército, desde os primeiros magistrados até os últimos prefeitos de aldeia, o senhor só vê rostos novos; na sua própria família, criou-se uma divisão parecida: seu pai e seus dois irmãos pertenciam ao passado, e o senhor pertence ao novo mundo; e o que está passando pela sua mente nesse exato momento me dá razão, tenho certeza.

– Sou obrigado a reconhecer, senhor, que há muito de verdade no que diz, e que assim como Luís XVI e Maria Antonieta eram os representantes das antigas raças às quais pertenciam, assim Bonaparte e Josefina, ambos de raça secundária, são os representantes dos novos dias.

– Fico satisfeito por não ter me enganado; o senhor é mesmo o homem inteligente que eu tinha previsto.

– Eu poderia, para apagar as marcas do passado, alistar-me com um nome que não o meu?

– Pode; não só pode se alistar com outro nome, mas está livre para escolher a arma sob a qual estará condenado a servir.

– Obrigado.

– Tem alguma preferência?

– Nenhuma; qualquer que seja o caminho por onde eu ande, farei parte da poeira levantada pelo vento.

– Por que se deixar levar pelo vento quando se pode lutar contra ele? Aceita um conselho, senhor, sobre a arma em que irá servir?

– Diga, senhor.

– Vamos entrar numa guerra encarniçada contra a Inglaterra, uma guerra marítima; o senhor tem a escolha da arma, torne-se marinheiro.

– Estava pensando nisso – disse Hector.

– O senhor tem antecedentes na família: cinco dos seus antepassados, usando o seu nome, a partir de Hélée de Sainte-Hermine, chefe-de-esquadra em 1734, ocuparam patentes eminentes na Marinha; o irmão do seu pai era ele próprio capitão de navio, sabe disso melhor que ninguém, já que, até a idade de quatorze anos, serviu sob suas ordens como praticante de piloto e aspirante da Marinha; sua educação naval estará cumprida em mais da metade, portanto, quando subir a bordo de um navio.

– Já que está tão bem a par do que se passou de um século e meio para cá na minha família, pode me dizer, senhor, o que é feito do meu tio? Pois nesses três anos em que estive preso, fiquei apartado do mundo inteiro.

– Seu tio, leal servidor do rei, pediu demissão quando da morte do duque de Enghien, e retirou-se com suas duas primas para a Inglaterra.

– Quanto tempo tenho para me entregar ao meu destino?

– De quanto tempo precisa para voltar para casa e aprontar suas coisas?

– Minhas coisas estarão prontas logo, pois imagino que minha fortuna tenha sido confiscada.

– Sua fortuna lhe pertence integralmente e, se o seu intendente não o estiver roubando, vai achar três anos de rendas nas gavetas, trezentos mil francos, uma bela entrada em campanha para um marujo.

– Senhor, de tudo o que está me dizendo deduzo que lhe devo muito e, no entanto, ainda não me ocorreu agradecer-lhe. Leve em conta a perturbação causada pela estranha situação em que me encontro, e não me julgue um ingrato.

– Julgo-o tão pouco ingrato que vou lhe dar um conselho, que deixei por último por ser o melhor.

– Diga, senhor.

– Não se aliste na Marinha Imperial.

– E onde quer que eu me aliste?

– Aliste-se a bordo de um corsário. Uma lei acaba de juntar os corsários às embarcações do Estado; forçado a servir como simples marujo, o senhor não se acostumaria à disciplina dos barcos de linha; a bordo de um corsário, em que a distância entre as patentes não existe de modo tão absoluto, o senhor pode facilmente tornar-se amigo do capitão, comprar até uma parte do seu armamento; cabe a ele conceder-lhe a bordo a patente que lhe aprouver, e quando passar da Marinha irregular para a Marinha do Estado, o seu tempo de serviço será contado a partir do primeiro dia em que serviu com o seu tio como praticante de piloto.

– Mas, senhor Fouché – disse Hector, surpreso com tanta benevolência vinda de um homem que não tinha reputação de benevolente –, o que eu fiz para merecer tamanha atenção de sua parte?

– Na verdade, não sei, e nem eu me reconheço – disse o ministro da Polícia –, mas gosto de colocar certos homens de comprovada inteligência em condições difíceis; eles sempre saem engrandecidos e com brilho. Não sei o que vai acontecer com o senhor, mas verá que um dia vai me agradecer, e com mais razão do que hoje.

– Senhor – disse Sainte-Hermine, inclinando-se –, a partir de hoje já me sinto seu devedor em tudo, inclusive da vida.

– No dia do seu alistamento, não se esqueça de me mandar o nome da sua embarcação, o número que lhe couber entre a tripulação, assim como o pseudônimo sob o qual vai se alistar; o senhor me disse, se bem recordo, que contava servir com outro nome.

– Sim, senhor, o de Sainte-Hermine está morto.

– Para todo mundo?

– Para todo mundo, e principalmente para aquela que deveria vir a usá-lo.

– Até que ele ressuscite com o título de comandante ou de general, não é?

– Mas, antes disso, espero que essa pessoa a quem o senhor faz alusão esteja feliz e tenha me esquecido.

– Mas se ela me perguntar, a mim que tenho de saber tudo pela minha qualidade de ministro da Polícia, como é que o senhor morreu, o que devo responder?

– Responda que morri com todo o respeito que devia a ela, e em toda a força do meu amor.

– O senhor está livre – disse Fouché, abrindo as duas folhas da porta.

Os gendarmes se afastaram.

O conde de Sainte-Hermine fez uma saudação e se retirou.

XLIX
SAINT-MALO

Num dos numerosos golfos que enfeitam o litoral francês, entre Calais e Brest, entre a Normandia e a Bretanha, entre o cabo de la Hague e o cabo Tréguier, defronte às antigas ilhas francesas de Jersey, Guernesey e Aurigny, ergue-se sobre um rochedo, qual ninho de pássaro marinho, a pequena cidade de Saint-Malo[1].

Antigamente, nos tempos primitivos e nebulosos em que a Bretanha se chamava Armórica, esse rochedo, banhado pelo Rance, era separado do alto mar por florestas e pradarias que provavelmente incluíam as ilhotas que envolvem Saint-Malo e as ilhas que acabamos de citar; mas o cataclismo de 709 antes de Cristo engoliu parte desse cabo, que se estendia mar adentro na altura do cabo de la Hague e do cabo Tréguier.

As incursões dos piratas normandos fizeram com que Carlos Magno vertesse lágrimas em seu leito de morte, e obrigavam as populações vizinhas a se refugiar no rochedo de Saint-Malo. Entre 1143 e 1152, Jean de Châtillon transferiu para lá a sede episcopal depois de destituir, da ilha e de suas dependências, os monges de Marmoutier.

Dessa época é que data a vida nova: a filha do Oceano bravio desenvolveu-se rapidamente sob a égide dos seus valentes marinheiros e sob a jurisdição senhorial do bispo e da lei.

Essa estrutura, que vinha consagrar os princípios comunitários e os direitos do povo, aumentou sua população ao se tornar uma terra de asilo, incerta prosperida-

---

1. Para resumir aqui a história de Saint-Malo, Dumas se inspira em alguma brochura que lhe terá sido entregue durante a temporada que aparentemente passou na cidade antes de redigir este capítulo.

de das cidades incipientes; aumentou sua marinha através das franquias do porto, seu comércio através das isenções e privilégios concedidos em todas as épocas por duques e reis e, enfim, seu bem-estar e sua fortuna através de capturas regulares em tempos de guerra e, em tempos de paz, negócios constantes e transações lucrativas. Criou uma espécie de república independente no seio da nação bretã. A inviolabilidade do asilo salvou a vida do jovem conde de Richemont, da casa de Lancastre, que mais tarde viria a ser o rei Henrique VII. Perseguido à exaustão por Eduardo IV, primeiro soberano da casa de York, refugiou-se em 1475 na igreja de Saint-Malo.

Coisa curiosa é que, à noite, na maré baixa, os navios eram vigiados por uma matilha de vinte e quatro dogues trazidos da Inglaterra.

Esse costume foi instituído em 1145 pelo capítulo e pela comunidade. A matilha inglesa desempenhou regularmente a tarefa até o ano de 1770. Nessa época, um jovem oficial, desafiando as ordens de suas sentinelas quadrúpedes, quis forçar a passagem depois do toque de recolher. Foi devorado pelos animais.

O conselho então ordenou que os cães fossem envenenados.

Quanto às muralhas, os maloenses sempre confiaram apenas em si próprios para vigiá-las.

Seria longo e laborioso contar a história dessas barcas todas que deslizaram pelos estaleiros maloenses, empurrando as ondas para irem apanhar com garras de ferro os navios ingleses, portugueses e espanhóis. Nação alguma registra em seus anais tantos combates gloriosos como esse pequeno povo cujas muralhas podem ser contornadas no espaço de uma hora.

Desde 1234, os maloenses traçam seu rastro no oceano. E Matthew Paris, ao vê-los lançar-se velozmente sobre os navios ingleses, chamou-os de "tropas ligeiras do mar."

São Luís ouve elogios sobre esses valentes navegadores; junta-os aos da Picardia e da Normandia e incita-os a enfrentar a frota inglesa do almirante Dubourg. O almirante inglês é derrotado, e seus navios, forçados a retornar ao seu porto de armamento.

Em 1º de abril de 1270, movido pela santa loucura da qual Mansura[2] o deveria ter curado, São Luís empreende a última cruzada. Os navios maloenses, fiéis

---

2. Cidade do Baixo Egito em que os cruzados franceses, depois de resistir aos ataques dos mamelucos (8 de fevereiro de 1250), foram novamente atacados pelos sarracenos em 11 de fevereiro; São Luís precisou se retirar na direção de Damieta, mas o exército foi logo cercado e o rei teve de se render (6 de abril).

ao seu chamado, contornam a Espanha e comparecem, na data combinada, ao encontro marcado em Aigues-Mortes.

Os navios maloenses foram protegidos pela sorte até o combate de L'Écluse[3], que sustentaram e perderam contra os ingleses e os flamengos.

Os maloenses fizeram as pazes com seus inimigos aderindo ao partido de Jean de Monfort, apoiado por eles; mas quando o duque foi expulso dos seus Estados e se refugiou na Inglaterra, Saint-Malo submeteu-se ao rei Carlos v. O duque de Lancastre quis então se apoderar de Saint-Malo; depositava as suas esperanças numa invenção recente, a artilharia; os maloenses, porém, efetuaram uma investida noturna, mataram os mineiros dentro dos seus subterrâneos e incendiaram parte do campo. Diz Froissart que esse ataque fracassado cobriu Lancastre e todo o seu exército de vergonha.

O duque Jean, novamente de posse de seu ducado, quis conquistar Saint-Malo. Conseguiu-o por meio de um cerco severo que impedia a entrada de víveres na cidade, e do rompimento do aqueduto que, por sob as areias do porto, levava água para a cidade. Retirou-lhes então os privilégios que seu pai lhes concedera.

Mas os maloenses não eram homens de se deixar tirar suas franquias. Assim como se tinham devotado ao rei Carlos v, devotaram-se ao rei Carlos vi, e começaram, sob esse novo patrocínio, a constituir uma frota com a qual devastaram as costas da Inglaterra.

Em 25 de outubro de 1415, soou a fatídica hora de Azincourt: a França por pouco não foi perdida. O duque da Bretanha ganhou Saint-Malo, cujos habitantes o receberam com estandartes salpicados de arminhos e túnicas brancas.

Então, a Inglaterra vitoriosa estendeu sua dominação por toda a França; sua bandeira flutuava em Notre-Dame e em todas as fortalezas normandas. As flores-de-lis, no topo do monte Saint-Michel, eram as únicas a protestar contra a nossa derrota. Uma frota bloqueava a valente cidadela. O cardeal bispo Guillaume de Monfort armou a frota inglesa; embora inferiores em tamanho e número, as naves maloenses entraram em corpo-a-corpo com os navios ingleses. A luta foi ardente e desesperada; os barcos ingleses foram abordados, as tripulações, degoladas; a derrota foi completa. Ao grito de vitória dos maloenses, a França abatida reergueu a cabeça, surpresa, e respirou aliviada. Julgava tudo morto naquela par-

---

3. Em 24 de junho de 1340, Eduardo III da Inglaterra, depois de aniquilar 190 dos 220 navios franceses que enfrentava na baía de Zwyn, defronte a Bruges, conseguiu invadir a França.

te do seu território; quanto à guarnição do monte Saint-Michel, recebeu amplos reforços de homens e víveres.

Carlos VII, com a notícia da vitória, emergiu por um momento da sua letargia amorosa e, em 6 de agosto de 1425, assinou um decreto pelo qual os navios maloenses ficavam isentos, por três anos, de todas as disposições antigas e novas nas regiões sujeitas à coroa.

Essas franquias foram duplicadas por Francisco I da Bretanha, que proibiu seu cobrador-geral de cobrar taxas portuárias e de porto e abrigo, e de pedir ou exigir qualquer contribuição que não aquelas concedidas pelos duques para o custeio do capitão e das fortalezas da praça.

Em 1466, com a intenção de restabelecer a população de Paris, reduzida durante as guerras do Bem público[4], Luís XI tomou por modelo as franquias e isenções da cidade de Saint-Malo, e aplicou-as em Paris.

Em 1492, quase na mesma época em que Cristóvão Colombo descobria a América, os maloenses, em conjunto com os habitantes de Dieppe e Biscaia, descobriam a Terra Nova e algumas costas do sul do Canadá. Os bascos a batizam de *baccalaos*[5], donde a palavra *baccalat* dada ao bacalhau na Itália, na Espanha e em todo o sul da França.

Em 1505, a princesa Ana, filha de Francisco I, que durante sete anos foi noiva daquele príncipe de Gales, que mandou estrangular seu tio Gloucester e que desposou sucessivamente dois reis da França, Carlos VIII e Luís XII, fez uma breve aparição em Saint-Malo. Ela deu prosseguimento à construção já iniciada do castelo, não obstante a oposição da gente da lei, e para deixar claro o seu descaso para com aquela oposição, mandou gravar, numa das torres da fortaleza de frente para cidade, esse desafio aos seus adversários: "*Quic en groingne.* Assim será. É o meu desejo!".

No mesmo ano em que os maloenses conseguiram uma sede municipal, ou seja, liberdade para governar a si próprios, nascia Jacques Cartier, o Cristóvão Colombo do Canadá. Foi o primeiro a trazer para Saint-Malo esse precioso peixe que sozinho constitui um comércio que enriquece um terço da Europa.

---

4. Episódio da longa batalha entre o herdeiro da Borgonha, Carlos, o Temerário, e o rei da França.

5. O bacalhau seco é chamado de *bacalhau* em português (e não em basco), o que em italiano deu *baccalà* (e não *baccalat*), em francês meridional *bacaliau* e em espanhol *bacalao*.

A partir daí, os maloenses participam de toda sorte de expedições: acompanham Carlos V na África a fim de restabelecer no trono Mulay Hassan, rei de Túnis, e equipam-se para rumar para as Índias na esteira dos portugueses.

Foi um maloense, o arquidiácono Ébrard, quem ousou levar e entregar a Henrique VIII a sentença de excomunhão que Paulo III promulgara contra ele.

A guerra de 1512 foi declarada entre França e Inglaterra; foi essa uma guerra travada com afinco. Os maloenses, com o sr. de Bouillé à sua frente, atacam os ingleses que estavam começando a se instalar na ilha de Cesimbra, destroçam parte deles e obrigam a outra parte a embarcar.

Chega Francisco I da França e, com ele, a guerra da Espanha; a quem é que ele se dirige para reforçar a frota do almirante Annebaut? Aos maloenses, de quem freta os navios.

Vários capitães recusam juntar-se ao almirante; mas trata-se de ir, até o limite dos mares conhecidos, guerrear por conta própria contra a Espanha. Foi assim que uma parte da frota de Carlos V, ao retornar da América, foi seqüestrada pelos navios maloenses e bretões que haviam se aventurado até o golfo do México.

Henrique II sucede ao seu pai e briga com Eduardo VI. Pega da pena e escreve aos maloenses para que "o quanto antes se equipem, se lancem ao mar, persigam e causem o maior dano possível aos ingleses", prometendo-lhes "que não terão obrigação de prestar contas do que farão nem de pagar nenhum dízimo ou qualquer outro direito".

Uma nova via de comércio havia sido aberta através do Atlântico pelo português Cabral. Era o Brasil! Os navios maloenses logo transitam por esse caminho.

Os maloenses continuavam a efetuar grandes comércios na Terra Nova. Em 1560, receberam uma carta de Francisco II, que acabava de suceder ao pai. Por essa carta era-lhes proibido enviar qualquer navio para a pesca, porque se receava a evasão dos calvinistas; mas os navios maloenses foram encarregados, como compensação, de vigiar a costa de modo a barrar a passagem dos calvinistas de Anjou, os quais, alarmados pela sentença de morte proferida contra o príncipe de Condé, afluíam ao litoral bretão a fim de atravessar para a Inglaterra.

Enquanto os maloenses católicos navegavam pela costa bretã para impedir os huguenotes de atravessar para a Inglaterra, os maloenses calvinistas integravam a expedição enviada à Flórida pelo almirante Coligny, sob o comando do capitão Ribaut.

A batalha de Jarnac, vencida pelo duque de Anjou, traz à França uma paz temporária. Carlos IX aproveita esse momento de trégua e visita a Bretanha. Acompanha-o Guillaume de Ruzé, bispo de Saint-Malo, tendo sido esta a única vez em que o digno prelado compareceu à sua sede episcopal; os maloenses vêm receber Carlos IX vestidos com trajes de festa, armados de arcabuzes e precedidos de quatrocentas crianças. No dia seguinte, festa de Corpus Christi, o rei vai até a catedral e acompanha as procissões. Depois, a partir do meio-dia, é apresentado um combate naval com o intuito de distrair Sua Majestade, que, carregada de presentes, vai embora passando por Cancale e Dol.

Isso não é tudo; no ano seguinte, os habitantes de Saint-Malo tomam conhecimento de que sua mui cristã Majestade encontra-se em grandes dificuldades financeiras.

Informam-se sobre o total da dívida real e saldam-na. São esses uns súditos como já não se vêem mais!

Ocorre o massacre da São Bartolomeu, mas os maloenses se recusam a participar, e nenhum calvinista é morto em Saint-Malo. Mas quando, no ano seguinte, trata-se de retomar Belle-Isle aos ingleses e aos huguenotes franceses, eles se armam, se equipam a próprias expensas e expulsam Montgomery à custa do sangue de sessenta dos seus homens.

Os maloenses tornaram-se ligueiros* com o mesmo ardor que punham em tudo o que faziam. Assim, quando descobriram que Henrique III fora morto e que o rei da França se chamava Henrique IV, a cidade recebeu o duplo acontecimento com um morno silêncio. O governador do castelo, sr. de Fontaine, foi o único a expressar o desejo de se submeter a um rei herético. Os maloenses imediatamente se armaram e a cidade se entrincheirou, jurando que cidade e moradores só se submeteriam "quando Deus desse à França um rei católico".

Mas, assim que Henrique IV abjurou, tendo descoberto que por falta de dinheiro ele não poderia voltar à Bretanha para submeter o duque de Mercoeur, trataram de fornecer ao rei tantos canhões, pólvora, balas e dinheiro quanto ele exigisse deles; e contribuíram com doze mil escudos nos custos da expedição.

E, contudo, eram os mesmos homens que haviam acabado de assassinar de Fontaine, o governador do castelo, porque, segundo eles, traindo os seus interesses, ele afirmara que, se Henrique IV desejasse entrar na cidade, ele o receberia no castelo e, de lá, saberia fazer com que lhe abrissem as portas.

---

* *Ligueurs*, partidários da Santa Liga. (N. T.)

Como dissemos, porém, logo após a abjuração de Henrique IV, os maloenses se tornam seus mais zelosos partidários e dão início a uma guerra de extermínio contra as guarnições da Liga às quais até então haviam fornecido víveres.

Henrique IV escreve-lhes, então, dizendo que eram "os intermediários da mais legítima, franca e leal navegação que se poderia almejar", e intervém junto a Elisabeth contra os piratas ingleses.

Que não se confundam corsários com piratas.

Saint-Malo já era uma potência marítima quando começou o século XVII.

Em 1601, dois de seus navios, *Le Croissant* e *Le Corbin*, dobraram o cabo da Boa Esperança ao rumar para as Índias Orientais.

Em 1603, mais três navios partiam "rumo ao tráfico e à descoberta das terras do Canadá e regiões adjacentes".

Em 1607, o conde de Choisy, sobrinho do duque de Montmorency, encarregado de uma expedição de circunavegação com uma frota de cinco navios, *L'Archange*, *Choisy*, *L'Affection*, *L'Esprit* e *L'Ange*, armou sua divisão em Saint-Malo, vendo nos maloenses os melhores marinheiros que poderia encontrar.

Tão logo o assassinato de Henrique IV conduz Luís XIII ao trono, este trata de confirmar aos maloenses todos os privilégios concedidos por seu pai, e manda armar dois de seus navios de guerra a fim de proteger as tripulações das embarcações maloenses durante a pesca na Terra Nova.

Foi igualmente aos fiéis maloenses que Richelieu se dirigiu quando decidiu o cerco a La Rochelle, que alimentava e sustentava os huguenotes; precisava de um exército naval capaz de competir com o exército de Buckingham. Ele só tinha trinta e quatro baleeiras; os maloenses lhe trouxeram vinte e duas. Uma população de oito mil habitantes, uma cidade pequena, um porto pequeno haviam feito, sozinhos, quase o mesmo tanto que o resto da França. O porto de Saint-Malo foi dotado de uma sede de almirantado; quanto às despesas, assim como ao sangue derramado, eles desobrigaram o rei.

Morre Richelieu. Mazarino lhe sucede.

Em 1649, o governo manda embarcar, nos navios de Saint-Malo que partiam para o Canadá, grande número de prostitutas a fim de povoar a nova colônia; cada uma delas, ao chegar, encontrou um marido, e quinze dias depois de sua chegada já não havia nenhuma por casar; e tinham todas trazido, como dote ao marido, um boi, uma vaca, um porco, uma porca, um galo, uma galinha, dois barris de carne salgada, algumas armas e onze escudos.

O valor dos homens de Saint-Malo era tão conhecido que o navio almirante costumava recrutar sua tripulação entre os maloenses. Esse costume foi convertido em lei por Luís XIV.

A marinha maloense compunha-se então de cento e cinqüenta navios: sessenta deles de menos de cem toneladas, e noventa entre cem e quatrocentas toneladas.

É quando começam a surgir os grandes homens do mar. Entre 1672 e 1700, é preciso registrar nos anais maloenses os nomes, outrora tão brilhantes, hoje tão obscuros, de Dufresne des Saudrais, Le Fer de la Bellière, Gouin de Beauchesne, o primeiro maloense que dobrou o cabo Horn, Alain Porée, Legoux, senhor de la Fontaine, Louis-Paul Danycan, senhor de la Cité, Joseph Danycan, Athanaze le Jolif, Pépin de Bellisle, François Fossart, La Villauglamatz, Thomas des Minimes, Étienne Piednoir, Joseph Grave, Jacques Porcher, Josselin Gardin, Nouail des Antons, Nicolas de Giraldin, Nicolas Arson e Duguay-Trouin. Muitas dessas estrelas se apagaram ou empalideceram; uma permanece, brilhante como Júpiter: trata-se de Duguay-Trouin.

Em 1704, durante a guerra de sucessão, tão desastrosa para a França, Saint-Malo realizou oitenta capturas, cuja venda resultou em dois milhões, quatrocentos e vinte e dois mil, seiscentos e cinqüenta libras e dois denários. A cidade abriu o comércio de Moka, fundou as feitorias de Surat, Calicute e Pondichéry; efetuou a conquista do Rio de Janeiro, tomou posse da ilha Maurício, que recebe o nome de ilha de França; aumenta a cidade, cerca-a de muralhas e, com a morte de Duguay-Trouin, traz à luz o seu equivalente, Mahé de la Bourdonnais, que governou as ilhas de França e de Bourbon e reparou as derrotas que havíamos sofrido na Ásia.

Sob as guerras fatais do reinado de Luís XV, guerras que se encerraram com o vergonhoso tratado de 1763, o comércio de Saint-Malo foi intensamente castigado. Apesar das expectativas oferecidas pelo novo reinado de Luís XVI, a prosperidade continuou a decair e, durante a tempestade revolucionária de 1794 e 1795, foi totalmente aniquilada; no final de 1793, restavam-lhe apenas dois ou três navios costeiros e nenhum corsário.

Em 1790, Saint-Servan, que até então era a periferia de Saint-Malo, emancipou-se e levou-lhe metade da população.

Por fim, lá pelo mês de junho de 1793, a partida do procônsul Le Carpentier tendo permitido que Saint-Malo recobrasse o fôlego, conseguiu lançar ao mar cinco corsários pequenos; entre 1796 e 1797, o número se elevou para trinta. Mas muitos estavam armados apenas com bacamartes e fuzis. No ano seguinte, os maloenses armaram mais vinte e oito corsários. Esse número de embarcações foi mantido até a paz de 1801 com a Inglaterra.

Mas essa paz, como vimos, durou um momento apenas, e já em 1803 as hostilidades recomeçaram com um afinco que só vinha comprovar o ódio antigo que os dois povos nutriam um pelo outro.

Os heróis desse período foram os Le Même, os Lejolif, os Tréhouart e os Surcouf.

Este último nome nos traz naturalmente de volta ao nosso livro.

L
A ESTALAGEM DA SRA. LEROUX

No dia 8 de julho de 1804, por volta das onze horas da manhã, apesar das inúmeras nuvens se desenrolando tão baixo e chegando tão perto do telhado das casas que pareciam estar subindo do mar e não descendo do céu, um rapaz de vinte e cinco para vinte e seis anos, para quem as condições atmosféricas pareciam ser totalmente indiferentes, saía a pé da aldeia de Saint-Servan, onde acabara de chegar pela estrada de Châteauneuf, e onde permanecera só o tempo suficiente de almoçar rápida e frugalmente, e descia, pelas rochas de granito, o caminho de Boisouze, caminho que hoje desapareceu para dar lugar à estrada imperial. A chuva, que caía a cântaros e escorria pelo seu chapéu de couro sobre a japona de marinheiro, não conseguia fazer com que apressasse o passo; andava num ritmo ligeiro, carregando a sacola nas costas e abatendo com a ponta de uma varinha, arrancando-lhes milhares de diamantes, o topo das flores carregadas de orvalho. O mar rugia às suas costas e à sua frente, mas ele não parecia estar pensando no mar; o trovão rugia sobre a sua cabeça, mas ele não parecia se preocupar com o trovão e, quando chegou ao estaleiro, o espetáculo que se descortinou aos seus olhos não teve o poder, por mais assustador que fosse, de arrancá-lo à sua preocupação.

Chegara à ponta do Sillon, que dava para o bairro de Rocabey.

Ora, o Sillon era um molhe estreito, construído entre o mar da Mancha e o reservatório interno, e estendia-se entre Saint-Malo e Saint-Servan, ligando uma à outra.

Aquele molhe, que se erguia a trinta metros de altura, não tinha mais que oito de largura e, a cada investida do mar que nele vinha se quebrar furiosamente, era coberto pelas ondas que desabavam, feito cúpula líquida em meio a um ruído infernal, da praia grande até o reservatório interno, respondendo às altas e tempestuosas marés que vinham chocar-se na muralha. Quando as lutas entre o vento e o mar atormentavam a Mancha tão rebelde, era raro uma criatura humana ousar se aventurar naquele estreito pavimento: não apenas homens, mas também cavalos e carros já haviam sido jogados, por uma dessas trombas d'água, dentro do reservatório interno; teria sido prudente, portanto, esperar que o combate dos elementos se acalmasse um pouco e deixar para atravessar o Sillon num momento de melhora. Mas ele, andando sempre com o mesmo passo, enveredou pelo pavimento. O mar, antes de ele ter tido tempo de atravessar, qual monstro de duas cabeças abrindo a goela para devorá-lo, duas vezes derrubou sobre ele duas ondas gigantescas; mas ele, sem apressar o passo, alcançou a extremidade oposta do Sillon e, chegando à ponta do castelo, pôs-se a acompanhar sua muralha, a qual, sem protegê-lo da chuva, ao menos o protegia do vento e do mar.

Foi penetrando na água até o joelho que nosso viajante chegou à ponte levadiça e desceu para o interior da cidade. Chegando lá, orientou-se; então, entrou decididamente à esquerda e logo chegou à pequena praça em que hoje se situa o Café Franklin. Ali, pareceu se achar, pegou a rua que vai da praça da Manteiga à rua Traversière; e, perdido numa rede de ruas em que as mais largas têm apenas dois metros, avistando um marinheiro que se abrigava no vão de uma porta:

– Ei, companheiro, – perguntou –, poderia me dizer onde fica a estalagem da sra. Leroux?

– *La Victorieuse*? – retrucou o marinheiro.

– *La Victorieuse* – repetiu o viajante.

– Conhece o ancoradouro, companheiro? – perguntou o marinheiro.

– Só de nome.

– Diacho! – disse o marinheiro.

– Ele não é seguro?

– Ah, é sim, a enseada é boa, mas para se aventurar nela tem de ter o bolso bem cheio.

– Então só me mostre a estalagem e, se quiser vir jantar comigo esta noite, vamos tomar uma garrafa do melhor vinho que eles tiverem, e comer um pernil desses carneiros engordados à beira-mar.

– Aceito – disse o marinheiro –, não se nega uma coisa dessas a um companheiro. Por quem devo perguntar?

– René – respondeu o viajante.

– Está bem, e a que horas?

– Entre sete e oito da noite, se quiser. E agora, repare que você não respondeu à minha pergunta.

– Qual delas?

– Perguntei onde fica a estalagem da sra. Leroux.

– A vinte passos daqui – respondeu o marinheiro –, na rua Traversière, você vai ver a tabuleta; mas não esqueça que, para ser bem-vindo na *La Victorieuse*, é preciso primeiro esvaziar uma bolsa de ouro sobre a mesa, dizendo: "Dê-me de comer e de beber; como vê, tenho dinheiro para pagar".

– Obrigado pelo conselho – retrucou o viajante retomando seu caminho.

Dessa vez, graças às informações obtidas, percorreu, como explicado, uns vinte passos e viu-se diante de uma casa imensa, em cuja porta estava pintada, numa tabuleta, uma fragata com a seguinte legenda: "À FRAGATA VITORIOSA".

O viajante hesitou um instante antes de entrar; nunca barulho igual tinha algum dia assustado os seus ouvidos; era uma mescla de gritos, imprecações, blasfêmias, palavrões de que só a realidade poderia dar uma idéia. O corsário Niquet, rival de Surcouf, regressara há poucos dias com duas presas excelentes, cujo produto fora repartido entre os marinheiros; nenhum deles ainda tivera tempo de gastar a sua parte, mas estavam todos tratando de fazê-lo com uma energia que até dava a impressão de que haviam apostado para ver quem iria gastá-la mais depressa. A chuva horrorosa que acabava de cair concentrara todas as tripulações dentro dos hotéis. Todos os loucos passeios em carros enfeitados com fitas, violinos e flautas, todas as bodas efêmeras em que a esposa de hoje cede lugar à esposa de amanhã, tinham marcado encontro nos sete ou oito grandes hotéis que a cidade de Saint-Malo continha. Os que não encontraram um refúgio aristocrático tinham se espalhado nas pequenas ruelas e nos albergues secundários que eram o alojamento habitual dos marinheiros.

O viajante não precisava ter hesitado, já que ninguém lhe deu a menor atenção, estando cada um ocupado demais com seus próprios assuntos para se interessar pelos dos outros; uns bebiam, outros fumavam; os que fumavam jogavam triquetraque ou cartas; dois bilhares estavam lotados, não só por vinte e cinco ou trinta jogadores que faziam uma gigantesca parada, como pelos cinqüenta ou sessenta espectadores trepados nas cadeiras, bancos e estufas. No meio dessa terrível confusão, que dominava o som do dinheiro ressoando nas mesas de mármore, cada qual seguia sua própria idéia; mas, como em meio a uma barulheira daquelas seria difícil segui-la mentalmente, cada um, em sua semibebedeira, dizia a sua em voz alta, tanto para os outros, que não prestavam a menor atenção, como para si próprio, que inutilmente tentava concretizá-la.

O marinheiro aventurou-se em meio à névoa causada, nas amplas salas da sra. Leroux, por aqueles bafos provindos de peitos ébrios e do vapor exalado por todas aquelas roupas encharcadas de chuva. Perguntava sem que ninguém lhe respondesse, procurava sem que ninguém lhe indicasse, por essa sra. Leroux, cujo cetro regia um reino de insanos; por fim, avistou-a e conseguiu chegar até ela. Ela, por sua vez, ao ver um rosto novo que não exibia o sorriso apatetado da embriaguez, fez um esforço para alcançá-lo.

A sra. Leroux era uma mulher gorda e baixinha de uns trinta anos de idade, de sorriso convidativo, voz melosa, gestos atraentes, que sabia perfeitamente, quando necessário, despir aquele envelope oficial para rechaçar as seduções, quer amorosas, quer pecuniárias, por meio das quais os clientes contavam influenciá-la. Então, seus braços se arredondavam, seus punhos se apoiavam nos quadris, ela crescia a olhos vistos, sua voz rugia feito um trovão, e suas mãos batiam com a velocidade do raio. Desnecessário dizer que foi com a fisionomia dos bons dias que ela abordou o viajante.

– A senhora acaso não recebeu – perguntou ele, com a mesma suavidade no tom e a mesma cortesia nos gestos com que se dirigiria a uma grande dama do *faubourg* Saint-Germain –, há três dias, dois baús e um caixote de madeira endereçados ao cidadão René, marinheiro, com uma carta solicitando que reservasse um quarto para ele?

– Sim, sim, claro, cidadão – respondeu a sra. Leroux. – O quarto está pronto e, se quiser me acompanhar, terei muito prazer em mostrá-lo pessoalmente.

Um sinal com a cabeça foi a resposta de René, que acompanhou a sra. Leroux pela escada em caracol que ela tomou para conduzi-lo ao quarto de número 11, no qual René reconheceu seus dois baús e o caixote de madeira que o esperavam; diante da janela, a inteligente anfitriã tinha preparado uma mesa, papel e tinta; um homem que possuía dois baús tão elegantes, e de madeira tão bem pregada, deveria necessariamente ter cartas para escrever.

– O cidadão vai comer lá embaixo ou prefere ser servido no quarto? – perguntou a sra. Leroux.

René lembrou-se da recomendação do marinheiro com quem cruzara a poucos passos da rua Traversière, procurou no bolso sem afetação e tirou um punhado de luíses de ouro, que depositou sobre a mesa.

– Prefiro ser servido em meu quarto – disse ele –, e bem servido.

– Será bem servido, sim, senhor – disse a sra. Leroux com seu sorriso mais encantador.

– Pois então, agora, cara senhora Leroux, acenda um bom fogo para mim, pois estou encharcado até os ossos; um bom jantar para as cinco horas, dois talheres; um honesto rapaz virá perguntar por mim pelo nome de René, mostre-lhe o meu quarto. E, por favor, um bom vinho.

Cinco minutos depois, um fogo esplêndido ardia no quarto de número 11.

Assim que ficou sozinho, René livrou-se de sua roupa empapada de água, e tirou da sacola um traje completo igual ao que estava jogado no chão; vestiu-se com o maior cuidado, mas dentro dos rígidos limites dos hábitos marinheiros.

Pouco depois, com o temporal indo embora com a rapidez das tempestades de verão, as calçadas secaram, o céu recobrou sua cor azul, e a natureza, com exceção de algumas lágrimas que seguiam escorrendo da beira dos telhados, voltou a sorrir e a dispor-se a afagar os seus filhos como antes de sua ira. De súbito, ouviram-se altos gritos de origem difícil de determinar. Eram ora gemidos de um vívido sofrimento, ora risadas de alegria imoderada. René abriu a janela e assistiu a uma cena com que não poderia ter sonhado nem nos mais extravagantes desvarios da sua imaginação. Um marinheiro, que ganhara duas mil piastras como quinhão de suas presas, chegara a gastar mil em uma semana, mas não sabendo como gastar o restante, conseguira a proeza de aquecê-las em brasa numa frigideira e jogá-las aos curiosos reunidos diante da porta; os curiosos tinham se atirado sobre as piastras, mas os primeiros a tocar nelas tinham ficado sem a pele dos dedos: daí os gritos de dor; outros tinham esperado e, depois de deixar esfriarem as piastras, conseguiram colocá-las no bolso: daí os gritos de alegria.

René, em meio àqueles curiosos, reconheceu o seu marinheiro da manhã; faltava cerca de uma hora para a hora do jantar. De início, julgara ter tempo para fazer sua visita a Surcouf naquele mesmo dia; porém, temendo não ter disponibilidade para tanto, adiara a visita para o dia seguinte; não achava mal, por outro lado, obter de um marinheiro, e de um marinheiro de classe inferior, informações sobre o homem extraordinário que viera procurar. De modo que fez sinal ao seu convidado para que se aproximasse, ao que o homem mais que depressa acedeu; mas como, para entrar na estalagem, precisasse atravessar aquela multidão compacta, René teve tempo de puxar o cordão da campainha e mandar trazer os charutos, um naco de fumo de mascar e um garrafão de aguardente.

Acabavam de deixar esses objetos sobre a mesa quando o marinheiro entrou.

René foi até ele, apertou-lhe a mão e apontou-lhe uma cadeira junto à mesa.

Mas o bom homem primeiro lançou um olhar pelo quarto, que achou um tanto elegante para um simples marinheiro; a garrafa de aguardente, os charutos e o naco de fumo confirmaram sua idéia de que o recém-chegado também tinha alguma sobra de presa para gastar.

– Ah! Ah! Marujo – disse ele –, ao que parece, a campanha não foi nada ruim; dois trajes de marinheiro, que luxo! Durante os dez anos em que andei navegando, minha roupa molhada sempre secou no corpo, nunca tive dinheiro suficiente para ter dois trajes.

– Aí é que se engana, companheiro – respondeu René. – É que estou saindo da casa dos meus pais, sou nada mais nada menos que um rapaz de boa família, e essa campanha que vou empreender vai ser a minha primeira, tenho muita vontade de aprender: não temo o perigo, e tenho a firme vontade de morrer ou cumprir o meu caminho. Disseram-me que dois ou três navios estavam se armando para zarpar: o *Leth*, o *Saint-Aaron* e o *Revenant*. O *Leth*, comandado por Niquet; o *Saint-Aaron*, por Angenard; e *Revenant*, por Surcouf. Qual deles você escolheria?

– Caramba! Que piada! Já está escolhido.

– Ah! Você vai embarcar.

– Fui contratado ontem.

– Em qual dos três navios?

– No *Revenant*, ora.

– É o melhor?

– Ainda não se sabe, pois se nunca foi ao mar[1]. Com Surcouf, ele vai ter de correr, ou então explicar por quê. Surcouf faria correr uma barcaça.

– Então, você confia em Surcouf?

– Ah, ele eu já conheço; não é a primeira vez que vou navegar com ele. Foi com *La Confiance* que pregamos uma bela peça nos ingleses. Ah, pegamos direitinho o coitado do John Bull!

---

1. Após vários anos de repouso, Surcouf só retornou ao mar, a bordo desse novo barco, em 2 de março de 1807 (Charles Cunat, *Histoire de Robert Surcouf, capitaine de corsaire*, publicada conforme documentos autênticos, Paris, Jules Capelle, 1842, cap. VI, pp. 165-6).

– Você não me contaria algumas dessas histórias, companheiro?
– Ora, é só escolher.
– Vamos, estou escutando.
– Espere aí, vou pegar mais fumo – disse o velho marinheiro.

E ele procedeu a essa operação com toda a atenção que a manobra requer, serviu-se de um copo de aguardente, bebeu-a num trago só, tossiu uma vez ou duas e começou assim:

– A gente estava, dessa vez, para os lados da ilha do Ceilão; a campanha tinha começado debaixo de maus agouros: ao dar a largada em Santa Ana, uma piroga virou e os três homens que estavam nela foram devorados pelos tubarões; para aqueles lados, a gente não fica muito tempo na água, é logo engolido.

"Estávamos a leste da ilha do Ceilão. Fixamos a nossa carreira entre a costa malaia e a costa de Coromandel, subindo o golfo de Bengala; lá, os bons encontros se sucederam, uma verdadeira bênção; em menos de um mês, capturamos seis navios magníficos, todos ricamente carregados; somando tudo, chegava a quinhentas toneladas.

"Uma vez despachadas as presas, nossa tripulação ainda somava cento e trinta Irmãos da Costa. Com um navio como *La Confiance*, com um capitão como Surcouf, era legítimo esperar que nossas vitórias não parariam por ali.

"A cada certo tempo, topávamos com cruzadores ingleses de alto bordo, e tínhamos de fugir deles, o que humilhava um pouco o nosso amor-próprio nacional; mas *La Confiance* andava tão depressa que sentíamos, mesmo fugindo, certo orgulho de ver que evitávamos tão facilmente os ingleses. Já fazia quase uma semana que vínhamos navegando assim, uma costa depois da outra, sem achar nada, quando uma bela manhã o vigia gritou: "Navio!".

"– Onde? – exclamou Surcouf, que escutara o grito do seu quarto e correra para o convés.

"– É grande?

"– O suficiente para o *La Confiance* não o engolir de primeira.

"– Melhor assim! Qual é a rota dele?

"– Não dá para saber, a gente o enxerga reto.

Imediatamente, todos os binóculos e todos os olhos se dirigiram para o ponto indicado: avistamos, de fato, uma grande pirâmide móvel rompendo com sua brancura a névoa espessa que, para aqueles lados, desce à noite das altas montanhas da costa e ainda envolve, pela manhã, as proximidades do litoral.

"Aquele barco tanto podia ser um navio de alto bordo como uma embarcação da Companhia das Índias. Se fosse um navio de guerra, azar, teríamos diversão; se fosse um navio mercante, nós o capturaríamos.

"Duas léguas apenas nos separavam e, embora fosse muito difícil avaliar a força de uma embarcação pelo perfil reduzido que esse desconhecido nos apresentava, demos início às nossas observações..."

Nisso, vieram anunciar que a mesa estava servida e que o jantar aguardava os comensais.

Por mais prazer que os novos amigos sentissem, um em escutar e o outro em contar, o anúncio produziu um efeito mágico e ambos se levantaram, deixando para mais tarde o restante do relato.

LI
OS FALSOS INGLESES

Para não perturbar seu hóspede, a sra. Leroux, inteiramente amansada pelo punhado de ouro que vira brilhar em suas mãos, mandara arrumar o jantar num quarto ao lado do seu. A mesa, carregada de ostras, com três copos de diferentes formas dispostos ao lado de cada talher, com sua prataria resplandecente, suas duas garrafas de vinho de Chablis, ambas abertas, oferecia um aspecto dos mais acolhedores. De modo que o velho marinheiro se deteve à porta e riu, ao apreciar o agradável espetáculo que se oferecia aos seus olhos.

– Ah! – disse ele. – Se vai embarcar com a esperança de ter todo dia, a bordo, um trivial como este, está enganado, meu rapaz. Embora a mesa seja farta com Surcouf, come-se com mais freqüência feijão do que galinha assada.

– Ora, companheiro, quando for a vez do feijão, comeremos feijão, mas, enquanto isso, já que é a vez das ostras, vamos comer as ostras. Mais uma coisa: você sabe o meu nome, mas eu não sei o seu, para conversar isso me incomoda. Como se chama?

– Saint-Jean, ao seu dispor. A bordo me chamavam Gávea Grande, porque sou gajeiro e esse é o meu posto de combate.

– Muito bem, Saint-Jean. Um copo de Chablis? Este não passou do ponto, posso garantir.

Saint-Jean estendeu o copo e bebeu, confiante.

– Diacho! – disse ele depois de beber. – E eu achando que era cidra; sirva-me um segundo copo, companheiro, para eu me desculpar de ter me comportado mal com o primeiro.

René não se fez de rogado: sua intenção era induzir Saint-Jean a falar, falando ele próprio o mínimo possível. Depois do vinho de Chablis foi a vez do vinho de

Bordeaux, e depois do Bordeaux, a do vinho de Borgonha, e depois do Borgonha, a do vinho da Champagne. Saint-Jean, quanto a ele, deixava-se levar com uma confiança que indicava a pureza do seu coração. Quando veio a sobremesa:

– Acho – disse René – que é hora de contar o resto da história, e como Surcouf por pouco não concluiu sua navegação num navio inglês, em vez de concluí-la no *La Confiance*.

"Quando viramos de bordo de modo a pairar um de frente para o outro, os dois navios estavam apenas a duas léguas de distância. Eu estava no meu posto na gávea grande e tinha uma luneta; de início, avisei o capitão que o navio à vista tinha uma bateria coberta, que era mais bem aparelhado e que suas velas tinham formato inglês; restava saber qual era a sua potência e natureza. Enquanto se travava o diálogo entre mim e o capitão, a posição do *La Confiance* se complicou, pois a brisa, mansa de início, aumentou a ponto de nos fazer andar a quatro nós; no entanto, para tirar a nossa dúvida e conhecer mais depressa o inimigo, nos livramos das velas menores e, orçando dois quartos, nos metemos à bolina. O navio à vista, mais que depressa, imita de novo a nossa manobra: se não fosse maior que nós, ia parecer que era a nossa sombra. Mas como em função da distância os dois navios não conseguem se avaliar, o *La Confiance*, depois de seguir algum tempo naquela velocidade, deixa arribar em três quartos a bombordo: a misteriosa embarcação imita com exatidão a nossa manobra, e de novo nos achamos numa posição que mantém todas as incertezas, pois inúmeros fardos e grande quantidade de barricas encobrem sua bateria de ponta a ponta.

"Vai descobrir, companheiro – prosseguiu Saint-Jean –, que existe certa fadinha que se esqueceram de convidar para o batizado de Surcouf, que é a fada Paciência. Aliás, o resto da tripulação estava tão irritada quanto o capitão. Pobre do navio desconhecido, se fosse de força igual à nossa e se chegássemos às vias de fato com ele!

"Navegando à bolina é que o *La Confiance* aproveitava todas as vantagens de sua admirável construção; no entanto, como essa é uma manobra das mais perigosas no início de um combate, voltamos de ló e acirramos de modo a poder efetuar uma retirada em caso de absoluta necessidade.

"Começamos afinal a ter mais vento que o navio desconhecido, de modo que andamos melhor que ele; um grito de alegria acolhe essa descoberta.

"Surcouf viera sentar-se ao meu lado.

"– Caramba! – disse ele – vamos saber daqui a pouco se esse navio está jogando limpo, e se é de maneira honesta que ele quer nos abordar. Sou um velho lobo do mar que não se deixa enganar facilmente. Conheço todas as espertezas dos bandidos desses navios mercantes. Quantos já não vi, com uma bela aparência e comandados por capitães experientes, tentando meter medo em quem os perseguia fingindo que estavam, eles próprios, querendo o combate!

"Surcouf estava tão imbuído por essa idéia que não hesitou em direcionar o curso do *La Confiance* de modo a passar ao vento do inimigo. Não era nada engraçado, já que, se ele estivesse enganado, estávamos arriscando uma saraivada à queima-roupa, com o perigo de sermos abordados.

"Surcouf se agarra num cordame, escorrega até o convés e, indo rapidamente até o tenente e o imediato:

"– Cáspite! – disse ele, batendo o pé. – Cometi um erro grave, deveria ter primeiro deixado o inglês chegar, para depois o perseguir em diferentes velocidades e conferir a sua força e velocidade.

"E Surcouf deu um murro na própria cabeça, cuspiu fora o charuto e, após tentar durante um instante recobrar o sangue-frio:

"– É uma lição – disse ele –, vou saber tirar proveito dela.

"Retoma então a luneta, acompanha o navio com o olhar uns cinco minutos, com a palma da mão empurra os tubos de cobre um para dentro do outro e, chamando a tripulação:

"– Todos aqui, ordem de vir ao convés! – disse ele.

"Corremos para junto dele.

"– Caramba! – disse ele. – Acabo de esclarecer a minha dúvida. Vocês são todos homens, não são crianças, de que adianta esconder o que descobri? Olhem bem para o inglês: tem um busto como figura de proa, verga de cevadeira com cábrea simples e uma peça nova acima dos rizes da pequena gávea. Ora, trata-se de uma simples fragata.

"– Uma fragata, diacho!

"– E sabem que fragata é essa? É a danada da *Sibylle*, cáspite! Vai nos dar um bocado de trabalho nos livrar dela; mas, afinal, também não sou um imbecil; deixem que eu consiga meter o *La Confiance* à bolina, e aí quero ver como eles vão conseguir nos alcançar. Ah! – ele continuou, fechando os punhos e cerrando os dentes. – Se eu não estivesse privado da metade dos meus homens, dispersados pelas presas que tive de mandar para ilha de França, caramba! Mesmo que isso não me trouxesse nada em troca, eu me daria ao luxo de trocar duas palavrinhas com o inglês, só para dar umas risadas por alguns minutos; mas, com a minha tripulação como está, não posso me permitir essa diversão, seria sacrificar o *La Confiance* sem perspectiva de êxito; mais vale enganar o inglês. Vejamos, que truque inventar, que isca oferecer?

"Surcouf foi sentar-se na popa, deixou cair a cabeça entre as mãos; refletiu profundamente. Cinco minutos depois, tinha encontrado o que buscava; já não era sem tempo, estávamos apenas a meio alcance de canhão.

"– Os uniformes ingleses! – ele gritou.

"Numa das nossas últimas presas, encontramos doze caixas de uniformes ingleses que estavam sendo transportados pela Índia; com o pressentimento de que aqueles uniformes um dia teriam alguma serventia, Surcouf os guardara a bordo do *La Confiance*.

"A essas palavras de Surcouf, que todos compreenderam, o riso substituiu a ansiedade em todos os rostos; tiramos dos baús e depositamos nas entrecobertas os uniformes ingleses; cada marinheiro desce por uma escotilha com seu traje nacional, e retorna pela outra vestido de vermelho: em menos de cinco minutos só se acham ingleses no convés.

"Então, cerca de trinta homens nossos amarram o braço em tipóia, outros enrolam a cabeça com panos manchados de vermelho: uma galinha contribuiu com o sangue. São pregados, enquanto isso, do lado externo das amuradas do navio, placas de madeira destinadas a simular rombos remendados de tiros de canhão; então são destruídos, a marteladas, os alcatrates das nossas embarcações. Por fim, nosso legítimo inglês, nosso intérprete-chefe, trajando o uniforme de capitão, passa a ser nosso líder e porta-voz, enquanto Surcouf, vestido de simples marujo, posta-se ao seu lado pronto para lhe soprar o que deve dizer.

"Nosso segundo-tenente, um ótimo rapaz chamado Bléas, vestindo o capacete dos oficiais ingleses, posta-se junto de Surcouf.

"– Cá estou às suas ordens, capitão – diz. – Espero que aprove a minha fantasia.

"– Está magnífico – disse Surcouf, rindo. – Mas a hora da encenação e da brincadeira acabou. Preste a maior atenção em mim, Bléas, pois a missão que vou lhe confiar é da maior importância; você tem dois motivos para cumpri-la: é o sobrinho do armador do *La Confiance* e tem interesse nas suas ações; além disso, fala muito bem inglês; e tenho a confiança mais absoluta na sua coragem, inteligência e sangue-frio.

"– Capitão, só posso repetir o que já disse: estou às suas ordens.

"– Obrigado. Bléas, você vai embarcar no escaler e ir a bordo da *Sibylle*.

"– Dentro de dez minutos, capitão, vai poder me ver no convés.

"– Oh, ainda não – disse Surcouf –, e a coisa não é tão simples assim. Daqui a cinco minutos, com você dentro, quero ver seu escaler se encher de água.

"– Aceito ver o escaler se encher, aceito afundar com ele, aceito ser mordido por um tubarão enquanto tento me salvar a nado. Mas o que eu gostaria de entender é em que isso tudo vai ajudar a salvar o *La Confiance*.

"– Está convencido de que eu não quero o seu mal, Bléas?

"– Oh! Perfeitamente, meu capitão.

"– Então, não me peça explicações.

"– Por mim, está tudo certo; mas e os que vão me acompanhar?

"– Fique tranqüilo, eles vão cumprir melhor o papel deles se não forem avisados; e está aí a prova de que não os julgo, nem você nem eles, em perigo de morte: cem dobrões para você e vinte e cinco para cada um dos seus companheiros. Não façam economia com esse dinheiro; ele não será descontado da sua paga e servirá para combater o tédio do seu cativeiro; mas não tenham medo, prometo que sairão da prisão antes de terem tido tempo de gastar essa quantia, nem que eu tenha que entregar cinqüenta ingleses em troca de vocês. E agora, é desnecessário acrescentar que, além desses cem dobrões e da sua parte na presa, uma recompensa magnífica está reservada para você e seus homens.

"– Oh! Quanto a isso, capitão...

"– Ora! Deixe disso: o ouro dá sorte. Então, compreendeu bem?

"– Perfeitamente.

"– Mas não vá me sair a nado, por favor.

"– Ah, mas então é preciso se deixar afogar? – exclamou Bléas, estupefato.

"– Não; mas assim que estiverem com água acima da canela, virem-se para o lado da *Sybille* e chamem por socorro num bom inglês. Está combinado?

"– Sim, capitão, combinado.

"– Então, um aperto de mão, e pulemos rapidamente no bote.

"E, dirigindo-se para o chefe do escaler:

"– Kernoch, meu rapaz, você confia em mim, não é?

"– Por mil trovões! Claro que confio!

"– Então, não duvide, beba este copo de vinho à minha saúde, pegue essa espicha e, quando estiver a meio caminho da fragata, dê uns dois ou três golpes no fundo do escaler para ele se encher logo de água.

"Então, aproximando-se do ouvido do chefe, e com a mão no bolso, disse-lhe umas poucas palavras e enfiou um rolo de papel na sua algibeira.

"– Não é necessário – disse Kernoch –, mas não tem problema, capitão.

"– E não vai me dar um abraço?

"– Como não? Com muito prazer – respondeu o marinheiro.

"E, empurrando para o fundo da boca um naco de fumo do tamanho de um ovo de galinha, estalou em cada bochecha de Surcouf um desses beijos que a gente do povo chama de beijo de ama-seca.

"Momentos depois, o escaler comandado pelo sr. Bléas deixou o nosso navio.

"Abeirado de perto, o *La Confiance* se desfaz de todas as velas, com exceção das gáveas, deixa entrar vento liso à popa, garante com um tiro de canhão o pavilhão inglês hasteado, retorna ló a bombordo, e paira. Por sua vez, o *Sibylle*, que não dá crédito absoluto à nossa nacionalidade, sem deixar de nos manter ao alcance de tiro, joga na água alguns dos supostos fardos que entulham as portinholas de popa da bateria, descortina aos nossos olhos seu formidável cinturão de canhões e vem pairar a nosso bombordo.

"Mal nos alinhamos à mesma velocidade, o capitão inglês nos perguntou de onde estávamos voltando, e por que tínhamos nos aproximado tanto com tantas velas.

"O intérprete, orientado por Surcouf, responde que reconhecemos a *Sibylle* graças ao seu disfarce, e se nos aproximamos com tanto afã foi porque tínhamos uma boa notícia para dar ao seu capitão.

"– Que notícia? – pergunta o capitão em pessoa, munido de um porta-voz.

"– A notícia da sua promoção a uma patente superior – responde o intérprete com imperturbável sangue-frio.

"Surcouf, ao ditar essa resposta, demonstrava o seu grande conhecimento do coração humano: o homem ao qual se dá uma boa notícia raramente duvida da veracidade de quem a anuncia. Assim, a partir daquele instante, pudemos ver a desconfiança sumir do semblante do capitão inglês.

"No entanto, meneando a cabeça:

"– É estranho – disse ele – como o seu navio se parece com um corsário francês.

"– Mas é um corsário francês, capitão – respondeu o intérprete –, e muito famoso, ainda por cima, que capturamos na costa da Gasconha. Como os corsários de Bordeaux são os melhores corredores do mundo, preferimos ficar com ele para seguir viagem, sendo nossa intenção, com a ajuda de Deus, perseguir e apanhar Surcouf.

"Enquanto se travava o diálogo entre o nosso intérprete e o capitão inglês, os homens do escaler se puseram de repente a dar gritos de desespero e, de fato, a embarcação começava a fazer água e afundava visivelmente.

"Gritamos imediatamente para a fragata, suplicando que enviasse socorro aos nossos homens, pois as nossas embarcações, ainda mais danificadas pelos tiros de canhão e de mosquetes do que aquela que estava afundando, se achavam sem condições de enfrentar o mar.

"Como o primeiro dever, a mais imperiosa lei do marinheiro é salvar infelizes em perigo, sejam amigos ou inimigos, grandes botes foram lançados ao mar pela *Sibylle* e enviados em socorro do segundo-tenente Bléas e de seus marujos.

"– Salvem só os nossos marinheiros – gritou o intérprete. – Quanto a nós, vamos dar uma bordejada e pegá-los na volta, junto com o bote.

"E, para operar essa manobra, o *La Confiance* deixa cair sua mezena, iça o joanete, a bujarrona, estica a brigantina, ganhando assim uma dianteira sobre a fragata.

"Surcouf teve um verdadeiro lance de gênio e então, como nada mais o reprime, dá vazão a toda a sua alegria.

"– Vejam só esses bravos ingleses – diz ele –, como estamos errados em não gostar deles. Estão ajudando os nossos homens a subirem a bordo. Ora! Lá está Kernoch tendo um ataque de nervos, e Bléas, palavra, Bléas está desmaiando. Ah! Que grandes malandros, vou me lembrar deles; cumpriram maravilhosamente o seu papel; nossos amigos estão salvos, e nós também: agora, atenção com a manobra! Desfraldar todas as velas! Meter à bolina! A todo vento! E você, grumete, me traga um charuto aceso.

"A brisa do largo estava com toda a força; nunca o *La Confiance* se conduzira com mais nobreza que naquela circunstância. Parecia até, a quem visse sua marcha ligeira, que tinha consciência do perigo de que nos livrava.

"Orgulhosos de estar num navio assim, olhávamos com grata admiração para a água correndo junto a seu bordo, espumante e veloz.

"E assim que a *Sibylle* percebeu o logro, desfechou uma saraivada, embarcou os seus botes e aproou em nossa direção. Mas já estávamos fora do alcance dos seus canhões.

"A perseguição começou em seguida e se estendeu até o final da tarde. Chegando a noite, desviamos a rota e afundamos o inglês desde os mastros do joanete até a quilha[1]!"

E como durante toda a parte final deste relato, do qual retiramos de propósito o aspecto pitoresco, que poderia torná-lo ininteligível, René não cessara de servir ao seu convidado ora rum, ora aguardente, ora conhaque, às suas últimas palavras a cabeça do narrador desabou em cima da mesa, e roncos prolongados não tardaram a indicar que ele passara da realidade da vigília para o caprichoso reino do sono.

---

1. Charles Cunat, op. cit., que, no entanto, não menciona o episódio dos falsos ingleses.

LII
SURCOUF

René se informara, e descobrira que era pela manhã, entre oito e dez horas, que Surcouf procedia aos recrutamentos.

Por conseguinte, às sete e meia, ele tornou a vestir sua roupa da véspera, que secara durante a noite; ela atestava um longo caminho percorrido e era melhor, para se apresentar a Surcouf, do que roupas recém-saídas de um alfaiate. Às oito horas chegou à rua Porcon de la Babinais e, pela rua do açougue, chegou à rua de Dinan, no fim da qual, junto às muralhas e diante da porta de mesmo nome, ficava a casa de Surcouf, uma grande construção com pátio e jardim.

Uma dúzia de marujos, mais madrugadores que René, aguardavam na ante-sala; entravam um de cada vez; e, para não haver privilégios, um marujo sentado à porta da ante-sala distribuía senhas de entrada.

René tinha de esperar a sua vez; e sua vez era a sétima; enquanto esperava, distraiu-se observando as paredes cobertas de troféus de armas de todos os países.

Uma pele de pantera negra de Java sustentava uma coleção de punhais envenenados, flechas carregadas dos mais perigosos venenos, sabres cujos ferimentos, mesmo que de um milímetro de profundidade, são sempre mortais. Uma pele de leão do Atlas sustentava uma coleção de candiares de Túnis, de *flissas*[1] de Argel, de pistolas com coronha de prata esculpida, de damasquinos curvados feito luas crescentes.

---

1. Grandes facões cabilas, compridos, assimétricos, com uma única lâmina e uma ponta aguda.

Uma pele de bisão das planícies suportava uma coleção de arcos, tacapes, facas de escalpelar e rifles.

Por fim, uma pele de tigre de Bengala suportava uma coleção de sabres de lâmina dourada e punho de jade, punhais adamascados de punho de marfim e cornalina, anéis e braceletes de prata.

As quatro partes do mundo, enfim, estavam representadas por suas armas nas quatro paredes daquela sala de espera.

Enquanto René examinava os troféus, como amador, e acompanhava com os olhos, no teto, a linha rígida que desenhava um jacaré de vinte pés de comprimento, e as volutas de uma jibóia com quase o dobro desse tamanho, três ou quatro dos que aguardavam a vez já tinham entrado; verdade é que mais outros dez haviam chegado, pegado sua senha e aguardavam.

De tempos em tempos, detonações de armas de fogo faziam-se ouvir e, com efeito, Surcouf estava sentado a uma janela, com algumas pistolas à sua frente, enquanto dois ou três dos seus oficiais se divertiam atirando num alvo no amplo jardim, onde placas de ferro fundido dispostas a intervalos regulares recebiam e guardavam a marca das balas que se abatiam sobre elas.

Num segundo aposento, que servia de sala de armas, três ou quatro rapazes, que decerto cumpriam a bordo do corsário as funções de aspirante ou segundo-tenente, exercitavam-se com a espada ou o sabre.

Embora ele vestisse o traje de um simples marinheiro, à primeira olhada que deu em René, Surcouf percebeu que estava lidando com um homem de condição superior à que seu traje indicava: fitou-o da cabeça aos pés; seus olhos se detiveram no olhar decidido do rapaz; examinou a cintura perfeitamente delineada, a barba fina e elegantemente cortada, e procurou ver as mãos a fim de completar suas observações; mas aquelas estavam cuidadosamente enluvadas; as luvas eram velhas, é verdade, mas recentemente esfregadas com goma, e reconhecia-se, no homem que as usava, se não luxo, pelo menos uma aspiração ao luxo.

De modo que, à saudação militar de René, parado dois passos à sua frente, Surcouf respondeu erguendo o chapéu, o que não costumava fazer para o comum dos marujos.

René, por sua vez, envolvera Surcouf inteiro com um só olhar, reconhecera no glorioso marinheiro um homem de trinta e um anos, cabelos loiros curtos, barba aparada em forma de colar, pescoço firmemente preso nos ombros robustos, uma força hercúlea.

— O que deseja de mim, senhor? — perguntou Surcouf, com um leve movimento de cabeça.

— Sei que vai voltar para o mar, e gostaria de alistar-me com o senhor.

— Não como simples marujo, imagino? — perguntou Surcouf.

— Como simples marujo — retrucou René, inclinando-se.

Surcouf olhou para o recém-chegado com toda a atenção da surpresa.

— Permita que lhe diga — prosseguiu Surcouf — que o senhor parece tão talhado para ser marujo quanto um coroinha para engraxar sapatos.

— Pode ser, senhor, mas não existe trabalho, por mais rude que seja, que não se aprenda depressa quando se tem o firme desejo de aprender.

— Mas para isso é preciso força.

— Na falta de força, senhor, muita coisa se pode fazer com habilidade. Não me parece que se precise de muita força para meter no riz a vela da gávea ou do velacho, ou para lançar granadas do cesto de gávea ou do cordame para o convés de um navio inimigo.

— Existem no nosso trabalho — disse Surcouf — manobras que exigem força. Suponha que seja obrigado a alimentar um canhão, o senhor acha que tem força para erguer uma bala de quarenta e oito até a boca?

E empurrou com o pé uma bala de quarenta e oito para junto de René.

— Acho — disse este — que não seria difícil.

— Tente! — disse Surcouf.

René se abaixou, pegou a bala com uma só mão, como se fosse uma bola de boliche, e jogou-a no jardim por cima da cabeça de Surcouf.

A bala só parou depois de rolar cerca de vinte passos.

Surcouf levantou-se, olhou para a bala e tornou a se sentar.

— Isso me tranqüiliza; a bordo do *Revenant*, só tenho cinco ou seis homens, eu incluído, capazes de fazer isso que acaba de fazer. Permite que eu veja a sua mão?

René sorriu, tirou a luva e estendeu a mão delicada e fina para Surcouf.

Este a examinou.

— Caramba! Senhores — ele exclamou, chamando os oficiais que estavam junto à outra janela –, venham só ver que coisa curiosa.

Os oficiais se aproximaram.

— Foi esta mão de moça — prosseguiu Surcouf — que acabou de jogar aquela bala de quarenta e oito, por cima da minha cabeça, à distância que estão vendo.

A mão de René, que parecia uma mão de uma mulher entre as mãos fortes de Surcouf, pareceu de criança entre as mãos colossais de Kernoch.

– Ora, capitão – disse Kernoch –, está brincando com a gente: isso por acaso é uma mão?

E, com o gesto de desprezo que a força bruta nutre pela fraqueza aparente, afastou-a para longe.

Surcouf fizera um gesto para deter Kernoch; mas René, ele próprio detendo Surcouf:

– Capitão – disse –, o senhor me permite?

– Vá em frente, meu rapaz, vá em frente – disse Surcouf, entusiasta do desconhecido como todo espírito superior.

Então, tomando impulso, René pulou para o jardim pela janela, mas passando por cima da barra desta.

A poucos passos da bala lançada por René, havia uma segunda bala igual, que decerto servira para os exercícios de Surcouf e não haviam julgado necessário guardar.

René pegou uma das balas na palma da mão, equilibrou a outra por cima e, com o braço semi-estendido, trouxe as duas; chegando perto da janela, pegou uma em cada mão, pulou de pés juntos para a borda, passou por baixo da barra, aterrissou na sala e, apresentando uma bala para Kernoch:

– Um barril de cidra para a tripulação – disse ele – àquele que atirar a bala mais longe.

René acabava de realizar tudo o que fizera com tanta elegância e desenvoltura que vários espectadores tocaram nas balas para conferir se eram mesmo de ferro fundido.

– Ah! Kernoch, meu amigo, está aí uma proposta que você não pode recusar.

– Não recuso – disse Kernoch –, e se o meu padrinho São Tiago não me abandonar...

– Tenha a bondade – disse René ao gigante bretão.

Kernoch dobrou-se sobre si mesmo, reuniu toda a sua força numa perna, ergueu o braço direito e, ambos se esticando feito uma mola, num único e mesmo movimento, a bala passou pela janela, indo cair a dez passos dali, seguiu rolando por mais três ou quatro, e parou.

– Isso é tudo o que um homem pode fazer – disse Kernoch. – O diabo que faça melhor.

— Não sou o diabo, senhor Kernoch — disse René —, mas tenho motivos para crer que é o senhor quem vai presentear a tripulação.

E, contentando-se em balançar o braço com a bala na mão, no terceiro balanço lançou o projétil, que caiu de primeira três ou quatro passos mais longe que a do seu adversário, e rolou mais uma dezena de passos.

Surcouf deu um grito de alegria, Kernoch, um grito de raiva. Todos os demais quedaram mudos, cheios de estupefação; verdade é que assim que lançou a bala René empalideceu terrivelmente e foi obrigado a se apoiar na lareira.

Surcouf olhou para ele, preocupado, correu para um armário pequeno, de onde tirou um cantil de aguardente que usava a tiracolo nos dias de combate e ofereceu-o a René.

— Obrigado — disse este —, nunca bebo aguardente.

Indo até uma garrafa que havia numa bandeja junto com um copo e açúcar, serviu-se de um pouco de água e bebeu.

No mesmo instante, um sorriso voltou a surgir em seus lábios e as cores, em suas faces.

— Quer uma revanche, Kernoch? — perguntou um jovem tenente da Marinha que se achava presente.

— Não, ora essa — respondeu Kernoch.

— Há algo que eu possa fazer para lhe agradar? — perguntou René.

— Sim! — disse Kernoch. — Faça o sinal da cruz.

René sorriu e fez o sinal da cruz, acrescentando as primeiras palavras da Oração dominical: "Creio em Deus, pai todo-poderoso, criador do céu e da terra".

— Senhores, por favor — disse Surcouf —, deixem-me a sós com este rapaz.

Todos se retiraram, Kernoch resmungando, os outros rindo.

A sós com Surcouf, René voltou à tranqüilidade e singeleza de antes. Outro teria aludido com algumas palavras a vitória que acabara de obter, mas ele esperou calmamente que Surcouf lhe dirigisse a palavra.

— Não sei — disse este, rindo — se sabe fazer mais do que acaba de fazer na minha frente; mas um homem que dá um salto de quatro pés de altura e joga com a mão uma bola de canhão de quarenta e oito é sempre útil num navio como o meu. Quais são as suas condições?

— Uma rede de dormir a bordo, a comida de bordo, e o direito de morrer pela França, é tudo o que desejo, senhor.

— Caro senhor — disse Surcouf —, costumo pagar pelos serviços que me prestam.

– Mas um marinheiro que nunca navegou, um marinheiro que não conhece o seu trabalho não pode lhe prestar nenhum serviço e, pelo contrário, o senhor é que estará prestando um ao lhe ensinar o seu trabalho.

– A minha tripulação fica com um terço das minhas presas; é conveniente para o senhor estar a meu serviço nas condições dos meus melhores e piores marujos?

– Não, capitão, pois os seus marujos, ao ver que não sei fazer nada e tenho tudo a aprender, me acusariam de roubar um dinheiro que não estaria ganhando. Daqui a seis meses, se quiser, retomaremos esta discussão; por hoje, vamos deixar assim.

– Mas, afinal, caro senhor – disse Surcouf –, não sabe só fazer ginástica como Mílon de Crotona e lançar o cesto como Remo? O senhor por acaso é caçador?

– A caça foi uma das minhas diversões na juventude – respondeu René.

– Como caçador, atira com pistola?

– Como todo mundo.

– Aprendeu a manejar as armas?

– O suficiente para me defender.

– Muito bem! Temos a bordo excelentes atiradores e uma sala de armas em que todo homem da tripulação pode treinar com a espada ou o sabre durante as horas em que não está de serviço. O senhor fará como os demais e, dentro de três meses, estará à altura deles.

– Assim espero – disse René.

– Só nos resta, então, resolver a questão dos honorários; vamos resolvê-la, não daqui a seis meses, mas jantando juntos, pois espero que me dê o prazer de jantar comigo hoje.

– Oh, capitão, agradeço-lhe por esta honra.

– Enquanto isso, quer ver nossos atiradores de pistola? Kernoch e Bléas estão numa contenda, e como têm habilidade mais ou menos igual, quando se pegam não se largam facilmente.

Surcouf levou René à outra janela.

Ela dava para uma placa de ferro fundido situada a vinte passos; um risco de giz branco, cortando verticalmente a placa ao meio, servia de alvo.

Os dois marinheiros continuaram o desafio sem se preocupar com os recém-chegados; a cada tiro bem dado, os espectadores batiam palmas.

Sem serem atiradores de primeira, os dois até que tinham uma competência notável.

René bateu palmas como os demais.

Kernoch acertou uma bala bem no meio do risco.

– Bravo! – disse René.

Kernoch, que guardava rancor, tirou sem nada dizer a segunda pistola das mãos de Bléas e a ofereceu a René.

– O que quer que eu faça com isso? – perguntou René.

– Mostrou sua força há pouco – disse Kernoch –, não vai se negar, espero, a nos mostrar sua habilidade.

– Oh! Por que não? Me deixou pouca chance, depois de acertar no risco; mas a sua bala, como deve ter reparado, inclina um pouco mais para a direita.

– E daí? – perguntou Kernoch.

– E daí – retrucou René – que vou colocar a minha mais para o meio.

E, tão rápido que parecia não perder tempo em mirar, deu o tiro.

A bala bateu exatamente em cima do risco, dando a impressão de que tinham medido com compasso a mancha prateada que passava de cada lado da linha.

Os marujos se olharam, espantados. Surcouf caiu na gargalhada.

– Então, Kernoch – perguntou ao seu contramestre –, o que me diz disso?

– Digo que isso dá certo uma vez, por acaso, mas se tivesse de fazer de novo...

– Então – disse René – não vou fazer de novo, já que o que acabo de fazer é brincadeira de criança, mas quero lhe propor mais uma.

Lançou um olhar à sua volta, avistou sobre a escrivaninha alguns cunhos vermelhos; pegou cinco, saltou para o jardim apoiando a mão na barra, e colou os cinco cunhos na placa, de modo que representassem um cinco de ouros; depois, retornando à janela, que escalou com a mesma leveza, pegou as pistolas e, uma depois da outra, com cinco balas, fez desaparecer os cinco cunhos, de modo a não ficar nenhum vestígio deles na placa.

Então, oferecendo a pistola a Kernoch:

– Sua vez – disse.

Kernoch meneou a cabeça:

– Obrigado – disse ele –, sou um bom bretão e um bom cristão; aí tem coisa do diabo, e não vou mais me envolver.

– Tem razão, Kernoch – disse Surcouf –, e para que o diabo não nos pregue nenhuma peça, vamos levá-lo conosco a bordo do *Revenant*.

E abriu a porta da sala ao lado, onde estava o mestre-de-armas do navio; pois Surcouf, ágil em todos os exercícios do corpo, queria que todos os seus marinheiros fossem ágeis como ele, e tinha um mestre-de-armas ligado à tripulação, à qual dava aulas de estoque e espadão.

Uma luta se desenrolava.

Surcouf e René ficaram olhando por um momento.

Surcouf consultou René a respeito de um golpe que lhe parecia mal aparado.

– Eu teria – disse o rapaz – aparado com um contra de quarta, e respondido com um direto.

– Senhor – disse o mestre-de-armas, cofiando o bigode –, isso significaria se deixar espetar como um fracote.

– É possível, senhor – disse René –, mas só se eu fosse muito lento na parada e na resposta.

– Este senhor veio tomar aula? – perguntou, rindo, o mestre-de-armas a Surcouf.

– Tome cuidado, meu caro Braço-de-Aço – disse Surcouf –, ou este senhor é que vai lhe dar aulas. Já deu duas no caminho para cá; e tenho impressão de que, se o seu aluno aceitasse lhe emprestar ele o florete, não demoraria a lhe dar a terceira.

– Caça-Boi – disse o mestre-de-armas –, passe o florete para esse senhor, ele vai tentar pôr em prática o conselho que acaba de lhe dar.

– Isso não vai acontecer, senhor Caça-Boi – disse René –, é falta de educação encostar num mestre-de-armas, vou me contentar em aparar.

E, recebendo o florete das mãos do aluno, René, com uma elegância muito particular, fez a saudação de praxe e pôs-se em guarda.

Teve início então uma curiosa luta com mestre Braço-de-Aço, que apelou inutilmente para todos os recursos de sua arte. René apartou o ferro de si com constância, com as quatro paradas básicas, sem nem sequer se dignar a empregar as demais. Braço-de-Aço, de resto, merecia o apelido; esgotou, em quinze minutos, todo o repertório de esgrima, fintas, golpes direitos, engajamento de ferros; complicou ainda mais os golpes mais complicados; mas foi tudo inútil: o botão do seu florete passou constantemente à direita e à esquerda da pessoa de seu adversário.

Vendo que mestre Braço-de-Aço não queria pedir clemência, René efetuou sua saudação de saída com a mesma cortesia com que efetuara a de entrada e, acompanhado à porta da rua por Surcouf, prometeu comparecer pontualmente ao jantar, ou seja, às cinco horas.

LIII
O ESTADO-MAIOR DO REVENANT

Naquele mesmo dia, às três da tarde, René foi introduzido na sala do capitão, onde o esperava a sra. Surcouf, brincando com uma criança de dois anos.

– Perdão, senhor – disse ela –, mas Surcouf, retido por um assunto inesperado, não pôde chegar exatamente às três horas para conversar demoradamente com o senhor como pretendia; ele me encarregou de lhe fazer as honras da casa enquanto o espera; seja indulgente para com uma simples provinciana.

– Senhora – disse René –, eu sabia que o sr. Surcouf tinha, há três anos, a felicidade de estar casado com uma mulher encantadora; não teria esperado até agora para lhe ser apresentado se o título de marujo, se é que o sr. Surcouf aceita conceder-me esse título, não transformasse meu desejo numa indiscrição. Sempre admirei a coragem dele, senhora, e hoje admiro a sua lealdade. Ninguém pagou melhor que Surcouf sua dívida para com a pátria. Embora podendo esperar muito dele, a França já não tem mais o que lhe pedir e, repito, para deixar esta bela criança, que lhe peço permissão para abraçar, e principalmente para deixar a mãe dela, é preciso mais do que coragem, é preciso lealdade.

– Ah, de fato! – disse Surcouf, que escutara o final da frase e observara, com orgulho paterno e conjugal, o futuro marinheiro abraçar o seu filho e saudar a sua esposa.

– Comandante – disse René –, antes de conhecer sua senhora e esta encantadora criança, julgava-o capaz de todos os sacrifícios; mas, agora que os conheço, duvido, a menos que seja o senhor a afirmá-lo, que o amor pela pátria possa, num homem, chegar ao ponto de se apartar de onde bate o seu coração.

– Pois então, senhora, o que me diz? – inquiriu Surcouf. – Desde que se tornou a esposa de um corsário, tem visto muitos marinheiros tecerem um elogio como este meu novo recruta?

– Que brincadeira! – exclamou a sra. Surcouf. – Este senhor não foi recrutado como simples marujo, espero.

– Como o mais simples dos marujos, senhora, e se, por algum acidente de educação, acontece de eu levar vantagem, num salão, sobre os bravos homens da tripulação, os mais ignorantes dentre eles vão logo recuperar essa vantagem assim que eu subir a bordo.

– Eu tinha combinado três horas, senhor – disse Surcouf –, porque queria lhe apresentar, à medida que fossem chegando, os nossos convidados, todos pertencentes ao estado-maior do *Revenant*, e veja...

A porta se abriu naquele exato momento:

– Eis o nosso imediato, o sr. Bléas.

– Tenho a honra de já conhecer este senhor de reputação – disse René. – Foi o senhor que, a bordo do *La Confiance*, sacrificou-se com o chefe Kernoch para ir até o navio *La Sibylle*, que tardiamente havia sido identificado como inimigo. Tais lealdades honram tanto aquele que é leal como aquele a quem ele é leal.

– Espero, comandante – disse Bléas –, que vai por sua vez me apresentar este senhor, pois até agora só o conheço como sendo um dos melhores atiradores de pistola que já vi.

– Infelizmente – disse René –, não tenho, como o senhor, um passado brilhante em que a atenção se possa deter. Chamo-me René, simplesmente, e só o que peço ao senhor Surcouf é que aceite me receber como marujo a bordo do *Revenant*.

– Não é a mim que deve pedir isso – disse Surcouf, rindo, – e sim ao nosso chefe de tripulação.

E, ao mesmo tempo, apontou para Kernoch, que entrava.

– Venha cá, Kernoch! Lamento que você não estivesse aqui há pouco, quando o senhor René falava com entusiasmo sobre um chefe de escaler, a bordo do *La Confiance*, que se sacrificou, junto com um jovem segundo-tenente cujo nome não me recordo, subindo a bordo de um navio inglês onde distraiu, com um ataque de nervos muito bem fingido, os senhores de uniforme vermelho, enquanto o capitão do *La Confiance*, que se jogara feito uma lebre nas garras do leopardo, fugia com todas as velas.

– Ora – disse Kernoch, apontando René –, se este senhor tivesse estado lá, teria sido muito mais simples: bastava lhe dar uma das suas boas pistolas de Lepage, mostrar o capitão inglês para ele e dizer: "Rebente a cara daquele imbecil". Ele teria pego a pistola e rebentado a cara dele; o que teria causado muito mais confusão a bordo que o meu ataque de nervos. Ah! O senhor não estava aqui hoje de manhã, tenente Bléas, quando o sr. René nos deu uma aula de pistola. Fico chateado; mas, se ele embarcar conosco, como nos é permitido esperar, vai ver como ele maneja esse pequeno instrumento. Quanto à maneira como maneja o florete, aí está o nosso amigo Braço-de-Aço que vai poder lhe dar todas as informações possíveis.

– Está enganado, Kernoch – disse o mestre-de-armas –, pois este senhor de fato me deu a honra de aparar os golpes que eu lhe dirigia, mas não se deu ao trabalho de replicar nem uma vez.

– É que, de fato, o senhor percebeu meu ponto fraco, senhor Braço-de-Aço – disse René. – Exercitei-me muito na defesa e muito pouco no ataque; tive como professor de esgrima um velho italiano chamado Belloni, que afirmava que se desestabilizava mais o adversário aparando seus golpes três vezes seguidas do que atingindo-o uma vez só: ora, se dá na mesma, para que atingir quando se pode aparar?

– Agora – disse Surcouf – só me resta apresentar-lhe estes dois retardatários: são, acredito, os melhores lançadores de granada do mundo, e garanto que, se fizeram esperar para jantar, não farão esperar no dia do combate para assumir seus postos, um na gávea do traquete, outro na do grande mastro. E agora, senhor René, se quiser dar o braço à senhora Surcouf, vamos passar à sala de jantar.

Uma camareira apenas aguardava esse convite para levar o menino Surcouf, que, como uma criança disciplinada, retirou-se à primeira ordem que recebeu.

É conhecida a suntuosidade das mesas da província; Surcouf era citado nesse aspecto: seus jantares teriam satisfeito os heróis de Homero, seus heróis comiam feito Diomedes e bebiam feito Ajax. Quanto a ele próprio, teria desafiado o próprio Baco. Desnecessário dizer que o jantar foi de uma alegria imensa e, principalmente, ruidosa. René, bebendo apenas água, virou alvo de tantas brincadeiras que acabou pedindo clemência; o que todos lhe concederam, com exceção do mestre Braço-de-Aço. Então, cansado dessa insistência, René pediu à sra. Surcouf que lhe perdoasse o extremo a que se via reduzido, e solicitou permissão de beber à sua saúde.

A permissão foi concedida.

— E agora — disse ele — a senhora teria uma taça digna de um verdadeiro bebedor, ou seja, uma que possa conter duas ou três garrafas?

A sra. Surcouf deu uma ordem a um empregado, que trouxe uma taça de prata que, pelos brasões que ostentava, indicava ser de fabricação inglesa. Verteu dentro dela três garrafas de vinho da Champagne.

— Senhor — disse ele ao mestre-de-armas —, vou ter a honra de esvaziar esta taça à saúde da sra. Surcouf. Repare que é o senhor que me obriga a tanto, pois disse no começo do jantar a verdade, ou seja, que eu só bebia água. Mas, uma vez esvaziada a taça, espero que aceitará enchê-la por seu turno e esvaziá-la como eu vou fazer, desta vez não à saúde da sra. Surcouf, mas à glória do seu marido.

Uma tempestade de aplausos acolheu o pequeno discurso, que o mestre-de-armas escutou sem nada dizer, mas arregalando desmedidamente os olhos.

René se levantara para saudar a sra. Surcouf e, como dissemos, seu discurso fora aclamado; mas quando o viram levar aos lábios, fria, tristemente, com um sorriso de desprezo pelo gesto que estava para cumprir, a taça gigantesca cheia de um vinho tão capitoso como é o vinho da Champagne, um silêncio se fez e todos voltaram os olhos para o jovem marujo, para ver até onde iria aquilo que os maiores bebedores teriam chamado de loucura.

Ele, porém, com a mesma calma e a mesma lentidão, continuou bebendo, erguendo imperceptivelmente a taça, e seus lábios permaneceram colados na borda de prata até que não restasse no recipiente uma só gota do espumoso líquido. Virou então a taça para o seu prato, e nenhuma gota do licor cor de âmbar caiu dele; depois, sentou-se e, colocando a taça diante do mestre-de-armas:

— Sua vez, senhor — disse ele.

— Ora essa, boa jogada — disse Kernoch. — Sua vez, mestre Braço-de-Aço[1].

Este não se sentiu em condições de sustentar o duelo, quis se desculpar, mas então Kernoch levantou-se e declarou que, se não esvaziasse a taça por bem, esvaziaria por mal, e ao mesmo tempo rompeu com o polegar os arames da garrafa de vinho da Champagne e verteu-o na taça de prata. Vendo isso, mestre Braço-de-Aço pediu para beber as três garrafas uma após a outra, o que lhe foi concedido; mas assim que tomou a primeira garrafa, recostou-se pedindo clemência e afirmando ser incapaz de beber nem mais um copo sequer e, com efeito, cinco minutos depois, caiu da cadeira.

— Deixem apenas eu dar um jeito no nosso São Jorge — disse Kernoch. —

---

1. Essa báquica contenda lembra o relato de Alexandre Dumas, *Le Caucase*, XLVII, La Georgie et les Géorgiens.

Volto logo e, para fazê-los esquecer o frio em que este episódio nos deixou, vou cantar uma musiquinha.

Era a época em que nenhum jantar, mesmo nas grandes cidades, terminava sem que alguns convidados entoassem um canto, quer ao dono, quer à dona da casa, quer à profissão que exerciam. A proposta de Kernoch foi, portanto, acolhida com entusiasmo e, durante os breves minutos de sua ausência, ouviram-se gritos de: "Kernoch! A música! A música!", gritos que redobraram assim que ele apareceu.

Kernoch não era homem de se fazer de rogado. Assim, depois de indicar que ia começar, entoou, com todos os ornamentos vocais e todas as caretas faciais que ela comporta, a seguinte canção:

O Brigue Black

Mar bonito e vento bom,
Quando
O tempo favorece
À noite o nosso navio
Ho!
Se a brisa
Encrespa
A água,
Crique! Craque! E xaveco
Vapt-vupt!*

— Em coro! — exclamou Kernoch.

E, com efeito, todos os convidados, com exceção de Braço-de-Aço, cujos roncos, que se tornavam regulares, faziam-se ouvir, retomaram em coro:

Se a brisa
Encrespa
A água,
Crique! Craque! E xaveco
Vapt-vupt!**

---

* "Le Brig Black// Mer jolie et bon vent,/ Quand/ Le temps favorise/ La nuit notre vaisseau,/ Ho/ Si la brise/ Frise L'eau,/ Cric! crac! et sabot/ Cuiller à pot!"

** "Si la brise/ Frise/ L'eau,/ Cric! crac! et sabot/ Cuiller à pot!"

Essa canção, verdadeira poesia do castelo de proa, devia fazer o maior sucesso num jantar de marujos; várias estrofes tiveram a honra de um *bis* e parecia, após o jantar, que as aclamações e os aplausos não iriam mais cessar. Mas algo suscitava um entusiasmo quase tão grande como os versos do mestre de tripulação: a calma que René mantinha depois de esvaziar a taça com que desafiara o mestre-de-armas; seu rosto não ruborizara nem empalidecera, e suas palavras não estavam mais confusas do que as de um homem que acabara de tomar um copo de água ao levantar.

Todos os olhos se voltaram então para Surcouf; uma música cantada por ele duplicaria o valor de sua hospitalidade; ele compreendeu o que esperavam dele, sorriu e disse:

– Muito bem, que seja! Vou cantar minha música de marujo, de quando eu ensinava os grumetes.

Houve um murmúrio em meio ao qual ecoavam gritos de "Psiu! Silêncio!". E fez-se silêncio.

Surcouf se concentra e começa assim:

> *– Grumete, ao pé do mastro junte uma corda*
> *E, para começar, faça um nó chato.*
> *– Um e dois! Pronto!... Que o diabo me morda!*
> *Mestre, não sou nem burguês nem soldado;*
> *Sei como se deve torcer e destorcer*
> *Um pedaço de barbante; estou aprendendo meu ofício.**

Surcouf cantou todas as estrofes e seu sucesso não foi menor que o de Kernoch; mas uma curiosidade que despontava dos olhares da linda dona da casa era a de saber se era naturalmente, ou por força de vontade, que René mantinha todo o seu sangue-frio.

Não agüentou e, dirigindo-se a ele:

– E o senhor, senhor René – disse ela –, será o único a não nos brindar com uma canção da sua terra?

– Infelizmente, senhora – disse René –, não tenho terra; nasci na França, é tudo que me é permitido lembrar; não sei se, procurando bem na minha memó-

---

* "– Mousse, au pied du mât ramasse une corde/ Et, pour commencer, fais-moi le noeud plat./ – Un et deux! c'est fait!... Le diable me morde! Maître, je ne suis bourgeois ni soldat;/ Je sais comme if faut qu'on torde et détorde/ Un bout de filin; j'apprends mon état."

ria, ainda encontraria uma canção inteira; todas as alegrias da minha juventude, todas as flores da minha adolescência foram destroçadas por três anos de inverno e tristeza; vou, no entanto, vasculhar minha memória, e se encontrar alguma flor de fura-neve, vou colhê-la. Há de me desculpar, senhora, junto de seus convidados, por não conhecer nenhuma música relacionada ao glorioso ofício deles; depois de uma campanha, não vão me faltar, espero; enquanto isso, eis todo o meu saber.

E, com uma voz pura e límpida, como a de uma moça, ele cantou as palavras seguintes:

Se eu fosse um raio de sol,
Iria, resplandecente de amor,
Envolver-te em minha luz;
Mas empalideceria em torno
de tuas pálpebras.

E se eu fosse o feliz espelho
Que te mira em teu toucador,
Em mim verias tua imagem:
Em meu coração consente então em ver
Esta linda miragem.[2*]

As quatro estrofes seguintes fizeram o mesmo sucesso da primeira.
— Senhores — disse a sra. Surcouf —, depois que canta o rouxinol, os outros pássaros se calam. Vamos passar à sala, onde nos espera o café.

René levantou-se, ofereceu o braço à sra. Surcouf, e passou com ela à sala; acabava de saudá-la e retirar o braço quando Surcouf veio até ele e, passando por sua vez um braço debaixo do seu, levou-o até o vão de uma janela. René deixou-se conduzir com toda a deferência de um inferior para com seu superior.

---

2. Essas três canções cheias de personalidade, patriotismo e brio foram-me graciosamente cedidas por meu amigo La Landelle para que eu as usasse à vontade. Não consegui, no que pese o anacronismo, deixar de inseri-las aqui. Podem ser encontradas na íntegra na livraria Dentu, no Palais-Royal. (N. A.) [G. de la Landelle, *Le gaillard d'avant: chansons maritimes*, 2. ed., Paris, E. Dentu, Palais-Royal, galeria de Orléans, 17 e 19, 1865, ao menos no que se refere a *Le Brig Black* e *Les Leçons du Mousse*: I. Les nœuds, Première Leçon.]

* "Si j'etais un rayon du jour;/ J'irais resplendissant d'amour/ T'envelopper de ma lumière;/ Mais je pâlirais à l'entour/ De ta paupière.// Et si j'étais l'heureux miroir/ Qui te mire dans ton boudoir,/ En moi tu verrais ton image:/ Dans mon coeur consens donc à voir/ Ce beau mirage."

– Acho que está na hora, meu caro René – disse Surcouf –, de acabar essa brincadeira; diga o que quer de mim, e com que objetivo me procurou: é um companheiro demasiado simpático para que eu não tente, na medida de minhas possibilidades, ser-lhe agradável.

– Nunca quis nada, e tudo o que ainda desejo é ser recrutado pelo senhor, meu comandante, como simples marujo, e fazer parte da sua tripulação.

– Mas quem pode ter lhe inspirado esse capricho? Seria inútil tentar disfarçar que é filho de boa família; sua educação é a de um homem que pode aspirar aos mais altos cargos do Estado. Ignora em que companhia vai se encontrar, e que trabalho terá de realizar?

– Senhor Surcouf, um homem como eu, que abriu mão de todo orgulho, não acha nenhuma companhia indigna. Quanto ao trabalho, será árduo, bem sei; mas o senhor sabe que sou forte, viu que sou habilidoso; bebo apenas água e, quando me forçam a beber vinho, mesmo em quantidade que faria qualquer um perder a cabeça, viu como o vinho não tem nenhuma influência sobre mim. Quanto ao perigo, acho que posso dizer o mesmo que do vinho: vivi tempo demais esperando a morte todo dia para não ter me familiarizado com ela; tendo a possibilidade de escolher uma arma e um chefe, tornei-me marujo e, como o senhor é um dos mais valentes e leais oficiais que conheço, escolhi-o como chefe.

– Devo avisá-lo, senhor – disse Surcouf –, que um marujo, mesmo comum, que se compromete conosco, coloca suas condições e, já que se fundem num compromisso, essas condições são observadas.

– É meu desejo partilhar o trabalho e a vida dos meus companheiros; não mereço que me poupem de maneira alguma das tarefas que me incumbem como simples marujo; minha única repulsa, que o senhor há de compreender facilmente, é não ter uma rede de dormir só para mim.

– É um pedido demasiado simples para que eu possa recusá-lo; mas ofereço-lhe mais: quer ser meu secretário? Assim, terá não só uma rede, como um gabinete.

– Aceito, muito grato, desde que esse cargo me dê liberdade para cumprir minhas tarefas de marujo e combater quando necessário.

– Renuncio de bom grado ao seu trabalho de marujo – disse Surcouf, rindo –, mas não seria bobo de renunciar ao seu apoio nos dias de combate.

– Posso lhe pedir outro favor? Combater com as minhas próprias armas, ou seja, com as armas a que estou acostumado.

– Na hora do combate, trazemos as armas para o convés: cada um escolhe a que melhor lhe convém; o senhor pegará as suas no seu quarto: o favor que lhe concedo é bem pequeno, portanto.

– Um último pedido: se aportarmos no litoral de Coromandel ou de Bengala, permita que eu tome parte, às minhas custas é claro, de uma dessas caçadas ao tigre ou à pantera de que ouvi falar, sem nunca ter participado de nenhuma; e também, se o senhor precisar enviar uma dessas expedições em que receie comprometer a vida de um dos seus oficiais, mande a mim; nenhuma vida depende da minha, eu não seria chorado por ninguém.

– Então vai me permitir – disse Surcouf – que nos dias de presa, eu o trate como oficial; as presas são divididas do seguinte modo: um terço para mim, um terço para os oficiais, um terço para os soldados.

– É permitido que eu faça com a minha parte o que bem me parecer?

– Nada mais justo – respondeu Surcouf.

– E agora, meu comandante, permita que lhe faça uma pergunta – pediu René. – O senhor possui armas em que confie plenamente?

– Sem dúvida. Tenho uma carabina, um fuzil de dois tiros que batizei de *Fulminante*, e minhas rompe-garrafas, que o senhor conhece.

– O que entende por rompe-garrafas?

– Minhas pistolas. No mar, para exercitar os meus homens, mando amarrar umas garrafas nos botalós dos cutelos; todos os marujos têm direito de praticar esse exercício, e todo aquele que quebrar uma garrafa, apesar do balanço e da arfagem, tem direito a um escudo se for com o fuzil, e cinco francos se for com a pistola.

– Vou pedir para ser incluído nesse exercício, sempre com o direito de dispor dos meus prêmios.

– Sempre; e agora, apesar das suas modestas disposições, vou lhe dar o conselho, meu caro René, de analisar seriamente o emprego que está aceitando, quer por vocação, quer porque uma força maior que a sua vontade o obriga. Quero, mesmo contra o seu desejo, fazer algo pelo senhor. E, com isso, estão claras todas as nossas condições? Ainda tem alguma coisa a pedir? Ainda tenho algo a oferecer?

– Não, nada, comandante, muito obrigado.

– Kernoch, de que já fez seu amigo, irá instruí-lo no aspecto material da arte; e eu vou me encarregar, se quiser, de estudos mais elevados. Veja, a sra. Surcouf está procurando pelo senhor com uma xícara de café numa mão, um copo de licor na outra.

René se aproximou da sra. Surcouf e, cumprimentando-a com cortesia:

– Queira desculpar-me, senhora – disse –, mas nunca tomo café nem licor.

– Parece que é igual ao vinho da Champagne – disse Kernoch, lançando a pesada brincadeira em meio às elegantes desculpas do jovem marinheiro: – quando bebe pouco é que lhe faz mal.

– Eu ficaria chateado – disse René – se a sra. Surcouf visse, na vitória grosseira que obtive, algo mais que o simples desejo de me livrar das brincadeiras de mestre Braço-de-Aço, que teriam estragado um dos mais encantadores jantares que tive na vida.

– E como já está na sobremesa – disse uma voz –, não vai mais temer que seu jantar seja estragado.

– Ora – disse René –, é o mestre Braço-de-Aço que saiu do seu desmaio; deixe-me cumprimentá-lo, senhor, pensei que isso só aconteceria amanhã de manhã.

– Pela espada de São Jorge, meu comandante, não vai permitir que insultem assim um dos seus oficiais sem que ele peça explicações na sua frente, e no mesmo instante! Espadas, espadas!

E, entrando na sala de armas, onde fizera a sua sesta, o professor de esgrima voltou quase em seguida com uma espada de combate em cada mão.

A sra. Surcouf deu um grito, os homens correram para junto de mestre Braço-de-Aço.

– Senhor – disse Surcouf –, ordeno que volte para a sua casa agora mesmo, e que fique por lá até a hora da nossa partida.

– Perdão, comandante – disse René –, o senhor não está a bordo do seu navio, está na sua casa; ao nos convidar nos tornou, pelo menos momentaneamente, seus iguais. Se expulsar este senhor da sua casa, estará naturalmente me obrigando a sair com ele e a matá-lo sob o primeiro poste de luz que aparecer; se permitir, em vez disso, que o que começou como comédia acabe como tal, ofereceremos à sua senhora o curioso espetáculo de um duelo de morte no qual ninguém será morto.

– Mas... – insistiu Surcouf.

– Deixe comigo, comandante – disse René. – Dou-lhe a minha palavra de honra de que nenhuma gota de sangue será derramada.

– Está bem, senhores, já que insistem, façam como quiserem.

No mesmo instante, com essa permissão de Surcouf, os convidados se postaram dos dois lados da sala, deixando o centro livre.

Mestre Braço-de-Aço, para quem a etiqueta do duelo era sagrada, começou tirando o casaco e o colete, e ofereceu, pelo punho, as duas espadas a René.

Este então percebeu que, em sua pressa de se armar, mestre Braço-de-Aço, pensando pegar duas espadas de duelo, pegara uma espada e um florete.

René, só então reparando nesse erro, pegou rapidamente o florete; ao ver a lâmina com botão nas mãos do rapaz, todos se puseram a rir.

Mestre Braço-de-Aço olhou em volta para entender o motivo daquelas risadas; logo percebeu que René segurava um florete, e ele, uma espada.

– É como eu dizia – disse René –, o senhor não devia estar bem desperto; mas, por sinal, realizou meu desejo; em guarda, por favor, e não me poupe.

E o rapaz se pôs em guarda.

– Mas – exclamaram os presentes – é impossível defender-se com um florete se este senhor vai atacar com uma espada.

– No entanto, é assim que será – respondeu René, sério – ou me obrigarão a ir amanhã com este senhor a um terreno, com armas iguais, e então, para não parecer fanfarrão, serei obrigado a matá-lo, do que nunca me consolaria. Vamos, mestre Braço-de-Aço, estou esperando: à primeira gota de sangue, se aceitar; e, para que não me acusem de trapaça, vou, com a permissão da senhora, fazer o mesmo que o senhor.

E, jogando seu casaco de marinheiro e seu colete na poltrona, ficou de camisa, que era da mais fina batista, e cuja brilhante alvura contrastava com a tonalidade crua da camisa de Braço-de-Aço.

Então, com um rápido movimento sobre si mesmo, pôs-se em guarda, com a ponta da arma baixada e o corpo tão elegantemente posicionado que os presentes não puderam deixar de aplaudir, como fariam numa luta comum.

Os aplausos irritaram o mestre-de-armas, que se precipitou sobre o seu adversário.

O mesmo espetáculo daquela manhã, à luz do sol, repetiu-se então à luz das candeias; mestre Braço-de-Aço recorreu a tudo o que o repertório de esgrima contém em termos de golpes, fintas, respostas; todos os golpes foram aparados com uma tranqüilidade, um sangue-frio, uma simplicidade exasperante; por fim, uma última finta foi efetuada tão rapidamente que a ponta da espada, sem encostar na pele, enganchou a camisa e abriu um amplo rasgo que deixou o peito do rapaz meio descoberto.

René se pôs a rir.

– Vá pegar sua espada, senhor – disse ao seu adversário.

E, no mesmo instante, a lâmina do seu florete tocou com tanta agilidade e violência a arma de mestre Braço-de-Aço que a fez saltar a dez metros.

E, enquanto o mestre-de-armas ia pegar sua espada como havia sido convidado a fazer, ele mergulhou o botão do seu florete num tinteiro.

– E agora – disse ele, – vou dar três golpes, e esses três golpes vão desenhar um triângulo no seu peito. Num duelo de verdade, cada um desses golpes seria mortal. Quando voltarmos a ser bons amigos, o que, espero, não tardará, vou lhe ensinar a apará-los.

E, de fato, como dissera, viram passar três relâmpagos e, depois do terceiro, René deu um salto para trás: o botão de seu florete imprimira três manchas pretas do lado direito do peito do mestre-de-armas, e os três pontos formavam um triângulo tão perfeito que pareciam feitos a compasso.

Depois disso, René depositou o florete numa cadeira, enfiou o colete e o casaco, pegou seu chapéu, foi estender a mão ao adversário, que lhe negou a sua, apertou a mão de Surcouf, beijou a de sua esposa, desculpando-se por ter se desviado duas vezes naquele dia das regras de conveniência, a primeira bebendo de uma vez só três garrafas de vinho da Champagne, a segunda oferecendo-lhe o espetáculo de um duelo; então, cumprimentando todos os presentes com um olhar amigável e um gesto gracioso, saiu.

Mal a porta se fechou atrás dele, mestre Braço-de-Aço foi se vestir na sala de armas, todos se derramaram em elogios ao novo recruta do capitão do *Revenant*.

– Mas, afinal – exclamou Surcouf –, o que pode ter levado um janota desse gabarito a alistar-se como simples marujo?

– Pois eu sei – disse a sra. Surcouf ao ouvido do marido.

– Sabe?

– Foi uma dor de amor.

– E como adivinhou?

– Vi brilhar no seu peito, pelo rasgão da camisa, uma corrente de ouro com um medalhão, e no medalhão, uma inicial de diamantes.

– Você pode até ter adivinhado – disse Surcouf – no que concerne à dor de amor; mas o que obriga um homem dessa distinção a alistar-se como simples marujo?

– Ah – disse ela –, isso eu não sei.
– Aí é que está o segredo – disse Surcouf.
No dia seguinte, René foi despertado por Surcouf e o mestre Braço-de-Aço.

A noite e Surcouf, principalmente, haviam dado bons conselhos ao mestre-de-armas. Ele vinha apresentar suas desculpas a René.

LIV
A APARELHAGEM

Uma semana após os fatos que acabamos de relatar, ou seja, lá pelo final de julho, as muralhas de Saint-Malo que davam para o dique interno e para o anteporto estavam, assim como os rochedos de Saint-Servan, que hoje desapareceram debaixo de um calçamento, cobertas de espectadores ávidos por um espetáculo que se renova diariamente nos portos marítimos, sem no entanto cansar os espectadores; todos os navios do porto estavam embandeirados, todas as casas dando para o porto ostentavam uma bandeira e do interior do porto interno avançava um belo brigue de quatrocentas toneladas, puxado por quatro barcas de doze remadores cada; todos eles cantavam, com uma voz que dominava o ruído da multidão, a seguinte corsária, escandida de modo a animar os remadores:

Ao corsário que navega
É preciso a vitória ou a morte.
Içar velas! Viva a França!

Ao partir de Saint-Malo,
Nossos longos remos batiam n'água.

Ao partir de Saint-Malo,
Nossos longos remos batiam n'água.
Içar velas e boa sorte!

> *Ao largo, abram o olho, marujos!*
> *Os melhores barcos são os mais graúdos.*
>
> *Ao largo, abram o olho, marujos!*
> *Os melhores barcos são os mais graúdos.*
> *Içar velas, nossa barcaça!*
>
> *Nossa barcaça vai deslizando*
> *Mais firme que um peixe voador.**

Nesse momento, as barcas e as embarcações passavam pelo estreito canal que separava Saint-Servan de Saint-Malo, e dava para avistar, embaixo do gurupés, um esqueleto muito bem esculpido erguendo a pedra de seu túmulo e surgindo em sua mortalha.

Era o *Revenant* que o capitão Surcouf acabara de mandar construir com o seu próprio dinheiro e que, feito para visitar os mares, palco das proezas de seu valente capitão, ressurgiria no oceano Atlântico e no oceano Índico como um *Revenant***.

Assim que a população, espalhada pelos rochedos, empoleirada pelas muralhas, amontoada pelas janelas, viu-se, por assim dizer, em contato com os homens dos botes, gritou a uma só voz: "Viva o *Revenant*! Viva a sua tripulação!", gritos a que os remadores responderam erguendo os remos e erguendo-se eles próprios: "Viva Surcouf! Viva a França!".

E, enquanto os maloenses contavam as dezesseis peças de doze que passavam o cano pelas escotilhas, uma comprida peça de trinta e seis, montada sobre pivô dianteiro, e observavam, surpresos, emergir da cabine do capitão a embocadura de duas peças de vinte e quatro, os marujos voltaram a se sentar e continuaram a cantar enquanto rebocavam a embarcação até defronte à casa de Surcouf:

---

* "Au corsaire qui court son bord/ Il faut la victoire ou la mort./ Hale dessus! Vive la France!// En débordant de Saint-Malo,/ Nos longs avirons battaient l'eau.// En débordant de Saint-Malo,/ Nos longs avirons battaient l'eau./ Hale dessus et bonne chance!// Au large, ouvrez l'oeil, matelots!/ Les meilleurs ships sont les plus gros.// Au large, ouvrez l'oeil, matelots!/ Les meilleurs ships sont les plus gros./ Hale dessus, notre péniche!// Notre péniche va filant/ Plus raide qu'un poisson volant."

** O termo *revenant* significa "aquele que retorna", porém é mais comumente empregado na acepção de fantasma, assombração. Aqui, indica também o retorno de Surcouf aos mares. (N. T.)

Nós o enganchamos, ele está preso,
Eu rumei para Paris.
Eia para cima, gente da terra!

Flibusteiros de papel timbrado
Me deixaram duro e me encarceraram.

Flibusteiros de papel timbrado
Me deixaram duro e me encarceraram.
Eia para cima! Mas que miséria!

Com um pé calçado, mas o outro descalço,
A bordo eu voltei.

Com um pé calçado, mas o outro descalço,
A bordo eu voltei.
Eia para cima! Os mais corsários!

Os piores corsários
Não cruzam contra o inglês.

Os piores corsários
Não cruzam contra o inglês.
Eia para cima! Mas os notários,

Os juízes e os advogados
São piratas como nunca se viu.*

---

* "Nous le crochons, le voilà pris,/ Moi j'ai mis le cap sur Paris./ Hale dessus, le gens de terre!// Flibustiers sur papier timbré/ M'ont mis à sec et m'ont coffré.// Flibustiers sur papier timbré/ M'ont mis à sec et m'ont coffré./ Hale dessus! quelle misère!// Un pied chaussé, mais l'autre nu,/ A bord je m'en suis revenu.// Un pied chaussé, mais l'autre nu,/ A bord je m'en suis revenu./ Hale dessus! les plus corsaires!// Les coisaires les plus mauvais/ Ne croisent pas contre l'Anglais.// Les corsaires les plus mauvais/ Ne croisent pas contre l'Anglais./ Hale dessus! Mais les notaires,// Les juges et les avocats/ Sont forbans comme on n'en voit pas."

Chegaram defronte à porta de Dinan, ou seja, defronte à casa de Surcouf. Todas as janelas estavam ocupadas por sua esposa, seu filho, seus parentes e seus amigos; pareciam impacientes e já franziam o cenho, pois, com efeito, o embarque estava previsto para meio-dia em ponto. Estava para dar onze horas, e nenhum homem da tripulação de Surcouf se encontrava a bordo. Ele mandara o seu imediato, Bléas, ver o que os homens, reunidos na estalagem da sra. Leroux e na rua Traversière, estavam fazendo, e Bléas acabava de sussurrar-lhe que, qual César partindo para a Espanha e bloqueado por seus credores em Suburra, a tripulação estava bloqueada pelos judeus que haviam emprestado dinheiro aos marujos, dinheiro que eles se comprometeram a devolver com seus adiantamentos, e não queriam deixá-los sair sem pagar. René, que se achava próximo de Surcouf e viu que este estava prestes a interferir no caso, pediu permissão ao comandante para ir até lá em seu lugar e ver se não havia um modo amigável de resolver a situação entre devedores e credores.

Quem nunca viu partir uma embarcação nas condições da de Surcouf perdeu o mais original e curioso espetáculo que se possa imaginar.

Assim que é pago o adiantamento aos marujos, no escritório da categoria, as mulheres e os credores caem em cima deles para arrancar-lhes a maior quantia possível de dinheiro; mas, é preciso dizer, nesse momento crítico, que as mulheres, em geral, são ainda piores que os credores: os gritos, as lágrimas, os gemidos das pobres esposas desoladas se misturam às ameaças dos judeus e conseguem abafá-las com suas recriminações; assim, por mais duros que sejam os mercadores de dinheiro, as mulheres são quase sempre pagas primeiro; essas pobres aves de rapina sabem, aliás, que ante a população, e mesmo ante os juízes, as mulheres sempre terão mais razão do que eles; assim, embora arrancando os cabelos, quase sempre deixam, a contragosto, a liquidação da família se dar antes da sua; porém, assim que é paga a última mulher, os alcatrazes tornam a cair sobre a sua presa com fúria renovada. Nesse caso, quando os primeiros marujos interpelados pelos judeus se mostram flexíveis e pagam, o exemplo é duplamente eficaz; os demais marujos deixam, alguns com muitos palavrões, outros com muitos suspiros, cair o dinheiro por entre seus dedos; mas se o primeiro credor não for razoável e não se contentar com a metade do que está cobrando, metade que ainda lhe deixa um bonito lucro, se o primeiro devedor for recalcitrante e, pronto a revoltar-se, induzir seus companheiros à revolta, se a intervenção da força armada se fizer necessária, então o marujo furioso e o credor implacável começam a trocar ataques discursivos dignos das provocações dos heróis de Homero.

Ora, era o que acabava de acontecer. René chegou exatamente no meio de um legítimo motim: ao avistá-lo, os marujos compreenderam que lhes chegava socorro; os gritos: "O secretário do comandante!" o receberam com uma explosão de aplausos. Uma bolsa que ele trazia na mão, e que parecia cheia de ouro, pleiteou, por outro lado, sua causa junto aos credores; ele subiu em cima de uma mesa e fez sinal que queria falar.

Fez-se imediatamente silêncio; e que silêncio! Não se ouviria passar nem um dos átomos de Descartes.

– Meus amigos – disse ele –, o comandante não quer que, na primeira vez que aparelha na sua cidade natal, haja briga entre seus marujos, qualquer que seja a sua terra, e seus compatriotas.

Avistando então, em meio a todos os rostos que se voltavam para ele, o rosto de Saint-Jean, ou seja, do marujo que, em troca do jantar que lhe oferecera, dera-lhe sobre Surcouf todas as informações que pedira:

– Venha cá, Saint-Jean! – disse ele. Depois, dirigindo-se tanto aos marujos como aos credores: – Conhecem Saint-Jean? – perguntou.

– Conhecemos – responderam os credores e os marujos.

– É um homem honesto, não é?

– É, sim! – responderam os marujos a uma só voz. – Sim, sim, sim!

– Sim – responderam os judeus, mais baixo e com menos entusiasmo.

– Vou encarregá-lo de acertar as suas contas. Ele vai pagar a cada credor cinco por cento de juros desde a época do empréstimo, de modo que os que emprestaram por um mês, por quinze dias, por oito dias, vão receber os juros sobre o total como se tivessem emprestado por um ano.

Os judeus murmuraram.

– Oh, é pegar ou largar! – disse René. – Aqui está o dinheiro (mostrou a bolsa), aqui está o meu bolso: se entrar para dentro do meu bolso, vocês não verão mais a bolsa, nem o que tem dentro dela; um, dois, três...

– Aceitamos! – gritaram os judeus.

– Saint-Jean, faça as contas, e vamos depressa; o comandante está ficando impaciente.

Saint-Jean era um hábil contador e um calculador ligeiro; em quinze minutos estava tudo ajeitado: a quantia pedida pelos judeus, que chegava, segundo o seu pedido inicial, a cinquenta e dois mil francos, ficou acertada em vinte mil, e os judeus, sorrindo entre seus bigodes incultos e suas barbas pontudas, reconheciam que não viam nenhum problema em liquidar assim todas as dívidas.

René mandou que dessem um recibo coletivo, redigido por Saint-Jean, separou vinte mil francos, e desse modo a liberdade foi devolvida aos devedores; as portas foram abertas, as barreiras levantadas, e os marujos, barulhentos e rápidos feito um ciclone, precipitaram-se para a porta de Dinan, local de encontro para a partida.

O embarque deveria ocorrer ao meio-dia; ainda tinham quinze minutos pela frente. A fronte de Surcouf desanuviou-se, portanto, quando viu chegar sua tripulação.

— Ah! Vejam só — disse ele a René —, eu sabia que era hábil em lutar como Hércules, em atirar com pistolas como Junot, em puxar da espada como Saint-Georges, em beber como o general Bisson[1], mas não sabia que, em diplomacia, tinha a competência de um sr. de Talleyrand; diachos, como conseguiu?

— Ora, paguei por eles — respondeu René, simplesmente.

— Pagou por eles? — perguntou Surcouf.

— Paguei.

— Quanto pagou?

— Vinte mil francos, foi um negócio de ouro; estavam pedindo cinqüenta mil.

— Vinte mil francos! — repetiu Surcouf.

— Não é costume — disse René, rindo — que o recém-chegado pague por suas boas-vindas?

"Realmente — disse Surcouf para si mesmo — deve tratar-se do neto do czar Pedro querendo, como o avô, aprender o ofício de marujo."

Então, dirigindo-se à tripulação:

— Ei, seus cães falidos! — disse ele. — Devem estar pensando que é graças a mim que se livraram dos seus credores com a pele inteira; estão enganados. Depois de efetuar o adiantamento, acostumei minha tripulação a não esperar nem um tostão de minha parte; não, é o seu novo colega René, pagando por suas boas-vindas; é meio caro, vinte mil francos, mas fazer o quê? É um capricho dele; espero que lhe sejam gratos e que, se ele se vir num perigo qualquer, façam o que for preciso para salvá-lo. E agora, vamos embarcar.

---

1. O apetite desse general era tamanho que o imperador lhe pagava honorários extras para que pudesse satisfazê-lo; Brillat-Savarin afirma que "ele bebia oito garrafas de vinho no almoço, sem ficar menos capaz de brincar ou dar ordens do que se tivesse bebido uma só garrafa".

Surcouf mandara erguer, diante de suas janelas, uma espécie de desembarcadouro que ia até a beira da água na maré baixa; mas, como a maré estava subindo, as ondas já cobriam os primeiros degraus.

Ao som do tambor que os chamava a bordo, os marujos desceram seis a seis e embarcaram no *Revenant* com o auxílio dos botes que levavam, a cada viagem, doze homens. Ao cabo de uma hora, os cento e quarenta marujos haviam embarcado e René, que passara entre os primeiros, recebia os agradecimentos de seus colegas. O estado-maior veio em seguida, e foi recebido no *Revenant* ao som do pífaro e do tambor.

Num instante, cada qual assumiu o seu posto, o capitão no seu posto de líder, os gajeiros nos cestos de gávea, o oficial de pavilhão junto à caixa dos sinais. Teve início a chamada. A tripulação compunha-se de cento e quarenta e cinco homens ao todo, que Surcouf tinha intenção de elevar a cento e oitenta nos primeiros portos em que fizesse escala.

Só faltava Braço-de-Aço. Ele mandara dizer a Surcouf que, já que René se encontrava a bordo, não precisava mais de um mestre-de-armas.

Os botes foram amarrados ao navio e um tiro de canhão, mais a bandeira tricolor, erguida na verga do grande mastro, deram o sinal da partida.

Como o vento não podia alcançar o brigue ali onde ele estava, os remadores tiveram de conduzi-lo até onde estava o vento; os marujos continuaram a remar, enquanto Surcouf, excelente piloto naquelas paragens, indicava o rumo ao timoneiro. Os marujos retomaram, ao mesmo tempo, seus remos e sua cantoria.

Chegando à altura da Rocha dos Ingleses, a embarcação deteve-se e ouviu-se a voz de Surcouf gritando à tripulação, mas também de modo a ser ouvido pelos espectadores que se despediam:

– Bom tempo, bom mar, boa presa! Corre rumo ao largo para deslizar redondo em alto mar! Esticar e içar gáveas e joanetes nas adriças dos cutelos, e aproar.

As velas deslizaram pelo mastro, depois se arredondaram graciosamente, o navio enfiou-se no canal da Petite Conchée e, duas horas depois, o *Revenant* não passava de um ponto branco que diminuía sem cessar até se apagar totalmente.

LV
TENERIFE

A poucas milhas da costa do Marrocos, em frente às montanhas do Atlas, entre as ilhas dos Açores e as ilhas de Cabo Verde, ergue-se a rainha das ilhas Canárias, cujo pico se perde à altura de sete mil e quinhentos metros em meio às nuvens que quase constantemente a coroam.

O ar, nessa região deliciosa, é tão puro que se pode vislumbrar o pico de uma distância de trinta léguas e, do topo das colinas da ilha, avistar um navio comum de uma distância de doze léguas, embora de hábito eles desapareçam à distância de sete.

Ali, à sombra do gigantesco vulcão, no seio dessas ilhas que os antigos chamavam de ilhas Afortunadas, ali, de olhos abertos tanto para o estreito de Gibraltar como para a rota das duas Américas na Espanha, da Índia na Europa, e da Europa na Índia, ali é que Surcouf havia parado para se abastecer de água, conseguir víveres frescos e comprar uma centena de garrafas desse vinho da Madeira que ainda se encontrava naquela época, mas que, filho privilegiado do sol, sumiu completamente hoje em dia e deu lugar a essa beberagem alcoólica chamada vinho de Marsala.

De Saint-Malo a Tenerife, com exceção da inevitável ventania do golfo da Gasconha, o tempo havia sido favorável e a travessia, muito boa, se é que se pode chamar de boa, para um corsário, a travessia em que não se cruza com um só navio para perseguir; além disso, ao evitar uma fragata inglesa, tiveram a oportunidade de conferir a excelente marcha do *Revenant*, o qual, navegando à bolina, ou seja, em sua melhor velocidade, podia chegar aos doze nós por hora. O bom tempo permitira a Surcouf entregar-se a exercícios regulares de destreza, e boa quantidade de garrafas penduradas foram quebradas por ele, e principalmente por René, que raramente errava alguma.

Os marujos, que nunca alcançavam o grau de destreza de seu chefe, aplaudiam francamente a do rapaz; mas o que os senhores oficiais admiravam principalmente, sem restrições, no sentimento que os atraía para o rapaz, eram as lindas armas com as quais, ou melhor, *graças às quais* operava seus milagres de destreza.

Essas armas se compunham de um fuzil de cano comum para caçar a chumbo pequenos animais, ou aqueles para os quais é desnecessário o uso de bala, e de uma carabina do mesmo calibre e de cano raiado, destinada a caçar animais maiores ou a atirar no homem, nas terras em que o homem é colocado no nível dos animais nocivos. Duas caixas menores continham, cada uma, um par de pistolas, uma delas pistolas comuns para duelo, a outra um par de pistolas de combate, de canos sobrepostos.

René, além disso, mandara fazer, sob medida, um machado de abordagem sem nenhum ornamento, de simples aço polido, mas de uma têmpera tão admirável que cortava num só golpe, como se fosse junco, um varão de ferro da grossura de um dedo mínimo; mas a sua arma de predileção, da qual cuidava com um zelo todo especial e que trazia pendurada ao pescoço com uma corrente de prata, era um punhal de formato turco, levemente curvo e com o qual, como fazem os árabes de Damasco, graças à têmpera maravilhosa de seus sabres, rasgava um lenço a flutuar na água.

Surcouf parecia muito satisfeito por ter René a bordo e, principalmente, por ter lhe dado o título de secretário, o que lhe permitia conversar com ele o quanto quisesse. Surcouf, de temperamento sombrio e absoluto, era pouco comunicativo e, para manter em obediência passiva aquele grupo heterogêneo de homens de tantos países e tantas profissões, preocupava-se bastante com o recreio e divertimento da tripulação. Constituíra, a bordo do *Revenant*, duas salas de armas, uma no tombadilho para os oficiais, outra no castelo de proa para os marujos que demonstravam disposição para a esgrima. Exercitava-os igualmente no tiro ao alvo; mas o tiro ao alvo dos oficiais situava-se rigorosamente a estibordo e o dos baixos oficiais e marujos, a bombordo.

Somente o seu imediato, sr. Bléas, era admitido a qualquer hora e pretexto em seu quarto; já os demais oficiais, inclusive o tenente, para entrar ali tinham de ter um bom pretexto. René fora dispensado dessa etiqueta; mas, receando despertar o ciúme de seus companheiros, raramente aproveitava esse privilégio e, ao invés de ir até Surcouf, deixava que Surcouf viesse a ele. O quarto do comandante era de uma elegância bastante militar: os dois canhões de vinte e quatro, totalmente puxados para dentro quando não havia inimigo à vista, eram de cobre e pareciam de ouro, de tão bem que eram cuidados pelo negro Bambu, que sentia especial prazer em mirar-se neles. A tapeçaria era de caxemira trazida da Índia; armas de todos os países eram o seu ornamento. Uma rede simples, de lona listrada e pendurada no espaço entre os dois canhões, servia-lhe de cama; no mais das vezes, Surcouf jogava-se todo vestido num sofá grande que eventualmente podia substituir a rede e que, como ela, ficava no meio dos dois canhões. Durante os toques de combate, os móveis passíveis de serem tocados pelo recuo das peças eram retirados, e o quarto, entregue aos artilheiros.

Quando Surcouf passeava pelo convés, só dirigia a palavra ao tenente de serviço e, enquanto passeava, todos se apartavam para deixá-lo passar; de modo que ele preferia, para evitar esse incômodo aos homens, ficar apoiado no topo da proa.

Seu jeito de chamar o negro Bambu, quando estava no quarto, era batendo num tantã cuja vibração ressoava por toda a embarcação e, segundo a maior ou menor força da vibração do tantã, percebia-se o humor de Surcouf.

Nessa espécie de paraíso terrestre em que, havia uma semana, ele habitava e fazia habitar os seus homens, ao pé do pico Tenerife, aos prazeres da caça e da pesca Surcouf acrescentou uma nova diversão: o baile.

Todas as noites, debaixo do lindo céu repleto de estrelas desconhecidas na Europa, nessa hora em que as árvores exalam um aroma perfumado e sobe do mar uma brisa fresca, num gramado fino como um tapete, desciam das aldeias de Chasna, Vilaflor e Arico lindas camponesas vestidas com seus trajes típicos. No primeiro dia, fora um pouco difícil achar uma música digna dos ilustres dançarinos e das lindas dançarinas; mas René dissera:

– Consigam um violão, ou um violino, e vou ver se me lembro do meu antigo ofício ambulante.

Para conseguir um violão numa cidade espanhola, basta estender a mão; no dia seguinte, René pôde escolher entre dez violinos e outros tantos violões; pegou um violão, sem escolher e, ao primeiro som que produziu, reconhecia-se o toque de um mestre. No dia seguinte, a orquestra era acrescida do pífaro e do tambor que toda noite tocavam o recolher e que, sob a direção de René, apoiavam o instrumento espanhol com notas agudas ou um rufar.

Às vezes acontecia de René, esquecido da dança e dos dançarinos, levado por alguma recordação, cair numa improvisação melancólica; então a dança cessava, fazia-se silêncio e, com o dedo nos lábios, aproximavam-se dele; a melodia era mais ou menos longa e, quando cessava, Surcouf dizia baixinho:

– A minha mulher tinha razão, existe aí algum mal de amor.

Certa manhã, René foi despertado por um toque de combate: avistava-se, à altura das ilhas de Cabo Verde, a duas ou três léguas no mar, uma embarcação que, pelo corte das velas, revelava sua origem inglesa. Aos gritos de: "Uma vela!", Surcouf saltara para o convés e dera ordem de aparelhar. Dez minutos depois, sob uma nuvem de velas que crescia a cada segundo, ao som do toque de combate, o navio seguia para alto-mar rumo ao navio inglês. Passados cinco minutos, René surgia por sua vez, carabina na mão e pistolas de dois tiros no cinturão.

– Então – disse Surcouf –, parece que vamos nos divertir um pouco.

– Finalmente! – disse René.

– Quer participar, pelo que vejo?

– Sim, só queria que me indicasse um lugar onde eu não atrapalhe ninguém.

– Pois então, fique perto de mim, e cada um de nós com um marujo para carregar nossos fuzis.

– Bambu! – gritou Surcouf.

Seu negro se aproximou.

– Vá buscar o *Fulminante*.

Fulminante era o nome de um dos fuzis de Surcouf; o outro se chamava *Folgazão*.

– E aproveite – prosseguiu Surcouf – para trazer o fuzil do sr. René.

– Não precisa – disse René –, trago a morte de quatro homens no cinturão e a morte de mais um na mão; para quem está trabalhando como amador, acho que é suficiente.

– O que o inglês está fazendo, senhor Bléas? – perguntou Surcouf, enquanto carregava o fuzil, ao imediato, postado no topo da proa, de onde acompanhava com uma luneta o percurso do inglês.

– Está trocando a amura e tentando nos evitar, comandante – respondeu o jovem oficial.

– Estamos indo mais rápido que ele? – perguntou Surcouf.

– Se estamos, é tão pouco que não consigo perceber.

– Ei! – gritou Surcouf. – Abram os joanetes e os cutelos, que não haja no *Revenant* um só pano maior que um lenço que não esteja aberto ao vento.

O *Revenant*, curvando-se graciosamente e alargando o círculo de espuma que a carena empurrava à sua frente, sinalizou que, qual um cavalo de raça, sentira o toque da espora que o dono acabara de dar. O inglês, de seu lado, abriu todas as velas, o que só serviu para que percebesse melhor a vantagem do corsário.

Surcouf então mandou dar um tiro de canhão para convidá-lo a apresentar sua nacionalidade, e içou o pavilhão tricolor para apresentar a dele. O pavilhão inglês, por seu turno, desfraldou-se pelos ares; e, de súbito, quando os dois navios já estavam a apenas a meio alcance de canhão, o inglês abriu fogo com suas duas peças de retirada, na esperança de desmastrear o corsário ou causar alguma avaria que reduzisse o seu avanço; mas a descarga causou poucos danos e feriu apenas dois homens. Uma terceira bordada de artilharia foi acompanhada de um berro sinistro e indefinível que René, ainda pouco habituado às manobras de destruição, não soube a que atribuir.

– Que diacho é isso que acaba de passar por cima das nossas cabeças? – ele perguntou.

– Meu jovem amigo – respondeu com a mesma calma com que era questionado –, são duas balas enramadas*. Conhece o romance do sr. de Laclos?

– Qual?

– *As ligações perigosas*.

– Não.

– Pois foi ele o inventor dessas balas ocas que quase lhe fizeram perder a cabeça. Essa observação o desagrada?

– Não, palavra; mas quando danço, gosto de saber o nome dos instrumentos que compõem a orquestra.

Então, subindo ao seu posto de líder e percebendo que estavam apenas a meio alcance de canhão:

– Estão prontos, no trinta e seis? – disse.

– Sim, comandante – responderam os artilheiros.

– Quais são os projéteis?

– Três cachos de metralha.

---

* Projétil formado por duas semi-esferas interligadas por uma barra de aço; ao ser projetado, gira sobre si mesmo, danificando velas e mastros. (N. T.)

– Preparar para fazer fogo, leme a bombordo!

E, quando se viu na esteira da embarcação inimiga:

– Fogo! – gritou.

Os artilheiros obedeceram e, atingindo o inglês de ponta a ponta, cobriram seu convés de mortos e destroços.

Depois, puxando o leme a estibordo para se afastar do esteira do outro:

– Deixe vir! – gritou.

E, como estivessem a meio alcance de fuzil, deu os dois tiros do *Fulminante* e dois homens caíram do cesto gávea do grande mastro para o convés.

Largou, porém, o fuzil e René o viu de repente estender-lhe a mão:

– Seu fuzil, rápido!

Sem pedir explicações, René lhe passou o fuzil.

Surcouf mirou rapidamente e fez fogo.

Acabava de avistar, na cabine do capitão inglês, de que se aproximavam velozmente, um canhoneiro inglês prestes a pôr fogo num comprido cano de doze, apontado para ele e para o grupo de oficiais que o cercavam; mas, antes de acender o estopim, o artilheiro estava morto.

Surcouf, com esse tiro, acabava de salvar sua vida e a de uma parte do seu estado-maior. Por seu lado, René, já que estavam ao alcance de pistola, matou com o seu primeiro tiro um artilheiro que recolocara o estopim e se preparava para suceder ao defunto. Depois, soltou sucessivamente seus outros três tiros nos cestos do grande mastro e do mastro de mezena, aos quais enviou três mensageiros da morte. Os dois navios estavam a dez passos apenas um do outro, postados de través, quando Surcouf gritou:

– Fogo de bombordo!

Uma chuva de granadas voou simultaneamente dos cestos de gávea do *Revenant* sobre o convés da embarcação inglesa, enquanto os gajeiros trocavam, a vinte passos, um fogo de bacamartes. No momento em que, por seu lado, os ingleses iam pôr fogo à sua bateria de estibordo, o navio recebeu uma terrível bordada de artilharia do *Revenant*, que rompeu toda a amurada, desmontou cinco ou seis dos seus canhões, quebrou o grande mastro pela base e jogou ao mar os gajeiros que guarneciam seus dois cestos de gávea.

Em meio àquele ruído infernal, ouviu-se a voz de Surcouf, que gritava:

– Abordar!

O grito foi repetido por cento e cinqüenta vozes, e estavam para executá-lo quando outro grito ressoou a bordo do navio inglês:

– Foi recolhido o pavilhão!

Estava terminado o combate. O corsário tivera dois homens mortos e três feridos; o navio inglês contava doze mortos e vinte feridos.

Surcouf mandou vir a bordo o capitão inglês. Soube por ele que o navio que acabava de capturar chama-se *L'Étoile de Liverpool*, armado de seis canhões de doze. Tendo em vista o seu baixo valor, Surcouf contentou-se em pedir um resgate.

O resgate foi de seiscentas libras esterlinas, que Surcouf distribuiu integralmente à tripulação, a título de prêmio, para incentivá-la a trabalhar bem; ele próprio não ficou com nada; mas como o navio inglês pudesse cruzar, antes de chegar à Inglaterra, com um navio menos potente e vingar-se nele da derrota, deu ordem ao sr. Bléas para que subisse a bordo, jogasse os canhões ao mar e afogasse a pólvora.

Depois disso, o *Revenant* retomou sua trajetória rumo ao cabo da Boa Esperança, orgulhoso de seu combate, o coração repleto dos oito dias de folga que tivera em Tenerife, e satisfeito com a expectativa de passar a linha com um companheiro tão generoso como René, que não deixaria, chegado o dia, de pagar regiamente por seu batizado.

Mas fora previamente decretado no livro de bordo do *Revenant* que sua tripulação teria mais o que fazer nesse dia do que oferecer ao pai Netuno uma grotesca revista dos deuses do Oceano.

LVI
A PASSAGEM DA LINHA

De fato, na véspera do dia em que Surcouf planejava transpor a linha, ou melhor, naquele mesmo dia, uma bela manhã de setembro, por volta das três horas, o marujo de vigia gritou:

– Uma vela!

Quase em seguida, Surcouf saiu do quarto.

– Por qual rota ela está indo? – perguntou.

– Está vindo de noroeste e parece ir para sudeste, o que significa que estaria seguindo a mesma rota que nós.

Mal foram pronunciadas essas palavras, Surcouf precipitou-se do tombadilho para a corda do mastro, e desta alcançou a pequena gávea do grande mastro.

À palavra "Navio!", palavra mágica em toda embarcação, a parte da tripulação que estava de plantão precipitou-se por sua vez para as vergas e gáveas a fim de avaliar a potência da embarcação com que iria lidar: parecia seguir mais ou menos a mesma rota que o *Revenant*, mas vinha, muito provavelmente, do golfo do México. O *Revenant* reduziu a marcha e manobrou de modo a passar a um alcance de canhão a barlavento do inglês, que Surcouf queria examinar permanecendo no controle da manobra, quer no ataque, quer na retirada. As duas embarcações observavam-se mutuamente e, como estavam a boa distância uma da outra, a observação durou cerca de duas horas. O dia raiava, as cores do firmamento impregnavam-se de tons claros, quando o inglês reconheceu, pela superioridade da marcha do *Revenant*, pelo corte de suas velas, e por seus mastros esguios, que estava diante de um corsário. A embarcação inglesa hasteou imediatamente seu pavilhão dando um tiro de canhão, e as cores da Grã-Bretanha, qual uma chama sinistra, passaram pelos aprestos da embarcação desconhecida e foram se fixar na carangueja do mastro de ré.

A bala do canhão ricocheteou na superfície do mar, roçou as ondas mais altas e passou por cima do corsário, espalhando água pelo outro bordo.

Surcouf deixou desdenhosamente passar a bala como se não lhe dando a menor importância.

Contudo, embora ignorasse totalmente se a embarcação, com a qual estava decidido a chegar às vias de fato, era uma embarcação mercante, mandou tocar o apito de silêncio, a que sucedeu a seguinte ordem:

– Todo mundo para trás!

A tripulação, composta de cerca de cento e cinqüenta homens, agrupou-se em torno da escada onde ele estava pendurado, e que lhe servia de posto de líder nas ocasiões solenes; queria discursar para seus homens sem consultar os oficiais sobre a oportunidade de atacar o navio desconhecido, visto que a opinião geral seria demovê-lo de um projeto tão gigantesco: embora ignorassem que o navio estava com a tripulação duplicada e as tropas de passagem, dava para notar seu convés repleto de uniformes.

– Afinal – exclamou Surcouf numa breve alocução –, não se trata de um navio de guerra, garanto que é um navio da Companhia Inglesa. É verdade que não somos fortes o suficiente para derrotá-lo com os canhões, mas vamos abordá-lo; que cada um de vocês se arme nesse sentido. Como prêmio pelo terrível ataque que vão empreender, concedo-lhes uma hora de parte do diabo.

No mesmo instante, soltando gritos de alegria, cada homem ocupou o seu posto e armou-se dos pés à cabeça. O capitão de armas distribuía aos que passavam diante dele o sabre de abordagem ou a machadinha de luta, a pistola longa e o punhal, tão perigoso nas confusões e no combate corpo-a-corpo. Gajeiros guarneciam seus cestos de gávea com bacamartes de cobre e barris de granadas, enquanto os quartéis-mestres preparavam temíveis arpéus.

Enquanto isso, os dois cirurgiões de bordo, auxiliados por enfermeiros, organizavam o posto médico na abertura da grande escotilha para ali acolher os feridos. Foi trazido o caixote da farmácia, guarnecido de frascos e medicamentos; ao lado, fizeram uma pirâmide com pacotes de fios de gaze, compressas e faixas enroladas; mais adiante, o fatal torniquete, a caixa cirúrgica e as maletas ostentavam um luxo sombrio de instrumentos polidos e reluzentes; por fim, o catre de operações e os colchões, prontos para acolher os infelizes que viriam ocupá-los, completaram os preparativos dos oficiais de saúde e causaram uma triste impressão.

Um toque de apito agudo e prolongado ordenou a todos que reassumissem seu posto e se preparassem para o combate.

Por seu lado, o capitão inglês, confiante em suas forças, virou de bordo, aproando ao vento a fim de voltar à carga; ao mesmo tempo, mandou um dos seus oficiais convidar, de sua parte, os passageiros, inclusive as senhoras –, ainda não tinham se levantado – a subir no tombadilho para assistir ao espetáculo da captura ou submersão de um corsário francês.

Surcouf, ao ver a manobra de seu adversário, virou de bordo por sua vez e foi ao seu encontro; estava então com as amuras a bombordo, e o inglês a estibordo; passou tão perto da embarcação que conseguiu ler seu nome, *Standard*, o qual, quando se viu pelo convés, descarregou sua artilharia, ao que Surcouf não respondeu. As avarias sofridas se resumiam a velas furadas e vários cabos partidos, que foram na maioria consertados no ato. Surcouf, ao ver o convés inimigo repleto de combatentes, mandou distribuir uma dúzia de compridas lanças a doze marujos, que ele enfileirou no meio do convés e a quem deu ordem de golpear indistintamente nossos homens e os do inimigo, caso os primeiros recuassem e os segundos avançassem. Os cestos de gávea receberam seu contingente de pessoal; granadas foram fornecidas em abundância; os canos de cobre dos bacamartes refletiam os raios do sol; por fim, os melhores atiradores do *Revenant* se atocaiaram entre as peças de reposição e os botes para dali, como de um reduto, atirar nos oficiais ingleses.

Enquanto isso, o tombadilho do navio inimigo cobre-se de elegantes damas e belos cavalheiros que observam como amadores, uns com os olhos, outros com seus *pince-nez*, e outros, finalmente, com binóculos de teatro.

– Sabe, capitão – disse Bléas para Surcouf –, que todas essas saias e *dandys* empoleirados no tombadilho parecem estar zombando de nós? Estão fazendo lindos cumprimentos e graciosos gestos com a mão, que se pode traduzir assim: "Boa viagem, senhores, vamos afundá-los; procurem não se entediar demais no fundo do mar".

– Não passa de fanfarronice! – retrucou Surcouf. – Não se zanguem com essas graciosas marionetes, mesmo porque em menos de uma hora vão vê-las, humildes e submissas, curvar a cabeça ante o seu olhar. Melhor assistir a esse imprudente canhoneiro dar um mergulho.

E, com efeito, um belo rapaz, cabeça descoberta, cabelos loiros ao vento, surgira na amurada para carregar seu canhão. Surcouf aponta para ele, a bala passa pelos seus cabelos, mas não o atinge; ele ergue a mão e faz para Surcouf um gesto de desprezo, pensando ter tempo de voltar para dentro antes de Surcouf ter tempo de recarregar o fuzil; mas Surcouf estava com o *Fulminante*, que era de dois canos; fez fogo; e desta feita, o rapaz se dobra como uma árvore se partindo, abraça o canhão, gira por cima, suas pernas se soltam, ele se agarra mais um instante com as mãos cruzadas, mas as mãos aos poucos se soltam e o ferido cai no mar, onde desaparece. Aquela morte, de que não lhe escapou nenhum detalhe, causou profunda impressão em Surcouf[1].

— Todo mundo deitado até segunda ordem! — gritou, depois de um instante de silêncio em que tratou de dar um sumiço à sua emoção.

Já era tempo: o navio inglês se inflama em toda a sua extensão, mas Surcouf estava no seu dia de sorte; graças à ordem que havia dado, nenhum homem foi atingido; assim que Surcouf se viu pelo bordo do adversário, deixou que se aproximasse para contornar a traseira do navio e abordá-lo por cima do vento a bombordo; porém, para evitar a abordagem, o *Standard*, feito um touro dando voltas sem parar para mostrar a testa provida de chifres, virou de bordo, o que obrigou o *Revenant* a voltar repentinamente pela amurada de ló a estibordo, agarrando o vento, a fim de ultrapassar pela terceira vez seu antagonista. Pela firme postura de seus adversários, os ingleses haviam compreendido que eles estavam dispostos a abordar. O capitão inglês aciona o leme para virar; o *Standard*, privado de sua vela grande que haviam recolhido para fazer fogo, se alinha ao vento sem conseguir ultrapassar; falhando na evolução, descai e recua em direção ao *Revenant*; este se vê então sob a vasta popa do inglês, igual a uma alta fortaleza. Receando ultrapassá-lo e a fim de deter sua velocidade, Surcouf, cujas velas inferiores estavam recolhidas, recolhe todas elas; então, ladeando o navio, grita: "Fogo!" e despacha, ao acostá-lo, sua saraivada duplamente carregada de balas e metralha. No instante em que as duas massas se encontraram, houve um terrível estalido, as vergas se cruzaram, as manobras se misturaram, os dois navios se chocaram: estavam tão próximos que os canhões poderiam ter se tocado.

---

1. Charles Cunat, op. cit., IV, pp. 93-6.

Naquele momento, a palavra "Fogo!" ecoou sobre as duas embarcações, e uma dupla cratera se abriu; mas as formas planas do *Revenant* ficaram abaixo da bateria do *Standard*, enquanto a saraivada do *Revenant* lhe cortava o parapeito um pé acima da altura do convés e ceifava tudo o que tinha à sua frente. Fez-se então um pânico terrível a bordo do inglês: a agressão de Surcouf fora tão audaciosa que os adversários nem sequer a compreenderam, julgavam o corsário fora de combate desde a sua última saraivada, e não conseguiam acreditar que, com uma tripulação três vezes menor, Surcouf tivesse planejado abordá-los; de modo que tinham se postado em massa no topo da proa a fim de desfrutar à vontade da derrota do *Revenant* e da agonia de sua tripulação; mas o espanto, deveríamos até dizer o terror, foi grande quando os arpéus caíram por todos os lados do *Standard* e a pesada âncora pendurada na bochecha de estibordo, enganchando-se na escotilha de caça do corsário, ofereceu uma ponte fácil de um navio para o outro: foi, portanto, como dissemos, indizível o terror do inglês ao ver a tempestade de ferro que acabava de cruzar o *Standard* e derrubar no próprio sangue vinte ou vinte e cinco homens mortos ou feridos.

– Sua vez, Bléas! – grita Surcouf, com uma voz que mais parecia um rugido.
– Abordar!

– Abordar! – repete a tripulação num só grito e jogando-se num terrível impulso sobre o navio inimigo.

Surcouf ordena a dois tambores que mantivera ao seu lado que toquem o sinal de ataque. Eletrizados por esse som, os corsários, machado ou sabre nas mãos, punhal nos dentes, lábios contraídos de raiva, olhos injetados de sangue, usando tudo o que possa servir de trampolim, surgem por cima das amuradas quebradas, enquanto, das gáveas do *Revenant*, Guide e Avriot enchem o convés inimigo de granadas. Por um momento, parecem deter-se, e Surcouf grita:

– Vamos, Avriot! Vamos, Guide! Granadas, granadas e mais granadas!

– É para já, capitão – responde o gajeiro Guide do alto da gávea da mezena onde se encontra. – É que dois lançadores da ponta da verga acabam de ser mortos.

– Ora! Então, em vez de granadas, jogue os dois cadáveres em cima dos ingleses; assim eles terão a honra, mesmo mortos, de serem os primeiros a abordar o navio inimigo!

Quase no mesmo instante, os dois cadáveres, jogados por braços vigorosos, descrevem uma curva e vão cair em cima de um grupo de oficiais.

Faz-se um grande espaço vazio em volta deles.

– Adiante, meus amigos! – exclama Bléas. – Vamos aproveitar o recuo.

Um grupo inteiro de atacantes se lança da ponte que liga os navios entre si; os três primeiros são o negro Bambu, o qual apostou sua parte da presa como seria o primeiro a chegar no convés inglês; os outros dois são René e Bléas. Bambu, armado de uma lança que maneja com extrema habilidade, arremessa duas ou três vezes sua arma e, a cada golpe, mata um inglês. A machadinha de René abateu-se duas ou três vezes, e os homens sobre os quais se abateu estão deitados aos seus pés.

Mas, de repente, ele se detém, fica imóvel, e fita com uma surpresa mesclada de terror um passageiro que está sendo carregado, ferido por uma bala no peito; suas duas filhas estão com ele e passam em meio à pavorosa cena de carnificina sem pensar no perigo que correm; uma segura-lhe a cabeça, a outra beija-lhe as mãos. Até o grupo desaparecer pela escotilha, René não consegue desviar o olhar do rosto do ferido, em que se debatem as derradeiras contrações da agonia.

O grupo já se foi, e René ainda está olhando. É preciso que Bléas o empurre para o lado com violência e mate com um tiro de pistola um inglês que empunhava uma machadinha erguida sobre sua cabeça; só então ele sai daquela estranha agonia, e se lança no meio dos ingleses.

Surcouf está nos paveses do *Standard*; abarca com o olhar o convés do navio: está coberto de uniformes vermelhos, mas percebe com surpresa que as lacunas que se abrem em suas fileiras se preenchem rapidamente. Seus homens fazem proezas em vão; Kernoch, com um soquete na mão, usa-o como maça. A cada golpe que desfere, o Hércules bretão tira a vida de um homem; mas apesar desses milagres de coragem, os corsários ainda não passaram do pé do grande mastro.

Surcouf, pairando, como dissemos, acima da luta sangrenta, mandou tirar para fora das escotilhas as duas primeiras peças de dezesseis, mandou carregá-las com metralha e, antes que os ingleses pudessem perceber o que se passava, mandou apontar as duas peças para a traseira.

– Abram fileiras sobre os passadiços! – grita Surcouf com voz vibrante.

E todos que percebem sua intenção se colocam o quanto antes a bombordo ou estibordo, abrindo caminho para a tromba de ferro que vai passar.

Mal se efetuou esse movimento, uma descarga terrível faz-se ouvir, e os dois canhões, vomitando sua metralha, juncam de cadáveres a ré e o tombadilho do *Standard*.

Tal desastre está a ponto de acabar com a coragem dos ingleses, quando o comandante os reúne, e pela primeira escotilha torna a lançar-se uma nova leva de cinqüenta homens. Infelizmente para o *Standard*, Avriot e Guide, que haviam acabado de subir com mais dois cestos cheios de granadas, jogam-nas aos punhados sobre o convés; uma delas explode junto ao posto de líder, e o capitão inglês cai com o rosto no chão.

– O comandante está morto! – grita Surcouf. – O comandante está morto! Se algum dos nossos souber falar inglês, que grite isso para eles!

René dá dois saltos à frente e, erguendo o machado cheio de sangue, grita:

– *The captain of the* Standard *is dead, lower the flag!*

A ordem é dada num inglês tão perfeito que o mestre de pavilhão acredita que foi dada pelo imediato do *Standard*, e obedece.

Entretanto, o combate esteve a ponto de recomeçar; o imediato do *Standard*, ao descobrir que o capitão já não vivia, saltou no convés para assumir o comando do navio, fazendo um apelo a todos os ingleses que ainda se achavam sãos e salvos. Apesar da pavorosa carnificina que se dava a bordo do *Standard*, como o navio transportava homens para Calcutá, o número de vencidos decididos a usar as armas ainda era igual ao de vencedores. Felizmente, o convés ainda estava inteiramente em poder dos corsários; estes rechaçaram o capitão e os poucos homens que o seguiam para as entrepontes, e fecharam as escotilhas sobre eles; porém, exasperado pelo fracasso que acabara de sofrer, e querendo lutar até o último extremo, o capitão manda apontar dois dos canhões de dezoito com a bateria coberta a fim de destruir a tilha e soterrar Surcouf e seu estado-maior sob os destroços.

Ao ouvir o barulho dos dois canhões sendo empurrados, Surcouf percebe sua intenção, manda abrir a escotilha e se joga sobre a bateria.

Ali, Surcouf pensou que seria morto ao tentar salvar a vida de um jovem *midshipman** que se defendia corajosamente, mas cujo sangue já escorria por diversos ferimentos.

Surcouf se precipita para o rapaz a fim de protegê-lo com o próprio corpo; este, porém, não compreendendo a generosa intenção do bretão, salta-lhe à garganta e tenta atingi-lo com o punhal. O negro Bambu vinha chegando, vê seu patrão em perigo e prega, com um golpe de lança, o infeliz *midshipman*, que

---

* Aspirante, na Marinha inglesa. (N. T.)

exala seu último suspiro: Surcouf teria morrido com esse mesmo golpe caso a ponta da lança não tivesse se desviado num botão de seu uniforme[2]. Dessa feita, os homens da bateria se renderam, assim como os homens do convés.

– Chega de mortos! – exclama Surcouf. – O *Standard* é nosso, viva a França! Viva a Nação!

Um *hurra* imenso fez-se ouvir, e a carnificina cessou.

Mas segue-se um grande clamor:

– As duas horas do diabo!

– Prometi – disse Surcouf, voltando-se para René – e preciso cumprir; mas não vamos esquecer que os passageiros estão livres da pilhagem e as passageiras, de violência. Eu me encarrego de zelar pelo interesse dos homens. René, zele, em meu nome, pela honra das mulheres.

– Obrigado, Surcouf – disse René, precipitando-se para o quarto das passageiras.

No caminho, cruzou com o médico de bordo.

– Senhor – perguntou-lhe ao passar –, um passageiro foi gravemente ferido; saberia me mostrar o quarto dele?

– Ele foi levado para o quarto das filhas.

– E qual é o quarto delas?

– Ande alguns passos e vai ouvir os soluços das pobres meninas.

– Não há nenhuma esperança de salvá-lo?

– Ele acaba de falecer.

René apoiou-se à porta de uma cabine, passou a mão nos olhos e deu um suspiro.

Nisso, um bando de homens bêbados de vinho e sangue espalhou-se pela falsa coberta, berrando e cantando, esbarrando em tudo e derrubando tudo.

As portas das cabines são arrombadas a pontapés. O pensamento de René ainda está nas duas belas raparigas, cujos soluços acabara de ouvir.

Tem a impressão de ouvir um grito de desespero vindo de uma boca de mulher.

Precipita-se e, passando diante de uma porta, tem a impressão de ouvir gritos abafados; os gritos pedem por socorro.

A porta está fechada por dentro.

---

2. Charles Cunat, op. cit., VI, pp. 170-5; batalha de 26 de março de 1807.

René não largou o machado; faz a porta em pedaços.

Trata-se, de fato, do quarto do ferido, ou melhor, do morto.

Um marujo prende uma das irmãs entre os braços e tenta violentá-la.

A outra, ajoelhada diante do corpo do pai, ergue os braços para o céu, e suplica a Deus, que acaba de torná-las órfãs, que não as entregue à vergonha depois de havê-las entregue à desgraça.

O marujo, ouvindo a porta quebrar-se, põe-se de frente para ela.

– Miserável! – diz René. – Em nome do comandante, largue esta mulher.

– Eu, largar esta mulher? É minha parte do butim. Fico com ela, ela é minha.

René fez-se mais pálido que o morto deitado na cama.

– As mulheres não fazem parte do butim. Portanto, não me obrigue a pedir mais uma vez para soltá-la.

– Fique tranqüilo – disse o marujo, rangendo os dentes, puxando uma pistola do cinto e atirando à queima-roupa.

Somente a escorva queimou.

O braço esquerdo de René estendeu-se feito uma mola, viram passar uma chama e o marujo caiu morto.

René acabava de atravessar-lhe no coração a lâmina do punhal que trazia pendurado ao pescoço.

Antes que as moças se refizessem de seu pânico, e para não assustá-las com a visão do sangue, empurrou o marujo com o pé para fora do quarto.

Então, colocando-o atravessado na frente da porta:

– Fiquem tranqüilas – disse com sua voz suave como de uma mulher –, ninguém mais vai entrar.

As duas moças se abraçaram.

A mais velha, então, dirigindo-se ao rapaz:

– Oh, senhor – disse ela –, se meu pai ainda estivesse aqui para lhe agradecer! Saberia fazê-lo melhor que duas pobres meninas, ainda tremendo pelo perigo que acabam de correr.

– É desnecessário agradecer, senhorita – disse René –, fiz o que fiz por dever, e também de coração!

– Já que se declarou nosso protetor, senhor, espero que continue sendo até o fim.

– Triste protetor, infelizmente, senhorita – respondeu René. – Sou um pobre marujo igual a este que as insultava, e o meu poder se limita a ter sido mais forte. No entanto – ele acrescentou, inclinando-se –, caso aceitem se colocar sob a proteção do nosso comandante, atrevo-me a prometer que nenhum dano será causado à sua pessoa ou à sua fortuna.

– Queira indicar-nos, senhor, a que horas e de que modo devemos nos apresentar a ele.

Nisso, ouviu-se a voz de Surcouf.

– Aqui está ele – disse René.

– E vocês afirmam – dizia Surcouf – que foi René quem matou este homem.

René afastou os destroços da porta.

– Sim, meu comandante – disse –, fui eu.

– O que ele estava fazendo, René, para que fosse obrigado a tal gesto?

– Veja em que estado está esta senhorita – disse René, apontando para as roupas rasgadas da mais moça das irmãs.

– Oh! Senhor – exclamou a moça, jogando-se aos pés de Surcouf –, este senhor salvou muito mais que a nossa honra!

Surcouf estendeu a mão a René, que deu um passo atrás.

– É francesa, senhorita? – perguntou Surcouf.

– Sim, comandante. Esta é minha irmã... e... – sua voz se alterou – ...este é o nosso pai, morto.

– Mas como morreu o seu pai? Estava lutando contra nós?

– Meu Deus! Meu pai, lutando contra os franceses!

– Mas, então, como se deu essa desgraça?

– Embarcamos neste navio em Portsmouth. Estamos indo para a Índia, para Rangum, onde temos um estabelecimento. O comandante do *Standard* nos convidou a subir ao convés para assistir ao espetáculo de um navio pirata que, segundo ele, ia afundar. Uma bala atingiu meu pai, que era um simples espectador, e o matou.

– Desculpe-me, senhorita – disse Surcouf –, se faço muitas perguntas; não é por curiosidade, mas na esperança de poder lhe ser útil. Se o seu pai estivesse vivo, eu nem sequer teria me permitido entrar no seu quarto.

As duas moças se olhavam. Aqueles eram os piratas miseráveis que o sr. Revigston tinha a intenção de enforcar para distrair seus passageiros.

Não estavam entendendo mais nada. Nunca tinham visto, entre os homens da sociedade, mais cortesia do que estavam vendo naqueles dois corsários.

Surcouf tinha um olhar aguçado demais, e um espírito sensível demais, para não compreender o motivo de espanto das suas lindas compatriotas.

– Senhoritas – disse ele –, esta é uma péssima hora para fazer todas essas perguntas; mas eu fiz questão de tranqüilizá-las o quanto antes sobre a nova situação que a nossa vitória vai forçá-las a aceitar.

– Oh! Senhor – disse a mais velha –, nós é que estávamos erradas ao hesitar em responder, e nós agora é que pedimos que nos interrogue, de tal modo parece saber melhor do que nós o que precisamos saber.

– Uma palavra sua nos teria afastado, senhorita – disse Surcouf –, uma palavra sua nos retém. Diz que estavam a caminho de Rangum; fica no reino de Pegu, para além do Ganges. Não garanto levá-las até lá, mas asseguro que vou deixá-la, junto com sua irmã, na ilha de França, onde encontrarão oportunidades melhores de chegar ao império dos birmaneses. Se a desgraça que se abateu sobre ambas as deixar em algum incômodo financeiro, espero que me façam a honra de se dirigirem a mim.

– Obrigada, senhor; meu pai devia ter com ele letras de câmbio para uma quantia considerável.

– Seria indiscreto perguntar-lhe como se chamava o senhor seu pai?

– Visconde de Sainte-Hermine.

– Então foi ele, senhorita, que serviu até 1792 na Marinha Real e, em 1792, apresentou sua demissão[3]?

– Exatamente, senhor. Suas idéias proibiam que ele servisse a República.

– Ele pertencia a um ramo secundário da família. O chefe da família era um certo conde de Sainte-Hermine, que foi guilhotinado em 1793 e cujos dois filhos morreram igualmente pela causa monarquista.

– O senhor conhece a história da nossa família tanto quanto nós: saberia nos dizer o que é feito do seu terceiro filho?

– Ele tinha um terceiro filho? – perguntou Surcouf.

– Sim, e ele desapareceu de maneira estranhíssima. Na noite do seu contrato de casamento com a srta. Claire de Sourdis, no exato momento de assinar o contrato, procuraram por ele em vão. Nunca mais foi visto, e nem se ouviu mais falar nele.

---

3. "Seu tio, um fiel servidor do rei, apresentou sua demissão quando da morte do duque de Enghien", revelava Fouché no cap. XLVIII.

– Devo dizer que esse aí me é totalmente desconhecido.

– Fomos criados juntos até os oito anos de idade. Aos oito anos, ele embarcou com meu pai e ficou junto dele até 92. Chamado de volta por sua família, despediu-se de nós. Nunca mais o vimos. Não fosse a Revolução, teria sido marinheiro como o meu pai.

A moça tentou conter um soluço.

– Senhorita, pode chorar à vontade – disse Surcouf. – Lamento ter me colocado, por um momento, entre a senhorita e a sua dor. Vou conduzir o *Standard*, ou melhor, vou despachar o *Standard* com um capitão de presa até a ilha de França: lá, ele será vendido, mas da ilha de França para Rangum vai encontrar, como tive a honra de lhe dizer, mil oportunidades de realizar a travessia.

Surcouf inclinou-se com o mais profundo respeito e saiu.

René o seguiu; mas, quando ia transpor a porta, teve a impressão que a mais moça das irmãs olhava para ele como se tivesse algo a dizer.

Deteve-se, estendendo-lhe a mão.

A moça, num gesto irrefletido, segurou aquela mão, levou-a aos lábios e disse:

– Oh! Senhor, pelo amor de Deus, peça ao comandante para que não joguem o corpo de nosso pai ao mar.

– Vou pedir, senhorita – disse René. – Mas conceda-me por sua vez, assim como sua irmã, um favor.

– Qual? Diga, diga – exclamaram as moças.

– O seu pai se parece com um dos meus parentes de que eu gostava muito e que não vou tornar a ver. Permitam que eu beije o seu pai.

– De todo o coração, senhor – disseram as moças.

René se aproximou do cadáver, pôs um joelho no chão, inclinou a cabeça para ele, beijou-lhe respeitosamente a testa e saiu, contendo um soluço.

As duas irmãs o seguiram com os olhos, surpresas. O adeus de um filho ao seu pai não teria sido mais carinhoso e respeitoso que o adeus de René ao visconde de Sainte-Hermine.

LVII
O NEGREIRO

Quando Surcouf e René tornaram a subir para o convés, os vestígios do combate mal se deixavam perceber. Os feridos tinham descido à enfermaria, os mortos haviam sido jogados ao mar, o sangue fora lavado.

René comunicou a Surcouf o desejo das duas moças de que o corpo do pai não fosse jogado ao mar, e sim depositado na primeira terra em que aportassem.

Isso era contrário a todas as regras da marinha, mas em alguns casos semelhantes, contudo, alguns favores haviam sido dispensados. Assim, a sra. Leclerc, Pauline Bonaparte, trouxera de São Domingos o corpo do marido.

– Que seja – disse Surcouf. – Já que o capitão do *Standard* foi morto, o sr. Bléas vai assumir o comando da presa e ficará com o quarto dele. Se houver mais um quarto de oficial desocupado, ficará para as srtas. de Sainte-Hermine, e o corpo do seu pai poderá ficar no quarto, bem fechado num caixão de carvalho.

René transmitiu essa decisão para as moças, que quiseram, no ato, ir agradecer a Surcouf.

Chamavam-se, a mais velha, Hélène, e a mais moça, Jane.

Hélène ia completar vinte anos; Jane, dezessete.

Eram ambas lindas, de uma beleza diferente.

Hélène era uma loira cuja alvura só poderia ser comparada à de uma flor trazida do Japão para a França, havia três anos apenas, pelo jesuíta Camelli, e que começava a se espalhar nas grandes estufas com o nome de camélia. Tinha cabelos loiros como o ouro que, quando o sol se apagava, assumiam certa coloração dourada que lhes conferia um estranho encanto, jogando na sua fronte uma espécie de auréola, como faz o perfume com a flor; suas mãos brancas, roliças, finas, tinham tons rosados nas unhas que mantinham singular transparência; sua cintura era a de uma ninfa; seu pé, o de uma criança.

Jane tinha uma beleza menos regular, talvez, que a da irmã, porém mais sedutora; a boca, pequena e rebelde, tinha o frescor de uma rosa apertada entre os dedos; o nariz, de narinas moventes, nem grego nem romano, mas bem francês; os olhos tinham o brilho e os clarões escuros da safira; a pele, sem ser morena, tinha o tom do mármore de Paros muito tempo exposto ao sol do Ático.

As duas moças tinham percebido o interesse de Surcouf por elas e, principalmente, a emoção sentida por René ao ver o corpo de seu pai; as lágrimas saídas dos olhos do rapaz quando beijara o cadáver na testa não tinham passado despercebidas; disseram, portanto, a Surcouf que na situação em que se achavam não cabia a elas expressar seus desejos, mas cabia a ele fazer o que julgasse melhor.

Surcouf já mandara limpar, a bordo do *Standard*, o quarto do imediato; convidou as moças a se despedirem do cadáver do pai. Naquela latitude, era importante que ele fosse rapidamente encerrado num caixão; o caixão ficaria no quarto em que estava o corpo, e as moças se acomodariam no quarto do imediato. René foi convidado, por Surcouf, a zelar pelo transporte dos pertences das duas meninas e a fazer por elas tudo o que estivesse ao seu alcance.

Hélène e Jane foram até o seu quarto; René ficou na porta da cabine, não querendo perturbá-las na manifestação de sua dor.

Passada uma hora, saíram, com o peito pesado de soluços, olhos cheios de prantos; Jane mal conseguia andar, pegou no braço de René; sua irmã, mais forte, carregava a caixa de jóias e a carteira do pai; ambas compreenderam quanto havia de delicadeza no procedimento do rapaz, ao deixá-las a sós para não perturbar a expressão de sua dor; mas só Hélène conseguiu dar mostras dessa gratidão, já que os soluços impediam Jane de falar.

René acomodou as duas moças no quarto que lhes era destinado, em seguida deixou-as a sós, desejando ele próprio tratar dos últimos cuidados ao pai.

Duas horas depois, o carpinteiro havia construído um caixão de carvalho, e nele se encerrou o corpo do visconde de Sainte-Hermine.

À primeira martelada que as moças escutaram, adivinharam o motivo e quiseram correr até sua antiga cabine para ver o pai mais uma vez, mas depararam com René no vão da porta; ele adivinhara esse impulso de piedade filial e queria evitar às duas irmãs aquela última emoção. Tomou as duas pelo braço, levou-as de volta para o seu novo quarto, e pôs uma nos braços da outra; elas se deixaram cair, abraçando-se e soluçando, em cima de um sofá. Ele então colocou a mão de Jane na mão de Hélène, beijou a ambas respeitosamente e saiu.

Havia tamanha pureza em todos esses gestos, e os jovens haviam se conhecido em circunstâncias tão terríveis que nem Hélène, nem Jane, nem René atinaram em reparar na rapidez com que os acontecimentos os levaram a essa intimidade que, de parte e outra, aliás, era tão somente fraternal.

No dia seguinte, os dois navios navegavam juntos rumo à ilha de França. Quarenta corsários haviam passado do *Revenant* para o *Standard*. Bléas recebera de Surcouf o comando da presa e, avaliando o quanto a presença de um amigo, ou pelo menos, de um coração solidário seria necessário às duas moças, René recebera a missão de acompanhar Bléas.

Dois dias depois do combate entre o *Revenant* e o *Standard*, o *Revenant* avistou uma chalupa e pôs-se a persegui-la. A chalupa de início tentou fugir, mas ao primeiro grito de: "Baixem as velas para o *Revenant*!", acompanhado de um tiro de canhão, baixou as velas.

Ao posicionar-se com a chalupa a bombordo, René, do alto do tombadilho onde se achava com as duas irmãs, assistiu a uma cena hedionda: dois pobres moribundos jaziam, próximos da morte, apesar dos cuidados de um negro que lhes oferecia uma beberagem preparada por alguns feiticeiros de pele cor de ébano; a certa distância, cinco jovens negras quase nuas aqueciam-se ao sol ardente, que teria matado mulheres européias e que elas desfrutavam com volúpia. Uma delas se esforçava por dar de mamar a uma criança que trazia no colo, a qual apertava em vão o seio ressequido.

À vista dos marujos do *Revenant* que subiam a bordo, quatro das cinco mulheres se levantaram e fugiram; a quinta quis fazer o mesmo, mas faltaram-lhe forças e caiu, desfalecida, no convés, soltando a criança. O oficial levantou-a do chão e colocou-a junto da mãe; tinha vindo buscar o capitão do navio que ele reconhecera, de pronto, principalmente pela altura dos mastros, como sendo um navio negreiro.

De fato, descobriram no fundo do porão vinte e quatro pobres negros acorrentados e deitados numa posição insustentável.

Pelo painel de escotilha, única saída para o ar se renovar, passava um cheiro mefítico de causar engulhos.

No momento em que o bote deixava o navio, que por seu pavilhão fora reconhecido como americano, Surcouf, com um duplo sinal, chamava René e Bléas a bordo do *Revenant*.

As moças perguntavam, preocupadas, o que significava aquela manobra e o porquê daquele chamado. René explicou que o capitão decerto praticava o tráfico negreiro, proibido salvo autorização especial, e que iam reunir um conselho de guerra a fim de julgá-lo a bordo do *Revenant*.

– E se ele for considerado culpado – perguntou Jane com voz trêmula –, que pena irão aplicar?

– Ora – disse René –, ele corre sério risco de ser enforcado.

Jane soltou um grito de pavor.

Mas, como o bote estava ao pé da escada, como os marujos estavam esperando de remos para o alto, como Bléas já havia descido, René só teve tempo de apanhar as cabos de portaló e deixar-se cair na barca.

Os outros oficiais já se encontravam reunidos no refeitório quando chegaram Bléas e René. O capitão americano foi introduzido na sala do conselho; era um homem alto, cujas fortes proporções indicavam um vigor sobre-humano; falava apenas inglês; prevendo isso, e na qualidade de intérprete, é que Surcouf chamara René para participar do conselho. Pelo modo como havia gritado: "O capitão está morto, recolham o pavilhão", ordem que não deixara a menor dúvida no espírito dos ingleses, percebera que René falava inglês como se fosse sua língua materna.

O capitão americano trouxera consigo documentos que atestavam sua nacionalidade americana e que trabalhava com comércio; mas pediram, em vão, a certidão atestando que aquele era um dos oito barcos da sua nação autorizados pelas potências marítimas européias a realizar o tráfico negreiro. Quando ele confessou que lhe faltava a indispensável certidão, comunicaram-lhe o crime que havia cometido arrancando, por força ou esperteza, aqueles infelizes de seu país e de suas famílias.

Declarado culpado, o capitão americano foi condenado à morte.

A morte dos negreiros é tão cruel como vergonhosa; são enforcados quer na verga de seu próprio navio, quer na verga do navio que os prendeu.

Pronunciado o julgamento, foi concedida uma hora ao capitão americano para que se preparasse para a morte. O capitão ouviu a sentença sem manifestar a mais ligeira emoção; deixaram-no no refeitório, com uma sentinela em cada porta, pois receavam que, para escapar a um suplício infame, ele se jogasse ao mar.

Ele pediu papel, uma pena e tinta para escrever à mulher e aos filhos; seu pedido foi atendido. Ele se pôs a escrever.

Nas dez ou quinze primeiras linhas, seu rosto permaneceu calmo, mas pouco a pouco certa perturbação se manifestou e algo parecido com uma nuvem velou e embaralhou suas feições; ele logo não conseguia mais enxergar para escrever, e algumas lágrimas, brotando à revelia em suas pálpebras, caíram sobre a carta de adeus que ele escrevia.

Então, ele pediu para falar com Surcouf.

Surcouf veio rapidamente, acompanhado de René, que continuava a lhe servir de intérprete.

– Senhor – disse ele –, comecei a escrever para a minha mulher e meus filhos para me despedir; mas como eles ignoram o trabalho odiento em que me envolvi por amor a eles, pensei que uma carta na qual lhes contasse a minha morte e, principalmente, o motivo da minha morte, seria para eles antes um acréscimo do que um apaziguamento da dor; prefiro fazer-lhe um pedido. Vai encontrar na escrivaninha do meu quarto uma quantia de quatro ou cinco mil francos em ouro. Eu tinha esperança de conseguir, com meus vinte e quatro prisioneiros e minha chalupa, quarenta e cinco mil francos; era uma quantia suficiente para dar início a um estabelecimento honesto que me permitisse esquecer a mácula que acabo de colocar na minha vida. Deus não quis que fosse assim, portanto não era para ser. A minha chalupa e meus prisioneiros lhe pertencem, mas os cinco mil francos que vai encontrar na minha gaveta são meus. Suplico-lhe, portanto, e essa é a súplica de um marinheiro, que faça chegar esses cinco mil francos à minha mulher e meus filhos, cujo endereço vai achar nesta carta que comecei, com esta indicação apenas: "Da parte do capitão Harding, morto por acidente ao atravessar a Linha". O meu comportamento, por mais represensível que seja, será desculpado por corações sensíveis, já que tinha por objetivo socorrer uma família numerosa e apaixonada. De agora em diante, pelo menos não os verei mais sofrer. Eu nunca teria me matado, mas já que me dão a morte, eu a aceito, já não como castigo, mas como benefício.

– O senhor está pronto?

– Estou.

Ele se levantou, sacudiu a cabeça para deixar cair as últimas lágrimas de suas pálpebras, escreveu o endereço da esposa – "Senhora Harding, em Charlestown" – e, entregando a carta ao capitão Surcouf:

– Pedi que me desse sua palavra, senhor – disse ele. – O senhor a dará?

– Palavra de marinheiro, senhor – respondeu Surcouf –, o seu desejo será cumprido.

Surcouf fez um sinal: um rufar de tambor se fez ouvir. Era chegada a hora; em face da morte, o capitão recobrou todo o seu sangue-frio. Sem manifestar a mais leve emoção, tirou a gravata, abaixou a gola da camisa e, com um passo seguro, foi até o local do navio em que tudo estava disposto para a execução.

Reinava um profundo silêncio no convés, pois tais disposições para a morte impressionam todos os marinheiros, inclusive os corsários.

Uma corda com um nó corrediço numa das pontas, e segura por quatro homens na outra, esperava no mastro de mezena, e não só toda a tripulação do *Revenant* encontrava-se no convés, como os outros dois navios estavam a pairar e o convés, o tombadilho, as vergas estavam repletos de gente.

O capitão americano enfiou, ele próprio, a cabeça no nó corrediço e, voltando-se para Surcouf:

– Não me faça esperar, senhor – disse. – Esperar significa sofrer.

Surcouf foi até o comandante e tirou-lhe a cabeça do nó corrediço em que estava enfiada.

– O senhor está seriamente arrependido – disse ele. – Era só onde eu queria chegar; recomponha-se, já cumpriu a sua pena.

O capitão pôs a mão trêmula no ombro de Surcouf, lançou ao seu redor um olhar assustado, curvou-se sobre si mesmo e desmaiou.

Acontecia com ele o que às vezes acontece aos homens da mais vigorosa têmpera.

Forte perante a dor, tornara-se frágil perante a alegria.

LVIII
DE COMO O CAPITÃO AMERICANO FICOU COM QUARENTA E CINCO MIL FRANCOS EM VEZ DOS CINCO MIL QUE PEDIA

O desmaio do capitão americano não foi demorado. Surcouf jamais tivera a intenção de executar a sentença de morte. Tendo reconhecido naquele homem as qualidades superiores que os homens de guerra apreciam acima de tudo, quis deixar uma forte impressão no espírito do negreiro, e evidentemente havia alcançado seu objetivo. Tomou então a decisão não só de lhe poupar a vida, como também de não arruiná-lo por completo.

Ordenou, conseqüentemente, que rumassem para o Rio de Janeiro, que ficava a oitenta ou noventa milhas a sudoeste.

Sendo o Rio de Janeiro um dos mais importantes mercados de escravos da América do Sul, era evidente que o capitão Harding devia conhecer ali alguns mercadores de carne negra. Assim que Surcouf lançou âncora na baía, mandou-o subir a seu bordo.

– Senhor – disse-lhe –, na hora de perder a vida, o senhor só pediu um favor, que mandássemos entregar à sua viúva os cinco mil francos encontrados na sua escrivaninha; hoje, quero fazer mais pelo senhor. Está num porto em que pode com muita vantagem se desfazer dos vinte e quatro negros que lhe restam; autorizo-o a vendê-los e a ficar com o dinheiro.

Harding teve um gesto de surpresa.

– Espere, senhor – prosseguiu Surcouf –, tenho em troca uma coisa a exigir. Um dos meus homens, meu secretário, antes meu amigo que meu empregado, não sei por que motivo quer a sua chalupa.

– Pode dá-la a ele, senhor – respondeu Harding –, já que ela lhe pertence, como tudo o que eu possuía.

— Sim, mas René é um rapaz muito orgulhoso, não vai querer aceitar nada de mim nem do senhor; ele gostaria de *comprar* a sua chalupa; cabe ao senhor levar em consideração o que acaba de dizer, ou seja, que este brigue não lhe pertence, e pedir, por conseguinte, um preço razoável a um homem que, podendo tomá-lo, aceita comprá-lo.

— Neste caso — disse Harding —, a sua atitude é que comanda a minha: avalie o senhor o preço da minha chalupa, e eu lhe pedirei a metade do valor que calcular.

— A sua chalupa vale entre vinte e oito e trinta mil francos. René lhe pagará quinze mil francos, mas o senhor vai lhe entregar no ato os documentos atestando a nacionalidade do seu barco e, conseqüentemente, o direito de navegar sob as cores americanas.

— Mas isso não vai criar dificuldades — respondeu Harding — quando perceberem que o proprietário é francês?

— E quem é que vai perceber? — perguntou René, que seguia na função de secretário de Surcouf.

— É difícil — disse Harding — falar tão puramente inglês que ninguém perceba. Até hoje, só encontrei este senhor — prosseguiu Harding, apontando para René — capaz de dar essa ilusão.

— Pois então, como é justamente para mim que o navio vai ser vendido — retrucou René —, pode ver que nada mais se opõe ao meu desejo. Mande preparar, junto de seu cônsul, a escritura de venda, leve à terra o dinheiro que tem a bordo e tudo o que lhe pertence. Aqui está um vale de quinze mil francos, a receber com os srs. David e Filho, na cidade nova. Dê-me um recibo.

— Ora — disse Harding —, o senhor me entrega o recibo na hora do contrato.

— Temos de lhe dar tempo para garantir que a letra vai ser paga à vista; o sr. Surcouf e eu gostaríamos de partir hoje à noite ou amanhã de manhã.

— Qual o nome do comprador? — perguntou o sr. Harding.

— O que o senhor escolher — respondeu René, rindo. — Pode ser Fielding de Kentucky, se quiser.

Harding se levantou e perguntou a que horas René estaria livre.

— Diga-me a que horas quer que eu esteja no seu consulado, estarei lá.

Surcouf, consultado, julgou que só deixariam a enseada no dia seguinte. Marcaram encontro, então, para as quatro horas da tarde. Às cinco horas, acertava-se a venda do *Coureur de New York* a John Fielding de Kentucky. Às seis, o capitão Harding embolsou seus quinze mil francos; e às sete, duzentos marujos ou soldados da Marinha inglesa, que haviam optado por ficar no Rio de Janeiro, foram entregues ao cônsul britânico com a promessa de serem trocados por um número igual de prisioneiros franceses. Finalmente, ao amanhecer do dia seguinte, os três navios aparelharam, e os três, portando as cores nacionais, navegaram juntos rumo ao cabo da Boa Esperança.

Para que as moças tivessem um protetor, e por decisão de Surcouf, elas haviam se transferido do *Revenant* para o *Standard*. Ambas o viram retornar com imenso prazer; abandonadas como estavam, nunca teriam sabido como chegar a Rangum, onde ficava o seu estabelecimento à margem do Pegu. Nem uma das duas conhecia a Índia; mas Hélène, a mais velha, conhecera em Londres um oficial do Exército indiano de guarnição em Calcutá; ficara acertado, antes da partida das duas moças com o pai, que retornariam à Índia e que lá se daria o casamento de Hélène de Sainte-Hermine com sir James Asplay. Jane e seu pai continuariam a tocar o estabelecimento até que Jane se casasse; então, dependendo de os recém-casados desejarem morar com o pai, ou do pai preferir morar com uma delas, ou seis meses com cada uma, venderiam ou manteriam a Rangoon House.

Todo esse projeto familiar se desfizera com a morte do visconde de Sainte-Hermine. Precisavam formular outro; e, arrasadas que estavam com o que acabava de acontecer, achavam-se incapazes de formular qualquer projeto. Era, portanto, para elas, uma imensa sorte encontrar, justo quando lhes faltava o afeto do pai, um rapaz que lhes oferecia outro, totalmente fraternal. Assim, graças ao bom tempo que sem cessar acompanhou o cruzeiro de Surcouf do Rio de Janeiro ao cabo da Boa Esperança, a travessia de um oceano e a passagem de um mundo para outro resultaram num verdadeiro passeio. Pouco a pouco, uma doce intimidade se criara entre os três jovens, para grande satisfação de Hélène, que achava René encantador e esperava que, uma vez junto do seu esposo, Jane não precisaria procurar muito pelo seu.

As duas moças eram musicistas, mas desde a morte do pai nem uma nem outra havia posto as mãos no teclado de um piano. Volta e meia escutavam com certo fascínio os cantos dos marujos, deixando tranqüilamente vogar o navio, que parecia, nas asas dos ventos alísios, rumar sozinho para o seu destino.

Certa noite, uma dessas noites belas que, como disse Chateaubriand[1], não são trevas, mas apenas ausência do dia, uma voz pura ergueu-se do tombadilho,

---

1. "Era uma dessas noites cujas sombras transparentes parecem temer ocultar o lindo céu da Grécia: não se tratava de trevas, mas apenas de ausência do dia" (*Les martyrs*, livro I).

cantando uma sofrida cantiga bretã. Às primeiras notas, Hélène pôs a mão no braço de René para pedir-lhe silêncio: tratava-se da lenda de uma moça que, durante o Terror, salva o senhor da sua aldeia conduzindo-o até um navio inglês e, não tendo respondido ao "quem vem lá?" da sentinela, volta, abatida por uma bala, para morrer nos braços do amante. Ao terminar a cantiga, as moças, com lágrimas nos olhos, rogaram a René que fosse pedi-la àquele que a cantava. Mas o rapaz retrucou que era desnecessário, que ele julgava saber a letra e, quanto à música, precisava apenas de um piano, de um papel pautado e de uma pena para lembrá-la. Entraram, portanto, no quarto de Hélène. René deixou cair a cabeça entre as mãos, reuniu suas lembranças por um instante, e escreveu; fluentemente, anotou a cantiga do começo ao fim e, deixando-a na estante do piano, começou, com uma voz muito mais doce e expressiva que a do marujo, uma cantiga dialogada absolutamente encantadora.

Ao repetir as últimas estrofes, René pusera tamanha expressão nas palavras: "Eu a amo! Eu a amo! Eu a amo assim mesmo!" que até parecia que, naquela linguagem ingênua, era a sua própria história que contava, e que a sua costumeira melancolia era motivada quer por uma amante morta, quer, ao menos, por uma amante perdida para sempre; sua voz sofrida vibrava no coração das duas moças e, neles despertando as fibras mais sensíveis e lamentosas, os pôs em uníssono com o seu.

O relógio de bordo soava duas horas quando René voltou para o seu quarto.

LIX
ILHA DE FRANÇA

Naquele mesmo dia, às cinco da manhã, o marujo de vigia gritou: "Terra!". Estavam à vista do morro da Mesa.

No decorrer do dia, estando o vento favorável e os navios perfazendo doze ou treze milhas por hora, dobraram o cabo da Boa Esperança. No cabo das Agulhas, a pequena frota foi recebida por uma rajada de vento que rapidamente a empurrou para leste, longe da vista de qualquer terra. Tornaram a aproar para a França e, durante o dia, descobriram o pico das Neves[1].

A ilha Maurício que, naquela época, ainda se chamava ilha de França, era o único refúgio com que contavam os navios no mar das Índias.

Foi em 1505 que dom Manuel, rei de Portugal, resolveu estabelecer um vice-rei ou governador-geral da costa da Índia. O cargo foi confiado a dom Francisco de Almeida, que foi massacrado cinco anos mais tarde pelos hotentotes, próximo ao cabo da Boa Esperança, quando tentava passar para a Europa.

No entanto, a partir do primeiro ano do governo de Almeida, quando dom Pedro Mascarenhas[2] descobriu as ilhas de França e de Bourbon, ninguém se lembra de os portugueses terem fundado algum estabelecimento em uma ou outra dessas ilhas durante todo o período em que foram seus donos, ou seja, durante todo o século XVI; e a única vantagem que os nativos da ilha obtiveram com a

---

1. Vulcão extinto do maciço de Salazes, ponto culminante da ilha de Reunião (3.069 metros).

2. Daí o nome Mascarenhas para Reunião (Bourbon), Maurício (Île de France), Rodrigues e Cargados. A Ilha Maurício foi inicialmente chamada Cerne ou Sirne, o nome de um dos navios da frota de Alfonso de Albuquerque que teria chegado à ilha em 20 de fevereiro de 1507.

visita daqueles estrangeiros foram alguns bandos de cabras, macacos e porcos que estes soltaram pela ilha; em 1598, a ilha foi deixada para os holandeses.

Quando Portugal passou a ser dominado por Filipe II, os portugueses emigraram em massa para as Índias. Considerando-se privados de sua pátria mãe, alguns se tornaram independentes, outros viraram piratas e não permaneceram a serviço dos príncipes do país.

Em 1595, Cornélius Houtman lançou os fundamentos da potência que desde então eles desenvolveram ali.

Os holandeses, pouco a pouco, conseguiram apoderar-se de todas as conquistas dos portugueses e espanhóis no oceano Índico e, por conseguinte, das ilhas Cerne e Mascarenhas. O almirante Van Neck foi o primeiro a aportar na ilha de Cerne, em 1598; ela ainda não era habitada.

A frota fizera-se à vela em Texel, em 1º de maio de 1600, sob o comando do almirante Jacques-Cornélius van Neck; chegaram até nós os nomes dos navios: o almirante se chamava *Maurício*, e batizou com seu nome a ilha de Cerne. Os holandeses só conheciam a ilha de nome: lançaram dois botes ao mar a fim de efetuar um reconhecimento e sondar seus portos para conferir se podiam acolher navios de alta tonelagem; um dos botes chegou até o grande porto, verificou que tinha excelente profundidade e era capaz de conter cerca de cinqüenta navios; à noite, os marujos retornaram ao navio almirante, trazendo alguns pássaros grandes e grande quantidade de passarinhos que se deixavam pegar na mão; haviam descoberto um rio de água doce que descia das montanhas e prometia água em abundância.

O almirante, contudo, ainda não sabendo se a ilha era habitada ou não, e não dispondo, visto os inúmeros doentes que tinha a bordo, de tempo para tentar alguma expedição, mandou desembarcar um numeroso destacamento e que assumisse uma posição vantajosa que o pusesse ao abrigo de algum ataque imprevisto.

Durante vários dias consecutivos, despachou botes para que examinassem as outras partes da ilha e conferissem se eram habitadas ou desabitadas; mas as tripulações que saíam em expedição só depararam com quadrúpedes bastante pacíficos, que fugiam diante deles, e inúmeros pássaros que conheciam tão pouco o perigo que não faziam nem um movimento sequer para evitar quem os apanhava. No entanto, um convés coberto, uma barra de cabrestante e uma verga grande atestavam que algum desastre marítimo ocorrera no litoral de Cerne.

Depois de dar graças a Deus por tê-los feito chegar a um porto tão bonito e seguro para o seu navio, o almirante chamou a ilha de ilha Maurício, em homenagem ao príncipe de Orange, que era então *stathouder** das Províncias Unidas.

O que tornava aquela ilha um dos lugares mais pitorescos que já se vira é que ela ostentava, de todos os lados, altas montanhas repletas de árvores do mais lindo verde, e cujos cumes não raro se cobriam de nuvens que as ocultavam ao olhar. O solo pedregoso era coberto de um mato tão denso que era impossível abrir passagem; havia ali, em geral, árvores tão negras como o mais belo ébano, outras de cor vermelha intensa, e outras, enfim, de um amarelo escuro, cor de cera; as palmeiras, que encontraram em quantidades, ofereceram um refresco salutar: seu miolo tinha gosto de nabo e podia ser comido no mesmo molho que este legume; a quantidade de árvores que crescia na ilha permitiu que os marujos construíssem confortáveis cabanas, que, com a ajuda da salubridade do ar, propiciaram rápidas curas.

O mar, por sua vez, continha tal abundância de peixes que, ao jogar-se uma vez a rede, pescavam-se mil. Certo dia, pescaram uma raia tão imensa que forneceu duas refeições à tripulação de um dos barcos. As tartarugas eram tão grandes que, num dia de tempestade, seis homens se abrigaram debaixo de uma só casca.

O comandante holandês deu ordem de amarrar a uma árvore uma tábua em que seriam esculpidas as armas da Holanda, da Zelândia e de Amsterdã, com a seguinte inscrição em língua portuguesa: *Christianos reformados*. Em seguida, mandou cercar com paliçadas um terreno de quatrocentas braças de circunferência, no qual mandou semear e plantar diversos vegetais com o intuito de testar o solo; deixaram igualmente ali algumas aves, de modo que os navios que futuramente parassem diante da bela ilha encontrassem outras provisões além dos produtos indígenas.

No dia 12 de agosto de 1601, Hermansen enviou à ilha Maurício, para buscar água e provisões que começavam a lhe faltar, um iate chamado *Le Jeune Pigeon*; passou-se um mês sem que se tivesse notícia do navio; este voltou, por fim, trazendo com ele um francês que assim relatou as suas aventuras.

Ele embarcara na Inglaterra alguns anos antes, a bordo de um navio que navegava em companhia de outros dois numa viagem às Índias. Uma das duas embarcações se perdeu integralmente nas proximidades do cabo da Boa Espe-

---

* Chefe do poder executivo de província. (N. E.)

rança; as tripulações dos dois navios restantes se achavam tão reduzidas que julgaram apropriado queimar aquele que parecia em pior estado; mas logo o tifo e o escorbuto se espalharam entre os pobres coitados e fizeram tamanho estrago que já não restavam marinheiros suficientes para o serviço do barco.

Este veio a encalhar na costa de Timor, perto de Málaga, onde morreu toda a tripulação, com exceção do francês, quatro ingleses e dois negros. Os pobres náufragos, desprovidos como estavam, deram um jeito, porém, de se apossar de um junco e conceberam o estranho projeto de retornar à Inglaterra. O começo da viagem foi bem-sucedido; mas os negros, vendo-se tão longe de sua terra, conspiraram para tomar posse do navio; sendo descoberto o seu plano, jogaram-se ao mar por desespero e medo do castigo.

Depois de escapar de diversas tormentas, o restante da tripulação foi jogado afinal na ilha Maurício; mas no momento em que, em perfeito entendimento, sua vida estava longe de estar em segurança, os infelizes não conseguiram entrar em acordo; depois de passar oito dias na ilha, o francês propôs que ficassem ali até que aprouvesse aos céus enviar-lhes socorro. Mas os ingleses queriam voltar para o mar, e resolveram seguir viagem; sendo maioria e tendo força, executaram seu projeto sem hesitar; mas estando o francês igualmente determinado a cumprir o seu, seus companheiros se fizeram à vela e o deixaram na ilha deserta. Fazia quase três anos que estava lá, alimentando-se de frutas e de carne de tartaruga; sua força física não diminuíra, era tão vigoroso quanto os marujos que estavam a bordo dos navios holandeses; mas perdera parte de suas faculdades intelectuais, o que se percebia facilmente no decorrer de uma conversa. Suas roupas estavam em farrapos, e ele, quase nu.

Parece que no ano de 1606 os holandeses visitaram a ilha de França, mas que, antes de 1644, não fundaram ali nenhum estabelecimento. Embora seja difícil determinar quem teria fundado os primeiros estabelecimentos, é provável que tenham sido os piratas que infestavam os mares das Índias no século XVI.

Tudo o que sabemos é que, em 1648, Van der Master era governador de Maurício. Leguat, por sua vez, afirma em seu relato de viagem que, quando chegou à ilha Rodrigues, o sr. Lameocius era o governador de Maurício; em 1690, enfim, Rodolfo Deodati, de Genebra, ocupava esse posto quando o mesmo viajante, de volta à ilha Rodrigues, foi detido na ilha Maurício. Entre 1693 e 1696, alguns franceses, cansados da insalubridade de Madagascar, levaram para Mascarenhas mulheres amarelas ou negras, com as quais se casaram, na impossibilidade de conseguirem mulheres brancas. Flacourt tomou posse da ilha em nome do rei, e içou o pavilhão francês no mesmo lugar em que flutuara o pavilhão português; deu-lhe o nome de ilha Bourbon, que ela mantém desde então; ele deixou, nesse novo estabelecimento, alguns homens e mulheres, entregando o comando a um de seus protegidos, chamado Payen. Esses novos colonos encontraram uma terra fértil, que cultivaram com energia. De início, sobreviveram com arroz, tartarugas, batatas e outros legumes, proibindo-se rigorosamente a carne de açougue a fim de permitir que se multiplicassem os rebanhos; levaram, naquele pedaço de paraíso terrestre, a mais suave e tranqüila das vidas.

Quatro piratas ingleses, Avery, England, Condon e Patisson, depois de juntarem uma imensa fortuna no mar Vermelho, nas costas da Arábia e da Pérsia, estabeleceram-se ali com parte de sua tripulação. O rei da França concedeu-lhes o perdão, e um desses aventureiros, chegado em 1657, ainda estava vivo em 1763. Enquanto Bourbon, orgulhosa de seu novo nome, prosperava nas mãos dos franceses, Maurício se perdia nas mãos dos holandeses, que, por conta de seu estabelecimento no cabo da Boa Esperança, negligenciavam essa colônia, que acabaram por abandonar em 1712. Em 15 de janeiro de 1715, o capitão de navio Dufresne, aproveitando o abandono voluntário dos holandeses, desembarcou ali cerca de trinta franceses e deu-lhe o nome de ilha de França: a próspera situação das duas ilhas, a comodidade do porto, a fertilidade do solo e a salubridade do ar inspiraram a idéia de ali se fundar seriamente uma colônia. O sr. de Bauvillier, governador da ilha Bourbon, enviou para lá, em 1721, o cavalheiro Garnier de Fougeray, capitão do *Triton*; este tomou posse, em 23 de setembro, em nome do rei da França, e plantou um mastro de quarenta e três pés de altura que arvorava uma bandeira branca com inscrição latina. Em 28 de agosto de 1726, o sr. Dumas, que residia na ilha Bourbon, foi nomeado governador das duas ilhas. O governo foi dividido e o sr. Maupin foi nomeado governador da ilha de França.

Mas o pai, o fundador e o legislador da colônia foi o sr. Mahé de la Bourdonnais. Chegou ao governo em 1735. Um tanto esquecido pela história, foi vingado pelo romance.

O novo governador, ao chegar, deparou com o tribunal da ilha de França subordinado ao de Bourbon, e o sr. de la Bourdonnais trouxe-lhe cartas patentes que lhe conferiam poder igual ao da ilha vizinha no tocante às leis criminais.

Durante os onze anos que durou o governo do sr. de la Bourdonnais, porém, esse favor foi inútil, já que não houve um só processo em toda a ilha; o único flagelo que assolava Maurício eram as fugas de negros. O sr. de la Bourdonnais formou uma espécie de corpo de polícia montada constituído de negros submissos que opôs aos negros resistentes. Foi o primeiro a plantar cana-de-açúcar na ilha de França, e estabeleceu as manufaturas de algodão e índigo. Essas produções eram escoadas por Surat, por Moka, pela Pérsia e pela Europa.

As refinarias de açúcar estabelecidas pelo sr. de la Bourdonnais por volta de 1735 produziam, quinze anos mais tarde, uma renda anual de sessenta mil francos. Ele conseguiu mandioca no Brasil e em Santiago, mas os habitantes não se agradaram da introdução dessa nova planta, e ele foi obrigado a decretar que cada habitante, para cada escravo que tivesse ao seu serviço, plantaria mandioca em trezentos pés de terra.

De modo que tudo, na ilha de França, data do sr. de la Bourdonnais. Foi ele quem traçou os caminhos de comunicação; foi ele quem, graças a alguns bois postos na canga, conseguiu arrastar madeiramentos e pedras até o porto, onde se construíram casas; foi ele quem construiu os arsenais, as baterias, as fortificações, as casernas, os moinhos, os cais, os escritórios, as lojas, e um aqueduto de trezentas toesas de comprimento que leva a água doce até o porto, os hospitais e a beira-mar. Antes dele, os moradores da ilha de França nada sabiam sobre construção de navios, a ponto de, quando ocorriam avarias em seus barcos de pesca, serem obrigados a recorrer aos carpinteiros dos navios que aportavam por ali; ele incentivou os habitantes a criar uma marina, à qual a ilha fornecia madeira em quantidade: abateram uma quantidade de árvores das florestas, que foram talhadas no local na forma adequada para as construções, e em dois anos tinham madeira preparada suficiente para dar início às construções.

Em 1737, o sr. de la Bourdonnais instalou pontões para carenar e descarregar os navios; construiu botes e barcas grandes para transportar o material; inventou novas barcaças para transportar água, uma máquina com a qual se erguem barcas e botes acima do mar, colocados numa posição conveniente para serem consertados a pouco custo. Graças a essa máquina, um navio teve suas entradas de água tampadas, foi reparado, limpo e recolocado na água no espaço de uma hora. Ele construiu um brigue que se tornou um excelente navio; no ano seguinte, construiu mais dois e pôs nos estaleiros um navio de quinhentas toneladas.

Era competente demais para que a calúnia não viesse interferir. Viajou para Paris com a intenção de se defender. Foi fácil: desfez com um sopro todas as nuvens amontoadas sobre a sua reputação; e, como se cogitava uma próxima ruptura com a Inglaterra e a Holanda, concebeu o plano de armar certo número de navios para atacar o comércio das duas potências inimigas; mas, embora aprovado, o plano não foi posto em execução, e ele saiu de Paris em 1741 com a patente de capitão de fragata e a particular incumbência de comandar o *Mars*, um dos navios do rei.

Mas a paz foi concluída em 1742, e o sr. de La Bourdonnais voltou para a ilha de França. Com novas acusações contra ele, partiu mais uma vez para a França. Encontrou-se, em Pondichéry, com o sr. Poivre, que trazia para a França a pimenteira, a caneleira e várias árvores de madeira de tintura.

Esse mesmo sr. Poivre, em 1766, foi nomeado pelo sr. duque de Choiseul intendente das ilhas de França e Bourbon; mandou cultivar ali a rima, ou fruta-pão, das ilhas de Sociedade; conseguiu introduzir nas duas colônias entregues aos seus cuidados a noz-moscada, a canela, a pimenta e o cravo-da-índia. A ilha Bourbon, sozinha, colhe hoje quatrocentos mil cravos, reconhecidos na Ásia como superiores aos das Moluscas; o *ampalis*, ou amoreira de frutas graúdas de Madagascar, a árvore de óleo essencial de rosas, a árvore-de-sebo, o chá da China, a madeira de campeche, a madeira imortal, a caneleira do Ceilão e da Cochinchina, variedades de coqueiros, tamareiras, mangueiras, da árvore das quatro especiarias, de carvalhos, pinheiros, videiras, macieiras e pessegueiros da Europa, de abacate das Antilhas, mabolo das Filipinas, sagüeiro das Moluscas, saponária da China, maranta da ilha de Jolo, do mangostão, que passa por ser a melhor fruta do mundo, constituem um presente, à ilha de França, do seu governador, ou melhor, do seu intendente, sr. Poivre.

Depois de uma seqüência de governadores, todos contribuindo com uma pedra para a fundação dessa esplêndida colônia, o general Decaen recebeu-a, em situação das mais prósperas, das mãos do sr. Magallon-Lamorlière.

Recebeu-a, porém, junto com a guerra na Inglaterra. Depois de declarada essa guerra, como dissemos, as ilhas de Reunião e de França eram os únicos refúgios dos navios franceses nos mares da Índia, era para onde os Surcouf, os L'Hermitte e os Dutertre mandavam suas presas e vinham consertar seus navios avariados; assim, era muito raro não haver, à vista da ilha, dois ou três navios ingleses cruzando e esperando os corsários para recuperar seu butim.

Surcouf ficou um bocado surpreso, portanto, quando, ao pular no convés à palavra "Terra!", precipitou-se para as barras do joanete do *Revenant* e viu o mar livre, desde o porto Savana até a ponta dos Quatro Coqueiros; mas ele não sabia se navios ingleses, ocultos pela terra, não estariam bordejando para os lados da baía da Tartaruga ou da baía do Tamarindo.

Com efeito, Surcouf, que abordava pela quarta vez aquela Citera das Índias, como a chamou o bailio de Suffren[3], reconheceu a ilha de França por aquela espécie de bruma que sempre envolve as ilhas de muitas florestas, pelo morro dos Crioulos e pelas cadeias do grande porto que vão dar no morro dos Bambus. Achavam-se, assim, pelo través do grande porto.

Quando só se vai à ilha de França para uma escala, para fazer provisão de água ou víveres, hesita-se às vezes entre o porto grande e o porto Luís; mas, quando se vai, como Surcouf, para consertar uma avaria ou vender uma presa, já não se hesita mais. A entrada do grande porto, com efeito, quando se é levado pelos ventos gerais que, durante seu reinado de nove meses ao ano, inclinam as árvores da ilha de leste a oeste, tal como o mistral cobre nossas árvores meridionais do norte para o sul, torna-se fácil pela força dos ventos alísios; mas a saída fica então praticamente impossível, já que se tem o vento contrário.

Surcouf, depois de verificar, como dissemos, que o mar estava livre, foi fazer o reconhecimento da ponta do Diabo e então, seguro de sua trajetória, rumou para nordeste a fim de evitar os baixios, deixando para trás as grandes matas da Savana, à esquerda as montanhas Brancas e o morro da Faiança, e todo o bairro de Flacq; chegando pelo través da ilha de Âmbar, orientou para oeste-noroeste a fim de dobrar o cabo Infeliz. Dobrado esse cabo, bordejou da ponta de Vaquois para a ponta dos Canhoneiros levado pelo vento da ilha, e chegou assim ao porto Luís. Há tempos o morro dos sinais já anunciara a chegada de uma fragata, um brigue e uma chalupa; de modo que a colina da igreja do hospital, o Cão de Chumbo, e tudo o que constitui a ponta dos Blaguers estavam repletos de curiosos munidos de lunetas.

Os navios, como era esperado, jogaram âncora no Pavilhão para receberem a visita da Saúde, alertada por meio de sinais; esta estava preparada para conceder a livre prática: vinha acompanhada, como de costume, de uma flotilha de barcas carregadas de frutas e refrescos de todo tipo. Uma vez concedida a prática, Surcouf, que fora reconhecido e saudado pela frota de pequenas embarcações, deu ordem de seguir caminho a fim de ancorar no Cão de Chumbo; mas muito antes

---

3. Charles Cunat, op. cit., cap. v, p. 127.

de chegar, seu nome, transmitido pelos barqueiros de barca em barca, já fora despertar entre os curiosos as mais belas recordações nacionais, e o *Standard*, o *Revenant* e o *Coureur de New York* fundearam em meio aos gritos de alegria e aplausos da multidão.

LX
EM TERRA

Sabe-se como é fácil desembarcar na ilha de França: no final de um porto fechado de uma légua de comprimento, passa-se, como sobre um riacho, do barco para o cais do Cão de Chumbo. Basta andar dez passos para se chegar à praça do Governo; passa-se então sob as janelas do palácio, deixando à direita a Intendência e sua magnífica árvore, única na ilha; sobe-se para o Campo de Marte, a rua do Governo e, antes de chegar à igreja, à direita, em frente à atual praça do Teatro, deparamos com o Grand Hôtel des Étrangers.

O grupo que se apresentava à entrada era composto por Surcouf, dando o braço à srta. Hélène de Sainte-Hermine; René vinha em seguida, dando o braço a Jane, e por fim Bléas e mais dois ou três oficiais secundários fechavam o cortejo. O melhor apartamento do hotel foi escolhido primeiro para as duas moças, que imediatamente mandaram chamar uma costureira para que lhes confeccionasse roupas de luto. O sentimento da perda que haviam sofrido continuava muito vívido; mas as circunstâncias em que essa perda havia se dado, a eterna visão do infinito, a presença tão simpática de René, sua conversa tão instrutiva, tão cativante, tão variada, derramaram na ferida das moças uma espécie de bálsamo que, sem curá-la, a tornava menos dolorida.

Quando René lhes perguntou o que contavam fazer, responderam que não sairiam enquanto não tivessem suas roupas pretas; enquanto estavam no navio, o luto não lhes parecera uma necessidade tão importante; mas, numa cidade, teriam vergonha de se mostrar em trajes que não fossem a expressão do seu lamento e o reflexo da sua tristeza. Mas declararam, ao mesmo tempo, que seu primeiro passeio seria para visitar o bairro das Toranjas.

Percebe-se, só por esse nome de bairro das Toranjas, que se tratava de uma peregrinação às cabanas de *Paulo e Virgínia*. O romance de Bernardin de Saint-Pierre, encantador idílio que até lembra um *Dáfnis e Cloé* traduzido do grego, embora já tivesse sido publicado havia mais de quinze anos, permanecera por inteiro na memória das moças.

Essa foi uma dessas obras que traçam uma linha na sociedade. Uns a adotam com fanatismo, outros a rejeitam com veemência; é uma dessas questões de sentimento pelas quais se está pronto a lutar, como numa questão de interesse.

Sabe-se que, em decorrência do pouco efeito que causou uma leitura de *Paulo e Virgínia* nos salões da sra. Necker, Bernardin de Saint-Pierre, repleto de dúvidas acerca do próprio talento, estivera a ponto de não mandar imprimir o livro. O sr. de Buffon se entediara, o sr. de Necker bocejara, Thomas pegara no sono.

Ele então resolvera não mandar imprimir *Paulo e Virgínia*.

Tal abandono de seus dois filhos era-lhe bastante duro; mas, enfim, ele assim decidira, e estava para queimar, mais dia menos dia, o manuscrito cuja presença, ao lembrar-lhe uma de suas mais sombrias desilusões, o incomodava cruelmente.

Estava nisso, ainda hesitando em aproximar da chama o manuscrito condenado pelos grandes espíritos de sua época, quando certo dia Joseph Vernet, o pintor de marinas, veio visitá-lo e, achando-o triste, perguntou-lhe qual o motivo de sua tristeza.

Bernardin lhe contou e, cedendo aos insistentes pedidos do amigo, resolveu fazer uma leitura somente para ele.

Vernet escutava sem dar nenhum sinal de aprovação ou desaprovação. Manteve até o final aquele silêncio inquietante. Bernardin, por sua vez, quanto mais avançava na leitura, mais seu coração se perturbava e sua voz tremia. Por fim, após a última palavra, ergueu os olhos para o seu juiz.

– E então? – perguntou.

– Então, meu amigo – disse Vernet, estreitando-o junto ao peito –, você simplesmente criou uma obra-prima!

E Vernet, que não julgava nem com a ciência nem com o espírito, mas com o coração, estava certo e de acordo com a posteridade.

Daquele tempo para cá, mais dois romances, de um estilo mais brilhante e de uma escola mais ruidosa, quiseram fazer esquecer o prodigioso sucesso de *Paulo e Virgínia*.

Eram de outro homem de talento, mas cujo talento era o oposto do talento de Bernardin: eram *René* e *Atala*.

René e *Atala* obtiveram celebridade, mas *Paulo e Virgínia* manteve a sua.

Pois bem, o local onde se passava aquela história simples é o que as srtas. de Sainte-Hermine queriam ver antes de mais nada. Ficou combinado, tendo a costureira prometido às moças seus trajes de luto para o dia seguinte, ficou combinado que a sagrada peregrinação ocorreria dois dias depois.

René se organizou para oferecer às suas jovens amigas um passeio campestre que não deixasse nada a dever às mais elegantes excursões nas florestas de Fontainebleau e de Marly.

Mandou fazer dois palanquins de madeira de ébano e tecido da China. Comprou para si um cavalo do Cabo, alugou para Bléas e Surcouf os mais bonitos que conseguiu achar; por fim, encarregou o dono do Hôtel des Étrangers de obter-lhe vinte negros, oito para carregar os palanquins, doze para carregar os mantimentos. Almoçariam à beira do rio das Latânias, para onde já na véspera René mandara levar uma mesa, toalhas e cadeiras.

Uma linda barca de pesca, levando todos os utensílios, esperaria por aqueles que preferiam a pesca à caça. Quanto a René, como ignorasse a qual dos dois exercícios iria se dedicar, contentou-se em levar seu fuzil a tiracolo, decidido a fazer o que fizessem suas duas formosas companheiras.

Chegou o dia da excursão, esplêndido como são quase sempre os dias nessa linda latitude e, às seis horas da manhã, para evitar o calor mais intenso, estavam todos reunidos na sala comum do Hôtel des Étrangers.

Os palanquins e seus carregadores esperavam na rua, junto deles pateavam três cavalos, quatro negros traziam na cabeça latas com provisões, e outros tantos se preparavam para se revezar com seus colegas. René deixou a escolha dos cavalos para Bléas e Surcouf que, medíocres cavaleiros como são em geral os marinheiros, escolheram os que pareciam menos fogosos. O cavalo do Cabo ficou, portanto, para René. Bléas, um cavaleiro razoável, contava tirar revanche das superioridades de René; contudo, embora o Cafre – assim se chamava o cavalo – estivesse pouco disposto a deixar o dono se acomodar em seu lombo, assim que este montou, deve ter percebido que não seria fácil livrar-se dele.

Tais passeios, que ocorrem freqüentemente na ilha de França, têm um aspecto muito particular. Como os caminhos eram bem ruins naquela época, as mulheres quase sempre iam de palanquim e os homens, a cavalo; quanto aos negros, que em geral andam praticamente nus, vestiam nesses dias de grande cerimônia uma espécie de fraque azul, com formato de calção de banho, que lhes batia mais ou menos à altura do joelho. Oito homens ergueram os palanquins, apoiaram os varais no ombro e, segurando um grande pau à guisa de balanceiro para equilibrar seu andar, partiram a passo de ginástica. Os quatro negros que levavam os caixotes com o jantar puseram-se em marcha por seu turno, rebolando ao ritmo de uma canção crioula mais melancólica que alegre.

A estrada era encantadora. À direita, tem-se a cadeia das montanhas do Porto que seguem para o nordeste diminuindo de tamanho; e, primeiro, acima do Pieter Both, o morro do Polegar, que ninguém ainda ousara escalar; depois, o Recanto dos Padres, paisagem admirável numa espécie de planalto oco suspenso nos ares. Esse verdejante anfiteatro é esplêndido de se ver. Ao longo de toda a estrada, viam-se cabanas de pessoas de cor.

Em seguida, atravessaram o rio das Latânias e passaram para a Terra Vermelha.

Por toda a parte, touceiras de bambu, bosques de madeira preta e groselhas perfumadas.

O túmulo de Paulo e Virgínia era guardado por um padre idoso, que o transformara num paraíso de flores e folhagens.

A todo momento a estrada era atravessada por bandos de papagaios multicoloridos, macacos que passavam saltitando, lebres, que eram tantas na ilha que as pessoas as matavam a pauladas, revoadas de rolinhas, e codornizes miúdas típicas da ilha.

Finalmente, chegaram a um campo, que antes já fora cultivado, onde ainda se viam as ruínas de duas pequenas cabanas. Em vez do trigo, em vez do milho, em vez das batatas que outrora ali se cultivavam, via-se apenas um extenso tapete de flores e, aqui e ali, pequenos montículos de flores de cor viva que lembravam repositórios e altares.

Uma única abertura dava para o norte e deixava entrever, à esquerda, a montanha chamada morro da Descoberta, de onde são anunciados os navios que abordam a ilha. A igreja das Toranjas apontava o seu campanário nos maciços de bambu pitorescamente dispostos no meio de uma vasta planície e, mais adiante, uma floresta se estendia até a extremidade da ilha. Distinguia-se, à frente, à beira do mar, a baía do Túmulo, um pouco à direita do cabo Infeliz e, mais adiante, o alto-mar, onde se vislumbravam à flor d'água algumas ilhotas inabitadas em meio às quais se erguia o Ponto de Mira, feito um bastião no meio das águas.

A primeira coisa que fez o grupo, na sua pressa, foi visitar a pedra que cobre o túmulo de Paulo e Virgínia. Cada qual fez sua oração diante do túmulo, que as duas moças não conseguiam mais deixar. Menos devotos das recordações poéticas, os homens, calculando pela amostra que tinham tido a quantidade de caça que devia haver na ilha, puseram-se a caçar. Alguns dos carregadores serviram de guia, e ficou combinado que dentro de uma hora se reuniriam próximo ao rio das Latânias, onde o almoço os aguardava. Quanto a René, ficou para tomar conta das moças. Jane trouxera o livro de Bernardin de Saint-Pierre e, sobre o próprio túmulo da heroína, René leu três ou quatro capítulos.

O sol, que começava a ficar quente, obrigou as duas moças e seu cavalheiro a deixar a baía, que nenhuma sombra vinha refrescar.

Preocupados demais, na vinda, com o objetivo de sua viagem, nossos turistas mal haviam observado a paisagem. Um homem que, viajando pela Armênia, subitamente deparasse com o paraíso perdido, não ficaria mais docemente surpreso que o viajante que, pela primeira vez, passeia nesse delicioso cantão das Toranjas. Tudo excitava o entusiasmo dos três jovens, estavam entregues a uma admiração que, por ser contínua, não era menos intensa. Era a primeira vez que viam campos de cana-de-açúcar, com seus caules nodosos brilhantes e fibrosos de nove a dez pés de altura, de articulações enfeitadas de folhas compridas, estreitas e caneladas.

Próximos a esses campos de cana, completando um ao outro, por assim dizer, estavam os cafezais, cujo grão – que, segundo a sra. de Sévigné, não iria ficar, como tampouco iria ficar a obra de Racine –, há cento e doze anos, já vinha fazendo, nessa época, as delícias intelectuais de todos os amantes da poesia. O que os três jovens admiravam principalmente era aquela prodigalidade da natureza, que em cada árvore pendurava um fruto delicioso. De fato, bastava estenderem a mão para apanharem as amêndoas, os jambos e os abacates. De longe, avistaram um ajuntamento à beira do rio das Latânias, era o seu almoço, que acabavam de preparar.

Jamais bebida lhes pareceu mais saborosa que os três copos de água tirados do rio das Latânias.

Os caçadores ainda não haviam retornado; mas, passados dez minutos, tiros de fuzil ressoando nos arredores anunciaram a sua volta.

Embora fosse apenas dez horas da manhã, atiçados por aquele ar tão fresco e tão puro, nossos viajantes estavam morrendo de fome.

A mesa, por sinal, oferecia um aspecto dos mais atraentes: os marinheiros tinham ido até o mar e juntado inúmeros mariscos, e entre eles uma quantidade dessas ostras miúdas que são servidas, como em Gênova, ainda presas nas rochas; galhos de árvores carregados de frutos haviam sido colocados nos cantos da mesa.

O proprietário do Hôtel des Étrangers, que fora encarregado da parte substancial do almoço, cumprira à perfeição sua sagrada missão: mandara a metade de um cordeiro, um quarto de corço, lavagantes absolutamente frescos.

Quanto ao peixe, eram espécies de que não temos sequer idéia na França, mais magníficos no tamanho, mais excelentes no gosto.

Os melhores vinhos encontrados na ilha esfriavam nos buracos mais fundos do rio das Latânias.

Os caçadores chegaram com um jovem cervo, duas ou três lebres e perdizes e codornizes em quantidade. Os cozinheiros se apoderaram daquele reforço de carne fresca para o jantar, já que os turistas se sentiam tão bem que haviam exclamado a uma só voz: "Vamos ficar o dia inteiro aqui!".

A proposta não encontrando nenhuma oposição, ficou decidido que almoçariam e desfrutariam até às duas horas do frescor das árvores e do rio; depois, montariam a cavalo e visitariam a costa onde o *Saint-Géran* havia naufragado.

Desse modo, a peregrinação seria completa. Teriam visto o local de nascimento, o local do naufrágio e o local do túmulo.

Nunca René e suas companheiras haviam provado tal abundância e tal variedade de frutos, dos quais nenhum era conhecido na Europa. A curiosidade apoiando e justificando o apetite, ficaram à mesa até às duas horas.

Posto que haviam dado amplamente de comer aos negros e não haviam economizado na aguardente, estes, contando que a prodigalidade que visava recompensar o seu zelo se estenderia ao jantar, foram pontuais em retomar sua tarefa.

Puseram-se então a caminho, na mesma ordem, deixando a colina e os mamoeiros e atravessando pequenos matos onde, em alguns pontos, os negros eram obrigados a abrir caminho a machadadas.

Os carregadores andavam então numa espécie de passo de ginástica que, naqueles caminhos, por mais ruins que fossem, não chacoalhavam as moças em seus palanquins.

Em menos de três quartos de hora, chegaram em frente à ilha de Âmbar, ou melhor, em frente à passagem por onde o *Saint-Géran* penetrou entre a terra grande e a ilha.

Embora nada indicasse a catástrofe que constitui o desfecho da pastoral de Bernardin de Saint-Pierre, a emoção foi maior, talvez, do que diante do túmulo. Estavam todos ali, olhos fixos e coração palpitando, questionando os oficiais da marinha sobre como teria se dado o ocorrido, quando, de repente, no exato local em que soçobrara o navio, ouviram um barulho imenso e notaram uma agitação extraordinária na superfície da água.

Mas logo tudo ficou explicado: duas massas enormes se movimentavam em meio às águas.

Era uma baleia de tamanho médio que chegara às vias de fato com seu inimigo mortal, o peixe-espada. Parecia que os dois gigantescos gladiadores tinham esperado aquele exato momento da chegada da caravana para encetarem seu duelo.

O combate foi longo, persistente, encarniçado de parte a parte. O monstruoso cetáceo ficava quase em pé sobre a cauda, mostrando uma massa similar à de um campanário; lançava, pelos espiráculos, dois jatos de água que se erguiam a grande altura, mas que foram jorrando com menos força e pouco a pouco se tingiram de sangue. As duas colunas líquidas acabaram por cair como chuva rosada, indicando a vitória próxima do menor dos dois peixes. E, de fato, o peixe-espada, mais ágil, parecia multiplicar-se em volta da baleia, enfiando-lhe a espada nos flancos sem lhe dar nenhuma trégua para descanso. Por fim, num poderoso e derradeiro esforço, a baleia ergueu-se e deixou-se cair em cima do inimigo, que muito provavelmente foi esmagado, já que não foi mais visto. A baleia, por sua vez, depois de fazer alguns movimentos de agonia, enrijeceu pouco a pouco, entrou nas convulsões da morte e expirou em seguida, soltando um grito enorme que, exceto pela amplitude, se assemelhava a um grito humano.

LXI
O REGRESSO
(1)

O sr. Leconte de Lisle, em quem a Academia, dizem, vem pensando ultimamente e que deve ter morado em Bourbon, ilha de França ou Índia, retratou numa obra de encantadores versos, sob o título de "Le Manchi", o passeio de uma jovem em seu palanquim:

> *Você ia assim, naquelas manhãs tão doces,*
> *Da montanha para a missa solene.*
> *Na sua graça ingênua e rósea juventude,*
> *Ao passo cadenciado dos seus hindus.*[1*]

Não vá o leitor imaginar que os cantos que acompanhavam os passos *cadenciados* dos carregadores de palanquins tivessem algo em comum com os versos do sr. Leconte de Lisle. Nada é menos poético que esses cantos selvagens, e nada é menos melodioso que as melodias com as quais são cantados. Quando o homem, em seu estado primitivo, reúne uma idéia em umas poucas palavras, e encontra uma melodia em umas poucas notas, repete-as infinitamente; é o que basta para as exigências de seu espírito e para as necessidades de sua organi-

---

1. Leconte de Lisle, *Poèmes barbares*, XXXIV, "Le Manchy". Publicado inicialmente na *Revue Française* de 1º de agosto de 1857, pp. 29-30. Variante: "Tu t'en *venais*" [Você *vinha* assim]...

* "Tu t'en allais ainsi, par ces matins si doux,/ De la montagne à la grand-messe./ En ta grâce naïve et ta rose jeunesse,/ Au pas rythmé de tes Hindous." (Tradução literal)

zação musical. Assim, os carregadores de palanquim de Hélène e Jane, em vez de improvisar, inspirados pela beleza das jovens estrangeiras, em vez de cantar os olhos e cabelos negros de Hélène, os cabelos loiros e os olhos azuis de Jane, contentavam-se com este canto, que terminava com uma exclamação parecida com o gemido do padeiro quando amassa o seu pão.

Assim, quando a estrada sobe, eles cantam:

> *Olha, chegou a sinhá*
> *Subindo... hein!!!**

Quando a estrada desce, basta trocarem uma palavra e dizer:

> *Olha, chegou a sinhá*
> *Descendo... hein!!!***

E, de quando em vez, os quatro carregadores de reserva assumem o lugar dos quatro carregadores cansados: recomeça a caminhada, e o mesmo canto monótono e queixoso faz-se ouvir até que se chegue ao ponto final.

Às vezes, algum poeta apaixonado, separado de sua bem-amada, tenta ultrapassar os limites habituais da canção ou da elegia. Acrescenta quatro versos aos quatro versos iniciais. Outro, na mesma disposição de espírito, acrescenta mais quatro versos; outro, mais quatro; e então o lamento do primeiro apaixonado se torna um poema no qual todos trabalharam, como nas rapsódias de Homero. Então, o poema muda de destino: triste ou alegre, torna-se um canto de dança que chega necessariamente à *bambula*, esse cancã dos negros, menos desengonçado e mais lascivo que o nosso cancã.

Em geral, quando os patrões estão comendo é que os escravos vêm dançar perto da mesa. Não raro, a essa mesa estão sentadas moças entre doze e quinze anos, idade que nas colônias corresponde dos dezoito aos vinte anos na Europa. As moças se divertem com essas danças, que passam diante de seus olhos, como de seus corações, sem trazer a menor inquietude à sua imaginação.

Foi o que aconteceu quando, de volta ao rio das Latânias, foi servido o último prato do jantar: foi organizada uma orquestra; um círculo grande foi forma-

---

* "V'là la maîtresse arrivée/ En montant... hein!!!"
** "V'là la maîtresse arrivée/ En descendant... hein!!!"

do ao redor da mesa; cada negro, transformado em candelabro, armou-se com um sarmento de lenha torta, parecido com o da videira, que arde melhor quando verde, acendeu-o e iluminou um espaço de trinta pés de circunferência e dez pés de diâmetro, destinado aos exercícios de canto e dança. Então, uma negra penetrou nesse espaço vazio e se pôs a cantar a ingênua, talvez um pouco ingênua demais, canção seguinte:

Dançá, Callada,
Zizim bum bum;
Dançá, bambula,
Sempre ansim!*

Todos os negros e negras presentes retomaram em coro, e com movimentos de dança sem sair do lugar, os quatro versos que sua companheira acabava de cantar, enquanto ela indicava, sozinha, os movimentos coreográficos. Depois, a negra retomou sozinha:

Num dia de dumingu bem cedinho,
Disci pra cidade todo enfeitado,
Incuntrei bunito buquê bem isperto
Que diz, minha pretinha quirida, lindu buquezinho u teu.**

Aí eles retomaram o refrão, e com o refrão, ela e seus companheiros se puseram a dançar:

Dançá, Callada,
Zizim bum bum;
Dançá, bambula,
Sempre ansim!

E, então, os negros invadiram o espaço livre e se misturaram, dançando.
Logo a confusão foi tanta que foram obrigados a estender a mão para os dançarinos a fim de impedir que continuassem. Eles pararam, de fato, cada

---

* "Dansé, Callada,/ Zizim boum boum;/ Dansé, Bamboula,/ Toujou con ça!"
** "Yon jou dimanche de bon matin,/ Moin déceune en ville bien pomponné,/ Moin contré youli béqué bien malin,/ Qui dit moin belle moune mi yon ti bouqué."

qual voltou para o seu lugar, a cantora tornou a juntar-se às companheiras, formou-se novamente o círculo e, dentro do círculo que por um momento ficou vazio, Bambu, o negro de Surcouf, começou a cantar com o sotaque dos negros da Martinica:

> *Zizim, trala la la la,*
> *Zizim, trala la la la,*
> *Zizim, trala la la la,*
> *Uns amigo vierum dançá bambula.*
>
> *Trabaiá num mi dexa tristi*
> *Cavá num mi dexa tristi*
> *Quatro istaca num mi dexa tristi*
> *Pruque minha amada mi faz vuá*.

Embora as quadrinhas cantadas por Bambu fossem no dialeto da Martinica, os negros da ilha de França não tinham dificuldade para compreendê-las, e cada estrofe era cantada e dançada com redobrada energia; duas ou três vezes, René, que compreendia o que cada palavra dizia, e o que cada gesto queria dizer, perguntara às moças se elas não desejavam se retirar. Estas, que só viam nesse espetáculo, tão novo para elas, um acontecimento divertido, pediram para ficar. Mas, como já tinha totalmente anoitecido, René fez sinal para que trouxessem os cavalos e os palanquins. As senhoras retornaram aos seus palanquins, os homens tornaram a montar. Foi dado o sinal da partida.

Então, um espetáculo com o qual ninguém contava veio encerrar aquele lindo dia com um retorno digno dele. Os duzentos ou trezentos negros, machos ou fêmeas, que, feito animais de rapina, tinham vindo atraídos pelo cheiro de carne fresca, depois de aproveitar o que sobrara da caça, resolveram demonstrar sua gratidão aos anfitriões acompanhando-os pelo caminho.

---

* "Zizim, trala la la la,/ Zizim, trala la la la,/ Zizim, trala la la la,/ Zamis vini dansé bamboula.// Travail la pas fait moin la peine,/ Pioché la pas fait moin la peine,/ Quatre piquets la pas fait moin la peine,/ Car doudou moin yo voyé si loin."

Para tanto, cada um cortou um galho daquele mesmo mato a cuja luz os negros fugitivos tinham trazido Paulo e Virgínia para casa[2] e, cercados por esse flamejante cortejo, os viajantes retomaram o rumo de porto Luís.

Não haveria nada mais pitoresco que aquela iluminação movente que, à medida que avançava, iluminava as mais belas paisagens do mundo. Essas paisagens, a todo instante, cambiavam de aspecto: ora uma planície salpicada de grandes grupos de árvores; ora uma montanha que interceptava a vista e no alto da qual se via cintilar essa linda constelação do Cruzeiro do Sul; ora montanhas e florestas se afastavam de repente, e pela abertura se avistava o mar sem fim, calmo como um espelho refletindo a lua que lhe prateava a superfície. Ante esses porta-archotes surgia todo tipo de caça, cervos, javalis, lebres e, à sua vista, brotava todo tipo de alegres exclamações, e os archotes, espalhados como um vasto açude, se reuniam para encurralar o animal; este, porém, enfrentando os caçadores e arrastando alguns archotes atrás de si, formava com eles um longo riacho de fogo; e, quando sumia, as chamas todas se espalhavam e, como batedores, vinham reassumir seu lugar à frente do cortejo; mas o que houve, talvez, de mais curioso naquela caminhada foi a sua passagem pelo campo malabarense. A ilha de França, ponto de encontro de todas as populações indianas, não podia deixar de ter a sua população malabarense: esses exilados das costas da Índia banhadas pelo mar de Omã se reuniram e formaram um subúrbio onde vivem entre si e morrem, por assim dizer, entre si. Algumas de suas casas ainda estavam iluminadas, mas todas as portas e janelas se abriram, e os belos rostos oliváceos das mulheres, com seus grandes olhos pretos, seus cabelos de seda, apareceram às portas e janelas. Estavam todas vestidas com longas camisolas de linho ou batista, pulseiras de ouro ou prata, e os dedos dos pés estavam carregados de anéis; pareciam, assim, uma exumação de mulheres romanas ou gregas, com as mesmas feições regulares e aquelas longas camisolas brancas que lembravam estolas.

Do campo dos malabarenses entrou-se na rua de Paris, e da rua de Paris na rua do Governo, onde o proprietário do Hôtel des Étrangers recebeu respeitosamente seus hóspedes na soleira da porta.

---

2. "[...] quatro negros dos mais robustos fizeram em seguida uma maca com galhos de árvores e cipós, e neles acomodaram Paulo e Virgínia [...]" (*Paul et Virginie*, Paris, Flammarion, GF, pp. 98-9).

As duas moças bem que precisavam de descanso; por mais suave que seja o andar do palanquim, não deixa de cansar quem não está acostumado. Hélène e Jane despediram-se rapidamente de René, agradecendo-o pelo excelente dia que lhe deviam. Assim que chegaram em seu quarto, o semblante de Hélène, que se iluminara um pouco, recobrou seu tom habitual de melancolia e, voltando-se para a irmã:

– Jane – disse ela, com uma voz que continha mais tristeza que censura –, Jane, acho que é hora de rezarmos pelo nosso pai.

As lágrimas brotaram nos olhos de Jane, que se jogou nos braços da irmã, indo depois ajoelhar-se junto à cama, onde fez o sinal da cruz e murmurou:

– Ó meu pai, me perdoe!

A que será que ela aludia?

Decerto a um novo sentimento que vinha brotando em seu coração e que, junto com uma agitação inabitual e novos lugares, afastara a memória de seu pai.

LXII
LE COUREUR DE NEW YORK

No dia seguinte, assim que amanheceu, René entrou no quarto de Surcouf, que, já acordado, ainda estava na cama.

– Puxa, meu caro René – disse este, ao vê-lo – você nos convida para um piquenique e nos oferece um verdadeiro banquete de nababo. Eu tinha aceitado o piquenique, mas já aviso que eu e Bléas decidimos participar das despesas desse passeio.

– Meu caro comandante – disse René –, vim justamente lhe pedir um favor que vai me tornar seu devedor, o que quer que eu faça para lhe ser agradável.

– Fale, caro René, e a menos que seja algo absolutamente impossível, já está concedido.

– Gostaria que, sob um pretexto qualquer, o senhor me mandasse explorar a costa do Pegu. Vai ficar retido na ilha de França ou em suas redondezas durante vários meses, conceda-me seis semanas de licença; irei ao seu encontro onde quer que esteja.

– Compreendo – disse Surcouf, rindo. – Tornei-o tutor de duas lindas jovens, cujo pai involuntariamente matamos, e quer cumprir até o fim os seus deveres de tutor.

– Há um pouco de verdade no que diz, senhor Surcouf; mas eu, que leio os seus pensamentos mais depressa do que leio as suas palavras, diria que é um sentimento bem distinto do amor este que me chama para tal viagem, a qual, dependendo da sua aprovação, meu comandante, eu já tinha decidido fazer quando comprei o navio do negreiro. Não sei o que será de mim, mas não quero chegar tão perto do litoral da Índia sem efetuar uma dessas fantásticas caças ao tigre ou elefante que dão, a quem as efetua, o supremo sentimento da vida, por se colocar frente a frente com a morte. Por essa mesma ocasião, levarei para casa as duas órfãs, por quem nutro um interesse cuja motivação ninguém jamais saberá. O senhor fala de amor, meu caro comandante; ainda não tenho vinte e seis anos e, no entanto, meu coração está tão morto como se eu tivesse oitenta. Estou condenado a matar o tempo, meu caro Surcouf. Pois bem, gostaria ao menos de matá-lo fazendo coisas extraordinárias. Queria sentir meu coração, morto para o amor, viver para outras sensações; deixe que eu busque por elas, e ajude-me a encontrá-las concedendo-me uma licença de seis semanas a dois meses.

– Mas como pretende navegar? – perguntou Surcouf. – Naquela sua casca de noz?

– Ah, pois justamente – disse René –, viu como pedi que me vendessem o navio como se eu fosse americano; peguei todos os documentos que atestam a nacionalidade do navio. Falo um inglês capaz de desafiar qualquer inglês ou americano a dizer que não sou de Londres ou de Nova York. Pois então, os americanos estão em paz com o mundo inteiro. Vou navegar sob o pavilhão americano. Deixam-me passar, ou então, caso me detenham, mostro meus documentos e me soltam. O que me diz disso?

– Mas o senhor não vai levar suas lindas passageiras num navio que andou levando um carregamento de negros?

– Caro comandante, daqui a quinze dias o senhor não reconhecerá *Le Coureur de New York*; externamente, nada vai mudar; vai ganhar uma demão de tinta, só isso; mas, por dentro, graças às magníficas madeiras e os esplêndidos tecidos que avistei ontem, por dentro vai ficar uma bomboneira, supondo que me conceda a licença.

– Mas já concedi, meu amigo – disse Surcouf –, assim que me fez o pedido.

– Então, agora só lhe resta indicar-me o mais elegante reformador de navios que conhece em porto Luís.

– Tenho bem à mão o que precisa, meu jovem amigo – disse Surcouf –, sem contar que, se a despesa for maior do que imagina, terá, com a minha caução, um crédito ilimitado.

– Gostaria de lhe agradecer por mais esse favor, meu caro comandante; se quiser, então, me dar o endereço, não vou mais importuná-lo.

– Ora essa, mas então o senhor é milionário! – exclamou Surcouf, já incapaz de resistir à curiosidade.

– Um pouco mais do que isso – respondeu René com indiferença. – E agora, se quiser marcar uma hora – ele acrescentou, levantando-se – e se, por sua vez, precisar recorrer à minha bolsa...

– Vou recorrer, garanto-lhe, mesmo que só para ver a que profundidade se pode mergulhar nela.

– Então – perguntou René –, que hora lhe convém, meu caro comandante?

– Agora mesmo, se quiser – respondeu Surcouf, pulando da cama.

Dez minutos depois, os dois companheiros desciam a rua principal, seguiam pelo cais do Cão de Chumbo e entravam na loja do maior construtor de navios de porto Luís.

Surcouf era quase tão conhecido em porto Luís como em Saint-Malo.

– Ah! – exclamou o construtor. – É o caro sr. Surcouf.

– Sim, senhor Raimbaut, e trago-lhe um bom negócio, acho.

Surcouf mostrou ao construtor a chalupa de René, que balançava diante do Buraco Fanfarrão.

– Veja – disse ele –, aquela é a chalupa de um dos meus amigos, que seria preciso reformar externamente e, por dentro, se tornar algo magnífico; pensei no senhor, e trouxe aqui o meu amigo.

O construtor agradeceu a Surcouf, saiu, olhou para o navio protegendo os olhos com a mão.

– Preciso ver de perto – disse.

– Nada mais fácil – respondeu René.

E gritou para um marujo que se achava no convés do navio:

– Ei! Ô da chalupa! Tragam um bote para cá.

No mesmo instante, o bote deslizou para a cábrea, dois marujos se deixaram cair dentro dele e acostaram aos pés de Surcouf; num instante, os três homens entraram no bote e este abordou a chalupa. Como se estivesse a bordo do seu próprio navio, Surcouf subiu primeiro, e depois dele René, transformado em armador, e por fim o sr. Raimbaut, o construtor.

O sr. Raimbaut pegou sua toesa, mediu todas as partes do navio, e perguntou a René que mudanças ele desejava. Não havia nada a mudar, somente a embelezar; a divisão do seu apartamento oferecia dois quartos pequenos à frente, perto da escotilha, pela qual se descia, depois uma sala de jantar, e finalmente um quarto de dormir grande, com duas camas, que ocupava toda a parte de trás. Esse quarto podia ser dividido por uma cortina que corria num varão.

– Essa peça, senhor Raimbaut – disse René –, precisa de uns lambris de madeira de teca; acaju será suficiente para os dois quartos da frente; quero a sala de jantar em ébano, com filetes de ouro, e todos os ornamentos em cobre não dourado para que possam ser limpos todo dia. Faça o seu orçamento, o sr. Surcouf discutirá os preços com o senhor; preciso do navio pronto para partir em quinze dias; metade será paga hoje, e metade na entrega.

– Espero que tudo tenha sido dito, sr. Raimbaut – disse Surcouf.

– E bem dito, até demais – respondeu o construtor –, já que temos trabalho para um mês.

– Isso não é problema meu – respondeu René. – Preciso da chalupa para daqui a quinze dias e, quanto ao preço que vai custar, vamos deixar o senhor fazendo suas contas e subir, com o sr. Surcouf, para o convés.

Mal tinham chegado ao convés da pequena embarcação, avistaram um carro parando em frente ao *Standard*; duas moças desceram, chamaram um bote e subiram a bordo da presa de Surcouf.

– Ora essa! – disse Surcouf. – Quem serão essas senhoras que vêm nos visitar assim tão cedo pela manhã?

– Não as reconhece? – perguntou René.

– Não – disse Surcouf.

– São as srtas. de Sainte-Hermine vindo rezar junto ao caixão do pai; não vamos perturbá-las nesse piedoso dever; quando voltarem para o convés, apresentaremos os nossos cumprimentos.

Eles aguardaram alguns minutos; depois, como a chalupa estivesse amarrada rente ao cais, pularam do barco para o molhe, foram até o *Standard*, fizeram um sinal ao bote que conduzira as moças para que viesse buscá-los e subiram a escada de estibordo.

Quando estavam chegando ao convés, um marujo que tomava banho de mar gritou:

– Socorro! Acudam, companheiros! Um tubarão!

Todos os olhares se voltaram para aquele lado; ele vinha nadando na direção do navio e, atrás dele, em seu rastro, avistava-se, cortando velozmente as águas, a nadadeira do esqualo.

Gritos de "Coragem! Espere! Estamos indo!" ressoaram; mas, com um gesto imperativo, René gritou:

– Que ninguém se mova; eu cuido de tudo!

Nisso, as senhoritas de Sainte-Hermine, atraídas pelos gritos, vinham subindo para o convés; viram René levar a mão ao peito, para conferir se o punhal que ele costumava trazer, pendurado a uma corrente de prata, estava mesmo ali, tirar o paletó e o colete e, subindo na amurada, lançar-se ao mar, gritando:

– Coragem, companheiro, continue nadando!

Jane ficou muito pálida e deu um grito; Hélène, arrastando-a atrás de si, quase chegou ao tombadilho, onde Surcouf lhe estendia a mão.

Chegaram bem a tempo de ver René voltar à superfície; segurava o punhal entre os dentes, mergulhou uma segunda vez e reapareceu entre o marujo e o tubarão, a apenas três metros do monstro. Finalmente, pela terceira vez, desapareceu na direção do animal. De súbito, este teve um movimento convulsivo, batendo na água com a cauda como se sentisse uma dor intensa; depois, em toda a sua volta, a água se tingiu de sangue. Um imenso grito de alegria ecoou pela tripulação. René reapareceu um metro atrás do tubarão, mas só pelo tempo de respirar; acabava de sumir quando o tubarão novamente bateu a água com a cauda, virou-se de costas numa das suas convulsões e mostrou a barriga branca, aberta num comprimento de um metro.

Enquanto isso, os marujos, sem esperar a ordem ou a opinião de ninguém, puseram um bote no mar e avançavam a fortes remadas na direção de René, que devolvera o punhal à bainha e, deixando o tubarão, cego de dor, nadava na direção do navio. No caminho, deparou com o bote; dois marujos lhe estenderam a mão, ajudaram-no a sair da água e, segurando-o pela cintura, abraçaram-no agitando o chapéu no ar e gritando: "Viva René!".

O mesmo grito foi repetido por todos, dos marujos do *Standard* até as duas moças, que agitavam seus lenços.

Quanto ao imprudente marujo que tomara um banho de mar apesar do conselho de todos os seus colegas, subiu a bordo por uma corda que lhe jogaram.

O aparecimento de René no convés do *Standard* foi um triunfo. Houvera decerto, até então, certo sentimento de inveja, por parte de seus colegas, em relação àquele moço rico, bonito, culto, cuja superioridade se manifestava em tudo e sobre todos; mas quando o viram arriscar a vida por um pobre-diabo como eles, o entusiasmo não teve mais limites e a inveja cedeu lugar à admiração e à gratidão.

Quanto a ele, tratou de se furtar daquela apoteose e correu para o tombadilho, onde encontrou Hélène, com lágrimas nos olhos, dando para respirar uns sais a Jane, meio desfalecida, enquanto Surcouf lhe batia nas mãos.

Quando se aproximou, Jane agarrou-lhe a mão, beijou-a e, dando um grito, escondeu-se no peito da irmã.

– Puxa! – disse Surcouf. – Você deve ter o diabo no corpo, ou então estar cansado da vida, para fazer o tempo todo esse tipo de coisa!

– Meu caro comandante – respondeu René –, eu tinha ouvido dizer que os negros de Gondar, quando atacados por um tubarão, mergulhavam, passavam por baixo dele e lhe abriam a barriga com uma faca; quis ver se era mesmo verdade.

Nisso, o sr. Raimbaut, que andara fazendo as suas contas e, como um verdadeiro negociante, não havia percebido nada, subiu até o tombadilho e apresentou um papel a René.

Este foi direto até o total, que era de oito mil e quinhentos francos, e passou o papel para Surcouf.

Enquanto as duas irmãs, especialmente Jane, olhavam para René com um espanto que não conseguiam assimilar, Surcouf analisava a fatura do sr. Raimbaut com a maior atenção.

Passando então o papel para René:

– Tirando quinhentos francos – disse ele –, o total fica razoável.

– Mas a chalupa vai ficar pronta em quinze dias? – perguntou René.

– Eu me comprometo – respondeu o sr. Raimbaut.

– Dê-me o seu lápis, senhor – disse René.

Mestre Raimbaut passou-lhe o lápis. René escreveu atrás da fatura:

> À vista, o sr. Rondeau pagará ao sr. Raimbaut a quantia de quatro mil francos, e a quinze dias a partir desta data, se a chalupa estiver pronta, mais quatro mil e quinhentos francos.

Surcouf o interrompeu com um gesto; mas René não o levou em conta, e continuou:

> Os quinhentos francos serão distribuídos como gratificação aos operários.
>
> *René*,
> marujo a bordo do *Standard*.

LXIII
O TUTOR

O carro levou o capitão Surcouf, o marujo René e as duas irmãs de volta ao Hôtel des Étrangers. Duas horas depois, o empregado do hotel veio perguntar a René se ele aceitava receber as srtas. de Sainte-Hermine, ou se preferia subir aos aposentos delas.

René julgou mais conveniente ele subir aos aposentos delas do que elas descerem até os seus.

O empregado, portanto, ao subir de volta, anunciou que o sr. René o acompanhava. As duas moças o receberam, visivelmente sem jeito.

– Acho que é a mim – disse Hélène, sorrindo –, na qualidade de mais velha, que cabe tomar a palavra.

– Permita que me sinta surpreso com tanta cerimônia, senhorita.

– Deveria dizer tristeza, em vez de cerimônia: há de convir que a situação de duas órfãs a três mil léguas do seu país, levando consigo o cadáver do pai, e ainda tendo pela frente mil ou mil e duzentas léguas por fazer, não tem nada de alegre.

– As senhoritas são órfãs, isso é verdade – disse René –, têm mil léguas pela frente, também é verdade; mas têm um irmão fiel e respeitoso que prometeu velar pelas duas e vai manter pontualmente a sua palavra. Eu até supunha que já estivesse combinado que as senhoritas não se preocupariam com mais nada, e me deixariam o cuidado de velar por sua segurança.

– Foi o que fez até agora – disse Hélène –, mas não podemos abusar mais da extrema bondade de que nos deu mostras até o momento.

– Eu pensava já ter obtido o favor de cuidar das senhoritas até Rangum, ou seja, até que chegassem ao seu estabelecimento, e em conseqüência tomei algumas medidas; mas, se preferirem rejeitar o tutor que Surcouf escolheu para as senhoritas, estou pronto a pedir demissão desse glorioso título. Ficaria feliz se fosse o escolhido, mas ficaria desesperado se isso fosse uma imposição.

– Oh! Senhor René!... – disse Jane.

– É claro que ficaríamos felizes – interrompeu sua irmã – de nos sentir aos cuidados de um homem tão bom, tão grande e tão corajoso; mas não convém seqüestrá-lo assim para o nosso proveito. Tudo o que pedimos é que nos recomende a algum capitão que esteja de partida para o império dos birmaneses; ele nos deixaria num ponto da costa onde pudéssemos contratar uma escolta que nos levasse até o rio Pegu.

– Se prefere assim, em vez do que lhe proponho, senhorita, não tenho nenhum direito de insistir, e a partir deste momento, para o meu grande pesar, diria inclusive para a minha profunda tristeza, renuncio ao projeto que venho acalentando desde o dia em que as vi, e que, nos últimos dois meses, me acalentou com sonhos felizes. Pensem bem; vou esperar por suas ordens e agirei em conseqüência.

René se levantou, pegou o chapéu e preparou-se para cumprimentar as duas irmãs.

Mas, num movimento irrefletido, Jane se colocou entre ele e a porta.

– Ah! Senhor – disse ela –, Deus nos guarde de achar que somos ingratas a ponto de não reconhecer amplamente o que já fez e tudo o que ainda quer fazer por nós, mas minha irmã e eu estamos um tanto assustadas com o montante de dívidas que estamos contraindo com um estranho.

– Um estranho! – repetiu René. – É mais cruel que a sua irmã, senhorita: ela não ousou pronunciar essa palavra.

Jane se desculpou.

– Meu Deus! – disse. – Como é difícil para uma moça, uma menina da minha idade, que sempre teve um pai ou uma mãe para pensar por ela, expressar uma opinião! Oh! Mesmo que minha irmã me censure, não vou deixar que se afaste de nós com uma opinião tão ruim sobre os nossos sentimentos.

– Mas, Jane – disse Hélène –, este senhor sabe perfeitamente...

– Não, Hélène – disse Jane. – Não, este senhor não sabe de nada; percebi, há pouco, pelo modo como se levantou para se despedir, pelo tom alterado da sua voz quando se ofereceu para nos colocar sob a guarda de outra pessoa.

– Jane! Jane! – repetiu Hélène.

— Oh! Que ele pense o que bem entender – exclamou Jane –, desde que não pense que se trata de ingratidão! – E, voltando-se para René: – Não, senhor – disse ela –, as conveniências sociais falam pela boca da minha irmã, a verdade vai falar pela minha. Então, esta é a verdade: minha irmã receia, pois não é a primeira vez que discutimos esta questão, minha irmã receia que uma ausência de dois meses lhe seja prejudicial perante o sr. Surcouf; receia que seus interesses sejam prejudicados por sua bondade; ela preferiria que perdêssemos nossa fortuna inteira a vê-lo perder uma promoção tão merecida por tantos motivos.

— Deixe primeiro que eu responda a esses receios da srta. Hélène. Foi o próprio sr. Surcouf quem me nomeou seu tutor, enquanto meu coração fazia de mim seu irmão; foi encorajado por ele que comprei a pequena chalupa que vai conduzi-las a Rangum, a qual, pertencendo a uma nação neutra, não irá expô-las aos perigos que vivenciaram no *Standard*. Puderam ver que, diante das senhoritas, o sr. Surcouf acertou esta manhã o preço das melhorias que mandei efetuar na minha chalupa. Em nenhuma embarcação, qualquer que seja sua tonelagem, as senhoritas se sentirão tão à vontade, tão em casa, como a bordo do *Coureur de New York*.

— Mas – Hélène observou, timidamente – será que podemos permitir que, para oferecer algumas facilidades à nossa viagem, o senhor gaste uma quantia de oito ou dez mil francos a mais do que teria gasto se não fôssemos suas passageiras?

— Está enganada, senhorita – insistiu René –, não são as senhoritas que estão indo para as Índias, sou eu. Conhecer a ilha de França ou a ilha de Reunião não é o mesmo que conhecer a Índia. Sou um caçador apaixonado; prometi a mim mesmo caçar a pantera, o tigre e o elefante; cumpro a minha palavra, só isso. Quer aceitem, quer não, a proposta que lhes faço de levá-las até o seu estabelecimento, irei pessoalmente à Índia. As margens do rio Pegu são, segundo afirmam, um dos cantões mais abundantes em tigres e panteras de todo o reino dos birmaneses. Além do que, permitam que lhes diga, caras irmãs, que, chegando lá, ainda terão de cumprir uma última e dolorosa tarefa. Até o momento, foi a mim que encarregaram dessa piedosa função; será que não vão me conceder o triste consolo de concluir o que comecei, e vão me furtar, pelo resto da vida, apartando-me assim antes da hora, uma das recordações que me seriam mais caras?

Jane, enquanto isso, com as mãos juntas, lágrimas nos olhos, suplicava com mais eloquência por seus gestos do que René por suas palavras, de modo que quando Hélène, já não conseguindo resistir, estendeu-lhe a mão, agarrou a mão que a irmã estendia a René e beijou-a apaixonadamente.

– Jane! Jane! – murmurou Hélène.

Jane baixou os olhos e deixou-se cair na cadeira.

– Continuar rejeitando um oferecimento tão sincero – disse Hélène – seria quase que um ultraje à amizade; aceitamos, portanto, e prometemos guardar a vida inteira a lembrança de sua fraterna proteção.

Hélène levantou-se e inclinou-se mansamente diante de René, significando que sua visita já se estendera o suficiente.

René, por sua vez, cumprimentou e saiu.

A partir desse instante, René teve uma única preocupação: deixar o *Coureur de New York* em condições de lançar-se ao mar. Em troca de seus velhos canhões de ferro fundido, Surcouf lhe ofereceu cinco canhões de cobre do *Standard*.

Quinze homens eram suficientes para manobrar a chalupa, e as duas tripulações, do *Standard* e do *Revenant*, se ofereceram espontaneamente, com a permissão de Surcouf, é claro, para completar a sua tripulação.

Infelizmente, era impossível constituir com franceses a tripulação de um navio americano: ele contratou dez americanos e escolheu, entre as duas tripulações de Surcouf, cinco homens que falavam inglês. Surcouf, além disso, deu-lhe como piloto seu mestre de tripulação, Kernoch, que, já tendo estado duas vezes nas embocaduras do Ganges, conhecia aquela navegação; além do que, como os marujos quisessem oferecer a René uma prova de sua gratidão, primeiro por sua generosidade na hora da partida e depois por seu envolvimento no episódio do tubarão, descobriram, no melhor armeiro de porto Luís, um fuzil inglês de canos raiados; sabiam da intenção de René de caçar tigres ou panteras, sabiam também que René só possuía, para essa caça, uma carabina de um tiro ou um fuzil comum; compraram o fuzil repartindo os custos e, na véspera da partida, vieram presenteá-lo.

Haviam mandado gravar no cano: "Presente dos marujos de Surcouf ao seu corajoso colega René".

Nada teria sido mais do agrado do jovem marujo do que aquele presente! Já se recriminara mais de uma vez por não ter tomado a precaução de se armar devidamente e, no momento de deixar a ilha de França, o fuzil tão oportuno vinha, a um só tempo, completar seu armamento e satisfazer seu orgulho.

No dia combinado, mestre Raimbaut entregava a René o navio decorado com perfeito bom-gosto. As madeiras da ilha de França são tão esplêndidas que se bastam como ornamento. Os quartos das duas moças, cuja mobília o próprio René escolhera, eram maravilhas de bom-gosto e elegância; as duas moças não precisaram se preocupar com o que quer que fosse; o caixão de seu pai fora transportado do *Standard* para o *Coureur de New York* e depositado numa pequena capela toda forrada de preto. Só então René subiu aos aposentos de Hélène e Jane e avisou-as de que só estava esperando suas ordens para fazer-se à vela. Elas, por sua vez, estavam prontas para partir; encomendaram uma missa solene pelos mortos, em seguida da qual iriam almoçar a bordo do *Coureur de New York* e, depois do almoço, se fariam à vela. No dia seguinte, às dez da manhã, as duas moças entravam na igreja, conduzidas por Surcouf e, como era sabido que a missa era celebrada pelo antigo capitão de um navio francês, todas as autoridades da ilha de França, todos os capitães, todos os oficiais, todos os marinheiros dos navios em estada ou de passagem por porto Luís, assistiram àquele ofício, mais militar que civil.

Uma hora mais tarde, as duas moças, sempre conduzidas por Surcouf e René, desceram a pé rumo ao porto.

Em nome das duas passageiras, René convidara para o almoço Surcouf, Bléas e Kernoch. Todas as embarcações ancoradas no porto estavam enfeitadas como para uma festa, e o *Coureur de New York*, a menor e mais elegante de todas, suspendera em seu único mastro, de duas vergas, e em seu pico todas as flâmulas que tinha a bordo. O almoço foi triste, embora todos se esforçassem para parecer alegres e, por ordem do general Decaen, governador da ilha, a banda da guarnição tocasse, no cais, todos os hinos nacionais.

Finalmente, chegou a hora da partida; ergueram um derradeiro brinde em homenagem a René e a suas lindas passageiras; Surcouf beijou as mãos que lhe estenderam as duas órfãs, abraçou René, e um tiro de canhão deu o sinal da partida.

Então, o *Coureur de New York* pôs-se em movimento, rebocado pelos dois botes do *Standard* e do *Revenant*, que queriam prestar esse último favor ao seu colega; botes e navio acompanharam a sinuosidade do porto enquanto a população os acompanhava pelo cais, tanto quanto lhe foi possível.

À altura do canal da Besta, a mil pés somente, os botes se detiveram. Desde a partida, a chalupa já aparelhara totalmente, de modo que só restava entregar suas velas ao vento. Enquanto puxava seus cabos de volta, os marujos dos dois botes, cumprimentando-o com um derradeiro brinde, gritavam: "A uma feliz viagem para o capitão René e as senhoritas de Sainte-Hermine!".

O navio margeou a baía do Túmulo e sumiu por trás da ponta dos Canhoneiros.

Seu rastro, havia tempos, já se apagara.

LXIV
OS PIRATAS MALAIOS

Depois de seis dias de boa navegação, durante os quais não cruzaram com nenhuma embarcação, tornaram a atravessar a linha. A única coisa que perturbava as lindas viajantes era o calor incrível que fazia dentro da embarcação. Mas René mandara instalar duas banheiras no quarto das passageiras e, graças a esse cuidado, elas atravessavam sem muito sofrimento as horas mais quentes do dia.

À tardinha, subiam até o convés; a brisa refrescava, e as horas frescas, deliciosas de brisa e aromas marinhos, sucediam às horas ardentes. Então, arrumavam a mesa no convés e, graças às manhas de cada um para conseguir peixe fresco, graças à facilidade que tiveram para se aprovisionar nas ilhas Seychelles e Maldivas, dispunham de frutas e mantimentos tão frescos quanto em terra.

Começavam então os magníficos espetáculos do entardecer e da noite naquelas ardentes latitudes. Os ocasos são esplêndidos nos mares da Índia. E, mal o globo desaparece no oceano, dá a impressão de ressurgir em forma de pó e, feito areia dourada, espalhar-se pela praia azul do céu.

O mar, por sua vez, atrai todos os olhares e oferece um espetáculo não menos curioso que o restante da criação.

A estada a bordo no meio do oceano não é tão triste como em geral se costuma imaginar; o hábito de olhar para a água desvenda uma série de maravilhas imperceptíveis aos olhos que não se exercitaram a tanto; o estudo dos seres incontáveis que formigam no fundo do mar e vêm, vez ou outra, respirar na superfície sua prodigiosa quantidade, a variedade de suas formas, de suas cores, de sua organização, de seus hábitos, oferecem ao viajante um vasto campo de observação e pesquisa.

Até então haviam andado a uma brisa suave, quando, por volta das oito da noite, estando a lua clara e bastante elevada, estando o céu puro e sereno, nuvens surgiram de repente no horizonte, atingindo rapidamente a alta região da atmosfera. Logo, o céu já não passava de uma pedreira negra e profunda; a lua, velada por nuvens assustadoras, em vão lutava contra elas. De tempos em tempos, uma porção desse véu sombrio se rasgava, e deixava passar uns raios que se apagavam em seguida. Outras nuvens, cor de cobre esverdeado, eram riscadas por relâmpagos; algumas gotas de água, do tamanho de moedas de cinco francos, caíam de vez em quando sobre o navio. O trovão fazia-se ouvir ao longe; o céu cobriu-se de todos os lados; a escuridão tornou-se profunda, o vento soprou com fúria, as trevas tornaram-se, por assim dizer, palpáveis, e a marcha do navio fez-se rápida como nunca.

De súbito, avistaram na dianteira do navio algo que lembrava uma echarpe prateada jogada na superfície do mar; rapidamente alcançaram aquele clarão e reconheceram então uma quantidade de animais, especialmente medusas, violentamente levantados pelas águas; outros, que nadavam em diferentes profundidades, apareciam de forma não só diferentes, como opostas; os que se viam na superfície das ondas rolavam feito cilindros de fogo, outros que nadavam mais ao fundo pareciam serpentes de cinco ou seis pés de comprimento; a cada movimento alternativo de contração e dilatação, faziam jorrar fachos de luz, e o animal inteiro parecia pegar fogo; mas vinha o momento de perderem sua fosforescência e, à medida que a perdiam, passavam por tons mais ligeiros, como o vermelho, o aurora, o alaranjado, o verde e o azul-celeste, para chegarem a um admirável tom de alga marinha. Ao ver o interesse das passageiras pelo espetáculo, René conseguiu pescar vários deles, colocou-os num bocal cheio de água do mar; um deles, sozinho, espalhava tamanha luminosidade que seria possível, àquela luz, escrever e ler uma noite inteira.

Toda noite, sentado no tombadilho ou à janela do quarto das senhoras, ele passava horas inteiras observando aquelas massas de ouro e prata se movimentarem em todos os sentidos nas profundezas do mar. Seu brilho era proporcionalmente mais intenso num mar mais agitado e numa noite mais escura; distinguiam-se então corpos moventes de prodigiosa dimensão, dos quais alguns não tinham menos de quinze a vinte pés de diâmetro.

À luz daqueles fósforos rolantes, distinguiam-se os mais diversos animais, especialmente os dourados e os bonitos, privados dessa propriedade luminosa;

apresentavam massas enormes nadando no meio daquele mar de aspecto incendiado. O choque causado pelo rastro do navio deixava longe para trás um vinco de fogo. A chalupa já não era uma embarcação cobrindo as águas divididas por sua massa, era uma charrua arando uma terra de lava, de cujo seio cada corte da relha fazia jorrar feixes de fogo.

Depois de onze dias navegando, chegavam à altura das Maldivas quando, por um fraco vento de sudeste, por volta das seis da manhã, ouviram o marujo de vigia gritar: "Ei, ei! Uma piroga!". A esse grito, Kernoch precipitou-se para o convés, onde encontrou René caminhando com uma luneta de aproximação nas mãos.

– Onde? – perguntou Kernoch ao marujo.

– Contra o vento.

– Com balanceiro, sem balanceiro?

– Com balanceiro.

– Está tudo em condições? – perguntou Kernoch, virando-se para o mestre de tripulação.

– Sim, meu comandante – respondeu este.

– Os canhões estão carregados?

– Sim, meu comandante, três com balas, três com metralha.

– E a peça de caça?

– O mestre canhoneiro está esperando suas ordens.

– Um terço a mais que a carga habitual, e vinte e quatro libras de balas. Mande subir as caixas de fuzis para o convés.

– Ah! Ah! Mestre Kernoch – perguntou René –, que diabo de mosca o mordeu?

– Pode me emprestar sua luneta, senhor René?

– Sim, claro – disse René, estendendo a luneta. – É uma excelente luneta inglesa.

Kernoch apontou-a para a piroga.

– É, acho que sim! – disse ele. – Deve estar ocupada por sete ou oito homens.

– E esse brinquedinho o preocupa, Kernoch?

– Não exatamente; mas quando vejo uma rêmora, não é a rêmora que me preocupa, e sim o tubarão.

– E essa rêmora seria o piloto de que tubarão?

— Algum *praw* indiano que não acharia nada mal se apoderar de um bonito navio feito o *Coureur de New York*, e exigir alguns milhares de rúpias pelo resgate das nossas lindas viajantes.

— Mas acho — disse René —, que Deus me perdoe, que essa piroga de balanceiro, ou sem balanceiro, está vindo em nossa direção.

— Não está enganado.

— O que ela quer?

— Quer nos reconhecer, contar quantos canhões temos, conferir o número de homens, ver, enfim, se somos de fácil ou difícil digestão.

— Ah, diachos! Mas sabe que daqui a cinco minutos esta piroga vai estar ao alcance de uma carabina?

— Sim, e acho que se o senhor quiser dizer bom-dia a ela, não há tempo a perder, vamos buscar os fuzis.

René chamou um marujo parisiense, que tratava de seus serviços pessoais e a bordo era chamado apenas de Parisiense.

Como todos que um dia foram garotos na boa cidade de Paris, François era bom em tudo, sabia um pouco de tudo e não tinha medo de nada; dançava a giga de um jeito que matava de rir os próprios americanos, praticava o boxe francês e, se necessário, manejava o florete.

— François — disse René —, vá buscar, no meu quarto, a minha carabina, meu fuzil raiado de dois tiros e minhas pistolas de dois tiros; traga pólvora e balas para todos esses calibres.

— Vamos bater um papo com os pretinhos, meu comandante? — perguntou François.

— Receio que sim — disse René. — Você que sabe todas as línguas, Parisiense, por acaso não sabe o malaio?

— Não, não sei.

E desceu pela escotilha dianteira, assobiando: "Cuidemos da salvação do Império"[1].

François era bonapartista convicto e sua grande humilhação era estar no meio de ingleses; pedira uma explicação a esse respeito, mas o patrão dissera que não era assunto dele, e a resposta lhe bastara. Voltou cinco minutos depois com

---

1. Melodia da ópera de Dalayrac, *Renaud d'Ast* (1787), que ganha letra política em 1791, assinada por Ad. S. Boy.

os objetos solicitados e, como a piroga continuou a se aproximar rapidamente, René pôs-se depressa a carregar a carabina; o fuzil raiado estava carregado de balas, e também as pistolas.

A carabina, admirável arma de Lepage, tinha um alcance fabuloso para aquela época: podia matar um homem a setecentos ou oitocentos passos.

René enfiou as duas pistolas no cinto, pegou a carabina e pediu que François segurasse o seu fuzil.

A piroga continuava avançando; já não estava a mais de duzentos passos atrás deles.

René pegou o porta-voz das mãos de Kernoch.

— Ei, vocês! — gritou em inglês. — Baixem o pavilhão para o *Coureur de New York*.

Como resposta, um homem da piroga subiu na amurada e fez um gesto indecente.

René deslizou o cano da carabina na mão esquerda, apontou e, praticamente sem mirar, fez fogo.

O homem deu um salto e caiu no mar.

A tripulação da piroga lançou gritos de raiva e ameaças de morte.

— Kernoch — disse René —, conhece Rômulo?

— Não, senhor René. Esse Rômulo era de Saint-Malo? — inquiriu Kernoch.

— Não, meu caro Kernoch, o que não impedia que fosse um grande homem e, como todo grande homem, tivesse a mão meio ligeira. Um belo dia, num gesto de fúria, matou seu irmão. Ora, como é um grande crime matar o próprio irmão e um crime nunca fica impune, um dia em que ele passava uma revista, rebentou uma violenta tempestade, e ele desapareceu na tormenta!... Pegue a sua formosa, mire com a peça de caça, e que a piroga desapareça feito Rômulo.

— Canhoneiros de caça! — gritou Kernoch — Preparados?

— Sim — responderam.

— Então, quando a piroga estiver na mira, fogo!

— Esperem! — gritou René. — François, avise as senhoras para que não se assustem; diga que estamos testando os canhões.

François sumiu pela escotilha e ressurgiu uns minutos depois.

— Disseram que está tudo certo e que, com o senhor, nunca sentiram medo.

A peça de vinte e quatro, que estava apontada, acompanhara o movimento da piroga e fizera fogo à distância de apenas duzentos passos.

Dava a impressão de que a ordem de René fora seguida ao pé da letra. No lugar onde ela estava, viam-se apenas destroços de madeira flutuando e homens em agonia que foram sumindo aos poucos, puxados para baixo pelos tubarões.

Nisso, o marujo de vigia gritou:

– O *praw*!

– Onde? – perguntou Kernoch.

– Contra o vento.

De fato, avistava-se, qual serpente, estender-se uma imensa piroga de sessenta pés de comprimento por quatro ou cinco de largura. Contavam-se trinta remadores e quarenta e cinco combatentes, sem contar os que decerto estavam deitados de bruços no fundo.

Mal saiu do estreito, o *praw* aproou para a chalupa.

– Estão preparados, aí? – perguntou Kernoch.

– Esperando as suas ordens, comandante – respondeu o chefe de canhão.

– Um terço de carga a mais e vinte e quatro libras de balas.

E, como o vento se erguesse, facilitando a manobra:

– Fiquem prontos para virar quando eu der a ordem – disse Kernoch.

– Sempre a mesma rota? – perguntou o mestre de tripulação.

– Sim, mas reduzam a marcha, não podemos dar a impressão de estar fugindo diante de tão míseros inimigos.

Meteram as velas nos primeiros rizes, e a chalupa perdeu um terço da velocidade.

– Garante que pode fazer o barco virar? – gritou Kernoch ao mestre de tripulação.

– Vai virar feito um pião, fique tranqüilo, comandante.

Começavam a distinguir os homens. O chefe estava em pé na proa curvada e fazia, com o fuzil, gestos ameaçadores.

– Não vai lhe dizer duas palavrinhas, senhor René? – perguntou Kernoch. – Esse homem tem um jeito que não poderia ser mais desagradável.

– Deixe-o avançar um pouco mais, caro Kernoch, para não perdermos o nosso prestígio. Com gente assim, todo tiro tem de acertar. François, mande trazer as lanças para o convés a fim de rechaçar a abordagem.

François desceu pela escotilha e voltou com dois marujos, carregando uma braçada de lanças. Estas foram dispostas a estibordo da embarcação, ou seja, do lado em que deveriam abordar os piratas.

– Mande dois homens para o cesto de gávea, com bacamartes, meu caro Kernoch – disse René.

A ordem foi imediatamente executada.

– Kernoch – disse René –, repare na cambalhota que aquele homem vai dar.

E soltou um tiro de carabina.

De fato, o homem que estava em pé, e que provavelmente era um chefe, estendeu os braços, soltou o fuzil e caiu para trás. Recebera a bala em cheio no peito.

– Parabéns, caro senhor René; também quero preparar para eles uma surpresa que não estão esperando.

René passou a carabina a François, para que este a recarregasse.

Kernoch disse duas palavras, baixinho, aos dois homens mais fortes da tripulação e, em voz alta:

– Preparar para virar! – gritou para o timoneiro-chefe.

E, abandonando por um instante o seu posto de líder, foi falar com o chefe da peça de caça:

– Escute bem, e entenda bem, Valter – disse-lhe –, vamos virar de bordo.

– Sim, comandante.

– Vai haver um momento em que a peça vai enfileirar de ponta a ponta; aproveite. Vai ser um segundo só; mande fogo.

– Ah! Sim, entendi – disse o atirador. – Ah! Muito esperto, esse senhor Kernoch, hein!

Um terceiro homem subira na proa, um terceiro tiro de fuzil despachou-o para as profundezas do mar. Enquanto isso, a chalupa preparava a sua guinada.

De súbito, uma segunda descarga se fez ouvir e, de uma ponta a outra do *praw*, viam-se homens caindo, ceifados feito espigas.

– Parabéns – disse René. E em inglês: – Hei! Hei! – gritou. – Mais um golpe como esse, mestre Kernoch, e vai estar tudo resolvido.

Fizera-se, com efeito, uma imensa confusão a bordo do *praw*. Mais de trinta homens haviam sido derrubados no fundo do barco. Apressavam-se em jogar os mortos ao mar e se pôr em condições de prosseguir a luta.

Um momento depois, uma chuva de balas e flechas desabou sobre a chalupa, mas sem causar grandes danos. Cerca de vinte remadores voltaram para os seus bancos e o *praw* continuou a avançar.

Entretanto, Kernoch ajustara sua máquina, e a surpresa que preparava para os malaios estava pronta. Eram quatro balas de vinte e quatro, enroladas numa rede e penduradas na ponta da verga de mezena de estibordo. A máquina operava à maneira de um pilão que caía de cima para baixo.

O *praw* se encontrava a mais ou menos cem passos da chalupa e, graças ao movimento que efetuara, chegava pelo través.

– Fogo de estibordo! – gritou Kernoch.

As três caronadas de dezesseis, carregadas de metralha, explodiram ao mesmo tempo e abriram três rombos no meio dos remadores e no meio dos que sobreviveram.

Mestre Kernoch considerou que era hora de encerrar, e gritou para o timoneiro:

– Deixe vir.

A distância que então separava a chalupa do *praw* cobriu-se rapidamente em meio a um terrível fogo de mosquetaria; depois, ouviu-se um assobio: as balas encerradas na rede caíram com todo o peso em cima do *praw*, que quebrou feito um jacaré a quem tivessem rompido a espinha. Quarenta ou cinqüenta sobreviventes caíram no mar e, sem salvação além da abordagem, agarravam-se a tudo o que podiam.

Ali começou, verdadeiramente, o combate, terrível, encarniçado, corpo-a-corpo. As lanças mergulharam por toda a volta da chalupa e a envolveram num cinturão de sangue.

De súbito, em meio ao barulho, René julgou ouvir gritos de mulheres. E, com efeito, pálidas, assustadas, descabeladas, Hélène e Jane se precipitaram para o convés.

Dois malaios haviam quebrado a janela, pulado para o quarto e agora as perseguiam de punhal na mão.

Jane atirou-se nos braços de René, gritando:

– Salve-me, René! Salve-me!

Ela ainda gritava quando os dois piratas rolaram, um sobre o convés, o outro pela escada.

René deixou Jane nos braços da irmã, descarregou os outros dois tiros de sua pistola em duas cabeças que apontavam à altura da amurada, apanhou uma lança, entregou as duas moças à guarda de François e voltou para o calor do combate.

LXV
A CHEGADA

O combate agonizava. Dos cem piratas que haviam atacado a chalupa, apenas dez haviam sobrevivido e estes, na maioria feridos, acabavam de ser mortos. Bastava deixar que o mar concluísse a obra do fogo.

– A toda vela! – gritou Kernoch. – Aproar para o norte!

Foi içada a agulha e o navio, dócil ao vento como um cavalo à espora, lançou-se na direção indicada pela bússola.

Alguns homens boiavam, agarrados aos destroços do *praw*, outros se debatiam, sem forças para alcançar algum pau, outros sumiam, puxados pelos tubarões para as profundezas do mar. Ainda estavam a mais de duzentas léguas da costa onde deviam abordar.

Kernoch ganhou as honras do dia. Graças à sua idéia, o *praw* fora partido ao meio e todos os homens haviam sido jogados ao mar. Quem sabe, se os sessenta homens tivessem tido um ponto de apoio para fazer a abordagem, o que não teria sido da chalupa.

René voltou para junto das moças, sentadas nos degraus da escadinha que levava ao tombadilho. Com os cabelos flutuando ao vento, a camisa rasgada pelos golpes de punhal, apoiado na lança banhada de sangue, parecia belo como um herói de Homero. Ao vê-lo, Jane deu um grito de alegria, que foi quase um grito de admiração. Braços estendidos para ele, exclamou:

– Pela segunda vez, foi o nosso salvador!

Mas, em vez de responder àquela iniciativa ingênua que pedia um abraço e um beijo, René tomou-lhe a mão e levou-a aos lábios.

Hélène levantou os olhos para ele, e a expressão de seu olhar agradeceu-lhe a reserva em relação à irmã.

— Minha gratidão – disse Hélène –, embora menos expressiva que a de Jane, não é menor que a dela, acredite. Deus é bom até no sofrimento que nos inflige; tira-nos um pai, mas nos dá em troca um irmão, um protetor, um amigo, como dizer, um homem, enfim, que põe até um limite à nossa gratidão quando essa gratidão lhe parece ir longe demais. O que teria sido de nós, sem o senhor?

— Outro teria me substituído – disse René. – Seria impossível Deus não enviar-lhes um apoio. Na minha falta, um anjo teria descido na terra para lhes servir de defensor.

Entretanto, François recolhera e reunira as armas de René e vinha entregá-las.

— Leve tudo isso de volta ao quarto, François – disse René. – Felizmente, não precisamos mais empregar esses míseros instrumentos de destruição.

— Ei! Ei! Senhor – disse o Parisiense –, não faça pouco deles: quando precisa usá-los, usa com entusiasmo. E ali estão dois sujeitos sendo jogados na água – apontou para os dois malaios que entraram no quarto das moças e as perseguiram até o convés – , esses aí sabem do que estou falando.

— Sejam rápidos, rapazes – gritou René para os marujos que limpavam o convés. – Sejam rápidos, e que não fique nenhuma gota de sangue nesse convés. O capitão Kernoch me autorizou a lhes dar três garrafas de araca para beber à saúde dele e dessas senhoras, e a lhes pagar um triplo soldo pelo dia de hoje. Senhoras, vamos subir ao tombadilho ou então descer para o seu quarto. No seu lugar, eu optaria por vir um instante até a coberta. Ou então aceitem ficar com meu quarto até que seja possível voltar para o seu.

— Vamos até o tombadilho – disse Hélène.

Subiram os três e se sentaram com os olhos voltados para o mar. As obras de Deus quase sempre consolam mais que aquelas dos homens.

Os três puseram maquinalmente os olhos na vasta planície.

— E pensar – disse René, batendo na testa – que havia ali, há pouco, homens se decepando a facadas, punhaladas, espadadas, e por todos eles eu arriscaria a vida se estivessem em perigo a esta hora!

Hélène deu um suspiro e foi sentar-se num banco com Jane e René.

— Mas as senhoritas não têm – ele perguntou, sem transição – nenhum parente na França a quem eu possa dar notícias suas ao voltar e pedir que lhes mandem proteção?

— A história da nossa família é bastante triste: a morte, de repente, entrou em cena. Nossa tia foi a primeira a partir, antecedendo o marido, pai de três rapazes, e viu o primeiro ser fuzilado e o segundo, guilhotinado em circunstâncias terríveis; quanto ao terceiro, há um mistério que meu pai fez tudo o que pôde para desvendar, mas um véu veio encobrir essa jovem vida. Na mesma noite em que ia assinar seu contrato de casamento, desapareceu como um desses heróis lendários que somem no interior da terra e nunca mais são vistos.

– E vocês não conheceram esse rapaz? – perguntou René.

– Conhecemos, sim, lembro-me dele de quando éramos crianças: ele serviu algum tempo sob as ordens do meu pai, que era capitão de navio; era um menino encantador, quando estava usando o seu uniforme de piloto aprendiz, de punhal na cintura e chapéu de marinheiro na cabeça. Tinha então doze ou treze anos, e eu, seis ou sete. Minha irmã, mais moça que eu, conheceu-o menos. Meu pai – podemos falar sobre isso, já que tudo foi estraçalhado, já que tudo foi desfeito – tinha até a idéia de unir as duas famílias por laços ainda mais estreitos. Lembro que não só nos chamávamos por meu primo e minha prima, mas também por meu marido e minha esposa. São dessas miragens da infância que temos de esquecer, principalmente quando não há interesse em lembrar e o coração não esteve envolvido. Quando soubemos da desgraça que acontecera com ele, fizemos algumas buscas, em vão, e o meu pai dava o pobre rapaz como perdido. Depois vieram as grandes catástrofes da morte de Cadoudal, Pichegru e do duque de Enghien. Meu pai, desgostoso com a França, resolveu dar toda a sua atenção a essas quinze ou vinte léguas de terras que ele possuía do outro lado do mundo, e onde, diziam, bastava plantar arroz para fazer uma fortuna. Conhecemos em Londres sir James Asplay, que mora na Índia há sete ou oito anos, e que, estando numa guarnição de Calcutá, vem a ser nosso vizinho, como são os vizinhos na Índia, a duzentas ou trezentas léguas de distância um do outro. Ele estudou o solo indiano, sabe o que se pode tirar dele; é um grande caçador; sonha em criar um reino independente num círculo de sessenta léguas. Quanto a mim, sou como Hamlet, pouco ambiciosa, e fosse o meu reino do tamanho de uma casca de noz[1], eu ali estaria feliz, desde que minha irmã estivesse comigo.

Hélène puxou graciosamente a cabeça da irmã com o braço, e beijou-a ternamente.

---

1. Dumas, na sua adaptação do *Hamlet, príncipe da Dinamarca* (ato II, 3. parte, cena V), traduz Shakespeare do seguinte modo: "Moi! J'aurais pour empire une coquille de noix,/ Que je m'y trouverais, mon Dieu, le rois des rois.../ Si je n'y faisais pas parfois de mauvais rêves." [Tivesse eu como império uma casca de noz,/ Nele seria, Deus meu, rei dos reis.../ Se não tivesse, às vezes, pesadelos"].

René escutara todo aquele relato com profunda atenção; vez ou outra, escapava do seu peito um suspiro, como se ele também tivesse lembranças que o ligassem às lembranças da moça.

Então, ele se levantou, deu alguns passos, para lá e para cá, no tombadilho, e voltou a se sentar junto dela, cantarolando esta música de Chateaubriand, tão na moda naquele tempo:

> *Que doces lembranças tenho*
> *Do bonito cenário da minha infância!*
> *Minha irmã, que lindos dias eram aqueles*
> *Na França!*
> *Ó, seja minha terra os meus amores*
> *Para sempre.*[2*]

Cada um deles mergulhara num silêncio correspondente aos seus pensamentos, e sabe Deus quanto teria durado esse silêncio se François não tivesse vindo avisar que o almoço estava servido e, visto que durante o combate diversas avarias tinham ocorrido na sala de jantar, dessa vez almoçariam no quarto do sr. René.

As srtas. de Sainte-Hermine nunca haviam entrado naquele quarto; ficaram surpresas, ao entrar, por seu aspecto artístico. Excelente desenhista, René executara aquarelas de todas as belas paisagens, de todas as vistas notáveis que havia admirado. Entre duas dessas paisagens, havia um troféu de armas dos mais preciosos; e, em frente ao troféu de armas, um conjunto de instrumentos musicais. As duas irmãs, que eram musicistas, aproximaram-se com curiosidade. Entre os instrumentos, havia um violão, e Jane tocava violão. Hélène, por sua vez, era boa pianista, mas desde a morte do pai não tivera nem sequer a idéia de aproximar os dedos de um teclado, embora houvesse um no quarto de sua irmã, que também era seu.

Um novo vínculo ligava assim os viajantes, a música; havia um piano também no quarto de René, mas René tinha seu jeito próprio de tocar piano; nunca

---

2. Publicado em *Les Aventures du dernier Abencérage* (*Obras completas*, Paris, Ladvocat), vol. XVI, pp. 256-7.

* "Combien j'ai douce souvenance/ Du joli lieu de mon enfance!/ Ma soeur, qu'ils étaient beaux ces jours/ De France!/ Ô, mon pays sois mes amours/ Toujours." (Tradução literal.)

tocava aquelas peças barulhentas dos grandes mestres da época, e sim doces e lamentosas melodias que se harmonizavam com o que pensava seu coração: "Febre ardente"[3] de Grétry, "Último pensamento"[4] de Weber, porém, com mais freqüência, o piano não passava para ele de um eco que respondia às recordações desconhecidas de todo mundo, exceto dele. Então, sua mão encontrava acordes tão melodiosos que não se contentava em produzir sons, mas também falava uma linguagem.

Não raro, à noite, as duas irmãs haviam escutado em seu quarto frêmitos harmoniosos que haviam confundido com algum roçar dos cordames ou ao conjunto desses sons noturnos que os antigos viajantes atribuíam ao canto das divindades do mar; mas nunca teriam imaginado que aqueles suspiros de uma vaga, mas inesgotável, tristeza se originassem das mãos de um homem e do frio teclado de um piano. Depois do almoço, porém, para não ficarem no convés expostos aos raios ardentes do sol do Equador, permaneceram no quarto de René. Ele então mostrou às moças o piano, assim como os instrumentos pendurados na parede; mas, ao ver brotar uma lágrima nos olhos das moças, lembrou-se do cadáver do pai delas, que ele levava, com elas mesmas, para terras desconhecidas e repletas de perigos.

Então, ao piano, os dedos do rapaz despertaram a melancólica melodia que Weber acabara de compor em Viena. A música, assim como a poesia triste de André Chénier e Millevoye, fora recentemente lançada e começava a se espalhar naquele mundo novo, transtornado por revoluções, e que tinha tanto a chorar. Sem querer, mas levado pelo próprio sentimento da música, o canto ia se suavizando sob os seus dedos e, reduzido a simples acordes, tornava-se ainda mais doloroso.

Terminada a melodia de Weber, os dedos de René instintivamente continuaram a percorrer o instrumento, e então, das lembranças do compositor ele passou para as suas próprias. Era nessas improvisações, que não se ensinam, que a alma do rapaz brilhava por inteiro. Os que afirmam ler a música como quem lê um livro só viam ali como através das nuvens, que de um lindo vale ou de uma rica planície fazem um mundo desolado em que os riachos, em vez de murmurar, gemem, e as flores choram, em vez de perfumar. Aquela música era tão nova e,

---

3. Letra de Sedaine (em André Grétry, *Ricardo Coração de Leão*, comédia em três atos, 1784).
4. Divertimento de Carl Maria von Weber para piano e violino, que ganhou uma letra sentimental.

ao mesmo tempo, tão estranha para as moças que, sem perceber, lágrimas silenciosas escorriam por suas faces. Quando os dedos de René se detiveram, sem motivo para tal, já que acordes assim podiam durar eternamente, Jane levantou-se da cadeira e, ajoelhando-se diante de Hélène:

– Oh! Minha irmã – disse ela –, uma música assim não é doce e piedosa como uma oração?

Hélène respondeu apenas com um suspiro e apertou Jane suavemente contra o peito.

Era evidente que, de alguns dias para cá, as duas moças vinham vivendo uma vida nova e sensações das quais não podiam se dar conta.

Os dias transcorriam assim, sem que os três jovens os sentissem passar.

Certa manhã, o marujo de vigia gritou: "Terra!". Pelos cálculos de René, aquela terra devia ser a terra da Birmânia.

Um cálculo adicional confirmou sua hipótese.

Kernoch observava aqueles cálculos sem entender nada, e se perguntou como René, que nunca havia navegado, podia executar tão facilmente um trabalho que ele nunca pudera compreender.

Orientaram e aproaram para a embocadura do rio Pegu. A costa era tão baixa que se confundia com as ondas do mar.

Ao grito de: "Terra!", as duas irmãs haviam subido até o convés, onde encontraram René com a luneta na mão; ele a passou às duas moças, mas a vista delas, pouco habituada aos horizontes marítimos, de início só discerniu a extensão ilimitada do mar. No entanto, à medida que se aproximavam, viam surgir, feito ilhas, o topo de montanhas que a pureza do horizonte deixava reconhecer para além dos limites comuns da visão.

A embarcação ostentou então um novo pavilhão na ponta de seu mastro, e deu doze tiros de canhão, imediatamente repetidos pelo canhão do forte. Então, Kernoch pediu um piloto. Algum tempo depois, viram sair do rio de Rangum uma embarcação pequena trazendo o homem que ele pedira. Este subiu a bordo. Questionado sobre que língua falava, respondeu que não era nem de Pegu nem de Malaca, mas de Junchseylon; para evitar o tributo que pagava ao rei de Sião[5], refugiara-se em Rangum, onde tornara-se piloto: falava um inglês precário, de modo que René pôde interrogá-lo pessoalmente. Sua primeira pergunta foi para

---

5. Rama I (1782-1809).

saber se o rio Pegu era navegável para uma embarcação que possuía, como a dele, um calado de nove a dez pés.

O piloto, que se chamava Baca, respondeu que poderiam subir o rio por umas vinte léguas, ou seja, até uma espécie de estabelecimento de propriedade de um senhor francês. O estabelecimento, constituído de umas poucas choupanas apenas, tinha o nome de Rangoon House; não havia mais dúvidas, tratava-se da propriedade do visconde de Sainte-Hermine. A pequena embarcação passou por americana, mas foi submetida a um exame rigoroso: parecia-se tão pouco com os navios mercantes que vinham negociar na região que foram necessárias três visitas sucessivas para que finalmente obtivesse o direito de subir o rio.

O dia já ia adiantado quando finalmente chegaram a Rangum e puderam atravessar o rio de Rangum, que desemboca num afluente do Irrawaddy até o rio Pegu, que nasce na vertente sul de cinco ou seis colinas e vai se jogar no Rangum, após um curso de vinte e cinco a trinta léguas entre Irrawaddy e Sittang. Detiveram-se em Siriam, a primeira cidade que encontraram à margem do rio, a fim de comprar víveres frescos; ali encontraram galinhas, pombos, caças da água e dos pântanos e peixe. Se o vento continuasse soprando do sul, a embarcação poderia subir o rio até Pegu em dois dias; mas, se mudasse de direção e se tornasse contrário, teriam de recorrer aos barcos para rebocar a chalupa até Pegu, manobra que tomaria o dobro do tempo do que seguir com as velas. Ninguém achou oportuno parar para visitar a pobre cidade de Rangum, outrora capital do país, e que então contava com apenas cento e cinqüenta mil habitantes. De seu antigo esplendor restava tão-somente o templo de Gautama, poupado durante o saque da cidade, chamado, na língua do lugar, de Schwedagon, ou seja, santuário dourado[6].

O rio Pegu, no momento em que a chalupa entrou a toda vela, tinha mais ou menos uma milha de largura; mas as matas iam rapidamente reduzindo-o a ponto de ele não ser maior que o Sena entre o Louvre e o Instituto de França: dava para perceber que toda a parte invisível das matas, que tinham dez ou doze pés de altura, ou seja, que chegaria à altura do tombadilho, deviam ser habitadas por animais ferozes de toda espécie. Do cesto de gávea da pequena embarcação, sobrepujava-se em cinco ou seis metros a copa da mata, e distinguiam-se, à direita e à esquerda do rio, planícies pantanosas que se estendiam, de um lado, até

---

6. Ou pagode da Swedagon (culto teravada), de mais de cem metros de altura, que dizem abrigar oito fios de cabelo de Buda.

as margens desertas do Sittang e, de outro, até a cascata de cidades que o rio Irrawaddy faz nascer ao passar.

René compreendeu perfeitamente que a navegação num rio tão coberto não era destituída de perigo; resolveu vigiar pessoalmente o convés, para onde mandou trazerem seu fuzil e sua carabina de cano duplo. Ao cair da noite, as duas moças vieram sentar-se com ele no tombadilho e, curioso de saber que efeito causariam fanfarras de caça naquelas vastas solidões, mandou que trouxessem sua trompa. De tempos em tempos, ouviam-se fortes ruídos nas matas: travavam-se ali, evidentemente, combates terríveis entre seus habitantes. Mas que habitantes seriam aqueles? Tigres, provavelmente, jacarés e essas imensas cobras jibóias que sufocam um boi em suas dobras, partem-lhe os ossos e engolem-no de uma vez só.

Havia algo tão assustador, e ao mesmo tempo, tão solene naquele silêncio conturbado, a cada quinze minutos, por gritos que não pareciam feitos para ouvidos humanos, que várias vezes as moças detiveram a mão de René no momento em que ele levava a trompa aos lábios. De súbito, explodiu uma fanfarra, sonora, vibrante, provocativa: ouviram-na passar, de certa forma, pelo cume das matas, e depois estender-se, esvaecer-se e perder-se nas lonjuras daqueles desertos, a que nem Deus nem os homens ainda haviam dado nome. Àqueles sons desconhecidos, tudo ficou mudo e imóvel à sua volta, dava a impressão de que as feras se calavam para assimilar aquele ruído estranho e novo para os seus ouvidos.

O vento estava bom, e andavam sem reboques. De súbito, o marujo de vigia gritou: "Barca à frente!".

Tudo, naquelas paragens, significava perigo. René primeiro tranqüilizou suas companheiras, pegou o fuzil e adiantou-se até o peitoril do tombadilho a fim de avaliar com seus próprios olhos do que se tratava.

As duas irmãs haviam se erguido e estavam prontas para entrar no quarto ao primeiro sinal de René. A noite estava clara, a lua estava cheia e seus raios iluminavam um objeto que, de fato, parecia ser uma barca.

O objeto dava a impressão de dirigir-se por conta própria e acompanhar o curso da água. Quanto mais se aproximava, mais sua forma se delineava, e mais René pensava vislumbrar uma árvore arrancada. Não vendo nada muito preocupante na aproximação daquele objeto, que nenhum movimento indicava ter vida, chamou as moças para se juntarem a ele no peitoril do tombadilho. A árvore estava a apenas uns vintes passos da chalupa quando René viu brilhar algo parecido com dois carvões incandescentes; nunca tinha visto uma pantera, mas compreendeu facilmente que era uma dessas feras que vinha em sua direção. Ela decerto estava à espreita em cima de alguma árvore, quando uma rajada de vento desenraizara a árvore e a empurrara para o rio. No primeiro impulso de pânico, agarrara-se a ela e, uma vez levada pela corrente, já não sabia como voltar para a margem.

– Se a minha irmãzinha Hélène – disse René – quiser um bonito tapete, é só falar.

Mostrou com o dedo o animal que, começando a perceber os viajantes, eriçando o pêlo e estalando a mandíbula, ameaçava-os mais do que era ameaçado por eles.

René apoiou o fuzil no ombro, mas Hélène o deteve.

– Oh! Não o mate! – disse ela. – Pobre animal.

O primeiro impulso da mulher é sempre de compaixão.

– O fato é – murmurou René – que seria um assassinato.

A árvore e a chalupa se cruzaram; ouviram-se galhos de árvores roçando a carena da chalupa.

De repente, o timoneiro soltou um grito horrível.

– Todos de bruços! – gritou René, com uma voz que não admitia hesitação na obediência.

O fuzil, cujo cano repousava em seu ombro, caiu feito um raio em sua mão esquerda, o tiro partiu, e um segundo tiro seguiu-o com um segundo de intervalo.

As duas irmãs se jogaram uma nos braços da outra, pois adivinharam o que se passava. A pantera, faminta por causa de sua estada forçada sobre a árvore, saltara ao passar pela popa e, num só movimento, chegara ao alto da amurada. Àquele som, o timoneiro se virara e vira o animal feroz, agarrado à amurada e só precisando de um salto para cair sobre ele; soltara então aquele grito que chamara a atenção de René, e que resultara, para a pantera, nas duas balas que recebeu.

Num salto, com o segundo fuzil na mão, René se colocou entre o timoneiro e a pantera; esta, porém, estava morta: uma das duas balas lhe atravessara o coração.

LXVI
PEGU

Ao som do tiro do fuzil, a tripulação inteira correu para o convés, pensando que era novamente atacada pelos malaios. Se existe uma vantagem no medo passado, é que ele nos põe de sobreaviso contra o futuro.

Kernoch, que tinha ido descansar um momento, foi um dos primeiros a chegar no convés. Lá, deu com o timoneiro e a pantera deitados um junto do outro e quase tão mortos um quanto o outro.

Primeiramente, socorreram o timoneiro, que a pantera, ao debater-se, poderia ter ferido com arranhões. Mas ele estava são e salvo; a pantera tinha sido bem morta no segundo tiro.

O açougueiro de bordo tirou a pele da pantera com o maior cuidado. Ela, como dissera René, destinava-se inicialmente a Hélène; mas Jane pediu-a à irmã com tamanha insistência que esta a concedeu.

O navio não havia parado; e, já que o vento estava bom, continuaram, embora lentamente, a subir o rio.

As duas moças voltaram para seu quarto trêmulas; começavam a ficar menos entusiasmadas com aquele magnífico país onde iriam morar. René ficou com elas até às três da manhã; a todo momento, julgavam ver careteando, por trás dos vidros das janelas, a horrível carranca de alguma fera faminta por seu sangue.

A noite transcorreu em meio a contínuos terrores. Tão logo raiou o dia, elas foram para fora, esperando encontrar no convés seu jovem protetor.

Não estavam enganadas; assim que as avistou:

– Venham depressa! – ele gritou. – Eu ia mesmo despertá-las para que vissem como esses dois pagodes combinam com a paisagem ao nascer do sol. O mais próximo é o de Dagun: é reconhecível pela agulha dourada e o guarda-sol; passamos muito perto dele essa noite.

De fato, as duas moças olharam com admiração para os dois monumentos, mas principalmente para o pagode de Dagun, bastante elevado, que domina todo o campo circundante. O terraço que o suporta foi construído sobre rochas já bastante elevadas. Só a escada que leva ao terraço tem mais de cem degraus de pedra.

Tal como dissera René, aquela pirâmide dourada causava um efeito magnífico, em seu pedestal gigantesco, naquele momento em que o sol o inundava com seus raios. Nos arredores, havia inúmeras florestas, de onde haviam ouvido, toda a noite, urros terríveis. As matas que margeavam o rio também não tinham um aspecto muito reconfortante. Haviam ouvido, toda a noite, berros de jacarés semelhantes aos de uma criança sendo esgoelada. A floresta era cortada, a cada certo tempo, por grandes arrozais, cultivados por uma classe especial de habitantes do país que se dedicam essencialmente à agricultura e são chamados de *carenos*[1]: têm hábitos muito simples, falam uma língua diferente dos birmaneses e, laboriosos, levam uma vida pastoral e agrícola. Não habitam as cidades, e sim aldeias de casas construídas sobre pilotis.

Nunca lutam entre si, e não tomam parte nas querelas do governo.

O rio que navegavam era tão rico em peixes que os marujos, armando algumas redes de pesca, apanharam o suficiente para o jantar da tripulação. Alguns queriam comer a carne da pantera. O animal tinha um ano e meio, dois anos no máximo; o cozinheiro retirou-lhe costeletas, mas nem os dentes mais vigorosos conseguiram desprender a carne dos ossos.

Dois dias depois, sem outro incidente além de um combate furioso à frente da chalupa entre um jacaré e um caimão, combate interrompido por um tiro de canhão carregado de metralha que estraçalhou os dois combatentes, eles chegaram à cidade de Pegu.

Pegu traz as marcas das revoluções de que foi palco; suas fortificações estão, em grande parte, derrubadas, erguendo-se a cerca de trinta pés acima do nível do rio que, na maré alta, sobe dez pés.

Os navios com mais de dez a doze pés de calado são obrigados a parar em Pegu porque, na maré baixa, tocariam o fundo uma légua adiante.

---

1. Ou *karens*, montanheses da Birmânia, agricultores e criadores de cavalos.

Ficou decidido que o navio consignado na alfândega ficaria sob responsabilidade do *chekey*, tenente ligado ao comando de guerra.

Os viajantes se hospedaram numa espécie de palácio, chamado de palácio dos estrangeiros porque é destinado aos raros viajantes que passam por Pegu.

Mas quando René viu de perto os apartamentos do palácio, declarou que preferia morar na chalupa, e que dali é que realizaria todos os preparativos para chegar à propriedade do visconde de Sainte-Hermine, chamada, na língua nativa, Terra do Bétele, dada a imensa quantidade dessa planta que ali crescia e, se cultivada, prometia ser sua principal renda.

A chegada de uma chalupa de dezesseis canhões com escudo americano, potência que começava a ser honrosamente reconhecida nos mares da Índia, era uma curiosidade em Pegu. Assim, no dia seguinte à sua chegada, a primeira visita que recebeu foi a de um intérprete do imperador. Vinha encarregado de presenteá-lo com frutas da parte do *shabunder*[2] de Pegu e, ao mesmo tempo, informar-lhe que o *nak-kan* e o *seredogee* viriam no dia seguinte fazer-lhe igualmente uma visita.

René, que, prevendo esse tipo de visita, comprara tecidos e armas na ilha de França, presenteou-o com um bonito fuzil de dois tiros. O *shabunder* pareceu encantado com o presente, e René aproveitou sua alegria para recomendar-lhe a chalupa, já que o seu cargo de comissário de marinha na Inglaterra dava-lhe todas as condições para vigiá-lo.

Durante todo o tempo que durou a visita do comissário de marinha, este, acompanhado por dois escravos que carregavam uma escarradeira de prata, não cessou tanto de mascar o bétele como de oferecê-lo.

René mascou, por seu lado, a folha perfumada, como se fosse um legítimo sectário de Brama; mas assim que o outro saiu, e como um homem que fazia questão da brancura de seus dentes, enxaguou a boca com água e umas gotas de araca.

No dia seguinte, tal como fora avisado pelo *shabunder*, recebeu a visita do *nak-kan* e do *seredogee*.

No reino de Pegu, onde não se deseja pegar ninguém de surpresa, o título de *nak-kan*, que corresponde ao de chefe de polícia, significa ouvido do rei.

---

2. Nos estados da Malásia, oficial encarregado de supervisionar os mercadores, controlar o porto e coletar as taxas alfandegárias.

O de *seredogee* corresponde ao de secretário.

Vinham ambos acompanhados de seu porta-escarradeira. Com eles, embora não parassem de mascar bétele e de cuspir enquanto mascavam, a conversa foi mais interessante. René obteve informações mais positivas sobre a localização da propriedade das lindas passageiras. Soube que só com bétele, caso quisesse cultivar essa planta e enviá-la para outras partes da Índia, poderia obter pelo menos cinqüenta mil francos, o que não o impediria de obter praticamente a mesma renda cultivando arroz e cana-de-açúcar. O estabelecimento ficava a mais ou menos cinqüenta milhas inglesas de Pegu; mas era preciso, para chegar lá, atravessar matas cheias de tigres e panteras; além disso, diziam que bandidos de Sião e Sumatra infestavam aquelas matas e as tornavam ainda mais perigosas que os animais selvagens.

Os dois visitantes estavam vestidos mais ou menos da mesma maneira: um de roxo, outro de azul; ambos usavam um comprido roupão enfeitado com fios de ouro em todas as aberturas e na extremidade das mangas.

René deu ao secretário do rei um tapete persa bordado a ouro e, ao ouvido de Sua Majestade, um belo par de pistolas de manufatura de Versalhes.

Durante todo o tempo da visita, os dois funcionários permaneceram de cócoras; o secretário, que falava inglês, servia de intérprete ao outro.

Falamos tanto no bétele, desde que chegamos a Pegu, que seria interessante darmos alguns detalhes sobre essa planta, de que os indianos são ainda mais aficionados do que são os europeus do fumo.

O bétele é uma planta trepadeira que se alastra, como a hera; suas folhas são bastante parecidas com as do limoeiro, embora sejam mais compridas e mais estreitas na ponta; o fruto do bétele se parece bastante com o da bananeira e, em geral, prefere-se o fruto à folha. Cultiva-se essa planta tal como a videira e, como a videira, é escorada com estacas. Às vezes, é unida à arequeira, e fazem-se desse modo bonitos caramanchões; o bétele cresce em todas as Índias Orientais, principalmente no litoral.

Os indianos mascam folhas de bétele a toda hora do dia, e até de noite; mas como, trituradas sozinhas, as folhas são amargas, os amantes do bétele compensam seu amargor com areca e um pouco de cal enrolados na folha. Os mais ricos misturam cânfora de Bornéu, pau de aloé, almíscar e âmbar cinzento.

O bétele, assim preparado, tem um gosto tão bom e um cheiro tão agradável que os indianos não sabem passar sem ele. Todos os suficientemente ricos para obtê-lo se deliciam. Há também quem masque a areca com canela e cravo-da-índia. Esse preparo, porém, é inferior ao da areca enrolada com um pouco de cal na folha de bétele. Os indianos cospem, depois da primeira mastigação, um licor vermelho tingido de areca. Eles têm, pelo uso do bétele, um hálito muito doce e cheiroso que se espalha a ponto de perfumar o quarto em que se encontram; mas essa mastigação estraga seus dentes, deixa-os pretos, com cáries, e os faz cair. Há indianos que, aos vinte e cinco anos, já não têm mais nem um dente sequer, por causa do abuso do bétele.

Quando as pessoas se separam por algum tempo, presenteiam-se com bétele, oferecido numa bolsa de seda, e não seria de fato uma despedida se não ganhassem bétele de uma pessoa que freqüentam habitualmente. Ninguém ousa falar com um homem que ocupa alguma posição social sem perfumar a boca com bétele. Seria até falta de educação falar com um seu igual sem tomar esse cuidado. As mulheres, por sua vez, utilizam bastante o bétele, que elas chamam de planta do amor. Toma-se bétele após as refeições, masca-se bétele pelo tempo que duram as visitas. Segura-se bétele na mão, oferece-se bétele ao cumprimentar, e enfim, a todas as horas o bétele cumpre um papel ativo na vida das Índias Orientais.

Tão logo se foram os dois mastigadores de bétele, espalhou-se o boato de que a chalupa pertencia a um rico americano que doava pistolas, tapetes e fuzis de dois tiros, e ouviu-se uma música um tanto selvagem.

René chamou imediatamente as duas viajantes; poupara-lhes o tédio das arengas, queria lhes oferecer o prazer da música.

As moças subiram, tomaram lugar no tombadilho, e viram aproximar-se três barcas trazendo músicos, cada uma formando uma orquestra composta de duas flautas, dois címbalos e uma espécie de tambor. O som das flautas lembrava o do oboé. Os músicos estavam na dianteira da barca, numa pequena plataforma coberta por um pavilhão. Ficavam, assim, separados dos remadores, sentados dois a dois em cada banco. A popa, de onde saía o mastro de pavilhão, estava enfeitada com ornamentos religiosos, uma fileira de caudas de vacas do Tibete.

A música, sem ser erudita, não era desagradável. René pediu que repetissem dois ou três trechos para anotar suas principais melodias.

Cada barca recebeu doze *talks* (cada *talk* equivale a três francos e cinqüenta centavos).

René se preocupara, desde o primeiro dia, com o modo de se chegar à propriedade do visconde de Sainte-Hermine. Mas o único meio de transporte era o cavalo ou o elefante, além disso, o comissário da marinha afirmava que uma escolta de pelo menos dez homens seria necessária.

Contudo, como estava sendo preparada uma grande festa religiosa, era evidente que nenhum homem iria querer se ausentar de Pegu sem antes ter cumprido suas devoções. Uma vez terminada a festa, constituída por uma procissão ao grande pagode, o *shabunder* se encarregaria de mandar alugar para René quer cavalos, quer elefantes, todos aparelhados para a caça ao tigre; ele poderia ficar com eles um mês, dois meses, três meses, à vontade; para os cavalos e o condutor, eram vinte *talks*, e para os elefantes e seus cornacas, trinta *talks*.

Depois de René prometer que só com o *shabunder* trataria do aluguel de cavalos, ou de elefantes, este ofereceu a René uma janela numa casa que margeava as escadas, e pelas quais se ia da avenida principal ao grande pagode.

René aceitou.

Chegando lá com as duas moças, descobriu, para sua surpresa, que o *shabunder* tivera a delicadeza de mandar colocar tapetes e cadeiras.

A afluência de homens e mulheres à cerimônia era considerável e, desde o nascer do sol até às dez horas da manhã, deve ter somado trinta mil pessoas; cada indivíduo levava uma oferenda proporcional ao seu zelo e à sua fortuna. Alguns carregavam, sobre os braços estendidos, uma árvore cujos ramos se dobravam sob o peso de presentes destinados aos sacerdotes. Eram bétele, geléias e doces. Outros arrastavam crocodilos e gigantes de papelão que suportavam pirâmides elegantes carregadas de presentes de todo tipo. Finalmente, elefantes de papelão, sempre de papel pintado e cera, completavam a série de remessas destinadas ao pagode: estes, em geral, eram carregados de fogos de artifícios, estrelas e frutas. Todos os habitantes usavam seus mais lindos trajes de festa, na maioria feitos de tecidos de seda da região, comparáveis aos de nossas manufaturas, e não raro superiores. As mulheres birmanesas, livres como as mulheres européias, andavam de rosto descoberto. É um bocado triste explicar que elas devem esse privilégio ao pouco caso que os homens fazem delas: eles vêem nelas seres inferiores situados, pela natureza, no espaço existente entre o homem e os animais. Perante a Justiça, seu depoimento tem o poder de uma simples informação, e elas o proferem, sem entrar, lá da porta do tribunal.

Os birmaneses vendem suas mulheres aos estrangeiros; mas, nesse caso, como só estão obedecendo ao marido, elas não ficam desonradas e têm como desculpa, além dessa lei de obediência, a necessidade em que se encontram de, por sua vez, socorrer a própria família.

Existem cortesãs em Rangum e Pegu, e não hesitamos em abordar essa questão a fim de atacar a lei que mantém, nesse tipo de casas, o número de moradoras requerido pela necessidade. Não é por preguiça ou corrupção que as moças se entregam ao infame ofício que as macula até nas cidades civilizadas. A lei do devedor é, entre os birmaneses, tal como era em Roma no tempo das Doze Tábuas[3]: todo credor é dono do seu devedor, ou da família do seu devedor, quando este não paga sua dívida; pode vendê-lo como escravo e, quando suas filhas e mulher são bonitas, já que os donos e donas dos estabelecimentos de prostituição são os que oferecem o melhor preço por sua mercadoria, a eles ou a elas é que se vende as todas pobres criaturas, que poderiam ser chamadas de filhas da bancarrota. Existia, antigamente, uma classe de cortesãs proveniente de outra fonte; essas eram chamadas de mulheres do ídolo.

Quando uma mulher fazia uma promessa para ter um menino, e ao invés do menino ganhava uma menina, levava-a para o ídolo e deixava-a com ele. Ora, como a menina precisava render ao ídolo o mesmo tanto que lhe custava, empregavam-na, sob o título de mulher do ídolo, em proveito dos estrangeiros que passavam. Pela gente da região eram designadas por *valasi* ("escravas do ídolo") e, pelos estrangeiros, pelo nome de *bailadeiras*, que correspondia tanto às dançarinas quanto às cortesãs.

---

3. A Lei das Doze Tábuas (303-306 de Roma, 451-449 a.C.), código legislativo fundamental dos romanos.

LXVII
A VIAGEM

Terminadas as festas do pagode, René lembrou ao *shabunder* a promessa que lhe fizera; e, com efeito, no dia seguinte ao que René dissera que precisava de três elefantes, os três animais, com seus três cornacas, estavam no cais, defronte à chalupa. René não tinha suficiente confiança em sua tripulação anglo-americana para entregar-lhe a guarda do barco; mas, deixando Kernoch e seus seis bretões, podia contar com o ódio racial para a vigilância, e com a fidelidade bretã para a defesa em caso de luta. Levou consigo, portanto, o Parisiense, ou seja, seu fiel François.

Dois elefantes com palanquins, nos quais cabiam quatro pessoas, bastavam, portanto, para as moças e ele. Além disso, levou, para maior segurança, os dez homens de guarda que o *shabunder* o aconselhara a levar.

Cada homem e cada cavalo lhe custariam cinco *talks* por dia, durante todo o tempo em que ficasse com eles. Dois cavalos livres, para ele e para François, seriam conduzidos a mão para os momentos em que preferisse montar a cavalo, em vez de seguir caminho de palanquim.

O chefe da escolta contava com três dias de viagem.

Como não esperavam encontrar aldeias no caminho, dois cavalos foram carregados com provisões. Contavam, além disso, para poder variar, com a quantidade de caça que encontrariam no caminho.

Kernoch, que, em caso de alguma discórdia entre a tripulação, tinha garantia de proteção das autoridades birmanesas, ficou cheio de confiança e segurança em Pegu, enquanto a pequena caravana se afastava rumo ao leste seguindo um afluente do rio.

À noite, ela acampou na frente da floresta em que iria penetrar no dia seguinte, sem ter ainda se afastado do córrego de água doce, onde se reabasteceram para a viagem por medo de não encontrar mais água potável.

A primeira noite não trouxe nada de extraordinário: estavam ainda quase à vista de Pegu e, como dissemos, ainda não haviam penetrado na floresta.

Os palanquins podiam ser tirados do lombo dos elefantes e depositados no chão. Tornavam-se então uma espécie de tenda em que as moças podiam dormir, abrigadas por seus mosquiteiros.

Acenderam uma grande fogueira para afugentar os répteis e os animais ferozes. O chefe da escolta afirmava que, com quatro elefantes, podiam passar sem sentinelas, pois esses animais inteligentes, alertados por um instinto natural, dariam o alarme, qualquer que fosse o inimigo que se aproximasse.

René, no entanto, não se fiou inteiramente naquela promessa e quis ele próprio vigiar: reservou para si a primeira parte da noite, e confiou a segunda a François.

Essa capacidade de os elefantes identificarem o perigo, qualquer que fosse, não o convencia de todo.

No entanto, começou por fazer amizade com os dois colossos, oferecendo-lhes braçadas de galhos frescos e um tipo de maçã que eles apreciam particularmente. Esses animais, tão inteligentes, sabem em poucos instantes identificar o homem que lhes traz alimentos por dever, porque é o seu cornaca, daquele que, por amizade, oferece-lhes esse supérfluo tão precioso a todo ser inteligente que, não raro nos homens, vem antes do necessário. Não querendo provocar ciúmes, trouxe nas mesmas proporções, para o segundo elefante, o que trouxera para o primeiro.

Estes, de início, olharam-no com certa desconfiança, não percebendo os motivos que poderia ter um estrangeiro para ter com eles aquela delicada atenção. Em todo caso, fizeram bom proveito. Ele depois conduziu até eles as duas moças, cada uma delas oferecendo-lhes duas ou três canas bem frescas e doces, que eles pegaram delicadamente com a tromba e levaram à boca com notável satisfação. René, antes da partida, tivera o cuidado de se abastecer com essas pequenas delicadezas com que contava fazer dos elefantes seus amigos, assim como das duas viajantes.

A noite foi bastante tranqüila, com exceção de algumas panteras que vieram tomar água, e alguns jacarés que se aventuraram para fora da mata, assinalados pelo elefante de guarda; pois também eles, julgando inútil vigiarem a dois, haviam repartido a noite, como René fizera com François, só que mais confiantes um no outro do que René no Parisiense.

E, com efeito, à meia-noite o primeiro elefante dobrou os joelhos, adormeceu, cedendo o lugar ao seu colega, que estava deitado e se levantou.

Ao raiar do dia, o elefante fez ouvir uma espécie de fanfarra que convidava todo mundo a se levantar.

As moças, convencidas de que sob a vigilância de René nada de mal poderia lhes acontecer, dormiram como se estivessem em seu próprio quarto: levantaram-se, descansadas e bem-dispostas, respirando o ar perfumado da manhã.

René foi até elas, segurando uma braçada de plantas pelas quais, como observara durante o trajeto da véspera, os elefantes demonstravam grande predileção.

Hélène e Jane não se acercaram dos dois colossos sem algum receio. Mas, pelo olhar terno com que eles as fitaram, viram que não tinham nada a temer; pegaram, das mãos de René, as plantas que ele trazia e as ofereceram aos elefantes. Estes as receberam com uma espécie de arrulho de satisfação. Devorada a braçada, René teve seu quinhão de afagos, pois os elefantes haviam notado que era dele a iniciativa, e o que ele fazia por bondade por eles, as moças só faziam por temor.

Esgotadas as plantas, os elefantes olharam à direita e à esquerda, indicando que lhes faltava alguma coisa. Eram suas canas-de-açúcar, das quais não viam motivo para se verem privados. Como tinham perfeitamente razão, René foi buscá-las, elas passaram pelas mãos de Hélène e Jane, e os elefantes trituraram-nas com a mesma sensualidade da véspera.

Fizeram uma refeição rápida, estando o dia dividido em duas paradas: a primeira, às onze horas da manhã, perto de um lago onde esperariam passar o calor mais forte do dia; a segunda, às dezenove horas, numa clareira onde passariam a noite.

As duas moças tornaram a subir em seu elefante, que pareceu muito satisfeito com a honra que lhe era concedida. René montou a cavalo com François, andando alguns passos atrás dele, e lado a lado com o elefante das irmãs. O guia assumiu a frente da fila, e os dez guardas a cavalo ladearam o grupo principal, andando em duas colunas. O segundo elefante, montado apenas por seu cornaca, seguia o primeiro. A floresta era tão escura e tinha um aspecto tão ameaçador que, indiferente que era para consigo mesmo, René não conseguiu evitar de sentir certo receio por suas duas amigas. Mandou chamar o guia, que falava um pouco de inglês.

– É nesta parte da floresta – ele perguntou – que podemos temer ser atacados por bandidos?

– Não – respondeu o guia –, os bandidos ficam na outra floresta.

– Que tipo de perigo corremos nesta aqui?

– Os animais ferozes.

– E esses animais ferozes, quais são?

– Tigres, panteras e cobras enormes.

– Está bem – disse René –, vamos andando. – E, voltando-se para François: – Vá até o caixote de provisões – disse – e me traga dois pedaços de pão.

François trouxe um pão partido ao meio.

Quando os elefantes avistaram o pão, desconfiaram que havia sido trazido em sua intenção.

Aquele cujo palanquim estava vago e ficara mais atrás se aproximou de René, que se viu entre os dois colossos.

As duas moças se debruçaram, aterrorizadas, em seus palanquins. Mais um movimento e René, com seu cavalo, seria esmagado entre os dois colossos.

René tranqüilizou-as com um sorriso, e mostrou os dois pedaços de pão. As trombas dos elefantes, ao invés de ameaçadoras, pareciam formar laços de amor em volta do rapaz.

René, fazendo-se de rogado qual faria uma coquete para dar mais valor ao favor que concede, deixou os elefantes desejarem por um momento o saboroso bocado e, de repente, deu para cada um o tão desejado naco de pão.

Foi uma nova pedra acrescentada ao templo de amizade que René vinha construindo com os dois monstruosos quadrúpedes.

– O que lhe disse o nosso guia, há pouco? – inquiriu Hélène.

– Para outra pessoa, responderia que ele disse que a floresta continha caça em abundância e que não precisamos nos preocupar com a nossa alimentação daqui até a Terra do Bétele. Mas para a senhorita, que é uma brava companheira, vou responder que ele nos aconselhou a dormir com um olho aberto, a menos que tenhamos bons olhos velando por nosso sono. Durmam tranqüilas, portanto, pois sou eu quem me encarrego de velar pelas senhoritas.

Desde que haviam penetrado na floresta, parecia que haviam penetrado numa igreja: as vozes dos viajantes, como temendo ser ouvidas, haviam atingido o mais baixo diapasão da palavra humana. O dia escurecera como se fosse seis da tarde, a abóbada das árvores era tão densa que não se ouvia um só canto de pássaro, e a noite parecia estar chegando, não fossem os ruídos estranhos que compõem o concerto noturno desses animais que despertam ao findar do dia. As trevas são o seu sol. Durante a noite é que eles caçam, amam, comem, bebem; durante o dia, eles dormem.

Era assustadora a força daquela natureza em que uma tempestade transforma em oceano um deserto de areia, em que uma árvore constitui, sozinha, uma floresta em cujas mais escuras profundezas, ali onde não se suspeitaria que penetrassem nem o dia nem a luz, abrem-se flores de cores vibrantes e perfumes embriagantes. Enquanto outras, sufocando à sombra e só se colorindo ao sol, lançam-se para a luz do dia, agarram-se aos primeiros galhos, deslizam em meio aos outros, alcançam o cimo das árvores, brotam nas extremidades feito rubis e safiras engastados em esmeralda; poderiam ser confundidas, num primeiro momento, de tão amplas, fortes e desenvolvidas, com as flores das árvores gigantescas, quando, se procurarmos seus caules, só encontraremos um frágil cipó semelhante ao cordão de uma pipa. Nessas florestas tudo é mistério, mas um mistério que conduz ao mais funesto dos pensamentos, a morte.

Pois, de fato, a morte ali nos cerca por todos os lados. Naquela moita, um tigre nos espera. Naquele galho, a pantera nos espreita. O ramo mole e ondulado que parece uma árvore cortada a seis ou oito pés acima do chão é a cabeça de uma cobra cujo corpo enroscado, distendendo-se feito uma mola, nos apanharia a uma distância de quinze ou vinte pés. Esse lago, que parece um amplo espelho, encerra, além dos animais de destruição conhecidos, caimãos, crocodilos, jacarés, e o gigantesco *kraken*[1], que nunca conseguiram puxar da lama até a superfície, onde abre sua goela capaz de engolir, de uma só vez, um cavalo com seu cavaleiro. É que afinal estamos na Índia, ou seja, na porção mais fecunda e mais mortífera do universo.

René refletia sobre isso tudo enquanto andava sob a abóbada de árvores, silente e escura que, aqui e ali, o sol penetrava dificilmente com uma de suas flechas de fogo. De súbito, como se uma cortina se erguesse, passaram do mais

---

1. Trata-se de uma espécie de polvo capaz de deter os navios, mas esse monstruoso molusco freqüenta antes os mares noruegueses que os lagos birmaneses; por outro lado, jacarés e caimãos são répteis crocodilianos da América.

sombrio crepúsculo para a luz mais fulgurante; estavam diante do lago e só precisavam, para alcançá-lo, atravessar uma dessas pradarias que só se vêem em sonhos: parecia um pedaço de paraíso perdido caído sobre a terra. Os maciços de flores, sem classificação em nenhuma flora, exalavam um perfume tão intenso que se compreendia que pudesse se morrer dele. Aquela terra era cruzada por aves fabulosas, de gritos estranhos, plumagem cor de esmeralda, rubi e safira, ao passo que no horizonte se estendia o lago, igual a um tapete celeste.

Um grito de bem-estar irrompeu de todos os peitos ante o contraste entre a lúgubre floresta e a bem-aventurada pradaria e seu lago resplandecente; os peitos se dilataram, respiraram aliviados.

Atravessaram a pradaria; alguns frêmitos na relva indicavam que estavam caçando, à sua frente, alguns répteis. O guia, sempre de olhos bem atentos, chegou a bater com sua vara e matar uma pequena cobra quadriculada de amarelo e preto, de um pé apenas de comprimento, cuja picada é mortal e que, em língua birmanesa, chamam de tabuleiro.

O guia explicou aos viajantes uma particularidade da picada do animal: é que, segundo a hora em que se é picado, morre-se à noite, ao sol poente, ou de manhã, ao sol nascente. Não houve nenhum acidente, nem com os homens nem com os animais.

Por fim, chegaram à beira do lago: era ali que, previamente, fora combinada a parada do almoço.

Ao atravessar a pradaria, René matara alguns pássaros que lembravam a perdiz e um tipo de gazela pequena, do tamanho de uma lebre. François, na sua qualidade de parisiense, tomara lições de culinária na barreira, e conseguiu preparar muito razoavelmente a gazela e as perdizes.

Desnecessário dizer que René teve, para com os elefantes, seus cuidados habituais e, vendo que estendiam a tromba com cobiça, sem conseguir alcançá-las, para as folhas de uma árvore de grandes flores vermelhas e brancas que lembravam a fúcsia, perguntou a François se sua educação de moleque parisiense incluía trepar em árvores. Com a resposta afirmativa, entregou-lhe um pequeno podão e pediu que derrubasse o maior número de galhos possível.

Os elefantes viam efetuar-se essa operação com visível alegria: afagavam as mãos de René como se quisessem beijá-las.

René mandou descer as duas moças, que tinham visível prazer em assistir ao desenrolar daquele instinto que tanto se aproxima da razão do homem. Mal puseram os pés no chão, os elefantes precipitaram-se sobre o monte de galhos e começaram a almoçar com gritinhos de prazer e olhares langorosos para René e suas amigas, demonstrando a gratidão que lhes tinham.

Cada qual se ajeitou tão bem quanto possível para o almoço e a sesta que deveria seguir-se. Haviam perdido todo o receio; era quase impossível acreditar que, num tão lindo dia e numa tão linda paisagem, estivessem ameaçados por algum tipo de perigo.

LXVIII
A SERPENTE IMPERATRIZ

Aquele lado do lago era margeado por uma espécie de matagal contíguo à floresta.

François, aventurando-se em sua exploração, conseguira tirar dois ou três pavões de dentro dessa floresta. Veio-lhe uma ambição, a de matar dois pavões para fazer, com as penas de suas caudas, dois leques para as duas irmãs.

Veio pedir a René permissão, terminada a refeição, para esse divertimento.

René sabia que nas florestas, ali onde estão os pavões, estão também os tigres; fez essa observação a François, que, despreocupado feito um moleque parisiense, passou rapidamente do desejo de matar um pavão para a ambição de matar um tigre; pegou seu sabre de abordagem e um dos fuzis de dois tiros de René e se foi.

Não tinha dado dez passos quando René se arrependeu de deixar sair sozinho um caçador inexperiente; olhou ao redor, viu que estava tudo perfeitamente tranqüilo e fez sinal a François que esperasse: queria, antes de ir, tomar algumas precauções em relação às duas irmãs.

Estavam sentadas, as duas, conjunto encantador no meio de todos aqueles bárbaros costumes. Foi oferecer um pedaço de pão a cada um dos elefantes, trouxe cada um deles para um dos lados da árvore, cujos galhos imensos e folhosos desciam a uns vinte pés do chão, mostrou-lhes as duas moças e, como se os dois colossos pudessem compreender, apontando-as com o dedo:

– Cuidem bem delas – disse.

As duas moças riam daquela precaução que lhes parecia inútil, e de um perigo que não achavam provável.

Antes de deixá-las, René ainda fez toda sorte de recomendações; uma das quais, caso fossem atacadas por um animal selvagem, era de se refugiarem, como numa fortaleza inatacável, entre as patas dos elefantes.

René sentia-se atraído por outra expectativa que não a de caçar pavões; ele já havia, como vimos, lidado com alguns monstros da Índia, mas ainda não se deparara com um tigre. Apertou a mão das duas irmãs e foi se juntar a François. Ambos se embrenharam no matagal.

E depois do matagal, veio a floresta; era tão densa que seria impossível avançar sem um instrumento para abrir passagem.

François já puxara seu sabre de abordagem quando René identificou uma trilha recentemente pisada, onde ossos roídos havia umas duas horas apenas denunciavam a passagem de algum grande carnívoro.

Enveredou pela trilha, chamando François.

Este o seguiu.

Depois de algumas voltas pelas matas, cujos cimos se abaulavam sobre suas cabeças feito um berço, René chegou ao antro do animal.

Era o covil de dois tigres, mas nem uma das duas majestades se encontrava; dois filhotes de tigre apenas, do tamanho de um gato grande, brincavam, rosnando, um com o outro.

Ao avistar seres de outra espécie, por mais impotentes que fossem, puseram-se na defensiva. Mas René estendeu a mão, agarrou um deles pelo pescoço, jogou-o para François, gritando:

– Leve, leve!

E, agarrando o outro, apressou-se em sair daquela espécie de corredor onde teria sido impossível se pôr em posição de defesa. Os tigrezinhos, por sua vez, rosnavam e soltavam gritos como que para alertar a mãe das intimidades que estavam se permitindo em relação a eles.

Nisso, ouviram, a quatrocentos ou quinhentos passos dali, um terrível rugido.

Era a mãe, respondendo ao chamado dos filhotes.

– Para fora da mata, para fora da mata! – gritou René. – Ou estamos perdidos.

François não precisava ser instigado, o rugido que acabara de ouvir dava-lhe a medida do perigo que corria. Apressou o passo e, sem soltar o tigre que ele tinha a firme intenção de levar para a França e doar ao Jardim Botânico, viu-se fora da floresta, no cinturão de matagal que a cercava.

O segundo rugido se fez ouvir, mas já estava, evidentemente, a apenas cem passos dos caçadores.

Uma árvore e uma moita erguiam-se uns vinte passos à sua frente.

– Solte o filhote! – gritou René, ele próprio soltando o seu. – Fique com a árvore, eu fico com a moita.

François obedeceu pontualmente ao comando, com a rapidez da convicção.

Mal haviam chegado cada qual em seu refúgio, um terceiro rugido se fez ouvir, mas dessa vez parecia um trovão rugindo sobre suas cabeças e, de súbito, uma tigresa, mais voando que andando, caiu a vinte passos dali.

Por um instante, pareceu hesitar entre o amor materno e a vingança, mas o amor materno foi mais forte. Rastejou até os seus filhotes, miou feito uma gata, mas era um miado terrível.

Nesse momento, ela apresentava o seu flanco a François, que apontou e fez fogo.

A tigresa, atingida de improviso, sobressaltou-se e caiu no lugar.

François lhe quebrara a parte superior do ombro esquerdo.

A tigresa logo identificou qual dos dois atiradores fizera fogo, pela fumaça que ainda o envolvia; dirigiu-se para ele e, num impulso, mutilada como estava, transpôs sete ou oito passos.

François achou desnecessário deixar que se aproximasse mais. Deu um segundo tiro. A tigresa rolou de costas, soltou um rugido terrível, fez um esforço, pôs-se novamente de bruços e, com a pata que lhe restava, começou a rasgar o chão, enquanto a plenos dentes ia mordendo a relva, que inundava com o sangue que escorria de sua goela.

– Peguei! Peguei! Senhor René! – exclamou François, qual uma criança acabando de matar a sua primeira lebre.

E preparou-se para terminar de matar a tigresa a coronhadas.

– Não se aproxime, infeliz! – gritou René. – Recarregue o fuzil!

– Para que, senhor René, se ela já está morta?

– E o macho, também está morto, seu pateta? Escute só.

Jamais um rugido tão pavoroso aterrorizou ouvidos humanos como esse que foi bater nos ouvidos dos dois caçadores.

– Recarregue o fuzil, recarregue o fuzil, e fique atrás de mim – disse René.

Mas, ao ver que François tremia de alegria, emoção e medo, a ponto de colocar a pólvora no chão em vez de colocá-la no cano do fuzil, deu-lhe o seu, e pegou a arma descarregada das mãos do companheiro.

Em um minuto, os dois canos receberam sua carga de pólvora e balas. E fez-se a troca das armas.

– Ele não está mais rugindo – François disse a René, baixinho.

– E nem vai mais rugir – disse René. – Ao perceber que sua fêmea não responde, compreendeu que, ou bem está morta, ou bem caiu numa armadilha. Em vez de se expor como ela, vai tentar identificá-la. Cuidado! Olhos bem abertos para todos os lados.

– Psiu! – disse François ao ouvido de René. – Ouvi como que uns galhos estalando.

Nesse exato momento, René tocou em seu ombro e apontou para a monstruosa cabeça do tigre que, rente ao chão, surgia à entrada do corredor aberto na floresta. Ele primeiro correra até o seu covil e, vendo-o vazio, deslizava silenciosamente para fora dos juncos.

François fez sinal, com a cabeça, de que estava vendo.

– Para o olho direito de Filipe – disse René, em voz alta.

E fez fogo.

Por alguns segundos, a fumaça o impediu de enxergar o resultado do seu tiro.

– Já que não estou morto – disse René, calmamente – quer dizer que o tigre é que está.

E, com efeito, logo avistaram o tigre se debatendo, dando rugidos de agonia.

– A troco de que o senhor disse, quando atirou: "Para o olho direito de Filipe"[1]? Será que, por acaso, este tigre se chama Filipe?

– Não – disse René –, ele se chama tigre, e por isso temos de desconfiar dele.

Mas o tigre fora muito bem atingido e não apresentava nenhum perigo, apenas esperava tranqüilamente que a morte cumprisse seu trabalho. Não demorou; embora abatido com um tiro só, o tigre morreu mais depressa que a fêmea, que havia levado duas balas. Verdade é que a bala de René, que entrara pelo olho direito, como o anunciara o excelente atirador, penetrara no cérebro e matara o animal instantaneamente, ao passo que precisaram esperar quinze minutos para que a tigresa desse seu último suspiro.

Os dois caçadores esperaram mais algum tempo, contando que os três tiros atraíssem alguns homens da escolta que, mesmo que só por curiosidade, viriam conferir o que acontecera com eles.

---

1. O autor explora (e explicita) a anedota de maneira mais completa no cap. LXXXV.

Mas esperaram em vão e, satisfeitos com sua caçada, decidiram então juntar-se ao grupo e voltar com um cavalo para buscar os dois tigres.

Mas François por nada no mundo queria separar-se dos seus; jogou o fuzil, bem carregado, no ombro, agarrou pelo pêlo do pescoço os dois tigrezinhos, como ele os chamava, esperou que René recarregasse seu fuzil, e enveredou com ele pelo caminho do lago, que não ficava, aliás, a mais de um quilômetro.

Mal haviam dado uns cem passos quando um grito, parecido com o som de umas dez trombetas, ressoou pela floresta, seguido de outro grito igual.

Os dois rapazes se olharam. Aquele grito lhes era totalmente estranho. Que animal o soltara?

De súbito, René deu um tapa na testa.

– Ah! – exclamou. – São os nossos elefantes pedindo socorro!

E precipitou-se com tal rapidez que, depois de mais cem passos, François desistiu de segui-lo.

René acertara tão bem a direção que chegou à beira do lago a uns vinte passos do lugar onde deixara as duas moças. Parou, aterrorizado ante o estranho espetáculo com que deparou.

A escolta se dispersara e mantinha-se à distância. As duas irmãs, ainda sentadas ao pé da árvore, abraçadas, pareciam paralisadas de terror. Somente os dois elefantes haviam permanecido firmes em seus postos e, trombas para cima, ameaçavam uma imensa jibóia que, enrolada num dos galhos mais baixos da árvore sob a qual estavam sentadas as moças, balançava, a uns quinze pés do chão, sua cabeça monstruosa e, sem perder Hélène e Jane de vista, parecia exercer sobre as duas moças o seu poder encantatório.

Os elefantes, muito decididos a defender o precioso encargo que lhes fora confiado, estavam prontos para o combate.

Os homens da escolta haviam fugido. Armados apenas de sabres e flechas, não tinham meios para lutar contra um adversário daqueles.

Os elefantes, ao avistar René, soltaram uma fanfarra de alegria.

Aquele a quem haviam chamado compreendera o chamado e acorrera. René avaliou num só olhar tudo o que tinha de fazer. Pôs o fuzil no chão, correu para as duas moças, tomou-as nos braços como se fossem duas crianças e, como François naquele instante estivesse saindo da floresta, encarregou-o de tomar conta delas.

– Pronto! – disse ele, com um suspiro de alívio. E, apanhando o fuzil: – E agora, nós dois, mestre Píton! Vamos ver se as balas de Lepage equivalem às flechas de Apolo[2].

A jibóia seguira com os olhos as duas moças que estavam sendo levadas, e que ela aparentemente escolhera como presa. Mas percebia também que combate teria de enfrentar com os dois colossos, que pareciam desafiá-la a conseguir chegar até elas.

Ela emitia assobios iguais aos do vento na tempestade. Uma baba fétida escorria de sua goela, seus olhos sangrentos lançavam chispas quando encolhia o pescoço; o pescoço, aquela parte mais estreita do corpo da jibóia, chegava à largura de um barril.

Era impossível acompanhar suas dobras, perdidas entre os galhos e as folhas da árvore.

René firmou-se bem sobre as pernas. Aquele era um desses adversários que não se pode deixar escapar na primeira vez; ele mirou a goela aberta e apertou os dois gatilhos ao mesmo tempo. A árvore foi abalada pela sacudida que o monstro lhe deu. Ele subiu de volta pelos galhos, quebrando-os, e perdeu-se por um momento na densidade da árvore, que ele ia chacoalhando feito tempestade.

François acorreu, estendeu o fuzil carregado para René, que lhe devolveu o seu.

– Afaste o quanto possível as duas moças – disse-lhe René – e deixe comigo o sabre de abordagem.

François obedeceu, voltou para junto das moças e afastou-as do meio do combate.

Os elefantes, ainda de tromba para cima e com os olhinhos fixos, não pareciam ter perdido o réptil de vista. Todos os espectadores, com exceção de René, assistiam ao espetáculo estremecendo.

Verdade é que ele não era um espectador, era o ator.

Os elefantes batiam a pata no chão e pareciam provocar a serpente.

Esta reapareceu finalmente; sua cabeça, hedionda, disforme, ensangüentada, deslizava pelo tronco da árvore e descia para o chão.

Mais dois tiros de fuzil a atingiram durante o trajeto.

---

2. Este deus matou, com suas flechas, a monstruosa serpente que, em Delfos (ou Pythô), guardava o antro em que Gaia pronunciava os seus oráculos (Ovídio, *Metamorfoses*).

Quer lhe faltassem forças, quer, cegada pelo quádruplo ferimento, parecesse ter perdido a consciência dos próprios movimentos, a jibóia caiu feito um fardo ao pé da árvore.

O pagode de Rangum, desabando de sua base de granito, não teria causado barulho maior nem abalado mais profundamente a terra.

A jibóia, que perdera o senso, mas conservara a força, mal sentiu o chão sob si que se desenrolou, com a rapidez de uma mola se distendendo. Mas como, sem perceber, passasse ao alcance de um dos elefantes, este apoiou o pé sobre a sua cabeça quebrada; ela fez um esforço tremendo para se livrar daquela pressão, mas um peso de três ou quatro toneladas, duplicado pela força do elefante, pesava sobre ela: então, torceu-se feito um verme ao qual se amassa a cabeça e, deparando com a massa gigantesca, enrolou-se nela.

O outro elefante percebeu o perigo que seu colega estava correndo, lançou-se sobre a serpente e enrolou a tromba em volta de seu corpo; mas a jibóia, que tinha apenas um terço do corpo enrolado no primeiro elefante, enrolou os outros dois terços no segundo.

Por um momento, a massa informe exibiu a gigantesca paródia do conjunto de Laocoonte[3].

Os elefantes deixaram escapar um grito de dor; René parecia um pigmeu no meio daqueles três colossos antediluvianos.

Mas ele era homem, tinha raciocínio, tinha de vencer.

Juntou o sabre de abordagem que François jogara aos seus pés e, no momento em que, num esforço supremo dos dois elefantes, uma porção do corpo da jibóia se achava esticado sem encostar em nenhum dos animais, ele ergueu o sabre recentemente afiado e, de um golpe, como os gigantes de Homero ou os heróis de Jerusalém libertada, cortou a serpente ao meio. Coluna vertebral quebrada, os dois pedaços da serpente, embora ainda se agitando, perderam as forças e caíram.

Um dos elefantes caiu de joelhos, semi-sufocado; o outro ficou de pé, mas cambaleando, aspirando o ar com um arquejo estridente e doloroso.

René correu até o lago, pegou água com o chapéu e a verteu, em pequenos goles, na goela do elefante que permanecera de pé; quanto ao que ficara ajoe-

---

3. Famosa estátua helenística descoberta em 1506 e conservada no pátio do Belvedere, no Vaticano.

lhado, era preciso dar tempo para que as vias respiratórias se liberassem. René chamou os dois cornacas e correu para as duas moças, mortalmente pálidas. Abraçou as duas junto ao peito como teria feito com duas irmãs. Nesse abraço, a boca de Jane se achou sobre os lábios de René, mas ele se afastou rapidamente. A moça soltou um profundo suspiro.

LXIX
OS BANDIDOS

O primeiro momento foi todo dedicado à emoção que cada um acabara de experimentar.

René, amparando as duas moças, foi sentar-se com elas num pequeno outeiro gramado. Mas, sempre prudente, pegou das mãos de François seu fuzil, que este recarregara.

O fuzil e o sabre de abordagem de François tinham ficado no campo de batalha.

Delicado como uma professorinha, René tirou do bolso um frasco de cristal engastado de ouro, e deu sais para respirar às suas jovens amigas.

Assim que elas conseguiram falar, e foi Hélène quem primeiro recobrou a fala, René lhe perguntou como aquilo acontecera e como deixaram a serpente chegar tão perto sem nem sequer tentar fugir.

Concluído o almoço, e convencidas de que não tinham nada a temer sob a guarda de seus gigantescos protetores, as duas moças haviam adormecido.

Depois de algum tempo, durante o sono, Hélène experimentara um estranho mal-estar. Um cheiro insípido e nauseabundo se espalhara em volta dela, ela ouvira como que gritos de terror, mas só conseguira abrir os olhos às diversas patadas com que os elefantes abalavam a terra. Então, ela avistara, a vinte pés dali, a hedionda cabeça do monstro, goela aberta e olhos fixos nela.

Seu hálito fétido é que empestava o ar à sua volta.

Ela despertou a irmã, quis se levantar e fugir, mas não conseguia ficar de pé, e lembrou-se com terror daquele poder fascinador da serpente que, sem se mexer, derruba os pássaros do alto das árvores e atrai os animais de que quer se alimentar.

Ela lembrava ter lido, nos relatos de viagem de Levaillant que acabavam de ser publicados[1], que o ilustre viajante por pouco não fora vítima de um fascínio semelhante, ao qual escapara dando um tiro de fuzil que rompera a linha de atração.

Ela quis gritar, chamar por socorro, mas, como num pesadelo, a voz lhe faltara.

Buscara René com os olhos e, não o vendo, considerara-se perdida.

A partir de então tudo ficara confuso para ela, sentimento e sensação, até que se sentira tomada nos braços e levada, e, abrindo os olhos, vira-se nos braços de René.

Uma vez longe da cobra, e fora do raio de ação de seus olhos, recobrara mais ou menos todas as suas faculdades, mas fora tamanho o seu terror na última parte do combate que fechara os olhos e não vira mais nada.

Agora que se achava sã e salva junto daquele que se comprometera em protegê-la, não tinha palavras para dizer o que sentia.

Jane escutava tudo aquilo sem falar; René percebia que ela não estava desmaiada pelos estremecimentos de seu corpo, pelos apertos involuntários de sua mão e pelas lágrimas silenciosas que escorriam pelas pálpebras e rolavam em suas faces.

Quando passou o primeiro estupor por aquela luta hercúlea, François conseguiu chamar a atenção para si e para os dois tigrezinhos. Contou então que com seus dois tiros de fuzil matara a tigresa e, com um só tiro, o sr. René matara o tigre.

Tratava-se de não perder as duas magníficas peles dos dois felinos. René ofereceu dez *talks* aos dois homens que aceitassem transportá-las, quer sobre os cavalos, quer sobre uma maca feita com lanças.

Os soldados da escolta preferiram uma maca e, como todos quisessem participar, René dobrou a quantia a fim de que aqueles que fossem em busca dos animais mortos, e também os que ficassem, tivessem sua parte de gratificação.

François estava prestes a ir buscar seu fuzil e seu sabre no campo de batalha quando viu que os dois elefantes os vinham trazendo e os depositavam aos pés de René.

Ele pegou suas armas e pôs-se à frente dos exploradores.

---

1. *Voyages de Levaillant dans l'intérieur de l'Afrique* (1790-1796).

René teve, por sua vez, de contar o combate que François e ele haviam travado contra os dois tigres. Ele o fez com mais simplicidade e modéstia do que um caçador do *faubourg* Saint-Denis conta de que modo matou um coelho na floresta do Vésinet.

Os dois tigres foram encontrados no local onde haviam sido mortos, e trazidos em triunfo.

Enquanto isso, os homens que ficaram ali entretiveram-se medindo o cadáver da cobra: tinha quarenta e seis pés de comprimento por um metro de circunferência.

Era curioso observar os elefantes. Eles haviam compreendido que René tinha, muito provavelmente, salvo as suas vidas. Acariciavam-no com a ponta da tromba com inacreditável delicadeza, e Hélène estava tão familiarizada com eles que fazia com que tirassem suas luvas, operação que eles realizavam com incrível destreza.

Chegou a hora da partida. Deixaram aquela lindíssima paisagem onde ocorrera uma cena de violência tal que o olhar de Deus apenas, nas profundezas do deserto, talvez tivesse visto outra igual.

As moças retomaram seu lugar no palanquim. René e François tornaram a montar no elefante, que parecia muito honrado com aquele favor.

Os guias foram levando os cavalos pela rédea.

Depois de duas ou três horas de caminhada, tornaram a entrar na floresta, que haviam perdido de vista desde as onze da manhã.

Mesmas trevas, mesmos terrores fantásticos que na floresta da manhã, maiores ainda, já que os viajantes haviam percebido que os perigos que os ameaçavam não eram ficção, mas fatos reais aos seus olhos.

Foram imediatamente tomadas todas as disposições para organizar uma espécie de campo entrincheirado para a noite. Cortaram-se árvores pequenas, com as quais se confeccionaram estacas de seis pés de altura, que foram enfiadas uma ao lado da outra, formando um recinto de quinze pés de diâmetro. Puseram, como de costume, os palanquins no chão, e as moças, preferindo ficar dentro deles, se acomodaram o melhor que puderam para passar a noite. Jantaram duas gazelas que François matara no caminho, cujo sangue ele recolheu e deu de beber aos filhotes de tigre em lugar do leite, substituição que não lhes era desagradável. Por fim, para afastar os animais ferozes, acenderam do lado de fora do recinto fogueiras que podiam ser alimentadas de dentro. Constituiu-se uma provisão de lenha seca com essa intenção, já que uma cerca de seis ou sete pés de altura seria uma parca proteção contra as invasões de tigres e panteras; mas as fogueiras, como se sabe, mantêm as feras à distância.

Se comparada ao dia, a noite foi tranqüila: até chegaram a ver, pelas frestas da cerca, uns olhos brilhantes que lembravam carvões incandescentes; ouviram, a pouca distância, rugidos que sobressaltavam os corações, mas era tão pouco, perto do que haviam visto durante o dia, que as sentinelas nem sequer fizeram fogo. François e René, aliás, haviam dividido o plantão noturno, e os dois elefantes cumpriram bravamente o seu.

Às seis horas, estavam todos de pé; naquele dia deveriam chegar à habitação das duas moças. Faltava atravessar a porção menos perigosa da floresta no tocante aos animais ferozes, mas a mais perigosa no tocante aos bandidos.

Estes tinham seu refúgio no próprio conjunto de morros onde nasce o Pegu, e um refúgio, quando eram perseguidos, na aldeia de Toungoo. A habitação das duas moças situava-se à altura dessas montanhas, às margens do rio Sittang, o que lhe conferia parte do seu valor, pois permitia aos exploradores encaminharem seus produtos para a embocadura do Sittang, ou seja, para o mar.

Às seis horas da manhã, depois de uma refeição leve, puseram-se a caminho. Dessa vez, René e François montaram no elefante, no alto do qual haviam constituído uma espécie de arsenal. A idéia de que poderiam deparar com bandidos, e de que seria preciso lutar e proteger as moças, levara René a elaborar um plano que contava com a participação dos elefantes. René tinha certeza de que seus aliados não o abandonariam.

Às onze horas, acharam um local conveniente para uma parada: eram as ruínas de uma antiga aldeia que fora devastada por esses bandidos que dominavam o campo e que, em tropas de doze ou quinze, deslocavam-se rapidamente de um ponto a outro.

Como se aproximavam do lugar onde imaginavam topar com eles, René tomara todas as disposições de um general de exército e distribuíra ordens para o caso de um ataque. Mas um incidente que não se podia prever veio desfazer todas essas combinações.

Enquanto estavam todos sentados e ocupados em almoçar, escutaram tiros a apenas meio quilômetro dali: pareciam vir das margens do rio Sittang. Era evidente que outro grupo de viajantes estava às voltas com os bandidos. René imediatamente mandou que seis homens montassem no elefante, saltou sobre um cavalo, ordenou a François que montasse no outro, e lançou-se na direção da fuzilada. Chegaram à beira do rio e avistaram uma barca sendo atacada por três outras.

Na barca atacada achavam-se dois ingleses, identificáveis pelo uniforme vermelho e pelas dragonas douradas; tinham com eles uma escolta de dez ou doze homens, mas, tal como a de René, armados de lanças apenas.

Os bandidos, ao contrário, tinham alguns fuzis ruins, e suas três barcas vinham ocupadas por uns dez homens cada uma.

Duas dessas barcas tentavam se apoderar, por abordagem, da barca dos viajantes. A terceira estava jogando no rio dois homens mortos.

Era evidente que as armas dos ingleses eram bem superiores às dos bandidos, mas era mais evidente ainda que, sem o reforço que vinha chegando, os dois oficiais e sua escolta sucumbiriam à superioridade numérica.

– Coragem, capitão! – gritou René, num inglês excelente. – Manobre para abordar do nosso lado. O homem que apontar para vocês é um homem morto.

E, de fato, ressoaram dois tiros de fuzil, e dois bandidos caíram. René passou o fuzil para François e pegou o dele, e mais dois bandidos caíram.

– Recarregue! – disse René a François, tirando uma pistola do cinto.

Uma barca acabava de abordar a do oficial inglês, um bandido se preparava para saltar de uma para outra: um tiro de pistola o derrubou no rio.

Os ingleses, por seu lado, vendo-se socorridos com tão terrível energia, atiraram com seus fuzis de dois tiros e três homens caíram.

Entretanto, o elefante compreendera do que se tratava. Descera até o rio, apesar do seu cornaca e dos seis homens que carregava. E, como o rio não era fundo, pusera uma pata sobre uma barca e a submergira. Então, à medida que os homens que a ocupavam iam voltando à tona, ele os atordoava com uma trombada, ou os homens da escolta os perfuravam a golpes de lança.

A chegada daquele reforço devolvera aos oficiais ingleses a coragem que estavam a ponto de perder: recomeçaram a fazer fogo; e, como atiravam à queima-roupa, cada tiro abatia um homem. Em menos de dez minutos, os bandidos, quer mortos pelos dois ingleses, por René ou por François, quer abatidos pelo elefante, quer perfurados pela escolta, haviam perdido metade do seu efetivo e se viam obrigados a bater em retirada.

A ordem foi dada pelo chefe; mas mal partira de sua boca, ele caiu morto. O ato de autoridade que acabara de efetuar o denunciara a René, e um dos últimos tiros de pistola fizera justiça.

A partir dali, a fuga dos bandidos foi uma legítima debandada: três ou quatro tiros de fuzil os perseguiram e fizeram, em suas fileiras, mais três ou quatro vítimas. A barca dos ingleses se aproximou da margem; o oficial saltou em terra e foi recebido por René, que lhe disse:

– Senhor, fico constrangido por não ter ninguém para me apresentar, e ter de apresentar a mim mesmo.

– O senhor se apresenta de tal modo – disse o inglês, apertando-lhe a mão – que pode dispensar um apresentador. E agora, posso lhe perguntar onde estamos? A que distância estamos de Rangoon House, que é para onde vamos?

– Estamos a duas ou três léguas das terras do visconde de Sainte-Hermine, e a apenas um quarto de légua da nossa caravana, da qual me afastei ao ouvir seus primeiros tiros. Se quiser se juntar a nós e concluir sua viagem por terra, estamos indo, justamente, para o estabelecimento do visconde, e posso lhe oferecer, a seu critério, um cavalo ou um elefante.

– Vou ficar com o cavalo – disse o oficial inglês –, é menos ambicioso; acrescento que estou feliz por encontrar, a cinco mil léguas do meu país, um compatriota tão valente e que atira tão bem.

René, sorrindo pelo engano do oficial, ofereceu-lhe seu próprio cavalo e gritou para François:

– François, tome conta das minhas armas e traga o elefante.

Então, saltou sobre o outro cavalo e indicando, com a mão e um cumprimento, o caminho ao inglês, partiu a galope. Em menos de cinco minutos chegaram ao local da parada e encontraram, sem nenhum incidente, o grupo no lugar onde o haviam deixado.

Mas a preocupação de Jane era tanta que não conseguira permanecer em seu palanquim. Descera com a irmã, e as duas moças, ao ouvirem o som dos cavalos, andaram alguns passos ao encontro dos cavaleiros.

Apearam todos com a elegância de escudeiros experimentados e René, tomando a mão do oficial inglês e saudando a srta. de Sainte-Hermine:

– Miss Hélène – disse ele –, tenho a honra de lhe apresentar sir James Asplay. – Depois, voltando-se para o inglês: – Sir James Asplay – disse –, tenho a honra de lhe apresentar miss Hélène de Sainte-Hermine e miss Jane, sua irmã.

E, deixando-as estupefatas, retirou-se alguns passos para não pesar naqueles primeiros momentos de reencontro.

Jane cumprimentou René com um olhar indescritível, em que um resquício de medo se mesclava à expressão do mais terno amor, e seguiu a irmã.

A bela jovem, que ainda tinha forças para controlar suas palavras, já não tinha forças para controlar seu coração, nem seu olhar.

Dez minutos depois, enquanto René limpava as baterias e canos de seus fuzis com um lenço de batista, sir James veio até ele e inclinou-se:

– Senhor – disse ele –, eu ainda não sabia quantas obrigações lhe devia; a srta. Hélène acaba de me contar, e acrescentou que não gostaria de ficar mais tempo privada da sua companhia.

René foi ao encontro das moças e, duas horas depois, ao cair da tarde, os latidos de uma matilha inteira saudaram a entrada da caravana nos domínios do visconde de Sainte-Hermine.

René, compreendendo quão triste seria, para as duas moças, a presença de um caixão, e de um caixão paterno, organizara-se para que, durante os três longos dias de viagem, os restos mortais do visconde fossem transportados por uma escolta à parte e chegassem à Terra do Bétele três dias depois dos vivos.

LXX
A FAMÍLIA DO INTENDENTE

Cerca de uma hora e meia depois perceberam, por causa de um caminho bem claramente traçado, que se aproximavam de um estabelecimento habitado por numerosos hóspedes. Ao analisar as marcas do caminho, dava para reconhecer rastros de elefantes, búfalos e cavalos. Esse caminho desembocava numa grade sólida, que fazia as vezes de porta e apoiava-se numa ponte levadiça. Através da grade, dava para enxergar as silhuetas de várias cabanas que, de certa forma, alinhadas à direita e à esquerda, serviam de cortejo a uma construção que parecia ser a casa senhorial daquela aldeia em miniatura. Causara tumulto na ala canina da casa o fato de René ter tirado uma corneta de caça do palanquim e dado o toque do retorno como um legítimo caçador de raposas.

Sir James estremeceu. Desde que saíra da Inglaterra, não tinha ouvido uma fanfarra tocada com tanta audácia.

Mas os cães, que nunca a haviam escutado, e os habitantes, que, com exceção do patriarca, não tinham como identificar o instrumento que perturbava a calma da noite, em geral perturbada apenas pelo rugido das feras, precipitaram-se, os cães para fora dos canis, onde ficavam soltos à noite, e os demais para fora das cabanas, onde, findo o dia, jantavam em família.

A casa pareceu despertar num sobressalto. As portas se abriram, as janelas rangeram, e uma dúzia de empregados de todas as tonalidades, negros, hindus, chineses, surgiram segurando uma tocha resinosa cada um.

Um ancião adiantou-se, sozinho. Pela tocha que trazia, e que iluminava seu rosto, reconhecia-se um ancião de uns sessenta e oito a setenta anos. Tinha compridos cabelos brancos e uma imensa barba da mesma cor, decerto intocada por tesoura ou navalha desde que chegara à Índia. Grandes olhos pretos, intensos ainda, brilhavam abrigados sob sobrancelhas prateadas e densas; seu porte era ereto, suas pernas, firmes; deteve-se a dez passos da porta.

– Saudações – disse ele – aos estrangeiros que se dignam a vir pedir-me hospitalidade; mas aqui não estamos na França, e vão permitir, antes que eu abra a porta de uma casa que não é minha, que pergunte quem são.

– Deveria ser o meu pai a responder-lhe – retrucou Hélène –, mas os seus lábios estão selados pela morte, e ele não pode dizer o que digo eu, em nome dele. Abençoado seja, Guillaume Remi, você e toda a sua família.

– Oh! Deus do céu! – exclamou o homem. – Será que, no lugar do saudoso patrão, são as minhas jovens patroas tão esperadas, e tão aguardadas, que ainda não vi, e temia tanto não ver antes de morrer?

– Sim, Remi, somos nós – disseram as moças, a um só tempo.

Então, Hélène prosseguiu, sozinha:

– Abra depressa, meu bom Remi, pois estamos cansadas de uma viagem de três dias, e trazemos hóspedes que estariam mais cansados ainda se a sua coragem e dedicação não os tivessem sustentado.

O ancião correu até a porta, gritando:

– Jules, Bernard, venham cá! Vamos abrir logo a porta para os honrados senhores que estão chegando.

Dois vigorosos rapazes entre vinte e dois e vinte e quatro anos correram para a porta, enquanto o ancião continuava a gritar:

– Adda, diga a Sexta-Feira para acender os fogões, e a Domingo que torça o pescoço das aves maiores. O que você tem pendurado no gancho, Bernard? E o que você tem na copa, Jules?

– Fique tranqüilo, meu pai – disseram os dois rapazes –, temos o suficiente para sustentar um regimento, e mal vejo aqui uma companhia.

Os dois rapazes haviam pulado dos cavalos e ajudavam Hélène e Jane a descer dos elefantes.

– Jesus! – exclamou Remi, ao ver as moças. – Que lindas meninas! E quais são os seus nomes aqui na terra, queridos anjos do Senhor?

Jane e Hélène responderam, cada uma dizendo o seu.

– A senhorita Hélène – disse o ancião – é parecida com o senhor visconde, seu pai; já a senhorita Jane é o retrato da senhora sua mãe. Ah! Queridos patrões – prosseguiu o ancião, com um movimento de cabeça que derrubou de seus olhos as lágrimas que lhe tremiam nas pálpebras –, então não vou mais vê-los! Não vou mais vê-los! Não vou mais vê-los! Mas isso não é tudo – ele prosseguiu –, pois os mortos, por mais que os tenhamos amado, não podem nos fazer esquecer os vivos. Fomos avisados da sua chegada. Um dia, vimos o que ainda nunca tínhamos visto: o homem da posta de Pegu, com suas campainhas; trazia uma carta do seu pai, minhas lindas meninas! E o seu pai me anunciava a sua chegada próxima, com vocês. Estava escrito na carta: "Cem francos ao portador"; dei-lhe duzentos, cem do dinheiro do seu pai e cem do meu, de tão contente que fiquei com a notícia que me trazia. Vão encontrar, portanto, seus quartos preparados; faz quase seis meses que estão esperando por vocês. Enquanto não estavam ocupados, havia um vazio no meu coração. Deus seja louvado! Aqui estão vocês, o vazio foi preenchido.

O ancião, de chapéu na mão, assumiu a frente da coluna e encaminhou-se para a casa grande, cujas janelas acabavam de ser abertas; entraram numa ampla sala de jantar toda lambrisada de ébano e uma espécie de madeira de acácia, dourada; esteiras de deliciosa finura, tecidas pelas negras da casa, cobriam o piso. Uma mesa estava posta, com toalhas e guardanapos de fio de aloés. Um serviço de espessa porcelana de cores vibrantes, comprado no reino de Sião, reluzia em cima das toalhas, que conservavam a cor crua dos tecidos ainda não lavados. As colheres e os garfos eram talhados num tipo de madeira muito dura, que substituía maravilhosamente o metal. Facas inglesas, compradas em Calcutá, completavam o serviço.

Era inexplicável a paciência e a vontade de reunir aqueles diferentes objetos num deserto; mas a dedicação possui tantos recursos e a gratidão, tantos expedientes!

O restante da mobília, camas, espelhos, tapeçarias, era de fabricação inglesa e vinha de Calcutá. Os rapazes haviam feito duas viagens à Índia, para cá do Ganges, e com barcos fretados para esse objetivo haviam trazido, para o que chamavam de casa grande, todos os objetos de necessidade e mesmo de luxo.

Guillaume Remi, que era carpinteiro, fizera com que cada um de seus filhos aprendesse um ofício. Um deles se tornara marceneiro, o outro, serralheiro e o terceiro, agricultor.

Esse terceiro, que ainda não vimos, chamava-se Justin; andava à espreita de um tigre: um de seus búfalos fora degolado por um tigre que não tivera tempo de devorá-lo, e ele estava atocaiado próximo aos despojos do búfalo. Na qualidade de agricultor, ele é que era, como caçador, o fornecedor de caça da casa; caso necessário, todos os três viravam, se não caçadores, pelo menos soldados, e em todos os países do mundo teriam passado por bons atiradores.

Desde a carta que anunciava a Remi a chegada do visconde e de suas duas filhas, a mesa fora posta, e ficara posta, de modo que a qualquer hora do dia ou da noite em que chegassem poderiam estar seguros de que estavam sendo esperados. Mas, todos os dias, os copos eram lavados e a porcelana, espanada.

Adda fora encarregada de conduzir as duas moças até seu quarto. Elas passavam de surpresa em surpresa: esperavam encontrar uma cabana de terra ou de palha, e deparavam, ao contrário, com uma casa em que o necessário era tão completo que quase chegava ao supérfluo.

Os dois rapazes foram levados aos seus aposentos por Jules e Bernard.

Jules, que fizera sua formação em Calcutá e sabia inglês, foi colocado a serviço principalmente do capitão.

Bernard, que só sabia francês e alguns dialetos falados em Sumatra e na península malaia, ficou à disposição de René.

E, que nos entendam bem: com essas palavras "colocou-se a serviço" ou "ficou à disposição", não queremos indicar nada que se assemelhasse a domesticidade; havia, naqueles jovens conscientes do seu próprio valor, certo orgulho nativo que lhes conferia a cortesia do anfitrião, e não a obsequiosidade do empregado. René e Bernard se tornaram, desde a primeira noite, bons companheiros. O inglês, de natureza mais altiva, levou algum tempo para se acertar com Jules.

Meia-hora mais tarde, foi anunciado aos recém-chegados que o jantar estava servido.

Os viajantes entraram na sala de jantar e viram apenas quatro talheres servidos. O pai, os filhos e a moça quedavam-se em pé junto à parede.

– Adda – disse Hélène com sua voz doce –, além do talher do seu irmão, que está caçando, faltam mais quatro talheres nesta mesa.

A moça olhou para ela com espanto.

– Não estou entendendo, senhorita – disse ela.

– Um para o seu pai – prosseguiu Hélène com uma voz já quase imperativa –, entre mim e minha irmã, outro para você, entre esses dois senhores, um à minha direita e outro à esquerda de Jane, para os seus dois irmãos aqui presentes e, por fim, um quinto talher para o seu irmão que está atocaiado. Suponho até que o sr. René aqui presente não me desmentirá se eu disser que ele gostaria de ver seu amigo François sentado à mesma mesa que ele; François matou um tigre hoje, sem maior emoção ou mais orgulho que um velho caçador: ora, um homem que matou um tigre pode, na minha opinião, sentar-se a todas as mesas, mesmo à de um imperador.

– Mas, senhorita – disse o ancião, adiantando-se –, por que quer desfazer a distância que existe entre patrões e empregados? Por mais que nos ordene, sempre haveremos de lembrar essa distância.

– Meus amigos – disse Hélène –, não existe entre nós nem empregados nem patrões, pelo menos foi o que meu pai me repetiu quinhentas vezes. Quando chegamos pedindo hospitalidade, vocês se levantaram da mesa, nos receberam em sua casa, mas agora já não estão nos oferecendo hospitalidade. Não temos a intenção de mudar os seus horários nem os seus hábitos, mas, esta noite, dêem-nos a honra de jantar conosco.

– Já que a senhorita quer assim – disse Remi –, vamos obedecer, Adda.

E ele bateu num tantã, timbre gigantesco destinado a chamar os empregados: quatro negros apareceram.

– Diga quais são suas ordens – disse Remi a Hélène.

Hélène deu ordem para acrescentarem cinco talheres, e indicou os lugares onde deveriam ser colocados.

As duas irmãs afastaram suas cadeiras, e o ancião sentou-se entre elas; seus filhos tomaram lugar, um à direita de Hélène, outro à esquerda de Jane. Os dois rapazes tinham se apartado e René, polido como um francês, ofereceu uma cadeira a Adda.

Por fim, mandaram chamar François, que, depois de alguma cerimônia, ao ver que não tinha como se safar, ocupou corajosamente o seu lugar diante do talher do caçador ausente.

Foi só então que repararam em Adda, e sua beleza causou um grito involuntário de admiração, mesmo por parte das duas francesas.

Adda era a Vênus hindu, com seus dois imensos olhos negros situados na mesma linha, sua tez ligeiramente trigueira, os cabelos lisos e negros como as asas de um corvo, os lábios de cetim cereja e seus dentes de pérola; seus braços e suas mãos poderiam servir de modelo a um estatuário; vestia um sári de tecido de Bengala, cujas dobras ligeiras não permitiam as falsidades dos vestidos europeus. Era uma dessas vestimentas iguais às que os escultores jogam sobre os mármores de suas estátuas, e que revela todos os mistérios de amor que o pudor lhe confia. Havia nela esse encanto que não pertence apenas à mulher, mas a alguns animais selvagens. Havia nela algo do cisne, e também da gazela, e, junto com isso, uma raça e um espírito bem francês. Era o esplêndido desabrochar do cruzamento de duas raças.

Não ocorreu a ninguém a idéia de fazer a Adda algum elogio sobre a sua beleza.

Foi admirada, só isso.

Os quatro empregados negros estavam retirando os primeiros pratos quando, de repente, ouviram-se latidos idênticos aos que haviam acolhido os viajantes.

Todo mundo estacou.

– Não dêem importância – disse Remi –, é o Justin chegando.

Então, a voz dos cães adquiriu uma modulação feroz.

Os dois irmãos trocaram um sinal de cabeça.

– Ele matou o tigre? – inquiriu René.

– Matou – respondeu Remi – e está trazendo a pele, por isso é que os cães estão furiosos.

Nisso, a porta da sala de jantar se abriu, e o mais velho dos três irmãos, um belo rapaz de estatura hercúlea, cabelos e barba de um loiro fulvo, apareceu na soleira com a sua blusa, velho traje gaulês que lhe batia nos joelhos, preso à cintura com um cinto e, principalmente, tal como estava, ou seja, com a cabeça do tigre sobre a cabeça, com a pele e as patas cruzadas sobre seu peito, parecia um desses porta-estandartes antigos, como se vê nas batalhas de Alexandre pintadas por Le Brun.

A aparição era tão estranha e inesperada, havia tal selvagem majestade naquela fronte em que rolavam gotas de sangue do animal, que todos se levantaram ao vê-lo.

Ele, porém, cumprimentando da porta, foi diretamente até Hélène e disse-lhe, pondo um joelho à terra:

– Senhorita, tenha a bondade de pôr este tapete sob os seus pés, quisera fosse mais digno da senhorita.

LXXI
O PARAÍSO TERRESTRE

Em 1780, havia cerca de vinte anos, o visconde de Sainte-Hermine, capitão do navio *La Victoire*, fora encarregado de uma missão especial junto ao rei de Pegu, que acabara de tornar-se independente do imperador de Ava. O objetivo dessa missão era conseguir, no golfo de Bengala, na costa ocidental do novo reino, sete ou oito léguas de terras entre o rio Metra e o mar, para ali fundar um estabelecimento francês. O rei Luís XVI oferecia, em troca, armas, dinheiro e até engenheiros franceses, para ajudar o novo reino a se consolidar.

O novo soberano se chamava Menderagee-Praw. Como fosse um homem inteligente, aceitou; porém, querendo dar ao visconde de Sainte-Hermine uma prova de sua fidelidade à França e de sua estima por ele, convidou-o a escolher, nas imensas partes desabitadas do reino, um terreno que lhe fosse conveniente a fim de fundar um estabelecimento comercial.

O visconde de Sainte-Hermine tinha a bordo do *La Victoire* um carpinteiro muito inteligente, filho de um antigo empregado de seu pai.

Esse carpinteiro se chamava Remi: o único livro que ele havia lido, e não só havia lido como estava sempre relendo, era *Robinson Crusoé*. Essa leitura havia lhe virado a cabeça a tal ponto que, toda vez que abordavam uma ilha deserta que fosse do agrado de Remi, suplicava ao conde de Sainte-Hermine que o deixasse pegar os instrumentos, que lhe permitisse descer em terra, que lhe desse um fuzil, pólvora e balas e o abandonasse à sua vocação.

O sr. de Sainte-Hermine não possuía fortuna pessoal, conhecia o valor dos terrenos que lhe ofereciam; resolveu aceitar e fazer uma turnê para realizar sua escolha caso encontrasse algo que lhe conviesse. Era, por sinal, a concretização perfeita da ambição de Remi.

Provavelmente efetuou o mesmo trajeto que, dezessete anos depois, vimos suas filhas efetuarem, uma das quais ainda não era nascida[1], e chegou ao local que encontramos designado, lá pelo início de 1805, como Terra do Bétele.

O lugar era admirável; o visconde avaliou todas as suas vantagens. Pelo rio Pegu, comunicava com Rangum e Siriam, pelo rio Sittang, com o arquipélago de Mergui e, pelo rio Tabaluayn, com Marbatan e toda a costa ocidental do Sião. As terras pareciam ser fortificadas pela natureza. Tratava-se de uma península quase totalmente cercada de afluentes ou efluentes do rio Sittang. Uma centena de metros apenas ligava-as à terra firme. As terras, sem dúvida, já haviam sido submetidas a uma espécie de experimentação agronômica; o bétele, que não nasce naturalmente na Índia, fruto, decerto, de antigas plantações abandonadas, brotava por toda parte.

O sr. de Sainte-Hermine escolheu aquele local. A península tinha, talvez, duas léguas de extensão por meia légua ou um quarto de légua de largura. Ele traçou um mapa preciso do terreno, com as suas medidas, e disse ao rei de Pegu que, se ele realmente lhe quisesse bem como dizia, realizaria todos os seus anseios dando-lhe o pedaço de terra representado no desenho.

O mapa ocupava tão pouco espaço no papel, e também tão pouco espaço no reino, que o rei não viu nenhum inconveniente em atender o pedido do visconde de Sainte-Hermine. Reconheceu a concessão, confirmou-a com o selo real, e o sr. visconde de Sainte-Hermine se viu proprietário de três léguas de terreno no reino de S. M. Menderagee-Praw.

Remi acompanhara essa negociação com todas as angústias da cobiça. Quando foi assinada, selada, rubricada, ele se apresentou ante o sr. de Sainte-Hermine, que olhou para ele fixamente.

– E então, Remi – disse ele –, espero que você esteja, enfim, satisfeito!

– Fico satisfeito com tudo o que lhe acontece de bom, comandante – respondeu Remi.

– Mas o que está acontecendo de bom neste momento não é para mim.

– Como assim?

E Remi, que estava começando a compreender, pôs-se a enrubescer e tremer com todas as suas forças.

– Oh! Meu Deus! Meu comandante – ele exclamou. – Como é possível?

---

1. Ou seja, por volta de 1784.

– Pois é, meu Deus, você vai ser o único proprietário destas terras imensas, já que será o meu representante. Não vou dizer quando volto nem se volto. Se eu não voltar, e as terras não forem requeridas pelos meus filhos, serão todas suas. Se eu voltar, ou se meus herdeiros vierem no meu lugar, dividiremos meio a meio os lucros realizados e os lucros por realizar. Deixo-lhe cinco mil francos, dez fuzis, três barris de pólvora, trezentas libras de chumbo, todas as ferramentas, que, aliás, são suas. Se quiser um escravo, ou dois, ou quatro, eu lhe dou.

– Não quero ninguém – disse Remi. – Mas o senhor sabe que, quando voltar, se voltar, não vai ser um quarto nem a metade que vai lhe pertencer, vai ser tudo!

– Muito bem! – disse o visconde. – Acertaremos tudo isso na hora e no lugar certos.

E apertou a mão de Remi, e deixou-o no meio de um mato onde o carpinteiro contava apanhar os primeiros elementos das casas que planejava construir.

Eram duas horas da manhã quando Remi se viu sozinho com Deus, diante daquela rica e vigorosa natureza.

Lançou um olhar ao seu redor, e pensou, orgulhoso:

– Sou o rei disto aqui tudo!

Mas como se tivesse respondido à sua exclamação, um rugido se fez ouvir. Era um tigre, que dizia: "Que seja! Se você é o rei, o dono sou eu".

Remi, ao tomar posse de seu novo império, já contava com alguns protestos desse tipo, de modo que não ficou muito espantado; escolheu uma árvore cujos galhos desciam quase até o chão e, antes que chegasse a noite, construíra em volta do tronco uma espécie de cabana capaz de defendê-lo dos primeiros ataques das feras; em todo caso, reservara, na parte de cima, uma abertura que lembrava uma chaminé e lhe permitia alcançar os galhos superiores, e nos galhos superiores instalou, com duas tábuas, uma espécie de assento junto ao qual colocou quatro ou cinco fuzis carregados. Depois, comeu um tanto das provisões que o visconde lhe deixara.

Remi estava no auge da alegria: pela primeira vez, via-se senhor de si mesmo e, como Augusto, julgava-se senhor do universo[2].

Havia esquecido o rugido daquela manhã.

---

2. Pelo menos, segundo a tirada que ele profere em Corneille, *Cinna ou la Clémence d'Auguste*, v, 3, vv. 1696-7.

Uma ondulação, que ele avistou a uns sessenta passos, na relva, lembrou-o.

A partir daí, embora continuasse a comer, seu olhar não se desviou mais da relva alta que ele vira se mover.

Era uma pantera que não tinha, como ele, a satisfação de dispor de um jantar, e procurava por um.

Remi não estava muito familiarizado com os hábitos dos grandes felinos; de modo que se contentou em conferir se o primeiro galho estava ao alcance do seu pé, e o terceiro, da mão.

Pôs o pé no primeiro, a mão no terceiro, e começou a escalar a árvore; e, chegando à sua cadeira, a cerca de vinte e cinco pés de altura, sentou-se com a tranqüilidade de quem senta numa fortaleza bem fechada.

A pantera, por sua vez, já o havia farejado.

Acercou-se, deslizando sobre o ventre feito um gato, um gato à espreita de um pássaro.

A cerca de vinte passos da árvore, a pantera se encolheu e deu um salto que a levou a dois metros abaixo de Remi.

Remi estava com o machado de carpinteiro no cinto; aproveitou o momento em que a pantera esticava a pata para se agarrar ao tronco e, com uma machadada, hábil e vigorosamente desfechada, cortou-lhe a pata, que foi quicando de galho em galho e caiu no chão.

A pantera soltou um terrível rugido de ira e dor, esticou a segunda pata, que Remi, com uma segunda machadada, não menos vigorosa e não menos hábil que a outra, despachou para junto da primeira.

A pantera soltou um segundo grito e, perdendo o equilíbrio, caiu pesadamente de uma altura de vinte pés.

Remi pegou um dos cinco fuzis e, antes que ela tivesse tempo de se recuperar da queda, estourou-lhe a cabeça com uma bala. Depois desceu, pegou a faca, tirou-lhe a pele, suspendeu-a numa árvore, pregou as duas patas na porta, como já vira fazerem com patas de lobo, e retomou o seu almoço, dizendo:

– Que mistério a gente faz das coisas quando as vê de longe, e pensar, quando as vê de perto, que não são quase nada!

As panteras entenderam o recado, e, se à noitinha, se ao amanhecer, se durante a noite, Remi ainda ouviu o seu rugido, nenhuma delas se atreveu a aparecer por perto da cabana.

Aos poucos, também, a cabana foi mudando de forma; o que antes era apenas um amontoado de galhos, ao cabo de um mês virou uma pequena fortaleza de troncos esquadriados e soldados um no outro; um piso de vigas bem firmes constituía um sótão ao qual se subia por meio de uma escada. Seis tábuas encaixadas uma na outra formavam uma cama de campanha, e uma mesa bem assentada nos quatro pés completava, temporariamente, com um escabelo de madeira, a sua mobília.

Certa manhã, Remi viu se aproximar de sua cabana uma espécie de caravana. O visconde de Sainte-Hermine havia refletido, ao chegar em Pegu, sobre tudo o que fazia falta ao seu pobre solitário.

Enviava-lhe arroz, trigo, milho, um cavalo e uma égua, uma vaca e um bezerro, um porco e uma porca, um galo com seis galinhas, além de um enorme cão de guarda com uma cadela, e, por fim, um gato e uma gata. A tudo isso somava-se um moinho, desses que existem a bordo dos navios para moer o trigo.

De início, Remi assustou-se com tantas riquezas: onde iria acomodar aqueles novos comensais? Felizmente, o visconde juntara àquilo tudo um reforço de pregos, fechaduras, e uma série de coisas que Remi não poderia obter num deserto.

Era impensável construir em vinte e quatro horas, ou mesmo em uma semana, uma estrebaria para aqueles animais todos; ele fez, em volta da cabana, uma cerca suficientemente alta e densa para que eles não pudessem passar por ela nem pular por cima.

No primeiro dia, manteve os animais presos; no segundo dia, a cerca, que tinha em torno de cem passos de circunferência e, portanto, trinta e três passos de diâmetro, estava concluída. Os animais foram conduzidos ao recinto, que foi fechado atrás deles. O galo imediatamente empoleirou-se na ponta de uma das estacas que fechavam a cerca, de lá se encarregou de cantar as horas e servir de sentinela. Já no dia da sua chegada, as galinhas puseram ovos.

Os homens que haviam trazido a caravana pediram um recibo a Remi. Haviam sido pagos adiantado pelo visconde de Sainte-Hermine. À quantia que receberam, Remi acrescentou alguns *talks* de gorjeta e despachou-os.

No dia seguinte, soltou na pradaria os cavalos, a vaca, o porco, o bezerro e a porca, o cão e a cadela, o gato e a gata, o galo e as galinhas.

O cão e a cadela, o gato e a gata, logo confirmaram sua vocação de animais domésticos, o cão e a cadela sentando-se de lado e outro da porta, o gato e a gata subindo até o sótão.

O sótão ostentava ares de fortaleza, era ali que os dez fuzis, constantemente carregados de balas, ficavam ao alcance da mão dos sitiados, enquanto cerca de cinqüenta cartuchos prontos esperavam sua vez de se tornarem mensageiros da morte.

Daquele sótão, que dominava todos os arredores, e por pequenas seteiras habilmente ajeitadas, era possível atirar em todas as direções sem se expor aos tiros do inimigo.

O restante dos animais espalhou-se pela pradaria. As galinhas ficaram ciscando em volta da casa.

Vindo a noite, o instinto as trouxe de volta para o cercado: pela inquietação do galo, pelos latidos dos cães, pressentia-se que algum tigre ou pantera andava rondando o recinto.

Contudo, nada foi visto, nem de dia nem de noite.

Remi, no entanto, começava a perceber que seus diversos comensais exigiam trabalho demais para um homem sozinho; pensava às vezes, ao se queixar da própria fraqueza, que uma mulher não seria supérflua naquela colônia incipiente, não só para lhe trazer a esperança de expandi-la, como para ajudá-lo nas diversas tarefas que se apresentavam.

Certa noite, em que estava mais atormentado que de costume por aquelas obsessões que ele via como obra do demônio, Remi foi acordado uma hora antes do amanhecer pelo canto do galo, pelo latido dos cães e por tiros de fuzil que pareciam vir do rio.

Remi pegou o fuzil, encheu os bolsos de cartuchos e, seguido pelos cães, correu para a beira do rio, onde lhe parecia que se travava um combate.

Alguns mortos estavam estirados na margem, eram três, e já haviam dado o último suspiro; decerto haviam sido atacados por esses bandidos que sobem das costas ocidentais do reino do Sião pelo rio Sittang.

Ele procurou, chamou, ninguém respondeu; mas, quando o dia despontou totalmente, teve a impressão de avistar uma criatura humana ajoelhada, muda, rígida e imóvel feito uma estátua.

Foi até ela, era uma jovem hindu de doze a treze anos, ajoelhada junto a um homem de uns quarenta anos, estirado e morto.

Uma bala atravessara-lhe o peito.

Remi, depois de dois meses passados naquele deserto, com os cabelos e a barba inculta, tinha razoavelmente, ele próprio, o aspecto de um bandido.

Ao vê-lo, no entanto, a moça não pareceu sentir nenhum temor; contentou-se em apontar-lhe o homem morto, tornou a baixar a cabeça e chorou.

Remi deixou-lhe alguns minutos para dar vazão à sua dor.

Depois, fez sinal à moça para que se levantasse e o seguisse.

Ela se levantou, deu três gritos de apelo aos quais ninguém respondeu; então, com sua graça a um só tempo jovem e selvagem, apoiou a mão e a cabeça no ombro de Remi e acompanhou seus passos.

Quarenta e cinco minutos depois, chegavam ao cercado.

Assim que os avistaram de longe, os animais se amontoaram junto à porta e, com as mais amigáveis demonstrações, apartaram-se para deixá-los passar.

O cão latiu, o porco grunhiu, a vaca mugiu, o cavalo relinchou, o gato miou, o galo cantou.

Eva penetrava no paraíso terrestre, e cada animal a cumprimentava ao seu modo. Só o homem nada dizia, mas, ao abrir a porta de sua casa, seu coração batia como nunca havia batido antes.

LXXII
A COLÔNIA

Remi levou até o sótão duas ou três braçadas de uma espécie de samambaia que crescia em abundância ao redor da casa, estendeu sobre elas a pele da pantera, entalhou dois escabelos iguais aos do andar térreo, e o sótão se transformou no quarto da nova Eva.

Remi olhou para a jovem birmanesa como ainda não havia olhado, e achou-a encantadora: usava um vestido comprido da cor do céu, atado à cintura por um cordão de seda, com bordados em volta do pescoço e na extremidade das amplas mangas; sandálias de palha trançada calçavam seus pés de menina; suas mãos desnudas, cuja pele, no entanto, era só pouco mais escura que o rosto, tinham um formato gracioso; seus olhos inteligentes estavam cheios de gratidão por Remi, e pareciam dizer: "Já que a desgraça me deu a você, o que posso fazer por você?".

Remi, por sua vez, estava disposto a fazer todo o possível para que a moça esquecesse sua tragédia; com tal disposição de parte e outra, conseguiram sem demora trocar, quer em birmanês, quer em francês, as palavras necessárias para os primeiros cuidados da vida.

Ela decerto pertencia a alguma tribo agricultora, pois imediatamente começou a tratar dos animais: indicou que o porco e a porca deviam ficar à parte, e no mesmo dia foi construída uma choça. O bezerro estava crescendo e não precisava mais do leite da mãe, embora, por gulodice ou preguiça, continuasse recorrendo a ele. Ela então trançou, com determinadas ervas, compridas e finas, cestos de trama tão apertada que conseguiam conter o leite qual um vaso de madeira ou porcelana; recolheu os ovos, dividiu as galinhas entre poedeiras e chocadeiras, de modo que havia sempre ovos frescos e pintinhos ciscando à volta da casa.

Mas uma descoberta sua muito mais importante foi de que aquela planta trepadeira, que se espalhava por todo o solo, era bétele; ela também conhecia o milho e o trigo; mostrou a Remi de que maneira se plantava um e se semeava o outro.

Remi apreciava muito aquelas novas tarefas, que lhe permitiam não sair de perto da moça. Ela estava na casa havia apenas dois meses. Ele, por sua vez, erigiu o moinho e ensinou a dona da casa a fazer pão. Graças à manteiga e ao queijo que ela logo passou a tirar do excedente de leite, o bem-estar foi se ampliando na cabana.

Ela sabia confeccionar redes e linhas com fio de aloés. Fabricou instrumentos de pesca que logo passaram a contribuir para a sua alimentação. Por fim, um dia Remi percebeu que a granja crescera demasiado para funcionar sem empregados, e resolveu ir até Toungoo, a apenas quinze léguas dali, para ver se não podia comprar alguns negros ou contratar uns empregados.

Queria ver também se não poderia aproveitar o bétele preparado por Eva, e que poderia fornecer todo ano a quantidade que se desejasse.

Certa manhã, o cavalo, ao invés de ser solto, foi selado, arreado, e Remi o montou; perceberam então que a égua, acostumada a não se separar do macho, estava disposta a fazer toda a viagem com ele sem ser forçada; selaram-na, puseram-lhe a rédea ao pescoço, e abriram a cerca.

Eva, porém, colocou-se na frente da porta e, quando Remi quis passar, estendeu os braços, começou a chorar e, com as palavras do francês que sabia, repetiu duas ou três vezes:

– Com você, com você, com você.

Remi já se sentia bastante contrariado por ter de deixar Eva sozinha dois ou três dias, temia que em sua ausência lhe acontecesse alguma desgraça. Eva não tinha como defender, sozinha, o pequeno estabelecimento recém-criado, caso fosse atacado. E, se fosse para perder um dos dois, no fim das contas, Remi preferia perder a casa e os animais a perder Eva. Esconderam, portanto, na escavação de uma rocha, os fuzis e a pólvora que Remi julgava ser o que possuía de mais precioso porque, com fuzis e pólvora, poderia reconquistar tudo o que lhe tomassem. Quanto aos animais, não havia com que se preocupar: estavam acostumados, sendo todos herbívoros, a conseguir alimento por conta própria. Ele pegou, além disso, vinte e cinco luíses de seu tesouro.

E então, contente, sem nada que puxasse seu coração para trás, deixou a pequena granja incipiente aos cuidados de Deus. Remi tinha uma bússola: graças a esse instrumento, dirigiu-se para Toungoo. Tinham de atravessar um dos afluentes do Sittang. Remi quis procurar por um vau, mas sua jovem amiga sinalizou que era desnecessário, pois sabia nadar. Remi e ela se aproximaram da margem, tomaram-se pela mão e empurraram os cavalos para o rio.

Naquela mesma noite chegaram a Toungoo.

Os peguanos, nas localidades distantes das grandes cidades, não utilizam dinheiro em moeda; usam lingotes pequenos que se encostam na pedra para ver se são de ouro puro ou misturados, já que o ouro na Birmânia, onde há minas de prata, só serve para dourar os pagodes.

Foi então que Remi percebeu o quanto Eva lhe era útil: ela falava birmanês e servia-lhe de intérprete; além disso, havia uma quantidade de objetos necessários a uma colônia incipiente que Remi teria certamente esquecido, e que ela lembrou.

O mais importante, porém, foi que seu bétele, julgado excelente, bastou como valor de troca para a compra de todos os mantimentos, e os comerciantes que o adquiriram se comprometeram a comprar, dali a três meses, o que ela tivesse preparado.

Da próxima vez já não precisaria vir à cidade: o próprio comerciante iria buscá-lo no estabelecimento, que a partir de então recebeu o nome de Terra do Bétele.

Eles compraram, além disso, dois negros e duas negras. Contrataram dois rapazes com experiência na cultura do arroz, duas mulheres para ajudar Eva no trato dos animais e na preparação do bétele.

Finalmente, adquiriram dois búfalos, macho e fêmea evidentemente, para puxar uma espécie de arado que Remi se encarregara de fabricar. Um soco de madeira de teca substituiria o soco de ferro.

A volta levou três dias, por causa dos homens, das mulheres e dos animais, que só podiam acompanhar a marcha dos cavalos se estes andassem a passo. A passagem do rio se deu sem incidentes, e chegaram à pequena habitação.

Mal os reconheceram, o cão e a cadela lançaram-se ao seu encontro, seguidos por todos os outros animais, com exceção do galo, que continuou empoleirado na cerca, das galinhas, que continuaram passeando com seus pintinhos, e do gato e da gata, sentados de lado e outro da porta com a gravidade dos deuses egípcios.

Nada acontecera durante a ausência dos donos da casa, estava tudo intacto, tanto dentro como fora da habitação.

Remi, ao ver tudo em tão bom estado e vendo sua viagem tão bem-sucedida, abriu os braços para dar graças aos céus. Eva pensou que os braços se abriam para ela, e jogou-se neles na maior inocência. Remi estreitou-a contra o peito, e pela primeira vez, seus lábios se encontrando, trocaram um beijo.

A partir desse momento, a misantropia de Remi foi sumindo insensivelmente, ele parou de ler *Robinson Crusoé*, e a única lembrança do livro que restou na casa foi o fato de um dos negros ser chamado de Sexta-Feira.

Também a partir desse momento o trabalho foi repartido, cada qual recebendo suas atribuições, e os dias se regularizaram.

Com sua habilidade, Remi concluiu o arado, atrelou os búfalos e lavrou cerca de dez arpentes de terra, que depois semeou.

Se comparada à complicada fabricação do arado, um esterroador não era nada. Remi esterroou, portanto, seus dez arpentes de terra, e o trigo brotou.

Um dos rapazes que ele contratara para ajudá-lo no trabalho da terra descobriu um local pantanoso, onde escavou regueiras e constituiu um arrozal.

O segundo, que tinha disposições para a caça e a pesca, ficou encarregado do fornecimento da casa; mas como a caça e o peixe eram abundantes, o que lhe sobrava de tempo era gasto para ajudar uma negra, muito hábil na cultura do bétele, a tratar e fazer prosperar essa planta, que era a grande esperança de sucesso de Remi.

Eva e a outra negra davam conta do trato dos animais e das lides domésticas.

Graças a esse novo reforço de trabalhadores, a pequena colônia ia assumindo um aspecto respeitável. Os negros, até então surrados, e que não faziam nada porque os forçavam a trabalhar, agora que eram alimentados e tratados mais como empregados do que como escravos, trabalhavam da manhã até a noite; de modo que todos os semblantes eram alegres e contentes, com exceção do dono da casa; é que Remi já não era mais misantropo, é verdade, mas, o que era bem pior, estava apaixonado.

Eva, por sua vez, amava Remi de todo o coração e em toda a inocência. Seus beijos e carícias não permitiam que ele a ignorasse. Mas era justamente essa reciprocidade que lhe dilacerava o coração; se Eva não o amasse, se ela não o dissesse, ele teria tido forças para lutar contra o seu próprio amor; mas lutar contra o seu amor, e também contra o amor de Eva, estava acima de suas forças.

Uma pergunta há de se apresentar nos lábios dos meus leitores: "Mas por que...?".

Respondo, antes de concluída a pergunta: porque Remi, um bom homem, um excelente cristão, filho legítimo de Mathurin Remi e Claudine Perrot, por nada no mundo desejaria iniciar, com seu filho mais velho, uma descendência de filhos ilegítimos.

Encontrava-se no auge do conflito entre as tentações e a sua consciência quando, certa noite, os cães latiram, não com raiva e como alertando para um perigo qualquer, mas suavemente, fraternamente por assim dizer, e como que anunciando um amigo. Remi foi abrir a porta. Quem acabava de bater assim à porta era, de fato, um irmão.

Era um jesuíta francês que estava indo levar o Cristo à China e lá encontrar, com toda probabilidade, a morte.

– Seja bem-vindo, padre! – disse Remi, alegremente. – Pois certamente está nos trazendo muito mais do que poderemos lhe dar.

– O que posso estar trazendo de tão extraordinário, meus filhos? – perguntou o homem de Deus.

– Está trazendo para esta moça a salvação e para mim, a felicidade; ela é pagã, o senhor vai batizá-la esta noite; eu a amo, o senhor vai nos casar amanhã.

A instrução da neófita não demorou.

Perguntaram-lhe se conhecia outro Deus que não o Deus de Remi, ela respondeu que não.

Perguntaram-lhe se queria viver e morrer na mesma religião que Remi.

Ela respondeu que sim.

Naquela mesma noite, Remi anunciou que, sendo o dia seguinte um dia de festa, não haveria trabalho.

Por fim, conduzindo o padre jesuíta a uma pequena colina, em cujo topo havia uma cruz e onde Remi, manhã e noite, fazia religiosamente suas orações:

– Meu pai – disse ele ao homem de Deus –, é aqui que amanhã o senhor há de nos abençoar, e dou-lhe minha palavra de que antes de um ano após a sua bênção, haverá neste lugar uma capela.

No dia seguinte, em presença dos dois negros, das duas negras e dos dois peguanos, Remi e Eva foram unidos pelo matrimônio.

A cerimônia de batizado deu-se imediatamente antes da do casamento, de modo que, por pouco instruída que fosse em nossa religião, Eva não teve tempo de pecar, nem sequer em pensamentos, entre uma e outra.

No mesmo dia, o jesuíta foi embora, dando sua bênção, conforme o antigo costume, ao dono e à dona da casa, aos empregados, aos animais e à casa.

Os animais não tinham esperado por aquela bênção para se multiplicarem. O bezerro se tornara um belo touro de um ano, a fêmea do búfalo dera cria, a égua, um potranco, a família dos gatos estava em seis gatinhos, a família dos cães, em dez filhotes, e, quanto à família dos porcos, já nem se contava mais e, além disso, uns porquinhos que haviam sido soltos estavam virando javalis.

Chegou a época de vir o comerciante; ele chegou com dois ou três confrades, todos muito satisfeitos de obter a produção anual oferecida pela Terra do Bétele. O comerciante com quem já haviam fechado negócio chegou com a quantia combinada; mas, como a terra produzira três vezes mais que o esperado, resultou que não foram nove mil *talks* que o pequeno estabelecimento rendeu a Remi, já que os outros dois comerciantes, desconfiando de que havia um bom negócio em vista, haviam se munido de sacos cheios desses lingotezinhos de ouro utilizados na Birmânia para o comércio.

Os comerciantes propuseram um trato a Remi: comprometiam-se a lhe pagar todo ano a quantia de quinze mil *talks*, dos quais doze seriam trocados por bétele, e o restante, por milho, arroz e trigo.

E, caso uma das colheitas falhasse, Remi forneceria em bétele o equivalente do que houvesse faltado.

Os comerciantes se comprometeram a mandar mais dois búfalos, quatro negros, duas negras e dois peguanos.

Um dos peguanos tinha de ser serralheiro e o outro, carpinteiro.

Nove meses e alguns dias depois da partida do bom jesuíta, Eva deu à luz um menino, que recebeu o nome de Justin.

Uma das negras fez as vezes de parteira e cumpriu maravilhosamente bem seu ofício.

Foi na capela erguida naquela mesma colina em que Remi se casara que sua mão paterna batizou seu primeiro filho; essa fidelidade para com sua promessa decerto lhe trouxe boa sorte, pois um e dois anos depois, mais dois filhos recebiam ali os nomes de Jules e de Bernard.

Depois, transcorreram mais três anos e uma menina ali recebeu, por sua vez, o nome de Adda.

Entretanto, a colônia seguia florescente; mais de uma légua de terras estavam cultivadas. O número de empregados e escravos que trabalhavam na feitoria era de dezoito, sem contar uns dez negrinhos e mestiços que eram empregados de acordo com a idade ou que, não tendo idade suficiente, brincavam com os gatinhos e os cachorrinhos, e perseguiam as galinhas.

O filho mais velho de René estava destinado à agricultura, pesca e caça.

O segundo, Bernard, era aprendiz do mestre serralheiro, e o terceiro, Jules, do mestre marceneiro, que os correspondentes de Remi tinham lhe enviado segundo as suas ordens.

É desnecessário acompanhar a pequena colônia em sua prosperidade não só contínua, como sempre crescente. Mas chegou um tempo em que as cabanas ficaram todas pequenas demais, e foi decidido por Remi que, no lugar das cabanas, seria construída uma casa grande, que seria a casa do sr. visconde, e ao seu redor, casas menores que seriam as casas de Remi e de todos os empregados ou criados da casa.

Remi fez o projeto da casa do sr. visconde e, como se fosse ele o mais esperado, puseram todos mãos à massa: os dois rapazes já eram bastante fortes para trabalhar com seus mestres como marceneiro e serralheiro. Remi pôs toda a sua arte de carpinteiro na escultura das vigas e varandas. Então, enquanto Eva revestia a parte interna com tecidos de Prome, Pegu e até Calcutá, trataram de construir o restante da aldeia, que se compunha de nada menos que quinze a dezoito casas.

Foram precisos dois anos para realizar aquela imensa tarefa: mas como a colônia seguia prosperando, como haviam tirado uma renda de quinze mil até dezoito mil *talks*, ou seja, quase sessenta mil francos, o trabalho avançou ainda mais depressa que o esperado.

Os três filhos de Remi haviam se tornado belos e vigorosos rapazes, hábeis todos os três no manejo das armas.

Duas vezes a pequena colônia foi atacada pelos bandidos; mas graças às quatro casamatas que se erguiam nos quatro cantos da aldeia, foram recebidos de tal modo que não havia risco de voltarem.

Justin, principalmente, tornara-se o terror dos bandidos de toda espécie, homens e animais. Se, a duas ou três léguas ao redor, descobriam que um tigre ou pantera havia sido avistado, Justin jogava o fuzil sobre o ombro, enfiava o machado do pai na cintura, e só retornava quando o tigre ou a pantera estivessem mortos.

Quando entrou na sala de jantar com a pele do tigre na cabeça e nos ombros, e viu ali as pessoas que havia tanto tempo esperavam, tratava-se aquele do décimo primeiro tigre que matava. Um ano antes, uma grande desgraça afligira a família inteira, assim como os empregados e os escravos que compunham a colônia: falecera a mulher de Remi, mãe dos três belos rapazes e da formosa moça.

LXXIII
OS FUNERAIS DO VISCONDE DE SAINTE-HERMINE

Agora que sabemos como fora fundado o estabelecimento do visconde de Sainte-Hermine na Terra do Bétele, podemos retomar o fio da nossa narrativa.

Não precisamos explicar aos nossos leitores o efeito que produzira, nas duas irmãs, em sir James Asplay e em René, a visão daquela família patriarcal que transpunha para o início do século XIX os costumes dos árabes dos tempos da Bíblia.

Abraão não era mais venerável que Remi; Rebeca não era mais bela que Adda; Davi e Jônatas não eram mais altivos que Bernard e Jules; finalmente, Sansão, que dilacerava um leão ao apartar-lhe as mandíbulas, não era melhor ou mais valente que Justin.

Assim, as duas moças voltaram para o seu quarto e os dois rapazes, para o seu apartamento, surpresos ante o que haviam visto e inclinando-se ante tão modesta grandeza. No dia seguinte, quando Adda veio inquirir como Hélène e Jane haviam passado a noite, e pediu, da parte do pai, permissão para se apresentar nos aposentos de suas jovens patroas, o que obteve, o ancião subiu num passo grave e lento, e apresentou-se às duas moças; trazia nas mãos um pequeno livreto e vinha lhes prestar as suas contas.

– Senhoritas – disse ele –, a primeira coisa a ser feita entre um devedor e um credor que se encontram depois de vinte e quatro ou vinte e cinco anos de ausência é o devedor reconhecer a quantia que deve e prestar as suas contas.

As moças se olharam, bastante surpresas.

– O nosso pai nunca nos falou sobre isso – disse Hélène. – Quando muito, deve ter pensado que ele, sim, é que era o seu devedor; nesse caso, a única recomendação que nos fez foi de vendermos a habitação e dividirmos o valor da venda com o senhor.

Remi se pôs a rir.

– Não posso aceitar essas condições, senhorita, seria vender caro demais ao meu honrado patrão o parco serviço que lhe prestei. Não, a senhorita, se não estiver demasiado cansada, vai me acompanhar e julgar com os seus próprios olhos a situação em que está a sua fortuna. A sua irmã vai acompanhá-la por direito e, se quiser que esses dois senhores estejam presentes, ficarei feliz em prestar-lhes contas ante o maior número possível de testemunhas.

As duas irmãs consultaram-se com um olhar e concluíram que o assunto deveria ser tratado entre elas. Tinham, para com aquele bom empregado, as melhores intenções deste mundo, e temiam que um homem, que sendo um noivo já não é um estranho, se opusesse à liberalidade com que pretendiam tratá-lo.

– Iremos sozinhas, meu venerável amigo – disse ela. – Só me mostre o caminho, por favor.

O ancião andou alguns passos à frente, abriu uma pequena porta e fez sinal às duas moças para que entrassem. O pequeno cômodo, talvez o único na casa inteira construído com pedra, tinha grades quadriculadas e entrelaçadas nas janelas e, como mobília, dois pequenos barris de ferro, um com um pé de altura, outro com três pés; ambos estavam selados à parede com correntes de ferro e descansavam, à altura de um homem, sobre duas barras de ferro, seladas na parede e enfiadas em dois anéis de ferro.

O ancião tirou uma chave do bolso e abriu um cadeado que, descerrando-se, deixou abrir-se a tampa.

A tampa, erguida pela mão do ancião, escancarou-se e desvendou, aos olhos espantados de Hélène e de sua irmã, uma quantidade incalculável de barrinhas de ouro da grossura de um dedo mínimo. As duas moças apoiaram-se uma na outra, enquanto se olhavam espantadas.

– Senhoritas – disse o ancião –, deve haver neste barril pouco mais de um milhão.

As moças estremeceram.

– Mas – disse Hélène – de quem é isso? É impossível que seja nosso.

– No entanto, é esta a verdade pura e simples – disse o ancião. – Há quase vinte anos que venho dirigindo com sucesso a sua propriedade: ela rendeu, contando tudo, entre cinqüenta e cinqüenta e cinco mil francos; não contei o que tem aí, precisaria de balanças apropriadas; mas, tirando os custos da casa, deve haver perto de novecentos mil francos.

As duas moças se olharam.

O ancião tirou uma segunda chave do bolso e abriu o pequeno barril, selado com o mesmo zelo à parede.

Este estava cheio até a metade de rubis, granadas, safiras e esmeraldas, pois que o ouro em lingotes e as pedras preciosas serviam, como dissemos, de moeda de troca na Birmânia.

O velho enfiou o braço no fundo do barril e deixou cair de sua mão uma cascata de fogo.

– O que é isso? – inquiriu Hélène. – O senhor encontrou o tesouro de Haroun al-Rachid?

– Não! – existia o ancião. – Mas achei que o ouro só teria, em toda parte, o valor do seu peso, enquanto as pedras, mesmo incultas, teriam preço duplicado na França. Pela taxa de câmbio do país, deve haver aí uns trezentos mil francos.

– E aonde o senhor quer chegar? – perguntou Hélène, sorrindo, já que Jane escutava mergulhada em seus pensamentos e indiferente aos detalhes externos.

– Quero chegar a dizer, minhas caras patroas, que assim como lhes pertencem a terra, os homens, os animais, as colheitas da propriedade, também lhes pertencem este ouro e estas pedras.

– Meu amigo – disse Hélène –, sei o que foi combinado entre o senhor e o meu pai. "Remi", disse ele ao se despedir, "já que prefere ficar, deixo você aqui; construa, com os poucos recursos que posso lhe oferecer, uma propriedade lucrativa, e quando eu voltar, ou quando voltar alguém de minha família, com os meus direitos, faça uma partilha igual entre mim e você." Infelizmente, meu caro Remi, sou a herdeira que vem, em nome do meu pai, pedir esta partilha: a metade de tudo o que o senhor possui pertence à minha irmã e a mim, mas a outra metade é sua.

Lágrimas corriam pelas faces do ancião.

– Não! – disse ele. – Não, isso não pode ser o que o seu digno pai quis dizer; ou, quando ele fez esse trato comigo, não pensava que a propriedade fosse prosperar assim. Imagine, somos simples fazendeiros, e já ficaremos muito satisfeitos se continuarem nos permitindo ganhar a vida ao seu serviço, e assegurarem aos meus filhos e netos a sobrevivência do pai deles.

Hélène olhou nos olhos de Remi, e séria:

– Está se esquecendo, Remi – disse ela –, que ao ser demasiado generoso conosco, torna-se injusto para com seus filhos. Seus filhos trabalharam tanto quanto o senhor, menos tempo, é verdade, mas na proporção da idade e da força que tinham, para a nossa fortuna comum, e eu é que me encarrego de defender e preservar os direitos deles!

Remi tentou insistir; mas, nisso, tocou o sinal do almoço, ou seja, três batidas num gongo chinês indicaram que a mesa estava servida.

Hélène pediu a Jane que saísse primeiro e tomou o braço de Remi.

Remi fechou a porta atrás de si e desceram os três.

Nunca nenhuma mesa real foi mais suntuosamente servida: os pavões da Índia, os faisões dourados da China, as galinholas da Birmânia exibiam sobre a mesa os esplêndidos leques de suas plumas; quanto à sobremesa, era um congresso geral de todas as mais deliciosas frutas: mangas, goiabas, bananas reais, ananases, duriões, abacates, jacas e jambos; não havia bebida além de vinho de latânia e suco de toranja. Essas bebidas, enterradas em grandes profundidades, tinham o frescor dos licores gelados.

Como não existia pomar na habitação, os três irmãos haviam se acertado na noite da véspera e foram colher as frutas na floresta que cingia as terras desmatadas. Justin, que subira o rio por mais de duas léguas a fim de buscar mangas que só em suas margens eram encontradas, reconhecera nas matas que beiram o Sittang o rastro de vários tigres.

A essa notícia, o entusiasmo tomou conta dos cinco rapazes, e ficou decidido que uma caçada ao tigre ocorreria dali a poucos dias, e que seria realizada com elefantes, de modo que as senhoras pudessem acompanhar os caçadores.

Foi Jane quem propôs esse último acerto, aprovado por unanimidade; Hélène, porém, olhou para ela com tristeza e murmurou:

– Pobre irmã!

E, de fato, Jane estava longe de possuir grande coragem, mas nada a assustava tanto como deixar René sair sozinho naquela caçada terrível, e viver três ou quatro dias de angústia antes de revê-lo.

René tentou dissuadi-la, mas entristeceu-a sem convencê-la. Hélène, então, com uma palavra, adiou aquela caçada para um outro momento. Esperavam, de um dia para outro, o corpo do visconde, e a cerimônia fúnebre teria de se cumprir antes que se pensasse em diversão.

Ao sair da mesa, Hélène chamou sir James e René, contou o que se passara entre eles e como, apesar da insistência do ancião, ela exigira que o trato entre ele e o pai dela fosse rigorosamente cumprido. Ambos aprovaram a exigência da moça.

– Assim – disse Hélène, sorrindo – eis que, sem nem desconfiar, pois não ouviu nem escutou uma palavra da nossa conversa, eis que Jane se tornou uma herdeira; não há nenhum mal nisso, já que, neste deserto, não será nada fácil achar um marido para ela.

– Ela deveria ter tomado a mesma precaução que você, minha cara Hélène, e trazer um marido da Europa.

Os olhos de ambos se voltaram para René, mas o rapaz permaneceu impassível, e apenas um vago sorriso, antes triste que alegre, esboçou-se em seus lábios.

Nisso, sua atenção foi distraída por uma tarefa a que se entregavam os três irmãos.

À sombra de um magnífico baobá, estavam cavando um açude, com a intenção de ali fazer passar um curso d'água que desembocaria no rio.

Cavado o açude, o curso d'água desviado daria um magnífico quarto de banho para as moças, que só teriam de andar cem passos fora de casa para tomar banho ou voltar.

Assim, todas as preocupações daquela excelente família tinham por objetivo o bem-estar de seus hóspedes.

Ao retornar para casa, os três rapazes avistaram Jane sentada à porta, olhando distraidamente para Adda, que domava dois cavalinhos birmaneses. Estes se destinavam aos passeios de Hélène e Jane.

Existem no Pegu duas raças de cavalos bem distintas, os do Baixo Pegu, que nascem no solo inundado e pantanoso que se estende do Arakan a Tenasserim. Enquanto se permanece no delta formado pelas inúmeras ramificações do Irrawaddy, só se encontram cavalos pequenos, mal formados e sem estofo; mas tão logo se chega às terras secas de Henzada, encontramos uma raça de pequena estatura, mas elegante e incansável.

Na Birmânia, aliás, o elefante é a montaria das grandes personalidades; o carro antigo, veículo destinado aos pequenos percursos, é puxado por búfalos ou bois. O cavalo é, portanto, um objeto de luxo.

Havia na habitação cinco ou seis desses cavalos; mas somente os rapazes e Adda os montavam; ninguém mais se permitia usá-los, ou melhor, ninguém ousaria montá-los.

Adda, semi-selvagem e sem ter noção das selas das mulheres européias, montava à maneira dos homens; como suas saias eram muito estreitas e abertas dos lados, usava calças que lhe batiam nos tornozelos. O corpo ágil e sem corpete, dobrando-se a todos os movimentos do cavalo, cabelos soltos ao vento, ela lembrava essas mulheres tessálias de que fala Fedra, que aproximavam, correndo, o ferro tessálio de suas tranças esvoaçantes[1].

As duas moças admiraram francamente as graciosas evoluções de sua linda anfitriã, mas afirmaram que jamais montariam a cavalo daquele jeito.

Adda retrucou que pouco importava, René ou James desenhariam as selas francesas e seu irmão marceneiro as executaria.

Nisso, viram surgir da floresta um cortejo constituído por um elefante, quatro cavalos e cerca de dez homens.

O elefante estava todo coberto com um pano preto.

A essa notícia, e principalmente depois de subirem na espécie de belvedere que encimava a casa, as duas moças não tiveram mais dúvida de que estava chegando o corpo de seu pai.

Bateram no gongo para reunir todo mundo, depois abriram os portões e aguardaram o cortejo fúnebre. Quando o elefante que carregava o caixão entrou no pátio, as duas moças se puseram de joelhos e todos os demais as imitaram.

O *shabunder* de Pegu, que se incumbira de todos os detalhes fúnebres, tivera a idéia de propor a dois missionários jesuítas que aproveitassem aquela escolta e os meios de transporte para atravessar uma floresta tão perigosa em animais ferozes.

Estes haviam aceitado e se ofereceram, em troca, para rezar sobre o caixão do visconde de Sainte-Hermine as orações dos mortos.

O caixão foi levado até a pequena capela. Na falta de círios, madeiras resinosas arderam vinte e quatro horas e simularam, tanto quanto possível, uma câmera ardente.

Então, a missa dos mortos foi celebrada com a maior solenidade possível.

Por fim, o corpo do visconde foi depositado no jazigo junto ao corpo de Eva.

---

1. Eurípides, *Hipólito*, vv. 220-1: "Je brûle de harceler les limiers de ma voix, et, le long de ma chevelure, de lancer l'épieu thessalien, la main armée d'un dard aigu!" [Não vejo a hora de assediar os cães de caça com minha voz e, ao longo de minha cabeleira, lançar o chuço tessálio, mão armada de um dardo agudo!"] (trad. Louis Méridier, Paris, Les Belles-Lettres, 1989).

Durante alguns dias, toda a colônia ficou entregue à tristeza inspirada pela recordação daquela morte violenta e prematura.

Durante alguns dias, Jane pôde chorar à vontade sem que ninguém lhe perguntasse o motivo de suas lágrimas.

Dois dias depois, os jesuítas seguiram caminho para a China.

LXXIV
TIGRES E ELEFANTES

Durante os dias que se seguiram aos funerais do visconde de Sainte-Hermine, os rapazes tiveram o piedoso cuidado de não desfrutar de novas diversões e de não tornar a falar sobre a diversão planejada.

Planejada, como lembramos, estava uma caçada ao tigre à beira do Sittang, num lugar onde Justin reconhecera diversos rastros quando fora buscar mangas; mas, para aquela caçada, que se daria com o recurso aos elefantes, eram necessários certos preparativos indispensáveis.

Assim, o marceneiro Jules tinha de fabricar *houdats*[1] de madeira de um metro de altura, podendo conter quatro ou cinco pessoas, enquanto Bernard, o serralheiro, tinha de confeccionar cinco ou seis lanças do tipo que em Bengala se usa para caçar javali.

Além disso, René não deixara de alimentar as boas relações que mantinha com os elefantes. Todo dia, ele próprio tirava da estrebaria Omar e Ali – nomes que dera aos dois paquidermes.

Entregava-se então a eles, deixava-se erguer nas suas trombas, fazia com que dobrassem o jarrete e, pelo jarrete, subia em suas imensas costas e deixava que eles o pusessem de volta no chão. Ambos atendiam pelo nome quando ele os chamava; enfim, ele os atiçava ou acalmava como queria, e ordenava-lhes agressão ou submissão, e nunca nem um nem outro se enganava sobre a ordem recebida.

---

1. "Nacela"; mais adiante, *panelle*: vaso de argila ou metal com corpo esférico, utilizado na Índia.

Oito ou dez dias mais tarde, os *houdats* estavam prontos e as lanças, confeccionadas.

Esperaram mais alguns dias.

Por fim, a própria Jane foi a primeira a dizer:

– Senhor René, e a tal caça ao tigre?

René inclinou-se para Jane e sua irmã, e disse:

– Cabe às senhoritas darem as ordens.

Marcaram para o domingo seguinte; o lugar onde se daria a caçada ficava a duas horas apenas; bastava partir às quatro da manhã para chegar ao raiar do dia, às seis.

Às quatro horas da manhã, no domingo seguinte, estavam todos prontos. Primeiramente, fixaram os *houdats* com sólidas correntes, que passaram várias vezes pelas costas e pela barriga dos elefantes. Em volta dos *houdats*, prenderam baús que levavam as munições e os víveres, e *panelles* com água. Em seguida, efetuaram a inspeção das armas.

Justin e seus irmãos só possuíam fuzis de munição, armados com baionetas.

René deu a Justin sua melhor carabina. Diversas vezes, e sem dizer que tencionava presenteá-lo, convidara-o a atirar com ela, e Justin elogiara a precisão daquela arma.

Dividiram-se da seguinte maneira:

Justin montou a cavalo; sir James, Jules, Hélène montaram em Omar; Jane, Bernard e René ficaram com Ali. Havia lugar, em cada um dos *houdat*, para um carregador de guarda-sol. Sir James emprestou a Jules um de seus dois fuzis de Manton; duas lanças foram fincadas em seu *houdat*.

Jane, René e Bernard, por sua vez, tomaram seus lugares e fincaram duas lanças no piso de seu *houdat*. René, além disso, tinha no cinto suas duas pistolas de dois tiros; quis passar uma delas para Bernard, mas este retrucou que não conhecia essa arma, já que nunca a utilizara.

Os condutores dos elefantes, conhecidos entre nós pelo nome de cornaca e, na Índia, pelo de *mahut*, acomodaram-se em cima das cabeças dos elefantes, usando suas orelhas como couraça. Deram a cada um, em vez do gancho de ferro que costumam usar para conduzir o animal, uma lança que, naquela ocasião, serviria não só para isso, como também para sua defesa pessoal.

Doze batedores, que ninguém quisera indicar por medo de acidentes, mas que haviam se oferecido voluntariamente, eram conduzidos e comandados por

François, que não quisera outra arma além de um fuzil de munição armado de baioneta e o famoso sabre de abordagem que, com um golpe só, partira a jibóia ao meio.

Uma matilha de doze cães adestrados no ódio ao tigre os seguia, em liberdade.

Sir James, que já fizera várias vezes essa caçada nos arredores de Calcutá, foi proclamado chefe da expedição.

Percorreram cerca de duas léguas sem nada encontrar. Finalmente, chegaram às matas onde Justin avistara os rastros. Os cães estavam inquietos, os elefantes andavam erguendo a tromba, o cavalo de Justin espezinhava, fazia desvios inesperados, erguia as orelhas e fungava o ar. François atiçou seus homens, mas estes hesitavam em penetrar na floresta, embora ele desse o exemplo.

Ele então chamou os cães, que penetraram bravamente.

– Cuidado! – gritou sir James. – O tigre não está longe.

Mal acabara de pronunciar essas palavras, um dos cães deu um urro de aflição.

Imediatamente, um rugido rouco e profundo fez-se ouvir.

Quem nunca ouviu de perto o bramido do leão e o rugido do tigre não ouviu os dois ruídos mais assustadores da natureza. É um ruído que penetra em nosso corpo, não pelos canais auditivos, mas por todos os poros da pele.

Dois ou três rugidos iguais irromperam em diferentes lugares da mata, o que indicava que o tigre não estava sozinho.

Ouviram-se os fuzis sendo armados, em seguida um latido por parte de todos os cães, como se dessa vez eles não só sentissem, mas vissem o animal.

– Ao tigre! – gritou a voz de François.

No mesmo instante, viram lançar-se para fora da mata, rápido feito um foguete, um magnífico tigre real no auge do seu tamanho.

Num primeiro salto, ele transpôs um espaço de vinte metros e caiu a sete ou oito pés para fora da mata; mas, como se não precisasse tocar o chão ou uma mola o tivesse puxado tão logo o tocou, tornou a saltar e voltou para o seu abrigo.

Todos os animais demonstraram visível temor; somente o cavalo de Justin demonstrou mais raiva que temor. Esticou as ventas fumegantes durante a breve aparição do animal e desfechou-lhe um duplo raio com os dois olhos. Dava a impressão de que, não fosse retido pelas rédeas, se lançaria a plenos dentes no combate.

Nada era tão belo, por sinal, como aquele cavaleiro montado num cavalo sem estribos, sem sela, sem coberta, obedecendo à voz e aos joelhos de seu dono muito mais do que à rédea.

Todos os olhos estavam fixos em Justin, que, com a cabeça descoberta, o peito seminu, as mangas arregaçadas acima do cotovelo, segurando a crina do cavalo com uma mão e a lança com a outra, parecia um cavaleiro númida, quando, de repente, movido pelos gritos dos batedores, pelo som dos cornos de boi, pelo latido dos cães, um segundo tigre saiu da mata, não com um salto, como o primeiro, mas deslizando rente ao chão, como um animal em fuga.

Chegando a dez passos fora da mata, deparou com os elefantes e, segundo o costume dos tigres quando tomam impulso, grudou-se no chão.

As moças, assustadas, gritavam: "Tigre! Tigre!". Os elefantes puseram-se na defensiva; os caçadores estavam para fazer fogo quando viram passar Justin e seu cavalo, rápido como um raio.

Chegando a dois passos do tigre, ainda aturdido, Justin deu um grito, ergueu o cavalo a quatro pés de altura e, passando por cima do animal feroz, desfechou-lhe uma lançada com toda a força do seu braço e pregou-o no chão.

Então, detendo de súbito o cavalo a três ou quatro passos dali:

– Os outros são seus, senhores – disse. – Já tenho o meu, isso me basta.

E foi, com seu cavalo, postar-se atrás dos elefantes.

O tigre soltou um rugido terrível, fez um esforço para se erguer sobre as patas, mas a lança, como que movida por uma mola de ferro, não só lhe atravessara as costelas de par em par, como se enfiara cinco a seis polegares no chão, de modo que, de pé sobre as patas, o tigre já não estava com o corpo atravessado pelo ferro, e sim pela madeira da lança.

Então, o pobre animal foi tomado pela ira, voltou-se sobre si mesmo, agarrou a lança com os dentes e partiu-a.

Mas foi seu derradeiro esforço; soltou um comprido suspiro, vomitou sangue e expirou, ainda pregado ao chão. Como se o último lamento do animal fosse um apelo, se não à vingança, pelo menos ao combate, o primeiro tigre reapareceu a sessenta passos dali, com dois saltos de vinte passos cada; aproximara-se tanto dos caçadores que lhe bastaria saltar uma terceira vez para cair sobre o elefante que quisesse escolher.

Mas não teve tempo; mal tocou o chão, nesse segundo salto, dois tiros foram disparados ao mesmo tempo.

O tigre rolou.

Sir James, que via o tigre atravessado à sua frente, alojara-lhe a bala no ponto fraco do ombro.

René, que o vira de frente, rebentara-lhe a testa.

O tigre estava morto.

No mesmo instante, e como que atraídos pela detonação que se acabara de ouvir, mais três tigres surgiram de dentro da mata soltando rugidos horríveis; porém, como se tivessem visto o que se passara e temessem, não parando um segundo sequer, que os caçadores aproveitassem para fazer fogo sobre eles, puseram-se a traçar diversos círculos a fim de reconhecer o inimigo que tinham de combater.

Os caçadores eram demasiado experientes para desperdiçar à toa um tiro de fuzil. Esperaram que os tigres concluíssem suas viravoltas.

Ao cabo de alguns segundos, um dos dois lançou-se junto do elefante de René, tendo o cuidado de manter-se de lado para evitar ser esmagado por ele.

Enquanto isso, René cuidou de abaixar uma de suas pistolas e fazer fogo, mas a bala atingiu o animal na coxa e, causando-lhe apenas um ferimento leve, redobrou sua ira. Olhos flamejantes, goela em fogo, esticou as garras para o flanco do colosso e tentou subir no *houdat*; porém, com um brusco movimento da pele, o elefante jogou-o a dois ou três passos de distância. Isso deu a René tempo para desfechar-lhe um segundo tiro de pistola, que o atingiu no pescoço. O elefante caminhou até o tigre, tomando o cuidado de manter a sua tromba erguida, e procurando esmagá-lo com suas monstruosas patas; mas o tigre evitou o perigo lançando-se novamente para o peito do elefante. Bernard, colocado do lado oposto, fazia vãos esforços para avistar o animal, e Jane, mais preocupada com o perigo de René que com o seu próprio, inclinava-se para fora do *houdat*. Felizmente, no instante em que o tigre ficou invisível aos olhos dos caçadores, o *mahut*, cuja perna estava sob as suas garras, enfiou-lhe no peito a lança com que estava armado. O tigre soltou sua presa e caiu. Mal tocou no chão, o elefante apoiou a pata em cima dele e esmagou-o.

Naquele momento, sir James, Hélène e Jules corriam um perigo ainda mais premente que este a que Jane, Bernard e René acabavam de escapar. Enquanto um tigre atacava seu elefante de frente, outro, saltando para o lado oposto, pulara no seu lombo e nele ficara agarrado. Infelizmente para ele, porque desse modo oferecia o flanco esquerdo a René. René apontou, fez fogo e atravessou-lhe o coração com uma bala.

O tigre, de início sem soltar as garras, torceu-se sobre si próprio, mordeu o ferimento e caiu.

A cabeça do outro tigre já não estava a mais que um ou dois pés de distância da mais velha das moças quando sir James, sem trazê-lo ao ombro, pressionou os dois canos do fuzil contra o animal e fez fogo. Balas, buchas, chamas, penetraram no duplo ferimento. O tigre caiu fulminado.

Os caçadores respiraram, enfim.

Eram cinco tigres mortos.

François, seus batedores e os cães saíram juntos de dentro da mata; faltavam dois homens entre os batedores: um tivera a cabeça quebrada e o outro, o peito aberto pelos tigres que acabavam de ser mortos e que, antes de saírem da mata, haviam cruzado com eles no caminho. Sua morte fora tão rápida que não tinham tido tempo de dar um grito, ou, se um grito havia sido dado, perdera-se no alarido das trombas, dos latidos dos cães e dos gritos dos outros batedores.

Mas ao avistar os cinco tigres estendidos no chão, num espaço de quarenta ou cinqüenta passos apenas, esqueceram os dois amigos mortos. A paixão pela caça ao tigre é tamanha, entre bengaleses e birmaneses, que cinco tigres mortos pareceram-lhes um amplo equivalente aos dois homens mortos.

Quanto aos elefantes, estavam ambos feridos, mas seus ferimentos não tinham nada de grave.

Os mortos, depositados em macas, foram transportados até a casa.

Adda, no seu cavalinho birmanês, que fazia parelha com o cavalo de Justin, veio receber a caravana, e retornou a galope para anunciar que os quatro estrangeiros e seus três irmãos estavam sãos e salvos.

Os elefantes, Omar e Ali, haviam conquistado novos direitos aos olhos das duas irmãs.

Assim, Hélène manifestou o desejo de adquiri-los: inteligentes como eram, seriam empregados na guarda e na defesa da casa. René declarou às duas irmãs que a partir daquele momento podiam considerá-los propriedade sua; ele se encarregava, por intermédio do soberano, de efetuar o negócio com o dono dos elefantes.

À noite, Jane foi acometida de febre; atribuíram essa indisposição ao cansaço do dia. Sua irmã ficou junto dela.

René e sir James conversavam, por seu lado.

Adda, que eles chamaram para pedir notícias de Jane, disse que ouvira uns soluços ao se aproximar do quarto, mas, temendo ser indiscreta, retirara-se.

James, ao ver o interesse de René pela dor das duas irmãs, ou melhor, pela de Jane, pois Adda afirmava que só ela chorava, prometeu a René que lhe diria, já no dia seguinte, qual o motivo daquela tristeza.

Naquela zona tórrida, as noites eram de um frescor esplêndido. Os dois rapazes passearam até tarde, até uma hora da manhã; avistaram, pela musselina das cortinas, como uma estrela perdida no vapor, a vela que tremeluzia no quarto de Jane.

Assim como estudara mais ou menos todas as ciências, René tivera igualmente a oportunidade, quer depois de um combate, quer por alguma indisposição particular, de mostrar que a cirurgia e a medicina não lhe eram de todo estranhas.

Assim, ficou mais triste do que espantado quando, no dia seguinte, sir James veio pedir-lhe, em nome de Hélène, que fizesse uma visita a Jane, cujo estado piorava.

Após a familiaridade que existira entre o rapaz e as duas moças, teria sido ridículo René recusar aquele convite.

Jane decerto havia dito que queria conversar a sós com o rapaz, pois quando este pediu a Hélène que o acompanhasse ao aposento da irmã, Hélène julgou que sua presença poderia prejudicar a intimidade da conversa.

René, portanto, subiu sozinho, e bateu levemente à porta; uma voz trêmula respondeu-lhe:

– Entre.

LXXV
A ENFERMIDADE DE JANE

Jane estava deitada numa espreguiçadeira, e todas as persianas do quarto estavam cerradas de modo que a escuridão mantivesse o frescor e algumas brisas penetrassem pelos interstícios.

Jane, ao ver René entrar, levantou-se e estendeu-lhe a mão.

– Pediu para me ver, querida irmã – disse René a Jane. – Aqui estou.

Jane indicou-lhe um assento à cabeceira da espreguiçadeira, e tornou a deitar-se, dando um suspiro de cansaço.

– Ontem – disse Jane –, ao voltar para casa, e quando minha irmã manifestou o desejo de possuir os dois bravos animais que tanta ajuda nos prestaram, depois de pedir que ela considerasse os animais como nossos, o senhor manifestou o desejo de nos deixar dentro de alguns dias.

– É verdade – disse René –, e tudo me lembra a obrigação de minha partida próxima. Obtive do meu comandante, e por especial favor, apenas o tempo necessário para acompanhá-las e acomodá-las em sua propriedade. Minha missão foi cumprida. Graças a Deus! A senhorita e sua irmã chegaram sãs e salvas. Sua irmã encontrou o protetor que esperava, e o primeiro padre que passar por aqui, a caminho da China ou do Tibete, consagrará seu casamento.

– Justamente – disse Jane –, minha irmã desejaria que o senhor ficasse para assistir à sua união.

René olhou tristemente para Jane e, tomando a sua mão entre as suas:

– A senhorita é um anjo – disse –, e só por serem muito fortes os meus motivos é que não posso lhe responder.

– Então, recusa? – ela perguntou, num suspiro.

— É preciso — disse René.

— Confesse que não está me dizendo a verdadeira razão da sua partida.

René olhou Jane nos olhos.

— Quer que eu diga qual é, qualquer que seja ela? — perguntou René.

— Qualquer que seja, sim, quero — respondeu Jane. — A verdade às vezes é o mais doloroso, mas é quase sempre o mais eficiente dos remédios. Estou esperando!

— Jane — disse René, apelando para toda a sua firmeza —, para a sua infelicidade, a senhorita me ama.

Jane deu um grito.

— E para a minha infelicidade — prosseguiu René —, não posso ser seu.

Jane escondeu o rosto entre as mãos e desatou em soluços.

— Preferiria não ter dito o que acaba de ouvir, Jane — prosseguiu René —, mas achei que era dever de um homem honesto agir como estou agindo.

— Está bem — disse Jane —, deixe-me.

— Não — disse René —, não vou deixá-la assim, a senhorita vai saber qual é o motivo que nos separa e será o meu juiz e o seu próprio.

— René — disse Jane —, veja a minha fragilidade, não tive forças nem sequer para negar; está dizendo que entre nós, entre a nossa união, há um obstáculo intransponível. Conclua! Já que causou o ferimento, cauterize-o.

— Deixe-me tocá-la com as mãos doces de um irmão, Jane, e não com as duras mãos de um cirurgião: esqueça que um véu foi rasgado e que através desse rasgo vislumbrei o que queria me ocultar. Ponha as suas duas mãos nas minhas, ponha a sua cabeça no meu ombro. Não quero que deixe de me amar, Jane, Deus me livre! Só quero que me ame de outro modo. Você nasceu em 88, querida amiga; tinha dois anos quando entrou na sua família, com o objetivo de embarcar com seu pai e aprender sob as ordens dele o ofício de marinheiro, um jovem parente chamado Hector de Sainte-Hermine: era o terceiro filho do irmão mais velho do seu pai, o conde de Sainte-Hermine. Se não se lembrar dele, sua irmã Hélène decerto há de lembrar.

— Também me lembro — disse Jane. — Mas o que há em comum entre aquele rapaz e esse obstáculo intransponível que nos separa um do outro?

— Deixe que eu lhe conte tudo, Jane, e depois de eu terminar, não poderá restar nem uma dúvida sequer sobre a minha lealdade.

"O menino foi embora com o seu pai, fez três viagens por mar, e começava a tomar gosto pelo ofício de marinheiro quando estourou a Revolução e, lá pelo final de 1792, o pai dele o chamou para junto de si. Deve lembrar-se de quando ele partiu, Jane, pois foi doloroso, houve muito pranto derramado; ele não conseguia separar-se da senhorita, que ele chamava de sua mulherzinha."

Um raio atravessou a mente de Jane.

– É impossível! – ela exclamou, olhando para René com pavor.

– Hector – prosseguiu René, sem se deter e sem dar mostras de reparar na surpresa de Jane – voltou para a casa paterna para ver decapitarem seu pai, fuzilarem seu irmão mais velho, guilhotinarem seu irmão do meio. Fiel ao juramento que prestara, enveredou pela mesma via. Então veio a paz; tudo parecia terminado, Hector pôde abrir os olhos, olhar à sua volta, amar e esperar.

– E ele amou a srta. de Sourdis – disse Jane, com a voz alterada.

– E ele amou a srta. de Sourdis – repetiu René.

– Mas então – perguntou Jane – o que aconteceu? Como foi que ele sumiu no exato momento de assinar o contrato de casamento, sem que ninguém soubesse como nem por quê? O que foi feito dele? Onde ele está?

– No exato momento de assinar, um amigo veio intimá-lo a cumprir um compromisso assumido; sua palavra havia sido dada, ele preferiu perder a felicidade e arriscar a vida a hesitar um instante sequer em manter essa palavra. Soltou a pena com que estava para assinar o contrato de casamento, deixou a sala sem ser visto e correu para onde a voz do seu pai e dos seus irmãos mortos o chamava. Foi capturado e, graças a uma poderosa proteção, em vez de ser fuzilado como ele próprio pedia, permaneceu três anos na prisão do Templo[1]. Ao fim de três anos, o imperador, que o julgava morto, descobriu que ele ainda estava vivo; porém, julgando que três anos de prisão não eram uma punição suficientemente severa para o homem que ousara se rebelar contra ele, condenou-o a servir como simples soldado, ou simples marujo, sem nenhuma esperança de promoção.

"Hector, que fizera suas primeiras armas na marinha, sob o comando de seu pai, pediu para ingressar nela. Deram-lhe toda liberdade.

"Hector, imaginando deparar com menos entraves na marinha voluntária do que na marinha do Estado, rumou para Saint-Malo e alistou-se com Surcouf no brigue *Le Revenant*.

---

1. Retivemos a lição do *Moniteur Universel*, mas o capítulo XLVII, A Execução, mencionava de fato a Abadia.

"Sabe de que maneira o acaso fez com que o *Standard*, no qual a senhorita se encontrava com sua irmã e com seu pai, cruzou com o *Revenant*. Assistiu ao combate; nele o seu pai encontrou a morte.

"Hector, como eu lhe disse, fazia parte da tripulação de Surcouf. Escutou o nome do visconde de Sainte-Hermine. Viu o conde morto, ouviu-a expressar o desejo de que o corpo do pai não fosse jogado ao mar; intercedeu junto a Surcouf e manteve-o a bordo; Surcouf, além disso, autorizou-o a acompanhá-las onde quer que fossem, e a só deixá-las quando visse a senhorita e sua irmã instaladas em sua propriedade.

"Agora, cara Jane, já sabe de tudo. Não preciso contar-lhe o resto; mas preciso que guarde, inclusive em relação à sua irmã, o mais absoluto sigilo.

"Aquele menino que aprendeu com o seu pai os primeiros rudimentos do ofício de marujo e que, chamado de volta à sua família em 92, sentiu tanta dor ao deixá-la; que viu o próprio pai decapitado, o irmão mais velho fuzilado, o irmão do meio guilhotinado; aquele rapaz que, apesar desses terríveis antecedentes, lançou-se no mesmo caminho que eles; que, julgando a guerra terminada, confessou o seu amor à srta. de Sourdis; que, por seu casamento malogrado com tanto estardalhaço, assumiu consigo mesmo o compromisso de jamais pertencer a outra mulher; que foi capturado de armas na mão; que, em vez de ser fuzilado, foi preso durante três anos no Templo; a quem, por fim, o imperador agraciou com a vida, com a condição de que ele se alistasse como simples soldado no Exército em terra, ou como simples marujo na Marinha; esse rapaz, querida Jane, é o conde de Sainte-Hermine, é o seu primo, sou eu!"

E deixou-se deslizar sobre os joelhos junto à espreguiçadeira de Jane, tomando-lhe as duas mãos e cobrindo-as com beijos e lágrimas.

– E agora – prosseguiu René –, decida por si mesma: será que posso, sem faltar para com todos os deveres de um homem honrado, ser o marido de outra que não a srta. de Sourdis?

Jane soltou um soluço abafado, deixou cair os braços em volta do pescoço do primo, pousou com os lábios gélidos um beijo em sua testa, e desfaleceu.

LXXVI
A DATA MARCADA

O primeiro impulso de René, ao ver Jane desfalecida, fora tirar do bolso um frasco de sais ingleses para lhe dar de respirar; mas em seguida refletiu que trazê-la de volta à vida significava trazê-la de volta à dor, e deixou que a própria natureza atuasse, imaginando que, enquanto durasse o torpor de suas faculdades, ela recuperaria a energia de que precisaria ao despertar, tal como o dia tira suas forças das trevas da noite e das lágrimas da manhã.

Com efeito, Jane logo anunciou, com um suspiro, que estava voltando à vida; René conseguiu contar, do modo como ela estava sobre ele, quantas batidas do coração separam a morte da vida. Por fim, ela abriu os olhos e, sem saber ainda onde estava:

– Como me sinto bem! – murmurou.

René não respondeu; ainda não era o momento de tirar-lhe os primeiros e vagos lampejos de seu retorno à razão; pelo contrário, continuou prolongando, por uma espécie de magnetismo, aquela situação indefinida que não é nem morte nem vida, e que, por assim dizer, deixa a alma como que suspensa acima do corpo.

Ela finalmente recobrou, um por um, digamos assim, todos os seus pensamentos, e com os seus pensamentos, a consciência de sua situação. Seu desespero, como o das pessoas que não fizeram nada para atrair a desgraça para si, foi triste e doce e logo passou à resignação. As lágrimas continuavam a escorrer de seus olhos, como escorre a seiva, na primavera, de uma árvore jovem ferida, sem querer, pelo machado. Ao tornar a abrir os olhos, ao ver o rapaz junto dela:

– Ah! René – disse ela –, ficou aqui comigo, quanta bondade; mas tem razão, essa situação não pode se estender, para nenhum de nós. Fique aí mais um instante, deixe-me recobrar, na sua pessoa, forças contra mim mesma, e verá que tudo o que a razão e a vontade, juntas, podem fazer, eu farei. Quanto ao seu segredo, não tema, está tão profundamente encerrado em meu coração quanto os mortos no túmulo, e acredite, René, que apesar de toda a minha dor, apesar de todos os meus sofrimentos passados, apesar de todos os meus sofrimentos por vir, não desejaria não tê-lo encontrado. Quando comparo todos os meus sofrimentos presentes ao que era a minha vida antes de vê-lo, ao que ela será quando não o vir mais, prefiro a minha vida presente, por mais impregnada que esteja de dor, à vida descolorida que eu levava, à vida sem objetivo que vou levar. Vou ficar no meu quarto, a sós com a sua lembrança. Desça o senhor; diga que não vou descer, diga que a minha enfermidade não é nada, que estou indisposta, cansada, só isso, que ordenou que eu ficasse em meu quarto; mande-me umas flores, venha me ver se tiver um momento livre, eu lhe serei grata por tudo o que fizer por mim.

– Devo obedecer – perguntou René – ou devo ficar, contra o seu desejo, o tempo necessário para que recobre as suas forças?

– Não, obedeça; só quando eu lhe disser: "Não se vá", é que terá de não me escutar.

René se levantou, beijou a mão da prima com uma ternura real, ficou um instante a olhar para ela tristemente, foi até a porta, deteve-se um instante para olhar para ela mais uma vez, e saiu.

Hélène fora a única a perceber a gravidade da indisposição de Jane, que ela não atribuía nem ao cansaço suportado nem aos perigos corridos, e cuja verdadeira causa compreendera.

Hélène, espírito doce e encantador, mas mente mais fria que entusiasta, não estava realizando um casamento de amor. Conhecera sir James na sociedade, percebera nele a tripla nobreza de espírito, de berço e de coração; sir James lhe agradara, mas, na verdade, não o amava a ponto de a felicidade ou a infelicidade de sua vida depender de sua união. Ele, por seu lado, nutria um sentimento mais ou menos igual; viera de Calcutá no tempo combinado, mas antes como homem honrado que cumpre a sua palavra do que como um namorado vindo ao encontro da mulher que ama. Teria dado a volta ao mundo com a mesma pontualidade com que percorrera as quatro ou cinco léguas que separam Calcutá da Terra do Bétele; mas, uma vez dada a volta ao mundo, se Hélène não comparecesse ao encontro marcado, ele teria se surpreendido, porque em sua opinião uma mulher bem-nascida é tão escrava de sua palavra como um *gentleman*, mas não teria se desesperado; aqueles dois corações eram feitos um para o outro, aquelas existências eram feitas para serem felizes.

Mas não se dava o mesmo com Jane. Jane, espírito pitoresco, mente inflamada, coração ardente, precisava amar e ser amada: não se detivera nas aparências; não se preocupara com o uniforme de simples marujo usado por René; não perguntara se ele era rico ou pobre, nobre ou plebeu; ele lhe aparecera como um salvador quando ela se debatia entre os braços e os beijos de um pirata; ela o vira jogar-se ao mar por um simples marujo abandonado por todos os seus colegas e perseguido por um tubarão, ela o vira combater e vencer um monstro que é o terror de todos os marinheiros; ela o vira, para proteger a ela e à irmã, empreender uma viagem de mil e quinhentas léguas, quando teve de lutar contra piratas malaios, contra tigres, contra serpentes, contra bandidos; ela o vira, em sua bondade, distribuir ouro feito um nababo. O que mais precisava saber? Ele era, além disso, jovem, bonito e distinto. Ela julgara que a Providência, e não o acaso, é que os havia reunido, e o amara como se ama pela primeira vez, com todas as forças do coração. Agora, precisava perder essa esperança de ser amada que vinha alimentando desde o primeiro dia em que o vira até aquele momento, que acabava de lhe fazer entender o coração dele e o dela próprio. O que seria dela, a quatro mil léguas da França, naquele deserto cuja solidão seria duplicada pela partida de René? Como era feliz a sua irmã! Amava e era amada.

Verdade é que um amor como esse de sir James Asplay não teria bastado para um amor como o seu. De que servem esses corações ardentes, destinados a viver no isolamento e a extinguir-se no inverno de uma vida sem sol?

Uma mulher que não foi bonita não chegou a ser jovem, mas uma mulher que não foi amada não chegou a viver.

E, em seu desespero, Jane rasgava a grandes dentadas seus lenços de batista encharcados de lágrimas, em cujo canto ela sonhara ver um dia a sua inicial e a de René.

Assim se passou o dia. A indisposição de Jane serviu-lhe de pretexto para não descer. Hélène, que adivinhava ter aquela doença outra causa que não o cansaço e o medo, mandou perguntar a Jane, o que era inusitado, se aceitava recebê-la.

Jane respondeu afirmativamente, e quase em seguida ouviu os passos da irmã no corredor.

Conteve as lágrimas, tentou sorrir; porém, mal avistou a irmã querida, para a qual não tinha segredos, irromperam-lhe os soluços e ela exclamou, abrindo os braços para Hélène:

– Ai, minha irmã, como sou infeliz! Ele não me ama, e está indo embora.

Hélène fechou a porta, empurrou o ferrolho, e atirou-se nos braços de Jane.

– Oh! – exclamou Hélène. – E por que você não me confessou esse amor quando ainda era tempo de combatê-lo?

– Infelizmente – disse Jane –, eu o amei desde o primeiro instante em que o vi.

– E eu, egoísta – disse Hélène –, eu, ocupada com os meus sentimentos em vez de cuidar de você, como era o meu dever como irmã mais velha e segunda mãe, contei com a lealdade desse homem!

– Oh! Não o acuse – exclamou Jane. – O céu é testemunha de que ele nunca fez nada para ser amado por mim, e de que eu o amei porque achei que era o mais bonito, o mais cavalheiro e o mais valente de todos os homens.

– E ele lhe disse que não a amava? – inquiriu Hélène.

– Não, não; ele compreende o mal que me causou.

– Mas então ele é casado?

Jane meneou a cabeça.

– Não – disse.

– Será uma questão de delicadeza? – perguntou Hélène. – Acha você demasiado nobre para ser mulher de um simples tenente de corsário?

– Ele é mais nobre e mais rico que nós, minha irmã!

– Então, existe um segredo por trás disso tudo? – perguntou Hélène.

– Mais que um segredo, um mistério! – respondeu Jane.

– E que você não pode me contar?

– Eu jurei.

– Pobre menina, resta dizer o que posso fazer por você.

– Faça com que ele fique aqui o máximo de tempo possível; cada dia a mais que ele fique é um dia somado à minha vida.

– E você conta revê-lo antes de ele partir?

– O máximo que eu puder.

– Tem confiança no que está fazendo?

– Não, mas tenho confiança nele!

A janela estava aberta; Hélène se aproximou para fechá-la. Viu, no pátio, sir James conversando com quatro ou cinco homens, todos cobertos de poeira, e que evidentemente acabavam de percorrer um longo caminho; falavam animadamente e pareciam muito contentes.

Ele avistou Hélène.

– Ah! Minha boa Hélène, desça até aqui, por favor, tenho uma boa notícia para lhe dar.

– Desça depressa, Hélène – disse Jane –, e volte logo para me contar a boa notícia. Infelizmente – murmurou –, ninguém tem nenhuma boa notícia para me contar, e ninguém vai me chamar para me anunciar algo bom.

Cinco minutos depois, Hélène retornou. Jane ergueu os olhos para ela, sorrindo tristemente.

– Minha irmã – disse Jane –, acabo de perceber que ainda me resta uma alegria neste mundo: participar da sua alegria. Venha aqui e me conte o que aconteceu de tão bom.

– Você adivinhou por que – disse Hélène – deixamos ir embora os padres que rezaram a oração dos mortos sobre o corpo do meu pai sem pedir que eles abençoassem a nossa união, não é?

– Sim – respondeu Jane –, vocês acharam que seria uma heresia pedir que as mesmas vozes cantassem a missa dos mortos e a missa do casamento.

– Sim. Pois então! Deus nos recompensou: um padre italiano, que chamamos de padre Luís e que mora em Rangum, faz a cada dois ou três anos uma ronda pelo reino, à cata de ações pias; pois então, sir James Asplay acaba de saber, por esses homens que estão chegando de Pegu querendo se empregar como peões, sir James Asplay acaba de saber que dentro de três ou quatro dias padre Luís estará aqui. Ah! Minha querida Jane, que belo dia seria esse se pudesse contemplar quatro criaturas felizes de uma vez!

LXXVII
NOITES INDIANAS

A partir daquele momento, a vida de Jane não passou de uma sucessão de sensações contraditórias. Se René estava perto dela, ela vivia com todas as fontes da vida; se ele se afastava, ela esmorecia e seu coração mal tinha forças para bater.

René, que a amava com todo o carinho de um parente e amigo, não escondia de si mesmo a gravidade de seu estado. Sendo ele próprio jovem e cheio de magnetismo, não escapava da embriagante influência de uma moça bonita, apaixonadamente enamorada, que com seus olhares, apertos de mão, suspiros, flechava a sua própria vida nas artérias do homem que amava. Havia para ele, naquelas conversas apaixonadas, uma atração a um só tempo dolorosa e sensual. Proibir-se de amar aos vinte e seis anos, ou seja, no auge da vida e da juventude; quando o céu, a terra, as flores, o ar, a brisa, os embriagantes estímulos do Oriente, tudo diz: "Ame", significa lutar sozinho contra todas as forças da natureza.

Parecia que René impunha a si mesmo um problema impossível, e no entanto saía vencedor dessa luta incessantemente renovada.

Era preciso ter se treinado para permanecer, não tão impassível, mas tão forte diante daquele perigo encantador como o vimos permanecer diante dos piores perigos.

Havia no centro da casa, no primeiro andar do bangalô, uma sala grande para a qual davam os dormitórios; ela tinha uma sacada que dava para o oriente e outra, para o ocidente: era ali, em uma ou outra das varandas, que Jane e René passavam a maior parte das noites. Jane, que adorava flores, no lugar das pérolas, das pedras e dos diamantes, esquecidos nos estojos, sem conhecer e sobretudo sem calcular o poder do seu perfume, confeccionava para si colares com uma flor suave e formosa chamada *mhogry*. Essa flor se aparenta pela forma com o jasmim e o lilás, e pelo cheiro com a angélica e o lilás; seu cálice, ora branco, ora rosa, ora amarelo, descansa sobre uma comprida corola na qual se passa um fio, que envolve aquela que usa esse colar nas mais excitantes emanações.

As mouras de Argel e de toda a costa da África podem dar uma idéia desse enfeite perfumado, com suas coroas e seus cintos de flor de laranjeira.

A Índia tem noites prodigiosas, esplêndidas em certas épocas; suas auroras e seus poentes são prodígios de esplendor: o céu passa por todas as tonalidades que o mais hábil artífice poderia dar às chamas. Nos belos dias de primavera e de outono, supondo que haja um outono e uma primavera visíveis e sensíveis, o nascer da lua cheia se parece com o do sol nos nossos dias pálidos do Ocidente. Se o sol é de fogo, a lua é de ouro; seu diâmetro é enorme; à sua luz, quando ela chega ao zênite, pode-se ler, escrever, caçar como em pleno dia. O que faz o esplendor de suas noites é principalmente a sua variedade: umas são tão escuras que não se enxerga nada a dois passos de distância, outras pouco diferem do dia, exceto por seu céu estrelado e uma infinidade de constelações, desconhecidas para nós, que se expandem no firmamento. Os corpos celestes parecem então mais próximos, mais numerosos, mais fulgurantes que no nosso hemisfério, e a lua, em vez de empalidecer a sua luz, parece acrescentar-lhes a sua.

Outras noites, e hesito em dizer outras noites, tanto essa palavra traduz pouco meu pensamento, outras noites são legítimas auroras boreais abrasando toda a extensão da cúpula hemisférica; tão logo as raras nuvens deslizando no azul do céu deixam que se apaguem os raios de cor púrpura do sol se pondo; tão logo passa o crepúsculo, como no teatro uma cortina de manobra entre dois cenários, uma claridade leitosa ergue-se da terra, invade a paisagem de um horizonte a outro e cria essas belas noites brancas, sem um foco perceptível, que cantou Púchkin, o grande poeta russo[1]. Será que o dia vai nascer? Será que a

---

1. Aleksander Púchkin, "O cavaleiro de bronze". Em *Impressions de voyage: en Russie*, cap. XV, Dumas propõe uma tradução desse poema em que Púchkin "procurou retratar essas belas noites em belos versos": "Mais ce qu'avant tout j'aime, ô cité d'espérance,/ C'est de tes blanches nuits la molle transparence/ Qui permet, quand revient le mois heureux des fleurs,/ Que l'amant puisse lire à tes douces pâleurs/ Le billet attardé, que, d'une main furtive,/ Traça loin de sa mère une amante craintive..." [Mas o que amo acima de tudo, ó cidade de esperança,/ É das tuas noites brancas a mole transparência,/ Que permite, quando retorna o feliz mês das flores,/ Que o amante leia à tua doce palidez/ O bilhete atrasado que, com mão furtiva,/ Traçou longe da mãe uma amante assustada...".

noite vai descer? Ninguém poderia dizer: os corpos não trazem sombra; o foco luminoso produzido por essa estranha claridade não é perceptível; um fluido desconhecido nos inunda; a imaginação se lança e parece encostar nas mais altas abóbadas do firmamento; o coração se sente penetrado por divinas ternuras; a alma tem desses impulsos infinitos que levam a crer na felicidade.

Entrementes, os ramos se agitam e emanam suaves aromas; murmúrios sussurram do alto das mais altas árvores até a penugem da mais humilde relva; as flores entregam seus cheiros à brisa, e essa brisa traz em eflúvios ardentes os perfumes de um milhão de flores reunidas, que são o incenso que a natureza queima no altar desse Deus universal, que muda de nome, mas não de natureza.

Os dois jovens ficavam ali, sentados um junto do outro; a mão de Jane descansava na de René; ficavam, às vezes, horas sem dizer nada; Jane se embriagava, René devaneava.

– René – dizia Jane, com os olhos no céu e envolta num doce langor –, estou feliz. Por que Deus não me concede essa felicidade? Para mim, seria suficiente.

– Mas Jane, aí está justamente a nossa fraqueza – respondia René –, criaturas inferiores que somos: em vez de criar um Deus dos mundos, que estabeleça a harmonia universal pela ponderação dos corpos celestes, fizemos um Deus à nossa imagem, um Deus pessoal, a quem cada qual pede contas, não dos grandes cataclismos atmosféricos, mas dos nossos pequenos infortúnios individuais. Rezamos a Deus, esse Deus que o nosso gênio humano não pode compreender, que as linhas humanas não podem medir, que não se vê em parte alguma e que, no entanto, se existe, está em toda parte; rezamos como os antigos rezavam ao deus do seu lar, pequena estatueta de um côvado de altura, que eles tinham ali sempre debaixo dos olhos e ao alcance da mão, como o índio reza ao seu fetiche, como o negro reza ao seu amuleto; perguntamos, conforme alguma coisa nos é agradável ou sofrida: "Por que fizeste isto? Por que não fizeste aquilo?". Nosso Deus não nos responde, está distante demais de nós e, aliás, não se importa com as nossas paixões miúdas. Então, nós nos tornamos injustos para com ele, nós o culpamos pelas desgraças que nos acontecem como se fossem enviadas por ele e, de meros infelizes que éramos, nos tornamos ímpios e sacrílegos.

"Você pergunta a Deus, minha cara Jane, por que ele não nos deixa assim, um perto do outro, e não atenta para o fato de que está confundindo o tempo com a eternidade. Somos pobres átomos arrastados nos cataclismos de uma nação, esmagados entre um mundo que se acaba e um mundo que começa, arrastados por uma realeza que soçobra e um império que se ergue. Pergunte a Deus por que Luís XIV empobreceu a França em homens com suas guerras, e arruinou o Tesouro com seus suntuosos caprichos de mármore e bronze. Pergunte-lhe por que enveredou numa política desastrosa para acabar dizendo uma frase que já não era verdadeira na época em que a proferiu: 'Não existem mais Pireneus'. Pergunte-lhe por que, suportando o capricho de uma mulher e curvado sob o jugo de um padre[2], ele, revogando o edito de Nantes, enriqueceu a Holanda e a Alemanha e arruinou a França. Pergunte-lhe por que Luís XV continuou a obra fatal do seu avô, criando duquesas de Châteauroux, marquesas de Étioles[3] e condessas Du Barry. Pergunte-lhe por que, contrariando a opinião da história, ele seguiu os conselhos de um ministro vendido e por que, esquecendo que a aliança da Áustria sempre trouxe azar à flor-de-lis, colocou uma princesa austríaca no trono da França[4]. Pergunte-lhe por que, em vez de virtudes reais, ele deu a Luís XVI instintos burgueses entre os quais não constava o respeito à sua palavra nem a firmeza do chefe de família; pergunte-lhe por que permitiu que um rei prestasse um juramento que não queria cumprir, por que permitiu que ele fosse buscar no estrangeiro socorro contra os seus súditos, e por que rebaixou assim uma augusta cabeça ao nível do cadafalso, que abate os criminosos comuns.

"Aí, então, minha pobre Jane, você encontrará o começo da nossa história. Aí, verá por que não fiquei na sua família, onde encontrara, contudo, um pai e duas irmãs. Aí, verá por que o meu pai morreu nesse mesmo cadafalso, rubro do sangue do rei; por que o meu irmão mais velho foi fuzilado, por que o meu outro irmão foi guilhotinado, e por que eu, por minha vez, para cumprir uma promessa feita, segui, sem entusiasmo e sem convicção, um caminho que, no momento em que eu tocava na felicidade, me arrancou a todas as minhas esperanças para me jogar por três anos na prisão do Templo, e para me entregar depois à falsa clemência de um homem que, agraciando-me com a vida, condenou a minha vida à infelicidade. Se Deus lhe responder, e se Deus responder a esta pergunta: 'Por que não posso viver assim, seria suficiente para mim', ele lhe responderá: 'Pobre criança, não tenho nada que ver com esses acontecimentos infinitamente pequenos de suas duas vidas, que os fez se conhecerem por acaso e os separa por necessidade'."

---

2. Essa mulher era a sra. de Maintenon, que diziam ser influenciada pelo padre La Chaise, confessor do rei ("um padre").

3. A sra. de Pompadour.

4. Alusão ao casamento do futuro Luís XVI com Maria Antonieta, fruto da inversão de alianças preconizada pelo duque de Choiseul.

– Mas, René, então você não acredita em Deus? – exclamou Jane.

– Acredito, sim, Jane, acredito, mas acredito num Deus que fez os mundos, que traçou seus caminhos no éter, mas que, por isso mesmo, não tem tempo para cuidar da felicidade ou da desgraça de dois pobres átomos que rastejam na superfície deste globo. Jane, minha pobre amiga, passei três anos sondando esses mistérios todos; desci até as trevas insondáveis de um lado da vida, saí delas pelo outro lado, ignorando como e por que nós vivemos, como e por que nós morremos, pensando que Deus é uma palavra que me serve para nomear aquele que eu procuro; essa palavra, a morte vai dizê-la, se é que a morte não é ainda mais calada que a vida.

– Ó, René – murmurou Jane, deixando repousar a cabeça no ombro do rapaz –, essa filosofia é pesada demais para a minha fraqueza; prefiro acreditar, é mais fácil e menos desesperador.

LXXVIII
OS PREPARATIVOS DO CASAMENTO

René havia sofrido muito; daí seu desprezo pela vida, sua despreocupação ante o perigo. Aos vinte e dois anos, ou seja, na idade em que a existência se abre para o homem como um jardim todo plantado de flores, essa existência se fechara sobre ele; vira-se de repente numa prisão em que quatro prisioneiros haviam se suicidado, e de onde quase todos os outros só haviam saído para subir no cadafalso. Do seu ponto de vista, Deus era injusto, pois Deus o punia por ter seguido o exemplo e os preceitos da sua família, ou seja, a lealdade à realeza; ele precisaria ler muito e muito refletir para conseguir reconhecer que as lealdades fora das leis podem às vezes se tornar crimes, e que só é lealdade, segundo o coração de Deus, a lealdade para com a pátria; mais tarde, ele se convencera de outra coisa, de que Deus – e por Deus entenda-se o criador dos mundos que giram aos milhares no espaço – não é um Deus individual que, ao inscrever em seus registros o nascimento de cada homem, escreve ao mesmo tempo o seu destino.

Aliás, caso estivesse enganado, caso, contra toda probabilidade, caso, contra toda possibilidade até, esse Deus fosse assim, conseqüentemente, injusto e cego, caso a vida dos seres humanos não se constituísse de acidentes materiais, abandonados aos caprichos do acaso, então esse Deus, de quem ninguém tinha o direito de queixar-se, ele lutaria contra esse Deus, e seria um homem honesto apesar de Deus.

A provação fora longa, e dela ele saíra, tal como o aço sai da têmpera, infrangível e depurado; suas crenças infantis haviam caído uma a uma aos seus pés, como caem, num combate, os pedaços mal soldados de uma couraça; mas, como Aquiles, ele já não precisava de armadura. A adversidade, mãe implacável, tinha-o banhado no Estige*; tinha horror ao mal pelo conhecimento do mal, e já não precisava, para fazer o bem, de nenhuma recompensa; como não acreditava na proteção direta de Deus ao homem nos perigos a que este se expõe, confiara a defesa de sua vida à sua própria força, à sua destreza, ao seu sangue frio. Distinguira as qualidades externas, que se recebe da natureza, da educação moral e física do seu espírito e do seu corpo, que cada um faz por si mesmo. Uma vez bem estabelecidas essas idéias dentro de si, deixou de tornar Deus responsável pelos pequenos acontecimentos de sua vida, não fez o mal porque tivesse pavor do mal, e fez o bem porque o bem está entre os deveres impostos ao homem pela sociedade.

Com um homem como esse, Jane estivera certa ao dizer à sua irmã: "Não confio em mim, mas confio nele". Assim, aproveitando o pouco tempo que René ainda passaria perto dela, Jane apartava-se dele o mínimo possível durante o dia; faziam longos passeios a cavalo pelos arredores da habitação, só retornando quando chamados pela sineta do almoço ou obrigados pelo calor. À tarde saíam novamente, por vezes aventurando-se mais além do que seria prudente; mas René ia com o fuzil pendurado no arção da sela e as pistolas nos coldres. Jane não tinha medo de nada.

Aliás, de algum tempo para cá, Jane parecia completamente indiferente ao perigo, até dava mais a impressão de procurá-lo do que de evitá-lo.

Toda noite, os dois jovens se reuniam na varanda da sala; lá, passavam o tempo falando de coisas filosóficas que um mês antes Jane não teria entendido e, por conseguinte, não teria discutido. Jane, principalmente, retornava seguidamente a esse grande mistério da morte, sondado, mas não esclarecido, por Hamlet[1]; suas idéias haviam adquirido uma clareza, uma firmeza, uma determinação notáveis; nunca antes tendo se preocupado com questões semelhantes, seu espírito possuía um frescor de percepção que lhe permitia reconhecer, se não a verdade, pelo menos a plausibilidade dos argumentos de René.

---

* Na mitologia grega, rio dos Infernos através do qual o barqueiro Caronte levava as almas dos mortos. Nele, Aquiles foi banhado por sua mãe, que tentava torná-lo imortal; como o segurava pelo calcanhar, esse ponto não foi imerso e tornou-se o ponto fraco do herói. Vem daí a expressão "calcanhar de Aquiles". (N. T.)

1. Em sua adaptação, já citada, de Shakespeare, Dumas (*Hamlet*, ato III, 4. parte, cena III) traduz assim o célebre monólogo: "Mourir! dormir! et rien de plus, et puis ne plus souffrir! Fuir ces mille tourments pour lesquels il faut naître! Mourir! dormir! qui sait? rêver peut-être." [Morrer! Dormir! E nada mais, e depois não sofrer mais! Fugir dos mil tomentos para os quais se tem de nascer!/ Morrer! Dormir! Quem sabe? Talvez sonhar"].

No mais, exteriormente nada em Jane parecia ter mudado; ela estava mais pálida, mais triste, seu olhar estava mais febril, só isso. Quase sempre, ao final das sessões noturnas no terraço, descansava a cabeça no ombro de René e adormecia. René ficava então imóvel, olhando com o coração apertado, à luz da lua esplêndida, aquela jovem e linda menina fadada à tristeza e à infelicidade. Então, quando o sono indiscreto deixava escorrer entre suas pálpebras uma lágrima que, desperta, sua vontade teria contido, ele suspirava, olhava para o céu e perguntava baixinho se os sofrimentos em nossa terra não estariam contribuindo para a felicidade de um outro mundo.

Os dias e noites foram transcorrendo assim. E Jane ia ficando cada dia mais triste, cada dia mais pálida.

Certo dia, o padre Luís, esperado com tanta impaciência por uns, e tanto receio por outros, chegou.

Dessa vez, Jane não conseguiu ocultar a impressão que lhe causava aquela chegada; subiu até o seu quarto, jogou-se em cima da cama e desatou em soluços.

René foi o único a reparar na sua ausência, René que em relação a Jane ficara na amizade, porém a mais terna das amizades, uma amizade mais atenta e zelosa que um amor corriqueiro. Um estranho que o visse não perder Jane de vista, estremecer com seus estremecimentos, empalidecer quando ela mesma empalidecia, o tomaria por um noivo impaciente à espera da hora do casamento.

O padre Luís sabia que era esperado; um dos homens que havia anunciado a sua chegada fora mandado de volta a Pegu a fim de avisá-lo de que era esperado, e servir-lhe de guia. Ele partira sozinho com esse homem, sem medo algum e sob a guarda de Deus.

Era terça-feira; ficou combinado que o casamento seria celebrado no domingo seguinte, e que os quatro dias que separavam a terça-feira do domingo seriam gastos na preparação dos noivos para receber a bênção nupcial.

Dissemos que René fora o único a reparar no sumiço de Jane; subiu até o quarto da moça, abriu a porta com a familiaridade de um irmão e deu com ela desvairada e soluçante na cama sobre a qual se jogara.

Ela sabia que o dia que marcaria a felicidade de Hélène marcaria a sua própria infelicidade, já que, uma vez casados, sir James Asplay e Hélène já não teriam nenhum motivo para reter René, e René já não teria nenhum motivo para ficar.

Tomou-a nos braços, levou-a para perto de uma janela, que abriu, afastou seus cabelos e beijou-a suavemente na testa.

– Coragem – murmurou –, minha querida Jane, coragem!

– Oh! Coragem, é fácil para você dizer isso – ela respondeu, soluçando –, está me deixando para ir se encontrar, mais cedo ou mais tarde, com aquela que você ama; e eu o deixo para nunca mais tornar a vê-lo.

René apertou-a junto ao peito sem responder; o que poderia responder? Ela dizia a verdade!

Ele sufocava; seu coração se esvaziou, lágrimas silenciosas brotaram de seus olhos.

– Você é bom – disse ela, passando a mão por suas pálpebras e levando-a à boca, como querendo beber as lágrimas que a molhavam.

Jane estava decerto muito infeliz, mas René talvez estivesse ainda mais infeliz que ela: ao pensar que era ele quem causava aquela infelicidade e que nada podia fazer para consolar a amiga, sua imaginação, à qual ele apelava, só lhe fornecia essas frases banais que o coração não arrisca; há situações em que o espírito nada pode; sente-se que ele é insuficiente, e que só o coração seria capaz de consolar o coração.

Então, ambos se calaram, cada qual afundava em seus próprios pensamentos e, como esses pensamentos eram os mesmos, os de um amor infeliz, compreendiam-se melhor pelo silêncio do que se compreenderiam com palavras banais.

Embora não amasse Jane, René experimentava uma triste volúpia ao sentir o amor de Jane transbordar sobre ele. Não podendo passar a vida com Claire, a única mulher com quem a passaria de bom grado era Jane. Enquanto isso, transcorriam-se as horas, transcorriam-se os dias, e cada dia tornava Jane mais triste e mais enamorada.

Algo que duplicava a dor de Jane, dor de que ninguém a poupava já que Hélène era a única a saber seu motivo, eram os preparativos para a festa.

Bernard, por meio de incisões, obtivera da árvore chamada *tsy-tchou* um verniz tão firme, tão transparente como o famoso verniz do Japão.

Os escravos haviam retirado do *caula-tchou* umas cascas cheias de cera, depositada por uma larva chamada *pelatchong*, com a qual se fazem velas tão puras e transparentes como as nossas.

Haviam recolhido da mata um fruto, disposto em cachos imensos, com o qual se fabrica álcool: esse álcool é uma bebida pela qual são loucos os negros e os indianos de classes mais baixas.

Nenhum preparativo era escondido de Jane, e cada um desses preparativos, que prometiam à sua irmã uma felicidade que ela própria não poderia esperar, por maior que fosse o seu carinho por ela, partia-lhe o coração.

Na noite de sábado, Jane foi acometida de movimentos convulsivos, dos quais René não perdeu nenhum.

Ele a viu levantar-se e sair, esperou alguns segundos, levantou-se e seguiu-a: ela só podia ter se retirado para o seu quarto. Ele foi pela escada que levava até lá e, no quarto degrau, encontrou-a desfalecida na escada; tomou-a nos braços e levou-a para o seu quarto. Em geral, quando ela caía nesse tipo de fraqueza, Jane respirava uns sais e voltava a si. Dessa vez, a fraqueza persistiu. Jane estava deitada no colo de René, peito apoiado no peito dele; sua mão estava fria como mármore; seu coração já não batia; sua boca estava apenas a uns centímetros da boca de Jane, sentia instintivamente que se insuflasse seu sopro no peito da moça, estaria lhe transfundindo vida; intuía que se apoiasse os lábios nos lábios dela, ela estremeceria sob o choque elétrico. Não ousou experimentar nem uma nem outra dessas tentações, talvez não estivesse tão seguro de si como Jane pensava; olhando para ela, tão jovem, tão pálida, tão desfalecida, seu coração derreteu, lágrimas escaparam de seus olhos e caíram sobre o rosto de Jane. Então, como a flor ressecada se reergue sob as gotas do orvalho, Jane levantou a cabeça e abriu os olhos.

– Mas e quando você não estiver mais aqui? Quando não estiver mais aqui – exclamou a menina num tom doloroso –, o que será de mim? Oh! Prefiro morrer!

Essa última exclamação antecedeu um violento ataque de nervos.

René quis sair para chamar por socorro, mas Jane se agarrou a ele, dizendo:

– Não me deixe sozinha; aceito morrer, mas quero que você esteja aqui.

René voltou para junto de Jane e, tomando-a nos braços, segurou-a docemente até que ela voltasse a si.

Hélène e sir James estavam demasiado felizes para pensar em alguém além de si próprios, principalmente se esses outros não estivessem presentes.

Até às duas horas da manhã, René e Jane permaneceram na sacada; estavam todos acordados na habitação, todos tratando dos preparativos para o casamento. Os três irmãos haviam cortado as árvores carregadas de flores, e com essas árvores confeccionaram uma abóbada que ia da habitação à capela. Como era uma surpresa que estavam reservando para Hélène e sir James, trabalharam das dez da noite às três da manhã. Jane, ao entrar em seu quarto, apoiada ao braço de René, viu quando plantaram a última árvore.

– Pobres flores que iam viver a primavera inteira! – disse René. – Em três dias vão estar mortas!

– Sei de uma que tinha mais que uma primavera para viver – murmurou Jane – e estará morta antes delas.

LXXIX
O CASAMENTO

No dia seguinte, ao amanhecer, René ia, pela porta do seu quarto, pedir a Jane notícias de sua saúde, quando avistou sua irmã Hélène entrar nos aposentos.

A boa moça percebia que havia abandonado um pouco a irmã na véspera; vinha pedir-lhe desculpas por esse esquecimento, que de modo algum envolvia a indiferença.

O dia mal clareara, todo mundo fora dormir tarde e não havia ninguém acordado na casa.

As duas moças ficaram mais de meia hora nos braços uma da outra, e então se separaram.

René escutou o barulho que fez Hélène ao voltar para o seu quarto.

Deslizou então até a porta do quarto de Jane e, escutando seus soluços, e também seu nome dito e repetido a meia-voz, perguntou através da porta:

– Está precisando de alguma coisa, posso entrar?

– Oh! sim – disse Jane. – Sim, preciso vê-lo, venha.

Ele entrou.

Jane estava sentada em sua cama, vestindo um amplo penhoar de batista, e sobre a cama, junto dela, estava um saco de rubis, safiras e esmeraldas meio esvaziado sobre os lençóis, de onde ela escolhia as maiores e melhores pedras e as punha num saquinho de pele espanhola, perfumado, ornado com duas letras.

Essas letras eram um C e um S.

– Venha – ela disse a René –, venha sentar-se ao meu lado.

René puxou uma cadeira para a cabeceira de Jane.

– A minha irmã acaba de sair daqui – disse ela – e está muito feliz; a única coisa que a deixa triste é que não consegui lhe esconder as minhas lágrimas. Ela me perguntou quando você ia embora; respondi que era amanhã, pois é amanhã, não é? – ela perguntou, tentando firmar a voz.

– Você me pediu que esperasse até o dia seguinte ao casamento.

– E você teve a imensa bondade de consentir. Acredite que fico muito grata, meu caro René. Ela me perguntou se eu gostaria que ela intercedesse para que você ficasse mais alguns dias. Mas respondi que essa era uma decisão sua e que, aliás, era preciso acabar com isso.

– Acabar com isso, minha cara Jane? O que quer dizer com isso?

– Quero dizer que estou sofrendo, quero dizer que o faço sofrer, que a nossa situação não tem saída, que se adiar três, quatro, cinco dias, é daqui a três, quatro, cinco dias que vamos ter de nos separar. Só se pede um adiamento para a morte quando se tem prazer em viver.

René deu um suspiro e não respondeu, sua opinião era exatamente a mesma, só estava surpreso que ela tivesse a coragem de formulá-la tão claramente.

Jane despejou o restante das pedras em cima da cama e continuou a triagem que vinha fazendo. Havia tanta tristeza no modo como realizava aquela operação, ela punha tanto cuidado na escolha das pedras mais graúdas e mais puras que René não ousou lhe perguntar o que contava fazer com as pedras que estava separando das demais.

A luz do dia inundava o cômodo; os habitantes da casa estavam começando a se levantar e a fazer barulho; Jane estendeu a mão a René e fez sinal de que era hora de ele voltar aos seus aposentos.

René beijou a mão que Jane lhe estendia, e saiu.

Ele estava, decerto, numa disposição de ânimo tão triste quanto a moça.

Tirou o *chambre*, pôs um paletó para a manhã e desceu.

O cavalo, que Justin tinha o costume de montar sem sela e sem rédeas, pastava livremente no prado vizinho à casa. Acercou-se dele, oferecendo-lhe um punhado de grama e assobiando baixinho.

O cavalo pegou a grama das mãos de René, o qual aproveitou para saltar no seu lombo.

O cavalo deu um salto prodigioso; mas, assim que René o firmou entre as pernas, o animal passou a ser seu, e nem todos os saltos e coices do mundo já podiam apartá-lo do seu cavaleiro.

Somente Justin conseguira montá-lo até então; por isso, era chamado de Indomável.

Uma janela se abriu e uma voz gritou:

– Pelo amor de Deus, René! Ninguém ousa montar nesse cavalo, ele vai matá-lo!

Em menos de cinco minutos, porém, o Indomável estava domado; estava doce como um cordeiro.

René enrolou na mão uns pêlos de sua crina para manobrá-lo, trouxe-o até debaixo da janela de Jane e, apesar de sua resistência, forçou-o a dobrar os joelhos; mas tão logo sua mão cessou de pesar-lhe no pescoço, o cavalo ergueu-se de um salto e saiu numa carreira desabalada que René, com as duas mãos atrás das costas, não fez nada para impedir; o cavalo ia por uma espécie de trilha que, de súbito, dobrava numa curva em ângulo agudo; nessa curva, deparou com uma negra velha; por mais que manobrasse com joelhos e mãos para jogar o cavalo para a direita, o animal, ele próprio ignorando o que estava por vir, obedeceu, mas não tão rapidamente que não atingisse a anciã no ombro e a derrubasse.

Esta última soltou um grito: mas, ao mesmo tempo que ela, René já estava no chão e a ajudava a levantar-se.

O acidente não era nada, outro nem teria feito caso; conta tão pouco uma negra velha, em toda parte, e principalmente na Índia, que qualquer branco teria se achado no direito de atropelá-la; mas René era bondoso: tirou do bolso uma das barrinhas de ouro com que, na Índia, compram-se objetos de preço inferior; devia valer entre quinze e vinte francos. A negra quis beijar suas mãos.

Vendo que ela andava perfeitamente e que o acidente não tinha nenhuma importância, assobiou para Indomável, que acorreu, saltou-lhe no lombo e retomou o caminho de casa.

Justin esperava por René para lhe dar os parabéns.

Nunca ninguém além dele conseguira montar o seu cavalo, e ele vira René, sem hesitação, saltar em cima do animal e domá-lo rapidamente.

Ainda estava conversando com Justin quando a anciã que ele derrubara na curva da trilha entrou no pátio e fez umas perguntas aos empregados da casa.

Depois dessas perguntas, ela entrou na habitação e desapareceu.

– Quem é aquela mulher? – inquiriu René.

Justin deu de ombros.

– É uma bruxa – disse ele. – Que diabos essa peste está fazendo aqui? – E, reparando que René ainda estava de calças e paletó brancos, ao passo que sir

James vinha descendo de uniforme de gala: – Acho que vai se atrasar, seu René – disse. – A cerimônia é às dez da manhã.

René tirou o relógio da algibeira; ele indicava quinze para as nove.

– Bem – disse ele –, tenho mais tempo do que o necessário.

No entanto, subiu para os seus aposentos.

Ao passar pela sala, porém, para seu grande espanto, avistou a negra saindo do quarto de Jane.

O que ela tinha vindo fazer ali?

Ele foi até a negra e dirigiu-lhe umas palavras inquisitivas; mas ela fez, com a cabeça, sinal de que não o entendia, e seguiu seu caminho.

René quis entrar no quarto de Jane para questioná-la, mas estava trancado por dentro e, ao pedido que René fez para entrar, Jane contentou-se em responder:

– É impossível, estou me vestindo.

René foi para o seu quarto; em poucos minutos, trocou as calças e o paletó brancos pelo elegante traje de tenente de corsário.

Desceu e encontrou o padre na sala de jantar.

Desde o dia em que soubera da sua vinda próxima, Adda tratara de confeccionar-lhe uma casula. A idéia de que o padre celebraria com sua batina negra constituía para ela uma tristeza que se estendia sobre todo aquele dia.

Assim, graças a uma planta aquática, cuja decocção serve, na Índia, para tingir de cor dourada as vestes dos sacerdotes, ela conseguira, mesclando tinta ao bordado, fazer uma casula que até mesmo na Europa seria uma obra de arte.

O padre Luís nunca havia visto nada tão primoroso, seu semblante brilhava de alegria.

Às dez horas, os círios ardiam sobre o altar. Estavam todos prontos.

Jane estava tão fraca que o próprio padre sugeriu que se apoiasse ao braço de alguém para ir até a igreja; ela apoiou-se ao braço de René.

Não havia, como se pode imaginar, nenhum cartório na Terra do Bétele. Portanto, o ato não foi celebrado no civil, apenas no religioso.

A alameda de árvores floridas que se estendia da porta da habitação à porta da igreja causou admiração a todos, com exceção dos que a haviam plantado: parecia ter brotado ali por alguma mágica.

A medalha de casamento[*] e a aliança haviam sido trazidas da Europa.

---

[*] Medalha de ouro ou prata com que o noivo costumava presentear a noiva durante a cerimônia de casamento. (N. E.)

No momento em que, depois de fazer as questões de praxe, e à resposta afirmativa dos noivos, o padre passou a aliança pelo dedo de Hélène, Jane deu um suspiro e desabou sobre a cadeira à sua frente.

René passou-lhe rapidamente um frasco de sais. A própria Jane compreendeu o quanto seria doloroso para todos um sinal tão evidente de tristeza; chamou a si toda a sua coragem e se poderia julgar que ela havia apenas ajoelhado.

Hélène e René foram os únicos a perceber o que havia acontecido.

Jane quis assistir ao almoço, mas o seu querer era maior que as suas forças; levantou-se da mesa e saiu.

René, com o olhar, consultou Hélène, que lhe fez um sinal para ficar, mas, passados cinco minutos, disse-lhe:

– René, procure descobrir o que é feito de Jane; você virou o médico de todos nós, e sem essa pobre menina que de uns tempos para cá anda bastante indisposta, você teria uma legítima sinecura.

René se levantou e voou até o quarto de Jane.

Encontrou-a estendida no piso; não tivera tempo de chegar à espreguiçadeira ou à cama.

Ele a pegou por sob os ombros, arrastou-a até a janela, deitou-a na poltrona.

Tomou-lhe o pulso, suas artérias não batiam, ferviam; ela passava da mais profunda fraqueza à mais intensa exaltação e, do mesmo modo, quando a febre a deixava, tornava a cair naquele torpor, ainda mais assustador que a febre.

Sentia-se que ocorrera um incidente grave naquela bela máquina humana, e que ela já não funcionava segundo as regras comuns da vida, e sim segundo os caprichos desordenados desse acidente.

– Oh! – disse René, desesperado. – Então, minha cara Jane, você quer se matar?

– Oh! – retrucou Jane. – Se eu tivesse tempo, não me mataria, morreria sozinha.

LXXX
EURÍDICE[1]

Diante de tal resposta, não havia o que dizer; sentia-se tal desesperança naquele coração jovem que só restava chorar por ele e deixar-se ir com ele para onde quer que ele fosse. Jane tanto parecia ter chegado ao último grau da dor que René resolveu não se afastar dela durante o dia inteiro.

Chegou a hora do jantar; Hélène, apagando de seu rosto até o último vestígio da alegria que enchia o seu coração, subiu aos aposentos da irmã para ver se ela desceria, mas encontrou-a em tal estado de torpor que viu que não havia que distrair um espírito tão profundamente abalado. Foi ela quem pediu a René que ficasse junto de sua irmã: compreendia que somente a causa de tamanha dor poderia, se não acabar com ela, pelo menos entorpecê-la.

René, por sua vez, estava arrasado, já não tinha palavras para dizer a Jane, suspirava, olhava para ela, estendia-lhe as mãos, tinham entre eles uma linguagem mais expressiva que todas as palavras que poderiam ter dito. Caso René tivesse achado que adiar alguns dias a sua partida pudesse curar Jane, teria decerto atrasado a partida; era uma necessidade moral que o afastava, mas, para certos espíritos, essas necessidades são mais fortes. Aliás, Jane parecia ter se conformado com essa partida; há uns sete ou oito dias que só contava até segunda-feira; passada essa segunda-feira, nada mais existia para ela e, feito um relógio a que se deu corda por mais oito dias, transcorridos os oito dias, seu movimento cessaria.

---

1. Lembramos que Eurídice, esposa de Orfeu, perseguida por Aristeu, foi picada por uma serpente, que lhe causou uma ferida mortal.

Rumores sobre a enfermidade de Jane se espalharam por toda a habitação e, como todos gostavam dela, estavam todos tristonhos; ao mesmo tempo, havia uma opinião unânime, a de que a tal enfermidade era um feitiço jogado sobre ela pela encantadora de serpentes.

Assim era chamada a negra que René derrubara com seu cavalo, e que ele vira, naquele mesmo dia, sair dos aposentos de Jane. René escutava todos aqueles rumores que circulavam entre os empregados baixos da casa, mas também não se esquecia da exclamação que Justin deixara escapar ao avistá-la:

– Será que um bom tiro de fuzil não vai nos livrar dessa peste?

Ao descer para o jantar, pois a própria Jane exigira que ele descesse para pedir desculpas em seu lugar, ele parecia partilhar a crença de Justin em relação à negra; embora soubesse, melhor que ninguém, de onde vinha a enfermidade de Jane, interrogou-o a respeito da mulher.

Era chamada a encantadora de serpentes porque tinha a capacidade de adormecer e de tocar os répteis mais venenosos; mas seus talentos não paravam aí: afirmavam que ela conhecia também as propriedades das ervas venenosas, as que matam os homens em poucos minutos e as que fazem morrer de apatia os animais.

Que relações Jane teria tido com uma mulher assim?

Ao subir de volta para junto da enferma, René tinha a intenção de perguntar-lhe; mas, chegando àquele anjo de candura, as palavras não se atreveram a sair de sua boca; no entanto, um vago, porém singular terror, parecia pairar sobre ele. Experimentava essa espécie de frêmito que se considera um pressentimento; de súbito, seu coração se contraía e ele deixava escapar um gritinho sufocado que fazia Jane estremecer.

Depois, ia para junto dela; e, como faz um pai com o filho que teme perder, apertava-a junto ao peito, beijava-a na testa, beijava-lhe as mãos; mas aquelas carícias tinham tal aspecto de ternura, alheio a qualquer sensualidade, que Jane não se enganava e só enxergava nelas o que de fato existia; mas aquelas carícias, a que Jane não estava habituada, nem por isso pareciam menos doces, e uma espécie de vida, que ressurgia nela, fazia bater suas têmporas, fazia corar suas faces; ela agradecia a René por suas doces e amigáveis intenções.

Veio a noite. Os dois jovens foram ocupar seu lugar habitual na varanda da sala. Como se tudo estivesse combinado para devolver a serenidade à pobre Jane, nunca uma noite mais bela, nunca um céu mais luminoso havia iluminado aquelas trevas, obrigando a noite a não ser mais que ausência do dia. Embora a lua estivesse invisível, e as estrelas permanecessem veladas, por toda a parte irrompia uma luz difusa. Um aroma áspero, sutil, estimulante, passava em lufadas, excitando as fibras nervosas, ativando as artérias, dilatando os pulmões, fazendo viver dessa vida desconhecida cuja força só se compreende depois de se viver nessa atmosfera ardente que se respira na Ásia, em particular na Índia.

René julgava ter esgotado, com Jane, todas as perguntas e respostas sobre a probabilidade de uma vida futura e sobre a imortalidade da alma.

René era panteísta, acreditava na eternidade da matéria, porque compreendera que um grão de areia se esfacelava em mil grãos de areia, mas não se destruía; René, porém, não acreditava na alma porque, sob nenhum aspecto, a alma nunca aparecera para ele e ele não acreditava no invisível nem no impalpável.

Bichat acabara de morrer, e ele tratara e resolvera essa questão; seu belo livro sobre a morte e a vida fora publicado enquanto René estava preso, e ele fizera desse livro, reparador de Gall e Spurzheim, um estudo específico[2]. À medida que desenvolvia sua teoria material, lágrimas corriam silenciosamente dos olhos de Jane e traçavam, por toda a extensão de seu rosto, dois córregos de nácar.

– De modo que você acha, René – disse ela –, que quando nos despedirmos será para sempre, que nunca mais nos veremos?

– Não estou dizendo isso, Jane – respondeu René –, o acaso fez com que nos encontrássemos uma primeira vez, você pode voltar para Paris, eu posso voltar para a Índia, o acaso pode tornar a nos unir.

– Eu não irei para a França – disse Jane, tristonha –, você não voltará para a Índia, nossos corações foram separados neste mundo com toda a força do seu amor por outra mulher, nossos corpos serão separados na eternidade por toda a espessura da terra. Você me dizia há pouco, René, que não acreditava nas coisas impalpáveis e invisíveis e, no entanto, eu preciso acreditar no seu amor por Claire de Sourdis, por mais impalpável e invisível que seja.

– Sim, mas o objeto desse amor é palpável e visível. Também acredito no seu amor por mim, Jane, embora não o veja, mas ele me envolve como aquelas nuvens da *Eneida* que escondiam deuses.

---

2. Assinalemos que Bichat morreu em 22 de julho de 1802; Dumas, no entanto, contrapõe seu *Recherches physiologiques sur la vie et la mort* a trabalhos posteriores: *Anatomie et physiologie du système nerveux en général et du cerveau en particulier* (Gall e Spurzheim, 1810-19), *Observation sur la phrénologie ou La connaissance de l'homme moral et intellectuel* (Spurzheim, 1810).

– Tem razão, René – disse Jane, enxugando os olhos com o lenço e deixando-o sobre os olhos. – René – prosseguiu, levantando-se –, eu sou cruel e egoísta; torno você infeliz com a minha infelicidade. Até amanhã, René: amanhã vamos nos despedir, não fragilize a minha alma para esse momento supremo, vou precisar de toda a minha força, e você talvez precise de toda a sua.

– Está voltando para os seus aposentos, Jane?

– Sim, estou precisando rezar. A oração, sei bem, não cura, mas é como o ópio, entorpece; só me dê a sua palavra sobre uma coisa.

– Que coisa, Jane?

– Que não irá embora de surpresa, sem me dizer adeus; preciso de um adeus longo e consolador; preciso adormecer como de costume, no seu ombro, acreditando que dessa vez nunca mais vou despertar.

René hesitava em deixar Jane a sós; experimentava um sentimento que não conseguia explicar; conduziu-a até a porta do seu quarto, manteve-a demoradamente estreitada junto ao peito e dirigiu-se aos seus aposentos depois de se deter três ou quatro vezes, julgando que Jane o chamava. Uma vez no seu quarto, foi-lhe impossível adormecer; estava como se supõe estar na iminência de uma grande desgraça.

Aproximou-se da janela do quarto, esperando respirar ali o frescor de alguma brisa noturna. Com efeito, os primeiros frescores matinais pareciam pairar na superfície do solo; os clarões esbranquiçados que tornavam a noite transparente começavam a sumir, e um vapor cinzento os substituía. Nisso, teve a impressão de ouvir a porta de Jane se abrindo, e precipitou-se para a sua a fim de perguntar se ela não estava indisposta, mas considerou que pareceria que estava espionando o sono da moça e parou atrás da porta, que permaneceu fechada; depois, não ouvindo mais nada, voltou para a janela; enquanto isso, a noite perdera mais transparência, mas, por pouco clara que estivesse, foi impossível não reconhecer Jane, envolta em seu penhoar de noite, saindo da casa e andando, hesitante, rumo à pradaria, como se andasse descalça. A primeira hipótese que lhe veio à mente foi que Jane fora acometida por um acesso de sonambulismo e saíra de casa sem ter noção do que estava fazendo. Mas logo corrigiu essa opinião. Jane não andava com o passo rígido e sepulcral dos fantasmas e sonâmbulos, pelo contrário, andava timidamente e estremecia de dor quando seu pé pisava em algum pedregulho pontiagudo ou cortante; por um instante, ergueu a cabeça e seu olhar foi em direção à janela em que René se achava, mas ele teve tempo de jogar-se para trás e ela não o viu.

Jane, ao sair assim sozinha e quase nua, estava fazendo uma coisa não só inusitada, como imprudente: o cheiro das carnes que haviam assado para o banquete nupcial podia ter atraído para os arredores da casa algum animal feroz que, oculto em algum arbusto ou algum tufo de mato, pudesse inesperadamente pular em cima dela.

Ele estendeu a mão, procurou e achou na escuridão a sua carabina devidamente carregada, e aproximou-se da janela.

Nisso, julgou ver aproximar-se de Jane uma massa preta, cuja forma ele não distinguia por causa de sua cor que se perdia na noite. Mas Jane, em vez de fugir, parecia, ao contrário, dirigir-se para ela. Seria um homem? Uma mulher? René não conseguiu discernir; só ouviu Jane soltar, de repente, um grito agudo de dor, cair sobre um joelho, depois rolar no chão como alguém que sentisse dores intensas; não teve dúvida de que havia sido assassinada, principalmente ao ver a sombra preta tentar voltar para um bosque situado a pouca distância dali; mas a sombra não dera nem dez passos quando René apontou a carabina e fez fogo.

Um segundo grito, não menos agudo, não menos doloroso, fez-se ouvir; o assassino, fosse homem ou mulher, rolou pela relva, fez dois ou três movimentos convulsivos, enrijeceu e quedou imóvel.

René jogou a carabina no quarto, precipitou-se para a escada, encontrou abertas todas as portas pelas quais Jane saíra e, como visse o corpo de Jane delinear-se no gramado, correu direto para ela, tomou-a nos braços e carregou-a.

O tiro repercutira por toda a casa; pensaram que fosse algum ataque noturno, cada qual apanhou a primeira arma que achou à mão e acorreu. Justin, o primeiro, à frente de dois ou três escravos, esperava à porta com uns archotes.

René tomara Jane nos braços, carregara-a sem reparar que ela ainda tinha no pé a cobra que a picara, pendurada ao ferimento pelas presas venenosas.

– A cobra tabuleiro! – exclamou Justin, pegando o réptil a mancheias e espatifando-lhe a cabeça na parede. – Alguém para chupar a ferida!

– Isso é responsabilidade minha – disse René, levando Jane para o quarto. – Procurem, informem-se; muitas vezes os negros têm segredos para combater o veneno das cobras.

– Ele está certo – disse Justin. – Quero três ou quatro homens a cavalo, que procurem a encantadora por toda parte e tragam-na aqui morta ou viva!

Enquanto isso, René levara Jane até o quarto, deitara-a sobre a cama; e, percebendo no seu pé, branco e frio feito mármore, duas picadas iguais à de duas pontas de agulha, assinaladas por duas gotículas de sangue, aplicou nelas seus lábios e, qual um antigo psilo[3], pôs-se a chupar o ferimento.

Enquanto isso, as perguntas pipocavam em volta da cama de Jane que, de olhos fechados e apertando as mãos no peito, parecia já morta; mas René sentia, pelos estremecimentos do pé sob os seus lábios, que Jane sofria, e sofria cruelmente. Aos poucos, todos os moradores da casa haviam acordado, corrido ao quarto de Jane, e quando, esgotado, René ergueu os olhos, avistou Hélène na primeira fila, mais pálida que a moribunda, apoiada ao braço de sir James, tão pálido quanto ela.

– Sir James – disse René –, vá buscar, sem perder um minuto, na minha farmácia de caça, um frasco de álcali volátil e uma lanceta.

Sir James correu até o quarto de René e trouxe os objetos pedidos.

Um círculo azul, do tamanho de uma moeda de cinco francos, já cingia o ferimento.

René pediu um copo de água e derramou nele umas gotas de álcali, depois pegou a lanceta e, com a destreza de um cirurgião experiente, fez uma incisão crucial, da qual jorrou um sangue negro e decomposto; chupou novamente a ferida, pressionou-a com o polegar até que o sangue tornasse a vir vermelho, e derramou na incisão uma dúzia de gotas do licor corrosivo. A dor foi violenta, Jane dobrou a perna sob o corpo.

– Deus seja louvado! – exclamou Hélène. – Ela não está morta.

– Ela só vai morrer amanhã, à mesma hora em que foi picada esta manhã – disse-lhe Justin, em voz baixa.

Quanto a René, aproveitou esse sinal de vida que Jane lhe dera para obrigá-la a tomar o copo de água alcalinada.

Nisso, os homens enviados em busca da negra encantadora chegaram dizendo que haviam acabado de encontrar o corpo da bruxa a vinte passos do local onde fora recolhido o corpo de Jane.

– Ah! – exclamou René. – Ao ouvir o grito de Jane e vendo que ela caiu, pensei que a negra acabava de assassiná-la; estava com o fuzil na mão, fiz fogo e a matei.

– Ah! Infeliz – disse Justin em voz baixa –, foi matar exatamente a única criatura humana que poderia salvá-la.

– Pobre menina! – exclamou René, apertando Jane contra o peito e desatando em soluços.

---

3. Encantador de serpentes na Índia, no Oriente.

– Não chore por mim – disse Jane, em voz tão baixa que ninguém mais a ouviu. – Não escutou quando Justin disse baixinho que ainda me restavam vinte e quatro horas de vida?

– E daí? – perguntou René.

– E daí, caro amor da minha vida – murmurou Jane –, que tenho vinte e quatro horas para dizer livremente que o amo! Que a morte seja bem-vinda; eu contava com ela, mas não esperava que fosse tão indulgente.

Naquele instante, o padre entrou.

Ninguém havia se lembrado de avisá-lo; ele acabava de tomar conhecimento do acidente.

Com suas pálpebras entreabertas, Jane o avistou.

– Deixem-me a sós com este santo homem – disse ela. E, baixinho, a René: – Volte assim que ele sair; não quero perder um só minuto das minhas vinte e quatro horas.

Todo mundo saiu.

À porta, irromperam os soluços que todos vinham contendo.

Hélène, semidesfalecida nos braços do marido, foi antes carregada aos seus aposentos do que levada; aquele acontecimento era tão pouco esperado que, quando ocorreu, paralisou tudo, até as lágrimas.

René foi até a varanda da sala, onde ainda estavam suas duas cadeiras, uma ao lado da outra, tal como as tinham deixado; sentou-se na que ele tinha ocupado, apoiou a cabeça na que Jane ocupara e entregou-se a uma dor talvez mais profunda do que todas as que jamais experimentara.

Pois, ao conduzir seus pensamentos pela estrada do passado, via Jane preparando tranqüilamente a própria morte para a hora em que ele a deixaria; a mulher que ela mandara chamar, que entrara em seu quarto e que acabava de pagar com a vida aquele sórdido amor pelo ouro que a levara a prestar ajuda na morte de Jane não teria sido o escravo núbio encarregado por Cleópatra de trazer-lhe, num cesto de figos, a áspide que lhe daria a morte?

Aquela morte havia mesmo sido marcada para a hora em que deveria acontecer.

Uma vez que Jane lhe fizera prometer, na véspera, que ele não partiria sem avisá-la, pois queria dizer-lhe adeus, aquele adeus não poderia ser um adeus banal, seria um adeus eterno; as medidas haviam sido bem tomadas: ela sabia que a bruxa era odiada por todos da habitação, homens e animais, e imaginava que, se ela entrasse à noite no pátio, os latidos dos cães e as maldições dos empregados a impediriam de chegar até ela; resolvera então ir ao encontro da bruxa, e ir ao seu encontro de pernas e pés descalços para que nada se opusesse à mordida da cobra e à atuação do veneno.

Enfim, em vez de se queixar do pouco tempo que Deus lhe deixava para passar com René, ela se alegrava por ter vinte e quatro horas durante as quais poderia expressar-lhe toda a força do seu amor; findas as vinte e quatro horas, a morte purificaria as palavras demasiado ardentes que lhe teriam escapado. Sua confissão foi rápida; ao dizer "Amo René", disse o seu único pecado. Assim, o padre saiu logo que o dia raiou; ficara, quando muito, meia hora com ela.

Ao sair dos aposentos de Jane, o padre foi até René e disse-lhe:

– Vá para junto da santa menina que o ama, não vai ser difícil consolá-la da morte.

René, ao entrar no quarto de Jane, viu que ela o esperava de braços abertos.

– Sente-se perto de mim, meu bem-amado – disse. – E já sabe, para começar, que não vai mais me deixar até a hora da minha morte.

– Primeiro, mostre-me o seu pé – disse René –, quero saber como está.

– Para quê? Minha sentença já não foi pronunciada? Só tenho agora vinte e três horas de vida; não peço nem adiamento nem indulto; estou feliz.

– O que lhe disse o padre?

– Uma série de coisas boas que não me convenceram. Pediu que eu tivesse esperança; disse que estávamos cercados de espíritos invisíveis que pairavam no ar, que não podíamos enxergar porque são diáfanos como a atmosfera em que pairavam. Esses espíritos são as almas daqueles que nos amaram, deslizam em volta de nós, roçam em nós, sussurram, quando estamos despertos, palavras ininteligíveis aos nossos ouvidos, falam quando estamos dormindo; sabem o que ainda não sabemos, pois participam dos segredos do destino: daí certas revelações, certos pressentimentos que as almas que nos amam demais não conseguem evitar de nos passar. Não acreditamos naquilo que vemos, ele acrescentou; é verdade, mas uma série de provas já nos fizeram duvidar da fragilidade e da impotência dos nossos sentidos. Até que se inventassem os microscópios, ou seja, durante quase seis mil anos, metade dos seres visíveis com auxílio desses instrumentos eram desconhecidos aos nossos olhos; o primeiro a mergulhar o olhar no mundo dos infinitamente pequenos, e a desconfiar que este mundo não tinha fim, ficou louco. Pois bem! Um dia, talvez, disse-me o bom padre, um dia talvez descubram um instrumento com o qual poderemos ver os infinitamente transparentes, como se viu um dia os infinitamente pequenos. Então, por outro meio que não a palavra, entraremos em comunicação com esses silfos, que só a poesia suspeitou que existissem. Pois bem, caro René, essa idéia de que minha alma não iria deixá-lo, depois de morta, que eu poderia segui-lo, ir onde você estivesse, ficar misturada ao ar que você respirasse, estar no vento que flutuasse em seus cabelos; essa esperança, por mais absurda que possa parecer, trouxe-me infinitas alegrias. Shakespeare não disse: "Existem ainda muitas coisas no céu e na terra não sonhadas pela filosofia humana"[4]?

A voz de Jane fora se alterando a essas últimas palavras, ela deixou tombar a cabeça sobre o ombro de René.

– Sente alguma dor? – perguntou o rapaz.

– Não exatamente; mas estou enfraquecendo, o pé em que fui picada está gelado, é o pé com o qual estou descendo para o túmulo, o frio vai subir aos poucos e, quando alcançar o coração, passarei do meu leito para o leito eterno.

E como René sentia que ela estava adormecendo aos poucos, parou de falar para que ela recobrasse, no sono, algumas forças para o último combate. Seu sono era atormentado, cheio de sobressaltos, de palavras inarticuladas.

Hélène subiu; a porta do quarto estava entreaberta; passou a cabeça e perguntou, com os olhos, como estava a irmã.

René mostrou-a adormecida sobre seu ombro; ela entrou, aproximou-se e beijou-a na testa.

– Meu Deus! Hélène – ele perguntou –, você que está em contato com os empregados da casa, será que não há nada a fazer, se não para curar, pelo menos para aliviar essa pobre menina?

– Então acha que eu já não perguntei a todo mundo, mesmo aos mais inocentes? Todos me responderam que a morte não era dolorosa, mas era inevitável. Diga a ela, meu caro René, que se a deixo a sós com você, não é por indiferença, e sim porque não quero lhe tirar suas derradeiras alegrias.

Então, debruçando-se uma segunda vez sobre a irmã, Hélène a beijou novamente e saiu pé ante pé.

---

4. Dumas, ao adaptar Shakespeare, escreveu: "Ah! la terre/ Et le ciel, mes amis, cachent plus d'un mystère/ Que la philosophie encor n'a rêvé." [Ah! A terra/ E o céu, meus amigos, escondem mais de um mistério/ Que a filosofia ainda não imaginou"] (*Hamlet*, ato I, 2. parte, cena IV).

Mas, à medida que Hélène se afastava, os olhos de Jane se abriram; ficaram imóveis por um momento e, então, dando um suspiro:

– Oh! Caro René – disse ela –, acabo de ter um sonho tão lindo! Vi, assim como estou vendo você, um lindo anjo do céu resplandecente de luz descer ao lado da minha cama e beijar-me na testa, dizendo: "Venha ter conosco, irmã, estamos lhe esperando!". Depois, beijou-me mais uma vez e alçou vôo.

Seria arrancar-lhe uma ilusão dizer-lhe a verdade; René calou-se.

– Agora, meu bem-amado René – acrescentou Jane –, deixe-me abordar uma questão. Outro dia, quando já estava tomada a minha decisão de não sobreviver à sua partida, você me viu escolhendo pedras e colocá-las numa bolsa separada?

– Sim, Jane, e eu ia lhe perguntar o que estava fazendo quando pensei que seria indiscrição da minha parte.

– Percebi como se conteve – disse Jane. – Mas como ainda não era hora de dizer alguma coisa a respeito, fiquei quieta.

– Aquela bolsa – disse René – era ornada com duas letras bordadas a mão, um C e um S.

– Essas duas letras o intrigaram, não é?

– São as iniciais de Claire de Sourdis.

– De fato – disse Jane –, é à minha *prima* Claire de Sourdis que essa bolsinha se destina. Dia ou outro, quando tiver feito com que Napoleão se esqueça da falta que cometeu, quando tiver reconquistado uma posição digna de você, a srta. de Sourdis se tornará a sua esposa; então lhe dirá: "Encontrei, lá na terra dos sopros quentes e das ardentes paixões, duas moças, duas primas minhas; primeiro, salvei-lhes a honra, depois a vida; estando longe de você, embora pensando sem cessar em você, dediquei minha vida a elas. Uma delas, a mais moça, infelizmente morreu: eu a amava com uma terna amizade; mas o meu coração não era dela, era seu. Ela morreu desse amor, pois era desses amores que matam quando não fazem viver; porém, antes de morrer, pegou esta bolsinha, que era parte da sua fortuna pessoal: contém o suficiente para mandar fazer três jóias completas, uma de rubi, uma de safira e uma de esmeralda; ela própria as escolheu entre um número dez vezes maior de pedras; ela mesma bordou suas iniciais nesta bolsa, e entregou-a para mim ao morrer para que eu a oferecesse em lugar dela; é o seu presente de casamento. Não tem o direito de recusar, pois é ofertado por uma mão saída do túmulo. Não tenha ciúmes; eu nunca a amei; aliás, não se tem ciúme dos mortos".

René desatou em soluços.

– Ah! Cale-se, Jane – disse ele –, cale-se.

– Todas as vezes que a vir usando uma dessas três jóias, será obrigado a pensar em mim.

– Ora, Jane, Jane – exclamou René –, pode mesmo pensar que eu conseguiria esquecê-la?

– Estou com sede, René, dê-me água.

Aquela necessidade de beber era a única que ela expressara, duas ou três vezes já, desde a manhã.

René lhe ofereceu um copo de água, que ela bebeu avidamente.

A testa de Jane se ensombreceu, ela parecia estar cada vez mais fraca.

– Ninguém veio perguntar como eu estava? – perguntou Jane. – Minha irmã Hélène parece estar respeitando pontualmente o desejo que expressei de ficar a sós com você.

René viu com pesar que Jane, do fundo do coração, acusava Hélène de indiferença, e censurou-se por ter se calado sobre a visita que ela lhe fizera.

– Não acuse Hélène – disse ele –, ela veio enquanto você dormia.

– Ah! – disse Jane, sorrindo. – Então eu não me enganei, foi ela que eu vi no meu sonho, e confundi com um anjo do céu. Hélène querida, tem pouco a emprestar dos anjos; quando quer se fazer passar por um deles, só lhe faltam as asas.

– Jane – disse René –, não vou deixá-la um só instante; mas está causando muita tristeza às pessoas que a amam, não as recebendo, não se preocupando com elas ao separar-se delas para sempre.

– Tem razão, René, mande chamar todo mundo.

René repousou suavemente sua cabeça no travesseiro e foi chamar Hélène.

– Volte a se sentar perto de mim – disse Jane –, ninguém mais tem o direito de ficar ao meu lado daqui até a minha morte. E esta noite, vou dizer que quero dormir, todo mundo vai sair, e então você vai me levar no colo e, da varanda onde passamos horas tão boas, vou dizer adeus ao céu, às estrelas, à criação e a você.

Ouviram subir pela escada as pessoas que vinham rezar junto a Jane; primeiro sua irmã Hélène, em seguida sir James Asplay e o padre.

Atrás deles vinham o velho Remi, seus três filhos, Adda, e François.

Atrás de François, vinham os empregados, os criados birmaneses, os negros e as negras.

Todos se puseram de joelhos.

René manteve-se à cabeceira da moribunda. O padre ficou de pé no meio do quarto, os outros todos se ajoelharam à sua volta.

Era um homem digno, o padre Luís, que em qualquer circunstância sabia falar a linguagem adequada. Seu discurso foi o comovente adeus de uma moça às coisas desconhecidas, aos mistérios do amor, às delícias do casamento, às alegrias da maternidade; contrapôs a essas coisas terrestres a felicidade divina reservada aos escolhidos do Senhor.

Pela segunda vez, Jane desmaiou.

O padre foi o primeiro a dizer:

– Acho que estamos cansando a doente inutilmente; ninguém menos que esta casta menina precisa de orações para entrar no céu.

Junto de Jane só permaneceram René, Hélène e sir James. Então, René fez com que ela respirasse uns sais; ela estremeceu, fez uns movimentos instintivos, tornou a abrir os olhos e sorriu; via-se cercada por todos os que a tinham amado, por todos que ainda a amavam, e o seu pai esperava por ela na capela da habitação; ela estendeu a mão para Hélène e Hélène, pela segunda vez, jogou-se em seus braços.

– Você sabe que eu já não conseguia viver, minha querida Hélène – disse. – Consultei a pobre mulher, cuja morte acabei por causar, sobre o tipo mais suave de morte; ela me recomendou a picada da cobra tabuleiro; se estou morrendo, é porque eu quis morrer, não chore por mim. René me deixaria hoje, e eu teria morrido lentamente de dor e de tristeza; sou eu quem o estou deixando, a minha vontade não foi forçada; a infelicidade que impomos a nós mesmos sempre é suportável, à que nos é imposta por nossa má sorte é que é difícil de se resignar. Veja como estou calma, veja como estou feliz; não fosse pela palidez, não parece até que trocamos de papel? Você é que está chorando, e eu sorrindo. Pois então, minha querida Hélène, para que a morte seja tal como a imaginei, preciso morrer como estou neste momento, apoiada no ombro dele; preciso que a amada mão dele é que cruze, para a eternidade, minhas mãos sobre o meu peito. Você ainda tem longos anos de alegria pela frente, minha querida Hélène; eu tenho apenas alguns minutos. Deixe-me com ele, minha irmã, ele é que lhe avisará quando tudo estiver acabado para nós neste mundo. Deus queira que nos encontremos no outro!

Hélène beijou Jane uma última vez, depois sir James apertou-lhe ambas as mãos; pelas feições calmas de seu rosto, viu-se passar um frêmito doloroso e escorrer uma lágrima entre as pálpebras cerradas; então ele abraçou a cintura de Hélène e conduziu-a, estreitada junto ao seu peito, como temendo que a morte tentasse arrancá-la dele.

O tempo passara, viera a noite e, embora não houvesse nenhum ponto de luz no quarto, a noite estava tão clara que se enxergava nele como durante o crepúsculo.

— A hora deve estar chegando — disse Jane —, sinto um frio subindo à medida que desço para o túmulo; não estou sofrendo, só sinto a impossibilidade de viver.

Ela apontou para a cintura:

— Só estou viva — disse — a partir daqui; leve-me para a nossa sacada; é ali que quero lhe dizer adeus, é ali que quero morrer.

René tomou Jane nos braços, levou-a para a sacada e sentou-a em seu colo.

Ali, ela pareceu respirar e reviver. A noite estava transparente como a noite da véspera. René enxergava, pela pradaria, o caminho por onde andara Jane; via a negra vindo em sua direção; ouvia o grito que dera a moça ao cair; via, por fim, a negra desabando após o tiro do seu fuzil: todas essas coisas, que surgiram não só na sua memória como diante dos seus olhos, fizeram com que ele caísse em prantos. Estreitou Jane junto ao peito, exclamando:

— Oh, Jane! Querida Jane!

Jane sorriu.

— Como você fez bem — disse ela — de não me dizer isso antes de ontem, eu não teria conseguido me decidir a morrer.

Ela ficou um instante silenciosa e, com olhos que pareciam se alargar, olhando para René e para o céu:

— Aperte-me entre os seus braços, René — disse ela —, tenho a impressão de que você está me deixando escapar para longe.

— Não! — exclamou René. — Não, pelo contrário, eu a estou abraçando tanto quanto posso junto do meu peito.

— Nesse caso, a morte é que está me puxando. Defenda-me, René, defenda-me.

E ela enrijeceu os braços em volta do pescoço de René e escondeu a cabeça em seu peito. René baixou a cabeça sobre a dela.

Passado um instante, sentiu-a estremecer.

René levantou a cabeça e viu o rosto de Jane contraído de dor.

– Ah! – ela exclamou. – Está me picando o coração, está me picando o coração.

E, num só gesto, puxando para si a cabeça de René e apertando seus lábios nos do rapaz:

– Adeus! – disse ela. – Adeus! – E, com voz ininteligível, acrescentou: – Até logo, quem sabe.

E deixou-se cair com todo o seu peso no braço de René.

René olhou para ela: seus olhos continuavam abertos; parecia que ainda enxergava; ele apoiou a mão em seu coração, ele já não batia; aproximou a face de seus lábios: seu hálito se extinguira, o último sopro que acariciara seu rosto levara sua alma.

Ele permaneceu assim alguns minutos, olhando para ela; ainda acreditava que uma palavra ou um movimento indicariam um resto de vida.

Mas não, ela estava morta, bem morta.

Ele a levou de volta para o quarto, estendeu-a sobre a cama, cruzou-lhe as mãos sobre o peito e tocou o gongo.

Todos acorreram, Hélène e sir James primeiro.

– Está tudo acabado – disse René.

Lágrimas irromperam por todos os lados; Hélène se aproximou e estendeu o braço para fechar-lhe os olhos, que tinham ficado abertos.

– Não! – disse René, afastando gentilmente o braço de Hélène. – Sabe que foi a mim que ela encarregou deste cuidado.

E cerrou-lhe as pálpebras, que agora só se abririam à luz da desconhecida tocha que conduz a alma pela eternidade.

Cumprido o pio cuidado, René lançou-se para fora do quarto, dizendo:

– Fiquem com o corpo; se esse corpo tinha uma alma, eu a levo comigo.

E, com efeito, àquela altura pelo menos um deles dois desvendara o grande mistério sobre o qual tanto haviam conversado sob as estrelas da noite.

René não amava Jane como amante, mas como o mais carinhoso amigo, como o mais dedicado irmão. Aquele ser de bronze, que atirava num homem como num cachorro, e o via rolar aos seus pés com a mesma indiferença como se, de fato, fosse um cachorro, precisava ficar sozinho para chorar.

A morte que se abatera sobre Jane e o calor do clima pediam prontos funerais. O padre ficou sozinho junto dela. Hélène voltou aos seus aposentos e terminou a sua noite de núpcias chorando pela irmã nos braços do marido. Enfim, o velho Remi e seus três filhos trataram de todos os detalhes funerários; enquanto Justin enfeitava a capela inteira com flores, Adda envolvia o corpo e o deitava, entre ramos frescos, sobre um colchão e um travesseiro de fio de aloé, no caixão de madeira de teca feito por Jules e Bernard.

No mesmo dia, às cinco horas, o gongo tristemente tocado anunciava que os funerais ocorreriam. Toda a habitação se reuniu à porta do pátio, embaixo das escadas onde o caixão estava colocado. Ali, foram ditas novas orações e o caixão, carregado por quatro moças, entrou na capela.

René soltara os dois elefantes: estes, como que compreendendo a desgraça ocorrida, haviam passado em revista todos os assistentes e, quer por terem percebido a ausência da moça, quer por simplesmente entenderem que uma grande dor agitava a todos, afinaram-se com a dor geral e, feito dois colossos de pedra, quedaram-se mudos e imóveis à porta da capela.

Jane foi depositada nos jazigos em que já repousavam Eva e o visconde de Sainte-Hermine; depois, como nos povos primitivos, a cerimônia religiosa se encerrou com uma grande refeição, da qual participaram até os escravos mais humildes da habitação.

Jane morta, René estava decidido a deixar a habitação e, já no dia seguinte aos funerais, anunciou sua partida. O que quer que Hélène lhe devesse e quaisquer que fossem os favores que prestara às duas irmãs, sua presença era motivo de tristeza. Hélène sabia bem demais que era o amor de Jane por aquele rapaz que a matara; mas como ela ignorava o verdadeiro nome e a verdadeira história de René, não podia evitar de pensar que ele era a causa da morte de sua irmã. Em meio aos mais calorosos agradecimentos, ela se atreveu a mencionar as despesas feitas por René para a sua viagem à Birmânia, mas René olhou-a com um sorriso tal, e beijou-lhe a mão com uma cortesia tal que ela percebeu que não haveria como insistir nesse ponto. Como se tivesse previsto a recusa, ofereceu então a René um cofrinho, confeccionado por Jules, cheio de pedras preciosas; mas René tirou tristemente do peito a bolsa bordada por Jane, beijou-a, abriu-a e mostrou o conteúdo a Hélène.

No entanto, esvaziando sobre uma mesa o que o cofrinho de Jules continha, e escolhendo a mais bela safira entre as pedras oferecidas por Hélène:

– Pedra da tristeza – disse ele –, farei com ela um anel que nunca haverei de tirar.

Hélène estendeu as faces a René.

– Mas isso – disse ele – já é outra coisa, é o presente de uma irmã para um irmão.

E ele a beijou.

No dia seguinte, tudo foi preparado para a partida, a escolta era a mesma que na chegada; só os elefantes, que Jane quisera manter na habitação, foram deixados por René e, quando sir James, por sua vez, na esperança de ter mais êxito que Hélène, perguntou a René quanto achava que custavam:

– Jane os tinha pedido – respondeu René –, eu os tinha dado a ela, são dela.

No dia seguinte, ao despontar do dia, a escolta estava pronta e esperava no pátio.

Por um momento, ficaram preocupados: René não descia do quarto, subiram até lá, ele não estava. Iam sair a sua procura quando o viram surgir da capela: passara uma parte da noite junto ao caixão de Jane.

Restava-lhe uma derradeira visita a fazer, para Omar e Ali. Estes, de início, julgaram que ele vinha buscá-los para levá-los consigo, mas logo perceberam que não estavam incluídos na viagem e, como não eram corteses o bastante para ocultar sua dor, manifestaram-na para René com sinais muito visíveis e bem caracterizados.

No mesmo lugar onde haviam se conhecido, despediram-se. Sir James quis dar, de qualquer maneira, o seu melhor fuzil de Manton a René, que em troca lhe deu um dos seus. Hélène já lhe dera o que podia dar de melhor, suas duas faces para beijar.

Ficou combinado, como não havia com eles mulheres que retardassem sua marcha, que fariam apenas uma parada entre a Terra do Bétele e Pegu. Para consegui-lo, parariam para dormir no lago e, no dia seguinte, iriam de uma vez só para Pegu.

René e François montavam esses cavalinhos birmaneses que andam sempre a passo forçado e são incansáveis; de resto, os homens que os seguem a pé são ainda mais surpreendentes e mais incansáveis que eles.

Fizeram uma pausa por volta do meio-dia, para deixar passar o calor mais tórrido, no mais cerrado da mata. René, a quem os irmãos haviam fornecido bétele em abundância, fez uma distribuição entre os homens, prometendo o mesmo para a noite e o mesmo na primeira pausa do dia seguinte.

Por volta das cinco horas, chegaram ao lago.

Mal chegaram, e embora avistassem ao longe, boiando na superfície da água, feito troncos desenraizados, caimãos de todos os tamanhos, alguns negros e indianos não resistiram ao desejo de se banhar; bastava-lhes tirar uma espécie de cota azul que ia da cintura aos joelhos para estarem em trajes de banho.

Deixaram cair a tanga e pularam na água.

Enquanto isso, René e François vigiavam, fuzil na mão, olhos ora no lago, ora na densa floresta que vinha dar nele.

LXXXI
O REGRESSO (2)

De súbito, um dos nadadores soltou um grito e sumiu dentro da água; era evidente que um caimão tinha se aproximado, sorrateiro, e o puxara por uma perna para o fundo do lago.

A esse grito de angústia e terror, todos os outros nadaram até a margem; mas, alguns passos atrás do último nadador, via-se a água sendo açoitada por um sáurio monstruoso; entretanto, o nadador, sentindo-se perseguido, redobrou a velocidade e conseguiu chegar à beirada.

Mal tinha se erguido quando se viu a cabeça do caimão saindo da água, e o animal, com as duas patas da frente, agarrou-se à terra: o negro, que estava apenas a dez passos à sua frente, correu o quanto pôde na direção de René.

– E então, o que foi? – ele perguntou, rindo.

– É um caimão que quer almoçar o corpo de mim – respondeu o negro.

Enquanto isso, o caimão saía da água e preparava-se para perseguir o negro, sobre o qual parecia nutrir as intenções imaginadas pelo fugitivo.

– Então – perguntou René – os caimãos atacam os homens fora da água?

– Claro que sim, patrão, principalmente quando já comeram carne humana; mas olha ele ali vindo para mim; agora, caçar ele.

– Mas, infeliz, você não tem arma! – disse René.

– Não precisar – disse o negro. E, dirigindo-se aos seus companheiros: – Oh! eu não precisar; vem, vocês, aqui mesmo a árvore que eu precisar.

E, em vez de fugir, o caimão se deteve e, ao vê-lo sendo apoiado por dois ou quatro animais da sua espécie, hesitava em ir ou não adiante.

Mas o negro passou tão perto dele que o caimão abriu uma goela enorme, achando que ele vinha se jogar dentro dela por conta própria; mas a goela se fechou com o barulho que fariam duas tábuas batendo uma contra a outra; o animal só apanhara ar.

O caimão se pôs a persegui-lo, acompanhando sua corrida de saltos de quatro ou cinco pés.

Mas em seguida o africano alcançou a árvore que havia indicado aos companheiros como necessária para o final da brincadeira que estava preparando para o caimão.

Já era tempo: este já estava a apenas dez passos atrás dele. O negro tomou impulso e, com a leveza de um macaco, trepou numa espécie de salgueiro.

René julgava o negro fora de perigo, quando viu o caimão agarrar-se à árvore com dificuldade e, qual um monstruoso lagarto, içar-se atrás do negro.

Este então se atirou num dos galhos horizontais da árvore. O caimão, cujo apetite fora um bocado atiçado pela corrida e pelo desapontamento, aventurou-se no mesmo galho.

A partir dali, a perda do negro pareceu inevitável, e todos os espectadores começaram a temer por ele; mas ele, então, apanhou a ponta do galho e deixou-se suavemente cair no chão.

Seus amigos todos acorreram em seguida e, apanhando a extremidade do galho e sacudindo-a todos juntos, imprimiram-lhe movimentos tão bruscos, vigorosos e sacolejados que, por mais cabeça-dura que fosse, o caimão começou a entender que havia caído numa armadilha.

Foi então que, dando sinais de angústia, mostrou que reconhecia não ter sido criado para trepar em árvores; estendeu-se sobre o galho, segurou-se pelas quatro garras e tentou, apesar das chacoalhadas, manter o equilíbrio; por fim, acabou girando, como uma sela gira do lombo para a barriga de um cavalo, e caiu.

Como estivesse imóvel, os negros se jogaram sobre ele: havia caído de cabeça e quebrara as vértebras do pescoço na queda.

Uma hora mais tarde, era a escolta que, em torno de uma grande fogueira, estava comendo caimão, em vez de o caimão comer a escolta.

A noite avançava rapidamente. René ordenou a todos os seus homens que juntassem ou cortassem lenha nos arredores da mata para acender uma grande fogueira que mantivesse os répteis, os animais ferozes e os caimões afastados.

A precaução era ainda mais necessária pelo fato de as emanações da carne assada atraírem para o local todos os amantes de carne crua ou cozida.

Em dez minutos, juntaram lenha para durar a noite toda.

René mandou que fizessem, com essa lenha, uma espécie de trincheira de chamas que bastava ir alimentando à medida que fosse se esgotando.

Depois, feita a distribuição de bétele a fim de deixar todo mundo de bom humor, René sugeriu que fossem dormir tranqüilamente, afirmando que ele e François zelariam por todos.

Acesa a fogueira, veio a noite com seu lúgubre concerto de rugidos de tigres, miados de panteras e gemidos de caimãos semelhantes a soluços infantis; tudo então parecia ganhar voz para ameaçar o homem: a floresta, a água, as matas pareciam ter cedido o campo de batalha para um exército de demônios prontos a se destroçarem mutuamente; o ar foi o último a se povoar, mas, por volta das onze horas, morcegos do tamanho de corujas vieram esvoaçar sobre as chamas e acrescentar suas notas agudas à assustadora sinfonia, passando pelos rolos de fumaça, como se essa fumaça surgisse das bocas do inferno.

Era preciso um coração revestido desse aço triplo de que fala Horácio[1] para não estremecer àquele som que tinha algo de desordenado. François, embora fosse um bravo, sentiu por um instante a sua coragem lhe faltar; apoiou-se com uma mão no braço de René, e com a outra apontou para duas luzes saltitantes, a uns trinta passos dentro da mata.

– Silêncio – disse René –, estou vendo.

E, apoiando a coronha do fuzil no ombro com a mesma tranqüilidade com que teria apontado para um alvo, fez fogo.

Um terrível rugido respondeu ao tiro; e, como se o rugido fosse um sinal, despertou inúmeros outros rugidos que, com exceção da direção do lago, cercavam o pequeno acampamento. Selvagem ameaça!

– Jogue lenha no fogo – René contentou-se em dizer.

François obedeceu.

Despertos aos sobressaltos, os birmaneses e os indianos se levantaram, uns ficando apenas de joelhos, outros de pé.

– Qual de vocês pode subir numa árvore – disse René em inglês – e abater todos os galhos?

Um birmanês se ofereceu, pediu o sabre de abordagem para François e trepou com a agilidade de um macaco na árvore mais próxima do acampamento. Galhos imediatamente começaram a cair por todos os lados com uma rapidez que demonstrava a necessidade em que julgava estar o lenhador de obedecer

---

1. *Aes triplex* (Odes, 1, 3, 9).

sem demora à ordem que recebera. Felizmente, a árvore era resinosa, e mal os primeiros galhos foram jogados no círculo de chamas, estas se ergueram como uma legítima muralha entre o acampamento e a floresta.

Entretanto, no local onde René descarregara seu tiro de fuzil, rugidos se faziam ouvir: quer o tigre ferido não se resolvia a morrer, quer, segundo o hábito desses animais, se macho, tinha ao seu lado a sua fêmea, se fêmea, tinha ao seu lado o seu macho. René começou por recarregar a arma e mandou que François segurasse os quatro fuzis que constituíam a sua artilharia. Então, juntando tições ardentes, jogou-os nos galhos de uma árvore resinosa igual à que acabara de alimentar tão magnificamente a fogueira. A árvore pegou fogo. Num instante, a chama subiu do caule até o topo, e a árvore, ardendo feito um gigantesco teixo de festa, iluminou toda a paisagem num raio de cinqüenta metros.

Viram então, na margem do lago, caimãos que tentavam rastejar e deslizar, despercebidos, até os homens da escolta.

René avançou na direção dos imensos lagartos, que hesitavam um pouco, assustados pelo fogo. Viam-se seus olhões estúpidos fitando, espantados, e seus corpos atingidos pelo calor muito intenso dobrando-se sobre si mesmos. Seus olhos tinham o tamanho de uma moeda de cinco francos, era mais do que René precisava. Ele mandou uma bala para o olho do mais próximo, que não estava nem a dez passos e, erguendo-se num movimento convulsivo, foi cair de costas a poucos passos do lago.

Então, o negro que caçara os caimãos, ora como caça, ora como caçador, pegou um galho cuja ponta ardia e, usando-o como chuço, enfiou-o na garganta do monstro. Este, com um ruído pavoroso, foi apagá-lo jogando-se no lago.

O segundo, assustado com o que acontecia ao seu companheiro, recuou como ele e jogou-se novamente na água.

Entretanto, a árvore continuava a queimar, e do seu topo caíam galhos em chamas que iam pondo fogo na relva alta e nas outras árvores que a cercavam. A fornalha logo se ampliou e formou um recinto maior; o vento, que vinha do lago, empurrava a chama para a frente. À medida que a chama avançava, ouviam-se os gritos de diferentes animais que ela surpreendia, feridos ou adormecidos.

Em meio a esses vários gritos, ouvia-se o silvo das cobras, que fugiam esfregando suas caudas nas árvores, abalando-as.

– Vamos, meus amigos – disse René –, acho que agora podemos dormir em paz.

E, deitando-se no meio do círculo de chamas, cinco minutos mais tarde ele dormia, de fato, tão serenamente como se estivesse na cabine de sua chalupa.

LXXXII
DUPLA PRESA

No dia seguinte, ao raiar do dia, René despertou.

Quanto a François, não pudera fazer o mesmo e, atenta sentinela, vigiara a noite toda.

Nenhum animal, nem sequer um caimão, viera atormentá-lo.

Mas, uma vez acordado, René deu o sinal da partida fazendo circular entre todos um pingo de araca, e dando uma folha de bétele a cada um dos homens.

Felizmente, os cavalos estavam presos e, se tentaram fugir, assustados com o incêndio que o lago refletia como um espelho imenso, não conseguiram.

Houve, é claro, um momento em que todos os animais que habitavam as úmidas profundezas daquele mar interior ficaram sem entender o que se passava. A floresta ardia numa extensão de meia-légua, e o próprio lago parecia um lago de chamas.

No dia seguinte, quando nasceu o dia, tudo havia fugido, e não se ouviam mais os tigres rugindo, as serpentes silvando, nem os caimãos vagindo; tudo estava silencioso, tudo havia fugido dos arredores do incêndio que ainda se ouvia crepitar ao longe, na mata.

Todos os homens olhavam com admiração para René. São raros os valentes da noite, e quem de dia enfrenta um perigo que pode enxergar, treme à noite diante de um risco que não vê e que provavelmente menosprezaria se o pudesse ver.

Mas a alma de René era de uma têmpera particular, e o medo não tinha como apanhá-la.

Retomaram a marcha.

Nenhum deles confessou que a angústia lhe apertava o peito, mas todos andavam num passo que demonstrava que gostariam de estar bem longe daquela floresta maldita.

Por volta das duas horas, avistaram a orla da mata, e respiraram aliviados; só então falaram em fazer uma parada para o almoço, mas só depois de sair dela totalmente é que ousaram concretizar essa idéia que, na floresta, aos mais corajosos pareceria audaciosa.

Mas ali, na planície, à luz do dia, cada um dos homens começou a perceber que estavam andando desde a manhã sem ter comido nada. Sentaram-se alegremente, tiraram da cozinha suspensa no flanco de um cavalo da escolta um pernil de antílope assado e defumado; cada um cortou uma fatia e pôs-se a devorá-la, tomando um copo de araca.

Dali só restavam duas ou três horas de marcha, por uma espécie de planície salpicada de arbustos, raramente freqüentada pelos animais selvagens durante o dia. A caravana, portanto, seguiu seu caminho sem incidentes até o Pegu.

A chalupa de René não mudara de lugar: continuava flutuando presa à âncora.

René se deu a conhecer; imediatamente a canoa se soltou dos flancos do *Coureur de New York* e veio apanhá-lo na beirada do rio. O homem com o qual acertara o preço da escolta, dos cavalos e dos elefantes esperava por ele no edifício que, de certa forma, servia de estação.

Naquela mesma noite acertaram todas as contas e, diante do gerente do porto, a quantia combinada foi entregue ao proprietário dos escravos e dos animais que haviam acompanhado René até a Terra do Bétele.

Quanto aos dois elefantes que René dera de presente a Hélène, como não havia preço estipulado, consultaram o *shabunder*.

Já dissemos que o título de *shabunder* equivalia ao de comissário da marinha na Inglaterra.

Nada retinha René na Birmânia; o acaso apenas, como vimos, é que o havia levado até lá. Estando cumpridos os deveres familiares que ele achara por bem impor-se em relação às srtas. de Sainte-Hermine, não tinha mais nenhum motivo para ficar ali. No dia seguinte, portanto, contrataram o mesmo piloto com o qual havia subido o rio Pegu e que, sabendo que mais dia menos dia o recontratariam para descer, havia esperado calmamente, comendo arroz a três ou quatro vinténs por dia, que René concluísse seus negócios na Terra do Bétele e voltasse a buscá-lo em Pegu.

Era dia 22 de maio de 1805.

René ignorava totalmente o que havia acontecido na França desde que deixara o porto de Saint-Malo a bordo do *Revenant*, um ano antes.

Por menos motivos que se tenha para sentir falta da pátria, essa mãe comum tem tamanhos direitos sobre nós que sentimos tanto a sua falta quanto da mãe de quem nascemos. René, aliás, deixara a França numa época em que se preparavam grandes acontecimentos. Bonaparte estava resolvido a desembarcar na Inglaterra. Havia realizado ou abandonado seu projeto? Está aí o que ninguém soube lhe dizer desde que se encontrava na Índia; provavelmente, ao retornar à ilha de França, encontraria Surcouf e saberia de algo novo e importante a esse respeito. Graças à correnteza do rio, que levava o *Coureur de New York* para o mar, levaram apenas três dias para percorrer a distância entre Pegu e Rangum; no quarto dia, entraram mar adentro.

René dirigiu o curso de sua embarcação para a ponta da ilha de Sumatra. Ao fim de dez dias, descobriu a ponta de Achem, dobrou-a na mesma noite e viu-se nesse imenso espaço que se estende, sem um só rochedo, da ponta de Achem ao grande banco de Chagos[1].

No dia seguinte, ao despontar do dia, o marujo de vigia gritou: "Navio!". René precipitou-se para o convés de luneta na mão.

De fato, à altura do cabo Juzu, avistavam-se três embarcações, duas seguindo juntas para as ilhas Chagos, e outra vindo em sua direção. Pelo aspecto, René julgou que as duas primeiras embarcações fossem navios mercantes; mas os navios mercantes, nessa época, andavam tão armados quanto os navios do Estado.

Sua atenção, contudo, foi especialmente atraída pela embarcação que vinha na direção deles.

Não havia como se enganar. Pelo andar ligeiro, pela rapidez dos movimentos, era fácil reconhecer um navio armado para correr.

René passou a luneta a François, dizendo uma única palavra: "Olhe", mas sublinhando essa palavra.

François pegou a luneta, olhou e não pôde conter um estremecimento de alegria; e como René sorrisse, François devolveu a luneta murmurando:

— Palavra, eu poderia jurar.

---

1. Chagos: grupo de ilhas baixas ao sul das Maldivas; a principal delas é Diego García.

Nisso, um tiro de canhão partiu do navio isolado, e sua bandeira se desfraldou em meio a um rolo de fumaça.

– Está vendo – disse René –, o pavilhão da República.

As duas embarcações que andavam juntas responderam imediatamente com um tiro de canhão cada, e ostentaram as cores da Grã-Bretanha.

– Todas as velas ao vento! – gritou René – E aproar para o local de combate.

Estavam a cerca de duas léguas no mar, mas havia tão pouco vento que as embarcações, que prosseguiram o combate enquanto se aproximavam, logo foram envolvidas por uma nuvem de fumaça; mas aquele pouco vento, sem importância para embarcações que combatiam paradas, soprando do nordeste, permitia ao *Coureur de New York* fazer cinco ou seis milhas por hora; embarcação leve, fácil de manejar e que o recebia largamente.

Passava o tempo e a nuvem em volta dos três combatentes se adensava.

A detonação incessante das bocas-de-fogo repercutidas pelos ecos da margem malaia lembrava um estrondo de trovão ininterrupto. Havia pouco mais de uma hora que os três navios estavam em confronto quando René ordenou, por sua vez, os preparativos para a batalha e lançou-se no imenso círculo de fumaça que os envolvia; os canhoneiros estavam a postos, a mecha estava acesa, quando René enxergou, num clarão, no alto da popa de um dos navios: *Louisa*.

Pouco lhe importava qual era a nação e onde haviam sido recrutados os homens da tripulação! Sabia que o navio estava lutando contra um navio francês; era só o que precisava saber!

– Fogo de estibordo! – disse ele, costeando a embarcação.

E os seis canhões que armavam seu estibordo deram como que um só tiro. E, ultrapassando o navio que ainda não sabia com quem estava lidando, descarregou-lhe de ponta a ponta, e de trás para a frente, suas duas peças grandes de caça, carregadas de balas.

Ouviu-se um estalo terrível: o mastro de mezena, partido na base, acabara de abater-se sobre o convés do *Louisa*.

Através da fumaça que continuava aumentando, ele ouviu uma voz bem conhecida que dominava todos os ruídos e gritava: "Abordar!".

Ao mesmo tempo, o gurupés de René penetrou os cordames do navio que estava à sua frente e cujo nome ele não sabia; não importava, responderia, ao grito que ouviu, um grito igual e, com o porta-voz à boca, lançou por seu lado o grito: "Abordar!".

Nisso, num clarão, avistou um oficial inglês no posto de líder do navio que acabara de acostar, levou o fuzil da mão direita para a esquerda, apontou rapidamente, deu o tiro e viu o inglês rolar do seu posto para o convés.

– Abordar! Amigos, abordar! – gritou novamente, e foi o primeiro a saltar para o gurupés, enquanto oito ou dez homens da tripulação, liderados por François, escorregavam pelos cordames, chegavam ao gurupés pela equipagem e se lançavam atrás do chefe por essa ponte suspensa.

Os ingleses, surpresos, não entendiam de onde haviam saído esses homens que pareciam ter caído do céu, quando de repente, numa voz trovejante, René gritou em inglês:

– Baixem o pavilhão para o *Coureur de New York*!

O imediato do navio inglês ergueu o braço para contramandar, mas seu braço tornou a cair ao longo do corpo, sua voz se deteve na garganta, a bala de uma pistola acabara de lhe atravessar as têmporas.

O pavilhão inglês foi baixado, a mesma voz de René gritou, dessa vez em francês:

– Cessem o combate, meus amigos, o inimigo se rendeu.

Então, ouviu: fez-se silêncio.

Esperaram por um instante que o sopro do vento afastasse o duplo véu que cobria o combate e escondia os navios uns dos outros; a fumaça subia lentamente, viravoltando em torno dos mastros; os dois navios ingleses foram rendidos e, ao cabo de alguns minutos, René avistou o capitão francês, senhor do convés inimigo, que tinha um pé sobre o pavilhão da Inglaterra.

Ele não se enganara: era mesmo Surcouf.

Ambos deram, ao mesmo tempo, um grito de alegria e de triunfo, e se as mãos estendidas um para o outro ainda não conseguiam se tocar, seus dois nomes, saindo de suas bocas, indicavam que os amigos haviam se reconhecido.

LXXXIII
REGRESSO AO CÃO DE CHUMBO

Num primeiro momento, nem Surcouf nem René ousavam deixar os navios que haviam acabado de capturar; mas, assim que foram cumpridas as formalidades todas, assim que os oficiais deram a sua palavra, assim que François passou, como comandante da presa, para o *Louisa*, e Édeux, o imediato de Surcouf, para o três-mastros *Le Triton*, os dois comandantes mandaram jogar suas canoas ao mar para ir ao encontro um do outro.

No meio do caminho, as canoas se encontraram. René pulou do seu barco para o de Surcouf e jogou-se em seus braços.

Ficou combinado que passariam o dia um com o outro e almoçariam juntos; cada qual se pôs então a elogiar a própria comida para seduzir o amigo. Mas como o menu de René foi considerado, pelo próprio Surcouf, mais apetitoso que o seu, ficou combinado que almoçariam a bordo do *Coureur de New York*.

Por conseguinte, os dois companheiros subiram a bordo do antigo negreiro.

Em poucas palavras, René contou a Surcouf sua viagem à Birmânia, suas caçadas, seus ataques de dia e de noite, seus combates contra os malaios, seu duelo com uma jibóia e, sem dizer em que circunstâncias morrera, contou a morte da pobre Jane; finalmente, sua partida da Terra do Bétele, o incêndio na floresta e o duplo ataque dos caimãos e dos tigres.

Surcouf estremecia de prazer.

– É nisso que dá ir à terra – dizia –, temos a chance de nos divertir; quanto a mim, tive três ou quatro encontros infelizes com alguns ingleses que se deixaram todos pegar como bobos, e acho que hoje eu estava enfiando a cabeça na goela do lobo quando felizmente você veio abrir as suas mandíbulas. Você acredita que eu estava tão entretido com as minhas duas embarcações que não o vi chegar; eu, que dizem ter a melhor vista entre todos os capitães maloenses, bretões e normandos! Então, não me pergunte se fiquei surpreso ao ouvir a música dos seus canhões de dezesseis se misturando à nossa. Mas devo dizer também que, à primeira palavra que a sua voz proferiu, embora fosse em inglês, eu a reconheci. Agora, você sabe o que pegamos?

– Palavra que não! – disse René. – Não lutei por causa da presa, lutei para vir em seu socorro.

– Pois então, meu caro – disse Surcouf –, pegamos o suficiente para temperar o oceano inteiro, do cabo da Boa Esperança ao cabo Horn; três milhões em pimenta, meu amigo, dos quais um milhão para você e para os seus homens.

– Um milhão para mim, por quê? Sabe que não estou lutando por causa da sua pimenta.

– Sim, mas e os seus homens? Pode-se recusar um milhão para si mesmo, mas não para dezoito ou vinte pobres-diabos que estão contando com isso para salgar e apimentar a sua sopa pelo resto de suas vidas. Você dará a sua parte a eles, se quiser, e ela vale a pena, quinhentos mil francos! Mas dará a eles o que lhes cabe.

– Você é quem a dará, quer dizer!

– Eu ou você, tanto faz, ora; pouco importa de onde virá o meio milhão, desde que venha. Agora, a sua primeira pergunta foi para saber o que estão fazendo na França; se estão lutando no mar ou em terra. Não sei absolutamente de nada, o barulho do canhão não chega até o mar das Índias. Tudo o que sei é que nosso santo padre, o papa, que Deus o conserve, foi a Paris para sagrar o imperador Napoleão. Mas quanto ao desembarque na Inglaterra, não sei nada sobre isso e, se tenho um conselho a dar a Sua Majestade o Imperador, pois então, é que faça o seu trabalho de soldado e nos deixe fazer o nosso, de marinheiros.

Fazia menos tempo que René deixara a terra; portanto, tinha maior quantidade de víveres frescos e frutas suculentas, que aparentemente causaram grande prazer aos oficiais do *Revenant*.

Surcouf, por sua vez, tivera uma questão particular, e quase corpo-a-corpo, com um golfinho. O relato desse duelo provaria que, não mais que a René, o sangue frio não abandonava Surcouf durante o perigo, qualquer que fosse a natureza ou a forma como ele se apresentasse.

Alguns dias depois da partida de René, Surcouf voltara à caça. Durante sua escala na ilha de Mahé, uma piroga esbarrara fortuitamente num enorme tubarão durante o seu sono, e este, com um golpe de cauda, derrubara a piroga entre *Praslin* e *La Digue*, e os que se achavam nela, atacados pelo monstro marinho, viraram sua presa, com exceção do chefe.

Os homens devorados pelo monstro faziam parte da tripulação de Surcouf.

O lúgubre acontecimento primeiro impressionara intensamente a tripulação do corsário, em especial o chefe, o único que escapara dos dentes do esqualo. Ele até fizera uma promessa à Madona; mas, em meio à fadiga, ao trabalho rude, os marinheiros não têm a memória muito longa.

Embarcações e marujos retomaram despreocupadamente suas idas a uma ilha e outra, a fim de buscar os refrescos comprados nas cabanas dos colonos.

Marcada a data da partida, um habitante de Mahé, velho amigo de Surcouf, veio convidá-lo para jantar com alguns oficiais no estabelecimento que ele fundara havia alguns anos no oeste da ilha. Deixaram o navio num dos botes do *Revenant*, o qual efetuou o trajeto em pouquíssimo tempo, apesar da distância.

O dia transcorreu alegremente, até o momento fixado para o retorno a bordo; a embarcação de Surcouf partiu primeiro, carregada de mantimentos frescos para a campanha seguinte. Um oficial, mais Bambu, o negro do capitão, aproveitaram para voltar ao navio. Surcouf entregara ao negro o fuzil e a sacola de caça que sempre o acompanhavam em suas excursões.

A piroga principal da habitação, colocada à disposição dos convidados, deixou a margem governada pelo anfitrião, e levando três de seus convidados: Surcouf, o segundo cirurgião Millien e o oficial Joachim Vieillard.

A piroga dobrava a ponta norte de Mahé; a brisa, enfraquecendo com o final do dia, mal tocava a superfície do mar. Já se distinguia a bateria do *Revenant*, recém-pintada, que refletia os raios do sol poente; a piroga deslizava, graças a quatro negros vigorosos, pelas águas límpidas do planalto submarino que serve de base a esse arquipélago, pátria adotiva de tubarões notáveis por seu tamanho e por sua voracidade.

De repente, na esteira da embarcação, surgiu um desses monstros aquáticos, cuja cabeça imensa farejava de tão perto a carne humana que o piloto, como dissemos, era o anfitrião, desferiu-lhe um furioso golpe de remo.

O animal, dominado por seu instinto voraz, em vez de parar, acelerou o nado e ultrapassou a piroga, que ele superava em comprimento.

Depois, voltou para trás, procurando virar de lado a fim de apanhar o barco, que decerto lhe apresentava uma isca digna de sua fome glutona.

Com um golpe da cauda por pouco não o fez virar, o que assustou a tripulação e os passageiros, que ignoravam como acabaria o torneio que se estabelecera com um campeão tão teimoso, que voltava sem cessar à carga, não obstante os golpes de remo e de esparrela com que o brindavam copiosamente.

Num desses movimentos aterradores, em que apresentou sua bocarra aberta no nível dos alcatrates da estreita canoa, Surcouf pegou, num cesto, um ovo fresco e o jogou com braço estendido. O projétil, presente do colono com quem acabavam de jantar, entrou na goela do peixe como um suculento pão ensopado, que ele pareceu saborear com delícias; depois fechou as mandíbulas de tripla fileira de dentes, deixou-se afundar e sumiu.

Passado o perigo, riram muito do ataque e, principalmente, da bolota que servira para saciar o *guloso**, ao qual ficou prometida uma omelete no próximo encontro**.

Aquele era o quarto combate de Surcouf desde que saíra da ilha de França; sua tripulação estava reduzida a setenta homens. Ele decidiu, a menos que René desaprovasse, voltar para a ilha de França.

René não desejava outra coisa.

No dia 26 de maio, o *Revenant* e o *Coureur de New York*, com suas presas, cruzaram o Equador e entraram no hemisfério central.

No dia 20 de junho, aos primeiros clarões do dia, os vigias de serviço gritaram: "Terra!".

As montanhas foram se delineando à medida que o sol se aproximava do horizonte; no dia seguinte, na mesma hora, viram-se entre Flacq e as ilhas de Âmbar.

Reconheceram a baía onde se dera o naufrágio do *Saint-Géran*. Como os arredores da ilha pareciam livres, Surcouf, que chefiava a pequena flotilha, aproou para a ilha Plana, e passou entre ela e o ponto de Mira. Uma vez transpostas essas águas, dirigiu-se para a enseada dos Pavilhões.

À altura da baía do Túmulo, foi abordado pelo barco-piloto, que lhe informou que, decerto em razão dos preparativos de guerra que estavam ocorrendo entre a França e a Inglaterra, nenhuma embarcação inglesa estava cruzando em frente à ilha.

Surcouf, René e suas duas presas entraram, portanto, sem nenhuma dificuldade no porto Luís, e foram jogar a âncora no cais do Cão de Chumbo.

---

* Apelido pitoresco que os marujos dão ao tubarão. (N. A.)
** M. C. Cunat, *Histoire de Robert Surcouf*. (N. A.) [Charles Cunat, op. cit., cap. v, pp. 129-32. Surcouf navegava então no *La Confiance* (1800).]

LXXXIV
VISITA AO GOVERNADOR

O regresso de Surcouf e René, cada qual trazendo a reboque uma presa daquela importância, significou um dia de alegria para a ilha de França.

A ilha de França talvez seja, de todas as nossas colônias, a mais ligada à mãe pátria. Um poeta francês – poeta em prosa, é verdade, mas Chateaubriand também era um poeta em prosa – dera-lhe, com seu romance *Paulo e Virgínia*, um verniz poético e literário que faziam dela duas vezes filha da metrópole. Seus bravos colonos, aventureiros, cheios de fantasia e afetuosos impulsos, admiravam os grandes acontecimentos de que estávamos emergindo, e as grandes guerras que havíamos sustentado. Gostavam de nós não só pelo benefício dos navios e mercadorias que vendíamos a eles, mas também porque está na natureza deles admirar e amar o que é grande.

Há quase sessenta anos que a ilha de França se chama ilha Maurício e pertence à Inglaterra. Nesses sessenta anos, transcorreram três gerações e a ilha de França ainda hoje é tão francesa no coração como quando o pavilhão branco, ou o pavilhão tricolor, flutuava no porto Luís e no porto Bourbon.

Pois hoje, quando todos esses nomes de heróis bretões e normandos estão mais ou menos apagados de nossa memória, quando recordamos num vago passado os Surcouf, Cousinerie, Hermite, Hénon e Le Gonidec, não há uma criança de porto Luís que desconheça esses nomes e não esteja pronta a contar suas proezas, perto das quais empalidecem as proezas dos flibusteiros dos golfos do México. Assim, quando de seus desastres, nossos marinheiros encontravam na ilha de França uma acolhida quase tão calorosa como em seus sucessos. Quantas vezes, mediante uma simples assinatura, não encontraram no famoso banqueiro, sr. Rondeau, os meios para reparar suas perdas e mandar reconstruir embarcações de duzentos e até duzentos e cinqüenta mil francos?

Verdade é que nossos bravos marinheiros se consideravam todos solidários entre si, e se um deles não conseguia saldar seus compromissos, outros dez se juntavam para saldá-los em seu lugar.

René, entregando-se por inteiro, como tinha feito, ao estudo de seu ofício de marinheiro, sentindo-se inabalável ante o perigo como era, compreendendo a excelência do conselho que lhe dera o sr. Fouché para o início de sua carreira, compreendendo também que, se tivesse feito como imediato a bordo de um navio do Estado a metade do que vinha fazendo como imediato de Surcouf, ou até como comandante de sua pequena chalupa, teria merecido elogios de seus superiores e um lugar de tenente numa embarcação da Marinha Imperial.

Mas tudo o que fizera fora feito diante de um homem cujo coração nunca fora maculado pelo menor sentimento de inveja. Surcouf, a quem haviam oferecido o comando de uma fragata, era conhecido e estimado por todos os oficiais de nossa Marinha. Uma recomendação sua poderia fazer com que René fosse recebido como aspirante em qualquer navio; o importante para ele era voltar para a Europa e servir sob um dos ilustres capitães que comandavam o *Tonnant*, o *Redoutable*, o *Bucentaure*, o *Fougueux*, o *Achille*, o *Téméraire*, entre tantos outros.

Para tanto, precisava de uma recomendação de Surcouf, e Surcouf decerto não a recusaria.

Surcouf conhecia o governador da ilha de França, o general Decaen; foi fazer-lhe uma visita e pediu, para o dia seguinte, o favor de uma audiência para um de seus mais corajosos tenentes, que desejava voltar à França para tomar parte na luta que vinha se deslocando e que, dos mares do Sul, ia passar para os mares da Espanha ou para os mares do Norte. Contou-lhe, com todo o entusiasmo que sabia dar aos seus relatos, a maneira como René se comportara a bordo do *Standard*, e de como sacrificara sua parte da presa para levar até a Birmânia as duas moças francesas cujo pai, passageiro do *Standard*, fora morto.

A Birmânia, que pertencia a príncipes particulares, era praticamente desconhecida não só na Europa, como na ilha de França. Era, no entanto, um país importantíssimo de se conhecer, considerando-se que era mais ou menos o único que havia escapado à pressão inglesa.

O general Decaen respondeu que seria um prazer receber o bom homem que Surcouf lhe recomendava.

No dia seguinte, na hora marcada, René apresentou-se ao governador-geral, e declinou seu nome ao guarda que hesitava em deixá-lo entrar. Essa hesitação não passou despercebida a René, que perguntou ao guarda o motivo.

– Tem certeza – ele perguntou – de que é mesmo o imediato do sr. Surcouf e o comandante do *Coureur de New York*?

– Certeza absoluta – respondeu René.

A hesitação do bom guarda era em parte suscitada pelo fato de que, não sendo o uniforme uma absoluta necessidade entre os corsários, René se vestira à moda da época, e com aquele garbo inato de que não conseguia se desfazer, mesmo que tentasse ocultar a classe em que nascera e fora educado. Não lhe parecendo necessário na ilha de França, vestir-se como para uma visita à condessa de Sourdis ou à sra. Récamier.

O general Decaen, a quem foi anunciado René, imediato do capitão Surcouf, esperava ver chegar uma espécie de lobo-do-mar, um marinheiro de cabelo cortado à escovinha, suíças e barba desgrenhadas, com seu uniforme de batalha, mais pitoresco que elegante. Viu chegar um belo rapaz de tez clara, olhos suaves, cabelos cacheados, mão encerrada numa luva irretocável, e cujo ligeiro bigode mal ensombrecia o lábio superior.

Ele se levantou ao ouvir anunciar o sr. René; ao vê-lo, porém, quedou-se imóvel onde estava.

René, pelo contrário, adiantou-se com o desembaraço de um homem habituado aos salões da melhor sociedade; cumprimentou o general com perfeita elegância.

– Como que então – disse o general, espantado – é mesmo do senhor que me falava ontem o nosso bravo corsário, o sr. Surcouf?

– Meu Deus! General – respondeu René –, está me assustando. Se ele deu a esperar mais do que um pobre rapaz de vinte e quatro a vinte e cinco anos, bastante ignorante do seu ofício, pois que só tem um ano de navegação, estou disposto a me retirar e confessar que não sou digno do interesse que, por recomendação dele, o senhor teve a bondade de manifestar por mim.

– Não, senhor – retrucou o general –, e a minha surpresa, pelo contrário, longe de ofendê-lo, é um elogio tácito à sua pessoa, tanto ao homem como aos modos. Eu acreditava, até agora, que só se podia ser corsário praguejando a cada frase, usando o chapéu de lado, andando de pernas abertas como quem anda no terreno pouco firme que é o mar; desculpe-me se estava enganado, e dê-me a honra de me contar a que boa fortuna devo o prazer da sua visita.

– General – disse René –, o senhor pode me fazer um enorme favor; pode me ajudar a me deixar matar honrosa e honestamente.

E René se sentou, brincando com uma bengalinha de junco com pomo de esmeralda.

– Vai se deixar matar, o senhor – disse o general, a custo contendo um sorriso. – Na sua idade, com a sua fortuna, a sua elegância, o sucesso que sem dúvida já fez, e ainda vai fazer, na sociedade! Está brincando...

– Pergunte a Surcouf se, diante do inimigo, não faço o possível nesse sentido.

– Surcouf me contou, senhor, coisas incríveis sobre a sua coragem, agilidade e força; por isso, ao vê-lo, duvidei que fosse a pessoa de que ele tinha falado; ele falou não só da sua coragem diante dos homens, mas de uma coragem ainda mais difícil, que o senhor demonstrou várias vezes, diante dos animais ferozes. Segundo ele, o senhor, com a sua idade, já realizou os doze trabalhos de Hércules.

– Não há nenhum mérito nisso, general; o homem que, além de não temer a morte, a encara como uma bênção, com exceção de uma bala mal direcionada, é mais ou menos invencível. Além disso, lidei somente com tigres, e o tigre é um animal cruel, mas covarde. Todas as vezes que me vi frente a frente com um desses animais, fixei meu olhar no dele e o obriguei a baixar os olhos. O homem, ou animal, que abaixa os olhos está vencido.

– Na verdade – disse o general –, o senhor me encanta e, se me desse a honra de jantar comigo, eu lhe apresentaria a sra. Decaen, e pediria que apertasse a mão do meu filho e lhe contasse algumas das suas caçadas.

– Aceito com prazer, general; acontece raramente de o pobre-diabo de um marujo ter a honra de estar com um homem da sua distinção.

– Pobre-diabo de um marujo – disso o general, rindo – que vai receber, como a sua parte da presa, a quantia de quinhentos mil francos! Permita-me dizer que o senhor não é, pelo menos no que diz respeito à fortuna, um pobre-diabo.

– Isso me faz lembrar algo que estava esquecendo de lhe dizer, general; é que, ao exercer o ofício de corsário como amador, tenho o hábito de dispor, para as obras de caridade, da minha parte das presas. Assim, dos meus quinhentos mil francos, deixo quatrocentos mil para os meus colegas; quanto aos outros cem mil, permita que os deixe em suas mãos para que os distribua aos pobres franceses que pedem para serem repatriados, ou a pobres viúvas de marinheiros. O senhor permite, não é?

E antes que o general tivesse tempo de responder, debruçando-se sobre uma mesa, puxou um pedaço de papel e, com a letra mais aristocrática do mundo, escreveu o seguinte bilhete, ele próprio, bastante aristocrático:

Senhor, à vista, queira pagar, mediante este simples aviso, a quantia de cem mil francos ao sr. general Decaen, governador da ilha de França. Ele sabe qual uso que deve fazer dessa quantia.

Porto Luís, 23 de junho de 1805.
Sr. Rondeau
banqueiro,
rua do Governo, porto Luís.

O general Decaen pegou o bilhete e leu.

– Mas – disse ele, espantado – eu deveria, antes de utilizar esta letra, esperar pela venda da sua presa.

– Não é preciso, general – respondeu René. – Tenho crédito com o sr. Rondeau para o triplo da quantia que estou pedindo para ele lhe pagar.

– O senhor então vai concordar em lhe mandar um aviso a respeito.

– Não é preciso, como vê, está escrito "à vista"; ele tem, aliás, uma cópia da minha assinatura, enviada de Paris pelo meu banqueiro, o sr. Perrégaux.

– O senhor já fez, desde que voltou, uma visita ao sr. Rondeau, ou mandou avisá-lo da sua chegada?

– Não tenho a honra de conhecer o sr. Rondeau, general.

– Gostaria de lhe ser apresentado?

– Por que não, general? Dizem que é um homem muito amável.

– Encantador. Quer jantar com ele, hoje, em minha casa?

– Se é um dos seus amigos, general, não vejo nenhum inconveniente.

Nisso, a sra. Decaen[1] entrou na sala e René se levantou.

– Senhora – disse-lhe o general –, permita que lhe apresente o sr. René, imediato do capitão Surcouf, que acaba de travar esse belo combate em que provavelmente salvou a liberdade e a vida do nosso amigo maloense. Ele nos dá a honra de jantar conosco, e com o seu banqueiro, o sr. Rondeau, para o qual acaba

---

1. O general casou-se com Marie-Anne Bichon em 16 de frutidor do ano ix (3 de setembro de 1801).

de me dar uma letra de câmbio de cem mil francos para fazer caridade entre os franceses pobres e as viúvas de marinheiros. À senhora é reservada essa piedosa tarefa; agradeça, portanto, ao sr. René e ofereça-lhe, por favor, sua mão a beijar.

A sra. Decaen, muito surpresa, estendeu a mão a René; este se inclinou para a mão, tocou-a com a ponta dos dedos e a ponta dos lábios, deu um passo para trás e, no mesmo gesto, fez um cumprimento para se retirar.

– Mas está esquecendo, senhor – disse o general –, que tem algo a me pedir.

– Oh! Agora – disse René –, agora que vou ter a honra de tornar a vê-lo durante o dia, permita que não prolongue por mais tempo o incômodo da minha visita.

E, cumprimentando o general, muito surpreso, e a sra. Decaen, ainda mais surpresa que o marido, saiu, deixando-os a olhar um para o outro e a buscar um nos olhos do outro a explicação para tão curioso enigma.

Logo depois dele, o general Decaen entrou nos aposentos de Surcouf; vinha convidá-lo para jantar, junto com seu imediato e o banqueiro, o sr. Rondeau.

Esquecera-se de informar a René a que horas sentavam-se à mesa.

Era entre três e meia e quatro horas.

Tão logo o general saiu, Surcouf invadiu o quarto de René.

– O que aconteceu, caro amigo? – perguntou. – O sr. governador acaba de me convidar para jantar, com você e com Rondeau.

– Aconteceu algo muito natural: o sr. governador é um homem muito correto e sabia que seria um grande prazer para mim se o convidasse.

LXXXV
COLETA PARA OS POBRES

Exatamente às três e meia, com uma pontualidade bem militar, Surcouf e René se apresentaram na casa do governador.

René teria preferido esperar até as quinze para as quatro; mas Surcouf observou que, quando jantava com ele, era às três e meia, e que ele ficava um bocado descontente com quem se fazia esperar.

René afirmou que, nesse sentido, certa liberdade era deixada aos convidados; mas Surcouf não abriu mão e, às três e meia em ponto no relógio de Surcouf, bateram à porta do governador.

Fizeram entrar os dois convidados na sala, onde ainda não havia ninguém.

A sra. Decaen estava terminando de se arrumar, o general estava concluindo a sua correspondência e o sr. Alfred Decaen[1], que saíra a cavalo com o criado, ainda não estava de volta.

– Está vendo, meu caro Surcouf – disse René, tocando-lhe o cotovelo –, que eu não estava sendo tão provinciano como você queria insinuar, e ainda tínhamos uns bons quinze minutos antes de sermos acusados de faltar com a cortesia devida aos anfitriões.

Abriu-se uma porta e o general entrou.

– Desculpem-me, senhores – disse ele –, mas Rondeau, que é um homem de escritório exemplar, pediu-me para chegar às quatro; é a essa hora que ele fecha o escritório e, nos dez anos que exerce esse ofício, é sempre o último, de

---

1. O general Decaen teve, de fato, um filho único, mas que se chamava Camille e, considerando-se a data do casamento dos pais, devia nessa época ser apenas um bebê.

todos os seus funcionários, a ficar de pena na mão. Podem escolher, enquanto esperamos por ele, entre ficar aqui ou dar uma volta pelo jardim. Justamente, aí está o meu filho, descendo do cavalo, que vai precisar lavar-se um pouco antes de poder sentar-se à mesa.

O general abriu uma janela:

– Presto! Presto! – ele gritou para o filho. – Estamos esperando por você no terraço, à beira-mar.

Desceram até o jardim e, por alamedas cobertas, chegaram ao assim chamado terraço à beira-mar.

Era um mirante encantador de onde se avistava, de um lado, desde o Bicho de Mil Pés até a baía do Grande Rio. Longas tendas haviam sido montadas nas duas extremidades do terraço, uma delas convertida em sala de armas e enfeitada com troféus de máscaras e floretes, a outra em sala de tiro, com placas de ferro fundido, bonecos, alvos e tudo o que é preciso para exercitar as mais complexas habilidades.

Entraram como que por acaso na sala de armas.

– Aqui vai estar no seu elemento, senhor René – disse o general –, pois Surcouf me garantiu que o senhor não é apenas de primeira categoria, mas de categoria absolutamente superior.

René fez um movimento com os lábios.

– General – disse ele –, o meu comandante Surcouf me vê com uma afeição bastante paternal; se lhe der ouvidos, hei de ser o melhor cavaleiro, o melhor esgrimista, o melhor atirador de pistola que já existiu depois de Saint-Georges[2]. Nem mesmo direi que ele tentou organizar um encontro meu com o famoso mulato para assistir ao meu triunfo sobre ele. Infelizmente, os olhos de um amigo são lentes de aumento com que se olha para as qualidades, e que se vira habilmente para observar os defeitos. Atiro como todo mundo, talvez um pouco melhor que o comum dos mortais, mas a minha superioridade não vai além disso. Aliás, com relação à esgrima, devo ter perdido bastante a habilidade, já que desde que subi a bordo não peguei num único florete.

– Porque não encontrou ninguém à sua altura para pegar no outro – disse Surcouf. – Não se faça de santo!

– Como! Nem o senhor, senhor Surcouf? – perguntou o general. – Passa, no entanto, por um hábil esgrimista.

---

2. O cavalheiro de Saint-Georges morreu em 1799.

– Em Saint-Malo, meu general, em Saint-Malo! Ainda assim, a única vez em que vi este senhor de florete na mão bastou para me fazer perder toda a minha reputação.

Nisso, entrou o filho do sr. Decaen.

– Venha cá, Alfred – disse o pai –, e tome uma aula com o sr. Surcouf. Você tem a pretensão de ter certa habilidade com a espada, o sr. Surcouf tem a reputação. Pois então! Ele vai me fazer o favor, espero, de lhe provar, agora mesmo, que você não passa de um presunçoso.

O rapaz sorriu, com a confiança da juventude foi buscar dois floretes e duas máscaras e, oferecendo a Surcouf uma máscara e um florete:

– Se aceitar prestar ao meu pai – disse ele –, e principalmente a mim, o favor que ele está lhe pedindo, eu ficarei imensamente grato.

Surcouf, posto assim contra a parede, não tinha como não aceitar o desafio; tirou o chapéu e o casaco, pôs a máscara no rosto e, saudando o general:

– Estou às suas ordens, general – disse –, assim como às do senhor seu filho.

– Senhores – disse o general, rindo –, preparem-se para ver algo parecido com o duelo de Daros e Entelo[3]. Ah! Senhor Rondeau – acrescentou o general –, chegou em boa hora! Senhores, apresento-lhes o sr. Rondeau, que também é considerado um dos nossos bons atiradores, pois aqui todo mundo traça armas, até os banqueiros. Caro senhor Rondeau, este é o senhor Surcouf, que há muito já conhece, e o sr. René, que ainda não conhece, mas que tem, parece-me, contatos de interesse com o senhor...

– Ah! – disse o sr. Rondeau. – É com o sr. René de...

– René... de nada, senhor – respondeu René –, o que não impede que ele se diga seu criado, se permitir.

– Mas como, senhor – disse o sr. Rondeau, pondo as mãos nos bolsos e arredondando o ventre –, eu é que sou seu criado pelo crédito de trezentos mil francos, e até mais.

René cumprimentou-o.

– Mas não atrasemos esses senhores – disse ele. – Vamos, senhores, cruzem o ferro.

---

3. Daros, o Frígio, companheiro de Enéias, derrotado pelo atleta troiano Entelo nos jogos fúnebres realizados na Sicília em homenagem a Anquises (*Eneida*, v, 369-87).

Surcouf e Alfred Decaen puseram-se em guarda, um com a imobilidade da estátua – desnecessário dizer que era Surcouf –, outro com a confiança e a graça da juventude.

Por mais diferenças que houvesse entre o jogo de ambos, um grave, cerrado, um tanto rígido, defendendo-se com paradas múltiplas; o outro cansando a espada com ataques sucessivos, defendendo-se com contras, sempre movimentando as pernas e a mão, rompendo sem motivo, direcionando a espada ora em quarta, ora em terça, não foi possível perceber grande superioridade de um sobre o outro.

Passados dez minutos de assalto, o rapaz encostara em Surcouf uma vez e Surcouf encostara nele duas vezes.

Alfred cumprimentou Surcouf, reconheceu-se vencido e passou o florete ao banqueiro.

Tal como o sr. Decaen havia dito, na ilha de França, pelo menos naquela época, todos traçavam armas, até os banqueiros. O sr. Rondeau tirou o casaco, pegou a carteira, passou-a do bolso do casaco para o bolso das calças e pôs-se em guarda.

O jogo manteve-se numa igualdade perfeita entre Surcouf e ele: cada qual encostou duas vezes no outro, e foi Surcouf quem tirou a máscara e estendeu seu florete a René.

– Meu caro Surcouf – disse este –, você conhece a minha resistência em exercitar as armas em público, principalmente um público tão entendido como este. Dispense-me, portanto, de suceder a você, e permita que eu fique com a reputação que você criou para mim, e que eu só poderia desfazer se tentasse consolidá-la.

– Senhores – disse Surcouf –, por mais amigo que eu seja de René, só o vi traçar as armas uma vez e ele deu, para se eximir de fazê-lo, os mesmos motivos que está dando hoje. Tenhamos, portanto, para com ele, a condescendência que ele não tem por nós, e não violentemos a sua modéstia. Aliás – ele acrescentou –, acho que o sinal do jantar está tocando.

Um sorriso de triunfo passou pelo largo rosto do sr. Rondeau, que se iluminou feito flor desabrochando.

– Já que o senhor não quer – disse ele – dar-me a honra de cruzar o ferro comigo, deixemos para mais tarde.

René cumprimentou, e Surcouf foi pendurar a máscara e o florete no troféu onde os apanhara.

O sinal do jantar havia tocado, de fato, e avistava-se a sra. Decaen, que, vindo receber os senhores, descera os primeiros degraus da escadaria.

Dirigiram-se à casa; o rapaz correu feito um escolar que não via a mãe desde a manhã, jogou-lhe os braços em torno do pescoço e beijou-a.

Todos cumprimentaram, houve troca de elogios; e, como esperassem para ver quem seria o cavalheiro da sra. Decaen:

– Dê o braço à sra. Decaen, senhor René – disse o general.

René cumprimentou, apresentou o braço, e conduziu a sra. Decaen até a sala de jantar.

Como sempre, o primeiro prato foi servido em meio ao tilintar de garfos e colheres, e ao som da louça; depois, o sr. Rondeau se ergueu, deu um suspiro de bem-estar e, dirigindo-se a René:

– Senhor René – disse-lhe –, ontem, durante um intervalo, fui tomar um sorvete no Café de la Comédie e lá, tendo um grupo se formado ao redor de um homem, fiquei escutando o que ele dizia; pareceu-me que era um marujo chegando da Birmânia. Contava tamanhas proezas sobre o seu capitão que não pude deixar de rir.

– E o que ele dizia, senhor Rondeau? – perguntou René.

– Dizia que, com um só golpe do sabre de abordagem, o capitão partira ao meio uma jibóia que sufocava dois elefantes.

– E isso lhe fez rir, senhor Rondeau?

– Mas é claro!

– Garanto que se tivesse estado lá, não teria achado graça.

– Então, o senhor me acha tímido, senhor René?

– Não estou dizendo isso, mas certas cenas intimidam até os mais valentes. E o homem que estava contando isso ontem, que acabara de matar uma tigresa e vinha trazendo seus dois filhotes pela pele do pescoço, esse homem que, ao avistar o pavoroso réptil, pôs-se a tremer feito criança, esse homem, posso lhe garantir, não era um covarde.

– Mas era, pelo menos, um brincalhão – disse o sr. Rondeau –, pois acrescentou que a cobra media cinqüenta e sete pés de comprimento.

– Foi ele quem mediu, não fui eu – respondeu René, tranqüilamente.

– Então, o capitão era o senhor?

– Sim, senhor, se é que esse homem se chamava François.

– Sim, sim, foi por esse o nome que ouvi chamá-lo. E a cobra estava sufocando dois elefantes?

– Não sei se os estava sufocando, senhor, mas sei que os seus ossos estalavam como que entre os dentes de um cão de caça e, no entanto, aquele era apenas o último suspiro da sua agonia: eu já lhe rebentara a cabeça com duas balas.

A sra. Decaen olhava o seu convidado com surpresa, e Alfred o olhava com curiosidade.

– Mas – disse Surcouf – se o senhor ouviu pronunciar o nome do meu amigo René, deveria ter sido mais crédulo. Ele já lutou, no cais do Cão de Chumbo, sob os olhos de toda a população, com um tubarão que se deu tão mal quanto essa tal jibóia.

– Mas como – disse o sr. Rondeau –, foi o senhor quem estripou aquele tubarão que vinha atrás de um marujo?

– Sim, senhor. Mas isso, o senhor sabe, é a coisa mais fácil do mundo. É uma questão de agilidade, basta ter uma faca bem afiada.

– Esse homem contou mais uma coisa – prosseguiu o sr. Rondeau, que, mesmo sendo o homem honesto e excelente que era, parecia ter prometido a si mesmo assumir todo o ridículo da conversa. – Contou que a vinte passos apenas de um tigre que vinha saindo da mata, ele apontou e, antes de atirar, disse: "Para o olho direito de Filipe". Não lembro bem se era o olho direito ou esquerdo, mas não tem importância, ele não entendeu nada, e nem eu.

O general Decaen pôs-se a rir.

– General – disse René –, tenha a bondade de contar a anedota de Aster ao sr. Rondeau; se eu contar, ele não vai querer acreditar.

– Meu caro senhor Rondeau – disse o general –, Aster era um hábil arqueiro de Anfípolis, maltratado por Filipe; abandonou então os seus Estados e retirou-se para Metona, mas Filipe a sitiou pouco tempo depois. Aster, então, querendo se vingar e desejando que Filipe soubesse que a vingança vinha dele, escreveu numa flecha: "De Aster para o olho direito de Filipe". E, de fato, Filipe não só teve o olho direito furado, como achou que iria morrer desse ferimento. De modo que mandou de volta para a cidade outra flecha, na qual escreveu estas palavras: "Metona tomada, Aster enforcado". O rei da Macedônia tomou Metona e manteve sua palavra a Aster. Essa é a anedota, senhor Rondeau, e garanto que é, se não verdadeira, pelo menos histórica.

– Diacho, diacho! Mas está aí uma destreza que poderia competir com a sua, senhor René.

– Ora, senhor Rondeau – disse René –, vejo que quer mesmo me provocar, e não consegue me perdoar por ter recusado traçar armas. Depois do jantar, estarei à sua disposição, e se aceitar as condições que eu estabelecer, dou a minha palavra de que se cansará do jogo antes de mim.

A partir daquele momento, a conversa tornou-se geral; mas a sra. Decaen e Alfred, que tinham pressa de ver encerrar-se a discussão pelo desejo que tinham de ver o sr. Rondeau derrotado, propuseram, assim que acabou o jantar, que fossem tomar o café e os licores na sala de armas.

Foram até lá, com efeito, e o sr. Rondeau, cujo ventre começava a adquirir mais amplitude do que a sua vaidade teria gostado, levado pela confiança em si próprio, não foi o último a chegar.

– Vejamos quais são as suas condições, senhor René – disse o general.

– O senhor não disse, general – respondeu René –, que a senhora Decaen era quem cuidava dos pobres?

E ele se inclinou diante da sra. Decaen.

– Pois bem, a cada cinco golpes de florete que cada um de nós receber, quer o sr. Rondeau, quer eu mesmo, aquele que levar cinco golpes sem devolver um só pagará mil francos.

– Oh! Oh! – fez o sr. Rondeau com seu riso forte. – Acho que estou em condições de sustentar essa aposta, senhor.

O sr. Rondeau pegou um florete, passou a lâmina debaixo da sola do seu sapato, açoitou o ar, dobrou-o e, julgando que estava bem na sua mão, pôs-se em guarda.

René pegou o primeiro florete, cumprimentou e, pondo-se em guarda por sua vez:

– Tenha a bondade, senhor – disse.

O sr. Rondeau desfechou sucessiva e rapidamente três golpes, que demonstraram que ele tinha o olho certeiro e a mão ágil; mas os três golpes foram defendidos um a um por paradas simples.

– Ah! Minha vez, agora – disse René.

Repuseram-se em guarda, e foi como um relampejar.

– Um, dois, três – contou René.

A cada um dos três golpes, o sr. Rondeau foi atingido.

René se virou para os presentes, que disseram unanimemente:

– Três vezes.

– Sua vez, senhor – disse René. – Mas aviso que vou defender, é claro, os dois primeiros golpes que desfechar, e retrucar com golpes diretos; informo com antecedência, porque poderia me achar um pouco mais fino e sabido do que sou e se confundir nas paradas.

O sr. Rondeau apertou os lábios e disse:

– Estou pronto, senhor.

E, de fato, desfechou dois golpes aos quais René, como dissera, respondeu com dois golpes diretos.

O segundo não podia ser contestado: o florete se quebrara no peito do banqueiro.

– Senhora – disse René, inclinando-se diante da sra. Decaen –, este senhor lhe deve mil francos para os pobres.

– Peço a revanche – disse o sr. Rondeau.

– Com muito prazer – disse René. – Em guarda!

– Não, não! Chega de florete; no florete, reconheço a sua superioridade; mas vamos ver com a pistola.

Alfred abriu rapidamente duas caixas de pistolas.

– Um tiro só, não é? – perguntou René ao sr. Rondeau. – Porto Luís não precisa achar que a ilha está sendo atacada.

– Está bem, um tiro só – disse o sr. Rondeau. – Em que alvo vamos atirar?

– Espere – disse René –, é muito simples.

Alfred acabava de carregar quatro pistolas.

– Basta! – disse René.

E, sem se dar o trabalho de fazer pontaria, pegou uma pistola, fez fogo e despachou a bala no meio de uma palmeira a cerca de vinte e cinco passos de distância.

– Está vendo o buraco da bala? – ele disse ao sr. Rondeau.

– Perfeitamente – este respondeu.

Pegou uma pistola.

– Fica combinado – disse René – que a bala que chegar mais perto do buraco será a vencedora.

– Combinado – disse o sr. Rondeau.

Ele apontou, com um cuidado que demonstrava a importância que dava à sua revanche, e atingiu a árvore a um polegar da primeira bala.

– Eh! Eh! – fez, animado. – Está aí uma bala que não está tão mal para uma bala de banqueiro.

René, por sua vez, pegou uma pistola, apontou e atirou.

– Vão lá ver, senhores – disse –, e decidam entre os dois atiradores.

O general Surcouf, Alfred e, sobretudo, o sr. Rondeau, correram o mais depressa possível até a árvore que servira de alvo.

– Ora essa! Estou tendo visões, ou o senhor nem sequer atingiu a árvore?

– Está tendo visões, senhor – disse René.

– Como assim, estou tendo visões? – perguntou o sr. Rondeau.

– Está, sim. Não está procurando onde deveria. Vasculhe o primeiro buraco.

– Sim, e daí? – perguntou o sr. Rondeau.

– Vai sentir uma primeira bala.

– Estou sentindo.

– Puxe essa bala para fora.

– Aqui está.

– Pois vasculhe de novo.

– Como assim, de novo?

– Sim, vasculhe, vasculhe.

O sr. Rondeau deteve-se, estupefato.

– Não está sentindo outra bala? – perguntou René.

– Estou, sim, senhor.

– Pois então! Coloquei a segunda bala em cima da primeira, não podia colocá-la mais perto do que colocando-a no mesmo buraco.

Houve um instante de silêncio; o próprio Surcouf estava surpreso ante aquela milagrosa destreza.

– Quer mesmo uma terceira revanche com fuzil, senhor Rondeau? – perguntou René.

– Ah! Acho que não – disse este.

– E olhe que eu ia lhe propor algo bem fácil.

– O quê?

– Matar a bala um desses morcegos que estão voando acima das nossas cabeças.

– O senhor mata morcegos a bala? – perguntou o sr. Rondeau.

– E por que não? – disse René. – Se mato com pistola.

E, pegando a quarta pistola, que não havia sido descarregada, abateu um morcego que, por má sorte sua, andava nas vizinhanças da sala de armas.

Naquela tarde, mais uma vez, René não teve tempo de dizer ao governador da ilha de França o que queria lhe pedir.

LXXXVI
PARTIDA

No dia seguinte, às onze da manhã, René se apresentou pela terceira vez no Palácio do Governo.

Dessa vez, não foi recebido como convidado, mas como amigo. Sua índole franca, aberta, generosa, agradara ao governador da ilha de França; de modo que este foi ao seu encontro estendendo-lhe as duas mãos, e proibindo aos guardas que deixassem entrar quem quer que fosse.

– Desta vez, meu caro René, não seremos interrompidos, não esqueci que tenho um favor a lhe fazer e uma dívida a saldar, ao fazê-lo. O que deseja de mim?

– Já disse, general, desejo uma oportunidade para me deixar matar.

– Lá vem o senhor de novo com essa brincadeira – disse o general, dando de ombros.

– Não estou nem um pouco brincando – prosseguiu René –, estou morrendo de tédio; um dia, num acesso de *spleen**, vou estourar os miolos; vou ter então uma morte inútil e ridícula, vou estar sendo louco. Ao morrer pela França, vou ter uma morte útil e gloriosa, e vão me chamar de herói. Faça de mim um herói, general, não é tão difícil.

– O que é preciso?

– Primeiro, que me dê notícias da França. Estavam falando numa coalizão contra a França. Em Calcutá, era a notícia do momento. Sabe em que pé estamos, e poderia me dizer?

---

* É uma palavra típica do século XIX, dicionarizada em francês cujo significado é melancolia. (N. E.)

– Pois acho que continuamos em Bolonha, fazendo barcos planos e observando Londres através da bruma do estreito.

– Mas o senhor acredita que vai haver guerra, não é, general?

– Mais que isso, tenho certeza.

– Pois então, general, não fui eu que me elogiei, foram os meus amigos, e eu diria quase que inimigos. Acredita que um homem como eu, que não teme nem a Deus nem ao diabo, que fala quatro línguas, que está pronto, bastando um sinal, para atravessar água ou fogo, poderia ser útil ao meu país?

– Se acredito! Caramba, sim, acredito; e, se é assim que deseja que eu o ajude a se deixar matar, estou à sua disposição.

– Ficando aqui, general, com a minha chalupa de doze canhões, não sirvo para nada; morro desconhecido e, como disse há pouco, inútil. Se eu encontrar onde possa utilizar isso que Deus colocou em mim, posso fazer um nome, chegar a uma posição e alcançar um objetivo que é o cerne de toda a minha ambição.

– Muito bem! No que posso ajudar? – perguntou o governador.

– Pode fazer o seguinte: pode escrever que o bem que ouviu falar de mim, que a reputação de coragem que construí na Índia, fazem com que me mande para a França, recomendando-me...

– Ao ministério? – interrompeu o general.

– Não! De jeito nenhum, ao contrário, mande-me para o primeiro capitão de alto bordo que aparecer. Com tal recomendação sua, não há capitão que não me aceite como aspirante de primeira classe. Tenho direito a essa patente, tendo comandado como imediato sob Surcouf, e tendo eu próprio feito uma viagem à Índia como capitão de uma chalupa de guerra. Sei que meu navio é bem pouca coisa, mas enfim, se consegui fazer com uma chalupa o que se faz com um brigue, isso prova que posso fazer com um brigue o que se faz com uma corveta, e com uma corveta o que se faz com um navio de linha.

– O que está me pedindo é demasiado simples, meu caro René – disse o general. – Gostaria de ter algo mais difícil a fazer pelo senhor. Vou primeiro dar-lhe a ordem, com base nos serviços que poderá prestar à França, de retornar à Europa, e depois cartas particulares para três capitães de alto bordo, meus amigos íntimos: Lucas, que comanda o *Redoutable*; Cosmao, que comanda o *Pluton*, e Infernet, que comanda o *Intrépide*. Onde quer que os encontre, poderá subir a bordo e, dez minutos depois, terá um lugar no refeitório dos oficiais. Posso fazer mais alguma coisa pelo senhor?

– Obrigado; ao fazer o que me disse, estará fazendo muito.
– Como pretende voltar à França?
– Não preciso de ninguém para isso, general; a pequena chalupa que ocupo, e com o qual desafio o mais veloz dos navios ingleses, é de minha inteira propriedade; é um barco americano e, por conseguinte, neutro. Falo inglês bem demais para ser americano; mas isso só os americanos podem perceber. Vou partir dentro de dois ou três dias, deixando a minha parte da presa aos dezoito homens que me acompanharam na viagem à Birmânia. O senhor vai receber essa quantia e, à medida que a tripulação, quer em bloco, quer separada, for voltando para a ilha de França, receberá o que lhe cabe. Apenas um será favorecido, François, que me acompanhou até Pegu e ganhará duas partes, em vez de uma.
– Vai voltar aqui para se despedir de nós, não é, senhor René?
– Será uma honra, general, e trazendo-lhe pessoalmente o cálculo de quanto toca a cada um dos meus homens. Lamentaria muito se tivesse de ir embora sem apresentar minhas homenagens à sra. Decaen e minhas amizades ao sr. Alfred.
– Não quer vê-los imediatamente? – perguntou o general.
– Não quero incomodar – retrucou René.
E, cumprimentando o governador, retirou-se.

Chegando aos seus aposentos, encontrou o banqueiro Rondeau, que o esperava. Em meio a todas as vicissitudes da véspera, não se esquecera de que sua profissão era ganhar dinheiro, e vinha pedir a René que negociasse com ele a sua parte da presa, o que lhe dava a facilidade de oferecer, antes de sua partida de porto Luís, a distribuição do dinheiro à tripulação.

René refletiu, com efeito, que assim era muito mais simples do que levar consigo homens que seriam obrigados a voltar mais tarde a porto Luís para receber o que lhes cabia, tanto da venda da presa como da parte que lhes cedia seu capitão da sua própria.

Primeiro, ficou combinado entre René e o sr. Rondeau que a tripulação receberia integralmente os quinhentos mil francos que lhe cabia da sua parte da presa; depois, sobre os quinhentos mil francos que cabiam a ele, haveria primeiro cem mil francos para os pobres, e quatrocentos mil francos a repartir entre os seus dezoito homens.

Sobre esses quatrocentos mil francos, François teria parte dupla.

O sr. Rondeau pedia um ágio de vinte mil francos e se oferecia para pagar o milhão imediatamente.

René aceitou, entregou ao banqueiro um recibo de vinte mil francos sobre os trezentos mil que tinha a receber, mandou imediatamente entregar à sra. Decaen os cem mil francos que cabiam aos seus pobres, deixando o sr. Rondeau saldar como bem aprouvesse os seus dois mil francos, e marcou uma reunião com seus homens para o dia seguinte.

No dia seguinte, ao meio-dia, os dezoito homens estavam em seus aposentos. Primeiro, comunicou-lhes que entregaria, adiantado e antes da venda, o valor estimado da parte deles na presa, ou seja, quinhentos mil francos. Depois, acrescentou que, sobre a sua própria parte, deixava cem mil francos ao governador, a serem revertidos aos velhos marinheiros inválidos e às viúvas e aos órfãos; acrescentou também, em meio ao espanto geral e à admiração que logo se manifestou com um entusiasmo de sinceridade inquestionável, que deixava aos seus companheiros, em agradecimento a sua dedicação e lealdade, os quatrocentos mil francos restantes, apenas dando uma parte dupla a François, que o acompanhara à Terra do Bétele e lá permanecera com ele.

Comunicou em seguida que eles o acompanhariam, dois dias depois, até a França e que, por conseguinte, ele os convidava a levar a maior quantia de dinheiro possível às suas esposas, o que era fácil, já que cada um deles possuía a riqueza, incluídas as presas anteriores, de mais de sessenta mil francos.

Cada um deles havia recebido essa quantia, quer em ouro francês, quer em *bank-notes* inglesas, e se foram, com as mãos nos bolsos, como se temessem que, por algum motivo qualquer, seu dinheiro ou papel se dispusesse a ir embora.

A entrada havia sido calma, mas a saída foi ruidosa. Possuir sessenta mil francos e voltar à sua terra sob um pavilhão neutro, o que permitia que esperassem chegar em casa sem outro incidente além dos reservados aos marinheiros pelos acasos do mar, era uma posição privilegiada que permitia explodir a sua alegria; de modo que ela explodia, e da maneira mais ruidosa possível.

A avalanche que rolou da praça do Teatro até o mar agitou durante anos a memória da vila de porto Luís, e vários acontecimentos datam daquele dia em que a tripulação do *Coureur de New York* recebeu seus dividendos.

Conforme prometera, dois dias depois René foi ao Palácio do Governo e se despediu com sincero pesar da excelente família do general, que o acolhera como a um filho da casa, adivinhando, sob aquela elegância tão completa e sob aquele nome tão simples de René, algum mistério oculto que este não podia revelar, embora de fato existisse.

O general entregou ao rapaz, pedindo que as guardasse como lembrança, suas pistolas de dois tiros, de cuja precisão ele lhe deu uma idéia cortando, a vinte passos, quatro balas na lâmina de uma faca.

As cartas do governador estavam prontas; superavam, em elogios, todas as eventuais expectativas de René. Até onde ele tinha esse direito, era uma ordem do general Decaen, que, por sua posição de governador das Índias, exercia influência na Marinha, para que dessem um comando, no primeiro navio que surgisse, ao jovem capitão do *Coureur de New York*.

O governador informou-se da hora em que seria levantada a âncora e prometeu ir se despedir da tripulação do *Coureur de New York* e do seu capitão.

A âncora seria içada às três horas em ponto. Desde o meio-dia, o cais do Cão de Chumbo estava lotado de curiosos.

René não ordenara aos seus marujos, mas pedira que estivessem todos a bordo a partir das duas horas, prometendo ser grato se estivessem num estado de sangue-frio que lhes permitisse executar as manobras sem manifestar nenhuma hesitação. Queria oferecer o espetáculo inédito, num porto marítimo, de uma tripulação em que cada homem tivesse sessenta mil francos no bolso e dos quais nenhum estivesse bêbado. O que não teria conseguido com a mais imperativa das ordens, conseguiu com um pedido amigável.

René os tinha avisado da honra que lhes dava o governador vindo assistir à sua partida; assim, por seu lado, sem avisar René, eles haviam encomendado seis canoas de reboque, todas repletas, afora os remadores, de porta-bandeiras e músicos.

Assim, o governador mandou amarrar o seu bote na embarcação de René e, na hora da partida, uma salva explodiu a bordo e a banda entoou a "Canção da partida"[1]; a um sinal do governador, dezesseis tiros de canhão vieram do forte Blanc em resposta a essa salva; em seguida, a embarcação deslizou devagar pelo canal até conseguir, a um quarto de légua da ilha, receber o vento em suas velas; somente então se puseram a pairar e mandaram vir o bote do governador, que acolheu toda a família do general Decaen e a levou de volta ao cais do Cão de Chumbo, acompanhado por seis barcos de músicos.

Quanto ao *Coureur de New York*, continuou seu caminho para o sul e sumiu em seguida nos primeiros vapores da noite.

---

1. Hino nacional, com letra de Joseph-Marie Chénier, música de Méhul, destinado a celebrar o quinto aniversário da tomada da Bastilha. Bonaparte o conservou entre as músicas nacionais até o final do Consulado.

LXXXVII
O QUE VINHA ACONTECENDO NA EUROPA

Acreditamos já ser o momento de inteirar o leitor das coisas que vinham acontecendo na Europa, e que o governador não pudera contar a René já que, pela distância que o separava do local onde se passavam os acontecimentos, ele próprio não os conhecia.

Retomemos de onde havíamos deixado Napoleão.

Após a vitória das Pirâmides, que havia ofuscado o Egito, após a vitória de Marengo, que havia submetido a Itália, apavorado a Alemanha, costurado a Espanha a um canto do seu manto imperial e incorporado a Holanda ao Império Francês, Napoleão levara os sonhos desse império universal, desabado diante de Saint-Jean-d'Acre, à vista das rochas de Dover, sem suspeitar que o mesmo homem que fulminara sua frota em Abuquir desfaria novamente, nas costas da Mancha, os mesmos planos que já desfizera nas costas da Síria. Esse homem era Nelson!

Está na hora de mostrarmos aos nossos leitores, por seu verdadeiro prisma, esse estranho privilegiado do destino que vitórias brutais alçaram, por um momento, à altura do gênio do homem que ele estava fadado a combater.

Verdade é que esse homem viveria somente o tempo necessário para cumprir sua missão, salvando a Inglaterra de um dos maiores perigos que ela já correra desde Guilherme, o Conquistador.

Digamos o que era Nelson, e por que seqüência de fatos providenciais ele chegou a usurpar por um momento, no mundo moderno, a posição que, no mundo antigo, Pompeu conquistara contra César[1].

---

1. Este capítulo foi tirado de *La San Felice*, II.

Nelson nasceu em 20 de setembro de 1758. Era, portanto, no momento em que estamos, um homem de quarenta e sete anos.

Nasceu em Burnham-Thorpe, pequena aldeia do condado de Norfolk; seu pai era o pastor local, sua mãe morreu jovem, deixando onze filhos. Um tio seu, que estava na Marinha e era aparentado aos Walpole[2], adotou-o como aspirante no navio de sessenta e quatro canhões *Le Redoutable*. O que há de estranho na vida desse homem, em que tantas coisas são estranhas, é ele ter sido morto por uma bala atirada de um navio francês que tinha o mesmo nome desse primeiro que ele navegara e era, como ele, armado com sessenta e quatro canhões.

Ele começou indo até o pólo, onde a embarcação em que estava ficou presa por seis meses no gelo[3]. Numa de suas excursões pelos arredores da embarcação, deparou com um urso branco e lutou corpo-a-corpo com ele. O monstro o teria sufocado entre as patas se um de seus companheiros, ao ver aquela luta desigual, não tivesse corrido em seu socorro, enfiando o fuzil na orelha do animal e, atirando, estourado seus miolos.

Foi até abaixo do Equador, perdeu-se numa floresta do Peru, adormeceu ao pé de uma árvore, foi picado por uma cobra venenosa, por pouco não morreu e ficou, pelo resto da vida, com manchas lívidas iguais às da própria cobra.

No Canadá, viveu o seu primeiro amor e cogitou fazer sua maior loucura.

Para não se afastar da mulher que amava, quis apresentar sua demissão como capitão de fragata. Seus oficiais o agarraram de surpresa, amarraram-no como a um malfeitor ou um louco, levaram-no sobre um cavalo até a embarcação e só lhe devolveram a liberdade lá no meio do oceano.

Imaginem Nelson apresentando sua demissão, e a demissão de Nelson sendo aceita; Bonaparte teria conquistado Saint-Jean-d'Acre; não haveria mais Abuquir nem Trafalgar; nossa Marinha, longe de ser esmagada pela Marinha inglesa, teria lutado vitoriosamente contra ela, e teríamos marchado rumo à conquista do mundo, conquista de que só o braço desse homem nos desviou.

De volta a Londres, casou-se com uma jovem viúva chamada mrs. Nisbett; amou-a com essa paixão que se acendia tão rápido e facilmente em sua alma e, ao retornar ao mar, levou consigo um filho, chamado Josuah, que ela tivera com o primeiro marido.

---

2. Esse tio, Maurice Suckling (Barsham, 14 de maio de 1725-14 de julho de 1778), aparentado dos Walpole, era irmão da mãe de Nelson, nascida Mary Suckling.

3. Entre abril e outubro de 1773.

Quando Toulon foi entregue aos ingleses, Horatio Nelson era capitão do *Agamemnon*; foi enviado com seu navio a Nápoles, a fim de comunicar ao rei Ferdinando e à rainha Carolina a tomada do nosso primeiro porto militar.

Sir William Hamilton encontrou-o na residência do rei, trouxe-o para a sua própria casa, deixou-o na sala, foi até o quarto da esposa e disse-lhe:

– Trouxe-lhe, milady, um homenzinho que não pode se gabar de ser bonito, mas, ou muito me engano, ou ele há de ser um dia a glória da Inglaterra e o terror dos seus inimigos.

– E como pode prever isso? – perguntou lady Hamilton.

– Pelas poucas palavras que trocamos. Ele está na sala, vá lhe fazer as honras da casa, minha cara, nunca recebi nenhum oficial inglês, mas não quero que este se hospede em outro lugar que não no meu palacete.

E Nelson ficou hospedado na Embaixada da Inglaterra, situada na esquina entre o rio e a rua de Chiaia.

Isso foi em 1793. Nelson era, então, um homem de trinta e quatro anos, de baixa estatura, conforme dissera sir William, de rosto pálido e olhos azuis, com esse nariz aquilino que distingue os homens de guerra e faz com que César e Condé pareçam aves de rapina, e um queixo vigorosamente acentuado que indicava a tenacidade levada à obstinação. Quanto aos cabelos e à barba, eram de um loiro claro, raros e mal-ajeitados.

Nada indica que, a essa primeira visão, Emma Lyonna tenha tido, sobre o aspecto físico de Nelson, uma opinião diferente da do marido; mas a fulgurante beleza da embaixatriz causou seu efeito. Nelson deixou Nápoles, levando os reforços que viera pedir à Corte das Duas Sicílias e loucamente apaixonado por lady Hamilton.

Esse amor foi a vergonha de Nelson.

Quanto a Emma Lyonna, ela já havia por essa época esgotado todas as vergonhas.

Terá sido para curar-se desse amor, ou por ambição, ou para seguir seu desejo de glória, que Nelson quis se deixar matar na tomada de Calvi, onde perdeu um olho, e na expedição a Tenerife, onde perdeu um braço? Não se sabe; mas nas duas ocasiões arriscou sua vida com tamanha despreocupação que devem ter pensado que lhe atribuía pouquíssimo valor.

Em 16 de junho de 1798, voltou a Nápoles pela segunda vez e, pela segunda vez, viu-se na presença de lady Hamilton.

Era crítica a situação de Nelson. Encarregado de bloquear a frota francesa no porto de Toulon, e de combatê-la se tentasse sair, vira escapar-lhe das mãos aquela frota que tomara Malta de passagem e desembarcara trinta mil homens em Alexandria.

E não era só: abatido por uma tempestade, tendo sofrido graves avarias, carecendo de água e de mantimentos, não podia continuar a perseguição, obrigado que estava a refazer-se em Gibraltar.

Estava perdido: poderiam acusar de traição o homem que, durante um mês, havia procurado pelo Mediterrâneo, ou seja, num grande lago, uma frota de treze navios de linha e oitenta e sete navios de transporte, não só sem conseguir alcançá-los, mas sem nem sequer descobrir o seu rastro; tratava-se de obter da Corte das Duas Sicílias a permissão para Nelson abastecer-se de alimentos nos portos de Messina e Siracusa e, na Calábria, de madeira para substituir seus mastros e vergas quebrados. Ora, a Corte das Duas Sicílias tinha um tratado de paz com a França, e esse tratado de paz exigia dela a mais absoluta neutralidade, e conceder a Nelson o que ele pedia significava descumprir o tratado e romper a neutralidade.

Ferdinando e Carolina, porém, de tal modo detestavam os franceses e tamanho ódio haviam jurado à França que tudo o que Nelson pedia foi impudentemente concedido, e Nelson, sabendo que somente uma grande vitória poderia salvá-lo, saiu de Nápoles mais apaixonado, mais louco, mais insensato que nunca, jurando vencer ou deixar-se matar na primeira oportunidade.

Venceu, e por pouco não foi morto.

Nunca, desde a invenção da pólvora e o uso dos canhões, um combate naval tinha assombrado os mares com um desastre semelhante.

Dos treze navios de linha que compunham, como dissemos, a frota francesa, dois apenas conseguiram escapar das chamas e fugir do inimigo.

Um navio foi pelos ares, o *Orient*; outro, mais uma fragata, foram afundados, e nove foram pegos. Nelson se conduziu como um herói; durante todo o combate, ofereceu-se à morte, e a morte não o quis; mas recebeu um ferimento cruel: um projétil do moribundo *Guillaume Tell* rebentara uma verga do *Vanguard*, onde ele estava, e a verga rebentada caíra-lhe sobre a testa no exato instante em que ele levantava a cabeça para identificar a causa do estalo terrível que ouvira, repuxara-lhe a pele do crânio sobre o único olho que lhe restava e, feito um touro abatido pela maça, derrubara-o no convés banhado no próprio sangue.

Nelson pensou que o ferimento fosse mortal, mandou chamar o capelão para que lhe desse a bênção, e encarregou-o de transmitir o adeus à sua família; mas, junto com o padre, veio o cirurgião: este examinou o crânio, o crânio estava intacto, a pele foi colada de volta na testa e mantida com uma bandagem preta. Nelson pegou o porta-voz que lhe escapara das mãos e retomou a sua obra de destruição, gritando: "Fogo!".

Havia o fôlego de um titã no ódio daquele homem pela França.

No dia 2 de agosto, às oito horas da noite, só restavam da frota dois navios, que se refugiaram em Malta.

Um navio ligeiro levou à Corte da Sicília e ao almirantado inglês a notícia da vitória de Nelson e da destruição da frota.

Houve, na Europa inteira, um imenso clamor de alegria, que ecoou até a Ásia, de tal modo eram temidos os franceses, de tal modo era execrada a Revolução Francesa.

A Corte de Nápoles, sobretudo, depois de ficar louca de raiva, ficou doida de júbilo.

Foi, naturalmente, lady Hamilton quem recebeu a carta de Nelson comunicando a vitória, que encerrava para todo o sempre trinta mil franceses no Egito, e Bonaparte com eles.

Bonaparte, o homem de Toulon, do 13 de vendemiário, de Montenotte, de Dego, de Arcole e de Rivoli, o vencedor de Beaulieu, de Wurmser, de Alvinzi e do príncipe Carlos, o vencedor de batalhas que, em menos de dois anos, fizeram cinqüenta mil prisioneiros, conquistaram cento e setenta bandeiras, apreenderam quinhentos e cinqüenta canhões de grosso calibre, seiscentas peças de campanha, cinco tripulações de convés, o ambicioso que havia dito que a Europa era um pardieiro, e que só houve grandes impérios e grandes revoluções no Oriente; o aventureiro capitão que, aos vinte e nove anos, já maior que Aníbal e Cipião, quis conquistar o Egito para ser tão grande quanto Alexandre e César, estava agora confiscado, eliminado, riscado da lista dos combatentes; nesse grande jogo da guerra, havia finalmente deparado com um jogador mais afortunado ou mais hábil que ele. Naquele gigantesco tabuleiro do Nilo, em que os peões são obeliscos, os cavaleiros são esfinges, as torres são pirâmides, e os loucos se chamam Cambises, os reis, Sesóstris, as rainhas, Cleópatra, ele sofrera um xeque-mate!

É curioso medir o terror que suscitavam nos soberanos da Europa esses dois nomes, França e Bonaparte, juntos, pelos presentes que Nelson recebeu desses soberanos, agora loucos de alegria por ver a França rebaixada e julgando Bonaparte perdido.

A enumeração é coisa fácil; nós a copiamos de uma anotação escrita pelo próprio punho de Nelson.

De Jorge III, a dignidade de par da Grã-Bretanha e uma medalha de ouro.

Da Câmara dos Comuns, para ele e seus herdeiros mais próximos, o título de barão do Nilo e de Burnham-Thorpe, mais uma renda de duas mil libras esterlinas a contar de 1º de agosto de 1798, dia da batalha.

Da Câmara dos Pares, a mesma renda, nas mesmas condições, a partir do mesmo dia.

Do Parlamento da Irlanda, uma pensão de mil libras esterlinas.

Da Companhia das Índias Orientais, dez mil libras dadas de uma vez.

Do sultão[4], uma fivela de diamantes com a pena do triunfo, avaliada em duas mil libras esterlinas, e uma rica peliça avaliada em mil libras esterlinas.

Da mãe do sultão, uma caixa enriquecida com diamantes, avaliada em mil e duzentas libras esterlinas.

Do rei da Sardenha[5], uma tabaqueira enriquecida com diamantes, avaliada em mil e duzentas libras esterlinas.

Da ilha de Zanta, uma espada com punho de ouro e uma bengala com pomo de ouro.

Da cidade de Palermo, uma tabaqueira e uma corrente de ouro sobre uma bandeja de prata.

Finalmente, do seu amigo Benjamin Hallowell, capitão do *Swiftsure*, um presente bem inglês, que faria muita falta em nossa enumeração se deixássemos de mencioná-lo.

Dissemos que o navio *Orient* se fora pelos ares; Hallowell recolheu o mastro grande e mandou que o trouxessem para bordo do seu próprio navio; então, com o mastro e suas ferragens, mandou fazer, pelo carpinteiro e pelo serralheiro de bordo, um caixão ornado com uma placa, contendo o seguinte certificado de procedência:

---

4. Selim III.
5. Carlos Emanuel IV.

Certifico que este caixão foi integralmente construído com a madeira e o ferro do navio *Orient*, do qual o navio de Sua Majestade, sob as minhas ordens, salvou grande parte na baía de Abuquir.

Ben. Hallowell.

Então, assim certificado o caixão, deu-o de presente a Nelson junto e através desta carta:

Ao honorável Nelson C. B.
Prezado senhor,
Envio-lhe, simultaneamente a esta, um caixão talhado no mastro do navio francês *Orient*, para que o senhor possa, quando abandonar esta vida, descansar primeiro em seus próprios troféus. A esperança de que este dia ainda se encontra bem distante é o desejo sincero de seu obediente e afeiçoado criado,

Ben. Hallowell.[6]

De todos os presentes que lhe ofereceram, digamos sem demora que pareceu ser este último o que mais comoveu Nelson; recebeu-o com clara satisfação; mandou colocá-lo em sua cabine, apoiado à parede, e precisamente atrás da poltrona em que se sentava para comer. Um antigo criado, que aquele móvel póstumo entristecia, conseguiu com o almirante que ele fosse levado para a segunda coberta.

Quando Nelson trocou o *Vanguard*, terrivelmente mutilado, pelo *Fulminant*, o caixão, que ainda não achara lugar no novo navio, ficou vários meses no castelo de proa. Um dia em que os oficiais do *Fulminant* admiravam o presente do capitão Hallowell, Nelson gritou para eles lá da cabine:

– Admirem o quanto quiserem, mas ele não foi feito para os senhores.

Finalmente, na primeira oportunidade que encontrou, Nelson o despachou para o seu tapeceiro, na Inglaterra, pedindo-lhe que o forrasse imediatamente com veludo, visto que, dada a profissão que exercia, poderia precisar usá-lo a qualquer momento, e desejava tê-lo pronto para o momento preciso.

Desnecessário dizer que Nelson, morto sete anos mais tarde em Trafalgar, foi sepultado nesse caixão.

Retornemos à nossa história.

---

6. O certificado e a carta, reproduzidos em Horatio Nelson, *The dispatches and letters of vice-admiral Lord Viscount Nelson*, com notas de Sir Nicolas Harris Nicolas, III, p. 89, são retomados por Dumas, em italiano, em *I Borboni di Napoli*, II, XI, p. 239, e, em francês, em *Souvenirs d'une favorite*.

LXXXVIII
EMMA LYONNA[1]

Como punição ao vencedor de Abuquir e Trafalgar, quis a justiça de Deus que o nome de Emma Lyonna permanecesse para todo sempre ligado ao de Nelson.

Dissemos que, por meio de uma embarcação ligeira, Nelson despachara a notícia da vitória de Abuquir para Nápoles e Londres.

Assim que recebeu a carta de Nelson, Emma Lyonna, pois a ela é que a notícia da vitória era anunciada, correu aos aposentos da rainha Carolina e estendeu-lhe a carta ainda aberta.

Esta lançou à carta um olhar e soltou um grito, ou melhor, um rugido de alegria.

Então, sem se preocupar com o embaixador francês Garat, o mesmo que lera para Luís XVI sua sentença de morte e fora, sem dúvida, enviado pelo Diretório como um alerta à monarquia napolitana[2], ela ordenou, acreditando não ter mais nada a recear por parte da França, que se fizessem altamente, ostensivamente e em plena luz do dia todos os preparativos para receber Nelson em Nápoles, tal como se recebe um vencedor.

E para não ficar atrás dos outros soberanos, ela, que reconhecia dever-lhe amplamente mais do que os outros, duplamente ameaçada que estava pela pre-

---

1. Tal como o anterior, este capítulo foi tirado de *La San Felice*, II e III.
2. Na verdade, Garat foi nomeado por Talleyrand, em janeiro de 1798, embaixador junto à Corte de Nápoles.

sença das tropas francesas em Roma e pela proclamação da República romana[3], mandou submeter à assinatura do rei, por intermédio de seu amante, o primeiro-ministro Acton, o título de duque de Bronte, nome de um dos três ciclopes que forjavam o relâmpago, com três mil libras esterlinas de renda anual[4], enquanto o rei, ao lhe apresentar esse título, decidira oferecer a Nelson a espada dada por Luís XIV ao seu filho Filipe V, quando este partiu para reinar sobre a Espanha, e por Filipe V ao seu filho don Carlos, quando este partiu para conquistar Nápoles.

Além de seu valor histórico, que era inapreciável, essa espada, que, segundo as instruções do rei Carlos III, só deveria passar aos defensores ou salvadores da monarquia das Duas Sicílias, estava avaliada, em razão dos diamantes que a ornavam, em cinco mil libras esterlinas, ou seja, cento e vinte e cinco mil francos da nossa moeda.

Quanto à rainha, decidira oferecer a Nelson um presente ao qual nem todos os títulos e favores dos reis da terra, para ele, poderiam se equiparar: decidira oferecer-lhe Emma Lyonna, objeto de cinco anos de seus sonhos mais ardentes.

Conseqüentemente, na manhã do dia em que Nelson faria sua entrada em Nápoles, disse a rainha a Emma Lyonna, afastando seus cabelos castanhos para beijar sua fronte mentirosa, de aparência tão pura que se poderia confundir com a de um anjo:

– Minha bem-amada Emma, para que eu continue sendo rei e você, por conseguinte, continue sendo rainha, é preciso que esse homem seja nosso e, para que esse homem seja nosso, é preciso que você seja dele.

Emma baixara os olhos e, sem responder, segurara as duas mãos da rainha e as beijara apaixonadamente.

Vamos explicar como é que Maria Carolina podia fazer tal pedido, ou melhor, dar tal ordem a lady Hamilton, embaixatriz da Inglaterra.

Emma era filha de uma pobre camponesa do País de Gales. Não sabia nem a sua idade nem o local de seu nascimento. Até onde sua memória alcançava, via-se como uma menina de três ou quatro anos, com um pobre vestido de algodão, andando descalça por uma estrada de montanha em meio à névoa e à chuva de um país setentrional, agarrando-se com a mãozinha gelada nas roupas da mãe,

---

3. Em 15 de fevereiro de 1798, tendo o papa Pio VI sido transferido para Florença.
4. O título de duque de Bronte data de 13 de agosto de 1800 (Horatio Nelson, op. cit., III, anexo).

pobre camponesa que a pegava no colo quando ela ficava muito cansada, ou para atravessar os córregos que cortavam o caminho.

Lembrava de ter sentido fome e frio nessa viagem.

Lembrava também que, quando atravessavam uma cidade, sua mãe se detinha à porta de alguma casa abastada ou da loja de algum padeiro e pedia com voz suplicante quer umas moedas, que sempre lhe negavam, quer um pão, que quase sempre lhe davam.

Finalmente, as duas viajantes chegaram à pequena cidade de Flint, objetivo da caminhada. Ali nasceram a mãe de Emma e John Lyon, seu pai. Este último, em busca de trabalho, deixara o condado de Flint pelo de Chester. O trabalho fora pouco produtivo. John Lyon morrera jovem e pobre, e a viúva retornava à terra natal para ver se essa terra natal lhe seria hospitaleira ou madrasta.

Emma, então, como num sonho, via-se na encosta de uma colina, guardando um rebanhozinho de umas quatro ou cinco ovelhas que vinham beber água numa fonte em que ela própria se mirava para ver como ficavam em seu rosto as coroas de flores campestres com que ornava a fronte.

Então, chegou para a família uma pequena quantia, oferecida por um certo conde de Halifax, sendo parte destinada ao bem-estar da mãe e parte à educação da filha.

Foi quando a puseram num pensionato para jovens senhoritas, cujo uniforme era um chapéu de palha, um vestido azul celeste e um avental preto.

Ali permaneceu dois anos; ao fim desses dois anos, sua mãe veio buscá-la, não havia mais dinheiro para pagar o pensionato, o conde de Halifax morrera e se esquecera das duas mulheres em seu testamento.

Teve de se resolver a se empregar como ama-seca na família de um certo Thomas Hawarden, cuja filha, morrendo jovem e viúva, deixara três crianças.

Um encontro enquanto passeava com as crianças à beira do golfo decidiu sua vida. Uma famosa cortesã de Londres, chamada miss Arabell, e um pintor de grande talento, seu amante do momento, chamado Romney, haviam feito uma parada, o pintor a fim de fazer o esboço de uma camponesa do País de Gales, e miss Arabell para vê-lo fazer o esboço.

As crianças de que Emma cuidava avançaram pé ante pé para ver o que o jovem pintor estava fazendo. Emma as seguiu. O pintor, ao se virar, avistou-a e deu um grito de surpresa. Emma tinha treze anos e o pintor nunca vira nada tão bonito.

Perguntou quem ela era e o que fazia. O início de educação que ela recebera permitiu que respondesse a essas perguntas com certa elegância; ele perguntou quanto ela ganhava cuidando das crianças do sr. Hawarden. Ela respondeu que tinha casa, roupa e comida, e recebia dez *shillings* por mês.

– Venha para Londres – disse o pintor – e eu lhe darei cinco guinéus por cada esboço que permitir que eu faça da senhorita.

E deu-lhe um cartão em que estavam escritas as seguintes palavras: "Edward Romney, Cawendish Square, número 8".

Ao mesmo tempo, miss Arabell tirava do cinto uma bolsinha com moedas de ouro e lhe oferecia.

A moça pegou o cartão, guardou-o cuidadosamente junto ao peito, recusou a bolsinha e, como miss Arabell insistisse, dizendo que o dinheiro serviria para sua viagem a Londres:

– Obrigada, senhora – disse Emma. – Se eu for a Londres, irei com as pequenas economias que já fiz, e com as que ainda virei a fazer.

– Dos dez shillings que ganha por mês? – perguntou miss Arabell, rindo.

– Sim, senhora – respondeu a moça, simplesmente.

E ficou por isso mesmo.

Não, não ficou, pois aquele dia, pelo contrário, deu frutos. Seis meses depois, Emma estava em Londres, mas Romney estava viajando. Na falta de Romney, ela foi ao encontro de miss Arabell, que a acolheu como dama de companhia.

Miss Arabell era amante do príncipe regente[5]; atingira, portanto, o ápice da carreira de cortesã.

Durante dois meses, Emma permaneceu ao lado dessa bela cortesã, leu todos os romances que lhe caíram nas mãos, freqüentou todos os teatros e, voltando ao seu quarto, repetia todos os papéis que vira, imitava todos os balés que assistira; o que para os outros não passava de uma diversão, tornou-se para ela uma ocupação de todas as horas; acabava de completar quatorze anos, estava na plena flor da juventude e da beleza; sua cintura flexível, harmoniosa, dobrava-se em todas as poses e, com suas ondulações naturais, alcançava os artifícios das mais hábeis dançarinas. Quanto ao seu rosto que, no que pese as vicissitudes da vida, sempre conservara as cores imaculadas da infância, o aveludado virginal do pudor, dotado, pela impressionabilidade de sua fisionomia, de uma extrema

---

5. O príncipe de Gales, futuro Jorge IV.

mobilidade, tornava-se na melancolia uma dor e na alegria um esplendor. Parecia que a candura da alma transparecia sob a pureza das feições, de modo que um grande poeta de nossa época, hesitando em embaçar aquele espelho celeste, disse, ao mencionar seu primeiro erro: "Sua queda não foi no vício, mas na imprudência e na bondade"[6].

A guerra que a Inglaterra travava na época contra as colônias americanas estava no auge de sua atividade, e a convocação se exercia com todo o seu rigor.

O irmão de uma amiga de Emma, chamado Richard, foi convocado e transformado a contragosto em marinheiro.

A irmã do rapaz, chamada Fanny, correu a solicitar a ajuda de Emma. Tão bonita a achava que tinha certeza de que ninguém resistiria a um pedido seu.

Suplicou a Emma que exercesse sua sedução sobre o almirante John Payne; Emma sentiu que se revelava a sua vocação de tentadora; vestiu alegremente sua roupa mais elegante e foi, com a amiga, procurar o almirante.

Obteve o que pediu; mas John Payne também pediu por sua vez, e Emma pagou pela liberdade de Richard se não com o seu amor, pelo menos com a sua gratidão.

Emma Lyonna, amante do almirante Payne, teve casa própria, empregados, cavalos; mas essa fortuna teve o fulgor e a rapidez de um meteoro. A esquadra foi embora, e Emma Lyonna viu o navio de seu amante roubar, ao sumir no horizonte, todos os seus sonhos dourados.

Mas Emma não era mulher de se matar, como Dido, por um volúvel Enéias. Um amigo do almirante, sir Harry Fatherson, *gentleman* rico e bonito, propôs a Emma mantê-la na mesma posição em que a conhecera. Emma já dera o primeiro passo no caminho do vício; aceitou, tornou-se por uma temporada inteira a rainha das caçadas, das festas e das danças; mas, finda a temporada, esquecida pelo segundo amante, aviltada por um segundo amor, caiu pouco a pouco em tamanha miséria que não lhe restou outro recurso a não ser a calçada do Haymarket, a mais lamacenta de todas as calçadas para as pobres criaturas que mendigam o amor dos transeuntes.

---

6. Alphonse de Lamartine, *Nelson (1758-1805)* (Paris, Louis Hachette, 1853), I, XI, p. 21, mais precisamente escrito: "Sa première chute ne fut pas une chute dans le vice, mais une chute dans l'imprudence et la bonté" [Sua primeira queda não foi uma queda no vício, mas uma queda na imprudência e na bondade].

Felizmente, a infame alcoviteira a quem se dirigira para ingressar no comércio da depravação pública, impressionada com a distinção e a modéstia de sua nova inquilina, em vez de prostituí-la como a suas colegas, levou-a a um médico famoso, freqüentador habitual da casa.

Tratava-se do célebre doutor Graham, espécie de charlatão místico e voluptuoso, que professava ante a juventude de Londres a religião material da beleza.

Emma aparecera para ele: encontrara a sua Vênus Astarté sob as feições da Vênus pudica.

Pagou caro por aquele tesouro; mas, para ele, era um tesouro sem preço: deitou-a no leito de Apolo; cobriu-a com um véu mais transparente que aquele com que Vulcano mantivera Vênus cativa aos olhos do Olimpo, e anunciou em todos os jornais que estava finalmente de posse do espécime único e supremo da beleza que até o momento lhe faltara para fazer triunfar suas teorias.

A esse apelo feito à luxúria e à ciência, todos os adeptos dessa grande religião do amor, que estende seu culto ao mundo inteiro, correram ao gabinete do doutor Graham.

O triunfo foi completo: nem a pintura nem a escultura jamais haviam produzido semelhante obra-prima; Apeles e Fídias estavam derrotados.

Pintores e escultores afluíram. Romney, de regresso a Londres, veio assim como os demais e reconheceu a moça do condado de Flint. Pintou-a sob todas as formas; de Ariadne, de bacante, de Leda, de Armide[7], e possuímos na Biblioteca Imperial uma coleção de gravuras representando a sedutora em todas as poses voluptuosas inventadas pela sensual Antigüidade.

Foi então que, atraído pela curiosidade, o jovem sir Charles Grenville, da ilustre família desse Warwick que era chamado de fazedor de reis e sobrinho de sir William Hamilton, viu Emma Lyonna e, no deslumbramento que lhe causava tão completa beleza, apaixonou-se loucamente por ela. As promessas mais brilhantes foram feitas a Emma pelo jovem lorde; mas ela afirmou estar ligada ao doutor Graham pelos laços da gratidão, e resistiu a todas as seduções, declarando que dessa vez só abandonaria o amante para acompanhar um esposo.

Sir Charles empenhou sua palavra de cavalheiro de que se tornaria esposo de Emma Lyonna tão logo alcançasse sua plena maioridade. Enquanto isso, Emma consentiu em ser raptada.

---

7. A "sedutora" da *Jerusalém libertada* de Tasso.

Os amantes viveram, de fato, como marido e mulher e, sob a palavra de seu pai, três crianças nasceram, que deviam ser legitimadas pelo casamento.

Durante essa coabitação, porém, uma mudança no Ministério fez com que Grenville perdesse o emprego do qual dependia a maior parte de sua renda. Felizmente, isso ocorreu depois de três anos e quando, graças aos melhores professores de Londres, Emma Lyonna realizara imensos progressos em música e desenho; além disso, enquanto se aperfeiçoava em sua própria língua, aprendera francês e italiano; recitava versos tal como mrs. Siddons e alcançara a perfeição na arte da pantomima e das poses.

Apesar da perda de seu cargo, Grenville não conseguiu resolver-se a reduzir suas despesas; apenas escreveu ao tio, pedindo dinheiro. O tio, de início, atendeu a cada um de seus pedidos; por fim, sir William Hamilton acabou respondendo que contava ir a Londres dentro de poucos dias e que aproveitaria a viagem para *estudar* os negócios do sobrinho.

A palavra "estudar" assustara um bocado os dois jovens; desejavam, e temiam com intensidade quase igual, a chegada de sir William. De súbito, ele entrou em sua casa sem que tivessem sido avisados de sua chegada. Já fazia uma semana que estava em Londres.

Essa semana, sir William a gastara tirando informações sobre o sobrinho, e as pessoas a quem consultou não deixaram de lhe contar que a causa de suas desordens e misérias era uma prostituta com a qual tinha três filhos.

Emma retirou-se para o seu quarto e deixou o amante a sós com o tio, que não lhe deu outra alternativa senão abandonar imediatamente Emma Lyonna ou renunciar à sua herança, que de ora em diante era toda a sua fortuna.

E retirou-se, deixando ao sobrinho três dias para decidir.

A esperança dos jovens, a partir dali, concentrava-se toda em Emma; cabia a ela obter de sir William Hamilton o perdão de seu amante, mostrando quanto ele era perdoável.

Então Emma, em vez de vestir os trajes de sua nova condição, retomou a indumentária de sua juventude, o chapéu de palha e o vestido de burel; suas lágrimas, seus sorrisos, o movimento de sua fisionomia, suas carícias e sua voz fariam o resto.

Introduzida perante sir William, Emma jogou-se a seus pés; quer por um gesto habilmente planejado, quer por acaso, os cordões de seu chapéu se desataram e seus lindos cabelos castanhos se espalharam por seus ombros.

A sedutora era inimitável no sofrimento.

O velho arqueólogo, até então apaixonado tão-só pelos mármores de Atenas e pelas estátuas da Magna Grécia, viu pela primeira vez a beleza viva levar a melhor sobre a beleza fria e pálida das deusas de Praxíteles e Fídias. O amor, que ele não quisera compreender no sobrinho, penetrou violentamente em seu próprio coração e apoderou-se dele por inteiro sem que ele nem sequer tentasse defender-se.

As dívidas do sobrinho, a insignificância do berço, os escândalos da vida, a publicidade dos triunfos, a venalidade das carícias, tudo, até os filhos nascidos de seu amor, sir William aceitou tudo, com a única condição de que Emma recompensaria com a sua posse o completo esquecimento da sua própria dignidade.

Emma triunfara muito além de suas expectativas; mas, dessa vez, estabeleceu suas condições completas: uma mera promessa de casamento a unira ao sobrinho, declarou que só iria para Nápoles como esposa legítima de sir William Hamilton.

Sir William consentiu com tudo.

A beleza de Emma causou, em Nápoles, seu efeito costumeiro: não só surpreendeu, como deslumbrou.

Antiquário e emérito mineralogista, embaixador da Grã-Bretanha, irmão de leite e amigo de Jorge III, sir William reunia em sua casa a fina sociedade da capital das Duas Sicílias em se tratando de cientistas, políticos e artistas. Poucos dias foram suficientes a Emma, ela própria tão artista, para saber da política e da ciência o que precisava saber e, rapidamente, para todos os que freqüentavam o salão de sir William, as opiniões de Emma se converteram em leis.

Seu triunfo não parava por aí. Tão logo foi apresentada à Corte, a rainha Maria Carolina proclamou-a sua amiga íntima e fez dela sua inseparável favorita. Não só a filha de Maria Teresa se apresentava em público com a prostituta de Haymarket, percorria a rua de Toledo e o passeio de Chiaia na mesma carruagem e usando trajes iguais, como, depois das festas passadas a reproduzir as poses mais voluptuosas e mais ardentes da Antigüidade, mandava dizer a sir William, todo orgulhoso de tamanho favor, que só no dia seguinte lhe devolveria a amiga sem a qual não podia mais passar.

Vimos surgir e crescer, em meio aos acontecimentos que tiveram tão terrível repercussão na Corte de Nápoles, Nelson, campeão das monarquias envelhecidas. Sua vitória de Abuquir devolvia a esperança a todos aqueles reis que já haviam levado a mão a sua vacilante coroa. Ora, Maria Carolina, mulher ávida de riquezas, de poder, de ambição, queria conservar a sua a qualquer preço. Não surpreende, portanto, que, apelando para a fascinação que exercia sobre sua amiga, dissesse a lady Hamilton, na manhã do dia em que a conduziu diante de Nelson, convertido em pedra angular do despotismo: "Esse homem tem de ser dos nossos e, para que ele seja dos nossos, você tem de ser dele".

Seria muito difícil, para lady Hamilton, fazer por sua amiga Maria Carolina, em relação ao almirante Horatio Nelson, o que Emma Lyonna fizera por sua amiga Fanny Strong em relação ao almirante Payne?

Deve ter sido uma recompensa gloriosa por suas mutilações, deve ter sido, aliás, para o filho do pobre pastor de Burnham-Thorpe, para o homem que devia sua grandeza à sua própria coragem, e sua fama ao seu talento, uma gloriosa recompensa pelas feridas recebidas ver chegar ao seu encontro aquele rei, aquela rainha, aquela corte e, recompensa por suas vitórias, aquela magnífica criatura que ele adorava.

LXXXIX
EM QUE NAPOLEÃO PERCEBE QUE ÀS VEZES É MAIS DIFÍCIL SER OBEDECIDO PELOS HOMENS QUE PELA FORTUNA

É sabido o resultado das festas oferecidas a Nelson.

O embaixador francês, furioso com tanta impudência, pediu seus passaportes e partiu. O rei não quis dar à França a satisfação de ser a primeira a atacar; partiu com um bonito exército de sessenta e cinco mil homens, topou com Championnet, com doze mil, e nesse primeiro confronto foi derrotado de modo tão brutal que saiu em fuga desabalada, só vindo parar em Nápoles.

Championnet seguiu-o com esse ardor que os generais republicanos demonstravam naquele tempo. Cinco ou seis mil *lazzaroni* tentaram fazer então o que os sessenta e cinco mil homens do rei de Nápoles não haviam conseguido: enfrentaram os franceses, defenderam a cidade durante três dias e protegeram, enfim, o embarque do rei, da rainha e da família real de Nápoles, assim como do embaixador e da embaixatriz da Inglaterra.

Refugiaram-se na Sicília.

Certo dia, o cardeal Ruffo, com um passaporte do rei e como seu *alter ego*, partiu de Messina para reconquistar Nápoles. Enquanto isso, Bonaparte estava no Egito, bloqueado pela destruição de sua frota em Abuquir; os franceses, derrotados na Itália, estavam perdendo sua fama de invencibilidade.

Ruffo reconquistou a Calábria, depois Nápoles, e só se deteve nas fronteiras romanas.

Ferdinando voltou para Nápoles, precedido de uma lista de cem pessoas condenadas à morte por ele antes mesmo de comparecerem perante o tribunal.

Caracciolo, que pedira sua demissão como almirante, fora obrigado, como cidadão napolitano, a montar a guarda. Era a única queixa que se tinha dele.

Nenhum tribunal teria ousado condená-lo; Nelson, porém, aceitou, por um beijo de sua bela Emma e um sorriso da rainha, o papel de carrasco.

Mandou apanhar Caracciolo no refúgio onde se escondia, mandou trazê-lo a bordo do *Foudroyant* e ali, contra os direitos da humanidade, um almirante napolitano foi condenado por um almirante inglês e enforcado como um vil facínora na ponta de sua verga de mezena[1].

Seria de esperar que, regressando a Londres após as vergonhosas complacências que tivera para com a Corte de Nápoles, Nelson recebesse no mínimo uma admoestação pública. Nada disso.

Retornando à Inglaterra com lady Hamilton, recebeu, pelo contrário, o triunfo de Abuquir e de Nápoles: todos os navios do Tâmisa ostentaram suas bandeiras, o governo e as corporações de Londres concederam-lhe manifestos triunfais como a um salvador da pátria: o povo ergueu-se de entusiasmo à sua passagem e dirigiu-lhe, por toda a cidade, ovações e cortejos espontâneos.

Comprou, nos arredores de Londres, uma casa de recreio chamada Merton; nela ocultou seu amor, sua glória e seus remorsos; teve com Emma Lyonna uma menina, batizada com o nome de Horatia.

A guerra do Báltico chamou-o de volta ao Oceano; comandou a frota que invadiu o porto de Copenhague e incendiou a frota dinamarquesa. Foi nessa ocasião que, recebendo por sinais a ordem do almirante, trouxe a luneta ao olho que já não tinha e, como lhe dissessem para cessar fogo, que era a ordem do almirante, retrucou, obstinado: "Não estou enxergando".

Essa resposta, que era a de um Alarico ou de um Átila, e que teria sido punida por todos os povos civilizados, cobriu seu nome de glória em Londres e de horror no resto da Europa.

Voltou triunfante para a Inglaterra e recebeu do rei o título de lorde.

Era, para a Grã-Bretanha, o único contrapeso que ela podia opor a Napoleão.

Este, entretanto, prosseguia em seu duelo contra a Inglaterra.

---

1. Macdonald venceu os napolitanos de Mack em Civita Castellana em 4 de dezembro de 1798; o rei e a rainha fugiram de Nápoles em 23 de dezembro de 1798; o cardeal Ruffo desembarcou na Calábria em fevereiro de 1799 e entrou em Nápoles em junho; Caracciolo foi enforcado no *La Minerva* em 29 de junho de 1799.

Vinha produzindo havia dezoito meses, em todos os portos franceses ou holandeses, ameaças de ataque à Inglaterra. As quinhentas ou seiscentas chalupas canhoneiras reunidas entre Dunquerque e Abbeville estavam prontas para embarcar as tropas de Bolonha acampadas no litoral, e podiam, com suas pontes móveis, despejar num só dia, no litoral britânico, um exército tão irresistível como o de Guillherme, o Conquistador.

A Inglaterra, embora escarnecesse das cascas de nozes do sr. Bonaparte, como o chamava, não perdia de vista o terrível ajuntamento de tropas que se realizava à sua frente. Suas esquadras cobriam a Mancha e interceptavam momentaneamente, das nossas chalupas de transporte, o caminho para Londres.

Assim, Napoleão só queria atacar depois de reunir uma frota de sessenta ou oitenta navios de guerra, que se lançasse na Mancha para travar uma batalha contra as frotas inglesas. Pouco lhe importava que fosse vitória ou derrota, desde que distraísse as frotas inimigas durante um dia e, enquanto isso, ele despejasse de cento e cinqüenta a duzentos mil homens no litoral inglês. Mas os navios franceses, retidos por bloqueios superiores, uns no rio Escaut, outros em Brest, esses em Toulon, aqueles em Cádiz, só conseguiriam se juntar numa frota igual ou superior à dos ingleses à custa de muitos segredos, maquinações e audácia. Ora, nenhum dos nossos almirantes, na França, na Holanda ou na Espanha, tinha talento para executar essas manobras heróicas e desesperadas que violam as impossibilidades da sorte*.

Tímidos de espírito, embora valentes de coração, todos se dobravam ao peso das responsabilidades que lhes era ordenado enfrentar. Não compreendiam nada àquela ordem: "Deixem-se derrotar caso não consigam derrotar, mas lutem". Não compreendiam que era necessário impedir, a qualquer preço, que as frotas inglesas fossem socorrer Londres, e que manter os navios ingleses ocupados a quinhentas léguas da Mancha era servir Napoleão em seus projetos de invasão da Inglaterra.

Pois a guerra em terra requer apenas coragem; a guerra no mar requer ciência e heroísmo.

Um corpo de exército derrotado, dizimado, em fuga, se ajunta, se recruta, se refaz; mas uma esquadra, afundada ou queimada, leva consigo os que a compõem, e deixa sobre as águas somente destroços ardentes.

---

* Bonita expressão de Lamartine. (N. A.) [Alphonse de Lamartine, op. cit., II, IX, p. 67.]

Isso os ingleses sabiam tão bem quanto Napoleão. Perdendo a esperança de juntar as esquadras dispersadas, este sonhava em tirar ao mesmo tempo, de Toulon e de Brest, duas esquadras carregando entre quarenta e cinqüenta mil combatentes, e conduzi-las por dois diferentes caminhos pelo mar das Índias. As duas frotas inevitavelmente atrairiam em seu rastro as esquadras inglesas e, enquanto as esquadras corressem em socorro da Índia, ele talvez tivesse tempo de jogar sua ponte móvel sobre a Mancha e fazer o que dois homens, César e Guilherme, o Conquistador, haviam feito antes dele.

A vastidão desse plano, porém, logo cansou sua paciência; acabara concebendo outro, que parecia mais simples e mais seguro. Tratava-se de atrair a totalidade das esquadras inglesas para longe da Mancha; por sua ordem, o almirante Villeneuve, ao qual ele destinava o comando superior das frotas espanholas e francesas reunidas, saíra de Toulon com treze navios e algumas fragatas.

Juntara-se às esquadras espanholas, comandadas pelo almirante Gravina, em Cádiz; de lá, atravessara o Atlântico e unira-se, nas Antilhas, à esquadra do almirante Missiessy, composta de seis navios; o almirante Ganteaume, que comandava a frota de Brest, tinha ordens para aproveitar a primeira tempestade que afastasse o almirante inglês Cornwallis de seu cruzeiro na costa de Brest para juntar-se a Villeneuve, Gravina e Missiessy na Martinica. Essa frota, depois de preocupar os ingleses em suas possessões das Antilhas, deveria forçar as velas rumo à França no momento em que as esquadras britânicas fossem dispersadas para persegui-la, enfrentá-las em combate nas imediações da Europa e, vitoriosa ou vencida, jogar-se na Mancha para participar do desembarque na Inglaterra.

Infelizmente, a constância das calmarias não permitiu que Ganteaume saísse da enseada de Brest. Villeneuve penetrava nos mares da Europa com ordem de lutar contra Cornwallis na costa de Brest, desbloqueando assim Ganteaume, juntar-se a essa parte das nossas forças navais e depois combater, com sessenta navios de guerra reunidos, o exército naval dos ingleses, quaisquer que fossem sua força e seu número, na entrada da Mancha.

– Os ingleses – exclamava Napoleão, mostrando o punho à maneira de Ajax[2] – não sabem o que pende sobre a cabeça deles: se eu conseguir dominar a Mancha por doze horas, a Inglaterra está perdida*.

---

2 Trata-se de Ajax, cognominado Pequeno, filho de Oileu (*Odisséia*, IV, 499-510).
* Lamartine, *Histoire de Nelson*. (N. A.) [Alphonse de Lamartine, op. cit., II, VIII, p. 65.]

No momento em que Napoleão dava esse grito de alegria, encontrava-se em Bolonha, e tinha diante dos olhos cento e oitenta mil homens vencedores do continente devorando com o olhar uma derradeira conquista.

Napoleão percebia perfeitamente o valor do tempo, sabia que só lhe restavam uns poucos dias para prevenir a declaração de guerra da Áustria e a sublevação da Alemanha inteira. Não duvidava de que Villeneuve se encontrasse nas águas de Brest, quando, ao contrário, após um combate noturno desastroso, travado em meio às trevas e à cerração, ele acabara de deixar dois navios espanhóis nas mãos dos ingleses e, apesar das ordens que tinha de desbloquear Brest, juntar-se a Ganteaume e apresentar-se na Mancha a plenas velas, ele entrava no porto de Ferrol e abastecia inutilmente seus navios.

Napoleão estava furioso. Sentia que a fortuna lhe escorregava pelas mãos. "Vá – escreveu a Ganteaume, preso no porto de Brest –, vá e, num só dia, vamos vingar seis séculos de inferioridade e vergonha, vá. Jamais meus soldados de terra e mar terão arriscado sua vida por tão vasto resultado."

"Vá – ele escreveu a Villeneuve – vá, não perca um só instante e, com as minhas esquadras reunidas, entre na Mancha; estamos todos prontos, está tudo embarcado para o ataque, e em vinte e quatro horas tudo estará terminado."

Percebe-se, nessas cartas, qual não devia ser a impaciência de um homem como Napoleão e, quando soube do estupor de Villeneuve trancando-se no porto de Cádiz, e da imobilidade forçada de Ganteaume, bloqueado no porto de Brest, tratou Villeneuve de ignorante e de covarde e declarou que ele não era nem sequer capaz de comandar uma fragata.

– É um homem cegado pelo medo – disse.

O ministro da Marinha, Decrès, era amigo de Villeneuve; assim, não podendo bater em Villeneuve, Napoleão descontava em Decrès.

"Esse seu amigo Villeneuve – ele lhe escrevia – provavelmente vai ser covarde demais para sair de Cádiz. Despache o almirante Rosily, que assumirá o comando da esquadra, caso ela ainda não tenha partido, e ordene ao almirante Villeneuve que venha a Paris me prestar contas da sua conduta."

O ministro Decrès não teve coragem de comunicar a Villeneuve esse infortúnio que o privara de todo e qualquer meio de se reabilitar, e contentou-se em anunciar-lhe a partida de Rosily sem dizer-lhe o motivo. Não aconselhou Villeneuve a fazer-se à vela antes que Rosily chegasse a Cádiz, embora esperasse que assim acontecesse e, embaraçado que estava entre um amigo cujo erro ele reconhecia e a ira mais do que justa do imperador, cometeu o erro de não tomar partido e deixar tudo nas mãos do acaso.

Mas Villeneuve, ao receber a carta do ministro, adivinhara tudo o que este não dizia; o que mais o magoava era essa fama de covardia que ele sabia nunca ter merecido; mas, naquela época, a Marinha francesa achava-se em tal estado de ruína e de consciência da própria fragilidade! Por outro lado, Nelson tinha tal fama de insensata coragem que qualquer frota que se visse diante dele por princípio já se considerava vencida.

Villeneuve, resolvido a fazer uma nova incursão, desembarcou suas tropas para que descansassem, e os doentes para que se tratassem. O almirante Gravina livrou-se da metade das embarcações, que mal conseguiam manter-se no mar, e substituiu-as pelas melhores do arsenal de Cádiz.

O mês de setembro inteiro foi dedicado a esses cuidados; a frota ganhou muito material, mas o efetivo continuou sendo o que era.

Depois de oito meses manobrando, nossas tripulações haviam adquirido alguma experiência. Alguns capitães eram excelentes, mas, entre os oficiais, havia muitos oriundos do comércio, sem nenhum conhecimento e sem o espírito da marinha militar; o que faltava principalmente aos nossos marinheiros era um sistema de tática naval apropriado à nova maneira de combater dos ingleses: em vez de formar duas linhas de batalha, como se fazia antigamente, e avançar metodicamente, cada qual em sua fileira e tomando por adversário o navio à sua frente, Nelson adotara o hábito de avançar audaciosamente, sem observar nenhuma ordem além da que resultava da velocidade relativa dos navios.

Ele se lançava sobre a frota inimiga, cortava-a ao meio, destacava uma porção e, sem medo da confusão, arriscando-se a atirar nos próprios companheiros, fazia fogo até que seu adversário se rendesse ou fosse afundado.

Entretanto, Napoleão, sem ter certeza, mas já temendo que sua expedição contra a Inglaterra fracassasse, escreveu ao sr. de Talleyrand uma carta que indicava novos projetos, projetos que ainda flutuavam na inapreensível bruma dos sonhos.

> Pronto – ele escreveu –, minhas frotas se perderam de vista no Oceano; se voltarem para a Mancha, ainda há tempo, eu embarco, desço na Inglaterra e corto, em Londres, o laço das coalizões. Se, ao contrário, meus almirantes carecerem de personalidade e manobrarem mal, entro com duzentos mil homens

na Alemanha; tomo Viena, expulso os Bourbon de Nápoles e, com o continente pacificado, volto para o Oceano e conquisto a paz marítima.

Finalmente, no dia 18 de setembro, Napoleão teve notícia, em Malmaison, do manifesto do imperador da Áustria contra a França. A França deu à Áustria uma resposta aos seus ataques.

Com a rapidez de execução que o caracterizava, conformou-se com o fracasso da expedição de Bolonha quando estava a ponto de vencer, e entregou-se por inteiro ao projeto de guerra continental que vinha acalentando havia uns doze dias.

Ele nunca dispusera de tão vastos recursos. Nunca vira abrir-se diante dele tão extenso campo de operações. Pela primeira vez, estava livre como estiveram Alexandre e César. Seus companheiros de armas, que a inveja tornava incômodos, Moreau, Pichegru, Bernadotte etc., haviam eles próprios se retirado do páreo com uma conduta repreensível ou imprudente. Só lhe restavam oficiais submissos à sua vontade e que reuniam em alto grau todas as qualidades necessárias para a execução de seus objetivos.

Seu exército, cansado de quatro anos de paz, só respirando glória, só ansiando por combates, formado por dez anos de guerra e três de acampamento, estava preparado para as mais duras marchas e para os mais sérios empreendimentos.

O problema é que aquele exército, tão magnificamente preparado que se pode dizer que em tempo algum a França tivera outro igual, teria de ser transportado de repente para o centro do continente.

Aí é que estava a questão.

XC
PORTO DE CÁDIZ

No dia 17 de outubro de 1805, o imperador, já tendo enviado para a cidade de Paris dois canhões e oito bandeiras tomados no combate de Gunzburgo, entrou em Munique, sitiando Ulm, depois de travar o combate de Elchingen, que valeria ao marechal Ney seu título de duque; no mesmo dia desse combate, e na véspera do dia em que mandaria quarenta bandeiras ao Senado, uma chalupa de bandeira americana entrou no porto de Cádiz, onde se encontrava a frota do almirante Villeneuve.

Uma vez no porto, ela se orientou, informou-se onde estava ancorado o *Redoutable*, soube que estava ao pé da fortaleza e, como não pudesse chegar até lá, lançou seu escaler de honra ao mar e baixou seu capitão, o qual ordenou aos remadores que se dirigissem ao *Redoutable*.

Chegando a certa distância do navio, foi interpelado pelo oficial de serviço. Respondeu que se chamava *Le Coureur de New York*, e que o capitão trazia ao comandante Lucas notícias das Índias e cartas do governador da ilha de França.

O capitão Lucas foi imediatamente avisado, veio até o passadiço e fez sinal ao oficial que estava no escaler para que subisse a bordo.

O oficial não era outro senão René.

Num instante, pulou para a escada e alcançou o convés.

O capitão Lucas o recebeu educadamente, mas com aquela superioridade que, principalmente na Marinha, é uma absoluta questão de etiqueta.

O capitão Lucas perguntou ao visitante se desejava falar-lhe em particular e, como este respondesse afirmativamente, convidou-o a descer à sua saleta.

Assim que os dois homens entraram na saleta e a porta fechou-se atrás deles, René entregou a Lucas a carta do governador.

Lucas deu apenas uma olhada na carta.

– O meu amigo general Decaen o recomenda de tal maneira – disse ele a René – que só me resta perguntar o que posso fazer pelo senhor.

– Comandante, o senhor está para travar, dentro de três ou quatro dias, uma grande batalha naval; só tenho experiência em combates parciais, e confesso que gostaria de participar de algum grande negócio em escala européia, no qual pudesse acrescentar algum brilho ao meu nome, que até hoje só é conhecido nos mares da Índia.

– Sim – disse Lucas –, estamos para travar uma grande batalha em que seguramente, de uma maneira ou de outra, vamos ilustrar nosso nome, quer perecendo na batalha, quer sobrevivendo. Permita que lhe pergunte, não a título de informação, mas a título de uma conversa amigável, alguns detalhes sobre o seu passado marítimo?

– Como vê, comandante, o meu passado data de apenas dois anos. Servi sob Surcouf. Estava nesse famoso combate em que, com uma tripulação de cem homens e dezesseis canhões, ele se apossou do *Standard*, que contava com quarenta e oito canhões e uma tripulação de quatrocentos e cinqüenta homens; depois comandei essa pequena chalupa, com o qual fiz uma excursão à Birmânia; finalmente, ao retornar à ilha de França, tive o prazer de livrar Surcouf, envolvido com dois navios ingleses, e me apossar de um desses navios, que tinha dezesseis canhões e uma tripulação de sessenta homens, embora eu próprio só contasse com dezoito.

– Conheço bem Surcouf – disse Lucas –, é um dos nossos mais audaciosos corsários.

– Tenho aqui uma carta dele, prevendo que eu me encontraria com o senhor.

E René ofereceu ao capitão do *Redoutable* a carta que Surcouf lhe fornecera.

Lucas leu-a de ponta a ponta com a maior atenção.

– Senhor – disse ele a René –, para que Surcouf faça tamanho elogio à sua pessoa, deve realmente ser um homem extraordinário; ele escreve aqui que, dos quinhentos mil francos de sua parte da presa, o senhor deixou quatrocentos mil francos aos seus marujos e cem mil francos para os pobres da ilha de França; isso leva a supor que possui uma grande fortuna e, por conseguinte, uma grande vocação para a marinha, na qual entrou, segundo ele, como simples corsário, com a ambição de traçar uma trajetória mais rápida que na Marinha Imperial. Infelizmente, só tenho a lhe oferecer, a bordo do *Redoutable*, um posto de terceiro-tenente.

– É muito mais do que eu esperava, comandante, e aceito com gratidão. Quando posso entrar em serviço?

– Quando quiser!

– O quanto antes, comandante: há um cheiro de pólvora no ar, e estou convencido de que, dentro de três ou quatro dias, vou ver essa grande batalha que vim buscar do outro hemisfério. Meu navio é de tonelagem muito pequena, não deve lhe ser útil: vou retornar a bordo, despachá-lo para a França e volto para cá.

Lucas levantou-se e, com um sorriso encantador:

– Vou estar a sua espera, tenente – disse.

René apertou-lhe efusivamente ambas as mãos, lançou-se na escada e voltou a bordo de sua chalupa.

Chegando lá, chamou François em sua cabine.

– François – disse –, vou ficar aqui; confio-lhe a minha chalupa, leve-a de volta a Saint-Malo. Aqui está uma carteira com o meu testamento; se eu for morto, você encontrará sua parte neste testamento. Além da carteira, aqui está uma bolsa de pedras preciosas; de novo, se eu for morto, você mesmo levará esta bolsa para a srta. Claire de Sourdis; ela reside com a mãe, a sra. condessa de Sourdis, no próprio palacete de Sourdis, que, de um lado, dá para o cais e, de outro, para a rua de Beaune.

"Nesta bolsa, há uma carta que dá a indicação da origem das pedras; mas só abra o meu testamento, e só entregue essas pedras no caso da minha morte ter sido legalmente comprovada. Embaixo da patente da embarcação, acrescentei o seu nome como atual proprietário. Fique como o seu guardião durante um ano; na gaveta da minha escrivaninha, vai encontrar doze rolos de ouro de mil francos cada, sendo três destinados a ajudá-lo a passar esse ano. Se for detido pelos ingleses, vai justificar a nacionalidade americana do navio e, se lhe perguntarem o que foi feito de mim, diga que, tendo encontrado a frota de Nelson no caminho, detive-me a bordo de um dos seus navios. Adeus, meu caro François, me dê um abraço, mande trazer as minhas armas e trate de chegar sem nenhuma avaria a Saint-Malo. Assim que chegar, leve à sra. Surcouf e sua família notícias de Robert."

– Quer dizer então – disse François, enxugando os olhos com o dorso da manzorra –, quer dizer então que não gosta o suficiente de mim para me levar junto, eu que o teria acompanhado até o fim do mundo, e mais longe até. Oh, Deus do céu! Simplesmente me parte o coração me despedir do senhor!

E o bom homem se pôs a soluçar.

– Quer dizer que o estou deixando – prosseguiu René – porque acho que você é o meu único amigo, porque você é o único homem com quem eu posso contar, porque esta carteira contém meio milhão em valores, porque a bolsa de pedras vale mais de trezentos mil francos, porque, enfim, com todos esses objetos nas suas mãos, estou tão tranqüilo como se estivessem nas minhas. Então, vamos apertar as mãos como dois homens bons. Vamos gostar um do outro como dois bons corações. Vamos nos dar um abraço como dois bons amigos!... Você vai me levar a bordo do *Redoutable*, vai ser o último a quem vou dar adeus.

François viu que a resolução de René estava tomada, e bem tomada. Este reuniu suas armas, que naquele momento se limitavam à sua carabina, a um fuzil de dois tiros e à machadinha de abordagem; então, chamando todo mundo ao convés, comunicou à tripulação as novas disposições que acabara de tomar, convidando seus homens a reconhecer como chefe o seu colega François.

Uma dor sincera repercutiu a essa declaração; mas René autorizou-os a permanecer nas mesmas condições em que se encontravam, ou seja, com o soldo habitual, um ano no porto de Saint-Malo, a bordo do *Coureur de New York*; de modo que foi em meio a promessas da mais absoluta dedicação que desceu para o seu escaler, acompanhado de François e de seis remadores.

Dez minutos depois, achavam-se em presença do capitão Lucas.

A despedida se fez em sua presença.

É uma grande recomendação, para um homem, os sentimentos de afeto que seus subordinados lhe manifestam. Sob esse aspecto, e como René era adorado, as lágrimas de François e os lamentos dos outros marujos puderam dar ao capitão uma idéia do afeto que sua tripulação nutria pelo terceiro-tenente. Assim, na hora da partida, o capitão Lucas desprendeu do costado um lindo cachimbo de espuma-do-mar[1] e entregou-o a François.

Foi então que François, não sabendo como demonstrar sua gratidão, desatou em soluços e saiu, sem conseguir dizer uma só palavra.

– Gosto bastante deste jeito de expressar uma opinião sobre as pessoas – disse Lucas – e o senhor deve ser um bom rapaz, se é amado dessa maneira. Venha, vamos sentar e conversar.

E, para dar o exemplo, sentou-se primeiro, examinando as armas de René, a quem só restavam um fuzil de dois tiros, uma carabina de cano raiado e a machadinha de abordagem.

---

1. Mais provável uma concha, e a hipótese é nossa.

— Lamento – disse René – ter distribuído as minhas armas entre os meus amigos da ilha de França, caso contrário poderia lhe oferecer algo digno do senhor; hoje só me restam esses três objetos, escolha...

— Dizem que é um excelente atirador – disse Lucas. – Fique com os fuzis, eu fico com a machadinha, espero honrá-la na próxima batalha.

— Vejamos – perguntou René –, se não for muita indiscrição, quando é a próxima batalha?

— Pois não deve tardar – disse Lucas. – O imperador mandou dizer a Villeneuve que aparelhasse com a frota conjunta da França e da Espanha, que rumasse para Cartagena e lá se juntasse ao almirante Salcedo, que fosse de Cartagena para Nápoles a fim de deixar as tropas embarcadas na sua esquadra e se unir ao exército do general Saint-Cyr. "Nossa intenção – acrescentou o imperador – é que onde quer que depare com o inimigo em superioridade de forças, ataque-o sem hesitar. Tenha com ele uma luta decisiva; o senhor não ignora que o sucesso dessas operações depende essencialmente da rapidez da sua partida de Cádiz. Contamos que fará o necessário para operar o quanto antes, e recomendamos, nessa importante expedição, audácia e o máximo de energia." O imperador, com Villeneuve, não tinha medo de exagerar seu pensamento, pois esse almirante, aos seus olhos, era um desses homens que precisam mais de espora que de rédeas. Ordenou, simultaneamente, que o vice-almirante Rosily saísse de Paris e assumisse, caso a encontrasse em Cádiz, o comando da frota conjunta, arvorasse o pavilhão de almirante no mastro principal do *Bucentaure* e mandasse de volta à França o almirante Villeneuve para que prestasse contas da campanha que acabara de realizar.

— Diacho! – exclamou René. – A situação é séria.

— De modo que o conselho de guerra – prosseguiu Lucas – está reunido com o almirante Villeneuve; os almirantes e chefes-de-divisão, os contra-almirantes Dumanoir e Magon, os capitães Cosmao, Maistral, Devillegris e Prigny, representam a esquadra francesa; vão ser consultados sobre o estado de cada navio e sobre as esperanças e os temores de cada um.

Lucas, que andava para lá e para cá enquanto falava, deteve-se de repente diante de René.

— O senhor conhece aquela frase do imperador? – perguntou.

— Não, comandante, não conheço mais nada, há dois anos que estou fora da França.

— Os ingleses, disse ele, vão ficar bem pequenininhos quando houver na França dois ou três almirantes que queiram morrer. Ora – prosseguiu Lucas –, embora não sejamos almirantes, trata-se de provar a Sua Majestade, dentro de dois ou três dias, que na falta de almirantes que *queiram morrer*, existem capitães que *sabem morrer*.

Lucas estava nesse ponto da sua conversa com René quando entrou um oficial.

— Capitão – disse ele, dirigindo-se a Lucas –, estão dando sinal para todos os capitães de navio irem até o navio almirante.

— Está bem, peça o escaler – respondeu Lucas.

Pronto o escaler, ele desceu e, assim como os escaleres dos cinco ou seis outros navios cujos capitães também haviam sido chamados ao conselho, aproou para o *Bucentaure*.

René, nesse ínterim, pediu para que lhe mostrassem o quarto do terceiro-tenente que ele iria substituir. Era um quarto bonito, maior e mais confortável que o seu a bordo do *Coureur de New York*.

Mal acomodara os dois ou três baús que trazia quando o comandante Lucas subiu de volta a bordo. Não ousou apresentar-se em sua cabine sem ser chamado; porém, depois da conversa que tivera com o capitão, não duvidava que este lhe desse a honra de um segundo encontro.

Não estava enganado: cinco minutos depois de chegar, o capitão mandou chamá-lo.

René esperou respeitosamente que seu superior lhe dirigisse a palavra.

— Muito bem! – disse Lucas. – Vai ser amanhã ou depois. O almirante respondeu: "Se o vento permitir, partirei amanhã mesmo". Nesse exato momento, vieram avisá-lo de que Nelson havia acabado de destacar seis das suas embarcações para Gibraltar; ele então chamou a bordo o almirante Gravina e, depois de discutir uns momentos com ele, mandou chamar todos os capitães que não eram do conselho e ordenou que se preparassem para fazer-se à vela. A esse sinal é que acabo de atender.

— O senhor pretende me atribuir algum serviço em especial? – perguntou René.

— Veja – disse Lucas –, o senhor não conhece nem o meu navio nem os meus homens. Por enquanto, vá conhecendo-os. Dizem que é excelente atirador; coloque-se num ponto elevado, de onde possa avistar o convés do navio que vamos enfrentar. Derrube o maior número de dragonas douradas que conseguir e, se partirmos para a abordagem, consulte apenas a sua inspiração. Fico com a sua machadinha, que me atrai. Pedi para que levassem o meu sabre de abordagem até o seu quarto. É grande demais para mim – Lucas acrescentou, rindo da sua baixa estatura –, será perfeito para o senhor.

Os dois homens se cumprimentaram, e René voltou ao seu quarto.

Lá, encontrou um belo damasceno de Túnis, de lâmina larga e curva. Era uma dessas têmperas finas com as quais, por meio de certo movimento do punho, corta-se ao meio um lenço indiano flutuando no ar.

Mas, no momento de partir, perceberam que, depois de dois meses e meio parados no porto de Cádiz e seus arredores, a deserção penetrara nas fileiras, e que os espanhóis, sobretudo, haviam perdido quase um décimo de suas tripulações.

Passaram o dia recolhendo o máximo possível de fugitivos pelas ruas de Cádiz, mas um bom número já havia alcançado o campo. No entanto, às sete da manhã do dia 19, o exército conjugado deu início ao seu movimento.

Nelson foi informado; ele se achava então, com o grosso da frota inglesa, a cerca de dezesseis léguas ao oeste-norte-oeste de Cádiz.

Sabendo que Villeneuve, caso chegasse antes dele no estreito, teria chances de escapar, foi na direção do estreito que ele seguiu, a fim de barrar sua passagem.

Mas não se aparelha facilmente no porto de Cádiz. Seis anos antes do almirante Villeneuve, o almirante Bruix levara três dias para sair de lá.

A calmaria e a corrente contrária logo detiveram o movimento do exército e, no dia de 19 de outubro, somente oito ou dez navios conseguiram transpor os canais.

No dia 20, uma brisa leve de sudeste facilitou a saída da esquadra; o tempo, esplêndido na véspera, cobrira-se durante a noite e parecia anunciar uma ventania de sudoeste; mas algumas horas de brisa manejável trariam a frota conjugada para o vento do cabo de Trafalgar e a tempestade, que alcançaria Villeneuve naquela posição, caso soprasse do leste para o sudoeste, só poderia ser favorável aos seus projetos.

Às dez horas da manhã, os últimos navios franceses e espanhóis estavam fora de Cádiz. A frota inglesa estava a poucas léguas do cabo Espartel, guardando a entrada do estreito.

Foi então que Villeneuve, resolvido a não recuar mais, escreveu ao almirante Decrès esta última missiva:

> Toda a esquadra está à vela... O vento está a sul-sul-oeste; mas acho que é um vento da manhã. Assinalaram-me dezoito velas. Assim, é provável que os habitantes de Cádiz tenham notícias nossas para lhe dar... Só consultei, senhor, nesta partida, o ardente desejo de me conformar às intenções de Sua Majestade e fazer todo o esforço para destruir o descontentamento que o tomou após os acontecimentos da última campanha. Caso esta seja bem-sucedida, será difícil para mim não acreditar que tudo era para ser assim, que tudo estava calculado para o melhor a serviço de Sua Majestade.

XCI
O PASSARINHO

Dois meses antes desse momento em que estamos, Nelson chegou a pensar que acabara para todo o sempre com a sua carreira militar. Estava retirado em sua magnífica casa de campo em Merton, com lady Hamilton. Lorde Hamilton havia morrido, e um único obstáculo impedia que os dois amantes se tornassem esposos: a existência de mrs. Nisbett, com quem Nelson se casara alguns anos antes.

Nelson, como dissemos, tencionava nunca mais voltar ao mar; cansado de triunfos, saturado de glória, sobrecarregado de honrarias, mutilado de corpo, ansiava por solidão e tranqüilidade.

Nessa expectativa, estava ocupado em mandar transportar para Merton todas as coisas preciosas que possuía em Londres.

A bela Emma Lyonna se achava, mais do que nunca, confiante no futuro, quando um relâmpago veio acordá-la no meio desse doce sonho.

Em 2 de setembro, ou seja, apenas doze dias após o regresso de Nelson, bateram à porta de Merton por volta das cinco horas da manhã. Nelson, pressentindo alguma mensagem do Almirantado, pulou da cama e foi ao encontro do visitante matinal.

Tratava-se do capitão Blackwood (madeira preta); ele vinha, de fato, do Almirantado com a notícia de que as frotas conjugadas da França e da Espanha, que Nelson tanto perseguira, estavam presas no porto de Cádiz.

Ao reconhecer Blackwood, Nelson exclamou:

– Aposto, Blackwood, que está me trazendo notícias das frotas conjugadas e que fui incumbido de destruí-las.

Era justamente isso que Blackwood vinha lhe anunciar, era essa destruição que se esperava dele.

Todos os belos projetos de Nelson se esvaneceram; ele agora só enxergava aquele cantinho de terra, ou melhor, de mar, onde se achavam as frotas conjugadas e, radiante, repetiu diversas vezes para Blackwood, com a segurança que lhe inspiravam suas vitórias passadas:

– Blackwood, esteja certo de que darei a Villeneuve uma lição que ele jamais esquecerá.

Sua intenção foi, de início, partir para Londres e preparar todo o necessário para a campanha, sem dizer nada a Emma sobre a nova missão de que se incumbira.

Somente na última hora lhe contaria tudo. Ela, porém, como se levantara com ele, e observara sua preocupação após a conversa com Blackwood, conduziu-o até uma parte do jardim que ele preferia a todas as outras e chamava de seu posto de líder.

– O que houve, meu caro? – perguntou-lhe. – Alguma coisa o está perturbando, e não quer me dizer.

Nelson fez um esforço para sorrir.

– Houve que sou o homem mais feliz do mundo. O que mais eu poderia querer, rico que sou do seu amor e rodeado pela minha família? Na verdade, eu não daria nem seis *pence* para ser o sobrinho do rei.

Emma o interrompeu.

– Eu o conheço, Nelson – disse ela –, e seria bobagem tentar me enganar. Sabe onde estão as frotas inimigas, considera-as sua presa, e seria o mais infeliz dos homens se outro homem as destruísse.

Nelson olhou para ela como que querendo interrogá-la.

– Muito bem, meu caro – continuou Emma –, destrua essas frotas, termine um assunto que começou tão bem; essa destruição será a recompensa pelos dois anos de cansaço que acaba de passar.

Nelson continuava olhando para a sua amante, mas, embora se calasse, seu rosto adquiria uma indizível expressão de gratidão.

Emma prosseguiu:

– Por maior que seja, para mim, a dor da sua ausência, ofereça, como sempre fez, os seus serviços à pátria e parta imediatamente para Cádiz. Esses serviços serão aceitos com gratidão, e o seu coração recobrará a tranquilidade. Terá uma última e gloriosa vitória e voltará feliz por encontrar aqui um digno repouso.

Nelson olhou para ela em silêncio durante alguns segundos e, com os olhos cheios de lágrimas, exclamou:

– Corajosa Emma! Boa Emma! Sim, você leu meu coração; sim, você penetrou meu pensamento. Se não houvesse mais Emma, não haveria mais Nelson. Foi você quem fez de mim o que sou; vou hoje mesmo para Londres.

O *Victory*, convocado por telégrafo, achava-se no Tâmisa naquela mesma noite, e no dia seguinte tudo foi preparado para a partida.

Permaneceram, no entanto, mais dez dias juntos. Nelson passou os últimos cinco quase que inteiramente no Almirantado; dia 11, fizeram uma última visita à sua cara Merton, ficaram a sós o dia 12 inteiro e foram se deitar.

Uma hora antes de raiar o dia, Nelson se levantou e passou para o quarto da filha, inclinou-se sobre a cama, rezou silenciosamente com grande unção e lágrimas abundantes.

Nelson tinha um espírito muito religioso.

Às sete horas da manhã, despediu-se de Emma: ela o acompanhou até o carro; lá, ele a estreitou demoradamente junto ao peito; ela chorava copiosamente, mas tentou sorrir em meio às lágrimas, dizendo:

– Não lute sem antes ter visto o passarinho.

Para ter a exata medida de um homem, não se deve medi-lo do alto de sua grandeza, mas sim do baixo de suas fraquezas.

É esta a lenda do passarinho de Nelson:

A primeira vez que Emma Lyonna viu o "herói do Nilo", como ele era chamado na época, foi, como dissemos, quando ele voltou da batalha de Abuquir. Passou mal ao abraçá-lo. Nelson mandou carregá-la até sua cabine e, enquanto ela voltava a si, um passarinho entrou pela janela e veio pousar no ombro de Horatio.

Ao abrir os olhos, Emma, que talvez nunca os tivesse totalmente fechado:

– Que passarinho é esse? – perguntou.

Nelson sorriu e respondeu, dizendo:

– É o meu gênio bom, senhora; quando cortaram determinada árvore para fazer o mastro do navio, havia nos seus ramos um ninho de tentilhões; todo triunfo que tive me foi anunciado pela visita deste bichinho encantador, estivesse eu em mares ingleses, indianos ou americanos. Decerto algum triunfo ainda me espera, para este passarinho vir assim me visitar. Mas, no dia em que eu combater sem o ter visto na véspera, ou no próprio dia do combate, vai me acontecer uma desgraça, tenho certeza.

E, com efeito, o passarinho lhe anunciava a sua mais bela vitória, a vitória sobre Emma Lyonna.

Durante o bombardeio de Copenhague, ele acordara com o canto desse pássaro, embora ignorasse totalmente como havia entrado em seu quarto.

Por isso é que Emma lhe dizia:

– Não lute sem antes ter visto o passarinho.

Nelson chegou a Portsmouth na manhã seguinte e, em 15 de setembro, fez-se ao mar.

Mas o tempo estava tão ruim que o *Victory*, o que quer que pretendesse fazer, foi forçado a ficar dois dias inteiros à vista da costa britânica.

Esse atraso permitiu a Nelson despachar para a sua amante, antes de se afastar, dois bilhetes repletos do mais profundo carinho por ela e pela filha, mas nos quais começavam a despontar tristes pressentimentos.

Finalmente, o tempo foi favorável, ele pôde sair da Mancha e, em 20 de setembro, às seis da tarde, correndo a toda vela, alcançou a frota de Cádiz, que consistia em vinte e três navios de reserva sob o comando do vice-almirante Collingwood.

Naquele mesmo dia, completava quarenta e seis anos.

No dia primeiro de outubro, deu a Emma, pela seguinte carta, a notícia de sua reunião com o almirante Collingwood, e de um dos ataques nervosos que o vinham acometendo desde que fora picado por uma cobra.

Eis a carta:

1º de outubro de 1805.

Minha mui querida Emma, é um alívio para mim pegar a pena e escrever-lhe uma linha; pois tive esta manhã, por volta das quatro horas, um dos meus dolorosos ataques de espasmos, o qual me deixou muito nervoso. Minha opinião é que um desses ataques há de me matar um dia. No entanto, já passou, e só me resta dessa indisposição uma imensa fraqueza. Escrevi, ontem, durante sete horas; o cansaço deve ter sido a causa do acidente.

Alcancei a frota já bem tarde, na noite de 20 de setembro, e só consegui me comunicar com ela na manhã seguinte. Acho que minha chegada foi muito bem-vista, tanto por parte do comandante da frota como de todos os indivíduos que a constituem e, quando expliquei aos oficiais o meu plano de batalha, foi para eles como uma revelação, que os fez pular de entusiasmo. Alguns até vertiam lágrimas. Era novo, era singular, era simples, e se pudermos aplicar esse plano à frota francesa, a vitória é certa: "Está cercado de amigos cheios de confiança no senhor!", gritavam os oficiais todos. Talvez exista um Judas no meio deles, mas a maioria está certamente muito feliz com o meu comando.

Acabo de receber, neste instante, cartas da rainha e do rei de Nápoles, em resposta às minhas cartas de 18 de junho e 12 de julho últimos. Nem uma palavra para você! Na verdade, esse rei e essa rainha fariam corar a própria Ingratidão! Junto cópias dessas cartas à minha, que na primeira oportunidade partirá para a Inglaterra e lhe dirá o quanto a amo.

Nada de passarinho ainda, mas não houve tempo perdido.

Meu corpo mutilado está aqui; meu coração, inteiro, está com você.

H. N.

Exatamente um mês depois de Nelson juntar-se à frota de Collingwood, o almirante Villeneuve recebeu do governo francês, como dissemos, ordens de fazer-se ao mar, transpor o estreito, lançar as tropas nas costas de Nápoles e, depois de varrer do Mediterrâneo os navios ingleses, voltar para o porto de Toulon.

A frota conjugada, que se compunha de trinta e três navios de linha, dezoito franceses e quinze espanhóis, começou a aparecer no domingo 20 de outubro, às sete horas da manhã, empurrada por uma brisa leve.

Na manhã do mesmo dia, a batalha parecia iminente, Nelson escreveu duas cartas, uma para a sua amante, outra para Horatia.

Minha mui querida e amada Emma, recebi o sinal de que a frota inimiga está saindo do porto; estamos com pouquíssimo vento, de modo que não tenho esperança de alcançá-la antes de amanhã; queira o deus das batalhas coroar nossos esforços com um sucesso glorioso. Em todo caso, vitorioso ou morto, tenho certeza de que meu nome se tornará mais caro a você e a Horatia, que amo, ambas, mais que a minha própria vida.

Reze por seu amigo,

Nelson.

Depois, escreveu a Horatia:

Victory, 19 de outubro de 1803.

    Querido anjo, sou o homem mais feliz deste mundo por ter recebido a sua cartinha de 19 de setembro. É para mim uma satisfação imensa saber que você tem sido uma boa menina e gosta da minha querida lady Hamilton, que por sua vez adora você. Dê a ela um beijo por mim. A frota conjunta dos inimigos está saindo, pelo que me disseram, de Cádiz; por isso me apresso em responder a sua carta, querida Horatia, para dizer que você é sempre o objeto dos meus pensamentos. Tenho certeza de que reza a Deus pela minha salvação, pela minha glória e pelo meu rápido retorno a Merton.

    Receba, querida menina, a bênção de seu pai,

Nelson.

No dia seguinte, ele acrescentou o seguinte pós-escrito à carta de Emma:

20 de outubro pela manhã.

    Chegamos à embocadura do estreito; disseram-me que se vêem de longe quarenta velas. Suponho que são trinta e três navios de linha e sete fragatas, mas estando o vento muito frio e o mar agitado, creio que hão de voltar para o porto antes do anoitecer.

Por fim, no momento em que avistou a frota conjugada, Nelson escreveu em seu diário pessoal:

> Queira o grande Deus, perante o qual me prosterno em adoração, conceder à Inglaterra, no interesse geral da Europa oprimida, uma grande e gloriosa vitória, e queira ele também permitir que essa vitória não seja obscurecida por nenhuma falha por parte dos que vão combater e triunfar. Quanto a mim pessoalmente, entrego a minha vida nas mãos daquele de quem a recebi. Que o Senhor abençoe os esforços que vou fazer para servir fielmente à minha pátria. Confio e entrego, a ele somente, a santa causa de que ele neste dia dignou nomear-me defensor. *Amém! Amém! Amém!*

Então, depois dessa oração, em que encontramos essa mescla de misticismo e entusiasmo que, em certos momentos, transparece sob a grossa casca do homem do mar, ele redigiu seu testamento de morte:

21 de outubro de 1805,
à vista das frotas reunidas da França e Espanha,
cerca de dez milhas distantes de nós.

Considerando-se que os eminentes serviços prestados ao rei e à nação por Emma Lyonna, viúva de sir William Hamilton, nunca receberam nenhuma recompensa por parte do rei ou da nação;

Lembro notadamente aqui:

1) Que lady Hamilton obteve, em 1799, a comunicação de uma carta do rei da Espanha ao seu irmão o rei de Nápoles, na qual o avisava da sua intenção de declarar guerra à Inglaterra e que, alertado por esta carta, o ministro pôde enviar a sir John Jervis a ordem de atacar, se a oportunidade se apresentasse, os arsenais da Espanha e a frota espanhola, e que, se nada disso foi feito, não foi por culpa de lady Hamilton;

2) Que a frota britânica, sob o meu comando, não poderia ter voltado uma segunda vez para o Egito se, por influência de lady Hamilton sobre a rainha de Nápoles, não fosse dada ordem ao governador de Siracusa para que permitisse à frota aprovisionar-se de todo o necessário nos portos da Sicília, e que eu obtivesse assim tudo o que precisava e pudesse para destruir a frota francesa.

Conseqüentemente, deixo ao meu rei e à minha pátria o cuidado de recompensar esses serviços e assegurar amplamente a sobrevivência de lady Hamilton.

Confio também à benevolência da nação minha filha adotiva Horatia Nelson Thomson, e desejo que de agora em diante ela use o sobrenome Nelson.

São esses os únicos favores que peço ao rei e à Inglaterra, neste momento em que vou arriscar a vida por eles. Que Deus abençoe meu rei e meu país, e todos aqueles que me são caros!

Nelson.

Todas as precauções que tomou para recomendar e assegurar o futuro de sua amante são provas de que Nelson estava sendo acometido de pressentimentos mortais. E para dar ainda mais autenticidade aos atos que acabara de registrar em seu diário, chamou seu capitão de pavilhão, Hardy, e o capitão Blackwood, do *Euryale*, esse mesmo que fora buscá-lo em Merton e, como testemunhas, pediu que assinassem esse ato testamentário. Os dois nomes se encontram, com efeito, no diário de bordo, ao lado do de Nelson.

XCII
TRAFALGAR

Naquela época, ou seja, 21 de outubro de 1805, só existia na França uma maneira de travar uma batalha naval: avançar sobre o inimigo, se possível com a superioridade do vento, numa só linha, atacar o navio que estava à sua frente, destruí-lo ou ser destruído por ele, deixando ao acaso o cuidado de medir a força de cada um.

Havia também outros princípios, quase ordens, que tornavam o combate menos perigoso para os nossos inimigos do que para nós.

As instruções oficiais publicadas sob os auspícios da Marinha recomendavam formalmente que não se esquecesse que o primeiro e principal objetivo de um combate naval é desenxarciar e desmastrear o inimigo.

"Foi freqüentemente observado – diz o general inglês sir Edward Douglas – que, em nossas lides com os franceses, nossos navios sempre sofreram mais nas enxárcias que no casco."

Enfim, a artilharia inglesa era admiravelmente servida; seus canhões davam um tiro por minuto, enquanto que nós apenas dávamos um tiro a cada três minutos.

Resultava dessa diferença de tiro que os ingleses enchiam nossas pontes de cadáveres, enquanto nossas balas, buscando os mastros e os cordames, chegavam a atirar cinco ou seis salvas sem nenhum efeito. Uma embarcação inglesa de setenta e quatro, ao contrário, lançava no espaço saraivadas de três mil libras de ferro que percorriam quinhentos metros por segundo.

Quando essas três mil libras de ferro topavam com o casco de um navio, ou seja, um obstáculo penetrável que se estilhaçava e explodia em fragmentos mais mortíferos que a própria bala, em vez de desperdiçar, como nós fazíamos, essa força irresistível, elas trituravam o casco da embarcação, desmantelavam os canhões, matavam, enfim, tudo o que encontravam pela frente.

"É a essa chuva de balas – escrevia Nelson ao Almirantado – que a Inglaterra devia o império absoluto dos mares e ele próprio devera, cinco anos antes, a vitória de Abuquir."

E quanto a essa maneira de combater em linha, Nelson renunciara a ela havia tempos e substituíra por outra a que ainda não estamos habituados.

Ele formava seu exército em colunas, representando os dois braços de um V, de ponta aguda, ou seja, esta que devia abrir a linha francesa; posicionava seu navio como o canto macedônio[1]; essa extremidade abria tudo o que achava à sua frente, fazia fogo pelos dois bordos, ultrapassava a linha, recolhia-se em seguida; a coluna oposta fazia o mesmo e, antes que se pudesse socorrer os navios cercados, já estavam destruídos.

No conselho que mantivera dois dias antes, o almirante Villeneuve dissera:

Todos os esforços dos nossos navios devem tender a socorrer os navios atacados, a se aproximar do navio almirante, que dará o exemplo. É muito mais com a sua coragem e com o seu amor pela glória que um capitão comandante deve se aconselhar do que com sinais que o almirante, ele próprio envolvido no combate e cercado de fumaça, talvez não tenha mais condições de dar:

Todo capitão que não estiver no fogo não estará em seu posto; e um sinal para chamá-lo de volta seria para ele uma mácula desonrosa.

Nelson dissera:

Depois de dividir a minha frota em dois exércitos, vou travar dois combates distintos: um combate ofensivo, que reservo para Collingwood, um combate defensivo de que eu mesmo quero me encarregar. Villeneuve vai se movimentar, provavelmente, num espaço de cinco ou seis milhas; vou me jogar sobre ele e separá-lo em duas divisões; vou então deixar para Collingwood a vantagem do número e o cuidado de suportar sozinho o peso de forças superiores.

---

1. Formação de infantaria em triângulo, a ponta na direção do inimigo, que, segundo Xenofonte, teria sido utilizada pela primeira vez por Creso na batalha de Timbra.

A frota inglesa é composta de quarenta navios e a frota franco-espanhola, de quarenta e seis. Collingwood, com dezesseis navios, vai atacar doze navios inimigos; eu, com os vinte e quatro restantes, vou conter os outros trinta e quatro, e não só vou contê-los, como vou me jogar no centro deles, em cima dos navios que vão estar ao redor do comandante-chefe: vou isolar, com esse movimento, o almirante Villeneuve do seu exército, e impedir que ele transmita ordens à vanguarda.

Assim que der a conhecer as minhas intenções ao comandante da segunda coluna, a condução total e o comando absoluto dessa coluna caberão a ele; ele é que terá de conduzir o ataque como bem entender, e perseguir a sua vantagem até o momento em que capturar ou destruir os navios que tiver cercado. *Vou cuidar para que os outros navios inimigos não o interrompam.* Quanto aos capitães da frota, se durante o combate não puderem avistar ou compreender de todo os sinais do almirante, que fiquem tranqüilos, não poderão errar se posicionarem seus navios bordo a bordo com um navio inimigo.

A essa explanação tão simples dos mais fecundos princípios da tática naval, a câmara do conselho do *Victory*, onde se achavam reunidos os oficiais-generais e os capitães-de-esquadra, ressoou num longo grito de entusiasmo.

Parecia – escreveu Nelson ao Almirantado – um choque elétrico. Alguns oficiais ficaram comovidos até as lágrimas. Todos aprovaram o plano de ataque; acharam que era novo, imprevisível e fácil de compreender e executar e, do primeiro dos almirantes ao último dos capitães, todos exclamaram: "O inimigo estará perdido se conseguirmos alcançá-lo."

Muito ao contrário de Nelson, que de antemão se via vencedor, Villeneuve marchava para o combate, mas sem confiança. Naquela frota de valentes leais, constituída de tantos homens instruídos e bem-sucedidos, ele sentia um germe de destruição* sem conseguir dizer em que consistia. A lembrança de Abuquir

---

* Cf. o excelente livro do sr. Jurien de la Gravière, *Les guerres maritimes*, vol. 2, p. 179. (N.A.) [*Guerres maritimes sous la République et l'Empire*, do capitão-de-navio E. Jurien de la Gravière, com os planos das batalhas navais do cabo São Vicente, Abuquir, Copenhague, Trafalgar e um mapa do Sund, estabelecidos e impressos por S. H. Dufour, geógrafo (Paris, Charpentier, 1853), p. 169.]

estava na base de seus temores; a falta de experiência marítima de nossos oficiais, a falta de experiência de guerra de nossos capitães comandantes, a falta de confiança dos soldados, a falta de conjunto no geral era objeto de suas eternas correspondências.

A brisa, que conduzira para fora do porto o navio de Villeneuve e de Gravina, amainara; retardado em seu avanço pela inexperiência de alguns navios espanhóis, que haviam caído sob o vento com a vela no primeiro riz, o exército conjugado se afastava lentamente da costa.

Nelson, avisado de nossa saída por suas fragatas, já acorria a toda vela para combatê-lo. Às violentas borrascas, porém, sucedeu-se uma nova calmaria, e sobreveio a noite antes que as duas frotas chegassem a se reconhecer.

Fez-se fogo em pontos diversos; tiros de canhão, repetidos de tempos em tempos e que, indicando ao almirante Villeneuve, pela distância que o som levava para percorrer, que seria inútil tentar disfarçar sua marcha aos adversários, fizeram-lhe sentir a necessidade de reunir sua frota numa ordem mais compacta.

No dia seguinte, por volta das sete da manhã, o almirante deu sinal para que se formasse a linha de batalha na ordem natural, amuras a estibordo.

Ao perceber esse movimento, Nelson compreendeu que a tão desejada batalha ocorreria naquele mesmo dia. Mandou arrimar os móveis do navio para o combate e retirar das paredes da galeria o retrato de lady Hamilton a fim de colocá-lo ao abrigo das balas, nas entrecobertas.

A frota conjunta avançava em ordem cerrada de batalha, com uma determinação e uma rapidez que diminuíam a distância a cada onda.

Uma brisa fraca de oeste-norte-oeste mal inflava as velas mais altas dos navios, carregados pelas compridas ondulações da vaga, sintoma infalível de uma tempestade iminente. A frota inglesa avançava à velocidade de uma légua por hora, e dividira-se, segundo o plano de Nelson, em duas colunas.

O *Victory*, ocupado por Nelson, conduzia a primeira esquadra; tinha atrás de si dois navios de noventa e oito, o *Téméraire* e o *Neptune*, aríetes de bronze destinados a abrir o primeiro buraco na linha inimiga. O *Conquérant* e o *Léviathan*, de setenta e quatro, vinham atrás do *Neptune* e precediam o *Britannia*, navio de cem canhões, que trazia o pavilhão do contra-almirante conde de Northesk[2].

---

2. Dumas, segundo costume de seu tempo, às vezes afrancesa os nomes dos navios ingleses ou espanhóis.

Separado desse primeiro grupo por um intervalo bastante grande, vinha o *Agamemnon*, um dos primeiros navios que Nelson ocupou, e que guiava nas águas do *Britannia* quatro navios de setenta e quatro, o *Ajax*, o *Orion*, o *Monitor* e o *Spartiate*.

Haviam chegado ao alcance dos canhões. Villeneuve, por uma precaução seguidamente ordenada no mar, mas pouco oportuna dessa vez, ordenara que só atirassem quando estivessem a um bom alcance; como as duas colunas inglesas apresentavam um grande acúmulo de navios, cada golpe teria sido certeiro: não haveria espaço para que as balas passassem além.

Por volta do meio-dia, a coluna do sul, comandada pelo almirante Collingwood, antecipando em quinze minutos a do norte, comandada por Nelson, alcançou o meio da nossa linha na altura do *Santa Anna*. O *Belle-Isle* e o *Mars* o seguiam; o *Tonnant* e o *Bellérophon* cerravam fileiras com o *Mars*; o *Colossus*, o *Achille* e o *Polyphème* seguiam o *Bellérophon* a uma distância de duzentos metros; mais à direita, o *Revenge* trazia atrás dele o *Swiftsure*, o *Thunder* e o *Defence*; o *Dreadnought* e o *Prince*, ambos veleiros ruins, navegavam entre as duas colunas, mas faziam parte igualmente da esquadra de Collingwood.

A esquadra inglesa carregava dois mil cento e quarenta e oito canhões. A esquadra francesa, mil trezentos e cinqüenta e seis, a esquadra espanhola, mil duzentos e setenta.

O pavilhão do almirante Villeneuve arvorava-se a bordo do *Bucentaure*; o do almirante Gravina flutuava a bordo do *Prince des Asturies*, navio de cento e doze canhões. O contra-almirante Dumanoir ocupava o *Formidable*, o contra-almirante Magon, o *Algésiras*; dois magníficos navios de três passadiços, o *Santísima Trinidad*, de cento e trinta canhões, e o *Santa Anna*, de cento e doze, traziam os pavilhões, o primeiro do contra-almirante Cisneros, e o segundo do contra-almirante Alava.

Dez navios, atrapalhados em sua evolução pela calmaria e pela vaga, não estavam em seus postos de batalha e formavam como que uma segunda fileira de navios na retaguarda da linha.

Eram esses o *Neptune*, o *Scipion*, o *Intrépide*, o *Rayo*, o *Formidable*, o *Duguay-Trouin*, o *Mont-Blanc* e o *San Francesco di Assisi*.

Os três primeiros navios do corpo de batalha estavam agrupados em torno do *Bucentaure*; era, à frente do almirante, o *Santísima Trinidad*; era o *Redoutable* nas suas águas; era, por fim, sob o vento, o *Neptune* entre o *Bucentaure* e o *Redoutable*.

O capitão Lucas, ao ver o ponto para o qual deveriam convergir as duas colunas inglesas, guiadas, uma pelo *Victory* e outra pelo *Royal Souverain*, manobrou de modo a estar, na hora do choque, entre o *Bucentaure* e o *Santa Anna*. Tinha junto de si, na tilha, um jovem oficial desconhecido de todos, que não era outro senão René.

René estava armado de um sabre de abordagem e de sua carabina.

Avistava-se Nelson, por sua vez, em pé em sua tilha ao lado de Blackwood, capitão do *Euryale*, que dividia com Hardy, o capitão de pavilhão, sua confiança e seu afeto.

Foi nesse momento que, chamando para junto de si um dos oficiais ligados ao seu estado-maior:

– Senhor Pasco – disse-lhe –, dirija esta palavra de ordem ao exército: *England expects every man will do his duty!* ("A Inglaterra espera que cada homem cumpra o seu dever".)

Nelson trajava um uniforme azul, usava no peito as condecorações da ordem do Bain, de Ferdinando e do Mérito, a de Joaquim, a da ordem de Malta e, enfim, o Crescente otomano[3].

O capitão Hardy aproximou-se:

– Pelo amor de Deus, comandante – disse ele –, troque o uniforme; esses enfeites todos no seu peito vão servir de alvo para todos os tiros.

– Tarde demais – disse Nelson –, já me viram com este uniforme, não posso mais usar outro.

Então, pediram que ele pensasse em sua patente de general-chefe e que não fosse o primeiro a se engalfinhar, como um navio de vanguarda, no meio da massa cerrada dos navios da frota conjunta.

– Deixe – disse Hardy –, deixe que o *Léviathan*, que vem atrás do seu navio, passe à frente e receba o primeiro fogo dos franceses.

– Está certo – ele respondeu, sorrindo –, que o *Léviathan* passe à minha frente, se puder. – E, voltando-se para Hardy: – Enquanto isso, abram as velas – disse.

---

3. A ordem napolitana de São Ferdinando e do Mérito, instituída pelo rei das Duas Sicílias em 1800, destinava-se a recompensar os serviços prestados ao Estado e ao soberano, e compreendia 24 grã-cruzes; a ordem de São Joaquim foi criada em 1755 pelo duque de Saxe-Cobourg-Saafeld; a ordem militar de Malta ou de São João Batista pertencia aos reis da Espanha desde o tratado de paz de Amiens (1802).

Foi só então que os capitães deixaram o convés do *Victory* para retornar cada qual para o seu navio.

Ao dar-lhes adeus do alto da escada da popa, apertou afetuosamente a mão do capitão Blackwood, que o cumprimentava efusivamente pela vitória.

A noite literalmente sumia sob a frota inglesa.

– Quantos desses navios rendidos ou afundados nos parecerão um testemunho suficiente de uma grande vitória? – ele perguntou, rindo, a Blackwood.

– Uns doze ou quinze – respondeu Blackwood.

– Não é o suficiente – disse Nelson. – Por mim, não me contento com menos de vinte navios. – E, a fronte ensombrecendo: – Adeus, Blackwood – disse ao amigo. – Que Deus todo-poderoso o abençoe; não vou tornar a vê-lo.

Não coube a Nelson, entretanto, a honra de dar os primeiros tiros. O cabeça de coluna do almirante Collingwood passava, pela obliqüidade de sua marcha, dos limites da coluna comandada por Nelson. Foi ele quem rompeu a linha de batalha dos espanhóis e dos franceses; o navio *Royal Souverain*, ocupado por Collingwood, precipitou-se contra o navio espanhol de três passadiços, o *Santa Anna*, e, grudando estibordo com estibordo a esse navio, cobriu-o com fogo de metralha e fumaça.

– Bravo Collingwood! – exclamou Nelson, mostrando o buraco aberto no centro do inimigo. – Veja, Hardy, veja como ele joga o navio dele no fogo, sem olhar nem para a frente, nem para trás, nem para o lado. O caminho está aberto, peguem, todos, o vento.

Enquanto Nelson bradava assim no tombadilho do *La Victoire*, Collingwood, no meio de tantos trovões, bradava por sua vez, dirigindo-se ao seu capitão de pavilhão, Rotheram:

– Ah! Como Nelson ia gostar de estar aqui!

Não tardaria a estar. As balas de sete canhões da frota conjugada já passavam por sobre a sua cabeça, rasgavam as velas e sulcavam o convés.

O primeiro a cair a bordo do *Victory* foi um rapaz chamado Scott, secretário de Nelson; enquanto conversava com o almirante e Hardy, foi partido ao meio por uma bala.

Como Nelson gostava muito daquele rapaz, Hardy mandou em seguida retirar o cadáver, a fim que sua visão não entristecesse o almirante.

Quase no mesmo instante, duas balas enramadas jogaram sobre o convés oito homens com o corpo partido ao meio.

– Oh! – disse Nelson. – Aí está um fogo intenso demais para durar muito tempo.

No mesmo instante, o vento de uma bala de canhão, passando diante da boca de Nelson, cortou-lhe a respiração e por pouco não o asfixiou.

Ele se agarrou ao braço de um dos seus tenentes, por vários minutos cambaleou, sufocado, e voltando a si:

– Não foi nada – disse –, não foi nada.

Aquelas balas provinham do *Redoutable*.

O costume da época, como dissemos, era atirar nos mastros e nos cordames, mas esse não era o costume de Lucas.

– Meus amigos – ele dissera aos canhoneiros antes de iniciar o fogo –, atirem baixo! Os ingleses não gostam de ser mortos.

E eles estavam atirando baixo.

O *Victory* ainda não fizera fogo.

– Temos três navios à mão; qual dos três temos de abordar? – perguntou Hardy a Nelson.

– O mais próximo – respondeu Nelson. – Aliás, escolha você.

O *Redoutable* é que até então causara mais danos ao *Victory*; Hardy ordenou aos timoneiros que dirigissem o *Victory* para cima do *Redoutable* e grudassem nesse navio, escotilha com escotilha.

– Acho – disse René a Lucas – que está na hora de assumir meu posto no cesto de gávea.

E correu para os cordames da gávea de mezena.

Durante a subida de René, os dois navios cuspiram um no outro toda a metralha de seus flancos. Bateram-se num choque tão estrondoso que parecia que um dos dois havia estripado o outro, o que poderia ter acontecido se a força do vento, que se engolfava naquela massa de velas misturadas, não fizesse recuar o *Redoutable*, o qual, em seu movimento de recuo, arrastou consigo o *Victory*.

Os navios que seguiam Nelson passaram pela abertura que aquele vazio deixara na linha de batalha e, dividindo-se uns para a esquerda, outros para a direita, separaram em grupos os fragmentos da frota conjugada.

Era meio-dia; começara o combate. Os ingleses arvoraram o pavilhão de São Jorge, o *yacht* de cauda branca; os espanhóis, desfraldando simultaneamente a bandeira de Castela, suspenderam uma comprida cruz de madeira abaixo do pavilhão, e ao grito sete vezes repetido de "Viva o imperador!", o estandarte tricolor ergueu-se na proa de cada navio francês.

Foi então que os seis ou sete navios que cercavam Villeneuve abriram fogo, ao mesmo tempo, sobre o *Victory*. Com o *Redoutable* de través, duzentas bocas-de-fogo troando contra ele não conseguiram detê-lo. Passou por trás do *Bucentaure*, ao alcance da pistola; uma caronada de sessenta e oito, sob o castelo de proa, vomitou pelas janelas de popa do navio francês uma bala de canhão redonda e quinhentas balas de fuzil; cinqüenta peças carregadas de projéteis duplos e triplos estilhaçaram a traseira do *Bucentaure*, desmontaram vinte e sete canhões e deixaram suas baterias repletas de mortos e feridos.

O *Victory* atravessou lentamente a linha que acabara de ser rompida pelo terrível abrasamento do *Redoutable*. Presos bordo com bordo, os dois navios continuaram derivando da linha; das gáveas e baterias do *Redoutable*, vieram as respostas às descargas do *Victory* e, nesse combate, mais de mosquetaria que de artilharia, nossos marinheiros recuperaram a vantagem. Em poucos instantes, os passadiços e as gáveas do *Victory* estavam juncados de cadáveres; dos cento e dez homens que estavam a bordo antes do início da ação, somente vinte ainda conseguiam combater; as entrecobertas estavam atulhadas de feridos; moribundos eram para lá levados sem parar. À vista dessas braçadas de feridos, pernas quebradas, braços apartados do corpo, os cirurgiões se olhavam estupefatos; o capelão do *Victory*, desatinado de pavor, desvairado de emoção, queria fugir daquela *bancada de açougue*, como ainda diria dez anos depois; precipitou-se para o passadiço, em meio ao tumulto; através da fumaça, reconheceu Nelson e o capitão Hardy passeando no tombadilho. De súbito, Nelson, para o qual ele corria, de braços estendidos, caiu no passadiço como que fulminado.

Era precisamente uma hora e quinze.

Uma bala vinda da gávea de mezena do *Redoutable* abatera-o de alto a baixo e, mergulhando em seu ombro esquerdo sem ser amortecida pela dragona, quebrara-lhe a coluna vertebral.

Ele se achava no exato lugar em que fora abatido seu secretário, e caiu com o rosto em seu sangue. Tentou se erguer sobre um joelho com a ajuda do único braço que lhe restava. Hardy, que estava a dois passos, voltou-se com o barulho da queda, precipitou-se e, ajudado por dois marujos e o sargento Secker, colocou-o de pé.

Mas Nelson respondeu:

– Desta vez, Hardy, eles acabaram com Nelson.

– Oh! É claro que não! – exclamou o capitão.

– Acabaram, sim – disse Nelson. – Senti, pelo abalo do meu corpo inteiro, que a minha coluna vertebral se quebrou.

Hardy ordenou em seguida que levassem o almirante ao posto dos feridos. Enquanto os marujos o carregavam, Nelson percebeu que os cordames com os quais se manobrava o leme tinham sido partidos pela metralha. Observou o fato ao capitão Hardy, que ordenou a um *midshipman* que substituísse os cabos partidos por cabos novos.

Depois, tirou o lenço do bolso, cobriu com ele o rosto e as condecorações para que os marujos não o reconhecessem e não descobrissem que estava ferido.

Quando chegou às entrecobertas, o sr. Beatty, cirurgião de bordo, correu para prestar-lhe socorro.

– Oh! Meu caro Beatty – disse Nelson –, por maior que seja a sua ciência, não pode nada por mim, estou com a coluna vertebral quebrada.

– Espero que seu ferimento não seja tão grave como imagina, Excelência – disse o cirurgião.

Nisso, o reverendo sr. Scott, capelão do *Victory*, também se aproximou de Nelson, que o reconheceu e gritou com voz entrecortada pela dor, porém cheia de força:

– Meu reverendo, dê minhas lembranças a lady Hamilton, a Horatia, a todos os meus amigos; diga a eles que fiz meu testamento e que lego ao meu país lady Hamilton e minha filha Horatia... Guarde bem o que lhe digo nesta hora, e nunca o esqueça!...

Nelson foi levado para uma cama, a duras penas tiraram-lhe o uniforme e o cobriram com um lençol.

Enquanto realizavam essa operação, disse ele ao médico:

– Doutor, estou perdido! Doutor, estou morto!

O sr. Beatty examinou o ferimento; assegurou a Nelson que poderia sondá-la sem causar-lhe muita dor; sondou-a, de fato, e reconheceu que a bala penetrara no peito e só se detivera na espinha dorsal.

– Tenho certeza – disse Nelson, enquanto o sondavam – de que estou com o corpo perfurado de parte a parte.

O doutor examinou as costas, estavam intactas.

– Está enganado, milorde – disse ele. – Mas tente me explicar o que está sentindo.

– Sinto – disse o ferido – como uma onda de sangue subindo a cada respiração... A parte inferior do meu corpo está como morta... Estou respirando com dificuldade e, embora o senhor diga o contrário, afirmo que estou com a espinha dorsal quebrada.

Esses sintomas indicaram ao cirurgião que não deviam ter esperanças; mas a gravidade do ferimento não foi revelada a ninguém a bordo, com exceção do cirurgião, do capitão Hardy, do capelão e dos dois cirurgiões auxiliares.

Contudo, apesar de todas as precauções de Nelson para que não se soubesse da catástrofe que acabara de ocorrer, no *Redoutable* ela já era conhecida.

No momento em que Nelson caíra no passadiço, uma voz forte, ouvida por toda a tripulação, gritou da gávea de mezena:

– Capitão Lucas, abordar! Nelson está morto.

XCIII
O DESASTRE

Lucas correu para os cordames e, chegando a uns vinte pés de altura, percebeu, com efeito, que o passadiço do *Victory* estava deserto.

No mesmo instante, chamou sua divisão de abordagem; em menos de um minuto o convés do navio francês se cobriu de homens armados que corriam para o tombadilho, as amuradas e os ovéns.

Os canhoneiros do *Victory* abandonaram suas peças para rechaçar esse novo ataque. Assaltados por uma chuva de granadas e um fogo de mosquetaria, logo se retiraram desordenadamente para dentro da primeira bateria.

A velocidade do *Victory* o protegia, e os marujos do *Redoutable* em vão se esforçaram para escalar suas amuradas. O capitão Lucas ordenou que cortassem as lingas da verga grande e a jogassem, atravessada, feito uma ponte entre dois navios.

De outro lado, o aspirante Yon e quatro marujos, com auxílio da âncora suspensa nas mesas das enxárcias do *Victory*, conseguiram chegar ao passadiço do navio inglês. As colunas de abordagem perceberam o caminho que eles haviam percorrido: o imediato do *Redoutable*, tenente de navio Dupotet, precipitou-se à frente delas.

Foi o *Téméraire* que, depois de transpor a linha, veio se jogar debaixo do gurupés do inimigo.

Duzentos homens foram derrubados nessa única salva de artilharia.

O *Téméraire* tornou a atravessar o caminho do navio francês e, mais uma vez, o fulminou com sua artilharia. Com isso, foi-se o pavilhão, mas um homem, quase desconhecido da tripulação do capitão Lucas, correu para a caixa de pavilhões, pegou outro pavilhão tricolor e foi suspendê-lo na verga.

Todavia, como se não bastassem dois navios de três passadiços para combater um de dois passadiços, mais um inimigo veio juntar-se aos dois primeiros a fim de liquidar o *Redoutable*.

O navio inglês *Neptune* pegou-o pela popa e desfechou-lhe uma salva de artilharia que rompeu seu mastro de mezena e seu mastro de ré. O pavilhão mais uma vez se desfez sob uma chuva de ferro, mas o grande mastro permaneceu; o mesmo homem, que já havia suspendido o pavilhão numa verga, precipitou-se para o grande mastro e suspendeu mais um nas vergas de joanete. Depois, devolveu ao *Téméraire* um fogo vingador que o desmastreou e matou cinqüenta de seus homens.

Uma nova salva do *Neptune* destruiu um dos costados do *Redoutable*, inutilizou seu leme e abriu, em sua linha de flutuação, vários rombos de bala de canhão que levaram torrentes de água para dentro do porão.

Todo o estado-maior foi ferido, dez dos onze aspirantes foram mortalmente abatidos. Dos seiscentos e quarenta e três homens da tripulação, quinhentos e vinte e dois estavam fora de combate, entre os quais trezentos mortos e duzentos e vinte e dois feridos. Por fim, uma bala de canhão quebrou o mastro grande, que caiu, arrastando com ele o terceiro pavilhão.

O mesmo homem que já repusera os outros dois procurava um lugar para colocar o terceiro, mas a embarcação estava totalmente desarvorada e Lucas o deteve, dizendo com sua voz sempre calma:

– É inútil, René, estamos afundando.

O *Bucentaure* estava num estado não menos deplorável; enfiara seu gurupés na galeria do *Santísima Trinidad* e esforçava-se em vão para soltá-lo; fulminados em sua terrível imobilidade, primeiro pelo *Victory* e depois por quatro navios de Nelson, esses dois navios, que contavam com duzentas e dez peças de canhão e cerca de dois mil combatentes, continuavam massacrando, com explosões de suas duplas baterias, os navios que, por sua vez, os massacravam a distância.

Villeneuve, em pé no tombadilho, recobrando, no desespero de sua situação, a determinação que não tivera em combate, Villeneuve crescia, iluminado pelo fogo do *Bucentaure* e do *Santísima Trinidad*, e pelo dos quatro navios inimigos que o atacavam ao mesmo tempo.

Via caírem ao seu redor, um depois do outro, todos os seus oficiais; trancado em sua posição, era forçado a suportar um fogo acachapante por trás e pela direita, sem conseguir fazer uso de suas baterias de esquerda.

Passada uma hora de combate, ou melhor, de agonia, vira cair ferido o capitão de pavilhão Magendi. O tenente Dandignon, que o substituíra, caíra por sua vez, igualmente ferido e substituído pelo tenente Fournier. O grande mastro e o mastro de mezena, um depois do outro, desabaram sobre o passadiço causando uma confusão atroz. Foi arvorado um pavilhão ao mastro de mezena; mergulhado numa densa nuvem de fumaça, que o pouco vento que soprava deixava condensar-se em torno do conjunto inflamado dos navios, o almirante já não discernia o que se passava no restante da esquadra. Tendo avistado, graças a uma melhora no tempo, os navios de cabeça – eram doze, ainda imóveis – ordenou-lhes, arvorando seus sinais no último mastro que lhe restava, que virassem de bordo todos ao mesmo tempo e se engajassem no fogo.

Então, a noite se adensou novamente, ele não viu mais nada e, às três horas, seu terceiro mastro caiu sobre o passadiço e terminou de enchê-lo de destroços.

Ele então tentou lançar ao mar um de seus botes; os do passadiço tinham se quebrado com a queda dos mastros; os dos flancos do navio estavam transpassados de balas de canhão; dois ou três chegaram a afundar ao encostar no mar.

Durante todo o combate, Villeneuve se fizera presente nos locais mais ameaçados, não pedindo à sorte nada além de uma bala de canhão, de mosquete ou de fuzil.

A sorte lhe reservava o suicídio.

O navio almirante espanhol, abandonado pelos outros sete navios de sua nação, rendeu-se após quatro horas de combate, e o restante da esquadra espanhola deixou-se derivar à brisa que a levava de volta para a costa de Cádiz.

Entretanto, a tripulação do *Victory* soltava um hurra de alegria a cada vez que uma embarcação francesa recolhia o pavilhão e, a cada um desses hurras, Nelson, esquecendo-se de seu ferimento, perguntava:

– O que houve?

Então, explicavam-lhe o motivo dos gritos, e o ferido expressava imensa satisfação. Ele padecia de ardente sede, pedia seguidamente de beber e rogava que o abanassem com um leque de papel.

Como gostasse muito do capitão Hardy, não cessava de manifestar receio pela vida desse oficial; o capelão e o cirurgião procuravam tranqüilizá-lo sobre esse ponto. Despachavam ao capitão Hardy mensagem atrás de mensagem dizendo que o almirante desejava vê-lo e Nelson, vendo que ele não vinha, exclamava em sua impaciência:

– Vocês não estão querendo chamar o Hardy, tenho certeza de que ele está morto.

Por fim, uma hora e dez minutos depois de Nelson ter sido ferido, o capitão Hardy desceu até a entrecoberta.

O almirante, ao avistá-lo, soltou uma exclamação de alegria, apertou-lhe afetuosamente a mão e disse:

– E então, Hardy, como está a batalha? Como está o seu dia?

– Bem, muito bem, milorde – respondeu o capitão. – Já pegamos doze embarcações.

– Espero que nenhuma das nossas tenha recolhido o pavilhão?

– Não, milorde, nenhuma.

Então, tranqüilizado quanto a esse aspecto, Nelson voltou a pensar em si mesmo e, dando um suspiro:

– Sou um homem morto, Hardy, estou indo embora a passos largos. Logo vai estar tudo acabado para mim. Aproxime-se, meu amigo – e, em voz baixa: – Rogo-lhe uma coisa, Hardy – prosseguiu –, depois da minha morte, corte os meus cabelos para a minha querida lady Hamilton, e dê a ela tudo o que me pertenceu.

– Acabo de conversar com os cirurgiões – retrucou Hardy. – Existe uma esperança razoável de conservar a sua vida.

– Não, Hardy, não – respondeu Nelson. – Não tente me enganar. Estou com a coluna vertebral quebrada.

O dever chamava Hardy de volta ao passadiço: ele subiu, depois de apertar a mão do ferido.

Nelson perguntou pelo cirurgião. Este estava ocupado junto ao tenente William Ruvers, que perdera uma perna. Acorreu, contudo, afirmando que seus ajudantes dariam conta de concluir o curativo.

– Só queria ter notícias dos meus velhos companheiros – disse Nelson. – Quanto a mim, doutor, não preciso mais do senhor. Vá, eu já disse que perdi toda sensibilidade na parte inferior do corpo, e essa porção da minha pessoa já está fria como gelo.

O cirurgião disse então a Nelson:

– Milorde, permita que o apalpe.

E, de fato, tocou as extremidades inferiores, que já estavam privadas de sentimento e como que mortas.

– Oh! – retomou Nelson. – Eu sei o que estou dizendo: Scott e Burke já me tocaram como o senhor está fazendo, e eu não senti, como não estou sentindo o senhor. Estou morrendo, Beatty, estou morrendo.

– Milorde – retrucou o cirurgião –, infelizmente não posso fazer mais nada pelo senhor.

E, ao fazer essa declaração suprema, virou-se a fim de ocultar as lágrimas.

– Eu sabia – disse Nelson. – Estou sentindo alguma coisa erguendo o meu peito.

E pôs a mão no ponto que indicava.

– Graças a Deus – murmurou –, cumpri o meu dever.

O médico já não podia oferecer nenhum alívio ao almirante; foi levar seus cuidados a outros feridos; mas então voltou o capitão Hardy, que, antes de deixar o passadiço pela segunda vez, mandara o tenente Hill levar a terrível notícia ao almirante Collingwood.

Hardy congratulou Nelson por ter, embora já nos braços da morte, obtido uma vitória tão completa e decisiva. Comunicou que, até onde era capaz de avaliar, quinze navios franceses estavam naquele momento em poder da frota inglesa.

– Eu teria apostado em vinte – murmurou Nelson. E, de repente, lembrando-se da direção do vento e dos sintomas de tempestade que observara no mar: – Jogue a âncora, Hardy! Jogue a âncora! – exclamou.

– Suponho – disse o capitão de pavilhão – que o almirante Collingwood vai assumir o comando da frota.

– Não, pelo menos enquanto eu estiver vivo – disse o ferido, erguendo-se sobre um braço. – Hardy, estou mandando jogar a âncora, eu quero.

– Vou dar a ordem, milorde.

– Por sua vida, faça isso, e antes de cinco minutos – e em voz baixa, como se estivesse envergonhado dessa fraqueza: – Hardy – ele retomou –, não jogue o meu corpo ao mar, eu lhe peço.

– Oh! Não, é claro que não, pode ficar tranqüilo quanto a isso, milorde – respondeu Hardy, soluçando.

– Tome conta da pobre lady Hamilton – disse Nelson, com voz fraca –, da minha querida lady Hamilton. Me dê um beijo, Hardy!

O capitão, chorando, beijou-o na face.

– Morro satisfeito – disse Nelson. – A Inglaterra está salva.

O capitão Hardy permaneceu um momento junto do ilustre ferido, em muda contemplação; depois, ajoelhando-se, beijou-o na testa.

– Quem está me beijando? – perguntou Nelson, cujo olhar já se afogava nas trevas da morte.

O capitão respondeu:

– Sou eu, Hardy.

– Deus o abençoe, meu amigo! – disse o moribundo.

Hardy subiu para o passadiço.

Nelson, reconhecendo o capelão ao seu lado, disse-lhe então:

– Ah! Doutor, nunca fui um pecador muito obstinado – e, após uma pausa: – Doutor, peço que se lembre que deixei como herança, à minha pátria e ao meu rei, lady Hamilton e minha filha Horatia Nelson. Nunca se esqueça de Horatia.

Sua sede aumentava. Ele gritou:

– Beber... beber... o leque... dê-me ar... me esfregue.

Fazia essa última recomendação ao capelão, sr. Scott, que lhe trouxera algum alívio esfregando-lhe o peito com a mão, pronunciando essas palavras com uma voz entrecortada que indicava um redobrar do sofrimento, de modo que precisou reunir todas as suas forças para dizer uma última vez:

– Graças a Deus, cumpri o meu dever.

Nelson pronunciara suas últimas palavras.

Voltou o cirurgião, o chefe de mesa de Nelson fora lhe dizer que seu patrão estava prestes a expirar. O sr. Beatty pegou a mão do moribundo: estava fria; apalpou-lhe o pulso: estava insensível; por fim, tocou-lhe a testa, Nelson abriu seu único olho e o fechou em seguida.

Nelson acabava de dar seu último suspiro, eram quatro horas e vinte minutos; sobrevivera três horas e trinta e dois minutos ao seu ferimento.

Talvez se espantem os leitores com a precisão de detalhes que ofereço sobre a morte de Nelson; mas pareceu-me que um dos maiores homens de guerra que já existiu deveria ser acompanhado, se não por um historiador, pelo menos por um romancista, até a porta do túmulo. Não encontrei esses detalhes num livro. Obtive o auto de sua morte, assinado pelo próprio cirurgião do navio, Beatty[1], e pelo capelão Scott.

---

1. Sir William Beatty, *An authentic narrative of the death of Lord Nelson, with the circumstances preceding, attending, and subsequent to that event; the professional report of his lordship's wound; and several interesting anecdotes*, 1807.

XCIV
A TEMPESTADE

A batalha de Trafalgar talvez devesse ser concluída com a morte de Nelson; mas pareceria injusto deixar na obscuridade o nome de tanta brava gente que, ao morrer como ele, fez o que pôde por sua pátria.

Deixamos Villeneuve desesperado no passadiço mutilado do *Bucentaure*, já sem nenhum bote apto para o mar que pudesse levá-lo até um dos navios ainda intactos, porque distantes do fogo. Claro, se ele pudesse chegar até um dos dez navios de cabeça que, depois de trocar algumas balas de canhão com a coluna de Nelson, haviam ficado sem inimigos e jogar-se na luta com esse poderoso reforço, o dia poderia ter sido perdido sem se transformar no terrível desastre que foi.

Entretanto, preso ao *Bucentaure* como um vivente a um cadáver, exposto a todos os golpes sem ser capaz de devolver nenhum, foi forçado a recolher o pavilhão.

Uma chalupa inglesa desprendeu-se então de um dos navios, veio buscá-lo e conduziu-o a bordo do navio *Mars*.

O contra-almirante Dumanoir repetira os sinais de Villeneuve. Os dez navios aos quais se endereçavam esses sinais eram o *Héros*, cujo capitão, Poulain, fora morto já no início do combate; o *San Agostino*, o *San Francesco*, o *Mont-Blanc*, o *Duguay-Trouin*, o *Formidable*, o *Rayo*, o *Intrépide*, o *Scipion* e o *Neptune*.

Apenas quatro, porém, obedeceram ao sinal do chefe de divisão, servindo-se, para virar de bordo, de seus botes lançados ao mar.

Foram o *Mont-Blanc*, o *Duguay-Trouin*, o *Formidable* e o *Scipion*; o problema é que o contra-almirante fizera sinal para que virassem *vento à frente*, o que lhes oferecia a possibilidade, *deixando chegar*, de se jogarem na luta quando julgassem oportuno.

O contra-almirante Dumanoir estava a bordo do *Formidable*; pôs-se, portanto, a descer com o *Scipion*, o *Duguay-Trouin*, o *Mont-Blanc*, de norte a sul, ao longo da linha de batalha; podia, onde quer que se pusesse, deixar os ingleses entre dois fogos; mas já era tarde, três horas; quase em toda parte os desastres já estavam consumados, o *Bucentaure* fora tomado, o *Santíssima Trinidad*, reocupado, o *Redoutable*, esmagado; os ingleses corriam, por todo lado, ao encalço de navios derrubados pelo vento; nessa trajetória, esses quatro navios suportaram um fogo bastante intenso, que lhes trouxe avarias e reduziu seus meios de combate.

Desencorajados pelo fogo, nada fizeram e se afastaram do combate, deixando de tomar parte nele.

Nessa extremidade da linha francesa, que estivera lutando com Collingwood, combatia-se com uma coragem maravilhosa.

Os dois navios, *Santa Anna* e *Prince des Asturies*, merecem uma menção honrosa de um historiador.

Passadas duas horas de combate, o *Santa Anna*, o primeiro navio da retaguarda, perdera seus três mastros e devolvera ao *Royal Souverain* quase tanto prejuízo quanto recebera. Acabara de recolher o pavilhão, mas só depois que o vice-almirante Alava foi gravemente ferido.

O *Fougueux*, vizinho mais próximo do *Santa Anna*, depois de fazer esforços imensos para socorrer este último, impedindo o *Royal Souverain* de forçar a linha, fora abandonado pelo *Monarque*, seu navio de retaguarda. Virado e assaltado por dois navios inimigos, o *Fougueux* desamparou a ambos. Em seguida, engajado bordo a bordo com o *Téméraire*, primeiro rechaçara três abordagens e, de setecentos homens, perdera quatrocentos.

O capitão Beaudoin, que o comandava, estava morto; o tenente Bazin o substituíra então; mas os ingleses, voltando à carga pela quarta vez, tinham-se apoderado do castelo de proa. Bazin, ferido, coberto de sangue, já com uns poucos homens apenas à sua volta e, reduzido ao tombadilho, vira-se forçado a recolher o pavilhão.

No lugar exato em que o *Monarque* deveria ter combatido, e abandonara, meteu-se o *Pluton*, comandado pelo capitão Cosmao, e deteve o navio inimigo *Mars*, que tentava passar, cobriu-o de tiros e estava partindo para a abordagem quando uma embarcação de três passadiço veio pegá-lo e canhoneá-lo pela popa. Ele então escapou, com uma hábil manobra, desse novo adversário, apresentando-lhe o flanco em vez da popa, evitou o fogo e desfechou-lhe diversas saraivadas assassinas.

Voltando ao seu primeiro inimigo e beneficiando-se do vento, conseguiu cortar-lhe dois mastros e deixá-lo fora de combate. O *Pluton* procurou então ir em socorro dos franceses, que estavam em desvantagem numérica em razão da retirada de navios menos escrupulosos do seu dever.

Atrás do *Pluton*, o *Algésiras* executava prodígios de coragem. Comandado pelo contra-almirante Magon, travava um combate só comparável ao que acabara de travar o *Redoutable*.

O contra-almirante Magon nascera na ilha de França, numa família originária de Saint-Malo. Era jovem, era belo, era bravo. No momento em que içou o pavilhão tricolor, reunira sua tripulação e prometera, ao primeiro marujo que se lançasse à abordagem, um magnífico boldrié que lhe fora outorgado pela Companhia das Filipinas.

Todos queriam ganhar aquela bela recompensa.

Rival dos comandantes do *Redoutable*, do *Fougueux* e do *Pluton*, o contra-almirante Magon avançou o *Algésiras* a fim de fechar o caminho dos ingleses que queriam romper a linha. Nesse movimento, topou com o *Tonnant*, navio outrora francês, que se tornara inglês em Abuquir, comandado por um corajoso oficial chamado Tiller. Aproxima-se dele à distância de um tiro de pistola, desfecha seu fogo e, virando de bordo, engaja seu gurupés nos ovéns do navio inimigo. Preso assim ao *Tonnant*, chamou pelo nome seus mais valentes marujos a fim de conduzi-los para a abordagem. Já todos reunidos no passadiço e no gurupés, porém, recebem uma saraivada pavorosa de metralha que os atinge obliquamente e o fere no braço e na coxa.

Ele se negava a abandonar o passadiço. Mas seus oficiais lhe pedem que vá fazer um curativo de modo a poder voltar a lutar junto deles. Dois marujos o carregam; mas ele avista o capitão Tiller conduzindo uma coluna a fim de se lançar, por sua vez, sobre a ponte do Algésiras; ele se desvencilha dos marujos, pega um machado de abordagem, rechaça os ingleses, que três vezes voltaram à carga e três vezes foram rechaçados. Seu capitão de pavilhão, Letourneur, foi morto ao seu lado; o tenente de navio Plassant, que assumiu o comando, foi imediatamente ferido por seu turno.

Magon, cujo uniforme brilhante atraía todos os tiros, recebeu novo ferimento e sentiu suas forças prestes a abandoná-lo. Cedeu provisoriamente o comando ao sr. de La Bretonnière e desceu para a entrecoberta apoiado em dois marujos.

Pelo flanco entreaberto da embarcação, porém, recebeu um tiro de mosquete em pleno peito: caiu junto com o mastro de mezena, que acabara de ser partido por uma bala de canhão.

O passadiço do *Algésiras*, invadida, já não encontrou soldados ou oficiais para defendê-la e, totalmente desamparado, foi tomado de assalto pelos ingleses.

Ao lado do *Algésiras*, quatro navios franceses, o *Aigle*, o *Swiftsure*, o *Berwick* e o *Achille* sustentavam com coragem admirável um combate encarniçado.

Depois de engajar o *Bellérophon* verga a verga e tê-lo combatido durante quase uma hora, o *Aigle*, apartado à revelia de um adversário de que estava prestes a se apossar, lançou-se contra o *Belle-Isle*. Seu capitão, o bravo comandante Courège, fora morto às três horas, mas ele nem por isso deixou de lutar, e só recolheu o pavilhão às três e meia sob os tiros conjuntos do *Revenge* e do *Defence*.

O *Swiftsure* perdera duzentos e cinqüenta homens. Seu comandante e seu capitão foram abatidos no posto de líder.

O tenente Lune assumiu o lugar deles e foi, como eles, abatido no posto de honra. O *Swiftsure* rendeu-se afinal, derrotado por dois inimigos, o *Bellérophon* e o *Colossus*.

O *Berwick*, comandado pelo capitão Camas, que James, em sua *História naval*, chama de valente capitão Camas[1], combateu sucessivamente o *Achille* e o *Defence*. Seus três mastros foram cortados na base, mas isso não o impediu de manobrar suas duas baterias, atulhadas de cinqüenta e um cadáveres, enquanto duzentos feridos eram transportados para as entrecobertas.

O capitão Camas foi morto; o tenente de navio Guichard sobreviveu-lhe apenas alguns minutos e o *Berwick* foi tomado pelos ingleses.

O *Achille*, o primeiro que assaltou o *Belle-Isle*, logo se viu cercado; o *Polyphème*, livre do *Neptune*, que se pôs na extrema vanguarda, o *Swiftsure*, o *Prince*, esmagavam-no com o fogo de seus cento e noventa e seis canhões. O comandante Deniéport, primeiro ferido na coxa, mas ainda de pé em seu posto de líder, que

---

1. "Herr gallant Captain Mr. Camas", in: William James, *Naval history of great Britain from the declaration of war by France in 1793 to the accession of George VI* (Londres, Richard Bentley, 1837), vol. IV, p. 56. A citação é retomada em Jurien de la Gravière, op. cit., vol. II, p. 203, que traduz o título para o francês: *Histoire navale*.

não quis abandonar, foi morto ali; o mastro de mezena, em chamas, foi abatido pelas balas dos canhões inimigos; os gajeiros atearam-lhe fogo jogando granadas no passadiço inimigo, e ele caiu sobre o passadiço, que se cobriu de sua massa incandescente.

O *Achille*, devorado pelas chamas, já não enxergava um só navio aliado ao seu redor. Todos os seus oficiais haviam sido mortos ou feridos; um subtenente é que estava no comando. Chamava-se Cochard, foi o único remanescente de um estado-maior de heróis.

Ele combatia sem esperanças, mas continuava a combater; o medo de uma explosão pavorosa afastou os navios ingleses e permitiu ao *Achille* combater o incêndio em que nem sequer pensava enquanto havia um inimigo ao alcance de seu fogo. O derradeiro ato do jovem oficial foi mandar pregar o pavilhão na carangueja, e o *Achille* foi pelos ares com parte de sua tripulação.

Essa foi certamente a morte de um menino, mas que pode fazer par com a morte de Nelson, por mais gloriosa que seja.

Enquanto o almirante Dumanoir e seus quatro navios deslizavam para fora do combate, um navio, o *Intrépide*, um capitão, Infernet, voltavam bravamente para se lançar na fornalha. Era o último pavilhão tricolor que ainda balançava ao vento; rechaçou o *Léviathan* e o *Africa*, recebeu o fogo do *Agamemnon* e do *Ajax*, combateu o *Orion* bordo a bordo, tentou duas abordagens, rechaçou uma, e só se rendeu quando um sexto navio inimigo, o *Conquérant*, veio derrubar seu último mastro e quando contou, numa tripulação de quinhentos e cinqüenta e cinco homens, trezentos e seis homens fora de combate.

O recolhimento do pavilhão do *Intrépide* foi o derradeiro suspiro da batalha.

O dia estava terminado e a batalha, totalmente perdida. Alguns nomes, trazendo um novo e derradeiro brilho, podiam reivindicar a honra do triunfo pessoal em meio à derrota geral. Villeneuve, até o último instante, fez o que pôde para ser morto; o contra-almirante Magon foi morto; Lucas, à frente de sua tripulação, da qual só restavam em pé centro e trinta e seis homens, lutou como um leão, e foi de seus cestos de gávea que uma mão desconhecida lançou a bala que matou Nelson. O *Achille* imitou o *Vengeur*[2]; Infernet e Cosmao foram de temerário valor.

---

2. *Le Vengeur du Peuple* [o vingador do povo], comandado pelo capitão Renaudin, lutou até o último extremo contra a frota inglesa de lorde Howe, em 1º de junho de 1794, antes de soçobrar na Mancha.

A França e a Espanha perderam dezessete navios, aprisionados pelos ingleses, e um explodiu; deplorava-se a perda de seis a sete mil homens, mortos ou feridos.

Os ingleses obtiveram uma vitória completa, mas uma vitória sangrenta, cruel, de altíssimo custo: com Nelson morto, a marinha inglesa quedava-se literalmente decapitada.

Nelson era, para eles, uma perda maior que a de um exército.

Iam rebocando dezessete navios, quase todos desmastreados e afundados, e um almirante prisioneiro.

Ficávamos com a glória de uma dessas derrotas sem igual na história, pela coragem e pela lealdade dos vencidos.

A noite e a tempestade se encarregaram de concluir a vitória dos ingleses. Seis navios mutilados traziam nos cavernames a expiação de sua coragem. Mal conseguiam se suster sobre a vaga que se erguia com o vento do anoitecer.

Collingwood, que assumira o comando daqueles despojos, em vez de fundear a frota tal como Nelson insistentemente recomendara, passou o restante do dia provendo marinheiros para os dezessete navios rendidos durante o combate, e a tempestade e as trevas o surpreenderam recolhendo os destroços dos demais.

O mar, o vento, o relâmpago, os recifes, todos os flagelos do céu e do mar fizeram dos dois dias seguintes à batalha dois dias mais cheios de angústia que o da própria batalha. O mar agitado brincou sessenta horas com as três frotas, não fazendo diferença entre as duas frotas vencidas e a vitoriosa.

Parte dos navios tomados por Nelson, arrancados, pela onipotência das ondas, das amarras que os prendiam, escapou ou derivou pelas ondas sobre os recifes do cabo Trafalgar.

O *Bucentaure* estraçalhou-se nos rochedos da costa. O *Indomptable* iluminou ele próprio, com as lanternas acesas em seu passadiço, a trajetória rumo à costa; naufragou, com a tripulação inteira, na ponta do Diamante. Ouviu-se um único grito: o da tripulação soçobrando.

Collingwood, percebendo que o vento arrancaria em sua passagem todos os seus troféus, um depois do outro, incendiou o *Santísima Trinidad* e atirou em suas chamas os três navios de passadiços espanhóis: o *Saint Augustin*, o *Argonaute* e o *Santa Anna*.

O mar por um instante pareceu se acalmar, o vento por um instante pareceu se extinguir para ver arder a maior fogueira que já se viu flutuar sobre o mar.

A posição dos vencidos, uma vez encerrada a batalha, era melhor que a dos vencedores. O almirante Gravina e seus onze navios tinham, em Cádiz, um retiro garantido e próximo; mas os ingleses, ao contrário, demasiado distantes de Cádiz, só tinham a extensão das águas para se refazer das fadigas da vitória.

Além disso, forçados a lutar pela própria sobrevivência contra a tempestade, era para eles, desmastreados, desamparados como estavam, um estorvo de monta ter de rebocar presas ainda mais desmastreadas e mais desamparadas que eles.

Abandonaram deliberadamente alguns navios de que haviam se apoderado. Aquela luta do mar contra os seus despojos e os despojos de seus vencedores arrancou dos vencidos gritos de alegria.

Os ingleses que ocupavam o *Bucentaure*, vendo-se abandonados com seus prisioneiros pelo almirante Collingwood, entregaram eles próprios o navio aos remanescentes da tripulação francesa; estes, abençoando a tempestade que vinha livrá-los da terrível perspectiva dos navios-prisão, ergueram uns mastros improvisados na embarcação arrasada, prenderam-lhes uns restos de velas e rumaram para Cádiz, empurrados pela tempestade.

O *Algésiras*, que tal como o *Victory*, que levava os despojos de Nelson, levava os despojos do bravo contra-almirante Magon, quis também aproveitar a tempestade para se libertar. Por mais maltratado que estivesse pelo combate, em que tivera tão gloriosa participação, sustentava-se melhor que os outros na água, pois era de construção recente; mas estava com os três mastros quebrados, o grande mastro de quinze pés do passadiço, o de mezena a nove, o de ré a cinco; o navio que o rebocava, manobrando ele próprio com extrema dificuldade, soltara o cabo que o mantinha preso. Os ingleses que estavam a bordo, encarregados de vigiá-lo, entreolharam-se, perdidos, e deram um tiro de canhão para pedir socorro; mas a frota inglesa estava ocupada demais para responder. Foi então a um oficial francês, imediato no comando, que se dirigiram.

Esse oficial francês era o sr. de La Bretonnière; rogaram-lhe que, com a ajuda da tripulação, salvasse o navio e, junto, ajudasse a salvá-los todos, ingleses e franceses.

À primeira palavra dessa proposta, o sr. de La Bretonnière percebera todo o partido que poderia tirar dela. Pediu para consultar seus compatriotas detidos no porão.

A permissão foi concedida.

Ele saiu à procura dos oficiais e conversou à parte com eles. Contou o que acabara de se passar. À meia palavra, todos compreenderam, com essa facilidade de inteligência que é o grande mérito dos franceses. O *Algésiras* transportava de trinta a quarenta ingleses armados e duzentos e setenta franceses desarmados, mas prontos a tudo para arrancar-lhes o navio. Os oficiais foram levados até o porão e comunicaram aos prisioneiros o projeto, que foi acolhido com entusiasmo. O sr. de La Bretonnière primeiro solicitaria aos ingleses que se rendessem; se recusassem, os franceses, a um sinal combinado, se jogariam sobre eles e os ingleses, certamente, se combatessem, causariam inúmeras vítimas, mas a superioridade numérica levaria a melhor.

O capitão La Bretonnière voltou para junto dos ingleses, levando a resposta de seus companheiros.

O abandono em que o *Algésiras* foi deixado, em meio a um perigo tão grande, desfez todos os compromissos. Os franceses mandaram dizer que se consideravam homens livres e que, se seus guardas faziam questão de combater honrosamente, que o fizessem; a tripulação francesa, embora sem armas, só esperava um sinal para começar a luta.

Impacientes, com efeito, de partir para as vias de fato, dois marinheiros franceses se lançaram sobre as sentinelas inglesas, receberem dois golpes de baioneta, um foi morto e o outro, gravemente ferido. Um imenso tumulto se seguiu a essa tentativa; mas o sr. de La Bretonnière o conteve, e deixou aos oficiais ingleses um tempo para refletir. Estes deliberaram por um momento e se renderam aos franceses, com a condição de que seriam libertados assim que tocassem em terras francesas.

O sr. de La Bretonnière impôs uma última condição. Foi que lhe dessem o tempo de pedir essa liberdade ao governo francês, liberdade que o sr. de La Bretonnière prometeu conseguir.

Então, gritos de alegria explodiram no navio, oficiais e marujos retornaram aos seus postos, tiraram os mastros da gávea do depósito onde foram colocados, os carpinteiros os prenderam nos pedaços dos grandes mastros, vasculharam o depósito, encontraram duas velas e rumaram para Cádiz.

Durante toda a noite, rugiu a tempestade prevista por Nelson, e o dia viu-a voltar mais forte e mais encarniçada. O *Algésiras* lutou o dia inteiro contra ela e, embora sem piloto, mas ajudado por um marujo familiarizado com a costa de Cádiz, chegou à entrada da enseada.

Chegando ali, porém, não podia se aventurar: restavam-lhe apenas uma âncora de turco e um cabo grosso para resistir ao vento que o empurrava fatalmente para a costa; se a âncora cedesse, o *Algésiras* estaria perdido, estava a uns quatrocentos ou seiscentos metros do formidável recife chamado ponta do Diamante.

A noite transcorreu em meio à angústia que se pode imaginar, o dia nasceu; ouviram-se durante a noite gritos que dominavam o ruído da tempestade; o *Bucentaure* espatifou-se na costa, mas o *Indomptable*, ancorado perto dele, o *Indomptable*, que pouco combatera e, por conseguinte, apresentava poucas avarias, estava preso a âncoras firmes e cabos sólidos.

Durante todo o dia, o *Algésiras* atirou com seu canhão o sinal de emergência pedindo socorro. Alguns barcos se arriscaram, mas soçobraram antes de alcançá-lo. Um só conseguiu e jogou-lhe uma âncora de pouco alcance.

A noite mais uma vez se estendeu sobre o mar; o *Algésiras* e o *Indomptable* estavam presos um ao outro por alguns cabos; a tempestade redobrou; uma dupla chama atraiu os olhares para o *Indomptable*, a embarcação deu o tiro de emergência, suas duas potentes âncoras cederam e, todo coberto com suas lanternas, como um espectro de fogo, carregando em seu corpo a tripulação em alucinado desespero, passou a poucos pés do *Algésiras* e espatifou-se, num pavoroso fragor, na ponta do Diamante.

Em um minuto, os fachos se iluminaram, os gritos ecoaram, tudo se apagou nas águas.

Mil e quinhentos homens estavam refugiados a bordo, mil e quinhentos homens pereceram a um só tempo.

O *Algésiras*, preso com suas âncoras pequenas, viu surpreso o dia nascer e o mar se acalmar.

Entrou, conduzido por seus marujos, na enseada de Cádiz e meteu-se ao acaso num leito de lodo, de onde seria tirado pela primeira maré.

Vejamos agora, em meio a essa pavorosa catástrofe, o que foi feito do *Redoutable*, do capitão Lucas e do terceiro-tenente René.

Já dissemos que somente após três horas de combate é que o capitão Lucas recolheu o pavilhão; dos seiscentos e quarenta e três homens da tripulação, quinhentos e vinte e dois achavam-se então fora de combate, trezentos estavam mortos e duzentos e vinte e dois haviam sido gravemente feridos. Entre estes últimos, incluíam-se todos os oficiais e dez dos onze aspirantes.

O próprio capitão Lucas recebera um ferimento leve na coxa.

Quanto ao navio *Redoutable*, perdera seu grande mastro e o mastro de ré, a popa estava totalmente demolida, formando um amplo rombo, de tal modo os canhões do *Tonnant* o tinham atormentado; quase toda a artilharia fora desmontada pelas abordagens, pelos tiros de canhão e, enfim, pelo estouro de um canhão de dezoito e de uma caronada de trinta e seis que, ao rebentar, causara um bocado de estragos.

O navio estava perfurado em ambos os lados, e já não era mais que uma carcaça estraçalhada. As balas de canhão do inimigo, já não topando com tábuas fortes o suficiente para resistir ao seu peso, caíam na segunda coberta, matando pobres feridos que haviam saído naquele instante das mãos dos cirurgiões ou esperavam por socorro.

O fogo devorara a barra do leme, privando-o inteiramente de seus meios de ação. Diversas vias de água haviam se aberto, as bombas se quebraram no combate, o *Victoire* e o *Téméraire* haviam ficado presos aos flancos do *Redoutable*, mas não só eram incapazes de marinhá-lo, como não tinham mais forças para afastá-lo.

Por volta das sete horas da noite, o navio inglês *Swiftsure* enviou um reboque ao comandante Lucas e o *Redoutable* foi marinhado pelo *Swiftsure*.

Durante a noite, René se aproximou do comandante e sugeriu, estando a costa espanhola a apenas uma légua dali, que se jogassem no mar por uma das aberturas e alcançassem a terra a nado.

Lucas era um excelente nadador, mas, ferido na coxa, temia não conseguir chegar à costa. René se responsabilizou por tudo, afirmou que o sustentaria na água e nadaria por si mesmo e por seu comandante.

Mas Lucas recusou categoricamente, pedindo que René pensasse apenas em si mesmo.

René meneou a cabeça.

– Vim da Índia para procurá-lo, comandante – disse –, e não vou deixá-lo. Se formos separados, aí sim, será cada um por si. Onde nos encontraremos? Em Paris?

– Sempre terá notícias minhas no Ministério da Marinha, caro amigo – disse Lucas.

Então, René se aproximou:

– Caro comandante – disse –, trago no cinto dois rolos de cinqüenta luíses cada, gostaria de ficar com um?

– Obrigado, meu bravo amigo – disse Lucas –, mas também tenho, numa gaveta do meu quarto, se é que o meu quarto ainda existe, uns trinta luíses dos quais contava oferecer a sua parte. Assim que chegar a Paris, não deixe de se informar a meu respeito, minha patente me garante uma consideração que esses buldogues certamente não terão pelo senhor.

No dia seguinte, o comandante do *Swiftsure* despachou um bote para buscar o comandante Lucas, com seu imediato, o sr. Dupotet, e o subtenente Ducrès. Se desejasse ser acompanhado por algum de seus oficiais, bastava dizer o nome que ele seria conduzido ao *Swiftsure*.

O dia inteiro foi gasto na operação de salvamento; o *Redoutable* estava visivelmente afundando. Felizmente, tiveram tempo de retirar cento e dezenove homens; outros dois caíram na água durante o transbordo e um deles pereceu.

Lucas solicitara René, e René fora conduzido junto dele a bordo do *Swiftsure*.

Aproaram para Gibraltar; no dia seguinte, estavam numa das duas colunas de Hércules.

René omitira seu conhecimento da língua inglesa; em inglês e em espanhol, ele entendia nessa ponta da Península tudo o que diziam à sua volta.

Foi assim que descobriu que os prisioneiros, que seriam enviados para a Inglaterra em fragatas, seriam necessariamente separados, já que uma só fragata não poderia receber um acréscimo maior que sessenta ou setenta homens na tripulação.

Alguns dias depois, comunicou a Lucas que, em razão da extrema importância que lhe davam os ingleses, seria levado a Londres a bordo de um navio; os outros seriam distribuídos em duas fragatas, e partiriam todos no mesmo dia.

Seria composta uma esquadra de duas fragatas, uma corveta e um três-mastros mercante adaptado à guerra para esse regresso à Europa. Dizemos Europa porque Gibraltar é mais africano que europeu.

O comandante Lucas regressava no navio *Prince*, que, não tendo se engajado no dia da batalha, não tinha nenhum cordame rompido, nenhum homem morto.

René, com cerca de cinqüenta colegas, regressava no três-mastros mercante *Samson*. Antes de se separarem, Lucas lhe expressara toda a simpatia que tinha por ele, simpatia inspirada na coragem que o vira demonstrar naquele fatídico 21 de outubro.

Sua despedida foi despedida de amigos, e não de um superior e um subalterno.

Os navios navegaram juntos até o golfo da Gasconha, onde uma rajada de vento os apartou.

O *Prince*, bom navegador, excelente veleiro, aproximou-se da costa e dobrou o cabo Finistère.

O comandante do *Samson*, capitão Parker, menos senhor do seu navio, lançou-o ao alto-mar, seguindo o axioma de que, numa tempestade, não há maior perigo que a costa.

Depois que o mar se acalmou um pouco, o sol voltou e foi possível calcular a latitude, perceberam que estavam a trinta ou trinta e cinco léguas a oeste da Irlanda; aproaram imediatamente para leste e seguiram caminho. Mas os velhos marinheiros percebiam que aquela bonança não seria duradoura, e o capitão Parker, que nunca alcançara o posto de comandante de navio de guerra, não estava nem um pouco seguro de sua posição.

Durante o caminho que acabara de fazer, e como René lhe fora especialmente recomendado, pôde apreciar os conhecimentos marítimos deste último e, como não havia inconveniente que os prisioneiros, tão pouco numerosos, passeassem alternadamente pelo passadiço, foi até René e, para entabular conversa, perguntou num francês ruim, indicando um banco de nuvens que se erguia a oeste:

– Hoje, vamos jantar tarde, tenente; mas dei ordens ao chefe cozinheiro para que não percamos por esperar – e, erguendo a mão em direção às nuvens que continuavam subindo: – Aliás – disse –, está aí um espetáculo que merece a nossa atenção e poderia nos distrair.

– Sim – respondeu René –, mas só peço uma coisa, que o desfecho não nos deixe ocupados demais.

O espetáculo era de fato curioso; mas os receios de René, é preciso dizer, não eram exagerados.

Pesadas nuvens escuras se amontoavam na direção sudoeste, e sua junção logo apresentou o aspecto de uma cadeia de montanhas que crescia sem cessar. Reconheciam-se todos os detalhes dos Alpes celestiais: cumes de intensas arestas, trilhas escarpadas por onde subir; o pico mais elevado daqueles Andes fantásticos, que lembrava a ponta de um vulcão varrido pelo vento com incrível rapidez, parecia uma das últimas baforadas que saíam das chaminés quase extintas das bombas de fogo. Era um prazer vê-las saindo da falsa fornalha e acompanhá-las pelo anil brilhante do céu, pois o céu estava de um azul magnífico acima do horizonte, com exceção desse ponto em que, como dissemos, parecia ocupado pela fumaça de um vulcão.

– Em todo caso – disse rapidamente o primeiro-tenente –, se sair alguma coisa desse caos preto, não vai ser tão logo, e temos como saber. Temos tempo de jantar à vontade e ainda fazer a digestão.

– Com todo o respeito, senhor – disse um velho marujo, ao passar, sem ousar dirigir a observação ao seu chefe –, o vento de sudoeste é mais veloz que os seus dentes e o seu estômago, por melhores que eles sejam.

– Concordo com o seu marujo – disse René – e não acho que o temporal tenha a gentileza de nos deixar jantar tranqüilamente; se posso lhe dar um conselho, prepare-se para receber esse temporal que vai cair sobre o navio como rafada ou relâmpago.

– Mas, capitão – disse um *midshipman* sentado na percinta da amurada, gorjeira ao pescoço e olhar fixo na massa escura que preocupava a todos –, não há vento nenhum, o mar mal está marulhando junto ao bordo; para que se apressar?

– Senhor Blackwood, se o seu tio estivesse no seu lugar, veria certamente mais claro que o senhor; mande ferrar os joanetes e que os recolham imediatamente.

Blackwood ordenou a manobra, e ouviram o velho marinheiro, que se erigira em profeta da desgraça, dizer:

– Muito bem! Mas ainda não é suficiente.

O capitão olhou para ele com um sorriso e prosseguiu:

– Assim que os joanetes estiverem recolhidos, mande meter a gávea no terceiro riz e ferrar a vela grande.

A ordem foi executada com a pontualidade que é o principal mérito da disciplina marítima. Viam o vento chegar do horizonte e, sob suas asas, o mar se encrespava; a mancha escura do sudoeste se estendia no céu feito imensa mancha de tinta; a brisa leve se tornara forte e ameaçadora.

– E agora, velho, o que você faria? – perguntou o capitão ao fornecedor de conselhos.

– Eu – disse o velho marujo –, com todo o respeito, diminuiria ainda mais o velame e o reduziria a quase nada.

– Colocar a capa sob a mezena e a vela de estai! – gritou o capitão.

A ordem foi executada.

As ondas estavam altas, e rugia o trovão.

– A mesa está servida, senhores! – gritou um *midshipman* que apareceu na escotilha, de guardanapo na mão.

Deixou-o flutuar por um momento.

– Ora, ora! – disse ele. – Estamos com vento, lá de baixo não dá para perceber.

– É, mas daqui sim – retrucou o capitão. – E vocês logo logo vão perceber lá embaixo também.

– Como está lá em cima? – perguntaram os oficiais para o *midshipman* que fora ao convés para conversar.

– Já vi tempo mais bonito – respondeu o *midshipman*.

– O capitão não vai descer para jantar? – perguntou outro.

– Não! Vai ficar no passadiço com o jovem prisioneiro que o capitão Lucas recomendou, e que dizem ser o homem que matou Nelson.

– Se houver algum perigo – disse o segundo-tenente –, prometo, como recompensa a essa proeza, despachá-lo para dar uma olhada no fundo do mar, dez minutos antes de mim, se eu estiver lá.

– Meu caro, está sendo injusto – disse um dos seus colegas. – Se foi ele quem matou Nelson, cumpriu a sua função de francês. Você mereceria ser jogado ao mar se tivesse matado Lucas? Eu sei que todos os Lucas do mundo não equivalem a Nelson, mas o capitão Lucas também é um capitão valente. Você não viu brilhar, três vezes, o uniforme dele na amurada do *Victory*? Não viu, no meio do fogo e da fumaça, resplandecer feito um arco-íris a machadinha de abordagem dele? Se você se vir frente a frente com Lucas, quer sob sol, quer sob chuva, cumprimente-o respeitosamente e siga adiante; é o que eu faria.

Enquanto essa discussão se dava no refeitório dos oficiais, acontecia no passadiço um momento de morno silêncio. O vento caíra de repente; o navio, já não auxiliado por sua útil influência, rolava pesadamente sobre as vagas; a água banhava tristemente o flanco da embarcação e, quando o navio se reerguia com esforço depois de afundar na profundeza das ondas, essa água tornava a cair do convés para o oceano em quantidades de cascatinhas brilhantes.

Àquela hora, a chama de uma luz trazida para o passadiço do navio teria subido verticalmente para os céus.

– Que noite terrível, capitão Parker – disse o primeiro-tenente, cuja patente o autorizava a falar.

– Já vi mudanças de vento serem anunciadas com muito menos presságios – respondeu o capitão, com voz segura.

– Mas essa mudança – resmungou o velho marujo, a quem seus quarenta anos de mar davam, sobre seus colegas, alguns direitos que os oficiais aos poucos haviam reconhecido – vem acompanhada de prognósticos aos quais o mais velho dos marujos não seria insensível.

– Senhores, o que querem? – disse o capitão. – Não há um só sopro de ar, e o navio está desaparelhado até a vela do joanete.

– É! – disse o velho marujo. – E eu diria até que o *Samson* não está se saindo nada mal para um honesto navio mercante. São poucos os navios mastreados com velas de cutelo, sem o pavilhão do rei Jorge, que conseguem correr mais ao vento ou encerrá-lo em suas águas; mas está fazendo um tempo, e esta é uma hora que leva um marujo a pensar. Estão vendo, lá adiante, aquela luz cinzenta avançando rapidamente para nós, quem sabe me dizer de onde ela vem? Da América, do pólo? Em todo caso, da lua é que não é.

O capitão se aproximou da escotilha, ouviu a risada dos jovens oficiais e o tilintar dos copos.

– Já basta de rir e de beber! – ele gritou. – Todo mundo no convés.

Num instante, os interpelados correram para o convés. Assim que avistou a situação do céu e do mar, toda a tripulação, entre oficiais e marujos, só pensou em se preparar para enfrentar a tempestade que se aproximava.

Ninguém dizia nada, mas cada qual empregava todas as suas forças, toda a sua energia, como que rivalizando com os outros. E, com efeito, já não havia um só braço que não fosse estritamente necessário, que não tivesse uma tarefa específica a cumprir.

A bruma pálida e sinistra, que havia quinze minutos se erguera a sudoeste, descia agora sobre o navio à velocidade de um cavalo que embala para ganhar o prêmio da corrida; o ar perdera a temperatura úmida que acompanha a brisa do leste, e rajadas fortes de vento começavam a soprar através dos mastros, precedendo o furacão que se precipitava.

Ouviu-se então um som violento e terrível rugir no oceano, cuja superfície, de início agitada, encrespou-se em seguida e acabou por cobrir-se de uma espuma brilhante de perfeita brancura. Um instante depois, a fúria do vento rebentou inteira sobre a massa pesada e inerte do navio.

O navio, diante da tempestade, achava-se na situação de uma divisão de infantaria à espera, no meio da planície, da investida de um esquadrão de cavalaria.

Com a aproximação da borrasca, o comandante deixara cair algumas velas a fim de aproveitar as variações do ar e pegar, tanto quanto possível, o vento à frente. Mas o navio, fabricado para ser uma embarcação de transporte, e não de carreira, não correspondia nem aos anseios de sua impaciência nem às necessidades do momento. Sua rota abandonara lenta e pesadamente a direção do leste, deixando-o precisamente posicionado de modo a receber o choque em seu flanco descoberto. Felizmente para todos os que arriscaram sua vida naquele navio sem defesas, ele não estava destinado a receber de uma só vez toda a violência da tempestade. As poucas velas que haviam acabado de lhe devolver estremeceram em suas vergas maciças, inflando e murchando alternadamente durante um minuto, e então o furacão desabou sobre elas num ímpeto pavoroso.

O céu estava tão escuro que só se podia agir às cegas. Os homens só enxergavam um ao outro, lívidos feito espectros, graças ao clarão fugidio dos raios ou aos reflexos de enormes vagas espumosas, que ofuscavam os olhos um instante e os mergulhavam em seguida numa noite que se tornara ainda mais escura depois do brilho daquela luz intensa e instantânea. Tudo o que era humanamente possível fazer para tirar da tempestade alguns de seus meios imediatos de atuação fora feito. Aguardavam os acontecimentos. Contavam os minutos.

Contundidos pelos choques freqüentes contra os mastros e a amurada da embarcação, sobre os quais o balanço e a arfagem os jogavam tantas vezes, surrados por fragmentos de cordames rompidos que se agitavam no ar feito chicotes invisíveis e afiados, cansados do esforço e do medo, pouco reconfortados por uma esperança que parecia insana de tal modo que cada momento criava novos perigos, os marujos do *Samson* se seguravam à amurada da fragata, do lado do vento, dobrando as costas para deixar passar as imensas vagas que desabavam no tombadilho, desabando da traseira para a dianteira ou cobrindo o navio da direita para a esquerda. Não havia diálogo, cada qual se concentrava em seus pensamentos, um morno silêncio, alguns palavrões, algumas queixas, algumas exclamações lançadas ao céu para maldizê-lo ou acusá-lo.

O mar, que brincava com a embarcação feito um gigante com uma folha de papel, fustigava-o pela frente, por trás, pelos lados, pelas faces, pelos flancos, por todos os lados, alçava-o ao topo de montanhas moventes ou precipitava-o nos abismos de onde ele parecia não poder jamais sair.

Uma dessas pancadas a bombordo atingiu tão violentamente a popa que a empurrou imediatamente para a direita e nisso, levada para a esquerda, a mezena deixou de funcionar. O vento tomou conta dela e rasgou o pano resistente como se fosse uma leve musselina.

Furada, lacerada, espedaçada, arrancada, não deixou mais nenhum vestígio no mastro; a barra do leme rompeu-se e a embarcação, deitada sobre o estibordo, foi atravessada por volumes de água que a impediam de reerguer-se, de tão rápido que se sucediam.

– O que fazer? – perguntou o comandante a René.

– Barra ao vento! Barra ao vento! – respondeu René.

– Barra ao vento para todo mundo! – gritou o comandante Parker, com uma voz tão potente que foi ouvida em meio ao estrondo da tempestade.

O velho marinheiro, que se metera na conversa, é que correra para o leme com uma barra sobressalente e se apossara do posto de timoneiro. Obedeceu à ordem com rapidez e segurança, mas em vão mantinha os olhos fixos na vela dianteira para observar de que modo o navio se prestaria à manobra. Duas vezes os grandes mastros baixaram no horizonte, e duas vezes se reergueram graciosamente nos ares; então, cedendo à impetuosidade e ao volume da água, o navio ficou deitado sobre o mar.

– O que fazer? – perguntou novamente o comandante a René.

– Cortar! – disse René.

– Cuidado! – exclamou Parker, dirigindo-se ao segundo-tenente. – Vá buscar uma machadinha.

Tão rápido como o pensamento que dera a ordem, o tenente obedeceu e correu ao mastro de mezena a fim de executar com suas mãos o comando do capitão e, erguendo os braços, com voz firme e segura:

– É para cortar? – perguntou.

– Espere. Velho Nick – gritou o capitão ao timoneiro –, o navio está sensível ao leme?

– Não, meu capitão.

– Então, corte! – disse Parker, com voz firme e calma.

Bastou um simples golpe; o mastro, tensionado pelo peso imenso que sustentava, assim que sofreu o entalhe da machadinha estalou dolorosamente e então, seus aprestos desabando com estardalhaço, feito árvore arrancada das raízes, transpôs a pouca distância que ainda o afastava do mar.

– Pergunte se está levantando – assoprou René ao capitão.

– Está levantando? – gritou Parker ao timoneiro.

– Meu comandante, ele fez um leve movimento, mas esta borrasca que acabou de passar o virou de lado mais uma vez.

O segundo-tenente já estava ao pé do mastro grande e compreendia toda a importância da tarefa que começara.

– É para cortar? – perguntou.

– Corte! – respondeu a voz sombria do capitão.

Ouviu-se um golpe vigorosamente aplicado, um estalo terrível e imponente sucedeu-lhe, um segundo golpe e um terceiro seguiram-se ao primeiro; madeiras, cordas, velas, tudo afundou no mar e o navio, levantando-se no mesmo instante, pôs-se a rolar pesadamente na direção do vento.

– Está levantando! Está levantando! – exclamou toda a tripulação, cujas vozes até então tinham estado mudas e suspensas.

– Soltem o barco, para que nada atrapalhe seus movimentos – gritou a voz bastante emocionada do capitão – e preparem-se para fechar a gávea; deixem que ela fique pendurada algum tempo para tirar o navio dessa enrascada. Enquanto isso, cortem! Coragem, meus amigos, facas, machadinhas, cortem com tudo, cortem tudo!

Num instante, com a força e a coragem devidas a uma esperança renascida, as cordas que prendiam a mastreação caída ao navio foram cortadas e o *Samson*, qual pássaro cujas penas renteavam a superfície do mar, apenas roçava sua espuma.

O vento rugia com uma força que lembrava o som do trovão; os rizes da única vela remanescente no momento em que a borrasca se aproximara ainda flutuavam, e a vela do joanete, desfraldada, mas baixada, estava inflada e arrastava consigo o mastro de ré, o único que ainda estava em pé.

Pondo a mão no braço do capitão, René mostrou-lhe o perigo. Parker compreendeu, e essas palavras saíram de sua boca antes como um pedido que como uma ordem:

– Esse mastro não vai resistir muito tempo a essas chacoalhadas, meus filhos; se ele cair na dianteira do navio, do jeito que está sendo arrastado, poderia causar sua perda. Mande subir lá em cima um ou dois homens para cortar a vela das vergas.

O segundo-tenente, a quem essa ordem parecia se endereçar, recuou um passo.

– Esse pau está dobrando que nem um ramo de salgueiro – disse ele – e já está até rachado embaixo, subir nele é um perigo mortal, com esse vento rugindo à nossa volta.

– Tem razão – disse René –, me dê a faca.

E, antes que o segundo-tenente lhe perguntasse o que pretendia fazer, tirou-lhe a faca da mão, saltou para os ovéns, cujos mialhares eram esticados pelo furacão até quase se romper.

Os olhos entendidos de quem o observava compreenderam sua intenção e o reconheceram ao mesmo tempo.

– É o francês! É o francês! – gritaram dez vozes.

E sete ou oito velhos marinheiros, envergonhados de ver um francês realizar uma manobra que nenhum deles se atrevera a fazer, correram para os enfrechates a fim de subir na direção do céu inflamado.

– Desçam – gritou o capitão com seu porta-voz –, desçam todos, com exceção do francês, desçam.

Essas palavras chegaram aos ouvidos dos marujos, mas, animados e ofendidos que estavam, fingiram não ouvir.

René, porém, chegara antes deles todos, e deslizou a lâmina afiada de sua faca na corda grossa que prendia, à verga inferior, um dos cantos da vela inflada e prestes a romper-se. A vela, que só esperava um empurrãozinho, no mesmo instante rompeu todos os laços, viram-na flutuar no ar à frente do navio feito um estandarte desfraldado; o navio ergueu-se sobre uma vaga pesada e tornou a cair densamente, puxado tanto por seu próprio peso como pela violência do furacão.

A força do choque quebrou os rizes dos aprestos inferiores do mastro, que lançou um estalo terrível e se inclinou sobre os gurupés.

– Desçam – gritou o capitão com o porta-voz –, desçam pelos estais, desçam pelos estais, desçam; suas vidas estão em risco; desçam todos!

René foi o único a obedecer. Deixou-se escorregar para o convés com a rapidez do trovão que acompanha o fio de arame até o poço onde acaba afundando.

Por um instante, o mastro erguido cambaleou e pareceu inclinar-se para todos os pontos do horizonte, até que, cedendo ao balanço do navio, desabou no mar, tudo se rompeu feito linha: cordas, vergas, estais, chacoalhando o cacho de homens, alguns dos quais caíram e se espatifaram no convés, outros desapareceram sob as águas.

– Chalupa ao mar! Chalupa ao mar! – gritou o capitão.

Mas, num instante, todos os despojos dos mastros, dos aprestos, assim como aqueles que neles se agarravam, sumiram em meio à cerração, que se estendia de lado e outro do navio, entre o mar e as nuvens.

Depois de reconhecer que não havia nenhuma maneira de salvar os homens caídos ao mar, depois de ter confiado ao cirurgião os que tinham se espatifado no convés, o comandante foi estender a mão a René, que estava calmo e tranqüilo como se não tivesse participado da recente catástrofe.

Entrementes, e enquanto o capitão se informava com René se ele não estava ferido, um marujo veio comunicar que havia quatro pés de água no porão. A embarcação suportara tantas vagas, e tão fortes, dessas vagas que os marujos chamam de "pacotes de mar", que o porão enchera pela metade antes mesmo que alguém tivesse tido ao menos a idéia de conferir.

– Em outras circunstâncias – disse o comandante –, isso não seria nada; mas sabe como os marinheiros detestam bombear: têm pavor desse exercício e, cansados como já estão, não me atrevo a lhes impor mais esse fardo.

– Comandante – disse René, estendendo a mão ao capitão –, confia em mim?

– Perfeitamente – este respondeu.

– Muito bem! Tenho nas entrecobertas uns sessenta e sete ou sessenta e oito homens que ficaram descansando enquanto a tripulação tratava de salvá-los; é verdade que, enquanto os salvava, salvava também a si mesma. Agora é a vez dos meus homens trabalharem e dos outros descansarem. Devolva-me meus marujos por quatro horas; dentro de quatro horas, não haverá nem mais uma gota sequer de água no fundo do porão, e meus homens, dentro de quatro horas, terão feito por sua tripulação o que há dois dias sua tripulação vem fazendo por eles.

René, pelo boato que se espalhara de que matara Nelson, pelo modo como se conduzira durante a tempestade, adquirira certo prestígio aos olhos dos marujos ingleses; não era um homem comum esse que matara Nelson, que havia quarenta anos lutava contra os franceses, contra a tempestade e, às vezes, contra Deus.

O capitão aproveitou de um momento de bonança, reuniu todos os seus homens no convés e disse-lhes:

– Meus amigos, tenho uma má notícia a lhes dar, estamos com quatro a cinco pés de água no porão; se dermos tempo para que a água suba, antes de amanhã o navio terá afundado, mas se, ao contrário, vocês começarem a bombear, ainda temos uma chance de escapar desse novo perigo, o maior de todos os que já enfrentamos até hoje.

Então, aconteceu o que o capitão Parker havia previsto, mais da metade da tripulação deitou-se no convés, dizendo que preferia naufragar a se dar o trabalho de bombear. A outra metade calou-se, mas não foi difícil para o capitão perceber que aqueles eram os que oporiam maior resistência à proposta, caso ele insistisse.

– Meus filhos – disse o capitão –, compreendo o seu cansaço e, mais ainda, a sua repulsa. Está aqui o tenente René, que, grato pelos esforços que vocês realizaram por ele e por seus homens durante toda a travessia, tem uma proposta a fazer.

O velho timoneiro foi o primeiro a erguer o chapéu e sacudi-lo.

– O tenente René – disse ele – é um marinheiro rematado, valente como ninguém, vamos escutar a proposta.

A tripulação, em meio à tempestade a que mais ninguém parecia prestar atenção, exclamou numa só voz:

– Vamos escutar o tenente René, hurras ao tenente René!

Este fez uma saudação, com lágrimas nos olhos, e para grande espanto da tripulação, que nunca o ouvira pronunciar uma só palavra em inglês, disse com a pureza de um nativo do condado de Suffolk:

– Obrigado! Durante o combate somos inimigos, depois do combate somos rivais; durante o perigo somos irmãos.

Aclamações vindas de todos os lados acolheram essa introdução.

– Eis a minha proposta: temos a bordo sessenta e nove prisioneiros que descansaram durante os dois dias que vocês trabalhavam por eles; embora houvesse um pouco de egoísmo no empenho de vocês, embora vocês talvez não tenham lembrado deles durante a tempestade, agora é a vez de eles trabalharem por vocês, é o que eles estão pedindo por meu intermédio.

Os marujos ingleses escutavam e ainda não estavam compreendendo.

– Devolvam a liberdade deles por quatro horas; durante esse tempo, eles vão bombear por vocês; daqui a quatro horas, o navio estará salvo, vocês todos poderão beber juntos fraternalmente um copo de gim, e cada um deles voltará para o seu posto de prisioneiro, contente por vocês guardarem deles uma recordação igual à que eles guardam de vocês. Respondo por tudo, pela minha honra.

Os ingleses quedaram-se paralisados de espanto. Jamais proposta igual teria passado pela cabeça de um deles. Havia algo de tão cavalheiresco nessa proposta de os prisioneiros pedirem aos seus inimigos que lhes confiassem o seu navio, que ficaram alguns instantes sem entender.

Mas o velho comandante Parker, que esperava por uma reação desse tipo, exclamou, jogando os braços em volta do pescoço de René:

– Meus bons amigos, o tenente René responde por eles, e eu respondo por ele.

Fez-se então um tumulto indescritível na embarcação; enquanto isso, o primeiro-tenente recebia baixinho uma ordem do capitão e, de repente, viram surgir por uma escotilha um primeiro grupo de doze prisioneiros, surpresos que os levassem a uma hora dessas, e com um tempo desses, até o convés; mas viram nesse convés arrasado pela tempestade como o convés do *Redoutable* fora arrasado pelo combate, viram seu tenente sorrindo e estendendo-lhes as mãos.

– Meus bons amigos – disse René –, aqui estão alguns valentes companheiros que há dois dias vêm enfrentando a tempestade cuja violência vocês puderam avaliar, mesmo sem ver; eles estão salvos, mas caindo de cansaço.

"Estamos com cinco pés de água no porão."

– Ponha a gente para bombear – disse o contramestre do *Redoutable* – e daqui a três horas não vai ter mais água nenhuma.

René repetiu em inglês o que o contramestre acabara de dizer; enquanto isso, o capitão Parker mandara buscar uma barrica de gim.

– E então, meus amigos – disse René, dirigindo-se aos ingleses –, vocês aceitam?

O grito foi em uníssono.

– Sim, tenente! Aceitamos!

E aqueles homens que, dias antes, arrancavam-se mutuamente do corpo até a última gota de sangue, jogaram-se palpitantes de fraternidade nos braços uns dos outros.

– Diga aos seus homens que podem ir descansar – soprou René ao capitão Parker. – E o senhor faça o mesmo; só me diga onde tenciona desembarcar, e durante quatro horas me encarrego de tudo, até de pilotar o navio.

– Devemos estar na altura do canal São Jorge, o vento e as ondas estão nos empurrando para o pequeno porto de Cork; crave um mastaréu de reserva com uma vela qualquer e rume para Cork entre o grau dez e doze de longitude. Um copo de gim, meus amigos – prosseguiu o capitão, dando o exemplo e tocando seu copo no de René.

Dez minutos depois, estavam todos de mãos à obra, os vencedores dormiam, os vencidos trabalhavam e os prisioneiros conduziam, eles próprios, sua prisão.

Passadas quatro horas, já não havia nem uma gota sequer de água no porão, os ingleses retomaram a direção do navio e, no dia seguinte, os despojos do *Samson* jogavam a âncora no fundo do golfo, a duzentos metros da pequena cidade de Cork.

XCV
FUGA

No dia seguinte, perceberam que não havia como deixar os franceses presos no navio, embora estivesse arrasado igual a um navio-prisão.

Era demasiado fácil jogar-se ao mar e alcançar a terra a nado. Uma vez em terra, era demasiada a simpatia entre franceses e irlandeses para não se desconfiar destes últimos. Era evidente que um irlandês jamais denunciaria um prisioneiro francês.

Sempre existira uma espécie de pacto entre as duas nações. Ficou combinado, portanto, que deixariam os prisioneiros na prisão da cidade.

Ao descer a escada da embarcação, um prisioneiro se aproximou de René e disse, com um sotaque irlandês que não deixava dúvida quanto à sua origem:

– Me leve junto para a sua cela e não vai se arrepender.

René deu uma olhada no homem, ele tinha uma fisionomia franca e aberta e, quando lhe perguntaram quem levaria com ele, indicou-o em terceiro, deixando os outros cinco se apresentarem eles próprios.

Cada cela acomodava oito homens.

René absteve-se de solicitar qualquer tipo de favor, o que o colocaria acima de seus companheiros e inspiraria, por conseguinte, uma desconfiança que eles não mereciam. Além disso, aquele irlandês que lhe pedira para ficar junto dele evidentemente só fizera a proposta para ajudá-lo.

René não ignorava que, ao sair de Cork, seria levado aos navios-prisão de Portsmouth, e sabia que terríveis suplícios eles representavam. No entanto, não buscou nenhuma explicação, supôs que as explicações viriam por si só; não estava enganado.

Com efeito, assim que foram trancados na prisão que lhes era destinada, que era um quarto no andar térreo com uma janela gradeada que dava para um pátio cercado por muralhas de dezesseis pés de altura, pátio em que dia e noite se cruzavam duas sentinelas, o irlandês, depois de inspecionar o pátio pela janela, voltou-se para René e disse-lhe baixinho em inglês:

— Então, é daqui que vamos ter de fugir se não quisermos ir para os navios-prisão de Porstmouth?

— É — respondeu René —, e agora se trata de encontrar os meios; tenho dinheiro e, se o dinheiro puder ser útil, coloco-o à disposição dos meus bons companheiros.

— O dinheiro é uma boa coisa — disse o irlandês —, mas isso é melhor ainda.

E mostrou a René oito agulhas para velas encabadas em oito travessas de cadeira.

— Quando percebi — acrescentou o irlandês — que íamos ser apanhados, pensei no futuro e disse: "Não existe prisão de que não se possa fugir com coragem e braço forte", e então guardei um pacote de agulhas, quebrei oito travessas de cadeira e peguei uma lima com o serralheiro, é esta a minha bagagem.

— Estou vendo — disse René —, estou vendo oito punhais, estou vendo uma lima para serrar nossas grades, mas não estou vendo uma corda para escalar as muralhas.

— O senhor disse que tem dinheiro. Eu sou irlandês, conheço o meu país e os meus compatriotas. Nosso navio vai levar pelo menos seis semanas para ser consertado e ter condições de voltar ao mar; a Irlanda há de nos propiciar uma dessas noites em que uma sentinela nunca ficaria lá fora virando gelo quando basta abrir e fechar a porta de um corpo de guarda bem aquecido para passar a noite perto da salamandra. Quanto aos meus compatriotas, para eles o francês significa o libertador, o amigo, o irmão, o aliado; da parte dos meus compatriotas não só não temos nada a temer, como temos tudo a esperar; o senhor diz que tem dinheiro, não é absolutamente necessário, mas nunca atrapalha; vamos achar um bom rapaz, talvez o próprio carcereiro, que vai nos jogar uma corda do lado de lá da muralha: portanto, trata-se apenas de esperar e estar preparado. Deixe que eu contate o carcereiro e antes de uma semana vamos estar fora daqui, o que não quer dizer que vamos estar salvos, mas quer dizer que estaremos muito próximos disso. Agora que nos viram conversando, nossos colegas poderiam ter alguma suspeita; conte para eles, sem explicar tudo, do que se trata: mas eles têm de ficar calados e manter a esperança.

Em duas palavras, René cumpriu as intenções do irlandês.

Nisso, a porta se abriu e o carcereiro apareceu.

– Ora essa, vejamos, quantos somos? – disse ele.

Contou.

– Oito, quer dizer que precisamos de oito colchões, pois não é o caso de vocês dormirem na palha; se fossem ingleses ou escoceses, aí sim.

– Ora vivas, seu Donald! – disse o irlandês.

O carcereiro estremeceu; acabava de ser chamado por seu nome, e em puro irlandês.

– Ele não esqueceu – prosseguiu o irlandês – que é parente em quadragésimo quinto grau do general Mac Donald, sob cujas ordens servi em Nápoles e na Calábria.

– Ora essa – disse o carcereiro –, então você é irlandês?

– É claro que sou irlandês, e de Youghal, a dez léguas daqui. O seu Donald não está lembrando que eu vinha brincar, faz muito tempo, é verdade, mais de vinte anos, com seus dois filhos, James e Tom; eram bons garotos. O que foi feito deles?

O carcereiro passou o dorso da mão nos olhos.

– Foram levados à força para servir os ingleses: James desertou, foi fuzilado; quanto ao Tom, coitado, foi morto em Abuquir.

O irlandês olhava para René e dizia com o olhar: "Está vendo, não vai ser tão difícil como pensamos".

– Ingleses canalhas! – disse ele. – Nunca vai ser a nossa vez.

– Ah! Se chegar a nossa vez – disse Donald, mostrando o punho. – É só isso que eu digo.

– O senhor é católico? – perguntou René.

O carcereiro respondeu fazendo o sinal da cruz.

René foi até ele, pegou um punhado de ouro no bolso e colocou-o em sua mão, dizendo:

– Tome, meu amigo, isto é para mandar rezar umas missas pelo descanso da alma dos seus filhos.

– O senhor é inglês – disse o carcereiro –, e dos ingleses eu não recebo nada.

– Sou francês, e um bom francês, meu bom homem, como esse seu compatriota pode confirmar; e, se na outra vida também se rezam missas, despachei para lá um número suficiente de ingleses para assistirem, como coroinhas, os padres que vão rezá-las.

– Isso é verdade? – perguntou o carcereiro ao seu compatriota.

– Tão verdade quanto a Santíssima Trindade – respondeu este último.

O carcereiro voltou-se e estendeu a mão a René, e este a apertou.

– E agora – disse – aceita?

– Da sua parte, tudo, já que o senhor não é inglês.

– Então está resolvido – disse o irlandês. – Somos todos amigos, e bons amigos, e temos de nos tratar como camaradas. Bom pão, boa cerveja, fogo quando fizer muito frio.

– E carne em todas as refeições – acrescentou René. – Aqui está para a nossa primeira semana.

E ele deu cinco luíses ao carcereiro.

– Ora essa – disse o carcereiro ao irlandês –, ele por acaso é algum almirante?

– Não – respondeu o irlandês –, mas é rico; conseguiu boas presas na Índia e veio se juntar a nós na véspera ou na antevéspera da batalha.

– Que batalha?

– Ora, a batalha de Trafalgar, quando Nelson foi morto.

– Como assim? – exclamou o carcereiro. – Nelson foi morto?

– Sim, e se for preciso podemos lhe mostrar a mão que o matou.

– Obrigado por hoje, mais tarde a gente torna a falar sobre isso.

– Até logo, seu Donald, e bom pão, boa cerveja e carne fresca.

Os prisioneiros não tiveram do que se queixar de seu carcereiro. Naquela mesma noite, puderam constatar com que empenho Donald cumpria as promessas que fizera, mas também, na mesma noite, duas sentinelas cruzaram os passos no estreito pátio para o qual dava a janela gradeada da cela.

Oito dias transcorreram sem que fosse trocada uma só palavra entre os franceses e o mestre Donald. Mas, em compensação, nenhuma vez o carcereiro entrou na prisão sem conversar em voz baixa com seu compatriota irlandês.

– Está tudo bem – disse este, depois de cada conversa.

O tempo vinha esfriando mais e mais. Em certos momentos, caíam tamanhas tempestades que os ingleses de sentinela iam se refugiar no corpo de guarda pelo tempo que durassem; então o irlandês, com sua lima, se ocupava das grades e, dos três ferros que gradeavam a janela, o do meio já estava serrado na parte de baixo.

O tempo passou de ruim para horroroso.

– Me dê cem francos – disse o irlandês a René certa noite.

René tirou cinco luíses do bolso e passou-os ao irlandês. Este desapareceu com o carcereiro e voltou uma hora mais tarde.

– Vamos pedir a Deus que faça esta noite um tempo de não deixar nem o diabo na rua – disse o irlandês – e estaremos livres.

Chegou o jantar, mais copioso que de costume, e todos puderam guardar nos bolsos pão e carne, o almoço do dia seguinte. Por volta das nove da noite, a neve começou a cair, trazida por um vento norte de arrancar as telhas do condado. Às dez horas, por mais que os prisioneiros prestassem ouvidos, já não se escutavam passos de sentinelas no pátio: talvez porque um tapete de neve cobrisse o pavimento. Entreabriram a janela e observaram com cautela. Era porque os ingleses estavam se aquecendo no corpo de guarda, em vez de vigiar em seu posto.

O irlandês pegou uma pedra a um canto da prisão e jogou-a por cima do muro. No mesmo instante, caiu no pátio uma corda lançada do outro lado do muro, e ficou balançando no espaço.

– E agora – disse o irlandês – só falta acabar de serrar essa barra de ferro.

– Ora – disse René –, não vamos perder tempo, espere!

Ele apanhou a barra com as duas mãos, puxou-a em sua direção e, no primeiro esforço, rebentou a pedra em que a barra estava presa.

– Está aqui a minha arma – disse ele –, não preciso de mais nenhuma.

O irlandês foi o primeiro a passar pela abertura recém-criada, e explorou o pátio que estava absolutamente livre de qualquer sentinela; prendeu a corda num gancho que havia na parede; a corda esticou, demonstrando que alguém estava segurando a outra ponta; colocou entre os dentes sua agulha de vela encabada numa travessa de cadeira, subiu rapidamente até o topo do muro e desapareceu do outro lado.

René subiu em seguida, com igual leveza, agilidade e êxito, mas quando chegou do outro lado, deparou com o irlandês esticando sozinho a corda, aquele que ajudara a libertá-los havia desaparecido.

Os demais foram vindo um por um sem topar com nenhum obstáculo e, depois que desceu o último, jogaram a corda para dentro do pátio.

Estava uma dessas noites do Norte em que não se enxerga nada quatro palmos à frente; certo de não estar sendo seguido, o irlandês pediu um instante para se orientar e pôs-se à escuta:

– O mar está para lá – disse ele, estendendo a mão para leste –, ou melhor, não exatamente o mar, o barulho está muito fraco, mas sim o canal São Jorge; por aqui é que vão nos perseguir, se é que vão nos perseguir; portanto, temos de ir na direção oposta. Vamos andar para o norte até alcançar Limerick, conheço a região e tenho mais ou menos certeza de que não vou fazer com que se percam; mesmo assim, seria muito melhor se tivéssemos uma bússola.

– Aqui tem uma – disse René, tirando do bolso uma pequena bússola que estava sempre com ele e lhe servira muitas vezes em suas andanças pela Índia.

– Então está tudo bem – disse o irlandês. – Vamos embora!

Tratava-se de sair de Cork; felizmente, Cork não é uma cidade fortificada, mas tinha guarnição. Os fugitivos mal haviam percorrido cem passos quando ouviram as passadas regulares de uma patrulha inglesa.

O irlandês mandou fazer silêncio, recuou com passadas tão moderadas quanto as da patrulha para uma ruela em que os oito prisioneiros se amontoaram debaixo de um pórtico.

A patrulha passou rente a eles, todos seguraram a respiração. Um dos ingleses sussurrou:

– O capitão bem que podia nos deixar em paz lá no corpo de guarda. Mesmo sendo francês, o sujeito teria de estar com o diabo no corpo para ter a idéia de fugir com um tempo desses.

O ruído dos passos foi se extinguindo, os fugitivos saíram então de seu refúgio e seguiram na direção oposta à da patrulha; dez minutos depois, estavam fora de Cork e sentiam no rosto o violento vento norte de que se queixa Hamlet no terraço de Elsenor[1].

Ali, a pequena tropa parou novamente por alguns segundos.

– Venham – disse o irlandês –, estamos na estrada de Blarney; se quisermos pousar por lá, tenho amigos, mas acho que seria mais prudente seguir até Mallow pela estrada, que está completamente deserta e na qual não veremos nem sequer uma casa.

– E, em Mallow, você conhece alguém? – perguntou René.

– Em Mallow, vamos ter dez amigos para cada um.

– Então – disse René –, vamos para Mallow. Assim ganhamos um dia de vantagem sobre os que amanhã de manhã vão tentar nos perseguir.

---

1. Na adaptação de Dumas da peça, *Hamlet*, ato I, 2. parte, cena I, apenas Horatio se queixa: "O vento é cruel e corta, assobiando, nosso rosto".

Chegaram a Mallow às seis horas da manhã, ou seja, uma hora antes de raiar o dia; o irlandês foi direto a uma casa, bateu à porta e à pergunta: "Quem é?", vinda de uma janela do primeiro andar, perguntou à guisa de resposta:

– Farrill ainda mora aqui?

– Mora – respondeu a voz. – Eu sou Farril, e você, quem é?

– Sou Sullivan.

– Espere, espere, vou abrir.

A porta se abriu, os dois homens se jogaram nos braços um do outro.

Farrill pediu ao companheiro que entrasse, mas este, que pedira aos fugitivos para se alinharem junto ao muro, disse:

– Não estamos sozinhos, estou com os meus companheiros, e preciso de hospitalidade para eles até esta noite.

– Mesmo que fossem dez, que fossem cem. Não a hospitalidade que Farrill gostaria de dar, mas a que é possível com os recursos que tem. Entrem, quem quer que sejam.

Os prisioneiros se aproximaram:

– Senhor – disse René –, somos prisioneiros franceses que escaparam ontem da prisão de Cork; Sullivan, nosso camarada, respondeu pelo senhor e viemos, em toda confiança, colocar nossas vidas em suas mãos.

A porta estava aberta; Farrill fez um sinal, entraram todos sem serem vistos, e a porta se fechou atrás deles.

Sullivan avisou René, ao entrar, que não era para oferecer nada a Farrill em troca de sua hospitalidade, pois qualquer oferta, qualquer que fosse, o magoaria profundamente.

Haviam andado seis léguas e meia; passaram o dia dormindo e comendo a fim de se recuperar da fadiga.

Embora Farrill visivelmente não fosse rico, a hospitalidade foi o que o irlandês prometera, se não opulenta e suntuosa, ao menos cordial e suficiente.

Havia farinha e umas boas garrafas de cerveja de Dublin; foram bebidas nessa ocasião. Ao cair da tarde, às sete horas, os fugitivos se puseram a caminho. Tinham de caminhar até Bruree naquela noite, ou seja, sete léguas. Os calçados de dois dos fugitivos estavam em mau estado, mas Farrill, durante o dia, depois de medir seus sapatos no próprio pé, trouxera dois pares novos, de modo que nada deveria deter a marcha, pelo menos quanto a esse aspecto.

Por volta das cinco da manhã, chegaram a Bruree.

Sullivan tivera o cuidado de ir pela margem direita do pequeno rio Maigue, onde se situa a aldeia. Ele tinha ali um conhecido, tão hospitaleiro quanto o bravo Farrill; as coisas se passaram mais ou menos da mesma maneira, os fugitivos beberam, comeram, dormiram à vontade e partiram na mesma noite rumo a Askeaton: mas dessa vez, como a estrada que atravessava a região era mais difícil que a da véspera, em que só precisavam seguir uma trilha, o amigo de Sullivan quis lhes servir de guia; depois, Sullivan fora obrigado a reconhecer que não tinha nenhum conhecido na cidade de Askeaton.

Ele aceitou, portanto, agradecido por ele e por seus companheiros, a proposta do amigo. Chegaram a Askeaton conduzidos por ele.

Às palavras mágicas: "São franceses!", os braços e as portas se abriam, até se desanuviavam as fisionomias das donas de casa, a quem essa despesa a mais, num país pobre como a Irlanda, não deixava de ser onerosa.

Dessa vez, o guia dos fugitivos os levou até a casa de seu cunhado.

A explicação, portanto, não foi muito longa, embora incluísse o itinerário do dia seguinte. René propôs que comprassem uma barca e retornassem à França com ela, depois de enchê-la calmamente com os mantimentos necessários, mas Sullivan balançou a cabeça, confiava menos nos habitantes dos portos, em constante comércio com os ingleses, que nos do interior. Sua idéia, portanto, era se apossar de surpresa de uma barca e usá-la qualquer que fosse o seu estado; fariam uma escala em algum lugar, se necessário, para completar as provisões; por todo lado, aliás, viam-se soldados ingleses atrás dos fugitivos, e já se espalhara por toda a costa a notícia de que oito franceses haviam fugido das prisões de Cork.

Naquela noite, portanto, contentaram-se em andar quatro léguas e pousar em Loghill; lá, informaram-se acerca dos barcos ancorados no rio Shannon.

Havia uma chalupa em Foynes, mas estava muito enfiada no canal; o guia sugeriu que se apossassem, antes, de um navio mastreado como uma chalupa, ancorado entre Tarbert e a pequena ilha em frente.

Ficou combinado que a expedição ocorreria entre três e quatro horas da manhã. E, com efeito, por volta das sete horas, soltaram um bote amarrado na margem com uma despreocupação irlandesa, entraram nele, prenderam-no à chalupa e precipitaram-se para a embarcação. Esta estava ocupada por três homens e uma mulher que, ao serem surpreendidos por oito homens, puseram-se a gritar.

Mas Sullivan lhes deu a entender, em excelente irlandês, que, se não se calassem, ele e seus colegas fatalmente seriam obrigados a fazer com que se calassem e, como ao mesmo tempo lhes mostrava suas agulhas de vela, os pobres-diabos se conformaram.

Num instante foi levantada a âncora, desfraldada a vela e, como o vento chegasse do Norte, a chalupa adentrou o oceano Atlântico tão majestosamente como um navio de alto bordo.

A uma légua mar adentro, fizeram os quatro irlandeses descer para o bote com que haviam abordado a chalupa, René colocou-lhes cerca de vinte luíses nas mãos e prometeu, caso chegasse são e salvo à França, mandar-lhes através de seu banqueiro em Dublin uma letra de pelo menos o dobro do valor de seu barco.

Aquela boa gente não acreditou muito naquilo; mas como ele não fora obrigado a lhes dar os vinte luíses que acabavam de receber, não perderam a esperança de receber a letra e, ajudados pela correnteza, seguiram com certa alegria em direção ao rio Shannon, e estavam de volta ao ancoradouro antes de terem certeza se o incidente que acabara de acontecer era sonho ou realidade.

XCVI
NO MAR

Uma vez senhores da chalupa, a primeira providência dos fugitivos foi visitá-la para verificar que recursos oferecia. Estava carregada de turfa e só levava cem batatas, oito repolhos, dois potes de manteiga e dez a doze garrafas de água doce, uma péssima bússola, uma vela grande em farrapos, um péssimo cutelo e uma vela de estai de mezena pior ainda.

Havia mantimentos para cinco ou seis dias apenas, e isso se fizessem a maior economia; nenhum pão a bordo, nenhum pão em casa provavelmente, tal era a situação dos antigos donos do barco, tal é em geral, hoje como naquela época, a situação dos irlandeses.

– Vejamos – disse René –, acho que seria razoável começar imediatamente a racionar: jantamos bem ontem à noite, comemos bem pela manhã, não precisamos comer nada até a noite.

– Hum... Hum! – proferiram algumas vozes.

– Ora, vamos! – disse René. – Vamos ser bons meninos e combinar uma coisa: ninguém vai sentir fome antes das oito horas da noite.

– Está certo – disse o irlandês –, ninguém vai sentir fome antes das oito horas; os que sentirem fome vão encolher a barriga ou dormir; dormindo, poderão sonhar que estão comendo.

– Ô! – disse um dos marujos. – Vocês não acham que, no momento, o mais urgente é acender um fogo?

– Ah! Turfa, pelo menos, não vai faltar – disse Sullivan. – O sol não está aparecendo e não parece estar com pressa de aparecer; a neve continua caindo, o que vai nos fornecer água se tivermos um encerado para recolhê-la; enquanto isso, vamos desfrutar do prazer de esquentar as nossas unhas.

Acenderam um braseiro, que alimentaram da manhã até a noite, e da noite até a manhã.

O frio à noite é insuportável em janeiro e fevereiro no litoral da Inglaterra e na Mancha, e não se tratava só do frio, mas também de enxergar o suficiente para poder navegar. Encontraram uma bússola, mas era velha, enferrujada, e expunha a tripulação aos maiores equívocos: procuraram em vão por uma barquinha para avaliar o trajeto percorrido; nenhum instrumento para identificar em que rumo estavam navegando ou precisavam navegar, nenhum óleo, nenhuma candeia para iluminar a bitácula; sabiam apenas que precisavam rumar primeiro para o sul, depois para o leste, mas para isso não tinham nenhum instrumento além da pequena bússola de bolso de René, e nenhuma luz a que recorrer além do fogo daquela turfa, de início tão menosprezada.

Sendo o mais instruído entre eles todos, e aquele em cuja coragem se tinha mais confiança, René foi unanimemente eleito capitão.

O mar estava ruim, o vento era forte e variável, o velame da chalupa estava em farrapos; ele deu ordem para que juntassem todos os pedaços de pano encontrados na embarcação. Sullivan descobriu um baú, e no baú, uns pedaços de tela em estado razoável e uma candeia que a noite gastou para iluminar os marujos que costuravam uma vela grande.

Todos haviam recebido, às oito horas, duas batatas cada um, duas folhas de repolho, uma porção de manteiga e um copo de água.

Faltou tela, decidiram sacrificar a vela de estai de mezena e com ela fazer pedaços para a vela grande; esse conserto acarretou uma perda de tempo de cinco dias. Uma vez suspensa a vela grande, puderam avançar com mais rapidez e segurança.

Substituíram a candeia por tições de carvalho que haviam tomado o cuidado de alimentar na terrina de turfa. Tinham razoável segurança sobre a trajetória que estavam seguindo; a bússola de René estava ali para tranqüilizá-los sobre erros eventuais que pudessem cometer. Por mais parcimoniosos que fossem os fugitivos no quesito da alimentação, perceberam no quarto dia que, se a distribuição continuasse igual aos dias anteriores, teriam de comer por dois ou três dias no máximo. A água fora tão poupada quanto possível, mas fora utilizada para cozinhar os repolhos. Quanto às batatas, eram cozidas na turfa.

No quinto dia, avistaram um navio no horizonte. René reuniu seus companheiros à sua volta e apontou para a embarcação.

– É inglês ou de um país aliado – disse. – Se for inglês, nós o abordamos e prendemos; se for de uma nação amiga, pedimos socorro, que ele nos dará, e seguimos caminho. O *Standard*, que foi tomado com a nossa chalupa *Le Revenant*, tinha quatrocentos e cinqüenta homens, e nós éramos só cento e vinte; ele tinha quarenta e cinco canhões, nós só tínhamos dezesseis e não estávamos com fome. Barra ao vento, irlandês, e para cima dele.

Cada um pegou seu punhal de agulha e René, sua barra de ferro, mas o navio, quer fosse amigo ou inimigo, mercante ou armado para guerra, acelerou diante da chalupa, que foi forçada a desistir de alcançá-lo.

– Ninguém teria um gole de água para me dar? – disse um marujo, com uma voz lamentável.

– Eu teria, meu rapaz – disse René.

– E o senhor? – ele retrucou.

– Eu não tenho sede – disse René, com um sorriso de causar inveja aos anjos.

E ofereceu sua ração de água ao marujo.

Chegaram assim à noitinha, foi feita a última distribuição, que consistia numa batata, uma folha de repolho e meio copo de água.

Há muito já se observou nas tripulações em perigo que o pior sofrimento é a sede: a sede deixa o homem sem pena nem de seu melhor amigo.

No dia seguinte, a necessidade já enlouquecera nossos fugitivos; cada qual se isolara tanto quanto possível, as fisionomias estavam pálidas e descarnadas. De súbito, fez-se ouvir um grito e um dos marujos, num acesso de delírio, jogou-se no mar.

– Parem o barco e joguem cordas ao mar – gritou René.

E atirou-se no mar atrás do marujo.

Dois segundos depois, voltava à superfície segurando-o pelo braço e lutando com ele. Agarrou uma corda, passou-a em volta do marujo e deu um nó.

– Puxem a corda – disse.

E de fato, puxaram o marujo para bordo.

– Agora é a minha vez – disse ele.

Mas três ou quatro cordas já haviam sido jogadas, ele apanhou uma e num instante subiu a bordo da chalupa.

Aquela constituição tão frágil e delicada parecia ser a única que não sofria de fome ou de sede.

– Ah! – disse o irlandês. – Se eu pelo menos tivesse um pouco de chumbo para chupar.

– Você acha que ouro também serve? – perguntou René.

– Não sei – disse o irlandês –, eu sempre tive mais chumbo do que ouro.

– Então tome, ponha esta moeda na boca.

O irlandês olhou: era uma moeda de vinte e quatro francos com a efígie de Luís XVI.

Os outros seis marujos estavam de boca aberta e braço estendido.

– Ah! Que gostoso, é fresquinho – disse o irlandês.

– Está ouvindo, senhor René – disseram os outros, ofegantes.

– Tomem – disse René, distribuindo um luís para cada um –, experimentem.

– E o senhor? – eles perguntaram.

– A minha sede não está insuportável, vou guardar esse remédio como último recurso.

E, de fato, esse tipo singular de refresco que os marujos obtêm em geral com um pedaço de chumbo foi igualmente eficaz com uma moeda de ouro. Passaram o dia se queixando, mas chupando e mastigando seus luíses.

No dia seguinte, ao raiar do dia, houve uma melhora ao sul. René, que passara a noite no leme, colocou-se de pé e gritou de repente:

– Terra!

O grito produziu um efeito mágico; no mesmo instante, os outros sete homens estavam em pé.

– Barra a estibordo! – gritou um dos marujos. – É Guernesey. Os ingleses seguramente navegam por essas águas, aproar para estibordo.

Uma virada no leme afastou o navio da ilha e fez com que rumasse para o cabo Tréguier.

– Terra! – gritou René novamente.

– Ah! Estou reconhecendo – disse o marujo. – É o cabo Tréguier, não temos o que temer, vamos chegar o mais perto possível da costa; daqui a duas horas estaremos em Saint-Malo.

E, com efeito, o irlandês, que retomara seu posto no leme, efetuou a manobra indicada e, uma hora mais tarde, deixava à sua direita o rochedo do Grand-Bé, península em que hoje se ergue o túmulo de Chateaubriand, e entrava a plenas velas no porto de Saint-Malo.

Como a chalupa era de construção inglesa, foi reconhecida como estrangeira; mas, quando viram o uniforme de seus ocupantes, desconfiaram da verdade: trazia marujos fugitivos dos navios-prisão ou das prisões da Inglaterra.

No molhe, foram detidos pelo subchefe das classes da Marinha, que, com uma chalupa armada para a guerra, vinha reconhecê-los.

O reconhecimento não demorou, René foi encarregado de fornecer todos os detalhes da fuga, enquanto o escrivão da Marinha redigia o auto.

Redigido e assinado o auto por René e pelos quatro marujos que sabiam escrever, René perguntou se estava no porto um navio americano, retornado da ilha de França, chamado *Le Coureur de New York* e comandado pelo capitão François.

Estava ancorado próximo ao canteiro naval, e chegara havia uns dez ou onze dias apenas.

René declarou que o navio lhe pertencia, embora estivesse provisoriamente em nome do quartel-mestre de Surcouf, e pediu autorização para ir a bordo desse navio.

Responderam-lhe que, uma vez reconhecida sua identidade, estava livre para ir aonde quisesse.

Enquanto se registrava o auto, o subchefe da Marinha, vendo em que estado se achavam os pobres fugitivos, e que dois ou três deles haviam passado mal depois de pronunciar as palavras: "Estou morrendo de fome, estou morrendo de sede!", mandara trazer oito xícaras de caldo e uma garrafa de bom vinho, e depois mandou chamar o cirurgião da Marinha.

Este chegou com o alimento de que os pobres fugitivos tanto precisavam, mas que tinha de ser ministrado com muito cuidado, justamente por estarem extenuados.

Exigiu que tomassem o caldo às colheradas, sem acrescentar pão, e que tomassem a garrafa de vinho em copos pequenos.

Depois de uns quinze minutos, todos quiseram devolver os luíses a René, que se negou a aceitá-los, dizendo que estavam trabalhando para ele enquanto não encontrassem um emprego melhor.

René declarou então que a chalupa em que viera com seus companheiros fora tirada à força de uns pobres coitados irlandeses, e pediu que fosse avaliado em seu justo valor, pois queria repassar o montante aos seus donos.

O procedimento era facilitado pelo fato de ele ter encontrado na embarcação, dentro de uma espécie de armário, a licença e, por conseguinte, o endereço do proprietário.

A chalupa ficou, portanto, no anteporto, enquanto René e seus companheiros, que haviam recobrado as forças, pulavam para um bote.

– Vamos, rapazes, navegando, e depressa! – disse René. – Direto para o *Coureur de New York*; dois luíses para os remadores.

– Ora – disse um deles, que o reconheceu –, é o sr. René, o que pagou as dívidas de todos os meus colegas contratados pelo *Revenant* do sr. Surcouf. Hurra para o sr. René!

Os demais remadores, esperando dobrar a paga com seu entusiasmo, puseram-se a gritar "Hurra!" com todas as suas forças.

A esses gritos, a tripulação do *Coureur de New York* correu ao convés, e René reconheceu no tombadilho seu amigo François, que, de luneta na mão, tentava por sua vez reconhecê-lo.

Quando ele gritou: "Companheiros, é o patrão; hurra para o sr. René!", num instante a embarcação se empavesou e, sem esperar pela autorização do capitão do porto, oito tiros de canhão foram ouvidos.

Depois disso, os marujos correram para os ovéns, abanando os chapéus e gritando:

– Hurra para o sr. René!

Enquanto François, no último degrau da escada, de braços abertos, esperava seu capitão e parecia prestes a se jogar no mar só para abraçá-lo um segundo antes.

Pode-se imaginar com que aclamações René foi recebido a bordo. Remunerou seus remadores segundo sua expectativa, enquanto seus sete companheiros de viagem contavam para toda a tripulação do *Coureur de New York* como tinham fugido, como René se privara de água por causa deles, como sustentara o ânimo de todos, como, enfim, acabava de contratá-los até que encontrassem oportunidade melhor.

Então, como se tudo o que tivesse chegado perto de René devesse participar da festa, alguns marujos vieram lhe pedir autorização para repartir a ração com os remadores que o trouxeram a bordo.

– Meus filhos – disse René –, não é a ração de vocês que eles vão partilhar, é o meu jantar. O dia da minha volta é um dia de festa, e todo marujo é um oficial a bordo no dia em que eu volto das prisões inglesas.

Então, depois de mandar distribuir mais refrescos aos seus companheiros de fuga, mandou chamar o cozinheiro e ele próprio encomendou o menu do jantar.

Naquele dia, tudo o que Saint-Malo tinha de bom e de belo foi para a tripulação do *Coureur de New York* e para o seu capitão.

XCVII
OS CONSELHOS DO SR. FOUCHÉ

René chegara em 11 de janeiro de 1806, no mesmo dia da invasão do reino de Nápoles e da entrada de Masséna em Spoleto.

Enquanto o infeliz Villeneuve perdia a batalha de Trafalgar, o imperador atravessava o Reno e abria a campanha com a tomada da ponte de Donauwerth e a passagem do Danúbio.

Depois, enquanto se apresentava diante de Ulm e tomava disposições para se apossar dessa cidade, o marechal Soult conquistava Memmingen e o marechal Ney vencia a batalha de Elchingen, seu primeiro título ducal.

Ulm se rendeu. Mack e a tropa de trinta mil homens da guarnição desfilaram à sua frente e depuseram as armas aos seus pés; depois ele entrou em Augsburgo, com a guarda imperial à frente e os oitenta primeiros granadeiros, cada um trazendo uma bandeira tirada do inimigo. Por fim, ele entrou em Viena, ganhou a batalha de Austerlitz, concluiu um armistício com o imperador da Áustria e deixou os russos saírem dos estados austríacos com tal precipitação que Junot, portador de uma carta do imperador Napoleão ao imperador Alexandre, carta em que Napoleão pedia a paz, não conseguiu alcançar os russos.

Entre 12 e 29 de dezembro, Napoleão permaneceu no castelo de Schönbrunn, onde decretou, no dia 27, que a dinastia de Nápoles cessara de reinar.

Em 1º de janeiro de 1806, suprimiu o calendário republicano. Seria para fazer esquecer certas datas? Se era esse o caso, não teve grande êxito; as datas não só não foram esquecidas, como também não reassumiram, no antigo calendário, sua denominação gregoriana.

Continuou-se a dizer, para duas datas apenas: Offenburgo e 18 de brumário.

Todas essas notícias haviam alcançado a França e ocasionado um entusiasmo que esvaecera o desastre de Trafalgar. Aliás, Napoleão ordenara que esse desastre, que lhe saltara à garganta em meio a todos os seus triunfos, fosse apresentado mais como efeito de uma tempestade do que como vitória.

De Trafalgar, ao contrário, só se tinham as notícias que os jornais tiveram licença para apresentar, e René talvez fosse o único francês que já tivesse retornado de lá. Assim, no dia seguinte à sua chegada, ele recebeu do prefeito marítimo, e na qualidade de capitão, um convite para visitá-lo.

Mais do que depressa, ele acedeu ao desejo do prefeito.

O magistrado desejava, naturalmente, ter notícias precisas sobre a catástrofe de Trafalgar.

René ainda ignorava que ordens do imperador em pessoa impunham silêncio sobre essa catástrofe.

Antes de interrogá-lo, o prefeito o alertou a esse respeito, mas não lhe ocultou como ansiava por conhecer a inteira verdade sobre o episódio.

Como nenhuma recomendação particular houvesse sido feita a René, este, recomendando-se à discrição do magistrado, contou-lhe tudo o que tinha visto com seus próprios olhos.

Em troca, o prefeito lhe relatou que o comandante Lucas, prisioneiro sob palavra em Londres por oito ou dez dias, fora libertado por um decreto do governo, o qual quisera honrar a esplêndida coragem com que ele ilustrara para todo o sempre o nome do *Redoutable*.

O principal motivo do decreto era que, tendo partido do navio *Redoutable* a bala que matou Nelson, o governo não queria que dissessem que retinha Lucas prisioneiro só para satisfazer uma vingança mesquinha.

Lucas, portanto, chegara a Paris na véspera; o prefeito marítimo fora avisado dessa chegada por telégrafo.

A pedido de René, o prefeito se comprometeu em descobrir o endereço de Lucas e fornecer esse endereço ao jovem marinheiro.

Em seguida, já não tendo mais o que saber por seu intermédio, dispensou-o com mostras da maior consideração.

René, depois do comportamento que dera mostras em Saint-Malo, havia se tornado uma personagem lendária, mas a admiração dos maloenses superou qualquer limite quando eles descobriram que, pela avaliação de mil e cem francos da chalupa tomada por ele e por seus companheiros, René tomara do principal banqueiro uma letra de dois mil e quinhentos francos para os srs. O'Brien e Companhia, de Dublin, e enviara essa letra a um pobre cabotador de Loghill chamado Patrick, a quem pertencia a chalupa.

O espanto deve ter sido grande naquela pobre família quando chegou o aviso de que bastava seu chefe se apresentar em Dublin, onde os srs. O'Brien e Companhia se encarregariam de pagar por sua chalupa o dobro do que fora estimado.

Enquanto isso, René, por seu lado, pedira a François que lhe contasse todos os detalhes de seu regresso a Saint-Malo e como, à altura do cabo Finistère, fora perseguido por um brigue inglês, do qual só conseguira escapar desviando-se do rumo e aproando para a América.

Era o que havia atrasado sua chegada a Saint-Malo.

Durante essa perseguição, o *Coureur de New York* merecera seu nome de *corredor*, navegando a onze ou doze nós por hora.

François afirmou a René que, se por azar tivesse sido apanhado, teria estourado os próprios miolos. René o conhecia o suficiente para acreditar.

Depois dessa profissão de fé da parte de François, é desnecessário dizer que René encontrou cada coisa em seu lugar no navio, sua carteira na gaveta da escrivaninha, o testamento na carteira, as pedras na bolsinha.

Com os recursos que René lhe deixara, François havia pago a tripulação; estava tudo *au courant*[1], e o fiscal mais exigente não teria questionado nem um quarto de centavo sequer em suas contas.

René rogou a François que continuasse sendo seu substituto e testa-de-ferro no navio até que seu destino se decidisse.

Entretanto, René ficara sabendo, pelo prefeito marítimo, da chegada do comandante Lucas a Paris, e do retorno próximo do imperador à capital. Dois motivos para que ele próprio fosse para lá o quanto antes.

É desnecessário dizer que sua segunda visita, depois do prefeito marítimo, havia sido para a sra. Surcouf, a quem dera excelentes notícias do marido.

Entre os pertences que René reencontrara na sua chalupa estava um guarda-roupa bastante completo; pegou o que lhe seria necessário no momento e

---

1. Uma pessoa (de preferência a alguma coisa) está *au courant* quando todas as suas dívidas (ou suas obrigações) são quitadas. [O sentido usual da expressão em francês é "a par". (N. T.)]

tomou lugar numa diligência, não querendo, indo pela posta, chamar atenção para a sua pessoa.

Ao chegar a Paris, hospedou-se no Hotel Mirabeau, na rua de Richelieu. Naquela época, esse hotel ainda não fora transferido para a rua de la Paix. Assim que se acomodou, assim que seu nome foi inscrito nos registros, recebeu a visita do secretário de Fouché, pedindo-lhe para passar no Ministério da Polícia assim que possível.

Nada impedia René de se apresentar no Ministério naquele mesmo dia, pelo contrário, sentia um ardente desejo de saber que futuro Fouché vislumbrava para ele.

Pediu ao secretário que aguardasse, fez uma rápida toalete e subiu com ele no carro.

Assim que foi anunciado, a porta do gabinete ministerial se abriu e o secretário apareceu, dizendo:

– Sua Excelência está aguardando o sr. René.

René não quis fazer esperar Sua Excelência e entrou imediatamente.

Encontrou Fouché com a mesma fisionomia zombeteira de sempre, porém mais complacente que aborrecida.

– Com que então está de volta, senhor capitão do *Coureur de New York*?

– Esse título que Vossa Excelência me atribui prova que está a par dos meus pequenos negócios.

– É o meu trabalho – disse Fouché – e cumprimento-o pela maneira como conduziu esses negócios. Está satisfeito com o conselho que lhe dei?

– Sem dúvida; um homem com a perspicácia de Vossa Excelência só pode dar bons conselhos.

– Não se trata apenas de dar bons conselhos, meu caro sr. René, eles têm de ser bem seguidos. Ora, quanto a isso, só tenho de lhe dar os parabéns. Aqui está a cópia de uma carta do sr. Surcouf para o Ministério da Marinha, relatando o combate e a tomada do *Standard*. É mencionado um certo marujo René, que se comportou de tal maneira que ele não hesitou em nomeá-lo aspirante de primeira classe; meu interesse por esse sr. René é que me levou a pedir uma cópia da carta ao meu colega sr. Decrès. E esta é uma segunda carta, igualmente para o Ministério, relatando a chegada de Surcouf na ilha de França, e a licença concedida por este último ao aspirante René para que levasse à Birmânia, num navio comprado por ele mesmo e navegando com o pavilhão americano, suas duas primas e o corpo do seu tio, o visconde de Sainte-Hermine. E esta é uma terceira carta, relatando seu regresso à ilha de França depois de sensacionais proezas contra os mais terríveis e variados monstros, e repare que se trata simplesmente de tigres do tamanho do leão de Neméia e de serpentes do comprimento da serpente Píton. Agora, ao regressar da Birmânia, o aspirante René chegou bem no meio de um combate que Surcouf sustentava contra dois navios ingleses, pegou um dos navios e, conseqüentemente, deixou Surcouf livre para dominar o outro, o que qualquer um que conheça Surcouf não tem a menor dúvida de que ele se apressou em fazer. Depois disso, deixando sua parte da presa para os pobres da ilha de França e para os seus marujos, e tendo conhecimento das ordens do imperador para que se lutasse contra os ingleses num grande combate naval, pediu permissão para tomar parte nesse combate; munido de cartas do general Decaen, governador da ilha de França, e da permissão do seu comandante Surcouf, tornou a embarcar em seu pequeno navio, o *Coureur de New York*, e chegou à baía de Cádiz três dias antes do combate de Trafalgar. Dirigiu-se imediatamente a bordo do *Redoutable*, comandado pelo capitão Lucas, que lhe concedeu o título de terceiro-tenente a bordo.

"A batalha ocorreu, o capitão Lucas, atacado por três navios, obstinou-se contra o *Victory*; quase o pegou, e sem a chegada do *Téméraire*, que lhe tirou cento e oitenta homens numa só salva de artilharia, teria se apossado do navio almirante inglês. Enquanto isso, Nelson agonizava devido a uma bala que partiu do cesto de gávea do mastro de ré do *Redoutable*, atirada, segundo afirmam, pela mão de um terceiro-tenente chamado René, o qual, não tendo a bordo um posto fixo, recebera autorização para posicionar-se onde bem quisesse, e tinha, conseqüentemente, assumido o lugar mais perigoso entre os gajeiros... – detendo-se de repente e olhando fixamente para o rapaz: – É verdade, senhor – perguntou Fouché –, que foi o terceiro-tenente René quem matou Nelson?"

– Não posso afirmar, senhor ministro – respondeu René –, mas eu estava sozinho com um fuzil no cesto de gávea do mastro de ré; por um segundo, reconheci Nelson pelo uniforme azul, as medalhas e as dragonas de general, fiz fogo contra ele, mas estavam fazendo fogo, ao mesmo tempo, dos cestos de gávea do grande mastro e de mezena, de modo que não poderia afirmar que fui eu quem livrou a França desse formidável inimigo.

– Também não posso afirmar – disse Fouché –, só estou repetindo e vou continuar repetindo a quem de direito o que me foi dito ou escrito.

– Então, Vossa Excelência provavelmente conhece o final da minha odisséia, assim como conhece o início?

– Conheço. Levado como prisioneiro para Gibraltar, e de lá para a Inglaterra a bordo no *Samson*, do capitão Parker, o senhor, depois de uma terrível tempestade, colocando-se nas bombas com seus homens, salvou o navio que, sem esse acréscimo de trabalhadores, teria naufragado; depois, prisioneiro em Cork, fugiu junto com sete companheiros, apossou-se, no rio Shannon, de uma pequena chalupa e despachou o dono de volta para terra; depois, com essa chalupa, voltou a Saint-Malo; lá, julgou dever alguma compensação ao dono do navio e mandou-lhe uma letra de câmbio de dois mil e quinhentos francos a descontar na casa O'Brien de Dublin.

– Preciso reconhecer, senhor – retrucou René –, que está muitíssimo bem informado.

– O senhor há de compreender que é um tanto raro ver um marinheiro comprar, com seus próprios recursos, uma chalupa americana para navegar por conta própria sob um pavilhão neutro, partilhar com os pobres e com seus marujos não só as presas, mas a sua própria parte nelas; percorrer duas mil léguas para combater feito um desesperado em Trafalgar; prisioneiro, fugir depois de uma semana de prisão e, ao voltar à França, lembrar que tirou de um pobre coitado de um cabotador a mísera embarcação que era toda a sua fortuna e, por uma avaliação em mil e cem francos, mandar dois mil e quinhentos francos ao dono de quem a tomara *emprestada*. O senhor paga amplamente suas dívidas, senhor, a começar pela que assumiu comigo. E agora, já que os meus últimos conselhos deram tão certo para o senhor, aceitaria guardar num recanto da sua memória este que vou lhe dar agora?

– Pois não, senhor, diga.

– Chama-se sr. René, e é com esse título que será recebido pelo imperador; não se esqueça de que no relatório que vou fazer, ou mandar fazer para ele, o conde de Sainte-Hermine não será nem sequer mencionado. O imperador, não tendo nada contra o marujo René, não só não se oporá, como ainda ajudará no seguimento da sua carreira, ao passo que, se perceber a menor analogia entre o marujo René e o conde de Sainte-Hermine, seu cenho se franzirá; o senhor terá, provavelmente, efetuado maravilhas para nada, e tudo estará por recomeçar. Por isso, mandei buscá-lo assim que chegou; o imperador provavelmente vai estar aqui no próximo dia 26. Vá visitar o capitão Lucas no Palácio da Marinha, o imperador vai recebê-lo logo depois de chegar; se Lucas se oferecer para lhe apresentar a Sua Majestade, aceite. Não poderia ter, junto a ele, um melhor introdutor, e não tenho dúvida de que, se seguir o conselho que estou lhe dando, de dar um sumiço no conde de Sainte-Hermine, estará definindo a posição militar e, ao mesmo tempo, a fortuna do terceiro-tenente René.

René despediu-se de Sua Excelência, o ministro da Polícia, sem conseguir adivinhar que tipo de interesse Fouché nutria por ele. É certo que Fouché, se fizesse a si mesmo essa pergunta, tampouco saberia responder: "Nenhum, mas é que existem homens de aspecto tão simpático que os piores temperamentos se rendem à sua simples presença".

René dirigiu-se imediatamente para o Palácio da Marinha, encontrou o comandante Lucas totalmente recuperado de seu ferimento e encantado com a atitude dos ingleses para com ele.

– Se empreendermos mais uma campanha, venha comigo, meu caro René – disse ele ao rapaz –, e trate de enviar ao almirante Collingwood a irmã gêmea da bala que enviou a Nelson.

O comandante Lucas desconhecia a data do regresso de Napoleão a Paris; soube por René que ele faria, no dia 25, uma entrada incógnita na capital. Lucas refletiu um instante.

– Venha me visitar no dia 29 – disse ele –, eu talvez tenha uma boa notícia para lhe dar.

Napoleão, como já dissemos, chegou a Paris no dia 26; parara alguns dias em Munique para celebrar o casamento de Eugênio Beauharnais com a princesa Augusta da Baviera[2]; mas só concedeu um dia às outras capitais, onde não tinha nenhum casamento a realizar.

Um dia em Stuttgart, para receber os cumprimentos de seus novos aliados; um dia em Carlsruhe, para concluir as alianças de família[3]. Ele sabia que o povo parisiense o aguardava impaciente para manifestar sua alegria e admiração. A

---

2. O casamento de Eugênio de Beauharnais e Augusta Amélia da Baviera foi celebrado em 13 de janeiro de 1806.

3. Stuttgart era a capital do novo reino de Wurtemberg (Tratado de Presburgo, dezembro de 1805); a filha do rei Frederico i, Catarina, viria a desposar Jerônimo Bonaparte, rei de Vestefália; Carlsruhe era a capital do margraviato de Bade, que se tornou grão-ducado depois que Carlos Frederico acedeu à Confederação do Reno: o neto e sucessor deste último, Carlos Luís (1776-1818), casou-se com Stéphanie de Beauharnais, filha adotiva do imperador.

França, profundamente satisfeita com o modo como caminhavam os assuntos públicos desde que os observava caminhar sem ter de tomar parte em seu movimento, recuperara a vivacidade dos primeiros dias da Revolução para aplaudir as melhores realizações de seus exércitos e de seu chefe.

Uma campanha de três meses, em vez de uma guerra de três anos, o continente desarmado, a França alçada a limites que não deveria jamais ter ultrapassado, uma glória fulgurante somada à glória de nossas armas, o crédito público restabelecido, a tranqüilidade assegurando uma nova perspectiva de descanso e prosperidade; era o que o povo queria agradecer a Napoleão com mil gritos de "Viva o imperador!".

Não houve nada mais belo, depois de Marengo, que o que se via depois de Austerlitz.

Austerlitz era, com efeito, para o Império, o que Marengo havia sido para o Consulado. Marengo havia assegurado o poder consular nas mãos de Bonaparte, Austerlitz assegurava a coroa imperial sobre a sua cabeça.

Ao ser informado de que o comandante Lucas estava em Paris, e embora o assunto mais agradável de se conversar não fosse a batalha de Trafalgar, o imperador mandou avisar ao capitão, no dia 3 pela manhã, que o receberia no dia 7.

No dia 4 pela manhã, tal como Lucas lhe recomendara, René se apresentou no Palácio da Marinha. O comandante recebera justamente, na véspera, sua carta de audiência para o dia 7.

A audiência era para as dez horas da manhã; ficou combinado entre Lucas e René que este viria tomar o café da manhã com Lucas, e iriam ambos para as Tulherias.

René, que não tinha audiência e não queria solicitar nenhuma, combinou com Lucas que o esperaria na antecâmara. Se Napoleão manifestasse o desejo de vê-lo, Lucas mandaria avisá-lo; se mostrasse frieza em relação ao jovem marujo, este não se apresentaria e permaneceria na antecâmara.

Seria verdade dizer que René receava um pouco essa apresentação. O olhar penetrante de Bonaparte, que já se fixara nele duas vezes, uma vez em casa de Permon, outra em casa da condessa de Sourdis, na noite da assinatura do contrato, deixava-o apavorado. Parecia que aquele olhar registrava a marca de tudo o que fitava e guardava na memória; mas, felizmente, o que René precisava para suportar qualquer tipo de olhar era uma consciência tranqüila que nada pudesse perturbar, e isso ele tinha.

No dia 7, então, às nove horas da manhã, René estava nos aposentos de Lucas. Às quinze para as dez, entrou no carro com Lucas; às dez para as dez, paravam defronte ao pórtico das Tulherias.

Ele subiu com Lucas, deteve-se como combinado na antecâmara e deixou passar o comandante.

Este era um homem de espírito muito fino; achou uma maneira, uma vez em presença do imperador, de lhe dizer, sem pronunciar o nome de René, tudo o que o rapaz fizera de grande, de belo, de corajoso; mas percebeu que o imperador estava quase tão bem informado quanto ele sobre todos esses tópicos; isso deu estímulo a Lucas, que se arriscou então a dizer que, se desejasse ver o herói, poderia apresentá-lo, já que este o acompanhara e estava aguardando na antecâmara.

O imperador fez um sinal de assentimento, e tocou uma sineta; um ajudante-de-campo abriu a porta:

– Mande entrar – disse Napoleão – o terceiro-tenente do *Redoutable*, sr. René.

O rapaz entrou na sala.

Napoleão lançou-lhe um olhar e percebeu, surpreso, que não usava uniforme.

– Como assim – disse –, vem às Tulherias à paisana?

– Majestade – respondeu René –, não vim às Tulherias pensando ter a honra de encontrá-lo, não esperava ser recebido por Vossa Majestade, vim apenas acompanhar o comandante, com o qual conto passar uma parte do dia. Aliás, Majestade, sou tenente sem ser. O comandante Lucas me concedeu, três dias antes da batalha de Trafalgar, esse cargo no seu navio, cujo terceiro-tenente falecera poucos dias antes, mas minha nomeação não foi ratificada.

– Pensei – disse Napoleão – que havia ocupado o cargo de segundo-tenente.

– Sim, Majestade, mas a bordo de um corsário.

– Do *Revenant* de Surcouf, não é?

– Sim, Majestade.

– Contribuiu para a tomada do navio inglês *Standard*?

– Sim, Majestade.

– Muito bravamente até?

– Fiz o melhor que pude, Majestade.

– Tive notícias suas pelo governador da ilha de França, o general Decaen.

– Tive a honra de ser apresentado a ele, Majestade.

– Ele me falou de uma viagem que o senhor teria feito ao interior da Índia.

– Sim, com efeito, entrei terra adentro a uma distância de cinqüenta léguas.

– E os ingleses o deixaram em paz?

– Era uma parte da Índia que eles não estavam ocupando, Majestade.

– Onde? Pensei que estivessem ocupando a Índia inteira.

– No reino de Pegu, Majestade, entre o rio Sittang e o rio Irrawaddy.

– O senhor efetuou caçadas terríveis nessa parte da Índia, pelo que me disseram.

– Deparei com alguns tigres e os matei.

– Sentiu muita emoção na primeira vez que atirou num desses animais?

– No primeiro, sim, Majestade, mas não nos outros.

– Por quê?

– Porque fiz com que o segundo baixasse os olhos, e a partir daí compreendi que o tigre era um animal que o homem tinha de dominar.

– E diante de Nelson?

– Diante de Nelson, Majestade, tive um momento de hesitação.

– Por quê?

– Porque Nelson era um grande homem de guerra, Majestade, e pensei que ele talvez fosse um contrapeso necessário a Vossa Majestade.

– Ah! Mas nem por isso deixou de atirar nesse homem providencial!

– Não, pois refleti que se, de fato, ele era um homem providencial, a Providência desviaria a bala dele; aliás, Majestade, nunca me gabei de ter matado Nelson.

– No entanto...

– Dessas coisas a gente não se gaba – interrompeu René –, quando muito, confessa. Se eu tivesse matado Gustavo Adolfo ou o grande Frederico, teria sido por achar que devia fazê-lo pelo bem do meu país, mas nunca teria me consolado.

– E se estivesse nas fileiras dos meus inimigos, atiraria em mim?

– Eu nunca estaria nessas fileiras, Majestade!

– Muito bem.

Fez sinal para que se retirasse, mas sem sair da sala, e chamou Lucas de volta.

– Senhor comandante – disse-lhe –, hoje mesmo vou declarar guerra à Inglaterra e à Prússia. Numa guerra contra a Prússia, que tem só um ponto de afluência para o mar, o senhor não terá muito o que fazer; mas, numa guerra contra a

Inglaterra, vou lhe dar trabalho. O senhor é um desses homens de que eu dizia, falando de Villeneuve, que eles *sabem morrer* e, às vezes, até *querem morrer*.

– Majestade – disse Lucas –, não perdi Villeneuve de vista um só instante em Trafalgar. Nenhum de nós ousaria dizer que cumpriu seu dever mais pontual ou religiosamente que ele.

– Sim, depois que chegou a Trafalgar. Sei disso, mas antes, me fez sofrer um bocado. Por causa dele é que não fui a Londres, em vez de ir a Viena.

– Não lamente, Majestade, não perdeu nada com essa mudança de itinerário.

– Em termos de glória, decerto que não, mas hoje o senhor pode ver que, embora tenha ido a Viena, está tudo por refazer, já que me vejo novamente obrigado a declarar guerra à Inglaterra e à Prússia. Mas, já que aparentemente esse é o único jeito, vou derrotar a Inglaterra no continente derrotando os reis a quem ela fornece subsídios. Comandante Lucas, vou tornar a vê-lo antes do início dessa guerra; aqui está a cruz de oficial da Legião de Honra, e peço-lhe que aceite sem esquecer que se trata da minha própria.

Voltando-se para René:

– Quanto ao senhor – disse ele –, deixe seu nome e sobrenome com o meu ajudante-de-campo Duroc e, já que o comandante Lucas parece ser seu amigo, vamos tentar não apartá-lo dele.

– Majestade – disse René, aproximando-se e inclinando-se –, já que não me reconheceu, eu poderia manter o nome pelo qual lhe falaram a meu respeito e pelo qual lhe fui apresentado, mas isso seria enganar o imperador. Podemos nos expor à ira de Napoleão, mas não podemos enganá-lo. Para todo mundo eu me chamo René, mas para Vossa Majestade, eu me chamo conde de Sainte-Hermine.

E, sem recuar nem um passo sequer, inclinou-se diante do imperador e esperou.

O imperador permaneceu um instante imóvel, seu cenho se franziu, sua fisionomia, de início, expressou surpresa; depois, passou da surpresa para a severidade.

– O que o senhor acaba de fazer está certo, senhor, mas não é suficiente para que eu lhe perdoe. Recolha-se à sua residência, deixe o seu endereço com Duroc e aguarde as minhas ordens, que serão transmitidas pelo sr. Fouché. Pois, ou muito me engano, ou o sr. Fouché é um dos seus protetores.

– Sem que eu nada tenha feito para tanto, Majestade – disse Sainte-Hermine, inclinando-se.

Então saiu e foi esperar o comandante Lucas no carro.

– Majestade – disse Lucas –, desconheço inteiramente os motivos que possa ter para querer mal ao meu pobre amigo René; mas, pela minha honra, é um dos homens mais leais, mais corajosos que conheço.

– Caramba! – disse Napoleão. – Isso eu acabo de constatar! Se não tivesse revelado seu nome, quando nada o obrigava, seria agora tenente de fragata.

Uma vez sozinho, Napoleão quedou-se por um instante quieto e preocupado, e então, jogando violentamente as luvas amassadas em cima da escrivaninha:

– Que falta de sorte a minha – disse –, era justamente de homens como esse que eu precisava na Marinha.

Quanto a René, ou ao conde de Sainte-Hermine, como queiram, o que ele tinha de melhor a fazer era obedecer à ordem que havia recebido.

E foi o que fez.

Voltou para a rua de Richelieu, para o Hotel Mirabeau, e esperou.

XCVIII
A POSTA DE CAVALOS DE ROMA

Dia 2 de dezembro, Napoleão venceu a batalha de Austerlitz.

Dia 27, declarou que a dinastia de Nápoles cessara de reinar.

Dia 15 de fevereiro, José Napoleão fazia sua entrada na cidade, pela segunda vez abandonada pelos Bourbon.

Finalmente, dia 30 de março, era proclamado rei das Duas Sicílias.

Seguindo o novo rei de Nápoles, ou melhor, o futuro rei de Nápoles, o Exército francês invadiu os estados romanos, o que irritou tão profundamente o santo padre que mandou chamar o cardeal Fesch para se queixar daquilo que ele chamava uma violação de território.

O cardeal Fesch transmitiu a queixa a Napoleão.

Napoleão respondeu:

> Santíssimo Padre, o senhor é soberano de Roma, é verdade, mas Roma está contida no Império francês; o senhor é papa, mas eu sou imperador, imperador como eram os imperadores germânicos, como era antes disso Carlos Magno, e para o senhor sou Carlos Magno por mais de um título, a título de poder, a título de benefício: o senhor vai, portanto, obedecer às leis do sistema federativo do Império, abrindo seu território aos meus amigos e fechando-o aos meus inimigos.

A essa resposta bem napoleônica, os olhos habitualmente tão doces de Sua Santidade lançaram faíscas; retrucara, por conseguinte, ao cardeal Fesch que não reconhecia nenhum soberano acima dele e que, se Napoleão queria repetir para com ele a tirania de Henrique IV da Alemanha, ele próprio repetiria a resistência de Gregório VII.

Ao que Napoleão respondeu, com evidente desdém, que pouco temia as armas espirituais no século XIX; que, de resto, não ofereceria nenhum pretexto para que fossem usadas, abstendo-se de mexer em assuntos religiosos; que se limitaria a atacar o soberano temporal; que o deixaria no Vaticano, bispo respeitado de Roma e chefe dos bispos da cristandade.

A discussão, sem avançar nem recuar, ocupara todo o mês de dezembro de 1805, mês em que Napoleão, para tornar clara sua intenção mui formal de ir até o fim, mandou o general Lemarois ocupar militarmente as províncias de Urbino, Ancona, Macerata, que compõem as margens do Adriático.

Então, Pio VII, desistindo de seu plano de excomunhão, resolveu discutir um compromisso nos seguintes termos:

O papa, soberano independente de seus estados, assim proclamado, garantido como tal pela França, contrairia uma aliança com ela e, todas as vezes que ela estivesse em guerra, excluiria seus inimigos do território dos estados romanos;

As tropas francesas ocupariam Ancona, Óstia, Civitavecchia, mas seriam mantidas às expensas do governo francês;

O papa se comprometeria a cavar e a pôr em condições o enlodaçado porto de Ancona;

Reconheceria o rei José, despacharia de volta o cônsul do rei Ferdinando, os assassinos dos franceses, os cardeais napolitanos que haviam recusado o juramento e renunciaria ao seu antigo direito de investidura sobre a coroa de Nápoles;

Consentiria em estender a concordata da Itália a todas as províncias que compunham o reino da Itália convertidas em províncias francesas;

Nomearia sem demora os bispos franceses e italianos, e não exigiria destes últimos a viagem a Roma;

Designaria plenipotenciários encarregados de concluir uma concordata germânica;

Finalmente, para tranqüilizar Napoleão quanto ao espírito do sacro colégio, e para proporcionar a influência da França à extensão de seu território, ele aumentaria para um terço do número total de cardeais o número de cardeais franceses.

Dois pontos desses arranjos todos desgostavam particularmente a Santa Sé: o primeiro era o fechamento de seu território aos inimigos da França; o segundo era o acréscimo de cardeais franceses.

Então, Napoleão mandou entregar ao sr. cardeal de Bayane[1] seus passaportes e ordenou a invasão do restante dos estados pontificais. Dois mil e quinhentos homens estavam reunidos em Foligno, outros dois mil e quinhentos, sob o comando do general Lemarois, estavam reunidos em Perúgia; deu ordem ao general Miollis para que se pusesse à frente dessas duas brigadas, juntasse em sua passagem três mil homens que José recebera ordens de mandar embora de Terracina e, com esses oito mil soldados, invadisse a capital do mundo cristão.

Por bem ou por mal, o general Miollis teria de entrar no castelo de Santo Ângelo, assumir o comando das tropas papais, deixar o papa no Vaticano com uma tropa de honra, responder a qualquer observação que lhe fosse feita que vinha ocupar Roma num interesse estritamente militar a fim de afastar os inimigos da França dos estados romanos; devia apossar-se somente da polícia e utilizá-la para expulsar os bandidos que faziam de Roma um antro, e por fim mandar os cardeais napolitanos de volta para Nápoles.

O general Miollis, antigo soldado da República, de caráter inflexível, espírito cultivado, probidade sem mácula, embora conservasse o respeito devido ao chefe da cristandade, deveria, graças a uma substancial remuneração, manter uma alta posição em Roma e acostumar os romanos a ver como legítimo chefe do governo o general francês estabelecido no castelo de Santo Ângelo, e não o velho pontífice estabelecido no Vaticano.

Sabe-se desde tempos imemoriais que é costume do papa oferecer asilo aos bandidos que assolam os estados napolitanos; esses bandidos não constituem um flagelo passageiro, e sim uma chaga inerente ao solo; nos Abruzos, na Basilicata e na Calábria, põem-se bandidos no mundo de pai para filho, o banditismo é um ofício; um homem é bandido como poderia ser carpinteiro, alfaiate ou padeiro; só que, durante quatro meses por ano, ele deixa a morada paterna para ser fidalgo das estradas; no inverno, os bandidos ficam tranqüilamente em casa, sem que a ninguém ocorra ir até lá perturbá-los. Chegada a primavera, eles migram, e cada qual retoma seu posto habitual.

Entre os postos mais cobiçados estão os que se aproximam das fronteiras romanas. Perseguido pelo governo napolitano, o bandido atravessa a fronteira e

---

1. Bayane (1739-1818), cardeal (1801, *in pectore*, e depois 1802).

encontra um asilo inviolável nos estados romanos; às vezes, em circunstâncias extraordinárias como as do presente momento, o governo napolitano persegue os bandidos, mas o governo romano, jamais.

Assim, durante o cerco de Gaeta, um ordenança enviado de Roma ao general Reynier foi assassinado entre Terracina e Fondi, e sua morte não causou alarde, enquanto, ao contrário, houve uma agitação generalizada no partido clerical, evidentemente, a fim de salvar Fra Diavolo[2], que, acuado feito um gamo pelo incansável major Hugo, acabara de se deixar apanhar.

Foi nessas circunstâncias que um rapaz de vinte e seis a vinte e oito anos, de estatura mediana, usando um uniforme de fantasia que não pertencia a nenhum corpo do Exército, apresentou-se na posta de cavalos, pedindo cavalos e um carro.

Ele levava a tiracolo uma pequena carabina inglesa de canos sobrepostos; um par de pistolas no cinto indicava que não desconhecia os perigos a que se estava exposto quando se tomava a estrada de Roma a Nápoles.

O dono da posta respondeu que tinha um carro, mas não podia alugá-lo, pois fora deixado em consignação para ser vendido; quanto aos cavalos, era só escolher.

– Se o carro não for muito caro e se me convier – disse o viajante –, eu poderia ficar com ele.

– Então, venha dar uma olhada.

O viajante acompanhou o dono da posta; o carro era uma espécie de cabriolé descoberto, mas fazia calor e a falta de cobertura, em vez de desagradável, era bem conveniente.

O rapaz viajava sozinho, levando um baú e um *nécessaire*.

O preço foi rapidamente discutido, o viajante pechinchou mais por desencargo de consciência do que para realmente baixar o preço.

Esse preço ficou estipulado em oitocentos francos. O viajante ordenou que trouxessem o cabriolé para a porta e o atrelassem. Enquanto vigiava pessoalmente o modo como o postilhão amarrava o baú na traseira do carro, um oficial dos hussardos dirigiu-se ao dono da posta, em pé na soleira da porta e, olhando com soberba indiferença para o trabalho realizado pelo postilhão, fez exatamente o mesmo pedido que acabara de fazer o viajante.

---

2. Seu verdadeiro nome era Michele Pezza; o general Hugo, em suas *Mémoires*, fala extensamente sobre ele.

— Você teria cavalos e um carro para me alugar?

— Só me restaram cavalos — respondeu estoicamente o dono da posta.

— Mas, então, o que fez com os carros?

— Acabo de vender o último para este senhor, que o mandou atrelar.

— A lei diz que você tem sempre de ter um carro pronto para o serviço dos viajantes.

— A lei! — disse o dono da posta. — O que o senhor chama de lei? Faz muito tempo que não sabemos o que é isto por aqui. — E estalou os dedos como quem não sente desesperadamente a falta dessa salvaguarda moral da sociedade.

O oficial deixou escapar um palavrão que demonstrava seu desapontamento.

O primeiro viajante lançou-lhe um olhar, viu um belo rapaz de uns vinte e oito a trinta anos, fronte severa, olhos azul-claros que indicavam irritabilidade e obstinação e, como o oficial dissesse consigo mesmo, batendo o pé no chão:

— Mas, com mil trovões, eu preciso estar em Nápoles amanhã, às cinco horas da tarde, e não tenho a menor vontade de percorrer uma estrada de sessenta léguas a toda brida!

— Senhor — disse-lhe com essa cortesia pela qual as pessoas de sociedade se reconhecem entre si —, eu também estou indo para Nápoles.

— Sim, mas o senhor está indo de carro — disse o oficial, com ríspida jovialidade.

— Justamente por isso é que posso lhe oferecer um lugar ao meu lado.

— Perdoe-me, senhor — disse o oficial, saudando educadamente e mudando de tom —, mas não tenho a honra de conhecê-lo.

— Mas eu o conheço; está com o uniforme de capitão do terceiro regimento de hussardos do general Lasalle, ou seja, um dos mais valentes regimentos do Exército.

— Isso não é motivo para eu ser indiscreto a ponto de aceitar o seu convite.

— Compreendo o que o impede, e vou deixá-lo bastante à vontade: vamos dividir as despesas da posta.

— Então — disse o capitão dos hussardos —, só resta nos entendermos acerca do carro.

— Não quero ferir a sua suscetibilidade, e faço questão da sua companhia nesta viagem; visto que, chegando em Nápoles, nenhum de nós vai precisar de uma carroça como esta, poderemos vendê-la e, se não conseguirmos, faremos uma fogueira com ela; se a vendermos, como paguei oitocentos francos, pegarei quatrocentos de volta, e o senhor fica com o restante.

– Aceito a proposta, com a condição de lhe devolver seus quatrocentos francos imediatamente, e assim o carro será de nós dois e estaremos dividindo igualmente o prejuízo.

– Faço questão de lhe ser agradável, de modo que aceito integralmente a sua oferta, mas acho que é muita cerimônia entre dois compatriotas.

O oficial foi até o dono da posta.

– Estou comprando deste senhor metade do seu carro – disse –, e aqui estão os quatrocentos francos que me cabem.

O dono da posta permaneceu de braços cruzados.

– Este senhor já me pagou – disse – e o dinheiro, portanto, é para ele, não para mim.

– Não poderia me dizer isso de um jeito um pouco mais educado, engraçadinho?

– Estou dizendo o que estou dizendo, o senhor entenda como quiser.

O oficial esboçou um gesto de levar a mão ao punho da espada, mas contentou-se em agarrar o cinto e, dirigindo-se ao primeiro viajante:

– Senhor – disse, num tom de polidez ainda mais acentuado pelo fato de que acabava de falar duramente com o dono da posta –, aceita os quatrocentos francos que lhe devo?

O primeiro viajante inclinou-se, abriu uma pequena valise de couro, com fecho de aço, que trazia a tiracolo e cuja correia se cruzava com a da carabina.

O oficial despejou dentro dela o ouro que tinha na mão.

– E agora, senhor – disse –, quando queira.

– Não vai mandar amarrar a sua mala com o meu baú?

– Obrigado, vou colocá-la atrás de mim; vai proteger as minhas costelas das chacoalhadas do caco velho que é este carro, além de que contém um par de pistolas que não me importo de ter à mão. A cavalo, postilhão, a cavalo!

– Os senhores não vão pegar uma escolta? – perguntou o dono da posta.

– Ora, está nos achando com cara de freiras de retorno para o convento?

– Como queiram; os senhores são livres para escolher.

– É essa a diferença entre nós e você, seu papalino danado do diabo! – e, para o postilhão: – *Avanti! Avanti!* – gritou.

O postilhão partiu a galope.

– Pela via Ápia, não pela porta São João de Latrão! – gritou o viajante que chegara primeiro na posta.

XCIX
A VIA ÁPIA

Eram por volta das onze horas da manhã quando os dois rapazes, deixando à sua direita a pirâmide de Sextius, despontaram em seu cabriolé descoberto nas grandes pedras da via Ápia, que dois mil anos passados sobre elas ainda não conseguiram desjuntar.

A via Ápia[1], sabe-se, era para a Roma de César o que a Champs-Elysées, o Bois de Boulogne e as colinas de Chaumont são para a Paris do sr. Haussmann.

Nos bons tempos da Antigüidade era chamada de grande Ápia, a rainha das estradas, o caminho dos Elíseos; era o ponto de encontro, na vida e na morte, de tudo o que havia de rico, nobre e elegante na cidade por excelência.

Árvores de toda espécie lhe ofereciam sombra, principalmente os magníficos ciprestes que sombreavam túmulos esplêndidos; outras vias ainda, a via Flamínia e a via Latina, tinham seus sepulcros na via Ápia. Entre os romanos, povo em que o gosto pela morte era quase tão difundido como na Inglaterra, e em que a febre do suicídio, especialmente durante os reinados de Tibério, Calígula e Nero, constituiu uma verdadeira epidemia, era grande a preocupação com o local em que o corpo repousaria durante a eternidade.

De modo que era muito raro um vivente deixar para seus herdeiros o cuidado de tratar de seu túmulo, era um prazer que oferecia a si mesmo mandar talhar

---

1. Dumas retoma o primeiro capítulo de *Isaac Lacquedem* (Paris, Librairie de la France Théâtrale, 1853), "La via Appia", publicado em folhetim em *Le Constitutionnel* em 10 e 11 de dezembro de 1852. A fonte de Dumas é Charles Dezobry, *Rome au siècle d'Auguste, ou Voyage d'un Gaulois à Rome à l'époque du règne d'Auguste et pendant une partie du règne de Tibère*.

seu sepulcro diante de seus olhos; assim, a maioria dos monumentos funerários que ainda hoje encontramos traz, quer estas duas letras: v.f., que significam *Vivus fecit*; quer estas três letras: v.s.p., que significam *Vivus sibi posuit*; quer, enfim, estas outras três letras: v.f.c., que significam *Vivus faciendum curavit*[2].

De fato, como veremos, era muito importante para um romano ser enterrado, segundo uma tradição religiosa bastante difundida nos tempos de Cícero, quando todos os tipos de crença, no entanto, começavam a desaparecer e quando, de acordo com o advogado de Tusculum, um augúrio não podia olhar para outro sem rir, a alma de todo indivíduo privado de sepultura deveria errar durante cem anos pelas margens do Estige. Assim, a pessoa que encontrasse um cadáver em seu caminho e não lhe oferecesse sepultura estaria cometendo um sacrilégio do qual só se poderia redimir sacrificando uma leitoa a Ceres.

Mas não bastava ser enterrado, também era preciso ser agradavelmente enterrado; a morte pagã, mais vaidosa que a nossa, não aparecia aos moribundos do século de Augusto como um esqueleto descarnado de crânio pelado, órbitas vazias e risadas sombrias.

Não, era simplesmente uma formosa mulher, pálida, filha do Sono e da Noite, de longos cabelos esparsos, mãos brancas e frias, abraços gelados, algo como uma amiga desconhecida que, quando a chamavam, emergia das trevas, aproximava-se lenta e silenciosa, inclinava-se à cabeceira do moribundo e, com um mesmo beijo, cerrava seus lábios e seus olhos. O cadáver, então, permanecia surdo, mudo, insensível, até o momento em que a chama da fogueira se acendia para ele e, consumindo-lhe o corpo, separava o espírito da matéria, matéria que virava cinzas, espírito que virava deus. Ora, esse novo deus, deus manes, embora permanecesse invisível aos viventes, assim como nossos espectros, retomava seus hábitos, seus gostos, suas paixões; readquiria, por assim dizer, seus sentidos, amava o que havia amado, odiava o que havia odiado.

Por isso é que no túmulo de um guerreiro eram depositados seu escudo, sua lança e sua espada; no sepulcro de uma mulher, suas agulhas, seus diamantes, suas correntes de ouro e seus colares de pérola; no túmulo de uma criança, enfim, seus brinquedos preferidos, pão, frutos e, dentro de um vaso de alabastro, umas gotas de leite extraídas do seio materno que ela não tivera tempo de secar.

---

2. Respectivamente: "Ele (o) fez em vida", "quando em vida (o) construiu para si", "quando em vida mandou fazê-lo".

Assim, se o local da casa em que passariam sua curta vida parecia aos romanos digno de sérios cuidados, imagine o cuidado ainda maior que deviam dedicar aos projetos, ao terreno, à localização mais ou menos agradável, mais ou menos segundo seus gostos, seus hábitos, seus desejos, dessa casa onde haviam de morar por toda a eternidade; pois os deuses manes, sedentários, eram acorrentados aos seus túmulos e tinham, quando muito, autorização para contorná-lo. Alguns, os amantes dos prazeres campestres, homens de gostos simples, espíritos bucólicos; alguns, muito poucos, mandavam construí-los em seus jardins, em seus bosques, a fim de passar a eternidade em companhia das ninfas, dos faunos e das dríades, embalados pelo doce ruído das folhas agitadas pelo vento, distraídos pelo murmúrio dos riachos rolando pelas pedras, alegrados pelo canto dos pássaros perdidos nos ramos.

Esses, já dissemos, eram os filósofos e os sábios; mas outros – era o grande número, a multidão, a imensa maioria – outros, que tinham tanta necessidade de movimento, agitação e tumulto como os primeiros de silêncio e recolhimento; outros, dizíamos, adquiriam a preço de ouro terrenos na beira das estradas, por onde passavam viajantes vindos de tudo que era país e que traziam para a Europa notícias da Ásia e da África, na via Latina, na via Flamínia e sobretudo na via Ápia, que aos poucos, de tanto ser adulada pela moda, deixara de ser uma estrada do Império para se tornar um subúrbio de Roma; ela ainda levava a Nápoles, mas atravessava uma dupla fileira de casas que eram verdadeiros palácios e de túmulos que eram verdadeiros monumentos; resultava daí que os afortunados deuses manes que tinham a sorte de ser enterrados na via Ápia não só avistavam os transeuntes conhecidos e desconhecidos, não só ouviam as novidades que esses viajantes contavam sobre a Ásia e a África, como também conversavam com esses transeuntes pela boca de seus túmulos com as letras de seus epitáfios.

E visto que o caráter dos indivíduos, como já constatamos, sobrevivia à sua morte, o homem modesto dizia:

Fui, já não sou.
Aqui está toda a minha vida e toda a minha morte.

O homem rico dizia:

> *Aqui descansa*
> *S<small>TABIRIUS</small>.*
> *Poderia ter ocupado um cargo em todas as decúrias de Roma;*
> *não quis.*
> *Piedoso, valente, leal,*
> *veio do nada: deixou trinta milhões de sestércios,*
> *e nunca quis ouvir os filósofos.*
> *Fique bem, e imite-o.*

Além disso, para ter mais certeza de chamar a atenção dos transeuntes, Stabirius, o homem rico, mandou gravar um quadrante solar acima do seu epitáfio!

O homem de letras dizia:

> *Viajante!*
> *Por mais pressa que tenha de chegar ao termo*
> *da sua viagem,*
> *esta pedra lhe pede que olhe para este lado,*
> *e leia o que está escrito:*
> *aqui jazem os ossos do poeta*
> *M<small>ARCUS</small> P<small>ACUVIUS</small>,*
> *Era o que eu queria lhe contar.*
> *Adeus!*

O homem discreto dizia:

> *Meu nome, meu nascimento, minha origem,*
> *o que fui, o que sou,*
> *não revelarei.*
> *Calado pela eternidade, sou um pouco*
> *de cinzas, ossos, nada!*
> *Vindo do nada, voltei para donde vim,*
> *Minha sorte te espera. Adeus!*

O homem satisfeito com tudo dizia:

Enquanto estive no mundo, vivi bem.
Minha peça já terminou, a sua vai logo terminar.
Adeus! Aplauda!

Finalmente, uma mão desconhecida, a mão de um pai decerto, mandava dizer pelo túmulo da filha, pobre menina tirada do mundo com a idade de sete anos:

Terra! Não pese sobre ela!
Ela não pesou sobre ti!

Agora, a quem vinham, aqueles mortos todos que se agarravam à vida, falar a língua do túmulo? A quem vinham chamar de seus sepulcros, como cortesãs batendo em suas vidraças para obrigar os transeuntes a virar a cabeça? Quem era essa gente com quem continuavam a se envolver em espírito, e que passava alegre, despreocupada, ligeira, sem escutá-los, sem vê-los?

Era tudo o que havia de juventude, beleza, elegância, riqueza e aristocracia em Roma. A via Ápia era o Longchamp* da Antigüidade; mas esse Longchamp, em vez de durar três dias, durava o ano inteiro.

Por volta das quatro horas da tarde, quando amainara o calor mais forte do dia; quando o sol descia menos ardente e menos luminoso em direção ao mar Tirreno; quando a sombra dos pinheiros, dos carvalhos verdes e das palmeiras se estendia do Ocidente ao Oriente, quando o louro-rosa da Sicília chacoalhava a poeira do dia às primeiras brisas que desciam dessa cadeia de montanhas azuis dominada pelo templo de Júpiter Latial; quando a magnólia da Índia revelava sua flor de marfim, arredondada em cone feito uma taça perfumada prestes a colher o sereno da tarde; quando o nelumbo[3] do mar Cáspio, que se refugiara da chama do zênite no seio úmido do lago, retornava à superfície da água para aspirar, com toda a amplitude de seu cálice desabrochado, o frescor das horas noturnas, então começava a despontar, vindo da porta Apiana, o que se poderia chamar de vanguarda dos belos, dos *Trossuli*, dos pequenos troianos de Roma,

---

* Hipódromo de Longchamp, localizado no Bois de Boulogne, em Paris, foi inaugurado em 1857 por Napoleão III. (N. T.)

3. *Nelumbium speciosum*, gênero de ninfeácea de flores brancas, o "lótus sagrado" dos antigos, o "lírio do Nilo" de que fala Heródoto.

que os moradores do subúrbio Ápia, saindo por sua vez de casas que, também elas, se abriam para respirar, preparavam-se para passar em revista, sentados em cadeiras ou poltronas trazidas do átrio, apoiados nos marcos que serviam de estribo para os cavaleiros montarem, ou meio deitados naqueles bancos circulares que eram encostados na morada dos mortos para maior comodidade dos vivos.

Jamais Paris, alinhada em duas sebes na Champs-Elysées, jamais Florença, correndo ao Cascine, jamais Viena, reunindo-se no Prater, jamais Nápoles, amontoada na rua de Toledo ou na Chiaia, chegaram a ver tamanha diversidade de atores, tamanha afluência de espectadores!

C
O QUE SE PASSAVA NA VIA ÁPIA CINQÜENTA ANOS ANTES DE CRISTO

Primeiro, na frente, vinham os cavaleiros montados em cavalos númidas, antepassados desses montados hoje por nossos fidalgos; aqueles cavalos, sem sela e sem estribo, usavam xairéis de tecido dourado ou xabraques de pele de tigre. Alguns vão parar para assistir ao cortejo, outros vão continuar o passeio a passo, e esses terão à sua frente corredores de túnica curta, calçados leves, mantos enrolados no ombro esquerdo, quadris presos com um cinto de couro que eles apertam e afrouxam à vontade, conforme a velocidade mais ou menos rápida em que são forçados a andar; outros, enfim, como se disputassem o prêmio da corrida, vão transpor em poucos minutos toda a extensão da via Ápia, lançando à frente de seus cavalos magníficos molossos com coleiras de prata. Ai de quem se colocar no caminho desse ciclone! Ai de quem se deixar envolver pelo turbilhão de relinchos, latidos e poeira! Será levantado, mordido pelos cães, espezinhado pelos cavalos; será levado dali, ensangüentado, desmontado, quebrado, enquanto o jovem patrício responsável pelo golpe vai se virar sem diminuir a marcha, estourando de rir e exibindo sua habilidade para seguir caminho, olhando para o lado oposto à direção do cavalo.

Atrás dos cavalos númidas vêm os carros ligeiros, que quase rivalizam em velocidade com aqueles filhos do deserto, cuja raça foi levada a Roma junto com Jugurta: são os *cisii*, carro leve, um tipo de tílburi puxado por três mulas atreladas em leque, e das quais a da direita e a da esquerda galopam e saltam chacoalhando guizos de prata, enquanto a do meio trota acompanhando uma linha reta, com a inflexibilidade, diríamos quase com a rapidez de uma flecha. Vêm em seguida os *carrucae*, carros altos, dos quais o *corricolo* moderno é mera variante, ou melhor, mera descendência, e que os elegantes raramente conduzem pessoalmente, mas entregam à condução de um escravo núbio com trajes típicos de seu país.

Depois, atrás dos *cisii* e dos *carrucae*, andam os carros de quatro rodas, *rhedae*, guarnecidos de almofadas de púrpura e ricos tapetes que caem para fora; os *covini*, carros cobertos e tão hermeticamente fechados que às vezes transportam os mistérios da alcova para as ruas de Roma e para os passeios públicos; contrastando uma com a outra, a matrona, vestida com sua comprida estola, envolta em grossa *palla*, sentada com a rigidez de uma estátua no *carpentum*, espécie de carro de formato particular, que só as mulheres patrícias têm direito de usar, e a cortesã, vestida de gaze de Cós, ou seja, um tecido de névoa urdida, indolentemente deitada em sua liteira, levada por oito carregadores cobertos de magníficos *paenulae*, acompanhada à direita por sua alforriada grega, mensageira do amor, Íris noturna, que dá uma trégua ao seu doce comércio para abanar, com um leque de penas de pavão, o ar respirado por sua patroa, e à esquerda por um escravo liburno[1], que carrega um estribo forrado de veludo no qual se prende um comprido e estreito tapete do mesmo tecido, a fim de que a nobre sacerdotisa do prazer possa descer da liteira e dirigir-se ao lugar onde decidiu sentar sem que seu pé descalço e carregado de pedrarias tenha de tocar o chão.

Pois, uma vez atravessado o Campo de Marte, uma vez fora da porta Capena, uma vez na via Ápia, muitos seguem caminho de carro ou a cavalo, mas muitos também põem o pé no chão e, deixando os escravos tomando conta dos carros e dos animais, passeiam pelo espaço reservado entre os túmulos e as casas, ou sentam-se em cadeiras e bancos alugados por meio sestércio a hora por especuladores ao ar livre. Ah! Aí é que se vêem as verdadeiras elegâncias! Aí é que a moda reina arbitrária! Aí é que se estudam, em legítimos modelos do bom gosto, o comprimento da barba, o corte dos cabelos, a forma das túnicas e o grande problema, solucionado por César, mas trazido novamente à pauta pela nova geração, de saber se devem ser usadas curtas ou compridas, amplas ou apertadas. César usava-as soltas e arrastadas; mas houve muita mudança de César para cá! Aí é que se dão as sérias discussões sobre o peso dos anéis de inverno, a composição do melhor ruge, a pomada de favas mais untuosa para esticar e amaciar a pele, as mais delicadas pastilhas de mirto e lentisco amas-

---

1. A Libúrnia estende-se ao longo do Adriático, entre a Ístria e a Dalmácia.

sados com vinho velho para depurar o hálito! As mulheres escutam, jogando, à maneira dos malabaristas, da mão direita para a esquerda, bolas de âmbar que, a um só tempo, refrescam e perfumam; aplaudem com a cabeça, com os olhos e até, de vez em quando, com as mãos, as teorias mais sábias e mais arrojadas; seus lábios, erguidos num sorriso, mostram dentes brancos como pérolas; seus véus, jogados para trás, revelam, formando um rico contraste com seus olhos de azeviche e suas sobrancelhas de ébano, magníficos cabelos de um loiro ardente, dourado ou acinzentado, segundo tenham mudado sua coloração original com um sabão composto de cinzas de faia e sebo de cabra que elas mandam buscar na Germânia, ou usando uma mistura de borra de vinagre e óleo de lentisco, ou, enfim, o que é ainda mais simples, comprando nas tavernas do pórtico Minucius, situado em frente ao templo do Hércules das Musas, esplêndidas cabeleiras que moças pobres da Gália vendem ao tosquiador por cinqüenta sestércios e este revende por meio talento[2].

E esse espetáculo é invejosamente observado pelo homem do povo seminu, pelo pequeno grego faminto *que subiria aos céus por um repasto* e pelo filósofo de manto surrado e bolsa vazia que dele extrai o texto de um discurso contra o luxo e contra a riqueza.

E todos deitados, sentados, indo, vindo, balançando-se ora sobre uma perna, ora sobre a outra, erguendo as mãos para deixar cair as mangas e mostrar os braços depilados com pedra-pomes, riem, amam, falam mal dos outros, pronunciam guturalmente os erres, cantarolam cantigas de Cádiz ou Alexandria, esquecendo-se dos mortos que os escutam, que os chamam, endereçando-se asneiras na língua de Virgílio, trocando jogos de palavras no idioma de Demóstenes, falando grego principalmente, pois o grego é a verdadeira língua do amor, e uma cortesã que não soubesse dizer aos seus amantes, na língua de Taís e Aspásia: "Minha vida e minha alma", essa cortesã só seria mulher para os soldados marsos[3] de sandálias e escudos de couro.

E, no entanto, para oferecer lazeres, monumentos, espetáculos e pão a essa multidão insensata e vã, a esses jovens avoados, a essas mulheres de coração

---

2. Esses detalhes todos são em grande parte devidos a Charles Dezobry, op. cit., IV, carta XCIV, "Le monde d'une femme" [O universo de uma mulher].

3. Povo guerreiro do Sâmnio, estabelecido ao sul do lago Fucino, provavelmente de cepa germânica.

desnaturado, a esses filhos de família que deixam a saúde nos lupanares e as bolsas nas tavernas, a esse povo ocioso e preguiçoso porque é, antes de mais nada, italiano, mas rabugento como um inglês, orgulhoso como um espanhol, briguento como um gaulês, a esse povo que passa a vida perambulando sob os pórticos, discorrendo nos banhos, batendo palmas nos circos, para esses jovens, para essas mulheres, para esses filhos de família, para esse povo é que Virgílio, o doce cisne mantuano, o poeta cristão de coração, se não por educação, canta a felicidade campestre, maldiz a ambição republicana, denigre a impiedade das guerras civis e prepara o maior e mais belo poema que terá sido criado desde Homero, e que ele queimaria, julgando-o indigno não só da posteridade, como de seus contemporâneos! Por eles, para voltar para eles é que Horácio foge para Filipes e, para correr mais depressa, joga o escudo bem longe atrás de si; para ser visto e nomeado por eles é que passeia, distraído, pelo Fórum, pelo Campo de Marte, à beira do Tibre, inteiramente ocupado pelo que chama de bagatelas: suas odes, suas sátiras e sua arte poética; por eles, e pelo profundo pesar que sente ao ser apartado deles, é que o libertino Ovídio, exilado já cinco anos entre os trácios, onde expia o prazer, tão fácil, porém, de ter sido por um momento amante da filha do imperador, ou o perigoso acaso de ter desvelado o segredo do nascimento do jovem Agripa[4]; a eles é que Ovídio dirige seus *Tristes*, seus *Pônticos* e suas *Metamorfoses*; para voltar para o meio deles é que suplica a Augusto, e suplicaria a Tibério, que o deixe regressar a Roma; é a falta deles que ele sentiria quando, distante da pátria, fecharia os olhos abarcando, num só olhar, o olhar supremo que tudo vê, os esplêndidos jardins de Salústio[5], o bairro pobre de Suburra, o Tibre de águas majestosas em que César por pouco não se afogou ao lutar contra Cássio, o riacho lamacento de Velabro, em cujas proximidades ficava o bosque sagrado, retiro da loba latina e berço de Rômulo e Remo! Para eles, para conservar o amor deles, cambiante como um dia de abril, é que Mecenas, o descendente dos reis da Etrúria, o amigo de Augusto, o voluptuoso Mecenas, que só anda a pé apoiado nos ombros de dois eunucos mais homens que ele, paga pelo canto de seus poetas, os afrescos de seus pintores, o espetáculo de seus come-

---

4. Ovídio teria sido testemunha ou cúmplice dos excessos de Júlia, filha de Augusto, teria se envolvido na intriga política que tinha por objetivo substituir Tibério, como herdeiro do trono de Augusto, pelo jovem Agripa? As causas de seu exílio permanecem um mistério.

5. Esses famosos jardins (*Horti Sallustiani*) se estendiam empoleirados nos montes Píncio e Quirinal.

diantes, as caretas do mímico Pílades, os saltos do dançarino Batile! Para eles é que Balbo abre um teatro, Filipe erige um museu e Polião constrói templos.

A eles é que Agripa distribui de graça bilhetes de loteria que ganham prêmios de vinte mil sestércios, tecidos do Ponto bordados a ouro e prata, móveis incrustados de nácar e marfim; para eles é que instaura banhos em que se pode permanecer do instante em que nasce o sol até a hora em que ele se põe, banhos em que os homens são barbeados, perfumados, esfregados, desalterados, alimentados às expensas do proprietário; para eles é que cava trinta léguas de canais, constrói sessenta e sete léguas de aquedutos, traz diariamente para Roma um volume de água de mais de dois milhões de metros cúbicos, distribuída em duzentas fontes, cento e trinta caixas-d'água, cento e sessenta tanques. Para eles, enfim, com o intuito de lhes transformar em Roma de mármore a Roma de tijolos, de lhes mandar buscar obeliscos do Egito, de lhes erguer fóruns, basílicas, teatros, é que Augusto, o sábio imperador, mandou fundir sua louça de ouro, só guardou do despojo dos Ptolemeus um vaso murrino do patrimônio de seu pai, Otávio, da herança de seu tio, César, da derrota de Antônio, da conquista do mundo, só cento e cinqüenta milhões de sestércios (trinta milhões dos nossos francos); para eles é que refaz a via Flamínia até Rímini; para eles é que faz vir da Grécia bufões e filósofos; de Cádiz, gladiadores; da África, jibóias, hipopótamos, girafas, tigres, elefantes e leões; para eles, enfim, é que diz ao morrer: "Romanos, estão satisfeitos comigo? Desempenhei bem meu papel de imperador?... Sim?... Então, aplaudam!"[6].

Assim eram a via Ápia, a Roma e os romanos nos tempos de Augusto; mas na época em que os nossos dois viajantes a trilhavam, perto de dois mil anos haviam passado sobre ela, e a favorita da morte, ela própria agonizante, já não oferecia, da porta Capena a Albano, mais que uma longa seqüência de ruínas, em que somente o olhar do arqueólogo saberia acompanhar os mistérios do passado.

---

6. Cf. Suetônio, *Vida dos doze Césares: Augusto*, XCIX.

CI
CONVERSA ARQUEOLÓGICA ENTRE UM TENENTE DA MARINHA E UM CAPITÃO DOS HUSSARDOS

Os dois rapazes permaneceram algum tempo calados; um deles, o mais moço, ou seja, o que inicialmente havia comprado o carro, olhava com interesse para aqueles gigantescos documentos da história antiga; o outro, o mais velho, olhava despreocupado, visivelmente sem atribuir-lhes data nem voz, para aquelas ruínas históricas em que seu companheiro parecia ler num livro aberto.

– Só de pensar – disse, despreocupada e quase desdenhosamente, o oficial dos hussardos –, que existem pessoas que sabem o nome e a história de cada uma dessas pedras.

– É verdade, existem pessoas assim – respondeu seu companheiro, sorrindo.

– Imagine que ontem eu jantei em casa do nosso embaixador, o sr. Alquier, a quem eu tinha de entregar uma carta do grão-duque de Berg[1]; veio a esse jantar um erudito, um arquiteto, que tem uma esposa de fato muito bonita.

– Visconti?

– O senhor o conhece?

– Ora, pela sua descrição, quem não o reconheceria?

– Então, o senhor mora em Roma?

– Estive em Roma ontem, pela primeira vez, e vim embora hoje de manhã com o senhor, o que não me impede de conhecer a cidade como se tivesse nascido lá.

– Então, o senhor tinha interesse no estudo da Cidade Eterna, como é chamada?

---

1. Ou seja, Joachim Murat.

– Tinha o interesse da minha distração; gosto muitíssimo dos tempos antigos, aqueles homens eram uns gigantes, e Virgílio falava a verdade ao dizer, num verso magnífico, que um dia, quando a charrua passasse sobre os seus túmulos, ficaríamos surpresos com o tamanho dos seus ossos.

– Ah! Sim, de fato, recordo – disse o jovem capitão, bocejando à lembrança da escola: *mirabitur ossa sepulcris*[2]. – Mas é mesmo certo – prosseguiu, rindo – que eles eram maiores que nós?

– Estamos passando justamente por um lugar onde essa prova nos foi dada.

– Por onde estamos passando?

– Estamos defronte ao circo de Maxêncio, levante-se no carro e vai ver uma espécie de *tumulus*[*].

– Isso não é um túmulo?

– É, mas foi aberto no século XV: era de um homem a quem faltava a cabeça e que, sem a cabeça, media quase seis pés de altura. Seu pai descendia dos godos e sua mãe, dos alanos; ele foi o primeiro pastor nas montanhas, depois soldado sob Sétimo Severo, centurião sob Caracala, tribuno sob Heliogábalo e finalmente imperador, após Alexandre. Costumava usar no polegar, à guisa de anel, os braceletes da mulher; arrastava com uma mão só uma carroça carregada; pegava qualquer pedra que visse e a fazia virar pó entre seus dedos; derrubava, um depois do outro e sem parar para respirar, trinta lutadores; corria a pé tão depressa como um cavalo a galope; dava três voltas no grande circo em quinze minutos, e a cada volta enchia uma taça de suor; enfim, comia quarenta libras de carne por dia e esvaziava uma ânfora num gole só. Chamava-se Maximino; foi morto diante de Aquiléia por seus próprios soldados, que mandaram sua cabeça para o Senado, o qual a mandou queimar à vista do povo no Campo de Marte. Sessenta anos mais tarde, outro imperador, que dizia ser seu descendente, mandou buscar seu corpo em Aquiléia; e, como estivesse mandando construir este circo, deitou-o no sepulcro e, como o arco e a flecha eram as armas favoritas do defunto, depositou ao seu lado seis flechas de junco do Eufrates e um arco de freixo da Germânia; o arco media oito pés, as flechas, cinco; como disse, o gigante se chamava Maximino, e havia sido imperador de Roma. Quem erigiu este túmulo e fez dele o

---

2. Virgílio, *Geórgicas*, I, 497.

[*] Montículo artificial de terra e pedras feito para cobrir as sepulturas. (N. T.)

marco em torno do qual giravam seus cavalos e carros chamava-se Maxêncio e afogou-se enquanto defendia Roma de Constantino.

– Sim – disse o jovem oficial dos hussardos –, lembro-me perfeitamente do quadro de Le Brun, em que Maxêncio tenta se salvar a nado[3]. Essa torre redonda, onde brotaram umas romãs, como nos jardins suspensos de Semíramis, é o túmulo dele?

– Não, é o de uma mulher encantadora, cujo nome vai conseguir ler no mármore. Esse túmulo, que no século XIII servia de fortaleza para o sobrinho do papa Bonifácio VIII, é de Cecília Metela, esposa de Crasso, filha de Metelo Crético.

– Ah! – disse o oficial. – A mulher daquele homem tão avarento que, quando saía com o filósofo grego que tinha comprado, lhe punha na cabeça, por medo de insolação, um chapéu velho de palha que ele pegava de volta ao retornar.

– O que não o impediu de emprestar trinta milhões a César, impedido por seus credores de ir até a sua pretoria na Espanha, de onde voltou, pagas todas as dívidas, com quarenta milhões. Os trinta milhões que ele pagou a César e o túmulo erigido para sua mulher são as duas únicas máculas na vida de Crasso.

– E ela merecia um túmulo desses? – perguntou o oficial.

– Sim, era uma senhora nobre, espirituosa, artista, poeta, que reunia em sua casa Catilina, César, Pompeu, Cícero, Lúculo, Terêncio Varrão, tudo o que havia em Roma de espirituoso, elegante, rico; imagine o que não devia ser uma reunião assim?

– Devia ser mais divertida que as do nosso embaixador, o sr. Alquier. Seu túmulo foi revirado, ao que parece.

– Sim, por ordem do papa Paulo III, que encontrou a urna com as cinzas dela e mandou depositá-la num canto do vestíbulo do Palácio Farnese, onde deve estar até hoje.

Enquanto isso, o carro seguia seu caminho; haviam passado pelo túmulo de Cecília Metela, e aproximavam-se de uma ruína mais confusa, porque não tão bem conservada.

O oficial dos hussardos, que escutara distraidamente as primeiras explicações de seu companheiro de viagem, parecia, à medida que este falava, ir prestando mais atenção a cada uma de suas palavras.

– Ora essa – disse ele –, está aí uma coisa que não entendo: a história escrita ser tão tediosa e a história contada, tão divertida; eu, que sempre fugi das

---

3. *La bataille de Constantin contre Maxence*, de Le Brun (1666).

ruínas como de um ninho de cobras, estou disposto a virar essas pedras todas, uma por uma, se elas se comprometerem a me contar a própria história.

– Mesmo porque – disse o jovem cicerone – a história dessas pedras é bem curiosa.

– Ora vamos, estou curioso como o sultão das *Mil e uma noites,* a quem a formosa Sherazade contava toda noite uma história.

– É a cidade dos dois irmãos Quintiliano, que quiseram assassinar o imperador Cômodo.

– Ah! Ah! Esse não era o neto de Trajano?

– E filho de Marco Aurélio; mas os imperadores se sucedem, e não se parecem. Com a idade de doze anos, achando o seu banho quente demais, mandou colocar no forno o escravo encarregado de esquentá-lo e, embora o banho fosse esfriado e deixado no ponto, só aceitou tomá-lo depois que o escravo estava cozido. O caráter caprichoso do jovem imperador, aliás, só fez aumentar em ferocidade; resultaram muitas conjurações contra ele, entre outras a dos proprietários dessas ruínas pelas quais estamos passando. Tratava-se simplesmente de assassinar um homem de tamanho e de força tais que, em vez de fazer-se chamar de Cômodo, filho de Marco Aurélio, fazia-se chamar de Hércules, filho de Júpiter. Passava a vida no circo, era mais ágil que todos os gladiadores que ali combatiam; aprendera a atirar o arco com um parta e a lançar o dardo com um mouro.

"Certo dia, num circo, na extremidade oposta ao lado em que se achava o imperador, uma pantera agarrou um homem e estava prestes a devorá-lo. Cômodo, que nunca se separava do seu arco e das suas flechas, pegou o arco e atirou uma flecha tão certeira que matou a pantera sem relar no homem. Outra vez, percebendo que o amor do povo por ele começava a arrefecer, mandou proclamar em Roma que ia, com cem dardos, abater cem leões. O circo estava repleto de espectadores, como pode imaginar; trouxeram para o camarote imperial cem dardos com ferros dourados, mandaram entrar no circo cem leões; ele atirou os cem dardos e matou os cem leões."

– Oh! Oh! – exclamou o jovem oficial.

– Não sou eu quem conta – disse seu companheiro –, é Herodiano[4]; ele estava lá, ele viu.

– Se é assim – disse o hussardo, erguendo o colbaque –, não tenho o que retrucar.

---

4. *História do Império a partir da morte de Marco Aurélio,* i.

— Além disso — prosseguiu o narrador —, o imperador media seis pés de altura e, como disse, era muito forte; com uma paulada, quebrava a pata de um cavalo, com um murro, derrubava um boi.

"Certa vez, ao ver um homem de enorme corpulência, ele o chamou e, puxando da espada, partiu-o ao meio com um só golpe. Como vê, não era tranqüilo nem fácil conspirar contra um homem assim. No entanto, foi o que decidiram os dois irmãos Quintiliano; só que eles tomaram suas precauções: enterraram tudo o que possuíam de ouro e prata amoedado, tudo o que possuíam de jóias e de pedras preciosas; depois, prepararam cavalos para fugir, caso o golpe falhasse, e foram se emboscar debaixo de um arco, uma passagem estreita que levava do palácio ao anfiteatro.

"A fortuna, de início, pareceu favorecer os conspiradores: Cômodo apareceu acompanhado de poucas pessoas. Os Quintiliano se jogaram em cima dele, e seus cúmplices o cercaram.

"— Toma — disse um dos irmãos, dando-lhe uma punhalada —, toma, César, isso eu te trago da parte do Senado.

"Então, sob o arco escuro, na estreita passagem, houve uma luta tremenda. Cômodo estava apenas ligeiramente ferido: os golpes que lhe desferiam mal o abalavam, enquanto, ao contrário, cada um de seus golpes derrubava um homem; por fim, conseguiu agarrar o Quintiliano que o apunhalara, apertou-lhe em volta do pescoço o nó de seus dedos de aço e o estrangulou. Ao morrer, esse Quintiliano, que era o mais velho, gritou para o irmão:

"— Fuja, Quadratus, tudo está perdido!

"Quintiliano fugiu, pulou num cavalo e saiu em disparada.

"Os soldados puseram-se imediatamente ao seu encalço: para aquele que fugia, tratava-se da própria vida, e para os que o perseguiam, de uma enorme recompensa. Os soldados, contudo, acabaram ganhando terreno sobre Quintiliano; este, por sorte, previra tudo e deixara preparado um recurso, recurso estranho, mas no qual temos de acreditar já que o veraz Díon Cássio é quem relata o fato[5]. O fugitivo trazia consigo, num pequeno odre, sangue de lebre, único animal cujo sangue se conserva sem congelar e sem se decompor; pegou todo o sangue contido no frasco e deixou-se cair do cavalo, como que por acidente. Deram com ele estendido no caminho, vomitando jorros de sangue: então, julgando-o morto, e

---

5. *História de Roma*, LXXIII.

bem morto, despojaram-no de sua roupa, deixaram o cadáver onde estava e foram dizer a Cômodo que seu inimigo morrera, e de que modo morrera. Enquanto isso, Quintiliano levantou-se, voltou para casa, tornou a se vestir, pegou tudo o que conseguiu em ouro e pedras e fugiu."

– E Cômodo? – perguntou o oficial dos hussardos. – Como foi que morreu? Acho interessante esse açougueiro capaz de matar cem leões por dia.

– Cômodo morreu envenenado por Márcia, sua amante favorita, e estrangulado por Narciso, seu atleta favorito. Pertinax apoderou-se do império, mas deixou que o tirassem dele, seis meses depois, junto com a vida. Então, Dídio Juliano comprou Roma, e o mundo ainda por cima; mas Roma ainda não estava habituada a ser vendida.

– Foi se habituando de lá para cá – exclamou o oficial.

– Sim, mas daquela vez se revoltou; verdade é que o comprador se esqueceu de pagar. Sétimo Severo aproveitou a revolta, mandou matar Dídio Juliano, subiu ao trono e o mundo suspirou aliviado.

Como não houvesse posta antes de Velletri, e como são cinco léguas entre Roma e Velletri, o postilhão pediu permissão para dar um descanso aos cavalos.

Os dois viajantes deram a permissão de bom grado, pois haviam chegado a um dos lugares mais interessantes do campo romano.

CII
EM QUE O LEITOR VAI ADIVINHAR O NOME
DE UM DOS VIAJANTES E DESCOBRIR O DO OUTRO

Estavam no exato local em que os destinos de Roma haviam se decidido.

Estavam nos campos de batalha dos Horácios e dos Curiácios. A essa notícia, o jovem oficial dos hussardos levou a mão ao colbaque à guisa de saudação.

Ambos se levantaram no cabriolé.

Tinham à sua frente, dividida ao meio pela estrada de Albano, a grande cadeia de montes da qual Soratte, coberto de neve nos tempos de Horácio[1], e hoje de verde, constitui a extremidade esquerda, e cujo cume mais elevado termina no templo de Júpiter Latial[2]. Tinham à sua frente, branqueando no cume de uma pequena colina, Albano, afilhado de Alba Longa, que deu seu nome à usurpadora nascida sobre as ruínas da cidade de Pompéia e que, com suas oitocentas casas e seus três mil habitantes, não preenche as amplas construções que o matador de moscas Domiciano mandara acrescentar à cidade do matador de homens Pompeu. À direita, descendo rumo ao mar Tirreno, estendia-se a cadeia de colinas que formava, ao redor deles, o circo onde se debateram e sucumbiram sucessivamente as nacionalidades falisca, équa, volsca, sabina e hérnica. Atrás deles estava Roma, o vale de Egéria, onde Numa vinha receber seus oráculos, a longa série de túmulos que eles acabaram de percorrer e que parecia uni-los a Roma por meio de um sulco de ruínas; finalmente, além de Roma, o mar imenso salpicado de ilhas azuladas, feito nuvens que, a caminho da eternidade, teriam jogado a âncora nas profundezas do céu.

---

1. *Odes*, I, 9, 2. Monte dos Faliscos, outrora consagrado a Apolo, hoje monte Santo Orestes.

2. Erigido, segundo a tradição, por Tarqüínio, o Soberbo, no monte Albano (hoje monte Cavo, 949 m).

Aquele circo encerrava dois mil e quinhentos anos de memórias, aquele circo, enfim, fora o pivô da história universal durante vinte séculos, quer sob a República, quer sob os papas.

Descansados os cavalos, o carro retomou sua corrida.

À altura do túmulo dos Horácios, uma pequena trilha, à direita, distanciava-se da estrada e, visível em meio à relva avermelhada e fulva que cobre o campo romano feito pele de leão, essa pequena trilha apenas visível, e que sumia em meio às ondulações da montanha, a tudo sobrevivera em função de sua utilidade, já que encurtava, para os pedestres, a estrada principal entre Roma e Velletri.

– Está vendo esta trilha? – disse o jovem que se erigira cicerone de seu companheiro, o qual manifestava visível impaciência quando ele, por alguns instantes, interrompia a narrativa. – Foi muito provavelmente por aqui que dois gladiadores de Milão, deixando a liteira à qual faziam escolta com mais uns dez colegas, seguiram para atacar Clódio, que conversava com uns ceifeiros na planície. Clódio, ferido abaixo da mama direita por uma lança que tornava a sair pelo ombro, refugiou-se nessas ruínas, que eram outrora uma granja; os gladiadores perseguiram-no, encontraram-no escondido dentro de um forno, terminaram de matá-lo e arrastaram-no para a estrada principal.

– Mas me explique – pediu o oficial dos hussardos –, de onde vinha a influência que esse Clódio, praticamente arruinado, afogado em dívidas, ainda conservava sobre os romanos.

– É muito simples: primeiro, era tão bonito que os seus concidadãos lhe deram o apelido de *Pulcher*. Ora, o senhor sabe que importância tinha a beleza nos povos da Antigüidade; o fracasso que sofrera ao lutar com o gladiador Espártaco, quando saía de Cápua, não chegara a atingir a sua popularidade, sustentada pelas suas quatro irmãs, uma das quais casada com o cônsul Metelo Céler, outra com o orador Hortênsio, a terceira com o banqueiro Lúculo e a quarta, Lésbia, era amante do poeta Catulo. Ora, diziam as más línguas de Roma que ele era amante das quatro irmãs; o incesto, como se sabe, estava muito na moda nos últimos dias de Roma. Ora, Clódio, com as quatro irmãs, detinha os quatro grandes poderes mundanos: pela mulher de Metelo Céler, detinha o poder consular; pela mulher de Hortênsio, tinha a seu favor uma das vozes mais eloqüentes de Roma; pela mulher de Lúculo, servia-se nos cofres do mais rico banqueiro do mundo; finalmente, por meio de Lésbia, amante de Catulo, tinha a popularidade trazida pela amizade e pelos versos de um grande poeta; além disso, era apoiado pelo rico Crasso, que poderia vir a precisar um dia do populacho de que dispunha Clódio; bajulado por César, cujas desordens ele partilhava enquanto tentava lhe tirar a mulher; e, finalmente, favorecido por Pompeu, em prol do qual levantara um dia as legiões do seu cunhado Lúculo; estava até em excelentes termos com Cícero, que amava a sua irmã Lésbia e desejava ser o amante dela, desejo a que Clódio não se opunha de modo algum.

"Esse amor foi a perdição de Clódio. Eu disse que ele era amante de Mússia[3], filha de Pompeu, mulher de César. Para poder vê-la à vontade, entrou em seus aposentos disfarçado de mulher; como sabe, a presença de homens, ou mesmo de animais machos, era absolutamente proibida nessas orgias lésbicas. Uma serva o reconheceu e denunciou: Mússia fez com que escapasse por corredores secretos, mas o boato da sua presença já se espalhara, e houve um escândalo danado.

"Ele foi acusado de sacrilégio por um tribuno e obrigado a comparecer diante dos juízes, mas Crasso lhe disse para não se preocupar com isso, que ele próprio trataria de corrompê-los; o que, de fato, conseguiu por meio de dinheiro e de lindas patrícias que se sacrificaram por Clódio, reproduzindo para aqueles deuses da Justiça a fábula de Júpiter e Ganimedes; o escândalo foi tamanho que levou Sêneca a dizer: 'O crime de Clódio não foi tão condenável como sua absolvição'.[4]

"Ora, Clódio usara como defesa o seguinte álibi: afirmou que ainda na véspera da festa da Boa Deusa encontrava-se a cem milhas de Roma; que, por conseguinte, não poderia percorrer trinta e cinco léguas em cinco horas. Infelizmente, Terência, a mulher de Cícero, que sentia por este um ciúme terrível e sabia do seu amor por Lésbia, avistara naquela mesma noite dos mistérios o seu marido conversando com Clódio; colocou-lhe o seguinte dilema, do qual Cícero, por mais astuto que fosse, não conseguiu se safar:

"– Ou está apaixonado pela irmã de Clódio, então saberei como devo agir e você não deporá contra ele; ou não está apaixonado por ela, e não tem motivo nenhum para não depor contra o irmão dela.

"Cícero tinha muito medo da mulher; de modo que depôs contra Clódio. Clódio nunca o perdoou; daí esse ódio que encheu Roma de tumultos e levantes

---

3. Seu nome, na verdade, era Pompéia.
4. Sêneca, *Epístolas a Lucílio*, xvi, 97.

por mais de um ano, e só terminou quando Mílon fez a Cícero o favor de mandar os seus bestiários assassinar Clódio.

"Coisa rara, o povo se manteve fiel ao seu ídolo mesmo depois de sua morte, pois o cadáver, tendo sido encontrado por um senador que o trouxe de volta para Roma em seu carro, e Fúlvia, sua mulher, tendo lhe consagrado uma fogueira na cúria sacrifical, os populares pegaram tições da fogueira e incendiaram um bairro de Roma."

– Meu caro colega – disse o jovem oficial –, o senhor é uma legítima biblioteca viva, e vou levar pela vida inteira a boa recordação de ter feito essa viagem com um novo Varrão... Então? Está vendo como também conheço um pouco da história romana – disse o oficial, satisfeito por ter feito, também ele, uma citação, e batendo palmas... – Continuemos, continuemos – disse. – Que túmulo é este? Gostaria de vê-lo falhar, só uma vez.

E apontou para um monumento que se erguia a sua esquerda.

– Está com azar – retrucou o cicerone –, pois deste, justamente, eu entendo muito bem. É o túmulo de Ascânio, filho de Enéias, que teve a imprudência de soltar a túnica da mãe durante a pilhagem de Tróia, de modo que se perdeu dela e depois só encontrou o pai, que ia levando Anquises e os deuses do lar: daí a fundação de Roma; o curioso é que ao mesmo tempo, porém, quase ao mesmo tempo, por outra porta saía Telégono, filho de Ulisses, fundador de Túsculo, cujo túmulo fica a apenas duas léguas daqui. Nesses dois homens, um grego, outro asiático, ou seja, filhos de duas raças inimigas, as duas nacionalidades opostas vieram se personificar na Europa: eram rivais, as duas populações eram hostis; os duelos que os pais haviam começado diante de Tróia prosseguiram em Roma entre os filhos. As duas casas principais de Alba e Túsculo eram a casa Júlia, de onde saíra César, e a casa Pórcia, de onde saíra Catão. Conhece a luta terrível entre esses dois homens; depois de mais de mil anos de duração, o duelo de Tróia encerrou-se em Útica. César, descendente dos vencidos, vingou Heitor sobre Catão, descendente dos vencedores. O túmulo de Ascânio era o primeiro, vindo pela estrada de Nápoles, e o último, vindo pela estrada de Roma.

Era uma longa série e, qual o Ruy Gomez de Victor Hugo, ele omitia alguns, e talvez os melhores; mas desses não restava vestígio, e a foice do tempo os pusera ao nível da terra.

O mais velho dos dois jovens, ou seja, o menos instruído, ficou pensativo durante alguns instantes; era evidente que ocorria uma intensa atividade em seu espírito.

— Mas então o senhor foi professor de história? – ele perguntou ao seu companheiro.

— Não, ora essa! – o outro respondeu.

— Mas, então, como aprendeu essas coisas todas?

— Nem eu sei dizer: lendo um livro aqui, outro ali; essas coisas não se aprendem, se gravam; quando se gosta de história, se tem uma mente interessada no pitoresco, os acontecimentos e os homens vão entrando dentro do cérebro, o cérebro lhes dá forma e se acaba vendo os homens e os acontecimentos por outra perspectiva.

— Caramba! – disse o jovem oficial. – Se eu tivesse um cérebro igual ao seu, passaria a vida só lendo.

— Não lhe desejo isso – disse o jovem erudito, rindo. – Estudar nas condições em que estudei... Fui condenado à morte, passei três anos preso, esperando a cada dia ser fuzilado ou guilhotinado; precisava me distrair.

— De fato – disse o oficial, olhando atentamente para o companheiro, tentando ler seu passado nas linhas severas de seu rosto –, o senhor deve ter tido uma vida bem dura.

Aquele a quem a pergunta se dirigia sorriu, melancólico.

— O fato é – disse – que nem sempre estive deitado num leito de rosas[5].

— É, evidentemente, de família nobre?

— Sou mais que nobre, meu senhor, sou um fidalgo.

— Foi condenado à morte por razões políticas?

— Sim, por razões políticas.

— Incomoda-o eu fazer essas perguntas?

— De jeito nenhum. Àquilo que eu não puder... ou não quiser, não respondo, e pronto.

— Qual é a sua idade?

— Vinte e sete anos.

— É estranho. Parece, ao mesmo tempo, mais moço e mais velho. Há quanto tempo saiu da prisão?

— Três anos.

---

5. Guatimozim, último imperador asteca, que haviam deitado sobre carvões em brasa a fim de fazê-lo confessar onde se achavam seus tesouros, teria dito ao seu ministro: "E eu, acaso estou num leito de rosas?".

– E o que fez quando saiu?
– Lutei na guerra.
– No mar ou na terra?
– No mar, contra os homens, na terra, contra os animais ferozes.
– Que significa?...
– Que no mar eu era corsário e na terra, caçador.
– E no mar, contra quem lutou?
– Contra os ingleses.
– E na terra, o que caçou?
– Tigres, panteras e jibóias.
– Então esteve na Índia, ou na África?
– Estive na Índia.
– Em que parte da Índia?
– Numa parte mais ou menos desconhecida do resto do mundo, a Birmânia.
– Presenciou algum grande combate marítimo?
– Eu estava em Trafalgar.
– Em que navio?
– No *Redoutable*.
– Então viu Nelson?
– Vi, e bem de perto.
– Como conseguiu escapar dos ingleses?
– Não escapei; fui feito prisioneiro e levado para a Inglaterra.
– Foi trocado?
– Não, fugi.
– Dos navios-prisão?
– Da Irlanda.
– E agora, está indo para onde?
– Não faço idéia.
– Seu nome?
– Não tenho; quando nos despedirmos, me dará um nome, e terei para com o senhor as obrigações de um afilhado para com o padrinho.

O jovem oficial olhou para o seu companheiro de viagem com certo espanto; sentia que havia um mistério real naquela vida errante e despreocupada; ficou-lhe grato pelas respostas que obtivera, e não lhe quis mal por aquilo que ocultara.

– E a mim – disse –, não vai perguntar quem sou?

– Não sou curioso; mas se for da sua vontade dizer, ficarei muito agradecido.
– Oh! Minha vida é tão prosaica quanto a sua é curiosa e, provavelmente, poética. Chamo-me Charles Antoine Manhès; nasci em 4 de novembro de 1777, na pequena cidade de Aurillac, departamento do Cantal. Meu pai era procurador real junto ao tribunal civil. Como vê, não pertenço, como o senhor, à aristocracia francesa. A propósito, qual era o seu título?
– Eu era conde.
– Estudei na escola da minha cidadezinha natal, o que explica a minha educação um tanto descuidada. Os administradores do meu departamento, identificando em mim disposições militares, encaminharam-me para a Escola de Marte[6]. Direcionei os meus estudos mais especificamente para a artilharia e fiz tamanhos progressos que, aos dezesseis anos, fui nomeado instrutor. No entanto, dissolvida a Escola de Marte, fizeram-me passar por um exame do qual me saí honrosamente, a ponto de ser destacado para o terceiro batalhão de Cantal, e de lá para o vigésimo sexto regimento de linha. Juntei-me ao Exército em 1795; fiz quatro anos de campanha no exército do Reno e Mosela; passei o ano VII, o VIII e o IX no exército da Itália; gravemente ferido em Novi, fiquei seis semanas me recuperando e me juntei ao meu regimento no rio de Gênova... O senhor já comeu o pão que o diabo amassou?
– Sim, às vezes.
– Pois eu comia todo dia, posso dizer como é. Fui nomeado tenente por eleição dos meus amigos; fui feito cavaleiro da Legião de Honra em 6 de junho do ano passado; depois da campanha de Austerlitz, fui nomeado capitão; hoje, sou capitão e ordenança do grão-duque de Berg; vou levar da parte dele a notícia da entrada do imperador em Berlim ao seu irmão José, relatar todos os detalhes da campanha de Iéna, na qual tomei parte, e, na volta, tenho a promessa de ser nomeado chefe de esquadrão, o que é bem agradável aos vinte e nove anos. Essa é a minha história; como vê, é curta e pouco interessante; mas o interessante é que chegamos a Velletri e eu estou morrendo de fome; vamos descer e comer.

Como o viajante sem nome não visse dificuldades na proposta que lhe faziam, pulou do carro e entrou, com o futuro chefe de esquadrão Charles Antoine Manhès, no hotel O Nascimento de Augusto.

O que significava, salvo restrição de arqueólogos, que o hotel fora construído sobre as ruínas da casa onde nascera o primeiro imperador romano.

---

6. Escola militar fundada em 13 de prairial do ano II e dissolvida em 4 de brumário do ano III.

CIII
OS PÂNTANOS PONTINOS

Os viajantes jantaram mal, mas não seria justo se queixarem do tratamento recebido na estalagem O Nascimento de Augusto, posto que Augusto, quando no trono, jantava dois peixes secos e um copo de água. Haveria um volume inteiro a escrever sobre as tradições que cercaram o nascimento de Augusto e que prometeram a ele, filho de um moleiro e de uma africana, o reino do mundo.

Antônio não dizia: "Teu antepassado natural era africano, tua mãe fazia rodar o moinho mais rústico da Arícia e teu pai remexia a farinha com mão escurecida pela prata que manipulava em Nerulum"[1]?

Mas os presságios paravam por aí.

Sua mãe Átia adormecera na liteira, no templo de Apolo; a serpente de mármore que envolvia o bastão de sua estátua e fazia dele o deus da medicina soltou-se do altar, rastejou até a liteira, entrou dentro dela, segurou Átia por um instante, abraçada em suas dobras, e só a deixou quando estava fecundada.

Certo dia, quando ia para a escola, segurando na mão um pedaço de pão, uma águia jogou-se em cima dele, pegou o pão e devolveu-o instantes depois todo impregnado da ambrosia do Olimpo[2].

Por fim, um relâmpago caiu sobre a casa, tornando-a sagrada.

Havia festa em Velletri naquela noite, todas as camponesas e todos os camponeses das redondezas haviam marcado de se encontrarem ali.

---

1. Suetônio, *Vida dos doze Césares: Augusto*, IV. Nerulum era uma pequena cidade da Lucânia, vizinha de Thurium.
2. Ibid., XCIV e XCV.

Dançavam.

Sempre houve, em todas as épocas, uma metade da Itália que dançava, enquanto a outra chorava. Ninguém estava preocupado em saber se os franceses estavam em Roma, se estavam em Nápoles, se estavam sitiando Gaeta, e se dava para ouvir, para além dos pântanos pontinos, ressoar as peças de vinte e quatro que abriam brechas na cidade.

Napoleão escrevera ao seu irmão: "Apertem o cerco".

E José, obediente, estava apertando o cerco.

Sorriam para os franceses; as moças lhes estendiam as mãos e dançavam com eles; não desviavam o rosto diante de seus lábios; mas, quando eram encontrados sozinhos, eram apunhalados.

Os convivas que comiam na mesma mesa dos dois rapazes olhavam com cobiça para a bolsa cheia de ouro de onde o mais moço dos viajantes tirou um luís para pagar a despesa de quatro francos que ele e o companheiro haviam feito e para a carteira que seu companheiro tirou do casacão e recolocou no bolso.

O síndico de Velletri, que passeava entre os bebedores e os dançarinos, não foi quem lançou o olhar menos cobiçoso para aquelas riquezas, mas nem por isso deixou de oferecer aos rapazes, como já fizera o dono da posta em Roma, uma escolta de quatro homens para atravessar os pântanos pontinos.

Manhès, porém, tirou da mala suas duas pistolas e bateu com a mão no sabre, enquanto seu companheiro se assegurava de que os dois tiros de sua carabina estavam escorvados.

– Está aqui a nossa escolta – disse. – Os franceses não precisam de outra escolta além de suas próprias armas.

– Faz um mês – disse o síndico, com ar de escárnio – que um ajudante-de-campo francês jantou aqui, como vocês estão fazendo; ele também tinha bonitas armas, como pude avaliar, depois as vi nas mãos dos que o assassinaram.

– E não os mandou prender! – exclamou Manhès, levantando-se energicamente.

– Minha obrigação – respondeu o síndico – é oferecer escolta aos viajantes, e não mandar prender quem os mata depois de eles recusarem a minha escolta; limito-me a cumprir com minha obrigação.

Manhès não achou conveniente insistir, fez sinal a seu companheiro para se levantar e segui-lo, e os dois tornaram a subir no cabriolé, que mudara de cavalos e de postilhão; pagaram generosamente este que acabava de deixá-los e saíram a galope na direção dos pântanos pontinos.

É conhecida a dupla fama de que goza essa parte do território romano que se estende de Velletri a Terracina, ou seja, até as fronteiras do reino de Nápoles, e o ar envenenado que ali se respira seguramente ainda mata mais que os bandidos.

Lembra-se o leitor da barca do nosso grande pintor Hébert[3], com o barqueiro magro e lívido, os passageiros febris, a moça deixando cair a ponta dos dedos nas águas do canal e os bonitos legumes verdejantes que extraem vida vegetal dessas terras mefíticas que bafejam tanto sobre a vida humana como sobre uma tocha?

Anoitecera durante o jantar e, quando os dois viajantes saíram da estalagem, um luar magnífico prateava a estrada, jaspeada aqui e ali pela folhagem trêmula das árvores. De quando em quando, uma rocha erguida, que parecia prestes a cair nos viajantes que passavam debaixo dela, jogava sua vasta sombra sobre o caminho. À medida que se aproximavam dos pântanos pontinos, grandes estrias, não de nuvens, mas de vapor, subiam ao céu de quando em quando; estendiam-se sobre a face da lua, diante da qual passavam como um véu de gaze preta.

O céu então assumia, por sua vez, estranhas tonalidades, amareladas, doentias. À luz das lanternas, cuja claridade era limitada pela espessura do ar, dava para ver, movendo-se nas poças de água, animais enormes que as ilusões da noite tornavam ainda maiores, e que respiravam ruidosamente, tirando a cabeça da água: eram búfalos selvagens, para os quais aqueles pântanos eram abrigos seguros onde os caçadores mais intrépidos não ousavam vir buscá-los.

De tempos em tempos também alçavam vôo, sem fazer barulho, assustados pelo movimento do carro, grandes pássaros da cor do crepúsculo. Eram as garças cinzentas, eram pássaros fulvos lançando gritos lúgubres enquanto afundavam nas trevas, onde sumiam em três batidas de asa. Fausto e Mefistófeles, indo ao Sabá, não seguiam caminho mais carregado de assombrações que esse dos nossos viajantes.

– Já tinha visto coisa igual? – perguntou Manhès.

– Já, mas foi na estrada de Pegu à Terra do Bétele; só que o que a gente ouvia não eram mugidos de búfalos, mas rugidos de tigres e bramidos de jacarés; não eram garças e pássaros voando sobre as nossas cabeças, eram morcegos enormes chamados de vampiros, que abrem as artérias dos dorminhocos sem que estes percebam e, em dez minutos, chupam o sangue de um homem.

---

3. *A malaria*, de Ernest Hébert, óleo sobre tela exposto no Salão de 1850-51, atualmente no Musée d'Orsay.

– Gostaria de ver isso – disse Manhès.

E ambos voltaram ao silêncio que guardavam, por assim dizer, à revelia.

De súbito, o postilhão tocou duas ou três vezes a corneta de cobre que levava a tiracolo. Não percebendo a quem se endereçava o apelo, os rapazes julgaram que fosse um sinal e levaram a mão às armas.

Quase em seguida, porém, dois ou três sons de trompa iguais responderam; avistaram, em meio à verde vegetação dos pântanos malditos, o clarão de uma fogueira que parecia cercada de fantasmas. Era uma parada da posta.

O carro parou.

Cinco ou seis cavalariços febris acenderam tochas, apanharam chicotes e se precipitaram para as relvas altas, enquanto outros permaneciam junto às saídas.

Em poucos segundos, o postilhão desatrelou os cavalos.

– Me paguem depressa – disse aos rapazes –, estou me mandando.

Os viajantes pagaram, o postilhão pulou nos cavalos, que se afastaram a galope e se perderam na escuridão, em que sumiu o ruído de seus passos.

Enquanto isso, uma luta com homens blasfemando e quadrúpedes relinchando acontecia entre os selvagens cavalariços e seus cavalos, mais selvagens ainda; dois grupos informes e inapreciáveis se aproximaram do carro; os homens, com suas cabeleiras esvoaçantes misturadas às crinas dos cavalos, lembravam animais fabulosos, centauros de três cabeças. Os cavalos, vencidos, haviam cessado de relinchar e agora só se lamentavam. Passaram um deles entre os varais; prenderam outro ao seu lado. Dois homens a cavalo se posicionaram à direita e à esquerda do carro; o postilhão montou em pêlo no lombo do cavalo que estava fora dos varais; os homens que continuavam segurando com toda força os cavalos atrelados, os quais resfolegavam ruidosamente e batiam impacientemente as patas no chão, soltaram as rédeas de repente e saltaram para o lado. Os cavalos, loucos de fúria, precipitaram-se, relinchando e soltando fumaça pelas ventas e fogo pelos olhos. Os dois homens a cavalo se lançaram para ambos os lados soltando gritos selvagens, a fim de manter os cavalos atrelados no meio da estrada e impedir que se jogassem num ou noutro dos canais que a margeavam, e homens a cavalo, cavalos atrelados, carros e viajantes dispararam feito uma flecha[4].

---

4. Dumas retoma, reescrevendo-o, um episódio do capítulo XXI, "Route de Rome" [Estrada de Roma], do *Corricolo*, publicado inicialmente em folhetim com o título: "Les marais pontins" [Os pântanos pontinos], *Le Courrier Français*, 17-20 de junho de 1843.

As três paradas seguintes ofereceram um espetáculo absolutamente igual a esse que acabamos de retratar; só que, quanto mais se avançava, mais os cavalos pareciam fogosos e mais os homens eram pálidos e maltrapilhos.

Na última parada, como as lanternas dos cabriolés tivessem se apagado, e nem o postilhão nem o cavalariço tinham uma vela para reacendê-las, os dois viajantes pegaram uma tocha cada um.

Partiram com a mesma rapidez frenética; estavam a apenas duas léguas e meia de Terracina.

De súbito, num lugar em que o terreno, regular até ali, começava a subir por entre as rochas, os dois rapazes tiveram a impressão de ver umas sombras pulando sobre o barranco e se precipitando no caminho.

– *Faccia in terra!*[5] – gritou uma voz.

E, já que ambos se levantaram, houve um disparo e uma bala que, passando entre os viajantes, furou o cabriolé; porém, sem nem sequer levar a carabina ao ombro, o viajante que recusara dizer seu nome deu o tiro com o braço esticado, como se fosse uma pistola.

Um grito cortou o ar, e ouviu-se o ruído de um corpo caindo na estrada.

Ao mesmo tempo, os dois viajantes jogaram suas tochas a dez passos; elas iluminaram a estrada, e foi possível enxergar quatro ou cinco homens ainda hesitando em parar o carro, enquanto um deles já segurava as rédeas dos cavalos.

– Quer soltar isso, engraçadinho! – gritou Manhès.

E, com um tiro de pistola, pôs o homem a rolar junto ao colega.

Três tiros partiram ao mesmo tempo: uma bala derrubou o colbaque de Manhès, outra roçou o ombro de seu companheiro; mas o segundo tiro da carabina jogou um terceiro bandido no chão.

A partir de então, estes só pensaram em fugir, mas os dois viajantes saltaram do cabriolé, cada um para um lado, ambos segurando uma pistola na mão.

Infelizmente, para os bandidos, o dia começava a raiar e os dois rapazes eram ligeiros na luta contra Atalanta[6].

Manhès deu, no homem que fugia à sua frente, seu segundo tiro de pistola. Este cambaleou, quis puxar um punhal do cinto, mas, antes que o tirasse da bainha, estava com o sabre do capitão dentro do peito.

---

5. "Rosto no chão!"
6. Cf. Ovídio, *Metamorfoses*, x, 560-707.

O homem perseguido pelo segundo viajante, ao ver que seria atingido, tirou uma pistola do cinto, virou-se, fez fogo à queima-roupa, mas a pistola falhou.

No mesmo instante, sentiu uma mão de ferro apertando-lhe a garganta, enquanto o aro frio do cano de uma pistola pressionava sua têmpora.

– Eu poderia matá-lo – disse o viajante –, mas me interessa pegá-lo vivo e exibi-lo, feito um urso com focinheira, àqueles que ainda acreditam que os bandidos são valentes. Vamos, amigo Manhès, espete com a ponta do sabre esse *rosto no chão*, e que venham nos ajudar a amarrar as mãos desses engraçadinhos.

Com efeito, o postilhão e os dois cavaleiros que galopavam de um lado e de outro do cabriolé haviam acatado a ordem ao pé da letra, haviam escorregado dos cavalos e se deitado de bruços na estrada; mas assim que sentiram a ponta do sabre de Manhès, levantaram-se, ainda aturdidos, dizendo:

– O que desejam os *signori*?

– Cordas – respondeu Manhès –, e amarrem firmemente esses dois sujeitos.

Os homens obedeceram; puseram os dois bandidos dentro do carro, recolheram as pistolas e as carabinas que os viajantes jogaram longe tão logo as descarregaram, e que recarregaram em seguida temendo um novo ataque.

Os dois viajantes foram caminhando ao lado do carro, deixando os três cadáveres na estrada e levando consigo os dois feridos.

– Pois então, meu caro colega – disse Manhès, pegando água com a mão e erguendo o capacete do companheiro –, pediu que eu fosse seu padrinho, acho que é chegada a hora de realizar a cerimônia. Em nome de Bayard, de Assas e de La Tour d'Auvergne, eu o batizo com o nome de Léo; é um nome bem merecido. Conde Léo, abrace o seu padrinho!

O conde Léo, rindo, abraçou seu padrinho, e ambos seguiram a pé pela estrada de Terracina, escoltando seus prisioneiros, que vinham garroteados no cabriolé, e escoltados, por sua vez, pelos dois cavalariços a cavalo, agora ainda mais pálidos, mais trêmulos e mais desfigurados pelo medo.

CIV
FRA DIAVOLO

Pouco antes da branca Anxur, como a chama Virgílio[1], e da poeirenta Terracina, como nos contentaremos em chamá-la, com menos poesia, era um posto francês que guardava a fronteira romana.

Os viajantes foram prontamente rodeados, pois foram de imediato identificados como franceses; mas seus compatriotas, vendo dois rapazes escoltando um cabriolé aparentemente vazio, já que os bandidos haviam escorregado da banqueta, rodearam-nos com curiosidade.

A explicação do mistério foi dada ao primeiro olhar que deram para dentro do carro.

– Bem – disse o sargento que comandava o posto –, estão aí os facínoras. Levem isso para Nápoles, oficial; esses senhores vão encontrar companhia da mesma laia por lá.

Entraram em Terracina e pararam no hotel da posta.

Um oficial estava andando diante da porta. Manhès se aproximou.

– Meu capitão – disse –, sou o capitão Manhès, ordenança do grão-duque de Berg, o general Murat.

– Posso lhe ser útil em alguma coisa, caro colega? – perguntou o oficial.

– Acabamos de ser detidos, a meia hora daqui, por seis bandidos, dos quais matamos três; se quiser mandar enterrá-los, de medo que nos tragam a peste, vai encontrá-los na estrada, mortos ou quase. Fizemos dois prisioneiros. Poderia colocar uma sentinela junto do carro, com a recomendação de lhes enfiar a baione-

---

1. Ou melhor, Horácio, *Sátiras*, II (o lapso foi corrigido em *Le Corricolo*).

ta na barriga ao primeiro movimento, enquanto tomamos uma refeição de que estamos bem precisados, e teria a gentileza de partilhá-la conosco? O senhor vai nos dizer como andam as coisas por aqui, e vou lhe dizer como andam por lá.

– Ora – disse o oficial –, o convite é tão tentador que só me resta aceitar.

Em seguida, deu a dois soldados a ordem de pegarem seus fuzis e se posicionarem de um lado e de outro do carro; a recomendação acerca da baioneta não foi esquecida.

– E agora – disse o oficial –, dê-me a honra de apresentar-me seu companheiro, para que eu possa dizer meu nome a ele, por mais desconhecido que seja; chamo-me capitão Santis.

Entraram ambos na cozinha da estalagem e deram com Léo na bica, tratando de lavar as mãos e o rosto.

– Meu caro conde – disse Manhès –, apresento-lhe o capitão Santis, que acaba de deixar os nossos bandidos sob a guarda de duas sentinelas. Capitão Santis, apresento-lhe o conde Léo.

– Um belo nome, senhor – disse o capitão Santis.

– E bem merecido – disse Manhès –, posso lhe garantir; precisava tê-lo visto, há pouco: dois tiros, dois homens no chão; quanto ao terceiro, nem sequer se deu o trabalho de atirar nele; teve o capricho de apanhá-lo vivo; segurou-lhe o pescoço com essa mãozinha branca que está vendo e apertou; o outro pediu misericórdia, e pronto.

E como o hoteleiro se aproximasse para escutar, ele pegou seu boné de algodão pela fita, girou-o no dedo com a alegria de uma criança brincando, e, como o hoteleiro, com as duas mãos estendidas, tentasse recuperar o boné:

– Repare, caro senhor – disse ele –, que se esqueceu de nos cumprimentar. Agora que isso foi feito, aqui está o seu boné de algodão; prepare a melhor refeição possível e, enquanto esperamos, sirva duas ou três garrafas desse famoso Lacrima Christi que há tanto tempo tenho vontade de conhecer.

O estalajadeiro saiu, chamando o copeiro para que fosse até a adega, os ajudantes de cozinha para que acendessem os fornos e as serventes para que pusessem a mesa.

E enquanto saía, balançando a cabeça, erguendo os braços ao céu, murmurava:

– *Questi francesi! Questi francesi!*[2]

---

2. "Esses franceses! Esses franceses!"

Manhès pôs-se a rir.

– Somos – disse ele –, e seremos eternamente, um enigma para essa brava gente, que não compreende que podemos lutar feito leões e brincar feito crianças; não sabem que é isso que faz a nossa força. Vamos, copeiro, leve-nos até o nosso quarto e faça-nos provar desse Lacrima Christi do seu patrão; dou a minha palavra que, se não for bom, vou obrigá-lo a tomar uma garrafa inteira sem pausa para respirar.

O copeiro subiu a escada, e os dois oficiais, mais o conde Léo, o seguiram.

Por acaso, o vinho estava bom.

– Meu rapaz – disse Manhès, depois de provar –, você não vai me dar o desgosto de pôr esse vinho na barriga, ao qual reservo outro destino, mas me dê o prazer de pôr este escudo no bolso.

E jogou ao garoto, que o aparou no avental, um escudo de três libras.

– E agora – disse ele ao capitão –, conte o que tem acontecido por aqui.

– Acho o que tem acontecido por lá mais interessante – respondeu o capitão.

– A verdade – disse Manhès – é que o círculo se fechou muito rapidamente. A coisa durou um mês apenas; entrando em campanha em 8 de outubro, Napoleão recebeu a capitulação de Magdeburgo em 8 de novembro; durante esse mês, trinta mil homens mortos, mil por dia; é um bom trabalho, não? Cem mil prisioneiros; dos trinta e cinco mil restantes, nenhum tornou a transpor o Oder; os saxões regressaram à Saxônia, os prussianos depuseram as armas através dos campos. Havia um exército prussiano de cento e sessenta mil homens. Napoleão só precisou soprar: os prussianos sumiram, deixando no campo de batalha em que lutamos trezentos canhões e bandeiras suficientes para atapetar o palácio dos Inválidos. O rei da Prússia[3] continua sendo rei da Prússia; mas não tem mais reino nem exército.

– Muito bem – disse o oficial –, embora os Bourbon tenham se retirado para a Sicília, são mais ricos que o rei da Prússia, pois ainda possuem Gaeta, na região da Terra di Lavoro, que estamos bombardeando e que se mantém ligada a eles, mas não vai demorar a se render[4], e um exército na Calábria; é verdade

---

3. Frederico Guilherme III.

4. Em fevereiro de 1806, o príncipe de Assia Philippsthal, sitiado em Gaeta pelo general Reynier, recusou-se a entregar a cidade; perante aquela resistência, o estado-maior francês precisou chamar um novo corpo, comandado pelo general Lacour, a fim de reforçar o cerco com quatorze mil homens e setenta canhões. O príncipe ainda agüentou cinco meses antes de capitular em 18 de julho. Essas datas não correspondem, portanto, às da campanha da Prússia, que são mais tardias.

que é um exército de degredados, o que só os torna mais hábeis para nos degolar um a um. Oh! A grande guerra! A grande guerra! Só existe essa, meu caro colega – prosseguiu o oficial. – A nossa não passa de uma terrível carnificina, e tenho pena dos bravos oficiais como o general Verdier e o general Reynier, que são obrigados a lutar nessa outra.

O estalajadeiro interrompeu os lamentos do capitão ao trazer a refeição.

– É proibido aos soldados beber em serviço – disse o conde Léo –, mas os prisioneiros devem estar morrendo de sede; levem uma garrafa de vinho e dêem de beber a eles, seria perigoso soltar as suas mãos. Quanto aos soldados, que não se preocupem! Depois de deixar o serviço, será a vez deles. A propósito, diga ao prisioneiro que não está ferido que o vinho é da parte do viajante que não quis matá-lo; mande também dar de comer e de beber aos nossos postilhões dos pântanos pontinos, embora eu ache que obedeceram depressa demais ao grito de *faccia in terra*. Além disso, mande atrelar o carro e nos consiga dois bons garranos de posta para correr ao lado dele.

Finda a refeição, os três convivas beberam em homenagem à França, trocaram um aperto de mão e desceram.

Léo agradeceu às duas sentinelas, comunicou que um bom almoço as aguardava na estalagem, montou a cavalo com Manhès e, munido de um novo postilhão que prometia fazer maravilhas, o carro entrou a galope na estrada de Cápua, onde os cavalos seriam trocados.

Os rapazes passaram por Gaeta exatamente quando estavam trazendo o corpo do general Vallongue, que acabara de ter a cabeça arrancada por uma bala de canhão: sessenta peças de artilharia, morteiros e peças de vinte e quatro faziam fogo sobre a cidadela.

O postilhão prometera andar depressa e manteve a palavra; às oito da manhã, pararam em Cápua; às onze e quinze, entravam em Nápoles.

A cidade do sol, tão ruidosa e animada que a uma légua de distância já se escuta seu burburinho, parecia naquele dia mais enlouquecida que nunca; todas as janelas ostentavam bandeiras com as novas cores napolitanas; as ruas fervilhavam do povo não só da capital, mas de todas as aldeias vizinhas.

Uma vez envolvidos naquele turbilhão, o carro e os dois cavaleiros que o acompanhavam foram obrigados a seguir a correnteza. Esta os levou para a praça do mercado velho, onde se erguia uma forca impressionante de dezoito pés de altura. Estavam todos em efervescência por causa de uma execução que estava para acontecer. O nome de Fra Diavolo, repetido por todas as bocas, informou aos dois viajantes a importância do condenado, importância comprovada pelo imenso ajuntamento que se fizera para assistir à sua morte.

Ao mesmo tempo que o carro, os prisioneiros e sua escolta entravam no mercado velho pela praça del Carmine, a carroça que trazia o condenado entrava na praça pela viela *dei Sospiri del Abisso*, ou seja, dos Suspiros do Abismo.

Essa viela é assim denominada porque, ao atravessá-la, o condenado avista pela primeira vez, seja forca, seja guilhotina, o instrumento do seu suplício.

Ora, era muito raro que a essa visão o condenado não soltasse um suspiro.

Ao avistar Fra Diavolo, o bandido tido como incapturável e que, no entanto, fora capturado, um grande rumor se ergueu de todos os cantos da praça; os próprios prisioneiros se levantaram no carro.

Nisso, Manhès e o conde Léo se aproximaram, mas com a alegria feroz que é particular ao povo, e particularmente ao povo napolitano:

– Ora – disse o postilhão –, deixem que eles assistam, pobres-diabos; o espetáculo vai ser uma lição muito útil para eles.

E ele próprio se ajeitou o mais confortavelmente possível no seu cavalo, a fim de assistir mais à vontade ao espetáculo.

Vejamos se o homem que deixara Nápoles de pernas para o ar estava à altura de sua fama.

CV
A CAÇADA

Fra Diavolo é mais conhecido na França pela ópera-cômica dos srs. Scribe e Auber[1] do que pela longa correspondência que provocou entre o imperador Napoleão e seu irmão, o rei José.

Chamava-se Michele Pezza; nascera numa pequena aldeia de Ítria, numa família pobre que, com dois mulos, sobrevivia de um pequeno comércio de óleo com as aldeias vizinhas; fora apelidado de Fra Diavolo por seus compatriotas, que lhe atribuíram esse nome, meio sagrado, meio simples, porque unia a astúcia do monge à maldade do diabo.

Fora de início destinado à Igreja; depois de largar a batina, tornou-se aprendiz de um desses segeiros que fabricam albardas para mulos e cavalos.

Mas logo teve uma discussão acalorada com o patrão, fugiu da casa dele e, no dia seguinte, matou-o com um tiro de fuzil enquanto este, com três ou quatro convivas, jantava no jardim.

O assassinato foi cometido por volta de 1797; o assassino tinha dezenove anos.

Como é costume nesses casos, ele fugiu para as montanhas.

Exercia havia dois anos o ofício de simples bandido quando chegou a revolução de 1799 e a invasão do território napolitano por Championnet.

Ele então teve a revelação de que era bourbonista e monarquista e, conseqüentemente, tinha de se tornar papista em expiação dos seus crimes e dedicar-se à defesa do direito divino.

---

1. *Fra Diavolo ou L'Hôtellerie de Terracine*, ópera cômica em três atos, letra de Scribe, música de Auber, encenada pela primeira vez na Ópera Cômica em 28 de janeiro de 1830.

Foi, portanto, um dos primeiros a responder ao chamado do rei Ferdinando contra os franceses.

Começou por reunir seus três irmãos, fez deles seus tenentes, triplicou, quadruplicou, seu bando com alistamentos voluntários e deu, desde o início, provas de seu patriotismo na estrada principal que vai de Roma a Nápoles.

Seu enforcamento era interessante para os prisioneiros pelo próprio fato de ele ter começado ali onde eles haviam acabado de chegar, já que haviam tentado deter os dois viajantes que os prenderam a apenas uma légua de Ítria.

Nessa primeira campanha, ele se destacou com diversos assassinatos: o ajudante-de-campo do general Championnet, chefe de esquadrão Claye[2], enviado por este último ao general Lemoine, tendo cometido a imprudência de contratar um guia sem garantias, foi levado por esse guia para o meio da tropa de Fra Diavolo, que o mandou cortar em pedacinhos.

Quando do ataque da ponte de Garigliano[3], o ajudante-de-campo Gourdel, um chefe de batalhão de infantaria ligeira e uma dúzia de oficiais e soldados que haviam ficado no campo de batalha foram amarrados, por Fra Diavolo e sua tropa, em árvores rodeadas de galhos verdes, e queimados a fogo lento, enquanto os camponeses das aldeias vizinhas, homens, mulheres e crianças, dançavam em volta das fogueiras, gritando: "Viva Fra Diavolo!".

Championnet, que tivera a oportunidade de combater Fra Diavolo e que, uma vez entre tantas outras, quase destruíra seu bando sem conseguir prendê-lo, confessava que esse chefe de bandidos lhe dera mais trabalho que um general no comando de uma força armada regular.

Resultou disso tudo que, quando o rei Ferdinando e a rainha Carolina se refugiaram na Sicília, e de lá preparavam sua reação, Fra Diavolo, que por sua vez embarcara a fim de receber instruções de suas augustas bocas, não só já não era um desconhecido, como era um homem que importava receber como amigo. Assim, foi maravilhosamente bem acolhido pelo rei e pela rainha. O rei lhe ofereceu uma patente de capitão e a rainha, um magnífico anel com suas iniciais incrustadas de brilhantes entre duas esmeraldas.

---

2. Esses dois assassinatos, sendo atribuído o segundo a Mammone, são relatados em *La San Felice*, cap. LXIX.

3. "Na saída de Mola [...] estende-se o rio Garigliano (Liris), que separa o Lácio da Campânia" (*Manuel du voyageur en Italie*).

Aquele anel é hoje religiosamente conservado por seu filho, se é que ainda vive, o cavalheiro Pezza, a quem o pai, subindo ao cadafalso, legou sua nobreza, e que, em virtude do tratado firmado entre o passado e o presente, ainda recebe do rei Vítor Emanuel a pensão que lhe fora concedida pelo rei Ferdinando.

Fra Diavolo retornou à Terra di Lavoro, sua pátria; desembarcou entre Cápua e Gaeta com um bando de quatrocentos homens.

Embora prestasse grandes serviços à causa da realeza, Fra Diavolo se entregou a tais excessos que o cardeal Ruffo não autorizou sua entrada em Gaeta, embora se julgasse obrigado a avisar o rei daquela recusa a um de seus capitães.

O rei respondeu de próprio punho:

> Aprovo que não tenha permitido a Fra Diavolo entrar em Gaeta como ele desejava; concordo com o senhor que ele é um chefe de bandidos, mas, por outro lado, sou obrigado a confessar que me serviu muito bem; precisamos, portanto, utilizá-lo e não desgostá-lo; ao mesmo tempo, precisamos convencê-lo, com boas palavras, de que deve pôr um freio às suas paixões e submeter seus homens à disciplina, se quiser realmente obter um mérito duradouro aos meus olhos.[4]

Contudo, se os excessos a que se entregava Fra Diavolo suscitaram essa repreensão paternal por parte de Ferdinando, não causaram dano algum na mente de Carolina, já que, depois de reassumir Nápoles, ela dignou anunciar-lhe, numa carta escrita de próprio punho, que fora nomeado coronel. A carta que anunciava esse favor continha, além disso, uma pulseira trançada com um cacho de cabelos da rainha; foi nomeado, além disso, duque de Cassano, com uma pensão vitalícia de três mil ducados (treze mil e duzentos francos), e é com esse título, e o grau superior de brigadeiro, que tornamos a encontrá-lo guerreando contra os franceses em 1806 e 1807.

A *usurpação* do trono dos Bourbon, empreendida pelo rei José, foi uma excelente oportunidade para que Fra Diavolo desse ao rei Ferdinando e à rainha Carolina novas provas de sua lealdade.

Partiu para Palermo, foi recebido pela rainha, que o mandou de volta aos Abruzos cumulado de afagos; mas ela se esqueceu, assim como o rei Ferdinando, de recomendar que vigiasse a disciplina de seus soldados.

---

4. Datada de 16 de agosto de 1799, a carta é reproduzida *in extenso* e em italiano em *I Borboni di Napoli*, IV, cap. VIII, e também parcialmente em *La San Felice*, cap. CLXXXVIII.

Fra Diavolo seguiu tão exatamente as instruções da rainha Carolina que o rei José julgou ser absolutamente necessário livrar-se de um inimigo, menos perigoso talvez, mas decerto mais desagradável que lorde Stuart e seus ingleses.

Então, o rei mandou chamar o major Hugo.

O rei tinha inteira confiança em sua coragem e devoção: era um homem de Plutarco. Carregava o fardo da própria lealdade. Servira sob Moreau, a quem estimava, amava, admirava. Quando Bonaparte subiu ao trono, foram assinados cumprimentos de parabenização, e ele assinou como todos os demais; mas quando quiseram que assinasse fatos contrários à verdade a respeito de Moreau, no sentido de inculpá-lo no processo Cadoudal, ele se recusou claramente.

Bonaparte soube dessa recusa, e Napoleão guardou-a na memória.

Sabe-se como eram esses rancores napoleônicos. O major Hugo soube uma bela manhã que passara a integrar o exército de Nápoles, ou seja, fora afastado dos olhos do imperador. Ora, o imperador só olhava e recompensava os que combatiam no círculo que ele podia abarcar com o olhar.

Mas o major Hugo podia ter adotado por divisa a palavra espanhola que serviu tanto tempo de assinatura ao seu filho: *Hierro* (ferro). Depois do que acabo de dizer, é desnecessário acrescentar que ele já era, por essa época, pai do nosso grande poeta Victor.

E aliás, tão repleto de piedade como de coragem, seu filho o retratou nesses poucos versos:

> *Meu pai, esse herói de tão doce sorriso,*
> *Seguido por um só hussardo que ele amava entre todos*
> *Por sua grande bravura e sua alta estatura,*
> *Percorria a cavalo, no entardecer de uma batalha,*
> *O campo coberto de mortos sobre os quais caía a noite.*
> *Pareceu-lhe ouvir, na sombra, um ruído fraco.*
> *Era um espanhol do exército em debandada,*
> *Arrastando-se ensangüentado à beira da estrada,*
> *Estertorando, quebrado, lívido, e mais que meio morto,*
> *Dizendo: "Água! Água, por misericórdia!".*
> *Meu pai, comovido, estendeu ao seu fiel hussardo*
> *Um cantil de rum que pendia de sua sela,*
> *E disse: "Tome, dê de beber a esse pobre ferido".*

De súbito, quando o hussardo, inclinado,
Debruçava-se sobre ele, o homem, uma espécie de mouro,
Empunha uma pistola que ainda segurava,
E mira a fronte do meu pai, gritando: "Caramba!"*
O tiro passou tão próximo que caiu seu chapéu
E o cavalo deu um salto para trás,
*"Ainda assim, dê-lhe de beber", disse meu pai.*⁵**

---

* Em espanhol no original. (N. T.)
5. Victor Hugo, *La légende des siècles*, XLIX, "Le temps présent"; IV, "Après la bataille". O manuscrito é datado de 18 de junho de 1850.
** "Mon père, ce héros au sourire si doux,/ Suivi d'un seul housard qu'il aimait entre tous/ Pour sa grande bravoure et pour sa haute taille,/ Parcourait à cheval, le soir d'une bataille,/ Le champ couvert de morts sur qui tombait la nuit,/ Il lui sembla dans l'ombre entendre un faible bruit./ C'était un Espagnol de l'armée en déroute/ Qui se traînait sanglant sur le bord de la route,/ Râlant, brisé, livide, et mort plus qu'à moitié,/ Et qui disait: 'A boire! à boire par pitié!'/ Mon père, ému, tendit à son housard fidèle/ Une gourde de rhum qui pendait à sa selle,/ Et dit: 'Tiens, donne à boire à ce pauvre blessé.'/ Tout à coup, au moment où le housard baissé/ Se penchait vers lui, l'homme, une espèce de maure,/ Saisit un pistolet qu'il étreignait encore,/ Et vise au front mon père en criant: 'Caramba!'/ Le coup passa si près que le chapeau tomba/ Et que le cheval fit un écart en arrièvre,/ 'Donne-lui tout de même à boire', dit mon père". (Tradução literal.)

CVI
O MAJOR HUGO

O rei José mandou então chamar, como eu dizia, o major Hugo em Portici; conhecia-o havia muito tempo e amava-o verdadeiramente, como ele merecia; mas tamanho era o temor que Napoleão inspirava em todo mundo, inclusive em seus irmãos, que o rei José não se atrevia a fazer nada pelo homem que ousara desagradá-lo e, de certa forma, queria ser obrigado a isso, dando ao major Hugo a oportunidade de se destacar prendendo um homem diante do qual haviam fracassado os mais valentes e os mais hábeis.

Recordemos que o ilustre Macdonald permanecera cinco anos em desgraça pelo único motivo de ser amigo de Moreau e suspeito de partilhar seus sentimentos republicanos; foi preciso que o príncipe Eugênio cometesse um erro atrás do outro na Itália para que Napoleão se lembrasse dele e o nomeasse o chefe do seu estado-maior; ele se vingou salvando o exército e se comportando como um herói em Wagram.

O rei ordenou ao major Hugo que formasse uma coluna de homens recrutados em alguns regimentos de infantaria da Guarda Real, no real africano, na legião corsa, no primeiro e segundo exércitos napolitano; depois, à frente dessa coluna, que poderia chegar a oitocentos ou novecentos homens, ele teria de perseguir Fra Diavolo sem lhe dar nem um instante sequer de trégua.

Bocas-de-fogo e uns cinqüenta dragões se juntaram a essa coluna.

Fra Diavolo havia se tornado um legítimo chefe de partidários; tinha sob suas ordens cerca de mil e quinhentos homens e escolhera, como palco de operações, o grupo de montanhas situado entre o mar, os estados da Igreja e o Garigliano.

As instruções do major Hugo eram que ele atravessasse o rio, buscasse o inimigo, encontrasse-o e não o perdesse de vista até que o tivesse aniquilado; disposições estratégicas haviam sido tomadas para que o bandido não pudesse sair da região em que se metera. O general Duhesme, com sua divisão, ocupava os estados romanos; o general Goullus, com uma brigada, vigiava o vale do Sora; tropas se escalonaram à beira do Garigliano, e o general Valentin, que comandava o distrito de Gaeta, devia cuidar para que Fra Diavolo não embarcasse.

Observe-se que Fra Diavolo estava sendo tratado como um inimigo de peso: três generais o vigiavam, e um major o atacaria.

O major Hugo mandou de volta, escoltadas por seus dragões, as duas peças de canhão que só poderiam atrapalhá-lo; se precisasse dos dragões, bastava chamá-los e eles iriam ter com ele onde quer que estivesse.

Mas os oficiais franceses estavam lidando com um inimigo que, numa guerra de montanhas, era capaz de enfrentá-los. Assim que soube das disposições tomadas para cercá-lo, Fra Diavolo, em vez de esperar pelo ataque da coluna, surpreendeu a Guarda Nacional de San Guglielmo, atropelou um batalhão acampado em Arce e avançou sobre Cervaro.

O major Hugo lançou-se ao seu encalço e chegou a Cervaro uma hora depois dele.

Atrás dessa aldeia rústica e arborizada, o major, julgando que o inimigo se refugiara ali, dividiu sua tropa em duas partes; uma contornou a montanha, a outra vasculhou-a.

Ele não se enganara: não demorou para uns tiros de fuzil indicarem que o inimigo fora descoberto; mas, apesar do empenho dos atiradores, o fogo foi de curta duração. Fra Diavolo, que em linha reta percorrera apenas um terço do caminho de seus adversários, imaginando que os franceses, cansados, não conseguiriam alcançá-lo, ganhou as alturas da montanha. A vinda da noite, o perigo de aventurar-se em bosques desconhecidos, a necessidade de víveres obrigaram o major Hugo a voltar para Cervaro por volta das dez horas.

Mas, às três da manhã, o major e suas tropas estavam de pé e punham-se novamente a caminho em três colunas. Fra Diavolo deixara uma retaguarda nos desfiladeiros de Acquafondata a fim de defender a passagem contra os franceses. O major Hugo pôs-se à frente dos granadeiros napolitanos da segunda legião, que viam fogo pela primeira vez, e com eles repeliu a retaguarda; infelizmente, veio a noite, acompanhada de uma chuva torrencial; os franceses foram obrigados a parar e descansaram numa pequena granja abandonada por seus moradores; ao raiar do dia, tornaram a partir.

Fra Diavolo, que conhecia todos os caminhos, não ia por nenhum deles; ia por trilhas abertas por pastores e efetuava rápidas e freqüentes contramarchas. Então, para não perder seu rastro, a única esperança eram os pastores: estes, bem pagos, indicavam aos franceses os caminhos mais curtos, que no mais das vezes não passavam de leito de torrentes, cujas sinuosidades era necessário acompanhar, galgando ou descendo as cachoeiras; esses leitos eram tão cheios de rochas que na maior parte do tempo os soldados tinham de tirar os sapatos e andar descalços.

A perseguição encarniçada já durava oito dias; ainda não tinham conseguido pegar o inimigo, mas já estavam, por assim dizer, fungando-lhe o pescoço; os soldados mal descansavam, comiam correndo, dormiam em pé. O major Hugo inundava a província com espiões que a polícia lhe enviava, esquadrinhava-a com estafetas que ele próprio enviava aos governadores, prefeitos, síndicos; sabia, dia por dia, onde ele estava e o que fazia, mas ainda não conseguira encurralá-lo de maneira a chegar às vias de fato com o grosso do bando.

Felizmente, um batalhão francês, cuja marcha rumo aos Abruzos era ignorada por Fra Diavolo, recebeu o aviso de que o bandido e seu grupo estavam reunidos num bosque próximo à aldeia que estava atravessando, parou, contratou um guia, caiu em cima dele e matou uma centena de seus homens.

Com o barulho da fuzilada, o major Hugo acorreu com a sua coluna. Quase totalmente cercado e nada podendo esperar de um combate, Fra Diavolo foi forçado a recorrer à astúcia.

Reuniu seu bando.

– Dividam-se – disse ele aos seus homens – em pequenos pelotões de uns vinte homens cada; que cada um desses pelotões faça pensar que estou com ele e encontre, pelo caminho que achar mais seguro, um jeito de embarcar. Nosso ponto de encontro será a Sicília.

Assim que foi tomada, a decisão foi posta em execução; o bando se dividiu em pequenos grupos que, por sua vez, sumiram como fumaça em dez diferentes direções; o major Hugo foi avisado da passagem de Fra Diavolo, o que o deixou na incerteza, já que os relatórios diziam que o homem que perseguia estava subindo em direção aos Abruzos, e fora avistado ora numa, ora noutra margem do Biferno, tentando chegar à Puglia ou batendo em retirada em direção a Nápoles.

Depois de refletir alguns instantes, o major Hugo percebeu o estratagema: era igual ao utilizado pelo marechal de Rantzau.

Mas em qual dessas colunas estaria Fra Diavolo?

Diante dessa incerteza, era preciso obrigar todos os grupos a seguir na mesma direção.

Conseqüentemente, fez avançar destacamentos napolitanos pela margem esquerda do Biferno; mandou vir de Isernia a legião corsa, levou com ele a guarda real e os africanos e enveredou por Cantalupo e o vale de Bojano*.

---

* O general Hugo, encarregado de prender os dois bandidos mais temíveis da Itália e da Espanha, prendeu, um depois do outro, Fra Diavolo na Itália e o Empezinado na Espanha; deixou memórias bastante curiosas, de onde extraímos esse detalhe. (N. A.) [*Mémoires du général Hugo, gouverneur de plusieurs provinces et aide-major-général des armées en Espagne*, Paris, Ladvocat, 1823, quatro partes em três volumes, cap. III (coleção das memórias dos marechais de França e dos generais franceses). Seu adversário espanhol tinha o apelido de "mercador de pez" (*Empezinado*): tratava-se de Martín Díaz, herói da guerra de Independência.]

CVII
AGONIA

Quando chegaram ao condado de Molisa, a região tinha o aspecto de uma terra devastada por um imenso cataclismo e, de fato, a província havia sido abalada, pouco tempo antes, por um terremoto; os moradores, de início dispersados, estavam começando a retornar para as ruínas de suas casas; outros haviam se refugiado debaixo de barracos construídos às pressas; mas o major Hugo, que não raro tivera a oportunidade de estar em contato com eles, conhecia sua boa vontade e seu excelente caráter; portanto, não duvidou nem um instante sequer de que fariam o possível para ajudá-lo e, realmente, os camponeses que ele despachava como mensageiros viajavam corajosamente dia e noite, levando perguntas, trazendo respostas. Por toda parte, os guardas nacionais, cujas casas estavam arrasadas ao nível do chão, esquecendo o desastre que os havia vitimado, ofereciam-se como guias e batedores, para grande espanto de Fra Diavolo, apavorado ao ver seus compatriotas transformados em inimigos.

Por uma força invencível, porém, o bandido se viu forçado a seguir, já não seu próprio plano, mas a vontade de seu adversário; e o major Hugo logo foi informado de que, perseguidos por todo lado por seus destacamentos, os bandidos estavam descendo para o vale de Bojano.

Fazia um tempo horroroso; as torrentes rolavam, inúmeras e assustadoras. A cada passo havia várias a atravessar, e a água batia na cintura dos soldados. O Biferno, que em tempos normais mal contava dois pés de água, estava tão cheio que, se a Guarda Nacional de Vinchiaturo tivesse chegado a tempo para defender a ponte, Fra Diavolo teria sido preso, pois era impossível atravessar o rio.

Finalmente, num dia em que o céu se desmanchava em chuva, os soldados da guarda africana e os homens de Fra Diavolo se encontraram entre Bojano e a aldeia de Guardia; os soldados do major Hugo, comandados pessoalmente por ele, combatiam um contra quatro. Felizmente, as demais colunas que perseguiam Fra Diavolo foram chegando sucessivamente e, à medida que chegavam, tomavam parte na ação; mas, com a chuva que continuava a cair violentamente, os combatentes ficaram reduzidos ao uso das coronhas dos fuzis, das baionetas e dos punhais.

Aquele horrível combate, ou melhor dizendo, imenso duelo, em que cada qual matava o adversário ou era morto por ele, durou mais de duas horas; por fim, após milagres de coragem e de teimosia, os bandidos foram expulsos; cento e cinqüenta homens apenas, despojo dos mil e quinhentos, atravessaram a ponte de Vinchiaturo e desceram o vale de Tammaro até Benevento; fizeram uns trinta prisioneiros, mil homens morreram no campo de batalha ou se afogaram nas torrentes. Se o major Hugo tivesse estado com seus dragões, o bando todo teria sido destruído e Fra Diavolo, preso.

Durante a marcha, um prisioneiro se aproximou do major e se ofereceu, caso este lhe devolvesse a liberdade, para conduzi-lo a um lugar na montanha onde estavam enterrados dez mil ducados, ou seja, quarenta e cinco mil francos, pertencentes ao bando.

O major Hugo recusou a oferta: seu dever não era juntar um butim para a coluna móvel que comandava, e sim perseguir Fra Diavolo.

Quando a vanguarda da coluna que perseguia Fra Diavolo chegou a Calore, deu com rio cheio de quinze a dezesseis pés; voltou então a Benevento para juntar-se ao major Hugo e comunicar-lhe com que obstáculo deparara. Fra Diavolo tornava a ganhar vinte e quatro horas sobre os soldados, e temia-se que, se estes perdessem sua pista um só momento, ele tivesse tempo de retornar ao litoral e embarcar para Capri, que ainda estava ocupada por uma coluna.

O major Hugo mandou distribuir sapatos aos seus homens e, apesar de alguns resmungos, obrigou-os a partir uma hora depois da meia-noite.

Em Montesarchio, soube que Fra Diavolo, escapulindo entre suas colunas móveis, já havia chegado à outra vertente do monte Vergine.

Montesarchio é uma aldeia situada na estrada que vai de Nápoles a Benevento, justamente a estrada em que se encontram as famosas forcas caudinas sob as quais o exército romano foi forçado a passar durante a guerra contra os samnitas[1]. Essas forcas caudinas, nesse local que oferece uma estreita passagem, são formadas de um lado pelo Taburno e de outro pelo monte Vergine, assim chamado em razão de um magnífico convento da mãe de Deus situado na vertente oposta[2]; do lado de Benévento, porém, a montanha é tão íngreme que até então só os pastores haviam se aventurado por ali, atrás de suas cabras.

Galgando aquela montanha, até então inacessível, o major Hugo recuperava as vinte e quatro horas perdidas e ainda tinha uma chance de alcançar aquele que perseguia; embora os guias fizessem o possível para que mudasse de idéia, o major Hugo decidiu que a montanha seria escalada e, ao raiar do dia, guiado por pastores, únicos homens que consentiam em se aventurar numa subida desse tipo, começou a galgar a montanha; seus soldados o seguiram resmungando, mas seguiram.

Às dificuldades do caminho, que já eram tantas, vinha somar-se uma neve fina que deixava a trilha, inteiramente traçada na rocha, ainda mais escorregadia. Por sorte, chegaram a uma parte da montanha onde cresciam algumas árvores; agarrando-se aos galhos, continuaram a subir. De resto, excitados pelas próprias dificuldades do caminho, divertindo-se com os tombos que levavam, os soldados, rindo uns dos outros, chegaram, ao cabo de três horas de cansaços terríveis, a uma plataforma perdida na bruma, e ignorando onde estavam.

Mal tiveram tempo de se sacudir, encharcados que estavam, e uma forte rajada de vento, dessas que passam pelo cume das montanhas, rasgou a cortina de nuvens que os envolvia e, como se uma cortina de teatro tivesse se erguido diante deles, contemplaram o golfo de Nápoles em toda a sua magnífica extensão.

A montanha tinha sido escalada. Alegre, mas silenciosa, a coluna começava a descer a vertente oposta, dirigindo-se para Aletta, quando foi surpreendida por um fogo de mosquetaria; fora se meter, por puro acaso, bem no meio do bando de Fra Diavolo.

Fra Diavolo, o bandido, bem que teria gostado de fugir sem lutar, mas isso era impossível: a vanguarda corsa, constituída de corsos, misturou-se com seus homens, combatendo corpo-a-corpo com eles; os outros destacamentos acor-

---

1. Em 321 a.C. Cf. Tito Lívio, *História de Roma*, IX, III. Nome do desfiladeiro, próximo a Cáudio, onde os romanos vencidos tiveram de passar sob o jugo (e não "sob as forcas" como se tende a dizer). ["Jugo", em francês *joug*, era uma armação de lanças, duas fincadas no chão e uma suspensa horizontalmente, debaixo da qual se obrigavam os vencidos a passar. (N. T.)]

2. Século XII, reconstruído no XVII, peregrinação mais conhecida da Campânia.

riam ao som da fuzilada e, convencidos de que a catástrofe se aproximava de seu desfecho, jogavam-se em meio ao fogo sem pensar no perigo; mas, ainda dessa vez, Fra Diavolo, menos cansado que os homens que o perseguiam, já que tivera duas noites para descansar, conseguiu fugir com uns trinta homens. Cento e vinte bandidos que ficaram para trás foram aprisionados ou fugiram jogando longe suas armas; mas o major não estava preocupado com eles, só pensava no chefe, o único que realmente importava. Uma vez preso Fra Diavolo, era evidente que o bando não se reconstituiria, os homens que haviam servido com ele jamais serviriam sob outro chefe.

Escapando por entre as árvores que cobriam a região, mas que facilmente dão passagem a um homem no espaço entre elas, Fra Diavolo, que conhecia admiravelmente bem a região, ainda tinha esperança de fugir; mas precisava, de qualquer maneira, chegar à estrada de Puglia e segui-la por algum tempo.

Logo alcançou essa estrada.

Um precipício o impedia de descer para o outro lado; os soldados do major estavam atrás dele quando, de repente, viu chegar em sua direção um regimento da cavalaria francesa que estava em patrulha: se seguisse em frente, toparia com o regimento; se voltasse para trás, os soldados que o perseguiam e estavam para desembocar na estrada lhe barrariam o caminho; à direita, como dissemos, havia um precipício.

Seus companheiros se detiveram, trêmulos, e, fitando nele olhares ansiosos, pareciam dizer: "Agora só você pode nos safar desta situação com uma dessas astúcias infernais que lhe valeram o nome de Fra Diavolo".

E, de fato, sua genialidade não o abandonou naquela circunstância difícil.

– Depressa, amarrem as minhas mãos nas costas – disse ele –, e façam o mesmo com o tenente.

Os bandidos, mudos, olharam para ele apavorados.

– Vamos, depressa! Vamos! – exclamou Fra Diavolo. – Não temos tempo a perder.

A obediência passiva levou a melhor: como não tinham cordas, usaram seus lenços para amarrar-lhe as mãos.

– E agora – prosseguiu Fra Diavolo –, vamos tomar corajosamente a iniciativa e ir ao encontro da cavalaria; eles vão perguntar quem somos, vocês vão responder que somos dois bandidos do grupo de Fra Diavolo que vocês prenderam e estão levando para Nápoles a fim de receber a recompensa.

— E se eles próprios quiserem levar vocês?

— Deixem que levem, e vão embora protestando contra a injustiça que estão fazendo com vocês.

— Mas e o senhor, capitão?

— Ora, só se morre uma vez.

A ordem foi rapidamente executada. Fra Diavolo e seu tenente assumiram um ar humilde e triste; os falsos guardas civis avançaram, decididos, na direção da cavalaria, que os interrogou. Todo napolitano tem um pouco de improvisador. Um dos bandidos tomou a palavra e contou de que maneira haviam apanhado os prisioneiros. Os cavaleiros aplaudiram o orador, e a pequena tropa, em meio aos aplausos, chegou assim à retaguarda do regimento, que seguia em direção contrária; separaram-se como bons amigos, desejando-se mutuamente boa viagem.

A trezentos passos da retaguarda dos caçadores, os bandidos descobriram uma trilha que atravessava a estrada e levava até a praça. Fra Diavolo e seu tenente foram desamarrados, e Fra Diavolo ordenou que fizessem fogo contra os caçadores.

Os soldados ignoravam a importância dos homens que acabavam de escapar por entre seus dedos, só compreenderam que estavam caçoando deles; mas, a cavalo e desconhecendo os caminhos, nem sequer tentaram seguir, numa mata densa e quase impraticável, homens a pé que conheciam perfeitamente o terreno; só perceberam a que ponto haviam sido enganados quando, deparando na estrada com os soldados do major Hugo, souberam por eles quem eram aqueles homens.

A caçada continuou. À noite, o major Hugo chegou com sua coluna a Lettere, pequena região nos arredores de Castellammare. Lá, foram informados de que se avistavam, a alguma distância, umas fogueiras de acampamento; houve ali um novo entrevero, no qual foi morta a maioria dos homens que Fra Diavolo ainda tinha; ele próprio ferido, fugiu a toda velocidade para La Cava. Já quase sozinho, Fra Diavolo estava se tornando pouco temível, mas ainda podia conseguir um barco, ir para Capri ou para a Sicília e ressurgir com um novo bando.

Embarcar era a sua derradeira esperança. Despediu, portanto, seus últimos companheiros, achando que poderia se salvar mais facilmente se estivesse sozinho.

Sua cabeça foi posta a prêmio por seis mil ducados (vinte e oito mil francos). As guardas nacionais das redondezas e as tropas francesas estavam em alerta, de modo que Fra Diavolo contava, no país das Duas Sicílias, com tantos inimigos quanto eram os homens desejosos de ganhar seis mil ducados.

Por fim, lá pelo final de novembro, estando a noite muito fria e a terra coberta de neve, ele não conseguiu acampar ao pé da montanha; além disso, num último entrevero com os guardas civis, ele ganhara um segundo ferimento e se achava no limite de suas forças; havia vinte e nove dias que fugia dos franceses; estava literalmente morrendo de fome, pois não havia comido nada desde Aletta. Certamente teria dado os dez mil ducados escondidos na montanha que um de seus companheiros oferecera ao major Hugo em troca de um abrigo seguro, um pedaço de pão e uma noite de sono.

Caminhou uma hora ou duas a esmo, sem saber para onde ia; aquela região lhe era totalmente estranha. Por volta das nove horas da noite, viu-se próximo à cabana de um pastor, examinou-a através de uma fresta e viu que estava ocupada por um homem sozinho; entrou para pedir hospitalidade, resolvido a tomá-la à força se lhe fosse negada.

O pastor consentiu, com essa facilidade que têm os pobres de repartir com o próximo o pouco que Deus lhes deu.

Fra Diavolo entrou, questionou seu anfitrião e, descobrindo que nunca se viam guardas civis naquelas redondezas, depositou as armas a um canto, sentou-se junto do fogo e comeu o resto do jantar do pastor, ou seja, umas batatas esquecidas debaixo das cinzas.

Em seguida, jogou-se numa cama de palha de milho e adormeceu.

Fra Diavolo pensara nos guardas civis, mas não pensara nos bandidos. Por volta da meia-noite, quatro bandidos de Ciliento entraram por acaso na cabana em que Fra Diavolo dormia. O pastor e seu hóspede acordaram com um cano de pistola na garganta e, sem saber se eram colegas ou guardas civis, Fra Diavolo omitiu seu nome, não opôs a menor resistência e viu-se desarmado e sem dinheiro.

Livre daquela visita, Fra Diavolo esperava já não ter mais do que a morte a temer. Desde que o major Hugo começara a persegui-lo, toda a sua sorte o abandonara; fora derrotado todas as vezes; ferido, sem armas, sem dinheiro, o que mais poderia lhe acontecer?

Pois o fato é que o infeliz ainda não havia esgotado os sofrimentos que lhe estavam reservados; os bandidos mal tinham dado cem passos quando, refletindo que acabavam de deixar um homem que poderia denunciá-los, voltaram até a cabana e o obrigaram a se levantar e segui-los.

Teve de obedecer.

Contudo, fugindo havia vinte e nove dias por arbustos, rochas e espinheiros, sem sapatos nos últimos três dias, os pés do miserável estavam uma chaga só. Ao ver que ele disfarçava a dor, mas, apesar de muito esforço, não conseguia acompanhá-los, fizeram-no avançar a coronhadas, espetando-lhe as costas com as baionetas.

– Podem me matar, se quiserem – disse Fra Diavolo –, mas é impossível para mim continuar.

E caiu.

CVIII
A FORCA

Quer por compaixão, quer porque ele lhes parecesse incapaz de prejudicá-los, os bandidos o abandonaram, moribundo, pelo caminho.

E por que Fra Diavolo não se identificou? – irão perguntar. Porque sabia que sua cabeça valia seis mil ducados, e não tinha dúvida de que, se os bandidos o reconhecessem, iriam imediatamente denunciá-lo à justiça de modo a colocar, cada um, mil e quinhentos ducados no bolso.

Sabia com que tipo de homens estava lidando. Depois que se afastaram, ele fez um esforço e se levantou; apoiando-se num galho de árvore quebrado, andou a esmo; por fim, chegou à entrada de uma aldeia, a aldeia de Baronissi. Pegou a primeira rua que apareceu à sua frente e em poucos instantes se achou na praça.

Um boticário estava abrindo sua loja e, dando com a terra coberta de neve, ficou um bocado surpreso ao ver um homem estacar na praça pública e olhar para todo lado com um jeito incerto e apreensivo.

Aproximou-se e perguntou-lhe o que procurava.

– Estou esperando um amigo – o homem respondeu –, venho da Calábria e, assim que ele chegar, vou seguir meu caminho.

Infelizmente para Fra Diavolo, o boticário era calabrês, não reconheceu no viajante o sotaque de sua província natal, desconfiou que estava diante de algum fugitivo, convidou-o a ir se aquecer na sua cozinha e ofereceu-lhe um pouco de aguardente; mas enquanto lhe ministrava esses cuidados hipócritas, fez um sinal chamando uma jovem servente e cochichou-lhe que corresse até o síndico e alertasse a Guarda Nacional.

Momentos depois, quatro homens e um cabo entravam na loja. O cabo se aproximou de Fra Diavolo e pediu-lhe os documentos.

– Que documentos? – perguntou Fra Diavolo. – Agora não se pode mais viajar sem passaporte?

– Oh! – respondeu o cabo. – Andam falando tanto em bandidos que toda precaução é pouca. De modo que, já que não quer nos dizer de onde vem, vamos levá-lo a Salerno.

Para lá foi levado, com efeito, e deixado no gabinete do chefe de esquadrão Farina, que deu início ao interrogatório.

Nisso, um sapador napolitano do major Hugo, chamado Pavese, entrou por acaso com o chefe de esquadrão e, ao ver o prisioneiro, exclamou:

– Fra Diavolo!

Compreende-se, a esse grito, qual não foi a surpresa dos presentes, principalmente do prisioneiro.

Ele tentou negar, mas, infelizmente, no tempo dos Bourbon, quando era coronel e duque, quando passava pelas ruas de Nápoles orgulhoso de seu uniforme e de seu título, o humilde sapador prestara-lhe demasiadas vezes as honras militares para não reconhecê-lo, embora agora tornasse a encontrá-lo seminu, moribundo, ensangüentado. O sapador reiterou sua afirmação de maneira tal que toda dúvida se desfez e tiveram certeza de que o formidável Fra Diavolo tinha afinal sido detido.

Foi o major Hugo quem anunciou ao rei José a prisão do terrível partidário; porém, reconhecendo e admirando sua coragem e sua presença de espírito, recomendou-o à clemência do soberano francês.

José, porém, retrucou que, além de seus crimes políticos, Fra Diavolo cometera delitos civis que inviabilizavam a clemência do rei, que se aplicaria de bom grado ao Fra Diavolo partidário bourbonista, brigadeiro dos exércitos do rei Ferdinando, duque de Cassano, mas não podia aplicar-se ao Fra Diavolo assassino e incendiário.

A popularidade de Fra Diavolo era grande, de modo que o tribunal estava repleto de curiosos; o acusado estava presente nos debates, o que, antes dos reinados de José e de Murat, era visto pelos juízes como uma inútil formalidade. Convidado a falar em sua própria defesa, sempre recusou; na prisão, repetiu sem cessar que não fizera senão cumprir as ordens que recebera; escutou tranqüilamente sua sentença de morte e, ao terminar a leitura, exclamou:

– E olhe que mal cumpri a metade do que Sidney Smith tinha mandado eu fazer.

A execução foi marcada para o dia seguinte ao meio-dia.

Foi no dia seguinte[1], exatamente ao meio-dia, que Manhès e o conde Léo desembocaram na praça do mercado velho, e achavam-se, graças ao uniforme de Manhès, na praça del Mercato Vecchio, com seus cavalos, seus dois prisioneiros e o postilhão.

Pela viela dos Suspiros do Abismo, vinha, como dissemos, Fra Diavolo; estava pálido, mas tinha o semblante tranqüilo; seus cabelos estavam cortados em círculo à altura das orelhas, para não atrapalhar a ação da corda; tinha pendurado no pescoço sua patente de brigadeiro dos exércitos do rei, com as armas de Nápoles, o grande selo de cera vermelha e a assinatura de Ferdinando; seu casaco, colocado simplesmente sobre os ombros, e que só iam lhe tirar ao pé da escada, deixava descobertos seus braços, num dos quais estava presa, com um fecho de diamantes, a pulseira de cabelos loiros da rainha Carolina.

Fra Diavolo não aparentava nem insolência nem humildade em demasia, estava calmo, dessa calma que demonstra o poder da alma sobre o corpo, e da vontade sobre a matéria. Conhecia três quartos dos espectadores, mas só respondia ao cumprimento dos que o cumprimentavam primeiro. Olhou para algumas mulheres com um sorriso, cumprimentou uma ou outra. Uma guarda-francesa afastava o povo da frente da carroça e em volta do patíbulo, num raio de uns cem passos; ao pé da escada estava o carrasco, mestre Donato, com seus dois ajudantes.

A carroça parou; quiseram segurar Fra Diavolo, mas ele próprio saltou rapidamente para o chão e adiantou-se com um passo firme até o pé da escada; o padre e o escrivão o seguiram; o escrivão fez em voz alta a leitura de seu julgamento.

O julgamento relatava todos os danos que a sociedade atribuía a Fra Diavolo, desde o assassinato de seu patrão, o albardeiro, até o assassinato dos dois soldados franceses. A Confraria da Morte inteira seguira a carroça de Castel Capuano até o cadafalso; um confrade da Morte estava sentado junto dele na carroça, descera com ele da carroça e, com a mão em seu ombro, o conduzira ao pé do cadafalso. Enquanto o confrade da Morte estivesse com a mão no ombro

---

1. Ou seja, 11 de novembro de 1806.

do condenado, o carrasco não podia encostar nele; uma vez retirada aquela mão, o condenado pertencia ao executor.

Lida a sentença, Fra Diavolo, em pé, sem a menor agitação, falou a meia voz durante alguns instantes com o homem de comprida túnica branca; o carrasco esperava; finalmente, com voz firme, Fra Diavolo disse ao confrade da Morte, encostando-se na escada:

– Não tenho mais nada a lhe dizer, erga a sua mão, meu irmão, eu estou pronto.

O carrasco passou atrás dele, foi o primeiro a subir a escada, quis ajudar o condenado segurando-o por baixo dos ombros, mas este meneou a cabeça.

– Não é preciso – disse –, posso subir sozinho.

E, de fato, embora estivesse com as mãos amarradas, subiu de costas, dizendo: "Ave Maria, Ave Maria, Ave Maria" a cada degrau que deixava para galgar um mais acima. Chegando à altura do nó corrediço, o carrasco passou-o em seu pescoço e esperou um instante para o caso de o condenado ainda ter alguma coisa a dizer.

E, com efeito, Fra Diavolo exclamou em voz alta:

– Peço perdão a Deus e aos homens pelos crimes que cometi, e me recomendo às orações da Virgem Ma...

Não concluiu: com um pontapé no meio dos ombros, mestre Donato o lançou na eternidade.

O bandido, sentindo-se cair no vazio, fez tamanho esforço que rompeu as cordas que lhe prendiam as mãos. O carrasco subiu rapidamente três ou quatro degraus, apanhou a corda quando o balanceio a trouxe para perto dele e escorregou sobre os ombros do outro, de modo que, se a coluna vertebral deste não estivesse partida, que se partisse com o peso de seu corpo; deu duas ou três sacudidelas, depois começou a escorregar ao longo do corpo do condenado, a fim de se pendurar em seus pés e dali pular para o chão.

Mas quer o nó corrediço estivesse mal feito, quer a corda fosse nova e não estivesse escorregando, quer, enfim, aquela estrutura poderosa fosse mais difícil de romper que as outras, no momento em que o carrasco chegou ao seu peito, o condenado o agarrou e o apertou contra o peito com toda a força que possuía em vida, acrescida de todas as violências nervosas da agonia.

O povo gritou a uma só voz: "Bravo, Fra Diavolo, bravo!", enquanto o carrasco, quase tão próximo da morte quanto o condenado, urrava num arquejo de dor.

Os dois ajudantes correram para acudir o patrão; por um instante, os quatro homens ficaram pendurados na ponta da corda, grupo informe, digno fruto do patíbulo; mas, de repente, a corda rompeu-se e os quatro homens caíram na plataforma do cadafalso.

A essa cena, gritos furiosos se ergueram na multidão; pedras voaram, os comerciantes brandiram seus bastões, os *lazzaroni* sacaram suas facas, e todos correram para a forca, gritando: "Morte a Donato! Morte aos seus ajudantes!".

Mas o populacho de Nápoles já não estava naqueles dias em que, sob Ferdinando, destruía os cadafalsos e estraçalhava o executor quando este faltava com as regras da sua arte.

Os franceses, que formavam um círculo em volta da forca, cruzaram as baionetas sobre a multidão e, colocando-se numa só linha, rechaçaram-na para o fundo do velho mercado e mantiveram-na a distância.

Enquanto isso, o oficial que comandava a execução havia reparado no grupo singular formado por Manhès, o conde, os dois prisioneiros no carro e o postilhão em seus cavalos e, educadamente, de oficial para oficial, trocara algumas perguntas curtas por respostas não menos lacônicas. Manhès, em duas palavras, explicara-lhe quem eram os prisioneiros e perguntara-lhe o que poderiam fazer com eles.

O oficial o aconselhou a entregá-los quando passassem pela prisão de Vicaria.

Então, à pergunta feita pelos dois rapazes:

– Qual o melhor hotel da cidade?

Ele respondera sem hesitar:

– O de Martin Zir, *La Vittoria*[2].

– Você ouviu – disse Manhès ao postilhão, depois de agradecer ao oficial.

O postilhão levou os dois viajantes para Vicaria. Ambos desceram e entregaram os prisioneiros ao zelador, o qual exigiu em troca seu nome e endereço; mas, antes de deixá-los, Léo, pensando que os pobres-diabos não tinham muito di-

---

2. Foi nesse hotel de primeira categoria, situado na via Partenope, que Dumas se hospedou quando de sua estada em Nápoles, em 1835. "O sr. Martin Zir é o exemplo do perfeito hoteleiro italiano: homem de bom gosto, homem de espírito, distinto antiquário, amante de quadros, apreciador de bibelôs chineses, colecionador de autógrafos, o sr. Martin Zir é tudo, exceto estalajadeiro. O que não impede que o Hotel da Vitória seja o melhor hotel de Nápoles. Como pode ser? Não sei. Deus é porque é." *Le Corricolo*, "Osmin et Zaïda".

nheiro consigo e precisavam se alimentar, enfiou um luís na mão de seu prisioneiro. Dez minutos depois, entravam no Hotel La Vittoria, acertavam as contas com o postilhão, pediam um banho e um almoço, duas coisas de que estavam bastante precisados após uma noite nos pântanos pontinos e doze léguas a toda brida.

Antes de entrar no banho, porém, Manhès escreveu uma carta ao primeiro-camarista de José Bonaparte, enquanto o conde Léo enviava sua carta ao ministro da Polícia, Saliceti.

Ao sentarem-se à mesa, cada um dos dois rapazes recebeu sua resposta: o primeiro-camarista do palácio real respondeu a Manhès que o rei José o aguardava o quanto antes e que ficaria muito feliz em ter notícias frescas do imperador e de Murat.

O conde Léo recebeu uma carta do secretário do ministro da Polícia, respondendo que Sua Excelência o receberia com prazer assim que se apresentasse no palácio.

Não pensaram duas vezes e foram ambos cuidar da toalete.

CIX
CRISTOFORO SALICETI, MINISTRO DA POLÍCIA E DA GUERRA

A toalete dos homens naturalmente elegantes é coisa rápida.

O conde Léo, no qual os leitores já reconheceram René, era um homem desse tipo. Como a sua patente de imediato de Surcouf e de terceiro-tenente de Lucas não havia sido confirmada, não quis vestir nem o uniforme de fantasia que usava como corsário nem o uniforme regulamentar que usava como marinheiro, e envergou, portanto, o traje dos rapazes da época, ou seja, uma sobrecasaca de cabeção dobrado, abotoada com passamanarias, calça de casimira colante, botas de canhão, gravata e colete branco, chapéu de borda virada. Eram três horas da tarde quando se fez anunciar pelo nome de conde Léo a Sua Excelência o ministro da Polícia e da Guerra.

Duas ou três pessoas aguardavam para serem recebidas; mas o ministro, chamando o conde Léo, mandou dizer que voltassem no dia seguinte; as audiências daquele dia estando encerradas.

O ministro da Polícia e da Guerra, Cristoforo Saliceti, era corso; tinha, por essa época, sessenta anos[1].

Advogado em Bastia quando irrompeu a Revolução, fora nomeado deputado e mandado para a Assembléia Constituinte; lá, fizera com que admitissem os corsos a título de cidadãos franceses, tornando-se em seguida membro da Convenção e do Conselho dos Quinhentos. Temporariamente afastado por Bonaparte após o 18 de brumário, por ter se oposto a esse golpe de Estado, voltou às boas graças e recebeu, das mãos de José, quando de sua nomeação ao trono

---

1. Dumas deixa Saliceti (nascido em 1757) dez anos mais velho.

de Nápoles, a pasta da Polícia e da Guerra. Dono de um rosto bonito, tinha no semblante uma notável expressão de fineza, e diziam ter, junto a José Bonaparte, um poderoso apoio dentro de sua própria casa.

Estava sentado à sua mesa e, às palavras: "O conde Léo!", levantou-se graciosamente e indicou uma cadeira.

Léo agradeceu a Saliceti por sua gentileza e pela presteza de sua resposta.

– Meu mérito em recebê-lo – disse Saliceti – é até maior por uma preocupação que tenho: a de o senhor ter vindo a Nápoles para solicitar o meu cargo.

– Oh! Senhor – respondeu, rindo, aquele que iremos chamar ora por René, ora por conde Léo –, esse cargo está tão bem ocupado que não me atreveria a cobiçá-lo, mesmo que só por um instante.

– Não é o senhor – perguntou Saliceti – que está chegando de Roma com o capitão Manhès?

– Sim, Excelência, e o senhor mesmo está me dando a prova de que sua polícia é demasiado eficiente para que eu alimente, não digo nem a esperança, mas o desejo de sucedê-lo.

– Ao passar pela prisão de Vicaria, entregaram dois bandidos que os senhores mesmos agarraram, e ainda deixaram três mortos no local.

– A gente faz o que pode nessas circunstâncias – retrucou o conde Léo. – Não conseguimos fazer melhor, senhor.

– E agora, posso saber o que me dá a honra da sua visita, e no que posso lhe ser agradável?

– Excelência, tenho a infelicidade de estar em desgraça com Sua Majestade Napoleão, mas, em contrapartida, estou, não sei bem por quê, nas boas graças do sr. Fouché.

– E isso é muito – disse Saliceti. – Fouché, longe de ser um homem ruim, como dizem, tem um lado bom; eu o conheci na Convenção, partilhamos muitas vezes a mesma opinião e estabelecemos uma boa relação. Ele não o encarregou de nenhuma mensagem para mim?

– Não, senhor, quando fui receber suas ordens e perguntar para onde deveria ir, ele me disse: "Já lhe foram de bom proveito os conselhos que lhe dei?" "Perfeitamente, meu caro duque." "Pois bem, então vá a Nápoles, faça uma visita a Saliceti, trate de prestar bons serviços ao irmão do imperador e depois volte a me procurar."

– E não lhe pediu algumas cartas de recomendação? – disse Saliceti.

— Pedi, sim, mas ele me disse: "Nada disso, meu caro senhor. É um homem de sorte; ande reto em frente, a sorte virá ao seu encontro". Assim, vim embora, vim para Roma. Na posta de cavalos, encontrei o capitão Manhès: um início da sorte prevista por Fouché; então, nos pântanos pontinos, deparamos com seis bandidos que nos barraram o caminho, matamos três e fizemos dois prisioneiros, como sabe; finalmente, e com a sorte sempre nos acompanhando, chegamos justo a tempo de assistir ao enforcamento de Fra Diavolo.

— O senhor é um bom parceiro, isso eu já sabia; deseja alguma coisa de mim?

— Ora, Excelência, estou começando a concordar com a opinião do sr. Fouché: ponha-me num caminho, eu o seguirei.

— O senhor não é homem nem de diplomacia nem de intriga, não é? – perguntou Saliceti.

— Não, isso não – respondeu René –, sou soldado ou marinheiro. Mande-me para onde eu possa ser morto, no mar ou na terra, é indiferente para mim.

— Por que onde possa ser morto?

— Porque sou ambicioso, quero alcançar uma posição elevada, a única que pode me devolver a felicidade que perdi.

— Não temos Marinha, senhor; encomendamos dois navios que só vão estar prontos dentro de dois anos; ficaria muito distante. Não estamos lutando na grande guerra. Gaeta, que estamos sitiando, vai se render dentro de cinco ou seis dias; mas sei que o senhor é um grande caçador de tigres e de panteras, e há mais tigres e panteras na nossa resistência que nas matas da Birmânia; só que os nossos tigres se chamam Torribio, Parafante, Benincasa, Il Bizzarro[2]. O senhor quer caçar esses tigres? Terá uma patente para cada um que matar ou apanhar vivo.

— Está certo – disse René. – Eu preferiria a grande guerra, preferiria ser antes soldado a caçador; mas o sr. Fouché tinha provavelmente seus motivos para me apontar essa direção.

— Acho que sei quais são: ele tem grande interesse pelo senhor, e o encaminhou a mim na certeza de que eu compartilharia esse interesse. Vou falar ao rei sobre o senhor; volte aqui para me ver.

---

2. Bandidos de estradas (assim como Taccone e Panzanera). Cf, especialmente sobre este último, a quem Dumas dedica uma "Causerie" [Conversa] em *Le Monte-Cristo*, n. 10, 31 de janeiro de 1862, retomado em *Le moniteur universel du soir*, 16 de dezembro de 1868, sob o título "Taccone et Bizzarro".

— Quando?

— Amanhã.

René levantou-se e, inclinando-se:

— Permite, senhor — disse —, que eu conte ao sr. Fouché a maneira gentil como me recebeu?

— Escreva o mínimo possível para a França; não fale, em suas cartas, das pessoas que quer elogiar nem das que quer se queixar; estaria impedindo assim, em dado momento, que as recomendações de seus amigos possam lhe ser úteis.

— Já entendi, senhor; mas como explica que um homem da grandeza de Napoleão...

— Psiu! — disse Saliceti. — Napoleão é meu compatriota e, na minha frente, não posso permitir que o comparem nem mesmo ao sol: o sol tem manchas, senhor.

O conde Léo fez uma saudação, despediu-se do ministro e saiu.

À porta do Hotel La Vittoria, encontrou Manhès.

O semblante do jovem capitão resplandecia.

— A propósito, tenho que lhe dizer — comentou —, falei com o rei, ele disse que queria vê-lo.

— Meu caro amigo — respondeu o conde Léo a Manhès —, desde que ando freqüentando ministros, e acabo de passar quarenta e cinco minutos freqüentando o sr. Saliceti, tornei-me um homem de etiqueta. O sr. Saliceti teve a bondade de me dizer que falaria a meu respeito a Sua Majestade, preciso deixar que ele o faça, acho que ficaria magoado se eu seguisse outra via que não a que ele me ofereceu.

— Tem razão, obviamente — disse Manhès —, mas, qualquer que seja a hora, vou tentar estar lá quando o senhor o visitar. E agora, o que vai fazer do restante do seu dia? Vamos jantar em Pompéia?

— Será um prazer — disse Léo e, tocando a campainha: — Moço, um bom carro e dois bons cavalos para o restante do dia.

Mestre Martin Zir mandou atrelar o melhor carro do hotel; já compreendera que os dois viajantes, chamados uma hora depois de sua chegada, um pelo rei e outro pelo ministro, eram pessoas dignas dos maiores cuidados.

Os dois rapazes subiram no carro.

O dia estava magnífico: embora ainda estivessem apenas na segunda metade do mês de janeiro, já sentiam, vindo dos lados da Sicília, as mornas brisas que fazem florescer duas vezes as rosas de Paestum e que vão morrer, estremecendo de volúpia, no fundo do golfo de Baias.

Ainda não era primavera, mas já não era inverno. Aquele cais tão sujo e, no entanto, tão alegre que, mudando três vezes de nome, se estende do Piliero até a porta del Carmine, o Molhe, com seu improvisador cantando os versos de Tasso de um lado e seu capuchinho gabando os milagres de Jesus Cristo de outro; seus porcos, com que se topava a cada passo e que eram então os únicos varredores de rua que se conheciam em Nápoles; seu golfo de águas cintilantes, com seu cabo Campanella de um lado e seu cabo Miseno de outro; e sua azulada ilha de Capri, deitada nas águas feito um ataúde; suas moças, passando pelos grupos com braçadas de flores que em outros lugares ainda estariam sepultadas sob a neve, tinham tal ar de frescor e alegria que levaram Metastásio a dizer:

Ô juventude, primavera da vida!
Ô primavera, juventude do ano!

E todos riam, cantavam, atiravam-se flores, xingavam-se por quase duas léguas, ou seja, entre o Molhe e Resina. Em Resina, o espetáculo mudava. Eram as mesmas moças, os mesmos capuchinhos, os mesmos cantores, os mesmos porcos; mas a eles juntavam-se os fabricantes de macarrão, indústria familiar a quase todos os habitantes de Portici.

Apresentavam a imagem grotesca de homens nus da cintura para cima, esfregando, um nas costas do outro, rolos de massa que deixavam da espessura requerida pelas leis da gastronomia. Sem dúvida, é à mesa sobre o qual é enrolado que se deve a fama do macarrão de Portici de ser mais sápido que todas as outras massas da Itália.

Ao se aproximarem de Torre del Greco, os dois rapazes pensaram que se tratava de um motim, ou de um ataque de bandidos. A fuzilada ressoava tão rápida que eles já lamentavam não terem trazido suas armas, quando, ao se informarem, descobriram que o que estavam ouvindo não era uma fuzilada, e sim os estalos de uma montanha de latas em que se atiravam em homenagem a santo Antônio.

Nossos rapazes, pouco familiarizados com o calendário, comentaram que julgavam ser em junho a festa do famoso teólogo que, a caminho da África, fora jogado na Itália por uma rajada de vento. Mas explicaram-lhes que não se tratava, naquela ocasião, de santo Antônio de Pádua, vencedor do Vesúvio e domador do fogo, mas do santo Antônio ilustrado pela tentação de Callot.

A grande homenagem que se prestava ao santo explicou então a grande quantidade de porcos que vagavam pelas ruas.

Chegaram finalmente a Pompéia.

A cidade subterrânea, naquela época, não estava tão desentulhada como está hoje, mas já estava o suficiente para que se pudesse ter uma idéia das maravilhas que ela ofereceria à curiosidade do estrangeiro depois de um diretor inteligente ter conduzido as escavações.

Foi ali que o conde Léo explicou ao seu amigo o que eram o átrio, o implúvio, o triclínio*, a arquitetura, enfim, de toda uma casa greco-romana.

Depararam, mal emergindo da terra, na rua dos Túmulos, com esses bancos circulares que os mortos desejosos de boa companhia mandavam colocar em volta de seus túmulos e nos quais se sentavam os parentes, os amigos e, na falta destes, simples transeuntes.

Mostrou-lhe, como se tivesse vivido no tempo em que o alforriado Diomedes mandou construir a casa mais bonita do subúrbio[3], a destinação de cada armazém e de cada loja.

A noite chegou antes que a curiosidade de Manhès ficasse satisfeita e ele se cansasse da conversa erudita de seu companheiro de viagem.

Era preciso voltar. Eles haviam recuado dezoito séculos no tempo e passado três horas com os contemporâneos de Plínio, o Velho, e Plínio, o Moço.

De súbito, mudou o cenário e, em vez da lúgubre e silenciosa necrópole, acharam-se na estrada viva e animada, e parecia que à noite tudo se tornava ainda mais barulhento que de dia. A lua, suspensa acima da cratera do Vesúvio, parecia o obus que um morteiro gigantesco tivesse acabado de lançar nos céus. O mar era apenas uma cortina de gaze prateada sobre a qual deslizavam umas chalupas que levavam à proa um rolo de fumaça em que se desenhava de preto um pescador armado de um tridente, espreitando o peixe que a luz enganadora atraía para a superfície da água.

---

* Trata-se, respectivamente, do vestíbulo, da cisterna localizada no centro do átrio e da sala de jantar, onde eram dispostos três ou mais leitos ao redor de uma mesa. (N. T.)

3. A vila de Diomedes, na via dei Sepolcri, foi despojada de suas magníficas pinturas, depositadas no museu de Nápoles.

A longa estrada que leva de Pompéia a Nápoles estava estrelada com um bilhão de luzes e parecia uma rua de Roma em noite de *moccoletti*, nos últimos dias do carnaval[4].

É preciso ter visto esse movimento, ter sentido, por assim dizer, passar todas essas palavras que se cruzam no ar, para compreender a turgescência vital que Deus semeou a mancheias nessas províncias abençoadas pelo sol.

Em Portici, o carro parou para dar um descanso aos cavalos; logo foi cercado por toda a população, que, curiosa sem ser hostil, subia nos estribos do carro, vinha olhar os viajantes bem de perto, tocava com o dedo as correntes de prata de Manhès e as passamanarias de seda de Léo.

De súbito, em meio à população toda, um empurrando a socos e cotoveladas, o outro abrindo espaço com a humildade de seu pedido, surgiram um capuchinho e um mendigo.

O mendigo dizia, no seu dialeto napolitano tão lamentável que até parece que quem pede assim está de fato nas últimas:

– Um *grano*[5], senhor general! Um grano, senhor general! Estou morrendo de fome, faz três dias que não como!

O franciscano dizia, com aquele sotaque nasalado que caracteriza os discípulos de São Francisco, enquanto chacoalhava uma escarcela contendo alguns soldos:

– Senhor príncipe, dê alguma coisa para as almas dos pecadores que estão no purgatório há mais de mil anos, e cujos gritos poderia ouvir, apesar de todo o barulho à sua volta, se o purgatório não ficasse no centro da terra.

E o mendigo retomava:

– Senhor general!...

Enquanto o capuchinho repetia:

– Senhor príncipe!...

Manhès então fez sinal que queria falar.

Ambos se calaram.

---

4. Pequenas velas utilizadas, entre outras coisas, durante o carnaval de Roma; também são mencionadas em *O conde de Monte-Cristo*, cap. XXXVII: "A súbita extinção dos *moccoletti*, a escuridão que substituiu a luz [...]".

5. Literalmente, "grão"; a princípio, seis centésimos de onça de ouro. Moeda de prata e cobre posta em circulação por Ferdinando I de Aragão no reino das Duas Sicílias.

– Meu amigo – ele disse ao capuchinho –, se as almas estão esperando há mil anos no purgatório, podem esperar mais alguns dias, ao passo que se este infeliz não come há setenta e duas horas, não há um instante a perder para evitar que ele morra de fome.

Tirando então a escarcela das mãos do monge, abriu-a e esvaziou-a no chapéu do mendigo; depois disso, devolveu-a ao capuchinho estupefato e, virando-se para o postilhão:

– *Avanti!* – gritou. – *Avanti!*

O postilhão saiu a galope e só parou à porta do *La Vittoria*.

CX
O REI JOSÉ

No dia seguinte, por volta do meio-dia, os dois rapazes acabavam de almoçar quando um homem a cavalo trouxe, da parte do ministro, a missiva seguinte:

> Senhor conde,
> Vou esperá-lo hoje às três horas para lhe apresentar Sua Majestade, que ontem à noite veio ao encontro do meu desejo dizendo que gostaria de vê-lo. Vamos jantar ao voltar do palácio real. Vou lhe apresentar a minha filha, a duquesa de Lavello, que deseja conhecê-lo.
> Peço-lhe que transmita ao seu amigo, capitão Manhès, cujo endereço desconheço, o convite seguinte que nos reunirá, assim espero, em minha casa entre cinco e seis horas.

René passou a segunda carta a Manhès, que respondeu, assim como o amigo, que seria uma honra aceitar o convite do ministro.

Às três horas, com efeito, o conde Léo apresentou-se no gabinete de Saliceti; encontrou o ministro pronto, carro atrelado.

O rei José, o mais velho da família, que cedera voluntariamente seu morgadio a Napoleão em favor de seu gênio, era um homem de trinta e quatro anos, rosto doce e acolhedor, e de um humor tão pacífico como era belicoso o do irmão mais moço. Foi o primeiro da família a quem Napoleão, que gostava muito dele, teve a idéia de oferecer um trono; mas é preciso dizer também que, tanto no trono como enquanto simples indivíduo, José sempre foi, de toda a família, o mais leal e obediente ao seu irmão.

Não há nada mais curioso que os oito ou nove volumes de cartas trocadas entre Napoleão e José, e nas quais José sempre o tratou por "sire" e "Vossa Majestade", enquanto Napoleão respondia invariavelmente "Meu irmão".

Muitas dessas cartas são conselhos, algumas são ordens, e é curioso observar como Napoleão, que nunca havia estado em Nápoles, conhece, topográfica e moralmente, aquele reino melhor que José, que está no local; é antes de mais nada à imensa bondade do coração de José que Napoleão se dirige; ele não quer hesitações na firmeza real, de modo algum quer indulto para os criminosos, para os intermediários dos bandidos e para os padres.

Assim é que o marquês de Rodio, alçado a esse título por Ferdinando e Carolina, e que perpetuara sob José a guerra dos partidários, foi apanhado na Puglia de armas na mão; indiciado perante um conselho, afirmou ter se rendido enquanto prisioneiro de guerra e foi absolvido. Mas, por ordem *superior*, um segundo conselho foi reunido e o condenou. O rei estava ausente. Saliceti mandou fuzilá-lo.

E, nessa oportunidade, como José lamentasse não terem lhe dado a oportunidade de conceder um indulto, Napoleão escreveu uma longa carta da qual extraímos os seguintes parágrafos:

>Já que compara os napolitanos aos corsos, lembre-se de que, quando entramos no Niolo, quarenta rebeldes foram enforcados nas árvores, e o terror foi tamanho que ninguém mais se mexeu. Plaisance tinha se insurgido, quando do meu retorno do Grande Exército, mandei para lá Junot, que afirmava que a região não se tinha insurgido e me mandava ditos espirituosos à francesa; enviei-lhe a ordem de mandar queimar duas aldeias e fuzilar os chefes da revolta, entre os quais estavam seis padres. O que foi feito, e a região foi submetida, e vai permanecer assim por muito tempo.
>
>Veja o terror que inspira a rainha; claro, não proponho que imite o seu exemplo; mas não deixa de ser uma potência. Se o senhor se conduzir com vigor e energia, nem os calabreses nem os outros hão de se mexer nos próximos trinta anos.
>
>Vou concluir minha carta tal como a comecei. O senhor será rei de Nápoles e da Sicília, terá três ou quatro anos de paz. Se bancar o rei preguiçoso, se não segurar as rédeas com mão firme e decidida, se escutar a opinião do povo que não sabe o que quer, se não desfizer os abusos e as antigas usurpações de modo a ficar rico, se não estabelecer disposições que lhe permitam ter a seu serviço fran-

ceses, corsos, suíços, napolitanos, se não armar navios, não fará absolutamente nada; e, daqui a quatro anos, em vez de me ser útil, estará me prejudicando, por me privar dos meus recursos. Lembre-se bem do que lhe digo: o destino do seu reino depende da sua conduta ao voltar da Calábria. Não perdoe. Mande passar pelas armas pelo menos seiscentos revoltosos. Eles me degolaram um número maior de soldados. Mande queimar as casas de trinta dos principais chefes de aldeia e distribua as propriedades deles entre o exército. Desarme todos os habitantes e mande saquear cinco ou seis aldeias grandes, entre as que terão se comportado pior.

Já que a Calábria se revoltou, por que não pegar metade das propriedades do país para distribuí-las entre os membros do exército? Seria um recurso bem útil e, ao mesmo tempo, um exemplo para o futuro. Não se muda nem se reforma um Estado com um comportamento frouxo; são necessárias medidas extraordinárias e firmeza. Já que foram os calabreses que assassinaram os meus soldados, vou eu mesmo baixar um decreto confiscando em seu benefício metade da renda da província; mas, se o senhor de início partir do princípio de que eles não se revoltaram e sempre lhe foram dedicados, a sua bondade, que não passará de fraqueza, será funesta para a França.

O senhor é bondoso demais![1]

E, de fato, como dissemos, José era boníssimo; de modo que não se manteve quatro anos como rei de Nápoles, mas apenas dois.

Assim que Saliceti se fez anunciar, foi recebido com seu protegido.

Manhès, que não comentara com o companheiro sobre o seu plano de estar presente na audiência, estava ao lado do rei José.

– Soube ontem – disse-lhe José, depois de retribuir os cumprimentos de Saliceti e sua respeitosa saudação –, por intermédio do seu companheiro de viagem Manhès, ordenança do meu cunhado Murat, a maneira como o senhor tratou os seis bandidos que tentaram detê-los nos pântanos pontinos. Só tenho, por essa primeira ação, elogios a lhe fazer; mas, à noite, soube por intermédio de Saliceti, a quem foi recomendado, ao que parece, por um bom amigo dele, que o senhor

---

1. *Correspondance de Napoléon Ier*, publicada por ordem do imperador Napoleão III, t. XIII, 1863, carta 10.573, pp. 28-9, datada de Saint-Cloud, 30 de julho de 1806. Dumas integra a esse trecho um parágrafo que o antecedia.

veio para servir no Exército. Por essa decisão, devo-lhe mais que elogios, devo-lhe agradecimentos.

— Sua Excelência o ministro — respondeu o conde Léo — deve ter dito a Vossa Majestade que não tenho nenhuma ambição; o que quiser me oferecer, por pouco que seja, será o suficiente. Uma vez com o fuzil no ombro, caso faça de mim um simples soldado, uma vez com a espada na mão, caso faça de mim um oficial, só me caberá fazer por merecer sua bondade; farei o melhor possível.

— Saliceti me disse — prosseguiu o rei — que o senhor serviu na Marinha.

— Quando era corsário, Majestade, com um dos homens mais afamados da nossa costa, o maloense Surcouf.

— Ouvi dizer que o senhor estava em Trafalgar. Como pode ter estado em Trafalgar a bordo de um corsário?

— Sabendo que uma grande batalha teria lugar no dia seguinte, fui oferecer meus préstimos ao comandante do *Redoutable*, o capitão Lucas; eu fui tão calorosamente recomendado pelo general Decaen, governador da ilha de França, e por meu caro patrão Surcouf, que o comandante Lucas imediatamente me deu, a bordo do *Redoutable*, o posto de terceiro-tenente de navio, que estava vago.

— E, a bordo do *Redoutable*, Saliceti me disse que não só o senhor lutou feito um leão, como é bem provável que a bala que matou Nelson tenha saído da sua carabina.

— Nunca me gabei disso, Majestade: primeiro porque não tinha certeza, depois porque Nelson era tão grande homem de guerra que eu teria quase vergonha de me gabar da morte dele.

— E ao regressar das prisões inglesas, o senhor não se encontrou com o comandante Lucas?

— Encontrei, sim, Majestade.

— O comandante Lucas não falou sobre o senhor ao meu irmão?

— Falou, sim, Majestade.

— Como é que não o apresentou a ele?

— Ele me deu essa honra.

— E o meu irmão, além de não lhe oferecer nenhuma recompensa, também não confirmou a sua patente?

— Eu só poderia lhe responder, Majestade, acusando a mim mesmo ou acusando o seu irmão. Se ordenar que eu acuse a mim mesmo...

– Não! Basta! – disse o rei José, pondo a mão, com um sorriso, no ombro do conde Léo. – Poderá conversar sobre esses assuntos com Saliceti, que acabei de nomear ministro da Guerra; nessa qualidade, ele fará pelo senhor tudo o que desejar. – E saudando com uma inclinação da cabeça: – E se não estiver contente com ele, venha queixar-se para mim.

– Nunca me queixo de nada, Majestade – respondeu René.

– A propósito – disse José, detendo-o quando ele estava para passar pela porta, julgando a audiência terminada –, sei que o senhor é um grande caçador; não posso lhe oferecer, como na Índia, caçadas em que possa matar tigres e panteras, mas tenho, nos bosques de Asproni, quantidade de javalis e, se não fizer pouco de tão frágil caça, Saliceti lhe dará permissão de passear por ali sempre que desejar.

René inclinou-se em sinal de agradecimento e saiu.

Manhès ficou para trás e dirigiu-lhe, com o olhar e com a mão, um sinal significando que já o alcançava.

Manhès, com efeito, ficou para ver que impressão seu companheiro causara no rei José, e seu semblante alegre, quando o alcançou, mostrava que a impressão fora excelente.

E, com efeito, a porta ainda não se fechara atrás de Manhès quando o rei José, tirando do bolso o caderninho no qual anotava as coisas que receava esquecer, nele escreveu a lápis: "Lembrar de recomendar de meu próprio punho, quer a Reynier, quer a Verdier, esse rapaz que me parece ser um exemplo de coragem e distinção".

CXI
IL BIZZARRO

Saliceti e seus dois hóspedes voltaram ao Palácio da Guerra. Saliceti observara o efeito causado por René no rei José. Manhès tranqüilizara-se com as poucas palavras que este dissera naquele momento em que ficara para trás. Enfim, bastou um aperto de mão de Manhès a René para que este compreendesse que a impressão fora excelente.

A duquesa de Lavello aguardava na sala o pai e seus dois convidados.

A duquesa era uma mulher muito bonita, ainda jovem, que o pai adorava. Quando o palácio do ministério da Guerra desabou um ano mais tarde e a duquesa por pouco não foi esmagada pelos destroços, Saliceti quase morreu, não da queda que ele próprio sofreu, mas da queda sofrida pela filha.

René foi-lhe apresentado e, como mulher delicada e elegante que era, ela apreciou de imediato tudo o que havia de elegância e de hábito da sociedade no rapaz.

Puseram-se à mesa.

Saliceti preferira ficar em família a fim de conversar à vontade com seus dois convidados; de René sozinho ele não teria arrancado grande coisa, pois percebera, fosse por modéstia, fosse por discrição, a repugnância que este tinha de falar de si mesmo; de modo que esperava arrancar de Manhès, como explicação, o que não podia arrancar de René.

O sexto conviva era o primeiro-secretário do ministério, corso como Saliceti.

Quando se entabulou a conversa, o que só acontece, sabe-se, depois de alguns momentos à mesa:

— Com que nome tem intenção de servir? – perguntou Saliceti ao seu convidado. – No seu lugar, usaria este que lhe deu seu amigo Manhès; conde Léo é um belo nome, não é, minha filha?

— Principalmente se, como imagino, Léo significa leão – retrucou a duquesa de Lavello.

— Não vou usá-lo, duquesa, porque Léo significa leão, mas porque vem de um homem do qual, de início, gostei e, depois, passei a estimar; se Sua Excelência e a duquesa gostam do nome, é mais um motivo para que eu o mantenha.

— E agora, meu caro convidado – disse Saliceti –, vamos terminar de decidir nosso assunto em família; então, assim como o meu amigo Fouché lhe explicou que existem navios corsários e navios do Estado, devo dizer que, quanto a nós, temos as tropas regulares e os caçadores de bandidos. Nas tropas regulares, são raras as oportunidades de se sobressair aos colegas. Já entre os caçadores de bandidos, caça muito mais perigosa que a guerra regular, há, pelo contrário, dez vezes mais oportunidades de se chamar a atenção. Assim, o major Hugo – estamos entre nós, não é, posso falar à vontade –, que um pequeno rancor manteve na patente de major, apesar de sua heróica conduta em Caldiero, permaneceu como major. Pois bem, agora que prendeu Fra Diavolo, não vai se passar um mês antes que seja nomeado coronel.

— O que diz disso, amigo Manhès? – perguntou René.

— Digo que o senhor ministro está lhe dando um excelente conselho, cáspite! Ah! Duquesa, peço que me perdoe. Adoraria ficar na região para ir a essa caçada com a senhora.

— Tanto mais – disse o secretário – que eu teria um belo bandido a lhe oferecer, comparado ao qual, do modo como vão as coisas, os Benincasa, os Taccone e os Panzanera não passam de ladrões de relógio.

— O senhor recebeu alguma carta hoje? – perguntou Saliceti.

— Sim, o ajudante-de-campo do general Verdier me escreveu.

— E como se chama o seu bandido? – perguntou o ministro.

— Ele ainda não é conhecido; mas agora que ingressou na profissão, acho que o será muito rapidamente; chama-se Il Bizzarro; é um rapaz ainda, tem apenas vinte e cinco anos: não se pode exigir demais dele.

— Vejamos – disse Manhès –, julgaremos por nós mesmos.

— Ainda criança – continuou o secretário de Saliceti –, ele entrou para o serviço de um rico colono, cuja filha ele seduziu; os imprudentes jovens deram a perceber o amor que sentiam um pelo outro; a suscetibilidade dos irmãos se atiçou, puseram-se a espiar os dois amantes, surpreenderam os dois num momento em que não dava para duvidar da sua culpa...

– Meu senhor, meu senhor – disse a duquesa de Lavello –, tome cuidado!

– Mas, duquesa – disse, rindo, o secretário –, preciso me fazer entender.

– Está bem, Robert – disse Saliceti.

– ...da sua culpa – repetiu o teimoso secretário. – Encheram o amante de facadas e o abandonaram como morto num monte de esterco. Uma boa gente que passava, ao ver o cadáver, carregou-o até a igreja da aldeia, onde o corpo, depois de rezarem a oração dos mortos, ficaria exposto até a manhã seguinte.

"Os assassinos julgavam ter abandonado um cadáver e, de fato, estendido no caixão, ele deixou passar, sem interromper, as orações dos mortos e esperou que a noite expulsasse da igreja os padres cansados de cantar.

"Os padres se retiraram, do primeiro ao último, convencidos de que só restava pregar a tampa do caixão e colocar o pobre amante numa das covas abertas na própria igreja.

"Mas, assim que se foi o último padre, o morto abriu um olho, depois o outro, ergueu a cabeça para fora do caixão e, à luz das velas que continuavam queimando, viu a igreja completamente vazia.

"De início, não sabia o que havia acontecido nem onde estava; mas o sangue que o cobria, a fraqueza decorrente da perda desse sangue, a dor que sentia nos ferimentos fizeram-no lembrar aquilo que acontecera; fez um esforço, saiu do caixão, em seguida saiu da igreja e se arrastou até a montanha, eterno abrigo dos fugitivos.

"Esse prólogo do drama, cujo primeiro ato vou lhes contar agora, se deu por volta de 1800; lembrem que o Bizzarro, este é o nome do meu herói, tinha apenas dezenove anos.

"Durante quatro ou cinco anos, ninguém ouviu falar no Bizzarro; só imaginaram com razão, ao darem com o caixão vazio, que ele tinha fugido. Com toda a probabilidade, juntara-se a um bando de ladrões e assassinos que, havia cinco anos, infestavam Soriano e, quando da segunda invasão francesa e da nomeação do príncipe José como rei de Nápoles, acharam oportuno, de bandidos que eram, virarem partidários políticos e se alinharem à bandeira dos Bourbon.

"A coragem, o sangue-frio do Bizzarro, lhe angariaram rapidamente todos os votos da companhia. Foi eleito chefe do bando e, uma vez com o poder autocrático nas mãos, acreditou que era chegado o momento da vingança.

"Conseqüentemente, certo domingo, seis ou sete meses atrás, enquanto toda a população de Varano – é o nome da aldeia onde foi deixado como morto –, enquanto toda a população da aldeia, eu dizia, inclusive a família do seu antigo patrão, estava reunida para assistir à missa naquela igreja em que ele passara uma noite tão sombria, o Bizzarro, seguido do seu bando, entrou na igreja, foi até o santuário, virou-se e ordenou a todos que saíssem.

"A multidão obedeceu; de início estupefata, depois apavorada, hesitou um instante; mas o Bizzarro disse o seu nome e ameaçou fazer fogo; a sua fama já era tamanha que ninguém mais hesitou: todos se lançaram para a porta, deixando passar sob o olhar do Bizzarro e dos seus uma multidão calada, apavorada e aflita com o olhar dos bandidos.

"Duas vítimas foram apontadas por ele no meio da multidão: eram os filhos do seu antigo patrão, os irmãos da sua amante, os dois vingadores que o apunhalaram.

"Menos afortunados que ele, os dois pobres-diabos caíram para não mais levantar; mas, pelas contas do Bizzarro, ainda faltavam três vítimas, já que o seu antigo patrão tinha cinco filhos; sua amante, cinco irmãos; e os vingadores, bem feitas as contas, não eram dois, mas cinco.

"O Bizzarro entrou na igreja com a sua gente: encontrou aqueles que buscava, escondidos atrás do altar; ele próprio os apunhalou, como aos dois primeiros, querendo oferecer a si próprio, somente a si próprio, o prazer completo da vingança; mas o Bizzarro ainda procurava duas pessoas: o pai da sua amante e a própria amante.

"Correu até a casa do ancião e deu com ele doente, acamado e sendo velado pela filha.

"Esta, ao reconhecer o antigo amante, previu que ele vinha cumprir alguma terrível vingança e se jogou entre ele e o pai; mas o Bizzarro a rechaçou, concluiu o massacre de todos os varões da família, tomou a amante desfalecida nos braços, colocou-a atravessada em seu cavalo e foi com ela para a montanha."

– E o que foi feito dela? – perguntou a duquesa de Lavello. – Alguém teve notícias?

– Infelizmente, minha senhora, sou obrigado a dizer, para vergonha ou honra do seu sexo, pois na verdade não sei dizer se é uma coisa ou outra: o amor foi para ela mais forte que os laços de sangue, ela amava o Bizzarro vítima do seu pai e dos seus irmãos e amou o assassino do seu pai e dos seus irmãos, e, a partir daquele dia, com o bando do Bizzarro se organizando militarmente, ela foi vista a cavalo ao lado dele, vestida de homem e, nessa guerra febril de banditismo, demonstrando uma audácia e uma coragem que a tornam digna do Bizzarro.

– E não conseguiram prender esse miserável? – perguntou a duquesa.

– Sua cabeça foi posta a prêmio por dois mil ducados, minha senhora; mas até o momento, como nenhum espião teve coragem de traí-lo, ele escapou de todos os estratagemas e de todas as emboscadas que se armaram contra ele.

– Pois bem, conde Léo – disse Manhès –, no seu lugar, palavra de soldado, eu pegaria a cabeça do Bizzarro ou ficaria sem o meu nome.

– Vou ficar com o meu nome – disse Léo simplesmente – e pegar a cabeça dele.

– Nesse dia – disse a duquesa de Lavello –, eu lhe darei minha mão para beijar.

CXII
EM QUE OS DOIS RAPAZES SE SEPARAM, UM PARA RETOMAR SEU SERVIÇO JUNTO A MURAT, O OUTRO PARA PEDIR SERVIÇO A REYNIER

No dia seguinte ao jantar, Manhès e o conde Léo aceitaram o oferecimento que lhes fizera José de ir matar javalis em Asproni: achavam-nos preferíveis à caça miúda de Capodimonte.

Mataram cerca de uma dúzia, que trouxeram numa carroça e cuja carne distribuíram entre os soldados.

Saliceti, orgulhoso de sua cidade de Nápoles, exigiu que os dois rapazes permanecessem uns cinco ou seis dias a fim de visitar todas as suas belezas; ele próprio os acompanhou em dois ou três desses passeios.

Eles visitaram Nisida, antiga vila de Lúculo; Puzzoles, que foi, antes de Nápoles, a capital da Campânia, o templo de Serápis, os despojos da ponte de Calígula, o lago Lucrino, semi-soterrado no terremoto de 1538; o Averno, em cuja margem Enéias foi colher o ramo de ouro que lhe abriria as portas do inferno; por fim, o Aqueronte, que hoje, em vez de chamas, transporta águas lamacentas que têm a propriedade de engordar as ostras e os mariscos trazidos de Taranto; então, por uma estrada encantadora, toda atapetada de árvores verdes e urzes amarelas, chegaram ao mar de Miseno, onde estavam os romanos com sua frota quando Plínio, o Velho, que era seu almirante, se afastou com uma barca para ver de perto o fenômeno do Vesúvio e foi sufocado pela cinza entre Estábia e Pompéia; depois visitaram Baia, onde Cícero possuía uma vila sem ousar confessá-lo por causa da má fama de seus banhos, e que ele chamava de sua vila de Cumes; Bauli, com seu campanário de faiança reluzente ao sol, onde Nero fingiu fazer as pazes com sua mãe e despediu-se dela beijando-lhe os seios, o maior sinal de atenção e respeito, disse Tácito, que um filho pode dar a sua mãe. A cem passos dali, a galé dourada que a levava para a sua vila de Baia se rompeu. Agripina, sem gritar, sem chamar por socorro, nadou então até a sua casa de Baia, onde foi amparada por seus escravos; uma hora mais tarde chegou Aniceto, a quem ela deixou, como últimas palavras, esta frase terrível a ser transmitida ao seu filho: *Feri ventrem* (Fira o ventre!). Assim é que ela castigava os próprios flancos por terem carregado o parricida.

Depois, na outra ponta da lua crescente formada pelo porto de Nápoles, viram Portici, Torre del Greco, Castellammare, cujo nome vem do forte em ruínas no meio do mar de Sorrento, com seus bosques de laranjeiras, e o cabo Campanella, ou seja, o ponto mais próximo de Capri, onde não se podia entrar, já que, havia quase um ano, a ilha fora conquistada pelos ingleses.

Apesar do perigo que havia em atravessar as florestas de La Cava para visitar Salerno, os rapazes não conseguiram resistir ao prazer de ver Paestum e foram escrever seus nomes nos monumentos da antiga Grécia, já em ruínas nos tempos de Augusto.

No meio dos espinheiros e do capim gigantesco que defendem a aproximação dessas maravilhas da Antigüidade, René teve grande dificuldade para encontrar uma dessas rosas que eram mandadas para Nápoles, em cestos cheios, para serem desfolhadas nas mesas de Apicius e Lúculo.

Uma cobra, assustada pela aproximação dos rapazes, saiu dos espinheiros, rolou por um momento seus anéis dourados nas lajes sombrias de um dos templos e desapareceu na cela*.

Tratava-se, decerto, da divindade guardiã daquelas solidões.

Ao voltar, fizeram uma parada em Salerno a fim de visitar o túmulo do papa Gregório VII, que, depois de ter perseguido o pai de Henrique IV da Alemanha[1], foi perseguido por ele e, antes de morrer, ordenou que gravassem em seu túmulo este ímpio epitáfio: "Amei a justiça, fugi da iniqüidade, por isso morro na miséria e no exílio".

Por fim, foi preciso ir embora, foi preciso deixar a bela cidade de Nápoles e a boa hospitalidade de Saliceti. Léo e Manhès fizeram juras mútuas de fraternidade de armas, amizade eterna, e se despediram.

Quanto ao conde Léo, Saliceti sugeriu que esperasse o primeiro destacamento de partida para a Calábria e se juntasse a ele.

---

* Local onde se erigia, nos templos greco-romanos, a estátua do deus. (N. T.)
1. Henrique III, dito o Negro.

Mas René não era homem de tomar tantas precauções para proteger a própria vida e, já que lhe diziam para se pôr às ordens do general Reynier, cujo paradeiro ele ignorava no momento, posto que toda comunicação estivesse interrompida, mas que certamente seria em Amantea ou Crotona, contentou-se em responder que, onde quer que estivesse o general, iria ao seu encontro.

– Basta que se identifique – disse Saliceti – e ele saberá que precisa se entender com o senhor para tirar o melhor partido dos seus serviços.

A duquesa de Lavello quis lhe dar a mão para beijar; mas ele, inclinando-se perante a encantadora mulher, disse-lhe:

– Senhora, tamanho favor deve ser uma recompensa, e não um incentivo.

René, montado num excelente cavalo que encontrara todo equipado à porta de Saliceti, e que este lhe confidenciara ser um presente do rei José, vestindo o uniforme comum de oficial, com a sua carabina no arção da sela e as suas fiéis pistolas no cinto, partiu sozinho, apesar dos conselhos de Saliceti.

Ele passou a primeira noite em Salerno; seu cavalo, descansando duas horas durante o período de calor mais forte, podia andar dez horas por dia sem se cansar.

No segundo dia, foi até Capaccio; lá, informou-se e descobriu que as estradas se tornariam cada vez mais difíceis, primeiro pelo emaranhado de umas com as outras, depois porque diversas *comitivas*[2] de bandidos, que haviam apartado o exército francês de Nápoles, impediam qualquer comunicação entre a capital e o general; além disso, diziam que o general inglês Stuart lançara um corpo de cinco ou seis mil ingleses, e trezentos ou quatrocentos degredados, que os Bourbon transformaram em seus aliados, no golfo de Santa Eufêmia.

René, ainda assim, saiu de Capaceti sem se preocupar nem com os bandidos nem com as estradas.

O dia seria longo: tratava-se de chegar a Lagonegro e, como não houvesse nem uma casa sequer pela estrada, René tomou o cuidado de colocar num dos coldres um pedaço de pão e um frango, e no outro uma garrafa de vinho.

Partiu às cinco horas, ou seja, ao raiar do dia, e às onze horas chegou a uma espécie de encruzilhada onde três estradas se apresentavam à sua frente.

Era o primeiro dos embaraços que lhe haviam predito.

René contava muito com essa boa estrela que Fouché julgara identificar em seu rastro.

---

2. Termo emprestado do italiano *comitiva*, "grupo de pessoas que vão (*cum, ire*) juntas".

Apeou, colocou ao alcance da mão direita a carabina, as pistolas e a garrafa de vinho, ao alcance da mão esquerda o frango e o pão, sentou-se e começou a almoçar tão tranqüilamente como se estivesse no parque de Asproni ou de Capodimonte.

Sua esperança era que passasse algum camponês que, por gentileza, lhe indicasse o caminho ou, por cupidez, consentisse em lhe servir de guia até ele se juntar ao exército francês.

Não estava enganado: mal havia começado a comer o frango e esvaziado um quarto da garrafa, ouviu o passo de um cavalo e avistou uma espécie de moleiro, todo branco de farinha, com um olho tapado com um lenço e um chapéu de borda larga ocultando-lhe a metade do rosto.

René o chamou.

A essa voz, o moleiro deteve o cavalo e fitou, com o olho destapado, o homem que lhe dirigia a palavra.

– Companheiro – disse René –, está com sede?

Apontou para a garrafa.

– Venha cá beber. Está com fome?

Apontou para o frango.

– Venha comer.

O homem quedou-se no lugar.

– Não me conhece – disse ele.

– Mas você me conhece – disse René –, sou um soldado francês. Diga-me qual desses três caminhos devo pegar para me juntar ao exército, e estaremos quites; ou, melhor ainda, se quiser ganhar dois ou três luíses, pode me servir de guia.

– Não estou com fome nem com sede – respondeu o homem –, mas posso lhe servir de guia.

– Está bem.

O camponês ficou montado no cavalo.

René continuou almoçando e, quando terminou, ajeitou lado a lado a garrafa, o pão e a metade do frango, enfiou as pistolas no cinto, prendeu a carabina de volta no arção, deixou para o primeiro faminto que passasse os restos do seu almoço, montou no cavalo e ofereceu um luís ao camponês, dizendo:

– Vá na frente, aqui está um adiantamento.

– Obrigado – disse este –, mas pague tudo de uma vez se ficar satisfeito.

O camponês foi na frente, René o seguiu.

Por mais miserável que parecesse seu cavalo, enveredou num trote cuja rapidez muito agradou a René quando percebeu que sua viagem não seria retardada pela lentidão do guia.

Chegaram sem incidentes a Lagonegro. René observara que, no caminho, seu guia trocara algumas palavras com uns homens que saíam subitamente do mato e tornavam a entrar de repente; imaginara que seu guia era das redondezas, e que as pessoas com quem conversava eram camponeses seus conhecidos.

René tinha bom apetite, mandou servir um jantar excelente e pediu que levassem outro exatamente igual para o seu guia; havia pedido a este último que o acordasse ao raiar do dia: teria de passar a noite seguinte em Laino ou Rotonda e seria, portanto, mais um longo dia de dez léguas.

Esse dia transcorreu igual aos outros; o cavalo do moleiro fez maravilhas, não aumentava nem reduzia a marcha, e naquele passo perfaziam duas léguas por hora.

Durante toda a estrada, à entrada das ravinas, atrás de enormes rochedos, no meio de pequenas matas, o moleiro continuava encontrando conhecidos, que trocavam com ele umas poucas palavras e sumiam.

No dia seguinte, em vez de ir pela estrada principal, se é que havia naquela época, em toda a Calábria, algum caminho que merecesse ser chamado de estrada principal, o guia de René pegou à direita e, deixando Cosenza à sua esquerda, seguiu para passar a noite em San Mango.

René se informou e descobriu que já devia estar a poucas léguas apenas do exército francês, que estava concentrado no golfo de Santa Eufêmia; percebeu, pelas respostas que lhe eram dadas com certa insolência, que o estalajadeiro lhe fazia cara feia.

René olhou então para ele como costumava olhar para as pessoas que convidava a serem sensatas.

O estalajadeiro lhe estendeu respeitosamente a chave e a candeia, sendo a vela ainda desconhecida na Calábria citerior.

René subiu até o seu quarto e percebeu que a chave era um objeto de luxo, sendo a porta fechada por um simples cordão enfiado num prego.

Entrou mesmo assim, deu com uma espécie de catre no qual se jogou todo vestido, tomando o cuidado de colocar numa mesa, ao alcance da mão, sua carabina e suas pistolas.

Estava deitado havia uma hora apenas quando julgou ouvir passos no quarto vizinho; os passos se aproximavam de sua porta. René, na expectativa de que ela se abrisse, pegou uma pistola e preparou-se para fazer fogo.

Mas, para sua grande surpresa, a porta, duas vezes sacudida, não se abriu; pegou a candeia numa mão, a pistola na outra e foi ele próprio abrir.

Um homem estava deitado, atravessado em frente à porta; virou o rosto para ele, e René reconheceu o seu guia.

– Pelo amor de Deus – disse este –, não saia daí.

– Mas por quê? – perguntou René.

– Não chegaria a dar dez passos nessa casa sem ser assassinado.

– E o que você está fazendo aí?

– Estou guardando o senhor – respondeu o guia.

René, pensativo, voltou para a sua cama, jogou-se em cima dela e caiu no sono.

Tinha a impressão de já ter ouvido aquela voz em algum lugar.

CXIII
O GENERAL REYNIER

O general Reynier, ao encontro de quem estava indo René, fora admitido em 1792, por indicação de La Harpe, no estado-maior do general Dumouriez, na qualidade de engenheiro auxiliar; tornara-se logo em seguida ajudante-de-campo de Dumouriez e participara daquela famosa campanha da Holanda em que regimentos de hussardos agarravam as frotas investindo contra o gelo do Texel; lá, conquistou a patente de general-de-brigada, sendo em seguida nomeado chefe do estado-maior do exército do Reno, comandado por Moreau.

Bonaparte levou-o para o Egito, onde lhe confiou o comando de uma divisão.

Essa divisão formou um dos quadrados vencedores da batalha das Pirâmides. Tomado o Cairo, o general Reynier foi encarregado de rechaçar o bei Ibrahim para a Síria e assumir o comando superior da província de Charki. A lealdade que o general Reynier irradiou em todas as circunstâncias lhe valeu a estima de todas as populações árabes.

Bonaparte partiu. O comando geral do exército, entregue por favorecimento a Menou, deveria por direito pertencer a Reynier. O exército resmungou e, certo dia, Menou mandou prender Reynier, colocou-o numa fragata e, sem nenhuma explicação, mandou-o para a França.

Ao chegar a Paris, Reynier se viu em desgraça diante de Bonaparte, o qual o internou na região de Nièvre.

As personalidades firmes e altivas como a de Reynier caíam mal para Napoleão; contudo, tornou a colocá-lo em atividade na campanha de 1805 e, depois da batalha de Austerlitz, confiou-lhe o comando do exército destinado a invadir, em benefício do seu irmão, o reino de Nápoles.

Sabe-se de que maneira a entronização do rei José se realizou sem nenhuma oposição. Deixando-se facilmente enganar pelas aparências, em sua correspondência com o irmão imperador dos franceses, ele chega a se gabar das amáveis disposições dos napolitanos para com ele, disposições que em alguns, diz ele, chegam ao entusiasmo. Mas a longa duração do cerco de Gaeta, que ocupava a maior parte de suas tropas, deu tempo aos antigos partidários dos Bourbon, ou melhor, a esses homens de banditismo que aproveitam todas as oportunidades para enobrecer seu infame ofício com uma bandeira qualquer, para que formassem novos bandos e recomeçassem, país afora, essas incursões pretensamente políticas que serviam de máscara à pilhagem e às vinganças pessoais.

Reynier foi então enviado para a Calábria com um exército de sete a oito mil homens. Nenhuma cidade, nenhum bando, ousou enfrentá-lo; chegou assim a Scilla e Reggio, onde estabeleceu guarnições.

Mas a essa altura os refugiados de Palermo, ou seja, o rei Ferdinando e a rainha Carolina, já haviam tido tempo de se conluiarem com os ingleses, seus eternos aliados contra a França.

Estes, costeando o litoral da Calábria, começaram por passar dinheiro, pólvora e armas para os revoltados, enquanto esperavam que uma frota que estavam equipando em Messina pudesse trazer-lhes um auxílio mais eficiente.

Reynier, portanto, era diariamente ameaçado com um desembarque na costa, enquanto diariamente os chefes de bando, os Panedigrano, os Benincasa, os Parafante, os Bizzarro, tiravam-lhe homens por meio de emboscadas, assassinatos e até enfrentamentos.

Já fazia um mês que prestara contas ao rei José da chegada na Calábria de muitos agentes ingleses que empregavam toda sorte de meios para incitar o povo à insurreição; destacara várias colunas móveis para persegui-los.

Por fim, a frota que ameaçava desembarcar saiu do estreito de Messina.

Reynier escreveu imediatamente ao general Compère, que ele havia deixado com dois batalhões entre Scilla e Reggio, para que só enviasse a essas duas cidades o necessário para a guarda dos castelos e do hospital, e que voltasse a encontrar-se com ele no rio Angitola; despachou também mensagens a todos os seus regimentos espalhados, ordenando que se concentrassem às margens do mesmo rio.

Ao chegar em Monteleone, Reynier foi informado de que os ingleses haviam desembarcado durante a noite em Santa Eufêmia. Três companhias de poloneses que tentaram se opor ao desembarque foram rechaçadas com prejuízos e se retiraram além do Angitola. O general Digonet chegou durante a noite e deteve-se no rio Lamato com uma companhia de granadeiros poloneses e o nono regimento de caçadores.

Quanto a Reynier, com cerca de quatro mil e quinhentos homens, veio acampar à altura do Angitola. Do planalto elevado em que se achava, dominava todo o golfo de Santa Eufêmia. O inimigo, que contava com seis a sete mil homens, não havia mudado de posição desde o desembarque: sua direita estava instalada, com uma forte bateria, ao pé da torre do bastião de Malta e sua esquerda, na aldeia de Santa Eufêmia. Ele enviou patrulhas para Sambiase e Nicastro, as quais, assim que viram os ingleses, se revoltaram, arvoraram a insígnia vermelha e desceram para juntar-se a eles. Passaram o dia recebendo reforços de bandidos que desciam da montanha em grupos de vinte, trinta e quarenta homens.

Da altitude em que se encontrava, Reynier enxergava tudo aquilo; pensou que, quanto mais esperassem, mais os ingleses receberiam reforços e, embora esses reforços, em campo raso, não dessem muito que temer, resolveu, apesar da inferioridade numérica, atacar os ingleses no dia seguinte ou no próximo.

Por conseguinte, no mesmo dia em que René pernoitara em Amantea, Reynier desceu das alturas do Angitola e veio posicionar-se à margem do rio Lamato, próximo a Maida, a fim de poder atacar o inimigo em seu cerne em duas horas, entre as montanhas e o mar, de modo a ficar fora do alcance tanto dos fuzis dos bandidos reunidos ao pé da montanha como dos canhões dos navios que costeavam o litoral, estendendo até o mar a ala esquerda do inimigo.

René soubera na véspera, pelo seu guia, que o exército francês estava a poucas léguas apenas e que, já no dia seguinte, poderia juntar-se a ele; assim, aos primeiros clarões do dia, achava-se acordado e armado; abriu a porta e viu seu guia encostado na parede, pronto como ele.

Este fez sinal para que não fizesse barulho e o seguisse; conduziu-o não a uma porta, mas a uma janela na qual estava encostada uma escada.

O guia mostrou o caminho passando primeiro, René o seguiu; os dois cavalos, selados, esperavam a uma portinha dos fundos.

– Mas me parece – disse René, vendo que o guia montava a cavalo e se aprontava para partir – que ainda falta acertar a nossa despesa.

– Isso já foi feito – respondeu o guia –, não vamos perder um só minuto.

E pôs seu cavalo naquele pequeno trote que René conhecia bem.

Por volta das oito horas da manhã, chegaram ao topo da montanha de Santa Eufêmia, de onde avistavam o golfo todo, os dois exércitos e a frota, enquanto no horizonte uma grande linha azulada indicava a Sicília, e cinco ou seis manchas escuras sobre as águas, a fumaça e fogo vindos de uma ilha em forma de pão de açúcar revelavam a presença de Stromboli e de seu arquipélago.

René se deteve um momento, contemplando o magnífico espetáculo que reunia todas as maravilhas e todos os horrores da natureza, a montanha, os bosques, o mar, as ilhas, um golfo de areias douradas e, no golfo, a uma légua um do outro, dois exércitos prestes a se degolarem mutuamente.

– Chegamos – disse o guia. – Aí estão os franceses e, diante deles, os ingleses, de cujo desembarque o senhor ficou sabendo ontem.

René vasculhou seu bolso.

– E aqui estão – disse ele – seis luíses, no lugar dos três que eu prometi.

– Obrigado – disse o guia, afastando a mão –, ainda tenho metade daquele que me deu ao sair de Vicaria.

René olhou para o homem, espantado.

Mas este ergueu o chapéu, tirou a faixa que lhe cobria metade do rosto e, embora tivesse cortado a barba e o bigode, René reconheceu o bandido que ele havia apanhado nos pântanos pontinos.

– Como assim! Você, aqui? – perguntou.

– Pois é – respondeu o bandido, rindo.

– Você fugiu?

– Fugi – ele respondeu. – O carcereiro era um amigo meu; o acaso me colocou no seu caminho, e eu me lembrei do que tinha feito por mim.

– E o que eu fiz por você?

– Poderia ter me matado e poupou a minha vida; eu estava morrendo de sede e, sem que eu pedisse, o senhor me deu de beber; eu não tinha dinheiro e, ao me deixar na porta da cadeia, o senhor colocou um luís na minha mão. A gente é bandido, mas é homem. Quanto a mim, impedi duas ou três vezes que o senhor fosse assassinado; estamos quites.

E o bandido, dessa vez, pôs o cavalo a galope, e não a trote, e sumiu antes que René se refizesse da surpresa.

Então, dando de ombros:

– Diachos – disse ele –, a gratidão vai parar em cada lugar!

Depois, levou o olhar para a praia onde ocorreria a batalha.

Havia uma grande movimentação nas fileiras inglesas, a tropa se movia na direção do mar, e René, por um instante, pensou que fossem embarcar; mas eles se dividiram em duas colunas e continuaram andando até a embocadura do rio, que atravessaram com água no joelho; um navio, uma fragata e várias chalupas canhoneiras continuavam a segui-los: ampliaram então sua direita para o alto do rio Lamato, que pareciam dispostos a atravessar a fim de barrar a estrada de Monteleone aos franceses.

Nisso, a coluna que atravessara o rio na embocadura alcançou sua margem direita e marchou sobre o acampamento francês.

De onde ele estava, podia quase contar os homens que compunham os dois exércitos. O nosso era bastante inferior em número. Os ingleses deviam ter, com seus aliados, os bandidos, em torno de oito mil homens; os franceses tinham apenas cinco mil.

Entretanto, o general Reynier decerto achou que o momento era favorável para atacá-los e que, visto estarem separados pelo Lamato, poderia esmagar mais facilmente seu centro com uma descarga vigorosa; uma vez divididos em dois, a parte que continuasse a ladear o mar certamente poderia embarcar, mas a que havia tentado alcançar a esquerda de Reynier seria forçada a se refugiar nos pântanos ou nas florestas de Santa Eufêmia.

Com efeito, atravessando o Lamato, Reynier poderia abordá-los sem obstáculos com a infantaria, a artilharia ligeira e a cavalaria, que infelizmente se constituía apenas de cento e cinqüenta homens do nono batalhão de caçadores, ao passo que, permitindo que os ingleses atravessassem o Lamato, perderia toda a sua vantagem, pois seria forçado a combater num terreno todo cortado de ravinas e repleto de pântanos que não o deixariam manobrar a artilharia e os cavalos.

René então viu, distante como estava de apenas um quarto de légua da batalha, o general Reynier destacar duas companhias de fuzileiros para enfrentar como atiradores os avanços da coluna inglesa que havia atravessado o Lamato na sua embocadura e, sob as ordens de um general que lhe era desconhecido, dois regimentos de dois mil e quatrocentos ou quinhentos homens atravessarem o Lamato e se formarem para a batalha na outra margem. Foram seguidos pelo quarto batalhão suíço e por doze companhias do regimento polonês, totalizando cerca de mil e quinhentos homens.

Finalmente, o vigésimo terceiro regimento de infantaria ligeira, sob as ordens do general Digonet, foi ocupar a extrema direita, enquanto as quatro peças de artilharia ligeira e os cento e cinqüenta caçadores a cavalo assumiram o centro.

O general Reynier ordenou então ao general Compère que se pusesse à frente do primeiro regimento, marchasse em escalão para cima dos ingleses, enquanto os suíços e os poloneses acompanhariam o movimento na segunda linha e o vigésimo terceiro regimento de infantaria, que se apartara demais para a direita, se aproximaria dos suíços e concentraria, tal como o general Compère, todos os esforços no centro dos ingleses.

Era a primeira vez que René assistia a uma batalha campal; parecia grudado no lugar de tanta curiosidade; aliás, perguntava-se o que poderia fazer, naquela confusão, um homem a mais ou a menos.

Os dois ataques foram conduzidos com muita calma e sangue-frio; à sua frente marchava o general Compère. Os ingleses, ao verem os franceses vindo para cima deles, estacaram a meio alcance de fuzil, de armas em riste e sem atirar.

Então, o primeiro regimento tocou o sinal de ataque e avançou a passo de corrida; o quadragésimo segundo regimento seguiu seu exemplo.

O general Compère, com seus dois ordenanças e seu tenente, posicionou-se no intervalo deixado entre eles.

Quando os franceses chegaram a apenas quinze passos, fizeram fogo a partir da primeira e da segunda fileiras.

Os franceses, entretanto, continuaram a marchar; mas, tendo os homens da terceira fileira passado seus fuzis carregados para os da primeira, uma segunda fuzilada os recebeu à queima-roupa.

Nessa descarga caiu o general Compère, ferido na cabeça e no braço.

Ao verem seu general estendido no chão, os soldados do primeiro regimento viraram as costas e fugiram; os do quadragésimo segundo perceberam aquele movimento para trás e hesitaram. René compreendeu que o pânico poderia tomar conta do restante do exército; as patas do seu cavalo pareceram se desprender do chão por conta própria e, sem se preocupar se encontraria no caminho outro obstáculo além do declive do terreno, soltou as rédeas e, num instante, achou-se com uma pistola em cada mão no meio dos fujões.

Seus primeiros esforços foram no sentido de deter a debandada; mas, ao ver que os soldados cuja corrida queria impedir o ameaçavam com seus fuzis, jogou-se para o lado e foi prestar socorro ao general Compère, que os ingleses queriam levar, percebendo que ele estava apenas ferido, e que seus ajudantes-de-campo tentavam defender.

Dois tiros de pistola e dois de carabina abriram um pouco de espaço no meio da massa que se amontoava em torno do ferido; e, como as pistolas e as carabinas tivessem sido descarregadas, tornou a pendurar a carabina no arção, a guardar as pistolas nos coldres, agarrou um sabre de cavalaria sem descer do cavalo e saiu disparado para cima dos cinco ou seis ingleses que se assanhavam junto ao corpo do general.

René manejava o sabre com a mesma destreza com que manejava a espada: num instante, três ingleses foram mortos ou feridos; os outros três fugiram; um deles foi morto durante a fuga por um dos ajudantes-de-campo do general. René aproveitou aquele intervalo para recarregar as armas.

Entretanto, Reynier se jogara no meio dos fugitivos, trazendo consigo os seus cento e cinqüenta caçadores a cavalo; da altura em que estava, vira René precipitar-se para o campo de batalha e combater; olhou para ele de início com espanto. Não o reconhecia, pois seu uniforme não pertencia ao Exército, e hesitou um instante; porém, convencido de que aquele uniforme, qualquer que fosse, vestia o coração de um bravo:

– Assuma o comando desses homens – gritou – e faça o melhor possível.

– Vocês me querem como chefe? – gritou René.

– Sim – eles responderam unanimemente.

Então, enfiando o chapéu na ponta do sabre, saiu em disparada para a frente de batalha dos ingleses, jogou o chapéu no meio das suas fileiras e, abatendo um inglês com um golpe de sabre:

– Vinte luíses – disse – para quem devolver o meu chapéu.

Aqueles homens, então, estimulados tanto por sua coragem natural como pela expectativa de uma recompensa, abriram as fileiras inglesas e penetraram até a terceira linha; mas foi impossível ir adiante. René pôs o sabre entre os dentes, tirou as pistolas do coldre e abateu dois homens, e, recolocando as pistolas nos coldres e retomando o sabre:

– Ora – disse ele, espetando o chapéu que ele fora o único a alcançar. – Ora, parece que sou eu quem vai ganhar os vinte luíses.

Os ingleses cerraram fileira atrás dele; ele havia atravessado duas linhas inglesas, atravessou a terceira, derrubando dois homens, e viu-se como único francês do lado de lá do exército inglês.

Um grupo de oficiais a cavalo cercava o general Stuart; dois se apartaram para vir ao encontro de René.

René compreendeu que lhe propunham um duelo, só que um duelo de dois contra um.

Freou o cavalo, fez fogo com a carabina contra um dos cavaleiros a cinqüenta passos de distância e contra o outro a vinte passos; ambos caíram.

Então, um terceiro cavaleiro se apartou do grupo, agitando o sabre e indicando com esse gesto que desejava um combate com arma branca. René prendeu a carabina ao arção e arremessou-se por sua vez na direção do novo adversário que chegava.

Então, como nos tempos antigos ou nos dias cavalheirescos, como heróis de Homero ou cavalheiros da Idade Média, René e seu adversário ofereceram o espetáculo de uma dessas lutas em que cada um dos combatentes faz milagres de destreza e de coragem.

Finalmente, após dez minutos de combate, o inglês, ferido na mão direita e com a ponta do sabre de René no peito, foi obrigado a se render.

– O senhor permite – disse então o inglês a René num excelente francês –, sob a minha palavra, que eu vá até o general? Queria dizer uma palavra a ele.

– Vá, senhor.

René aproveitou aquele momento para recarregar as armas, as pistolas e a carabina, que recolocou no lugar.

Um instante depois, viu voltar o oficial inglês, com o braço direito numa tipóia e segurando com a mão esquerda um lenço branco na ponta do sabre.

– O que significa esse lenço branco? – perguntou René, rindo. – Está vindo parlamentar, propondo que eu me renda?

– Vim pedir que me acompanhe, por favor; e para que não lhe aconteça nada de ruim ao tornar a atravessar o nosso exército para ir se juntar ao seu, fui encarregado pelo general Stuart de mandar nossas fileiras se abrirem, em sinal de honra, à sua passagem.

– Acaso o general Stuart acha que eu próprio não seria capaz de mandá-las se abrir?

– Ele não tem dúvidas quanto a isso, mas faz tanta questão que o senhor saia são e salvo da situação em que se colocou que, caso me recuse como guia, ele próprio virá cumprir esse papel.

– Muitíssimo obrigado – disse René –, não quero incomodá-lo por tão pouco. Vá na frente, senhor, eu o sigo.

Enquanto isso, os rumos da batalha tinham se decidido: o general Compère estava preso, o chefe de batalhão do primeiro regimento, morto, o chefe de batalhão dos suíços, perigosamente ferido, o chefe de batalhão do vigésimo terceiro regimento, ferido; a comunicação com Monteleone estava cortada, e o exército francês, perseguido pelo exército inglês, estava em plena retirada no vale de Lamato.

O exército inglês hesitou em penetrar no vale e deixou, a partir daí, que o general Reynier se retirasse sem problemas.

Ao chegar na frente do exército inglês, o guia de René gritou em alta voz:

– Por ordem do general Stuart, apresentar armas!

Os soldados obedeceram, e René passou no meio de uma dupla fileira que lhe apresentava armas.

Foram assim até a entrada do vale, onde estava estacionada a vanguarda inglesa.

– O senhor é o único – disse então René ao seu guia – que pode agradecer condignamente ao general Stuart em meu nome; devolvo-lhe a sua palavra, com a única condição de apresentar a ele todos os meus agradecimentos.

E, pondo o cavalo a galope depois de cumprimentar com cortesia seu prisioneiro, devolvido por ele à liberdade, foi juntar-se à retaguarda francesa e com ela só se deteve em Catanzaro, ou seja, seis léguas adiante.

CXIV
EM QUE RENÉ PERCEBE QUE SALICETI NÃO LHE FALTOU COM A PALAVRA

René foi encontrar seu bivaque no meio dos destroços do nono regimento de caçadores, com o qual, por ordem de Reynier, havia atacado a infantaria inglesa.

Aquela brava gente, que o seguira, que vira com que intrepidez ele penetrara nas fileiras dos ingleses e sumira, julgava-o morto.

Assim, deram gritos de alegria ao vê-lo e cada qual cedeu uma parte da palha que juntara para fazer uma cama e ofereceu-lhe parte dos víveres que conseguira para o jantar.

René pegou um punhado de palha, sobre a qual estendeu o casaco, e aceitou um pão, do qual deu a metade ao cavalo.

No dia seguinte, ao amanhecer, foi acordado por um ajudante-de-campo do general Reynier, encarregado pelo general-chefe de vir buscar o rapaz que, com um uniforme de tenente da Marinha, combatera tão corajosamente. A menos que estivesse morto ou prisioneiro, não seria difícil encontrá-lo, já que era o único no exército a usar aquele uniforme.

René se levantou, espreguiçou-se, montou a cavalo e seguiu o ajudante-de-campo.

Este o levou até a prefeitura.

Era lá que Reynier estabelecera seu quartel-general.

René entrou na sala do conselho, que o general transformara em gabinete; estava quase deitado sobre um grande mapa da Calábria, onde cada casa, cada árvore, cada ravina estava assinalada; velas queimadas até o toco, lampiões secos, revelavam que ele havia trabalhado até o raiar do dia.

Ao anúncio: "Aqui está o oficial que procurava, general", ele se virou para René, ergueu-se na cadeira e, fazendo-lhe um sinal com a mão:

– Quando vi ontem – disse ele – que brilhante coragem o senhor demonstrou, não tive dúvidas de que era o rapaz recomendado por Saliceti, e até por um poder superior ao dele. O senhor é o conde Léo, não é?

– Sim, senhor.

– Manifestou a Saliceti o desejo de conversar comigo sobre como poderia ser útil ao meu exército.

– E ele me afirmou, general, que, sendo o que vou lhe pedir algo pelo bem da nossa causa, o senhor o concederia.

– Deve estar com fome – disse Reynier –, pois imagino que não achou grande coisa para comer nos arredores de Catanzaro; vamos almoçar juntos, assim poderemos conversar à vontade.

Dois soldados trouxeram uma mesa já servida: quatro costelas, dois frangos, um queijo desses que se vêem pendurados no teto das mercearias e que os calabreses denominam *cacciocavallo*[1] constituíam, além de uma garrafa de vinho da Calábria, toda a refeição.

– Passei a noite – disse o general – escrevendo a todos os meus tenentes para que concentrássemos nossas forças em Catanzaro. Quando a notícia do nosso fracasso de ontem se espalhar, toda a Calábria vai se levantar. Ontem, quando voltei para cá, alguns homens de iniciativa já tinham substituído a bandeira nacional pela bandeira branca e a insígnia tricolor pela insígnia vermelha. Mandei prender, ainda ontem à tarde, o prefeito e seu adjunto; devem ter sido interrogados durante a noite e, se têm alguma coisa a ver com essa substituição, serão fuzilados agora de manhã. Conto escrever durante o dia para o rei José; se perceber, na nossa situação, algum recurso que me escapa, diga-me corajosamente o que é, e verei como sanar esse defeito na nossa couraça.

– Meu general – disse René –, é muita honra; não sou nem estrategista nem engenheiro; aliás, perdido como estava ontem no meio do exército inglês, ocupado que estava em me defender, vi muito pouco, e mal.

– Sim, sei que travou um brilhante combate com três oficiais ingleses, matou dois e aprisionou o terceiro; também sei que *sir* James Stuart, maravilhado com a sua coragem, proibiu que atirassem no senhor e ordenou que o fizessem

---

1. *Cacio cavallo* ou *caciocavallo* ("queijo para cavalo"): queijo do sul da Itália, mais especialmente da Basilicata, em forma de cabaça, produzido a partir do leite particularmente gordo das vacas de raça podolica.

passar, não sob as forcas caudinas, mas numa espécie de corredor de honra. Coma, meu rapaz, essas coisas abrem o apetite.

René não o fez repetir; comeu feito um homem que passou o dia lutando sem pôr nada na boca.

– Tudo o que eu vi – retomou Reynier, que, no tocante à refeição, acompanhava seu jovem convidado –, tudo o que me disseram a seu respeito no dia de ontem me obriga a lhe perguntar seriamente de que modo gostaria de ser útil ao meu lado.

– Se é seu desejo me consultar a respeito, general, eu gostaria de ter uma espécie de companhia franca da qual eu fosse não só o chefe, mas o patrão, e com a qual pudesse explorar as estradas: eu selecionaria excelentes atiradores com os quais, acredito, poderia ser extremamente útil. O senhor falava há pouco de bandidos que vão se sublevar: pois bem, não seria o caso de opor tropas ligeiras a essas comitivas, tão audazes para nos atacar e tão rápidas para escapulir? Dois ou três desses bandidos me foram designados pelo próprio Saliceti, e até fiz uma promessa em relação a um deles!

– Amanhã – disse Reynier – poderá tratar de cumpri-la. De quantos homens vai precisar?

– Nem de mais nem de menos – respondeu René –, entre quarenta e quarenta e cinco homens seriam suficientes.

– Vai escolhê-los pessoalmente amanhã, entre os melhores atiradores; não seria mal que essa escolha tivesse alguma repercussão, afora a dos tiros de fuzil. O senhor já deve ter inspirado um bocado de terror ao inimigo, terror que ainda vai aumentar com as demonstrações de habilidade que vão lhe atribuir; estará livre, então, para combater um ou outro bando, conforme a sua conveniência, e persegui-lo até a sua total destruição. E um homem feito o senhor, à frente de quarenta e cinco homens, passa em qualquer lugar. Será o meu ajudante-de-campo e, quando eu tiver ordens importantes a dar, é o senhor que vou encarregar de transmiti-las.

– Então, estou autorizado a escolher os meus homens?

– A quem vai escolher?

– Aos melhores atiradores. Também gostaria – prosseguiu René –, já que vou deixar esses homens mais cansados e vou expô-los mais vezes que aos seus colegas, da sua permissão para lhes dar um soldo maior.

– Não vejo inconveniente nisso, salvo o fato de provocar inveja e acabar me levando o exército inteiro, se for suficientemente rico para pagar por ele; além disso, vai ser uma boa oportunidade para dar caça aos bandidos; o fracasso que acabamos de sofrer vai atrair para os despojos os chacais e os urubus.

— Peço que dê ordem, general, para que todos os relatórios que lhe entregarem sobre bandidos famosos me sejam remetidos.

— Fique tranqüilo, escolha os seus homens, exercite-os no tiro, e que Deus o conduza! Quanto a mim, não posso ser socorrido antes de duas semanas, e isso supondo que se apressem; mas com os cinco ou seis mil homens que posso reunir, vou resistir contra a Calábria inteira. Quanto aos ingleses, nunca se atreverão a me atacar no interior das terras.

— Peço-lhe, general, já que está tudo acertado, que anuncie para amanhã um exercício de tiro; que cada regimento lhe envie seus cinqüenta melhores atiradores, com três cartuchos cada um: o mais hábil ganhará um relógio de ouro, o segundo, um relógio de prata, e o terceiro, uma corrente de prata com um pingente na ponta. Vou então escolher meus quarenta e cinco homens entre os mais hábeis atiradores; além do soldo ordinário, cada homem receberá um acréscimo de um franco por dia.

— E o senhor pode suportar essa despesa por muito tempo?

— O tempo que passar com o senhor, general, e gostaria que fosse o máximo de tempo possível.

O general mandou tocar o tambor em cada regimento e anunciar que cada regimento deveria mandar, no dia seguinte, cinqüenta homens para o campo de tiro. Os três prêmios comprados em Catanzaro pelo conde Léo, esse era o nome que ele conservara perante os soldados e os chefes, eram o que ele conseguira encontrar de melhor em Catanzaro e, em todo caso, eram dignos de excitar a rivalidade dos atiradores.

Durante o dia, uma centena de homens, perdidos após a batalha, se reuniram no campo de Catanzaro.

O exercício de tiro ocorreu no dia seguinte. O conde Léo, para provar que não era indigno de comandar o mais hábil dentre eles, pegou o primeiro fuzil ao seu alcance e acertou três balas no alvo.

Então, a justa teve início.

Eram quatrocentos atiradores: cinqüenta e três balas acertaram, a cento e cinqüenta passos, o círculo vermelho em volta da mosca; as cinqüenta mais próximas foram escolhidas, mas, como entre esses homens, três haviam acertado balas no círculo, resultou que os cinqüenta e três vencedores, reduzidos a cinqüenta, foram recrutados na hora, com o título de caçadores do conde Léo e, por abreviação, caçadores do Leão.

Os três prêmios foram entregues aos três vencedores; os outros quarenta e sete que haviam acertado o círculo vermelho receberam cinco francos cada; por fim, todos os que haviam competido ganharam um franco pela participação.

Ao retornar a Catanzaro, o conde Léo apresentou ao general Reynier seus três vencedores, sendo o primeiro nomeado sargento e os outros dois, cabo, os quarenta e sete escolhidos para integrar a companhia e, por fim, os demais participantes.

A fim de que o dia fosse para eles um dia de festa, o general os dispensou do serviço e os convidou a se divertir, desde que dentro dos limites da disciplina; então fez sinal a René de que tinha algo a lhe dizer.

René o seguiu.

Um camponês acabava de chegar com a notícia de que a cidade de Crotona caíra em poder de dois chefes de bando, chamados Santoro e Gargaglio.

Mandou o camponês repetir a notícia na frente de René e, virando-se para ele:

– Como vê – disse ele –, está começando.

Mas a tomada de Crotona não era da competência de René, e ele não tinha como efetuar um cerco em regra com seus cinqüenta homens.

O general Reynier enviou algumas milícias, sob o comando de um chefe de batalhão que, sem dar tempo aos bandidos para respirar, comandou o ataque, apoderou-se imediatamente dos subúrbios e obrigou o inimigo a se encerrar no recinto da cidade. No dia seguinte, ao entardecer, tiveram a audácia de tentar uma saída, mas foram rechaçados com perdas.

O chefe de batalhão esperava concluir sua tarefa no dia seguinte, tomando a cidade; mas duas chalupas inglesas se acercaram da praia; esse reforço trouxe novo ânimo aos bandidos e no mesmo dia fizeram duas saídas, ambas rechaçadas; os ingleses então desembarcaram quatro peças grandes de canhão, que os bandidos, ajudados por eles, colocaram sobre as muralhas.

Os franceses viram então que seria necessário efetuar um cerco em regra; o general Reynier foi alertado, enviou o general Camus com uma companhia para assumir a direção do cerco e mandou chamar o conde Léo.

– Como vai indo a sua companhia? – perguntou.

– Está organizada, funciona maravilhosamente bem, e só estou aguardando as suas ordens.

– Sente-se aí – disse o general –, vou lhe dar essas ordens.

CXV
A *ALDEIA* DEGLI PARENTI

– Meu caro conde, acabo de receber uma má notícia; uma companhia do vigésimo nono regimento, que vinha atravessando as montanhas de Scilla, tendo partido de Cosenza para vir juntar-se a nós em Catanzaro, precisava atravessar a floresta de Scilla, onde se situa a aldeia *degli Parenti*, uma das mais atrozes aldeias de bandidos de todas as situadas nas duas Calábrias.

"Os principais bourbonistas da aldeia, sob o comando de um famoso chefe de bandidos da Basilicata, deliberaram muito tempo para decidir se deveriam fazer uma emboscada ou se, atraindo com alguma astúcia a companhia para dentro da aldeia, deveriam cair em cima dos franceses e degolá-los quando eles menos esperassem.

"Atacar e chegar às vias de fato em plena luz do dia, com um destacamento de oitenta homens bem armados, com vinte e quatro cartuchos na cartucheira cada um, era coisa perigosa e merecia reflexão.

"Foi então decidido que os atrairiam para uma emboscada.

"Aquele chefe de bandidos se chamava Taccone e, por causa das horrendas crueldades que praticou contra os franceses, tanto em 1799 como em 1806 e 1807, recebeu o apelido de Il Boja[1]; foi, portanto, ao encontro dos franceses com mais três ou quatro habitantes da região e, chegando ao destacamento, Il Boja se apresentou como um capitão da Guarda Nacional que vinha com seus dois tenentes, da parte da aldeia, oferecer refrescos e hospitalidade aos soldados franceses.

---

1. O substantivo comum *boja* (mais classicamente grafado *boia*) significa "carrasco" em italiano.

"O capitão, embora alertado para não se fiar nas aparências amigáveis da gente da região, e os oficiais da companhia, com essa confiança habitual dos franceses, deixaram-se enganar pela falsa cordialidade e foram imprudentes a ponto de ordenar aos seus homens que ensarilhassem as armas defronte à prefeitura, onde estavam preparados os refrescos; os franceses entraram e se puseram a beber e a comer com a imprevidência da segurança. Passados dez minutos, um tiro de pistola deu o sinal, seguido de uma descarga generalizada.

"O capitão e os dois tenentes, juntos na mesma sala, caíram mortos os três; os soldados se precipitaram para fora da casa, mas os camponeses os aguardavam com suas próprias armas, de que tinham se apoderado, e os fuzilaram à queima-roupa.

"Apenas sete soldados conseguiram escapar, e eram os que, chegando ao acampamento no meio da noite, relataram a notícia fatal."

– Ah! – disse René. – Trata-se então de dar uma lição nesse sr. Taccone.

– Sim, meu caro amigo, mas antes precisa conhecer o homem com o qual está se metendo. Taccone não é, como poderia pensar pelo que acabo de lhe contar, um homem de armadilhas e emboscadas; ele lutou muitas vezes com os nossos mais valentes soldados e, graças a um bom posicionamento ao conhecimento da região, à vantagem da noite, conseguiu derrotá-los; quando não conseguiu, surpreendeu-os com algumas manobras novas e desconhecidas...

"Não raro, no meio da fuzilada e quando o terreno lhe oferecia cobertura suficiente, fazia sinal para os seus: todos debandavam e fugiam em diferentes direções. Os nossos queriam ir ao encalço desses montanheses ligeiros, mas nisso se repetia a velha história dos Horácios e dos Curiácios; os bandidos, de repente, davam meia-volta, cada qual atacava um adversário ofegante e cansado e, antes que se refizesse da surpresa, o soldado era abatido por uma bala ou uma facada.

"Se o bandido deparava com um soldado firme e pronto a se defender, tornava a fugir, e diacho, quem é que consegue alcançar um calabrês fugindo pela montanha?

"Taccone era o mais valente e o mais cruel de todo o bando, a essas duas qualidades é que devia a sua autoridade sobre os companheiros; entre esses bandidos, o título de capitão nunca é usurpado: quem comanda na montanha é porque é digno de comandar.

"Ele era, antes de mais nada, o mais rápido corredor do bando; parecia que o Aquiles de pés ligeiros de Homero tinha lhe legado suas clâmides douradas, ou que Mercúrio tinha lhe atado nos calcanhares as asas que usava para levar as mensagens de Júpiter; parecia saltar de um lugar para o outro: era o vento, o relâmpago.

"Certo dia, nossos soldados o atacaram energicamente numa mata dentro da qual ele parecia disposto a estabelecer uma longa resistência; porém, aproveitando a escuridão, sumiu repentinamente feito um espectro no meio das trevas, seus homens desapareceram como ele e, no dia seguinte, chegava sob as muralhas de Potenza por trilhas que todos, com exceção das camurças e das cabras selvagens, consideravam impraticáveis.

"Observe, meu caro conde, que Potenza não é uma aldeia nem um burgo, mas uma cidade de oito a nove mil habitantes. Ao ver aquele bando que parecia cair do céu, ouvindo a voz formidável de Taccone, os oito ou nove mil homens voltaram para casa e fecharam portas e janelas sem nem sequer pensar em resistir.

"Então, o rei Taccone, era assim que o chamavam antes de o chamarem de carrasco, enviou um arauto à cidade, ordenando que todas as autoridades civis, religiosas e militares, sob pena de morte para suas pessoas e incêndio para suas casas, viessem encontrá-lo imediatamente.

"Uma hora depois, assistiu-se a um estranho espetáculo: os magistrados, precedidos pelo clero e seguidos por toda a população, foram prestar homenagem a um chefe de bandidos e, de joelhos e mãos postas, pediram-lhe que os poupasse. Taccone os deixou por um momento na sua humilhação e, com a magnanimidade de um Alexandre reerguendo a família de Dario[2]:

"– De pé, miseráveis – disse ele –, vocês não são dignos da minha ira; pobres de vocês, se eu tivesse vindo em outro momento; mas hoje, que derrotei meus inimigos com a ajuda da Virgem, estou com o coração aberto para a misericórdia; hoje é dia de festa e de triunfo para todos os justos, e não quero me sujar com o seu sangue, embora as suas infames opiniões me dêem motivo para derramá-lo. Mas não se alegrem demais, não estão livres de todo sofrimento: por terem sido rebeldes ao seu rei, por terem renegado o seu Deus, vão pagar dentro de uma hora a taxa que o meu secretário vai lhes comunicar. Vamos, levantem-se e mandem mensageiros até a cidade, para que seja preparada uma festa digna da

---

2. Segundo Plutarco, *Alexandre*, XXI, 1-3, depois de vencido Dario, Alexandre garantiu às mulheres da família, desconsoladas, que de sua parte não teriam nada a temer.

minha vitória; vocês todos aqui presentes vão me acompanhar, cantando louvores até a catedral, onde o monsenhor vai cantar um *Te Deum* para agradecer ao Altíssimo o triunfo das nossas armas. E agora, levantem-se e sigam em frente.

"O povo entoou os hinos sagrados em coro com os bandidos segurando ramos de oliveira na mão, Taccone adiantou-se para o domo num cavalo todo coberto de sininhos, plumas e xairéis de seda, e cantando o *Te Deum*. Uma vez paga a taxa, o bando foi embora, levando uma presa mais preciosa do que ouro e prata.

"Ao entrar na cidade, o vencedor, que ia de cabeça erguida, mergulhava o olhar através de portas e janelas, como que buscando alguma coisa dentro das casas.

"As mulheres, ávidas de qualquer espetáculo, contemplavam aquele, o mais curioso de todos, porque era o mais inesperado.

"Uma moça ergueu timidamente a cortina da janela, mostrando um rosto radiante de juventude e beleza. O bandido então freou o cavalo e fitou nela o seu olhar; o bandido tinha encontrado o que buscava.

"A moça, como que compreendendo que estava perdida, deu um passo para trás e cobriu o rosto com as mãos.

"Taccone disse baixinho uma palavra a dois de seus homens, e estes entraram na casa.

"Ao sair da igreja, Taccone deparou com um ancião, o avô da moça, cujo pai era falecido. Vinha oferecer a moça a Taccone, pelo preço que fosse.

"– Está enganado, meu velho – disse Taccone –, não faço comércio com o meu coração; sua filha é bonita, gosto dela; é ela que eu quero, e não o seu dinheiro.

"O ancião tentou deter Taccone, mas este o rechaçou com um murro; ajoelhou-se perante o bandido, este calcou o pé no seu ombro, derrubou-o e montou no seu cavalo. A moça, aos prantos, foi posta atravessada na sela e, a passo, sem que ninguém viesse se opor àquele rapto, ele saiu da cidade levando consigo a jovem virgem que nunca conhecera outros beijos além dos de sua mãe.

"Nunca mais, depois daquele dia, a moça tornou a ser vista em Potenza.

"O ofício de bandido dava maravilhosamente certo para Taccone; ao sair de Potenza, ele se dirigiu para o castelo do barão Federici, inimigo declarado dos Bourbon.

"Embora apanhado de surpresa, o barão teve tempo de fechar as portas do castelo, depois de reunir alguns vassalos; raivosamente atacado, defendeu-se furiosamente.

"O combate durou desde a manhã até a noite, e um bom número de cadáveres inimigos ficou ao pé da muralha.

"Infelizmente, já desde a primeira noite se deram conta de que, se o combate se estendesse tão encarniçado durante o dia seguinte, as munições viriam a faltar por volta das três horas da tarde.

"Os bandidos saudaram o raiar do dia com uma tremenda fuzilada; depois de tomar uma cidade sem gastar um único estopim, era humilhante serem detidos por uma simples fortaleza, e percebiam que a resistência se estenderia obstinadamente, já que os camponeses eram sustentados pelo exemplo do seu senhor e pelo sentimento do próprio perigo, e, embora os sitiados só disparassem tiros precisos, as munições diminuíam rapidamente.

"Os camponeses, no entanto, insistiam para que fossem ouvidas as propostas dos bandidos: achavam que eles se contentariam com uma quantia de dinheiro e se retirariam sem pilhar o castelo, poupando a vida dos habitantes.

"– Capitulação, senhor barão! – gritavam para Federici. – Capitulando, podemos impor condições, ao passo que, se os bandidos nos tomarem de assalto, estaremos perdidos, com nossas mulheres e nossos filhos.

"– Mas, meus filhos – respondia o barão –, vocês acham que resta a esses bandidos honra suficiente para observar um acordo? Se não tivermos nenhum reforço de fora é que estaremos perdidos.

"Mas por mais que olhassem pelas janelas mais altas, o campo estava deserto e os reforços só chegavam para os sitiantes, e não para os sitiados; com efeito, os camponeses das vizinhanças, aliados naturais dos bandidos, acorriam na expectativa da pilhagem. Taccone, por fim, ordenou o assalto geral e então se avistaram escadas por todos os lados; os fuzis brilhavam e os machados refletiam os raios do sol. Os gritos de uma alegria diabólica pareciam se elevar até o céu.

"O barão Federici, vendo, de um lado, todos esses preparativos homicidas e, de outro, sua mulher toda trêmula, suas filhas pálidas como a morte, seu filho, um menino de seis anos, chorando por um terror instintivo, sentiu-se tomado por uma fúria cega e desesperada, principalmente quando as mulheres tentavam ver nos seus olhos se lhe restava alguma esperança; por fim, compreendendo que estavam todos inclinados a capitular, o barão, embora não se fiasse na palavra do bandido, rendeu-se ao desejo geral e enviou um emissário parlamentar com Taccone.

"Deixaram o mensageiro aguardando um bocado de tempo antes de levá-lo à presença do ilustre general, o qual se trancara com a mulher que tinha raptado em Potenza. Finalmente, recebido por Taccone, falou em capitulação e acordo; mas o bandido caiu na gargalhada.

"– Volte para o seu barão – disse ele ao emissário –, o castelo dele é meu, é desnecessário fazer um acordo, as pessoas que moram nele terão a vida poupada.

"O homem foi embora. Os bandidos de Taccone se queixaram que o chefe estava concedendo ao barão um acordo demasiado amplo; mas este, sorrindo novamente e dando de ombros:

"– Quem garante – retrucou – que se a gente ficasse mais tempo na frente desse maldito castelo não acabaria chegando um reforço? E se eu não prometesse poupar a vida deles, acham que se entregariam? Depois de entrar, veremos quem deve viver e quem deve morrer.

"Pelo fim da tarde, o castelo abriu suas portas; o barão Federici, depois de entregar as chaves a Taccone, preparava-se para sair com a família.

"– Para onde vai, renegado? – disse Taccone, barrando-lhe o caminho. E, virando-se para os seus homens: – Prendam-no – disse – enquanto vou dar uma olhada no castelo.

"Pode imaginar, meu caro conde – disse Reynier –, o que aconteceu quando essa horda de assassinos se espalhou pelos apartamentos: todos os armários foram arrombados, todos os baús foram quebrados e, com os destroços, foi preparada no pátio uma imensa fogueira em que foram jogados quadros, móveis e todos os objetos que não tinham serventia para os bandidos; e tudo isso diante dos olhos do barão amordaçado, que esperava, com os olhos, a sentença do vencedor.

"Concluída a pilhagem, ouviram brados ameaçadores e viram chegar os bandidos, bêbados, cambaleantes, dançando, segurando tochas na mão; ao mesmo tempo, um clarão de intensidade crescente indicava que o castelo estava tomado pelas chamas.

"Chegando ao pátio, onde alguns bandidos vigiavam o barão, Taccone foi até ele e, colocando debochadamente um chapéu velho na sua cabeça, pediu perdão por tê-lo deixado tanto tempo nas trevas e ordenou que acendessem a luz.

"A essa ordem, acenderam imediatamente a fogueira e as chamas, logo tomando conta do monte de lenha seca, começaram a se elevar aos céus feito a língua ondulante de uma cobra.

"– Oh, Deus vivo! – exclamou Taccone. – Seria um pecado uma luz tão bonita brilhar à toa; vamos, amigos, uma ciranda com essas senhoras; o senhor

Federici não vai achar ruim se sua mulher e suas filhas nos fizerem as honras do castelo.

"E dando ele próprio o sinal, pegou a mão de uma das filhas do barão, seus companheiros pegaram as outras, a baronesa e sua camareira foram puxadas e, afinal, todas as mulheres do castelo foram forçadas a tomar parte do bando e dançar em volta do fogo.

"Vendo isso, o barão fez um esforço, desprendeu-se das mãos que o seguravam, jogou-se no meio da fogueira, que desabou sob os seus pés, e sumiu.

"– Ah – disse então Taccone ao seu par –, que mau pai a senhorita tem! Não quer assistir às bodas das filhas; mas, ora essa, não temos o que fazer com o pequeno, vamos mandá-lo ao encontro do pai.

"E, pegando o menino de seis anos por uma perna, jogou-o na fogueira.

"As mulheres foram violentadas e, por sua vez, jogadas nas chamas.

"De toda essa infeliz família, só sobreviveu o menino, por milagre: jogado para o outro lado da fogueira, caiu junto de um respiradouro do porão, e não sofreu mais que uma simples luxação no pé.

"Essas proezas foram encorajando Taccone mais e mais. Certo dia, ele levou o atrevimento ao ponto de mandar um desafio a um chefe de batalhão que, num dia determinado, teria de partir de Cosenza com seus homens e encontrar-se com ele num lugar chamado Lago, na estrada de Cosenza a Rogliano.

"O oficial apenas riu desse desafio e, por orgulho militar, não lhe deu crédito.

"Entretanto, o batalhão recebeu ordens para partir; chegados a um desfiladeiro estreito, os soldados de repente viram rolar, precipitando-se do alto da montanha, num estardalhaço de trovão, enormes blocos de granito.

"Com a queda desses blocos, o chão tremia como num terremoto; ao mesmo tempo, os flancos da montanha pareciam se inflamar e, lançada por mãos invisíveis, uma chuva de balas caiu em cima deles.

"Em menos de uma hora, do batalhão que queimara em vão seus cartuchos, restavam apenas vinte e três homens, comandados por dois oficiais chamados Filangieri e Guarasci, únicos sobreviventes do massacre.

"Taccone mandou trazê-los à sua presença.

"– Soldados – disse ele –, seu destino é triste, na verdade, e eu os soltaria de bom grado se não tivesse feito a santo Antônio uma promessa de não poupar nenhum de vocês; no entanto, e considerando que não estão em guerra por vontade própria, mas sim pela lei inexorável da conscrição, sinto-me cheio de misericórdia por vocês; para conquistar essa misericórdia, porém, terão de dar um sinal de arrependimento. Ora, esse sinal de arrependimento consiste em vocês próprios abaterem seus dois oficiais: se o fizerem, juro pela Virgem imaculada que salvo a vida de vocês; mas se recusarem, morrerão todos, soldados e oficiais.

"A essa proposta, os soldados se mantiveram imóveis: nenhum deles queria sujar as mãos com o sangue do seu chefe; mas vendo que a morte era inevitável e que, se seus soldados os matassem, teriam uma chance de se salvar, os dois oficiais tanto insistiram, ordenando e suplicando, que depois de muitas delongas os soldados concordaram em fuzilá-los.

"Mas os dois mártires ainda se debatiam nas derradeiras convulsões da agonia quando, a um sinal de Taccone, os bandidos se jogaram em cima dos prisioneiros, despiram-nos para não manchar seus uniformes de sangue e os apunhalaram diante dos olhos de Taccone[3].

"A partir daí – prosseguiu Reynier – é que Taccone passou a ser chamado de carrasco; é esse homem que temos de apanhar."

---

3. O massacre dos dois oficiais e de seus soldados é, às vezes, atribuído a Parafante.

CXVI
A GAIOLA DE FERRO

René puxou para si o mapa topográfico aberto na frente do general.

– Deixe que eu mesmo estude as estradas – disse ele. – Não quero pegar nenhum guia: eles me trairiam.

O general apontou para a aldeia *degli Parenti*, perdida no meio de uma espécie de mancha negra que representava uma floresta; nessa mancha negra, porém, distinguiam-se uma estrada bastante bem traçada e uma trilha quase imperceptível.

– Repare – disse o general – que a aldeia tem quase mil homens: é impossível, portanto, atacá-la com apenas cinqüenta homens; vou lhe dar cem homens e um capitão; eles irão pela estrada mais larga e mais fácil, vão atacar a aldeia de frente, enquanto vocês vão passar pela trilha, chegar à colina que domina a aldeia e, quando virem aparecer a cabeça da coluna, darão o sinal de ataque com um tiro.

– Tenho liberdade para mudar alguma coisa nessas disposições? – perguntou René.

– Tudo o que quiser: estou traçando um plano genérico, e não um plano absoluto.

Na mesma tarde, enquanto o general Reynier partia para dar o golpe de misericórdia em Crotona, René, com seus cento e cinqüenta homens, saía na direção da aldeia *degli Parenti*.

Chegando ao entroncamento da trilha com a estrada, a cinco léguas da aldeia, René perguntou ao capitão se este aceitaria lhe ceder seus quatro tambores, dos quais não parecia estar muito precisado.

O capitão consentiu.

As duas tropas se separaram, René recomendando ao capitão que não andasse depressa demais, já que ele, com seus cinqüenta homens, tinha mais chão a percorrer e por um caminho mais difícil.

Às quatro horas da manhã, ou seja, quando o céu estava branqueando no Oriente, René chegou ao ponto mais elevado da colina que dominava a aldeia.

Ele então despachou um de seus homens, o qual, descendo através da aldeia, correu ao encontro do capitão.

Tinha ordem para, quando chegasse com o destacamento a apenas trezentos ou quatrocentos passos da aldeia, dar um tiro de fuzil para o alto.

O mensageiro afastou-se pelo caminho que ia na direção da pequena tropa e margeava um precipício aterrador.

Um tiro fez-se ouvir, era o sinal.

René ordenou imediatamente aos quatro tambores que tocassem o sinal do ataque, e aos seus homens que gritassem: "À morte! À morte!".

Então, todos juntos, desabaram feito uma avalanche sobre a aldeia, cujas portas iam arrombando a coronhadas à medida que desciam.

As primeiras portas se abriram sozinhas, e um dos primeiros habitantes que tentou fugir, carregando uma mulher nos braços, foi Taccone.

Ao ver a corrida ligeira e a prodigiosa força do bandido, René não teve a menor dúvida de que era ele; temia, mirando-o nas costas, que a bala atravessasse seu corpo e atingisse o peito da mulher: baixou, portanto, o cano da carabina e soltou o disparo.

Taccone rolou pelo caminho, largou a mulher, que, com o impulso que ele lhe dera, escorregou na direção do abismo.

Um grito terrível, ao atravessar o ar, indicou que a pobre criatura caíra no fundo.

Taccone se levantou, resolvido a vender caro a sua vida; era, em sua extensa carreira de bandido, a primeira vez que fora ferido; arrastou-se para junto de uma árvore, na qual se encostou e, de carabina na mão, esperou.

Sua reputação de força e coragem era tal que ninguém se atrevia a enfrentá-lo corpo-a-corpo.

René o teria facilmente liquidado com um tiro de fuzil; mas não queria matá-lo, apenas prendê-lo.

– Vivo! Vivo! – gritou, correndo em sua direção, arriscando-se a receber a bala que carregava a carabina do bandido.

Mais rápido que ele, porém, o homem que enviara como mensageiro deu a volta e, através do mato espesso e protegido pela árvore, enfiou-lhe a ponta da baioneta no peito.

Taccone deu um grito e caiu, deixando escorregar sua carabina, como se estivesse morto; mas quando o vencedor se aproximou e se inclinou para lhe cortar a cabeça, que valia mil ducados, Taccone se ergueu feito uma cobra no salto, apertou-o entre os braços e, com um punhal que trazia escondido na mão, acertou-o entre os ombros, e os dois homens expiraram juntos num abraço de ódio que mais parecia um abraço fraterno.

René deixou que seus homens cortassem a cabeça de Taccone e pilhassem a aldeia *degli Parenti*, para depois atear-lhe fogo.

Expedições daquele tipo não lhe diziam respeito; ele desemboscava e matava o javali.

Outros que cuidassem do despojo.

Retornou no dia seguinte a Catanzaro. Reynier, depois de tomar Crotona, retornou por sua vez e avistou a cabeça de Taccone encerrada numa gaiola de ferro no alto da porta de Catanzaro.

Assim que chegou, mandou chamar René.

– Meu caro conde – disse-lhe –, tive notícias suas ao entrar na cidade. Havia, no alto da porta, uma cabeça que falava pelo senhor; eu, por meu lado, recebi cartas do rei provando que ele não nos abandonou; vai nos mandar dois ou três mil homens, mais o marechal Masséna; além disso, o almirante Allemand e o contra-almirante Cosmao, ao que parece, já saíram de Toulon; virão à Calábria e estabelecerão uma guarnição em Corfu.

O general Reynier se equivocava em suas expectativas.

Ao mesmo tempo que Allemand e Cosmao partiam de Toulon, mais uma frota inglesa partia de Messina com o intuito de tomar Ischia, Capri já tendo sido tomada. O rei José conservava Masséna junto de si e contentava-se em enviar ao seu general-comandante na Calábria uma brigada de sua guarda com dois regimentos recentemente formados, La Tour d'Auvergne e Hamburgo, sob o comando do general Saligny; o que, graças à estrada que acabava de ser aberta, de Lagonegro ao campo de La Corona, permitia a comunicação entre Nápoles e as tropas do general Reynier.

Graças a essa estrada, foi possível mandar buscar artilharia e munições.

Tratava-se agora de tomar Scilla e Reggio, onde os ingleses haviam estabelecido guarnições metade inglesas, metade insurretas.

Napoleão vinha pressionando pela retomada das duas cidades, e também não era possível uma expedição à Sicília enquanto essas duas cidades permanecessem nas mãos dos ingleses.

Avançaram, portanto, rumo a Scilla.

René pedira para ser cabeça de coluna com seus atiradores; o que lhe concederam, mesmo porque aqueles cinqüenta homens haviam chegado ao ponto de não gastar mais que uma bala e nunca errar o tiro.

Estabeleceram-se nas altitudes de Scilla, que logo foi tomada; não houve mais que uns poucos embates entre os fuzileiros e alguns bandos que andavam nas redondezas.

Um desses embates acarretou um incidente que não deixou de ter importância na vida de René; haviam feito uma dúzia de prisioneiros e, em se tratando de bandidos incontestes, sua sorte foi imediatamente decidida e o pelotão que os prendera estava carregando as armas para fuzilá-los.

René estava passando com sua companhia de fuzileiros quando ouviu que o chamavam pelo nome de conde Léo.

A voz vinha do grupo dos bandidos.

Ele foi até lá e, como buscasse no meio deles o homem que o havia chamado, um dos bandidos deu um passo à frente e disse:

— Desculpe, senhor conde, mas queria lhe dar adeus antes de morrer.

René, a quem aquela voz e aquele rosto não eram estranhos, olhou atentamente para ele e reconheceu o mesmo bandido dos pântanos pontinos que encontrara com um tapa-olho, vestido de moleiro e que lhe servira de guia até chegar à vista do exército francês no dia da batalha de Santa Eufêmia.

— Santo Deus! — disse, olhando à sua volta e reparando na situação em que se encontrava o bandido. — Acho que não foi uma má idéia, essa de me chamar.

Dirigindo-se então ao tenente que comandava o pelotão, puxou-o à parte:

— Colega — disse-lhe —, poderia me conceder o favor de dispor deste homem que acaba de falar comigo? Ou eu deveria pedir essa autorização ao general Reynier?

— Ora, conde, não é necessário — disse o tenente. — Um a mais, um a menos, não vai fazer grande diferença, boa ou ruim, para o rei José; aliás, se está me pedindo este homem, só pode ser por um bom motivo; fique com ele como prova da admiração que todos temos por seu patriotismo e sua coragem.

René apertou a mão do tenente.

– Posso dar um presente qualquer aos seus homens? – perguntou.

– Não – respondeu este último. – Haveria uma só voz para lhe entregar esse safado, mas não haveria uma só para vendê-lo.

– Ora vamos, meus amigos – disse René –, vocês são gente boa.

– Desamarrem este homem – disse o oficial aos seus soldados.

O bandido se deixou desamarrar, todo surpreso.

– Vamos – disse-lhe René –, venha comigo.

– Aonde quiser, meu oficial, aqui estou.

E o bandido, muito satisfeito, foi atrás de René.

René e seu prisioneiro se afastaram do local em que este fora libertado.

– Agora – disse ele –, de um lado tem a montanha, do outro, a floresta, escolha o lado que quiser, está livre.

O bandido refletiu alguns instantes e, sacudindo a cabeça e batendo o pé:

– Acho que não – disse ele. – Prefiro, de longe, ser seu prisioneiro. Com essa, já são umas vinte vezes que vejo a morte, quer na ponta de uma pistola, quer na ponta de uma corda, quer na ponta de uma dúzia de fuzis, e achei a comadre tão feia que prefiro não ter mais nada com ela. Deixe eu ficar ao seu lado, posso ser seu guia, sabe que conheço esses caminhos; está precisando de um criado, pois bem, posso ser seu criado, tomar conta das suas armas e do seu cavalo. Mas de floresta e de montanha, já estou é farto!

– Muito bem, que seja! – disse René. – Fique comigo, e caso se comporte direito, como espero, vai receber recompensas em vez de castigos.

– Vou dar o melhor de mim – respondeu o bandido – e, se eu não retribuir pelo que lhe devo, não vai ser por culpa minha.

Chegaram ao lugar escolhido para uma parada: o topo de uma colina que dominava um imenso panorama; avistava-se Scilla, as costas da Sicília, a ponta de Reggio, as ilhas Lipari e, qual uma névoa no horizonte, a ilha de Capri.

A partir dali, o caminho se tornava inviável para a artilharia por causa das torrentes que desciam do Aspromonte e a todo momento cortavam o caminho.

O general Reynier convocara uma reunião para decidir como sair daquela situação; cada qual dava uma opinião, nenhuma era aceitável: era um tanto urgente tomar uma decisão já que estavam sob o fogo de várias chalupas canhoneiras sicilianas que costeavam o litoral, algumas tendo até atracado muito perto da terra, defronte a Pampinello.

Estavam atirando com tanta energia e precisão que o general Reynier se viu obrigado a pôr suas peças de doze em posição de tiro.

Depois de meia hora, o fogo dessas peças, direcionado com perfeição, calou o fogo dos navios inimigos, varreu os conveses e, como não efetuassem nenhuma manobra para se afastar da praia, gritaram-lhes que se rendessem.

Mas, para grande espanto de todos, ninguém apareceu para responder àquela intimação, que três vezes foi repetida.

Estava sendo dada ordem de afundar as chalupas quando René se aproximou do general e falou-lhe umas palavras ao ouvido.

– De fato – disse o general –, é possível; verifique.

No mesmo instante, René, que conversara com o bandido, tirou o uniforme e a camisa e entrou no mar para intimar o comandante das chalupas a se render.

O comandante das chalupas não respondera porque as intimações do general Reynier eram em francês e, sendo inglês, ele não havia entendido.

René compreendera a causa desse mutismo; aproximou-se a meio alcance de fuzil das chalupas e, em inglês, intimou-as a se render.

Elas em seguida baixaram o pavilhão. Levavam, cada uma, vinte homens e um canhão de calibre vinte e quatro.

O general Reynier foi ao encontro do rapaz, que retornava todo molhado.

– É um bom conselheiro, René – disse. – Vá trocar de roupa e volte para pensar conosco numa maneira de levar nossa artilharia ao alcance de Reggio.

– General – disse René –, eu estava justamente pensando nisso, e se me conceder uma licença de umas doze, quinze horas, espero voltar com boas notícias.

– Faça – respondeu Reynier –, a experiência já me mostrou que mais vale deixá-lo agir do que consultá-lo.

Dez minutos mais tarde, dois camponeses que pareciam estar vindo de Pizzo embrenharam-se na montanha, passando a cinqüenta passos do general.

O general, confundindo-os com espiões, deu ordem para que fossem atrás deles; mas um dos camponeses ergueu o chapéu e o general reconheceu René.

CXVII
EM QUE RENÉ ENCONTRA, QUANDO MENOS ESPERAVA, A PISTA DO BIZZARRO

Era mesmo René, que, conduzido por seu novo criado, se dirigia para o cume da montanha a fim de conferir se não seria mais fácil tapar as fendas criadas pelas torrentes lá onde brotavam estas do que no pé da montanha.

E, de fato, chegando ao pé do Aspromonte, René constatou que nada era mais fácil que descer na direção de Reggio, e que em oito dias de trabalho uma bateria de cerco poderia ser levada até um quarto de alcance de canhão da cidade.

René e seu guia verificaram, chegando a uma légua de Reggio, que a estrada ia se tornando cada vez mais praticável: só restava, portanto, levar a boa notícia ao general.

Nesse meio tempo, porém, anoitecera e teria sido impossível para René encontrar o caminho, mas com um guia tão experiente como era o seu não havia incidente a temer.

De modo que, sem se preocuparem com a noite que caía, se sentaram ambos ao pé de uma árvore, só tomando a precaução de se ocultarem atrás da cortina verde oferecida pela floresta, e se puseram a jantar tranqüilamente.

No meio do jantar, René sentiu de repente a mão do companheiro em seu ombro, enquanto este, com um dedo nos lábios, pedia-lhe silêncio.

René calou-se e escutou.

Ouviam-se sons de passos pesados, como de homens sendo arrastados, enquanto sons roucos e inarticulados pareciam protestar contra alguma violência.

Viram então dois homens amarrados e amordaçados sendo arrastados para uma árvore firme o suficiente para servir de forca.

Daí a oposição que manifestavam para seguir seus assassinos, pois não havia a menor dúvida de que a intenção dos homens que os cercavam era enforcá-los, e os gritos inarticulados que soltavam eram prova disso.

René segurou o braço de seu companheiro.

– Não se preocupe – disse este –, conheço essa gente.

Como dissemos, eram dois homens garroteados sendo arrastados por cinco outros; a resistência não demorou muito; os coitados não tinham como se defender. Passaram-lhes pelo pescoço uma corda provida de nó corrediço. Um homem, que parecia um muleteiro, subiu na árvore, prendeu as duas cordas em dois galhos e com a ajuda dos colegas, que erguiam as vítimas por baixo enquanto ele puxava por cima, em menos de dez minutos os dois condenados foram enforcados.

Nenhum sopro saíra da boca de René, que sentia, à vista daquelas mortes imundas, a mais intensa repulsa.

Quando os espectadores e os atores da execução se asseguraram de que os enforcados tinham deixado de viver, separaram-se: quatro seguiram caminho para Reggio, o quinto distanciou-se sozinho e preparava-se para retomar o caminho por onde viera quando o novo criado de René correu para fora da floresta e chamou:

– Orlando?

O homem que ele chamava não participara dos enforcamentos, mas assistira com o maior interesse, e só estava deixando o local da execução depois de seguro de que seus inimigos estavam mortos.

Levou a mão ao punhal e virou-se na direção de onde vinha a voz:

– Ah! – disse. – É você, Tomeo! Que diacho está fazendo aqui?

– Estou só olhando você fazer; não estou fazendo nada.

– Você não voltou a ser um homem de bem, espero? – perguntou Orlando, rindo.

– Pois aí é que você se engana; pelo menos, estou fazendo o possível para voltar a ser; mas quem eram aqueles pobres coitados cuja garganta vocês acabam de apertar tão cruelmente?

– Dois miseráveis que ignoraram a minha assinatura; eu tinha dado um salvo-conduto para aqueles bons muleteiros, que prosseguiram, como vê, o seu caminho para Reggio. Apesar da promessa que eu e o Bizzarro fizemos de respeitar as nossas assinaturas, os homens do bando dele atacaram, roubaram e despojaram os muleteiros; eles voltaram pedindo justiça para os ladrões. "Me levem até o Bizzarro", disse eu. Eles me levaram até ele. "Compadre", disse eu, "os seus homens ignoraram a minha assinatura, preciso de um exemplo, e um exemplo terrível." O Bizzarro pediu para eu contar a minha história enquanto ele acabava de se embebedar. "Faça justiça aos culpados, mas seja rápido, compadre; sabe que não gosto de ser incomodado quando estou jantando." Chamei os meus muleteiros, que estavam na porta; eles reconheceram os ladrões, e o Bizzarro os entregou para mim, e veja o que fiz com eles.

Enquanto isso, René havia chegado à orla da floresta e escutara o que Orlando acabava de contar.

– Venha tomar um trago com a gente, companheiro – gritou René.

Orlando se virou, estremecendo, e viu um homem que segurava uma garrafa pelo gargalo.

Consultou com o olhar seu colega, que fez um sinal indicando que podia perfeitamente confiar naquele novo ator que entrava em cena.

René lhe ofereceu a garrafa, depois de beber os primeiros goles para que ele não alimentasse nenhuma dúvida sobre o licor que ela continha, e perguntou alguns detalhes acerca do seu amigo Bizzarro.

Orlando, que havia achado o vinho bom, e não via nenhum motivo para ocultar o que sabia sobre o Bizzarro, deu a René todas as informações que ele queria. Mas como a hora já ia adiantada e René já sabia de tudo o que desejava saber, foi o primeiro a lembrar ao seu companheiro que precisavam voltar.

Terminaram a garrafa, despediram-se com um aperto de mão e foram embora deixando a árvore, carregada com os frutos malditos que, num instante, acabavam de brotar em seus ramos.

Duas horas depois, René estava de volta ao acampamento.

No dia seguinte, ao raiar do dia, o conde Léo se apresentou ao general Reynier.

O general já estava acordado e, bem preocupado, meditava na cama olhando para um mapa da Calábria.

– General – disse René, rindo –, não quebre a cabeça com esses mapas geográficos, encontrei um caminho por onde os seus canhões vão rolar tão facilmente como numa mesa de bilhar. Daqui a quinze dias vamos começar a canhonear Reggio e, em dezoito dias, ela estará tomada.

O general pulou da cama.

– Não duvido da sua palavra, caro conde – disse –, mas essas coisas merecem ser vistas com os próprios olhos.

– Não há nada mais fácil, general. Vista-se; vou comandar os meus cinqüenta homens e, se o local para onde vou levá-lo lhe agradar, poderemos chamar o restante do exército, só deixando em torno de Scilla o necessário para a ofensiva.

– E se fôssemos apenas nós três? – perguntou Reynier.

– Ah! Meu general – disse o rapaz –, não posso assumir essa responsabilidade. Com meus cinqüenta homens, respondo pelo senhor; como terceiro homem, só posso garantir que me deixo matar antes do senhor e, como isso não lhe seria de grande serventia, é melhor, parece-me, voltar à minha idéia inicial.

Quinze minutos depois, quando o general Reynier saiu, topou com os cinqüenta homens do conde Léo em pé, com os fuzis ensarilhados.

Ele deu uma olhadela àquele aparato todo.

– Meu caro – disse a René –, há de compreender que, com um séquito desses, não há como disfarçar nossa expedição. Entre, então, para almoçar comigo, enquanto mando distribuir umas garrafas de vinho entre os seus homens.

Meia hora foi suficiente para deixar todo mundo em condições de partir.

Tomeo escolheu um caminho diferente do dia anterior, que era praticável para os cavalos.

Por volta das nove da manhã, chegaram ao topo do Aspromonte e verificaram que, fazendo recuar os canhões até Maida, ali encontrariam um caminho que os levaria ao topo da montanha, e que, no topo da montanha, chegariam facilmente, de topo em topo, até o topo do Aspromonte.

Bastou um olhar, a um homem tão experiente como o general Reynier, para perceber que não havia, com a artilharia de cerco, outro meio de chegar a Reggio que não esse recém-criado pelo seu jovem tenente.

Conseqüentemente, foram dadas ordens a uma parte do acampamento para que viesse bivacar à altura em que eles estavam, ao passo que a outra parte ficaria no litoral a fim de se opor aos ataques ingleses.

Mas, assim que viu os engenheiros com as mãos à obra e a artilharia ao trabalho, René pediu ao general Reynier autorização para se ausentar por quinze dias.

– Se for segredo – disse o general Reynier –, não quero forçá-lo a me contar; mas se for algo que se possa confiar a um amigo, peço que me diga o que pretende fazer.

– Meu Deus – disse René –, é algo muito simples. Imagine que, quando jantava em casa de Sua Excelência Saliceti, o ministro da Guerra, a conversa veio parar num chefe de bandidos chamado Bizzarro. Contaram coisas horríveis a respeito desse monstro, e a senhora duquesa de Lavello, filha do ministro da Guerra, fez-me prometer que lhe mandaria a cabeça dele. Fiquei constantemente preocupado com essa idéia, mas só ontem vim a ter notícias positivas do nosso homem. Como parece ser um canalha muito esperto, peço-lhe quinze dias, e nem garanto que em quinze dias consiga vir entregá-lo de pés e mãos atados.

– O que posso fazer pelo senhor enquanto isso? – perguntou Reynier.

– Pois então, general, poderia ter a gentileza de mandar confeccionar uma caixa bem elegante, de oliveira ou raiz de carvalho, com as iniciais da duquesa de Lavello, para que possamos lhe mandar a cabeça de dom Bizzarro num caixão que seja digno dela.

CXVIII
A CAÇA AOS BANDIDOS

Depois que René assumira, com a duquesa de Lavello, o compromisso de lhe enviar a cabeça do Bizzarro, este havia sido repelido dos arredores de Cosenza para os confins da Calábria.

Lá, existe uma floresta chamada Sila, cujos caminhos são conhecidos somente dos bandidos e das pessoas do lugar. O Bizzarro nela se refugiou, e não tardou a dar novas demonstrações de sua ferocidade, que tanto se exercitara sobre os burgueses e a gente de classe inferior, que acabara colocando contra ele inclusive essas pessoas que costumam auxiliar os bandidos.

Mas não se tratava somente de se fazer odiar pela população, como também de tornar o seu bando tão odiado que a nenhum deles pudesse ocorrer denunciar o chefe em troca de indulto, já que cada qual teria cometido crimes suficientes para ser indigno de qualquer indulto.

E, com efeito, um jovem pastor culpado de ter conduzido, à força, soldados ao encalço do Bizzarro, foi apanhado e morto por esses homens, que tiveram de lhe dar uma facada cada um.

Na quadragésima nona facada, ele ainda vivia; a qüinquagésima, desfechada pelo Bizzarro, liquidou-o.

Em seguida, o açougueiro humano mandou cortá-lo em tantos pedaços quantos homens havia em seu bando; depositou toda aquela carne ainda palpitante num caldeirão, fez uma sopa da qual cada um tomou umas colheradas e comeu um pedaço.

Ele tinha dois enormes molossos, deixou-os em jejum durante três dias e, então, entregou-lhes, nus e sem armas, dois oficiais da guarda nacional de Monteleone. Por um instante, ele experimentou o espetáculo dessas lutas da Antigüidade em que os cristãos enfrentavam as feras.

Os prisioneiros, de início, tentaram fugir, mas ao ver que não havia a menor chance de escapar aos seus esfaimados inimigos, tomaram a iniciativa de se jogar em cima deles e tentaram desmembrá-los retribuindo mordida por mordida; mas os dentes terríveis dos molossos se enfiavam nas carnes dos desgraçados, enquanto seus próprios dentes mal arranhavam o pêlo rude dos quadrúpedes.

Resultou que o Bizzarro foi exilado da região, e todo mundo jurou contribuir tanto quanto possível para a sua derrota.

Tomeo não o conhecia, nunca estivera sob as suas ordens. Era um desses homens que adotam o banditismo como a um ofício, que exercem esse ofício honradamente, roubam, matam se necessário, mas não cometem crimes inúteis.

Chamado por René e consultado por ele, não viu, portanto, nenhuma dificuldade em se colocar à sua disposição para se apoderar do Bizzarro caso surgisse a oportunidade.

Tratava-se, primeiramente, de saber onde estava o Bizzarro àquela altura; isso era um assunto para Tomeo, que pediu três dias para trazer uma resposta positiva.

O que deixava Tomeo mais esperançoso de trazer uma boa notícia é que durante algum tempo havia atuado, na Sila, ao lado de um famoso bandido chamado Parafante.

No entardecer do dia seguinte, Tomeo estava de volta.

Conhecia o refúgio do bandido.

Uma velha, chorando embaixo de uma árvore, chamara a sua atenção; ele se acercara, interrogara-a e descobrira que era a mãe do jovem pastor morto pelo bandido daquela maneira tão cruel.

A velha, ao saber com que intuito Tomeo a interrogava, prometeu dedicar corpo e alma à vingança de seu filho, marcou um encontro com Tomeo para dois dias depois, comprometendo-se a lhe dar então informações das mais precisas a respeito do bandido.

Tomeo voltou, comunicou a notícia a René, que tomou a frente de seus cinqüenta homens, e seguiu-o com sua confiança habitual.

A velha apareceu conforme combinado.

Tomeo e René, sozinhos, aproximaram-se dela.

Ela indicou a Tomeo, com muita precisão, o lugar onde o Bizzarro passaria a noite seguinte e, como Tomeo considerasse a informação suficiente, ambos se retiraram.

René e seus cinqüenta homens assumiram posição e, chegada a noite, acenderam tochas e vasculharam a mata.

Mas foi em vão; só desentocaram pássaros assustados e animais selvagens.

No entanto, posto que encontraram o local do bivaque, posto que ainda havia brasas acesas nas fogueiras apagadas, Tomeo e René ficaram convencidos de que as informações estavam corretas, mas que os cinqüenta homens de René haviam sido avistados, e que uma tropa tão numerosa havia dado o alerta.

Era uma tentativa a ser repetida.

Como, de fato, foi.

Dessa vez, o Bizzarro e seus homens estavam no local indicado, mas sentinelas postadas ao redor de todo o bivaque deram o alerta: foram trocados vários tiros de fuzil, mas sem outro resultado que um bandido encontrado morto.

Entretanto, a notícia da caça que estava sendo feita ao Bizzarro se espalhava pelas redondezas.

Il Bizzarro havia sido, por um tempo, rei de todas aquelas bandas.

Quando Reynier foi derrotado no golfo de Santa Eufêmia, sendo obrigado a se retirar para a Basilicata, o movimento deixara a baixa Calábria entregue aos bandidos.

Então, o Bizzarro fez, em Palmi, uma entrada triunfal da qual até hoje ainda se fala e que foi o apogeu da sua glória.

Marchando à frente de uma centena de homens a cavalo e seguido por um bando numeroso de bandidos a pé, foi recebido pelas autoridades e pelo clero sob um magnífico baldaquim e conduzido até a igreja em meio a uma imensa afluência da população, vinda de todas as regiões vizinhas; foi cantado um *Te Deum* em honra da legitimidade do seu representante. A festa se encerrou com o grito de: "Viva o rei! Viva Maria Carolina! Viva o Bizzarro!", tríplice aclamação que suscitou um sorriso em alguns espíritos malpensantes.

[Aqui se encerra o folhetim – publicação de 30 de outubro de 1869.

Claude Schopp, que estabeleceu o texto da presente obra, propõe, para esse episódio, a seguinte conclusão:]

Sua rocha Tarpeiana estava próxima do seu Capitólio. Aquele que havia sido rei já não passava de um fugitivo acuado.

Hoje, à crueldade do bandido respondia o ódio da população, exasperada por seus excessos; os guardas civis haviam jurado só depor as armas depois que estivesse morto o Bizzarro.

René e Tomeo não precisavam mais pedir informações, elas eram espontaneamente trazidas. Assim, puderam seguir, durante cinco ou seis dias, o rastro do bandido que, no entanto, continuava sempre escapando no último momento; manhã após manhã, descobriam sobras de um acampamento, cinzas mornas, e às vezes o cadáver mutilado de um bandido: era Il Bizzarro, que, suspeitando da traição de algum de seus companheiros, o abatera antes de abandonar seu corpo aos cães.

À medida que avançavam, porém, constatavam que os remanescentes dos bivaques iam ficando cada vez mais escassos. Feito um índio da savana, Tomeo se debruçava sobre esses remanescentes, observava minuciosamente as pegadas, os restos de alimentos: concluiu, numa última parada, que o bandido só mantinha de seu grupo três companheiros, entre os quais um adolescente e uma mulher. Provavelmente, como fizera Taccone antes dele, optara por dispersar o bando.

Conseqüentemente, René resolveu acampar sua tropa, cujo número inviabilizava qualquer surpresa na aldeia de Maida, e continuar sua caçada acompanhado somente por Tomeo.

Alguns camponeses haviam reconhecido Il Bizzarro na estrada de Maida para Vena; seu escasso bando provavelmente se refugiara numa das incontáveis grutas que furavam os flancos da montanha. René e Tomeo, chegando a um planalto que precedia o cume, decidiram passar a noite abrigados pelos rochedos aclarados, como num quadro de Salvador Rosa, por uma lua brilhante; retomariam as buscas pela manhã. Depois de uma ou duas horas de sono, René sentiu que o sacudiam de mansinho; abrindo os olhos, viu Tomeo, junto dele, com a mão em concha junto ao ouvido e fazendo eloqüentes sinais para que escutasse.

De fato, René logo identificou uns gemidos, ao longe, a que respondiam uns surdos resmungos.

– Uma coruja, ou algum outro pássaro noturno! – sussurrou René.

– Não, uma criança!

René lembrou-se que a mãe do jovem pastor martirizado havia lhes contado que a jovem companheira do Bizzarro dera à luz recentemente.

Ele então se levantou sem fazer barulho e arrastou Tomeo por um labirinto de rochas. Quando o gemido que os guiava silenciava, tinham de avançar por adivinhação. Não raro, quando julgavam estar próximos do refúgio do bandido, o lamento, recomeçando, mostrava que estavam distantes. Tinham de dar meia volta.

De súbito, o lamento cessou definitivamente. Os dois homens, de manhã, por mais que esquadrinhassem os mínimos recantos do terreno, não descobriram nada que pudesse orientá-los.

Estavam convencidos, no entanto, que o bandido estava escondido ali, naquele deserto de pedra; passaram seis noites em meio àquela solidão, todo dia recomeçando a mesma busca, que se revelava infrutífera.

Na sétima noite, depois que René, desanimado, resolveu desistir e retornar a Maida no dia seguinte, foi acordado por uma detonação abafada, cujo eco repercutiu nas entranhas da terra; imediatamente em pé, René e Tomeo tentaram localizar a origem do disparo; nuvens pesadas, porém, rolavam no céu, interceptando a luz da lua. Eles vagaram durante uma hora, quem sabe, escorregando nas pedras pontiagudas, pendurando-se no alto das ravinas. Erguera-se um vento quente que os encharcava de suor. De súbito, pensaram estar atingindo o objetivo ao ouvir, a duzentos ou trezentos passos dali, atrás de uma barreira rochosa, uma dupla detonação.

Começaram a escalar a barreira, enfiando mãos e pés nos interstícios. Mas, de súbito, rebentou o temporal.

Só quem já enfrentou um temporal nos países meridionais pode ter uma idéia da confusão em que vento, chuva, trovão, granizo e relâmpagos são capazes de deixar a natureza. René e Tomeo foram forçados a desistir da escalada, deixaram-se escorregar até a base do rochedo e tentaram contornar o obstáculo por trilhas escarpadas que encimavam os precipícios; estavam no meio das nuvens que corriam, velozes, tocadas pelo vento. Ofuscados pelos raios, ensurdecidos pelo trovão, ameaçados pelas torrentes que começaram a desabar de alto a baixo da montanha, foram finalmente obrigados a parar. O pavoroso estardalhaço e as trevas profundas tiravam-lhes toda e qualquer esperança de encontrar o Bizzarro.

Conseqüentemente, resignaram-se a voltar para Maida, debaixo de uma chuva continuada que os penetrava até os ossos. As nuvens que passavam, envolvendo-os, expulsas pelo hálito morno do siroco, deixavam seus rostos e suas mãos cobertos de uma espécie de suor que, passado um instante, congelava em contato com o ar. Transpuseram torrentes cada vez mais velozes, nas quais entravam até os joelhos. Por fim, quase de manhãzinha, escutaram uns gritos e vislumbraram umas luzes: eram os homens acampados para lá de Maida que, preocupados, tinham resolvido sair à sua procura.

Tomaram conta da única estalagem da aldeia, humilde choupana estremecida pelo vento que rugia, e deixava passar, por uma larga fresta da parede, relâmpagos que ofuscavam. Acenderam um bom fogo na lareira, onde puseram a assar um magro frango espetado numa vara de aveleira. O estalajadeiro mandou aquecer umas toalhas, com que se cobriram René e Tomeo, enquanto dispunham, sobre o único pano branco que encontraram, dois pratos um tanto lascados.

Aquecido, René começava a comer uma coxa esquelética quando o soldado postado em sentinela à porta da estalagem veio avisar que uma mulher pedia para ser trazida à sua presença; vinha, afirmava ela, dar notícias do Bizzarro.

– Mande entrar – disse René.

A mulher entrou. Seus compridos cabelos pretos, as roupas furadas escorriam de chuva; ela tinha na mão um fardo atado pelas quatro pontas. Seu olhar transtornado fitou René.

– Vem me trazer notícias do Bizzarro? – perguntou o rapaz.

– Trago mais que isso – ela respondeu numa voz sombria.

Então, depositou o fardo no chão, desatou-o, enfiou a mão dentro dele e tirou algo que a escuridão ambiente não permitia identificar claramente. Aproximou-se de René, sentado à mesa a pouca distância da lareira: segurava, pelos compridos cabelos, uma cabeça que colocou, ainda toda suja de sangue, em cima da mesa, ao lado dos pratos.

René não conseguiu conter um gesto de repulsa; levantou-se rapidamente.

– Essa cabeça vale mil ducados – disse a mulher –, faça com que me paguem.

René deu dois passos na direção da lareira, diante da qual secava seu uniforme, esticado no encosto de uma cadeira, e tirou do cinto umas moedas de ouro, que jogou sobre a mesa ao lado da cabeça contraída. A mulher contou-as, uma por uma, enfiando-as à medida que contava num bolso do seu avental.

Quando acabou, dirigiu-se para a porta, no mesmo passo com que entrara. René a deteve.

– Está encharcada, esgotada. Deve estar com fome, não?

– Muita fome – ela respondeu.

– Sente-se na frente do fogo – disse René.

Pediu ao estalajadeiro que servisse a ela o pouco de frango que sobrava e sentou-se a seu lado. Ela se atirou sobre a carcaça do frango que puseram à sua frente. Quando só restavam os ossos:

– Por que o matou? – perguntou René.

Então, sem dar sequer um soluço, sem levantar o tom, olhos fixos nas chamas, ela narrou a morte do bandido numa voz monocórdia.

Perseguido, cercado por todos os lados, o Bizzarro pensava ter encontrado numa caverna um refúgio que só ele conhecia. Dispensara seus dois últimos companheiros, mantendo junto de si somente a mulher e o filho.

A caverna, de fato, ocultava-se perfeitamente de todos os olhares. A entrada era tão estreita que era necessário se arrastar pelo chão para penetrar dentro dela; e, uma vez lá dentro, os espinheiros, musgos e cipós fechavam quase que hermeticamente a saída.

Mas a criança se ressentira daquela vida errante; estava doente, chorava acordada e gemia, mesmo dormindo.

"Mulher, mulher! – dizia o bandido – faça calar esse seu filho; ele, na verdade, não parece que nos foi dado pelo Senhor, mas pelo demônio, para me entregar aos meus inimigos."

A mulher oferecia o peito ao bebê; mas seu peito exaurido não aplacava a fome da pobre criatura, e a criança continuava gritando e gemendo.

Certa noite, a mulher não conseguiu de jeito nenhum fazê-la calar, e os cães, rosnando, davam sinais de inquietação como sentindo que uns homens rondavam nas proximidades.

O Bizzarro se levantou e, sem proferir uma única palavra, agarrou a criança por um pé, arrancou-a dos braços da mãe e partiu-lhe a cabeça, jogando-a contra as paredes da gruta.

– O meu primeiro impulso foi saltar no pescoço daquele tigre e estrangulá-lo! Jurei pela Madona que iria me vingar – disse a mulher.

Ela não disse nada, levantou-se lívida, recolheu o cadáver, enrolou-o no avental, pegou-o no colo e, num gesto maquinal, com o corpo trêmulo, o olhar febril, pusera-se a embalar a criança como se ainda estivesse viva.

De manhãzinha, o bandido saíra em reconhecimento, levando junto os seus cães.

Então, a mulher, com sua faca, cavou uma cova dentro da gruta, enterrou seu filho e colocou a cama por cima da cova, de modo que os cães não desenterrassem o cadáver para devorá-lo, o que não teriam deixado de fazer se fosse enterrado lá fora.

Em suas noites de insônia, a infeliz conversava baixinho com aquele filho do qual só estava separada por uma camada de giestas e uns poucos polegares de terra.

Então, depois de prometer baixinho vingança à sua pobre alma, recordava os parentes abandonados, a vida aventureira seguindo o assassino, os sofrimentos vividos sem se queixar; e refletia que a recompensa por tudo isso tinha sido o assassinato do seu filho, e que logo viria o seu próprio assassinato, quando sua fraqueza, por sua vez, pusesse o assassino em perigo.

Na noite anterior, enquanto o bandido dormia, exausto do longo trajeto que efetuara para conseguir alguma comida, ela, que segundo seu costume velava deitada sobre a cova do filho, murmurou umas palavras que mais pareciam uma promessa, beijou o chão, levantou-se e, com o andar com que se movem os espectros, aproximou-se do bandido. Debruçou-se sobre ele, percebeu que estava mesmo dormindo e, reconhecendo pela regularidade da respiração que seu sono era profundo, tornou a endireitar-se, pegou a carabina do bandido que estava ao seu lado, carregada, conferiu se estava bem escorvada, se a pederneira estava em bom estado; aproximou o cano do ouvido do dorminhoco e, sem hesitar, fez fogo.

O Bizzarro nem sequer soltou um grito. A comoção só lhe causou um sobressalto, e ele rolou de boca para o chão.

A mulher então pegou a faca, cortou a cabeça, enrolou-a no avental ainda ensangüentado do sangue do filho, pegou as duas pistolas do bandido, colocou-as no cinto e saiu da caverna.

Mal tinha dado cem passos, os dois cães que vigiavam lá fora vieram para cima dela, olhos injetados e pêlo eriçado. Sentiam que acabava de acontecer uma desgraça com seu dono, e que aquela mulher era a causa da desgraça.

Mas, com dois tiros de pistola, ela acabara com os dois.

– Depois, vim para cá, sem parar nem para beber nem para comer.

CXIX
A MÃO DA DUQUESA

Naquele mesmo dia, debaixo de um céu lavado pelo temporal, René e seus fuzileiros deixaram a aldeia.

René comprou do estalajadeiro uma mula, em cujo lombo Tomeo amarrou firmemente um cesto de junco. O cesto continha a cabeça de Il Bizzarro envolta no mesmo avental de que haviam se contentado em reatar as pontas. Conduzida por Tomeo, a mula andava na frente; a tropa seguia a uns cem passos atrás, como se, por algum sentimento de terror, quisesse se manter afastada dos crimes horríveis que aquela cabeça havia cometido.

René pedira a Tomeo que os conduzisse na direção de Reggio, imaginando que o general Reynier já teria, enquanto isso, atacado a cidade; talvez ainda chegasse a tempo de participar da retomada de Reggio, cuja frágil guarnição havia sido massacrada, aos gritos de "Viva o rei Ferdinando!", por bandos bourbonistas apoiados pelos ingleses, na esteira da derrota de Maida.

"É importante, então, que o senhor se apodere de Reggio e de Scilla. É vergonhoso que os ingleses estejam com um pé no continente, não posso aceitar isso. Tome as medidas cabíveis" – escrevera o imperador ao seu irmão José; Reynier, desejoso de compensar sua derrota, teria provavelmente apressado o movimento de seus homens, tornado praticável a estrada descoberta por René durante sua exploração e transferido uma bateria de cerco para um quarto de alcance de canhão da cidade. O cerco já devia ter começado.

Todavia, ao chegar nos contrafortes do Aspromonte, quando vislumbrou a costa da Calábria, René não percebeu nenhum movimento de tropas que indicasse o desenrolar de uma batalha. Só se avistava, acima de Reggio, umas nuvens de fumaça elevando-se preguiçosamente num fundo de céu azul. O que estava acontecendo? – perguntava-se René, durante toda a descida que lhe pareceu tão fácil como a de Averna.

A sentinela de um posto avançado foi quem respondeu a sua pergunta:

– Aos primeiros tiros de canhão, todos os bandidos dessa suposta Santa-Fé fugiram feito uma revoada de passarinhos. Eles se enfiaram dentro de umas barcas e toca para a Sicília!

– Mas e os ingleses?

– Não foram vistos. Milorde Stuart e mais os seus navios sumiram no horizonte.

Nas ruas de Reggio, os soldados haviam ensarilhado seus fuzis; alguns, sentados à sombra sobre marcos ou muretas, haviam tirado suas rações espartanas e engoliam-nas em bocados pequenos para que durassem mais tempo; outros, perto das fontes, haviam tirado o uniforme e, quase nus, tratavam de se lavar, rindo e brincando feito crianças, lançando-se mancheias de água.

Cinco ou seis casas, incendiadas pelo bombardeio, acabavam de queimar; para chegar ao velho castello *aragonês onde, segundo lhe disseram, Reynier estava instalado, René e seus fuzileiros tiveram de abrir caminho em meio aos escombros fumegantes e passar por cima de cadáveres semicalcinados.*

Na praça do Castello, *uma árvore estava carregada de cachos de enforcados.*

– São bandidos apanhados de armas na mão – disse um soldado encarregado de vigiar aquela sinistra videira. – Tantos irmãos de armas nossos que eles massacraram!

No castelo, oficiais sentados à mesa terminavam uma refeição preparada pelos ocupantes anteriores da cidade, que haviam deixado tudo para trás em sua fuga precipitada.

Quando René foi anunciado, Reynier veio ao seu encontro de braços bem abertos:

– Meu caro René, chegou tarde demais! – disse, ao abraçá-lo.

– Devo me enforcar, como Crillon?

– Não, eu venci sem correr perigo algum. Para dizer a verdade, embora ausente, foi o senhor quem triunfou em Reggio, ao descobrir a estrada por onde passou a artilharia de cerco.

– Guarde essa vitória para si, general – disse René, sorrindo.

– Acha que vou precisar dela para me reabilitar, depois da minha derrota?

– Se fosse assim, eu ficaria satisfeito.

– E a sua empreitada, caro René, foi bem-sucedida?

– Trouxe a cabeça, e nem sequer precisei sujar as mãos com o sangue do Bizzarro.

– Conte-me sua caça ao bandido, caro amigo.

E René fez o relato de sua longa perseguição, vã até o momento em que, já prestes a abandonar a partida, a própria companheira do bandido viera lhe entregar a sua cabeça.

– Gostaria de ver a cabeça deste que foi, por algumas horas, o rei de Palmi, e fez estremecer a Calábria.

A um sinal de René, Tomeo trouxe o cesto de junco e tirou de dentro dele o fúnebre pacote.

– Quantas cabeças cortadas, nestes últimos quinze anos! – sussurrou Reynier, evitando olhar para o rosto contraído do Bizzarro, cujos olhos ninguém se lembrara de fechar.

– Sim, Deus meu!, e cabeças que me eram muito caras – replicou René com voz surda. – Durante anos de solidão forçada, refleti profundamente sobre o sentido que se poderia dar a essas hecatombes humanas, que de início me mergulharam no pavor.

– E a que conclusão chegou?

– Que o cadafalso foi um dos meios utilizados por um poder misterioso, pode chamá-lo de Deus ou de Providência, pouco importa, a fim de derrubar os obstáculos, erguidos pelos povos, à marcha da liberdade...

– Assim, o dr. Guillotin não seria um acidente do acaso e sua obra, um acidente da mecânica?

– Não, ele chegou na hora certa, como todas as coisas absolutas e fatais. Ele tinha de construir a arma da Revolução. A espada flamejante que ofereceu à Revolução compunha-se, tal como o relâmpago de Júpiter, de doze raios tortos: três de ódio, três de vingança, três de lágrimas, três de sangue. Como disse Saint-Just: "Aquele que, em se tratando de revolução, não cava profundamente estará cavando a sua própria cova e a cova da liberdade!". Vivemos, general, um tempo abalado por revoluções que nós, pobres átomos que somos, temos dificuldade de atravessar.

– Vamos esquecer, caro René, que este bandido era um homem, já que, com os seus atos, ele se pôs no nível das feras sanguinárias que você há tempos combateu no reino da Birmânia. Enquanto estava no seu encalço, eu, de minha parte, cumpri o que havia prometido. Vá me chamar o Jean – disse o general a um ajudante-de-campo –, e que ele traga aqui o que andou fazendo.

Instantes mais tarde, entrou um soldado que, pela vivacidade do andar, pelo jeito de farsista, podia ser identificado como artesão parisiense.

– Jean, mostre a este senhor a obra-prima que confeccionou para ele.

O soldado depositou diante de René uma caixa grande de oliveira com iniciais douradas, entalhada e polida de modo admirável, cuja tampa ele abriu; era toda forrada de veludo vermelho por dentro.

– Esta é a urna que mandei fazer para encerrar a cabeça do Bizzarro; vamos pedir ao cirurgião que a prepare corretamente antes da sua partida, pois estou lhe dispensando, meu caro René, ou melhor, estou lhe dando uma missão em Nápoles: vai comunicar ao rei José a retomada de Reggio.

No dia seguinte, ao amanhecer, René, montado num dos melhores cavalos do general, e Tomeo, na mula à qual se afeiçoara e dera o nome de Regina, deixaram o castelo e tomaram a estrada de Nápoles. A partir de Maida, pegaram o mesmo caminho que na ida. Os mesmos conciliábulos se repetiram entre seu guia e os camponeses de cara patibular que surgiam bruscamente do mato e imediatamente voltavam para dentro dele; toda noite, para mais segurança, na estalagem, Tomeo se deitava invariavelmente na frente da porta de René.

Seis dias mais tarde, de manhãzinha, aproximavam-se de Nápoles e, à medida que se aproximavam, ouviam crescer o burburinho da cidade. O napolitano é, incontestavelmente, o povo mais barulhento da superfície da terra: suas igrejas são repletas de sinos, seus cavalos e mulas são enfeitados com guizos, seus lazzaroni, suas mulheres e suas crianças têm goelas de ouro; tudo isso toca, retine, grita perpetuamente. Na ponte da Madalena, uma dezena de crianças curiosas veio examinar as bagagens de perto, demasiado perto para o gosto de Tomeo, que as expulsou inflexivelmente com o auxílio da vara com que acariciava, às vezes de modo rude, os flancos de sua bem-amada Regina.

René pediu que o conduzissem ao Hotel La Vittoria, onde foi calorosamente acolhido por mestre Martin Zir, que o classificara entre os viajantes generosos que, embora sendo maus comerciantes, são excelentes clientes. Mal terminara sua toalete, chegou a resposta da carta que enviara a Saliceti, pedindo uma audiência urgente com o rei: apesar do cedo da hora, era esperado no palácio real.

Dirigiu-se imediatamente para lá e foi introduzido por Saliceti. O rei veio ao seu encontro:

– Ao contrário do meu irmão, eu pediria que só me acordassem para me dar boas notícias. E creio ter entendido que esta que está me trazendo não é das piores...

– De fato, Excelência, Reggio foi tomada, e quase sem combate. Algumas balas de canhão foram suficientes para pôr aqueles canalhas para correr.

– Segundo me escreveu Reynier, graças ao senhor foi aberta uma trilha pela qual se levou a artilharia até Reggio.

– Se o general está dizendo... Mas eu estava ausente por ocasião da tomada da cidade.

– Sei disso: ele também me disse que o senhor tinha saído em perseguição de um bandido que vinha aterrorizando a Calábria em nome dos Bourbon.

– É um bandido a menos na Calábria. Mas essa é uma raça fecunda.

– Agora será possível cogitar a invasão da Sicília – prosseguiu José –, desembarcando sete ou oito mil homens para ocupar o Farol, e então organizar um ajuntamento nesse ponto. A partir de Reggio é que se dará todo o movimento.

– Sim, Excelência, mas antes seria preciso continuar o armamento marítimo em Nápoles, para conseguir reunir o maior número possível de homens na Sicília.

– Tem razão: nas atuais circunstâncias da Europa, não podemos ficar com falta de tropas; o imperador cuidará disso, enviando tantas quantas eu pedir. Veja, aliás, o que ele me escreve.

E o rei estendeu a René uma missiva no final da qual estava aposta a assinatura febril de Napoleão:

> O senhor deve agir de modo a estar sempre pronto, em Nápoles, para embarcar suas tropas, marchando direto para Mortella, sempre com o objetivo de se apoderar do Farol. Por fim, deve manter o maior segredo acerca disso tudo, pois a espionagem pode andar rápido de Nápoles à Sicília, e uma indiscrição nos exporia às piores desgraças. Saliceti, um oficial da marinha e o senhor devem ser os únicos a par do segredo, e nem mesmo o oficial que o senhor mandará a Otranto e Brindisi deverá saber de alguma coisa; entregue-lhe uma carta lacrada, que ele só poderá abrir quando ficar sabendo de algo extraordinário em Otranto.

– Nem preciso dizer que lhe peço sigilo...

Depois que se despediram do rei, o ministro da Polícia o acompanhou até a escadaria de honra:

– Caro René, vou evidentemente retê-lo para almoçar. A duquesa, minha filha, não me perdoaria se eu a privasse do relato da morte do Bizzarro.

Quando, três horas depois, René entrou na sala do Palácio da Guerra, a duquesa de Lavello o aguardava na companhia do pai e do secretário corso.

– Ah, o senhor chegou! – exclamou a duquesa, assim que o avistou. – Era impacientemente esperado. Ainda posso chamá-lo de conde Léo?

René depositou aos pés da princesa a caixa de oliveira.

– Ainda pode me chamar por esse nome, eu não o perdi: consegui a cabeça do Bizzarro.

– Aqui está, como prometido, a minha mão, conde Léo.

René tocou delicadamente os lábios na mãozinha aristocrática da duquesa, cujas faces enrubesceram visivelmente. E, talvez para disfarçar o mais depressa possível a sua emoção, a jovem senhora se ajoelhou diante da caixa e a abriu.

Deu um grito, e desfaleceu.

[Os três capítulos seguintes, da lavra de Dumas,
constituem o início de um novo episódio do romance.]

I
SUA ALTEZA IMPERIAL O VICE-REI EUGÊNIO NAPOLEÃO

Sabe-se que, em decorrência do Tratado de Campoformio, toda a parte do território da antiga República de Veneza foi adjudicada à Áustria e o território aquém do Ádige, incorporado à República Cisalpina.

Essa República Cisalpina se tornou mais tarde o reino da Itália, ao qual foi acrescentado, em 1805, o território veneziano que, no Tratado de Campoformio, fora deixado à Áustria.

O príncipe Eugênio de Beauharnais recebeu então de Napoleão o título de príncipe de Veneza, e o território foi dividido em oito departamentos, cada qual com sua sede administrativa.

Veneza foi sede administrativa do mar Adriático; Pádua, a sede de Brenta; Vicenza, a de Bacchiglione; Trevisa, a de Tagliamento; Cabo de Ístria, a de Ístria; Údine, a de Passeriano.

Údine é uma cidadezinha encantadora, situada no meio de uma planície fértil, às margens do Roja; divide-se em cidade interior e cidade exterior, sendo ambas separadas por muralhas e fossos.

Nessa cidade é que o vice-rei da Itália havia estabelecido residência.

A corte era como teria de ser a corte de um príncipe de sua idade, ou seja, vinte e oito anos, alegre, barulhenta, empenachada: uma simpatia natural atrai a juventude para a juventude. Era constituída de formosos cavalheiros e formosas damas: os formosos cavalheiros, intrépidos, ternos, aventureiros; as formosas damas, sentimentais como se costumava ser naquele tempo, cantando ao piano romanças da rainha Hortênsia, de Jadin pai e do sr. de Alvimar.

As manhãs eram ocupadas em passeios pelos arredores da cidade, caçadas e pescarias nas lagoas de Marano.

Viviam tranqüilos, em paz, e os cofres do vice-reino estavam cheios. O que tinham para fazer além de se divertir?...

Assim, desde a véspera pela manhã, toda a corte saíra para uma grande pescaria nas lagoas.

Estávamos em 8 de abril de 1809.

Eram nove horas da manhã. Um carro encoberto pela poeira subia, ao trote vigoroso de três cavalos, a ladeira um tanto abrupta que leva ao castelo de Údine.

O castelo de Údine, depois de ter sido a residência do patriarca junto ao governador veneziano, tornara-se a residência do jovem vice-rei.

O carro deteve-se um instante na praça do mercado. O jovem e belo rosto de um oficial apareceu à janela e examinou a coluna de Campoformio, erigida por ocasião do tratado de paz do mesmo nome, na qual estavam gravados a data do tratado e um elogio à grandeza e à magnanimidade do primeiro cônsul, que se dignava destituir Veneza de uma parte de seu território; depois, o carro seguiu caminho e, como dissemos, vinha galgando a ladeira que levava ao castelo.

Quando chegou à porta do castelo, foi detido por sentinelas.

– Correio do imperador! – disseram duas vozes, a um só tempo.

Uma voz era do jovem oficial que ocupava o interior do carro. A outra, de uma espécie de criado calabrês que vinha sentado no banco do cocheiro.

– Mande chamar o oficial do posto! – disse o jovem oficial.

Um velho tenente apareceu resmungando.

Era um veterano das guerras da Itália.

– Ora – disse ele, ao avistar o oficial –, mais um jovem bigode!

Este último ouviu a exclamação que acabava de escapar ao velho soldado.

– Meu velho amigo – disse, rindo –, nem todos os bigodes tiveram a honra de ver o relâmpago dos sabres turcos nas Pirâmides e as chamas dos canhões de Marengo, e meus jovens bigodes têm inveja dos seus.

O tenente enrubesceu, percebendo que acabara de ofender um superior: o oficial usava o uniforme e as insígnias de chefe de esquadrão dos caçadores montados.

– Desculpe-me, comandante – explicou o velho soldado –, o senhor sabe, ou melhor, tem a felicidade de não saber que, entre nós, aquele que fica para trás acusa antes a injustiça dos seus chefes que o pouco comprimento das próprias pernas; mas no fim das contas, quando se tem isso aqui – ele acrescentou, batendo na cruz que condecorava seu peito –, quando se tem isso, não dá para se queixar de nada.

– Tem razão, meu bravo, e veja – acrescentou, mostrando o próprio peito vazio de condecorações – que por esse ponto de vista não fui tão feliz quanto o senhor. Mas estamos perdendo um tempo inútil e precioso... Tenho de falar agora mesmo com Sua Alteza Imperial o vice-rei. Sou portador de missivas do imperador.

– *Tenho de* – repetiu o velho soldado. – É típico dessa juventude achar que só precisa mandar para ser obedecida. E se Sua Alteza não estiver em Údine, e se Sua Alteza estiver caçando, pescando, se divertindo nas lagoas, como fica o seu *tenho de*?

– Não está em Údine? Onde está? Onde quer que esteja, tenho de encontrá-lo. Prometi ao imperador que o encontraria, onde quer que estivesse, no dia 8 de abril antes do meio-dia.

– Na minha terra, comandante, se diz: mais sortudo que apaixonado. Não sei se está apaixonado, mas sei que tem sorte. Olhe lá, na estrada de Palmanova, a meia légua daqui, essa poeira que está vendo é dos carros da corte.

– Vamos – disse o jovem oficial, pulando do carro –, a minha viagem acabou, pelo menos por enquanto. Tomeo, acerte o pagamento do postilhão.

Entrementes, um grande círculo se formara em torno do carro do recém-chegado, e um oficial do palácio, aproximando-se do chefe de esquadrão, convidou-o, em nome do vice-rei, cujo regresso se anunciava, a entrar no castelo.

O rapaz estendeu a mão ao velho militar e, apertando-a cordialmente:

– Obrigado, meu bravo – disse. – Não vou esquecer as verdades que me disse e, se surgir uma oportunidade de cobrir o seu ombro com uma segunda dragona, peço permissão para ser eu mesmo a pendurá-la.

O velho soldado ficou olhando enquanto ele se afastava, meneando a cabeça:

– Fedelho! – murmurou. – Acho que está me prometendo proteção!

E, dando de ombros, voltou para dentro do corpo de guarda.

Conduziram o chefe de esquadrão até um quarto do castelo, perguntando-lhe o que desejava:

– Água, e meu empregado – respondeu este.

Passados cinco minutos, estava com as duas coisas.

Tomeo – lembremos que foi este o nome dado pelo viajante ao criado italiano sentado no banco do carro – abriu um rico *nécessaire* de prata e dispôs as peças sobre o toucador; de um compartimento específico, tirou um esplêndido penacho de plumas de garça-real cravejado de pérolas e diamantes e, consultando o patrão com um sinal da cabeça:

– Sim, decerto – este respondeu, sorrindo.

Dez minutos depois, o jovem oficial estava pronto: trocara toda a roupa e estava penteado, escovado, perfumado como um legítimo ajudante-de-campo de salão.

Acabava de dar o último retoque no bigode quando os carros entraram no pátio do palácio.

Assim que o príncipe entrou em seu apartamento, mandaram dizer ao viajante que Sua Alteza estava disposto a recebê-lo.

Este pegou, no colbaque, a missiva do imperador e seguiu o ajudante-de-campo que ia lhe servir de introdutor.

Eugênio de Beauharnais, que vimos quatorze anos atrás tomando lições de esgrima em Estrasburgo com Augereau, era então um muito belo e elegante príncipe com idade entre vinte e oito e vinte e nove anos.

Os dois rapazes tinham mais ou menos a mesma idade.

Olharam-se, de início, com essa admiração singular que têm os homens pela beleza de outros homens, mas Eugênio reconheceu de imediato, na beleza do jovem oficial, talvez porque a ele faltassem, essas linhas firmes que indicam que aquele que recebeu esse dom fatal talvez seja esmagado pelo evento inesperado que venha a desabar sobre ele, mas não há de o dobrar.

Cumprimentou-o com uma espécie de respeito que, no entanto, nem sua patente nem sua idade exigiam.

Este se aproximou do príncipe, semicurvado, apresentando-lhe a missiva:

– Carta de Sua Majestade o imperador dos franceses – disse – a Sua Alteza o vice-rei da Itália, príncipe de Veneza.

– Me dê, senhor – disse Eugênio, e então levou a carta aos lábios e a deslacrou. – Paris! – exclamou, surpreso. – O imperador não está em Paris, o imperador está em Valladolid!

– Leia, senhor – insistiu o oficial.

O príncipe prosseguiu sua leitura, com efeito, mas dando sinais de uma surpresa que se aproximava da dúvida.

– Impossível! – ele murmurava. – Impossível! O imperador não pode estar mais bem informado que eu sobre o que se passa por aqui – e, virando-se para o mensageiro: – O imperador lhe deu a conhecer – perguntou – a notícia que está me trazendo?

– Sim, Alteza, vim convidá-lo, da parte de Sua Majestade, a tomar suas disposições de defesa e comunicar-lhe que, daqui a três ou quatro dias, será atacado pelo arquiduque João.

– Assim! À queima-roupa! Sem declaração de guerra! É impossível eu não ter sido avisado. Ele e os seus austríacos não estão vindo para cá de balão.

– Sim, mas por Tolmezzo e Fella Torte poderão chegar aos seus postos avançados em dois dias.

– O imperador me diz que, de Valladolid, mandou pedir ao rei Murat uma divisão do exército napolitano, e que esta deverá estar entre os dias 8 e 9 em Údine sob o comando do general Lamarque.

O vice-rei tocou a campainha; um ajudante-de-campo atendeu.

– Mande imediatamente chamar o general Sahuc – ordenou.

O ajudante-de-campo saiu.

A conversa entre os dois rapazes prosseguiu: havia muita matéria para conversa nas notícias trazidas pelo mensageiro.

– O imperador não o encarregou de me transmitir alguma ordem de viva voz? – perguntou o príncipe.

– Ele aconselha a Vossa Alteza a máxima vigilância em todas as estradas. Caso as tropas de Vossa Alteza estejam reunidas e estejam em posição vantajosa, Vossa Alteza pode, deve até, travar uma batalha. Vossa Alteza deve compreender a importância dessa primeira batalha. Vitória, ela dá ânimo a todo o exército; derrota... É impossível dizer que conseqüências traria uma derrota.

Eugênio enxugou com o lenço a testa coberta de suor, e empalideceu visivelmente.

– E caso o meu exército esteja espalhado, caso não esteja em posição vantajosa?

– Então, Alteza, a opinião do imperador é que Vossa Alteza se retire para o outro lado do Tagliamento e escolha sua linha de operação.

– Mas começar uma campanha fugindo!

– Em primeiro lugar, bater em retirada não é fugir. A reputação militar de um dos maiores generais da Antigüidade, e de um dos maiores generais modernos, está fundamentada em retiradas. Bata em retirada durante uma semana. Pare. Trave uma batalha. Ganhe essa batalha. E rapidamente terá ganho terreno durante essa semana.

Foi anunciado o general Sahuc.

– Que entre! – apressou-se a gritar o vice-rei.

– General – perguntou Eugênio, interrompendo as saudações –, tem patrulhas na estrada?

– Certamente, Alteza.

– Para que lado?

– Todos os lados.

– Duplique-as. Ponha em cada uma delas homens que falem italiano, para que possam interrogar os camponeses. O imperador está me avisando – que fique só entre nós, general, isso que estou lhe dizendo –, o imperador está me avisando que vamos ser atacados.

– No instante em que vinha saindo para vir ao encontro de Vossa Alteza, alertaram-me acerca de um corpo militar considerável vindo da direção de Veneza – disse o general Sahuc –, mas, pela bandeira tricolor que flutuava sobre ele, foi reconhecido como um corpo militar francês.

– É o general Lamarque com sua divisão – disse o príncipe a meia voz ao jovem oficial.

– Mas quem nos atacaria?

– A Áustria, cáspite!

– Sem declaração de guerra?

– Seria bem do estilo dela... Em todo caso, general, o imperador diz que as hostilidades vão provavelmente começar entre os dias 13 e 15. Não descuide de nada. Envie suas patrulhas e peça relatórios ao estado-maior sobre o acantonamento das tropas.

– Estou indo, Alteza.

– Vá.

Tão logo o general Sahuc se retirou, entrou o mordomo anunciando que Sua Alteza estava servido.

– O senhor almoça conosco – disse Eugênio.

– O imperador me colocou às suas ordens, Alteza – respondeu o rapaz, curvando-se.

E seguiu o vice-rei.

II
O ALMOÇO

As portas da sala de jantar se abriram, e o príncipe introduziu o rapaz numa sala em que estava reunida toda a corte.

Já dissemos como essa corte era constituída. O jovem oficial ficou atônito. Nunca vira antes, reunidos, mulheres mais bonitas e oficiais mais elegantes.

– Senhoras e senhores – disse o príncipe –, apresento-lhes o chefe de esquadrão René, que me foi enviado por correio extraordinário pelo imperador e recomendado pelo ministro da Guerra. É um rival para os senhores e um novo criado para as senhoras. Senhor René, autorizo-o a oferecer o braço à princesa. Princesa, convide seu par a sentar-se ao seu lado.

As portas da sala de jantar acabavam de se abrir.

Durante alguns instantes, cada qual tratou apenas de ocupar seu lugar; as poltronas foram ajeitadas da melhor maneira para que não atrapalhassem uns aos outros, mas, uma vez sentados os convivas, todos os olhares se fixaram em René.

Ao entrar, fora julgado bonito e elegante, mas pela maneira como oferecera o braço à princesa, pela maneira como a conduzira à sua poltrona, como a cumprimentara, sentando-se ele próprio, era força reconhecer o homem habituado a freqüentar a melhor sociedade.

– Senhor René – disse o príncipe –, vejo que estas senhoras estão morrendo de vontade de saber de onde vem, o que esteve fazendo. Vamos, conte a elas.

– Vossa Alteza, ao ordenar que eu tome conta da conversa, deixa-me muito sem jeito. Minha vida é a vida de um prisioneiro, de um marujo, de um viajante, de um soldado, de um caçador de bandidos. Não há nada de muito interessante nisso tudo.

– Como assim? – disse a princesa. – Não vê nada de muito interessante nisso tudo? Eu acho tudo isso muito interessante.

– Insista com ele, princesa, insista! – soprou o vice-rei à sua mulher.

– O senhor esteve preso? – perguntou a princesa, questionando seu vizinho.

– Por mais de três anos, princesa.

– Onde?

– Na prisão do Templo.

– Era prisioneiro de Estado.

– Tive essa honra – disse René, sorrindo.

– E o que aguardava no Templo?

– Ora, que me cortassem o pescoço ou que me mandassem fuzilar.

– Oh! Quem?

– Sua Majestade o imperador Napoleão.

– E no entanto, cá está...

– Aparentemente, ele julgou que eu não valia a pena ser guilhotinado ou fuzilado.

– Então, ele o indultou.

– Sim.

– Com que condição? – perguntou Eugênio.

– Com a condição de me deixar matar pelo inimigo.

– O senhor fez bem em não respeitar essa condição.

– Não foi culpa minha – disse René, com um sorriso cuja amargura era impossível avaliar –, eu fiz o que pude, dou-lhe a minha palavra de honra.

– Mas espero que tenha feito as pazes com o imperador.

– Hum! Estamos negociando – disse o jovem oficial, rindo. – Mas se eu conseguir, ao servir Vossa Alteza, um bom ferimento, acho que facilitaria bastante o meu caso.

As mulheres começavam a olhar para René com certa surpresa. Os homens não sabiam muito bem que opinião formar a seu respeito.

– E então? – perguntou a princesa. – Alistou-se como simples soldado?

– Não, senhora, como simples corsário.

– Sob o comando? – perguntou Eugênio.

– Sob o comando de Surcouf, meu príncipe.

– E fizeram alguma presa interessante?

– Capturamos o *Standard*.

O príncipe tinha, entre seus ajudantes-de-campo, oficiais de todas as patentes e de todas as armas.

– Como! – disse um deles. – O senhor era um desses valentes piratas!

– Corsário, senhor – retrucou René, erguendo a cabeça.

– Desculpe-me, senhor – prosseguiu o oficial da marinha. – Então, era um desses valentes corsários que, numa chalupa de doze canhões e com uma tripulação de dezoito homens, tomaram o *Standard*, de quarenta e dois canhões e com mais de quatrocentos homens a bordo?

– Sim, senhor, eu estava lá. Foi quando Surcouf, que já me nomeara tenente, me nomeou capitão e me autorizou a tomar, ou comprar, um navio pequeno para navegar por minha conta.

– Segundo o que ouvi dizer sobre a sua coragem, teria sido mais fácil para o senhor tomar um navio do que comprá-lo.

– Qualquer das duas alternativas seria fácil, meu príncipe, mesmo contando com os meus próprios recursos, pois, embora tenha ganho mais de quinhentos mil francos como parte da presa, eu tinha o hábito de ceder a minha parte aos meus colegas, e dessa vez não foi diferente; além disso, eu tinha o projeto de comprar um navio americano e, como na época ele ostentava um pavilhão neutro, ir com ele às Índias. Queria muito caçar tigres, era uma fantasia que eu tinha. Comprei um navio, adotei o nome e os documentos do capitão que o vendeu e fui para o reino dos birmaneses.

– E chegou a caçar tigres? – perguntou um dos oficiais.

– Sim, senhor.

– Matou algum?

– Uma dúzia, talvez...

– Mas então correu graves perigos? – perguntou a princesa.

– Oh! Senhora – disse René –, a caça ao tigre só se torna perigosa quando o tigre, ferido num primeiro tiro, volta para cima de nós.

– Mas e então? – perguntou o príncipe.

– Vou dar a impressão de contar fanfarronices, Alteza – respondeu René –, mas...

– Mas?... – insistiu o príncipe.

– Encontrei um jeito muito simples: eu nunca os feria no primeiro tiro, sempre os matava.

– E em que ponto atirava?

– Num dos olhos.

– Então, atira como o famoso Astor? – inquiriu um dos convivas, com sorriso de dúvida.

– Não, mas tenho armas excelentes, feitas por Lepage especialmente para mim.

– Desculpe se minha pergunta é indiscreta – disse o oficial que estava questionando René –, mas o senhor lutou em muitos duelos?

– Duas vezes. A primeira, com um punhal, com um tubarão de cerca de quinze pés, cuja barriga abri de ponta a ponta.

– E a segunda?

– Com sabre de abordagem, com uma cobra que estava sufocando meus dois elefantes.

– Mas então era a serpente Píton? – perguntou o oficial.

– Não sei como se chamava, mas sei que tinha cinqüenta e dois pés de comprimento.

Ao ver que um sorriso de dúvida passava por todas as bocas, mesmo das mulheres:

– Alteza – disse René –, mande parar esse interrogatório ou ordene que eu minta. Essa natureza indiana é tão diferente da nossa que é difícil acreditar nos acontecimentos que ela propicia.

– Mas eu estava achando muito divertido tudo o que o senhor contou. Continue, pelo contrário, continue – disse a princesa.

– Continue, senhor – retomou o vice-rei.

– Sim, sim! – exclamaram as senhoras, sempre apaixonadas pelas coisas que consideram impossíveis.

René contou, mas suprimindo a forma do interrogatório, mortificante para ele, o seu regresso à ilha de França, seu combate com um dos dois navios ingleses que estavam canhoneando Surcouf, seus encontros com o general Decaen, seu desejo de participar de um grande combate naval e de como o general Decaen lhe dera cartas de recomendação para os mais renomados capitães de navios, de como, chegando em Cádiz, escolhera Lucas, embarcando no *Redoutable* no posto de terceiro-tenente, de como participara da batalha de Trafalgar, caíra prisioneiro, fugira, retornara à França, fora enviado a José e ficara com Murat.

Estava nesse ponto da narrativa quando, de súbito, vieram anunciar ao vice-rei a chegada do general Lamarque e de sua divisão e, ao mesmo tempo, ouviu-se um rolamento de tambor seguido de música militar.

A música militar tem um poder tão especial que todos os olhos se voltaram para o vice-rei, solicitando permissão para levantar da mesa e ir para as janelas.

Estas estavam abertas de par em par e davam passagem a um sol maravilhoso. A divisão chegada de Nápoles vinha subindo a rampa que levava ao castelo, e os fuzis brilhavam ao sol feito as escamas de uma enorme serpente. O longo rastilho de luz, reflexo do sol resplandecente sob uma nuvem de poeira, acompanhado pelos instrumentos militares e os gritos dos chefes, sempre há de ser um magnífico concerto e um esplêndido espetáculo para os ouvidos e olhos franceses.

Ao chegarem à plataforma do castelo, a banda e os oficiais entraram no pátio de honra, o general Lamarque à frente.

O príncipe, ao ver toda aquela brava gente que atravessava a Itália para vir morrer por sua causa, sentiu bater o coração, que ganhava em bondade o que a natureza havia lhe tirado em força.

Desceu, de braços abertos, e deu um abraço no general Lamarque, que não conhecia pessoalmente, mas só por fama, duplicada pelo belo feito de armas em Capri.

Ficou um instante com ele no pátio, tomando disposições para o alojamento e o posicionamento dos recém-chegados, questionando o general Lamarque sobre o que sabia acerca da situação, ele que vinha em seu socorro.

Mas o general Lamarque, que estava nos arredores de Roma, recebera a ordem de se pôr a caminho com sua divisão, seguir a marcha forçada rumo a Friuli e se colocar à disposição do príncipe Eugênio.

Ele obedecera.

A carta que pedia esse socorro a Murat era de Napoleão, enviada de Valladolid.

Era só o que sabia.

Quanto ao príncipe Eugênio, como vimos, não sabia muito mais, a não ser que em 12 ou 14 de abril seria atacado pelos austríacos.

O vice-rei ordenou que levassem os oficiais para a sala baixa e lhes servissem de beber.

Quanto ao general Lamarque, levou-o para apresentá-lo à princesa.

As senhoras haviam passado à sala a fim de tomar o café e, não conseguindo resistir à curiosidade, examinavam com uma avidez bem feminina, ou seja, não isenta de cobiça, o penacho de plumas de garça-real cravejado de pérolas e diamantes que ornava o colbaque do rapaz, e que a menor estimativa poderia alçar a cerca de vinte mil francos.

Quando o príncipe e o general Lamarque entraram, era a princesa quem segurava o colbaque; mulher, e tão curiosa como as outras, queria ver de perto o que causava a admiração das demais e, por demais familiarizada com pérolas e diamantes para admirar a ambos, admirava assim a maneira como estavam cravejados. Sua atenção estava tão fixada na magnífica jóia que o príncipe rompeu o círculo que a rodeava e foi até onde estava sem que ela percebesse.

Deu um gritinho de surpresa.

– Senhora – disse o príncipe –, permita que desvie, por um momento, sua atenção desta bonita jóia a fim de lhe apresentar o sr. general Lamarque. O nome dele, como sabe, significa diversas coisas: coragem, patriotismo, lealdade. Sua Majestade o imperador Napoleão o enviou em nosso socorro, pois é necessário que saibam, senhoras, que os dias de festa acabaram, estamos sendo ameaçados de um ataque a qualquer momento. Ainda haverá baile esta noite, mas amanhã ou depois haverá música e essa música os homens a dançam entre si.

O general Lamarque cumprimentou a princesa como homem de sociedade e homem de guerra, pois reunia no mais alto grau essas duas qualidades.

A princesa, por sua vez, um pouco atônita, conservara nas mãos o colbaque do jovem chefe de esquadrão.

– Ah! Sim – disse ele –, é o penacho do nosso jovem mensageiro, decerto presente de alguma princesa, pois duvido que com seus honorários de chefe de esquadrão possa se oferecer uma jóia assim.

– Ora – disse uma senhora –, um homem que presenteia sua tripulação com seus quinhentos mil francos de presa!

– Com licença – disse o general, estendendo a mão para examinar, por sua vez, o objeto que causava a admiração das senhoras –, tenho a impressão de que conheço este penacho.

Examinou-o por um instante.

– Ah! Mas é claro – prosseguiu –, é o penacho do nosso amigo René.

– Conhece esse rapaz? – perguntou o príncipe Eugênio.

– Muito bem – respondeu Lamarque.

– E este penacho? – perguntou a princesa.

– É o penacho que o rei Murat lhe deu, como se fosse um talismã, para lhe abrir noite e dia as portas do seu palácio. Ele está aqui?

– Está, o imperador o enviou como correio extraordinário. Chegou há duas horas apenas.

– E Vossa Alteza não o conhece de outro modo?
– Não.
Nisso, René, que ficara para trás conversando com os ajudantes-de-campo, passava pela porta do salão.
– Permite que o apresente?
– Sim.
– Oh! – exclamou a princesa, que partilhava a curiosidade que tomara conta de todas as mulheres em relação ao jovem chefe de esquadrão.
O general Lamarque foi de um salto ao encontro de René, que deu um grito de surpresa ao reconhecê-lo e, tomando-o pela mão, acercou-se do príncipe e da princesa, dizendo:
– Tenho a honra de apresentar a Vossas Altezas o vencedor de Capri.
– Capri! – exclamou o príncipe. – Julgava que fosse o senhor!
– De fato, fui eu quem a tomou – disse Lamarque –, mas foi este senhor quem a entregou a mim.
– Ah! Alteza – disse René –, não acredite numa só palavra...
– Silêncio, senhor chefe de esquadrão! – disse Lamarque. – E ordeno que fique em silêncio enquanto falo... – E, rindo, acrescentou: – Sobre o senhor, evidentemente!
– General – disse o príncipe –, queira me acompanhar até o meu gabinete: precisamos falar de assuntos sérios. – E, voltando-se para René com mais deferência do que teria feito dez minutos antes: – Pode nos acompanhar – disse.

III
PREPARATIVOS

Um mapa grande da antiga Friuli estava aberto sobre uma mesa no gabinete do príncipe.

O príncipe foi direto até o mapa e pôs o dedo sobre Údine.

– General – ele disse a Lamarque –, o imperador me deu um legítimo presente ao enviá-lo aqui: preciso, portanto, deixá-lo a par das notícias que me trouxe este senhor.

"Parece que a Áustria resolveu romper nosso tratado de paz e nos atacar no próximo dia 12. Fui avisado há duas horas apenas e já enviei, a todos os nossos chefes de regimento, ordens para concentrarem, em torno de Údine, o maior número possível de tropas, mas as que estão vindo da Itália vão precisar de cinco ou seis dias para chegar até nós."

– Permita que lhe pergunte, meu príncipe – disse o general Lamarque –, com que inimigo está lidando, onde estão concentradas as tropas desse inimigo e qual o número de homens que ele possivelmente tem sob suas ordens?

– Quanto ao nome do meu adversário, é o arquiduque João.

– Tanto melhor! – disse o general Lamarque.

– Tanto melhor por quê?

– Porque é o mais inexperiente e o mais aventureiro dos três irmãos. Vai cometer algum erro de que Vossa Alteza poderá se aproveitar.

– Infelizmente – respondeu o príncipe, suspirando e dando ligeiramente de ombros – também não sou muito experiente, mas vamos fazer o melhor possível... Mas, o senhor me fez três perguntas...

– Perguntei onde estavam acampadas as tropas austríacas.

– Eu me julgava em plena paz e, por conseguinte, reduzi a vigilância em relação ao inimigo. Mas creio poder afirmar que ele ainda se encontra às margens do Save e no golfo Adriático. Quanto ao número de soldados, deve estar entre cinqüenta e cinqüenta e cinco mil.

– E Vossa Alteza, juntando todas as forças...

– Quando estiverem todas reunidas, poderemos contar com quarenta e cinco mil homens.

– A desproporção não é suficiente para assustar. Por que lado Vossa Alteza supõe que seremos atacados?

– Isso eu desconheço totalmente.

– Desculpe-me, Alteza – disse René, intervindo na conversa pela primeira vez –, mas me parece que, segundo o imperador, seria provavelmente pelo lado de Fella Torte.

– E como é possível – disse o vice-rei –, por maior que seja a genialidade do imperador, que ele adivinhe, lá de Paris, que estrada o arquiduque João tomará?

– Perdoe-me insistir, mas essa estrada no mapa indica exatamente isso.

– Como assim?

– Se o arquiduque marchar diretamente sobre Údine, vai ter de atravessar o Isonzo e o Torre debaixo do fogo dos nossos soldados. Se subir o rio Isonzo, ao contrário, vai achar no seu próprio território duas pontes que oferecem passagem fácil e, passando depois pelas montanhas e chegando ao Pontebbena, vai descer pelo vale de Glaris, acompanhar a cadeia de montanhas que encima as minas, chegar à nossa primeira praça, pequena, chamada La Chiusa, tomá-la, como também vai tomar Orpi e Osoppo, e descer, sem mais obstáculos, até Údine.

O príncipe olhou para Lamarque, como que o consultando.

– É o que eu faria, no lugar do arquiduque João – disse Lamarque.

– Alteza – disse René –, tenho comigo um homem muito hábil, um bandido a quem salvei a vida. Gostaria que o mandasse como batedor?

– Ele pode ser enforcado – disse o príncipe.

– Pois bem – disse René –, ele estava para ser enforcado quando cortei a corda, e, já que ele tem de acabar assim, que hoje ou amanhã, pouco importa! Mas acredito que consiga se safar.

– Pois mande-o.

– Vou dar a ele um bom cavalo. As instruções: que atravesse o Chiarzo à altura de Tolmezzo; é lá que deve estar o inimigo, que, na minha opinião, vai atacar mais cedo do que esperamos.

– E dinheiro? – gritou Eugênio, ao ver que ele já estava na soleira da porta.

– Ele só recebe dinheiro de mim – respondeu René. – Fique tranqüilo.

E saiu correndo do gabinete.

Eugênio olhou para Lamarque:

– Ora essa! – disse, rindo. – Agora que estamos a sós, diga-me quem é, afinal, esse René. Se estivéssemos na Idade Média, diria que é o afilhado de alguma fada.

– Ou o bastardo de algum mago. É belo como Renaud de Montauban. Não duvida de nada, procura ser morto em cada conflito, sem conseguir; some-se a isso uma estranha modéstia, só fala de si mesmo quando obrigado, o que não é habitual nos nossos jovens. Reza a tradição que foi ele quem matou Nelson, em Trafalgar. Como eu dizia, foi ele quem, metendo-se no combate com seus cinqüenta homens, forçou Hudson Lowe a se render. Como corsário, realizou serviços fantásticos e, na Índia, lutou como o Hércules tebano contra monstros quase fabulosos.

– Mas com isso tudo – perguntou Eugênio –, como se explica não ter sido condecorado?

– Não sei. Parece que houve qualquer coisa entre ele e o imperador. Ele supostamente conspirou com Cadoudal e foi salvo por Fouché, que se tomou de amizade por ele; pelo menos foi o que ouvi dizer pelo rei Murat, que, depois de o ver em ação, e maravilhado com a sua coragem, quis contratá-lo. Mas ele recusou ser contratado por outro que não o imperador, e servir a outro exército que não o francês, de modo que o rei Murat o mandou levar ao cunhado a bandeira inglesa que tomara em Capri, assim como a notícia da vitória sobre o inimigo que ele mais gosta de vencer, o inglês.

– E o imperador, que é um homem tão bom, que tanto apóia a coragem, não lhe deu nada, nem pela notícia nem por sua participação naquele maravilhoso combate?

– Não; pelo menos não existe nenhum sinal aparente de qualquer tipo de benefício. Ele usa o uniforme de chefe de esquadrão de caçadores, mas sempre usou uniformes de fantasia; em Nápoles, tinha cinqüenta homens lutando sob o seu comando; é inacreditável o que fez com esses cinqüenta homens.

"Ele realmente deve ter um talismã, para estar sempre tentando ser morto e nunca ganhar nem sequer um arranhão. Ainda bem que as nossas mulheres não acompanham o exército como no tempo de Luís XIV: iriam ficar loucas por esse herói de romance."

– Deve haver alguma história de mulher por trás disso tudo – disse Eugênio.

– É provável – respondeu o general.

A porta se abriu; o guarda pediu, da parte de René, permissão para entrar.

– Está aí – disse Eugênio – um gesto de delicadeza que revela um fidalgo a uma légua de distância.

– Pronto – disse René, ao entrar –, teremos notícias amanhã à noite, ou depois de amanhã de manhã, a não ser que o meu mensageiro esteja morto.

Nisso, um guarda anunciou o general Sahuc.

Este tinha em mãos uma nota manuscrita.

– Alteza – disse ele –, estou vindo do estado-maior. Aqui está o nome dos acampamentos dos nossos soldados, e dos generais que os ocupam, nos arredores de Údine.

– Fale – disse o príncipe.

E o príncipe, o general Lamarque e René se debruçaram sobre o mapa.

– A primeira divisão de infantaria, comandada pelo general Seran, está em Palmanova, Cividale e Údine.

"A segunda, comandada pelo general Bouvier, está em Artegna, Gemona, Ospedaletto, Venzone, San Daniele, Maiano e Osoppo; seus destacamentos se estendem pelo vale de Fella até Pontebba, pela estrada de Tarvisio.

"A terceira, comandada pelo general Grenier, está atrás das duas primeiras, em Pordenone, Sacile e Coneglianо.

"O general Lamarque, à espera de seu destino com a quarta divisão, aguarda as ordens de Vossa Alteza."

Os dois generais se cumprimentaram, e o general Sahuc prosseguiu:

– A quinta, comandada pelo general Barbou, está em Treviso, Cittadella, Bassano. A sexta divisão, integralmente constituída de italianos, comandada pelo general Serteroli, está dividida entre Pádua, Este e mais alguns pontos nas proximidades dessas duas cidades.

"A sétima divisão, também integralmente constituída de italianos, comandada pelo general Fontanelli, está reunida no acampamento de Montechiaro; parte dessa divisão ainda está a caminho, vindo do reino de Nápoles para se juntar ao exército.

"Duas divisões de dragões, sob as ordens dos generais Pally e Grouchy, estão espalhadas em Villa Franca, Rovigo, Isola della Scala, Roverbella, Castellaro, Sanguinetto, Mântua e Ferrara.

"O principal parque de artilharia está em Verona, mas nos faltam cavalos para trazê-lo.

"Os granadeiros da Guarda Real italiana estão em Pádua, os carabineiros, a infantaria ligeira, os dragões, os gendarmes de elite, a artilharia a cavalo e o comboio dessa mesma guarda estão em Milão e em seus arredores.

"Por fim, eu e os meus homens – prosseguiu Sahuc, saudando o príncipe –, prontos para morrer por Vossa Alteza, estamos em Údine; nossa primeira brigada ocupa, à margem do Torre, uma linha que vai de Nogaretto a Vilesi; a segunda brigada está destacada em Ceneda, Pordenone, Conegliano, Vicenza e Pádua."

Os dois generais, depois de acompanhar no mapa a listagem apresentada pelo general Sahuc, entreolharam-se preocupados: os trinta a trinta e cinco mil homens de que o príncipe Eugênio poderia dispor estavam espalhados entre o Tirol e a lagoa de Grado, entre o Piave e o Torre.

Despacharam correios para todos os acampamentos com cartas do príncipe que avisavam os generais de todos os postos para ficarem em alerta, já que estavam prestes a serem atacados, mas, como não sabiam por que direção, teriam de esperar o primeiro tiro de canhão para se porem em marcha.

Chegou a hora do jantar. O vice-rei convidou, para que jantassem com ele, o general Lamarque e o general Sahuc, mas René continuou sendo o par da princesa. As senhoras haviam se arrumado duplamente, se é que se pode dizer assim.

Seria para o concerto e o baile que iriam encerrar a noite? Seria para o belo e misterioso estrangeiro?

Tudo o que já dissera o general Lamarque e tudo o que ainda diria só fizeram aumentar a curiosidade em relação a ele. A idéia de que um amor infeliz fosse a causa daquela palidez e melancolia impressas em seu semblante arrancava-lhes o coração do peito.

E, realmente, o que é capaz de suscitar, num homem, esse desejo obstinado da morte, senão um amor infeliz, principalmente quando esse rapaz é belo, rico e corajoso?

É conhecida a etiqueta das cortes: as princesas é que mandam avisar os dançarinos aos quais reservam a honra de dançar com elas. A princesa deu a entender a René que obtivera do marido autorização para conceder-lhe esse favor, mas René, lamentando profundamente, deu-lhe a entender que fizera, há muito, a promessa de nunca mais dançar, mas que estaria, para qualquer outra coisa, à sua disposição.

– Qualquer outra coisa? O que quer dizer com isso?

– Quero dizer, princesa – respondeu René, sorrindo –, que estou disposto, primeiro, a fazer com que os outros dancem e, depois, a acompanhar aquelas senhoras que, sem dúvida, vão nos dar o prazer de cantar.

– Acompanhar? – respondeu a princesa. – Com que instrumento?

– Com todos, senhora.

– Então, é musicista?

– Durante os três anos do meu cativeiro, a música foi a minha única distração.

– E poeta?

– E quem não é um pouco?

– Vou lembrá-lo, depois do jantar, de tudo o que acaba de me dizer.

– Basta ordenar, Alteza, eu obedeço.

A conversa generalizou-se. René, que nunca procurava destacar-se, participou com poucas palavras apenas.

As senhoras foram comunicadas de que, como não faziam parte de nenhum corpo de exército, iriam se retirar para Veneza já no dia seguinte, a princesa à frente.

A princesa foi a primeira a ensaiar alguma rebelião.

– Para que nos afastar do exército? – disse ela. – Não estamos tão seguras junto às suas fileiras como em Veneza?

– Não totalmente – disse René –, por isso eu convidaria Vossa Alteza Imperial a não resistir às ordens do príncipe.

Ele proferiu essas palavras em voz baixa, mas com solenidade suficiente para causar impressão na princesa.

– O senhor tem algum tipo de receio? – retrucou por sua vez a princesa, preocupada.

– As tropas estão mal posicionadas – disse René. – E se o arquiduque João não for um completo noviço na arte da guerra, deveria, atacando-nos separadamente, começar por nos derrotar.

– O senhor disse isso a Eugênio? – ela perguntou ao rapaz.

Mas ele, inclinando-se modestamente:

– Não possuo autoridade, senhora – disse –, para predizer más notícias.

– Assim, sua opinião é que devemos partir para Veneza?

– Eu mesmo rogo a Vossa Alteza e, por pouco que valham minha voz e minha opinião, conjuro-lhe que obedeça ao seu augusto esposo.

Saíram da mesa em meio a um silêncio que expressava o efeito causado pelo convite feito às senhoras para que estivessem prontas a partir no dia seguinte para Veneza.

Ainda escutaram vagamente, durante algum tempo, a música que vinha sendo tocada durante todo o jantar, e depois mandaram os músicos irem jantar por sua vez.

Fazia um tempo esplêndido, um tempo de abril: foi sugerido um passeio pelo terraço e pelos esplêndidos jardins do castelo de Údine.

A vista era deslumbrante.

Em meio à limpidez da tarde, distinguia-se na planície que se estendia na direção do oeste, em meio às aldeias e às casas de campo, feito grandes serpentes escamosas a refletir o sol poente, o Isonzo e o Torre; o Torre, correndo ao pé das muralhas da cidade, e o Isonzo, acompanhando a curva que lhe impunham as montanhas de Goritz; ao norte e a noroeste, as montanhas do Tirol, algumas das quais pareciam, em virtude de seus picos nebulosos, nuvens congeladas no céu; por fim, a oeste, o Tagliamento, ostentando o amplo círculo de suas águas iguais – achavam-se à sombra – a um arco de aço brunido e, além do rio, lançando um relâmpago de prata quando, por acaso, um raio de sol passava através das montanhas e entrava em contato com suas águas palpitantes, as torrentes incontáveis que abrem sulcos na planície.

O ar estava tão suave, tão puro, tão cheio de aromas, que só tornaram a entrar quando a noite já estava escura, se é que existem noites escuras na Itália.

O salão, iluminado, estava claro como o dia, e logo ficou perfumado com a entrada das senhoras, as quais pareciam só ter saído para colher o aroma das flores e trazê-lo consigo.

As janelas estavam fechadas, mas o piano, aberto.

A princesa percorreu o dedo pelo teclado e tirou uma fieira de notas que, como por milagre, impuseram o silêncio.

Reuniram-se todos em volta do piano.

– Senhoras – disse ela –, aqui está o senhor René, que, afirmam, é um excelente musicista: ele me prometeu, durante o jantar, fazer tudo o que eu lhe pedisse... Ordeno-lhe que se sente ao piano e cante para nós algo de sua autoria, letra e música.

Esperavam que o jovem oficial, segundo o costume dos virtuoses, se fizesse de rogado, mas, pelo contrário, ele se acercou do piano, sentou-se diante dele e estendeu as duas mãos para o teclado.

Puderam então observar a beleza perfeita de suas mãos de unhas rosadas, dedos pálidos e alongados como os de uma mulher.

No indicador da mão direita, usava uma belíssima safira.

Nunca maior curiosidade, nunca um silêncio mais profundo, prepararam o sucesso de um virtuose.

De súbito, em meio àquele silêncio, elevou-se aos céus uma voz pura, harmoniosa e, no entanto, masculina. Cantava, com um tom de melancolia impossível de descrever, os versos seguintes, que pareciam uma dessas melodias trazidas posteriormente à moda por Saint-Hubert, mas que eram então completamente desconhecidas:

A montanha adormece no céu escurecido;
Os vales estão calados e encharcados de orvalho;
A poeira se apaga na estrada abrasada.
A folha está imóvel e o vento, suavizado...
– Espera mais um pouco, também hás de dormir!*

É impossível descrever o efeito causado por aquele curto lamento, apoiado num acompanhamento repleto de melancolia, em que se tinha a impressão de ouvir o último sussurro das folhas e o último suspiro do vento, e se encerrou num grito do instrumento, qual grito de uma alma humana que se quebra, ou de uma corda de harpa que se parte.

Só alguns segundos depois de a última vibração da voz e do piano se extinguir é que a vida pareceu "voltar" a todos e os ouvintes desataram em aplausos e bravos.

René se levantou e estendeu a mão para o colbaque.

– Como? – perguntou a princesa. – Está indo embora?

– Prometi, senhora – disse René –, fazer tudo o que me ordenasse. Ordenou que eu cantasse, que eu cantasse versos e música de minha autoria, eu obedeci, mas permita que lhe diga uma coisa: um soldado que canta, que faz o acompanhamento ou que, para ser aplaudido, toca um instrumento qualquer, sempre me pareceu ridículo, mas um homem, soldado ou não, que recuse algo a uma mulher, principalmente se essa mulher é uma princesa, esse homem é grosseiro e descortês; obedecendo à Vossa Alteza, evitei a primeira crítica. Não gostaria, continuando, de me tornar ridículo aos meus próprios olhos. Quando canto ou toco música num instrumento qualquer, é somente para mim e para escapar de mim mesmo; então, tenha piedade da minha fraqueza, pois que é uma fraqueza, e permita que eu me retire.

E ao dizer essas palavras, como se um mundo de recordações dolorosas tornasse a cair sobre seu coração, René falava com voz abafada e lágrimas nos olhos.

A princesa, profundamente comovida, afastou-se para dar passagem ao jovem oficial, que passou pelo espaço aberto por toda aquela brilhante sociedade que se inclinava diante dele.

---

* *La montagne s'endort dans le ciel obscurci;/ Les vallons sont muets et trempés de rosée;/ La poussière s'éteint sur la route embrasée;/ La feuille est immobile et le vent adouci.../ – Attends encore un peu, tu dormiras aussi!* (Tradução literal).

NOTA SOBRE O ESTABELECIMENTO DO TEXTO

Já foi explicado, tanto na nota do editor francês como no prefácio do presente volume, que o texto de Dumas, tal como acabamos de conhecê-lo, estabelecido após uma longa e vigilante leitura de pena na mão, embora escrupulosamente fundamentado no que havia sido publicado nas colunas do *Moniteur Universel*, dele se afastava em diversos trechos, nos quais se fez obrigatório levantar os erros, esquecimentos, confusões, lacunas, e corrigir a lição dentro do estrito respeito aos hábitos de Dumas nessa matéria – ele não raro demonstrou, ao retomar um folhetim para publicá-lo em livro, que não se sentia forçado a ser fiel ao seu texto caso este apresentasse, na releitura, imperfeições demasiado gritantes.

Dentro desse mesmo espírito, Dumas por vezes arrumava a pontuação de sua primeira escrita, ou até confiava esse cuidado a uma mão amiga. Procedemos, também nesse ponto, como ele próprio decerto teria feito: corrigindo erros e incoerências quando eram patentes; por vezes diminuindo a distribuição das vírgulas no sentido de não entravar a leitura.

Além disso, nos distanciamos do referente no que toca às ortografias duvidosas ou francamente erradas (língua e também nomes próprios), embora conservando, aqui e ali, alguma estranheza em razão de seu pitoresco.

Não quisemos – e decerto não teríamos conseguido – assinalar cada uma dessas intervenções, que o tamanho da obra tornava incontáveis: o prazer do leitor teria esmorecido, e com esse prazer Dumas não transigia.

Do mesmo modo, os esclarecimentos encontrados nas notas de rodapé foram reduzidos ao indispensável: todo leitor de Dumas, qualquer que seja a época tratada em seus romances, sabe que é igualmente um prazer prolongar sua leitura seguindo a pista, num bom dicionário, das personagens históricas que o autor o convida a cruzar pelo caminho.

1ª **edição** Novembro de 2008 | **Diagramação** Megaart Design
Fonte Kepler | **Papel** Chambril Book 63 g/m²
Impressão e acabamento Prol Editora Gráfica